情史

〔明〕冯梦龙 编著

栾保群 校注

上

中华书局

图书在版编目（CIP）数据

情史／（明）冯梦龙编著；栾保群校注. —北京：中华书局，
2024.6
ISBN 978-7-101-16524-1

Ⅰ.情…　Ⅱ.①冯…②栾…　Ⅲ.笔记小说-小说集-中国-
明代　Ⅳ.I242.1

中国国家版本馆 CIP 数据核字（2024）第 027863 号

书　　　名	情　史（全二册）	
编　　　著	〔明〕冯梦龙	
校　　　注	栾保群	
责任编辑	刘浜江	
责任印制	陈丽娜	
出版发行	中华书局	
	（北京市丰台区太平桥西里 38 号　100073）	
	http://www.zhbc.com.cn	
	E-mail:zhbc@zhbc.com.cn	
印　　　刷	河北新华第一印刷有限责任公司	
版　　　次	2024 年 6 月第 1 版	
	2024 年 6 月第 1 次印刷	
规　　　格	开本/880×1230 毫米　1/32	
	印张 28¼　插页 4　字数 730 千字	
印　　　数	1-4000 册	
国际书号	ISBN 978-7-101-16524-1	
定　　　价	128.00 元	

前　言

一

　　《情史》，一名《情史类略》，按四库分类应属子部杂家类中的"杂纂"，而现在往往称为"笔记小说"或"短篇小说集"。此书与冯梦龙所编的《古今谭概》、《智囊全集》在体裁性质上完全相同，内容上只有极少数可能出于冯梦龙及其合作者的创作，绝大多数都是由前代文献摘录，并分门别类、加以评批而成，所以这三部杂纂堪称鼎足，与白话小说的"三言"同为通俗文学的重器。此书的编纂时间不详，前有二序，一为冯梦龙署名"龙子犹"的《情史叙》，一为"詹詹外史"的《叙》，均未署年月，但书中多次引用《古今谭概》，其成书应在此之后。而徐应秋《玉芝堂谈荟》卷六有引《情史》卷九"杨太真"条，则其成书应在《谈荟》之前，即万历之末至天启朝间，也就是说稍早于天启末的《智囊》。

　　关于《情史》的作者，冯梦龙在《情史叙》中说："尝欲择取古今情事之美者，各著小传，使人知情之可久……而落魄奔走，砚田尽芜，乃为詹詹外史氏所先，亦快事也。"如此说来，冯氏虽然早有撰《情史》之意，却为詹詹外史着了先鞭，则此书自然为詹詹外史所编了。那么詹詹外史又是谁呢？他自叙只署"江南詹詹外史"，除了是江南人之外没有任何信息，而其文笔却颇似冯梦龙自己。所以不少学者认为"詹詹外史"就是冯梦龙自己的化名，冯《叙》所说不过是他一个人唱双簧。当然也不是没有另一种可能，这个"詹詹外史"可能是包括一个或几个冯梦龙助手在内的集体化名，他们完成了辑录和分类的大部分工作，而最后的定稿和以"情史氏"名义写的批评则为冯氏担纲。

冯梦龙在《智囊补自叙》中说起《智囊》一书的编纂：天启六年，"余坐蒋氏三径斋小楼近两月，辑成《智囊》二十七卷"。《智囊》全书二十八卷、近三十万字，在不到两个月的时间内，怎么可能以一人之力完成素材搜集、甄选分类，为二十八部类写出题辞，为上千篇故事写夹批，为几百篇故事写评语呢？所以我想，当冯梦龙坐在三径斋小楼中的时候，《智囊》的早期准备已经为别人所做完，当然这些准备是在冯氏的策划下进行的。从《情史》八九百篇的选录风格来看，或数千字不加裁剪，或压缩到数十字而语意有阙，可知选者不止一人，遴选标准也未能划一。但"情史氏"或"情主人"的总评，无论是文采还是见识，都不是一般文士所能，自应出自冯梦龙之手。《情史》明刻本总目下既题"江南詹詹外史评辑"，也就相当于冯氏自认为编者和评者。所以《古本小说集成》的学者们定此书为"冯梦龙编"，我觉得在没发现新材料之前，可以当成定论了。

二

《情史》中的"情"，说的就是两性间的情爱，全书也就是男女情爱故事的类编。与此性质相同的，前此有大文豪王世贞的《艳异编》四十卷，其中"艳"的部分着眼于故事情节的香艳，不如"情史"之"情"更具有标榜人性的意义。而两性之爱除了自然属性之外，在社会属性上总要归结为妇女问题。我们当然不能要求冯梦龙在这本书中能有超出其时代的答案，但我们可以从书中看到冯梦龙有哪些进步，而这些进步自然也反应着晚明市民社会的变化。

全书共分成二十四类，两千来年为人们所传诵、记录的情爱故事也就那么多，有良有莠，而良莠各有其市场。《情史》中收录的未必就是编者所赞同的，编纂者的见解不在于对这些故事做出带有倾向性的加工，而在于对此类故事所做的总评。我们在阅读此书时也要保持自己的清醒，能区分出哪些故事应该赞美，哪些则在抨击之列。

下面我对本书的部分内容做一大致的介绍：

本书卷一为"情贞类"，即便让今天的人来编这本书，估计也会把男女之间的贞操放在首位。以往，特别是南宋以来，只要谈贞节，基本上都是对女性单方面的要求，而《情史》开宗明义的第一卷第一类，讲的就是"夫妇节义"，即男女双方平等的互相忠贞。冯氏显然将此视为男女情义的最高境界。但不可回避的事实是，女子的节烈一直是那个时代的主流，或为抗暴而壮烈死去，或为贫穷而默默死去，都是古代女子的"美德"，但从本书所录诸篇来看，俱有这种美德的多为中小层阶级的女子。另外可注意的是，对这种"美德"如果推崇过度，就会成为一种病态社会才有的违反人性的节烈观。为殉夫而投火上吊，因为被人握过手腕而自断手臂，甚至因为在梦中梦到过男子而自毁容貌，冯梦龙虽然选录了这些故事，但并没有完全表示赞成，他说："自来忠孝节烈之事，从道理上做者必勉强，从至情上出者必真切。夫妇其最近者也。无情之夫必不能为义夫，无情之妇必不能为节妇。"真正的贞烈必须以夫妇之真情真爱为前提，那些为服从正统道德教条而做出的极端举动，并不是真的节烈。而且即便如此，冯梦龙也反对妇人守节，他借一八十馀岁老节妇之口说："倘家门不幸，有少而寡者，必速嫁，毋守。节妇非容易事也。"

卷二"情缘类"，顾名思义，情缘大抵是天作之合，似乎是偶然性在起着决定作用。其实看了这些偶然成就的夫妻，就觉得那些近于美满的婚姻往往要有男女个人的主动参与才能实现，也就是现在说的自由选择。所谓"缘定于天"，其实"缘"只是为情提供了一个机会。

卷三"情私类"，就是毫不含糊的自由恋爱了，在婚姻必经媒妁的古代，这种恋情因违背礼教只能背人而私，而这"私"往往就潜伏着不祥：虽然其始发于情，后续的发展往往因人性而多生变故，其中受害者多为女子。冯梦龙对私情并不绝然反对，但特别强调要有始有终，如元稹那种有始无终的薄幸者是谴责的。

　　卷四"情侠类",真让多情的侠女子扬眉吐气。太史敫女、卓文君、红拂妓、梁红玉,她们不仅美于外貌,而且有胆有识,敢作敢当,何止不让须眉,都是"豪杰丈夫应为心死",可上"无双谱"的奇人。还有薛希涛、严蕊的不屈于酷暴,让王安石、朱熹这些正人君子留下丑恶不堪的一面给天下后世,真让人痛快。

　　卷五"情豪类",这里的"豪"不是豪放、豪杰之"豪",而是粗鄙之"土豪",不管其地位有多尊贵。那些昏淫如猪狗的帝王,为了纵欲而暴殄天物,酒池肉林,直到赔上身家性命、江山社稷,其实都是情场上最煞风景的"大土鳖"、"老淫棍"。此种人物历代不绝,至今犹然。有些人对唐明皇和杨贵妃的不伦之情很有"兴趣",好像有了权势和金钱做了胁侍,无耻的不但有了理,而且还"纯真"了、"天长地久"了,以肉麻为香艳,大约只能供其"喜孜孜"地"代入"吧。

　　卷六"情爱类",男女相慕相悦,有的是可写的故事。可惜此卷遴选欠妥,如汉元帝与赵飞燕姐妹,迷于色相,死于淫佚,算什么情爱!怎么能和温都监女之于苏轼,长沙义妓之于秦观这样的凄美感人的故事并列?虽然这种滥收的仅有几条,也是污人耳目。

　　卷七"情痴类",情痴似乎违反常理,但不全是变态。有的就是"情人眼里出西施",自己的情人只有一只眼,便觉得天下人的两只眼真是多馀。有的则是别具眼光,如年轻男子偏喜比自己年纪大一倍的老妓,但这老妓非比寻常,乃是"秦淮八艳"之一的马湘兰,美人兼有名士风,珠黄究竟是珍珠,只要不装嫩作十七八女儿态,自有其别样风流。真正变态的是那些末世帝王,如烽火戏诸侯的周幽王、甘心绝嗣的汉成帝、有奸尸之癖的后燕主慕容熙,还有逛妓院成瘾的蜀王衍、宋徽宗,无一不令人作呕。

　　卷八"情感类",是失宠的妇人用智慧文采来感动负心的男人,尽管一时奏效,但心早已破碎。特别让人感到无奈的是,面若芙蓉、眉似远山如卓文君,最后也只能用《白头吟》来感动司马相如,真让迟暮的美人气短。

三

以上介绍的只是《情史》三分之一的内容大略，虽然其中的悲欢离合、情痴爱癖多有不可思议，但与后面的三分之二相比，还算是习见习闻，不脱人间烟火。此后的"情幻"、"情灵"、"情化"、"情媒"、"情憾"、"情仇"、"情芽"、"情报"、"情秽"、"情累"、"情疑"、"情鬼"、"情妖"、"情外"、"情通"、"情迹"等十六类，把男女之情扩至世间万物，多有不情之情。其中妖鬼精怪虽然是异类，情爱却一如生人。

唐人传奇《任氏传》中的狐精，在明初《剪灯新话》中被斥为妖孽，而冯梦龙却评道："语云：'古者兽面人心，今者人面兽心。'若任氏，可谓人面人心矣。美逾西子，节比共姜，古今人类中何可多得？"（见本书卷二十一"狐精"第二条）对所谓"失节"的妇人，冯梦龙也别具眼光，乱离失散，夫妻暌分，为了生计而另嫁另娶，在冯氏眼中根本不算什么事，所以破镜重圆，再续前缘，也看作人间一段佳话。甚至对那些因遇人不淑而逾检的女子，冯氏也表示了宽容，如非烟那样因偷情而惨死，冯氏更是极为愤慨。在冯氏看来，天生丽人，如同男子中的才士，顾怜爱惜尚犹不及，怎么能暴珍天物，横加摧残？那些荒淫无耻的权势者霸占了数十数百的美丽女子，然后当成羔羊一样任意屠戮，冯氏痛心地说："夫村市小民求一妻女千难万难，幸不致无盐、嫫母，乡党争庆，以为五百年修德所致。而此数人者，视朱颜绿鬓，曾草菅之不若，其真无人心者哉！"（见卷十三"非烟"条）至于泛滥于士大夫中的"女人祸水论"，冯氏直斥道："桀、纣以虐亡，夫差以好兵亡，而使妹喜、西施辈受其恶名，将无枉乎？"（见卷六"情史氏曰"）

总而言之，《情史》在明末的诸多杂纂中应该是个佼佼者，与《智囊》、《谭概》相比，选材编排虽稍嫌粗糙，但它另有前两种所不及之处，那就是对人性的解放。此书不同于创作，是古代现成故事的汇集,在这固有的素材框架内,冯氏仍然能表述出明末市民阶级的人性觉醒,是难能可贵的。此书的缺点就是择材良莠不齐,整体上说,历代与情爱相关的故事几乎网罗殆尽,就没必要掺杂那些不伦不类的东西来凑数,像苏东坡爱妾换马,纯粹是无中生有的诽谤。另外很多故事是间接采自他书,文字的错讹不说,情节也被篡改。如卷四"情侠类"中"董国度妾"一条,采自王世贞《剑侠传》。其本事出自宋洪迈《夷坚乙志》卷一"侠妇人",结局是董国度回南宋后投靠秦桧,忘恩负义,抛弃了侠女子,最后被侠客刺杀。而王世贞却把结局改成夫妻白头偕老的大团圆。像这类情况,我在注释中都做了澄清。

四

　　上海古籍出版社出版的《古本小说集成》,收有最早的明刻本《情史》全帙,是眼下最完善的版本。但原书错字较多,以致影响了情节,本书则尽量寻找各条的原始出处,以期恢复原作面貌。各卷中的篇题或有错误,如卷九"情幻类"之"安西张氏女",本为长安事,与安西无关,所以我就把小标题也改为"张氏女"。本书对原本的改动很是不少,但都注明了根据,没有根据的,虽有疑问也只好存疑。

　　错误和不当之处,还望读者不吝指正。

校注者

二〇二三年十一月

总目录

上　册

情史叙 …………………………………………… 龙子犹 1

叙 ……………………………………………… 詹詹外史 2

卷一　　情贞类 ………………………………………… 1

卷二　　情缘类 ……………………………………… 46

卷三　　情私类 ……………………………………… 79

卷四　　情侠类 …………………………………… 111

卷五　　情豪类 …………………………………… 149

卷六　　情爱类 …………………………………… 184

卷七　　情痴类 …………………………………… 206

卷八　　情感类 …………………………………… 223

卷九　　情幻类 …………………………………… 251

卷十　　情灵类 …………………………………… 296

卷十一　情化类 …………………………………… 336

卷十二　情媒类 …………………………………… 349

卷十三　情憾类 …………………………………… 368

下　册

卷十四　情仇类 …………………………………… 411

卷十五　情芽类 …………………………………… 484

卷十六　情报类 …………………………………… 499

卷十七　情秽类 …………………………………… 531

卷十八　情累类 …………………………………… 578

2 情 史

卷十九　情疑类 …………………………………………… 600

卷二十　情鬼类 …………………………………………… 676

卷二十一　情妖类 ………………………………………… 741

卷二十二　情外类 ………………………………………… 805

卷二十三　情通类 ………………………………………… 831

卷二十四　情迹类 ………………………………………… 849

本册目录

情史叙 ·· 龙子犹 1

叙 ··· 詹詹外史 2

卷一 情贞类

范希周 以下夫妇节义 ········· 1

盛道 ····················· 3

祝琼 ····················· 3

天台郭氏 ················· 4

罗敷 以下贞妇 ············· 5

李妙惠 ··················· 6

卢夫人 ··················· 8

金三妻 ··················· 9

申屠氏 ·················· 10

王世名妻 ················ 12

惠士玄妻 ················ 13

从二姑 ·················· 14

狄阿毛妻 ················ 14

泖湖谢氏 ················ 15

史五妻 ·················· 16

王氏妇 ·················· 16

徐君宝妻 ················ 17

邓廉妻 ·················· 18

独腕尼 ·················· 18

海昌董氏 ················ 19

章纶母 ·················· 19

歌者妇 ·················· 20

美人虞 以下贞妾 ·········· 21

随清娱 ·················· 22

邺中妇人 ················ 22

张宁妾 ·················· 23

绿珠 ···················· 24

戚大将军妾 ·············· 27

张小三 以下贞妓 ·········· 28

高娃 ···················· 29

杨娟 ···················· 30

韩香 ···················· 31

关盼盼 ·················· 32

李妹 ···················· 33

沈真真 ·················· 35

齐锦云 ·················· 35

王四儿 …………… 36　　济南张义妇 …………… 41

朱蔡 …………… 36　　皇甫规妻 …………… 42

补　遗　　　　　　　　黄帛 …………… 42

鲁陶婴 以下补贞妇 …… 39　剑州民妇 …………… 43

虞氏 …………… 39　　吴金童妻 …………… 43

楚贞姬 …………… 40　　李真童 补贞妓 ………… 45

张美人 …………… 40

卷二　情缘类

赵简子 以下皆意外夫妇 …… 46　韦固 …………… 60

卖餶饳 …………… 46　　孟光 以下妻自择夫 …… 61

郑驷 …………… 47　　络秀　崔敬女 ……… 62

周六女 …………… 48　　朱显 以下夫妇重逢 …… 63

张二姐 …………… 49　　程万里 …………… 64

张夫人 …………… 50　　单飞英 …………… 65

郑中丞 …………… 51　　徐信 …………… 68

刘奇 …………… 52　　王从事妻 …………… 69

黄善聪 …………… 53　　黄昌 …………… 70

吴江钱生 …………… 54　　萧匠 …………… 70

刘举人妾 …………… 55　　赵军 …………… 71

昆山民 …………… 55　　杨公 …………… 72

赵判院 …………… 56　　绍兴士人 …………… 73

章泛 …………… 57　　崔英 …………… 73

苏城丐者 …………… 58　　玉堂春 …………… 76

侯继图 …………… 58　　补　遗

顾协 以下老而娶者 …… 59　甲乙二书生 补意外夫妻 …… 78

崔元综 …………… 59

卷三　情私类

张幼谦以下先私后配 ……… 79
晁采 ……………………… 81
范蠡 ……………………… 83
贾午 ……………………… 83
江情 ……………………… 84
薛氏二芳 ………………… 86
梁意娘 …………………… 88
章文焕 …………………… 89
紫竹 ……………………… 90
莫举人 …………………… 92
王生 ……………………… 93
张住住 …………………… 94

潘用中 …………………… 96
刘尧举以下私而未及配者 … 97
姚月华 …………………… 99
扇肆女 …………………… 101
阮华 …………………… 101
狄氏以下私合 …………… 105
盈盈 …………………… 107
王僧弥以下私婢 ………… 108
阮咸 …………………… 108

补　遗

李节度使姬补先私后配 …… 109
刘道真补私婢 …………… 110

卷四　情侠类

太史敫女以下皆侠女子
　能自择夫者 ………… 111
卓文君 …………………… 111
红拂妓 …………………… 114
梁夫人 …………………… 115
瑞卿以下皆侠女子能成
　人之事者 …………… 115
冯蝶翠 …………………… 116
东御史妓　吴进士妓 …… 118
娄江妓 …………………… 120

沈小霞妾 ………………… 120
邵金宝 …………………… 121
董国度妾 ………………… 122
严蕊　薛希涛此侠女子
　能全人名节者 ……… 124
杨素以下皆侠丈夫能
　曲体人情者 ………… 125
宁王宪 …………………… 126
裴晋公 …………………… 127
江陵刺史 ………………… 128

京师兵官 ·················· 128　　闉府 ·························· 137

于頔　韩滉 ············· 129　　姜夔 ·························· 137

唐玄宗　僖宗 ········· 130　　严尚书 ······················ 137

唐文宗 ····················· 131　　许俊 此下皆侠丈夫

宋仁宗 ····················· 132　　　　代人成事者 ········· 138

袁盎　葛从周 ········· 133　　古押衙 ······················ 140

杨震 ························· 135　　虬须叟 ······················ 143

李绅 ························· 135　　昆仑奴 ······················ 144

刘禹锡 ····················· 136　　冯燕 以下侠客能诛无情者 ······ 146

洛中节使 ·················· 136　　荆十三娘 ··················· 147

卷五　情豪类

夏履癸　商纣 以下豪奢 ······ 149　　元顺帝 ······················ 160

汉灵帝 ····················· 150　　河间王 ······················ 162

秦始皇 ····················· 150　　张宪 ·························· 163

汉武帝 ····················· 151　　王武子　杨国忠 ······· 163

汉成帝 ····················· 152　　岐王 ·························· 164

吴王夫差 ·················· 152　　韦陟 ·························· 164

魏文帝 ····················· 153　　严世蕃 ······················ 164

吴孙亮 ····················· 154　　石崇 ·························· 165

东昏侯 ····················· 155　　元载 ·························· 165

陈后主叔宝 ············· 155　　宋祁 以下豪华 ············ 165

隋帝广 ····················· 156　　陈恺 ·························· 167

唐玄宗 ····················· 158　　刘大刀 ······················ 167

王衍 ························· 158　　王太常 ······················ 167

五云车 ····················· 159　　寇莱公 ······················ 168

元武宗 ····················· 160　　柳睦州 ······················ 169

史凤 …………………… 169　　康海 …………………… 175

凌延年 ………………… 170　　杨慎 …………………… 175

张敉 …………………… 171　　唐寅 …………………… 176

阮籍 以下豪狂 ………… 171　　鸳鸯寺　双飞寺 …… 178

谢鲲 …………………… 172　　馀杭广 以下豪勇 …… 179

杜牧 …………………… 172　　刘氏子妻 …………… 180

李白 …………………… 173　　张俊 ………………… 180

谢希孟 ………………… 173　　补　遗

俞大夫 ………………… 174　　王宝奴 补豪华 ……… 182

韩汝玉 ………………… 174

卷六　情爱类

丽娟　李夫人 以下男爱女 … 184　　长沙义妓 …………… 193

飞燕　合德 …………… 185　　王巧儿 ……………… 195

邓夫人 ………………… 186　　真凤歌 ……………… 196

蜀甘后 ………………… 187　　南都妓 ……………… 196

杨太真 ………………… 187　　马琼琼 ……………… 197

吴绛仙 ………………… 188　　李师师 ……………… 198

卓文君 ………………… 189　　锺夫人 ……………… 200

王元鼎 ………………… 190　　樊事真 以下男女相爱 …… 200

何恢　潘炕 …………… 191　　般般丑 ……………… 201

程一宁 ………………… 192　　丘长孺 ……………… 201

温都监女 以下女爱男 … 192　　范笋林 ……………… 203

卷七　情痴类

眇娟 …………………… 206　　哑娟 ………………… 206

老妓 ·················· 207

蜀王衍 ·················· 209

宋子京 ·················· 210

荀奉倩 ·················· 210

韦生 ·················· 210

陈体方 ·················· 210

洛阳王某 ·················· 211

乐和 ·················· 212

尾生 ·················· 213

傅七郎 ·················· 213

王生 陶师儿 ·················· 214

汉成帝再见 ·················· 215

周幽王 ·················· 216

北齐后主纬 ·················· 217

后燕主熙 ·················· 218

陈后主再见 ·················· 218

齐景公 ·················· 219

杨政 ·················· 219

补 遗

古田倡 ·················· 221

卷八 情感类

长门赋以下感人 ·················· 223

白头吟 ·················· 224

图形诗 ·················· 225

慎三史 ·················· 225

织锦回文 ·················· 225

龟形诗 ·················· 226

寄内诗 ·················· 227

王孟端诗 ·················· 227

寒梅 ·················· 227

楚娘 ·················· 228

郑德璘以下感神鬼 ·················· 228

唐晅 ·················· 231

齐饶州女 ·················· 233

李章武 ·················· 237

王暹女 ·················· 240

罗爱爱 ·················· 240

胡馥之妇 ·················· 243

王文献妻 ·················· 244

王敬伯 ·················· 244

僧安净 ·················· 245

胡氏子 ·················· 246

曾季衡 ·················· 248

杞梁妻以下感物 ·················· 249

孟姜 ·················· 249

湘妃 ·················· 249

汰王滩诗 ·················· 250

卷九　情幻类

司马才仲以下梦幻 ·········· 251

王生 ·········· 252

娟娟 ·········· 254

吴女盈盈 ·········· 257

张氏女 ·········· 259

沈亚之 ·········· 261

张倩娘以下离魂 ·········· 263

柳氏女 ·········· 264

石氏女 ·········· 265

董子马姬 ·········· 266

观灯美妇 ·········· 266

刘道济 ·········· 267

吴兴娘以下附魂 ·········· 268

贾云华 ·········· 271

李夫人再见。以下招魂 ········· 275

杨太真 ·········· 276

许至雍妻 ·········· 277

韦氏妓 ·········· 278

北海道人 ·········· 279

真真以下画幻 ·········· 280

吴四娘 ·········· 280

薛雍妻 ·········· 281

胜儿 ·········· 282

金山妇人以下事幻 ·········· 283

鬼国母 ·········· 284

黄损 ·········· 285

猪嘴道人以下术幻 ·········· 289

李月华 ·········· 290

补　遗

桂花仙子补画幻 ·········· 292

赤丁子补事幻 ·········· 293

孕异 ·········· 294

张和补术幻 ·········· 294

卷十　情灵类

陈寿愈病 ·········· 296

崔护以下再生 ·········· 296

买粉儿 ·········· 297

吴松孙生 ·········· 298

唐文喻 ·········· 299

速哥失里 ·········· 299

马子 ·········· 301

干宝 ·········· 302

张果女 …… 303

刘长史女 …… 303

丽春 …… 305

李强名妻 …… 305

祝英台 以下同死 …… 306

季攸甥女 …… 307

吴王女玉 以下死后偿愿 …… 307

长安崔女 …… 308

周瑞娘 …… 310

楼上童女 …… 311

邹曾九妻 …… 311

解七五姐 …… 312

金明池当垆女 …… 314

李会娘 …… 315

西湖女子 …… 316

易万户 死后践盟 …… 317

草市吴女 死后寻欢 …… 318

韦皋 以下再世偿愿 …… 319

李元平 …… 320

杨三娘子 …… 321

绿衣人 …… 323

张越吾 以下再世传信 …… 325

李庶 …… 326

涂修国二女 以下死后见形 …… 326

李行修 …… 327

杨玉香 …… 329

王幼玉 …… 331

王謇 …… 333

严猛妇 …… 333

汉武帝 以下死后行欢 …… 333

王将军 …… 334

孟才人 以下枢灵 …… 334

白女 …… 335

卷十一 情化类

化女 …… 336

石尤风 …… 336

化火 …… 337

化铁 …… 337

心坚金石 …… 338

望夫石 …… 340

婆饼焦 …… 340

双雉 …… 340

连枝梓 双鸳鸯 …… 341

双梓 双鸿 …… 341

双鹤 …… 342

连理树 …… 342

并蒂莲 计二条 …… 345

补 遗

化蛇补 ·············· 347　　鸳鸯树 ·············· 348

化怪草 ·············· 347　　门化鸳鸯 ·········· 348

宫人草 ·············· 348

卷十二　情媒类

卢二舅以下仙媒 ······ 349　　武昌妓 ·············· 357

氤氲大使 ············ 350　　赵令畤 ·············· 357

潘法成以下友媒 ······ 350　　清江引以下词媒 ···· 358

陈诜 ················ 351　　回回偈 ·············· 359

赵汝舟以下官媒 ······ 352　　马仲叔鬼媒 ········ 359

姚牧庵 ·············· 353　　梁公肃风媒 ········ 360

马光祖 ·············· 353　　于祐红叶媒 ········ 361

西毕氏以下妻媒 ······ 354　　勤自励以下虎媒 ···· 362

聂胜琼 ·············· 354　　郑元方 ·············· 363

秾芳亭字媒 ·········· 355　　周商女 ·············· 364

陈孚以下诗媒 ········ 355　　裴越客 ·············· 364

高季迪 ·············· 356　　大别狐狐媒 ········ 366

杨越渔 ·············· 356　　玄驹蚁媒 ············ 367

郭暧 ················ 357

卷十三　情憾类

昭君以下无缘 ········ 368　　吴氏女 ·············· 372

侯夫人 ·············· 370　　建康龙生 ·········· 374

世庙宫人 ············ 370　　太曼生 ·············· 377

杜牧 ················ 371　　杨闷儿 ·············· 378

谭意哥 ……………………… 379

王福娘 ……………………… 379

朱淑真 以下所从非偶 ……… 381

宇文女 ……………………… 381

朱静庵 ……………………… 382

非烟 ………………………… 382

南唐昭惠后 以下伤逝 ……… 386

杨太真 再见 ………………… 387

孙楚 ………………………… 388

元微之 ……………………… 389

傅若金 ……………………… 389

徐文长 ……………………… 390

欧阳詹 ……………………… 390

朝云 ………………………… 391

蔡确 ………………………… 392

窦巩 ………………………… 393

周子文 ……………………… 393

张红桥 ……………………… 393

张璧娘 ……………………… 397

杨幽妍 ……………………… 398

颜令宾 ……………………… 400

余季女 ……………………… 402

冯爱生 ……………………… 402

永兴公主 …………………… 403

刘令娴 ……………………… 404

李易安 ……………………… 405

李弄玉 ……………………… 406

薛宜僚 ……………………… 406

薄少君 ……………………… 407

李仲文女 以下再生不果 …… 407

谈生 ………………………… 408

情史叙

　　《情史》，余志也。余少负情痴，遇朋侪必倾赤相与，吉凶同患。闻人有奇穷奇枉，虽不相识，求为之地；或力所不及，则嗟叹累日，中夜展转不寐。见一有情人，辄欲下拜；或无情者，志言相忤，必委曲以情导之，万万不从乃已。尝戏言，我死后不能忘情世人，必当作佛度世，其佛号当云"多情欢喜如来"。有人称赞名号，信心奉持，即有无数喜神前后拥护，虽遇仇敌冤家，悉变欢喜，无有嗔恶妒嫉种种恶念。又尝欲择取古今情事之美者，各著小传，使人知情之可久，于是乎无情化有，私情化公，庶乡国天下，蔼然以情相与，于浇俗冀有更焉。而落魄奔走，砚田尽芜，乃为詹詹外史氏所先，亦快事也。是编分类著断，恢诡非常，虽事专男女，未尽雅驯，而曲终之奏，要归于正，善读者可以广情，不善读者亦不至于导欲。余因为叙而作情偈以付之。偈曰：

　　天地若无情，不生一切物，一切物无情，不能环相生。生生而不灭，繇情不灭故，四大皆幻设，惟情不虚假。有情疏者亲，无情亲者疏，无情与有情，相去不可量。我欲立情教，教诲诸众生，子有情于父，臣有情于君，推之种种相，俱作如是观。万物如散钱，一情为线索，散钱就索穿，天涯成眷属。若有贼害等，则自伤其情。如睹春花发，齐生欢喜意，盗贼必不作，奸宄必不起。佛亦何慈悲，圣亦何仁义，倒却情种子，天地亦混沌。无奈我情多，无奈人情少，愿得有情人，一齐来演法。

吴人龙子犹叙

叙

　　六经皆以情教也。《易》尊夫妇①，《诗》首《关雎》②，《书》序嫔虞之文③，《礼》谨聘奔之别④，《春秋》于姬、姜之际详然言之⑤，岂非以情始于男女？凡民之所必开者，圣人亦因而导之，俾勿作于凉⑥，于是流注于君臣、父子、兄弟、朋友之间而汪然有馀乎！异端之学⑦，欲人鳏旷以求清净，其究不至无君父不止，情之功效亦可知已。是编也，始乎"贞"，令人慕义；继乎"缘"，令人知命；"私"、"爱"以畅其悦；"仇"、"憾"以伸其气；"豪"、"侠"以大其胸；"灵"、"感"以神其事；"痴"、"幻"以开其悟；"秽"、"累"以窒其淫；"通"、"化"以达其类；"芽"非以诬圣贤，而"疑"亦不敢以诬鬼神。辟诸《诗》云，兴、观、群、怨、多识⑧，种种具足，或亦有情者之朗鉴，而无情者之磁石乎！耳目不广，识见未超，姑就睹记，凭臆成书，甚愧雅裁，仅当谐史。后有作者，吾为裨谌⑨，因题曰《类略》，以俟博雅者择焉。

江南詹詹外史述

　　【注释】①《易·序卦》："有天地然后有万物，有万物然后有男女，有男女然后有夫妇，有夫妇然后有父子，有父子然后有君臣，有君臣然后有上下，有上下然后礼义有所错。"是把夫妇尊为人间伦常之根本。　　②《关雎》为《诗经》中第一篇，儒家认为《关雎》一诗是歌诵"后妃之德"，而把它置于"十五国风"之首，就是为了风教天下，以端正夫妇之礼。　　③《尧典》为《尚书》的第一篇，而此篇就记载着帝尧把两个女儿下嫁于虞舜的事，即"嫔虞"。　　④《礼记·内则》言："聘则为妻，奔则为妾。"是说女子受礼聘而出嫁，才能得到正妻的名分，而私奔则只能做为妾。　　⑤周代自天子至诸侯，姬姓与姜姓世代联姻，《春秋》详载之。　　⑥凉，情义淡薄。　　⑦异端之学,此指佛、道二教。　　⑧辟,通"譬"。《论语·阳货》:"子曰:《诗》,可以兴,可以观,可以群,可以怨。迩之事父,远之事君。多识于鸟兽草木之名。"　　⑨裨谌,春秋时郑国大夫,与子产同时。当时郑国的政策,都由裨谌草创,由世叔、子羽、子产等三人加以讨论、增饰、润色,经此四贤之手以定。见《论语·宪问》:"子曰:为命,裨谌草创之,世叔讨论之,行人子羽修饰之,东里子产润色之。"

卷一　情贞类

范　希　周 _{以下夫妇节义}

　　建炎庚戌岁，建州贼范汝为因饥荒啸聚至十馀万①。次年春，有关西人吕忠翊，受福州税官，方之任，道过建州，有女十七八岁，为贼徒所掠。汝为有族子名希周，本士人，年二十五六，犹未娶。吕监女为希周所得。希周知为宦家女，又有色，性复和柔，遂卜日合族告祖②，备礼册为正室。

　　是冬，朝廷命韩郡王统大军讨捕③。吕氏谓希周曰："妾闻贞女不事二夫④，君既告祖成婚，则君家之妇也。孤城危逼，其势必破，君乃贼之亲党，其能免乎？妾不忍见君之死。"引刀将自刎。希周急止之曰："我陷贼中，原非本心，无以自明，死有馀责。汝衣冠儿女，掳劫在此，大为不幸。大将军将士皆北人⑤，汝既属同方，或言语相合，骨肉宛转相遇，又是再生。"吕氏曰："果然，妾亦终身无再嫁理。但恐为军将所掳，誓不再辱，惟一死耳。"希周曰："吾万一漏网，亦终身不娶，以答汝今日之心。"

　　先是，吕监与韩郡王有旧。韩过福州，辟吕监为提辖官，同到建州。十馀日城破，希周不知所之。吕氏见兵势甚盛，急就荒屋自缢。吕监巡警之次，适见之，使人解下，乃其女也。良久方苏，具言所以。父子相见，且悲且喜。事定，吕监随韩帅归临安，将改嫁女。女不欲，父骂曰："汝恋贼耶？"吕氏曰："彼虽名贼，实君子也，但为宗人所逼，不得已而从之，在贼中常与人作方便。若有天理，其人必不死。儿今且奉道在家，亦足娱侍二亲，何必嫁也？"

绍兴壬戌岁⑥,吕监为封州将领。一日,广州使臣贺承信以公牒到将领司,吕监延于厅上。既去,吕氏谓吕监曰:"适来者何人?"吕监曰:"广州使臣。"吕氏曰:"言语走趋,宛类建州范氏子。"监笑曰:"勿妄言,彼自姓贺,与尔范家子毫无相惹。"吕氏嘿然而止。

后半载,贺承信以职事复至吕监厅事,吕监时或延以酒食。吕氏屡窥之,知实希周也,乃宛诉其父。因饮酒款熟间⑦,问乡贯出身。贺羞愧曰:"某建州人,实姓范,宗人范汝为者叛逆,某陷在贼中。既而大军来讨,城陷,举黄旗招安。某恐以贼之宗族一并诛夷,遂改姓贺,出就招安。后拨在岳承宣军下⑧。收杨么时,某以南人便水,常在前锋,每战某尤尽力,主将知之,贼平后,遂特与某解繇⑨。初任和州指使,第二任授合州监,以阙远,遂只受此广州指使。"吕监又问曰:"令孺人何姓,初娶再娶乎?"范泣曰:"在贼中时,虏得一官员女为妻,是冬城破,夫妻各分散走逃,且约苟存性命,彼此勿娶嫁。某后来又在信州寻得老母,见今不曾娶,只有母子二人、爨妾一人而已。"语讫,悲泣失声。吕监感其恩义,亦为泣下,引入中堂见其女。留住数日,事毕,令随希周归广州。

后一年,吕监解满,迁道之广州。待希周任满,同赴临安。吕得淮上州钤⑩,范得淮上监税官。

　　范子作贼,吕氏从贼,皆非正也。贪生畏逼,违心苟就,其实俱有不得已者焉。既而鳏旷相守,天亦怜其贞而终成就之。奇哉!

【注释】①建州,在今福建省北部的建瓯。范汝为聚众起事于南宋高宗建炎元年(1127),次年冬被平灭。　　②卜日,选择良辰吉日。合族告祖,聚合族人一起祭告祖先。　　③韩郡王,指韩世忠,封咸安郡王,卒后封通义郡王。　　④"贞",原本作"正",据本条出处《说郛》卷十八下引宋王明清《摭青杂记》改。　　⑤韩世忠籍贯延安府绥德军,与吕氏同为关西人。⑥绍兴十二年(1142)壬戌,距平范汝为已十五年。　　⑦款熟,诚挚交心而谈。　⑧岳承宣，即岳飞，绍兴初曾官镇南军承宣使、江南西路沿江制置使。　⑨解縰，解除兵籍，如此则方可任公职。　⑩"钤"，原本作"铃"，据出处改。钤，官印。州钤，知州之印。

盛　　道

赵媛姜，资中盛道妻①。建安五年②，道坐罪，夫妻闭狱③。子翔，方五岁。姜谓道曰："官有常刑，君不得免矣。妾在，何益君门户？君可同翔亡命，妾代君死，可得继君宗庙。"道依违数日④，姜苦劝之，遂解脱，给衣粮使去。姜代为应对，度道走远，乃告。吏杀之。后遇赦，父子得还。道虽仕宦，终不更娶。⑤

羊角死生之义⑥，不谓见于闺阃。

【注释】①资中，在益部犍为郡，今四川资阳。　②建安，东汉献帝年号（196—220）。　③据《后汉书·列女传》，盛道聚众起兵，事败。闭狱，关押入狱。　④依违，迟疑不决。　⑤此条采自晋常璩《华阳国志》卷十。　⑥《列士传》：羊角哀、左伯桃，六国时燕人，相友善。闻楚平王好士，同入楚。遇大雪，道阻绝粮。左伯桃度不能俱生，并衣食与羊角哀，哀不受。桃曰："子不受，同死无名。"哀受之，桃饿死空树中。哀至楚，为上大夫，乃言于平王，备礼以葬桃。葬毕，哀自杀。

祝　　琼

德兴祝琼妻程氏，生二子，曰萃，曰英，母子悉被姚寇虏去①。琼不爱重赀，遣人赎之。寇不满意，第许赎其长儿萃，而犹执程氏与幼儿。程氏泣谓赎者曰："吾终不辱吾夫。"至盘田，坐麦畦中，指寇大骂。寇怒而毙之。越三日，有族人过其地，见小儿走入麦畦中，就而视之，见程氏尸在，死且三日，又值大暑，面色如生，而儿三日无乳不死。族人归报琼，琼疾趋收其尸，抱其子归。琼亦终身不再娶。

【注释】①姚寇,指明正德(1506—1521)间江西姚源之寇乱。

天 台 郭 氏

郭氏,天台人,嫁为某卒妻,殊有姿色。千夫长李某心慕焉。会卒远戍,李日至卒家,百计调之,郭氏毅然不可犯。夫归,具以白之。一日,李过卒家,卒忆前事,怒形于色,亟持刃出,而李已脱走,诉于县。案议持刃杀本部官,罪当死,置之狱中。郭氏躬往馈食,闭户业绩纺,以资衣食。

久之,有叶押狱者①,尤有意于郭氏。乃顾视其卒,日饮食之,情若手足。卒感激入骨髓。忽传有五府官来②,盖斩决罪囚者。叶报卒知,卒谓郭氏曰:“我死有日,此叶押狱未有妻,汝可嫁之。”郭氏曰:“汝以我色致死,我又能再适以求生乎?”既归,持二幼儿痛泣而言曰:“汝父行且死,汝母死亦在旦夕,我儿无所倚,终必死于饥寒,今将卖汝以活性命。汝归他人家,非若父母膝前仍自娇痴为也。”其子女颇聪慧,解母语意,抱母而号,引裾不肯释手。遂携二儿出市③,召人与之,行路亦为之堕泪。富室有怜之者,纳其子女,赠钱三十缗。

郭氏以三之一具酒馔④,携至狱门,愿与夫一再见。叶听入。哽咽不能语,既而曰:“君扰叶押狱多矣,可用此少答之。又有钱若干,可收取自给。我去一富家执作,恐旬日不及见君也。”饮泣而别。走至仙人渡溪水中,危坐而死。是水极险恶,竟不为冲激倒仆。人有见者,报之县。往验得实,皆惊异失色,为具棺敛葬之,表其墓曰“贞烈”。宣抚使廉得其事,原卒之情,释之。富家遂还其子女,卒亦终身誓不再娶。

　　始以色采动人,累夫于死,卒能以节动人,脱夫于死。世之娶妇，每求美而不求贤，其自为亦拙矣。

　　长安大昌里人，有仇家欲报之而无道，劫其妻父，使要其女⑤。父呼其女而告之。女计念："不听则杀父，不孝；听之则杀夫，不义。"欲以身当之，应曰："诺，夜在楼上，新沐头，东首卧，则是矣。妾请开户俟。"仇家至，断头持去，视之，乃其妻头也。仇家痛焉，遂释不杀其夫⑥。此女不忍其夫，宁自忍也，郑雍姬之见偏矣哉⑦。

【注释】①押狱，掌管监狱的小吏，或即牢头。　②五府官，元代制度，每三年一次遣五府官决天下囚徒。　③"市"字原本缺，据本条出处元陶宗仪《辍耕录》卷十二"贞烈墓"条补。市，出售。　④"三之一"，原本作"二之一"，据出处改。　⑤要，要胁。　⑥此事采自汉刘向《列女传》卷五"京师节女"条。　⑦郑雍姬之见，《春秋左氏传》桓公十五年：郑大夫祭仲执政独断，郑厉公恨之，使祭仲之婿雍纠杀祭仲。雍纠把此事告于妻子雍姬，雍姬归家问母："父与夫哪个更亲？"其母曰："是人都可以做丈夫，父亲却只有一个，岂能相比？"雍姬便把郑厉公之谋告父，于是祭仲杀雍纠，而厉公也逃往蔡国。此言雍姬所虑不能孝义两顾，故以为"偏"。

罗　　敷 以下贞妇

　　邯郸秦氏女，名罗敷，嫁邑人王仁。仁为赵王家令①。敷出采桑于陌上，赵王登台，见而悦之，因置酒欲夺焉。敷善弹筝，作《陌上桑》之歌以自明，赵王乃止。②

　　其一解云：日出东南隅，照我秦氏楼。秦氏有好女，自名为罗敷。罗敷喜蚕桑，采桑城南隅。青丝为笼系，桂枝为笼钩。头上倭堕髻，耳中明月珠。缃绮为下裙，紫绮为上襦。行者见罗敷，下担捋髭须。少年见罗敷，脱帽着帩头③。耕者忘其犁，锄者忘其锄。来归相怨怒，但坐观罗敷④。

　　其二解云：使君从南来，五马立踟蹰。使君遣吏往，问是谁家姝。"秦氏有好女,自名为罗敷。""罗敷年几何?""二十尚不足,十五颇有馀。"使君谢罗敷:"宁可共载不?"罗敷前致辞:"使君一何愚? 使君自有妇,罗敷自有夫。"

其三解云:"东方千馀骑,夫婿居上头。何用识夫婿? 白马从骊驹。青丝系马尾,黄金络马头。腰中鹿卢剑,可值千万馀。十五府小吏,二十朝大夫,三十侍中郎,四十专城居。为人洁白皙,鬑鬑颇有须。盈盈公府步,冉冉府中趋。坐中数千人,皆言夫婿殊。"⑤

　　一解极摹己容色之美,末解画出一个风流佳婿,夫妇相爱之情隐然言外。赵王闻之,亦不觉惭退矣。

【注释】①家令,汉代皇家的属官,主管家事,诸王、公主亦设此官。此赵王为汉代诸侯王。　　②罗敷事采自晋崔豹《古今注》。下引《陌上桑》为乐府古辞。原本误字较多,现据乐府改,不再出校。　　③帩头,古代男子束发包头所用的布巾。脱帽而只着帩头,是欲引起罗敷注意也。　　④坐,因为。与"停车坐爱枫林晚"之"坐"义同。　　⑤按:此解皆罗敷夸耀夫婿之辞。

李　妙　惠

李妙惠,扬州女,嫁为同里举人卢某为妻。卢以下第发愤,与其友下帷西山寺中①,禁绝人事,久无家音。成化二十年②,有与同名者死京城,乡人误传卢死,父母信之。

居无何,岁大饥,维扬以北,家不自给。父母怜李寡贫,欲夺其志③,强之不可。临川盐商谢能博子启④,闻其美且贤也,致币请婚⑤。李自缢者再,公姑患之。时李之父在外郡,训乡学⑥。李母偕邻妪劝谕殷勤,防闲愈密。李日夜哀泣,闻者为之堕泪。既知势不可解,乃勉从焉。缄书与父诀,词甚惨。

及归谢家,抗志益笃。谢之继母亦扬州人,与李有瓜葛⑦。李即跪请，愿延斯须之命，终身为主母执役，因坚侍母傍不去。谢故饶婢妾⑧，未及凌犯。居数日，李复恳请为尼，母姑唯唯⑨，度还乡无复之耳。于时启船先发，而母及李继之。至京口，舟泊金山寺下，母偕上寺酬醮。有笔墨在方丈，李取题壁间云："一自当年拆凤凰，至今消息两茫茫。盖棺不作横金妇，入地还从折桂郎。彭泽晓烟归宿梦，潇湘夜雨断愁肠。新诗写向金山寺，高挂云帆过豫章。"款其后曰"扬州卢某妻李氏题"。

卢后会试登甲榜，捷音至扬州，父母乃知子存，然无及矣。弘治元年⑩，纂修宪庙实录，差进士姑苏杜子开来江右采事⑪，未报，复使卢促之。过家，知妻已嫁，恐伤父母，不敢言，然亦未忍别议，遂行。道出镇江，登金山，见寺壁题，不觉气噎。问之寺僧，曰："先有姑媳过此，留题去矣。"卢录其诗以去。至江右，密筹之徐方伯。方伯曰："咸艘逾千⑫，孰从觇察？纵得之，声亦不雅，盍以计取乎？"乃选台隶最黠者一人，谕以其故，令熟诵前诗，驾小艇，沿盐船上下歌而过之。

越三日，忽闻船中女声启窗唤曰："此诗从何得来？"隶前致卢命。李大惊曰："扬州卢举人其死已久，尔欺我也！"隶备述如所谕语。叩父母及妻名，一一不爽，李遂掩泣曰："真我夫矣。始吾闻歌已疑之，恨未有间。今日商偶往娼院，母亦过邻舟，故得问汝。汝归，可善为我辞。"因密致之约，挥手曰："去，去！"隶归报。其夜，依期舟来，遂接李至公馆，夫妻欢会如初。

商赀俱付母主其出入⑬，母转以委李。及商归，检视⑭，历历分明，封志完固，叹曰："关羽昔逃归汉，曹公不追，而曰彼各为其主，此亦为其夫耳。贞妇也，可置之。"时弘治二年也⑮。

卢下帏发愤，不必绝家音。其父母且从容问耗，亦不必汲汲嫁妇。天下多美妇人，商人子亦不必强纳士人之妻。全赖李氏矢心不贰，遂成一片佳话。

【注释】①下帷,放下帷幕,与外隔绝,表示专心读书。　②成化,明宪宗朱见深年号(1465—1487)。　③夺其为夫守节之志。　④谢能博之子谢启。谢能博,江西临川人,为当时著名大盐商。　⑤"致",原本作"效",据文意改。　⑥此乡学指乡村学塾。　⑦瓜葛,即瓜葛亲,远亲也。　⑧饶,多也。　⑨姑唯唯,姑且答应。　⑩弘治,明孝宗年号(1488—1505)。　⑪江右,指江西。　⑫咸艘,运盐之船。　⑬商赀,商人所蓄资产。　⑭"检",原本作"简",避崇祯帝讳而改也,今回改。后凡此类,俱径改不出校。　⑮此事又见于明天然痴叟所撰话本《石点头》第二回"卢梦仙江上寻妻"。按:明梅鼎祚辑《青泥莲花记》卷七:"苏小卿,庐州娼也。与书生双渐交昵,情好甚笃。渐出外,久之不还。小卿守待之,不与他狎。其母私与江右茶商冯魁定计,卖与之。小卿在茶船,月夜弹琵琶甚怨。过金山寺题于壁以示渐,云:'忆昔当年折凤凰,至今消息两茫茫。盖棺不作横金妇,入地当寻折桂郎。彭泽晓烟迷宿梦,潇湘夜雨断愁肠。新诗写记金山寺,高挂云帆上豫章。'渐后成名,经官论之,复还为夫妇。"梅氏早于天然痴叟及冯梦龙,所辑苏小卿事是李妙惠事所本也。

卢　夫　人

卢夫人,房玄龄妻也①。玄龄微时②,病且死,曰:"吾病革③,君年少,不可寡居,善事后人④。"卢泣,入帷中,剔一目示玄龄⑤,明无他念。玄龄愈,礼之终身。

按:梁公夫人至妒。太宗将赐公美人,屡辞不受。帝令皇后召夫人,告以"媵妾之流,今有常制。且司空年暮,帝欲有所优诏"之意。夫人执心不回。帝乃令谓之曰:"若宁不妒而生,宁妒而死?"乃遣酌卮酒与之,曰:"若然,可饮此鸩。"然实非鸩也。夫人一举便尽,无所留难。帝曰:"我尚畏见,何况玄龄!"⑥人谓房公为怕妇,抑孰知感剔目之情也。

【注释】①房玄龄,唐初为秦王李世民亲信,太宗时贤相,与杜如晦齐名。历封祁国公、魏国公、梁国公。　②据《唐书》，房玄龄父仕隋为司隶刺史，玄龄年十八举进士，所谓"微时"，只应在此之前，可知不确。按：此条虽采自《新唐书·列女传》，不过是小说家言，未必实有其事也。　③病革，病危。　④后人，指后夫，即改嫁后之丈夫。　⑤剔目，挑残眼睑。⑥此事采自唐刘悚《隋唐嘉话》卷三。

金　三　妻

昆山舟师杨姓者①，雅与金姓者善。金姓者死，有子曰金三，年十七八，窭甚，将行乞。杨见而怜之，因招入舟收养之。既久，杨夫妇以其力勤也，爱之甚。杨无子，有一女，年亦相若，因以妻三。岁馀产一女，逾晬盘②，病死。三哭之甚哀，成疾，日渐尪羸陁危③。杨夫妇始悔恨，骂詈不绝。

一日江行，泊孤岛下，杨谓三："舟中乏薪，不得炊，可登岸拾枯枝为爨。"三力疾去④，则弃三挂帆行矣。三得枯枝至泊所，失舟所在，知杨弃己也，恸哭欲赴江死。既又念岛中或逢人，冀可救援。转入林，行至一所，见戈戟森森，列卫在焉，为之骇愕。徐侦之，无所闻。渐就，阒寂无人，仅有八大箧，封识完好，竟不知为何。盖盗所劫财，暂置此地。

三乃匿戈沟中，再临江滨，适有他舟经其地，三招之来，曰："我有行李，待伴不至，可附我去。"舟人许诺。遂悉携八大箧入舟。行抵仪真，问居停主人家⑤，密启箧视，皆金珠也。即其地售直得如干，服食起居非故矣。既收童仆，复将买妾。一日行过河下，杨舟适在，三识之，杨不知也。三乃使人雇其舟，去往湖襄贾，辎重累累，舳舻充牣。

先是，杨弃三时，女昼夜啼哭不欲生。父母强之更纳婿，女不从。至是三登舟，舟人莫敢仰视。女窃视之，惊语母曰："客状甚似吾婿。"母詈之曰："见金夫不有躬耶⑥？若三，不知死所矣。"女遂不敢言。三顾女，佯谓舟人曰："何不向船尾取破毡笠戴之?"盖三婆时，初登杨舟，有是言也。于是妻觉之，出相见，与抱哭，欢如平生。而杨夫妇罗拜请罪，悔过无已。三亦不之较，寻同归三家焉。

　　未几，会剧寇刘六、刘七叛入吴⑦。三出金帛募死士，从郡别驾胡公直捣狼山之穴，缚其渠魁，讨平之，功授武骑尉，妻亦从封云。事载《耳谭》⑧。

　　【注释】①舟师，驶船之舵工。　　②晬盘，婴儿周岁。　　③阽危，濒临危险。　　④力疾，尽力支撑病体。　　⑤居停，指寄居之所。　　⑥金夫，有钱的男子。语出《易·蒙》："六三，勿用取女，见金夫，不有躬。"原文意思是，不要娶此女子，此女见到有钱的男人就会不顾身份而失节。⑦刘六、刘七，明正德初，河北人刘六、刘七举义于霸县，后转战至江西、湖北等地，最后覆亡于江苏南通州之狼山。　　⑧《耳谭》，通作《耳谈》，修订后改名《耳谈类增》，明人王同轨所撰笔记小说。此条见《耳谈类增》卷八"武骑尉金三重婚"条。

申　屠　氏

　　申屠氏，宋时长乐人，美而艳，申屠虔之女也。既长，慕孟光之为人①，名希光。十岁能属文，读书一过，辄能成诵。其兄渔钓海上，作诗送之曰："生计持竿二十年，茫茫此去水连天。往来洒洒临江庙，昼夜灯明过海船。雾里鸣螺分港钓，浪中抛缆枕霜眠。莫辞一棹风波险，平地风波更可怜。"其父常奇此女，不妄许人。年二十，侯官有董昌，以秀才异等，为虔所识，遂以希光妻昌。希光临行，作留别诗曰："女伴门前望，风帆不可留。岸鸣蕉叶雨，江醉蓼花秋。百岁身为累，孤云世共浮。泪随流水去，一夜到闽州。"入门，绝不复吟，食贫作苦，晏如也。

　　居久之，当靖康二年②，郡中大豪方六一者，虎而冠者也。闻希光美，心悦而好之，乃使人诬昌阴重罪，罪至族。六一复阳为居间，

得轻比,独昌报杀,妻、子幸无死。因使侍者通殷勤,强委禽焉。希
光具知其谋,谬许之,密寄其孤于昌之友人。乃求利匕首,怀之以
往,谓六一曰:"妾自分身首异处矣,赖君高谊,生死而骨肉之。妾
之馀,君之身也,敢不奉承君命。但亡人未归浅土,心窃伤之,惟君
哀怜,既克葬,乃成礼。"六一大喜,立使人以礼葬之。于是希光伪
为色喜,艳装入室③。六一既至,即以匕首刺之帐中,六一立死。因
复杀其侍者二人。至夜中,诈谓六一卒病委笃④,以次呼其家人。
家人皆愕,卒起不意,先后奔入,希光皆杀之,尽灭其宗。因斩六一
头,置囊中,驰至董昌葬所,以其头祭之。明旦,悉召山下人告之
曰:"吾以此下报董君,吾死不愧魂魄矣。"遂以衣带自缢而死。

此妇是谢小娥一流人⑤。方知劓鼻断腕⑥,尚是自了汉勾
当。彼甄皇后、巢刺王妃、尔朱氏辈⑦,反面事仇,真禽兽不
若矣。

【注释】①孟光,见本书卷二"孟光"条。　②靖康,北宋钦宗年号
(1126—1127),二年北宋亡于金。　③"艳"字原本缺,本条出处明王世
贞《续艳异编》卷七"申屠氏"条亦无"艳"字,据《宋稗类钞》卷十三补。
④卒,即猝。卒病即急病。委笃,病危。　⑤谢小娥,事见唐李公佐撰传
奇《谢小娥传》,言小娥为富商女,年十四,父与夫俱为江湖盗所杀。小娥被
伤,为人所救。后寻找仇人申氏兄弟,终擒杀之。　⑥劓鼻,汉刘向《列女
传》卷四载,梁之寡妇某,美于色,夫死不嫁。梁贵人争欲娶之,不能得。梁
王闻之,使相聘焉。高氏遂自割其鼻,以绝梁王之聘。梁王义之,赐号高行。
断腕,见本卷"独腕尼"条。　⑦甄皇后,甄氏本为袁绍之子袁熙之妻,曹
操灭袁氏,甄氏为曹丕纳为妻。及曹丕篡汉,立甄氏为后。巢刺王妃,巢刺
王,唐高祖李渊之子,李世民之弟李元吉也。李世民发动玄武门之变,杀太
子李建成及齐王李元吉,李世民赐元吉恶谥为巢刺王,纳其妃杨氏,生子曹
王明。尔朱氏,北魏尔朱荣之女,魏孝庄帝之皇后。孝庄帝为尔朱兆所弑,
尔朱后为高欢纳为别室,生彭城王浟。又有小尔朱氏,尔朱兆之女,魏建明
帝(长广王元晔)皇后。建明帝为尔朱世隆所废,后坐事赐死于第。高欢纳

小尔朱氏为别室,生任城王湝。

王　世　名　妻

　　王生世名,武义人。父良,为其族兄俊殴死,已成讼,而伤暴残父尸,复自罢。仇从族尊者之议,割亩以谢,则受之。而岁必封识其亩值藏之①,人不知也。仇以好来,亦好接之,不废礼也。而己阴铸剑,镂曰"报仇",自佩矣。其绘父像,亦绘持剑者在侧。人问之,曰:"古人出必佩剑也。"凡四五载,得游泮②,兼抱子矣,始谓妇俞曰:"有此呱呱,王氏之先不馁③。所以隐忍至此者,正有需也④。今固死日。上有太夫人,下有婴儿,责在汝。"遂仗剑出,斩仇头于蝴蝶山下。归拜母曰:"儿死父,不得侍母膝下矣。"尽出其所封识之值及剑,自造县请死。

　　是日,邑中无不人人发竖者。尹陈君伤之,令且就闲室,以闻于诸大吏。诸大吏以属金华尹汪君决之。汪君廉得其状,益用惋悼,曰:"法必视其父尸。父伤重,则子罪缓。"盖欲生之也⑤。生曰:"始惟不忍暴残父尸,故自死,不然仇死耳。岂有造罪弥天,而复失初志者,何愚也?今日宜自杀,造邑庭来受法耳。但母恩未断,蕲归别母。"汪君纵之归,而身随之,犹欲伸法如前议。生友两邑诸生数百人,皆怂恿之曰:"必如议。"乃生已不食,触阶死矣。两尹皆为下泣,诸生哭声震天。

　　当生之饮恨于嘻笑而誓必死也,他人不知,俞独知之,曰:"君能为孝子,妾能为节妇。"生曰:"节何易言耶?"妇曰:"安见女而非男者?"生曰:"已属汝堂上、裹中矣⑥,何死为?"妇曰:"为君忍三岁,逾三岁,非君所能禁也。"逾三岁,妇果绝食死。始其家欲以生柩归窆⑦,妇不可。至是以双柩出,合葬焉。直指马君以其事闻于朝,旌其门曰"孝烈"。⑧

他人不知，俞独知之，俞必可与为密者。俞知之而不止之，是能明大义，不为情掩者也。夫忍五载而死孝，妇忍三岁而死节，慷慨之谊俱以从容成之，卓哉！

【注释】①亩值，田亩所得收入。　②游泮，游于学宫，即成秀才。③王氏之先不馁，即王氏有后代，其祖先得有后嗣祭祀而不致无食也。典出《左传》宣公四年："鬼犹求食，若敖氏之鬼，不其馁而？"言生子凶恶，将致灭族之祸，则若敖氏祖先之鬼将绝祭祀。　④有需，有所等待。　⑤生之，使脱其死罪。　⑥属，托付。堂上为老母，裹中指幼儿。　⑦归窆，安葬于墓。　⑧此条采自明刘文卿《王孝子俞烈妇传》，又见《明史·孝义传》。

惠　士　玄　妻

惠士玄病革，其妻王氏曰："吾闻病者粪苦则愈。"乃尝其粪，颇甜，王氏色愈忧。士玄嘱王氏曰："我病必不起，前妻所生子，汝善保护之，待此子稍长，即从汝改嫁矣。"王氏泣曰："君何出此言！"数日，士玄卒。比葬，王氏遂居墓侧，蓬首垢面，哀毁逾礼。常以妾子置左右，饮食寒暖，调护惟恐不至。岁馀，妾子亦死，乃抚膺呼曰："天乎，无复望矣！"遂自经于墓侧。①

其生其死，都不忙错。或言贞妇不必死者，固也，顾死岂不贞者所能办耶？昔有妇以贞节被旌，寿八十馀，临殁，召其子媳至前，属曰："吾今日知免矣。倘家门不幸，有少而寡者，必速嫁，毋守。节妇非容易事也。"因出左手示之，掌心有大疤，乃少时中夜心动，以手拍案自忍，误触烛钉②，贯其掌。家人从未知之。然则趁情热时，结此一段好局③，不亦善乎？

【注释】①此条采自《元史·列女传》。　②烛钉，案上设钉，锐出以插蜡烛。　③此言守节甚苦，不如趁与亡夫感情浓热之时，早了结。

从　二　姑

从二姑，为宣化里人从必达女，适赵璁。两家皆田舍儿，曾不闻醮诫语①，乃其倡随和睦，殆出天性，乡邻贤之。越六年，璁病且死，目其妻而不能言。二姑泣曰："将毋以妾为念乎？当与君同穴耳。"于是璁目始瞑。二姑抚尸哭之屡绝，其姑力慰不解，誓以死殉。姑因嘱一老婢密护之。二姑知姑意，为节哀。既葬璁舍东隅，朝夕持浆饭哭奠焉，闻者为之哽咽。未几，私告其婢曰："幸善视吾姑。吾夫待我瞑，瞑且旬日，今得以身与之，试黄泉，蓐蝼蚁②，死无恨矣。"语毕，遂不复食。寻以他事诒婢出，即闭门，解其经③，缢死室中。姑与婢破壁救之，无及矣。死之日，年才二十有四。其姑哭之恸，曰："妇死吾儿也！"因举其丧，与璁合葬。④

同穴之盟，不食其言，女中之荀息乎⑤！

【注释】①醮，古代男子成年行冠礼，有醮醴之仪，大抵为简单的训戒之语。　②试黄泉，蓐蝼蚁，语出《战国策·楚策》。蓐，以草为垫。此言愿下为蓐垫以为夫君抵御土下之蝼蚁。　③经，丧服所系之腰带。④此条采自明吴国伦《四烈传》。　⑤荀息，春秋时晋国人。晋献公有子九人，听骊姬之谮，太子申生自缢，重耳奔蒲，夷吾奔屈，然后尽逐群公子，惟骊姬之子奚齐及其娣之子卓子留于宫。献公疾病，召荀息，使立奚齐。荀息应之曰："臣竭尽股肱之力，加之以忠贞。不济，则以死继之。"献公薨，荀息立奚齐。里克使人杀之。荀息又立卓子，里克复杀卓子于朝，荀息死之。人以荀息有重诺之义，而后世论者多不以为然，以其所守之信小，而致晋国乱政数十年。

狄　阿　毛　妻

高氏，嘉定狄阿毛妻也。配狄一月，患痛疽，高吮之，不愈，死。

高抱尸恸哭，三日不内水浆。家贫火葬，火炽，高便跃入火，姑救出之。高恨不得从夫地下，取夫骨啮吞之。父母惊异而谋疾嫁，恐迟之则死也。漏言于高，高归舍即断发，其夕竟雉经①。

从二姑与高氏，皆田舍市井家儿耳，乃其捐生殉节，盖世胄读书知礼义者之所不能为也。嘉靖间，有司奏请故相靳文僖继夫人旌典②，事下礼部，仪曹郎与靳有姻娅③，力为之地④。宗伯吴山曰⑤："凡义夫、节妇、孝子、顺孙诸旌典，为匹夫匹妇发潜德之光⑥，以风世耳。若士大夫家，自应如此，彼生受殊封，奈何复与匹妇争宠灵也？"会赴直入西苑⑦，遇大学士徐阶，阶亦以为言。山正色曰："相公亦虑阁老夫人再醮耶⑧?"阶语塞而止。呜呼！使吴宗伯之说得伸，从二姑辈必不冥没于地下，而民风庶有兴乎！

【注释】①雉经，自缢。　②靳文僖，靳贵，弘治进士，官至武英殿大学士，谥文僖。旌典，古代对忠孝节义的人，由朝廷建坊题匾以为表彰，谓之旌表。旌典即旌表之仪式。　③姻娅，姻亲关系。　④为之地，为其助力促成。　⑤吴山，嘉靖进士，累官礼部尚书，故称"宗伯"。　⑥潜德，发于本性之品德。　⑦"苑"，原本误作"院"，据本事出处明焦竑《玉堂丛语》卷四改。　⑧阁老夫人，指相国靳贵之遗孀。再醮，再嫁。

泖　湖　谢　氏

泖湖谢氏，松江巨室也。国初被籍没①，坐诛。有妇美色，给配象奴②。妇诒奴曰："待我祭亡夫，乃从尔。"奴信之。妇携酒饭，至武定桥哭奠③，赋诗云："不忍将身配象奴，自携麦饭祭亡夫。今朝武定桥头死，一剑清风满帝都。"遂拔剑自刎死。

【注释】①国初，明初。朱元璋灭张士诚，对吴地富户多加抄没。又有一说，云是燕王朱棣靖难之役，既破南京，诛戮建文忠臣之家，烈妇即某忠臣

之妇。见《江南通志》卷一百七十七。　　②象奴，为皇宫养象之役夫。多
为南方属国进贡大象时随象而来。　　③武定桥，在南京秦淮河上。

史　五　妻

史五妻徐氏，定远人，年二十八。元末，五为百夫长。至正十
三年五月①，暴兵至县②，五巷战死之。明日兵退，徐氏求其夫于积
尸之中。血渍身衣，众莫能辨。徐氏因忆其夫尝佩一绣囊，于是细
辨而得之，知其为夫尸也，口吮手足及绣囊上血，载之以归。令匠
氏治棺甚大，众莫测其意。棺既成，遂沐浴缢死尸旁。乡人义之，
与夫同棺而葬。

【注释】①至正，元顺帝年号（1341—1370）。　　②至正十一年，徐寿
辉起兵反元于湖北，次年，攻入浙江。暴兵或指此。

王　氏　妇

至元十三年冬①，元师渡江至天台。有千户掠得一王氏妇。夫
家临海人，妇有美色。千户尽杀其舅姑与夫，欲强胁之，不可。明
年春，遂驱以北行。至嵊县清风岭，妇仰天窃叹曰：“吾知所以死
矣。”即啮拇指出血，题诗崖石曰：“君王无道妾当灾，弃女抛男逐马
来。夫面不知何日见，妾身料得几时回。两行清泪频偷滴，一片愁
眉锁不开。回首故山看渐远，存亡两字实哀哉。”写毕，遂投崖死。

后杨廉夫感其事②，题诗云：“介马驮驮百里程，清风岭上血书
成。只应刘阮桃花水③，不似巴陵汉水清④。”后廉夫无子。一夕，梦
一妇人谓曰：“尔知所以无后乎？”曰：“不知。”妇人曰：“尔忆题王
节妇诗乎？尔虽不能损节妇之名，而心则伤于刻薄⑤。毁谤节义，
其罪至重，故天绝尔后。”廉夫既寤，大悔，遂更作诗曰：“天随地老
妾随兵，天地无情妾有情。指血啮开霞峤赤，苔痕化作雪江清。愿

随湘瑟声中死⑥,不逐胡笳拍里生⑦。三月子规啼断血,秋风无泪写哀铭。"后复梦妇人来谢。未几,果得一子。

　　杨之诗意但刻薄耳,非显然毁谤也,而犹蒙幽责如此。况月娥星女,帝妃洛神⑧,种种污蔑,当得何罪?

【注释】①元有二至元年号,此为元世祖之前至元事(至元十三年为1276年),时伯颜已破南宋都城临安,掳太后及宋帝等北行。　②杨维桢,字廉夫,号铁崖,元末明初大诗人,以乐府著称,号"铁崖体"。　③此指刘晨、阮肇游天台遇仙女而短暂同居事。见本书卷十九"天台二女"条。④此指秦始皇时之巴寡妇清,能以财力自卫清贞,人不敢犯。　⑤杨廉夫诗有责王氏不能自尽于夫死当时之意。　⑥此言舜之二妃随舜南巡至湘水,舜死,二妃投水化为湘灵。　⑦此指东汉末蔡文姬被掳嫁匈奴左贤王事。　⑧月娥,月中嫦娥。星女,见卷十九"织女　婺女　须女星"条。帝妃,帝舜二妃。洛神,传说曹丕甄后死为洛神。

徐 君 宝 妻

　　宋末,岳州徐君宝妻某氏,被虏来杭,居韩蕲王府①。自岳至杭数千里,虏数欲犯之,而终以计巧脱。盖某氏有令姿,主者弗忍杀之也。一日主者怒甚,将即强焉。度不可脱,乃谓曰:"俟我祭谢先夫,然后乃为君妇未晚也。君奚怒焉?"虏喜而许之。遂严妆焚香,祝毕,取笔题《满庭芳》一阕于壁上,赴池水死。其词云:"汉上繁华,江南人物,尚遗宣政风流。绿窗朱户,十里烂银钩。一旦刀兵齐举,旌旗拥,百万貔貅。长驱入,歌台舞榭,风卷落花愁。　　清平三百载,典章文物,扫地俱休。幸此身未北,犹客南州。破鉴徐郎何在②,空惆怅,相见无繇。从今后,梦魂千里,夜夜岳阳楼。"③

【注释】①此指韩世忠之旧第。蕲王,为宋孝宗时追封。　②破鉴徐郎,即破镜重圆事,见本书卷四"杨素"条。　③此条采自元陶宗仪《辍耕录》卷三"贞烈"。

邓　廉　妻

　　沧州弓高邓廉妻[1]，李氏女，嫁未周年而廉卒。李年十八，守志设灵，凡每日三上食，日临哭。布衣蔬食六七年。忽夜梦一男子，容止甚都，欲求李氏，睡中不许。自后每夜梦见，李氏竟不受。以为精魅，书符咒禁，终莫能绝。李氏叹曰："吾誓不移节，而为此所挠，盖吾容貌未衰故也。"乃援刀截发，麻衣不濯，蓬鬓不理，垢面灰身。其鬼又谢李氏曰："夫人竹柏之操，不可夺也。"自是不复梦见。郡守旌其门闾，至今尚有节妇里。出《朝野佥载》[2]。

　　【注释】①弓高，地名，隋唐时属河北沧州。　　②《朝野佥载》，唐初人张鷟所著笔记，多记隋唐间故事。此条见其书卷三。

独　腕　尼

　　播州宣慰杨应龙叛[1]，赣兵杨炯阵亡[2]。讣至家，妻柳氏瘗其衣帽，自缢者屡，皆为人觉，不死。豪家儿慕其姿色，争委禽焉[3]，柳不可。姑利厚赀，潜许之。万历庚子六月，豪家来娶，姑逼使升舆。柳大诟曰："奴子无知犯我，我岂为狗彘行！"豪怒，自入牵其手。柳佯曰："姑徐徐，俟我更衣行耳。"乃跽向天曰："吾实不幸，夫死，吾腕为人污矣。"即引利刃断去其腕，豪惊遁。自此祝发为比丘尼[4]。

　　【注释】①宣慰，即宣慰司使。四川播州世袭土司、宣慰司使杨应龙，自万历十七年(1589)屡示不臣，多有叛迹，至万历二十七年公开造反，明廷调诸省兵分八路进剿，次年平。　　②赣兵，江西南部地方军伍，因征杨应龙而至四川。　　③委禽，致送聘礼。古时定亲纳聘，男方要送女方一雁，故称。　　④祝发，断发，削发。

海 昌 董 氏

海昌董氏,二十嫁为朱俊妻,三载夫亡。生子鉴,甫周岁,董水浆不入口者三日。或劝曰:"子在而殉夫,沟渎之谅耳①。"乃强起饮食,昼夜哭不绝声。闻者怜之。戴大宾字寅仲,莆田人,年十四探花及第②吊以诗曰:"望夫归,夫归定何时?儿啼夫不闻,妻哭夫不知。此身不惜化为石,汝儿无母当怨谁?芳草年年青,吁嗟夫兮归不归。"又云:"儿勿哭,儿哭伤母心。汝翁弃汝去,汝母爱汝不敢嗔。何日儿当言,何日儿当步?母养儿兮苦复苦,吁嗟儿兮莫作潘郎负阿母。"后鉴果能树立③,当道为表其闾曰"慈节"云。

【注释】①沟渎之谅,语出《论语·宪问》:"岂若匹夫匹妇之为谅也,自经于沟渎而莫之知也。"谅,信义。子贡问孔子:"管仲事齐公子纠,齐桓公杀子纠,而管仲不能以死报子纠,反而辅佐桓公,这事做得对吗?"孔子答道:"管仲辅相桓公,霸诸侯,匡天下,百姓至今受其福泽。他怎么能像匹夫匹妇一样为了信守与子纠的君臣之义,找个背人之处自缢了事呢?"　②戴大宾,年十三举弘治辛酉(1501)乡试,正德戊辰(1508)会试第二,廷对第三。戴为探花时为二十岁。　③树立,有所成就。

章 纶 母

温州乐清章文宝,聘金氏,未成婚,纳妾包氏,有妊。而文宝得疾且死,金氏闻,请往视。父母不许,金氏坚欲往。文宝一见即逝。金氏为棺敛之,抚妾守丧。妾生子纶,亲教读书,通《四书》大义。复遣就外傅①,竟第正统元年进士,官礼部主事。先欲疏请复储②,恐贻母忧,未上。金氏闻之,谓曰:"吾平日教尔何为?汝能谏死职,我虽为官婢③,无恨也。"纶遂上疏,忤旨,杖几死,禁锢诏狱。金氏怡然。纶天顺二年复官,终养金氏。尝自为诗见志,诗曰:"谁云妾无夫？妾犹及见夫方殂。谁云妾无子？侧室生儿与夫似。儿读书，妾辟纑④，空房夜夜闻啼乌。儿能成名妾不嫁，良人瞑目黄泉下。"后纶官至礼侍。⑤

　　一见之情，胜于百年。且不怨纳妾而能诲子，闺中大圣贤也。

【注释】①就外傅，入学塾读书。　　②复储，恢复原英宗太子的储君地位。按正统十四年（1449），明英宗北征鞑靼，于土木堡被俘。在朝大臣于谦等立英宗弟朱祁钰即位，是为代宗景泰帝。景泰帝废英宗太子为沂王，立己子为太子。不久太子死，朝臣锺同、章纶等上疏，请复立沂王为太子。景泰帝怒，下二人于诏狱，榜掠惨酷。及英宗复辟，章纶方被释，擢礼部右侍郎。　　③官婢，指大臣有罪，其家属将没入官为奴为婢。④辟纑，绩治麻缕。　　⑤此条采自明许浩《复斋日记》卷上。

歌　者　妇

　　南中有大帅，世袭爵位。有歌妇色美，与其夫自北而至。帅闻而召之。每入，辄与其夫偕，更唱迭和，曲有馀态。帅欲私之，妇拒不许。帅密遣人害其夫，而置妇于别室，多其珠翠，以悦其意。逾年，往诣之，妇亦欣然接待，情甚婉娈。及就榻，袖中忽出白刃，擒帅欲刺之。帅惊逸，妇逐之，遇二奴阖其扉，乃免。旋使人执之，已自断其颈矣。①

　　此女中高渐离也②。渐离为友，此为夫。祖龙之杀荆卿也，宜也。歌者之死，不更冤乎？颈且可断，岂珠翠所能媚哉！

　　金兀术爱一小卒之妻，杀卒而夺之，宠以专房。一日昼寝觉，忽见此妇持利刃欲向，惊起问之，曰："欲为夫报仇耳！"术嘿然，麾使去。即日大享将士，召此妇出，谓曰："杀汝则无罪，留汝则不可，任汝于诸将中自择所从。"妇指一人，术即赐之。

此妇亦大有意思，惜乎不肯拼一死也。然则为歌者妇愈难矣。

【注释】①此条采自《太平广记》卷二百七十引五代王仁裕《玉堂闲话》。②《史记·刺客列传》：高渐离为荆轲之友，善击筑。荆轲既死，渐离亦被收捕。始皇惜其善击筑，瞎其目，使击筑。渐离乃置铅于筑中，举筑击始皇，不中，被诛。

美　人　虞 以下贞妾

项王籍有美人名虞，常幸从；有骏马名骓，常骑之。及军败垓下，诸侯兵围之数重，夜闻四面皆楚歌，乃悲歌慷慨，自为诗，歌数阕。歌云："力拔山兮气盖世，时不利兮骓不逝。骓不逝兮可奈何，虞兮虞兮奈若何！"虞姬和云："汉兵已略地，四面楚歌声。大王意气尽，贱妾何聊生！"项王泣数行下，谓姬曰："善事汉王。"姬曰："妾闻忠臣不二君，贞妇不二夫，请先君死。"项王拔剑，背而授之，姬遂自刎。姬葬处生草，能舞，人呼为"虞美人草"①。

卓稼翁名田②，建阳人《题苏小楼》辞云："丈夫只手把吴钩，欲断万人头。因何铁石，打成心性，却为花柔。　君看项籍并刘季，一怒使人愁。只因撞着，虞姬、戚氏，豪气都休。"余谓以籍之喑哑叱咤，千人自废，而虞能婉顺得其欢心，虞真可怜人哉！籍之雄心，已先为虞死矣，虞特以死报之耳。死为舞草，为谁舞耶？杨用修谓其柔细可爱，名"娱美人"，讹为"虞"耳。龙子犹有诗云："陈平逃去范增亡③，独有虞兮伴剑铓。喑哑有灵须讼帝④，急将舞草变鸳鸯。"

【注释】①《益州草木记》：雅州名山县出虞美人草，花叶两相对。人或近之，即向人而俯。如为唱《虞美人曲》，则此草相应而舞，他曲则否。按：雅州在今四川成都西，距垓下甚远。　②卓田，《说郛》卷四十下引《山房随笔》作"卓用"。　③秦末兵起，陈平先从项羽，为都尉，后亡去归汉。

④《史记·淮阴侯列传》:"项王喑哑叱咤,千人皆废。"此以喑哑代指项羽。帝,天帝。

随　清　娱

清娱,姓随氏,平原人,从太史令司马迁,侍姬也。年十七,归迁。迁凡游名山,必以清娱自随。后随至华阴之同州,而迁召入京师,留清娱于同。已而迁陷腐刑,发愤著书,未几病卒于京。清娱闻之,遂悲愤而死。州人葬之于某亭子下,忘其名。厥后唐褚遂良刺同州,清娱乃感梦于遂良,具言始卒,云:"上帝悯其年寿未尽,因命为此州之神,庙食一方。然图籍未载,世人莫有知者。以公为一代文人,求志其墓,光扬幽懿。"遂良欣然从之。①

> 长卿氏曰②:随娱为龙门姬,甚艳。十七随龙门游名山,甚韵。独处同州,悲愤而死,甚冷。千百年而魂现于文士之手,甚香。清娱至今如生也,龙门于是乎不腐矣③。

【注释】①按,随清娱事于史无征,初见于明道士李延昰《放鹇亭集》,所载唐褚遂良《随清娱墓志》显系伪造。　　②明屠隆字长卿,号赤水。"长卿氏"或即此人。　　③司马迁为龙门人,此以"龙门"代指司马迁。

邺　中　妇　人

窦建德常发邺中一墓①,无他物,开棺见妇人,颜色如生,姿容绝丽,年可二十馀,衣服形制非近世者。候之,似有气息,乃收还军养之。三日而能言,云:"我魏文帝宫人,随甄皇后在邺②,死葬于此。命当更生,而我无家属可以申诉,遂至幽隔,不知今乃何时也?"说甄后见害,了了分明。建德甚宠爱之。其后建德为太宗所灭,帝将纳之,乃具以事白,且辞曰:"妾幽闭黄壤已三百年,非窦公何以得见今日？死乃妾之分也。"遂饮恨而卒,帝甚伤之。出《神异录》③。

自魏迄隋,几三百年,此妇之齿长矣④,而妍丽如昨,岂盖棺乃却老方乎⑤？他记载美娘事⑥,鬼亦增年长成,又何说也？傥所谓失归者与？抑人妖与？独其守窦公之节,砭砭不渝,是可录耳。

【注释】①窦建德,隋末起兵反隋,据有河北。邺,在今河北邯郸南,为三国时魏都城。　②甄后,魏文帝皇后。见本卷"申屠氏"条注。　③见《太平广记》卷三百七十五引。　④齿,年齿。齿长即年纪很大。　⑤却老方,延年益寿、使人不老之药方。　⑥美娘事,见本书卷八"唐珝"条。

张　宁　妾

张宁,字靖之,号方洲,海宁人。正统间进士,以汀州知府引疾归田①。有二妾,一寒香,姓高氏;一晚翠,姓李氏。年可十六七,皆端洁慧性。公老,益爱重之。及病将革,无子,诸姬悉听之嫁,二氏独不忍去,因泣请曰:"妾二人有死不贰。幸及公未暝,愿赐一阁同处,且封钥之,第留一窦,以进汤粥,誓以死殉公也。"遂引刀各截其发,以示靡他②。公不得已,勉从之。乃寂居小阁,绝不与外通声问。及公卒,设席阁中,且夕哭临,服三年丧,不窥户者五十馀年。嗣子曰嘉秀③,字文英,举嘉靖己丑进士。其锦旋日④,二氏语之曰:"妾等犬马之齿已逾七旬,他日相从先公于地下,庶可无汗颜也。"文英感谢,即日令启钥而出之,则皤然双老媪矣。亲戚莫不怜且敬焉。遂为奏闻,旌之曰"双节"。

二姬之所难者有三:少艾,一也;为妾,二也;无子,三也。况听嫁业有治命⑤,前无所迫,后无所冀,独以生前爱重一念,之死靡他。武之牧羝海上十八年⑥,皓之留金十九年⑦,遂为旷古忠臣未有之事。而二姬禁足小阁且五十餘年，其去槁木死灰几何哉？情之极至，乃入无情。天纵其龄⑧，人高其义，寒而愈香，晚而益翠，真无愧焉。狐绥之歌辱其夫⑨，艾豭之歌辱其子⑩，《明河》之歌辱其年⑪。吁！视二姬可愧死矣。

【注释】①引疾，以病为由而辞官。　　②靡他，除此之外别无他志。③嗣子，自己无子，领近支或他人子为继嗣者。　　④锦旋，衣锦还乡。⑤治命，头脑清醒时的决定。《左传》宣公十五年：晋大夫魏武子有爱妾，无子。武子病，命其子魏颗曰："吾死后必嫁此女。"及至病重，又谓魏颗曰："必以此女殉葬。"魏武子既卒，魏颗嫁此姬，道："疾病重则思乱，吾从其治时之命也。"后晋与秦战于辅氏，魏颗见老人结草以绊秦将杜回，杜回踬而颠，魏颗遂擒之。夜梦老人曰："余，而所嫁妇人之父也。尔用先人之治命，余是以报。"　　⑥武，汉苏武。为汉使匈奴，持节不屈，被扣留十九年，牧羊北海之上，至老方归。　　⑦皓，南宋洪皓。高宗建炎初出使金国，不肯屈服，被扣留十五年始南还，人比之苏武。　　⑧天纵其龄，天使其高龄。⑨狐绥之歌：《诗·齐风》有《南山》诗，云"南山崔崔，雄狐绥绥。鲁道有荡，齐子由归"。解《诗》者以为此诗讥鲁侯，言齐之文姜既嫁鲁桓公，桓公赴齐襄公之会，文姜强与同行，借机与其兄齐襄公私通。事为桓公发觉，齐襄公便灌醉桓公，杀之于归途。齐人知此事，以为耻辱，遂作此诗以讥之。"辱其夫"，指齐文姜辱其夫鲁桓公也。详见本书卷十七"鲁文姜　哀姜"条。　　⑩艾豭之歌，见《左传》定公十四年。卫侯夫人南子，本宋女，未嫁卫侯之前，即与宋朝私通。至是年，卫侯竟召宋朝至洮，使与南子相会。卫太子蒯聩赴齐，过宋之野，闻宋野人歌曰："既定尔娄猪，盍归吾艾豭？"以娄猪（小母猪）喻南子，以艾豭（老公猪）喻宋朝，意谓拴住你们那头小母猪，把我们的老公猪放回来吧。卫太子闻而羞之，故此言南子"辱其子"。按：蒯聩虽非南子所生，亦有母子之义。　　⑪《明河》之歌，详见卷十七"唐高宗武后"条。其时武后年事已高，而公然任朝臣导淫，是谓"辱其年"。

绿　珠

绿珠者，姓梁，白州博白县人也。州则南昌郡，古越地①，秦象郡,汉合浦县也。唐武德初,削平萧铣,于此置南州,寻改为白州,取白江为名。州境有博白山、博白石、盘龙洞、房山、双角山、大荒山。山上有池②,池中有婢妾鱼。

绿珠生双角山下,美而艳。越俗以珠为上宝,生女为珠娘,生男为珠儿。绿珠之字,繇此而称。晋石崇为交趾采访使,以真珠三斛致之。崇有别庐在河南金谷碉,碉中有金水,自太白源来。崇即谷制园,馆绿珠③。绿珠能吹笛,又善舞④,崇自制《明君歌》以教之,又制《懊恼曲》赠焉。

赵王伦乱常⑤,贼类孙秀使人求绿珠。崇方登凉观,临清水,妇女侍侧。使者以告,崇出侍婢数百人以示之,皆蕴兰麝而披罗縠,曰:"任所择。"使者曰:"君侯服御丽矣,然受命指索绿珠,不知孰是?"崇毅然作色曰:"吾所爱,不可得也。"使者曰:"君侯博古通今,察远见迩,愿加三思。"崇曰:"不然。"使者出而复反,崇竟不许。秀怒,乃谮伦族之⑥。收兵忽至,崇谓绿珠曰:"我今为尔获罪。"绿珠泣曰:"愿效死于君前。"崇因止之,遽坠楼而死。崇弃东市。时人名其楼曰绿珠楼。楼在步广里,近狄泉,在玉城之东。绿珠有弟子朱韩,有国色,善吹笛。后入宋明帝宫中⑦。

本传云⑧:白州有一派水,自双角山出,合容州江,呼为绿珠江。亦犹归州有昭君村、昭君滩,吴有西施谷、脂粉塘,盖取美人出处为名。又有绿珠井,在双角山下。耆老传云:"汲此井者,诞女必多美丽。里闾有识者,以美色无益于时,因以巨石镇之。迩后虽有产女端妍者,而七窍四肢多不完具。"岂非山水之使然?昭君村生女皆炙破其面,故白居易诗云:"不取往者戒,恐贻来者冤。至今村女面,烧灼成痕瘢。"又以不完具者而惜焉⑨。噫!石崇之破,虽自绿珠始,亦其来有渐矣。常刺荆州⑩,劫夺远使,沉杀客商,以致巨富。又遗王恺鸩鸟,共为鸩毒之事,有此阴谋。又以每邀燕集,令美人行酒,客饮不尽者,使黄门斩美人。王丞相导与大将军敦尝共访崇。丞相素不能饮,辄自勉强,至于沉醉。至大将军,故不饮,以观其气色。已斩三人,丞相劝敦使尽,敦曰:"彼自杀人,与我何与?"君子曰:"祸福无门,唯人所召。"崇心不义,举动杀人⑪,焉得无报也?非绿珠无以速石崇之诛,非石崇无以显绿珠之名。绿珠之坠楼,侍儿之有贞节者也。比之于古,则有田六出。六出者,王进贤侍儿也。进贤,晋愍怀太子妃⑫。洛阳陷,石勒掠进贤,获焉,欲妻之。进贤骂曰:"我皇太子妇,司徒公女。胡羌小子敢干我乎!"言毕投河中。六出曰:"大既有之,小亦宜然。"复投河中。其后诗人题歌舞妓者,皆以绿珠为名。庾肩吾曰:"兰堂上客至,绮席清弦抚。自作《明君辞》,还教绿珠舞。"李元操云:"绛树摇歌扇,金谷舞筵开。罗袖拂归客,留欢醉玉杯。"江总云:"绿珠衔泪舞,孙秀强相邀。"绿珠之殁已数百年矣,诗人尚咏之不已,其故何哉?盖一姬侍不知书而能感主恩,愤不顾身,其志烈凛凛⑬,诚足使后人仰慕歌咏也。至有享厚禄,盗高位,忘仁义之行,怀反覆之情,朝四暮三,唯利是图,节操反不若一妇人,岂不愧哉!季伦死后十日,赵王伦败⑭,左卫将军赵泉斩孙秀于中书,军士赵骏剖秀心食之。伦囚金墉城,赐金屑酒。伦惭,以巾覆面曰:"孙秀误我也。"饮金屑而卒,皆夷家族。南阳生曰:"此乃假天之报怨,不然,何枭夷之立见乎?"⑮

【注释】①"越",原本作"道",按《绿珠传》作者为五代人乐史,故此处为唐时地名。唐时白州博白县,今广西玉林。唐时一度改白州为南昌郡(非江西之南昌),其地古为南越地,至秦属象郡,汉为合浦县,故改。　②山上有池,据《太平寰宇记》卷一百六十七,有池者指"大荒山"。又,乐史《绿珠传》"大荒山"作"大华山"。　③馆绿珠,为绿珠建立馆舍。　④原本"善舞"下有"明君"二字,按:舞名无《明君》者,据乐史《绿珠传》删。⑤晋惠帝元康九年(299),贾后诬太子谋反,废太子。次年,贾后杀废太子。赵王司马伦及孙秀领兵入宫，捕杀贾后，并杀大臣张华等。赵王伦既专国政，命孙秀为中书令。孙秀于是年杀石崇。　　⑥谮伦族之，向赵王伦进谮言以诬石崇而族诛之。　　⑦"朱韩"，原本作"宋祎"，据《绿珠传》改。按，"宋祎"以下数句见明邝露《赤雅》卷二。《赤雅》所说甚无稽，自西晋石崇死至宋明帝，相隔有一百六七十年，岂有如此长寿之宋祎？⑧本传，指乐史所撰《绿珠传》，见《说郛》卷一百十二上。　　⑨"又以不完具者而惜焉"，原本作"又与完具者同焉"，据《绿珠传》改。　　⑩刺荆州，为荆州刺史。　　⑪"举动"，原本作"过"，据《绿珠传》改。　　⑫"怀"字原本缺，据《晋书·列女传》补。"愍怀太子"不可省为"愍太子"。按：据《晋书·愍怀太子传》及《列女传》，愍怀太子妃为王衍小女，字惠风。言其名进贤者，仅见于道书仙传，不可信。　　⑬"志烈"，原本作"忠烈"，据《绿珠传》改。　　⑭石崇死于永康元年（300），而赵王伦败死在次年，非仅十日也。　　⑮按：以上皆摘自乐史《绿珠传》。

戚大将军妾

大将军戚公继光，其夫人威猛，晓畅军机，常分麾佐公成功。止生长嗣一人，亦善战，置在前队。军法：反顾者斩。偶与敌战败，反顾，公即斩之。于是将士胆落，殊死战，复大胜。夫人以是不无少恚，而妒亦天性。公每入幕①，目无旁瞩。或教以置妾别业者，果匿数姬，生三子。夫人每握刀突至其地，绝无影响。盖于曲房通别室，其扉墙砖巧于合缝，见墙不见扉，惟公独入之耳。

久之，以一子托言某孝廉子，丐以继嗣，即令孝廉处以西席。夫人大安之。一日念无子，涕出。有小妮子发前事，夫人大怒，纳兵往攻之②，而一卒不令出，恐有泄者。孝廉急属一力逾重墙报公。公召诸将问计，或曰："愿以死迎敌。"或曰："早避之便。"公曰："皆非也。"乃自袒跣，跪迎夫人。诸姬披发席藁，各抱其子请死，而请以子尝刃。夫人令抱儿起，皆送还家，曰："首祸是老奴。"令杖之，公即伏受。杖数十，门外将卒喊声大举，乃已。箠挞诸姬最毒，罢归。繇是公不得轻出。既与姬绝，令尽箧其所有，各从所适。诸姬计曰："弃妾非主人意，何忍违之？"乃轻装适他郡，披剃为尼，匿女僧家，梵诵至十馀年，夫人殁，始归，各拥其子。然诸子，始夫人皆子之③，亡恙。④

　　　大将军为妾受杖，妾之箠挞为不痛矣。能夫其夫，竟克子其子，节义亦何负于人哉！

【注释】①入幕，此指入内室。　　②纳兵，召聚兵卒。　　③子之，收为己子。　　④此条采自明王同轨《耳谈类增》卷三十一"戚大将军"条。

张　小　三 以下贞妓

杨玉山，松之商人也①。性爱小妓，其丹帕积至数十，以为帐，号"百喜帐"。南京有女妓曰张小三者，稚齿雅容，不肯就门户②，曰："能妻我者，当与之谐。"杨以税事入京，闻而恳求之，捐数十金，乃成婚。逾月，欲随之还家，曰："奴固誓之矣。今不归君为妾，复何归乎？"杨妻妒，不敢许，约以半载为期。及去，妓守志不渝，父母无如之何。数寄声杨所，杨感其诚，岁四五至，至必留旬月，所赠遗以千万计，往来如家焉。

久之，赀日剸削，既二十年，田产为一空，男女未婚③，薪水且不给④，而日受妻子怨言，怏怏悔叹，两目皆为失明。妓怪其久不来，使使谂焉⑤，盲矣。乃扁舟下江，直造杨氏之庐，登堂拜主母，捧杨首大恸曰："主君贫困，职我之繇。妾当为君婚嫁，君幸毋苦。"悉出向所赠珠玑器具，以为资妆，嫁其二女。又出仪物筵设之费，为二子纳室⑥。

留侍汤药者一年，杨郁郁心恚以死。妓又脱簪珥殡之，守其枢不去。妻亦哀悯其志，语之曰："姊院中衣食自丰，何为困此，与我同辛苦？"妓谢曰："奴非碌碌市门女也。少有不污之誓，与主君交往廿载，名虽风尘，身固不异杨氏之少房也[7]。且主君为我而死，何忍背之？愿从主母侧，执庖湢之劳[8]，殁且不悔。"闻者莫不叹异。既免丧，其父母强之归，不从。讼诸礼曹，移牒逮之急[9]。不得已，泣别其灵而去。后卒不面一男子，考终于旧院[10]。

外史氏曰：世皆云娼无定情，其情伪也，强也。今观张卿事，岂伪与强所能哉？幼而知贞，长而守志，老而不渝节，卒以清白从杨生地下。观其推财恤患，有古侠士之风，岂特风尘中难之，士君子或愧焉。昔房千里文杨娟[11]，许尧佐传柳氏[12]，以为奇节。然彼固失身于初者，岂莹然全归如斯人哉？

南京妓女刘引儿，为一商所眷。商死，刘为持服[13]。岁时修斋设祭，哭泣尽哀。以女工自养，誓不交客。家人不能夺其志。商家后凋落，刘复推所有以周其妻子。有富翁闻其贤，欲娶焉，刘不从而止。又屠宝石者，京师大贾也。尝以罪发遣辽东卫充军，家破，无可托者，以白金万两寄所昵妓家。后数年赦回，以所寄还之，封识如故。此亦张小三之亚也。

【注释】①松，松江府，今属上海。　②就门户，以妓为业。　③男女未婚，言子女因无赀而未成婚嫁。　④薪水，生活日常所用。不给，不能供给。　⑤谂，潜察之。　⑥纳室，娶妻。　⑦少房，妾室。⑧庖，厨房。湢，浴室。庖湢之劳，概指家务。　⑨明时凡在籍妓女乐户俱归礼部下属之祠部教坊司，即此处所说之"礼曹"。妓女非脱籍者不得擅自离院，违者可下牒追捕。　⑩考终，寿命终结。旧院，南京秦淮河板桥一带，自明初即为妓院聚集区，统称旧院，因另有朱市为新起妓院区也。⑪房千里，唐人，著有《投荒杂录》传世。文杨娟，为杨娟作传文，见本卷"杨娟"条。　⑫唐许尧佐有《柳氏传》，其事见本书卷四"许俊"条。　⑬持服，守丧。

高　娃

高娃者，京师娼也。自幼美姿容。昌平侯杨俊与之狎，犹处子也。昌平去备北边者数载，娃闭门谢客。天顺中^①，俊与范都督广为石亨所构，以正统十四年大驾陷土木，俊等坐视不救为不忠，论死。二人赴市，英气不挫。杨尤挺劲，但云："陷驾者谁？今何在？吾提军救驾，杀之固宜。"亲戚故吏无一往者。俄有一妇人缟而来，则娃也。杨顾谓曰："汝来何为？"娃曰："来视公死。"因大呼曰："忠良死矣！"观者骇然。杨止之曰："已矣，无益于我，更累若耳。"娃曰："我已办矣。公先往，妾随至。"杨既戮，娃恸哭，吮其颈血，以针绵纽接著于颈，顾杨氏家人曰："好葬之。"即自取练经于旁。^②

　　　高娃一滴泪，羞杀许多亲戚故吏。

　　　长卿氏曰：昌平至今不死，高娃亦不死。一时亲戚故吏及
　　贤士大夫无一往者，今何在也？噫，想死矣！

【注释】①天顺，明英宗复辟后年号（1457—1464）。按：明英宗正统十四年（1449），瓦剌也先犯大同，英宗在太监王振等人怂恿下率五十万大军亲征。八月驻跸土木堡，为瓦剌所破，英宗被俘。败闻京师，皇太后以英宗弟郕王监国，旋即位，以次年为景泰元年（1450），是为景帝，遥尊英宗为太上皇。景泰元年八月，也先释太上皇还京师，居南宫。至景泰八年初，石亨、曹吉祥等趁景帝病重，拥太上皇复辟，改元天顺。论夺门迎复功，封石亨忠国公。杀于谦、王文，籍其家，并榜于谦党人示天下。又杀昌平侯杨俊。是杀杨俊即在天顺元年复辟之正月，此言"天顺中"，欠妥。　　②本条采自明祝允明《野记》卷三。

杨　　娟

　　杨娟者，长安里中之殊色也，态度甚都^①，复以冶容自喜。王公钜人享客^②，竞邀致席上，虽不饮者，必为之引满尽欢。长安诸儿一造其室，殆至亡生破产而不悔。繇是娟名冠诸籍中，大售于时矣。岭南帅甲，贵游子也。妻本戚里女^③，遇帅甚悍，先约：设有异志者，当取死白刃下。帅幼贵，喜淫，内苦其妻，莫之措意。乃阴出重赂，

削去娟之籍,而挈之南海,馆之他舍,公馀而同,夕隐而归。雅有慧性,事帅尤谨。平居以女职自守,非其理不妄发。复厚帅之左右,咸得其欢心,故帅益嬖之。

间岁,帅得病,且不起,思一见娟而惮其妻。帅素与监军使厚,密遣道意,使为方略。监军乃诒其妻曰:"将军病甚,思得善侍奉煎调者视之,瘳当速矣。某有善婢,久给事贵室,动得人意,请夫人听以婢安将军四体,如何?"妻曰:"中贵人④,信人也。果然,于吾无苦耳。可促召婢来。"监军即命娟冒为婢以见帅,计未行而事泄。帅之妻乃拥健婢数十,列白梃,炽膏镬于庭而伺之矣⑤,须其至,当投之沸鬲。帅闻而大恐,促命止之。娟且至,帅曰:"此我意,几累于渠。今幸吾之未死也,必使脱其虎喙。不然,且无及矣。"乃大遗其奇宝,令家僮榜轻舠⑥,卫娟北归。自是帅之愤益深⑦,不逾旬而物故,而娟之行适及洪矣⑧。闻至,娟乃尽返帅之赂,设位而哭曰:"将军羼妾而卒。将军且死,安用生为?妾岂孤将军者哉?"即撤奠而死之。

　　房千里曰:夫娟,以色事人者也,非其利则不合矣。而杨能报帅以死,义也;却帅之赂,廉也。虽为娟,差足多乎!

【注释】①态度,举止风度。都,美也。　②"人享"二字原本缺,据《太平广记》卷四百九十一房千里《杨娟传》补。　③戚里,帝王外戚聚居之地。　④中贵人,宦官。唐以宦官为监军。　⑤膏镬,油锅。下言"沸鬲"则烧沸之油锅。　⑥"舠",原本作"舫",据《广记》改。舠为小舟,舫则大舟。榜,操舟。　⑦"深",原本作"振",据《广记》改。　⑧洪,洪州,今江西南昌。

韩　香

韩香,南徐娟也①,色艺冠一时。与大将叶氏子交,闭门谢客,将终身焉。叶父恚，投牒有司，集鳏军于射圃②，中者妻之。一老卒中，香欣然同归，谓曰："夫妇有礼，若买羊沽酒，召吾亲故以成礼。"宾至酒行，香出所赍金帛，高下献之。入更衣，久不出，自刎矣。③

韩香何以死乎？死叶氏之子者，死其志也。志，匹夫不可夺，匹妇亦然。虽香韩在左，粉何在右④，是耿耿者不昧，何况老卒？

【注释】①南徐，此为镇江古称。　　②鳏军，士卒之无妻者。射圃，演习射箭之场。　　③此条采自南宋末人陈世崇之《随隐漫录》。　　④香韩，指西晋人韩寿。寿美仪容，为贾充之女贾午爱慕，因而私通。午窃家中所藏奇香与韩，因而事泄。此因偷香事，故称"香韩"。粉何，指魏晋间人何晏，亦当时美男子，平日粉白不去手，故此称"粉何"。

关　盼　盼

徐州张尚书建封有爱妓关盼盼①，善歌舞，雅多风态。尚书既殁，旧第中有小楼名"燕子"，盼盼念旧爱，不嫁，居是楼十馀年。有诗三首，其一云："楼上残灯伴晓霜，独眠人起合欢床。相思一夜情多少，地角天涯未是长。"其二："适看鸿雁岳阳回，又睹玄禽逼社来②。瑶瑟玉箫无意绪，任从蛛网任从灰。"其三："北邙松柏锁愁烟，燕子楼中思悄然。自埋剑履歌尘散③，红袖香消二十年④。"

白乐天爱其诗，和之云："满窗明月满帘霜，被冷香消拂卧床。燕子楼中更漏永，秋宵只为一人长。""今春有客洛阳回，曾到尚书墓上来。见说白杨堪作柱⑤，争教红粉不成灰。""细带罗衫色似烟，几回欲起即潸然。自从不舞霓裳曲，叠在空箱二十年。"又赠绝句讽之："黄金不惜买蛾眉，拣得如花四五枝。歌舞教成心力尽，一朝身去不相随。"⑥盼盼得诗，反覆读之，泣曰："自我公薨背⑦，妾非不能死，恐千载之下，以我公重色，有从死之妾，是玷我公清范也。"乃答白公诗曰:"自守空房敛恨眉,形同春后牡丹枝。舍人不会人深意,讶道泉台不去随。"旬日不食而死。

东坡尝夜登燕子楼,梦盼盼。因作小词云:"天涯倦客,山中归路,望断故园心眼。燕子楼空,佳人何在,空锁楼中燕。

古今如梦,何曾梦觉,但有旧愁新怨。异时对南楼夜景,为余浩叹⑧。"

【注释】①张建封,少颇属文,好谈论,慷慨负气,以功名为己任。唐德宗贞元四年(788),以建封为徐州刺史。 ②玄禽,玄鸟,即燕子。燕子每年于春社时来,秋社时去,故称社燕。 ③"散",原本作"绝",据《唐诗品汇》改。 ④"二十年",《类说》卷二十九、《唐诗品汇》卷五十五及《全唐诗》卷八百二俱作"一十年"。又下引白居易诗"叠在空箱二十年"之"二十年",《白氏长庆集》卷十五亦作"十一年"。按:关盼盼三首,据白居易《白氏长庆集》卷十五《燕子楼三首》序称,应是当时司勋员外郎张仲素所作,而白氏和之,后世讹传为关盼盼作。《全唐诗》则张仲素(卷三百六十七)、关盼盼(卷八百二)两收之。 ⑤白杨,墓间所植树。⑥按:《白氏长庆集》卷十三此诗题作《感故张仆射诸妓》,而此"诸妓"中显然不包括关盼盼。 ⑦薨背,对死亡的敬称。 ⑧"余",原本作"徐",据《东坡词》改。

李 娃

李娃者①,长安女娼也。家甚贫,年未笄,母以售于宗室四王宫,为同州节度之妾②,才得钱十万。王宠嬖专房。渐长,益美,善歌舞,能祗事王意③。一日忤旨,命车载之戚里龙州刺史张侯别第④。张尝于宴席见其人⑤,心动,私愿得之,虽竭死无悔。既而获焉⑥,以为笼中物,喜骇交抱,罄所蓄妓乐,张筵五六日不息。娃事之曲有礼节,大率如在王宫时。然每至调谑诱狎,辄庄色敛衽。饵以奇玩珍异,却而弗顾。张固狂淫者,必欲力制之。乘其理发檐下,直前拥致之。妹大呼啜泣走,取其佩刀将自刭,婢媵夺救得止。繇是浸不合张意。张耻且怒,被酒挺刃,突入室逼之。妹殊自若,谓之曰:"妇人以容德事人,职主中馈⑦。妹不幸幼出贱污,鬻身宫邸,委质妾御,不获托久要于良家,罪实滋大。幸蒙同州怜爱,许侍巾履。同州性严忌⑧,虽亲子弟犹不得见妹之面。偶因微遣,暂托于君侯,则所以相待愈于爱子矣。不图君侯乃欲持货利见蛊⑨,而又凭酒仗剑,威胁以死。欺天罔人,暴蝶女子,此诚烈谊丈夫所不忍闻。妹宁以颈血污侯刀,愿速斩妹头送同州,虽死不憾⑩。"遂膝行而前,拱手就刀,张羞愧流汗,掖之使起,曰:"我安敢如是? 而今而后,何面目复见同州哉⑪?"自是不复与戏言。妹竟缢死。他日,张昼寝,见妹披发而立曰:"为妹报同州,已辨于地下矣。"张大惧,悒闷不食,数日而卒。时王山为作传⑫。见《笔奁录》。

其戏也可拒,其谢也可原⑬,妹不多一死乎? 死而为厉,又甚矣。此女大有性气,宜王爱之不终也。虽然,妹挟其素宠,意王必不终绝我。至挺刃相逼,而转思昔日怜香惜玉之态,何可复得? 悔而且怨,惟有一死以报同州而已。张受人之托,乃欲以私乱之,死其分也,何必厉?

【注释】①"李妹",明王世贞《续艳异编》卷六、梅鼎祚《青泥莲花记》卷五作"李妹",而本条出处宋洪迈《夷坚三志己》卷一即作"李妹"。　②此同州刺史即宗室四王。　③"王",原本作"主",据出处改。　④戚里,皇族外戚所聚居处,此张侯为王之亲戚,故暂置李妹于其别第,非以李妹赐之也。　⑤"尝",原本作"顷",据出处改。　⑥"既",原本作"说",据出处改。　⑦职主中馈,妇人之职在于主持家政。　⑧"性",原本作"情",据出处改。　⑨"货"字原本缺,据出处补。　⑩"虽",原本作"正",据出处改。　⑪"何"字下原本有"施"字,据出处删。　⑫"时王山",出处作"故山"。王山,宋时人,所撰《笔奁录》七卷,今散佚。《夷坚志》所载盖摘录于《笔奁录》。　⑬其谢也可原,言张侯既已谢其过失,则可原谅。

沈 真 真

郑还古元和初登第寓东都①，与柳尚将军同巷。郑调西都，柳设宴饯行，出家妓歌乐以送。内有一妓娇美，郑眷恋不已。柳谓曰："此沈真真，本良家女，颇能文辞。请公一词，以定情好。候公拜命，即当送贺。"公欣然赋云："冶艳出神仙，清声胜管弦。词轻《白苎曲》，歌遏碧云天。未拟生裴秀②，何妨乞郑玄③。不堪金谷水，横过坠楼前④。"柳大喜，俾真真拜谢。郑至京，除国子博士。柳见除目⑤，即送真真赴约。及嘉祥驿，闻还古物故而还。柳嗟叹，遂使别居。真真守节终身。⑥

【注释】①唐以洛阳为东都，长安为西都。　②裴秀，三国时魏人，党司马氏，官至司空。秀幼时即有令名，客有见其父者必过秀。其母出身微贱，嫡母常使其为客进馔，客见之皆起。　③郑玄，东汉末大儒，其婢皆能诵《诗》、《书》。　④此言绿珠坠楼事，见本卷"绿珠"条。　⑤除目，朝廷任免官吏的公告。　⑥此事又见《太平广记》卷一百六十八"郑还古"条引《卢氏杂说》。文中未言妓名沈真真，又郑死后只言柳以妓他适，未言守节事。

齐 锦 云

金陵教坊妓齐锦云者，能诗，善鼓琴。尝对人雅谈，终日不倦。与庠士傅春眷爱①，更不他接。春受事诬系狱，锦云脱簪珥为馈给，时或不继，售卧褥供之。后谪戍远方，锦云欲随行，春恐中途反生祸端，力止之。锦云因赠一绝云："一呷春醪万里情，断肠芳草断肠莺。愿将双泪啼为雨，明日留君不出城。"锦云既别，蓬首垢面，闭门不出，日读佛书。未几病殁，人咸义之。②

【注释】①庠士，在学生员，即秀才。　　②此事采自明蒋一葵《尧山堂外纪》卷九十八，为明朝事。

王　四　儿

济宁李东以进士授知县，与妓女王四儿往来甚密。及迁御史，令王诈为阍者自随。事露，为铨曹所黜。王从之不忍舍。久之，东郁郁得疾终，王日守其棺不去。及葬，自缢死。

　　张小三、高娃，虽妓，固处子也。特不幸而堕落于市门，然门如市，心如冰矣。杨娟以下，所谓露水司眷属也①，乃情之所锺，死生以之。不从一而死，能从一而终，丑以晚盖，即品曰"贞"，何忝乎？豫让薄于范、中行而忠于智②，裴矩佞于隋而直于唐③。娟乎娟乎，可少乎哉④？

【注释】①露水司，假拟冥府中官府，职掌人间露水夫妻簿。　　②豫让，春秋、战国间人。先后为晋国六卿范氏、中行氏家臣，不为所重，遂事智氏，智氏视为国士。后智氏为赵、魏、韩三家所灭，豫让易形毁容，行刺赵襄子，欲为智伯报仇。后为襄子所擒，以为义士而不杀。　　③裴矩，隋炀帝在东都，矩以蛮夷朝贡者多，讽帝大征四方奇技，作鱼龙曼延之戏，以夸诸戎狄。又令三市店肆皆设帷帐，盛酒食，邀蛮夷贸易，所至处悉令醉饱而散。夷人咸哂其矫饰。矩从炀帝幸江都，时李渊起兵入关，隋兵屡败，矩劝炀帝早还。而炀帝昏侈逾甚，矩不复敢进谏诤，但悦媚取容而已。后降唐，于太宗时多有谏诤。　　④少，轻视之。

朱　葵

朱小姬，名葵，字心阳。其先姑苏人。母梦人以犀钗投其怀，感而孕，乃小字犀。生四岁，父客宛洛间不返，母又善病，值岁饥，展转乃徙之就李①。就李富人王姓者，与其母故中表，稍周贷之。

已而富人又以赀入京，贫益甚。母利人金，卖为俞家姬，故又名俞葵。

时姬年十二，玉肤雪理，风骨媚人。喜闭户焚香鼓琴，为哀凤之音，闻者莫不凄绝。久之，乃入武林②。闽郑翰卿方侨居西湖，夏日偕友人陈伯孺坐长堤绿阴中，见小艇载红妆者，知为葵。招与语，悦之。葵亦慕郑名士，遂与俱归。陈伯孺赠葵诗云："相逢刚道不魂销，抱得云和曲未调③。莲子有心张静婉④，柳枝无力董妖娆⑤。春风绮阁流苏帐，夜月高楼碧玉箫。莫忆西陵松柏下⑥，断肠只合在今宵。"

居月馀，葵缱绻不舍，郑乃出犀簪为赠。葵见之曰："此吾母梦征也，或者其天乎？"郑乃出重资聘之。葵既嫁，遂屏去艳饰，亲作劳工女红，与郑居吴山之麓。且半载，值月妓周丽卿者以它事被逮，周恐，匿不出。翰卿与杭守令皆雅交，乃以二绝为之从臾⑦，卒得脱。诗云："不扫蛾眉黯自伤，谁怜多病老徐娘。腰肢剩有梅花瘦，刺史看时也断肠。""妾家朱楼垂柳边，闲人湖上逗春烟。使君打鸭浑闲事，一夜鸳鸯飞上天。"

及翰卿携家入苕溪⑧，俞之假父素无赖⑨，窥郑逆旅⑩，乃募恶少数十人邀诸途，夺姬归，闭之幽室中。葵断发矢曰："吾宁有死，不受辱。"人卒不敢犯之。翰卿鸣之当道，檄下二令君杂治之⑪。令曰："曩君为它人居间，乃有打鸭惊鸳鸯语，不意遂成奇谶。"因捕治诸恶少，置之法，而断葵归郑。遂断词云："俞氏，良妇也，丽籍期年，愿得好逑而偕老；郑卿，才士也，倾赀三斛，将携淑女以于归。何期枭獍之无良，几致凤鸾之失偶。相如涤器临邛，令甚耻之；襄王行云巫峡，梦不虚也。凌霄琰气，幸逢合浦之珠；向日葵心，堪并章台之柳。鸳鸯谐波面之欢，行看比翼；鬼蜮潜水中之影，敢复含沙。任将一片云帆，携作八闽春色。苏长公原自风流⑫，只借数言为三尺；韩夫子岂长贫贱，用联双璧以百年⑬。"

后十年，葵生三子，皆韶秀。徐曲公寄之诗云："秋叶何须倩作媒,画堂红拂肯怜才⑭。荥阳公子遗鞭过⑮,湘浦佳人解珮来⑯。绣户星稠杯合卺,玉闺春蚤镜安台。只缘十斛明珠换,掌上于今有蚌胎。”

蓼庵高太史曰⑰:“朱小姬义不辱,卒归郑生,身名俱完,即烈丈夫奚让焉!令君翩翩,有斐哉其文之辞也。”⑱

【注释】①就李,即槜李,今浙江嘉兴。　②武林,即杭州。　③云和,弦乐器之统称。　④唐温庭筠《张静婉采莲曲》中有“船头折藕丝暗牵,藕根莲子相留连”句。张静婉,南齐杨侃家舞人,腰围一尺六寸,能掌上舞。　⑤董妖娆,或作董娇饶,传说中美女。汉乐府有宋子侯《董娇饶》,唐杜甫《春日戏题恼郝使君兄》诗,中有“细马时鸣金騕褭,佳人屡出董妖娆”句。但未言其善舞事。　⑥西陵为钱塘名妓苏小小墓所,在杭州。古诗云:“何处结同心,西陵松柏下。”李贺有《苏小小墓》诗,有“草如茵,松如盖,风为裳,水为佩”句。　⑦从史,即从容,令狱事缓和。　⑧苕溪,此指浙江湖州。　⑨假父,义父或养父。　⑩逆旅,客舍,旅馆。　⑪二令君,即杭州太守及县令。杂治之,府县二级共审此案。　⑫苏长公,苏轼。　⑬韩夫子事见本书卷四“许俊”条。　⑭红拂事见本书卷四“红拂妓”条。　⑮荥阳公子事见本书卷十六“荥阳郑生”条。　⑯汉刘向《列仙传·江妃二女》言:江妃二女游于江汉之湄,逢郑交甫,见而悦之,解佩以赠。　⑰高太史,指高克正,字朝宪,号蓼庵。明万历进士,入词馆。⑱此条采自明王世贞《续艳异编》卷六“灵犀小传”。

情史氏曰:自来忠孝节烈之事,从道理上做者必勉强,从至情上出者必真切。夫妇其最近者也。无情之夫必不能为义夫,无情之妇必不能为节妇。世儒但知理为情之范,孰知情为理之维乎?男子顶天立地,所担者巨,咫尺之义,非其所急,吾是以详于妇节而略于夫义也。妇人自《柏舟》而下①,彤管充栋②,不可胜书,书其万万之一,犹云举例云尔。古者聘为妻,奔为妾。夫奔者,以情奔也。奔为情,则贞为非情矣。又况道傍桃柳,乃望以岁寒之骨乎?《春秋》之法,使夏变夷,不使夷变夏③。妾而抱妇之志焉,妇之可也;娼而行妾之事焉,妾之可也。彼以情许人,吾因以情许之;彼以真情殉人,吾不得复以杂情疑之。此君子乐与人为善之意。不然,舆台庶孽④,将不得达忠孝之性乎哉!

【注释】①《诗·邶风》有《柏舟》之篇,刘向《列女传》以为妇人之诗。②彤管,朱红杆之笔,古宫中女史纪事用之。此言记述女子的文章。 ③夏,华夏;夷,夷狄。古以夏、夷代表文明程度不同的国家和民族。以夏变夷即以文明改变野蛮。 ④舆台,奴仆。庶孽,非婚生或正妻之子。总以指代社会地位低贱之人。

补 遗

鲁 陶 婴① 以下补贞妇

　　鲁陶婴者,夫死,守志不二,作歌诗曰:"悲夫黄鹄之早寡,七年不双。宛颈独宿,不与众同。夜半悲鸣,想其故雄。天命早寡,独宿何伤? 寡妇念此,泣下数行。呜呼悲哉,死者不可忘。飞鸟尚然,况于其良? 虽有贤雄,终不可重行。"出《列女传》②。

【注释】①原题"鲁陶婴妻",误。此事采自汉刘向所撰《列女传》卷四,题作"鲁寡陶婴",文中且云"陶婴者,鲁陶门之女也",是陶婴为寡妇名,非其夫名也。本书正文中亦误作"鲁陶婴妻",据改。 ②此《列女传》指传为汉刘向所撰《列女传》,或称《古列女传》。

虞 氏

　　国朝海宁虞氏,董湄妻也,知书善吟咏。年十六归董,两月而湄卒,痛绝欲死。父母惜其年少,劝更他姓。女不应,作《井上吟》

以见志,云:"一片贞心古井泉,清寒彻骨自堪怜。相看岁暮青青色,历尽冰霜戴一天。"①以木刻夫像,晨昏奉事,全节而终。

【注释】①明许相卿有《节妇虞氏传》,所述甚详,上引诗作《咏竹》,应是。

楚　贞　姬

楚贞姬,楚白公胜妻也①。白公死②,其妻纺绩不嫁。吴王闻其美且有行,使大夫持金百镒、白璧一双以聘,以辎軿三十乘迎之,将以为夫人。大夫致币,白妻辞曰:"白公生时,妾得幸充后宫,执箕帚,掌衣履,拂枕席,托为妃匹。白公不幸而死,妾愿守其坟墓,以终天年。今王赐金璧之聘、夫人之位,非愚妾之所闻也。且夫弃义从欲者,污也;见利忘死者,贪也。夫贪污之人,王何以为哉?妾闻之,忠臣不借人以力,贞女不假人以色。岂独事生若此哉,于死者亦然。妾既不仁,不能从死,今又去而嫁,不亦太甚乎!"遂辞聘不行。吴王贤其节义,号曰贞姬。③

白公有此姬,可不朽矣。

【注释】①春秋时,楚平王使费无忌为太子建至秦娶妇。秦女貌美,平王听无忌之言,自娶秦女,更为太子娶。无忌又日夜谗太子建于王,太子建遂携家室奔郑国。郑人杀太子建,其子胜遂奔吴。楚平王死,其与秦女所生子珍立为昭王。昭王死,其子为惠王。楚令尹子西召故太子建之子胜于吴,以为巢大夫,号曰白公。　②白公胜欲报郑杀父之仇,令尹子西不听。白公遂袭杀令尹子西、子綦于朝,劫惠王,自立为王。月馀,会叶公来救楚,楚惠王之徒与共攻白公,杀之。惠王乃复位。　③此条采自汉刘向《列女传》卷四。

张　美　人

后凉吕绍见弑①,其所幸美人张氏请为沙门。张氏年十四,姿色壮丽。吕隆见而悦之，欲污其行，遂亲逼焉。张氏敛衽曰："钦乐至道，故投身沙门，恐一旦被辱，誓不改节。今见逼如此，岂非命也！"于是升楼自投于地，二踵俱折，俄而遂卒。

钱简栖曰[②]：今人但知金谷，而罕知后凉，遂使美人不获与绿珠并传，香名寂寂，遗恨千古。夫岂贞姬烈女亦有幸有不幸耶？

【注释】①"绍"，原本作"诩"，据本条出处《十六国春秋》卷八十四改。吕绍，十六国中后凉建立者吕光之子。吕光死，绍即位，后为吕纂所弑。②钱希言，字简栖，明末常熟人。著有《狯园》、《戏瑕》等。

济南张义妇

义妇张氏，济南邹平人。年十八，归戍卒李午。午同从子零出戍七闽[①]，未几午死。张独事舅姑父母，生养死葬无遗礼。复痛夫死数千里外，枯骨未知所归，乃往卧冰上，呼天祝曰："天乎！妾夫何罪，妾夫何罪！生既不见父母，死又不能归葬父母之旁。使无妾即已，妾在，敢爱生乎？天若许妾取夫骨，虽寒甚，当得不死。"逾月竟不死。乡人异之，为闻于县，给过所遣之[②]。至闽，零犹在。问夫葬地，则榛莽日塞，不可识。张哀恸几绝。夫忽降于童[③]，与张语生前事，甚悲，且示骨在处。张如其言，发得之，持骨祝曰："尔信妾夫耶？入口当融如冰雪，黏如胶。"已而果然。官异之，为上于大府，请复其家[④]，使零护归济南。[⑤]

【注释】①七闽，本指颁布于闽地的七个部族，其地除今福建外，尚包括浙江、广东等地。后即以七闽称福建。　②过所，古代出远门，所过关津隘口所需凭证。　③指其夫之鬼魂附体于童。　④复其家，免其家徭役。　⑤此条采自明宋濂《文宪集》卷十一《张义妇传》。

皇 甫 规 妻

安定皇甫规妻者[1]，规更娶之妻也。善属文，能草书。规卒时，妻年犹盛，而容色甚美。董卓聘以軿辒乘马，奴婢钱帛充路。妻轻服诣卓门，跪自陈请，辞甚酸怆。卓使傅奴侍者悉拔刀围之[2]，而谓曰："孤之威教，欲使海内风靡，何有不行于一妇人乎！"妻知不免，乃立骂卓曰："君羌胡之种，毒害天下，犹未足耶？妾之先人清德奕世，皇甫氏文武上才，为汉忠臣，君亲非其趣使走吏乎[3]？敢欲行非礼于尔君夫人耶？"卓乃引车庭中，以其头悬轭[4]，鞭扑交下。妻谓持杖者曰："何不重乎？速尽为惠。"遂死车下。后人图画其像，号曰"礼宗"[5]。

> 长卿曰：妻之轻服诣门、跪自陈请也[6]，其志岂望生还哉？寂寂寞寞，自经于沟渎之中而莫之知，不若死鞭扑之下为快也。至是而卓气亦夺矣。

【注释】①皇甫规，东汉末人，通边事，公正贤明，官至度辽将军。卒年七十一。　②"傅奴"，原本作"传奴"，据本条出处《后汉书·列女传》校改。傅奴，侍仆也。　③君亲，指董卓之父。趣使走吏，为皇甫规驱使之吏。按董卓父君雅，曾为颍川轮氏尉，地位低下。　④轭，牛马驾车时，以轭置牛马颈上。　⑤礼宗，意谓其德行可做妇女之表率也。　⑥"跪自陈请"，原本作"诡自陈诣"，据上文改。

黄 帛

黄帛，剡道人张贞妻也[1]。贞受《易》于韩子方，去家二十里，舟覆死。贞弟求尸，经月不得。帛乃自往没处躬访，不得，遂自投水中。大小惊眙。积十四日，持夫手浮出。县长韩子长嘉之，召帛子幸之为县股肱。人名浮尸处为"鸳鸯圻"。②

【注释】①僰道，今四川宜宾。 ②此条采自常璩《华阳国志》卷十。"鸳鸯圻"事见《太平御览》卷一百六十六引《益部耆旧传》。

剑 州 民 妇

建炎初年五月，叛卒杨勃寇南剑州道。出小常村，掠一民妇，欲与乱。妇毅然誓死不受污，遂遇害，弃尸道旁。贼退，人为收瘗之。尸所藉处，迹宛然不灭。每雨则干，晴则湿。往来者咸叹异焉。或削去之，随即复见，覆以他土，其迹愈明。①

【注释】①此条采自《宋史·列女传》。

吴 金 童 妻

成化年间，海康民吴金童与其兄吴祈挈家避寇。适新会民刘铭、梁狗卖谷还，附其舟。铭、狗窥金童妻庄氏色美，留止于傍舍，祈出远佣。铭屡犯庄氏，不从。铭、狗乃诱金童夜捕鱼，斫其脑，投之江。时江滨民关道安闻金童号呼，欲救不果。铭归，复犯庄氏，拒益力。居数日，庄氏出汲，见金童尸浮于铭门。哭视之，创痕宛然，得铭谋死状。顾力不能报，乃偕幼女投水死。三尸随潮上下，旋绕铭门。其邻李逢春收葬之，铭夜发尸弃于海。吴祈自外归，得弟尸于海滨，诉之官。儒生李启及关道安等，争述庄氏节义。有司具闻，诏旌表庄氏节义，枭铭、狗徇众。刑部尚书陆瑜奏李逢春收葬三尸，诚为义举。今被发掘，宜命有司即其处窆之，立石志其夫妇姓名，以垂永久。报可。①

妇人自裁，乃夫死后第一干净事，况迫于强暴，计无复之者乎！若所夫尚在，又当委曲以求再合，非甚不得已，不必悻悸怀怒,争寻结局以明志也。崔简妻用刚[②],河池少妇用柔,皆以智数得免污辱。虽其才有过人者,然所遇非穷凶,是亦有天幸焉。若知必不免,吾又谅其必以死徇也。息妫不言以报蔡仇,论者犹非之。若楚之卓氏,不足道矣。

　　唐滕王极淫[③],诸官妻美者,无不淫遍;诈言妃唤,即行无礼。时典签崔简妻郑氏初到[④],王遣唤,欲不去,则惧王之威,去则被王之辱。郑曰:"昔愍怀之妃,不受贼胡之逼。当今清泰,敢行此事耶?"遂入王中门外小阁。王在其中,郑入,欲逼之,郑大叫左右曰:"大王岂作如是,必家奴耳!"取只履击王头破,抓面流血。妃闻而出,郑氏乃得还。王惭,旬日不视事。简每日参候,不敢离门。后王坐,简向前谢,王惭,乃出。诸官之妻曾被王唤入者,莫不羞之。[⑤]

　　梁祖攻围岐陇之年[⑥],引兵至于凤翔。秦帅李茂贞遣戎校李继朗统众救之[⑦],至则大捷,生降七千馀人。及旋军,于河池县掠获一少妇,甚有颜色。继朗悦之,寝处于兵幕之下。西迈十五馀程[⑧],每欲逼之,即云:"我姑严夫妒,请以死代之。"戎帅怒,胁之以威,终莫能屈。帅笑而悯之,竟不能犯,使人送还其家。[⑨]

　　蔡侯誉息夫人之美,楚子灭息,以息妫归[⑩]。既生二子[⑪],犹未言。楚子问之,对曰:"吾一妇人而事二夫,纵不能死,其可奚言?"楚为之兴兵破蔡。

　　楚人张生,居淮阴磨盘湾。家启酒肆,颇为赡足。绍兴辛巳冬,虏骑南下,淮人率奔京口。张素病足,不能行,泊驻扬州。已而完颜亮至[⑫],张妻卓氏为夷酋所掠,即与之昵。卓告曰:"我夫在城中,畜银五锭,必落他手,不若同往取之。"酋喜,偕诣张处,逼夺之。张戟手恨骂。酋喜,以为悦己,凡掳获金帛,悉以委之,相托如真夫妇。俄而亮死,军还。卓痛饮酋酒,醉卧,投利刃断其喉,席卷财物,鞭马访张。张话前事,责数,欲行决绝。卓出所携付之曰:"当时不设此计,渠必不肯信我。

今日之获,乃张本于昔也。"于是闻者交称焉。

【注释】①此事又载《明史·列女传》。 ②崔简妻及河池少妇、息妫、楚卓氏事俱见下文。 ③滕王李元婴,唐高祖李渊子,为荆州刺史,迁洪州都督(在江西,滕王阁即此时建),骄纵失度,屡坐法受谪。 ④典签,唐代诸王设典签,为掌管文书之吏。 ⑤此条采自唐张鷟《朝野佥载》卷六。 ⑥梁祖,后梁太祖朱温。唐末,昭宗封朱温为梁王,李茂贞为岐王,朱李争夺控制朝政之权,后朱温挟昭宗以制诸镇,李茂贞不服,朱温遂于天复二年(902)遣兵攻凤翔,因冬寒大雪而败归。 ⑦"校",原本作"较",避天启帝讳而改也。后凡此类,俱径改不出校。 ⑧程,古人以驿站为歇宿地,十五程即十五次歇宿于驿馆。 ⑨此条采自《太平广记》卷二百七十一"河池妇人"条引《玉堂闲话》。 ⑩《左传》庄公十年,蔡侯、息侯俱娶于陈。息侯夫人息妫归宁过蔡,蔡侯知其美,以姨亲为辞欲留之。息妫不礼之。蔡侯对楚子言息妫之美,楚子遂灭息,以息妫归。 ⑪至鲁庄公十四年,息妫已为楚子生二子。 ⑫宋高宗绍兴三十一年(1161),金主完颜亮大举南侵,旋因兵变被杀。

李 真 童 补贞妓①

李真童者,张奔儿之女也②。十馀岁即名动江浙。色艺无比,举止温雅,语不伤气,绰有闺阁风致。达天山检校浙省③,一见遂属意焉。周旋三岁,达秩满赴都,且约明年相会。李遂为女道士,杜门谢客,日以焚诵为事。至期,达授诸暨州同知④,备礼取之。后达没,复为道士,节行愈励云。见《青楼集》⑤。

【注释】①"贞",原本作"真",据文意改。 ②张奔儿,为元时著名女优。李牛子之妻。姿容丰格,妙于一时,善花旦杂剧,时人目奔儿为"温柔旦"。 ③达天山,即达兼善,本名达普化,以音或作泰普华。本伯牙吾台氏,世居西域白野山,故当时文士友朋称"达天山"。 ④"州",原本作"县",据《青楼集》改。元改宋诸暨县为州。 ⑤《青楼集》,元黄雪蓑撰。

卷二　情缘类

赵　简　子 _{以下皆意外夫妇}

赵简子南击楚,渡汉,津吏醉卧,怒,将杀之。其女娟持楫走前曰:"妾父闻君渡不测之渊,故祷江淮之神,不胜杯酌,遂至沉醉。妾愿以微躯易父之命。"简子遂释不诛。将渡,娟攘拳操楫而前。中流,发激棹之歌曰:"升彼河兮面观清,水扬波兮杳冥冥。祷求福兮醉不醒,诛将加兮妾心惊,罚既释兮渎乃清。妾持楫兮操其维,蛟龙助兮主将归,呼来棹兮行勿疑。"简子大悦。比归,纳为夫人。①

齐王纳无盐②,孔明之婚黄头女③,皆以才德见重,遂忘其丑。此持楫女似别有动人处。

【注释】①此条采自刘向《列女传》卷六。　②无盐即钟离春,据刘向《列女传》卷六:"钟离春者,齐无盐邑之女,宣王之正后也。"事见本卷"孟光"条评。　③民间传说诸葛亮娶妇发稀而黄,貌亦平平。

卖　䭔　媪

唐马周①,少孤贫。为博州助教,以嗜酒忤刺史达奚恕②,拂衣至京,停于卖䭔媪肆③。数日,祈媪觅一馆地,媪乃引致于中郎将常何之家。代何草封事④,称旨。太宗询知周所为,即日召见,拜监察御史。媪之初卖䭔也,李淳风、袁天纲尝遇而异之⑤,皆窃云:"此妇当大贵,何以在此?"及马公既贵,竟取为妻。数年内马公拜相,媪为夫人。

　　此媪能引人⑥，的非常品，又何必问相？然唐人最重门第，故婚嫁有老而未遂者。而马公特以逆旅相得，终身鱼水，富贵共之，岂非天耶？

【注释】①马周，少孤贫好学，落拓不为州里所敬。至京师，舍于中郎将常何之家。贞观五年（631），太宗令百僚上书言得失。周乃为何陈便宜二十馀事。太宗问何，知是马周具草，即日召之，与语甚悦。后官至中书令，摄吏部尚书。　②达奚，复姓，据新旧《唐书·马周传》，其名为恕。而本条所出之《太平广记》卷二百二十四"卖餦餳"条引《定命录》则误作"怒"，既不能通，遂删去仅剩其姓。今据补。　③餦，米面所做的小食品，品种非一，类似于现在的糕点。　④封事，古时臣下上书言事，为防泄漏，可以皂囊加封，直达帝座，称封事。　⑤"尝"，原本作"常"，据《广记》改。此二字底本常混用不分，下径改不出校。李淳风、袁天纲，均为唐初术士，但淳风精天文历算，不言相术。袁天纲，又做袁天罡，善相人。　⑥引人，识人而引荐之。

郑　　駧①

　　李弘农令之女，卢生聘之矣。及吉日，女巫谓夫人曰："佳婿卢郎信长鬣者乎②？"夫人曰："然。"女巫曰："是非夫人之子婿也。夫人之婿，形中而白，且无须也。"夫人惊曰："吾女今夕得适人乎？"巫曰："得。"夫人曰："既得适人，又何云非卢郎也？"巫曰："我亦不识也。"举家怒巫而逐之。及卢亲迎，见女，忽惊而奔，众宾追之不返。李弘农素负气，不胜其愤，且恃女容可人③，尽邀客入，呼女出拜，指之曰："此女岂惊人者耶？今不觌面，人且以为兽形也。"众皆愤叹。弘农曰："此女已奉见矣，如有能聘者，愿应今夕佳期。"郑駧为卢之傧，在坐④，随起拜成礼。家众视其貌，即巫之所言也。后郑駧逢卢，问其故，卢曰："两眼赤，且大如盏。牙长数寸，出口两角。宁不惊而奔乎！"郑素与卢相善，乃出妻以示之，卢大惭而退。

相传京师有女,嫁日,临床便小遗,因退还。后再嫁亦然,遂为弃女。女生平无此疾。母怪而叩之,答云:"见女奴携朱红馀桶至⑤,诚不自觉其遗也。"后嫁一客官为晚妻⑥,此官位至尚书,女封夫人。以恭贺事,随众命妇入宫。盘桓良久,偶腹胀,宫女引至便处,见朱红馀桶,方悟其梦。

【注释】①"驹",原本作"任"。按:此条采自《太平广记》卷一百五十九"卢生"条引《续玄怪录》,文中作"郑某官某",未提其名。而中华书局程毅中点校本《续玄怪录》作"郑驹",据改。正文中同此。　　②信,确信。③可人,为人所喜爱。　　④"坐",原本作"焉",据出处改。傧,傧相,此指在婚礼上负责导引及赞礼者。　　⑤馀桶,即马桶。朱红者为富贵人家所用。　　⑥晚妻,老年而娶之少妇。

周　六　女

盐城民周六,居射阳湖之阴,地名朦胧。左右前后皆沮洳薮泽,无田可耕。且为人阘冗①,不自振拔,唯芟刈芦苇,织席以生。一女年十七八,略不识针纽之事,但能助父编苇而已。北神堰渔者刘五为其子娶之。不能缝裳,逐之归。父母俱亡,无以糊口,遂行丐于市。朱从龙寓居堰侧,时时呼入其家,供薪水之役,久而欲为择配。

楚士吴公佐,本富家子,放肆落拓,弃父而出游,至寄迹僧寺为行者。后还乡里,亲族皆加厌疾。郡庠诸生容之斋舍,因相与戏谋,使迎周女为妇。假衣襦,具酒炙,共僦茅舍一间,择日聘取,侪辈悉集,姑以成一笑。意吴生知为丐者,必将弃之,已而相得甚欢。偶钤辖葛玥之子②,富于赀财,拉吴博赛。吴仅有千钱,连掷获胜,通宵赢几百缗。葛不能堪,明日复战,浃辰之间③,所得又十倍。吴繇是启质肆,称贷军卒,不数年,利入万计。其父呼还家,读书益勤,两预贡籍。周女开慧,解妇功,不学而能。肌理丰丽,顿然美好。初，里中有严老翁，吻士也④，善讲解《孝经》，又能说相。见周于丐中，语人曰："此女骨头里贵。"果如其言。⑤

　　　周女之慧，若有待而开。向使在刘渔家已如是，则饥寒毕世矣。

【注释】①闒冗，庸陋低能。　　②钤辖，地方高级武官名。　　③浹辰，古计时的干支，自子至亥十二辰为浹辰。　　④吻士，以口舌为生者。⑤此事又见明天然痴叟《石点头》第六回"乞丐妇重配鸾俦"。

张　二　姐

　　下邳朱邦礼，家于宿预①。雇买少婢曰张二姐，虽无恶疾，而形体枯悴，肌肤皴皵，绝可憎恶。姑使执庖爨春汲之役，凡六七年。有游士刘逸民叩谒，喜其高谈雄辨，留以教诸子。在馆下历岁，未尝辄出户外。朱极贤重之，每会亲朋，必称赞其静操。乃命二姐为供给洗醊，盖以其寝陋，无所置嫌。久之，雇限已满，告辞而去，朱亦不问所往②。俄而刘亦谢退。后十馀岁，朱赴试省闱，因诣市肆。闻有人呼声，回顾之，元不识面。其人乃邀至所居③，具公服再拜，叙致曩契，乃逸民也，既登科第，得京秩矣。方叹羡次，又一妇人著帔顶髻拜于庭，如家人见尊长之礼④。朱侧身敛避。刘挽之坐，曰："故主翁也⑤，何辞焉？"细询其繇，则二姐也。且言曰："自违离之始，无人负书笈，偶值此妇，遂与之偕行。念其道涂勤谨，存于家间，而温良惠解，实同甘苦，故就以为妻。恩出高门，不敢忘也。"延朱置酒，罢，出五百千以赠之。时政和末也。

　　　谚云："热油拌苦菜，自家心里爱。"业已相得，即王谢、姬姜⑥，弗与易矣。

【注释】①"预"字原本缺，据本条出处宋洪迈《夷坚志丁》卷十"张二姐"条补。宿预即宿豫，在今安徽宿迁。而单言宿则为宿州，治在符离，为今之宿

州市。　　②"往"字前原本有"如"字，据出处删。　　③"乃"，原本作
"力"，据出处改。　　④"家人"，原本作"初嫁"，据出处改。　　⑤"故"，原
本作"固"，据出处改。　　⑥王、谢为东晋名门。姬为周代王族之姓，姜为
开国元勋齐太公姓，二姓世通婚姻，最为贵姓。

张　夫　人

张相讳从恩①，其妻张氏，河东人，有容色，慧黠多技艺。十四
五时，失身于军校，为小妻。洎军校以更番归洛下②，携与偕。至上
党，病痢，因舁之而进。至北小纪，病且甚，汤药不能下，形骸骨立，
臭秽狼籍不可闻，军校遂弃之道周而去③，行路为之伤嗟。道傍有
土龛，众为舁至土窟中。数日，痢渐可。衣服悉为暴客所窃取，但
以败叶乱草蔽形而已。渐诣市求丐，有老妪谓曰："观尔非求乞者
也，我有住处不远。"即携以往。妪为沐体，日进粥饮。不数月，平
复如故，颜色艳丽。忽有士子过小纪，赠妪彩绢五十匹，载之而去，
偕往襄阳。会襄帅安从进叛，左右杀士子纳其妻。从进败，为乱兵
所得，送至都监张相寨，张即从恩也。张相共获妇女凡十数人，独
宠士子之妻，深厚之。数岁，张之正室病亡，遂以继室封为郡国夫
人。一应家事，上下男女，皆属指挥。治家甚严肃，动有礼法。及
张加使相④，进封大国夫人，寿终于洛。

　　始否终泰，此女与荥阳生是的对⑤。

【注释】①"从恩"，原本作"从思"，据《五代史》《宋史》改。张从恩，后
晋高祖石敬瑭为太子娶其女，以外戚官枢密副使。安从进叛于襄阳，从恩为
行营兵马都监，平之。加同中书门下平章事。历仕汉、周，入宋，封许国公。
②更番，军伍轮换驻地。　　③道周，路旁。　　④以节度使而加侍中、中
书令、同中书门下平章事等相当于宰相之官衔，称"使相"。虽有宰相之名，
但并不主管政事。　　⑤荥阳生，即唐传奇《李娃传》中荥阳郑公子。后世
演为《绣襦记》传奇，改名郑元和，而李娃为李亚仙。详见本书卷十六"荥阳

郑生"条。

郑　中　丞

文宗朝,有内人郑中丞中丞,当时宫人官也善胡琴①。内库有琵琶二面,号大忽雷、小忽雷。因为匙头脱损,送在崇仁坊南赵家料理。大约造乐器悉在此坊,其中有二赵家最妙。

时权相旧吏梁厚本,有别墅在昭应县之西南,西临渭河。垂钓之际,忽见一物流过,长六七尺许,上以锦缠之。令家童接得就岸,乃秘器也②。及发开视之,乃一女郎,妆色俨然,以罗巾系其颈。遂解其领巾,视之,口鼻之间尚有馀息。即移至室中,将养经句,方能言语。云:"我内弟子郑中丞也。昨因忤旨,令内人缢死,投于河中耳。"及如故,垂泣感谢。厚本无妻,即纳为室。自言善琵琶,其琵琶在南赵家修理,恰值训注事③,人莫有知者。厚本因赂其乐器匠购得之。至夜分,方敢轻弹④。后值良辰,饮于花下,酒酣,不觉朗弹几曲⑤。是时,有黄门放鹞子过门,私于墙外听之,曰:"此是郑中丞琵琶也。"窃窥识之。翼日,达上听。文宗始常追悔,至是惊喜,遣中官宣召,问其故,乃舍厚本罪,任从匹偶,仍加赐赍焉。

郑中丞既以绝技取宠,一忤旨遂不获怜,文宗亦太忍矣。不夺其偶,使得自遂,庶几善补过者乎?

【注释】①此条采自《说郛》本唐段安节《乐府杂录·琵琶》,正文及小注如此。按:此中丞实为唐皇宫中教坊奏乐者,非宫官也。《太平御览》卷五百八十三引《乐府杂录》云"女弟子郑中丞",小注为"中丞即宫中之人也",较是。胡琴,泛指从西域传入的弦乐器。　②秘器,即东园秘器,皇家及权贵所用棺椁。　③"训注事",《御览》引做"郑注之乱",意同。唐文宗时与太仆卿郑注及宰相李训密谋,欲诛宦官。事泄,郑注、李训被杀,宦祸愈烈,史称"甘露之变"。　④"方"字原本缺,据《说郛》本补。　⑤朗弹,大声弹奏。

刘　奇

　　宣德间，河西务刘翁夫妇，业沽酒，家亦小康。年俱六十馀，无子。值雪天，有童子少俊随父投宿。及明，父病寒，不能兴，数日竟死。刘为殡于屋后。此童遂留为儿，不没本姓，命名刘方，克尽子道。居二载，复值大风，有少年舟覆遇救，坚持一竹笼，哭泣不止。叩之，则山东刘奇。父以三考听选[①]，举家在京，遭时疫，父母俱丧，无力扶枢，此笼中乃火化遗骨也。既被溺，行李荡然，无复归计。刘翁恻然，为助资斧。奇去月馀，复负笼而来，云：“故乡遭河决，已漂尽矣。愿乞片地埋骨，而身为仆役以报。”刘翁许之。奇与方遂为兄弟，同眠共食，情爱甚笃。奇颇通文理，因教方读书，方亦日进。久之，刘翁夫妇俱殁，二人丧之如嫡。方复往京移母枢至，与父合葬。三家之坟，如鼎峙焉。事毕，停沽酒而开布肆，家事日起。镇富民有来议姻者，刘奇欲之，而方执意不可，奇不能强。

　　一日，见梁燕营巢，奇题一词于壁云：“营巢燕，双双雄，朝暮衔泥辛苦同。若不寻雌继壳卵，巢成毕竟巢还空。”方见之，笑诵数次，亦援笔和词云：“营巢燕，双双飞，天设雌雄事久期。雌兮得雄愿已足，雄兮将雌胡不知？”奇览和，大惊曰：“吾弟殆木兰乎？自同卧以来，即酷暑，未尝赤体。合之题词，情可知也。”乃佯为不悟，使方再和一词。方复书云：“营巢燕，声声叶，莫使青春空岁月。可怜和氏璧无瑕，何事楚君终不纳？”奇笑曰：“吾弟果女子也。”方闻言面发赤，未及对，奇复云：“你我情同骨肉，何必隐讳。但不识何故作此妆束？”方蹙额告云：“妾家向寓京师，因母丧，随父还乡，恐途中不便，故为男扮。后因父殁，治埋浅土，未得与母同穴，故不敢改形。欲求一安身之地，以厝先灵。幸葬事已毕，即欲自明。思家事尚微，兄独力难成，故复迟迟耳。”奇云：“你我同榻数年，爱逾嫡血，弟词中已有俯就之意，我亦决无更娶之理。昔为兄弟，今为夫妇，恩义两全,不亦可乎?"方曰:"妾筹之熟矣,三宗坟墓俱在于斯,弃此而去,亦难恝然。兄若不弃陋质,使侍箕帚,共奉三姓香火,妾之愿也。"是夜,两人遂分席而卧。次日,奇请镇中年老者为媒,择吉告于三墓,遂成花烛。里中传为异事,因名其地为"三义村"。②

　　方之题词,近于自衒,然主意实在奉祀,见识既高,作事又细腻,真闺杰也。

　　大刘虽曰端人,终是骏汉。小刘固然贞女,诚亦巧人。

【注释】①三考,此指古代对官员或候补者通过三次考察,以决定升黜任免。　②此条采自明陶辅《花影集》卷一,又见明王同轨《耳谈类增》卷八"刘方刘奇夫妇"。

黄 善 聪①

　　黄善聪者,金陵城中女子也。年十二丧母,姊亦嫁。父某,向挟线香行贩江北诸郡。因念女幼而孤,伪饰为男,挈之以行。后父死,改姓名曰张胜。遇乡人李英,因合伙,仍以贩香为业。岁余同卧起,但云有疾,不去衫袴。溲溺必待夜,亦不去履袜。英初不知为女子也。

　　弘治癸丑春,与英还金陵,年已二十馀矣。往候其姊,姊不之识。且曰:"我上无兄,下无弟,止有妹耳。我父挈往他所,买贩数年,音问不通,存亡未审。"善聪哭曰:"我即是也。父死,孤贫不能归,不得已与乡人李英合伙营度。今始归拜姊耳。"姊曰:"男女久处,得无私乎?"乃入密室验之,果为处子。仍作女饰。

　　越二日,英来候,善聪匿不出,姊强之。英一见骇然,叩得其故。时英尚未娶,遂自请婚,善聪羞默遽退。英既归,念之不置,旋遣媒往。聪坚拒之曰:"嫌疑之际,不可不谨。今日若与配合,无私有私,数年贞节付之逝水,不畏人嘲笑乎?"英服其有守,相慕益切。

往复再四，终不听。事闻三厂②，中官嘉其义，逼令成婚，且赠赀焉。聪不敢违，遂为夫妇。

可惜绝好一件事，却被中官做去。

【注释】①"黄善聪"，原本作"王善聪"，正文同。其事在明代传说甚广，汪昌朝撰有传奇《黄善聪诡男为客》，冯梦龙《喻世明言》亦有《李秀卿义结黄贞女》一篇，又谢肇淛《五杂俎》卷八及《明史·列女传》皆作"黄善聪"，唯明王兆云《挥麈新谈》卷上及本书作"王善聪"，而本书又录自《挥麈新谈》，应以"黄"字为是，据改。　②明永乐间立东厂，以宦官主之。成化间复立西厂，以大太监汪直主之。至正德间又立内行厂，太监刘瑾主之，不仅调察内外，东西二厂亦受其监视。

吴 江 钱 生

万历初，吴江下乡有富人子颜生，丧父未娶。洞庭西山高翁女有美名①，颜闻而慕之，使请婚焉。高方妙选佳婿，必欲觌面。而颜貌甚寝，乃饰其同窗表弟钱生以往。高翁大喜，姻议遂成，颜自以为得计。及娶，而高以太湖之隔，必欲亲迎，且欲夸示佳婿于亲邻也。颜虑有中变，与媒议，复浼钱往。既达，高翁大会宾客。酒半，而狂风大作，舟不能发。高翁恐误吉期，欲权就其家成礼。钱坚辞之。及明日，风愈狂，兼雪。众宾俱来怂恿，钱不得已而从焉。私语其仆曰："吾以成若主人之事，明神在上，誓不相负。"仆唯唯，亦未之信也。合卺之三日，风稍缓。高犹固留，钱不可，高夫妇乃具舫自送。仆者棹小舟疾归报信。颜见风雪连宵，固已气愤，及闻钱权作新郎，大怒。俟钱登岸，不交一语，口手并发。高翁闻而骇然，解之不得，乃坚叩于旁之人，尽得其实。于是讼之县官。钱生诉云："衣食于表兄，惟命是听。虽三宵同卧，未尝解衣。"官使稳婆验之，固处子也。颜大悔，愿终其婚。而高翁以为一女无两番花烛之理，官乃断归钱而责媒，钱竟与高女为夫妇。钱贫儒，赖妇成家焉。

小说有《错占凤皇俦》。颜生名俊，钱生名青，高翁名赞，媒为尤辰。县令判牒云："高赞相女配夫，乃其常理；颜俊借人饰己，实出奇闻。东床已招佳选，何知以羊易牛；西邻纵有责言，终难指鹿为马。两番渡河，不让传书柳毅；三宵隔被，何惭秉烛云长？风伯为媒，天公作合。佳男配了佳妇，两得其宜；求妻到底无妻，自作之孽。高氏断归钱青，不须另作花烛。颜俊既不合设骗局于前，又不合奋老拳于后。事既不谐，姑免罪责。所费聘金，合助钱青，以赎一击之罪。尤辰往来煽诱，实启衅端，重惩示儆。"沈伯明为作传奇②。

【注释】①此洞庭即太湖。吴江在太湖东岸，苏州之南。太湖有洞庭东山及洞庭西山，实为湖中之岛。由西山至吴江，船行须绕东山。　②小说即冯梦龙《钱秀才错占凤凰俦》，收入《醒世恒言》。沈伯明名自晋，明戏曲家，所撰传奇今未见。

刘 举 人 妾

瑞州刘举人文光、廖举人暹，嘉靖乙丑会试京师。廖从老妪买妾，伪指刘曰："娶汝，刘君也。"女即拜刘，刘辞谢。明日，老妪诣刘讲婚。刘曰："娶妾者廖也，非我也。"妪归语女，女誓曰："吾既拜刘，业已许之，岂肯易志？不然有死而已。"刘不得已，曰："后三年方得来娶。"女矢无他适。刘遂纳聘，辞赴南雍①，酌酒为别，赠诗云："玉手纤纤捧玉杯，仙郎南去几时回？天涯到处生芳草，须记凌寒雪里梅。"②

【注释】①雍，辟雍，即国子监。南雍，明以金陵为南京，此指南京国子监。　②此条采自明蒋一葵《尧山堂外纪》卷九十七。

昆 山 民

嘉靖间，昆山民为子聘妇，而子得痼疾。民信俗有冲喜之说，遣媒议娶。女家度婿且死，不从。强之，乃饰其少子为女归焉，将以为旬日计。既草率成礼，父母谓子病不当近色，命其幼女伴嫂寝，而二人竟私为夫妇矣。逾月，子疾渐瘳。女家恐事败，诒以他故，邀假女去，事寂无知者。因女有娠，父母穷问得之。讼之官，狱连年不解。有叶御史者，判牒云："嫁女得媳，娶妇得婿。颠之倒之，左右一义。"遂听为夫妇焉。①

　　小说载此事②。病者为刘璞，其妹已许字裴九之子裴政矣。璞所聘孙氏，其弟孙润，亦已聘徐雅之女。而润以少俊，代姊冲喜，遂与刘妹有私。及经官，官乃使孙刘为配，而以孙所聘徐氏偿裴。事更奇。其判牒云："弟代姊嫁，姑伴嫂眠。爱女爱子，情在理中；一雌一雄，变出意外。移干柴近烈火，无怪其燃；以美玉配明珠，适获其偶。孙氏子因姊而得妇，搂处子不用逾墙；刘氏女因嫂而得夫，怀吉士初非衒玉。相悦为婚，礼以义起；所厚者薄，事可权宜。使徐雅别婿裴九之儿，许裴政改娶孙郎之配。夺人妇，人亦夺其妇，两家恩怨，总息风波；独乐乐，不若与人乐，三对夫妻，各谐鱼水。人虽兑换，十六两原只一斤；亲是交门，五百年必非错配。以爱及爱，伊父母自作冰人；非亲是亲，我官府权为月老。已经明断，各赴良期。"

【注释】①此事又见明王同轨《耳谈类增》卷八"娶妇得郎"条。　　②冯梦龙《醒世恒言》有《乔太守乱点鸳鸯谱》，即此。

赵　判　院

宋宗室赵不敏，与钱塘名娼盼奴甚洽。久之，不敏日益贫，盼奴周给之，使笃于业，遂捷南省，得官授襄阳府司户。赴官三载，想念成疾而卒。有禄俸馀赀，嘱其弟判院者均分之，一以膳判院，一以送盼奴,且言盼奴有妹小娟,俊雅能诗,可谋致佳偶也。判院至钱塘,则盼奴一月前死矣。小娟亦以于潜官绢诬攀系狱。院判素与杭倅善,托①倅从狱中召出,诘之曰:"汝诱商人官绢百匹,何以偿之?"小娟叩头言:"此亡姊盼奴事,乞赐周旋。"倅喜其辞宛顺,以赵司户所寄付之。小娟拆书,惟一诗云:"当时名妓镇东吴,不好黄金只好书。借问钱塘苏小小,风流还似大苏无?"小娟得诗默默。倅索和,援笔书云:"君住襄江妾住吴,无情人寄有情书。当年若也来相访,还有于潜绢也无。"倅大喜,尽以所寄物与之,免其偿绢。且言于太守,谋为脱籍,归院判,得偕老焉。

　　赵司户与盼奴一生恩爱,只成就得弟妹姻缘,岂非天乎?虽然,司户、盼奴亦必聚首重泉之下,断不作冥冥蜉蝣也②。

【注释】①"院判素与杭倅善托"八字原本缺,据《宋稗类抄》卷十七补。②重泉,即九泉。蜉蝣,一种小昆虫,生命期极短,有说"朝生暮死"者。赵司户及盼奴在人间短命,故云在阴世总不会那么短命而不能相聚吧。

章　泛

　　临海乐安章泛,年二十馀,死经日,未殡而苏,云:被录天曹,天曹主者是其外兄,料理得免。初到时,有少女子同被录送,立住门外。女子见泛事散,知有力助,因涕泣脱金钗三只及臂上杂宝,托泛与主者,求见救济。泛即为请之,并进钗物。良久出,语泛云:"已论秋英,亦同遣去。"秋英,即此女之名也。于是俱去。足痛疲顿,殊不堪行。会日亦暮,止道侧小窟①,状如客舍,而不见主人。泛共宿嬿接。更相问,女曰:"我姓徐,家吴县乌门,临溪为居,门前倒枣树即是也。"明晨各去,遂并活。泛先为护军府吏,请假出都。经吴,乃至乌门,依此寻索,得徐氏舍。与主人叙阔,问秋英何在,主人云:"女初不出入,君何知其名?"泛因自叙名姓,及说昔日神魂相见之繇，但不及寝嬿之事。始秋英之苏也，先曾叙述。至是泛语与合，主人乃令侍婢数人递出试泛。泛曰："非也。"及令秋英见之，则如旧识。徐氏谓天意，遂以妻泛。生子名曰天赐。出《异苑》。

　　先以幽遘，遂及明婚，较诸寻常恩情更当十倍。

【注释】①"窟"，原本作"屈"，据本条出处刘宋刘敬叔《异苑》卷八改。

苏 城 丐 者

　　苏城有少妇张氏归宁，使青衣挈首饰一箱随后，中途如厕遗却。既行始觉，返觅，则有丐者守之，即以授还，曰："命穷至此，奈何又攘无故之财乎？"婢殊喜，以一钗为谢。丐笑麾之曰："不取多金，乃独爱一钗耶？"婢曰："儿悦失金，何以见主母，必投死所矣。遇君得之，是赐我金而生吾死也。纵君不望报，敢忘大德乎？吾家某巷，今后每日早午，俟君到门，当分口食以食君。"丐者曰："尔身在内，何繇得见？"婢曰："门前有长竹，第摇之，则知君来矣。"丐如言往，婢出食之。久而家众皆知，闻于主翁，疑有外情，鞫之，吐实。翁义之，召丐畜于家，后以婢配焉。事载《说听》①，云其姑蒋氏言之，惜逸其姓名。

　　丐廉而且达，仆之则必为义仆，若官之亦必为清官。翁以婢婿之，得其人矣。

　　子胥与浣纱女是死夫妻，丐与婢是生夫妻。

【注释】①《说听》二卷，明陆粲撰笔记小说。此条见卷下。

侯 继 图

　　蜀尚书侯继图①，本儒士。一日秋风四起，偶倚阑于大慈寺楼，有大桐叶飘然而坠。上有诗云："拭翠敛双蛾，为郁心中事。搦管下庭除，书就相思字。此字不书石，此字不书纸。书向秋叶上，愿逐秋风起。天下有心人，尽解相思死。天下负心人，不识相思意。有心与负心，不知落何地？"侯贮小帖，凡五六年，方卜任氏为婚。尝讽此诗，任氏曰："此是妾书，争得在君手？"曰："向在大慈寺阁上倚阑得之，即知今日聘卿非偶然也。"侯以今书较之，与叶上无异。

> 五六年前，任氏已解相思，其风情必有过人者矣。韫玉不售，卒归拾叶之人。赤绳系定，不可强也。

【注释】①此条采自《太平广记》卷一百六十引五代金利用《玉溪编事》，则此蜀当是十国之前蜀。

顾　协 以下老而娶者

顾协字正礼①，清介有奇操。少时将聘舅女，未成婚而母亡。免丧后，遂不复娶。至六十馀，此女犹未他适，协义而迎之。②

> 六十为婚，是亦不可已乎？缘苟未了，鸳鸯牒待此销号③，虽义也，亦情也。

【注释】①顾协，南朝梁人。　　②此条采自《南史·顾协传》。　　③鸳鸯牒，犹姻缘簿。

崔　元　综

崔元综任益州参军日①，欲娶妇。吉日已定，忽假寐见人云②："此女非君妇，君妇今日始生。"乃梦中相随，向东京履信坊十字街西道北，入一宅内，东行，正见一妇人生一女子，指云："此是也。"崔既惊寤，殊不信。俄而所娶章女暴亡。后官三品，年五十八，乃婚侍郎韦陟堂妹，年始十九，正在履信坊韦家宅上成亲，住东行屋下。

寻勘梦日,其妻适生。崔公年九十,韦夫人与之偕老,后四十年乃终。③

　　吴歌云:"六十岁成亲八十岁死,还有廿年夫妇好风光。"向谓谑谈,今观顾、崔两公,信有之矣。

　　【注释】①崔元综,唐武则天时官至宰相。　　②假寐,和衣小睡。③此条采自《太平广记》卷一百五十九引《定命录》。

韦　固

　　杜陵韦固,少孤。思早娶妇,多歧①,求婚不成。贞观二年,将游清河,旅次宋城南店。客有以前清河司马潘昉女为议者,来日,期于店西龙兴寺门。固以求之意切,且往焉。斜月尚明,有老人倚巾囊坐于阶上,向月检书。觇之,不识其字。固问曰:"老父所寻者何书? 固少小苦学,字书无不识者,西国梵字亦能读之,唯此书目所未觌,如何?"老人笑曰:"此非世间书,君何得见?"固曰:"然则何书也?"曰:"幽冥之书。"固曰:"幽冥之人何以到此?"曰:"君行自早,非某不当来也。凡幽吏皆主人生之事②,生人可不行其中乎③? 今道途之行,人鬼各半,自不辨耳。"固曰:"然则君何主?"曰:"天下之婚牍耳。"固喜曰:"固少孤,常愿早娶,以广后嗣。尔来十年,多方求之,竟不遂意。今者人有期此,与议潘司马女,可以成乎?"曰:"未也,君妇适三岁矣。年十七当入君门。"固问:"囊中何物?"曰:"赤绳子耳,以系夫妇之足,虽仇敌之家,贵贱悬隔,天涯从宦,吴楚异乡,此绳一系,终不可逭。君之脚已系于彼矣,他求何益?"曰:"固妻安在? 其家何为?"曰:"此店北卖菜家姬女耳。"固曰:"可见乎?"曰:"姬陈姓,常抱之来卖菜于是。能随我行,当示君。"及明,所期不至。老人卷书揭囊而行,固逐之入米市。有眇姬抱三岁女来,敝陋亦甚。老人指曰:"此君之妻也。"固怒曰:"杀之可乎?"老人曰："此人命当食大禄，因子而食邑，庸可杀乎？"老人遂隐。固磨一小刀，付其奴曰："汝素干事，能为我杀彼女，赐汝万钱。"奴曰："诺。"明日，袖刀入菜肆中，于众中刺之而走。一市纷扰，奔走获免。问奴曰："所刺中否？"曰："初刺其心，不幸才中眉间尔。"后求婚终不遂。

又十四年，以父荫参相州军，刺史王泰俾摄司户掾，专鞫狱，以为能，因妻以女，可年十六七，容色华丽。固称惬之极。然其眉间常贴一花钿，虽沐浴闲处，未尝暂去。岁馀，固逼问之，妻潸然曰："妾郡守之犹子也④，非其女也。畴昔父曾宰宋城，终其官。时妾在褓褓，母兄次殁。唯一庄在宋城南，与乳母陈氏居。去店近，鬻蔬以给朝夕。陈氏怜，不忍暂弃。三岁时，抱行市中，为狂贼所刺，刀痕尚在，故以花子覆之。七八年间，叔从事卢龙，遂得在左右，以为女嫁君耳。"固曰："陈氏眇乎？"曰："然。何以知之？"固曰："所刺者固也。"乃曰："奇也。"因尽言之，相敬愈极。后生男鲲，为雁门太守，封太原郡太夫人。知阴骘之定，不可变也。宋城宰闻之，题其店曰"定婚店"。

【注释】①多歧，多生枝节而事不谐。　　②"人生"，原本作"生人"，据本条出处《太平广记》卷一百五十九"定婚店"引《续幽怪录》改。　　③"生人"二字原本缺，据出处补。　　④犹子，侄子。

孟　光 以下妻自择夫

梁鸿，字伯鸾。势家慕其高节，多欲女之，鸿并不受。同县孟氏有女，肥丑而黑，力举石臼，择对不嫁。父母问其故，女曰："欲得贤如梁伯鸾者。"鸿问而聘之。始以妆饰入门，七日而鸿不与语。妻跪床下请罪。鸿曰："吾欲裘褐之人可与俱隐深山者①，今衣绮缟，傅粉墨，岂鸿所愿哉？"妻曰："以观夫子之志耳。"乃更为椎髻，著布衣，操作而前。鸿大喜曰："此真梁鸿妻也。"字之曰德耀，名孟光。欲相与入霸陵山中，以耕织自食。初至吴②，依皋伯通，居庑下，为人赁舂。妻具食，举案必齐眉。伯通异之曰："彼佣能使其妻敬之如此，非常人。"乃舍之于家。

　　长卿氏曰：夫以肥黑而丑之女，衣绮缟，傅粉墨，设以身当之，将何如乎？夫有所受之也。锺离春黄头深目，长肚大节，昂鼻结喉，肥项少发，折腰出胸，皮肤若漆。行年三十，无所容入，衒嫁不售，乃自诣齐宣，乞备后官。乃说王以四殆③，王拜为后。此丑妇求夫诀也。此法一传而为桓少君④。少君归鲍宣，装送甚盛，宣不悦曰："少君生富骄，习美饰，而吾食贫贱，不敢当礼。"少君曰："大人以先生修德守行，故使贱妾侍巾栉。既奉承君子，惟命是从。"乃悉归侍御服饰，共著短布裳，与宣共挽鹿车，归乡里，拜姑礼毕，提瓮出汲。再传而为袁隗妻马伦⑤。伦是融女，家势丰豪，装遣甚盛。隗问曰："妇奉箕帚而已，何乃过珍丽乎？"对曰："慈亲垂爱，不敢逆命。君若欲慕鲍宣、梁鸿之高，妾亦愿从少君、孟光之事矣。"此富家女降夫入门诀也⑥。

【注释】①裘褐，粗衣陋服。　②据本条出处《后汉书·梁鸿传》，鸿作《五噫之歌》以讽时政，为汉明帝所忌，令人求之，鸿遂先至齐鲁，后至吴以避之。　③四殆，即齐国所临四大危亡之祸，详见刘向《列女传》卷六。④桓少君事见《后汉书·列女传·鲍宣妻》。按鲍宣，西汉人。　⑤马伦事见《后汉书·列女传·袁隗妻》。　⑥降夫，使丈夫降服。

络秀　崔敬女

　　周浚作安东时①，行猎，值暴雨，过汝南李氏。李氏富足，而男子不在。有女名络秀，闻外有贵人，与一婢于内椎猪杀羊，作数十人饮食，事事精办，不闻有人声。密觇之，独见一女子，状貌非常。

浚因求为妾,父兄不许。络秀曰:"门户殄瘁,何惜一女?若连姻贵族,将来或大益。"父兄从之。生伯仁兄弟[2]。繇是李氏在世,得方幅齿遇。[3]

【注释】①安东,安东将军简称。　②周顗,字伯仁,为东晋名臣。王敦反,顗被害。顗二弟为嵩、谟,皆贵显。　③此条采自《世说新语·贤媛》。方幅齿遇,余嘉锡《世说新语笺疏》:"六朝人谓凡事之出于光明显著者为方幅。此言'方幅齿遇',犹言正当礼遇之也。"

唐冀州长史吉懋,欲为男顼取南宫县丞崔敬女,敬不许。因有故[1],胁以求亲,敬惧而许之。择日下函,并花车卒至门首。敬妻郑氏初不知,抱女大哭曰:"我家门户底,不曾有吉郎[2]。"女坚卧不起。其小女白其母曰:"父有急难,杀身救解。设令为婢,尚不合辞,姓望之门,何足为耻?姊若不可,儿自当之。"遂登车而去。顼位至宰相。[3]

　　一是为门户,一是救父,然择婿之道亦不外是。

【注释】①有故,此指崔敬有把柄为人所持。　②唐时婚嫁极重门第,崔氏、郑氏均为名门,虽崔敬官阶远低于吉懋,仍不肯下嫁于吉家。此言"门户底",乃反语。　③此条采自唐张鷟《朝野金载》卷三。吉顼,唐初进士,武周时擢右肃政中丞,性阴刻,敢言事,进天官侍郎、同凤阁鸾台平章事。

朱　　显 以下夫妇重逢

射洪簿朱显,欲婚郫县令杜集女。甄定后[1],值前蜀选入宫中。后咸康归命[2],显作掾彭州,欲求婚媾,得王氏之孙,亦宫中旧人。朱因与话:"昔欲婚杜氏,尝记得有通婚回书云:'但惭南阮之贫[3],曷称东床之美?'"王氏孙乃长叹曰:"某即杜也,王盖冒称。自宫中出后，无所托，遂得王氏收某。"朱显悲喜，夫妻情义转重。

【注释】①此条采自《太平广记》卷一百六十"朱显"条引《玉溪编事》。"甄定"，原本作"聘定"，据《广记》改。甄定，双方了解而大致同意结姻，但并没有行下聘礼。　　②咸康，前蜀王衍年号，仅一年（925）。是年后唐庄宗遣郭崇韬伐蜀，七十日而入成都。　　③《世说新语·任诞》言诸阮皆居道北，而阮籍及其侄阮咸居道南，人称北阮、南阮，而北阮皆富，南阮皆贫。

程　万　里

宋末时，彭城程万里，尚书程文业之子也。年十九，以父荫补国子生。时元兵日逼，万里献战、守、和三策，以直言忤时宰。惧罪，潜奔江陵。未及汉口，为虏将张万户所获，爱其材勇，携归兴元，配以俘婢，统制白忠之女也，名玉娘。忠守嘉定，城破，一门皆死，惟女仅存。成婚之夕，各述流离，甚相怜重。

越三日，玉娘从内出，见万里面有泪痕，知其怀乡，乃劝之曰："观君才品，必非久于人下者，何不早图脱网，而自甘仆隶乎？"万里不答，心念此殆万户遣试我也，妇人必不及此。明日以玉娘之言告万户。万户怒，欲挞玉娘，其妻解之而止。玉娘全无怨色，万里愈疑。是晚，玉娘复以为言，词益苦。及明，万里复告之。万户乃鬻玉娘于人为妾，而许万里以别娶，万里至是始自恨负此忠告，然已无及矣。玉娘临行，以绣鞋一只易其夫旧履，怀之，以为异日萍水之券。自是万里为主人委任不忌，竟以其间窃善马南奔。

至临安，值度宗方立，录用先臣苗裔。万里上书自陈，补福清尉，历官闽中安抚使。宋亡，全城归元，加升陕西行省参知政事。兴元，陕所辖也。于是密遣仆往访绣鞋之事。玉娘初被鬻，自缝其衣，死不受污辱。久之，因乞为尼，居县花庵。仆踪迹至庵，出鞋玩弄。有尼方诵经，睹鞋惊骇，亦出鞋，质之相合。仆知是玉娘，跪致主命，欲迎至任所。尼谓仆曰："鞋履复合，吾愿毕矣。我出家已二十馀年，绝意尘世。寄语郎君，自做好官，勿以我为念。"仆曰："主翁念夫人之义，誓不再娶，夫人不必固辞。"尼不听，竟入内。仆使老尼传谕再四，终不肯出。仆不得已，以鞋履双双归报。万里乃移文本省，檄兴元府官吏，具礼迎焉。夫妇年各四十馀矣。玉娘自谓齿长，乃为夫广置姬妾，得二子。[1]

为婚才六日，别乃二十馀年。老而复聚，以富贵终。向使麋鹿相守，终为张氏婢仆，其有振乎？方其忠告脱网，意何远也？齐姜之后[2]，仅一人焉。万里冤其妇，卒用自脱，所成者大，岂吴起求将之意埒乎哉[3]？重耳之语狄隗也，待我二十五年，不来乃嫁，卒迎隗为夫人。万里亦二十馀年，而绣鞋始双。夫妇之合，不偶然矣。夫万里已明知玉娘之鬻为人妾，而犹访之，何也？听其言，察其志，玉娘之不降不辱必也。诚如是，虽更二十年犹可也。

【注释】①本事见元陶宗仪《辍耕录》卷四"贤妻致贵"条。明董应翰改作传奇《易鞋记》（或名《分鞋记》），后为齐如山改编为京剧《生死恨》，为梅派名剧。　　②齐姜，刘向《列女传》载，春秋时，晋国乱，公子重耳亡于齐，齐桓公妻以宗女，是为齐姜。重耳在齐安乐，将终身于此。齐姜劝其周行诸国，请兵以靖晋国之乱。重耳终复国，是为晋文公。　　③吴起善用兵，事鲁君。齐人攻鲁，鲁欲将吴起。吴起取齐女为妻，而鲁疑之。吴起遂杀其妻，以明不与齐也。鲁卒以为将，破齐。

单　飞　英

京师孝感坊有邢知县、单推官，并门而居。邢之妻即单之妹。单有子名符郎，邢有女名春娘，年齿相上下，在襁褓中已议婚。宣和丙午夏，邢挈家赴邓州顺阳县官守，单亦举家往扬州待推官缺，约官满日归成婚。

是冬，戎寇大扰，邢夫妻皆遇害。春娘为贼所房，转卖在全州娼家①，名杨玉。春娘十岁时，已能诵《语》、《孟》、《诗》、《书》，作小词。至是娼妪教之，乐色事艺，无不精绝。每公庭侍宴，能改旧词为新，皆切情境。玉容貌清秀，举措闲雅，不持口吻以相嘲谑，有良人风度，前后守倅皆重之。

　　单推官渡江，累迁至郎官，与邢声迹不相闻。绍兴初②，符郎受父荫，为全州司户。是时州僚惟司户年少。司户见杨玉，甚慕之，但有意而无因。司理与司户契分相投，将与之为地，惮太守严明，未敢。居二年，会新守至，与司理有旧，司户又每蒙前席。于是司理置酒请司户，止取杨玉一名祗候。酒半酣，司户佯醉呕吐，偃息于斋。司理令玉侍奉汤饮，乃得一会，以遂所欲。司户因褒美之馀，叩其来自，疑非门户中人。玉赧然徐答曰："妾实宦族，非杨妪所生也。"司户因问其父官姓，玉泣曰："本姓邢，住京师孝感坊，幼年许与舅子结姻。父授邓州顺阳县令。不幸父母皆遭寇杀，妾被掠卖至此。"司户复细问其舅家，玉曰："舅姓单，是时得扬州推官。其子名符郎，今不知存亡如何。"因大泣下。司户知为春娘也，佯慰之曰："汝今鲜衣美食，为时爱重，有何不足耶？"玉曰："妾闻女子愿为有家，若嫁一小民，布裙短袯，啜菽饮水，亦是良妇。今在此迎新送故，是何情绪？"司户知其语出至诚，然未有所处，而未敢言。后一日，司户置酒回司理，召杨玉佐樽，遂不复与狎昵，因好言正色问曰："汝前日言为小民妇亦所甘心，我今丧偶，犹虚正室，汝肯随我乎？"玉曰："得脱风尘，妾之至愿也。但恐他日新孺人归，不能相容。俟通知孺人，一言决矣。"司户乃发书告其父。

　　初，靖康之末，邢有弟号四承务者，渡江居临安，与单往来。单时在省为郎官，乃命四承务具状，经朝廷，径送全州，乞归良续旧婚。符既下籍，单又致书太守。四承务自赍符并单书到全州。司户请司理召玉，告之以实，且戒勿泄。后日，司户自袖其父书并省符见太守，守曰："此美事，敢不如命？"既而至日中，牒未下。司户疑有他变，密使探之，见厨司正谋设宴。司户曰："此老尚作少年态耶？然错处非一拍，此亦何足恤也？"既而果命杨玉祇候，只招通判。酒半，太守谓玉曰："汝今为县君矣，何以报我？"玉答曰："妾一身皆明府之赐，所谓生死而骨肉也，又何以报？"太守乃抱持之，谓曰："虽然，必有以报我。"通判起立，正色谓太守曰："昔为吾州弟子，今为司户孺人，君子进退当以礼。"太守踧踖谢曰③："老夫不能忘情，非判府言，不自知其为过。"乃令玉入内宅，与诸女同处。即召司理、司户，四人同坐至天明，极欢而罢。

晨起视事，下牒谕翁媪。翁媪出不意，号哭而来曰："养女十馀年，费尽心力，更不得一别耶？"春娘出谕之曰："吾夫妻相会，亦是好事。我十年虽汝恩养，然所积金帛亦多，足养汝。"老妪犹号哭不已，太守叱使去。既而太守使州司人从内宅舁玉出，与司户同归衙。司理为媒，四承务为主，如式成礼。任将满，春娘谓司户曰："妾失身风尘，亦荷翁妪爱育，兼义姊妹中有情厚者。今既远去，终身不相见，欲具少酒食，与之话别如何？"司户曰："汝事，一州之人莫不闻之，胡可隐讳？此亦何害！"春娘遂治酒就会胜寺，请翁媪及同列者十馀人会饮。酒酣，有李英者，本与春娘连名，其乐色皆春娘教之，常呼为姊，情极相得，忽起持春娘手："姊今超脱青云之上，我沉沦粪土，无有出期。"遂失声恸哭，春娘亦哭。李英针线妙绝，春娘曰："司户正少一针线人。但吾妹平日与我等，今岂能相下耶？"英曰："我在辈中常退姊一步，况今云泥之隔，嫡庶之异，若姊为我方便，得解网去，是一段阴德事。若司户左右要针线人，姊得我为之，平素相谙，亦胜生分人也。"春娘归以语司户，不许，曰："一之为甚，其可再乎？"既而英屡使人来促。司户不得已，拼一失色恳告。太守曰："君欲一箭射双雕耶？敬当奉命，以赎前者通判所责之罪。"

司户挈春娘归，舅妗见之，相持大哭。既而问李英之事，遂责其子曰："吾至亲流落，理当收拾，更旁及外人，是不可已耶？"司户惶恐，欲令改嫁。其母爱李婉顺，遂留之。居一年，李氏生男，邢氏养为己子。符郎名飞英，字腾实。罢全州幕职，历令丞。每有不了办公事，上司督责，闻有此事，以为知义，往往多得解释。绍兴乙亥岁，事夔倅奉祠，寄居武陵，邢、李皆在侧。每对士大夫具言其事，无所隐讳，人皆义之。④

　　单郎、邢娘，皆真道学也，岂惟单郎哉！单之父母以及太守、通判，无一而非真道学也。

【注释】①宋全州即今广西全州，春娘自河南顺阳至全州，转卖之迹基本是在南宋境内，下"徐信"条言妇人为"溃兵所掠"，则所谓掳人之贼，从可知也。　　②绍兴，南宋高宗年号（1131—1162）。　　③踚踏，拘谨不安状。　　④此条采自《说郛》卷十八下引宋王明清《摭青杂记》。

徐　　信

　　建炎三年①，车驾驻建康。军校徐信与妻子夜出市，少憩茶肆旁。一人窃睨其妻，目不暂释。信怪之，乃舍去。其人踚踏及门，依依不忍去。信问其故，拱手逊谢曰："心有情实，将吐露于君，君不怒，乃敢言。愿略移步至前坊静处，庶可倾竭。"信从之。始言曰："君妻非某州某县某姓氏耶？"信愕然曰："是也。"其人掩泣曰："此吾妻也。吾家于郑州，方娶三年而值金戎之乱，流离奔窜，遂成乖张②。岂意今在君室！"信亦为之感怆，曰："信，陈州人也，遭乱失妻。至淮南一村店，逢妇人散衣蓬首，露坐地上，自言为溃兵所掠，到此不能行。吾乃解衣馈食，留一二日，乃与之俱。初不知为君妇，今将奈何？"其人曰："吾今已别娶，藉其赀以自给，势无繇复寻旧盟。倘使暂会一面，叙述悲苦，然后诀别，虽死不恨。"信固慷慨义士，即许之，约明日为期，令偕新妻同至，庶于邻里无嫌。其人欢拜而去。明日夫妇登信门，信出迎，望见长恸，则客所携乃信妻也。四人相对惊惋，拊心号咷。是日各复其故，通家往来如姻娅云。③

近年阊门外有一人，貌俊而得丑妻；隔巷之家，貌丑而得俊妻。两家互憎互羡，即旁人亦谓天公分付不均也。一日火漏，俊夫挈妻走避，过街棚，梁坠，妻压死。夫急趋前巷空屋下，而所慕俊妻先在，方以夫被焚恸哭，乃互相慰藉。未几，众为撮合成偶。事之巧合，有若此者。

【注释】①建炎，南宋高宗初立国时年号（1127—1130）。　②乖张，分离。　③此条采自宋洪迈《夷坚志补》卷十一"徐信妻"条。

王从事妻

绍兴初，四方寇盗未息。汴人王从事挈妻来临安调官，寓抱剑营邸舍。左右皆娼家，不便，乃出外僦民舍。归语妻曰："我已寻某巷某家，甚宽洁，明当护箱笼先行，即倩轿迎汝。"及明，王去，移时轿至，妻亦去。久之，王复回，求妻不得。访究累日，绝无踪影。后五年，为衢州教授，赴西安宰宴集①。羞鳖甚美，坐客大嚼。王食一脔，辄停箸悲咽。宰叩其故，曰："忆亡妻在日，最能馔此。凡治鳖裙，去黑皮必尽，切脔必方正。今一何似也！所以泣。"因具言始末。宰亦怅然，托更衣入宅。既出，即罢酒，曰："一人泣隅，满座不乐。教授若此，吾曹何心欢饮哉？"客皆去，宰揖王入室，唤一妇人出，政其妻也。相顾大恸欲绝。盖昔年将徙舍之夕，奸人窃闻之，遂诈舆去女侩家，而货于宰为妾，得钱三十万。寻常初不使治鳖，是日偶然耳。便呼车送诣王氏。王拜谢，愿偿原直。宰曰："以同官妻为妾，不能详审，其过大矣。幸无男女于此，尚敢言钱乎？"卒归之。②

《夷坚志》云：宣和六年元宵，京师宣德门张灯，贵近家皆设幄门外两庑。一宗王家在东偏，有姻族居西，遣青衣邀其女珍珠姬者③，曰："若肯来，当遣轿至。"女年十七八，色美，未嫁，闻呼喜甚，启母欲行。时日犹未暮，少顷，轿从西幄来，舁以去。及青衣与轿来迎^④，始悟奸欺。亟告府募访，不得。明年三月，或报姬在野外破轿中啼哭。其家舁归，果姬也。雾鬓髻鬘，望父母掷身大哭。久乃能言："初上车疾行，入狭径，至古神堂。鬼卒执兵杖夹侍，坐者髯如戟，面阔尺馀，嗔我触犯，裸杖二十。绝而复苏，则身在密室。有媪殷勤抚慰，为洗疮敷药。逾月愈，诱为子妇，遂被奸污。后售某家为妾，以色宠被妒付还，元牙侩家惧祸不敢再鬻，因送于野，幸不死耳。"向神堂所见，皆贼计也。因伪舆事相类，并记之。

【注释】①衢州即今浙江衢州，西安为州之附郭县。　②此条采自宋洪迈《夷坚丁志》卷十一"王从事妻"条。　③"青"字原本缺，据本条出处洪迈《夷坚志补》卷八补。"珍珠姬"，出处作"真珠族姬"。按：宋徽宗改公主为帝姬、郡主为宗姬、县主为族姬。应以"真珠族姬"为是。　④"迎"，原本作"迫"，据本条出处改。

黄　　昌

后汉会稽黄昌，字圣真，初为州书佐。其妇归宁于家，遇贼被获，遂流转入蜀，为人妻。及昌为蜀郡太守，妻之子犯事，诣昌自讼。昌疑此妇不类蜀人，因问所繇，对曰："妾本会稽馀姚戴次公女，州书佐黄昌妻也。妾尝归家，为贼所掠，遂至于此。"昌惊呼前谓曰："何以识黄昌耶？"对曰："昌左足脚心有黑子，尝自言当为二千石。"昌乃出足视之，因相持悲泣，还为夫妇。^①

【注释】①此条采自《后汉书·黄昌传》。

萧　　匠

南安萧某，少失怙恃。妇陈氏，抱子七月矣。而叔暴狠，怀私诟辱，兼欲鬻其夫妇，以省食指。因事加大斧击某左臂破裂，血满衣襦①。知不能容，别妇出亡，割襦分藏其半，为异日会征。遂适襄郧间，业制盆桶诸木器糊口，飘零愤恚，久益忘家。妇倚办女红自食，毁面贞守。子渐长，又阏于叔②，不令读书。则躬任课教，或窃附邻儿师讲业。儿亦奋激，攻苦如饴，二十一成乡荐，起家某县令。嘉靖壬午，擢楚少参，建牙郧上。以失父故，常抱惨戚，顿欲挂冠，云游觅父。忽夏月，太夫人隔帘窥见堂下制器匠，偏袒作，努臂露伤痕，疑之。令童子问："匠何处人？"曰："南安。"因悉其避叔弃妻子出亡始末。复问："汝血襦何在？"匠大惊曰："太夫人何繇知？"即出持襦，合太夫人所藏如一。于是登堂大恸，镜影始双。趋呼横金入："匠，汝父也。"退而舞拜膝下，解衣进馂，欢溢百城。

【注释】①"襦"原本作"袽"，据本条出处明王同轨《耳谈类增》卷八"萧参藩得父"条改。下诸"襦"字同。　②阏，压抑。

赵　军

辽东游击将军王冀，躯干雄伟，智力过人，临阵辄捷，常获功赏，且孝于母。一日，帅府视事回，省其母，太夫人尚寝，问之不答。王久侍不去，太夫人乃曰："我不言，终昧我心；言之，又伤汝心。汝今日享此官爵，非汝父祖世荫。吾幼与汝父在军中，为王父掠来，我娠汝八月矣。时王父为帅辽阳，置我后室，已而生汝。王父妾媵虽众，然无子女，因以为己子。王父亡，汝遂袭其官。汝又多能，得至今日富贵。汝实赵某子也。汝父离散几四十年，生死未可知。吾昨出厅，与汝妇闲行，见牧马老卒，识其形容，仿佛汝父。欲呼问来历，因素未与汝通此情，汝又不在家，故且止。汝今可呼而叩之。"王出厅，即呼老卒，诘其原戍姓名，妻子姓氏，今何居此。其卒历告："正统初，携妻子从本官自济南卫来戍于此。妻某氏，方有娠八月,未知男女,为辽阳将官逼去。至今四十馀年,不知妻子消息。某孤苦贫老,死亦不知身归何所。"因泪下如雨。王起告其母,母出复询其实,乃相持恸哭仆地,王亦悲极。乃请老卒入厅,令左右奉其澡洗更衣,坐厅上,夫妇子女参拜。复告于家庙,众亲宴讫。次日上疏备陈其故,乞辞位归于王氏,自补赵氏军伍,再获寸进,以图报效。疏上,朝廷嘉其孝义,降诏俾仍原职,复姓赵氏云。①

【注释】①此事见于明王同轨《耳谈类增》卷八"王游击得父"。

杨　公

杨公某,关中鳌屋人。妇李氏,生一子,才七岁。公复贾于闽漳浦,主蘖氏家①。蘖新寡,复为其家赘婿,生一子,冒姓蘖氏,亦已三岁。倭夷突犯海上诸郡,略公以去,居十九年,髡跣跳战,皆倭习矣。后又随众犯闽。会闽帅败之去,而公得遁归,为累囚,属绍兴郡丞杨公世道者厘辨之:"夷耶?民耶?"公曰:"我闽中民也。"因道其里族妻子名姓。多与己合,异之,归以问母。母令再谳,而听于屏后。不数语,大呼曰:"而翁也。"起之因中,拜哭皆恸,洗浴更衣,庆忭无极。次朝,蘖公知公得翁,举羔雁为贺②。公觞之,翁出行酒。蘖公问翁何繇入闽。翁言其始末,又与蘖氏家里族妻子名姓合。异之,亦归以问母。其日翁来报谒,蘖公觞之,而母窃听其语,又大呼曰:"而翁也。"其为悲喜犹杨丞家。于是闽郡黎老欢忭,呼为循吏之报。士大夫羔雁成群,盖守丞即异地各姓,实同体兄弟。而翁以髡跣跳战之卒,且为累囚,一日而得二贵子、两夫人,以朱轓千锺养焉③。其离而合,疏而亲,贱而荣,岂非天故为之哉!④

【注释】①主蘖氏家,为蘖氏家的房客。　　②羔雁,羊羔和雁,古人相庆的贽礼。　　③朱轓,车乘两旁之红障板。后常以"朱轓"指贵显者之车乘。千锺,指官禄千锺也。　　④此条采自明王同轨《耳谈类增》卷八"蘖公杨公得父"条。

绍 兴 士 人

绍兴间,有士人贫不能婚,赘入团头家为婿。团头者,丐户之首也。女甚洁雅,夫妇相得。逾数载,士人应试成名,颇以妇翁为耻。既得官淮上,携妻之任。中流与妻玩月,乘间推坠于水,扬帆而去。妻得浮木不死。有淮西转运使船至,闻哭声,哀而救之。叩其故,乃收为己女,戒家人勿泄。比至淮,士人以属官晋谒。运使佯问:"已娶未?"士人答言:"有妻坠江死,尚未续也。"运使乃命他僚为己女议亲,且云"必入赘乃可"。士人方慕高阀,惊喜若狂。既成礼,士人欣然入闼。忽妪妾辈数十人,持细杖从户傍出,乱捶之。士人口称何罪,莫测所以。闻闱中高唤曰:"为我摘薄情郎来!"士人犹不辨其声。及相见,乃故妻也。妻数其过,士人叩首谢罪不已,运使入解之。自是终身敬爱其妇,并团头亦加礼焉。①

　　以团头为可贱,不婚可也。微而婿之,贵而弃之,其妇何罪?且幸为团头婿耳,假令为子,其不为刘叟之见笞者几何②!天遣转运使为结此一段薄情公案,不然,严武、王魁之报恐不免矣③。

【注释】①冯梦龙《喻世明言》有《金玉奴棒打薄情郎》,即本于此。②五代后唐庄宗刘夫人,少因兵乱,与父相失。及贵宠,其父刘山叟负药囊诣宫门请见。后恐为己辱,即曰:"妾离家时,父已亡殁,安得有是?"命驱出杖之。　　③二事见本书卷十六"严武"、"王魁"二条。

崔 英

至正辛卯①,真州有崔生名英者,家极富,少工书画。以父荫补浙江温州永嘉尉,携妻王氏赴任。道经苏州之圖山,泊舟,赛于神庙。既毕,饮于舟中。舟人见其饮器皆金银,遽起恶念。是夜,沉英水中,并婢仆杀之,谓王氏曰:"尔知所以不死者乎?我次子尚未有室,今有事往杭州一两月,俟归,与汝成亲。汝即吾家人,无恐。"言讫,席卷所有,而以新妇呼王。王佯应之,勉为经理,曲尽殷勤。舟人私喜得妇。然渐稔熟,不复防闲。

将月馀,值中秋节,舟人盛设酒殽,雄饮痛醉。王氏伺其睡沉,轻身上岸。行二三里,忽迷路,芦苇菰蒲,一望无际。王既艰步履,又虑寻蹑,于是尽力狂奔。久之,东方渐白,遥望林中有屋宇,急往投焉。候其启门,乃一尼院。院主问王来故,王诒之曰:"妾真州人也。舅宦游江浙,挈家皆行,抵任,而良人没矣。孀居数年,舅以嫁永嘉崔尉为妾。正室悍戾,箠辱万端。近者解官,舟次于此,因中秋赏月,命妾取金杯酌酒,不料失手坠江,必欲置之死地,遂逃生至此。"尼曰:"娘子既不敢归舟,家乡又远,孤苦一身,将何所托?"王惟涕泣而已。尼曰:"此间僻在荒滨,人迹不到,娘子若舍爱离痴,悟身为幻,披缁削发,就此出家,禅榻佛灯,晨餐暮粥,聊随缘以度岁月,岂不胜于为人宠妾,受今世之苦恼,而结来世之仇雠乎?"王拜谢曰:"是所志也。"遂落发于佛前,立法名慧圆。王读书识字,写染俱通。不期月间,悉究内典,大为院主所礼待,事必谘而后行。而复宽和柔善,人皆爱之。每日于白衣大士前礼百馀拜,密诉心曲,虽隆冬盛暑弗替。既罢,即身居奥室,人罕见其面。

岁馀,忽有人至院随喜,留斋而去。明日,将画芙蓉一幅来施。老尼张于素屏,王过见之,识为英笔,因询其所自。院主曰:"近日檀越布施。"王问檀越姓名,今住甚处,以何为生。曰:"同县顾阿秀兄弟,以操舟为业,年来如意,人颇道其劫掠江湖间,未知诚然否。"王又问:"亦尝往来此中乎?"曰:"少到耳。"即默识之。乃援笔题于屏上曰:"少日风流张敞笔,写生不数黄筌。芙蓉画出最鲜妍。岂知娇艳色,翻抱死生冤。　　粉绘凄凉馀幻质,只今流落谁怜。素屏寂寞伴枯禅。今生缘已断，愿结再生缘。"其词盖《临江仙》也。尼皆不晓其所谓。

一日，忽在城有郭庆春者，以他事至院。见画与题，悦其精致，买归为清玩。适御史大夫高公纳麟退居姑苏，多慕书画。庆春以屏献之。公置于内馆，而未暇问其详。偶外间忽有人卖草书四幅，公取观之，字格类怀素，而清劲不俗。公问谁写，其人对"是某学书"。公视其貌，非庸碌者。询其乡里姓名，蹙额对曰："英，姓崔，字俊臣。世居真州。以父荫补永嘉尉，挈累赴官，不自慎重，为舟人所图，沉英水中。家财妻妾，不复顾矣。幸幼时习水，潜泅波间，度既远，遂登岸，投民家，举体沾湿，身无一钱。赖主翁见怜，易衣赐食，复赠盘费而遣之。英遂问路出城，陈告于平江路，令听候，一年杳无消耗，惟卖字以度日，非敢谓善书也，不意恶札上彻钩览。"公闻其语，深悯之，曰："子既如斯，付之无奈。且留吾西塾，训诸孙写字，不亦可乎？"英幸甚。公延入内馆，与饮。英忽见屏间芙蓉，泫然垂泪。公怪问之，曰："此舟中失物之一，英手笔也。何得在此？"又诵其词，复曰："英妻所作。"公曰："何以辨识？"曰："识其字画。且其词意有在，真拙妇所作无疑。"公曰："若然，当为子任捕盗之责。子姑秘之。"乃馆英于门下。

明日，密召庆春问之。庆春云："买自尼院。"公即使宛转诘尼，得于何人，谁所题咏。数日，报云："同县顾阿秀舍，院尼慧圆题。"公遣人说院主曰："夫人喜诵佛经，无人作伴。闻慧圆了悟，欲礼为师，愿勿却也。"院主不许。而慧圆闻之，深欲一出，或者可藉此复仇。尼不能拒。公命昇至，俾夫人与之同寝处。暇日，问其家世之详。王饮泣以实告，且白题芙蓉事，曰："盗不远矣，惟夫人转以告公。倘得缚罪人以下报夫君，某死且不朽。"而未知其夫之故在也。夫人以语公。公属夫人善视之，略不与英言。公廉得顾居址出没之迹，然未敢轻动，惟使夫人阴劝王畜发，返初服。

又半年，进士薛理溥化为监察御史按郡。溥化，高公旧日属吏,知其敏手也。且语溥化掩捕之,敕牒及家财尚在,惟不见王氏下落。穷讯之,则曰:"诚欲留配次男,不期乘间逃去,莫知所往。"溥化遂置之极典,而以原赃给英。

英将辞公赴任。公曰:"待与足下作媒,娶而后去,非晚也。"英谢曰:"糟糠之妻,同贫贱久矣,今不幸流落他方,存亡未卜。且单身到彼,迟以岁月,万一天地垂怜,若其尚在,或冀伉俪之重谐耳。别娶之言,非所愿也。"公凄然曰:"足下高谊如此,天必有以相佑,吾安敢苦逼?但容奉饯,然后起程。"翌日开宴,各官及郡中名士毕集。公举杯告众曰:"老夫今日为崔县尉了今生缘。"客莫喻。公使呼慧圆出,则英故妻也。夫妇相持大恸,不意复得相见于此。公备道其始末,且出芙蓉屏示客,方知公所云"了今生缘",乃英妻词中句,而慧圆则英妻改字也。满座感叹,服高公之盛德。公赠英奴婢各一,津遣就道②。英任满,重过吴门,而公薨矣。夫妇号哭,如丧其亲,就墓下建水陆斋三昼夜以报而后去。王氏因此长斋,念观音不辍。③

　　使贼奴无意得妇,王必死。即有意得妇而无杭州之行,王亦必死。使崔生不识水性,与汩俱没。即不然,而天涯隔绝,更无消息到空门,王虽生亦犹之乎死。乃芙蓉屏之施,贼奴自出供案,而又展转入于有力者之家,呈于有心者之目,仇雠授首,夫妇重圆,中间情节奇幻,绝好一部传奇骨子。崔,义夫;王,节妇;主翁,善人;高御史,侠士,无一不可传也。

【注释】①至正,元惠宗年号(1341—1368)。　　②津遣,由水路起程。③本篇出明李昌祺《剪灯馀话》卷四《芙蓉屏记》。

玉　堂　春

河南王舜卿,父为显宦,致政归。生留都下,支领给赐,因与妓玉堂春姓苏者狎。创屋宇，置器饰，不一载，所赍罄尽。鸨啧有繁言。生不得已出院，流落都下，寓某庙中。廊间有卖果者见之，曰："公子乃在此耶！玉堂春为公子誓不接客，命我访公子所在。今幸毋他往。"乃走报苏。苏诳其母，往庙酬愿。见生，抱泣曰："君名家公子，一旦至此，妾罪何言。然胡不归？"生曰："路遥费多，欲归不得。"妓与之金曰："以此置衣饰，再至我家，当徐区画。"生盛服仆从复往，鸨大喜，相待有加，设宴。夜阑，生席卷所有而归。鸨知之，挞妓几死，因剪发跣足，斥为庖婢。未几，山西商闻名求见，知其事，愈贤之，以百金为赎身。逾年发长，颜色如故，携归为妾。

初，商妇皮氏以夫出，邻有监生，俛妪与通。及夫娶妓，皮妒之。夜饮，置毒酒中。妓逡巡未饮，夫代饮之，遂死。监生欲娶皮，乃唆皮告官，云妓毒杀夫。妓曰："酒为皮置。"皮曰："夫始诒为正室，不甘为次，故杀夫，冀改嫁。"监生阴为左右，妓遂成狱。

生归，父怒斥之。遂矢志读书，登甲科，后擢御史，按山西录囚。潜访得监生邻妪事，逮以来，不伏。因潜匿一胥于庭下柜中，监生、皮氏与妪俱受刑于柜侧。官伪退，吏胥散。妪年老，不堪受刑，私谓皮曰："尔杀人累我，我止得监生五金及两匹布，安能为若受刑！"二人恳曰："姆再忍须臾，我罪得脱，当重报。"柜中胥闻此言，即大声曰："三人已尽招矣！"官出胥为证，俱伏法。王令乡人伪为妓兄，领回籍，阴置别邸，为侧室。

> 生非妓，终将落魄天涯；妓非生，终将含冤地狱。彼此相成，率为夫妇。好事者撰为《金钏记》，生为王瑚，妓为陈林春，商为周镗，奸夫莫有良，其转折稍异。[1]

【注释】[1]冯梦龙小说《警世通言》有《玉堂春落难逢夫》。传奇有《分钗记》，弹词有《玉堂春》，皆演此事，《金钏记》似即《分钗记》之讹。

情史氏曰：夫人一宵之遇，亦必有缘焉凑之，况夫妇乎？

嫫母可为西子，缘在不问好丑也；瓦砾可为金玉，缘在不问良贱也。或百求而不获，或无心而自至，或久暌而复合，或欲割而终联。缘定于天，情亦阴受其转而不知矣。吁！虽至无情，不能强缘之断；虽至多情，不能强缘之合。诚知缘不可强也。多情者固不必取盈，而无情者亦胡为甘自菲薄耶？

补　遗

甲乙二书生 补意外夫妻

有甲乙二书生，同行适他邑，骤遇雷雨，避小家屋檐下。久之天晚，雨益甚，衣俱沾湿，欲求一宽处借宿。视前有宅门方闭，急趋欲叩之。乙恐见拒，甲戏曰："无妨，此吾岳翁家也。叩之何害？"主翁偶在门内闻语，启扉问曰："谁为吾东床者？"甲色变。主翁因揖乙入户，谓甲曰："足下既系瓜葛，且须露坐。"乙为曲谢，不听。翁留款极欢，更馀方下榻。甲傍皇户外，坐立不宁，深悔轻薄，自罹其咎。俄而雨止风来，湿衣助冷，蹲踞阶檐，展转不寐。夜半，忽闻门内切切语声，疑乙来相援，强起觇之。少焉门启，黑影中微辨是二女子，捧一衣包而出，即以授甲曰："郎已至乎？便可同行也。"甲不知所为，漫然携之疾走。中路，二女有所言，甲唯唯而已。及明，二女大惊，相顾曰："非是！"然无可奈何。盖主翁之女与表兄有私约，挈资而遁，约于是夜之半。其人尚未至，而甲在，遂误认而从焉。其一女，乃随身婢也。甲偕女还家，遂为夫妇。女有美色，相得甚欢。主翁早起失女，疑甲所盗。问诸乙，乙谢不知。乃同乙踪迹至甲家，得之。甲本大族，而翁亦欲盖丑，乃以姻礼相见，笑曰："门外'岳翁'之言，殆天数与？"后甲贵仕，此女亦受封。

卷三　情私类

张　幼　谦 _{以下先私后配}

浙东张忠父与罗仁卿邻居。张宦族而贫，罗崛兴而富。宋端平间①，两家同日生产。张生子名幼谦，罗生女名惜惜。稍长，罗女寄学于张。人常戏曰："同日生者，合为夫妇。"张子罗女私以为然，密立券约，誓必偕老，两家父母罔知也。年十数岁，尝私合于斋东石榴树下，自后无间。

明年，罗女不复来学。张子虽屡至罗门，闺院深邃，终不见女。至冬，张子书词名《一剪梅》云："同年同日又同窗，不似鸾凰，谁似鸾凰。石榴树下事匆忙。惊散鸳鸯，拆散鸳鸯。　　一年不到读书堂，教不思量，怎不思量。朝朝暮暮只烧香。有分成双，愿早成双。"伺其婢，连日不至。又成诗云："昔人一别恨悠悠，犹托梅花寄陇头。咫尺花开君不见，有人独自对花愁。"一日婢至，与之云："斋前梅花已开，可托折梅花递回信来。"去无报音。

明年，随父忠父馆寓越州太守斋，两年方归。罗女遣婢馈笺，箧中有金钱十枚，相思子一粒。张大喜，语婢，欲得一会期。且复书一诗云："一朝不见似三秋，真个三秋愁不愁？金钱难买尊前笑，一粒相思死不休。"尝掷金钱为戏，母见诘之，云得之罗女。母觉其意，遣里妪问婚。罗父母以其贫，不许，曰："若会及第做官，则可。"

明年，张又随父同越州太守候差于京。又两年方归，而罗氏受里富室辛氏聘矣。张大恨，作词名《长相思》，云："天有神，地有神。海誓山盟字字真，如今墨尚新。　　过一春，又一春。不解金钱变作银,如何忘却人!"遣里妪密送与女。女言:"受聘乃父母意。但得君来会面,宁与君俱死,永不愿与他人俱生也。"罗屋后墙内有山茶数株,可以攀缘及墙。约张候于墙外,中夜令婢登墙,用竹梯置墙外以度。凡伺候三夕而失期。赋诗云:"山茶花树隔东风,何啻云山万万重。销金帐暖贪春梦,人在月明风露中。"复遣里妪递去。女言"三夕不寐,无间可乘",约以今夕灯烛后为期。至期,果有竹梯在墙外,遂登墙缘树而下。女延入室,登阁,极其缱绻。遂订后期,以楼西明三灯为约。如至墙外止一灯,不可候也。自后无夕不至,或一二夕,或三四夕,明三灯,则墙外亦有竹梯矣。月馀,又随父馆寓湖北帅厅。先数夕,相与泣别。女遗金帛甚厚,曰:"幸未即嫁,则君北归尚有会期。否则,君其索我于井中,结来世姻矣。"

其年,张赴湖北,留寓试笔。归里,则女亦拟是冬出适。闻张归,即遣婢订约今夕,且书《卜算子》词一阕云:"幸得那人归,怎便教来也。一日想思十二辰,直是情难舍。 本是好因缘,又怕因缘假。若是教随别个人,相见黄泉下。"张如约至。女喜且怨曰:"幸有期会,奈何又向湖北,又不务早归。从今若无夜不会,亦只两月馀矣。当与君极欢,虽死无恨。君少年才俊,前程未可量,妾不敢以世俗儿女态邀君俱死也。"相对泣下。久之,张索笔和其《卜算子》云:"去时不摝人,归怎摝人也。罗带同心结到成,底事教拼舍。 心是十分真,情没些儿假。若道归迟打棹箆,甘受三千下。"自是遂无夜不至。

半月馀,为罗父母所觉,执送有司。女投井不果,令人日夕随之。张到官,历历具实供答。宰怜其才,欲贷其罪,而辛氏有巨赀,必欲究竟。张母遣信报其父,父恳湖北帅关节本郡太守。未几,湖北帅寓试揭晓,张作《周易》魁,旗铃就围中报捷[②]。宰大喜,延至公厅贺之,送归拜母。申州请旨,邑方逮女出官,中途而返。太守得湖帅使书,而本县申文亦至。辛氏以本县擅释张子,赴州陈诉。太守晓辛曰:"罗氏不廉女也。天下多美妇人,汝焉用此为? 当令罗氏还尔聘财。"辛辞塞。太守令吏取辛情愿休亲状,行移本县,追理聘财。密书与宰,令为张罗,了此一段因缘。宰具札招罗仁卿公厅相见,即贺其得佳婿,盛礼特筵,具道守意。罗归,招张来赘。张明年登科,仕至倅。夫妇偕老焉。③

　　生之及第做官人,不先不后,恰在囹中。文昌主婚,朱衣人作媒,一场丑事,反为美谈。向使罗父母不觉,两人者终当以情死。颠之倒之,造物真巧于簸弄哉!

【注释】①端平,南宋理宗年号(1234—1236)。　　②旗铃,急速传递消息者所骑马系铃插旗,以警路人避让。囹,囹圄,狱也。　　③此条采自明人胡文焕编小说集《稗家粹编》卷二。

晁　采

　　大历中①,有晁采者,小字试莺,女子中之有文者也。与母独居,深娴翰墨,丰姿艳体,映带一时。有尼常出入其家,言采美丽为天下冠,不施丹铅,眉目如画。尝见其夏月著单衫子,右手攀竹枝,左手持兰花扇,按膝上,注目水中游鱼,低讽竹枝小词,若黄莺学啭,真神仙中人也。性爱看云,故其室名"窥云室",馆名"期云馆"。一日兰花始发,其母命目之。采即应声曰:"隐于谷里,显于澧浔。贵比于白玉,重匹于黄金。既入燕姬之梦②,还鸣宋玉之琴。"其敏慧若此。少与邻生文茂笔札周旋,每自誓言当为伉俪。及长而散去,犹时时托侍女通殷勤。茂尝春日寄以诗曰:"晓来扶病镜台前,无力梳头任髻偏。消瘦浑如江上柳,东风日日起还眠。"又曰:"旭日瞳瞳破晓霾,遥知妆罢下芳阶。那能化作桐花凤,一集佳人白玉钗。"采得诗,因遣侍儿以青莲子十枚寄茂。且曰:"吾怜子也。"茂曰:"何以不去心?"侍者曰:"正欲使君知其心苦耳。"茂持啖未竟,坠一子于盆水中。有喜鹊过,恶污其上,茂遂弃之。

明蚤,有并蒂花开于水面,如梅英大。茂因喜曰:"吾事济矣。"取置几头,数日始谢。房亦渐长,剖之,各得实五枚,如所来数。茂即书其异,托侍女以报采。采持阅大喜,曰:"并蒂之谐,此其征矣。"因以朝鲜茧纸作鲤鱼函,两面俱画鳞甲,腹下令可以藏书。遂寄茂以诗曰:"花笺制叶寄郎边,的的寻鱼为妾传。并蒂已看灵鹊报,倩郎早觅买花船。"荏苒至秋,屡通音问,而欢好无繇。

偶值其母有姻席之行,采即遣人报茂。茂喜极,乘月至门,遂酬凤愿焉。晨起整衣,两不忍别。采因自剪鬒发赠茂,且曰:"好藏青鬒,早缔白头也。"茂归,藏于枕畔,兰香芳烈,馥馥动人。因以诗寄之曰:"几上金猊静不焚,匡床愁卧对斜曛。犀梳金镜人何处,半枕兰香空绿云。"

绸缪之后,又复无机可乘。时值杪秋,金风渐栗。采无聊之极,因遣侍儿以诗寄茂曰:"珍簟生凉夜漏馀,梦中恍惚觉来初。魂离不得空成病,面见无繇浪寄书。窗外江村钟响绝,枕边梧叶雨声疏。此时最是思君处,肠断寒猿定不如。"茂答曰:"忽见西风起洞房,卢家何处郁金香。文君未奔先成渴,颛顼初逢已自伤。怀梦欲寻愁落叶,忘忧将种恐飞霜。惟应分付青天月,共听床头漏渐长。"

自兹以后,间阔弥深。采抱郁中怀,遂凋素质。母察其异,苦询侍儿,侍儿因微露其情。母叹曰:"才子佳人,自应有此。然古多不偶,吾今当为成之。"因托斧柯,以采归茂。[③]

《贾子说林》云[④]:"陈忠有女,名丰。邻人葛勃,有美姿。丰与村中女子戏相谓曰:'得婿如葛勃,无恨矣。'自是丰与勃屡通音问。七月七日,丰以青莲子十枚寄勃。勃啖未竟,坠一子于盆水中。明旦开并蒂花云云,自此乡人改双星节为双莲节。"其事相类,疑《晁采传》仿陈丰而作者。怜子苦心,亦借汉女子舒襟私于元群事[⑤]。

【注释】①大历,唐代宗年号(766—779)。　②《左传》:郑文公妾名燕姞,梦天帝与以兰,且曰:"兰有国香,人服媚之。"　　③此条采自明王世贞《续艳异编》卷四。　　④《贾子说林》为元人所撰。而下文所言葛勃事初见于刘宋刘敬叔《异苑》卷八。　　⑤舒襜事见《说郛》卷八十引《谢氏诗源》,又见于《瑯嬛记》,皆元明后书,所载事亦多无稽可考,必不早于《异苑》也。

范　　蠡

　　西施,越之美女,家于苎萝村西,故曰西施。欲见者先输金钱一文。今嘉兴县南有女儿亭①。《吴越春秋》云:"越王以吴夫差淫而好色,乃令范蠡取西施以献之。西施于路与范蠡潜通,三年始达于吴,遂生一子。至此亭,其子一岁,能言。因名女儿亭。"《越绝书》云:"吴亡后,西施复归范蠡,因泛五湖而去。西施山下有浣纱石。"②

　　越王得苎萝山鬻薪之女,曰西施、郑旦。饰以罗縠,教以容步,习于土城③,临于都巷,三年学服而献于吴。所谓"三年始达于吴"者,疑即此学服之三年耳。若在路复三年,则六年矣,施齿不稍长乎?且吴越邻壤密迩,其贡书必有岁月,迁延三岁,使人乌得无罪?吴王亦安得无言也?又别志:越既灭吴,乃沉西施于江,以报鸱夷,而世俗盛传扁舟五湖之事。

　　【注释】①女儿亭,据唐陆广微《吴地记》,本名"语儿亭",其地即名"语儿"。　　②此条采自明人陈耀文《天中记》卷二十一。文中所言《吴越春秋》、《越绝书》云云,皆凭空所造。　　③土城,后名西施山,在绍兴城东。

贾　　午

　　贾午,太尉充少女①。韩寿,字德真,南阳堵阳人,魏司徒暨曾孙,美姿貌,善容止。贾充辟为司空掾。充每燕宾客,其女辄于青璪中窥之②,见寿而悦焉。问于左右:"识此人否?"有一婢说寿姓字,云是故主人。女大感想,发于寤寐。婢后往寿家,具说女意,并言其女光丽艳逸,端美绝伦。寿闻而心动,便令为通殷勤。婢以白女,女遂潜修音好,厚相赠结,呼寿夕入。寿劲捷过人,逾垣而至。家中莫知,惟充觉其女悦畅异于常日。时西域有贡奇香,一著人则经月不歇,帝甚贵之,惟以赐充及大司马陈骞。其女密盗以遗寿。充寮属与寿燕处,闻其芬馥,称之于充。自是充意知女与寿通。而其门阁严峻,不知所繇得入。乃夜中佯惊有盗,因使循墙以观其变。左右白曰:"无馀异,惟东北角如狐狸行处。"充乃考问女之左右,具以状对。充秘之,遂以女妻寿。寿官至散骑常侍、河南尹③。

　　充女已及笄矣,充既才寿而辟之舍,寿将谁婿乎? 亦何俟其女自择也? 虽然,贾午既胜南风充长女即贾后,韩寿亦强正度晋惠帝字也,使充择婿,不如女自择耳。

【注释】①贾充,曹魏时投靠司马氏,弑杀魏帝曹髦(高贵乡公)。司马炎篡魏,贾充为车骑将军、散骑常侍、尚书仆射,封鲁郡公。少女,小女。②青璪,窗的美称。因富贵人家窗格做成连琐纹样故称。　　③韩寿死于八王之乱前。此条采自《晋书·贾充传》。

江　情

　　福州守吴君者,江右人。有女未笄,甚敏慧,玉色秾丽。父母锺爱,携以自随。秩满还朝,候风于淮安之版闸①。邻舟有太原江商,亦携一子名情,生十六年矣,雅态可绘,敏辨无双。其读书处正与女窗相对。女数从隙中窥之,情亦流盼,而无缘致意。偶侍婢有濯锦船舷者,情赠以果饵,问:"小娘子许适谁氏?"婢曰:"未也。"情曰:"读书乎?"曰:"能。"情乃书难字一纸,托云:"偶不识此,为我求教。"女郎得之微哂,一一细注其下,且曰:"岂有秀才而不识字者!"

婢还以告。情知其可动，为诗以达之曰："空复清吟托袅烟，樊姬春思满红船。相逢何必蓝桥路，休负沧波好月天。"女得诗，愠曰："暂尔萍水，那得便以艳句撩人？"欲白父笞其婢，婢再三恳，乃笑曰："吾为诗骂之。"乃缄小碧笺以酬曰："自是芳情不恋春，春光何事撩闺人②？淮流清浸天边月，比似郎心向我亲。"生得诗大喜，即令婢返命，期以今宵启窗虔候。女微哂曰："我闺帏幼怯，何缘轻出，郎君岂无足者耶？"

生解其意，候人定，蹑足登其舟。女凭阑待月，见生跃然，携肘入舟，喜极不能言，惟嫌解衣之迟而已。既而体惝神荡，各有南柯之适。风便月明，两舟解缆，东西殊途，顷刻百里。江翁晨起，觅其子不得，以为必登溷坠死淮流。返舟求尸，茫如捕影，但临渊号恸而去。

天明，情披衣欲出，已失父舟所在。女惶迫无计，藏之船旁榻下。日则分饷羹食，夜则出就枕席。如此三日，生耽于美色，殊不念父母之离邈也。其嫂怪小姑不出，又馈兼两人，伺夜窥觇，见姑与少男子切切私语。白其母，母患不信，身潜往视，果然。以告吴君。吴君搜其舱，得情榻下。拽其发以出，怒目麟眦，砺刃其颈，欲下者数四。情忽仰首求哀，容态动人。吴君停刃叱曰："尔为何人？何以至此？"生具述姓名，且曰："家本晋人，阀阅亦不薄。昨者猖狂，实亦贤女所招。罪俱合死，不敢逃命。"吴君熟视久之，曰："吾女已为尔所污，义无更适之理。尔肯为吾婿，吾为尔婚。"情拜泣幸甚。吴君乃命情潜足挂舵上，呼人求援，若遭溺而幸免者，庶不为舟人所觉。生如戒。吴君令篙者掖之，佯曰："此吾友人子也。"易其衣冠，抚字如子。

抵济州，假巨室华居，召傧相，大讲合婚之仪。舟人悉与宴，了不知其所繇。既自京师返旆，延名士以训之，学业大进。又遣使诣太原，访求其父。父喜，赍珍聘至楚，留宴累月乃别。情二十三领乡荐，明年登进士第。与女归拜翁姑，会亲里，携家之官。初为南京礼部主事,后至某郡太守,膺翚翟之封③。有子凡若干人,遐迩传播,以为奇遇云。小说曰《彩舟记》。

> 若是一偷而去,各自开船,太平无话,二人良缘终阻,行止俱亏。风便舟开,天所以成美事也。

【注释】①待风起方能张帆行船。　②“撩”,原本作“憯”,明叶绍袁编《午梦堂集》载此诗,据改。　③翚翟,此指贵妇人之服,言女子得封诰也。

薛 氏 二 芳

吴郡富室有姓薛者,至正初,家于阊门外,以鬻米为业。二女兰英、蕙英,皆敏秀能诗。父遂于宅后建楼居之,名曰“兰蕙联芳楼”。适承天寺僧善水墨,乃以粉灰四壁,邀请绘兰蕙于上,登之者蔼然如入春风之室。二女日夕其间,吟咏不辍,有诗数百首,号《联芳集》,好事者往往传诵。时会稽杨铁崖制《西湖竹枝曲》,和者百馀家,镂版书肆。二女见之笑曰:“西湖有《竹枝曲》,东吴独无《竹枝曲》乎?”乃效其体,作《苏台竹枝诗》十章,曰:“姑苏台上月团团,姑苏台下水潺潺。月落西边有时出,水流东去几时还?”“馆娃宫中麋鹿游,西施去泛五湖舟。香魂玉骨归何处? 不及真娘葬虎丘。”“虎丘山上塔层层,静夜分明见佛灯。约伴烧香寺中去,自将钗钏施山僧。”“门泊东吴万里船,乌啼月落水如烟。寒山寺里钟声早,渔火江风恼客眠。”“洞庭馀柑三寸黄,笠泽银鱼一尺长。东南佳味人知少,玉食无繇进上方。”“荻芽抽笋楝花开,不见河豚石首来。早起腥风满城市,郎从海口贩鲜回。”“杨柳青青杨柳黄,青黄变色过年光。妾似柳丝易憔悴,郎如柳絮太颠狂。”“翡翠双飞不待呼,鸳鸯并宿几曾孤。生憎宝带桥头水,半入吴江半太湖。”“一编凤髻绿如云,八字牙梳白似银。斜倚朱门翘首立,往来多少断肠人?"“百尺高楼倚碧天,阑干曲曲画屏连。侬家自有《苏台曲》,不去西湖唱《采莲》。"

铁崖见其藁,手题二诗于后,曰:"锦江只见薛涛笺,吴郡今传兰蕙篇。文采风流知有日,连珠合璧照华筵。"“难弟难兄并有名,英英端不让琼琼。好将笔底春风句,谱作瑶筝弦上声。"自是名播远迩,咸以为班姬、蔡女复出,易安、淑真而下不足论也①。其楼下瞰官河,舟楫皆经过焉。

昆山有郑生者,亦甲族,其父与薛素厚。生兴贩抵郡,至此日泊舟于楼下,依薛为主。薛以其通家子弟,往来无间也。生青年韶秀,性复温和。夏月于船首澡浴,二女在窗隙窥见嫪生之具②,乃以荔枝一双投下。生虽会其意,然仰视飞甍峻宇,缥缈霄汉,自非身具羽翼,莫能至也。既而更深漏静,月堕河倾,万籁俱寂,生企立船舷,如有所俟。忽闻楼窗哑然有声,顾盼顷刻,则二女以秋千绒索垂一竹兜坠于其前。生乃乘之而上。既见,喜极不能言,相携寝室,尽缱绻之意焉。兰口占诗与生曰:"玉砌雕阑花两枝,相逢恰是未开时。娇姿未惯风和雨,分付东君好护持。"蕙亦吟云:"宝篆香销烛影低,枕屏摇动镇帷垂。风流好似鱼游水,才过东来又向西。"生至晓乘之而下。自是无夕不会。二女吟咏颇多,不能尽记。生耻无以答。一夕,见女书匣内有剡溪玉叶笺,遂濡毫题一诗于上曰:"误入蓬莱顶上来,芙蓉芍药两边开。此身得似偷香蝶,游戏花丛日几回。"二女得诗喜甚,藏之箧笥。

一夕中夜之后,生忽怅然曰:"我本羁旅江河,托迹门下。今日之事,尊人罔知。一旦事迹彰闻,恩情间阻,则乐昌之镜,或恐从此而分;延平之剑,不知何时再合也③。"因哽咽泣下。二女曰:"妾久处闺闱,粗通经史,非不知钻穴之可丑,逾墙之可佳也。然而秋月春花,每伤虚度,云情水性,失于自持。曩者偷窥宋玉之容④,自献卞和之璧⑤。感君不弃,特赐俯从。虽六礼未行,谅一言已定。方欲永同欢爱,奈何遽生阻疑?妾虽女子,计之审矣。他日机事闻彰,亲庭谴责,若从妾所请,则终奉箕帚于君家;如不遂所图,则求我于黄泉之下,必不再登他门也。"生闻此言,不胜感激。未几,生之父以书督生还家。女之父见其盘桓不去,亦颇疑之。一日登楼,于箧中得生所为诗,大骇。然事已如此,无可奈何。顾生年少标致,门户亦正相敌,乃以书抵生之父,喻其意。生父如其所请,仍命媒氏通二姓之好,问名纳采,赘以为婚。生年二十有二,长女年二十,幼女年十八矣。《剪灯新话》有《联芳楼记》⑥。

《西厢记》郑郎忒薄福,《联芳楼记》郑郎忒造化。

【注释】①班昭、蔡琰、李清照、朱淑真,皆才女中最著名者。朱淑真见本书卷十三"朱淑真"条。　　②嫪生,指嫪毐,秦始皇时,以大阴为太后所宠幸。　　③乐昌之镜,见本书卷四"杨素"条。延平之剑,晋张华与雷焕既得二宝剑,二人各持一剑。后张华被诛,失剑所在。雷焕卒,其子为州从事,持剑行经延平津,剑忽于腰间跃出,堕水。使人没水取之,不见剑,但见两龙,各长数丈。　　④宋玉《登徒子好色赋》:宋玉对楚王:"臣里之美者,莫若臣东家之子……此女登墙窥臣三年。"　　⑤楚人卞和得玉璞,而献之楚王。厉王、武王皆以为石,至共王,方使人理其璞而得宝玉,故名之曰和氏之璧。　　⑥《联芳楼记》在明瞿佑《剪灯新话》卷一。

梁　意　娘

五季周时,潇湖梁公女名意娘,与李生有姑表亲。李往来甚熟,因中秋玩月,与意娘潜通,恋恋不去。久之事露,舅怒逐之,繇是阻隔三霜①。时遇秋日,意娘寄歌曰:"花花叶叶落纷纷,终日思君不见君。肠欲断兮肠欲断,泪珠痕上更添痕。我有一寸心,无人共我说。愿风吹散云,诉与天边月。携琴上高楼,楼高月华满。相思弹未终,泪滴琴弦断。人道湘江深,未抵相思半。江深终有底,相思无边岸。君在湘江头,妾在湘江尾。相思不相见,同饮湘江水。梦魂飞不到,所欠惟一死。入我相思门,知我相思苦。长相思兮长相思，短相思兮无尽极。早知如此挂人心，悔不当初莫相识。"李生得歌悲咽，因托人进公曰："令爱才华，贤甥文藻，天生佳偶，幸未议婚，公不若妻之，以塞外议。"公乃许焉。②

【注释】①三霜，义同"三秋"，三年也。　②此条采自明夏瑄《楚风补》。

章　文　焕

天历己巳①，建康富人窦时雍，有女及笄，名羞花，貌美，尤长于诗。溧水士人章文焕，少年聪俊，与窦为中表亲。自幼每过窦家，时雍甚爱重之，尝戏指女曰："长必以妹配汝。"生、女亦各留意。生私为诗聘曰："春风连理两枝梅，曾向罗浮梦里来。分付东君好调护，莫教移傍别人开。"羞花踵韵曰："庾岭清香一树梅，凌寒不许蝶蜂来。料应一点春消息，留向孤山处士开。"自是情好甚殷，或对酌灯下，或吟眺花前，时雍不之禁也。

一日会于迎晖轩下，相与象戏②。文焕吟曰："纷纷车马渡河津，黑白分明目下真。"羞花续曰："莫使机关争胜负，两家人是一家人。"生、女大笑。又铺紫氍毹于中庭，摊牌较胜。文焕笑曰："但要合着油瓶盖。"羞花笑曰："只恐贪花不满三十耳③。"文焕兴发求欢，羞花变色曰："既为正配，岂效淫奔！"文焕踧而言曰："人心翻覆，势若波澜。倘事在必谐，先之何害？万一有变，如尔我相爱何？"羞花嘿然，遂任其意。文焕低吟曰："鸾凤相交颠倒颠，武陵春色会神仙。轻回杏脸金钗坠，浅蹙蛾眉云鬓偏。"羞花续曰："衣惹粉花香雪散，帕沾桃浪嫩红鲜。迎晖轩下情无限，绝胜人间一洞天。"羞花脱臂上金钏一双与生，曰："此钏即主盟也。"文焕拜受。

未几，时雍觉之，召生谓曰："汝宜速回倩媒求聘也。"文焕拜谢将行，羞花私贻馈赆，且叮咛番来，饮泣而别。文焕回见父母，备陈其情。父母悦从，卜日下礼。羞花因念生之故，寻命家人致缄。文焕启视，乃集古绝句十首。今存其四，云："绣户纱窗北里深，灯昏香烬拥寒衾。故园书动经年别，满地月明何处砧？""嗟君此别意何如，闲看江云思有馀。愁傍翠蛾分八字，酒醒孤枕雁来初。""风带潮声枕簟凉，江流曲似九回肠。朱门深闭烟霞暮，一点残灯伴夜长。""寒窗灯尽月斜辉，桃李阴阴柳絮飞。春色恼人眠不得，高楼独上思依依。"文焕得诗，随即择期入赘。合卺之夕，时雍欲试生才，使口占催妆诗。生吟二绝云："红摇花烛二更过，妆就风流体态多。织女莫教郎待久，速乘鹤驾渡银河。""笙歌鼎沸满华堂，深院佳人尚晏妆。懒得早乘云驭降，张郎久待杜兰香。"生、女唱和甚多，好事者辑之，号《金钿集》。④

【注释】①天历，元文宗年号，己巳为 1329 年。　②象戏，即象棋。③"合着油瓶盖"为当时民间俗语，意义多重，其中有男女交合义，故羞花应以俗语"贪花不满三十"（贪恋女色，不过三十即死）。　④此条采自明胡文焕《稗家粹编》卷二。

紫　　竹

大观中①，有紫竹者，工词，善于调谑，恒谓天下无其偶。一日，手李后主集，其父玄伯问曰："后主词中，何处最佳？"答曰："'问君能有几多愁，恰似一江春水向东流'耳。"玄伯嘿然。有秀才方乔，乐至人也②。偶与紫竹野遇，后不复睹，昼夜思之，中心郁结。每入阛阓，见卖美人图者，辄取视，冀其有相似者。或狭邪妓馆，无不留意，用计万端，竟无其人。终日悲慕，几成痼疾。有寄情诗曰："眉如远岫首如螓，但得相思不得亲。若使画工无软障，何妨百日唤真真③？"

一日，遇道士持一锦囊，内有古镜。谓乔曰："子之用心，诚通神明。吾有此纯阳古镜，藏之久矣，今以奉赠。此镜一触至阴之气,留影不散。子之所遇少女,至阴独锺,试使人照之,即得其貌矣,然后令画工图之。"又戒乔不可照日,一照即飞入日宫,散为阳气矣。镜背有篆书云"火府百炼纯阳宝镜"。乔遂以白玉盘螭匣盛之,嘱妪往售。紫竹顾镜,影遂留焉。怪以问妪,妪云:"此镜得之方生,宜还询之。"生为解说,因以镜献,使妪婉致狂慕之意,遂得以诗词往来,互致欣慕。

长夏,乔读书于种梅馆,怀思紫竹,至于忘食。忽紫竹遗以书,其大略云:"泣珠成泪,久比鲛人;流火为期④,聊同织女。春风鸳帐里,不妨雁语惊寒;暮雨雀屏中,一任鸡声唱晓。"乔所答词,亦多玮丽。柬尾附以《玉楼春》词曰:"绿阴扑地莺声近,柳絮如绵烟草衬。双鬟玉面碧窗人,一纸银钩春鸟信。 佳期远卜清秋夜,梧树梢头明月挂。天公若解此情深,今岁何须三月夏。"紫竹复寄《卜算子》词曰:"绣阁锁重门,携手终非易。墙外凭他花影摇,那得疑郎至? 合眼想郎君,别久难相似。昨夜如何绣枕边,梦见分明是。"遂约于望云门暂会。

及期,紫竹先至,徘徊墙下,久之寂然。俄闻人语,遂归绣阁,作《踏沙行》词纪恨云:"醉柳迷莺,懒风熨草,约郎暂会闲门道。粉墙阴下待郎来,藓痕印得鞋痕小。 玉漏方催,月光渐小,望郎不到心如捣。避人归倚小围屏,断魂还向墙阴绕。"乔至,无所遇,憾惋而去,反以尺牍责其失约。紫竹戏为《菩萨蛮》词解之曰:"约郎共会西厢下,娇羞竟负从前话。不道一暌违,佳期难再期。郎君知我愧,故把书相诋。寄语不须谎,见时须打郎。"乔复为词戏答云:"秋风只拟同衾枕,春归依旧成孤寝。爽约不思量,翻言要打郎。 鸳鸯如共耍,玉手何辞打。若再负佳期,还应我打伊。"紫竹遂设誓于书。乔答以《踏沙行》云:"笔锐金针,墨浓螺黛,盟言写就囊儿袋。玉屏一缕兽炉烟,兰房深处深深拜。 芳意无穷,花笺难载,帘前细祝风吹带。两情愿得似堤边,一江绿水年年在。"后因复寻旧约,遂得谐缱绻之私。自此两情相得益甚。

蹉跎时景,忽复青阳⑤。其父稍有所闻,遂召乔以紫竹妻焉。紫竹词甚多,不能毕录。犹记一词云:"晨莺不住啼,故唤愁人起。无力晓妆慵,闲弄荷钱水。　　欲呼女伴来,斗草花阴里。娇极不成狂,更向屏山倚。"⑥

宝镜的是异物,作传者不着下落,何也?

【注释】①大观,宋徽宗年号(1107—1110)。　　②乐至,今属四川资阳。　　③真真,唐进士赵颜于画工处得一软幛,图一妇人甚丽。画工曰:"余神画也。此亦有名,曰真真,呼其名百日,昼夜不歇,即必应之,应以百家彩灰酒灌之,必活。"颜如其言,果活。　　④《诗·豳风·七月》有"七月流火"句,此即以"流火"指七月。　　⑤青阳,春天。　　⑥此条采自明王世贞《续艳异编》卷四"紫竹小传"。

莫　举　人

广西莫举人,会试过江都。一宦家有女及笄,往神庙烧香,莫随行至庙。女盥手上香,婢进帨。莫因就水盥手,以所衣盛服拭之。女目婢以帨授莫。莫以为奇遇,候婢出,出袖中金致谢。女怒,令反其金。莫曰:"我欲尔为谢娘子,此何足计!"婢复于女。女恐人知,命谕士速去,毋招人议。莫曰:"我欲一见娘子,不然虽死不去。"女无奈,取一簪一帕,令婢持谢莫,曰:"感相公美意,然礼不可见。以此奉答,望绝念,即去。"莫曰:"娘子以此见与,是期我相见也。"女闻悔之,业已与矣。踌躇良久,乃曰:"某日家中修醮事,黄昏时门外送神,我于门首一见可也。馀则不可。"婢复告莫,莫喜。至某日晚,女果出见。一揖后,女即转身入内,莫乘闹蓦随其后。女至阁中,将晚,促之出。莫曰:"我既入,则不可出矣。我功名之念亦休矣。尔以簪帕约我来,倘不得相从,有死而已。"抽袜中佩刀欲自刎。女惊,姑留莫,因托疾坐阁中。计事必终露,乃携婢宵遁。宦家失女,大骇。且女已许聘一宦家,至是惧事泄成讼。适家有病婢,遂毒死,诈称女死,殡葬如礼。

莫携女归,生二子。后数年,登进士,授江都邻县尹。携妻之任,因谒女父。既久,成厚契。莫迎女父至衙,设宴,酒至夜,呼妻子出拜,前婢亦在。父愕然曰:"尔乃在此乎? 此女之不肖,非婿罪也。但前失女时,恐婿家知,已托言病死。自今宜谨密,我亦不敢频往来。任满别迁,我自来会。"遂别去。莫后官至方面。二子俱登仕籍。①

书生以衣拭手,何与女子事? 目婢授悦,未免有情;簪帕之酬,更贻口实;门首一见,出于何名? 女五内固已耿耿不能忘生矣,特嫩脸不似老作家手段耳。得此无赖书生,步步撒泼,终谐鱼水。令生已有妻,妻又妒妇,此女作何下落? 危哉危哉,何不思之!

【注释】①清人汪森《粤西丛载》卷十七载此,云出自《谈林》。《千顷堂书目》有明人刘献刍《谈林》三卷,今未见。明天然痴叟《石点头》又有《莽书生强图鸳侣》,即演义此事。

王 生

崇宁中①,有王生者,贵家之子也,随计至都下②。当薄暮,被酒,至延秋坊。过一小宅,有女子甚美,独立于门,徘徊徙倚,若有所待。生方注目,忽有驺骑呵卫而来,下马于此宅。女子亦避去。匆匆遂行,初不暇问其何姓氏也。抵夜归,复过其门,则寂然无人声。循墙而东数十步,有隙地丈馀,盖其宅后也。忽自内掷一瓦出,拾视之,有字云:"夜于此相候。"生以墙上剥粉戏书瓦背云:"三更后宜出也。"复掷入焉。因稍退十馀步,伺之。少顷,一男子至,周视地上,无所见,微叹而去。既而三鼓,月高雾合,生亦倦睡欲归矣,忽墙门轧然而开,一女子先出,一老媪负笥从后。生遽就之,乃适所见立门首者。熟视生,愕然曰:"非也。"回顾媪,媪亦曰:"非也。"将复入,生劫之曰:"汝为女子,而夜与人期至此。我执汝诣官,丑声一出,辱汝门户。我邂逅遇汝,亦有前缘,不若从我去。"女泣而从之。生携归逆旅,匿小楼中。

女自言曹氏,父早丧,独有己一女,母锺爱之,为择所归。女素悦姑之子某,欲嫁之,使乳媪达意于母。母意以某无官,弗从,遂私约相奔。墙下微叹而去者,当是也。生既南宫不利,迁延数月,无归意。其父使人询之,颇知有女子偕处。大怒,促生归,扃之别室。

女所赍甚厚,大半为生费,所馀与媪坐食垂尽。使人访其母,则以亡女故,抑郁而死久矣。女不得已,与媪谋下汴访生所在。时生侍父官闽中。女至广陵,资尽不能进,遂隶乐籍,易姓名为苏媛。生游四方,亦不知女安否。数年,自浙中召赴阙,过广陵,女以倡侍宴,识生。生亦讶其似女,屡目之。酒半,女捧觞劝,不觉两泪堕酒中。生凄然曰:"汝何以至此?"女以本末告,泪随语零。生亦愧叹流涕,不终席,辞疾而起。密召女,纳为侧室。其后生子,仕至尚书郎,历数郡。[3]

【注释】①崇宁,北宋徽宗年号(1102—1106)。 ②随计,即计偕,此指举人进京会试。 ③此条采自《说郛》卷三十四上引宋人廉宣《清尊录》。

张　住　住

张住住者,南曲[1]。所居卑陋,有二女兄,不振,是以门甚寂寞。为小铺席,货草刬姜果之类。住住,其母之腹女也。少而敏慧,能辨音律。邻有庞佛奴,与之同岁,亦聪警,甚相悦慕。年六七岁,随师于众学中,归则转教住住,私有结发之契。及住住将笄,其家拘管甚切,佛奴稀得见之,又力窘不能致聘。俄而里之南有陈小凤者,欲权聘住住,盖求其元^②。已纳薄币,约其年三月五日。佛奴闻之,深相疑恨。因寒食争毬^③,故逼其窗以伺之。忽闻住住曰:"徐州子,看看日中也。"佛奴佣书徐邸,故呼为徐州子;日中,盖五日也。佛奴甚喜,前致诚恳。住住云:"上巳日家人俱踏青去,我当以疾辞,可自为计。"佛奴因求其邻宋妪为之地,妪许之。

是日,举家踏青去,而妪与住住独留。住住乃键其门,伺于东墙。闻佛奴语声,遂梯而过。佛奴盛备酒馔,亦延宋妪。因为幔寝所,以遂平生。既而谓佛奴曰:"子既不能见聘,今且后时矣。随子而奔,两非其便。千秋之誓,可徐图之。五日之言,其何如也?"佛奴愧谢不能。住住又曰:"小凤亦非娶我也,其旨可知也。我不负子矣,子其可负我乎?子必为我计之。"曲中素有畜斗鸡者,佛奴常与之狎。至五日,因髡其冠^④,取丹物,托宋妪致于住住。既而小凤以为获元,甚喜,又献三缗于张氏。遂往来不绝。复贪住住之明慧,因欲加礼纳之。时小凤为平康富家,车服甚盛,佛奴佣于徐邸,不能给食。母兄喻之,邻里讥之,住住终不舍佛奴,指阶井曰:"若逼我不已,骨董一声即了矣。"

平康里中素多轻薄小儿,遇事辄唱。住住诳小凤也,邻里或知之。俄而,复值北曲王团儿假女小福为郑九郎主之,而私于曲中盛六子者,及诞一子,荥阳抚之甚厚^⑤。曲中唱曰:"张公吃酒李公颠,盛六生儿郑九怜。舍下雄鸡伤一德^⑥,南头小凤纳三千。"久之,小凤因访住住,微闻其唱,疑而未察。其与住住昵者,诘旦告以街中之辞,曰:"是日前,佛奴雄鸡因避斗,飞上屋,伤足。前曲小铁炉田小福者,卖马街头,遇佛奴父,以为小福所伤,逐殴之。"住住素有口辩,因抚掌曰:"是何庞汉打它卖马街头田小福?街头唱'舍下雄鸡失一足,街头小福拉三拳'。且雄鸡失德,是何谓也?"小凤既不审,且不喻,遂无以对。住住因大哈,递呼家人,随弄小凤,甚不自足。住往因呼宋媪,使以前言告佛奴。奴视鸡足且良,遂以生丝缠其鸡足,置街中,召群小儿共变其唱如住住言。小凤初以住住家噪弄不已,遂出街中以避之。及见鸡跛,又闻改唱,深恨向来误听。乃益市酒肉,复之张舍,一夕宴语甚欢,至旦将归,街中又唱曰:"莫将庞大作苁团,庞大皮中的不干。不怕凤皇当额打,更将鸡脚用筋缠。"小凤闻此唱,不复诣住住。

佛奴初佣徐邸,邸将甚怜之,为致职名,竟裨邸将。终以礼聘住住,将连大第。而小凤家事日蹙,复不侔矣。

　　　　住住不但有志气,亦有眼力。使惟富家儿是适,作何结果?

【注释】①此条采自唐孙棨《北里志》。按:《北里志》言长安入平康里北门有"三曲",为诸妓所居之处。妓中有铮铮者多在南曲、中曲,而循墙一曲则为卑屑妓。　　②元,女子元红。　　③唐宋时寒食节民间有争球之戏。④髡其冠,割去雄鸡鸡冠。　　⑤荥阳,代指郑九郎。　　⑥古言鸡有五德:头戴冠者文也,足传距者武也,敌在前敢斗者勇也,见食相呼者仁也,守夜不失时者信也。雄鸡伤冠,故言"伤一德"。

潘　用　中

嘉熙丁酉①,福建潘用中随父候差于京邸。潘喜笛,每父出,必于邸楼凭栏吹之。隔墙一楼,相距二丈许,画栏绮窗,朱帘翠幕。一女子闻笛声,垂帘窥望。久之,或揭帘露半面。潘问主人,知为黄府女孙也。若是月馀,潘与太学彭上舍联舆出郊,值黄府十数轿乘春游归,路窄,过时相挨。其第五轿②,乃其女孙也。轿窗皆半推,四目相视,不远尺馀。潘神思飞扬,若有所失,作诗云:"谁教窄路恰相逢,脉脉灵犀一点通。最恨无情芳草路,匿兰含蕙各西东。"

暮归吹笛。时月明,见女卷帘凭栏,潘大诵前诗数过。适父归,遂寝。黄府馆宾晏仲举,建宁人也。潘明往访,邀归邸楼,纵饮横笛,见女复垂帘,潘因曰:"对望谁家楼也?"晏曰:"即吾馆寓。所窥主人女孙,幼从吾父学,聪明俊爽,且工诗词。"潘愈动念。晏去,女复揭帘半露。潘醉狂,取胡桃掷去。女用帕子裹桃,复掷来。帕子上有诗云:"栏干闲倚日偏长,短笛无情苦断肠。安得身轻如燕子[3],随风容易到君旁。"潘亦用帕子题诗,裹胡桃复掷去,云:"一曲临风直万金,奈何难买玉人心。君如解得相如意,比似金徽更恨深。"女子复以帕子题诗,裹胡桃掷来。掷不及楼,坠于檐下。潘急下楼取之,为店妇所拾矣。潘以情告,恳求得之。帕上诗云:"自从闻笛苦匆匆,魄散魂飞似梦中。最恨粉墙高几许,蓬莱弱水隔千重。"遂令店妇往道殷勤。女厚遗妇,至嘱勿泄,且曰:"若谐,酬更不薄。"

未几,潘父迁去与乡人同邸。潘忽忽不乐,厌厌成疾。父为问药,凡更十数医,展转两月不愈。一日语彭上舍曰:"吾其殆哉,吾病非药石所能愈。"乃告以故,曰:"即某日交游所遇者也。"彭告之父,父忧之。既而店妇访至潘寓,曰:"自官人迁后,女病垂死。母于枕中得帕子,究明知其故。今愿以女适君,如何?"潘不敢诺。未几,晏仲举至,具道父母真意。适彭亦至,遂语潘父,竟谐伉俪,奁具巨万焉。前诗喧传都下,达于禁中,理宗以为奇遇。时潘与黄皆年十六也。[4]

【注释】①嘉熙,南宋理宗年号(1237—1240)。 ②"轿",原本作"轮",据本条出处明王世贞《艳异编》卷十八"潘用中奇遇"改。 ③"轻如",原本作"如轻",据出处改。 ④按:此故事又见于明周清原《西湖二集》卷十二"吹凤箫女诱东墙"。

刘 尧 举 以下私而未及配者[1]

刘尧举,字唐卿,舒州人也。淳熙末[2],父观官平江许浦,尧举从之行。是年当秋荐,遂僦舟就试嘉禾[3]。及抵中流,见执楫者一美少艾，年可二八。虽荆布淡妆而姿态过人，真若"海棠一枝斜映水"也。唐卿心动，因窃访之，知为舟人子，乃叹曰："有是哉，明珠出此老蚌耶？"唐卿始碍其父，不敢频瞩，留连将午，情莫能已，驾言舟重行迟④，促其父助纤。父去，试以眼拨之，少艾或羞或愠，绝不相酬。及唐卿他顾，则又睖觑流情，欲言还笑。唐卿见其心眼相关，神魂益荡。乃出袖中罗帕，系以胡桃，其中绾同心结，投至女前。女执楫自如，若不知者。唐卿慌愧，恐为父觉，频以眼示意，欲令收取，女又不为动。及父收纤登舟，将下舱，而唐卿益躁急无措，女方以鞋尖勾掩裙下，徐徐拾纳袖中，父不觉也。且掩面笑曰："胆大者亦踧踖如此耶？"唐卿方定色，然亦阴德之矣。

越明，复以计使父去，因得通问曰："以子国色，兼擅巧能，宜获佳偶。但文鸩彩凤，误堕鸡栖中，令人不能无慨。"女曰："君言差矣。红颜薄命，岂独妾哉，而敢生尤怨？"唐卿益为叹服。自是，两情虽洽，然终碍父，咫尺不能近体。及抵秀州⑤，唐卿引试毕，出院甚蚤。时舟人市易未还，遂使女移舟他处，因私恳曰："仆年方壮，秦晋未谐。倘不见鄙，当与子缔百年之好。"女曰："陋质贫姿，得配君子，固所愿也。第枯藤野蔓，难托乔松。妾不敢叨，君请自重。"唐卿抚其肩曰："噫！是何足较？两日来被子乱吾方寸久矣，恨不得一快豪情。今天与其便，而子复拒执如此，望永绝矣。英雄常激而死，何惜此生？即当碎首子前，以报隐帕之德。"言毕，踊跃投身于河。女急牵其衣裾曰："姑且止，当自有说。"唐卿回顾曰："子真怜我乎？"遂携抱枕席间，得谐私愿。女起，自饰其鬓，且为生整衣曰："辱君俯受，冒耻仰承，一瞬之情，义坚金石。幸无使剩蕊残葩，空付馀香于游水也。"唐卿答曰："苟得寸进，敢负心盟？必当贮子金屋。"两相笑狎而罢。

是夕，唐卿父母梦二黄衣人突报曰："天门才放榜，郎君已首荐。"忽一人掣去，云："刘尧举近作欺心事，宜殿一举。"父母惊觉。及揭示，果见黜落。少艾以为失望，怏怏泪下，唐卿抚慰，久之方已。及归谒父母，诘质以梦，唐卿匿不敢言。至次举，复领舒州首荐。唐卿感女夙约，遍令求访，竟莫能得。盖或流泛他所，而唐卿遂及第。⑥

同一胡桃也，潘用中屡掷而不效，刘尧举一掷而即谐。然不谐者卒为夫妇，而捷效者如浮萍断梗之不可复问。既损阴功，徒增感念，亦何轻此一掷为哉！

唐卿挑一未字之舟女，且与期婚，未为薄行之甚也，而冥中遂夺一举。莫生以老脸撒泼，强夺人妇，而功名反无梗，何耶？岂此女合为夫人，特令丑始而令终与？然天道亦僭赏矣⑦。

【注释】①"以下私而未及配者"数字，原在下一条"姚月华"小题下，据情节移此。　　②淳熙，南宋孝宗年号（1174—1189）。　　③嘉禾，今浙江嘉兴。　　④驾言，借言，找借口也。　　⑤秀州治所在嘉兴。　　⑥此条采自明王世贞《续艳异编》卷四"投桃录"。　　⑦僭赏，滥赏。

姚　月　华

姚氏女月华，少失母。忽梦月轮坠于妆台，觉而大悟，不习而能。生未尝读书，自此搦管成篇，词意双妙。时随父寓于扬子江①。端午，江上有龙舟之戏，月华出看。近舟有书生杨达，见其素腕褰帘，结五色丝于跳脱②，鬒发如漆，玉凤斜簪，巧笑美盼，容色艳冶。达神魂飞荡，因制曲序其邂逅，名曰《泛龙舟》。一日，月华见达《昭君怨》诗，爱其"匣中纵有菱花镜，羞向单于照旧颜"句，情不能已，遂私命侍儿乞其旧稿。杨出于非望，立缀艳体诗以致其情。自后遂各以尺牍往来。月华每得达书，有密语，皆伏读数过，烧灰入醇醪饮之，谓之"款中散"。

一日，达饮于姚氏，酒酣假寐。月华私命侍儿送合欢竹钿枕、温凉草文席,皆其香阁中物也。达虽心荡,亦无可奈何,怅然而归。次日,达奏笺送不律、隃糜致谢。二女侍在侧,问曰:"不律、隃糜何也?"曰:"楚谓之聿,吴谓之不律,燕谓之弗,皆笔名也。汉人有墨,名曰隃糜。"

月华巧于丹青,然以自娱,人不可得而见。是日,适画《芙蓉匹鸟图》成,遂以答赠。达见其约略浓淡,生态逼真,爱玩不释,觅银光纸裁书谢之。月华复以洒海剌二尺赠达③,曰:"为郎作履,凡履霜雪,则应履而解。乃西蕃物也。"又贻诗曰:"金刀剪紫绒,与郎作轻履。愿化双仙凫,飞来入闺里。"盖达与月华虽文翰相通,而终未一睹。至是见诗,心醉若狂,乃赂女侍而得一会焉。自是往来无间。凡久会谓之"大会",暂会谓之"小会"。又大会谓之"鹣鹣会"④,小会谓之"白鹢会"⑤。欢洽正浓,忽其父有江右之迁,已买舟于水畔。彼此仓皇,无计可缓,遂怏怏而别。

月华思念,为之减食,乃效徐淑体缀成一词以寄达曰:"妾生兮不辰,盛年兮逢屯。寒暑兮心结,夙夜兮眉颦。循环兮不息,如彼兮车轮。车轮兮可歇,妾心兮焉伸?杂沓兮无绪,如彼兮丝棼。丝棼兮可理,妾心兮焉分?空闺兮岑寂,妆阁兮生尘。萱草兮徒树,兹忧兮岂泯?幸逢兮君子,许结兮殷勤。分香兮剪发,赠玉兮共珍。指天兮结誓,愿为兮一身。所遭兮多舛,玉体兮难亲。损餐兮减寝,带缓兮罗裙。菱鉴兮慵启,博炉兮焉薰。整袜兮欲举,塞路兮荆榛。逢人兮欲语,鞜匝兮顽嚚。烦冤兮凭胸,何时兮可论?愿君兮见察,妾死兮何瞋?"达读之,呜咽不胜。后达复至其旧院,惟见双燕斜飞,落英满地而已。曾整装向江右踪迹之,而竟不可得。每为友道及,辄呜呜泣下云。⑥

【注释】①长江在镇江一段又称扬子江。　②跳脱,或作条脱,即手镯。　③洒海剌,西域所产的毛织布。　④鹣鹣,即比翼鸟。　⑤白鹢相视而孕,此言会短。　⑥此条采自明王世贞《续艳异编》卷四"姚月华小传"。

扇 肆 女

福建林生,弱冠。市有孙翁造白扇,一女常居肆中。林生心慕其美,日往买扇。女疑之,乘间问生曰:"买此何为?"生告以思念之故,冀时睹芳容耳。女见生青年美质,且怜其意,遗以香囊、汗巾并银簪一枝,约某夕会于后门。生大喜,数日以待。至期往候,久不出。生积思固已成疾,又大风寒甚,欲归不舍。夜半女出,生不暇自顾,勉强交欢,遂死。女频呼不应,恐为家人所觉,扶生墙下,掩门而入。

明日,邻人见生死,驰报林翁。翁罔知其繇,因葬之。女会生即成胎,母密询之,知不可讳,以实告。母言于翁,翁怒,欲杀女。母曰:"尔富而无子,止此女,今幸孕,倘得一子,亦吾嫡甥也。"翁然之,惧人知,乃弃业移居他所。未几女生子,长数岁矣。偶适市,过林翁门,林夫妇见之曰:"此何人子?酷似亡儿。"相与挥泣。遂携儿至家,与之果。儿归告母,母告其父。使访其亡子姓名,且有遗物否。孙翁携儿往,林翁延之,备言子之姓名、年貌,其时死于孙翁后门。孙问林子所遗物,林翁曰:"吾儿有书馆,自殁至今不忍开。"因至馆启锁,尘垄堆积。卧房一箱中有白扇、汗巾及银簪。孙念扇皆己家物,香囊又类其女手制,乃并求三物,归以示女。女泣曰:"此皆前赠林者,此子果林子也。"孙翁走告林,林大喜,以为自天降。乃二姓合居,共教其子,登科甲,为显宦。此林同榜进士传其事。

阮 华

淳熙中,有阮生名华,美姿容,赋性温茂,尤善丝竹,时以"三郎"称之。上元夜,因会其同游,击筑飞觞①,呼卢博胜②,约为长夜之欢。既而相携踏于灯市,时漏尽铜龙,游人散矣。仰观浩月满轮,浮光耀采,华欣然曰:"见此景而归枕席,奈明月笑人③!孰若各事所能,共乐清光之下。"众曰:"善。"一友能歌,华吹紫玉箫和之,声入云表。

近居有女玉兰,陈太常子也。灯筵方散,步月于庭,忽闻玉管呜呜,因命侍儿窥之。还曰:"阮三郎会友于彼。"兰颔之数四,凝睇者久之。因低讽一绝曰:"夜色沉沉月满庭,是谁吹彻绕云声?呜呜只管翻新调,那顾愁人泪眼倾。"遂怏怏而入。华等曲终各散去,明夜复会于此,如是数夕皆然。

一夕,众友不至,华独徘徊星月之下,自觉无聊,乃吹玉箫一曲自娱。未终,忽一双鬟冉冉而至。华戏谓曰:"何氏子冒露而行?"鬟笑曰:"某陈宅侍儿也。因小姐玩月于庭,闻箫心醉,特遣妾奉逆一面。"华思曰:"彼朱门若海,阍寺守之,倘有不虞,何以自解?"因逊词谢之。侍儿去,俄顷复至,出一物曰:"如郎见疑,请以斯物为质。"华视之,乃一金镶指环也。遂约之于指,无暇疑思,心喜若狂,随与俱往。至三门,月色如昼,见兰独倚小轩,衣绛绡衣,幽姿雅态,风韵翩然,虽惊鸿游龙不足喻也。方欲把臂诉衷,忽闻传呼声,兰即遁去。

华狼狈而归,寝不成寐,因吟一词曰:"玉箫一曲无心度,谁知引入桃源路。邂逅曲阑边,匆忙欲并肩。　　一时风雨急,忽尔分双翼。回首洛川人,翻疑化作云。"逐日彷徨于陈氏之居,而香阁深沉,无媒可达。日为羸瘦,寝食皆忘。父母及兄百方问之,皆隐而不露。

有友张远,华之至交也,闻华病,往视之,因就榻究其病源。华沉吟不答,惟时时以目顾其手,呜咽不胜。远因逼视之,惟指约一环而已。远会其意,因曰:"子有所遇乎?倘可致力,当力图之。"华支吾不答。苦叩不已,华度其可与谋,因长叹曰:"异香空染,贾院墙高④;翠羽徒存,洛川云散⑤,更何言哉!"远得其曲折,因曰:"彼重门深锁,握手诚难。幸有此环,容仆试筹之可也。"遂袖之而出,凝目于陈氏之门,以窥其罅。俄顷,一尼自其门出。迹其踪视之,乃避尘庵之尼。远喜曰:"吾计得矣。"遂尾尼至庵,出一白锱于前曰:"有事相烦,倘师能成之,当图重报。"尼扣其详,远曰:"吾友阮郎锺情于陈太常之女,彼此相慕,会面无期。闻师素游其门,愿得良谋,以图一晤。"尼始有难色,远恳之数四,始曰:"俟有便可乘,当相报也。"遂收其环而别。

次日,尼清晨至陈太常家。见兰着杏黄衫子,云髻半偏,从其母摘玫瑰于庭。见尼至,惊谓曰:"露草未干,梁燕犹宿,师来何若此早?"尼笑曰:"不辞晓露而至,特有所请耳!"其母问之,曰:"敝庵新铸大士宝像,翌日告成。愿夫人同小姐随喜一观,为青莲生色。"其母曰:"女子差长,身当独行⑥。"时兰方抱郁无聊,正思闲适,闻母不许,颜微怫然⑦。尼再四从臾,夫人因许共往。遂延早膳,兼致闲谈。尼因耳目四集,终难达情,遂推更衣于小轩僻所,兰蹑其后,因与俱行。尼遂微露指环,兰触目心惊,即把玩不已,逡巡泪下,不能自持,因强作笑容,叩其所自。尼曰:"日有一郎,持此祷佛⑧,幽忧积恨,顾影伤心,默诵许时,遂施此环而去。"兰复扣其姓名,遂欷歔泣下。尼故惊曰:"小姐对此而悲,其亦有说乎?"兰羞悭久之,遂含泪言曰:"此情惟师可言,亦惟师可达,但摇摇不能出口耳。"尼强之,曰:"昔者闲窥青琐,偶遇檀郎。欲寻巫峡之踪,遂解汉江之佩。脱兹金指,聊作赤绳。蝶梦徒惊,鹊桥未驾。适逢故物,因动新愁耳。"尼曰:"小姐既此关情,何不一图觌面?"兰叹曰:"秦台凤去,楚岫云迷。一身静锁重帏,六翮难生弱体。自非魂梦,安得相逢?"尼见凄惨情真,遂告以所来之故。兰喜极不能言,惟笑颔其首而已。因出所题《闺怨》,使作回音。其一曰:"日永凭阑寄恨多,恹恹香阁竟如何?愁肠已自如针刺,那得闲情绣绮罗。"其二曰:"清夜凄凄懒上床,挑灯欲自写愁肠。相思未诉魂先断,一字书成泪万行。"其三曰:"玉漏催残到枕边,孤帏此际转凄然。不知寂寞嫌更永,却恨更筹有万千。"其四曰："朝来独向绮窗前,试探何时了此缘。每日殷勤偷问卜,不知掷破几多钱。"因更出一环,并前环付尼,临别曰："师计固良,第恐老母俱临,无其隙耳。"尼笑曰："业已筹之,小姐至庵,但为倦极思睡,某当有计耳。"

尼因出别夫人,往复远信。未行数步,远已迎前。遂同至阮所,以诗及环付之。华喜不自持,病立愈矣。遽起栉沐,夜分以肩舆载至尼庵,匿于小轩邃室。次晨,夫人及兰果联翩而至。尼延茶毕,遂同游两廊。卓午,兰困倦不胜,时欲隐几。尼谓夫人曰："小姐倦极思寝耳。某室清幽颇甚,能暂憩而归乎?"夫人许诺。遂送一小室中,更外为加钥。兰入其内,果幽雅绝伦。旁设一门,随手可启。兰正注目,华自床后忽来。兰惊喜交加,令其蹑足,两情俱洽,遂笑解罗襦,虽戏锦浪之游鳞,醉香丛之迷蝶,亦不足喻也。欢好正浓,而华忽寂然不动。兰惊起谛视,声息杳如。遂惶惧不胜,推之床壁,蹶然而起,遽整云鬟。母虽讶其神色异常,第以为疾作耳,遂命舆别尼而归。

舆音未寂,张远及华之兄至,谓尼曰："事成否?"尼笑曰："幸不辱命。"远问三郎何在,尼指其室曰："犹作阳台梦未醒耳。"遂推门共入,唤之数四,近而推之,死矣。各相失色无言,因思久病之躯,故宜致是。遂归报其父,托言养病于庵而殂。其事遂隐,而人无知者。

惟兰衷心郁结,感慨难伸,凡寤寐之间,无非愁恨,乃续前之四韵。其一曰："行云一梦断巫阳,懒向台前理旧妆。憔悴不胜羞对镜,为谁梳洗整容光。"其二曰："几向花间想旧踪,徘徊花下有谁同?可怜多少相思泪,染得花枝片片红。"其三曰："一自风波起楚台,深闺冷落已堪哀。馀烟空自消金鸭,那得芳心化作灰。"其四曰："云和独抱不成眠,移向庭前月满天。别怨一声双泪落,可怜点点湿朱弦。"自此终日恹恹,遂已成娠。其母察其异,因潜扣。兰度不可隐,尽露其情,且涕泣而言曰："女负罪之身,死无足惜,所以厚颜苟存者,为斯娠在耳。倘母生之,为阮氏之未亡妇足矣。"母乃密白于太常。始尤怒甚,终亦无奈,遂请阮老于密室,以斯情达之。阮亦怃然,因托言曾聘于华者,遂迎之以归。数月而生一子,取名学龙。兰遂蔬缟终身,目不窥户。后龙年十六而登第,官至某州牧,兰因受旌焉。

伪吴有国中⑨,乐桥李卖线之女美,司徒李伯昇之子悦之,日倚其门。一尼为定计,诱致之室。李子喜极,一交接即死。尼瘗其尸榻下,而置其所带大帽于床顶。未几屋漏,召匠治之。匠于穴中见帽,遂以告李。李执尼出,验之,得尸。诛尼,废其寺。

又《夷坚志》⑩:临安少年悦某氏妇,日倚其门。见一尼出入,随之至西湖庵中,施钱千万。尼讶之,以情告,遂为甘言诱妇至寺。醉卧登榻,则一男子伏焉。妇仓皇索轿归。尼入视,其人已卒,盖喜极暴亡也。事露,尼受徒刑。

尼之伎俩,亦可畏矣。避尘庵之尼幸而免祸,亦陈、阮之过于宽乎?

【注释】①筑,古打击乐器,此处以击筑代指拍案状。　②呼卢,赌博。　③明月将笑人辜负良夜。　④此用韩寿、贾午事,见本卷"贾午"条。　⑤洛川云散,此用曹子建见洛神故事。　⑥言女儿已经成年,不宜轻易出外,老身当独自前往。　⑦咈然,不快貌。　⑧"祷",原本作"铸",据本条出处明王世贞《续艳异编》卷四"宝环记"改。　⑨伪吴,元末张士诚据江南,称吴。有国中,言张氏称吴国之时。　⑩事见宋洪迈《夷坚支志景》卷三"西湖庵尼"条。

狄　　氏 以下私合

狄氏者,家故贵,以色名动京师。所嫁亦贵家,明艳绝世。每灯夕及西池春游,都城士女欢集。自诸王邸第及公侯戚里、中贵人家，幨幕车马相属。虽歌姝舞姬，皆饰珰翠，佩珠犀，览镜顾影，人人自谓倾国。及狄氏至，靓妆却扇，亭亭独出，虽平时妒悍自衒者皆羞服。至相忿诋，辄曰："若美如狄夫人耶？乃敢凌我！"其名动一时如此。然狄氏资性贞淑，遇族游群饮，澹如也。

有滕生者，因公游见之，骇慕丧魄归，悒悒不聊，乃访狄氏所厚善者。或曰："尼慧澄与之习。"生过尼，厚遗之。日日往，尼愧谢问故，生曰："极知不可，幸万分一耳。不然且死。"尼曰："试言之。"生以狄氏告。尼笑曰："大难，大难，此岂可动邪？"具道其决不可状。生曰："然则有所好乎？"曰："亦亡有，唯旬日前属我求珠玑颇急。"生大喜曰："可也。"即索马驰去。俄怀大珠二囊，示尼曰："直二万缗，愿以万缗归之。"尼曰："其夫方使北，岂能遽办如许偿邪？"生亟曰："四五千缗，不则千缗、数百缗皆可。"又曰："但可动，不愿一钱也。"

尼乃持诣狄氏，果大喜，玩不已。问须直几何，尼以万缗告。狄氏惊曰："是才半直耳！然我未能办，奈何？"尼因屏人曰："不必钱，此一官欲祝事耳[①]！"狄氏曰："何事？"曰："雪失官耳[②]，夫人弟兄夫族皆可为也。"狄曰："持去，我徐思之。"尼曰："彼事急，且投它人，可复得邪？姑留之，明旦来问报。"遂辞去，且以告生，生益厚饷之。尼明日复往，狄氏曰："我为营之，良易。"尼曰："事有难言者。二万缗物付一秃媪，如客主不相问[③]，使彼何以为信？"狄氏曰："奈何？"尼曰："夫人以设斋来院中，使彼若邂逅者，可乎？"狄氏赪面摇手曰[④]："不可。"尼愠曰："非有它，但欲言雪官事，使彼无疑耳。果不可，亦不敢强也。"狄氏乃徐曰："后二日我亡兄忌日，可往。然立语亟遣之。"尼曰："固也。"

尼归及门，生已先在，诘之，具道本末。拜之曰："仪、秦之辨不加于此矣。"及期，尼为斋具，而生匿小室中，具酒肴俟之。晡时，狄氏严饰而至。屏从者，独携一小侍儿。见尼，曰："其人来乎？"曰："未也。"呗祝毕[⑤]，尼使童子主侍儿，引狄氏至小室。搴帘见生及饮具,大惊,欲避去。生出拜,狄氏答拜。尼曰:"郎君欲以一卮为夫人寿,愿勿辞。"生固颀秀,狄氏颇心动,睇而笑曰:"有事第言之。"尼固挽使坐,生持酒劝之,狄氏不能却,为釂卮,即自持酒酬生。生因徙坐拥狄氏曰:"为子且死,不意果得子。"拥之即帏中,狄氏亦欢然,恨相得之晚也。比夜散去,犹徘徊顾生,挈其手曰:"非今日,几虚作一世人。夜当与子会。"自是夜辄开垣门召生,无阙夕,所以奉生者靡不至,惟恐毫丝不当其意也。

数月,狄氏夫归。生,小人也。阴计已得狄氏,不能弃重贿,伺其夫与客坐,遣仆入白曰:"某官尝以珠直二万缗卖第中,久未得直,且讼于官。"夫谔眙,入诘。狄氏语塞,曰:"然。"夫督取还之。生得珠,复遣尼谢狄氏:"我安得此,贷于亲戚以动子耳!"狄氏虽恚甚,终不能忘生,夫出,辄召与通。逾年夫觉,闲之严。狄氏以念生病死。

【注释】①祝事,为事故而祝求。　　②雪失官,洗刷丢失官职之冤枉。　　③"如",原本作"而",据此条出处宋人廉宣《清尊录》"狄氏"改。④"颒",原本作"赖",据出处改。　　⑤"呗",原本作"咀",据出处改。呗,诵经也。

盈　盈

盈盈者①,天宝中贵人之妾,姿艳一时。会贵者病,同官之子为千牛者②,父遣往问,遂为盈盈所私,匿于其室甚久。千牛父索之甚急,明皇闻之,诏大索京师,无所不至,而不见其迹。因问:"近往何处?"其父言:"贵人病,尝往问之。"诏且索贵人之室。盈盈谓千牛曰:"今势不能自隐矣,出亦无甚害。"千牛惧得罪。盈盈因谓曰:"第不可言在此。若上问何往,但云所见人物如此,所见幨幕屏帏如此,所食物如此,势不縤己,决无患矣。"既出,明皇大怒,问之,对如盈盈言,上笑而不问。后数日,虢国夫人入内③,明皇戏谓曰:"何久藏少年不出耶?"夫人亦大笑而已。

　　　　暗合奥窍,遂令虢国顶缸。盈盈可谓巧矣。

　　【注释】①此条采自南宋王铚《默记》卷下"达奚盈盈传",是盈盈姓达奚也。　　②千牛,即千牛卫,禁卫官名。　　③虢国夫人,杨贵妃之三姐,貌美而性荡。天宝中封虢国夫人。

王　僧　弥 以下私婢

　　王僧弥珉,字季琰,僧弥其小字与嫂婢谢芳姿通①,情好甚笃。嫂箠挞芳姿过苦,东亭闻而止之王珣字元琳,封东亭侯,珉之兄。芳姿素善歌,而僧弥好持白团扇。嫂令芳姿歌一曲,当赦之。芳姿歌曰:"白团扇,辛苦五流连②,是郎眼所见。"僧弥闻之,问曰:"奈何遗却?"芳姿应声又歌曰:"团扇复团扇,许持自遮面。憔悴无复理,羞与郎相见③。"

　　　　观唐与正事,此嫂虽酷,犹胜于朱道学也唐事见"情侠类"④。

　　【注释】①王珉,东晋人,丞相王导之孙。　　②此条事见宋郭茂倩《乐府诗集》卷四十五。"流连",原本作"流离",据出处改。另,此诗多见他书引,亦无做"流离"者。　　③按:芳姿后一首本是沈约《团扇歌》。　　④"情侠类",原本作"情厄类",本书无"情厄类",唐仲友与天台妓严蕊事,实见卷四"情侠类",据改。

阮　咸

　　阮仲容咸①,先幸姑家鲜卑婢。及居母丧,姑当远徙。初云去当留婢,既发,定将去。仲容借客驴,著重服自追之②,累骑而返,曰:"人种不可失也。"婢即遥集孚之母。③

　　【注释】①阮咸,字仲容。阮籍之侄。妙解音律,善弹琵琶。　　②重服,重孝之丧服。　　③此条采自《世说新语·任诞》。

情史氏曰:人性寂而情萌。情者,怒生不可閟遏之物,如何其可私也? 特以两情自喻,不可闻,不可见,亦惟恐人闻,惟恐人见,故谓之私耳。私而终遂也,雷雨之动满盈①。不遂,则为蝉哀,为蛩怨,为盍旦之求明②,为杜宇之啼春,有能终閟人耳目者乎? 崔莺有言:"必也君乱之,君终之。"③是乃所谓善补过者。微之薄幸,吾无取焉。我辈人亦自有我辈事,慎勿以须臾之欢而误人于没世也。

【注释】①"雷雨之动满盈",《易》屯卦象辞。《周易集解》引荀爽曰:"雷霆雨润,则万物满盈而生也。"　　②盍旦,夜鸣之鸟。　　③君乱之,君终之,言始虽违礼而乱,但终能成之以礼。《莺莺传》载张生将西去,作愁叹之态。莺莺云:"始乱之,终弃之,固其宜矣,愚不敢恨。必也君乱之,君终之,君之惠也,则殁身之誓,其有终矣,又何必深感于此行?"

补　遗

李节度使姬 补先私后配

京师宦子张生,因元宵游乾明寺,拾得红绡帕,裹一香囊,有细书绝句二首云:"囊里真香谁见窃,绞绡滴泪染成红。殷勤遗下轻绡意,好与情郎怀袖中。""金珠富贵吾家事,常渴佳期乃寂寥。偶用志诚求雅合,良媒未必胜红绡。"诗尾书曰:"有情者若得此,欲与妾一面,请来年灯夕,于相蓝后门①,车前有双鸳鸯灯者是也。"生叹赏久之,乃和韵曰:"自睹佳人遗赠物,书窗终日独无聊。未能得会真仙面,时赏香囊与绛绡。"如期,生往候,果见雕轮绣毂,挂鸳鸯灯一盏。但骑卫甚众,无计可就,乃诵诗于车后。女至寺,令尼约生。次日与之欢合。生问之,女口占一诗云:"门前画戟寻常设,堂上犀簪取次看。最是恼人情绪处,凤凰楼上月华寒。"吟毕告曰:"妾乃节度使李公宠姬也。李公老迈,误妾方年。"遂与侍俾彩云随生逃,隐居姑苏偕老焉。②

【注释】①相蓝,即宋东京大相国寺。　②此事本于宋人传奇《鸳鸯灯传》,原传为宋仁宗天圣(1023—1032)间事,情节曲折,结局也不如此条之完美也。

刘　道　真 补私婢

刘道真子妇始入门①,遣婢虔刘②。持之甚苦③,婢固不从。刘乃下地叩头,婢惧而从之。明日语人曰:"手推故是神物,一下而婢服淫。"见《何氏语林》。

【注释】①西晋刘宝,字道真。善骑射,通文。　②"虔刘",按此条自云采自明何良俊《何氏语林》卷三十,而实本于东晋裴启《语林》。唐欧阳询《艺文类聚》卷三十五引裴氏《语林》亦作"虔刘",虔刘为劫掠义,置此不通。《天中记》卷二十九聚引作"修虔",则为致敬义,方通。疑此句与下句应作"遣婢修虔,刘持之甚苦"。　③"持之甚苦",原本作"挑之甚苦",据《何氏语林》改。而《艺文类聚》引裴氏《语林》作"抑之甚苦",《天中记》引之则作"聊之甚苦"。诸字虽不同,然在此俱有纠缠不休之义。

卷四　情侠类

太 史 敫 女 <small>以下皆侠女子能自择夫者</small>

齐湣王之遇杀[①]，其子法章变姓名为莒太史敫家佣。太史敫女奇法章之状貌，以为非常人，怜而常窃衣食之，与私焉。莒中及齐亡臣相聚求湣王子，欲立之，法章乃自言于莒，共立法章为襄王。襄王立，以太史氏女为王后。生子建。太史敫曰："女无媒而嫁者，非吾种也，污吾世矣。"终身不睹君王后。君王后贤，亦不以不睹之故失人子之礼也。襄王卒，子建立为齐王。君王后事秦谨，与诸侯信，以故建立四十有馀年不受兵。[②]

【注释】①战国时，乐毅率燕师破齐都，下七十馀城，齐湣王出奔于莒，为楚淖齿所杀。　②此条采自《战国策·齐六》。

卓 文 君

司马相如，字长卿，成都人也，以赀为郎，事景帝。时梁孝王来朝，所从游邹阳、枚乘辈皆名流，相如见而慕之。因病免，客游梁，作《玉如意赋》。梁王悦之，赐以绿绮之琴，其铭曰"桐梓合精"。

居数岁，王薨。相如归，而家贫无以自业。素与临邛令王吉善，往舍都亭[①]。临邛令谬为恭敬，日往朝相如。临邛富人卓王孙谓令有贵客，为具召之，并召令。令既至，相如谢病[②]，临邛令不敢尝食，自往迎焉。相如不得已，携琴而往。酒酣，临邛令前奏琴，曰："窃闻长卿好之，愿以自娱。"相如辞谢，为鼓一再行。是时卓王孙有女文君，年十七而寡，好音，故相如谬与令相重，而以琴心挑之。其诗曰："凤兮凤兮归故乡，遨游四海求其凰。时未遇兮无所将，何悟今夕升斯堂。有艳淑女处兰房，室迩人遐毒我肠。何缘交颈为鸳鸯，相颉颃兮共翱翔。"又曰："凤兮凤兮从凰栖，得托孳尾永为妃③。交情通体心和谐，中夜相从知者谁？双翼俱起翻高飞，无感我思使余悲！"

相如之临邛，侍从车骑雍容闲雅甚都。及饮卓氏，弄琴，文君窃从户窥之，心悦而好之，恐不得当也④。既罢，相如乃使人重赐文君侍者通殷勤。文君夜亡奔相如，相如乃与驰归。家居徒四壁立，卓王孙大怒曰："女至不才，我不忍杀，不分一钱也！"人或谓王孙，王孙终不听。相如贫居愁悁，以所著鹔鹴裘就市人杨昌贳酒⑤，与文君为欢。既而文君抱颈而泣曰："我平生富足，今乃以衣裘贳酒！"相如与俱之临邛⑥，尽卖其车骑，买一酒舍酤酒，而令文君当垆。相如身自著犊鼻裈，与保佣杂作，涤器于市中。卓王孙闻而耻之，为杜门不出。昆弟诸公更谓王孙曰："有一男两女，所不足者非财也。今文君已失身于司马长卿，长卿故倦游⑦，虽贫，其人才足依也。且又令客，独奈何相辱如此？"卓王孙不得已，分予文君僮百人，钱百万，及其嫁时衣被财物。文君乃复与相如归成都，买田宅为富人。

居久之，天子读《子虚赋》，闻司马相如所作，乃召为郎。数岁，天子欲通西南夷，拜相如为中郎将，建节往。至蜀，蜀太守以下郊迎，县令负弩矢先驱，蜀人荣之。于是卓王孙喟然而叹，自以为使女尚长卿晚⑧，而厚分其女财，与男等。

后相如以病免，归茂陵卒。文君为诔云："嗟嗟夫子兮亶通儒，少好学兮综群书。纵横剑技兮英敏有誉，尚慕往哲兮更名相如。落魄远游兮赋《子虚》，毕尔壮志兮驷马高车。忆初好兮雍容孔都，怜才仰德兮琴心两娱。永托为妃兮不耻当垆，平生浅促兮命也难扶。长夜思君兮形影孤,步中庭兮霜草枯。雁鸣哀哀兮吾将安如,仰天太息兮抑郁不舒。诉此凄恻兮畴忍听余,泉穴可从兮愿捐其躯。"

妻者,齐也。或德或才或貌,必相配而后为齐。相如不遇文君,则绿绮之弦可废;文君不遇相如,两颊芙蓉后世亦谁复有传者? 是妇是夫,千秋佳偶,风流放诞,岂足病乎? 今之蓬州^⑨,唐谓之相如县,迄今有相如祠。相如之取重后代若此,彼风流放诞者得乎哉?

长卿氏曰:文君之为人,放诞风流也。女不侠,不豪;侠不放诞风流,不豪;放诞风流不眉色姣好,不豪;姣好放诞,所奔非相如,亦不豪;奔相如不家徒四壁,亦不豪;家徒四壁,不亲当垆,相如与佣保杂作,涤器于市,亦不豪;亲当垆,相如涤器,不得僮百人,钱百万,太守郊迎,县令负弩,卓王孙、临邛富人皆伛偻门下,亦不豪。此所以为放诞风流也。文君以身殉相如,相如亦以身殉文君,一琴一诔,已足千古。《美人赋》、《白头吟》^⑩,蛇足矣。

陆式斋名容,字文量少美风仪。天顺三年,应试南京。馆人有女善吹箫,夜奔公寝。公诮以疾,与期后夜。女退,遂作诗云:"风清月白夜窗虚,有女来窥笑读书。欲把琴心通一语,十年前已薄相如。"迟明,托故迁去。是秋领乡荐,年二十四。此女不亦放诞风流乎? 然司马长卿则可,式斋则不可。何也? 文君寡,相如未娶,侍者通殷勤时,固已定百年之期矣。若馆人女不然,式斋将何以结其局? 故曰不可。

【注释】①都亭,古时十里一亭,州县所在则置都亭,实即驿站。 ②谢病,以病为由而推辞。 ③蟄尾,即交尾,禽兽交配也。妃,配偶。 ④不得当,不足以相匹配。 ⑤赍,抵押以借贷。 ⑥"相如与俱之临邛",原本作"遂相与俱如临邛",据《史记·司马相如传》改。 ⑦倦游,厌弃官职。　⑧尚,匹配。　⑨蓬州,今四川蓬安县。　⑩《艺文类聚》卷十八有司马相如《美人赋》,盖仿宋玉《登徒子好色赋》所作,言有美女夜就,托辞拒之。其词旨卑下,盖伪托相如名者。《白头吟》,《西京杂记》卷三载,司马相如将聘茂陵人女为妾,卓文君作《白头吟》以自绝,相如乃止。其词载《乐府诗集》卷四十一,亦伪托也。详见本书卷八"白头吟"条。

红　拂　妓

　　杨素守西京日①,李靖以布衣献策②,素踞床而见。靖长揖曰:"天下方乱,英雄竞起。公为重臣,须以收罗豪杰为心,不宜倨见宾客。"素敛容谢之③。时妓妾罗列,内有执红拂者,有殊色,独目靖。靖既去,而执拂者临轩指吏曰:"问去者处士第几? 住何处?"靖具以对。妓诵而去。靖归逆旅,其夜五更初,忽闻叩门而声低者。靖启视,则紫衣纱帽人,杖一囊。问之,曰:"杨家红拂妓也。"延入,脱衣去帽,遽向靖拜。靖惊答之,再叩来意。曰:"妾侍杨司空久,阅天下之人多矣,无如公者,故来相就耳。"靖曰:"如司空何?"曰:"彼尸居馀气④,不足畏也。诸妓知其无成,去者甚众矣,彼亦不甚逐也。计之详矣,幸无疑焉。"问其姓,曰:"张。"问其伯仲之次,曰:"最长。"观其肌肤形状,言词气语,真天人也。靖不自意获之,愈喜愈惧,万虑不安,而窥户者无停履。数日,亦闻追讨之声,意亦非峻,乃雄服乘马⑤,排闼而去。

　　红拂一见便识卫公,又算定越公无能为,然后相从,是大有斟酌人。或曰:"红拂既有殊色,必膺特眷,万一追讨甚急,将如何?"余曰:卫公,智人也,计之熟矣。布衣长揖,责以踞见宾客,越公遂敛容谢之,越公能受言者也。设追讨相及,靖必挺身往见,不过费一席话耳,越公岂以一妇人故而灰天下豪杰之心哉?

【注释】①杨素，隋开国元勋，官至尚书令、太师、司徒。西京，隋以长安为西京。　②按此条采自五代杜光庭《虬髯客传》，本系小说，与史实无关。李靖为隋名将韩擒虎外甥，与杨素本应相识，绝无以布衣献策杨素事。③敛容，面色郑重。　④尸居馀气，言人躯壳虽在，仅存气息而已。⑤雄服，女子做男人衣装。

梁　夫　人

　　韩蕲王之夫人①，京口娼也②。尝五更入府伺候贺朔③，忽于庙柱下见一虎蹲卧，鼻息齁齁然。惊骇，亟走出，不敢言。已而人至者众，复往视之，乃一卒也。因蹴之起，问其姓名，为韩世忠。心异之，密告其母，谓此卒定非凡人。乃邀至家，具酒食，卜夜尽欢④，深相结纳，资以金帛，约为夫妇。蕲王后立殊功，为中兴名将。梁封两国夫人。⑤

　　梁夫人不为娼，则不遇蕲王；不遇蕲王，则终身一娼而已。夫闺阁之幽姿，临之以父母，诳之以媒妁，敌之以门户，拘之以礼法，婿之贤不肖，盲以听焉。不幸失身为娼，乃不能择一佳婿自豪，而随风为沾泥之絮，岂不惜哉！

【注释】①韩世忠，南宋中兴名将，与岳飞等齐名，死后追封蕲王。②京口，今江苏镇江。　③贺朔，宋以元日、五月朔日之朝会称贺朔。④卜夜，即"卜昼卜夜"之简化，言尽情欢乐，昼夜不止。　⑤此条采自宋罗大经《鹤林玉露》卷二。

瑞　卿　以下皆侠女子能成人之事者

　　欧阳彬，衡山人，世为县吏。至彬特好学，工于词赋。马氏之有湖南也①，彬将希其用，乃携所著诣府求见之。礼必先通名纸。有掌客吏，众谓樊知客，好赂，阴使人谓彬曰："足下之来，非徒然也，实欲显族致身，而不以一物为贶，其可乎？"彬耻以贿进，竟不与。既而樊氏怒，掷名纸于地曰："吏人子，欲干谒王侯耶？"彬深恨之，因退而为诗曰："无钱将乞樊知客，名纸生毛不为通。"因而落魄街市，歌姬酒徒，无所不狎。

有歌人瑞卿者，慕其才，遂延于家。瑞卿能歌，每岁武穆王生辰②，必歌于筵上。时湖南自旧管七郡外，又加武陵、岳阳，共九州。彬作《九州歌》以授瑞卿，至时使歌之，实欲感动武穆。既而竟不问，彬叹曰："天下分裂之际，厮徒负养皆能自奋，我何负而至此耶！"计无所出，思欲窜入邻道③，但未有所向。居无何，闻西蜀图纲将发，彬遂谋入蜀。私谓瑞卿曰："吾以干谒不遂，居于汝家，未尝有倦色，其忍轻弃乎？然士以功名为不朽，一失此时，恐贻后悔。今将他适，庶几有成，勿以为念。"瑞卿曰："君于妾不可谓之无情，一旦割爱而去，得非功名之将至耶？妾诚异之。家财虽不丰，愿分其半，以资路途。"彬亦不让。因以瑞卿所赠，尽赂纲吏，求为驾船仆夫，纲吏许之。既至蜀，遂献《独鲤朝天赋》，蜀王大悦，擢居清要。其后官至尚书左丞相，出为夔州节度使。既领夔州，穆王已薨，其子希范继立。因致书于希范，叙畴昔入蜀之繇，仍以衡宗族为托。希范得书大惭。彬之亲友，悉免其赋役。遂与瑞卿偕老焉。④

【注释】①五代时马殷据有湖南，称楚国，即十国之一。　②马殷卒后谥武穆。　③邻道，此指南楚之外的邻国。　④此条采自宋陶岳《五代史补》卷三"欧阳彬入蜀"。

冯　蝶　翠

洞庭叶某商于大梁，眷一妓冯蝶翠者，罄其赀，迨冻馁为磨佣。久之，冯骑驴过其处，叶适在街头晒麦。冯下驴走小巷中，使驴夫召叶。叶辞以无颜相见，强而后至。冯对之流涕曰："君为妾至此乎？"出白金二两授叶，云："以此具礼更衣，来访吾母。"如言而往。

冯私以五十金赠之，曰："行矣，勉为生计。"叶恋恋不舍，随罄其金，仍佣于磨家。岁馀，邂逅如初。冯谓叶："汝岂人耶？"要之抵家，重与十镒，且云："囊倾矣。倘更留，必缢死以绝君念。"叶遂将金去，买布入陕换褐，利倍。又贩药至扬州，数倍。贸易三载，货盈数千，乃以其千取冯归老焉。[①]

　　不耻磨佣，使驴夫招之，视缊袍恋恋之情[②]，固已高数倍矣。出金相赠，一且再焉。叶遂发愤为商，卒同白首。成人之美，还自成也。彼计目前荣悴而不计久远者，独何心哉？龙子犹有《张润传》，事颇近此，而结局远不相及，备录于此。传曰：

　　张润，行三，瓜州人。少鬻为闿关潼子门妓[③]，善歌，微有韵致。与贾人程生交善，许以必嫁。程惑焉，为之破家。衣敝履穿，不敢复窥张室，而张念之不置也。一夕遇诸门，亟呼入，相持大恸。程具道所以不敢状。张自出青蚨，具餐止宿。夜半语程曰："侬向以身许君，不谓君无赖至此。然侬终不可以君无赖故而委身他姓。侬有私财五十金许，今以付君。君可贸易他方，一再往，有赢利，便图取侬。侬与君之命毕此矣。"语达旦，空囊授之，珍重而别。程既心荡，无复经营之志。且贫儿暴富，馋态不禁，乃别往红楼市欢，罄其资而归，而张不知也。久之，复遇诸门，居然窭子容耳。闻张呼，惊欲走匿。张使婢阑之以入，叩其故。诡云："中道遭寇，仅以身免，自怜命薄，无颜见若。"张悲愤甚，一恸几绝。程亦悔且泣，徐曰："业如此，当奈何？"张曰："此吾两人命绝之日也，生而睽何如死而合[④]！君如不忘初愿，惟速具毒酒，与君相从地下耳！"言讫，泪下如注。程不知所为。张迫之再，无已，潜取毒酒以进[⑤]。张且泣且饮，便倾半壶。程觉其有异，大恐，遽尽吸之，已而两人皆死。既死，鸨乃觉，从傍人教，剖生羊灌张，张活；次及程，则无疗矣。盖毒性下坠，张先饮，味薄，故可起，亦天意所以诛薄幸也。程父讼之长洲江令⑥，令廉，得程负心始末，乃责其父而释张。

当此时，张之名震于一郡。郡之好事者咸往问疾，求识面以为快。或呼为"药张三"，从所殉也；或呼为"痴张三"，谓其所殉非人也。张疾愈，郡人士争交欢之，声价益隆。然性好迭宕，不誉缙绅，竟以此浮沉数年，无一大遇，聊随一卖丝者终焉。

余尝有诗云："同衾同穴两情甘，鸩酒如何只损男？却笑世人不怕死，青楼还想药张三。""痴心漫结死生期，松柏西陵别有枝。自是薄情应横死，交欢岂少卖丝儿？""黄金销尽命如霜，红粉依然映画堂。一负生兮一负死，古丘空说两鸳鸯。"余谓张三赠金、伏毒二事都奇，所恨者毒酒无灵，不肯成全张三一个好名，使死而复苏，碌碌晚节，诚赘疣也。然令张死而程苏，其为赘疣又何如？而谓毒酒果无灵哉？语云"痴心女子负心汉"，二人之谓乎？余又闻，一妓与所欢约俱死。欢信之，为具鸩酒二器。妓执板速欢饮，欢尽其一，固促妓速饮。妓曰："吾量窄，留此与君赌拳。"呜呼！自赌拳盛行，而张以情痴特闻。倘死者有知，问张仰药时，卖丝儿何在？恐张亦无解于独生也。则虽谓"痴心汉子负心女"，亦未为不可。

【注释】①此条采自明陆粲《说听》卷上。　②战国时魏人范睢，事魏中大夫须贾。从须贾使齐，须贾以为范与齐通，告于魏相魏齐。魏齐使人笞睢几死。睢化名张禄，逃于秦，竟为相，封应侯。后须贾使秦，范故敝衣微行，见须贾，自言为人佣。须贾意哀之，留与坐饮食，曰："范叔一寒如此哉！"乃取其一绨袍赐之。　③潼子门，苏州地名，在阊门。　④睽，睽离。　⑤"毒"下原重"毒"字，据文意删。　⑥江令，江盈科。

东御史妓　吴进士妓

东御史郊①，未第时，进京会试，途遭濡首之厄②，仆人乘机罄取所有,逸去。东计无所出,闷立于一家房檐下,初不知其为妓馆也。自晨至暮,往来旁皇。内一妓者窥见之,命侍女邀东入,东拒之。妓又以母来邀,东又拒之。妓乃躬自出户,东复峻却。妓曰:"妾无他意,但见君若有故,欲问之耳。"东察其诚,勉入其室。妓问故,东始以他事诒之。妓拂首不然。东不得已,乃以实告。妓曰:"然则君将何往?"东谓:"计穷力极,终当还家,功名事姑置之耳。"妓笑曰:"因路费之小,误功名之大,见亦左矣。"东又谓:"别无亲识借贷。"妓曰:"妾有服饰,聊可应君之需。"东不欲,妓又晓以不必胶柱意,竟持所有悉以付东。且又荐寝,留连劝解,方送东行。东至京,果得第。筮仕县尹,大为淮阴漂絮之报矣③。后行取入道④,监察苏松。妓之母来苏,潜住民间,诈冒东之姑,入告状中。东见之,阅其词而悟其意,以首肯示之。姬繇是大有所得。时郡侯徐赞廉知之⑤,絷姬达东。东大怒,反以徐为污蔑。先将姬假以押回原籍根究,阴纵之于途,使泯其迹,然后撝拾徐他事欲危之。徐不得已,易服长跪庭下,几不得解。幸诸乡达力为申救,徐方得免。

【注释】①东郊,明正德(1506—1521)、嘉靖(1522—1566)间为御史。②濡首之厄,言沉湎于酒而失态也。语出《易·未济》象辞:"饮酒濡首,亦不知节也。" ③淮阴漂絮,指韩信乞食之漂母。韩信被封楚王,报母以千金。 ④道,藩道,即明之都察院。行取入道,意谓由朝廷拔取为御史,职在监察地方官员。 ⑤郡侯,即知府。

真定吴生,有声于庠,性不羁。悦某妓,而囊中实无馀钱。妓怜其才,因询所长,曰:"善樗蒲①。"妓乃馆生他室中,所遇凡爱樗蒲者,辄令生变姓名与之角。生多胜,因以供生灯火费。妓暇则就生宿,生暇则读书。后生成进士,欲娶妓,而妓适死。因为制服执丧,葬之以礼。每向人言,必流涕。

吴生从未出丑。此妓心术手段俱胜汧国夫人十倍②,惜乎其福之凉也③。东御史蒙妓成我之恩，不为了其终身④，而乃毁官箴以报之⑤。此妓亦利其多金而已，其在淮阴漂母之下乎！

【注释】①樗蒲，赌博。　②汧国夫人，指唐传奇《李娃传》之妓女李娃，贵后封汧国夫人。　③凉，薄。　④了其终身，即使之脱籍从良。⑤官箴，为官之戒规。

娄　江　妓

嘉靖间，娄江有孙太学者①，与妓某善。誓相嫁娶，为之倾赀。无何，孙丧妇，家益贫落。亲友因唆使讼妓。妓闻之，以计致孙，饮食之，与申前约，以身委焉。孙故不善治产，妓所携簪珥不久复费尽。妓日夜勤辟纑以奉之②，饘粥而已。如此十馀年，孙益老成悔过。选期已及，自伤无赀，中夜泣。妓审其诚，于日坐辟绩处，使孙穴地，得千金，皆妓所阴埋也。孙以此得选县尉，迁按察司经历。宦囊稍润，妓遂劝孙乞休，归享小康终其身。

　　子犹曰：既成就孙，而身亦得所归，可谓两利。所难者，十馀年坚忍耳。

【注释】①太学，太学生，即监生。　②辟纑，把缉过的麻搓成线。此处指纺线。

沈　小　霞　妾①

锦衣卫经历沈鍊②，以攻严相得罪，谪田保安③。时总督杨顺、巡按路楷皆嵩客，受世蕃指④："若除吾疡，大者侯，小者卿。"顺因与楷合策，捕诸白莲教通虏者，窜鍊名籍中，论斩，籍其家。顺以功荫一子锦衣千户，楷候选五品卿寺。顺犹怏怏曰："相君薄我赏，犹有不足乎？"取鍊三子，杖杀之。而移檄越，逮公长子诸生襄，至则日掠治,困急且死。会顺、楷被劾,卒奉旨逮治,而襄得末减问戍⑤。

　　襄之始来也,止一爱妾从行。及是,与妾俱赴戍所。中道微闻严氏将使人要而杀之。襄惧欲窜,而顾妾不能割。妾曰:"君一身沈氏宗祧所系,第去,勿忧我。"襄遂诒押者:"城中有年家某,负吾家金钱,往索可得。"押者恃妾在,不疑,纵之去。久之不返,押者往某家询之,云:"未尝至。"还复叩妾。妾把其襟,大恸曰:"吾夫妇患难相守,无顷刻离。今去而不返,必汝曹受严氏指,戕杀吾夫矣。"观者如市,不能判。闻于监司,监司亦疑严氏真有此事,不得已,权使寄食尼庵,而立限责押者迹襄⑥。押者物色不得,屡受笞,乃哀恳于妾,言"襄实自窜,毋枉我",因以间亡命去。久之,嵩败,襄始出讼冤,捕顺、楷抵罪。妾复相从。襄号小霞,楚人江进之有《沈小霞妾传》⑦。

　　　严氏将要襄杀之,事之有无不可知。然襄此去实大便宜,大干净。得此妾一番撒赖,则上官亦疑真有是事,而襄始安然亡命无患矣。顺、楷辈死,肉不足喂狗,而此妾与沈氏父子并传,忠智萃于一门,盛矣哉。

【注释】①"妾"字原本缺,据底本书前目录补。　　②沈錬,嘉靖进士,性刚直,嫉恶如仇。嘉靖三十年(1551),时任锦衣卫经历,因俺答入侵,言故由严嵩父子所致,上疏劾嵩十大罪,谪边。六年后被害。　　③田,耕作,此指屯垦。保安,在今陕西保安。　　④世蕃,严嵩之子,阴狠恣肆过于其父。　　⑤末减,从轻论罪或减等处刑。问戍,定罪戍边。　　⑥迹,循迹追捕。　　⑦江盈科,字进之。湖南桃源人。与袁宏道为至交,文章亦近公安派。

邵　金　宝

　　邵金宝,故倡也,口西侠戴纶所与游①。纶为京营参将,以善咸宁侯下狱②,将坐重辟③。念事非朝夕可竟,去家数千里,无可庇朝夕,罄囊金三千馀属邵曰:"余生死不可知,若其念我乎,持此赡余以待命。"邵含泣收之,为画策,日费以结权贵公子欢④,而买少妓博市井富儿金,展转出纶。纶庭鞫赴市⑤,邵岁罄资于权贵,因得周旋。椎楚弗避,十馀年所如一,而需纶用不缺。纶卒藉其力以出,寻补建昌游击。赢金尚四千有奇,悉付纶而从之任。纶妻自其家来省,请邵升高座,命侍女强持之,委身下拜,令勿答,报其救夫恩也。居旬而返,将行,语纶曰:"夫难,妾以疾不能为力,而邵能代之,妾当愧死矣。无以谢邵氏,惟君念之。"垂涕泣而去。

　　三千金非细事,罄以畀一妓而不疑,非知邵之深者能然耶?邵受托不辞,亦度己之可以出戴也,而戴果出矣。夫买妓博金,事之至丑者也,邵不洁其名,而能委曲以济大用。卒也束身归戴,克全终始,虽倡乎,亦何惭于节义哉?其妻自以不能救夫难而感能为救者,且以结发嫡拜下风而避去,不亦晋赵氏夫人之遗哉⑥!

　　【注释】①明代北边诸关隘多简称以"口"者,如张家口、喜烽口、西口之类。此口西不知指何口之西。　　②仇鸾,袭封咸宁侯。嘉靖时御房有功,然以私陷夏言、曾铣致死,又多恃功不法事。嘉靖三十一年(1552年)失宠后因背疽病死,年不满半百。死后被举种种不法事,开棺戮尸。　　③重辟,死刑。　　④"结",原本作"给",据文义改。　　⑤赴市,问斩也。此庭审拟判而未决,故下文言可周旋。　　⑥刘向《列女传》"晋赵衰妻"条,晋文公重耳为公子时,与赵衰奔狄。狄人以二女叔隗、季隗予重耳,重耳以叔隗妻赵衰,生盾。及返国,文公又以其女赵姬妻赵衰,生三子。赵姬请迎盾与其母叔隗而纳之,且立盾为嫡子,己所生三子下之。

董 国 度 妾

董国度,字元卿,饶州人。宣和六年进士第,调莱州胶水部。

会北兵动^①，留家于乡，独处官所。中原陷，不得归。弃官走村落，颇与逆旅主人相得。怜其羁穷^②，为买一妾，不知何许人也，性慧解，有姿色。见董贫，则以治生为己任。罄家所有，买磨驴七八头，麦数十斛。每得面，自骑入市鬻之，至晚负钱以归。如是三年，获利益多，有田宅矣。

董与母、妻隔别滋久，消息杳不通，居常戚戚，意绪无聊。妾叩其故，董嬖爱已深，不复隐，为言："我故南官也^③。一家皆在乡里，身独漂泊，茫无归期，每一想念，心乱欲死。"妾曰："如是，何不早告我？我兄善为人谋事，旦夕且至，请为君筹之。"旬日，果有客，长身虬髯，骑大马，驱车十馀乘过门。妾曰："吾兄至矣。"出迎拜。使董相见，叙姻亲之礼。留饮至夜，妾始言前事以属客。

是时虏令：凡宋官亡命，许自陈；匿不言而被首者死^④。董业已泄漏，又疑两人欲图己，大悔惧，乃诒曰："无之。"客忿然怒且笑曰："以女弟托质数年，相与如骨肉，故冒禁欲致君南归，而见疑如此。倘中道有变，且累我，当取君告身与我以为信。不然，天明执告官矣。"董益惧，自分必死，探囊中文书悉与之，终夕涕泣，一听于客。客去，明日控一马来，曰："行矣。"董请妾与俱。妾曰："适有故，须少留，明年当相寻。吾手制一衲袍赠君，君谨服之，惟吾兄马首所向。若返国，兄或举数十万钱相赠，当勿取。如不可却，则举袍示之。彼尝受我恩，今送君归，未足以报德，当复护我去。万一受其献，则彼责已塞，无复顾我矣。善守此袍，亡失也。"董愕然，怪其语不伦，且虑邻里知觉，辄挥涕上马，疾驰到海上，有大舟，临解维，客挥使登，揖而别。

舟遽南行，略无资粮道路之费，茫不知所为。舟中奉侍惟谨，具食，不相问讯。才达南岸，客已先在水滨。邀诸旗亭相劳苦。出黄金二十两，曰："以是为太夫人寿。"董忆妾语，力辞之。客不可，曰："赤手还国，欲与妻子饿死耶？"强留金而出，董追还之，示以袍。客曰："吾智果出彼下，吾事殊未了。"咄咄而去。董至家，母、妻、二子俱无恙。取袍示家人，缝绽处黄色隐然。拆视之，满中皆箔金也。逾年，客果携妾而至，偕老焉。⑤

【注释】①北兵，金兵。　②羁穷，羁旅于外而穷困无助。　③南官，南朝宋廷之官。时董所在为金人所据。　④首，举报。　⑤此条采自明王世贞《剑侠传》卷四"侠妇人"条。而王氏实本于宋洪迈《夷坚乙志》卷一"侠妇人"，仅变其结局。按《夷坚志》文末云："秦丞相（桧）与董有同陷虏之旧，为追叙向来岁月，改京秩，干办诸军审计。才数月，卒。"至宋黄震《黄氏日抄》卷六十七录范成大《记董国度事》更云："董国度陷寇，得妇人力归而负之，奇祸死。"范成大、洪迈与董国度为同时人，是当时即有董国度负心之说，其暴卒有因也。

严蕊　薛希涛 此侠女子能全人名节者

　　天台营妓严蕊，字幼芳，善琴弈歌舞、丝竹书画。唐与正仲友守台日①，酒边尝命幼芳赋红白桃花，即调《如梦令》云："道是梨花不是，道是杏花不是。白白与红红，别是东风情味。曾记，曾记，人在武陵微醉。"仲友赏之双缣。

　　其后朱晦庵以使节行部至台，欲摭仲友罪，遂指其与蕊为滥②，系狱月馀。蕊虽备受箠楚，而一语不及唐。狱吏诱使早认，蕊答云："身为贱伎，纵与太守有滥，罪亦不至死。然是非真伪，岂可妄言以污士大夫？虽死，不可诬也。"于是再痛杖之，仍系于狱。两月间，一再受杖，委顿几死。然声价愈腾，至彻阜陵之听③。未几，朱改除，而岳霖商卿为宪④，怜之，命作词自陈。蕊口占《卜算子》云："不是爱风尘，似被前缘误。花落花开自有时，总赖东君主。去也终须去，住也如何住？若得山花插满头，莫问奴归处。"岳喜，即日判令从良。而宗室近属纳为小妇，以终身焉。⑤

　　　严幼芳尝七夕宴集，坐有谢元卿者，豪士也，固命之赋词，以己姓为韵。酒方行，而已成《鹊桥仙》云："碧梧初出，桂花才吐,池上水花微谢。穿针人在合欢楼,正月露玉盘高泻。
蛛忙鹊懒,耕慵织倦,空做古今佳话。人间刚道隔年期,想天
上方才隔夜。"元卿为之心醉,留其家半载,倾囊赠之而归。双
缣之赠,薄乎云尔,况此亦缠头常例,而文公必以为罪,何耶?

　　长卿氏曰:严蕊云"是非真伪,岂可妄言以污士大夫",不
意斯言出于风尘妓女之口,而入于圣贤大学之耳,犹不免于
笞,何也? 然声价愈腾,至彻阜陵之听,倘所称"石压笋斜
出"耶?

【注释】①唐仲友,字与正。南宋高宗绍兴间进士。孝宗时曾上"抗金
三策"。其知台州在淳熙六年(1179)。　　②宋时阃帅、郡守等官,虽得以
官妓歌舞佐酒,然不得私侍枕席。朱熹以双缣之赠为二人有私之证。
③阜陵,南宋孝宗陵墓,此代指孝宗。　　④岳霖,岳飞之子,号商卿。
⑤此条采自南宋周密《齐东野语》卷二十"台妓严蕊"条。而最早载严蕊事
者为洪迈《夷坚支志庚》卷十"吴淑姬严蕊"条。"近属"二字原本缺,据《齐
东野语》补。

　　熙宁中,祖无择知杭州[①],坐与官妓薛希涛通,为王安石所执。
希涛榜笞至死,不肯承伏。[②]

　　　幼芳之于仲友,干也;希涛之于无择,湿也[③]。然晦翁与荆
　　公,皆有所寄其怒,妓何与焉? 卒也幼芳生而希涛死,非晦翁
　　之心慈于荆公,而道学之权终不敌宰相耳。

【注释】①祖无择,为人好义,笃于师友。与王安石同知制诰,熙宁
(1068—1077)初,安石为立成,以小故陷无择于罪。时名贤郑獬、苏颂俱
为无择辩之。　　②此条采自明田汝成《西湖游览志馀》卷二十一。
③按:祖无择与薛希涛私通事,卒无实证,未必是"湿"。

　　　　　杨　　素 以下皆侠丈夫能曲体人情者

陈太子舍人徐德言之妻,后主叔宝之妹,封乐昌公主,才色冠

绝。时陈政方乱，德言知不相保，谓其妻曰："以君之才容，国亡必入权豪之家，斯永绝矣。傥情缘未断，犹冀相见，宜有以信之。"乃破一镜①，人执其半，约曰："他日必以正月望日卖于都市，我当在，即以是日访之。"

及陈亡，其妻果入越公杨素之家，宠嬖殊厚。德言流离辛苦，仅能至京，遂以正月望日访于都市。有苍头卖半镜者，大高其价，人皆笑之。德言直引至其居，设食，具言其故。出半镜以合之，仍题诗曰："镜与人俱去，镜归人不归。无复嫦娥影，空留明月辉。"陈氏得诗，涕泣不食。素知之，怆然改容。即召德言，还其妻，仍厚遗之。闻者无不感叹。仍与德言、陈氏偕饮，令陈氏为诗。口占一绝云："今日何迁次，新官对旧官。笑啼俱不敢，方验做人难。"遂与德言归江南，竟以终老。

> 不追红拂妓，放乐昌，俱越公大豪杰事。大将军开门放妓②，一般胸襟；彼石太尉③，小家子耳！

【注释】①此条采自唐孟棨《本事诗》，唯诸"镜"字俱改为"照"，今依《本事诗》改回。　　②大将军，东晋王敦也。《世说新语·豪爽》言：敦尝荒恣于色，体为之弊，左右谏之，敦曰："此甚易耳。"乃开后阁，驱诸婢妾数十人并放之。　　③石太尉，此指石崇绿珠事。而石崇官止卫尉卿，未官太尉。

宁　王　宪

宁王宪贵盛①，宠妓数十人，皆绝艺上色。宅左有卖饼者妻，纤白明媚。王一见属目，厚遗其夫，取之，宠惜逾等。环岁，因问之："汝复忆饼师否？"默然不对。因呼使见之，其妻注视，双泪垂颊，若不胜情。时王座客十馀人，皆当时文士，无不凄异。王命赋诗，王右丞维诗先成："莫以今时宠，宁忘旧日恩。看花满目泪，不共楚王言。"②坐客无敢继者,王乃归饼师以终其老。③

【注释】①宁王李宪,唐睿宗嫡长子,立为皇太子,因其弟李隆基(玄宗)功大,遂让储君之位。不预朝政,为玄宗所信重。　　②王维集有《息夫人》诗,即此。此事盖附会也。息夫人事见本书卷一"吴金童妻"及注。③此条采自唐孟棨《本事诗》。

裴　晋　公

元和中①,有新授湖州录事参军,未赴任,遇盗,攘剽殆尽,告敕②、历任文簿悉无孑遗。遂于近邑求丐故衣③,迤逦假贷,却返逆旅。旅舍俯逼裴晋公第④,时晋公在假,因微服出游。偶至湖纠之店⑤,相揖而坐,与语周旋。问及行日,对曰:"某之苦事,人不忍闻。"言发涕零。晋公悯之,细诘其事。对曰:"某住京数载,授官江湖,遇寇荡尽,唯馀微命,此亦细事尔。某将娶而未亲迎,遭郡牧强以致之,献于上相裴公矣。"裴曰:"子室何姓氏?"答曰:"姓某,字黄娥。"裴时衣紫袴衫,谓之曰:"某即晋公亲校也⑥,试为子侦。"遂问姓名而往。纠复悔之,此或中令之亲近,入白当致祸也,寝不安席。迟明,姑往侦之,则裴已入内。至晚,忽有赭衣吏诣店,称令公召。纠闻之惶惧,仓卒与吏俱往,延入小厅,拜伏流汗,不敢仰视。既延之坐,窃视之,则昨日紫衣押牙也⑦,因首过再三⑧。中令曰:"昨见所话,诚心恻然,今聊以慰尔憔悴。"即命箱中取官诰授之,已再除湖纠矣。喜跃未已,公又曰:"黄娥可于飞之任也。"特令送就其逆旅。行装千贯,与偕赴所任。出《玉堂闲话》。

以裴晋公之人品,而郡牧犹有强夺人妻以奉之者,况他人乎!一分权势,一分造业⑨,非必自造也,代之者众矣。当要路者可不三思乎?

【注释】①元和,唐宪宗年号(806—820)。　　②告敕,朝廷授官的凭据,或称告身。　　③"求",原本作"行",据本条出处《太平广记》卷一百六十七"裴度"条引《玉堂闲话》改。　　④裴晋公,指裴度,唐朝名相。贞元进士,累迁司封员外郎,知制诰。淮蔡叛,力主用兵,终用李愬平淮西。以功封晋国公。　　⑤湖纠,对湖州录事参军的简称。因录事参军职有监督纠查之责,故简称为"纠"。　　⑥亲校,亲兵护卫。　　⑦押牙,或作押衙,贵官之侍卫。　　⑧首过,主动自承过错。　　⑨造业,造孽。

江 陵 刺 史

江陵寓居士子,忘其姓名,有美姬,甚贫。求尺题于交广间游①,索去万计②,支持五年粮食,且戒其姬曰:"我若五年不归,任尔改适。"士子去后,五年未归,姬遂为前刺史所纳,在高丽坡底。及明年,其夫归,已失姬之所在。寻访知处,遂为诗寄云:"阴云漠漠下阳台,惹著襄王更不回。五度看花空有泪,一心如结不曾开。纤萝自合依芳树③,覆水宁思返旧杯。惆怅高丽坡底宅,春光无复下山来。"刺史见诗,遂给一百千及资妆,遣还士子。出《卢氏杂说》。

【注释】①尺题,尺牍,此为介绍推荐的书信。　　②"索去万计"四字原本缺,据本条出处《太平广记》卷一百六十八"江陵士子"条引《卢氏杂说》补。但语意难明,疑有颠倒错乱,据前后文,其意似为出游前万计求索,方筹得五年粮食与姬做生计。　　③"纤",原本作"织",据出处改。

京 师 兵 官

国朝洪武初,吴人姜子奇娶妇三载。值大军过吴扰乱,子奇挟妻出避,仓皇间因失其妻,乃为兵官携归京邸。子奇流落四方者累年,后迤逦至京行乞。有高门一妇人见之而泣,贻以酒馔,又以布囊裹熟米一斗与之。子奇不敢仰视而去。翼日,此妇在门,又见子奇行乞,适主人不在,呼与相见共语,为主母所侦,即令人追之。检其乞囊中,有金钗一对,书一封。候其夫还,以告。兵官启封视之,乃题诗一律云:"夫留吴越妾江东,三载恩情一旦空。葵藿有心终向日,杨花无力暂随风。两行珠泪孤灯下,千里家山一梦中。每恨当年罹此难,相逢难把姓名通。"兵官见诗大悼,即时遣还,仍赐钱米,以给其归。子奇夫妇泣谢而去,伉俪复合。见《西樵野记》。①

武弁有此高谊,胜孔将军、沙吒利万倍②。

【注释】①《西樵野记》四卷,明侯甸撰。 ②孔将军,不详。沙吒利,见本卷"许俊"条。

于頔 韩滉

崔郊秀才者,寓居于汉上①,蕴积文艺,而物产馨悬②。无何,与姑婢通,每有阮咸之纵③。其婢端丽,饶音伎之能,汉南之最姝也。姑贫,鬻婢于连帅于頔④,连帅爱之,给钱四十万,宠盼弥深。郊思慕无已,即强亲府署,愿一见焉。其婢因寒食,果出,值郊立于柳阴,马上连泣,誓若山河。郊赠以诗曰:"公子王孙逐后尘,绿珠垂泪滴罗巾。侯门一入深如海,从此萧郎是路人。"或有嫉郊者,写诗于座。于公睹诗,令召崔生,左右莫之测也。郊甚忧悔,无处潜遁。及见,握郊手曰:"'侯门一入深如海,从此萧郎是路人',便是公制作也?四百千小哉,何惜一书,不早相示。"遂命婢同归。至帏幌奁匣悉为增饰之,崔生因此小阜。

又有客自零陵来,称戎昱使君席上有善歌者,于公遽命召焉。戎使君不敢违命,逾月而至。及至,令唱歌,歌乃戎使君送妓之什也。公曰:"丈夫不能立功业,为异代之所称,岂有夺人姬爱,为己嬉娱?"遂多以缯帛赠行,手书逊谢焉。戎使君诗曰:"宝钿香娥翡翠裙,妆成掩泣欲行云。殷勤好取襄王意,莫向阳台梦使君。"⑤

【注释】①汉上,汉水之上,此指襄樊。 ②言家业穷困,一无所有。

③阮咸之纵,见本书卷三"阮咸"条。　　④于頔,历湖、苏二州刺史,有政绩,德宗时拜山南东道节度使,宪宗时为襄州刺史。连帅,古官称,此代指节度使。　　⑤此条采自《太平广记》卷一百七十七"于頔"条引唐范摅《云溪友议》。

　　韩晋公滉镇浙西①,戎昱为部内刺史。郡中有酒妓,善歌,色亦闲妙,昱情属甚厚。浙西乐将闻其能,白滉,召置籍中。昱不敢留,俄于湖上为歌词以赠之,且曰:"至彼令歌,必首唱是词。"既至,韩为开筵,自持杯,令歌送之,遂唱戎词。曲既终,韩问:"戎使君于汝寄情耶?"妓悚然起立曰:"然。"泪随语下。韩令更衣待命,席上为之忧危。韩召乐将责曰:"戎使君名士,留情郡妓,何故不知而召置之,成余之过?"乃笞之十。命与妓百缣,即时归之。其词曰:"好去春风湖上亭,柳条藤蔓系人情。黄莺久住浑相恋,欲别频啼四五声。"②

　　戎使君所欢歌妓,是一是二? 一夺于于帅,再夺于韩公,而俱以闻诗放还,何戎之多幸也? 于、韩两公,固一代豪俊,亦见唐时之重才矣。设当今世,虽日进万言何益?

　　【注释】①韩滉,唐德宗时名臣。性刚直,明吏事。官至检校左仆射、同中书门下平章事、江淮转运使。性俭约,不治产业。　　②此条采自唐孟棨《本事诗》。

唐玄宗　僖宗

　　开元中,颁赐边军纩衣,制于宫中。有兵士于短袍中得诗曰:"沙场征戍客,寒苦若为眠。战袍经手作,知落阿谁边。畜意多添线,含情更着绵。今生已过也,重结后身缘。"兵士以诗白于帅,帅进之。玄宗命以诗遍示六宫,曰:"有作者勿隐,吾不罪汝。"有一宫人自言万死。玄宗深悯之,遂以嫁得诗人,仍谓曰:"我与汝结今生

缘。"边人皆感泣。^①

【注释】①此条采自唐孟棨《本事诗》。

僖宗自内出袍千领赐塞外吏士,神策军马真于袍中得金锁一枚,诗一首,云:"玉烛制袍夜,金刀呵手裁。锁寄千里客,锁心终不开。"真就市货锁,为人所告。主将得其诗,奏闻。僖宗令赴阙,访出此宫人,遂以妻真。后僖宗幸蜀,真昼夜不解衣,前后捍御。^①

去一女子事极小,而令兵士知天子念边之情,其感发最大。所谓王道本乎人情,其则不远。

【注释】①此条采自唐孟棨《本事诗》。

唐 文 宗

唐文宗御宴,宫妓舞《河满子》,是沈翘翘,其词云"浮云蔽白日"。文宗曰:"汝知书耶? 此是《文选》古诗第一首^①。"乃赐金臂环^②,遂问其繇。翘翘泣曰:"妾本吴元济女,自因国亡,没入掖庭,易姓沈,因配乐籍。"本艺方响^③,乃白玉也。以响犀为槌^④,紫檀为架,制度精妙。乃奏《梁州曲》,音韵清绝。上喜谓曰:"卿欲归宫? 欲适人?"翘翘不对。上知其意,乃选金吾判官秦诚聘之。出宫之夕,宫人伴送。花烛之盛,皆自天恩。

按:翘翘归诚数年后,诚奉使日本,久而不返,翘翘执玉方响登楼,自制一曲,名《忆秦郎》。声音凄怆,闻者凄然。方响,应二十八调。

【注释】①"古诗"二字原本缺,据宋计敏夫《唐诗记事》卷二补。按,时正值"甘露之变"后,文宗与宰相王涯等谋诛宦官,事泄反被宦官反噬,杀王涯等,文宗郁郁愁闷。而"浮云蔽白日"一句,可联想忠臣为奸邪所蔽,故文宗有感触而发问。　　②"臂",原本作"玉",据《唐诗记事》改。　　③方响,打击乐器名。　　④"响犀",原本作"响玉",据《唐诗记事》改。

宋　仁　宗

宋子京祁与兄公序郊,人称为大宋、小宋①。子京过御街,逢内家车子,中有褰帘者曰:"小宋也。"子京归,遂作《鹧鸪天》云:"宝毂雕轮狭路逢,一声肠断绣帏中。身无彩凤双飞翼,心有灵犀一点通。　　金作屋,玉为笼,车如流水马如龙。刘郎已恨蓬山远,更隔蓬山几万重。"其词传达禁中,仁宗知之,问内人第几车子何人呼小宋。有内人自陈:"顷侍御宴,见宣翰林学士,左右内臣曰小宋也。时在车子中偶见之,呼一声尔。"上召子京,从容语及,子京惶惧无地。上笑曰:"蓬山不远。"因以内人赐之。②

钱简栖山人云:"黄鹂久住浑相恋"及"侯门一入深如海",二诗皆自成篇咏,博得佳丽亡忝。至"刘郎已恨蓬山远,又隔蓬山几万重",则唐人李义山《无题》诗,非子京作也,子京偶记而入之词中耳。传达大内,致动天听,以此宫人赐之。人主怜才,一至是乎?

子犹云:子京改坏《旧唐书》,反博一修史佳名;抄李义山诗,又博一深宫佳丽,一生有造化人也。然唐之玄、僖以宫人赠兵士,亦能致其感泣,而小宋受特达之知,一以奢侈盘乐为事。文人无行,其不逮兵士远矣。

【注释】①宋庠(初名郊),字公序,与弟祁俱以文学名,人称"二宋",以大小别之。天圣初进士,累试皆第一。官至兵部尚书、同平章事。后以检校太尉、同平章事充枢密使,封莒国公。英宗即位,改封郑国公。宋祁,字子京,与兄庠同举进士,累迁龙图阁学士、史馆修撰,与欧阳修同修《唐书》。此后十馀年,出入内外,常以史稿自随。其奢侈轻浮且有背义忘恩事,为时人所轻，终未入相。参见本书卷五"宋祁"条。　　②此条采自宋黄升《花庵词选》卷三。

袁盎　葛从周①

袁盎为吴相时②，有从史私盎侍儿③，盎知之，弗泄。有人以言恐从史，从史亡。盎亲追反之，竟以侍儿赐，遇之如故。景帝时，盎既入为太常，复使吴。吴王时谋反，欲杀盎，以五百人围之，盎未觉也。会从史适为守盎校尉司马，乃置二百石醇醪，尽醉五百人。夜引盎起曰："君可疾去，旦日王且斩君。"盎曰："公何为者?"司马曰："故从史，盗君侍儿者也。"于是盎惊脱去。④

【注释】①"葛从周"，原本作"葛周"，校见正文注。　　②袁盎，西汉文、景时人。文帝时为中郎，名重朝廷，曾任吴国相。景帝时，与晁错不和，吴楚等七国反，袁盎请诛错以与吴和。后为梁孝王遣刺客所杀。　　③从史，随身小吏。　　④此事本自《史记·袁盎传》。

梁葛侍中从周镇兖之日①，尝游从此亭。公有厅头甲者，年壮未婚，有神彩，善骑射，胆力出人。偶因白事，葛公召入。时诸姬妾并侍左右，内一宠姬，国色也，常在公侧，甲窥见，目之不已。葛公有所顾问，至于再三，甲方流盼殊色，竟忘对答。公但俯首而已。既罢，公微哂之。或有告甲者，甲方惧，但云："神思迷惑，亦不记忆公所处分事。"数日之间，虑有不测。公知其忧甚，以温颜接之。未几，有诏命公出征，拒唐师于河上②。时与敌决战数日，敌军坚阵不动。日暮，军士饥渴，殆无人色。公召甲谓之曰："汝能陷此阵否?"甲曰："诺。"即揽辔超乘，与数十骑驰赴敌军，斩首数十级。大军继之，唐师大败。及葛公凯旋，乃谓爱姬曰："甲立战功，宜有酬赏，以汝妻之。"爱姬泣涕辞命。公勉之曰："为人妻不愈于为妾耶?"令具资妆，直数千缗，召甲，告之曰："汝立功于河上，吾知汝未婚，今以某妻，兼署列职。此女即所目也。"甲固称死罪，不敢承命。公坚与之。葛公为梁名将，威名著于敌中。河北谚曰："山东一条葛，无事莫撩拨。"

　　楚庄绝缨之会③，但隐之而已，未闻直以妻之者。盖赐之而后食其报，从周必俟其功而后赐之，意非异也。从史已私矣，已逃矣，不赐之，不惟从史不安，即侍儿亦不安。若流盼妄答，事可以隐。甲方跼蹐不暇，思力战以免罪，而孰知荷此奇赏乎？即捐躯所甘心焉。若张说之纵门下生，种世衡之遗苏慕恩，或感其言，或济其事，方之二公，下一乘矣。

　　张说有门下生盗其宠婢，欲置之法。生呼曰："相公岂无缓急用人时耶？何惜一婢？"说奇其语，遂以赐而遣之。后杳不闻。及遭姚崇之构④，祸且不测。此生夜至，请以夜明帘献九公主⑤，为言于玄宗，得解。

　　胡酋苏慕恩部落最强⑥，种世衡尝夜与饮⑦，出侍姬佐酒。既而世衡起入内，慕恩窃与姬戏。世衡遽出掩之，慕恩惭愧请罪。世衡笑曰："君欲之耶？"即以遗之。繇是诸部有贰者，使慕恩往讨，无有不克。

【注释】①"从周"，原本作"周"，据本条出处《太平广记》卷一百七十七引《玉堂闲话》改。葛从周为唐末朱温大将，史称骁达，有智略。先为黄巢军校，后降朱温。其镇兖时为泰宁节度使。　　②唐师，指晋王李克用军。李克用与朱温争战不休。后朱温篡唐建后梁，而晋王仍奉唐年号，及灭后梁，方建后唐。　　③楚庄王宴群臣，命美人行酒。日暮，酒酣烛灭，有引美人衣者。美人援绝其冠缨，促燃烛视之。王曰："奈何显妇人之节而辱士乎？"命曰："今日与寡人饮，不绝缨者不欢。"群臣尽绝缨而始烛，极欢而罢。④姚崇，玄宗时为宰相，整顿纲纪，天下大治，与宋璟并称贤相。与张说有陈。一日，姚崇在玄宗前行步微瘸。玄宗问："有足疾否？"崇对曰："臣有腹心之疾，非足疾也。"上问故，崇曰："岐王为陛下爱弟，张说为辅臣，而密乘车入王府，恐为所误，故忧之。"于是张说降为相州刺史。姚崇之构或指此事。　　⑤九公主,玄宗之妹。　　⑥苏慕恩,北宋时羌族部落酋长。
⑦种世衡,北宋时边将,官至环庆路兵马钤辖,善抚士卒,能得人死力。

杨　　震

　　故宋驸马杨震,有十姬,皆绝色,名粉儿者犹胜。一日,招詹天
游玉宴①,尽出诸姬佐觞。天游属意粉儿,口占一词云:"淡淡青山
两点春,娇羞一点口儿樱,一梭儿玉一窝云。　　白藕香中见西
子,玉梅花下遇昭君,不曾真个也销魂。"杨遂以粉儿赠之,曰:"请
天游真个销魂也。"②

　　【注释】①詹玉,字天游。风流有才思,后官翰林学士。　　②此条采
自明王世贞《艳异编》卷三十"詹天游"。

李　　绅

　　李相绅镇淮南①。张郎中又新罢江南郡②,素与李隙。时于荆
溪遇风③,漂没二子。悲戚之中,复惧李之仇己,投长笺自首谢。李
深悯之,复书曰:"端溪不让之词,愚冈怀怨;荆浦沉沦之祸,鄙实悯
然。"既厚遇之,殊不屑意。张感涕致谢,释然如旧交,与张宴饮,必
极欢醉。

　　张尝为广陵从事,有酒妓,尝好致情,而终不果纳。至是二十
年犹在席④,目张悒然,如将涕下。李起更衣,张以指染酒,题词盘
上,伎深晓之。李既至,张持杯不乐。李觉之,即命伎歌以送酒。
遂唱是词曰:"云雨分飞二十年,当时求梦不曾眠。今来头白重相
见,还上襄王玳瑁筵。"张醉归,李令伎夕就之。⑤

　　　　或云:"眠则有梦,既不曾眠,何云有梦?"说诗太泥矣。此
　　句正叙其好致情而终不果纳之意。

136　情史

【注释】①李绅，字公垂。唐宪宗元和进士，后为宰相。此时任淮南节度使。　②张郎中，指张又新，名诗人，精茶道，有《煎茶水记》传世。③荆溪，今江苏宜兴。　④在席，言此妓未嫁人，尚为侍酒之妓。　⑤此条采自唐孟棨《本事诗》。

刘　禹　锡

刘尚书禹锡罢和州①，为主客郎中。集贤学士李绅罢镇在京。慕刘名，尝邀至第中，厚设饮馔。酒酣，命妙伎歌以送之。刘于座上赋诗曰："鬌鬌梳头宫样妆，春风一曲杜韦娘。司空见惯浑闲事，断尽江南刺史肠。"李因以妓赠之。②

【注释】①刘禹锡死后追赠户部尚书。　②此条采自唐孟棨《本事诗》。

洛　中　节　使

洛中举子某，与乐妓茂英相识。英年甚小。及举子到江外，偶于饮席遇之，因赠诗曰："忆昔当初过柳楼，茂英年小尚娇羞。隔窗未省闻高语，对镜曾窥学上头①。一别中原俱老大，重来南国见风流。弹弦酌酒话前事，零落碧云生暮愁。"举子因谒节使，遂留连数月。帅遇之甚厚，宴饮既频，与酒纠谐戏颇洽②。一日告辞，帅厚以金帛赆行，复开筵送别。因暗留绝句与纠曰："少插花枝少下筹，须防女伴妒风流。坐中若打占相令，除却尚书莫点头。"因设舞曲，遗诗，帅取览之，当时即令人送付举子。③

【注释】①上头，女子年至十五，则束发插笄，以示成年，又称及笄。学上头，是尚未及笄也。　②酒纠，陪酒侍宴者，多为官妓，此即指茂英。③此条采自《太平广记》卷二百七十三"洛中举人"条引《卢氏杂说》。

阃　　府①

有士人访一妓,在阃府侍宴,候之稍久,遂赋一词寄之云:"春风捏就腰儿细,系的粉裙不起。从来即向掌中看,怎忍在烛花影里?　　酒红应是铅华褪,暗蹙损眉峰双翠。夜深站老绣鞋儿,靠那个屏风立地?"词至,为阃中所见,喜其词语清丽。明日,呼士人来,竟以此妓与之。

【注释】①"阃府",原本作"开府",据本条出处《说郛》卷二十七下引《瑞桂堂暇录》改。正文同。阃府,即地方军政大员的官府。

姜　　夔

小红,顺阳公青衣也①,有色艺。顺阳公请老,姜尧章夔诣之。一日,授简征新声,尧章制《暗香》、《疏影》两曲。公使二妓肄习之,音节清婉。尧章归吴兴,公寻以小红赠之。其夕大雪,过垂虹②,赋诗曰:"自喜新词韵最娇,小红低唱我吹箫。曲终过尽松陵路,回首烟波十里桥。"尧章每喜自度曲,吹洞箫,小红辄从而和之。③

【注释】①顺阳公,即范成大。致仕后退居苏州石湖,人称范石湖。②垂虹,桥名,在吴江,为从石湖归湖州(吴兴)必经之处。　　③此条采自元陆友仁《研北杂志》卷下。

严　尚　书

元稹闻西蜀薛涛有辞辩①,及为监察使蜀,以御史推鞫,难得见焉。严司空潜知其意,每遣薛往。洎登翰林,以诗寄云:"锦江滑腻峨眉秀②,幻出文君与薛涛。言语巧偷鹦鹉舌,文章分得凤凰毛。

纷纷词客多停笔,个个公侯欲梦刀③。别后相思隔烟水,菖蒲花发五云高。”

【注释】①薛涛,见本书卷二十“薛涛”条。　　②“峨眉”,原本作“蛾眉”,据本条出处明曹学佺《蜀中广记》卷一百零二改。　　③晋时王濬梦悬三刀于梁,须臾又益一刀。或曰:“三刀为州,又益者,明府其任益州乎?”益州治在成都。欲梦刀,欲被任于西蜀也。

许　　俊 此下皆侠丈夫代人成事者

韩翃少负才名①,天宝末举进士。孤贞静默,所与游皆当时名士。然而荜门圭窦,室唯四壁。邻有李将失名妓柳氏②,李每至,必邀韩同饮。韩以李豁落大丈夫,故常不逆③,既久愈狎。柳每以暇日隙壁窥韩所居,即萧然葭艾,闻客至,必名人。因乘间语李曰:“韩秀才穷甚矣,然所与游必闻名人,是必不久贫贱,宜假借之。”李深颔之。

间一日,具馔邀韩,酒酣,谓韩曰:“秀才当今名士,柳氏当今名色,以名色配名士,不亦可乎?”遂命柳从坐接韩。韩殊不意,恳辞不敢当。李曰:“大丈夫相遇杯酒间,一言道合,尚相许以死,况一妇人,何足辞也?”卒授之,不可拒。又谓韩曰:“夫子居贫,无以自振,柳资数百万,可以取济。柳,淑人也,宜事夫子,能尽其操。”即长揖而去。韩追让之,顾恍然自疑曰:“此豪达者,昨暮备言之矣④,勿复致讶。”俄就柳居。

来岁成名。后数年,淄青节度侯希逸奏为从事。以世方忧,不敢以柳自随,置于都下,期至而迓之。连三岁不果迓,因以良金置练囊中寄之,题诗曰:“章台柳,章台柳,往日青青今在否?纵使长条似旧垂,也应攀折他人手。”柳复书,答诗曰:“杨柳枝,芳菲节,可恨年年赠离别。一叶随风忽报秋,纵使君来岂堪折?”

柳以色显独居,恐不自免,乃欲落发为尼,居佛寺。后翃随侯希逸入朝，寻访不得，已为立功番将沙吒利所劫，宠之专房。翊怅然不能割。会入中书，至子城东南角，逢犊车，缓随之，车中问曰："得非青州韩员外耶？"曰："是。"遂披帘曰："某柳氏也。失身沙吒利，无从自脱。明日尚此路还，愿更一来取别。"韩深感之。明日如期而往，犊车寻至，车中投一红巾，包小合子，实以香膏，呜咽言曰："终身永诀。"车如电逝。韩不胜情，为之雪涕。

　　是日，临淄大校致酒于都市酒楼⑤，邀韩，韩赴之，怅然不乐。座人曰："韩员外风流谈笑，未尝不适，今日何惨然耶？"韩具话之。有虞候将许俊，年少被酒⑥，起曰："俊尝以义烈自许，愿得员外手笔数字，当立致之。"座人皆激赞。韩不得已，与之。俊乃急装，乘一马，牵一马而驰，迳趋沙吒利之第。会吒利已出，即以入曰："将军坠马，且不救，遣取柳夫人。"柳惊出，即以韩札示之，挟上马，绝驰而去。席未罢，即以柳氏授韩曰："幸不辱命。"一座惊叹。时吒利初立功，代宗方优惜⑦，大惧祸作，阖坐同见希逸，白其故。希逸扼腕奋髯曰："此我往日所为事，俊乃能尔乎！"立修表上闻，深罪沙吒利。代宗称叹良久，御批曰："沙吒利宜赐绢二千匹，柳氏却归韩翊。"

　　　　柳非贞妇，然其识君平于贫贱时，可取也。李赠之，沙夺之，贤不肖相去何啻千里哉！许虞候义形于色，勃然而往，设遇沙将军在家，可若何？幸投其间，以计取之，不然，未能折柳，何以报韩？侯帅之表，先沙上闻，遂能动代宗之嗟叹，亦爽剀丈夫哉！一柳氏而先后三侠士成就之，何韩郎之多幸也？

【注释】①"翊"，原本作"翊"，据本条出处唐孟棨《本事诗》改，后同。②"失名"，原本作正文大字，据出处改为小字注。与韩邻者为柳氏妓，而柳氏为李将外室。　　③不逆，不拒其邀也。　　④"暮"，原本作"春"，据出处改。　　⑤大校，仅次于将军之军官。　　⑥被酒，饮酒而醉。　　⑦"惜"，原本作"借"，据出处改。

古　押　衙

　　唐王仙客者,建中中朝臣刘震之甥也①。仙客少孤,随母归外氏,与震女无双幼相狎爱,震妻常戏呼仙客为王郎子②。一旦,刘氏疾且死,召震以仙客为托,无令无双归他族。

　　仙客护丧归葬襄邓,服阕,饰装抵京。时震为尚书租庸使③,声势赫奕,置仙客于学馆④,寂不闻选取之议⑤。又于窗隙间窥见无双明艳若神,仙客发狂,惟恐姻事之不谐也。遂罄囊橐⑥,得钱数百万,舅家内外给使,达于厮养,皆厚遗之。又时设酒馔,中门之内皆得入之矣。遇舅母生日,雕镂犀玉以献,舅母大喜。又旬日,遣老妪达求亲意,而震意必不允。仙客心气俱丧,达旦不寐,然奉事不敢懈怠。

　　一日,震趋朝,至日初出,忽走马入宅,汗流气促,唯言:“锁却门! 锁却门!”一家惶骇不测。良久乃言:“泾原兵士反⑦,天子出苑北门,百官奔赴行在。我以妻女为念,略归部署。疾召仙客与我勾当家事,我嫁尔无双。”仙客闻命,惊喜拜谢。乃装金银罗锦二十驮,命仙客:“易服押领,出开远门,觅一深隙店安下。我与汝舅母及无双出启夏门,绕城续至。”仙客依所教。至日落,待久不至。城门自午后扃锁,南望目断,遂乘骢秉烛,绕城至启夏门,门亦锁。守门者不一,持白梃,或立或坐。仙客下马,徐问曰:“城中何事如此?”又问:“今日有何人出此门者?”曰:“朱太尉已作天子。午后有一人领妇人四五辈,欲出此门,街中人皆识,云是租庸使刘尚书,门司不敢放出。近夜,追骑至,一时驱向北去矣。”仙客失声恸哭,却归店。三更向尽,城门忽开,见火炬如昼,兵士皆持兵挺刃,传呼斩斫使出城,搜城外朝官。仙客舍辎骑惊走,归襄阳。

　　村居三年,后知克复京师,乃入京访舅氏消息。至新昌南街,立马彷徨之际,忽一人马前拜,熟视之,旧使苍头塞鸿也。乃闻尚书受伪命官⑧,与夫人皆处极刑,无双已入掖庭,唯所使婢采蘋者,今在金吾将军王遂中宅。仙客曰:"无双固无见期,得见采蘋,死亦足矣。"明日,乃刺谒,以从侄礼见遂中,具道本末,愿纳厚价以赎采蘋。遂中许之。仙客税屋,与鸿、蘋居。塞鸿每言:"郎君年渐长,合求官职,悒悒不乐,何以遣时?"仙客感其言,以情恳告遂中。遂中荐之于京兆尹李齐运,以为富平县尹,知长乐驿。

　　累月,忽报中使押领内家三十人往园陵⑨,以备洒扫,毡车子十乘,下驿中讫。仙客谓鸿曰:"我闻掖庭多衣冠子女,恐无双在焉,汝为我一窥之。人事固未可定。"因令鸿假为驿吏,烹茗于帘外,约曰:"坚守茗具,无暂舍去。如有所睹,即疾报来。"塞鸿唯唯而去。宫人悉在帘下,不可得见,但夜语喧哗而已。至夜深,群动皆息,鸿涤器构火,不敢辄寐。忽闻帘下语曰:"塞鸿塞鸿,汝争得知我在此耶?郎健否?"言讫呜咽。鸿曰:"郎君见知此驿,今日疑娘子在此,令塞鸿问候。"又曰:"我不久语。明日我去后,汝于东北舍阁子中紫褥下,取书送郎君。"言讫便去。忽闻帘下极闹,云:"内家中恶⑩,中使索汤药甚急。"乃无双也。鸿疾告仙客,仙客惊曰:"我何得一见?"塞鸿曰:"今方修渭桥,郎君可假作理桥官,车过桥时,近车子立。无双若认得,必开帘,当得瞥见耳。"仙客如其言。至第三车,果开帘窥觑,真无双也。仙客因悲感怨慕,不胜其情。

　　鸿于阁子中褥下得书,送仙客。花笺五幅,皆无双真迹。词理哀切,叙述周尽。仙客览之,茹恨涕下:"自此永诀矣!"其书后云:"常见敕使说富平县古押衙,人间有心人。今能求之否?"仙客遂申府,请解驿务,归本官。遂寻访古押衙,则居于村墅。仙客造谒,见古生。生所愿,必力致之,缯彩宝玉,不可胜纪。一年未开口。秩满,闲居于县。古生忽来,谓仙客曰:"洪一武夫,年且老,何所用?郎君于某竭分⑪。察郎君之意,将有求于老夫。老夫乃一片有心人也,感郎君深恩,愿粉身答效。"仙客泣拜,以实告。古生仰天,以手指脑数四,曰:"此事大不易。然与郎君试求,不可朝夕便望。"仙客拜曰："但生前得见，岂敢以迟晚为限耶？"半岁无消息。

一日扣门，乃古生送书。书云："茅山使者回，且来此。"仙客奔马去见古生。生云："且吃茶。"夜深，谓仙客曰："宅中有女家人识无双否？"仙客以采蘋对，立取而至。古生端相，且笑且喜云："借留三五日，郎君且归。"后累日，忽传说曰："有高品过⑫，处置园陵宫人。"仙客心甚异之。令塞鸿探所杀，乃无双也。仙客号哭，乃叹曰："本望古生。今死矣，为之奈何？"流涕歔欷，不能自已。是夕更深，闻扣门甚急。及开门，乃古生也，领一笟子入，谓仙客曰："此无双也。今死矣，心头微暖，后日当活，微灌汤药，切须静密。"言讫，仙客抱入阁子中，独守之。至明，遍体有暖气。见仙客，哭一声遂绝。救疗至夜，方愈。古生又曰："暂借塞鸿，于舍后掘一坑。"坑稍深，抽刀断塞鸿头于坑中。仙客惊怕，古生曰："郎君莫怕，今日报郎君恩足矣。比闻茅山道士有药术，其药服之者立死，三日却活。某使人专求，得一丸。昨令采蘋假作中使，以无双逆党，赐此药令自尽。至陵下，托以亲故，百缣赎其尸。凡道路邮传，皆厚赂矣，必免漏泄。茅山使者及舁笟人，在野外处置讫，老夫为郎君亦自刎。君不得更居此，门外有檐子一十人⑬，马五匹，绢二百匹。五更挈无双便发，变姓名浪迹以避祸。"言讫举刀，仙客救之，头已落矣。遂并尸盖覆讫，潜奔蜀下峡，寓居于渚宫⑭。悄不闻京兆之耗，乃挈家归襄邓别业，与无双为夫妇五十年。唐薛调撰《无双传》。

　　无双曰："古押衙，人间有心人也。"古生亦曰："老夫乃一片有心人也。"夫无双在掖庭即不忘古生，见王郎，便使之求古生，意何为乎？亦人间有心人也。王郎谋无双者十数年，念绝矣，终无一日忘无双。在闺阁，必欲得之于闺阁；在园陵，必欲得之于园陵。是亦人间有心人也。塞鸿为王郎谋得采蘋，谋得官，谋得无双消息，复谋得古生，亦人间有心人也。天下未有如许有心人而不得成一事者也。虽然，母为无双求婚，先

死;舅母为保婚,舅氏为主婚,俱死;塞鸿为长乐驿媒,亦死;采
蘋为园陵媒,亦死;茅山使者赠药,异舆人送亲,亦死;古生了
婚事,亦死。为无双者,不崇甚乎! 范蜀公云:"假使丁令威化
鹤归来,见城郭人民俱非,即独存,亦何足乐?"吾不知王郎与
无双偕老时⑮,亦复念此否也?

【注释】①"朝臣",原本作"尚书",据本条出处唐薛调《无双传》改。
②"子"字原本缺,据出处补。　　③"尚书"二字原本缺,据出处补。
④"学馆",《无双传》作"学舍",为刘氏子弟读书之处。　　⑤选取,此言择
定仙客为婿事。　　⑥"囊"字原本缺,据出处补。囊橐,指所携行李。
⑦唐德宗建中四年(783),泾原兵东征朱滔、田悦、李希烈等过长安,拥朱泚
反。德宗逃往奉天(今乾县)。　　⑧指降于朱泚,为伪官。　　⑨内家,此
指皇宫中宫人。　　⑩中恶,突发疾病。　　⑪竭分,竭尽所能。　　⑫高
品,高级官员。　　⑬檐子,异舆之夫。　　⑭渚宫,江陵古地名。　　⑮
"知"下原有"与"字,据文意删。

虬 须 叟

　　吕用之在维扬日,佐渤海王擅政害人①。中和四年秋②,有商人
刘损,挈家乘巨船,自江夏至扬州。用之凡遇公私来,悉令侦觇行
止。刘妻裴氏有国色。用之以阴事下刘狱,纳裴氏。刘献黄金百
两免罪,虽脱非横,而愤惋不堪。因感刘禹锡《拟四愁诗》,终日吟
咏不辍。一日晚,凭水窗复吟前诗,声音哀楚。见河街上一虬须老
叟,骨貌昂藏,眸光射人,行步迅速,跃入船中,揖损曰:"子衷心有
何不平,而苦吟如此?"损具对之。客曰:"只今便为取贤阁。回时
即发,不可更停于此。"损意其必侠士也,再拜启曰:"长者能报人间
不平,何不去蔓除根,而更容奸党?"叟曰:"吕用之屠割生民,神人
共怒,只候冥灵聚录,方令身首支离,不惟祸及一身,须殃连七祖。
今且为君了事,未敢遽越神明也。"乃入吕用之家,化形于斗拱上,

叱吕用之,历数其罪,敕以退还刘氏之妻。倘更悦色贪财,必见头随刀落。言讫,铿然不见所适。用之惊悸遽起,焚香再拜。夜遣干事送裴氏并黄金俱还刘损。损不待明,促舟子解维。虬须亦无迹矣。

　　用之平日惯以神鬼事欺渤海,其中久已抱歉③,今亲见异人,那得不惧? 呜呼,世间欺心薄德之徒,横行无忌,吾安得此虬须叟家至而户说之也?

【注释】①渤海王指高骈,早岁任天平、西川、荆南、镇海等镇节度使,多有战功,民吏乐安。后任淮南节度使,驻广陵(今扬州),重用术士吕用之、张守一等,致使上下离心,终为部将毕师铎囚杀。吕用之,从方士学,久客广陵,引其党张守一、诸葛殷共蛊惑高骈。高骈信之,遂倚以为智囊。其妖妄之事具见于五代郭廷诲(一说作者为罗隐)《广陵妖乱志》。　②中和,唐僖宗年号(881—885)。　③抱歉,心虚而不安。

昆　仑　奴

　　唐大历中①,有崔生者,其父为显僚,与盖代之勋臣一品者熟。生时为千牛,其父使往省一品疾。一品召生入室。生少年,容貌如玉,拜传父命,一品忻然爱慕,命坐与语。时三妓人,艳皆绝代,居前以金瓯贮含桃而擘之②,沃以甘酪而进。一品遂命衣红绡妓者擎一瓯与生食,生赧不食。一品命红绡妓以匙进之,生不得已而食,妓哂之。遂辞去。一品曰:"郎君暇,必相访,无间老夫也。"命红绡送出院。时生回顾,伎立三指,又反掌者三,然后指胸前小镜子云:"记取!"馀更无言。

　　生归,达一品意。返学院,神迷意夺,语减容沮,恍然凝思,日不暇食,但吟诗曰:"误到蓬莱顶上游,明珰玉女动星眸。朱扉半掩深宫月,应照琼芝雪艳愁。"左右莫能究其意。时家有昆仑奴磨勒,顾瞻郎君曰:"心中有恨,何不报老奴?"生曰:"汝辈何知,而问我襟怀间事?"磨勒曰:"但言,当为郎君释解。"生骇异,具告之。磨勒曰:"小事耳,何自苦耶?"生又白其隐语。勒曰:"有何难会?立三指者,一品宅中有十院歌姬,此乃第三院耳。返掌三者,数十五指,以应十五之数。胸前小镜子,十五夜月圆如镜,令郎来耳。"生大喜,谓曰:"何计而能导我?"磨勒笑曰:"后夜乃十五夜,请深青绢两匹,为郎君制束身之衣。一品宅有猛犬守歌妓院门,非常人不得辄入,入必噬杀之。其警如神,其猛如虎,即曹州孟海之犬也。非老奴不能毙此犬,今夕当为郎君挝杀之!"遂携链椎而往。食顷而回,曰:"犬已毙,固无碍耳。"

夜三更,与生衣青衣,遂负而逾十重垣,乃十歌妓院内。至第三门,绣户不扃,金釭微明,惟闻妓长叹而坐,若有所俟,但吟诗曰:"深洞莺啼恨阮郎,偷来花下解珠珰。碧云飘断音书绝,空倚玉箫愁凤凰。"侍卫皆寝,邻近阒然,生遂缓缓褰帘而入。良久,验是生,姬跃下榻,执手曰:"知郎君颖悟,必能默识,所以手语耳。又不知郎君有何神术而能至此?"生具告磨勒之谋,姬曰:"磨勒何在?"曰:"帘外。"遂召入,以金瓯酌酒而饮之。姬白生曰:"某家本富,居在朔方,主人拥旄,逼为姬仆,不能自死,尚且偷生,虽绮罗珠翠,如在桎梏。贤爪牙既有神术,何妨为脱狴牢?所愿既申,虽死不悔。"生愀然不语。磨勒曰:"娘子意既坚确,此亦小事耳。"姬甚喜。磨勒请先为姬负其囊橐妆奁,如此三复焉,然后曰:"恐迟明。"遂负生与姬飞出峻垣十馀重,一品家之守御无有警者。遂归学院而匿之。及旦,一品家方觉,又见犬已毙,一品大骇曰:"此必侠士挈之,无更声闻,徒为祸患耳。"

姬隐崔生家二载。因花时驾小车游曲江,为一品家人潜志认,遂白一品。一品异之,召崔生诘其事。惧不敢隐,遂言奴磨勒。一品曰:"他事不问,某须为天下人除害。"命甲士五十人,严持兵仗,围崔生院,使擒磨勒。磨勒持匕首飞出高垣,瞥若翅翎,疾同鹰隼,攒矢如雨，莫能中之。顷刻之间，不知所向。后一品悔惧，每夕多以家童持剑戟自卫，如此周岁方止。后十馀年，崔家有人见磨勒卖药于洛阳市，容颜如旧。出《传奇》③。

> 崔生文弱，红绡所知，况使蹈不测之渊，行非常之事乎？哑咪相授，聊以为戏耳。而生赖贤爪牙力，卒成其事。如此大媒，岂金瓯一酌所能酬哉？一品不能谁何昆仑，然于崔生夫妇何难焉，而能置之不较。从古豪杰丈夫，其纵酒渔色，止以遣怀消忌，不为淫乐，得失固非所计也。

【注释】① 大历，唐代宗年号（766—779）。　　② 含桃，即樱桃。③《传奇》，唐末人裴铏所撰。

冯　燕 以下侠客能诛无情者

唐冯燕者，魏人①，少任侠，专为击毬斗鸡戏。魏市有争财殴者，燕闻之，搏杀不平，遂沉匿田间②。官捕急，遂亡滑③，益与滑军中少年鸡毬相得。时相国贾耽镇滑，知燕材，留属军中。

他日出行里中，见户傍妇人翳袖而望者④，色甚冶，使人熟其意，遂通之。其夫滑将张婴，从其类饮，燕因得间，复拒户偃寝。婴还，妻开户纳婴，以裾蔽燕，燕卑，蹐步就蔽，转匿户扇后，而巾堕枕下，与佩刀近。婴醉目瞑。燕指巾，令其妻取，妻即以刀授燕。燕熟视，断其颈，遂巾而去。

明旦婴起，见妻杀死，愕然，欲出自白。婴邻以为真婴杀，留缚之，趋告妻党。皆来，曰："常嫉殴吾女，诬以过失，今复贼杀之矣！"共持婴，百馀笞，遂不能言。官收系杀人罪，莫有辨者，强伏其辜。司法官与小吏持朴者数十人，将婴就市。看者千馀人，有一人排众而来，呼曰："且无令不辜死。吾窃其妻而又杀之，当系我。"吏执自言人，乃燕也。与燕俱见耽，尽以状对。耽乃状闻，请归其印，以赎其死。上谊之,下诏,凡滑城死罪者皆免。

> 子犹氏曰:皆免,非法也,然世不皆冯燕,则凡死罪尽可疑矣。免之以劝义气,不亦可乎?

【注释】①魏,唐魏州在今河北南部大名一带。　②"遂"字原本缺,据本条出处《太平广记》卷一百九十五引《冯燕传》补。　③唐滑州即今河南北部之滑县。　④翳袖,以袖掩面。

荆　十　三　娘

唐进士赵中行,家温州,以豪侠为事。至苏州,旅舍支山禅院。有一女商荆十三娘,为亡夫设大祥斋,因慕赵,遂同载归扬州。赵以义气耗荆之财,殊不介意。其友人李正郎第三十九①,有爱妓。妓之父母夺与诸葛殷,李怅怅不已。时诸葛殷与吕用之幻惑高太尉骈②,恣行威福。李惧祸,饮泣而已。偶话于荆娘,荆亦愤惋,谓李三十九郎曰:"此小事,吾能为郎仇之。但请过江,于润州北固山六月六日正午时待我。"李亦依之。至期,荆氏以囊盛妓,兼致妓之父母之首归于李③,复与赵同入浙中,不知所止。出《北梦琐言》。

> 为郎仇之,力所能办也,刻期,不太奇乎? 仇之示义,刻期示信,荆娘盖大侠也。赵生能致其相慕,周旋不舍,赵亦岂常人也哉!

【注释】①第三十九,与荆之十三均为在家排行。　②见本卷"虬须叟"注。　③"兼致妓之",原本作"及其",据本条出处《北梦琐言》卷八改。

> 情史氏曰:豪杰憔悴风尘之中,须眉男子不能识,而女子能识之。其或窘迫急难之时,富贵有力者不能急之。至于名节关系之际,平昔圣贤自命者不能周全,而女子能

周全之。岂谢希孟所云“光岳气分,磊落英伟,不锺于男子而锺于妇人”者耶①？此等女子不容易遇。遇此等女子,豪杰丈夫应为心死。若夫妖花艳月,歌莺舞柳,寻常之玩,讵足为珍？而王公贵戚或与匹夫争一日之娱,何戋戋也？越公而下,能曲体人情,推甘让美,全不在意。而袁、葛诸公,且借以结豪杰之心而收其用,彼岂无情者耶？己若无情,何以能体人之情？其不拂人情者,政其入情至深者耳。虞候、押衙为情犯难,虬须、昆仑为情露巧,冯燕、荆娘为情发愤。情不至,义不激,事不奇。吁！此乃向者妇人女子所笑也。

【注释】①谢直,字希孟。此事见本书卷五“谢希孟”条。

卷五　情豪类

夏履癸　商纣以下豪奢

履癸，即桀也。有力，能申铁钩索。伐有施氏，有施氏以妹喜女焉。喜有宠，所言皆从。为琼宫瑶台，殚百姓之财。肉山脯林，酒池可以运船，糟堤可以望十里，一鼓而牛饮者三千人。妹喜笑以为乐。凿地为夜宫①，男女杂处。

【注释】①"地"，原本作"池"，据《资治通鉴外纪》卷二改。

纣伐有苏氏，有苏氏以妲己女焉。妲己有宠，惟言莫违。使师延作朝歌北鄙之音①，靡靡之乐。造鹿台，为琼宫玉门，其大三里，高千尺，七年乃成。厚赋以实鹿台之财，充钜桥之粟。狗马奇物充轫宫室，以人食兽。广沙丘苑台。《竹书纪年》云："自盘庚徙都至此，二百五十三年未尝迁动②。纣广大其邑，南距朝歌，北据邯郸及沙丘③，皆离宫别馆。"以酒为池，悬肉为林，男女裸相逐于其间。宫中九市，为长夜之饮。

【注释】①"音"，原本作"舞"，据《资治通鉴外纪》卷二改。　②"五"，原本作"七"。按：中华书局校点本《史记·殷本纪》张守节《正义》引《竹书纪年》云："自盘庚徙殷，至纣之灭，二百五十三年，更不徙都。"其他诸书亦无作"二百七十三"者，今从中华本改。　③"据"，原本作"拒"，据《竹书纪年》改。

汉　灵　帝

灵帝初平三年,游于西园。起裸游馆千间,采绿苔而被阶,引渠水以绕砌,周流澄彻,乘船以游漾,使宫人乘之,选玉色轻体,以执篙楫,摇漾于渠中。其水清彻,以盛暑之时使舟覆没,视宫人玉色者。又奏《招商》之歌,以来凉气。歌曰:"凉风起兮日照渠,青荷昼偃叶夜舒,惟日不足乐有馀。清丝流管歌玉凫,千年万岁喜难逾。"渠中值莲大如盖,长一丈,南国所献。其叶夜舒昼卷,一茎有四莲丛生,名曰"夜舒荷",亦云月出则舒也,故曰"望舒荷"。帝盛夏避暑于裸游馆,长夜饮宴。帝嗟曰:"使万岁如此,则上仙也。"宫人年二七以上,三六以下,皆靓妆,解其上衣,惟着内服,或共裸浴。西域所献茵墀香,煮以为汤,宫人以之浴浣,使以馀汁入渠,名曰"流香渠"。又作鸡鸣堂,多畜鸡。每醉,迷于天晓,内侍竞作鸡鸣,以乱真声,及以炬烛投于殿前,帝乃惊悟。①

　　酒池肉山,令人欲呕,真乃酒肉地狱,有何佳趣?而桀、纣一辙相寻。当繇上世人情犹朴,未开近日侈靡之窍,一味饮食奢费,遂谓至乐无加耳。裸游甚不佳,况男女相逐而以为乐乎?纣倡之,汉灵因之,子业斩不裸者②,刘鋹好观人交③,皆无赖所为,何豪之有!

【注释】①此条采自晋王嘉《拾遗记》卷六。　　②子业,南朝刘宋前废帝刘子业。　　③刘鋹,五代南汉国主。

秦　始　皇

初,秦惠文王作宫阿房①,未成而亡。始皇以咸阳宫庭小,益广其基,规恢三百里,谓之阿房。阿,曲也,言殿之四阿皆为房。或云大陵为阿，言殿高，若于阿上为房也。其房东西五百步，南北五十丈，上可坐万人，下可以建五丈旗。周驰于阁道，自殿下直抵南山，表南山之颠以为阙。为复道，自阿房渡渭，属之咸阳。凡所得六国后宫女子，咸实其中。故杜牧《阿房宫赋》曰："明星荧荧，开妆镜也；绿云扰扰，梳晓鬟也；渭流涨腻，弃脂水也；烟斜雾横，焚椒兰也。雷霆乍惊，宫车过也；辘辘远听，杳不知其所之也。一肌一容，尽态极妍，缦立远视②，而望幸焉，有不得见者三十六年。燕、赵之收藏，韩、魏之经营，齐、楚之精英，几世几年，取掠其人，倚叠如山。一旦不能有③，输来其间。鼎铛玉石，金块珠砾，弃掷逦迤。秦人视之，亦不甚惜。"

　　唐朱揆《钗小志》云："秦皇妇女连百，倡优累千。"④

【注释】①"房"字上原本有"基"字，据《史记·秦始皇本纪》删。阿房，地名，因作宫于此，故名阿房宫。此《史记》之说。按：秦惠文王始迁都于咸阳，无作阿房宫事。　　②"缦"，原本作"漫"，据《樊川文集》改。　　③"不能有"，原本作"有不能"，据《樊川文集》改。　　④《钗小志》本摘掇诸书而成，此句出自刘向《说苑》。

汉　武　帝

　　元朔中，上起明光宫，发燕赵美女二千人充之，率皆十五以上，二十以下，年满三十者出嫁之。掖庭总籍，凡诸宫美女万有八千。建章、未央、长安三宫，皆辇道相属。率使宦者、妇人分属，或以为仆射，大者领四五百，小者领一二百人。常被幸御者，辄注其籍，增其俸，秩比六百石。宫人既多，极被幸者数年一再遇。挟妇人媚术者甚众。选二百人常从幸郡国，载之后车。与上同辇者十六人，充数恒使满，皆自然美丽，不假粉白黛绿。侍尚衣轩者亦如之。尝自言："能三日不食，不能一日无妇人。"善行导养术，故体常壮悦。其应有子者,皆记其时日,赐金千斤。孕者拜爵为容华,充侍衣之属。[1]

【注释】①此条采自《汉武故事》。

汉　成　帝

汉成帝好微行。于太液池傍起宵游宫,以漆为柱,铺黑绨之幕。器服乘舆,皆尚黑色。既悦于暗行,憎灯烛之照。宫中美御,皆服单衣。自班婕妤以下,咸带玄绶,簪珮虽如锦绣,更以木兰纱绢罩之,至宵游宫乃秉烛。宴幸既罢,静鼓自舞,而步不扬尘。好夕出游。造飞行殿,方一丈,如今之辇,选羽林之士负之以趋。帝于辇上,觉其行快疾,闻其中若风雷之声,名曰"云雷宫"。所幸之宫,咸以毡绨籍地,恶车辙马迹之喧。每乘舆返驾,以爱幸之姬,宝衣珍食,舍于道傍,国人之穷老者皆歌万岁。[1]

《传》称成帝虽惑于微行,而存心抚民,无劳无怨。及刘向、谷永切谏,遂焚宵游宫及飞行殿,罢宴逸之乐,庶几从绳则正者矣。按《西京杂记》:成帝设云帐、云幄、云幕于甘泉紫殿,世谓三云殿。又掖庭有月影台、云光殿、九华殿、鸣鸾殿、开襟阁、临池观,不在簿籍,皆繁华窈窕之所栖宿焉。恐未必尽废也。

【注释】①此条采自晋王嘉《拾遗记》卷六。

吴　王　夫　差

越谋灭吴,畜天下奇宝、美人、异味进于吴。杀三牲以祈天地,杀龙蛇以祠川岳。矫以江南亿万户民,输吴为佣保。越又有美女二人,一名夷光,二名修明即西施、郑旦之别名,以贡于吴。吴处以椒华之房,贯细珠为帘幌,朝下以蔽景,夕卷以待月。二人当轩并坐,理镜靓妆于珠幌之内,窃窥者莫不动心惊魂,谓之神人。吴王妖惑忘政。及越兵入国,乃抱二女以逃吴苑。越军乱入,见二女在树下,皆言神女,望而不敢侵。今吴城蛇门内有朽株,尚为祠神女之处。①

【注释】①此条采自晋王嘉《拾遗记》卷三。

魏　文　帝

魏文帝所爱美人薛灵芸,常山人也。父名邺①,为酂乡亭长。母陈氏,随邺舍于亭傍。居生穷贱,至夜,每聚邻妇绩,以麻藁自照。灵芸年十七,容貌绝世。闾中少年多以夜来窃窥,终不得见。咸熙元年②,谷习出守常山郡,闻亭长有美女,而家甚贫。时文帝选良家子女入宫,习以千金宝赂,聘之以献。灵芸闻别父母,歔欷累日,泪下沾衣。至升车就路之时,以玉唾壶盛泪,壶中即如红色。既发常山,乃至京师,壶中之泪凝如血色矣。

帝以文车十乘迎之。车皆镂金为轮辋,丹画其毂,轭前有杂宝为龙凤衔百子铃,锵锵和鸣,响于林野。驾青色骈蹄之牛,日行三百里。此牛尸涂国所献,足如马蹄也。道侧烧石叶之香,此石重叠③,状如云母,其光气辟恶厉之疾,乃腹题国所献也。灵芸未至京师数十里,膏烛之光相续不灭,车徒噎路,尘起蔽于星月,时人谓为"尘宵"④。又筑土为台,基高三十丈⑤,列烛致于台下,名曰"烛台",远望如列星之坠地。又于大道之旁,一里致一铜表,高五尺,以志里数。故行者歌曰:"青槐夹道多尘埃,龙楼凤阙望崔嵬。清风细雨杂香来,土上出金火照台。"此七字是妖辞。为铜表于道侧,是土上出金之义;以烛致台下,则火在土下之义。汉火德王,魏土德王,火伏而土兴也。土上出金,是魏灭晋兴也。

灵芸未至京师十里,帝乘雕玉之辇,以望车徒之盛,嗟曰:"昔者言'朝为行云,暮为行雨',今非云非雨,非朝非暮。"因改灵芸之名曰夜来,入宫承宠爱。外国献火珠龙鸾之钗,帝曰:"明珠翠羽尚不胜,况乎龙鸾之重?"乃止而不进。夜来妙于针功,虽处于深帏重幄之内,不用灯烛之光,裁制立成。非夜来所缝制,帝不服也。宫中号曰"针神"。

【注释】①"邺",原本作"业",据本条所出晋王嘉《拾遗记》卷七改。下同。　②咸熙,魏元帝曹奂年号(264—265)。时在文帝曹丕死后三十馀年,显然错误。　③"重叠",原本作"叠叠",据出处改。　④"宵",原本作"霄",据出处改。　⑤"高"字原本缺,据出处补。

吴　孙　亮

吴主亮①,作琉璃屏风,甚薄而莹彻,每于月下清夜舒之。常与爱姬四人,皆振古绝色:一名朝姝,二名丽居,三名洛珍,四名洁华。使四人坐屏风内而外望之,如无隔,惟香气不通于外。为四人合四气香,殊方异国所出,凡经践蹑宴息之处,香气沾衣,历年弥盛,百浣不歇,因名曰"百濯香"。或以人名香,故有朝姝香、丽居香、洛珍香、洁华香。亮每游,此四人皆同舆席。来侍皆以香名,前后为次,不得越乱。所居之室,名为"思香媚寝"。②

> 《烟花记》云:"吴主亮命工人潘芳作琉璃屏风,镂祥物一百三十种,各有生气,远视若真。一日与夫人戏,触屏,坠其一凤,顷之飞去③。"

【注释】①三国时吴国主孙亮,孙权子,后被废为会稽王,死年十八。②此条采自晋王嘉《拾遗记》卷八。　③"顷",原本作"顿",据《说郛》卷六十六下引冯贽《南部烟花记》改。

东　昏　侯

　　帝为潘贵妃起神仙、永寿、玉寿三殿①，皆饰以金壁，内作飞仙帐，四面绣绮。窗间尽画神仙，橡桷之端悉垂铃珮。江左旧物，有古玉律数枚，悉裁以钿笛。庄严寺有玉九子铃，外国寺佛面有光相，禅灵寺塔诸宝珥，皆剥取以施潘妃殿饰。又凿为莲花以贴地，令潘妃行其上，曰："此步步生莲花也。"涂壁皆以麝香，锦幔珠帘，穷极绮丽。执役工匠，自夜达晓，犹不副速②，乃剔取诸佛寺刹殿藻，并仙人骑兽以充之。武帝兴光楼上施青漆，世人谓之"青楼"。帝曰："武帝不巧，何不纯用琉璃！"潘氏服御，极选珍宝。主衣库旧物不复用，贵市人间金银宝物③，价皆数倍。琥珀钏一只，直百七十万。

　　【注释】①帝，南齐萧宝卷，明帝萧鸾子，即位二年被杀，追降东昏侯。宠潘玉儿，封贵妃。"玉寿"，原本缺，据本条出处《南史·齐纪下·废帝东昏侯》改。本条文字错讹较多，下径改不出校。　　②副速，帝性急，工匠虽夜以继日，犹不能满足他要求的速度。　　③贵市，以高价购买也。

陈后主叔宝

　　张贵妃名丽华，发长七尺，鬒黑如漆①，其光可鉴。聪慧有神彩，每瞻视眄睐②，光彩溢目，映照左右。后主于光照殿前，起临春、结绮、望仙三阁。其窗牖栏槛皆以沉檀为之，饰以金玉，间以珠翠，外施珠帘，内有宝床宝帐。其服玩瑰丽，近古未有。其下积石为山，引水为池，杂植奇花异草。临春，自居；结绮，张贵妃居之；望仙，龚、孔二贵嫔居之③。贵妃常于阁上靓妆，临轩槛，宫中望之，飘飘若神仙焉。每饮酒，使诸妃嫔及女学士宫人袁大舍等为女学士与狎客江总、孔范等文士十馀人侍宴，后庭谓之狎客共赋诗，互相赠答。采其尤艳丽者,被以新声,选宫女千馀人习而歌之。其曲有《玉树后庭花》《临春乐》等,大略皆美妃嫔之容色。君臣酣饮,自夕达旦,以此为常。后主自制《后庭花曲》云:"丽宇芳林对高阁,新妆艳质本倾城。映户凝娇乍不进,出帷含态笑相迎。妖姬脸似花含露,玉树流光照后庭。"

【注释】①"冀",原本作"冀",据本条出处《南史·后妃传》改。②"眄",原本作"盼",据出处改。眄,斜视。　③"冀"、"二"二字原本缺,据出处补。

隋　帝　广

大业元年①,筑西苑,周二百里,内为十六院。自制院名:一景明,二迎晖,三栖鸾,四晨光,五明霞,六翠华,七文安,八积珍,九影纹,十仪凤,十一仁智,十二清修,十三宝林,十四和明,十五绮阴,十六降阳。院有二十人②,皆择宫中佳丽美人实之。每一院,选帝常幸御者为之首。有宦者主出入易市,十六院争以殽羞精丽相高,求市恩宠。帝好以月夜从宫女数千骑游西苑,作《清夜游曲》,于马上奏之。帝多幸苑中,去来无时。侍御多夹道而宿,帝往往中夜即幸焉。又凿五湖,每湖四十里,东曰翠光,南曰迎阳,西曰金光,北曰洁水,中曰广明。湖中积土石为山,构亭殿,屈曲环绕澄碧,皆穷极华丽。又凿北海,周环四十里,中有三山,效蓬莱、方丈、瀛州。上皆台榭回廊,水深数丈。开沟通五湖,行龙凤舸。自制《湖上曲》《望江南》八阕,令宫中美人歌唱之。

晚年益沉迷女色,谓近侍曰:"宫殿虽壮丽显敞,苦无曲房小室,幽轩短槛。若得此,则我期老于其中也。"近侍高昌以项昇荐。翌日召问,昇请先进图本。帝览之大悦,即日诏有司供具材木。凡役夫数万,经岁而成。楼阁高下,轩窗掩映,幽房曲室,玉栏朱楯,互相连属,回环四合③,曲屋自通。千门万牖,上下金碧,金虹伏于栋下,玉兽蹲于户傍。壁砌生光,琐窗射日,工巧之极,自古未有。费用金玉,帑库为之一空。人误入者,虽终日不能出。帝幸之,大喜,顾左右曰:"使真仙游其中,亦当自迷也,可目之曰'迷楼'。"诏以五品官赐昇。于迷楼上张四宝帐,帐各异名:一名散春愁,二名醉忘归,三名夜酣香,四名延秋月。选良家女数千居楼中,每一幸,或经月不出。是月,大夫何稠进御童女车。车之制度绝小,只容一人。有机处其中,以机碍女之手足,纤毫不能动。帝以试处女,极喜。乃以千金赠稠,旌其巧也。稠又进转关车,车周挽之,可以升楼阁,如行平地。车中御女,则自摇动。帝尤喜悦,问此何名,稠曰:"臣任意造成,未有名也。"帝乃赐名"任意车"。车幰垂鲛绡网,杂缀片玉鸣铃,行摇玲珑,以混车中笑语,冀左右不闻也。帝令画工绘士女会合之图数十幅,悬于阁中。其年,上官时自江外得替回,铸乌铜屏数十面,其高五尺,而阔三尺,磨以成鉴为屏,可环于寝所。诣阙投进,帝内之迷楼,而御女其中,纤毫皆入鉴中。帝笑曰:"绘得其象,此乃肖其真矣!"又以千金赐上官时。

大业十二年,帝复幸江都,东都宫女半不随驾。攀车留宿④,指血染鞅,帝意不回。戏飞白题二十字赐守宫女云:"我梦江都好,征辽亦偶然。但存颜色在,离别只今年。"车驾遂发。长安贡御车女袁宝儿,年十五,腰肢纤堕,骎憨多态,帝宠爱特厚。时洛阳进合蒂花,云得之嵩山坞中,人不知名,采者异而贡之。会帝驾适至,因名曰"迎辇花"。花外殷紫,中素腻菲芬,粉蕊,心深红,跗争两花,枝干烘翠,类通草,无刺,叶圆长薄。其香气秾芬馥,或惹襟袖,移日不散,嗅之令人减睡。帝令宝儿持之,号曰"司花女"。时诏虞世南草《征辽指挥德音敕》于帝侧,宝儿注视久之。帝谓世南曰:"昔传飞燕可掌上舞,常谓儒生饰于文字。今观宝儿信然,然多憨态。今注目于卿,卿可嘲之。"世南应诏为绝句云:"学画鸦黄半未成,垂肩嚲袖太憨生。缘憨却得君王惜,长把花枝傍辇行。"上大悦。至汴,帝御龙舟,萧妃乘凤舸,锦帆彩缆,穷极侈靡。舟前为舞台,台上垂蔽日帘,帘即蒲泽国所献,以负山蛟睫幼莲根丝,贯小珠⑤,间睫编成。虽晓日激射,而光不能透。每舟择妙丽长白女子千人,执雕板镂金楫,号为"殿脚女"。锦帆过处,香闻十里。

【注释】①大业,隋炀帝杨广年号(605—618)。　②"二十",原本作"二十八",据此段出处《海山记》改。　③"回环"二字原本缺,据此段出处托名唐韩偓《迷楼记》补。　④"留宿",二字有误。按此段出于托名唐颜师古《大业拾遗记》,诸本有作"留借"者,有作"留惜"者,有作"留措"者。⑤"珠",原本作"丝",据出处改。

唐　玄　宗

明皇每冬幸华清宫,即与贵妃同辇。华清宫有端正楼,即妃梳妆之所;有莲花汤池,即妃沐浴之所。用文瑶密砌,中有玉莲,汤泉涌以成池。又缝锦绣为凫雁,浮于水中。上与贵妃施钑镂小舟①,戏玩其间。宫中退水于金沟,其中珠缨宝络,流出街渠,贫民日有所得。自奉御汤外,更有长汤十六所,嫔御之属浴焉。

【注释】①"小舟"二字原本缺,据五代王仁裕《开元天宝遗事》卷下补。钑镂,以金银镶嵌于器物。

王　衍

王衍①,字化源,建幼子,即位年十八,时梁贞明五年也。立妃周氏为皇后。十月,诏选良家女二十人备后宫。二年八月,衍北巡,以宰相王锴判六军诸卫事,旌旗戈甲,百里不绝。衍戎装,被金甲,珠帽锦袖,执弓挟矢。百姓望之,谓如"灌口神"。至汉州,驻西湖,与宫人泛舟奏乐,饮宴常弥日②。九月,驻军西县,泛舟巡阆中,舟子皆衣锦绣。衍自制《水调银汉曲》，命乐工歌之③。

三年三月，衍还成都。五月，宣华苑成，延袤十里，有重光、太清、延昌、会真之殿，清和、迎仙之宫，降真、蓬莱、丹霞之亭。土木之功，穷极奢巧。衍数于其中为长夜之饮，嫔御杂坐，舄履交错。尝召嘉王宗寿赴宴，宗寿因持杯谏衍，宜以社稷为念，少节宴饮。其言慷慨流涕，衍有愧色。佞臣潘在迎、顾在珣、韩昭等奏曰："嘉王从来酒悲，不足怪也。"乃相与谐谑戏笑。衍命宫人李玉箫歌衍所撰宫词，送宗寿酒。宗寿惧祸，乃尽饮之。在迎曰："嘉王闻玉箫歌即饮，请以玉箫赐之。"衍曰："王必不纳。"衍宫词曰："赫赫辉辉浮五云，宣华池上月华新。月华如水浸宫殿，有酒不醉真痴人。"

五年三月上巳，宴怡神亭④。妇女杂坐，夜分而罢。衍自执板，唱《霓裳羽衣》及《后庭花》、《思越人曲》。四月游浣花，龙舟彩舫，十里绵纻。自百花潭至万里桥，游人士女，珠翠夹岸。日正午，暴风起，须臾，雷电晦冥，有白鱼自江心跃出，变为蛟形，腾空而起。是日溺者数千人。

【注释】①王衍，五代时前蜀之后主，在位七年而为后唐所灭。②"宴"字原本缺，据本条出处宋张唐英《蜀梼杌》补。　③"命乐工"，原本作"禽乐二"，据出处改。　④"怡"，原本作"昭"，据出处改。

五　云　车

元时，宫中制五云车。车有五箱，以火树为槛式，乌棱为轮辕，顶悬明珠。左张翠羽盖，曳金铃，结青锦为重云覆顶，旁建青龙旗，列磨锷雕银戟五。右张白鸠缉毳盖，曳玉铃，结素锦为层云覆顶，旁建白虎旗，列豹绒连珠枪五。前张红猴毛毡盖，曳木铃，结赤锦为重云覆顶，前建朱雀旗，列金戈五。后张黑兔团毫盖，曳竹铃，结墨锦为层云覆顶，后建玄武旗，列画干五。中张雕羽曲柄盖，曳石铃，结黄锦为层云覆顶，建勾陈旗。中箱为帝座，外四箱为妃嫔坐。

每晦夜游幸苑中，御此以行，不用灯烛。^①

【注释】①此条采自元陶宗仪《元氏掖庭记》。

元　武　宗

元武宗仲秋之夜尝与诸嫔妃泛月于禁苑太液池中。月色射波，池光映天，绿荷含香，芳藻吐秀，游鱼浮鸟，竞戏群集。于是画鹢中流^①，莲舟夹持。舟上各设女军，居左者冠赤羽冠，服斑文甲，建凤尾旗，执泥金画戟，号曰"凤队"；居右者冠漆朱帽，衣雪氅裘，建鹤翼旗，执沥粉雕戈，号曰"鹤团"。又彩帛结成采菱采莲之舟，轻快便捷，往来如飞。当其月丽中天，彩云四合，帝乃开宴张乐，荐蜻蜓之脯，进秋风之鲙，酌玄霜之酒，啖华月之糕。令宫女披罗曳縠，前为《八展舞》，歌《贺新凉》一曲。帝喜，谓妃嫔曰："昔西王母宴穆天子于瑶池，人以为此乐古今莫有。朕今与卿等共此佳会，液池之乐不减瑶池也。惜无上元夫人在坐，不得闻步玄之声耳！"有骆妃者，素号能歌，趋出，为帝舞《月照临》而歌曰："五华兮如织，照临兮一色。丽正兮中域，同乐兮万国。"歌毕，帝悦，赐八宝盘、玳瑁盏。诸妃各起贺酒。半酣，菱舟进鲜，莲艇奉实。繇是下令，两军水击为戏，风旋云转，戟刺戈横，战既毕，军中乐作，唱《龙归洞》之歌而还。^②

【注释】①画鹢，古时赛龙舟，画鹢于船首。画鹢为竞渡之舟的代称。②此条采自元陶宗仪《元氏掖庭记》。

元　顺　帝

顺帝乘龙船泛月池上。池起浮桥三处，每处分三洞，洞上结彩为飞楼，楼上置女乐。桥以木为质，饰以锦绣，九洞不相直达。每遇上巳日，令诸嫔妃袚于内园迎祥亭漾碧池①。池用纹石为质，以宝石镂成，奇花繁叶，杂砌其间。上置紫云九龙华盖，四面施帏，帏皆蜀锦为之。跨池三桥，桥上结锦为亭。中匾集鸾，左匾凝霞，右匾承霄。三亭雁行相望。又设一横桥，接乎三亭之上，以通往来。袚毕，则宴饮于中，谓之"爽心宴"。池之旁有潭曰"香泉"，至此日，则积香水以注于池。池中又置温玉狻猊、白晶鹿、红石马等物。嫔妃浴澡之馀，则骑以为戏，或执兰蕙，或击球筑，谓之水上迎祥之乐。唯淑姬戈小娥体白而红，著水如桃花含露，愈争妍美。帝曰："此夭桃女也。"因呼为"赛桃夫人"，宠爱有加焉。

丽嫔张阿玄，性号机敏。顺帝或视朝退，即与诸嫔嬉游后宫。常曰："百岁光阴，等于驰电，日夜为乐，犹不满十万，况其间疾病相侵，年寿难必。如白云有期，富贵皆非我有矣！何为自苦，虚度一生！"于是长歌大舞，自暮达旦，号曰"遣光"。诸嫔贵妃，百媚其前，以求容悦。阿玄乃私制一昆仑巾，上起三层，中有枢转，玉质金枝，纫彩为花，团缀于四面，又制蜂蝶杂处其中。行则三层磨运，百花自摇，蜂蝶欲飞，皆作钻蕊之状。又置飞琼流翠之袍，趋步之际，飘缈若月宫仙子。帝见之，指谓众嫔曰："张嫔气宇清越，服帝子云霓之服。"玄为帝制绣丝绞布之裘、雪叠三山之履以进。帝服其裘，穿其履，冠春阳一线巾。巾乃方士所进，云是东海长生公所服，帝珍重之，作宝光楼以藏焉，至是，始出服之。顾谓宫人曰："使朕服此，不食不饥，遨游台岛间，得与金仙羽客为侣，视弃天下如土块耳。"内竖梁行进曰："陛下冠服，不异神仙。海地琼岛，亦壶岛之匹也。即令逍遥百岁，犹足为乐，何必远有所慕哉？"帝于是自称"玉宸馆珮琼花第一洞烟霞小仙"，以玄为太素仙妃，程一宁为太真仙妃。就于万岁山筑垣，状如天台、赤城，亦号紫霓城。建玉宸馆，叠石为琼花洞以居焉。

宫人凝香儿者，本官妓也。以才艺选入宫，遂充才人。善鼓瑟，晓音律，能为翻冠飞履之舞。舞间冠履皆翻覆飞空，寻如故，少顷复飞，一舞中屡飞屡复，虽百试不差。帝尝中秋夜泛舟禁池，香儿着琐里缘蒙之衫。琐里，夷名，产撒哈剌，蒙茸如毡毹，但轻薄耳，宜于秋时着之。有红绿二色。至元间进贡，帝又命工以金笼之，妆出鸾凤之形，制为十大衫，香儿得一焉。又服玉河花蕊之裳，于阗国乌玉河生花蕊草，采其蕊，织之为锦。香儿以小艇荡漾波中，舞婆娑之队，歌弄月之曲，其词云："蒙衫兮蕊裳，瑶环兮琼珰。泛予舟兮芳渚，击予楫兮徜徉。明皎皎兮水如镜，弄蟾光兮捉娥影。露团团兮气清，风飕飕兮力劲。月一轮兮高且圆，华彩发兮鲜复妍。愿万古兮每如此，予同乐兮终年。"帝复置酒于天香亭，为赏月饮。香儿复易服趋亭前，为昂鸾缩鹤之舞。帝大悦，以为昔人《霓裳羽衣》不足逮也。

京城北三十里，有玉泉山，山半为吕公岩。夏月，帝尝避暑于北山之下曰西湖者，其中多荷蒲菱芡。帝以文梓为舟，伽南为楫[2]，刻飞鸾翔鹢饰于船首，随风轻漾。又作采菱小船，缚彩为棚，木兰为桨，命宫娥乘之，以采菱为水戏。时香儿亦在焉。帝命制《采菱曲》，使篙人歌之。遂歌《水面剪青》之调曰："伽南楫兮文梓舟，泛波光兮远夷犹。波摇摇兮舟不定，扬予袂兮金风竞。棹歌起兮纤手挥，青角脱兮水溅洄。归去来兮乐更谁？"篙人歌之，声满湖上。天色微曛，山衔落日。帝乃周游荷间，取荷之叶，或以为衣，或以为盖，四顾自得，每至忘归。[3]

【注释】①祓，古代于三月上巳有祓褉之俗，以水浴除不祥之疫气。②伽南，一种名贵的香木。　　③此条采自元陶宗仪《元氏掖庭记》。

河　间　王

河间王夜饮[1]，妓女讴歌，一曲下一金牌。席终，金牌盈座。

【注释】①此条采自唐冯贽《云仙杂记》卷五。此河间王或指唐河间王李孝恭,其于太宗时曾图形凌烟阁。

张　　宪

姑臧太守张宪[1],使娟妓戴拂壶巾、锦仙裳,密粉淡妆,使侍阁下。奏书者号传芳妓,酌酒者号龙津女,侍食者号仙盘使,代书札者号墨蛾,按香者号麝姬,总号凤窠群女。[2]

【注释】[1]姑臧,在今甘肃武威。　　[2]此条采自唐冯贽《云仙杂记》卷一。

王武子　杨国忠

晋武帝尝降王武子家[1]。武子供馔,并用琉璃器。婢子百馀人,皆绫罗袴褶,以手擎饮食。[2]

【注释】[1]王济,字武子。少有逸才,风姿英爽,好弓马,勇力绝人。性豪奢,以人乳饮猪,令肉肥美。　　[2]此条采自《世说新语·豪奢》。

杨国忠凡有客设酒,令妓女各执其事,号"肉台盘"。冬月,令妓女围之,号"肉屏风"。又选妾肥大者于前遮风,谓之"肉障"、"肉阵"[1]。

孙晟每食,不设几案,使众姬各执一器环立,亦号"肉台"。杭州别驾杜驯亦有"肉屏风"事。

【注释】[1]按:"肉阵"见五代王仁裕《开元天宝遗事》卷下,"肉障"实与"肉屏风"为一事,亦见《开元天宝遗事》。"肉台盘"则为南唐孙晟事,与杨国忠无干。

岐　王

岐王少惑女色[1]，每至冬寒，手冷不近火，惟于妙妓怀中揣其肌肤，称为"暖手"。[2]

【注释】①岐王，唐玄宗弟李范。　②此条采自五代王仁裕《开元天宝遗事》卷上。

韦　陟[1]

韦陟家宴，使群婢各执一烛，四面行立，呼为"烛围"。

【注释】①"韦陟"，原本作"封涉"，据本条出处《说郛》卷一百十九下引《长安后记》改。正文同。韦陟，玄宗时曾官礼部尚书。

严　世　蕃

严世蕃吐唾[1]，皆美婢以口承之。方发声，婢口已巧就，谓之"香唾盂"。尚书王天华取媚世蕃，用锦罽织成点位，曰双陆图。别饰美人三十二，衣装缁素各半，曰"肉双陆"，以进。每对打，美人闻声，在其点位则自趋站之。

及严氏籍没时，郡司某奉台使檄往，见榻下堆弃新白绫汗巾无数，不省其故，袖其一出以咨众。有识者掩口曰："此秽巾，每与妇人合，辄弃其一。岁终数之，为淫筹焉。"[2]

【注释】①严世蕃，严嵩之子。累官工部左侍郎。剽悍阴贼，招权纳贿，贪利无厌，日纵淫乐。后斩于市，籍其家。　②此条采自明王同轨《耳谈类增》卷三十一"分宜子世蕃"条。

石　崇

石太尉常择美艳者数十人①,装饰一等,常侍于侧,使忽视之,不相分别。雕玉为倒龙之佩,镕金为凤冠之钗,结袖绕楹而舞,昼夜相接,谓之"恒舞"②。若有所召者,不呼姓名,悉听珮声,视钗色,玉声轻者居前,金色艳者居后,以为行次而进也。侍女各含异香,笑语则口气从风而飏。又筛沉水之香如尘末,布致象床上,使所爱践之。无迹,则赐珍珠百琲③;若有迹者,则节饮食,令体轻弱。闺中相戏:"尔非细骨轻躯,那得百琲珍珠?"

【注释】①石太尉,此指石崇。石崇官止卫尉卿,非太尉。此条出处晋王嘉《拾遗记》卷九亦未言其为太尉。　②"恒",原本作"常",据出处改。③"琲",原本作"粒",据出处改。下同。琲,珠串,十珠串为一琲。

元　载

元载末年纳薛瑶英为姬①,处以金丝帐,却尘褥,衣以龙绡衣。载以瑶英体轻,不胜重衣,于异国求此服也。惟贾至、杨炎雅与载善,时得见其歌舞。至赠诗云:"舞怯珠衣重,笑疑桃脸开。方知汉武帝,虚筑避风台。"炎亦作长歌美之,略曰:"雪面澹娥天上女,凤箫鸾翅欲飞去。玉钗碧翠步无尘,楚腰如柳不胜春。"②

【注释】①元载,唐代宗时权相,招权纳贿,倾轧异己。后以罪赐死。②此条采自唐苏鹗《杜阳杂编》卷上。

宋　祁　以下豪华

宋祁先奉诏修《唐书》,既帅蜀①,因以书局自随。每宴罢盥漱,辟寝门垂帘,燃二橡烛,媵婢夹侍,和墨伸纸。望之者,知公修《唐书》,若神仙焉。

又,子京一日逢大雪,添幬幕,燃橡烛二,秉烛二,左右炽炭两巨炉,诸姬环侍,方磨墨濡毫,以澄心堂纸草某人传。未成,顾诸姬曰:“汝辈俱曾在人家,曾见主人如此否? 可谓清矣。”皆曰:“实无有。”其间一人来自宗子家②,宋顾谓曰:“汝太尉当此天气,亦复如何?”姬对云:“只是拥炉列酒馔,罗管弦,歌舞之馀,间以杂剧,引满大醉而已,不能为尚书清事也。”宋为阁笔大笑曰:“此亦不恶。”呕徒去笔砚,呼酒命歌,酣饮达旦。③

又,子京好客,尝于广厦中外设重幕,内列宝炬,百味具备,歌舞俳优相继。观者忘疲,但觉更漏差长。席罢,已二宿矣! 名曰“不晓天”。

大宋居政府④,上元夜在书院内读《周易》,闻小宋点华灯、拥歌妓醉饮。翌日,谕所亲令诮让云:“相公寄语学士,闻昨夜烧灯夜宴,穷极奢侈。不知记得某年上元,同在某州州学内吃虀煮饭时否?”学士笑曰:“却须寄语相公:不知某年同某处吃虀煮饭是为甚底?”⑤

按《蜀广记》⑥:故事,正月二日,太守出东郊,早宴移忠寺,晚宴大慈寺⑦。清献公记云⑧:“宴罢,妓以新词送茶,自宋公祁始。盖临邛周之纯善为歌词,尝作茶词,授妓首度之,以奉宋公。后遂为故事。”固见宋公风流,亦想见当日太平全盛之景矣⑨。

【注释】①宋仁宗皇祐中,宋祁以端明殿学士知益州,宋时知州兼掌军事,故亦称帅。　②宗子,皇族子弟。　③此段采自宋朱弁《曲洧旧闻》卷六。　④宋仁宗时宋庠曾参知政事。　⑤此段采自宋人《钱氏私志》。　⑥《蜀广记》,即明末曹学佺《蜀中广记》,下引文见卷五十五。　⑦“移忠寺晚宴”五字原本缺,据《蜀中广记》补。　⑧清献公,宋名臣赵抃,谥清献。　　⑨"固见宋公风流"以下非《蜀中广记》文。

陈 慥

陈慥[①],字季常,自号龙丘子。自洛之蜀,载二侍女,戎装骏马,至溪山佳处,辄留数日。见者以为异人。[②]

后制于内[③],放侍女习道,故坡公有"河东狮吼"之诮[④]。然生平曾有此一番豪快,亦足消胸中垒块矣[⑤]。或谓晚年奉道,乃放侍女后无聊之思。余谓政从豪华一番尝过滋味,回头猛省。汉武轮台之悔[⑥],亦政从求仙祷祠中悟来。

【注释】①陈慥,北宋人,苏轼挚友。　　②此条采自宋胡仔《苕溪渔隐丛话后集》卷三十九。　　③制于内,为妻子所管束。　　④苏轼《寄吴德仁兼简陈季常》诗:"忽闻河东狮子吼,拄杖落手心茫然。"　　⑤"消",原本作"诮",据文意改。　　⑥汉武帝晚年下轮台诏,深悔昔年穷兵黩武。

刘 大 刀

刘綎[①],神宗朝名将也。所用刀六十馀斤,军中号为"刘大刀"。有姬妾二十馀,极燕赵之选,皆善走马弹械。綎每出巡,诸姬戎装,穿小皮靴,跨善马为前导。四勇士共举刀架继之,綎在其后。旁观者意气亦为之豪[②]。

【注释】①"綎",原本作"姃",据《明史》卷二百四十七本传改。下同。②万历末,刘綎与后金战于萨尔浒,壮烈殉国。

王 太 常

太常卿王某,乃苏郡王相国之子,额有疤痕,号"三只眼"。相国廉介不染,而太常善于经营,久之富甲一郡。相国初不知,即言之亦不信也。晚年益豪奢自喜,宠姬数十人,人设一院,左右鳞次而居。院设一竿,夜则悬纱灯其上,照耀如昼。每姬择洁秀婢二人侍之,姬行,则一婢随,一婢居守。每夜必开宴,老夫妇居中,诸姬列坐,女乐献伎,诸姬以次上寿。爵三行,乐阕,夫人避席去,太常乃与诸姬纵饮为乐。最后出白玉卮进酒。此卮莹洁无瑕,制极精巧,云是汉物,权贵所献。太常宝惜,不轻及人,惟是夜所属意者,则酌以赐焉。婢视卮到处,还报本院,院婢庀榼温酒以待①。房老掌灯来迎②,诸姬拥入院,始散去。馀纱灯俱熄,惟本院存,各院望见竿灯未息,知尚私饮未寝,啧啧相羡叹。

【注释】①庀,准备。榼,食盒。　　②房老,婢妾中年久而位高,使主管众少者。

寇　莱　公

寇莱公尝高会①,集诸妓,赏绫绮千数②。其妾蒨桃者,淑灵能赋,乃献诗云:“一曲清歌一束绫,美人犹自意嫌轻。不知织女寒窗下,多少工夫织得成!”莱公为之嘿然。

又,杨汝士尚书镇东川③,其子知温及第,汝士开家宴相贺,菅妓咸集。汝士命人与红绫一匹。诗曰:“郎君得意及青春,蜀国将军又不贫。一曲高歌绫一匹,两头娘子谢夫人。”

按《钗小志》:“郭元振有婢数十人④,曲终,则赏以糖、鸡卵,明其声也。”郭赏太薄,寇与杨太厚。

【注释】①寇准,封莱国公。　　②此说见明田汝成《西湖游览志馀》卷十六。宋曾慥《类说》卷五十二言寇准在镇宴集无虚日,有善歌者,公赠之束丝,意尚未满。与此不同。　　③杨汝士于唐文宗开成初以兵部侍郎出镇东川。此言尚书,是杨官终刑部尚书也。　　④郭震,字元振,任侠使气,不拘小节,武则天时为凉州都督,后官朔方大总管、兵部尚书等职。

柳　睦　州

柳睦州俊迈[①],风格特异。自隋之后,家富于财。尝因调集至京师。有娼名陈娇如者[②],姿艺俱美,为士子之所奔走。睦州一见,因求纳焉。娇如曰:“第中设锦帐三十重[③],则奉侍终身矣。”本易其少年,乃戏之耳。翼日,遂如言,载锦而张之以行。娇如大惊,且赏其奇特,竟如约及柳氏家。

娇如岂真欲得锦帐三十重哉?特以试其诚耳。惟言莫违,所需必办,娇如不归柳,何归乎?唐玄宗在民间,闻娇如之名,及即位,召入宫。娇如见上涕泣,称痼疾且老。上知其不欲背柳氏,乃许其归。卓哉志节,亦青楼中之以品胜者乎!寿王妃当愧死矣[④]。

【注释】①唐人柳齐物,时官睦州太守。　②陈娇如,唐赵璘《因话录》卷一作“娇陈”。　③“重”,或作“里”。《因话录》及宋朱胜非《绀珠集》等书均作“里”,惟或作“三十里”,或作“二十里”。　④杨玉环入宫前,本是玄宗之子寿王之妃。

史　凤

史凤,宣城妓也,待客以等差。甚异者有迷香洞、神鸡枕、锁莲灯;次则鲛红被、传香枕、八分羹。各有题咏。咏迷香洞云:“洞口飞琼珮羽霓,香风飘拂使人迷。自从邂逅芙蓉帐,不数桃花流水溪。”神鸡枕云:“枕绘鸳鸯久与栖,新裁雾縠斗神鸡。与郎酣梦浑忘晓,鸡亦留连不肯啼。”锁莲灯云:“灯锁莲花花照罍,翠钿同醉楚台巍。残灰剔罢携纤手,也胜金莲送却回。”鲛红被云:“肱被当年仅御寒,青楼惯染血猩䌷。牙床舒卷鹓鸾共,正直窗棂月一团。"传香枕云:"韩寿香从何处传,枕边芬馥恋婵娟。休疑粉黛加鋋刃,玉女栴檀侍佛前。"八分羹云:"党家风味足肥羊,绮阁留人谩较量。万羊亦是男儿事,莫学狂夫取次尝。"下则不相见,以闭门羹待之,使人致语曰:"请公梦中来。"亦有诗云:"一豆聊供游冶郎,去时杯唤锁仓琅。入门独慕相如侣,欲拨瑶笙弹凤凰。"冯垂客于凤,罄囊有铜钱三十万,尽纳之,得至迷香洞,题《九迷诗》于照春屏而归。出《常新录》①。

　　小说有卖油郎②,慕一名妓,乃日积数文。如是二年馀,得十金,倾成一锭,以授妪求一宿。是夜,妓自外醉归,其人拥背而卧,达旦不敢转侧。妓酒醒时,已天明矣。问何不见唤,其人曰:"得近一宵,已为逾福,敢相犯耶?"后妓感其意,赠以私财,卒委身焉。夫十金几何,然在卖油郎,亦一夕之豪也。

【注释】①《常新录》,唐人所撰,久佚。　②冯梦龙有《卖油郎独占花魁》,收入《醒世恒言》。

凌　延　年

　　凌延年,即尚书洋山公长子①。世袭锦衣。丰神修美,豪华擅场。初至白下②,六院未有相识③。故事,院中名姬定情之夕,例必五金,最下亦三金,谓之初会。凌访六院,知名者凡三十馀人,概致五金二币通殷勤焉④。且曰:"方欲渡江往扬州,未遑识面也。"诸姬家甚愧荷,共相倾慕,恨不一见,日遣人于寓中问耗。及凌再至,名姬争往邀之,以先至者为荣。凌以次留连,百戏俱集,名震都门。尝语人曰:"大老官甚易做,我所费才三四百金,而初会已周矣。"尤与杨美儿相厚,美之假母死,凌为治丧。凡来吊者,上客折帛白绫一端,次则绸纱,从人皆赠布。七七作佛事,费数千金。

【注释】①凌云翼，字洋山，太仓人，万历间官至尚书。　②白下，南京之别称。　③明初南京妓院著名者有六院，此指众妓院。　④币，帛也。

张　粲

张粲名献翼，以字行生于富家①，而才高不售，乃以声妓自娱。凡有新姬，不谒粲不能成名。晚岁家益贫落，犹不能减宾客之会。所居文起堂，弘敞壮丽。每上元试灯日②，大开重门，自内达外，皆设灯彩，围屏门对，皆以灯为之，鼓吹不绝。游人或携酒觳觫美人而往，辄择便就坐，歌笑各适，不问主人，如曲江、金明池公所③，往来无禁焉。

【注释】①张献翼，字幼于，晚年改名粲。苏州长洲人。嘉靖中为国子监生。放荡不羁，言行诡异。与兄凤翼、燕翼并有才名，人称“三张”。②正月十五日为上元，十四夜试灯。　③唐时曲江，宋时金明池，虽为皇家园林，而定时向外开放。

阮　籍 以下豪狂

邻家少妇有美色，当垆沽酒。籍常诣饮①，醉便卧其侧。兵家女有才色，未嫁而死。籍不识其父兄，径往哭之，尽哀而返。②

《礼》云：“知死而不知生，哭而不吊。”③步兵亦犹行古之道也。子猷看竹，不问主人④，亦是此意。

【注释】①阮籍，字嗣宗。任性不羁，而喜怒不形于色。官步兵校尉，世称“阮步兵”。魏晋之际，天下多故，籍不与世事，酣饮为常，以此避祸。②此条采自《晋书·阮籍传》。　③文见《礼记·曲礼》。吊，对死者家属致慰问之辞。　④王徽之，字子猷。王羲之子。任性放达，弃官东归，居山阴。爱竹,见有佳竹,径入看,不问主人。

谢　鲲

谢鲲①,邻家有女,尝往挑之。女方织,以梭投,折其两齿。既归,傲然长啸曰:"犹不废我啸歌。"②

【注释】①谢鲲,字幼舆。通简有高识,不修威仪。先为王敦长史,后王敦为大将军,专朝政,鲲遂不预政事,常与毕卓、阮咸等纵酒。　②此条采自《晋书·谢鲲传》。

杜　牧

御史杜牧分务洛阳①,时李司徒愿罢镇闲居②,声甚豪华,为时第一,洛中名士咸谒见之。李乃大开宴席,朝客高流无不臻赴。以牧持宪③,不敢邀致。牧遣座客达意,愿预斯会。李不得已驰书。方对酒独斟,亦已酣畅,闻命遽来。时会中已饮酒,女妓百馀人,皆绝艺殊色。牧独坐南行,瞪目注视,引满三卮,问李云:"闻有紫云者,孰是?"李指示之。牧复凝睇良久,曰:"名不虚得,宜以见惠。"李俯而笑,诸妓皆亦回首破颜。牧又自饮三爵,朗吟而起曰:"华堂今日绮筵开,谁唤分司御史来?忽发狂言惊满座,两行红粉一时回。"意气闲逸,旁若无人。④

洒然行意,不减晋人风流。

【注释】①唐文宗大和九年(835),杜牧任监察御史,分管东都洛阳。②李愿,西平郡王李晟之子。历任夏绥、徐州、凤翔、宣武军四镇节度使。③持宪,御史掌管对官员的监察。　④此条采自唐孟棨《本事诗》。

李　白

宁王宫有乐妓宠姐，美而工讴。每宴客，诸妓毕列，惟宠姐莫能见焉。李学士白恃醉戏请曰[①]："白闻王有宠姐，善歌。今酒殽醉饱，群公宴倦，王何吝此女，不一见示？"王笑，命左右设七宝花障，召宠姐于障后歌之。白起谢曰："虽未觌面，得闻声亦已幸矣。"

【注释】①"恃"，原本作"持"，据五代王仁裕《开元天宝遗事》卷下改。

谢　希　孟

谢希孟者[①]，陆象山门人也[②]。少豪俊，与妓陆氏狎。象山责之，希孟但敬谢而已。他日复为妓造鸳鸯楼，象山又以为言。希孟谢曰："非特建楼，且为作记。"象山喜其文，不觉曰："楼记云何？"即占首句云："自逊、抗、机、云之死[③]，而天地英灵之气，不锺于男子，而锺于妇人。"象山嘿然，知其侮也。一日，希孟在妓所，恍然有悟，忽起归兴，不告而行。妓追送江浒，悲恋而啼。希孟毅然取领巾书一词与之，云："双桨浪花平，夹岸青山锁。你自归家我自归，说着如何过。　我断不思量，你莫思量我。将你从前与我心，付与他人呵。"[④]

造楼作文固狂，忽然有悟，不告而行，更狂。瓜熟蒂落，水到渠成，全不劳象山棒喝。

【注释】①谢直，字希孟，南宋孝宗淳熙进士。　②陆九渊，南宋孝宗乾道间进士，为当时著名思想家，心学开山祖，学者称为象山先生。　③指陆逊、陆抗、陆机、陆云。　④此条采自明田汝成《西湖游览志馀》卷十六。

俞　大　夫

吴中俞大夫①,与一妓善。后有宴俞者,别召一妓侍饮。他日,遇所善妓于生公石,数呼之,不应,曰:"知罪矣。"妓曰:"汝知罪,即于此长揖数十,使举山之人大笑,方宥汝。"遂如其言。见者大笑。旁客曰:"殊失观瞻。"俞曰:"观瞻吾不惜,但恐曩日侍饮人知之,必复以此法难我耳!"

> 俞后中考功法②。闻参语云:"稍有晋人风度,全无汉官威仪。"乃愠曰:"'全无汉官威仪',已似我矣;晋人风度,岂止'稍有'?是非真知我者。"大夫狂态,可想一斑。

【注释】①俞琬纶,号华麓,苏州人。万历进士,官西安知县。性简傲,不乐仕官。大夫,县令的拟古称。　②中考功法,违犯了考察官吏的条例。

韩　汝　玉

韩汝玉令钱塘,眷一妓,尝宿其家。一日晏起,县吏挟之,立门外候声喏。汝玉即升妓家中堂,受喏①。翌日,下吏杖一百,即解官。自劾云:"某无状不检,为吏所侮,无以莅民,请解印归。"时范文正公知杭州②,大奇之,曰:"公,杰士也,愿自爱。"即令还职。汝玉既满,后携此妓游西湖,恋恋一月不去。文正买酒饯之,召妓佐酒。候汝玉极醉时,令舟子解缆去。及醒,则舟已离钱塘数十里矣。③

> 以宿娼为吏所侮,官箴败矣,文正公乃更奇之。盖赏其豪迈不讳,且不欲张诘吏之志也,此文正公所以为真道学也。后汝玉历阢仕④,并有政声。而文正公爱惜人才,襟量亦岂人

可及？

【注释】①喏,向人作揖并出声致敬。　　②范仲淹于仁宗皇祐元年(1049)知杭州,时已晚年。　　③此条采自明田汝成《西湖游览志馀》卷十六。　　④朊仕,高官厚禄。

康　　海

康状元海①,字德涵,号对山,以词曲擅名。里居时最好声色。常嬖一妓,名"狠架子"。伎适被罪,当罚米。康以事在刘宪副大谟②,乃柬刘云:"狠架子是我表子,马公顺是他老子。拜上远父先生,乞望饶些草子。"刘笑而从之。马公顺乃马宪副应祥字,亦尝狎此妓者。远父,刘字也。③

对山有四姬,目为随身四帅④,其名曰金菊、小斗、芙蓉、采莲。初,对山无子,适有妓鬻歌于市,公目之。未几有招公饮者,是妓在焉。公善琴,妓亦善,试弹一曲,公大喜。招其母,授以二百金、币四纳焉。即生子,后举孝廉。对山常与妓女同跨一蹇驴,令从人赍琵琶自随,游行道中,傲然不屑。

【注释】①康海,明弘治十五年(1502)状元。为救李梦阳而登刘瑾之门,及瑾败,竟因与瑾同乡而罢官,梦阳并不施救。从此放形物外,寄情山水,广蓄优伶。　　②以事在,认为解决此事的关键人物是某某。　　③此条及后附评,皆出明蒋一葵《尧山堂外纪》卷九十二。　　④"目"原本作"自",据出处改。

杨　　慎

杨状元慎①,以议礼戍永昌②,侨寓安宁。遍游临安、大理诸郡,所至携倡伶以从。皆大理董秀才为杨罗致,人呼为"董牵头"。诸夷酋欲得其诗翰,不可,乃以精白绫作裓③,遗诸妓服之,使酒间乞书。杨欣然命笔,醉墨淋漓裙袖。酋重赏妓女,构归装潢成卷。杨后知之,更以为快。④

　　杨用修慎字在泸州⑤,尝醉。胡粉傅面,作双丫髻,插花。门生昇之,诸妓捧觞,游行城市,了不为作。⑥

　　【注释】①杨慎,字用修,号升庵。正德六年(1511)状元。　　②嘉靖帝朱厚熜本为兴献王之子,孝宗(弘治帝)之侄、武宗之堂弟。武宗死,无子,遗诏以朱厚熜嗣位。及嗣位,命礼官集议崇祀兴献王典礼,欲追尊其生父兴献王为皇帝。而宰相杨廷和却提出帝应以其叔父孝宗为父,而以其生身父母兴献王为皇叔。嘉靖帝不从。从此朝廷展开争辩,即所谓“大礼议”。历时有年,以皇帝全胜告终。杨慎参预此事,被杖后发配云南永昌卫。③裓,衣之前襟。　　④此条采自明谢肇淛《滇略》卷十。　　⑤杨慎流放云南永昌卫,按律不可移居至四川之泸州。但泸水经永昌卫,“泸州”或为“泸水”之误。　　⑥此条采自明李绍文《皇明世说新语》卷六。

唐　　寅

　　唐伯虎名寅,字子畏才高气雄,藐视一世,而落拓不羁,弗修边幅。每遇花酒会心处,辄忘形骸。其诗画特为时珍重。锡山华虹山学士尤所推服,彼此神交有年,尚未觌面。唐往茅山进香,道出无锡,计返棹时当往诣华倾倒①。晚泊河下,登岸闲行,偶见乘舆东来,女从如云,有丫鬟貌尤艳丽。唐不觉心动,潜尾其后。至一高门,众拥而入。唐凝盼怅然。因访居民,知是华学士府。唐归舟,神思迷惑,展转不寐。中夜忽生一计,若梦魇状,被发狂呼。众惊起问故。唐曰:“适梦中见一天神,朱发獠牙,手持金杵,云②:‘进香不虔,圣帝见谴,令我击汝。’持杵欲下,予叩头哀乞再三,云:‘姑且恕尔,可只身持香,沿途礼拜,至山谢罪,或可幸免。不则祸立降矣!’予惊醒战悚。今当遵神教独往还愿。汝辈可操舟速回,毋溷乃公为也。"即微服持包伞奋然登岸，疾行而去，有追随者，大怒逐回。潜至华典中③，见主柜者，卑词降气曰："小子吴县人，颇善书，欲投府上写帖，幸为引进。"即取笔书数行于一纸，授之。主者持进白华，呼之入。见仪表俊伟，字画端楷，颇有喜色。问："平日习何业?"曰："幼读儒书，颇善作文。屡试不得进学，流落至此，愿备书记之末。"公曰："若尔，可作吾大官伴读。"赐名华安，送至书馆，安得进身。潜访前所见丫鬟，云名桂华，乃公所素宠爱者。计无所出。居久之，偶见郎君文义有未妥处，私加改窜，或为代作。师喜其徒日进，持文夸华。华曰："此非孺子所及，必倩人耳。"呼子诘之，弗敢隐。因出题试安，援笔立就。举文呈华，手有枝指。华阅之，词意兼美，益喜甚，留为亲随，俾掌文房。凡往来书札，悉令裁复，咸当公意。未几，主典者告殂，华命安暂摄，出纳惟慎，毫忽无私。公欲令即真，而嫌其未婚，难以重托，呼媒为择妇。安闻，潜乞于公素所知厚者，云："安蒙主公提拔，复谋为置室，恩同天地。第不欲重费经营，或以侍儿见配可耳。"所知因为转达。华曰："婢媵颇众，可令自择。"安遂微露欲得桂华。公初有难色，而重违其意，择日成婚。另饰一室，供帐华侈。合卺之夕，相得甚欢。居数日，两情益投，唐遂吐露情实，云："吾唐解元也。慕尔姿容，屈身就役。今得谐所愿，此天缘也。然此地岂宜久羁，可潜遁归苏。彼不吾测，当图谐老耳!"女欣然愿从。遂买小舟，乘夜遄发。天晓，家人见安房门封锁，启视室中，衣饰细软，俱各登记，毫无所取。华沉思莫测其故。令人遍访，杳无形迹。

　　年馀，华偶至阊门，见书坊中坐一人，形极类安。从者以告，华令物色之。唐尚在坊，持文翻阅，手亦有枝指。仆尤骇异，询为何人，旁云："此唐伯虎也。"归以告华，遂持刺往谒。唐出迎，坐定。华审视再三，果克肖。茶至而指露，益信为安无疑，奈难以直言，蹰蹰未发。唐命酒对酌。半酣，华不能忍，因缕述安去来始末以探之。唐但唯唯。华又云："渠貌与指颇似公，不识何故?"唐又唯唯，而不肯承。华愈狐疑，欲起别去。唐曰："幸少从容，当为公剖之。"酒复数行，唐命童秉烛前导，入后堂，请新娘出拜。珠珞重遮，不露娇面。拜毕，唐携女近华，令熟视之。笑曰："公言华安似不佞，不识桂华亦似此女否？"乃相与大笑而别。华归，厚具装奁赠女，遂缔姻好云。事出《泾林杂纪》。

又《耳谈》载陈玄超事，与此绝类。陈玄超，名玄，句吴人。父侍御，疏论严氏，谪死。玄少年倜傥不羁，尝与客登虎丘，见宦家从婢姣好姿媚，笑而顾己，悦之，令人迹至其家。微服作落魄，求佣书焉。留侍二子，自是二子文日奇。父、师大惊，不知出玄也。已而以娶求归，二子不从，曰："室中惟汝所择。"曰："必不得已，秋香可。"即前遇婢也。二子白父母以娶。玄既娶，婢曰："君非虎丘遇者乎？"曰："然。"曰："君既贵公子，何自贱若此？"曰："汝昔笑顾我，不能忘情耳。"曰："妾昔见君服丧，表素而华其里，少年佻达可笑④，非有他也。"玄谓不然，益两相欢。会有贵客过其主人，玄因假衣冠谒客。客与欢甚，从容言及白吏部，盖玄之外父，吏部正柄国尊显。主人闻，大骇，始悉玄始末，亟治百金装，并婢赠之。二事若出一辙。然华学士怜才，而陈之主人未免势利矣。他书亦有以秋香事混作唐子畏者。

【注释】①倾倒，畅谈。　　②"云"字原本缺，据文意补。　　③典，掌管，此即管家之所。　　④"佻达"，原本作"挑挞"，据出处《耳谈类增》卷二十五改。

鸳鸯寺　双飞寺

李煜在国①，微行娼家。遇一僧张席，煜遂为不速之客。僧酒令讴吟弹唱②，莫不高绝，见煜明俊韫藉，契合相爱重。煜乘醉大书右壁曰："浅斟低唱、偎红倚翠大师,鸳鸯寺主持风流教法。"久之,僧拥妓入屏帷里。煜徐步而出,僧、妓竟不知。煜常密谕徐铉,铉言于所亲焉③。

【注释】①李煜,即南唐后主。在国,言为国主时。　　②"僧"字原本缺,据此条出处《说郛》卷九十三上引陆游《避暑漫抄》补。　　③"徐铉,铉言于所亲焉",原本作"铉云",据出处改。徐铉,南唐大臣,文才为国中第一。

相国寺星辰院比丘澄晖,以艳娟为妻。每醉,点胸曰："二四阿罗,烟彩释迦,又没头发浪子①,有房室如来②,快活风流,光前绝后。"忽一少年踵门谒晖,愿置酒参会梵嫂。晖难之。凌晨,但见院牌用纸漫书曰："敕赐双飞之寺。"

【注释】①"浪子",原本作"娘子",据本条出处宋陶穀《清异录》卷上改。　　②"房"字原本缺,据出处补。房室,指妻妾。

馀 杭 广 以下豪勇

晋升平末①,故章县老公有一女②,居深山,馀杭广求为妇,不许。公后病死,女上县买棺,行半道,逢广,女具道情事。因曰："君若能往家守父尸,须吾还者,便为君妻。"广许之。女曰："我栏中有猪,可为杀以饲作儿。"广至女家,但闻屋中有抚掌欣舞之声。广披篱,见众鬼在堂,共捧弄公尸。广持杖大呼入门,群鬼尽走。广守尸,取猪杀。至夜,见尸边有老鬼伸手乞肉。广因捉其臂,鬼不复得去,持之愈坚。但闻户外有诸鬼共呼云："老奴贪食至此,甚快。"广语老鬼："杀公者,必是汝。可速还精神,我当放汝。汝若不还者,终不置也。"老鬼曰："我儿等杀公耳!"即唤鬼子:"可还之。"公渐活,因放老鬼。女载棺至,相见惊悲,因娶女为妇。出《幽明录》。

【注释】①升平，东晋穆帝年号（357—361）。　　②"章"，原本作"郭"，据本条出处南朝宋刘义庆《幽明录》改。

刘　氏　子　妻

刘氏子者，少任侠，有胆气。尝客游楚州淮阴县，交游多市井恶少。邻人王氏有女，求聘之，王氏不许。后数岁，因饥，遂从戎。数年后役罢，再游楚乡，与旧友相遇甚欢。常恣游骋，昼事弋猎，夕会狭邪。

因出郭十馀里，见一坏墓，棺椁暴露。归而合饮酒，时将夏夜，暴雨初止。众人戏曰："谁能以物送至坏冢棺上者？"刘乘酒恃气曰："我能之。"众曰："若审能之，明日众置一筵以赏其事。"乃取一砖，同会人列名于上，令生持去，馀人饮而待之。生独行，夜半至墓。月初上，如有物蹲踞棺上。谛视之，乃一死妇人也。生舍砖于棺，背负此尸而归。众方欢语，忽闻生推门，如负重之声。门开，直入灯前，置尸于地，卓然而立，面施粉黛，鬌发半披。一座惊骇，亦有奔走藏伏者。生曰："此我妻也。"遂拥尸致床同寝。

至四更，忽觉口鼻微微有气，诊视之，则已苏矣。问所以，乃王氏之女，因暴疾亡，亦不自知尸踞棺上何繇也。天明，生取水与之洗面濯手，整钗鬌，疾已平复。乃闻邻里相骇云："王氏女将嫁，暴卒未殓。昨夜因雷，遂失其尸。"生乃以告王氏，王氏悲喜，乃嫁生焉。众咸叹其冥契，亦伏生之不惧也。①

【注释】①此条采自《太平广记》卷三百八十六引《原化记》。

张　　俊

张俊者，宣州溧水县尉元澹庄客也。其妻为虎所取，俊誓欲报仇。乃挟矢入山，于近虎穴处上树伺之。乃见其妻已死，为虎所禁，尸自起，拜虎讫，自解其衣，裸而复僵。虎又于穴中引四子，皆大如狸，掉尾欢跃。以舌舐死人，虎子竞来争食。俊连射毙之，截虎头，并杀四子。取其首，负妻而归。[1]

　　杨香情急于救父，故以孱女而厄虎[2]。张俊情急于救妻，故以匹夫而毙虎。世上忠孝节义之事，皆情所激，故子犹氏有"情胆"之说。

【注释】①此条采自《太平广记》卷四百三十三引《原化记》。　②《太平御览》卷八百九十二引《孝子传》曰：杨香父为虎噬，忿愤搏之，父免害。未言为女子。

　　情史氏曰：丞相布被，车夫重味[1]，奢俭殆天性乎？然于妇人尤甚。匹夫稍有馀赀，无不市服治饰以媚其内者，况以王公贵人，求发摅其情之所锺，又何惜焉？然桀、纣而下，灭亡相踵，金谷沙场，木妖荆棘[2]，石崇、元载，具为笑端，豪奢又安可为也？景文诸公，或以齑粥辛勤，偿其不足；或以抑郁未遂，发其无聊。至于五陵豪客，力胆气盈，选伎征歌，买欢鬻笑，固其常尔。杜牧天性疏狂，亦縦情不能制耶？对山辱身救友[3]，有古烈士之风，风流浪宕，未足为玷。用修、子畏，皆用世才，而挂于法网，沉冤不涤，放达自废，胸中磊块借此散之，歌以当泣，君子伤焉。希孟热闹场中忽开冷眼，狂乎，狂乎！殆圣人之所思乎？寺僧无赖，复与为谑，近于纵矣。馀杭广三人，意所奋决，鬼神避而猛兽伏。或曰"彼以勇获伸其情者"，虽然，无情者又能勇乎哉？

【注释】①汉丞相公孙弘用布被，食不重肉。而以车夫之贱，有食重味者。　②金谷名园终成沙场，而亭馆豪奢近于木妖者终沦为荆棘之地。③康海为救李梦阳而登刘瑾之门，及瑾败，竟因与瑾同乡而罢官，梦阳并不施救。从此放废，寄性于山水丝竹。

补　遗

王　宝　奴 _{补豪华}

　　王宝奴，号眉山。当武宗南征[①]，驻跸金陵，选教坊司乐妓十人备供奉，宝奴为首。姿容瑰丽出众，数得侍巾栉，近至尊。班中人争求饰以媚上，或毁妆以自全。宝奴云："吾侪婢子，非敢当御宿，但率意曲谨，幸无谴责，遑恤其他？饰固无益，毁亦太迂。实命不犹，惟局脊以承恩，无希福矣。"武宗驾旋，各有赍赐，俾无从[②]。宝奴既还旧籍，咸以"贵人"呼之，祠部亦宽其数[③]，不以众人畜也，识者称"眉山"、"眉山"云。

　　初，眉山倜傥负丈夫气，挥霍自如，每出，趋奉者载道。一日，乘油壁车经水西刘公庙，毬师王悦、傅愉皆负绝技，邀之广涂，请王娘登场。眉山下车，风度洒然，举趾蹁跹。众皆辟易叹赏，以为天人，萦而观者如堵。眉山出金一锭酬二师去，其豪爽类如此。自供奉归后，闭阁不出，乃叹曰："婢子获执巾天子前，安得复为人役？"遂结道堂长桥边，长斋诵经，为道人装，不复涴巾帼中矣。

　　潘生曰：教坊司，御乐也。国制官彩奉直，未闻选召邪曲中人，虽三十四楼，歌舞喧填，朝抱乐器，暮或连袂而归，不惟王公邸第呼之，无僭用与骑者。至武宗南巡，出意外事，而供奉诸妓能曲谨不蒙呵让，则王宝奴实主持之。夫卑贱之辈，以近幸为荣。若宝奴与杜秋，何有幸有不幸欤？

　　杜秋，金陵女子，年十五为李锜妾[④]。后锜叛灭，籍之入宫，有宠于景陵。穆宗即位，命秋为皇子傅姆。皇子壮，封漳王。郑注用事，王被罪废削，秋因赐归故里。杜牧过金陵，感其穷且老，为赋《杜秋诗》[⑤]。

【注释】①明正德十四年(1519)，宁王朱宸濠反于江西，旋即被王守仁等平灭。而武宗仍借口南征，至南京，沿途骚扰，民间大怨。　　②俾无从，使众妓不随从还京。　　③明制，礼部下分四属部：总部，祠部，膳部，主客部。而教坊司属祠部。又，此祠部为南京祠部。　　④杜秋，即杜秋娘，传说"劝君莫惜金缕衣"一诗即杜秋娘为李锜所歌。　　⑤即杜牧《杜秋娘诗》。

卷六　情爱类

丽娟　李夫人_{以下男爱女}

汉武帝所幸宫人名丽娟,年十四。玉肤柔软,吹气胜兰,不欲衣缨拂之,恐体痕也。每歌,李延年和之。于芝生殿唱《回风》之曲,庭中花皆翻落。置丽娟于明离之帐,恐尘垢污其体也。帝常以衣带缚丽娟之袂,闭于重幕之中,恐随风而去也。丽娟以琥珀为佩,置衣裾里,不使人知,乃言骨节自鸣,相与为神怪也。出《洞冥记》。

李夫人本以倡进。初,夫人兄延年善音,尝于上前起舞。歌曰:"北方有佳人,绝世而独立。一顾倾人城,再顾倾人国。宁不知倾城与倾国,佳人难再得。"上叹息曰:"世岂有此人乎?"平阳主因言延年有女弟①。上召见之,妙丽善舞,繇是得幸。生一男,是为昌邑哀王。

及病笃,上自临候之。夫人蒙被谢曰:"妾久寝病,形貌毁坏,不可以见帝。愿以王及兄弟为托。"上曰:"夫人病甚,殆将不起。一见我,属托王及兄弟,岂不快哉?"夫人曰:"妇人貌不修饰,不见君父。妾不敢以燕媠见帝②。"上曰:"夫人第一见我,将加赐千金,而子兄弟尊官。"夫人曰:"尊官在帝,不在一见。"上复言,欲必见之,夫人遂转向歔欷而不复言。于是上不悦而起。夫人姊妹让之曰:"贵人独不可一见上属托兄弟邪?何为恨上如此?"夫人曰:"夫以色事人者,色衰而爱弛,爱弛则恩绝。上所以挛挛我者,以平生容貌故。今见我毁坏，颜色非故，必畏恶吐弃我。尚肯复追思闵录其兄弟哉？所以不欲见帝者，乃欲以深托兄弟也。"及夫人卒，上以后礼葬焉。图其形于甘泉宫，诸兄皆益官。③

　　帝思怀往者，李夫人不可复得。时始穿昆灵之池，泛翔禽之舟，帝自造歌曲，使女伶歌之。时日已西倾，凉风激水，女伶歌声甚遒。因赋《落叶哀蝉》之曲曰："罗袂兮无声，玉墀兮尘生。虚房冷而寂寞，落叶依于重扃。望彼美之女兮，安得感余心之未宁！"帝闻唱动心，闷闷不自支。特命龙膏之烛以照舟内，悲不自止。亲侍者觉帝容色愁怨，乃进洪梁之酒，酌以文螺之卮。帝饮三爵，色悦心欢，乃诏女伶出侍。帝息于延凉室，卧梦李夫人授帝蘅芜之香。帝惊起，而香气犹著衣枕，历月不歇。帝弥思求，终不复见，涕泣洽席，遂改延凉室为遗芳梦室。④

　　一说：锺山有香草，东方朔献帝，怀之即梦见李夫人，名"怀梦草"。帝思李夫人不辍，乃作灵梦台，岁时祀焉。⑤

【注释】①平阳主，即平阳公主，汉武帝异母姐。　②燕婧，形容不修饰。　③本条采自《汉书·外戚传》。　④本条采自晋王嘉《拾遗记》卷五。　⑤此节采自汉郭宪《洞冥记》卷三。

飞燕　合德

　　成帝以三秋闲日，与飞燕戏于太液池①。以沙棠木为舟，贵其不沉没也。以云母饰于鹢首②，一名"云舟"。又刻大桐木为虬龙，雕饰如真，以夹云舟而行。以紫桂为柂枻③。及观云棹水，玩撷菱蕖，帝每忧轻荡以惊飞燕，命佽飞之士以金锁缆云舟于波上④。每轻风时至，飞燕殆欲随风入水，帝以翠缨结飞燕之裙。常怨曰："妾微贱，何复得预缨裙之游？"今太液池尚有避风台，即飞燕结裙之处。后骄逸，体微病，辄不自饮食，须帝持匕箸。药有苦口者，非帝为含吐不下咽。

昭仪夜入浴兰室⑤，肤体光发，占灯烛⑥，帝从帏中窃望之⑦。侍儿以白昭仪，昭仪览巾，使撤烛。它日，帝约赐侍儿黄金，使无得言。私婢不豫约中，出帏值帝，即入白昭仪，昭仪遽隐辟。自是帝从兰室帏中窥昭仪，多袖金，逢侍儿私婢，辄牵止赐之。侍儿贪帝金，一出一入不绝，帝使夜从袼益至百馀金。帝尝早猎，触雪得疾，阴缓弱不能壮发。每持昭仪足，不胜至欲，辄暴起。昭仪常转侧，帝不能长持其足。樊嬺谓昭仪曰⑧："上饵方士大丹，求盛大不能得。得贵人足，一持畅动，此天与贵妃大福，宁展侧俾帝就耶？"昭仪曰："幸转侧不就，尚能留帝欲。亦如姊教，帝持则厌去矣，安能复动乎？"

> 李夫人病笃，不肯见帝，虑减其爱也。成帝欲持昭仪足⑨，昭仪转侧不就，虑尽其爱也。人主渔色，何所不至，而能使三千宠爱在一身，岂惟色哉？其智亦有过人者矣。

【注释】①赵飞燕，汉成帝皇后。其出身见本书卷十七"飞燕　合德"条。　②鹢首，即船首。　③桅柂，即船舵。　④伏飞，武官名。⑤昭仪，即合德，赵飞燕之妹。昭仪为妃嫔之首，位仅次于皇后。　⑥"灯"，原本作"烧"，据此条出处旧题汉伶玄《赵飞燕外传》改。占，置。⑦"帏"，原作"幅"，据出处改。　⑧樊嬺，赵飞燕中表姐妹，时在宫中任女官。　⑨"成帝"，原本作"元帝"，据文意改。

邓　夫　人

吴孙和悦邓夫人①，常置膝上。和于月下舞水精如意，误伤夫人颊，血流污绮，娇姹弥苦。自舐其疮，命太医合药。医曰："得白獭髓，杂玉与琥珀屑，当灭此痕。"即悬百金购致之。有富春渔人云："此物知人欲取则逃入石穴，伺其祭鱼之时②，獭有斗死者，穴中应有枯骨,虽无髓,其骨可合玉春为粉,喷于疮上,其痕则灭。"和乃命合此膏。琥珀太多,及差③,而有赤点如朱。逼而视之,更益其妍。诸嬖人欲要宠,皆以丹脂点颊而后进幸。妖惑相动,遂成淫俗。④

【注释】①孙和,三国时吴大帝孙权第三子。太子孙登去世后,曾被立为太子,后被废。其子即末帝孙皓。　②《礼记·月令》言孟春之月,獭祭鱼。獭常陈列所捕之鱼于岸,形同祭祀,谓獭祭。　③差,痊愈。④此条采自晋王嘉《拾遗记》卷八。

蜀　甘　后

蜀先主甘后①,沛人也。生于微贱。里中相者云:"此女后当极贵。"及长,体貌特异。年至十八,玉质柔肌,态媚容冶。先主召入,致白绡帐中,于户外望者,如月下聚雪。河南献玉人高三尺,乃取玉人置后侧。昼则讲说军谋,夕则拥后而玩玉人。常称:"玉之所贵,比德君子,况为人形,而可不玩乎?"甘后与玉人洁白齐润,观者殆相惑乱。嬖宠者非惟嫉于甘后,亦妒于玉人也。②

【注释】①蜀先主,刘备。　②此条采自晋王嘉《拾遗记》卷八。

杨　太　真

杨太真以天宝四载七月册为贵妃①,次年七月,以妒悍忤旨,令高力士以单车送还杨铦宅②。初出,上无聊,中官趋过者,或笞挞之,至有惊怖而亡者。力士因请召还。既夜,遂开安兴坊③,从太华宅以入。及晓,上见之殿内,大悦。贵妃拜泣谢过。因召两市杂剧以娱之。诸姊进食作乐,自此恩遇日深。

九载二月,以窃吹宁王紫玉笛忤旨,复放出宫。吉温奏曰:

“妃，妇人，无知识，有忤圣颜，罪当死。既蒙恩宠，只合死于宫中。陛下何惜一席之地使其就戮，而忍使取辱于外乎？”上为之怃然。中使张韬光送妃至宅，妃泣曰：“衣服之外，皆圣恩所赐，惟发肤是父母所生。今当就死，无以谢上。”引刀剪发一鬌，附韬光以献。上见之惊惋，遽使力士召归，益璧焉。

妃既生蜀，嗜荔枝。南海味胜于蜀，乃令每岁驰驿以进，毋过宿，恐味败也。故杜牧诗云：“一骑红尘妃子笑，无人知是荔枝来。”

御苑新有千叶桃花，帝亲折一枝插于妃子宝冠。帝曰：“此花尤能助娇态。”因呼为“助娇花”。五月五日，上避暑游兴庆池，与妃子昼寝于水殿中。宫嫔辈凭栏倚槛，争看雌雄二鸂鶒戏于水中④。上时拥妃子于绡帐内，谓宫嫔曰：“尔等爱水中鸂鶒，争如我被底鸳鸯！”秋八月，太液池有千叶白莲数枝盛开，帝与贵戚宴赏，左右皆叹羡而已。帝指妃子示左右曰：“争如我解语花！”

宫妓中有念奴者，有姿色，善歌唱。帝所锺爱，未尝一日离左右。每执板，当席顾盼。帝谓妃子曰：“此女妖丽，眼色媚人。每啭声歌喉，则声出于朝霞之上，虽钟鼓笙竽嘈杂而莫能遏。”⑤

【注释】①杨贵妃小字玉环，先为寿王妃。玄宗知其有姿色，欲纳入宫，先令度为女道士，号太真。　②杨铦，杨贵妃之兄。　③“安”，原本作“大”，据出处宋乐史《杨太真外传》改。安兴坊紧邻皇宫，为申王、岐王所居。　④鸂鶒，水鸟，形大如鸳鸯，又称紫鸳鸯。　⑤此条所采除《杨太真外传》外，又有五代王仁裕《开元天宝遗事》。

吴　绛　仙

炀帝幸江都，至汴。帝御龙舟，萧妃乘凤舸。一日，帝将登凤舸，凭殿脚女吴绛仙肩①，喜其柔丽，不与群辈齿，爱之甚，久不移步。绛仙善画长蛾眉，帝色不自禁，回辇召绛仙，将拜婕好。适绛仙下嫁玉工万群，故已之。擢为龙舟首楫，号曰崆峒夫人。繇是殿脚女争效为长蛾眉。司宫吏日给螺子黛五斛，号为蛾绿。螺子黛出波斯国，每颗值十金。后征赋不足，杂以铜黛给之，独绛仙得赐真螺黛不绝。帝每倚帘视绛仙，移时不去，顾内谒者曰："古人言秀色若可餐，如绛仙，真可乐饥矣。"因吟《持楫篇》赐之曰："旧曲歌桃叶，新妆艳落梅。将身倚轻楫，知是渡江来。"诏殿脚女千辈唱之。

帝至广陵备月观行宫，有郎将自瓜州进合欢果。帝令小黄门以一双驰骑赐吴绛仙，遇马急摇解②。绛仙拜赐，私附红笺上进曰："驿骑传双果，君王宠念深。争知辞帝里，无复合欢心。"帝叹曰："绛仙真女相如，不独貌也。"时越溪进耀光绫，绫纹突起有光彩。越人乘槎风舟，泛于石帆山下，收野茧缲之，缲丝女夜梦神人告之："禹穴三千年一开，汝所得野茧，即江淹文集中壁鱼所化也③。丝织为裳，必有奇文。"织成，果符所梦，故进之。帝独赐司花女泊绛仙④，他姬莫预。⑤

【注释】①炀帝乘龙舟下扬州，每舟择妙丽长白女子十人，执雕板镂金楫，号为殿脚女。　　②遇马急摇解，合欢果一对相连，因马疾驰而盛器摇动，遂致二果分开。　　③壁鱼即脉望，又名白鱼、蠹鱼，书中蠹虫也。传说壁鱼入道经函中，因蠹食"神仙"字，身有五色。人能取壁鱼吞之，可致神仙上升。江淹为齐梁时辞赋大家，传说胸中有五彩笔，故壁鱼食其文集能有奇文。　　④司花女即袁宝儿。　　⑤此条采自唐颜师古《大业拾遗记》。

卓　文　君

卓文君姣好，眉色如望远山，脸际常若芙蓉，肌肤柔滑如脂。为人放诞风流，故悦长卿之才而越礼焉。长卿素患消渴疾，及悦文君之色，遂成痼疾。作《美人赋》欲以自刺，而终不能改，卒以此疾至死。

《琅环记》：王吉夜梦一螔蝓在都亭①，作人语曰："明当舍此。"吉异之，明使人候于都亭，而长卿至。吉曰："此人文章当横行一世。"天下因呼蟛蜞为长卿,卓文君一生不食蟛蜞。

　　王龙溪一门人[2],自称有好色之疾。龙溪笑曰:"穷秀才抱着家中黄脸婆子,辄云好色,不羞死耶?"噫! 必如长卿之于文君,直得一死。

【注释】①蟛蜞,或说蟹而小者,实即平常所食螃蟹之别名。王吉,见本书卷四"卓文君"条。　　②王畿,号龙溪,嘉靖壬辰(1532)进士。王阳明弟子。

王　元　鼎

　　元时,歌妓郭氏顺时秀[1],姿态闲雅,杂剧为《闺怨》最高[2],驾头诸旦本亦得体[3]。刘时中以"金簧玉管,凤吟鸾鸣"拟其声韵[4]。平生与王元鼎密[5]。偶有疾,思得马版肠充馔,元鼎杀所乘千金五花马取肠以供。都下传为佳话。时中书参政阿鲁温尤属意焉,因戏语曰:"我比元鼎何如?"对曰:"参政,宰相也。元鼎,才人也。燮理阴阳,致君泽民,则学士不及参政。嘲风咏月,惜玉怜香,则参政不如学士。"参政付之一笑而罢。[6]

　　杀马,《绣襦记》借作郑元和事[7],元鼎情痴之名遂为所掩。

　　龙子犹曾有四绝句咏其事云:"驽马争如骏骨良,烹调一样版肠香。千金何事轻抛掷,只为趋承窈窕娘。""五花名马价无伦,欲媚香闺枉杀身。解道贵人而贱畜,爱姬换马是何人?""驱驰晓夜百艰辛,不及闺中效一颦。好似吴宫媚西子,镯镂偏自赐功臣。""捧心无计博馀欢,名马刳肠劝一餐。馋口傥然思异味,不知何策脍人肝?"

【注释】①顺时秀为郭氏艺名,如珠帘秀、连枝秀之类。　　②《闺怨》,元关汉卿杂剧有《闺怨佳人拜月亭》,疑即指此。　　③驾头,杂剧中演宫廷故事的称驾头剧。驾头诸旦本即驾头剧中的旦角戏。　　④刘时中,元初人,官待制。　　⑤王元鼎,时为翰林学士。　　⑥此条采自元黄雪蓑《青楼集》。　　⑦明张萱《疑耀》云:今俗演《绣襦传奇》,郑元和杀骏马奉妓人李亚仙,此乃元翰林学士王元鼎与妓人顺时秀事也。

何恢　潘炕

宋阮佃夫有宠于明帝①。庐江何恢有妓张耀华,美而有宠。为广州刺史,将发,要佃夫饮②,设乐。见张氏,悦而求之。恢曰:"恢可得,此人不可得也。"佃夫拂衣出户,曰:"惜指失掌耶?"遂讽有司以公事弹恢。③

【注释】①阮佃夫,南朝刘宋时奸臣,弑杀前废帝,拥湘东王刘彧即位,即宋明帝,故甚被宠。至后废帝时,以谋反被诛。　　②要,邀也。　　③此条采自《南史·阮佃夫传》。

内枢密使潘炕,字凝梦,河南人。有器量,家人未尝见其喜怒。然嬖于美妾解愁,遂成疾。妾姓赵氏,其母梦吞海棠花蕊而生。颇有国色,善为新声,及工小词。蜀王建尝至炕第①,见之,谓曰:"朕宫无如此人。"意欲取之。炕曰:"此臣下贱人,不敢以荐于君。"其实靳之。弟峭谓曰②:"绿珠之祸可不戒耶!"炕曰:"人生贵适意,岂能爱死而自不足于心哉?"人皆服其有守。

何恢之惜耀华,潘炕之惜解愁,与石崇之惜绿珠一辙耳。幸而为炕,不幸则为恢,尤不幸则为崇。虽然,死生荣辱命也,出妻献妾,于以求免,去死几何?恢、炕之义为正矣。即崇之辞孙秀,吾犹取之。

【注释】①此王建即十国中前蜀高祖。　　②"峭",原本作"蜎",据本条出处宋张唐英《蜀梼杌》卷上改。

程　一　宁

程一宁,元顺帝宠妃也。未得幸时,尝于春夜登翠鸾楼,倚栏弄玉龙之笛,吹一词云:"兰径香销玉辇踪,梨花不忍负春风。绿窗深锁无人见,自碾朱砂养守宫。"帝忽于月下闻之,问宫人曰:"此何人吹也?"有知者对曰:"程才人所吹。"帝虽知之,未召也。及后夜,帝复游此,又闻歌一词曰:"牙床锦被绣芙蓉,金鸭香消宝帐重。竹叶羊车来别院,何人空听景阳钟?"又继一词曰:"淡月轻寒透碧纱,窗屏睡梦听啼鸦。春风不管愁深浅,日日开门扫落花。"歌中音语咽塞,情极悲怆。帝因谓宫人曰:"闻之使人能不凄怆?深宫中有人愁恨如此,谁得知乎?"遂乘金根车至其所。宁见宝炬簇拥,遂趋出叩头俯伏。帝亲以手扶之曰:"卿非玉笛中自道其意,朕安得至此?"乃携手至柏香堂。命宝光天禄厨设开颜宴,进兔丝之膳,翠涛之酒;云仙乐部坊奏鸿韶乐,列朱戚之舞,鸣睢之曲。笑谓宁曰:"今夕之夕,情圆气聚。然玉笛,卿之三青也[1],可封为圆聚侯。"自是宠爱日隆,改楼为奉御楼,堂为天怡堂。

　　按:顺帝宫嫔进御无纪,佩夫人、贵妃印者不下百数。淑妃则龙瑞娇、程一宁、戈小娥,丽嫔则张阿玄、支祁氏,才人则英英、凝香儿,尤其宠爱。所好成之,所恶除之,位在皇后之下,而权则重于禁闱,宫中称为"七贵"云。[2]

【注释】[1]三青,疑指西王母之三青鸟,为西王母传食,后人又以其为王母使者。李白《相逢行》:"愿因三青鸟,更报长相思。"　　[2]此条及按语皆采自元陶宗仪《元氏掖庭记》。

温　都　监　女 以下女爱男

坡公之谪惠州也[1],惠有温都监女,颇有色,年十六,不肯嫁人。

闻坡公至,甚喜,谓人曰:"此吾婿也。"每夜闻坡讽咏,则徘徊窗外。坡觉而推窗,则其女逾墙而去。坡从而物色之,温具言其然。坡曰:"吾当呼王郎与子为姻。"未几,坡过海,此议不谐。及坡回惠日,其女已死,葬沙滩之侧矣。坡怅然赋孤鸿,调寄《卜算子》云:"缺月挂疏桐,漏断人初静。时见幽人独往来,缥缈孤鸿影。惊起却回头,有恨无人省。拣尽寒枝不肯栖,寂寞沙洲冷。"借鸿为喻,非真言鸿也。"拣尽寒枝不肯栖",谓少择偶不嫁。"寂寞沙洲冷",指葬所也。此词盖惠州白鹤观所作。或云黄州作,属意王氏女,非也。②

长卿氏曰:人知朝云为坡公妾,而不知此女乃真坡公妾也。坡公迁谪岭外,婆娑六十老人矣,十六之女何喜乎而心许之且死之也?然坡公非当时须眉如戟诸人所欲极力而杀之者哉?而一女子独见怜,悲夫!

李和尚曰③:余独悲其能具只眼,知坡公之为神仙,知坡公之为异人,知坡公之外举世更无与两,是以不得亲近,宁有死耳。然则即呼王郎为姻,彼虽死亦不嫁,何者?彼知有坡公,不知有王郎也。

【注释】①宋哲宗绍圣元年(1094),苏轼被贬至惠州(今广东惠州)。至绍圣四年,再贬至儋州(今海南儋州),时年六十二岁。　②此条采自宋王楙《野客丛书》卷二十四。说此词作于黄州者为黄鲁直,应无疑问。而说作于惠州者,为临江人王说字梦得者,人多以小说视之。　③李和尚,李贽。

长 沙 义 妓

义妓者,长沙人,不知其姓氏。家世娼籍,善讴,尤喜秦少游乐府,得一篇辄手笔口哦不置。久之,少游坐钩党南迁①,道长沙,访潭土风俗②，妓籍中可与言者或举妓，遂往焉。少游初以潭去京数千里，其俗山獠夷陋，虽闻妓名，意甚易之。及睹其姿容既美，而所居复潇洒可人，即京洛间亦未易得，咄咄称异。坐语间，顾见几上文一编，就视之，目曰"秦学士词"。因取竟阅，皆己平日所作者。环视无他文，少游窃怪之，故问曰："秦学士何人也？"妓不知其少游，具道才品。少游曰："能歌乎？"曰："素所习也。"少游益怪曰："乐府名家，无虑数百，若何独爱此？不惟爱之，而又习之歌之，似情有独锺者。彼秦学士亦尝遇若乎？"曰："妾僻陋在此，彼秦学士京师贵人，焉得至此？即至此，岂顾妾哉？"少游乃戏曰："若爱秦学士，徒悦其辞耳。使亲见其貌，未必然也。"妓叹曰："嗟乎！使得见秦学士，虽为之妾御，死复何恨！"少游察其诚，因谓曰："若果欲见之，即我是也。以朝命贬黜，道经于此。"妓大惊，色若不怿者。稍稍引退，入告母媪。媪出设位，坐少游于堂，妓冠帔立阶下，北面拜。少游起且避，媪掖之坐以受拜。已乃张筵，饮虚左席，示不敢抗。母子左右侍觞。酒一行，率歌少游词一阕以侑之。卒饮甚欢，比夜乃罢。止少游宿，衾枕席褥必躬设。夜分寝定，妓乃寝。平明先起，饰冠帔，奉沃匜，立帐外以俟。少游感其意，为留数日。妓不敢以燕惰见，愈加敬礼。将别，嘱曰："妾不肖之身，幸侍左右。今学士以王命不可久留，妾惧贻累，又不敢从行，惟誓洁身以报。他日北归，幸一过妾，妾愿毕矣。"少游许之。

　　一别数年，少游竟死于藤③。妓自与少游别，闭门谢客，独与媪处。官府有召，辞不获，然后往，誓不以此身负少游也。一日昼寝，寤惊曰："吾与秦学士别，未尝见梦。今梦来别，非吉兆也，秦其死乎？"亟遣仆沿途觇之，数日得报。乃谓媪曰："吾昔以此身许秦学士，今不可以死故背之。"遂衰服以赴，行数百里，遇于旅馆。将入，门者御焉。告之故，而后入临其丧，拊棺绕之三周，举声一恸而绝。左右惊救之，已死矣。④

千古女子中爱才者,温都监女、长沙妓二人而已。而长沙妓以风尘浪宕之质,一见少游,遂执妇道终身,尤不易得,虽曰贞妓可也。柳耆卿不得志于时⑤,乃传食妓馆⑥。及死,诸为醵钱葬之乐游原上。每春日踏青,争以酒酹之,谓之"吊柳七"。诸妓亦知怜才者,但未若二女子之甚耳。郑畋少女,好罗隐诗⑦,常欲委身焉。一日隐谒畋,畋命其女隐帘窥之。见其寝陋,遂终身不读江东篇什。畋女爱貌者也,非真爱才者也。子犹氏曰:"不然,昔白傅与李赞皇不协⑧,每有所寄文章,李缄之一篋,未尝启视,曰:'见词翰则回吾心矣。'郑女终身不读江东篇什,亦是恐回心故也。乃真正怜才者乎!"

【注释】①秦观,字少游。宋哲宗绍圣元年(1094),坐元祐党及依附苏轼一贬再贬,此时是编管雷州,即南迁也。　②潭,潭州。宋潭州治所在长沙。　③藤,今广西藤县。元符三年(1100),秦观卒于此。　④此条采自宋洪迈《夷坚志补》卷二。　⑤柳永,字耆卿,行七,人称柳七。北宋名词人。死葬枣阳县花山。远近之人,每遇清明日多载酒肴饮于耆卿墓侧,谓之"吊柳会"。　⑥传食,各家轮流供食。　⑦罗隐,字昭谏,自号江东生。晚唐诗名满天下。　⑧白傅,白居易,官至太子太傅。李赞皇,李德裕,河北赞皇人。

王 巧 儿

王巧儿歌舞颜色称于京师。陈云峤与之狎①,王欲嫁之。其母密遣其流辈开喻曰:"陈公之妻,乃铁太师女,妒悍不可言。尔若归其家,必遭凌辱矣。"王曰:"巧儿一贱倡,蒙陈公厚眷,得侍巾栉,虽死无憾。"母知其志不可夺,潜挈家僻所,陈不知也。

旬日后,王密遣人谓陈曰:"母氏设计置我某所。有富商约某日来,君当图之,不然恐无及矣。"至期,商果至。王辞以疾,悲啼宛转。饮至夜分,商欲就寝,乃掐其肌肤皆损②,遂不及乱。既五鼓,陈宿构忽剌罕赤闵搏商③，欲赴刑部处置。商大惧，告陈公曰："某初不知，幸寝其事，愿献钱二百缗，以助财礼之费。"陈笑曰："不须也。"遂厚遗其母，携王归江南。陈卒，王与正室铁皆得守其家业，人多所称述云。

【注释】①陈柏，字云峤。元代诗人，官太祝。　　②"掐"，原本作"抚"，据此条出处元黄雪蓑《青楼集》改。　　③宿构，提前安排好。蒙古语以捕盗者称"忽剌罕赤"。

真　凤　歌

真凤歌，山东名妓也，善小唱。彭应坚为沂州同知，确守不乱。真恃机辨圆转，欲求好于彭。一日大雪，彭会客①，深夜方散。真托以天寒不回，直造彭室，彭竟不辞，繇是情好甚密。见《青楼集》。

【注释】①"彭"，原本作"起"，据元黄雪蓑《青楼集》改。

南　都　妓

太仓监生张某，嘉靖壬子应试南都，与院妓情好甚昵。张约，倘得中式，当为赎身。妓亦愿从良，盟誓颇坚。

妓复接一徽友，豪富拟于陶朱①。先用重赀买得字眼②，悬于汗巾角上。饮酒沉醉归寝，将汗巾置枕席下，天明忘取而去。妓检点床褥得之，发其封，重叠印记甚密。妓素识字，知为关节也③，谨藏于箧中。薄暮，徽友复来，觅汗巾不得，愿出厚赏。妓坚讳不露，佯令女奴辈遍索室中，竟无形影，悒怏而回。妓遣仆呼张至，举字眼授之。张如式书卷中，遂得登科。因取妓为妾。后生一子，主家政，与张谐老焉。事出《泾林杂记》。

【注释】①陶朱，范蠡既灭吴，知勾践难与共安乐，遂浮海至齐，又去而止于陶,自号陶朱公,耕蓄转物,逐十倍之利,致资累巨万。后遂以陶朱代指豪富者。　　②字眼,科场作弊,预先安排于考卷中嵌入某些字作为记号,称"字眼"。　　③关节,暗号。

马　琼　琼

朱端朝,字廷之。宋南渡后,肄业上庠,与妓马琼琼者往来。久之,情爱稠密。马屡以终身之托为言,朱虽口诺,而心不许之。盖以妻性严谨,不敢主盟①,非薄幸也。

端朝文华富赡,琼琼知其非久于白屋者,遂倾心事之,凡百费用,皆为办给。时秋试高中,捷报之来,琼琼大出犒费。及春闱省试,复中优等。以策语过激,遂置下甲,注授南昌尉。琼琼恳曰:"妾风尘卑末,荷君不弃。今幸荣登仕版,行将云泥隔绝。忍使妾之一身,终沦弃乎?倘获脱此业缘,永执箕帚,受赐于君,诚不浅浅。君内政虽严②,妾自能小心承顺。且妾箱箧稍充,若与力图,去籍亦未为难。"端朝曰:"去籍易耳。但内子非能容人者,设能相容,何待今日?既汝中心诚恳,沮之则近无情,从之则虞有辱,容先入数语探之。如其不从,亦无策矣。"因乘间谓其妻曰:"我久居学舍,急于干禄③,岂得待数年之阙④?近得一官,实出妓子马琼琼所赐。其人柔顺恭谨,今欲委身于我。若脱彼风尘,此亦仁人酬德之事也。"其妻曰:"君意已决,亦复何辞。"端朝喜出望外,即以报琼。于是宛转脱琼琼籍,挈之归家。

既至门,与正室一见如故。端朝藉其所携,家道稍丰。因整理一区,中辟东、西二阁,东居正室,而琼琼处于西阁。如是三载,阙期已满,迓吏前至。端朝以路远俸薄,不肯携累,乃单骑赴任。将行,置酒与东、西阁相宴,因属曰:"此去或有家信来往,二阁止混同一缄,复书亦如之。"

既到南昌,参州交印。人事方毕,而巡警继至。俟经半载,乃得家信，止东阁有书，而西阁无之。端朝亦不介意，复书中但谕东阁以宽容之意。琼琼闻书至，不及见，疑之，请于东阁。东阁言颇不顺，西阁乃密遣一仆以往。端朝开缄，绝无一字，止见雪梅扇面而已。后写一词，名《减字木兰花》，云：“雪梅妒色，雪把梅花相抑勒。梅性温柔，雪压梅花怎起头？　芳心欲诉，全仗东君来作主。传语东君，早与梅花作主人。”端朝详味词意，知为东阁所抑，自是坐卧不安，每思弃官归隐。盖以侥幸一官，皆西阁之力，不忘本也。后竟托疾解绶。

　　既抵家，而二阁相与出迎，深怪其未及书考⑤，忽作归计。叩之不答。旋命置酒，会二阁而言曰：“我羁身千里，所望二阁在家和顺，使我居官少安。昨见西阁所寄梅扇，后词云云，读之使人不遑寝食，吾安得而不归哉？”东阁乃曰：“君且与妾判断此事，据词中所说，梅雪是非安在？”端朝曰：“此非口舌所能剖判。”因索纸笔，作《浣溪沙》一阕云：“梅正开时雪正狂，两般幽韵孰优长？且宜持酒细端详。　梅比雪花多一出，雪如梅蕊少些香。花公非是不思量。”自后二阁欢会如初，而端朝亦不复出仕矣。⑥

　　【注释】①主盟，作主。　②内政，主持家政的正妻。　③干禄，谋求官禄。　④注授某官，须等某官出缺，方可上任。　⑤书考，官吏任满后要有考评，决定升黜除调。　⑥此条采自明王世贞《艳异编》卷二十一。

李　师　师

　　道君幸李师师家①，偶周邦彦先在焉②，知道君至，匿于床下。道君自携新橙一颗，云江南初进来，遂与师师谑语。邦彦悉闻之，檃括成《少年游》云③：“并刀如水，吴盐胜雪，纤手破新橙。锦幄初温，兽烟不断，相对坐调笙。　低声问，向谁家宿？城上已三更。马滑霜浓，不如休去，直是少人行。”李师师因歌此词。道君问谁作,师师奏云:"周邦彦词。"道君大怒,坐朝,语蔡京云:"开封府有监税周邦彦者,闻课税不登,如何京尹不按发来?"蔡京罔知所以,奏云:"容臣退朝呼京尹叩问,续得复奏。"京尹至,蔡以御前圣旨谕知。京尹云:"惟周邦彦课增羡。"蔡云:"上意如此,只得迁就。"将上,得旨:"周邦彦职事废弛,可日下押出国门。"

隔一二日,道君复幸李师师家,不见师师,问之,知送周监税。道君方以邦彦出国门为喜,既至不遇,坐久。至更初李始归④,愁眉泪睫,憔悴可掬。道君怒云:"汝从何往?"师师奏:"臣妾万死,知周邦彦得罪,押出国门,略致一杯酒相别,不知得官家来。"道君问:"曾有词否?"李奏云:"有《兰陵王》词。"道君云:"唱一遍看。"李奏云:"容臣妾献一觞,歌此词为官家寿。"乃歌云:"柳阴直,烟里丝丝弄碧。隋堤上,曾见几番,拂水飘绵送行色。登临望故国,谁惜京华倦客?长亭路,年去岁来,应折柔条过千尺⑤。　　闲寻旧踪迹,又酒趁哀弦,灯照离席。梨花榆火催寒食。愁一帆风快,半篙波暖,回头迢递便数驿。望人在天北。　　凄恻,恨堆积。渐别浦萦洄,津堠岑寂。斜阳冉冉春无极。念月榭携手,露桥吹笛。沉思前事,似梦里,泪偷滴。"曲终,道君大喜,复召为大晟乐正,后官至大晟乐府待制。

　　长卿氏曰:道君以一词而逐美成,复以一词官之,好名耶?好才耶?曰:好色耳。天子与贫士争风尘一席之欢而不敌,情固有别肠耶?呜呼!若李师师者,可云有情,亦可云无赖者也。当时师师家有二邦彦:一周美成,一李士美⑥,皆道君狎客。士美因而为宰相。吁!君臣遇合于倡优下贱之家,国之安危治乱可想而知矣。

　　《宣和遗事》载:宣和五年七夕,道宗幸李师师家,留宿。临别约再会,乃解龙凤鲛绡直系为信⑦。都巡官贾奕,师师结发之婿也,深妒其事,题《南乡子》词云:"闲步小楼前,见个佳人貌类仙。暗想圣情浑似梦,追欢,执手兰房恣意眠。　　一夜说盟言,满掬沉檀喷瑞烟。报道早朝归去晚,回銮,留下鲛鮹当宿钱。"次夜道君复至,得词于妆盒,笑而袖之。后谪贾奕为广南琼州司户。然则道君之醋非止一呷矣。

【注释】①宋徽宗崇信道教,自称教主道君皇帝。　　②周邦彦,北宋末年成就和影响最大的婉约派词人,精通音律。徽宗时知隆德府,徙明州,入拜秘书监,进徽猷阁待制、提举大晟府。　　③檃括,概括。　　④"李"字原本缺,据本条出处宋张端义《贵耳集》卷下补。　　⑤"应"字原本缺,据周邦彦《清真集》卷上补。此词后缺多字,均据以补,不再出校。　　⑥周邦彦字美成。李邦彦字士美,每缀街市俚语为辞曲,人争传之,自号"李浪子"。徽宗宣和三年(1121)拜尚书右丞,五年转左丞。　　⑦直系,袍子。

锺　夫　人

王浑妻锺夫人①,每尝卿浑②,浑曰:"讵可尔!"妻曰:"怜卿爱卿,是以卿卿;我不卿卿,谁当卿卿?"③

【注释】①王浑,曹魏时为凉州刺史。其子王戎为竹林七贤之一。②卿浑,以"卿"称其夫。　　③此条采自《世说新语·惑溺》。

樊　事　真 以下男女相爱

樊事真者,京师名妓也,周仲宏参议嬖之。周归江南,樊饮饯于齐化门外。周曰:"别后善自保持,毋贻他人之诮。"樊以酒酹地而言曰:"妾若相负者,当刳一目以谢君。"

亡何,有权豪子来。其母既迫于势,又利其财。樊始毅然,终不获已。后周至京师,樊语曰:"别后非不欲保持,卒为豪势所逼。昔日之誓,岂徒设哉!"乃抽金篦刺左目,血流盈地。周为之骇然,因欢好如初。好事者编《金篦刺目》杂剧行于世。见《青楼集》。

使金篦之刺移于权豪子相逼之时,则旧约可无负矣。然使周仲宏为李十郎者①,不枉却一刺乎? 周来而刺,刺而周骇然,情昵益笃,樊盖善用刺者也。卢夫人一刺②,而房公终身不畜妾,樊殆袭其智乎? 若世所传汧国夫人剔目劝读,则借用樊事耳。

【注释】①李十郎,《霍小玉传》中之李益,见本书卷十六"李益"条。②"卢",原本作"罗",据本书卷一"卢夫人"条改。

般　般　丑

般般丑姓马,字素卿。善词翰,达音律,驰名江湘间。时有刘廷信者,南台御史刘廷翰之族弟,俗呼曰"黑刘五"。落魄不羁,工于笑谭,天性聪慧。至于词章,信口成句,而街市俚近之语,变用新奇,能道人所不能道者。与马氏各相闻而未识。一日相遇于道,偕行者曰:"二人请相见。"曰:"此刘五舍也,此即马般般丑也。"见毕,刘熟视之,曰:"名不虚得。"马氏亦含笑而去。自是往来甚密,所赋乐章极多。①

【注释】①此条采自元黄雪蓑《青楼集》。

丘　长　孺

丘长孺①,名坦,楚麻城世家子。性喜豪华,尤工诗字。其姊丈刘金吾,亦崇、恺之亚也②。先是,吴中凌尚书云翼,以坑儒挂弹章③。长子延年,宦锦衣都中,行金求免④。刘以僚谊,贷之数千⑤。已而两人者皆罢归。

时吴中女优数队,白姓最著。其行六者善生,号为六生,声色冠绝一时,凌与狎焉。闻刘有游吴之兴,度必取偿,乃先居六生为奇货。刘既至，六生以家姬佐酒，清歌一发，四座无声。刘惊喜欲狂，愿须臾获之，不复计明珠几斛。凌俟其行有日，杂取玩器辅六生以往，刘为焚券而去⑥。

刘本粗豪，第欲夸示乡人，无意为金屋置也⑦。比归日，索六生歌娱客。楚人不操吴音，惟长孺能。以故长孺与六生遂以知音成密契。每在席，目授心许，恨开笼之无日也⑧。久之，刘意益怠，长孺乃乘间请偿金，如凌准数，而纳六生为侧室。刘亦浮慕侠名，即日遣赠。长孺大喜过望，自谓快生平所未足，而六生亦曰："吾得所天矣⑨。"

居无何，客或言此两人先有私者。刘怒气勃发，疾呼六生来讯，不服，鸩之。长孺适在乡，闻报，驰马亟归，哀乞其尸。刘愤然曰："人可赠，尸不可索得也。"长孺致五百金赎之以归。面如生，惟右手握固。长孺亲擘之乃开。掌中有小犀盒，盒内藏两人生甲及发一缕。盖向与长孺情誓之物也。长孺痛恨，如刽肝肺，乃抱尸卧，凡三宿，始就殓。殓殡俱极厚。

事毕，哀思不已。曰："吾见六生姊娣，犹见六生耳。"乃携千金至吴下，迎白二，同栖于张氏之曲水堂。二复进其妹十郎。十学讴于二，故相善。两姬感丘郎情重，愿为娥皇之从⑩。事未成，而十郎适以谑语取怒于居亭主人。主人漏言于白氏，白乃率其党百人，伺长孺早出，突入其舍，于衾帷中赤体劫两姬去。长孺恚甚，将讼之长洲江令。令楚产也⑪。长孺谋之朱生，朱生曰："徐之，且不必然。"乃以危言动白氏，俾以二归长孺而薄其聘。长孺乃罢。

又数年，刘金吾有姻家为云间司李，乃复为吴下游。而白老适坐盗诬，丐刘为雪。事定，具觞楼船中，使十郎称谢，因留宿。中夜，十郎讯及长孺。刘曰："吾妹婿也。"十郎具道往昔，泣下不止。刘慰曰："无伤，在我而已。"乃密戒舟人挂帆。觉而追之，则在京口矣。白夫妇叩头固请，刘曰："汝女与丘公有语在前，吾当成之。今偿汝百金，多则不可。"夫妇持金哭而返。刘竟携十郎归楚，送长孺家,曰:"吾以谢六生之过。"

子犹氏云:余昔年游楚,与刘金吾、丘长孺俱有交。刘浮慕豪华,然中怀鳞介,使人不测。长孺文试不遇,乃投笔为游击将军,然雅歌赋诗实未能执殳前驱也。身躯伟岸,袁中郎呼为"丘胖",而恂恂雅饰如文弱书生,是宜为青楼所归矣。白二墓在城外之五里墩,而十郎竟从开阁之命⑫。盖十郎性轻,遇人辄啼。少时属意洞庭刘生,强使娶己。及度湖,遂凄然长叹。年馀,复归于白。未三月,遂为金吾掠去,依二以居。二死而遂去之。杨花水性,视二固不侔矣。长孺夫人即金吾娣,亦有文。所著有《集古诗》及《花园牌谱》行于世。

【注释】①丘长孺,万历间人。　②石崇、王恺,以豪奢著名。　③凌云翼,万历初镇压瑶民,残忍好杀,又升右副都御史,巡抚江西。官至戎政尚书。以病归吴,鱼肉乡里,被弹劾,诏夺其官。此言"坑儒"事,或即此时。④行金,以金钱行贿。　⑤刘金吾借给凌延年数千金。　⑥焚券,烧掉借据,把欠款勾销。　⑦为金屋置,即收为妾侍。　⑧开笼,开笼放鸟自由飞去。　⑨所天,此指可依靠终生的丈夫。　⑩娥皇、女英姐妹共嫁于舜。　⑪时苏州长洲县令为江盈科,湖南桃源人。　⑫开阁,用王敦开阁放诸妾侍事。

范 笏 林

范生牧之,名允谦,号笏林,华亭世家子也。年少举于乡。生而颀,广额,颐颊而下小削,目瞳清荧,骨爽气俊,不甘处俗。华亭世胄,出必鲜怒①,锦衣狐裘,舞于车上,童子骈肩而随,簪玉膏沐,如妇女之丽。牧之见之,往往内愧肉动,毛孔猬张,辄障面去。居恒单衫白帕,着平头弁,与诸少年颉颃而游。游遇豪贵人,牧之欠抑唯诺,阳嗛不敢言。众以为寒酸,意狎之,牧之乃快。或坐客小觉,则牧之飘风逝矣。性嗜书,无所不读,能跳梁翰墨间。客非韵,斥门者不纳,纳必以名香、清酒为供。或宴语夜央,童子更烛割炙,复张具如客初至时。屋下鸡鸣,犹闻鼓琴落子声。繇是四方之客日益集,而杂宾亦稍稍得进。

未几,杜生之事起。杜生者,妓女也。以风态擅名,慷慨言笑,自题女侠。与牧之一遇于阊门,目成久之,退而执手叹曰:"吾两人得死所矣!君胜情拔俗,余亦侠气笼霄。他日枕骨而葬太湖之滨,誓令墓中紫气射为长虹,羞作涵漪女儿。"下指鸳鸯,上陈双鹄,言罢大泣。众惊其不祥。

嗣后淹系旬月,无反顾意,毁顿精神,废辍家政。客乃有为文告神以绝牧之者。牧之答曰:"仆闻亏名为辱,亏形次之。诸君子具当世贤者,仆虽不才,忝惠、庄之遇旧矣②。诸君子一旦摄齐束带③,矢之神前,击钟伐鼓,以绝鄙人。一时观者,莫不骇遽狂走,谓仆当得夷族之祸,以至于此。甚而造作端末,飞流短长,笔之隃糜,付之尸祝,无烦检考,遽定爰书,不须左验,遂成文案。是忠告之义,同于摘觖④,捃摭之过,近于文致。使仆不能舍生于覆载⑤,强息于人世,辱云甚矣。仆亦何人,其能甘之? 惟有蹈东海而死耳!"牧之既深情胶粘不解,而复为诸客所激,若圆石遇坂,转触转下,势不得不与俱尽。

会太守窨杜生,出辱之庭。牧之忍愧,以身左右翼,多卑词。太守徘徊,不令下鞭,然终不许牧之以一妓女烬黜,卖杜为贾妇。牧之佯诺,阴使人赝为山西贾,得之以藏于别第,俄载而与俱长安。

居长安邸不三月,牧之病肺死。牧之既死,杜生敕家人装其丧归,而以身从。杜入舟,忽忽微叹,间杂吟笑,如无意偿范者⑥。至江心,命具浴。浴罢更衣,左手提牧之宣和砚,右手提棋楸,一跃入水。左右惊视,不能救。初见发二三尺许浮沉旋澜中,已复飏起紫衣裾半褶,复转睫间,而生杳然没矣。

　　杜不死,范之亲党能置之度外乎? 与其死于浊手,不若死于清波也。河伯有知，当为生招笏林。笏林有知，喜无太守之窘，诸客之激，含笑相从，永以为好。而俗子犹笑笏林以情死。噫！不死于情者，将不死乎？

【注释】①鲜怒，鲜衣怒马。 ②惠庄，惠施、庄周。惠子与庄子是至交好友。 ③摄齐，走路时提起衣摆。 ④擿觖，挑剔。 ⑤覆载，天覆地载，意谓天地之间。 ⑥偿范，报答范生。

　　情史氏曰：情生爱，爱复生情。情爱相生而不已，则必有死亡灭绝之事。其无事者，幸耳！虽然，此语其甚者，亦半缘不善用爱，奇奇怪怪，令人有所藉口，以为情尤。情何罪焉？桀、纣以虐亡，夫差以好兵亡，而使妹喜、西施辈受其恶名，将无枉乎？夫使止于情爱，亦匹夫之日用饮食，令生命不逢夭折，何至遂如范笏林者？又况乎天下之大，干以万事，翼以万夫。令规模不改，虽华清、结绮①，红粉如云，指为灵囿中之鹿鸟②，亦何不可？

【注释】①唐玄宗宠杨贵妃，于骊山建华清池。南朝陈后主为张丽华、孔贵嫔起临春、结绮、望仙三阁。此泛指帝王为宠妃所建的豪华殿阁池馆。②灵囿，周文王之苑囿。此泛指帝王畜养鸟兽之林苑。

卷七　情痴类

眇娼

娼有眇一目者，贫不能自赡，乃计谋与母西游京师。或止之曰："京师，天下之色府也[1]，若具两目[2]，犹恐往而不售，况眇一焉。其瘠于沟中矣[3]！"娼曰："谚有之：'心相怜，马首圆[4]。'以京师之大，岂知无我俪者？"遂行。抵梁[5]，舍滨河逆旅。

居一月，有少年从数骑出河上，见而悦之，为留饮宴。明日复来，因大嬖，取置别第中，谢绝姻党，身执爨以奉之。娼饭，少年亦饭。娼疾不食，少年亦不食。嗫嚅伺候，曲得其意，唯恐或不当也。有书生嘲之，少年忿曰："自余得若人，还视世之女子无不馀一目者。夫佳目，得一足矣，又奚以多为？"见《淮海集》[6]。

秦少游云："夫播糠眯目，则天地四方易位。"世之以恶为美者多矣，何特眇娼之事哉！

【注释】①色府，美女聚集之地。　②"目"字原本缺，据本条出处秦观《眇倡传》补。　③瘠于沟中，饿死于沟壑之中。　④只要相爱，就是马脸看着都是圆的。即"情人眼里出西施"之意。　⑤梁，汴梁。　⑥《淮海集》，秦观文集，收有《眇倡传》。

哑娼

杨维祯云：钱塘娼家女，有美而哑者。教以琵、筝、箜篌及七盘舞蹈之伎，靡不精审。既笄，貌益扬，艺益工。京师有大木贾过焉，求见，即大喜，倍价聘之。左右曰："娼以声取悦，哑而倍价以聘，何过愚？"贾笑曰："妇类以长舌败人之家，内谗寝而后家可长。予聘无长舌，不聘工歌。"遂挟之归京师。

贾侍姬百十人，闻哑娼至，皆掩口胡卢之。未几，哑娼宠颛门，贾一饮食，非哑娼不甘。哑娼亦心自语曰："不聋哑，不婀娜①。"佻然自隆重，宴享非尊右不居，服饰非珍珠不御。诸姬虽心忌，又咸德其不能言皂白于主，故又心幸之。见《杨铁崖集》。

> 杨维祯曰："使哑娼才色工之以语言文章，则所遇未必尔。借有之，求其终身荣者寡矣。"情主人曰："此铁崖寓言，以当三缄之铭也②。"

【注释】①"婀"，原本作"家"，据《明文海》卷一百四十二杨维祯《哑娼志》改。　　②三缄，即"三缄其口"之简。

老　　妓

马守真，字月娇，小字玄儿。行四，故院中呼四娘。以善画兰，号湘兰子①。少负重名，为六院冠冕。晚年意气益豪，日费不赀，家渐耗。

有乌阳少年某，游太学。慕姬甚，一见不自持，留姬家不去。俄闻门外索逋者声如哮虎，立为偿三百缗，听使去。姬本侠也，见少年亦侠，甚德之。少年昵姬，欲谐伉俪，指江水为誓。大出橐蹄②，冶耀首之饰，买第秦淮上，用金钱无算。而姬击鲜为供具③，仆马费亦略相当。是时姬年政五十，少年春秋未半也。锦衾角枕相嬿婉，久而不少觉姬老，娶姬念益坚。姬笑曰："我门前车马如此④，嫁商人且不堪。外闻以我私卿犹卖珠儿⑤，绝倒不已。宁有半百青楼人，才执箕帚作新妇耶？"少年恋恋无东意。祭酒闻之⑥，施夏楚焉⑦，始軼軼去。⑧

　　王百谷云：嘉靖间，海宇清谧，金陵最称饶富，而平康亦极盛。诸姬著名者，前则刘、董、罗、葛、段、赵，后则何、蒋、王、杨、马、褚，青楼所称十二钗也。马姬高情逸韵，濯濯如春柳闻莺，吐辞流盼，巧伺人意。诸姬心害其名，然自顾皆弗若。以此声华日盛，凡游闲子、沓拖少年走马章台街者，以不识马姬为辱。油壁障泥⑨，杂沓户外。池馆清疏，花石幽洁。曲室深闺，迷不可出。教诸小鬟学梨园子弟，日为供帐燕客，羯鼓、琵琶声与金缕红牙相间，北斗阑干挂屋角犹未休。虽缠头锦堆床满案，而凤钗榴裙之属，常在子钱家⑩，以赠施多，无所积也⑪。祠郎有墨者⑫，以微谴逮捕之，攫金半千，未厌，捕愈急。余适过其家，姬披发徒跣，目哭皆肿。客计无所出，将以旦日白衣冠送之渡秦淮⑬。会西台御史索余八分书，请为居间，获免。姬叹："王家郎，有心人哉！"欲委身于我，余谢："姬念我无人爬背，意良厚。然我乞一丸茅山道士药，岂欲自得姝丽哉？脱人之厄，而因以为利，去厄之者几何？古押衙而在，匕首不陷余胸乎？"繇是不复言归我，而寸肠绸缪，固结不解。亦惟余与姬两心相印，举似他人，不笑即唾耳。姬与余有吴门烟月之期，几三十载未偿。岁甲辰秋日⑭，值余七十初度，姬买楼船，载婵娟，十十五五，客余飞絮园，置酒为寿。绝缨投辖⑮，履舄缤纷，四座填满，歌舞达旦。残脂剩粉，香溢锦帆泾水⑯，弥月烟煴，自夫差以来所未有。吴儿啧啧夸盛事，倾动一时。计余别姬，凡十六年，姬年五十七矣。容华虽小减于昔，而风情意气如故。唇膏面药，香泽不去手，鬓发如云，犹然委地。余戏调："卿鸡皮三少若夏姬，惜余不能为申公巫臣耳⑰。"

　　余曾见阊门一老妪，年近六十矣，甲乙二少年争嬖之。妪夫死，甲为殡，颇有费。事毕，欲迎妪归。妪沽酒与乙为别。

乙涕泣不已,去,遂自缢。天下事尽有不可解者。

【注释】①马守真,其名以马湘兰为世所知,工画兰,清逸有致,名闻海外,暹罗国使者亦知购其画扇藏之。　②裹蹄,即马蹄金,铸金为马蹄形者。　③此言食馔必当时宰杀鲜活者。　④言门前车马冷落,无人光顾也。　⑤汉武帝姑母馆陶公主寡居,年五十馀矣,宠幸董偃。初,偃年十三,与母以卖珠为事,随母出入主家。左右言其姣好,主召见,因留第中,至年十八,遂宠幸之。详见本书卷十七“馆陶公主”条。　⑥祭酒,太学即国子监之长官。　⑦夏楚,古代学校体罚学生的器具。　⑧按此条及引“王百谷云”一段,皆采自明王稺登(百谷)《马姬传》。　⑨油壁,一种用油涂内壁的车,后来多指女子所乘的车。障泥,本是供人骑乘的马匹身上所披,用以障御尘土的器物,后便以其作为乘马的代称。　⑩子钱家,本指放贷者,此似指典当铺。　⑪因多向人赠遗,故无积攒。　⑫祠郎,祠部郎官。墨者,贪污无厌之官。秦淮娼妓归南京祠部管理,故祠部官往往借机敲榨。　⑬“渡”字原本缺,据《马姬传》补。渡,逃离也。　⑭甲辰,万历三十二年(1604)。　⑮绝缨,即楚庄王绝缨之会,见本书卷四“袁盎　葛从周”条注。投辖,汉陈遵好客,每宾客满堂,辄取客车辖投井中,使不得去。以上二典都是形容主人好客。　⑯锦帆泾,苏州盘门内城濠,因传说吴王夫差乘锦帆之舟游此而得名。此泛指苏州之河。　⑰夏姬,春秋时郑穆公之女,嫁陈国司马夏御叔为妻,故称夏姬。因其貌美,国君及大夫皆与之通,以致其子夏征舒怒杀陈君,引起楚国干预,掳夏姬归楚,赐给尹襄老。及尹襄老战死,夏姬与楚申公巫臣私通,奔晋。因其年长而貌美,故传说有方术,能使肤衰如鸡皮者光润如少女,即所谓“鸡皮三少”。详见本书卷十七“夏姬”条。

蜀　王　衍

衍好裹小巾,其尖如锥。宫妓多衣道服,簪莲花冠,施胭脂夹脸,号“醉妆”。衍作《醉妆词》云:“这边走,那边走,只是寻花柳。那边走,这边走,莫厌金杯酒。”衍好私行,往往宿娼家酒楼,索笔题曰："王一来去。"恐人识之,乃禁百姓不得戴小帽。

> 人主何色不可致,而眷一妇;即眷之,亦岂不可召纳,而宿于娼楼,痴甚矣。从来人主宿娼楼者,惟蜀王衍、宋道君二人。衍是流水嫖,道君是争风嫖,然两人皆致丧国,可不戒哉!

宋　子　京

宋子京尝宴于锦江[①],偶微寒,命索半臂[②],诸妓各送一枚。公虑有厚薄之嫌,讫不服,忍冷以归。

> 使诸妓相爱,闻其负冷,反伤其心。万一致疾,当如之何?

【注释】①锦江,在四川成都。时宋任成都尹。　②半臂,形如今之坎肩。

荀　奉　倩

荀奉倩与妇至笃[①]。冬月,妇病热,乃出中庭,自取冷还,以身熨之。[②]

【注释】①荀粲,字奉倩。常以妇人才智不足论,自宜以色为主。②此条采自《世说新语·惑溺》。续云:"妇亡,奉倩后少时亦卒。"

韦　生

吴下韦生,貌劣而善媚。于冬月宿名妓金儿家,妓每欲用馀桶,韦辄先之,候桶暖方使乘坐。

陈　体　方

吴中陈体方,以诗名。有妓黄秀云,性黠慧,喜诗。谬谓体方曰："吾必嫁君。然君家贫，乞诗百首为聘。"体方信之，苦吟至六十馀章，神竭而殁。其诗情致清婉。方苦吟时，人多笑其老髦被诒，而欣然每夸于人，以为奇遇。[①]

体方死而有知，犹必吟完百首，秀云死亦必相从。不然，体方亦必以赖婚讼于地下主者。

【注释】①按此条采自明蒋一葵《尧山堂外纪》卷八十二。后又云："体方每有吟咏，必先索酒。将死，头戴野花，肩舆遍游田前，狂醉三日乃逝。亦异人也！"

洛阳王某

王某，洛阳人，寓祥符，以贩木为业，与妓者唐玉簪交狎。唐善歌舞杂剧，事其曲尽殷勤。为之迷恋，岁遗白金百两。周府郡王者，人称鼓楼东殿下，以居址得名。雅好音乐，闻玉簪名，召见，试其技而悦之。以厚价畀其姥，遂留之。某悲思成疾，赂府中出入之妪，传语妓云："傥得一面，便死无恨，盍亦求之？"妓乘间为言，殿下首肯，且戏云："须净了身进来。"妪以告某，某即割势[①]，几绝，越三月始痊。上谒殿下，命解衣视之，笑曰："世间有此风汉。既净身，就服事我。"某拜诺。遂使玉簪立门内见之，相向呜咽而已。殿下与赀千金，岁收其息焉。事见《说听》。[②]

相爱本以为欢也。既净身矣，安用见为？噫！是乃所以为情也。夫情近于淫，而淫实非情。今纵欲之夫，获新而置旧；妒色之妇，因婢而虐夫，情安在乎？惟淫心未除故耳。不留他人馀欢之地，而耑以一见为快。此一见时，有无穷之情。此一见后，更无馀情。情之所极，乃至相死而不悔，况净身乎？虽然，谓之情则可，谓之非痴则不可。

【注释】①割势，割去生殖器。王某把"净身"的玩笑话当真了。　②此条见明陆粲《说听》卷上。

乐　　和

　　南宋时,临安钱塘门外乐翁,衣冠之族。因家替[1],乃于钱塘门外开杂货铺。有子名和,幼年寄养于永清巷舅家。舅之邻喜将仕,有女名顺娘,少和一岁。二人因同馆就学。学中戏云:"喜乐和顺,合是天缘。"二人闻之,遂私约为夫妇。

　　久之馆散,和还父处,各不相闻。又三年,值清明节,舅家邀甥扫墓,因便游湖。杭俗湖船男女不避。适喜家宅眷亦出游,会于一船。顺娘年已十四,姿态发越,和见之魂消。然一揖之外,不能通语,惟彼此相视,微微送笑而已。和既归,怀思不已,题绝句于桃花笺云:"嫩蕊娇香郁未开,不因蜂蝶自生猜。他年若作扁舟侣,日日西湖一醉回。"题毕,折为方胜,明日携至永清巷,欲伺便投之顺娘。徘徊数次,而未有路。

　　闻潮王庙著灵,乃私市香烛祷焉。焚楮之际,袖中方胜偶坠火中。急检之,已烬,惟馀一侣字。侣者双口,和自以为吉征也。步入碑亭,方凝思间,忽见一老叟,衣冠甚古,手握团扇,上写"姻缘"二字。和问曰:"翁能算姻缘之事乎?"叟云:"能之。"因询年甲,于五指上轮算良久,乃曰:"佳眷是熟人,非生人也。"和云:"某正拟一熟人,未审缘法如何?"叟引至八角井边,使和视井中有缘与否。和见井内水势汹涌,如万顷汪洋,其明如镜。中有美女,年可十六七,紫罗杏黄裙,绰约可爱。细辨,乃顺娘也。喜极往就,不觉坠井,惊觉乃梦耳。

　　查碑文,其神石瑰[2],唐时捐财筑塘捍水,没为潮王。和意梦中所见叟即神也。还告诸父,欲往请婚。父谓盛衰势殊,徒取其怒。再诣舅,舅亦不许。和大失望,乃纸书牌位,供亲妻喜顺娘。昼则对食,夜置枕傍,三唤而后寝。每至胜节佳会,必整容出访,绝无一遇。有议婚者,和坚谢之,誓必俟顺娘嫁后乃可。而顺娘亦竟踟蹰未字。

又三年,八月,因观潮之会,和往江口,巡视良久。至团围头,遥见席棚中喜氏一门在焉。乃插身人丛,渐逼视之。顺娘亦觉,交相注目。忽闻哗言潮至,众俱散走。其年潮势甚猛,如冰城数丈,顷刻逾岸,顺娘失足坠于潮中。和骤见哀苦,意不相舍,仓皇逐之,不觉并溺。喜家夫妇急于救女,不惜重赂。弄潮子弟,竞往捞救。见紫罗衫杏黄裙浮沉浪中,众掖而起,则二尸对面相抱,唤之不苏,拆之亦不解。时乐翁闻儿变,亦跄攘而至,哭曰:“儿生不得吹箫侣,死当成连理枝耳。”喜公怪问,备述其情。喜公恚曰:“何不早言,悔之何及。今若再活,当遂其愿也。”于是高声共唤,逾时始苏,毫无困状,若有神佑焉。喜公不敢负诺,择日婚配。事见小说。③

一对多情,若非得潮神撮合,且为情死矣。

【注释】①家替,家境衰落。　②明田汝成《西湖游览志》卷二十三:石姥庙,在德胜坝。其神石瑰。当唐长庆间,江涛为患,神竭家赀,筑堤捍之,竟死于事。咸通中封潮王,故俗称潮王庙。　③冯梦龙《警世通言》有《乐小舍拼生觅偶》,即本条所采。

尾　　生

尾生与女子期于梁①,女子不来,水至不去,抱梁柱而死。②

子犹曰:此万世情痴之祖。

【注释】①梁,桥梁。此指桥下。　②此条采自《史记·苏秦列传》。

傅　七　郎

傅七郎者,蕲春人。其第二子曰傅九,年二十九岁,好狎游,常为倡家营办生业,遂与散乐林小姐绸缪,约窃负而逃。林母防其女严紧,志不能遂。淳熙十六年九月,因夜宿,用幔带两条接连,共缢于室内。明日母告官,验实收葬。

绍熙三年春,吉州苏客逢两人于泰州酒肆,为主家李氏当垆共役。苏顷尝识傅,问其去乡之因,笑而不答。苏买酒饮,散,明日再往寻之。主人言:"傅九郎夫妻在此相伴两载,甚是谐和。昨晚偶一客来,似说其宿过,羞愧不食,到夜同窜去,今不复可询所在也。"①

相传吴郡昔有一人犯大辟②,其人愚甚,临刑求救于刽子。刽子诮之曰:"汝但安心,俟午刻流星起时,我唤汝急走,当解汝缚,汝便疾奔远去,我取他人斩之以代汝。"其人信之。及期下刀,刽子连唤急走,其人遂狂奔,昼夜不息,直至陕西,为人佣工。主家为之娶妇,凡数年,稍成家矣。忽念刽子释放之恩,囊数金至吴下,夜叩其门,欲以报之。刽子叩其姓名,大骇曰:"汝已死,何得复来?"其人犹致谢再三。刽子为道其实,遂寂然无声。乃呼伴启门视之,囊金在焉,人已灭矣。方知叩门者乃魂也,向认为真已释放,魂喜极而去,遂如真形,一点破则散矣。傅与林苦于防闲,认真谓死在一处,无异生时。则其魂之聚而不散,为人当垆共役,又何疑焉!夫果聚而不散,无异生时,则死贤于生矣,虽谓之不痴可也。

【注释】①此条采自宋洪迈《夷坚三志己》卷四"傅九　林小姐"条。②大辟,死刑。

王生　陶师儿

淳熙初,行都角妓陶师儿①,与荡子王生狎,甚相眷恋,为恶姥所间,不尽绸缪。一日,王生拉师儿游西湖,惟一婢一仆随之。寻常游湖者,逼暮即归。是日王生与师儿有密誓,特故盘桓,比夜达岸,则城门锁不可入矣。王生谓仆曰:"月色甚佳,清泛不可再②。"市酒酦复游湖中。迤逦更阑,举舟倦寝。舟泊净慈寺藕花深处,王生、师儿相抱投入水中,舟人惊救不及而死。都人作"长桥月、短桥月"以歌之。其所乘舟竟为弃物,经年无敢登者。

居无何,值禁烟节序③。士女阗沓,舟发如蚁。有妙年者,外方人也,登丰乐楼,目击画舫纷纭,起夷犹之兴④,欲买舟一游。会日已停午,虽莲舫渔艇,亦无泊崖者,止前弃舟在焉。人有以王、陶事告者,妙年笑曰:"大佳,大佳,政欲得此!"即具杯馔入舟,遍游西湖,曲尽欢而归。自是人皆喜谈,争求售之,殆无虚日,其价反倍于他舟。事载《名姬传》④。

> 死后值钱者,惟杨太真袜、陶师儿舟。然袜以色贵,舟以情贵。

【注释】①行都,指南宋都城临安。角妓,艺妓。 ②不可再,谓难遇也。 ③禁烟节序,谓寒食节。时与清明节相接,故此也可理解为清明节时。 ④夷犹,此处作逍遥自在解。 ⑤《名姬传》,元陶宗仪撰。此事明田汝成采入《西湖游览志馀》卷十六。

汉 成 帝 再见

成帝既立赵后,其弟昭仪尤嬖,帝誓无他幸。昭仪闻许美人生子,大恚曰:"陛下常自言'约不负汝',今美人有子,负约谓何?"乃以手自捣,以头击壁户柱。帝曰:"约以赵氏,故不立许氏,使天下无出赵氏上者,毋忧也。"后从床上自投地,啼泣不食,帝亦不食。使中黄门靳严持绿囊书予许美人,戒曰:"美人当有以授汝,受来置饰室中帘南。"美人以苇箧一合,盛所生儿,缄封,及绿囊报书予严,严置饰室中帘南去。帝与昭仪坐,使客子解箧缄,未竟,遣出。帝自闭户,独与昭仪在。须臾开户,呼客子将缄封箧推置屏风东。告掖庭狱丞籍武:"箧中有死儿,埋之,勿令人知。"又中宫史曹宫御幸有娠,生子,并子母杀之。凡掖庭中御幸生子者,辄死。又饮药伤堕者无数。帝崩,竟无子。①

　　　　事孰大于继嗣承祧者,而斩艾血胤以媚二淫,其心死矣。是时飞燕已正位中宫,合德亦称昭仪,且姊娣俱不宜子,已见八九。假令收宫中美人子,卵而翼之,如刘皇后之于李宸妃②,异日其子为君,犹未必仇赵氏也。自绝其根,身名俱丧,不惟成帝痴,二淫者亦大痴矣。

　　【注释】①此条采自《汉书·外戚列传》。　　②宋真宗刘皇后无子,李妃生子,刘皇后养为己子,而不使李妃见之。真宗死后,子即位,即宋仁宗。刘太后不使仁宗知己身世。李妃死,刘太后以厚礼葬之。及刘太后死,仁宗方知生母为李妃。《狸猫换太子》故事即本于此。

周　幽　王

　　王宠褒姒,废申后及太子宜臼,而立褒姒为后,以其子伯服为太子。褒姒好闻裂缯声,王发缯日裂之,以适其意。褒姒不好笑,幽王欲其笑,诱之万方,故不笑。王与诸侯约:有寇至,举烽火为信,则举兵来援。王欲褒姒笑,乃无故举火,诸侯悉至。至而无寇,褒姒乃大笑。王悦之,为数举烽火。其后不信,诸侯益亦不至。申后之父申侯怒,与鄫人召西夷犬戎攻幽王。幽王举烽火征兵,兵莫至,遂杀幽王骊山下,虏褒姒,尽取周赂而去。①

　　　　宾媚人一笑②,几亡其国。褒姒一笑,几亡天下。从来笑祸无大于此。然齐顷以媚其母,而周幽以媚其宠人,故幽竟见杀,而顷卒吊死问疾,以兴其国,所繇笑者殊也。

　　【注释】①此条采自《史记·周本纪》。　　②《左传》成公二年(前

589）：晋、鲁、卫三国攻齐，战于鞌，大破齐军，齐顷公仅以身免。齐顷公欲求和，使宾媚人赂以纪甗、玉磬与地。晋人不许，要求必以萧同叔子，即齐顷公之母为人质。整个谈判期间，无"宾媚人一笑"之事。按：此处之误在于把《左传》中"宾媚人"理解成"以取笑外宾而媚其母"。而齐顷公为使母亲一笑而侮辱别国使者事，在成公元年，见《谷梁传》：鲁季孙行父秃，晋郤克眇，卫孙良夫跛，曹公子手偻，同时而聘于齐。齐使秃者御秃，使眇者御眇，使跛者御跛，使偻者御偻。齐顷公之母萧同侄子（《左传》作"叔子"）从台上笑之。客怒，由此而发生次年的鞌之战。所以"宾媚人一笑"应该是"萧同叔子一笑"才恰当。

北齐后主纬

　　冯小怜，大穆后从婢也①。穆后爱衰，以五月五进之，号曰"续命"。慧黠，能弹琵琶，工歌舞，后主惑之，立为左皇后。坐则同席，出则并马，愿得生死一处。

　　周师之取平阳②，帝猎于三堆。晋州亟告急。帝将还，淑妃请更杀一围，帝从其言。识者以为后主名纬，"杀围"言非吉征。及帝至晋州，城已欲没矣。作地道攻之，城陷十馀步。将士乘势欲入，帝敕且止，召淑妃共观之。淑妃妆点，不获时至③。周人以木拒塞城，遂不下。

　　将立为左皇后，即令使驰取皇后服御，仍与之并骑观战。东偏少却，淑妃怖曰："军败矣！"帝遂以淑妃奔还。至洪洞戍，淑妃方以粉镜自玩。后声乱唱贼至，于是复走。内参自晋阳以皇后衣至，帝为按辔，命淑妃著之，然后去。

　　后主至长安④，向周武帝乞淑妃。帝曰："朕视天下如脱屣，一老妪岂与公惜也！"仍以赐之。及帝遇害，以淑妃赐代王达，甚嬖之。淑妃弹琵琶，因弦断，作诗曰："虽蒙今日宠，犹忆昔时怜。欲知心断绝，应看膝上弦。"⑤

【注释】①大穆后，北齐后主高纬皇后。　　②北齐晋州,治平阳,今山西临汾。　　③不获时至,未能及时赶到。　　④此时北齐已被北周灭亡,高纬被俘至长安。　　⑤此条采自《北史·后妃·冯淑妃传》。

后　燕　主　熙

后燕慕容熙①，宠爱苻后。从伐高句骊,至辽东,为冲车地道以攻之。城且陷,欲与后乘辇而入,不听将士先登,繇是城守复完,攻之不克。

未几,苻后死,熙悲号气绝,久而复苏。大殓已讫,复启其棺,与之交接。服斩缞,食粥,制百僚于阁内,设位哭临。使有司案验,有泪者以为忠孝,无则罪之。君臣悚惧,无不含辛致泪焉②。

【注释】①慕容熙,慕容垂之少子,即位后杀诸王大臣,虐役百姓,不恤士卒,为慕容云所杀,后燕遂亡。　　②含辛,口含辛辣之物。此条采自《晋书·慕容熙载记》。

陈　后　主_{再见}

韩擒虎兵入台城①,后主将走。群臣劝依梁武见侯景故事②,后主不从,曰:"吾自有计。"乃挟宫人十馀,出景阳殿投井。军人窥井,呼不应,欲下石,乃闻叫声。以绳引之,怪其太重,乃与张贵妃、孔贵嫔同束而上。所谓胭脂井是也,又名辱井。杨修之诗云③:"擒虎戈矛满六宫,春花无树不秋风。仓皇益见多情处,同穴甘心赴井中。"

　　按:金陵法宝寺,即景阳宫故地也,辱井在焉。石栏红痕若胭脂,相传后主与张、孔泪痕所染。嗟乎,后主若知下泪,不谓之"全无心肝"矣!

子犹氏曰：吴翁有好酒者，与客渡江，中流，风大作，船且覆。众五色无主，翁独坚抱酒瓮。既免，众问翁曰："生之不图，酒于何有？"翁笑曰："死生命也。夫死则死耳，幸而生，若此瓮一覆，安所得饮乎？"后主亦犹吴翁之智耶？

【注释】①隋文帝开皇九年（589），隋将韩擒虎帅师渡江，入建康。台城，在今南京鸡鸣山，为台省及宫廷所在地。　②侯景既克台城，欲见梁武帝，先遣王伟请谒，武帝令侯景入。景入见于太极东堂，以甲士五百人自卫，景稽颡殿下，典仪引就三公榻。　③"之"字原本缺。按此诗作者为宋杨备，备字修之。据改。

齐　景　公

景公嬖妾死，名曰婴子。公守之，三日不食，肤着于席而不去。晏子曰："外有良医，将作鬼神之事①。"公信之，屏洁沐浴。晏子令棺人入殓死者②。公大怒，晏子曰："已死不复生。"公乃止。仲尼闻之，曰："星之昭昭，不如月之曀曀③。小事之成，不若大事之废。君子之非，贤于小人之是也。其晏子之谓欤？"

【注释】①言巫医可使婴子复生。　②"人"字原本缺，据此条出处《晏子春秋》卷二补。棺人，掌入殓之人。　③"曀曀"，原本作"暧暧"，据出处改。曀曀，阴沉昏暗貌。

杨　政

杨政在绍兴间为秦中名将，威声与二吴埒①，官至太尉。然资性惨忍，嗜杀人。元日招幕僚宴，会李叔永中席起更衣，虞兵持烛导往溷所②。经历曲折，殆如永巷。望两壁间，隐隐若人形影，谓为绘画。近视之，不见笔迹，又无面目相貌，凡二三十躯。疑不晓，扣虞兵。兵旁睨前后无人，始低语曰："相公姬妾数十人，皆有乐艺。

但小不称意,必杖杀之,面剥其皮,自首至足,钉于此壁上。直俟干硬,方举而掷诸水。此其皮迹也。"叔永悚然而出。

杨最宠一姬,蒙专房之爱。晚年抱病困卧,不能兴,于人事一切弗问,独拳拳此姬,常使侍侧。忽语之曰:"病势洋溔如此③,万不望生。我心胆只倾吐汝身,今将奈何。"是时,气息仅属,语言大半不可晓。姬泣曰:"相公且强进药饵,脱若不起,愿相从泉下。"杨大喜,索酒与姬各饮一杯。姬反室沉吟,自悔失言,阴谋伏窜。杨奄奄且绝,久不瞑目。所亲大将诮之曰:"相公平生杀人如掐虮虱,真大丈夫汉。今日运命将终,乃留连顾恋,一何无刚肠胆决也?"杨称姬名曰:"只候他先死,我便去。"大将解其意,使诒语姬云:"相公唤。"预呼一壮士持骨索伏于榻后,姬至,立套其颈,少时而殂。陈尸于地,杨即气绝。④

> 姬一日不死,杨亦一日不去,此延生丹、续命膏也,何以杀之?魏颗不从乱命而嫁妾,乃有结草之报⑤,吾知大将之不令终矣。

【注释】①二吴,吴玠、吴璘兄弟,皆南宋初抗金大将。　②虞兵,护身亲兵。　③洋溔,此指病体沉绵。　④此条采自宋洪迈《夷坚支志乙》卷八。　⑤见本书卷一"张宁妾"条注。

情史氏曰:人生烦恼思虑种种,因有情而起。浮沤、石火,能有几何①,而以情自累乎?自达者观之,凡情皆痴也,男女抑末矣②。或者流盼销魂,新歌夺耳,佳人难得,同调相怜,亦千古风流之胜事,眇与哑何择焉,斯好不已辟乎③?然犹曰匹夫自喻适志,遑及其他。乃堂堂国主,粉黛如云,按图而幸,日亦不给,彼雨花霜柳④,皆眇哑之属耳,而乃与匹夫争一夕之欢,谚所谓"舍黄金而抱六砖"者也。至若娶妇畜妾,本为自奉;寻芳选俊,只求欢。而或苦其体以市一怜,残其躯以希一面，此岂特童心而已哉！虽然，未及死也。尾生甚矣，女子无信，我焉得有信？必也两心如结，计无复之，与其生离，犹冀死合，幸则为喜、乐，不幸则为傅、林、王、陶。死而有知，倡随无梗；即令无知，亦省却终身万种凄凉抑郁之苦。彼痴人者，不自以为得算耶？虽然，害止此耳。成帝以之斩嗣，幽王以之欺诸侯，齐、燕二主以之堕万人之功，弱宗招乱，树敌速亡，以彼易此，如以千金易一发，又何愚哉！虽然，玩好在耳目之前，而患在一国之后，中智以上始能料之。景阳宫之事，岌岌乎兵在其颈，生趣已尽，井中非乐所也，而必与两贵妃同下上，顽钝无耻，其至矣乎！虽然，彼犹有同生之望焉。夫襚犹先袚⑤，而景公以臭腐为神妙；死欲速朽，而杨政以刀索为衽席。死者生之，而生者死之，情之能颠倒人一至于此！往以戕人，来以贼己；小则捐命，大而倾国。痴人有痴福，惟情不然，何哉？

【注释】①言人生短暂，旋生旋死，如下雨时地上起的水泡，石头相击而出的火花。　②此言男女枕席之事尚属情之末。　③辟，陋。　④雨花霜柳，言妓女。　⑤襚，为死者穿衣。袚，袚濯，擦洗尸体。此言为死者穿衣之前尚要清洁尸身、袚除不祥。

补　遗

古　田　倡

陈筑字梦和，莆田人。崇宁初登第，为福州古田尉，惑邑倡周氏。周能诗，赠筑绝句云："梦和残月过楼西，月过楼西梦已迷。唤起一声肠断处，落花枝上鹧鸪啼。"首句盖寓筑字也。又《春晴》诗云："瞥然飞过谁家燕，蓦地香来甚处花。深院日长无个事，一瓶春水自煎茶。"后与筑作合欢红绶带，自缢于南山极乐院。从者知之^①,共排闼救解,二人皆活。已而事败,筑失官去^②。周至绍兴间犹存,既老且丑,门户遂零落云。

【注释】①"从者",原本作"后有",据本条出处宋洪迈《夷坚甲志》卷六改。　②"筑",原本作"既",据出处改。

卷八　情感类

长　门　赋 _{以下感人}

汉武帝初封胶东王。数岁时，长公主抱置膝上^①，问曰："儿欲得妇否？"曰："欲得。"乃指左右长御百馀人^②，皆云不用。指其女："阿娇好否？"答曰："好。若得阿娇作妇，当作金屋贮之。"长公主大悦。乃苦要上，遂成婚焉。

既即位，遂立为后。时帝年十四。又六年，长主挟功怨望^③，皇后宠遂衰，然骄妒滋甚。女巫楚服，自言有术能令上意回^④。昼夜祭祀，合药服之。巫着男子衣冠帻带，与皇后居寝，相爱若夫妇。帝闻，穷治侍御。巫与后诸妖蛊咒咀，女而男淫，皆伏辜。废皇后，处长门宫。

后虽废，供养犹如法。闻蜀人司马相如有文辞，乃遣人赍千金，求为作《长门赋》，叙其哀怨。上读之叹息，复迎入宫如初。^⑤

以武帝之雄猜，而长门回车，文章信有灵矣。未几，子夫之立^⑥，后安在哉？于唐之玄宗亦然。何皇后始以色进，及玄宗即位，不数年恩宠日衰。后忧畏之状，愈不自安，然抚下有恩，幸免谗语共危之祸。忽一日泣诉于上曰："三郎<sub>明皇行三，故云独不记何忠后父名脱新紫半臂，更得一斗面^⑦，为三郎生日汤饼耶？何忍不追念于前时？"上恻然改容，繇是得延其恩者三年。终以武惠妃故，无罪被黜，六宫共怜之^⑧。

【注释】①长公主，汉景帝之姐，武帝之姑母。　　②长御，宫中女侍。

③长公主自以为在立武帝为太子事上有恩,索求无厌,武帝不能满足,遂生怨望。　④意回,回心转意。　⑤此条采自《汉武故事》。　⑥卫子夫,事见本书卷十三"昭君"条评。　⑦更,换。　⑧因武惠妃而被废者为王皇后,玄宗亦无皇后何姓者。王氏为玄宗在王邸时发妻,非以色进者。此事出于唐杜荀鹤《松窗杂记》,明陈耀文《天中记》引时已觉不妥,遂改为"王皇后",又改"何忠"为"阿忠",以皇后称父小名,亦不伦。

白　头　吟

司马相如尝悦茂陵女子,欲聘为妾。文君作《白头吟》四解以自绝。其一曰:"皑如山上雪,皎如云间月。闻君有两意,故来两决绝。"其二曰:"今日斗酒会,明旦沟水头。蹀躞御沟上,沟水东西流。"其三曰:"凄凄重凄凄,嫁娶不须啼。愿得一心人,白首不相离。"其四曰:"竹竿何嫋嫋,鱼尾何簁簁。男儿重意气,何用钱刀为?"

又与相如书曰:"春华竞芳,五色凌素。琴尚在御,而新声代故。锦水有鸳,汉宫有木。彼物而亲,嗟世之人兮,瞽于淫而不悟。"再与书曰:"朱弦断,明镜缺。朝露晞,芳颜歇。白头吟,伤离别。努力加餐毋念妾。锦水汤汤,与君长诀。"相如乃止。

唐张趐欲娶妾,其妻谓曰:"子试诵《白头吟》,妾当听子。"趐惭而止。夫情至之语,后世诵之,犹能坚人欢好,况当时乎?相如能为人赋《长门》,而复使人吟《白头》,又何也?

赵松雪欲置妾①,以小词调管夫人云:"我为学士,你做夫人。岂不闻陶学士有桃叶、桃根,苏学士有朝云、暮云②。我便多娶几个吴姬越女何过分? 你年纪已过四旬,只管占住玉堂春。"管答云:"你侬我侬,忒煞情多。情多处热如火。把一块泥,捻一个你,塑一个我。将咱两个,一齐打破,用水调和。再捻一个你,再塑一个我。我泥中有你,你泥中有我。与你生同一个衾,死同一个椁。"松雪得词,大笑而止。

【注释】①赵孟頫,字子昂,号松雪道人。宋宗室,元代大书画家。博学多能,官至翰林学士承旨。其妻管道升,亦当时才女。 ②晋王献之有妾桃叶,苏轼有妾朝云。小曲随意调侃,不必拘泥于事。

图 形 诗

濠梁人南楚材者,旅游陈、颍①。岁久,颍守慕其仪范,欲以子妻之。楚材家有妻,而重违知己之眷②,遂遣家仆归取琴书,似无返旧之心。或谓求道青城,访僧衡岳,不复留心于名宦也。其妻薛媛,善书画,好属文,亦微知其意。乃对镜图其形,并诗四韵寄之。楚材得妻真及诗③,甚惭,遽辞颍牧之命,归而偕老。诗曰:"欲下丹青笔,先拈宝镜端。已经颜索莫,渐觉鬓凋残。泪眼描将易,愁肠写出难。恐君浑忘却,时展画图看。"时人为之语曰:"当时妇弃夫,今日夫弃妇。若不逞丹青,空房应独守。"④

【注释】①濠梁,濠水之上,此指淮河之南。下言陈、颍,二州俱在今河南南部,与濠上相距不远。 ②重违,很不愿意违背,难违。 ③真,写真,即画像。 ④此条采自唐范摅《云溪友议》卷上。

慎 三 史

唐毗陵女子慎三史,嫁严瓘夫为妻。十年无嗣,欲出之。慎留诗为别云:"当时心事已相关,雨散云飞一饷间。便挂征帆从此去,不堪重上望夫山。"瓘夫有感,复好如初。

织 锦 回 文

前秦苻坚时,秦州刺史扶风窦滔妻苏氏,陈留令武功道质第三女也,名蕙,字若兰。识知精明,仪容秀丽,谦默自守,不求显扬。行年十六,归于窦氏,滔甚敬之。然苏性近于急,颇伤妒嫉。滔,字连波,右将军真之孙,朗之第二子也。风神秀伟,苻坚委以心膂之任,备历显职,皆有政闻。迁秦州刺史,以忤旨谪戍燉煌。会坚寇晋襄阳,虑有危逼,藉滔才略,乃拜安南将军,留镇襄阳焉。

初,滔有宠姬赵阳台,歌舞之妙,无出其右。滔置之别所。苏氏知之,求而获焉,苦加捶辱,滔深以为憾。阳台又专伺苏氏之短,谗毁交至,滔益忿焉。苏氏时年二十一。及滔将镇襄阳,邀其同往,苏氏忿之,不与偕行。滔遂携阳台之任,断其音问。

苏氏悔恨自伤,因织锦回文,五采相宣,莹心耀目。其锦纵横八寸,题诗三十馀首,计八百馀言。纵横反覆,皆成文章。其文点画无缺,才情之妙,超古迈今,名曰《璇玑图》。然读者不能尽通。苏氏笑而谓人曰:“徘徊宛转,自成文章。非我佳人,莫之能解。”遂发苍头赍至襄阳。滔省览锦字,感其妙绝,因送阳台之关中,而具车徒如礼邀迎苏氏,归于汉南,恩好逾重。

苏氏著文词五千馀言。属隋季丧乱,文字散落,追求不获,而锦字回文盛见传写。事出武后御制[1]。

【注释】[1]此条采自宋桑世昌《回文类聚》卷一《璇玑图叙》,此叙为武则天所撰。

龟　形　诗

会昌中[1],有边将张揆,防边近十年。其妻侯氏,绣回文,作龟形诗,诣阙进之。诗云:“暌离已是十年强,对镜那堪更理妆。闻雁几回修尺素,见霜先为制衣裳。开箱叠练先垂泪,拂杼调砧更断肠。绣作龟形献天子,愿教征客早还乡。”天子感之,放揆还乡,赐绢三百匹,以彰才美。[2]

【注释】①会昌，唐武宗年号（841—846）。　　②此条采自明蒋一葵《尧山堂外纪》卷三十四。

寄　内　诗

朱滔括兵[①]，不择士族，悉令赴军，自阅于球场。有士子容止可观，进趋淹雅。滔召问之曰："所业者何?"曰："学为诗。"问："有妻否?"曰："有。"即令作寄内诗，援笔立成，词曰："握笔题诗易，荷戈征戍难。惯从鸳被暖，怯向雁门寒。瘦尽宽衣带，啼多渍枕檀。试留青黛着，回日画眉看。"又令代妻作诗答，曰："蓬鬓荆钗世所稀，布裙犹是嫁时衣。胡麻好种无人种，合是归时底不归。"滔遗以束帛放归。[②]

【注释】①朱滔，唐河北藩镇之一，代宗时为幽州节度使。以讨魏博、成德二镇叛功，为卢龙节度使，封郡王。德宗时，联合田悦、王武俊、李纳等三镇叛朝廷，旋内哄，为王武俊所败，退回幽州。括兵，即征兵。　　②此条采自唐孟棨《本事诗》。

王　孟　端　诗

永乐中，有客京师而别娶妇者。王孟端名绂，无锡人寄诗云："新花枝胜旧花枝，从此无心念别离。可信秦淮今夜月，有人相对数归期。"其人得诗，感泣而归。[①]

【注释】①此条采自明蒋一葵《尧山堂外纪》卷八十一。

寒　梅

女郎朱氏，嘉兴人。能诗，多佳句，自号静庵[①]。父教官，夫亦士人。其父友某使君，所欢青衣曰寒梅[2]。使君因妻亡，欲图再娶，遂萌开阁之意[3]。寒梅过静庵泣诉，静庵曰："吾能止之。"因题一绝于扇，令持视使君，云："一夜西风满地霜，粗粗麻布胜无裳。春来若睹桃花面，莫负寒梅旧日香。"使君感其意，终身不言再娶。

【注释】①《槜李诗系》言此女名妙端，明宣德间嘉兴海宁人。　②青衣，侍女。　③此处以开阁指休妾。

楚　娘

三山林叔茂[1]，官建昌。闻名妓楚娘以资学自负，遂与之厚，携回家。其妻李氏稍不能容，楚娘题诗于壁以寓意，诗云："去年梅雪天，千里人归远。今岁梅雪天，千里人追怨。铁石作心肠，铁石刚独软。江海比君恩，江海深犹浅。"李氏见曰："人非木石，胡不能容？"遂长枕大被，三人共寝。

【注释】①三山，福州别称。"叔茂"，原本作"茂叔"。按此条采自宋罗烨《醉翁谈录》之《林叔茂私挈楚娘》，据改。

郑　德　璘 以下感神鬼

贞元中，湘潭尉郑德璘家居长沙。有亲表居江夏[1]，每岁一往省焉。中间涉洞庭，历湘潭，常遇老叟棹舟而鬻菱芡，虽白发而有少容。德璘与语，多及玄解。诘曰："舟无糗粮，何以为食？"叟曰："菱芡耳。"德璘好酒，每挈松醪春过江夏[2]，遇叟无不饮之。叟饮，亦不甚愧荷。

德璘抵江夏，将返长沙，驻舟于黄鹤楼下。傍有醡贾韦生者，乘巨舟亦抵于湘潭。其夜与邻舟告别饮酒。韦生有女，居于舟之舵橹，邻舟女亦来访别，二女同处笑语。夜将半，闻江中有秀才吟诗曰:"物触轻舟心自知,风恬浪静月光微。夜深江上解愁思,拾得红蕖香惹衣。"邻舟女善笔札,因睹韦氏妆奁中有红笺一幅,取而题所闻之句,亦吟哦良久,然莫晓谁人所制也。

及旦,东西而去。德璘舟与韦氏舟同离鄂渚,信宿及暮,又同宿至洞庭之畔,与韦生舟楫颇相近。韦氏美而艳,琼英腻云,莲蕊莹波,露濯蘋姿[3],月鲜珠彩,于水窗中垂钓。德璘因窥见之,甚悦。遂以红绡一尺,上题诗曰:"纤手垂钩对水窗,红蕖秋色艳长江。既能解珮投交甫,更有明珠乞一双。"强以红绡惹其钩。女因收得,吟玩久之。然虽讽读,却不能晓其义。女不工刀札,又耻无所报,遂以钓丝而投夜来邻舟女所题红笺者。德璘谓女所制,甚喜,然莫晓诗义,亦无计遂其款曲。繇是女以所得红绡系臂,甚爱惜之。明月清风,韦舟遽张帆而去。风势将紧,波涛恐人,德璘小舟不敢同越,然意殊恨恨。

将暮,有渔人语德璘曰:"向者贾客巨舟,已全家没于洞庭矣。"德璘大骇,神思恍惚,悲惋久之,不能排抑。将夜,为《吊江姝》诗二首,曰:"湖面狂风且莫吹[4],浪花初绽月光微。沉潜暗想横波泪,得共鲛人相对垂。"又曰:"洞庭风软荻花秋,新没青娥细浪愁。泪滴白蘋君不见,月明江上有轻鸥。"诗成,酹而投之。

精贯神祇,遂感水神,持诣水府。府君览之,召溺者数辈曰:"谁是郑生所爱?"而韦氏亦不能晓其来繇。有主者搜臂见红绡,府君语韦曰:"德璘异日是吾邑之明宰,况曩有义相及,不可不曲活尔命。"因召主者携韦氏送郑生。韦氏视府君,乃一老叟也。逐主者疾趋而无所碍。道将尽,睹一大池,碧水汪然,遂为主者推堕其中,或沉或浮,亦甚困苦。

时已三更,德璘未寝,但吟红笺之诗,悲而益苦。忽有物触舟,然舟人已寝,德璘遂秉烛照之。见衣服彩绣,似是人形[5],惊而拯之,乃韦氏也,系臂红绡尚在。德璘喜骤。良久,女苏息,及晓,方能言,乃说府君感君而活我命。德璘曰:"府君何人也?"终不省悟。

遂纳为室,感其异也,将归长沙。

后三年,德璘当调选,欲谋醴陵令。韦氏曰:"不过作巴陵耳。"德璘曰:"子何以知?"韦氏曰:"向者水府君言'是吾邑之明宰'。洞庭乃属巴陵,此可验矣。"德璘志之。选果得巴陵令。及至巴陵县,使人迎韦氏。舟楫至洞庭侧,值逆风不进。德璘使佣篙工者五人而迎之,内一老叟挽舟,若不为意。韦氏怒而唾之,叟回顾曰:"我昔水府活汝性命,不以为德,今反生怒?"韦氏乃悟,恐悸,召叟登舟,拜而进酒果,叩头曰:"吾之父母当在水府,可省觐否?"曰:"可。"

须臾,舟楫似没于波,然无所苦。俄到往时之水府,大小倚舟号恸。访其父母,父母居止俨然,第舍与人世无异。韦氏询其所须,父母曰:"所溺之物,皆能至此,但无火化,所食惟菱茨耳。"持白金器数事而遗女曰:"吾此无用处,可以赠汝,不得久停。"促其相别。韦氏遂哀恸别其父母。叟以笔大书韦氏巾曰:"昔日江头菱茨人,蒙君数饮松醪春。活君家室以为报,珍重长沙郑德璘。"书讫,叟遂为仆侍数百辈自舟迎归府舍。俄顷,舟却出于湖畔,一舟之人咸有所睹。德璘详诗意,方悟水府老叟乃昔日鬻菱茨者。

岁馀,有秀才崔希周投诗卷于德璘,内有《江上夜拾得芙蕖》诗,即韦氏所投德璘红笺诗也。德璘疑诗,乃诘希周。对曰:"数年前泊轻舟于鄂渚,江上月明,时当未寝,有微物触舟,芳香袭鼻,取而视之,乃一束芙蓉也。因而制诗。既成,讽咏良久。敢以实对。"德璘叹曰:"命也!"然后更不敢越洞庭。德璘官至刺史。出本传。[6]

【注释】①江夏,今湖北武昌。　②松醪春,酒名。唐时酒多以"春"为名。　③"蕣",原本作"舜",据本条出处《太平广记》卷一百五十二引《郑德璘传》改。　④"狂",原本作"征",据出处改。　⑤"似是",原本作"是似",据出处改。　⑥此条全录《太平广记》卷一百五十二引《郑德璘传》,实为唐裴铏《传奇》之一篇。

唐　晅

　　唐晅，晋昌人也。妻张氏，滑州隐士张恭之幼女，即晅姑所出，甚有令德。开元十八年，晅以故入洛，累月不得归。夜宿主人^①，梦其妻隔花泣，俄而窥井笑。及觉，心恶之，以问日者^②，曰："隔花泣者，颜随风谢。窥井笑者，喜于泉路也。"居数日，果有凶信，晅悲恸倍常。

　　后数岁，方得归渭南，追其陈迹，感而赋诗曰："幽室悲长簟，妆楼泣镜台。独悲桃李节，不共一时开。魂兮若有感，仿佛梦中来。"是夕风露清虚，晅耿耿不寐，更深，悲吟前悼亡诗。忽闻暗中若泣声，初远渐近。晅惊恻，觉有异，乃祝之曰："倘是十娘子之灵，何惜一见相叙也？勿以幽冥隔碍宿昔之爱。"须臾闻言曰："儿即张氏也。闻君悲吟，虽处阴冥，实所恻怆，是以此夕与君相闻。"晅惊泣曰："在心之事，卒难申叙。然得一见颜色，死不恨矣。"答曰："隐显道别，相见殊难。亦虑君有疑心，妾非不欲尽也。"晅词益恳，誓无疑贰。

　　俄而闻唤罗敷取镜，又闻暗中飒飒然人行声。罗敷先出，前拜，言："娘子欲叙凤昔，正期与七郎相见。"晅问罗敷曰："我开元八年，典汝与仙州康家，闻汝已死矣，今何得在此？"答曰："被娘子赎来，会看阿美。"阿美，即晅之亡女也。晅又恻然。须臾，命灯烛，立于阼阶之北。晅趋前泣而拜，妻答拜。晅乃执手叙平生。妻流涕谓晅曰："阴阳道隔，与君久别。虽冥寞无据，至于相思，尝不去心。今六合之日^③，冥官感君诚恳，放儿暂来。千年一遇，悲喜兼集。况美娘幼小，嘱付无人。今夕何夕，再遂申款。"晅乃命家人列拜起居。

　　徙灯入室，施布帷帐，不肯先坐，乃曰："阴阳尊卑，以生人为贵，君可先坐。"晅即如言。笑谓晅曰："君情既不易平生，然闻君已再婚，君新人在淮南，吾亦知甚平善。"晅因问："欲何膳？"答曰："冥中珍羞亦备，唯无浆水粥耳。"晅即命备之。既至，索别器摊之而食，向口如尽。及彻之，粥宛然在。晅悉饭其从者。有老姥，不肯同坐。妻曰："伊是旧人，不同群小。"谓晅曰："此是紫菊姥，岂不识耶？"晅乃记念，别席饭之。其馀侍者，晅多不识。闻呼名字，乃晅从京回日，多剪纸人奴婢所题之名。问妻，妻曰："皆君所与者。"乃知钱财奴婢，无不得也。妻曰："往日尝弄一金钗镂合子，藏于堂屋西北斗拱中，无人知处。"晅取果得。又曰："岂不欲见美娘乎？今已长成。"晅曰："美娘亡时襁褓，地下岂受岁乎？"答曰："无异也。"须臾，美娘至，可五六岁，晅抚之而泣。妻曰："莫惊儿。"罗敷却抱，忽不见。

　　晅令下床帏，申缱绻，宛如平生，但觉手足呼吸冷耳。又问："冥中居何处？"答曰："在舅姑左右。"晅曰："娘子神灵如此，何不还返？"答曰："人死之后，魂魄异处，皆有所录，杳不关形骸也。君何不验梦中，安能记其身也？儿亡之后都不记，死时亦不知殡葬之处。钱财奴婢，君与之则得。至如形骸，实总不管。"既而绸缪夜深，晅曰："妇人没地下，亦有再适乎？"答曰："死生同流，贞邪各异。且儿亡，堂上欲夺儿志，嫁与北庭都护郑乾观侄明远。儿誓志确然，上下矜悯，得免。"晅闻，忱然感怀，而赠诗曰："峄阳桐半死，延津剑一沉。如何宿昔内，空负百年心。"妻曰："方见君情，辄欲留答，可乎？"晅曰："曩日不属文，何以为词？"妻曰："文词素慕，虑君嫌猜，故不为耳。"遂裂带题诗曰："不分殊幽显，那堪异古今？阴阳途自隔，聚散两难心。"

　　晅含涕言叙，悲喜之间，不觉天明。须臾，闻扣门声，言："翁婆传语，令催新妇，恐天明冥司督责。"妻泣而起，与晅决别。晅修启状以附之，执手曰："何时再见？"答曰："四十年耳。"留一罗帛子与晅为念，晅答一金钿合子。即曰："前途日限，不可久留。自非四十年外，无相见期。若墓间祭祀都无益。必有相飨，但月尽日黄昏，于野田中,或于河畔,呼名字,儿尽得也。匆匆不果久语,愿自爱。"言讫,登车而去。举家皆见。事见《唐晅手记》。④

　　据云"地下亦受岁",则西施、洛妃辈,至唐时皆当数百岁老人,犹侈谈幽遇,不足呕耶?又云"形骸总不管,亦不知葬处",堪舆家犹谓枯骨能福子孙,何也?

　　【注释】①夜宿主人,即宿于别人家。　　②日者,此指占卜者。③六合之日,即吉日。阴阳家以月建与日辰的地支相合为吉日,即子与丑合,寅与亥合,卯与戌合,辰与酉合,巳与申合,午与未合,总称六合。　　④此条采自《太平广记》卷三百三十二引唐陈劭《通幽记》,又见明陆楫编《古今说海》卷四十六《唐晅手记》。二书文字稍有差异。

齐 饶 州 女

　　饶州刺史齐推女,适湖州参军韦会。长庆三年,韦将赴调,以妻方娠,送归鄱阳①,遂登上国②。

　　十一月,妻方诞之夕,忽见一人长丈馀,金甲仗钺,怒曰:"我梁朝陈将军也,久居此室。汝是何人,敢此秽触?"举钺将杀之。齐氏叫乞曰:"俗眼有限,不知将军在此。比来承教,乞容移去。"将军曰:"不移当死。"左右悉闻齐氏哀诉之声,惊起来视,齐氏汗流浃背,精神恍然。绕而问之,徐言所见。及明,侍婢白使君,请移他室。使君素正直③,执无鬼之论,不听。

　　至其夜三更,将军又到。大怒曰:"前者不知,理当相恕。知而不去,岂可复容!"遂将用钺。齐氏哀乞曰:"使君性强,不从所请。我一女子,敢拒神明?容至天明,不待命而移去。此更不移,甘于万死。"将军者拗怒而去。未曙,令侍婢洒扫他室,移榻其中。方将辇运,使君公退④,问其故,侍者以告。使君大怒,杖之数十,曰:"产蓐虚羸,正气不足,妖魅之兴,岂足遽信?"女泣以请,终亦不许。入夜,自寝其前,以身为援。堂中添人加烛以安之。夜分,闻齐氏惊痛声,开门入视,则头破死矣。使君哀恨之极,百倍常情,以为引刀自残不足以谢其女。乃殡于异室,遣健步报韦会。

韦以文籍小差,为天官所黜⑤。异道来复,凶讣不逢。去饶州百馀里,忽见一室,有女人映门,仪容行步,酷似齐氏,乃援其仆而指之曰:“汝见彼人乎? 何以似吾妻也?”仆曰:“夫人刺史爱女,何以行此? 乃人有相类耳。”韦审观之,愈是,跃马而近焉。女人乃入门,斜掩其扇,又意其他人也。乃过而回视,齐氏自门出,呼曰:“韦君,忍不相顾耶?”韦遽下马视之,真其妻也。惊问其故,具云陈将军之事。因泣曰:“妾诚愚陋,幸奉巾栉,言词情理,未尝获罪于君子。方欲竭节闺门,终于白首,而枉为狂鬼所杀。自检命籍,当有二十八年。今有一事,可以自救,君能相哀乎?”韦曰:“夫妇之情,义均一体。鹣鹣翼坠,比目半无⑥,单然此身,更将何往? 苟有歧路,汤火能入。但生死异路,幽晦难知。如可竭诚,愿闻其计。”齐氏曰:“此村东数里,有草堂中田先生者,领村童教授。此人奇怪,不可遽言。君能去马步行,及门叩谒⑦,若拜上官,然后垂泣诉冤。彼必大怒,乃至诟骂。屈辱捶击,拖拽秽唾,必尽数受之。事穷然后见哀,则妾必还矣。先生之貌,固不称焉,晦冥之事,幸无忽也。”于是同行,韦牵马授之。齐氏哭曰:“妾此身固非旧日,君虽乘马,亦难相及。事甚迫切,君无推辞。”韦鞭马随之,往往不及。行数里,遥见道北草堂。齐氏指曰:“先生居也。救心诚坚,万苦莫退。渠有凌辱,妾必得还。无忽忿容,遂令永隔。勉之! 从此辞矣!”挥泪而去,数步不见。

韦收泪诣草堂。未到数百步,去马,公服,使仆人执谒前引。到堂前,学徒曰:“先生转食未归。”韦端笏以候。良久,一人戴破帽、曳木屐而来,形状丑秽之极。问其门人,曰:“先生也。”命仆呈谒,韦趋走迎拜。先生答拜,曰:“某村翁,求食于牧竖。官人何忽如此,甚令人惊。”韦拱诉曰:“某妻齐氏,享年未半,枉为梁朝陈将军所杀,伏乞放归,终其残禄。"因扣地哭拜。先生曰:"某乃村野鄙愚,门人相竞尚不能断,况冥晦间事乎?官人莫风狂否?火急须去,勿恣妖言。"不顾而入。韦随入,拜于床前曰:"实诉深冤,幸垂哀宥。"先生顾其徒曰:"此人风疾,来此相喧,可拽出。若复入,汝共唾之。"村童数十,竞来唾面,其秽可知。韦亦不敢拭,唾歇复拜,言诚恳切。先生曰:"吾闻风狂之人,打亦不痛。诸生为我击之,无折支败面耳。"村童复来群击,痛不可堪。韦执笏拱立,任其挥击。击罢,又前哀乞。又敕其徒推倒,把脚拽出,放而复入者三。先生谓其徒曰:"此人乃实知吾有术,故此相访。汝等归,吾当救之耳。"

众童既散,谓韦曰:"官人真有心丈夫也!为妻之冤,甘心屈辱。感君诚恳,然兹事吾亦久知,但不早申诉,屋宅已败,理之不及。吾向拒公,盖未有计耳。试为足下作一处置。"因命入房。房中铺席,席上有案,置香一炉,炉前又铺席。坐定,令韦跪于案前。俄见黄衫人,引向北行数十里。入城郭,鄽里闹喧,一如会府。又北有小城,城中楼殿,峨若皇居。卫士执兵,立者坐者各数百人。及门,门吏通曰:"前湖州参军韦某。"乘通而入。直北正殿九间,堂中一间,卷帘设床案,有紫衣人南面坐者。韦入,向坐而拜。起视之,乃田先生也。韦复诉冤。左右曰:"近西通状。"韦趋近西廊,有授笔砚者,乃为诉词。韦问:"当衙者何官?"曰:"王也。"吏收状上殿,王判曰:"追陈将军。"仍检状过。状出,瞬息间,通曰:"提陈将军。"仍检状过,有如齐氏言。王责曰:"何故枉杀平人?"将军曰:"自居此室,已数百载。而齐氏擅秽,再宥不移,忿而杀之。罪当万死。"王判曰:"冥晦异路,理不相干。久幽之鬼,横占人室,不知自省,仍杀无辜。可决一百,配流东海之南。"

案吏过状曰:"齐氏禄命,实有二十八年。"王命呼阿齐:"阳禄未尽,理合却回。今将放归,意欲愿否?"齐氏曰:"诚愿却回。"王判曰:"付案勒回。"案吏咨曰:"齐氏宅舍破坏,回无所归。"王曰:"差人修补。"吏曰:"事事皆隳,修补不及。"王曰:"齐氏寿算颇长,若不再生，义无厌伏。公等所见如何？”有一老吏前启曰：“东晋邺下有一人横死，正与此事相当。前使葛真君断以具魂作本身，却归生路，饮食言语，嗜欲追游，一切无异，但至寿终不见形质耳。”王曰："何谓具魂？"吏曰："生人三魂七魄，死则散草木，故无所依。今收合为一体，以续弦胶涂之，大王当衔发遣放回，则与本身同矣。"王曰："善。"召韦曰："生魂只有此异，作此处置可乎？"韦曰："幸甚。"俄见一吏，别领七八女人来，与齐氏一类，即推而合之。又一人持药一器，状似稀饧，即于齐氏身涂之，毕，令韦与齐氏同归。各拜而出。

黄衫人复引南行。既出其城，若行崖谷，跌而坠，开目，即复跪在案前，先生者亦据案而坐。先生曰："此事甚秘，非君诚恳，不可致也。然贤夫人未葬，尚瘗旧房，宜飞书葬之，到即无苦也。慎勿言于郡下，微露于人，将不利于使君耳。贤阁只在门前，便可同去。"韦拜谢而出，其妻已在马前矣，此时却为生人，不复轻健。韦掷其衣袂，令妻乘马，自跨卫从之。且飞书于郡，请葬其枢。

使君始闻韦之将到也，设馆施缥帐以待之。及得书，惊骇殊不信，然强葬之，而命其子以肩舆迓焉。见之益闷，多方以问，不言其实。其夜醉韦以酒，迫问之，不觉具述。使君闻而恶焉，俄得疾，数月而卒。韦潜使人觇田先生，亦不知所在矣。齐氏饮食生育，无异于常，但肩舆之夫不觉其有人也。

情之至极，能动鬼神。使韦生无情者，齐女虽冤，不复求见，田先生亦必不肯为之出手。天下冤苦之事，为无情人所误者多矣。悲夫！

按《中朝故事》云：唐郑畋之父亚，未达时，旅游诸处，留妻与婢在一观中。将产，忽闻空中语曰："汝出观外，毋污吾清境，不然杀汝。"妻竟不迁。及五鼓，免娠而殒。道众乃殡于墙外。亚夜梦妻曰："余命未尽，为神杀也。北去十里，有寺僧可五十,能活之。当再三哀祈。"亚趋寺,果见此僧。亚告之,初不顾。亚恳再三,僧乃许,曰:"从吾入定寻访。"夜半,起谓亚曰:"事谐矣。天晓先归,吾当送来。"归。三鼓,闻户外人语,即引妻来。曰:"身已坏,此即魂耳。善相保。"嘱之而去。其妻婉如生平,但恶明处。数年,妻乃别去,曰:"数尽矣!"故世传畋为鬼生,事与相类。

【注释】①饶州治所在江西鄱阳。 ②上国,都城也。 ③使君,指饶州刺史齐推。 ④公退,公事毕而回。 ⑤天官,吏部。 ⑥言如比翼鸟坠一翼,比目鱼少了一目。 ⑦"叩",原本作"移",据本条出处明陆楫编《古今说海》卷五十四《齐推女传》改。按唐牛僧孺《玄怪录》亦有《齐推女》一篇,情节大致相同,而文字颇异,又韦会作李某。

李 章 武

李章武,字飞卿,其先中山人。生而敏博,工文,容貌闲美。少与清河崔信友善。信亦雅士,多聚古物。以章武精敏,每咨访辨论,皆洞达玄微,研究原本,时人比之张华。

贞元三年①,崔信任华州别驾,章武自长安诣之。数日出行,于市北街见一妇人甚美,因绐信云:"须州外与亲故知闻。"遂赁舍于美人之家。主人姓王,此则其子妇也,乃悦而私焉。

居月馀日,所计用直三万馀,子妇所供费倍之。既而两心克谐,情好弥切。无何,章武以事告归长安,殷勤叙别。章武留交颈鸳鸯绮一端,仍赠诗曰:"鸳鸯绮,知结几千丝。别后寻交颈,应伤未别时。"子妇答白玉指环一双,赠诗曰:"玉指环,见环重相忆。愿君永持玩,循环无终极。"章有仆杨果者,子妇赍钱一千,以奖其敬事之勤。

既别,积八九年,章武家长安,亦无从与之相闻。至贞元十一年,因友人张元宗寓居下邽县,章武又自京师与元会。忽思曩好,乃回车涉渭而访之。日暝，达华州，将舍于王氏之室。至其门，则阒无行迹，但外有宾榻而已。正猜疑间，见东邻之妇，就而访之。乃云："王氏之长老，皆舍业而出游，其子妇殁已再周矣。"又详与之谈，即云："某姓杨，第六，为东邻妻。"复访郎何姓，章武具语之。又云："曩曾有仆姓杨名果乎？"曰："有之。"因泣告曰："某为里中妇五年，与王氏相善，尝曰：'我夫室犹如传舍，阅人多矣。其于往来见调者，皆殚财穷产，甘辞厚誓，未尝动心。顷岁有李十八郎曾舍于我家。我初见之，不觉自失，后遂私侍枕席，实蒙欢爱。今与之别累年矣，思慕之心，或竟日不食，终夜不寝。我家人故不可托，脱有至者，愿以物色名氏求之，但有仆夫杨果即是。'不二三年，子妇寝疾，临死复见托曰：'我本寒微，曾辱君子厚顾，心常感念，久以成疾，自料不治。曩所奉托万一至此，愿申九泉衔恨、千古暌离之欢，仍乞留止此舍，冀神会于仿佛之中。'"

章武力求邻妇为开门，命从者市薪刍食物，方将具裀席，忽有一妇人持帚出房扫地，邻妇亦不之识。章武访所从来，云是舍中人。又逼而诘之，即徐曰："王家亡妇感郎恩情，将见会，恐生怪怖，故使相闻。"章武云："某所来者，诚为此也。显晦虽殊，誓无疑贰。"执帚人欣然而去。乃具饮馔，呼祭自食，饮毕安寝。

至三更许，灯在床之东南，忽尔稍暗，如此再三。章武心知有变，因命移烛背墙，置室东南隅。旋闻西北角悉窣有声，如有人形，冉冉而至。五六步即可辨其状貌衣服，乃主人子妇也，与昔见不异，但举止浮急，音调轻清耳。章武下床迎拥携手，款若平生之欢。自云："在冥录以来，都忘亲戚，但思君子之心如平昔耳。"章武倍与狎昵，亦无他异。但数请令人视明星，若出，当须还，不可久住。每交欢之暇，即恳托邻妇杨氏云："非此人，谁达幽恨？"至五更，子妇泣下床，与章武连臂出门，仰望天汉，遂呜咽悲怨，却入室，自于裙带上解锦囊，囊中取一物以赠之。其色绀碧，质又坚密，似玉而冷，状如小叶，章武不之识也。子妇曰："此所谓靺鞨宝，出昆仑玄圃中，彼亦不易得。妾近与西岳玉京夫人戏，见此物在众宝铛上，爱而访之。夫人遂假以相授，云：'洞天群仙，每得此一宝，皆为光荣。'以郎奉玄道，有精识，故以投献，常愿宝之，此非人间所有。"遂赠诗曰："河汉已倾斜，神魂欲超越。愿郎更回抱，终天从此诀。"章武取白玉宝簪酬之，并答诗曰："分从幽显隔，岂谓有佳期？宁辞重重别，所叹去何之。"因相持泣。良久，子妇又赠诗曰："昔辞怀后会，今别更终天。新悲与旧恨，千古闭穷泉。"章武答曰："后期杳无约，前恨已相寻。别路无行信，何因得寄心？"款曲叙别讫，遂却赴西北隅。行数步，犹回顾拭泪，云："李郎珍重，无念此泉下人。"复哽咽伫立，视天欲明，急趋至角，即不复见。但空室窅然，寒灯明灭而已。

章武乃促装，却自下邽归长安武定堡。下邽郡官与张元宗携酒宴饮。既酣，章武怀念，因即事赋诗曰："水不西归月暂圆，令人恨望古城边。萧条明早分歧路，知更相逢何岁年。"吟毕，与郡官别。独行数里，又自讽诵。忽闻空中有叹赏，音调凄恻。更审听之，乃王氏子妇也，自云："冥中各有地分，今于此别，无日交会。知郎思眷，故冒阴司之责，远来奉送，千万自爱。"章武愈感之。

及至长安，与道友陇西李昉话，亦感其诚而赋诗曰："石沉辽海渊，剑别楚天长。会合知无日，离心满夕阳。"章武既事东平丞相府，因闲召玉工视所得鞢韉宝，工亦不知，不敢雕刻。后奉使大梁，又召玉工，粗能辨。乃因其形，雕作槲叶象。奉使上京，每以此物贮怀中。至市东街，偶见一胡僧，忽近马叩头云："君有宝玉在怀，乞一见。"乃引于静处开视，僧捧玩移时，云："此天上之物，非人间有也。"章武后往来华州访遗杨六娘，至今不绝。[2]

【注释】①贞元，唐德宗年号（785—805）。 ②此条采自《太平广记》卷三百四十"李章武"条，其注云作者为唐人李景亮。

王　暹　女

元和十二年①,寿州小将张弘让娶兵马使王暹女。淮西用兵方急,令狐通为刺史。弘让妻重疾累月,每思食,弘让与具,自夏及秋,心终不怠。冬十月,其妻忽思汤饼②,弘让与具之。工未竟,遇军中给冬衣,弘让遂请同志王士征妻为馔,弘让乃去。

士征妻馔熟,就床欲进,忽见弘让妻自额鼻中分半,一手一股在床,流血殷席。士征妻惊呼,告营中。军人妻诸邻来共观之,竞问,莫知其繇。其日又非昏暝,二妇素无嫌怨,遂为吏所录。

弘让奔归,及丧所,忽闻空中妇悲泣云:“某被大家唤将看儿去③。君终不见弃,当恳求耳。”先是,弘让营居后小圃中有一李树,妇云:“君今速为某造四分食,置李树下。君则向树下哀祈,某必得再履人世也。”

弘让依言陈馔,恳祈拜之。忽闻空中云:“还汝新妇。”便闻王氏云:“接我以力。”弘让如其言接之。俄觉赫然半尸簿下④,弘让抱之。遽闻王氏云:“速合床上半尸。”弘让持半尸到床,尽力合之,无少参差。王氏云:“覆之以衾,无我问三日⑤。”弘让如其教,三日后闻呻吟。乃云:“思少饘粥。”弘让以饮灌其喉,尽一杯。又云:“且无相问。”七日则泯如旧。但自项及脊彻尻有痕如刀伤,前额及鼻贯胸腹亦然。一年平复如故。生数子。庞子肃亲见其事。⑥

【注释】①是时朝廷对淮西用兵已四年,是年启用裴度为帅,至冬,破蔡州,擒吴元济。　②汤饼,水煮面食之概称。　③被权贵之家召去看顾小儿。　④簿,竹席。　⑤无我问三日,三天内不要与我问话。　⑥本条出自《太平广记》卷三百四十四“张弘让”条引《乾𦠆子》。

罗　爱　爱

罗爱爱,嘉兴名娼也。色艺冠绝一时,而性复通敏,工于诗词。

风流之士，趋之若狂，呼为"爱卿"。尝以季夏望日，与郡中诸名士会于鸳湖之凌虚阁，玩月赋诗。爱卿先成四绝，坐皆阁笔。其诗云："画阁东头纳晚凉，红莲不及白莲香。一轮明月天如水，何处吹箫引凤皇？""月出天边水在湖，微澜倒浸玉浮图。掀帘欲共嫦娥语，肯教霓裳一曲无？""曲曲栏干正正屏，六铢衣薄懒来凭。夜深风露凉如许，身在瑶台第一层。""手弄双头茉莉枝，曲终不觉鬓云欹。珮环响处飞仙过，愿借青鸾一只骑。"爱卿自此才名日盛。

　　同郡赵氏子者，行六。父亡母存。家世贵富，慕而聘焉。爱卿克修妇道，赵甚重之。未久，赵子有父执官太宰，以书自大都召之①，许授以江南一官。赵子踌躇未决，爱卿劝之使行。既卜期，置酒中堂，请赵子捧觞为太夫人寿，自制《齐天乐》一阕，歌以侑之。辞曰："恩情不把功名误，离筵又歌《金缕》。白发慈亲，红颜幼妇，君去有谁为主？流年几许，况闷闷愁愁，风风雨雨。风拆鸾分，未知何日更相聚？　　　蒙君再三分付：向堂前侍奉，休辞辛苦。官诰蟠花，宫袍制锦，要待封妻拜母。君须听取，怕日薄西山②，易生愁阻。早促归程，彩衣相对舞。"歌罢，堂中皆泪下。

　　赵子乘醉解缆去。至都，而太宰殂矣，无所投托，迁延旅邸，久不能归。太夫人以忆子故感病，爱卿竭力调护，半载竟不起。爱卿哀毁如礼，亲为营葬于白苎村。甫三月，而张士诚陷平江。江浙参政杨完者，率苗兵拒之于嘉兴，不戢③，军士大掠居民。赵子之居为刘万户者所据。见爱卿姿色，欲逼纳之。爱卿绐以甘言，沐浴入房，以罗巾自缢而死。万户奔救无及，乃以绣褥裹尸，瘗于后园银杏树下。

　　未几，张氏通款④，杨参政为所害，麾下星散。赵子始间关海道，繇太仓登岸，径回嘉兴，则城廓人民皆非故矣。所居已成废宅，但见鼠窜于梁，鸮鸣于树，苍苔碧草，淹没阶径。求其母妻，杳不知处。惟中堂岿然独存，乃洒扫而息焉。明日，行出东门外，至红桥，则遇旧使苍头于道，呼而问之，备述其详。遂引至白苎村葬母处，指松楸而告之曰："此六娘子之所植也。"指茔垅而之告曰："此六娘子之所经理也。"赵子大伤感，随往银杏树下，发视之，貌如生焉。赵子抚尸大恸。乃沐以香汤，披以华服，买棺附葬于母茔之侧，哭之曰："娘子平日聪明才慧，流辈莫及。今虽死，岂可混同凡人，便绝音响？九泉有知，愿赐一见。虽显晦殊途，人皆忌惮，而恩情切至，实所不疑。"于是出则祷于墓下，入则哭于阃中。

将及一旬，其夕月晦，赵子独居中堂，寝不成寐。忽闻暗中哭声，初远渐近。觉其有异，急起祝之曰："倘是六娘子之灵，何吝一见而叙旧也？"即闻言曰："妾即罗氏也。感君相念，虽在幽冥，实所恻怆。是以今夕与君知闻耳。"言讫，如有人行，冉冉而至。六五步许，即可辨其状貌，果爱卿也。淡妆素服，一如其旧，惟以罗巾拥项。见赵子礼毕，泣而歌《沁园春》一阕，其所自制也。词曰："一别三年，一日三秋，君何不归？记尊嫜老病⑤，亲供药饵；高茔埋葬⑥，亲曳麻衣。夜卜灯花，晨占鹊喜，雨打梨花昼掩扉。谁知道，恩情永隔，书信全稀。　　干戈满目交挥，奈命薄时乖履祸机。向销金帐里，猿惊鹤怨；香罗巾下，玉碎花飞。要学三贞⑦，须拼一死，免被傍人话是非。君相念，算除非画里，重见崔徽⑧。"每歌一句，则悲啼数声，凄怆怨咽，殆不成腔。

赵子延之入室，谢其奉母之孝，营墓之劳，杀身之烈，感愧不已。因问："太夫人安在？"曰："尊姑在世无罪，闻已受生人间矣。"赵子曰："然则子何以尚滞鬼录？"曰："妾之死也，冥司以妾贞烈，即令往无锡宋氏托生为男子。妾与君情缘之重，必欲俟君一见，以叙怀抱，故延岁月。今既相见，明日即往托生也。君如不弃旧情，可往彼家见访，当以一笑为验。"遂与赵子入室欢会，款若平生。鸡鸣叙别，下阶数步，复回头拭泪云："赵郎珍重，从此永别矣！"因哽咽伫立。天色渐明，瞥然而逝，不复有睹。但空室悄然，寒灯半灭而已。

生起促装，径往无锡，则宋氏果生男子，怀妊二十月矣。然自降生后,哭不绝声。赵子请见之,一笑而哭止。因述其事,遂名之曰罗生。赵子自此往来不绝,若亲戚云。

【注释】①大都,元都城,即今北京。　②"薄",原本作"落",据此条出处明瞿佑《剪灯新话》之《爱卿传》改。　③戢,约束。　④通款,谓与敌方讲和交好。元至正十六年(1356),张士诚为杨完所破,次年降元,即此所说之通款。十八年,张士诚应元达帖木尔之请,攻杀杨完。　⑤"嬉",原本作"姑",据出处改。　⑥"茔",原本作"堂",据出处改。　⑦三贞,晋常璩《华阳国志》记有巴郡三妇俱早年丧夫,执共姜之节,守一醮之礼,号曰"三贞"。　⑧"重"字原本缺,据出处补。崔徽,唐时名妓。裴敬中一见动情,相从累月。敬中旋归,徽不得去,怨抑不能自支。有善写真者为徽画小像。徽捧画谓敬中之友白知退曰:"为妾谢敬中,崔徽一旦不及卷中人,徽且为郎死矣。"明日发狂,自是移疾,不复画时形容而卒。

胡　馥　之　妇

上郡胡馥之,娶妇李氏。十馀年无子而妇卒。哭之恸,妇忽起坐,曰:"感君痛悼,我不即朽,可于灯后见就,依平生时。当为君生一男。"语毕还卧。馥之如言,不取灯烛,暗而就之。复曰:"亡人亦无生理,可侧作屋见置。伺满十月,然后殡尔。"后觉妇身微暖,如未亡。既十月后生一男,男名灵产。①

《异苑》载:晋颍州苟泽,以太元中亡。恒形见还,与妇鲁国孔氏嬿婉绸缪,遂有妊焉。十月而产,产悉是水。又蕲水李婆墩何生,娶黄冈熊斌女。生聪俊嗜学,暴死,然常与妇共枕席,曰:"汝无畏,吾与汝缘分未绝。"欢如常时,但身冷如冰,久之始罢。此事常有之,乃是精魄强盛不易消散耳。《汉书》谓武帝崩,毕葬,常所幸御者悉出茂陵园,自婕妤以下,上幸之如平生,旁人弗见也。大将军光闻之,乃更出宫人,增为五百人,因是遂绝②。而曹孟德亦有铜台缥帷之命以待③。或然,实不尽然也。贾生宣室之谈④,未知曾及此否?

【注释】①此条采自刘宋刘义庆《幽明录》。　　②汉武帝事出自《汉武故事》,不见于《汉书》。　　③曹操临终遗命:吾婢好妓人皆着铜雀台,于台堂上施八尺床,繐帐。月朝十五,辄向帐作妓。　　④汉文帝召贾谊,坐宣室,问鬼神之本,谊具道所以然之故。

王 文 献 妻

陕西王文献贡士,其妻美而夭,哭之数月不止。一夕,其妻至曰:"感君悼念,来了宿缘。"文献逡巡引避。妻曰:"无害也。"登榻求宿。文献甚惧,妻强之,并衾而去,宵则复来。荏苒旬日,殊忘其死。而妻每至则检校奴婢①,纫饰衣衾,亦不异生时。亲戚交劝其勿纳,文献以旧爱故不忍舍。往复岁馀,乃持夫呜咽曰:"已托生某地。"遂去。而文献益追思之。乃悟曰:"吾生人与鬼交,殆非佳兆乎?"明年举进士,授给事中,迄无他患。

【注释】①查核奴婢之工效勤惰。

王 敬 伯

晋王敬伯,字子升,会稽人。美姿容,年十八,仕为东宫扶侍。休假还乡,行至吴通波亭,维舟中流,月夜理琴。有一美女子,从二少女披帏而入①,施锦被于东床,设杂果,酌酒相献酬。令小婢取箜篌作《宛转歌》,婢甚羞涩,低回殊久,云:"昨宵在雾气中弹,今夕声不能畅。"女迫之,乃解裙巾出金带长二尺许,以挂箜篌,弹弦作歌。女脱头上金钗,扣琴而和之。其歌曰:"月既明,西轩琴复清。良宵美酝且同醉,朱弦发响新愁生。歌宛转,婉以哀,愿为星与汉,光景共徘徊。"又曰:"悲且伤,参差共成行。低红掩翠浑无色,金徽玉轸为谁锵？歌宛转，清复悲，愿为烟与雾，氤氲共容姿。"

天明，女留锦四端，卧具、绣枕、囊并珮各一双为赠。敬伯以象板牙火笼、玉琴轸答之。来日，闻吴令刘惠明亡女船中失锦四端，及女郎卧具、绣囊、珮等。检括诸同行，至敬伯船而获之。敬伯具言夜来之事，及女仪状、从者容质，并所答赠物。令使检之于帐后，得牙火笼箱内，篋中得玉琴爪。令乃以婿礼敬伯，厚加赠遗而别。敬伯问其部下之人，云："女郎年十六，名妙容，字稚华。去冬遇疾而逝。未死之前，有婢名春条，年十六；一名桃枝，年十五。皆能弹箜篌，又善《宛转歌》，相继而死，并有姿容。昨从者是此婢也。"敬伯因号其琴曰"感灵"。

【注释】①"二"，原本作"三"，此条采自宋范成大《吴郡志》卷四十七，作"从二小女"。《太平御览》卷五百七十七引《晋书》亦言"从婢二人"，而本文所言婢子亦仅春条、桃枝二人。据改。

僧 安 净

鄱阳柴步龙安寺，旧有高氏妇影堂①，不记何时所立，寺轮拨行童分司香火。绍熙三年，有安净者主之。慕悦画像，因起淫泆之想。每夕祷之曰："娘子有灵，不惜垂访。"如是累旬。

一日黄昏后，遇妇人身披素衣，立于殿角。顾之曰："亦识我乎？"净曰："不识也，敢问为谁氏？"妇曰："无用见语。我今宵错到此，尚无投迹之地。"净曰："兹不难办，正恐不如意耳。"妇曰："但得粗容一身，更何所择？"净即邀诣其室，请暂寓止。妇曰："既占汝床，汝却宿何处？"曰："不敢言。"妇乃解衣先寝。时房内无灯，净遂从之。妇略不拒，极尽缱绻。闻五更钟声，遽起，约今晚再会。

往反半月，净颇疑其所从来，且未尝分明睹厥状。一夕至差晚，适明灯在傍。妇问："何故有灯？"曰："方书写看经文疏了。"妇使去之。净便得熟视，全与高氏像同。灯既灭，乃扣乡里姓氏，不肯答。净曰："岂非高孺人乎？"妇曰："何必苦苦相问！我平生本端洁之人，缘汝祈祝不已，故尔犯戒。今既相认得，谊难复来。料因缘只合如此，郎亦情分太浅薄矣。"随语不见，自是遂绝。[②]

　　妇人影堂供僧寺，亦是不韵事。

【注释】①影堂，寺庙中供奉或纪念僧人或居士之堂，因有亡者之像，故称影堂。　　②此条采自宋洪迈《夷坚三志辛》卷九。

胡　氏　子

　　舒州胡永孚言，其叔父顷为蜀中倅，至官数日，季子适后圃，见墙隅小屋垂箔若神祠[①]。有老兵出拜曰："前通判之女，年十八岁，未嫁而死，葬于此。今其父去，官于某处矣。"问容貌如何，老兵曰："无所识。尝闻诸倡言，前后太守以至余官，诸家所见妇人多矣[②]，未有如此女之美者。"胡子方弱冠，未授室，闻之心动。指几上香炉曰："此香火亦大冷落。"明日，取熏炉花壶往为供，私酌酒奠之，心摇摇然冀幸一见。自是日日往焉，精诚之极，发于梦寐。凡两月馀，一日又往，见屋帘微动，若有人呼啸声。俄一女子袿服出[③]，光丽动人。胡子心知所谓，径前就之。女曰："毋用惧我，我乃室中人也。感子眷眷，是以一来。"胡惊喜欲狂，即与偕入室。夜分乃去，旦复至，以为常，课业尽废。

　　家人少见其面，亦不复窥园，惟精爽憔悴，饮食减损。父母深忧之，密叩宿直小兵，云"夜闻与人切切笑语"。呼问其子，子不敢讳，以实告。父母曰："此鬼也，当为汝治之乎？"子曰："不然。相接以来，初颇为疑，今有日矣，察其起居言语动息，与人无分毫异，安得为鬼？"父母曰："然则有何异？"曰："但每设食时，未尝下箸，只饮酒啖果实而已。"父母曰："候其复至，强之食，吾当观之。"

子反室而女至，命其食，强之至于再三，不可。曰："常时往来无所碍，今食此则身有所著，欲归不得矣。"子又强之，不得已一举箸。父母自外入，女矍然起，将蔽匿而形不能隐，踟躇惭窘，泣拜谢罪。胡氏尽室环之④，问其情状。曰："亦自不觉。向者意欲来则来，欲去则去。不谓今若此。"又问曰："既不能去，今为人耶鬼耶？"曰："身在此，留则为人矣。有如不信，请发瘗验之。"如其言破冢，见枢有隙可容指，中空空然。胡氏乃大喜曰："冥数如此，是吾家妇矣。"为改馆于外，择谨厚婢仆事之。走介告其家，且纳币焉。女父遣长子及家人来视，真女也，遂成礼而去。后生男女数人，今尚存。女姓赵氏。出《夷坚志》。

　　陆次孙，家阊门下塘。有琴川吴氏⑤，僦其旁室居焉。其女美而知书，解词曲，雅好楼居，倚阑吟眺甚适也。既而徙上塘。过期不偶⑥，忧思成疾死。死后五年，次孙延昆山虞秀才廷皋教子，馆于此楼。一旦戏谓虞曰："此吴家小娘子所居，馀香犹在也。今君孤眠长夜，得无怜而至乎？"虞年少子，闻之恍然。迫夜入房，则此女在灯下，遂神迷心荡，相与绸缪。自是无夕不至。后虽白昼，常见其在旁。久而病瘵日甚。其父亦授徒他处，亟来，叩之不言。固问，始吐实云："陆次孙害我。"父惊愧，具舟遣归，女已在舟中矣。归而坐卧相随，妻虽同床弗能间，未几竟死。此事与胡氏子同。何胡之多幸，而虞之不幸也！

【注释】①箔，竹帘。　　②"前后太守以至余官，诸家所见妇人多矣"，原本作"前后太守阅妇人多矣"，意思大左，据本条出处宋洪迈《夷坚乙志》卷九"胡氏子"条改。　　③"祛"，原本作"袪"，据出处改。祛，黑色衣。④"之"，原本作"视"，据出处改。环之，围绕之使不得去也。　　⑤琴川，常熟别名。　　⑥过期不偶，女子年岁超过了正常婚嫁之时而尚无婚配。

曾　季　衡

太和四年春，监州防御使曾孝安有孙曰季衡，居使宅西偏院①。屋宇壮丽，而季衡独处之。有仆夫告曰："昔王使君女暴终于此，乃国色也。昼日其魂或时出现，郎君慎之。"季衡少年好色，愿睹其灵异，终不以人鬼为间，频炷名香，颇疏凡俗，步游闲处，恍然凝思。

一日晡时，有双鬟前揖曰："王家小娘子遣某传达厚意，欲面拜郎君。"言讫，瞥然而没。俄顷，有异香袭衣，季衡乃束带伺之。见向者双鬟引一女而至，乃神仙中人也。季衡揖之，问其姓氏，曰："某姓王氏，字丽贞，父今为重镇。昔侍从大人牧此城，据此室，亡何物故。感君思深窈冥，情激幽壤，所以不间存没，颇思相会。其来久矣，但非吉日良时。今方契愿，幸垂留意。"季衡留之，款昵移时乃去。握季衡手曰："翌日此时再会，慎勿泄于人。"遂与侍婢俱不见。

自此每及晡一至，近六十馀日，季衡不疑。因与大父麾下将校说及艳丽，误言之。将校惊，欲实其事，曰："郎君将及此时，愿一扣壁，某当与一二辈潜窥焉。"季衡亦终不肯扣壁。是日女郎一见季衡，容色惨沮，语声嘶咽，握季衡手曰："何为负约而泄于人，自此更不可接欢笑矣。"季衡追悔，无词以应。女曰："殆非君之过，亦冥数尽耳。"乃留诗曰："五原分袂真胡越，燕拆莺离芳草竭。年少烟花处处春，北邙空恨清秋月。"季衡不能诗，耻无以酬，乃强为一篇曰："莎草青青雁欲归，玉腮珠泪洒临歧。云鬟飘去香风尽，愁见莺啼红树枝。"

女遂于襦带解蹙金结花合子，又抽翠玉双凤翘一只赠季衡，曰："望异日睹物思人，无以幽冥为隔。"季衡搜书箧中，得小金镂花如意酬之。季衡曰："此物虽非珍异，但贵其名如意，愿长在玉手操持耳。"又曰："此别何时更会？"女曰："非一甲子，无相见期。"言讫呜咽而没。

季衡自此寝寐思念，形体羸瘵。故旧丈人王回推其方术，疗以药石,数月方愈。乃询五原纫针妇人[2],曰:"王使君之爱女,无疾而终于此院。今已归葬北邙山,或阴晦而魂常游于此,人多见之。"则知女诗"北邙空恨清秋月"也。

【注释】①居使,即使其居住。　　②"针"字原本缺,据本条出处《太平广记》卷三百四十七引唐裴铏《传奇》补。纫针妇人即缝衣妇。

杞　梁　妻 以下感物

齐庄公袭莒,莒将杞殖战死。其妻叹曰:"上则无父,中则无夫,下则无子。生人之难至矣!"乃抗声号哭。七日,杞都城感之而颓,遂投水而死。其妹悲其姊之贞操,乃为作歌,名曰《杞梁妻》焉。梁,殖字也。歌曰:"乐莫乐兮新相知,悲莫悲兮生别离。"①

【注释】①杞梁妻故事版本甚多,此条采自晋崔豹《古今注》卷中。

孟　姜

秦孟姜,富人女也。赘范杞良三日,夫赴长城之役,久而不归。为制寒衣送之,至长城问,知夫已故,乃号天顿足,哭声震地。城崩,寻夫骸骨,多难认。啮指血滴之,入骨不可拭者,知其为夫骨,负之而归。至潼关,筋骨已竭,知不能还家,乃置骸岩下,坐于旁而死。潼关人重其节义,立像祀之。

湘　妃

《湘川记》云:"舜南巡狩,崩于苍梧之野。娥皇、女英二妃哭之不从,思忆舜,以泪洒竹,竹尽成斑。至今号湘妃竹。"女子李淑作《斑竹怨》云①:"二妃昔追帝,南奔湘山间。有泪寄湘竹,至今湘竹斑。云深九疑庙,日落苍梧山。馀恨在江水,滔滔去不还。"

【注释】①钱谦益《列朝诗集·闰集》第六作赵瑗妾李淑媛。

汝 王 滩 诗

永福创自唐代宗时,割福、泉、建三州之地,因年号曰"永泰"。后避哲宗陵寝①,改名永福。在唐新创县后,有邑宰潘君满任,遗爱在民,攀卧祖饯,留连累日。其夫人王氏先已解舟,泊五里汝王滩下。俟久不至,月夜登岸,书一绝于石壁云:"何事潘郎恋别筵,欢情不断妾心悬。汝王滩下相思处,猿叫山山月满船。"末云"太原王氏书"。诗迹已漫灭,独"太原"二字入石,至今尚存。字方五六寸许。邑人因以名其滩。政和陈武祐虑岁久诗亡,大书系以记文,镌之字右方。自唐及今,流潦巨浸之所漂啮,震风凌雨之所涤荡,不知其几,而墨色烂然如新。一妇人望夫之切,精神入石,终古不变如此。②

【注释】①宋哲宗陵名永泰。　　②此条采自宋张世南《游宦纪闻》卷三。

情史氏曰:古云"思之思之,鬼神通之",盖思生于情,而鬼神亦情所结也。使鬼神而无情,则亦魂升而魄降已矣,安所恋恋而犹留鬼神之名耶? 鬼有人情,神有鬼情。幽明相入,如水融水。城之颓也,字之留也,亦鬼神所以效情之灵也。噫! 鬼神可以情感,而况于人乎!

卷九　情幻类

司　马　才　仲_{以下梦幻}

司马才仲名槱,陕州人初在洛下,昼寐,梦一美姝牵帷而歌曰:"妾本钱塘江上住,花落花开,不管流年度。燕子衔将春色去,纱窗几阵黄梅雨。"才仲爱其词,因询曲名,云是《黄金缕》,且曰:"后日相见于钱塘江上。"及才仲以东坡先生荐,应制举中等①,遂为钱塘幕官。为秦尉少章道其事,少章续其词后云:"斜插犀梳云半吐,檀板轻敲,唱彻《黄金缕》。梦断彩云无觅处,夜凉明月生南浦②。"

顷之,复梦美姝笑迎曰:"夙愿谐矣。"遂与同寝。自是每夕必来。才仲为同寮谈之,咸曰:"公廨后有苏小小墓,得非妖乎?"不逾年,而才仲得疾。所乘游舫舣泊河塘,柁工遽见才仲携一丽人登舟,即前声喏③。声断,火起舟尾,仓忙走报其衙,则才仲死而家人已恸哭矣。

苏小小,钱塘名娼也,南齐时人。其墓或云湖曲,或云江干④。古词云:"妾乘油壁车,郎跨青骢马。何处结同心,西陵松柏下。"今西陵在钱塘,非楚之西陵也。李长吉《苏小小墓》歌云:"幽兰露,如啼眼。无物结同心,烟花不堪剪。草如茵,松如盖。风为裳,水为珮。油壁车,久相待。冷翠烛,劳光彩。西陵下,风吹雨。"

国朝弘治初,于景瞻自都归杭,邀马浩澜同游西湖,泊舟第三桥。景瞻曰:"不到西湖二十年矣。山川如故,风景不殊,子当赋之。”浩澜乃作诗。翌日,召箕仙问曰:“‘捧瑶觞,南国佳人,一双玉手。’此句久未有对。”即书云:“趺宝座,西方大佛,丈六金身。”箕运如飞,复成一律。后书云“钱塘苏小小和马先生昨日湖桥首倡”。二公相顾若失,莫测所以。情史氏曰:然则古今有才情者,勿问男女,皆不死也。

【注释】①中等,达到制举所要求的标准。　②此事初见于宋何蓬《春渚纪闻》卷七、元陶宗仪《辍耕录》卷十七、明田汝成《西湖游览志馀》卷十六均载此,稍有增饰,而《黄金缕》词亦间有异同。　③声喏,即唱喏,又手行礼并口致敬词。　④湖曲,西湖之岸。江干,钱塘江畔,指钱塘南岸之西陵(或称西兴)。

王　　生

至顺中①,有王生者,本仕族子,居于金陵。貌莹寒玉,神凝秋水,姿状甚美,众以“奇俊王家郎”称之。年二十未娶。有田在松江,因往收秋租。回船过渭塘,见一新肆,青旗出于檐外,朱栏曲槛,缥缈如画。高柳古槐,黄叶交坠。芙蓉十数株,颜色或深或浅,红葩绿水,相映上下,白鹅一群,游泳其间。生泊舟岸侧,登肆沽酒而饮。斫巨鳌之蟹,脍细鳞之鲈,果则绿橘黄橙,莲池之藕,松坡之栗,以花磁盏酌真珠红酒而饮之。肆主亦富家,其女年一十八,而知音识字,态度不凡。见生在座,频于幕间窥之,或出半面,或露全体,去而复来,终莫能舍。生亦留神注意,彼此目视久之。已而酒尽出肆,怏怏登舟,如有所失。

是夜,遂梦至肆中,入门数重,直抵舍后,始至女室,乃一小轩也。轩之前有葡萄架,架下凿池,方圆盈丈,以石甃之,养金鱼于中。池左右植垂丝桧一株,绿荫婆娑。靠墙结一翠柏屏,屏下设石假山三峰,岌然竞秀。草则金线、绣墩之属,霜露不变色。窗间挂一雕花笼,笼内畜一绿鹦鹉,见人能言。轩下垂小木鹤二只,衔线香焚之。案上立二古铜瓶，插孔雀尾数茎。其旁设笔砚之类，皆极济楚。架上横一碧玉箫，女所吹也。

壁上贴金花笺四幅，题诗于其上。诗体皆效东坡《四时词》，字画则似赵松雪，不知何人所作也。其一云：“春风吹花落红雪，杨柳阴浓啼百舌。东家蝴蝶西家飞，前岁樱桃今岁结。秋千蹴罢鬘鬌髢，粉汗凝香沁绿纱。侍女亦知心内事，银瓶汲水煮新茶。”其二云：“芭蕉叶展青鸾尾，萱草花含金凤嘴。一双乳燕出雕梁，数点新荷浮绿水。困人天气日长时，针线慵拈午漏迟。起向石榴阴畔立，戏将梅子打莺儿。”其三云：“铁马声喧风力紧，云窗梦破鸳鸯冷。玉炉烧麝有馀香，罗扇扑萤无定影。洞箫一曲是谁家，河汉西流月半斜。要染纤纤红指甲，金盆夜捣凤仙花。”其四云：“山茶未开梅半吐，风动帘旌雪花舞。金盘冒冷塑狻猊，绣幕围春护鹦鹉。倩人呵笔画双眉，脂水凝寒上脸迟。妆罢扶头重照镜，凤钗斜亚瑞香枝。”女见生至，与之承迎，执手入室，极其欢谑，会宿于寝。鸡鸣始觉，乃困卧篷窗底尔。

是后归家，无夕而不梦焉。一夕，见架上玉箫，索女吹之。女为吹《落梅风》数阕，音调浏亮，响彻云际。一夕，女于灯下绣红罗鞋。生剔灯，误落灯花于上，遂成油晕。一夕，女以紫金碧甸指环赠生，生解水晶双鱼扇坠酬之。既觉，则指环宛然在手，视扇坠则无有矣。生大以为奇，遂效元稹体赋《会真诗》三十韵，以记其事。诗曰：“有美闺房秀，天人谪降来。风流元有种，慧黠更多才。碾玉成仙骨，调脂作艳腮。腰肢风外柳，标格雪中梅。合置千金屋，宜登七宝台。娇姿应自许，妙质孰能陪？小小乘油壁，真真醉彩灰。轻尘生洛浦，远道接天台。放燕帘高卷，迎人户半开。菖蒲难见面，豆蔻易含胎。不待金屏射，何劳玉手栽。偷香浑似贾，待月又如崔。箫许秦宫夺，琴从卓氏猜。莺声传缥缈，烛影照徘徊。窗薄涵鱼魧，炉深喷麝煤。眉横青岫远，鬓嚲绿云堆。钗玉轻轻制，衫罗窄窄裁。文鸳游浩荡，瑞凤舞毰毸。恨积鲛绡帕，欢传琥珀杯。

孤眠怜月妹,多忌笑河魁。化蝶能通梦,游蜂浪作媒。雕阑行共
倚,绣褥坐相偎。唼蔗逢佳境,留环获异财。绿阴莺并宿,紫气剑
双埋。良夜难虚度,芳心未肯摧。残妆犹在臂,别泪已凝腮。漏滴
何须促,钟音且莫催。峡中行雨过,岭上看花回。才子能知尔,愚
夫可语哉!多生曾种福,亲得到天台。"诗讫,好事者多传诵之。

　　明岁,复往收租,再过其处,则肆翁甚喜,延之入内。生不知其
意,逡巡辞避。坐定,翁以诚告之曰:"老拙惟一女,未曾适人。去
岁君子于此饮酒,偶有所睹,不能定情,因遂染疾。长眠独语,如醉
如痴,饵药无效。昨夕忽语曰:'明日郎君至矣,宜往候之。'初以为
妄,固未之信。今君子果涉吾地,是天假其灵而赐之便也。"因问生
婚娶未曾,又问其阀阅氏族,大喜。肆翁即握生手,入于内室,至女
子所居轩下。门窗户闼,则皆梦中所历也。草木台沼,器用什物,
又皆梦中所见也。女闻生至,盛妆而出,衣服之丽,簪珥之华,又皆
梦中所识也。女言:"去岁自君去后,思念切至,每夜梦中与君相
会,不知何故。"生曰:"吾梦亦如之耳。"女历叙吹箫之曲,绣鞋之
事,无不吻合者。又出水晶双鱼扇坠示生,生亦举紫金碧甸指环,
两相表订以证之,彼此大惊,以为神契。遂与生为夫妇,同居偕老。
《剪灯新话》名《渭塘奇遇传》。②

　　　　无缘者真亦成梦,有缘者梦亦成真。

　　【注释】①至顺,元文宗年号(1330—1333)。　　②本条出自明瞿佑
《剪灯新话》卷二《渭塘奇遇记》。

娟　　娟

　　木生字元经,少有俊才。成化中以乡荐入太学。尝登泰山观
日出,夜宿秦观峰。梦有老妇携一女子,相见甚欢,如有平生之分。
既又遗一诗扇,展诵未终,忽钟鸣惊寤而起。其所梦道路第宅,历

历皆能记忆。

明年将入都，道出武清^①。散步柳阴中，过一溪桥。道傍有遗扇在草中，收视之，上有诗云："烟中芍药朦胧睡，雨底梨花浅淡妆。小院黄昏人定后，隔墙遥辨麝兰香。"仿佛是梦中所见者，珍袭藏之。行未几，遥见一女郎，从二女侍游树下。迤逦将近，生趋避之。时为三月既望^②，新雨初霁，微风扇暖。女郎徐邀二侍，穿别径结伴而去。生伫立转盼，但见带袂飘举，环珮锵然，百步之外，异香袭道，绰约若神仙中人。遂以所佩错刀削树为白，题一绝句曰："隔江遥望绿杨斜，联袂女郎歌落花。风定细声听不见，茜红裙入那人家。"徙倚弥望乃行。前至野店中，问诸村民，或曰："此去里许有田将军园林，岂即其家眷属乎？"生明日又往树下，竟日无所遇。惟见溪水中落花流出，复题一绝句，续书于树曰："异鸟娇花不奈愁，湘帘初卷月沉钩。人间三月无红叶，却放桃花逐水流。"自后不复相闻。然前所得遗扇，每遇良辰胜会，未尝不出入怀袖，把玩讽咏，爱如琪璧。

壬午，生谒选天官，隶名营缮^③。当春牡丹盛放，生拟闲游，因勒马道傍。值马渴奔水，左右皆前逐马，生下立井畔民家。其家以贵客在门，召一邻翁延入。初经重屋，仅庇风日。再过曲径，越小院，其中楼台阑楯，金碧辉耀，恍非人世。生稍憩，便欲辞出。翁曰："内人乃老夫寡妹，年亦逾五旬矣。幸暂留，伺马至行，无伤也。"生起挥扇逍遥，历览画壁。翁从傍见其扇，进曰："此扇何从得之？"生曰："吾数年前过武清所得，道傍遗弃也。"翁借观，遽持入内。顷之，出告生曰："天下事萍梗遭逢，固有出于偶然者。适见扇头诗，疑为吾甥女手笔。入示吾妹，果非误也。"生初入其室庐，皆若梦中所经行者，心已异之。及闻翁言，愈骇异。再引入一曲室，帏帐妍丽，金玉焕然，几榻整洁，琴瑟静好，莫能名状。

须臾，一老妇出拜，自言："姓钱氏，先夫田忠义，官至上轻车都尉。往岁扈从西征，为流矢所中，舆疾归武清。小女娟娟，时年十四,随侍汤药,偶遗此扇,不意乃入君子之手。今夫亡三载矣,睹物兴怀,不觉遂生伤感。然当时溪树上有二绝句,不知何人所书。小女因寻扇再至其地,经览而归,至今吟哦不绝于口。"生请诵之,即其旧题也。老妇因请命娟娟出见。传呼良久不至,母自入谓女曰:"客即树上题诗人也。"娟娟强起,严服靓妆,与母相携而出。至则玉姿芳润,内美难征,俨然秦观峰梦中所见也。生又以梦告母,共相叹异。久之马至,珍重辞谢而去。

明日,邻翁以娟母命来,请以弱女为君子姬侍。生喜出望外,遂以其年四月成礼。娟娟妙解音律,通贯经史,凡诸戏博杂艺,靡不精晓,情好甚笃。未阅月,生以督运南行,乃锁院而去。母先亦暂至武清,遣人问讯。娟娟从门隙中附诗于母寄生曰:"闻郎夜上木兰舟,不数归期只数愁。半幅御罗题锦字,隔墙裹赠玉搔头。"是夕,生适自潞还④,娟出迎。生曰:"方从马上得诗,未有以复。"即口占赠娟娟曰:"碧窗无主月纤纤,桂影扶疏玉漏严。秋浦芙蓉偏献笑,半窗斜映水晶帘。"

其冬十月,生以太夫人忧去职。河冰既合,娟适病,不能偕行。生存亡抱恨,计无所出。邀母与娟同居,约以冰解来迎,相与悲咽而别。明年春,娟病转剧。遣翁子钱郎以诗寄生曰:"楚天风雨绕阳台,百种名花次第开。谁遣一番寒食信,合欢廊下长莓苔。"生遣使往迎,比至,则不起匝月矣。

辛卯冬,生再入都,过母家,见娟娟画像,题诗其上曰:"人生补过羡张郎,已恨花残月减光。枕上游仙何迅速,洞中乌兔太匆忙。秦娘似比当时瘦,李卫惭多旧日狂。梅影横斜啼鸟散,绕天黄叶倚绳床。"时人多传诵焉。⑤

　　南唐内史舍人张泌,字子澄。初与邻女浣衣相善,经年不复睹,精神凝一,夜必梦之。尝有诗寄云:"别梦依依到谢家,小廊回合曲阑斜。多情只有春庭月,犹为情人照落花。"此梦之积于情者也。渭塘奇梦,曾留连酒肆,偷窥半面,犹有因焉。秦观峰之梦,胡为乎来哉?无梦则得扇不奇,得扇不奇,则生必不出入怀袖,肆翁必不问,而数月之姻缘何以销之?梦岂偶然而已?

【注释】①武清,在今天津市北。 ②既望,满月之后一二日,农历之十六、十七日。 ③营缮,明代工部有营缮、虞衡、都水、屯田四司。④潞,潞河,即今天津至通州之北运河。 ⑤本条出自明王世贞《续艳异编》卷五《娟娟传》。

吴 女 盈 盈

魏人王山,能为诗,标韵清卓。因省试下第,薄游东海。值吴女盈盈者来,年才十六,善歌舞,尤工弹筝,容色甚冶。词翰情思,翘翘出群。少年子争登其门,不惜金帛。盈遴检嘉偶,乃许一笑。府守田龙图召使侍宴,山预宾列,相得于樽俎之间,从之欢处累月。山辞归,盈垂泣悲啼,不能自止。

明年,寄《伤春曲》示山,其词云:"芳菲时节,花压枝折。蜂蝶撩乱,阑槛光发。一旦碎花魂,葬花骨,蜂兮蝶兮何不来?空使雕阑对寒月。"山作长歌答之云:"东风艳艳桃李松,花围春入涂酥浓①。龙脑透缕鲛鮹红,鸳鸯十二罗芙蓉。盈盈初见十五六,眉试青膏鬓垂绿。道字不正娇满怀,学得襄阳大堤曲。阿母偏怜掌上看,自此风流难管束。莺啄含桃未咽时,便会吟诗风动竹。日高一丈罗窗曛,啼鸟压花新睡短。腻云纤指拢还偏,半被可怜留翠暖。淡黄衫袖仙衣轻,红玉阑杆妆粉浅。酒痕落腮梅忍寒,春羞入眼横波艳。一缕未消山枕红,斜睇整衣移步懒。才如韩寿潘安亚,掷果窃香心暗嫁。小花静院酒阑珊,别有私言银烛下。帘声浪皱金泥额,六尺牙床罗帐窄。钗横啼笑两不分,历尽风波腰一捻。若教飞上九天歌,一声自可倾人国。娇多必是春工与,有能动人情几许。

前年按舞使君筵，眸矑忍羞头不举。凤凰箫冷曲成迟，凝醉桃花过风雨。阿盈阿盈听我语，劝君休向阳台住。一生纵得楚王怜，宋玉才多谁解赋？洛阳无限青楼女，袖拢红牙金凤缕②。春衫粉面谁家郎，只把黄金买歌舞。就中薄幸五陵儿，一日心冷玉如土③。云零雨散那堪悲④，空入他人梦来去。浣花溪上海棠湾，薛涛朱户皆金环。韦皋笔逸玟瑠落，张祜盏滑琉璃干。压倒念奴价百倍，兴来奇怪生毫端。醉眸觑纸聊一扫，落花飞雪声漫漫。梦得见之为改观，乐天更敢寻常看。花开不肯下翠幕⑤，竟日烜赫罗雕鞍。扫眉涂粉迨七十，老大始顶菖蒲冠涛七十始顶菖蒲冠，学谢自然上升之术，竟卒于锦江者也⑥。至今愁人锦江口，秋蛩露草孤坟寒。盈盈大雅真可惜，尔生此后不可得。满天风月独倚阑，醉岸深云挥逸墨⑦。久之不见予心忆，高城去天无几尺⑧。斜阳衔山云半红，远水无风天一碧。望眼空遥沉翠翼，银河易阔天南北。瘦尽休文带眼移，忍向小楼清泪滴。”

又明年，山适淄川，遇王通判于邸舍，出盈盈简，欲偕游东山。时方初夏，山以病不克赴其约。秋中再如东山，盈已死。王通判谓山曰：“子去后，盈若平居醉寝，梦红裳美人手执一纸书，告曰：‘玉女命汝掌文牍。’及觉，泣以白母云：‘儿不复久居人间矣，异日当访我于东山。’遂呜咽流涕，其夕竟卒。”山作诗吊之云：“烛花红死睡初醒，一枕孤怀病客情。海上有仙应入梦，人间无路可藏生。乾坤眼阔成新恨，风月人归似旧情。汉殿香消春寂寂，夕阳无雨下西城。”

后至嘉祐五年⑨，山游奉符，与同志登岱岳，至绝顶玉女池。追思畴昔日盈盈之梦，徘徊池侧，心忆神会，因题于石曰：“浮世繁华一梦休，登临因忆昔年游。人归依旧野花笑，玉冷几经坟树秋。风月遇清须感慨，江山多恨即迟留。如今纵拟夸才思，事往情多特地愁。”又曰：“柳条黄尽杏梢新，山翠无非昔日春。花色笑风春似醉，寂寥唯少赏花人。”“忆昔闲妆淡伫衣，一枝红拂牡丹徽。无端不入襄王梦，为雨为云到处飞。"

山归就次，遂梦游日观峰北，见石上大字，笔迹类盈，书一诗曰："绛阙珠宫锁乱霞，长生未晓弃奢华。断无方朔人间信，远阻麻姑洞里家。历劫易翻沧海水，浓春难谢碧桃花。紫台树隐瑶池阔，凤懒龙娇日又斜。"读毕忽瘥。是夕昏醉闷闷，有女奴来召，至一溪洞门，碧衣短鬟出迎。入宫殿，一女子玉冠黄帔，衣绛绡，长眸皓容。山趋拜，女遽起止之，揖升阶。少选，盈与一女偕至，微笑曰："'为雨为云到处飞'，何乃尤人如此也？"遂命进酒，各有赋咏。夜既深，二女曰："盈盈雅故，便可就寝。"闻鸡声起，复置酒珍重语别。山辞诀，恍然出洞，但苍崖古木，非向所历，感怆而返。山有《笔奁录》，详记所遇。

【注释】①"花围春入涂酥浓"，本条所据王山《盈盈传》(李剑国《宋代传奇集》)同，清厉鹗《宋诗纪事》卷三十《答盈盈长歌》作"花园春入屠酥浓"。　②"拢"，《宋诗纪事》作"笼"。　③"一日心冷玉如土"，《盈盈传》作"一日怜新玉如土"，《宋诗纪事》作"一日怜新弃如土"。　④"云零雨散那堪悲"，《盈盈传》作"零零雨落止堪悲"，《宋诗纪事》作"云零雨落正堪悲"。　⑤"开"，《盈盈传》作"门"。　⑥"竟卒于锦江者也"七字原本缺，据《盈盈传》补。　⑦"挥逸墨"，原本作"呼佚墨"，据《盈盈传》改。　⑧"城"，原本作"玑"，据《盈盈传》改。此下原本有误者，皆据《盈盈传》改，不复出校。　⑨"至嘉祐"三字原本缺，据《盈盈传》补。嘉祐，宋仁宗年号(1056—1063)。

张　氏　女

长安西市帛肆①，有贩鬻求利而为之平者，姓张。家富于财，居光德里。其女国色。女尝昼寝，梦至一处，朱门大户，棨戟森然②。蹑之而入，望其中堂，若设宴张乐。左右廊皆施帷幄。有紫衣吏引张氏于西廊幕次，见少女如张等辈十许人，皆花容绰约，钗钿照耀。

既至,吏促张妆饰,诸女迭助之理泽傅粉。

有顷,自外传呼:"侍郎来!"竞隙间窥之,见一紫绶大官。张氏之兄尝为其小吏,识之,乃吏部沈公也③。俄又呼曰:"尚书来!"又有识者,并帅王公也④。逡巡,复连呼曰"某来",皆郎官以上六七人。坐毕,前紫衣吏曰:"可出矣。"群女旋进,金石丝竹,铿鍧震响。中宵酒酣,并帅见张氏而视之,尤属意焉。谓曰:"汝习何技能?"对曰:"未尝学声音。"使与之琴,辞不能。曰:"第操之。"乃抚之而成曲。予之筝亦然,琵琶亦然,皆平生所不习也。王公曰:"可矣。"因命采笺为诗一绝以与之。张受之,置之衣中。王公曰:"恐汝或遗。"乃令口授,吟曰:"镮梳闹扫学宫妆,独立闲庭纳夜凉。手把玉簪敲砌竹,清歌一曲月如霜。"谓张曰:"其归辞父母,异日复来。"

忽惊啼而寤,手扪衣带曰:"尚书命我矣。"索笔录之。问其故,泣对所梦,且曰:"殆将死乎?"母怒曰:"汝作魇尔,何乃出不祥言如是?"因卧病累日。外亲有持酒殽者,又有将食来者。女曰:"且须膏沐澡瀹。"母听之。良久,靓妆盛饰而至。食毕,乃遍拜父母及坐客曰:"时不可留,某今往矣。"因援衾而寝。父母环伺之,俄遂卒。会昌二年六月十五日也⑤。

> 死得所归,虽死何恨?张女国色未聘,以怀春感梦,而王尚书遂能据生人之所不易遇,惜哉!

【注释】①"长安西市帛肆",原本作"安西市帛肆",唐时安西在西域,与本篇出现尚书、侍郎等朝官情节不符。按此条采自《说郛》卷一百一十四白行简《三梦记》之后"行简云"一段,而《说郛》作"淮安西市帛肆",亦不合。李剑国《唐五代传奇集》以《全唐文》勘定为"长安",极是。《全唐文》把"行简云"一段从《三梦记》中割出,删"行简云"三字,题为《纪梦》。李剑国考证此段非白行简所撰,并做了精校。本篇讹漏处甚多,今据李剑国校记酌情改补,后不一一出校。又此条小题作"安西张氏女",今删"安西"二字。　　②有一定地位的官吏所配备的仪仗性质的木制刀戟,出门时为前导,平时列于府第大门内。　　③据李剑国按语,此沈公即吏部侍郎沈传师。　　④并帅王公为王璠,璠晚岁以户部尚书兼太原节度使,即所谓"并帅",旋因甘露之变为宦官所杀。张女梦中所见,为王璠死后冥中之事。　　⑤甘露之变发生于唐文宗太和九年(835),至武宗会昌二年(842),王璠已死七年。

沈 亚 之

太和初,沈亚之将之邠①。出长安城,客橐泉邸舍②。春时昼梦,入秦内史廖家。内史廖举亚之,秦公召至殿前,促前席曰:"寡人欲强国,愿知其方,先生何以教寡人?"亚之以齐桓对。公悦,遂试补中涓③,使佐西乞术伐河西④。亚之帅将卒前攻,下五城。还报,公大悦,起劳曰:"大夫良苦,休矣!"

居久之,公幼女弄玉婿萧史先死,公谓亚之曰:"微大夫,晋五城非寡人有,甚德大夫。寡人有爱女,欲与大夫备洒扫可乎?"亚之少自立,雅不欲遇幸臣蓄之。固辞不得,遂拜左庶长,尚公主,赐金二百斤。民间犹谓"萧家公主"。

其日,有黄衣中贵骑疾马来,延亚之入,宫阙甚严。呼公主出,鬌发,著偏袖衣,妆不多饰。其芳姝明媚,笔不可模画。侍女祗承,分立左右者数百人。召见亚之便馆,居亚之于宫,题其门曰翠微宫,宫人呼为"沈郎院"。虽备位下大夫,縣公主故,出入禁卫。

公主喜凤箫,每吹箫,必翠微宫高楼上,声调远逸,能悲人,闻者莫不自废。公主七月七日生,亚之尝无贶寿。内史廖先曾为秦以女乐遗西戎,戎王与之水犀小合,亚之从廖得,以献公主。主悦,常爱重,结裙带上。穆公遇亚之礼兼同列,恩赐相望于道。

复一年春,公主无疾忽卒。公追伤不已,将葬咸阳原。公命亚之作挽歌,应教而作曰:"泣葬一枝红,生同死不同。金钿坠芳草,香绣满春风。旧日闻箫处,高楼当月中。梨花寒食夜,深闭翠微宫。"进公,公读词善之。时宫中有出声若不忍者,公随泣下。又使亚之作墓志铭,独忆其铭曰:"白杨风哭兮石甃髯莎,杂英满地兮春色烟和。朱愁粉瘦兮不生绮罗,深深埋玉兮其恨如何!"亚之亦送葬咸阳,宫中十四人殉。亚之以悼怅过戚,被病,犹在翠微宫,然处外殿特室,不居宫中矣。居月馀,病良已。公谓亚之曰:"本以小女将托久要,不谓不得周奉君子而先物故。敝秦区区小国,不足辱大夫。然寡人每见子,即不能不悲悼。大夫盍适大国乎?"亚之对曰:"臣无状,肺腑公室,待罪右庶长⑤,不能从死公主,幸免罪戾。使得归骨父母国,臣不忘君恩如今日⑥。"将去,公置酒高会,声秦声,舞秦舞。舞者击髀拊髀呜呜,而音有不快,声甚怨。公执酒亚之前曰:"予顾此声少善,愿沈郎赓歌以塞别。"命趣进笔砚。亚之受命,立为歌辞曰:"击髀舞⑦,恨满烟光无处所。泪如雨,欲拟著词不成语。金凤衔红旧绣衣,几度宫中同看舞。人间春日正欢乐,日暮春风何处去?"歌卒,授舞者,杂其声而和之,四座皆泣。

　　既再拜辞去,公复命至翠微宫与公主侍人别。重入殿内时,见珠翠遗碎青阶下,窗纱檀点依然。宫人泣对亚之,亚之感咽良久。因题宫门诗曰:"君王多感放东归,从此秦宫不复期。春景自伤秦丧主,落花如雨泪胭脂。"竟别去。公命车驾送出函谷关。出关已,送吏曰:"公命尽此,且去。"亚之与别,语未卒,忽惊觉,卧邸舍。

　　明日,亚之为友人崔九万具道之。九万博陵人,谙古,谓余曰:"《皇览》云:秦穆公葬雍橐泉祈年宫下,非其神灵凭乎?"亚之更求得秦时地志,说如九万言。呜呼,弄玉既仙矣,恶又死乎?

　　　　亚之必多情者,不然,能感弄玉于梦中乎?阅稗官小说,冥中嫁娶仍如人间。弄玉择婿或有之,不知何以复死也?岂人不一死,如所云鸦鸣国之说乎⑧?果尔,则弄玉非仙矣。弄玉不仙,何以灵乎?弄玉而灵,将萧史独无灵乎?又闻上界以岁为日,冥中以日为岁,然亦不应昼晌一梦,备悲欢离合之致也。吁,亦幻矣!

　　又《博异志》载:吴兴姚合谓沈亚之曰:"吾友太原王炎云:

元和初,夕梦游吴,侍吴王久之。闻宫中出辇,鸣箫击鼓,言葬西施。王悲悼不止,立诏词客作挽歌。炎遂应教作之,其词曰:'西望吴王阙,云书凤字碑。连工起珠帐,择土葬金钗。满地红心草,三层碧玉阶。春风无处所,凄恨不胜怀。'既进词,王甚嘉之。及寤,能记其实。"此与沈亚之事相近,必有仿而为之者。

【注释】①唐邠州,治所在新平,今陕西彬州。 ②"橐",原本作"索",据下文改。 ③中涓,先秦时官名,职为君王侍从。 ④西乞术,春秋时秦穆公大将。 ⑤"右庶长",上文作"左庶长",必有一误。⑥"今"字原本缺,据本条出处《太平广记》卷二百八十二引《异闻集》补。⑦"髀",原本作"体",据出处改。 ⑧"鸦鸣国",原本误作"鸡鸣国"。据唐人小说《河东记》,言鸦鸣国有空地,因人死有鬼,鬼亦有死,死则处于此地,故改。

张 倩 娘 以下离魂

天授三年①,清河张镒因官家于衡州。性简静,寡知友。无子,有女二人,其长早亡,幼女倩娘,端妍绝伦。镒外甥太原王宙,幼聪悟,美容范,镒常器重,每曰"他时当以倩娘妻之"。后各长成,与倩娘常私感想于梦寐,家人莫知其状。

后有宾寮之选者求之②,镒许焉。女闻而郁抑。宙亦深恚恨,托以当调,请赴京,止之不可,遂厚遣之。宙阴恨悲恸,决别上船。日暮至山郭数里,夜方半,宙不寐。忽闻岸上有一人行,声甚速,须臾至船。问之,乃倩娘,步行跣足而至。宙惊喜发狂,执手问其从来。泣曰:"君厚意如此,寝食相感。今将夺我此志,又知君深情不易,思将杀身奉报,是以亡命来奔。"宙非意所望,欣跃特甚,遂匿倩娘于船,连夜遁去。倍道兼行,数月至蜀。凡五年,生两子。与镒绝信③,其妻常思父母,涕泣言曰:"吾曩日不能相负,弃大义而来奔君。今向五年，恩慈间阻。覆载之下，胡颜独存也?"宙哀之，曰：
"将归，无苦。"遂俱归衡州。

既至，宙独身先至镒家，首谢其事。镒大惊曰："倩娘疾在闺中
数年，何其诡说也?"宙曰："见在舟中。"镒大惊，遂促使人验之，果
见倩娘在船中，颜色怡畅，讯使者曰："大人安否?"家人异之，疾走
报镒。室中女闻，喜而起，饰妆更衣，笑而不语，出与相迎，翕然而
合为一体，其衣裳皆重。

其家以事不正④，秘之，唯亲戚间有潜知之者。后四十年间，夫
妻皆丧。二男并孝廉擢第，至丞尉。唐人作《离魂记》。

【注释】①天授，周武则天年号(690—692)。　　②宾寮之选者，为长官
所看中，准备聘为幕僚的人。　　③绝信，不通音讯。　　④"正"，原本作
"常"，据此条出处《太平广记》卷三百五十八"王宙"条引唐陈玄祐《离魂记》改。

柳　氏　女

郑生者，天宝末应举之京。至郑西郊，日暮，投宿主人。主人
问其姓，郑以实对。内忽使婢出云："娘子合是从姑①。"须臾，见一
老母自堂而下，郑拜见，坐语久之。问其婚姻，乃曰："姑有一外孙
女在此，姓柳氏，其父见任淮阴县令，与儿门地相埒。今欲配君子，
以为何如?"郑不敢辞。其夕成礼，极人世之乐，遂居之。

数月，姑谓郑生②："可将妇归柳家。"郑如其言，挈其妻至淮阴，
先报柳氏，柳举家惊愕。柳妻意疑令有外妇生女，怨望形言。俄
顷，女家人往视之，乃与家女无异。既入门下车，冉冉行庭中。内
女闻之，笑出视，相值于庭中，两女忽合，遂为一体。令即穷其事，
乃是妻之母先亡，而嫁外孙女之魂焉。生复寻旧迹，都无所有。③

【注释】①从姑，父亲的从父之姐妹，即郑生之从祖姑。　　②"谓"，原本
作"为"，据文意改。　　③此条采自《太平广记》卷三百五十八引《灵怪录》。

石　氏　女

钜鹿有庞阿者，美容仪。同郡石氏有女，曾内睹阿①，心悦之。未几，阿见此女来诣。阿妻极妒②，闻之，使婢缚之送还石家，中路遂化为烟气而灭。婢乃直诣石家，说此事。石氏之父大惊曰："我女都不出门，岂可毁谤如此？"

阿妇自是常加意伺察之。居一夜，方值女在斋中，乃自拘执以诣石氏。石氏父见之愕然曰："我适从内来，见女与母共作，何得在此？"即令婢仆于内唤女出，而所缚者奄然灭焉。父疑有异，遣其母诘之。女曰："昔年庞阿来厅中，曾窃视之。自尔仿佛即梦诣阿，及入户，即为妻所缚。"石曰："天下遂有如此奇事！"夫精情所感，灵神为之冥著，灭者盖其魂神也。既而女誓心不嫁。经年，阿妻忽得邪病，医药无征，阿乃授币石氏女为妻。事见《幽明记》。

《广记》：汉时，有老日者开帘鬻术，忽见一老人持八字来问。日者推算良久，曰："寿不永矣！"此老愀然而去。日者徐玩其命，乃己之生辰。因思："此老面貌衣服与己无二，岂身魂乎！"未几，日者果死。③又《续搜神记》：宋时，有一人，忘其姓名。与妇同寝，天晓，妇起出后，夫寻出外。妇还，见其夫犹在被中眠。须臾，奴子外来云："郎求镜。"妇以奴诈，乃指床上以示奴。奴云："适在郎处来。"于是驰白其夫，其夫大愕，便入。夫妇共视被中人高枕安寝，的是其形，了无一异。虑是魂神，不敢惊动。乃共以手徐徐抚床，遂冉冉入席，渐渐消灭。夫妇悗怖。如此少时，夫得病，性理乖错，于是终卒。离魂之事，往往有之。况神情所注，忽然而翔，自然之理，又何怪也？

【注释】①内睹，悄悄窥视。　②"妻"下原本重"妻"字，据本条出处《太平广记》卷三百五十八"庞阿"条删。　③此事见《太平广记》卷三百五十八"柳少游"条。

董子马姬

绍兴董元瑞之子,聘同邑马氏女为室。以马之女未二十,不为之婚。男女各怀怨怼,同日得瘵疾。

既二年,并患在亟①。一日,董氏村人见大官舰泊河下,一皂隶上,问:"何处董宅?"人指示之,忽不见。数日又至,村人怪而窥之,见舟中端坐一女子,盛饰美容,光彩夺目,左右媵侍十馀人。或问谁家女,曰:"此马氏姊也,来迎女婿。"或报董氏,使老媪往觇其容,俨与马姬无二。又明日,董生死,马姬亦亡。其官舰中坐者,疑是魂魄先赴云②。

【注释】①在亟,病重。　②中国幽冥观念中有人未死而魂先赴阴间之说。前"张氏女"条亦是。

观 灯 美 妇

宣和中,京师士人元夕出游,至二美楼下,观者填塞,不可前。少驻步,见美妇人举措仓皇,若有所失。问之,曰:"我逐时观灯,适被人挨阻,迷失伴侣,今无所归。"士以言诱之,欣然曰:"我不能归,必被他人掠卖,幸君子怜之。"士人喜,即携手与还舍。如是半月,宠嬖殊甚,亦无有人踪迹之者。

一日,召所善友与饮,命妇人侍酒甚款①。后数日,友复来曰:"前日所见之妇,安从得之?"曰:"吾以金买之也。"友曰:"恐不然,子当实告我。我前日酒间,见每过烛后,色必变。意非人类,不可不察。"士人曰:"相处累月,乌有是?"友曰:"葆真宫王文卿法师善符箓,试谒之。若是祟,渠必能言。不然,无伤也。"遂同往谒。王一见惊曰:"妖气甚浓,势将难治。此祟绝异,非常鬼也。"历指坐间他客曰：“异日皆当为佐证。”坐者尽恐。士人已先闻友言，不敢复隐，具告之。师曰：“此物平时有何嗜好？”曰：“一钱箧极巧，常佩于身，不以示人。”王即朱书二符授之，曰：“公归，俟其寝，以一符置其首，一置箧中。”

士人归，其妇大骂曰：“托身于君久矣，乃不见信。令道士书符，以鬼待我！”士初犹设词以对，妇人曰：“某仆为我言，一符欲置吾首，一置箧中，何讳也？”士人不能隐，密访之，仆初不言，益疑之。迨夜，俟其睡，妇张灯制衣，达旦不息。士愈窘亟，走谒王师。师喜曰：“渠不过能忍一夕，今夕必寐，第从吾戒。”是夜果熟睡，乃如戒施符。天明无所见，意谓已去。

越二日，开封府遣狱吏逮王师下狱，曰：“某家妇人瘵疾三年，临病革，忽大叫曰：‘葆真宫王法师杀我！’遂死。家人方与沐浴，见首下及腰间皆有符，乃诣府投牒，云王以妖术杀其女。”王具言所以，即追士人，并向日坐上诸客证之，皆同得免。王师，建昌人。出《夷坚志》②。

【注释】①款，诚恳而不见外。 ②见宋洪迈《夷坚甲志》卷八“京师异妇人”条。

刘　道　济

光化中①，有文士刘道济，止于天台山国清寺。尝梦见一女子，引生于窗下，有侧柏树、葵花，遂为伉俪。后频于梦中相遇，自不晓其故。无何，以明州奉化县古寺内，见有一窗，侧柏、葵花，宛是梦所游。有一客官寄寓于此，室女有美才，贫而未聘，近中心疾②，而生所遇，乃女之魂也。③

女一遇生，心疾自愈，不著究竟，令人闷绝。又有彭城刘生，梦入一倡楼，与诸辈狎饮。尔后但梦，便及彼处，自疑非梦。所遇之姬,芳香常袭衣。亦心邪所致耳。④

【注释】①光化,唐昭宗年号(898—901)。　　②近日得了心病。③此条采自五代孙光宪《北梦琐言》卷七《刘道济幽窗梦》。　　④此按出自明王世贞《艳异编》卷二十二《刘道济》。

吴　兴　娘 以下附魂

大德中①,扬州富人吴防御居春风楼侧,与宦族崔君为邻,交契甚厚。崔有子曰兴哥,防御有女曰兴娘,俱在襁褓。崔君因求女为兴哥妇,防御许之,以金凤钗一只为约。既而崔君远宦,凡一十五载,音耗竟绝。女年十九矣,其母谓防御曰:"崔家郎君一去杳然,兴娘长成矣,不可执守前言令其失时也。"防御曰:"吾已许吾故人矣。诚约已定,可食言耶?"女亦望生不至,因而感疾,沉绵枕席,半岁而终。父母哭之恸,临殓,母持金凤钗抚尸而泣曰:"此汝夫家之物也。今汝逝矣,吾留此安用?"遂簪于其髻而殡焉。

殡两月而崔生至。防御迎之,访问其故,则曰:"父为宣德府理官而卒,母亦先逝数年矣。今已服除,故不远千里而来。"防御下泪曰:"兴娘薄命,为念君故得疾,于两月前饮恨而死。今殡之矣。"引生入室,至其灵席前,焚楮钱以告之,举家号恸。防御谓生曰:"郎君父母既没,道途又远,今既来此,可便于吾家住宿。故人之子即吾子也,勿以兴娘没故自同外人。"即令搬挈行李于门侧小斋安泊。

将及半月,时值清明。防御以女新殁,举家上冢。兴娘妹庆娘,年甫十七,是日与家众同赴新坟,惟留崔生在家。至暮回归,天色已黑。崔生于门迎。有轿二乘,前轿已入,后轿至生前,忽有物堕地铿然。生急往拾之,乃金凤钗一只,欲纳还防御,则中门已闭。生还小斋,明烛兀坐,思念姻缘挫失,而孑身寄迹于人,亦非久计。长叹数声,方欲就枕,忽闻剥啄扣门。问之则不答,不问则又扣。

如是者三，乃强起开门，视之，一女殊丽，立于门外，遽搴裙而入。生大惊，女子低容敛气，向生细语曰："崔郎不识妾耶？妾乃兴娘之妹庆娘也。适来坠钗轿下，君拾得否？"欲止生室。生以其父待之厚，拒之甚确，至于再三。女忽赧怒曰："吾父以子侄之礼待汝，置留小斋。汝乃敢于深夜诱我至此，欲将何如？我诉之于父，讼汝于官，必不舍汝矣！"生惧，不得已而从焉。至晓乃去。

自是暮隐而入，朝隐而出，往来于小斋可一月半。忽一夕谓生曰："妾处深闺，君居外馆，今日之事，幸无人觉。诚恐好事多磨，佳期易阻。一旦声迹彰露，亲庭罪责，闭笼而锁鹦鹉，打鸭而惊鸳鸯。在妾固所甘心，于君诚恐累德。莫若先事而发，怀璧而逃。或晦迹深村，或潜踪别郡，庶优游偕老，不致分离也。"生颇然其计，曰："卿言亦自有理，吾方思之。因自念零丁孤苦，素乏亲知，虽欲逃亡，竟将焉往？尝闻父言有旧仆金荣者，信义人也，居镇江吕城，以耕种为业。今往投之，庶不我拒。"

至明日五更，与女轻装而出。买船过瓜州，奔丹阳，访于村氓，则金荣在焉。其家殷富，为本村保正②。生乃大喜，造其门。至则初不相识也，生言其父姓名爵里及己乳名，方始记认，则思而哭其主，拥生在堂而拜认曰："此吾家郎君也！"生具告以故，乃虚正堂而处之，事之如事旧主。衣食之需，供给甚至。

生住金荣家将及一年，女告生曰："始惧父母见责，故与君为卓氏之逃，大非获已。今已及期矣③。爱子之心，人皆有之。倘其自归，喜于再见，必不我罪。况亲恩莫大，岂有终绝之理乎？"生从其言，即与之别金荣，渡江入城。

将近其家，谓生曰："妾逃窜一年，今遽与君往，或恐触彼之怒。君可先之，妾舣舟于此以候。"临行复呼生回，以金凤钗与之曰："如或疑拒，当出此示之可也。"生至门，防御欣然迎之，反致谢曰："昨顾待不周，致君他适。老夫之罪也，幸勿见责！"生拜伏不敢仰视，但称死罪。防御骇然曰："何故乃尔！愿得开陈，释我疑虑。"生惶愧言曰:"曩者房帷事密,儿女情多,负不义之名,犯私通之律。不告而娶,窃负而逃。窜伏村墟,旷绝音问。今携令爱同此归宁,伏望恕其罪谴,使得终遂于飞。大人有溺爱之恩,小子有室家之乐,是所幸也。"防御曰:"吾女卧病在床,今乃一载,饘粥不进,转侧须人,岂有是事也?"生谓其恐为门户之辱,故饰词以拒之。乃曰:"目今庆娘在于舟中,可令人舁取之来。"防御虽不信,姑令家童驰往视之。至江,并无所见。防御大怒,责生妖妄,生乃袖中取出金凤钗以进。防御见之大惊,曰:"此物吾亡女兴娘殉葬之物,胡为至此?"疑惑之际,庆娘忽于床上欣然而起,出至堂前,拜其父曰:"兴娘不幸,早辞严侍,远弃荒郊。然与崔生缘分未断,今来此,意亦无他,请以爱妹庆娘续其婚尔。如从所请,妹病即痊。不然,命尽此矣。"举家惊骇,视其身则庆娘,而言动举止即兴娘也。父诘之云:"汝既死矣,安得复于人世为此乱惑乎?"对曰:"女之死也,冥司以女无罪,不复拘禁,得隶玉皇娘娘帐下,掌传笺奏。切以世缘未尽,故特给假一年,来与崔郎了此一段姻缘尔。"防御闻其言,乃许之。即敛容拜谢其父,又与崔生执手歔欷为别。且曰:"父母许我矣,汝好做娇客,慎毋以新人而忘故人也。"言讫,恸哭仆地,视之已死矣。急以汤药灌之,移时乃苏。其病即瘥,行动如常。叩以前事,并云罔知。防御遂涓吉续崔生之婚。

生感兴娘之情,以金凤钗卖于市,得钞二十锭,尽买香烛楮币,赍诣琼花观,命道士建醮三昼夜,以报兴娘。兴娘复托梦于崔生曰:"荐拔尚有馀情,虽隔幽冥,实深感佩。小妹庆娘,直性柔和,宜善待之。"生闻之,惊悼而觉。此后遂绝。④

【注释】①大德,元成宗年号(1297—1307)。　　②保正,即保长。③及期,已及一年。　　④此条采自明瞿佑《剪灯新话》卷一《金凤钗记》。

贾　云　华

　　至正间,有魏鹏者,字寓言,襄阳人。父巫臣,延祐初参政浙江行省①,卒。母郓国萧夫人。二兄鸎、鷟。惟生独秀美,善属文,乡里称焉。先是参政时,萧夫人善于贾平章之夫人曰邢国②。平章幽州人,卒于杭,遂留居焉。至是,生母遣生诣之,授以书曰:"以此呈邢国,勿妄开也。"生私启之,知有指腹之约,忻喜而已。

　　逾月抵杭,旅边妪之舍。边故达睦丞相宠姬③,后嫁民间。今虽已老,然善刺绣,喜谈谑,多往来达官家。生问贾平章家事,妪备道之。生亦为语郓国遣己故。

　　妪为之先于邢国。邢国惊喜,使妪召之。生至再拜,呈母书。顷间,一童子出,娟娟如琼瑶。邢国曰:"小儿子麟也。"令拜生已,复命侍儿唤娉娉。须臾,双鬟拥一女子穿绣幕而来。曰:"小女子也。"亦拜生已,乃退立邢国坐右。生窃视,真国色矣。邢国与生各为寒温。少焉治具,亲酌饮生,生跪而受。顾谓娉曰:"郎君长汝,汝兄事之。"更令娉与麟酌以饮生。既乃令家僮引生就堂外东厢止宿。生至,则妪家行李已先在焉。

　　居月馀,生念邢国虽甚款爱,而语不及姻事,且疑"兄事"之命。乃密祈梦于伍相祠,得神报云:"洒雪堂中人再世,月中方得见嫦娥。"莫晓所谓,但私识之。

　　一日平旦,生入问邢国,出至重堂,转堂后曲巷,以造娉室。娉方低鬟束双弯,着罗袜。生屏身户外,窥于隙间。福福见之以报娉④,娉怒,将白邢国。生惶恐谢,娉亦解,更以阁前瑞香赠生,令福福送生出。生即重赂福福,使之挑娉。福福出吴绫令生书,有"海棠枝上拭新红"之句。谓生曰:"我持此去,君徐来。"及见娉,乃佯堕。娉见诗色变,生趋谢,继之以跪。娉乃令生就坐,生从容曰:"千里至此,本为姻盟。今夫人了无一语,其意可知。而子复漠然相视,当即促装与子诀矣。"娉叹曰:"人非木石,谁独无情? 君之此言,岂知我者?"生即求合,娉拒之曰:"晚当遣福福诣君,有语相告。"已而夫人归,生乃趋出。

至暮,福福至。约以明夜达生处,生喜不可制。明日,生之友招生过平康,生辞,固曳以去,劝饮至醉,归则卧石栏侧地上。时娉乘间赴生,而生适大醉。呼之不觉,乃怅然书一绝于生练裙上,有曰:"襄王自是无情绪,醉卧月明花影中。"生觉,怅然追恨。逾数日,邢国往作佛事,娉与生送之。娉密语生,是夕竟达娉处。少焉就枕,生曰:"今夕可谓'海棠枝上拭新红'也。"自是更数夕,而生得母、兄书,令归就试。更有书及邢国,使促生还。生不得已,夜入别娉,相视悲泣。明日,生入拜邢国,遂竟别去。

抵家就试,得首选。赴燕,复登第。及廷试,名在前列。生思念娉,乃以翰苑自求外补,得浙江提举。乃赴钱塘,先诣贾宅谒邢国。娉娉见生,悲喜交集。已而命酌,既暮就馆。居月馀,生与娉情好愈笃,多不自检。侍女有春鸿者,以宿恨怨娉,欲报之。一日,生与娉对弈池畔小亭上。鸿趋夫人曰:"圃中池莲并蒂二色,请观之。"时娉与生方谈笑争局,适风撼花枝坠局中。娉起视之,见夫人且至,生乃遁去。明日,夫人召生为瑞莲之宴,娉及麟皆在,各为吟咏,相称赏而退。自是娉屈意事鸿,得其心,且乐为用。而生母讣音已至,生乃仓卒告归。

先是,生以姻事属边妪,使探邢国意。会邢国属边妪觅婿,妪曰:"颇、牧自在禁中⑤,何远求耶?"夫人曰:"非魏提举乎? 佳则佳矣,但终历仕途,势且携去。若嫁他乡,宁死不忍。"妪还以复生。生曰:"余固知之。况重罹荼毒,行色匆匆,殒越之馀,宁暇及此? 虽然,此先堂意也。天地鬼神,昭布森列。息壤在彼⑥,岂以吾母既亡而背盟弃好? 妪若责以大义,或庶几焉。"妪如言以进。夫人曰:"纵有苏、张,如不听何!"妪退。生叹曰:"死生之期,自此始矣!"乃促装以归。

娉伺夫人既寝,召生入与诀。至则相持而泣,魂断心摧。福福等亦哽咽凄怆,不能仰视。酒半,娉举杯前曰:"兄不来矣!不偕伉俪,从此途人⑦。妾命薄春冰,身轻秋叶。云泥异路,浊水清尘。然既委身,岂能再适?死以为期,言犹在耳。行当寄魂空木,毕命穷泉。长恨悠悠,曷其有极!平时兄命我歌,我每赧愧。今当永诀,为君一曲,君其听之。正唐人所谓'一声何满子,双泪落君前'也。"歌曰:"随水落花,离弦飞箭。今生无处能相见。长江纵使向西流,也应不尽千年怨。 盟誓无凭,情缘无便。愿魂化作衔泥燕。一年一度一归来,孤雌独入郎庭院。"明日,娉乃破匣中镜及琴上冰弦,遣福福付生。生入别邢国。邢国召娉别生,娉不肯出,生亦不强,遂行。

是岁,麟举乡试,明年登进士,授咸宁尹。乃举家之陕,娉亦随行。娉自别生,食寝俱废,兼之道途困顿,抵县浃旬⑧,而势且垂绝矣。邢国忧之,莫晓其故,研问侍婢,始得其概,懊恨无及。

一日,沐浴梳饰,衣服如常,拜于母前曰:"儿不幸,死在旦夕。母恩未报,饮恨黄泉。赖有灵昭麟字可为终养。愿夫人割不忍之爱。"又语麟曰:"弟早掇巍科,前程远大。但愿早寻佳偶,以奉夫人。我命薄年促,徒以死相累耳。若我殁后,托一抔之土,权殡于此。俟弟改官北归,携骨还葬,志愿毕矣。"语毕返室,以手书嘱福福曰:"以是寄魏生,俾知我为泉下客矣。"言讫,泪下如雨。至晚竟逝。

麟漆棺敛之,寄开元寺中。无何,县有剧盗遁于襄阳,官遣胥吏康铧往捕之。福乃出娉缄与麟,俾因铧寄去。麟览之,乃集唐绝句十首,与生为诀之辞也。麟以白母,母曰:"人已逝矣,勿违其意。"遂命寄去。诗曰:"两行清泪语前流,千里佳期一夕休。倚柱寻思倍惆怅,寂寥灯下不胜愁。""倚栏无语倍伤情,乡思撩人拨不平。寂寞闲庭春又晚,烟花零落过清明。""相见时难别亦难,寒潮惟带夕阳还。钿蝉金雁皆零落,离别烟波伤玉颜。""自从消瘦减容光,云雨巫山枉断肠。独宿孤房泪如雨,秋宵只为一人长。""纱窗日落渐黄昏,春梦无心只似云。万里寂寥音信断,将身何处更逢君。""一身憔悴对花眠,零落残魂倍黯然。人面不知何处去,悠悠生死别经年。""真成薄命久寻思,宛转娥眉能几时。汉水楚云千万里,留君不住益凄其。""魂归冥漠魄归泉,却恨青娥误少年。三尺孤坟何处是,每逢寒食一潸然。""物换星移几度秋,鸟啼花落水空流。人间何事堪惆怅,贵贱同归土一丘。""一封书寄数行啼,莫动哀吟易惨凄。古往今来只如此,几多红粉委黄泥。"

生家居苫块,度日如年,追念旧欢,遽成陈迹。忽康铧者自陕至,得娉凶问,并所集古句,读之,闷而复苏,誓不再娶。乃于岘山堕泪碑侧为位以哭。

未久,生服满赴都,除陕西儒学正提举。复得与麟相见。拜谒夫人已,乃询娉殡宫,即往痛哭。以手叩墓曰:"寓言在此。想子生平,精灵未散,岂不能为华山畿乎⑨?"是夕宿公署,仿佛见娉来,曰:"天果从人愿乎?"生忘其死也,遽拥抱之。娉曰:"君勿见持,当有奉告。妾死后,冥司以妾无罪过,命入金华宫,得掌笺奏。今更感君不娶之言,将命我返魂。而屋舍已敝,当假他尸,尚未有便。数在冬末,方可遂耳。"语毕不见。生惊觉,但见淡月浸檐,冷风拂面,四顾凄然,泣数行下。

是年冬,有长安丞宋子璧者,一女暴卒,三日忽苏,不认其父母。曰:"我贾平章女,今咸宁县尹之姊也。死已二载,数当返魂。"竟奔贾宅,见夫人及麟,呼福福、春鸿名字,索存日遗物,毫发不爽。夫人曰:"此天作之合也。"乃报魏生。生亦以梦中语告。于是再缔前盟,夫人暨福福等俱往送焉。花烛之夕,真处子也。枕上话旧,一事不遗。是日宴于提举后堂,宋丞一门亦与焉。询丞女名曰月娥,堂有扁额曰"洒雪",因悟伍相梦中语,至是皆验。

月娥后生三子,皆得官。生仕至兵部尚书,月娥封�国夫人。辑其吟咏,题曰《唱随集》,贯云石为之序云⑩。

【注释】①延祐，元仁宗年号（1314—1320）。　②邢国，邢国夫人之简称。　③"丞相"二字原本缺，此事又见于明李昌祺《剪灯馀话》卷五、周清原《西湖二集》卷二十七、王世贞《艳异编》卷二十五，均有"丞相"二字，据补。　④福福，娉娉之侍女名。　⑤颇、牧，战国时赵将廉颇、李牧。唐宣宗时，党项扰边，上欲择可为邠宁帅者而难其人。因从容与翰林学士毕諴论边事，諴援古据今，具陈方略。上悦曰："吾方择帅，不意颇、牧近在禁廷！"　⑥息壤，战国时秦国邑名。"息壤在彼"，语见《史记·甘茂传》，意谓息壤本为秦邑，而为韩所据，在秦为必取之。　⑦途人，路人。形同路人，了不相干。　⑧浃旬，一旬，十天。浃，满也。　⑨乐府有《华山畿》，据传说，南朝宋少帝时，有一士子从华山往云阳，于客舍中见一女子，悦之无因，遂成心疾。气将绝，谓母曰："葬时从华山过。"母从其意，至女门，牛不肯行。女妆点沐浴竟而出，歌曰："华山畿。君既为侬死，独活为谁施？君若见怜时，棺木为侬开。"言讫，棺木开，女遂投入棺中，因合葬。　⑩贯云石，号酸斋。元代大诗人，以散曲名世。元仁宗时官翰林侍读，知制诰。

李　夫　人　再见。以下招魂

武帝追念李夫人不已①，齐人李少翁自云能致其神，乃夜张帐明烛，陈酒食。令帝居他帐中遥望，见好女如李夫人之貌。帝欲就视，少翁止之。帝为诗曰："是耶？非耶？立而望之，偏何姗姗其来迟！"复作赋曰："美联娟以修娉兮，命天绝而弗长。饰庄容以延伫兮，泯不归乎故乡。惨郁郁其闷感兮，处幽隐而怀伤。税馀马于上椒兮，掩修夜之不阳。"

一说：暗海有潜英之石，其色青，轻如毛羽。寒盛则石温，暑盛则石冷。刻为人像，神悟不异真人。李少君致此石，刻作李夫人形，置于轻纱幕内，望之宛若生时。帝大悦，问少君曰："可得近乎？"少君曰："譬如中宵忽梦，而昼可得近观乎？此石毒，宜远望，不可迩也。"帝乃从其谏。少君令舂此石人为丸，帝服之，不复思梦。②

【注释】①李夫人，见本书卷六"丽娟　李夫人"条。　　②此说见晋王嘉《拾遗记》卷五。

杨　太　真

马嵬变后①，明皇朝夕思惟，形神憔悴。有道士王舟者，以少君术求见②。上极其宠待，冀得复见，虽死不恨。道士出袖中笔墨，索细黄绢，诵咒呵笔，画一女人像。若天师所画将符，仅类人形而已。使上斋戒怀之，凝神定虑，想其平日，三日三夜不懈。道士曰："得之矣。"上出像观之，乃真贵妃面貌也。上喜甚。道士笑曰："未也，请具五色帐，结坛供之。"索十五六聪慧端正之女二十四人，齐声歌子建《步虚词》。道士复焚符诵咒，吸烟呵像上。次命诸女一一如方呵之。至定昏时③，请上自秉烛入帐中。

先是，道士以五色石示上，谓之衡遥。以少许研极细，和以诸药，令作烛。外画五色花，谓之还形烛。上既入，道士命侍者出，反闭金扉，以葳蕤锁锁之。于是太真在帐中见上泣曰："以天下之主，不能庇一弱女，何面颜复见妾乎！沉香亭下，月中之誓何在也？"上亦泪下，言马嵬之变出于不意。其言甚多，太真意少释。与上曲尽绸缪，胜于平日，脱臂上玉环内上臂。天未明，道士启扉曰："宜别矣！"上出帐回视，不复更见，惟玉环宛然在臂耳。道士具言太真所以尸解，今见为某洞仙甚悉。多所秘。④

白乐天《长恨歌叙》云：上皇追念贵妃不已，有道士杨通幽自蜀来，云有李少君之术。上皇大喜，命致其神。方士竭其术以索之，不能至。又游神驭气，出天界、入地府求之，竟不见。又旁求四虚之上下，东极绝大海，跨蓬莱。忽见最高山，山上多楼阁。洎至西厢下，有洞户东向，阖其门，额署曰"玉妃太真院"。方士抽簪叩门，有碧衣侍女至，诘其所从来。方士因称天子使者，且致其命。碧衣云："玉妃方寝，请少待。"逾时碧衣延入，玉妃出，冠金凤冠，披紫绡霞帔，佩红玉，曳凤舄，左右侍女七八人。揖方士问曰："皇帝安否？"次问天宝十四载已还事，言讫悯然。指碧衣侍女取金钿合，折其半授使者，曰："为我谢太上皇，谨献是物，寻旧好也。"方士将行，复前跪致词："请当时一事不闻于他人者验于太上皇。不然，恐负新垣平之诈也⑤。"玉妃徐言曰："昔天宝十四载，侍辇避暑骊山宫。秋七月，牵牛织女相见之夕，上凭肩而望，密相誓心，愿世世为夫妇。此独君王知之耳。"因言："太上皇亦不久居人间，幸自珍爱。"使者还，具奏太上皇，皇心震悼。其说与此不同。

【注释】①安禄山既破潼关，唐玄宗逃离长安，至马嵬坡，兵变，杀杨贵妃。　②少君，此处所指即前条之李少翁。按《史记》、《汉书》均记少翁事而不言姓李，其术即召魂术。汉时另有方士李少君，善为巧发奇中。以祠灶、谷道、却老之方见武帝，未言有召魂术。后人遂有误以少君与少翁为一人者。　③定昏，黄昏。　④此条采自《说郛》卷一百一十一《长恨歌传》所附"玄虚子"后记，并言"此说又与《长恨歌》异，存之备考"。　⑤汉文帝时，有赵方士新垣平言善望气，说文帝将有玉英现，而诈使人献玉杯。事觉，夷三族。

许 至 雍 妻

许至雍妻早没，至雍怀思颇切。每风景闲夜，笙歌尽席，未尝不叹泣悲嗟。至雍八月十五日夜，于庭前抚琴玩月已久，忽觉帘屏间有人行，嗟吁数声。至雍问曰："谁人至此，必有异也。"良久，闻有人语，乃是亡妻。云："若欲得相见，遇赵十四，莫惜三贯六百钱。"至雍惊起问之，乃无所见。自此常记其言，则不知赵十四何人也。

后数年,至雍闲游苏州。时方春,见少年十馀辈,皆妇人装,乘画船,将谒吴太伯庙①。许生因问人曰:"彼何为者?"答曰:"此州有男巫赵十四,言事多中,为土人所敬服。此皆赵生之下辈也。"许生问:"赵生何术?"曰:"善致人魂耳。"许生喜符其妻之说。明早诣赵,具陈恳切之意。赵生曰:"某所致者生魂耳。今召死魂,又令生人见之,某久不为,不知召得否。知郎君重念,又神理已有所白,某安得辞?"乃计其所费之值,果三贯六百。遂择良日,洒扫焚香,施床几于西壁下,于檐外结坛场,致酒脯,呼啸舞拜,弹胡琴。至夕,令许君处于堂内东隅,赵生乃于檐下垂帘卧,不语。至三更,忽闻庭际有人行声,赵生乃问曰:"莫是许秀才夫人否?"闻吁嗟数四,应云:"是。"赵生曰:"以秀才诚意恳切,故敢相迎,夫人无怪也。请夫人入堂中。"逡巡似有人揭帘,见许生之妻淡服薄妆,拜赵生,徐入堂内,西向而坐。许生涕泗呜咽曰:"君得无枉横否②?"妻曰:"命耳,安有枉横?"因问儿女与家人及亲旧闾里等事,往复数十句。许生又问:"人间尚佛经,呼为功德,此诚有否?"妻曰:"皆有也。"又曰:"要功德否?"妻云:"某平生无恶,岂有罪乎?"良久,赵生曰:"夫人可去矣,恐多时即有谴谪。"妻乃出。许生相随泣涕曰:"愿惠一物为记。"妻泣曰:"幽冥唯有泪可以传于人代。君有衣服,可投一事于地。"许生脱一汗衫置地,妻取之,悬于庭前树枝间,以衫蔽面,大哭良久。挥手却许生,若乘空而去。许生取衫视之,泪痕皆血也。许生痛悼,数日不食。赵生名何。③

【注释】①吴太伯庙,见本卷下文"胜儿"条注。　②枉横,枉死、横死。此处有阳寿未尽即遭死亡之意。　③此条采自《太平广记》卷二百八十三引《灵异记》。

韦　氏　妓

京兆韦氏子,举进士,门阀甚盛。尝纳妓于洛,颜色明秀,尤善音律。韦曾令写杜工部诗，得本甚舛，妓随笔改正，文理晓然。年二十一而卒。韦悼痛之，甚为羸瘠。弃事而寐，意其梦见。

一日，家僮有言：“嵩山任处士有返魂术。”韦召而求之。任命择日斋戒，除一室，舒帏焚香，仍须一经身衣以导其魂。韦搜衣笥，尽施僧矣，惟馀一金缕裙。任曰：“事济矣。”是夕，绝人屏事，且以昵近悲泣为戒。然蜡炬于香前，曰：“睹烛燃寸，即复去矣。”韦洁服敛息，一禀其诲。

是夜万籁俱止，河汉澄明。任忽长叹，持裙面帏而招。如是者三，忽闻吁叹之声。俄顷映帏微出，斜睇而立，幽芳怨态，若不自胜。韦惊起泣，任曰：“无庸恐迫，以致倏回。”生忍泪揖之，无异平生。或与之言，颔首而已。逾刻，烛尽及期，欻欲逼之，纷然而灭。韦乃捧帏长恸，既绝而苏。任生曰：“某非猎金者，哀君情切，故来奉救。沤珠槿艳①，不必置怀。”韦欲酬之，不顾而别。

韦尝赋诗曰：“惆怅金泥簇蝶裙，春来犹见伴行云。不教布施刚留得，浑似初逢李少君。”韦自此郁郁不怿，逾年而殁。

【注释】①“珠”，原本作“沫”，据本条出处唐高彦休《唐阙史》卷下“韦进士见亡妓”条改。沤泡虽如珠而旋出旋灭，木槿虽娇艳而朝开夕落。

北 海 道 人

北海营陵有道人，能令人与已死人相见。其同郡妇死已数年，闻而往见之，曰：“愿令我一见亡妇，死不恨矣。”道人曰：“卿可往见之。若闻鼓声，即出勿留。”乃语其相见之术。于是与妇言语悲喜，恩情如生。良久，闻鼓声，恨恨不能得住①。当出户时，忽掩其衣裾户间②，絜绝而去。至后岁馀，此人身亡。室家葬之，开冢，见妇棺盖下有衣裾。出《搜神记》。

【注释】①“住”，原本作“往”，据本条出处晋干宝《搜神记》卷二改。

②"忽掩其衣裙户间"，原本作"奄忽扰其衣裙户开"，据出处改。

真　　真以下画幻

唐进士赵颜，于画工处得一软障，图一妇人甚丽。颜谓画工曰："世无其人也。如何令生，某愿纳为妻。"画工曰："余神画也。此亦有名，曰真真。呼其名百日，昼夜不歇，必应。应则以百家彩灰酒灌之①，必活。"颜如其言，遂呼之百日，昼夜不止，乃应曰"诺"。急以百家彩灰酒灌，遂活，下步言笑饮食如常，曰："谢君召妾，妾愿事箕帚。"终岁生一儿。

儿年两岁，友人曰："此妖也，必与君为患。余有神剑可斩之。"其夕乃遗颜剑，剑才及颜室，真真乃泣曰："妾南岳地仙也。无何为人画妾之形，君又呼妾名，既不夺君愿。君今疑妾，妾不可住。"言讫，携其子却上软障，呕出先所饮百家彩灰酒。睹其障，唯添一孩子，皆是画焉。出《闻奇录》②。

【注释】①彩灰，彩衣烧后之灰。　　②见《太平广记》卷二百八十六"画工"条。

吴　四　娘

临川贡士张撝赴省试，行次玉山道中①。暮宿旅店，揭荐治榻②，得绢画一幅，展视之，乃一美人写真，其旁题"四娘"二字。以问主者，答曰："非吾家物。比来士子应诏东下，每夕有寓客，殆好事少年所携而遗之者。"撝旅怀淫荡，注目不释，援笔书曰："捏土为香，祷告四娘。四娘有灵，今夕同床。"因挂之于壁，酤酒独酌，持杯接其吻曰："能为我饮否？"灯下恍惚觉轴上应声，莞尔微笑。醉而就枕，俄有女子卧其侧，撼之使醒，曰："我是卷中人，感尔多情，故来相伴。"于是抚接尽欢。将晓告去,曰:"先诣前途侍候。"

自是夜夜必来,暨到临安亦然。但不肯说乡里姓氏。撲尝谓之曰:"汝既通灵,能入贡院探题目乎?"曰:"不可。彼处神人守卫,巡察周备,无路可入。"试罢西归,追随如初。将至玉山,惨然曰:"明当抵向来邂逅之地,正使未晚,盍弛担?②吾当与子决别。"及期,撲执其手曰:"我未曾娶,愿与汝同归白母,以礼婚聘。"女曰:"我宿缘合伉俪,今则未也。君今举失利,明年授室。为别不久,他时当自知。"瞥然而去。

撲果下第,寻约婚于崇仁吴氏。来春好合,妻之容貌绝类卷中人,而排行亦第四。一日,戏语妻曰:"方媒妁许议卿,吾私遣画工图尔貌。"妻未之信。开笥出示,吴门长幼见之,合词赞叹,以为无分毫不似,可谓异矣。出《夷坚志》。

【注释】①"玉山道中",原本作"玉道山中",据本条出处宋洪迈《夷坚志补》卷十"崇仁吴四娘"条改。江西与浙江相接处有玉山,为临川入浙必经之路。 ②揭开床席,整理床榻。

薛　雍　妻

金陵士子薛雍妻亡,感念不置。一夕,妻见形曰:"冥官以子精诚,遣来相伴。"雍喜留宿,婉变如生。朝往夕来,家人皆不避。雍自谓奇遇,诧于其友。友皆啧啧曰:"薛郎多情,能感冥契。"为赋《梦鸾诗》美之。

已而雍日困瘁,其父诘之,以实告。父曰:"妖也。"请道士治之。道士奉王灵官甚神,至是无验。语雍曰:"吾术尽矣,而妖不服,何也?"授以五色线曰:"来则纤其裾。"雍如戒。明旦物色,遍诸寺宇不得。偶举首,见壁间画女一纸,其色线在焉,乃悟。妻丧后,日夕视画而叹,精神感通,遂尔成孽。取焚之,微有血出。雍少时而卒。

　　绍兴上舍葛棠,狂而有文,每下笔千馀言,未尝就稿。恒慕陶潜、李白之为人,事辄效之。天顺间,筑一亭于圃,扁其亭曰"风月平分",旦夕浩歌纵酒以自适焉。壁间张一古画,乃桃花仕女。棠对之戏曰:"诚得女捧觞,岂吝千金!"迫夜,一美姬进曰:"久识上舍词章之士,日间又垂深念,特至此歌以侑觞。"棠饮半酣,略不计真伪,曰:"吾欲一杯一曲。"姬连歌百曲,棠沉醉而卧。翌晓,视画上,不见仕女,少焉复在。棠怪之,虑其致祸,乃投诸火。

　　又稗史载:乡人程景阳夜卧,灯未灭,见二美女绾乌云髻、薄妆朱粉坐于傍,戏调备至,加以狎媒。程老年已高,略不答。二女各批一颊,拏撼之①,乃去。明日视之,伤痕存焉。儿曹不知何怪。久之,乃碎所卧枕屏,方于古画绢中得二女,盖为妖者。亟焚之。

　　传云:"物久则为妖。"若画出名手,乃精神所泻。如僧繇、道子,笔笔通灵②,况复以精神近之,安得不出现如生也?

【注释】①"拏",原本作"拿",据本条出处宋洪迈《夷坚支志庚》卷九"程老枕屏"条改。　　②南朝画家张僧繇,画龙不敢点睛,点则飞去。唐吴道子画《地狱变相》,观者悚然。

胜　儿

　　吴泰伯庙①,在苏阊门之内。每春秋季,市肆皆率其党,合牢醴,祈福于三让王,多图善马、彩舆、子女以献之。非其月亦无虚日。

　　乙丑春,有金银行首,纠合其徒,以轻绡画美人侍女,捧胡琴以从,名美人为"胜儿"。盖前后所绘者无以匹也。女巫方舞,有进士刘景复送客之金陵,置酒于庙之东通波馆。而欠伸思寝,乃就榻。

方寐,见紫衣冠者言曰:"让王奉屈。"刘生随而至庙,周旋揖让而坐。王语刘生曰:"适纳一胡琴妓②,艺精而色丽。知吾子善歌,故奉邀作胡琴一章,以宠其艺。"因命酌人间酒以饮生,并献酒物,视之,乃适馆中祖筵者也。生始颇不甘,既饮数杯,微醉而作歌曰:"繁弦已停杂吹歇,胜儿调弄逻逤发。四弦拢撚三四声,唤起边风驻寒月。大声漕漕奔湿湿,浪蹙波翻倒溟渤。小弦切切怨飕飕,鬼泣神悲低悉窣。侧腕斜挑掣流电,当秋直戞腾秋鹘。汉妃徒得端正名,秦女虚夸有仙骨。我闻天宝年前事,凉州未作西戎窟。麻衣右衽皆汉民,不幸胡尘暂蓬勃。太平之末狂胡乱,犬豕奔腾恣唐突。玄宗未到万里桥,东洛西京一时没。一朝汉民没为虏,饮恨吞声空呜咽。时看汉月望汉天,怨气冲星成彗孛。国门之西八九镇,高城深垒闭闲卒。河湟咫尺不能收,挽粟推车徒矻矻。今朝闻奏凉州曲,使我心魂暗超忽。胜儿若向边塞弹,征人血泪应阑干。"

歌成,刘生乘醉,落笔草札而献。王寻绎数四,召胜儿以授之。王之侍儿有不乐者,妒色形于坐中,生恃酒以金如意击胜儿首,血淋襟袖,生乃惊起。明日视缯素,果有损痕。歌今传于吴中。

【注释】①泰伯又作太伯。殷商时,周太王长子为太伯,次子为仲雍,三子为季历。季历贤,而其子姬昌(即后来的周文王)更贤。太王欲传位于季历而及昌。于是太伯、仲雍乃奔于荆蛮,以让季历。太伯入荆蛮,自号勾吴,为吴国的始祖,称吴太伯。吴人又称为"让王"。 ②"妓"字原本缺,据本条出处《太平广记》卷二百八十"刘景复"条引《纂异记》补。此篇讹漏之字较多,以致文义不通。后径改,不复出校。

金 山 妇 人 以下事幻

有士夫自浙西赴官湖外。妻绝美。舟过扬子江,大风作于金山寺下。舟覆,妻孥尽溺,唯士人赖小艇得脱。就寺哀恸累日,然后去。

三年后，满秩东还，复经故处，就寺设水陆供荐，祷于佛，乞使妻早受生。罢时已四更。少焉，童奴扫地，逢一妇人，满身流液如馋涎①，裸跣抱柱，如醉如痴，唤之不应。黎明，僧众聚观，士人亦至，细认之，乃其妻也，骇怖无以喻。命加薰燎，具汤药守之。至食时，稍稍知人，自引手接汤，俄而复活。

夫妇相持而泣，遂言其故，曰："我初没时，如被人拖脚引下，吃水数口。入水底，为绿衣一官人携入穴。穴高且深，置我土室中。以我为妻，每夜袖糕饼之属饲我，未尝茹荤。问其安得此物，初犹笑不言，及既昵熟，方云是水陆会中得来。因告之曰：'我囚闷已久，试带我出瞻仰佛事，少欢心意如何？'彼坚拒不可。求之屡矣，一夕许之。我因攀险梯危，上寺中，望灯烛荧煌，华幡间列。及诣香案边听疏，乃是君官位姓名追荐我者。我料君在此，盘旋绕寺不肯返。绿衣苦见促，我故延留。会罢烛灭，强拽我行。我闻君咳声，愿见不得，紧抱廊柱不放，遭他殴打极困②。他怕天晓，始舍去。此身堕九泉下，不知岁月。赖君复生，皆佛力广大所致。"喜甚而哭，夫亦哭，遂为夫妇如初。满寺之人，莫不惊异。绿衣者，盖水府判官也。出《夷坚志》。

【注释】①"如"字原本缺，据本条出处宋洪迈《夷坚支志庚》卷九"金山妇人"条补。　②"极困"，原本作"困极"，据出处改。

鬼　国　母

建康巨商杨二郎，本以牙侩起家。数贩南海，往来十馀年，累赀千万。淳熙中遇盗，同舟尽死，杨坠水得免。逢木抱之，沉浮两日，漂至一岛。登岸，信脚所之，入一洞中，男女多裸形，杂沓聚观。一最尊者称为鬼国母，令引前，问曰："汝愿住此否？"杨无计逃生，应曰："愿住。"母即命鬓治室，合为夫妇。饮食起居，与世间不异。

或旬日，或半月，常有驶卒持书至，曰："真仙邀迎国母，请赴琼室。"母往，其众悉从，杨独处洞中。

它日，杨亦请行，母曰："汝凡人，不可。"杨累恳，母许之。飘然履虚，如蹑烟云。至一馆宇，优乐盘肴，极为丰洁。母正位而坐，引杨伏于桌帏，戒之屏息勿动。移时，庭中焚楮，哭声齐发。审听之，即杨之家人声也。乃从桌下出。家人皆以为鬼，惟妻泣曰："汝没于海中二年馀，我为汝发丧行服，招魂卜葬。今夕除灵，故设水陆做道场。何繇在此？人耶鬼耶？"杨曰："我原不曾死。"具道所遇曲折，妻方信之。鬼母在外招呼，继以怒骂，然终不能相近。少顷寂然。杨乃调药补治，数年始复本形。[1]

【注释】[1]此条采自宋洪迈《夷坚志补》卷二十一"鬼国母"条。

黄　　损

秀士黄损者，丰姿韶秀，早有隽誉。家世阀阅，至生旁落。生有玉马坠，色泽温栗，镂刻精工，生自幼佩带。一日游市中，遇老叟鹤发朱标，大类有道者。生与谈竟日，语多玄解。向生乞取玉坠，生亦无所吝惜，解授老人，不谢而去。

荆襄守帅慕生才名，聘为记室，生应其聘。行至江渚，见一舟泊岸，篷窗雅洁，朱阑油幕，讯之，乃贾于蜀者，道出荆襄。生求附舟，主人欣然诺焉。抵暮，生方解衣假寐，忽闻筝声凄惋，大似薛琼琼。琼琼狭邪女，筝得郝善素遗法，为当时第一手，此生素所狃昵者也，入宫供奉矣。生急披衣起，从窗中窥伺，见幼女年未及笄，衣杏红轻绡，云鬟半軃，燃兰膏，焚凤脑，纤手抚筝。而娇艳之容，婉媚之态，非目所睹。少选，筝声阒寂，兰销篆灭。生视之，神魂俱荡，情不自持，挑灯成一词云："生平无所愿，愿作乐中筝。得近佳人纤手子，砑罗裙上放娇声[1]。便死也为荣。"遂展转不寐。

　　早起伺之，女理妆甫毕，容更鲜妍。以金盆洁手，玉腕兰芽，香气芬馥，扑出窗棂。生恐舟人知之，不敢久视。乘间以前词书名字，从门隙中投入。女拾词阅之，叹赏良久，曰："岂意庾子山复见今日耶②！"遂启半窗窥生，见生丰姿皎然，乃曰："生平耻为贩夫贩妇，若与此生偕伉俪，愿毕矣！"自是启朱户，露半体，频以目挑。畏父在舟，倏启倏闭，终不通一语。

　　停午，主人出舟理楫。女隔窗招生密语曰："夜无先寝，妾有一言。"生喜不自胜，惟恨阳乌不速坠也。至夜，新月微明，轻风徐拂，女开半户，谓生曰："君室中有妇乎？"生曰："未也。"女曰："妾贾人女，小字玉娥，幼喜弄柔翰。承示佳词，逸思新美。君一片有心人也。愿得从伯鸾，齐眉德曜足矣③。傥不如愿，有相从地下耳。慕君才华，不羞自献。君异日富贵，万勿相忘。"生曰："卿家雅意，阳侯④、河伯实闻此言：所不如盟者，无能济河！"女曰："舟子在前，严父在侧，难以尽言。某月某日，舟至涪州，父偕舟人往赛水神，日晡方返。君来当为决策，勿以纤道失期，使妾望眼空穿也。"生曰："敬如约。"生欲执其手，女谨避不可犯。其父呼女，女急掩门就寝。生恍惚如在柯蚁梦中⑤，五夜目不交睫。

　　次日，舟泊荆江，群从促行。生徘徊不忍去，促之再三，始检装登岸。复伫立顾望，女亦从窗中以目送生，粉黛淫淫，有泪痕矣。生唏嘘哽咽。顷之，轻舟挂帆，迅速如飞，生益不胜情。入谒守帅，心摇摇如悬旌。帅屡扣之，不能举词。惟辞帅欲往谒故友，数日复来。帅曰："军务倥偬，急需借箸⑥，且无他往。"命使洁幸舍，治供具，馆生。生逡巡就旅舍，陴守甚严。

　　生度不得出，恐失前期，逾垣逸走。沿途问讯，间关险阻，如期抵涪州。客舟云集，见一水崖，绿阴拂岸，女舟孤泊其下。女独倚篷窗，如有所待。见生至，喜动颜色。招之曰："郎君可谓信士矣。"嘱生水急，继缆登舟，生以手解维欲登，水势汹涌，力不能持。舟逐水漂漾，瞬息顺流，去若飞电。生自岸叫呼，女从舟哭泣。生沿河渚狂走十馀里,望舟若灭若没,不复见矣。晚,女父至,觅舟不得。或谓缆断,舟随水去多时矣。女父急觅舟,追寻无迹,涕泗而回故里。

　适琼琼之假母薛媪者,以琼琼供奉内庭,随之长安。行抵汉水,见舟覆中流,急命长年绁起⑦。舟中一幼女,有殊色,气息奄奄。媪负以纩絮,调以苏合,逾日方苏。诘其姓氏,曰:"妾裴姓,玉娥小字也。随父入蜀,至涪州,父偕舟人赛神,妾独居舟中,缆解漂没至此。"媪曰:"字人无也?"女言与生订盟矣,出其词为信。媪素契重生,乃善视女,携入长安。谓之曰:"黄生,吾素所向慕也,岁当试士,生必入长安。为女侦访,宿盟可谐也。"女衔谢不已。自此女修容不整,扃户深藏,刺绣自给。思生之念,寝食俱废,或梦呼生名而不觉也。

　一日,有胡僧直抵其室募化,女见僧有异状,胡跪膜拜曰⑧:"弟子堕落火坑,有宿缘未了,望师指迷津。"僧曰:"汝诚念皈依,但汝有尘劫。我授汝玉坠,佩之可解,勿轻离衣裾。"授女而出。女心窃异之,未敢泄于媪也。

　然生遍访女,杳然无踪,若醉若狂,功名无复置念。穷途资尽,每望门投止。适至荒林,见古刹,生入投宿。有老僧趺坐入定,生以五体投地。老僧曰:"先生欲了生死耶?"生曰:"否否。旧与一女子有约涪州,为天吴漂没⑨。师,圣僧也,敢以叩问。"僧曰:"老僧心若死灰,岂知儿女子事? 速去,毋溷我!"生固求,僧以杖驱之使出。生礼拜益坚。僧曰:"姑俟君试后,徐为访求,当有报命。"生曰:"富贵吾所自有也,佳人难再得。愿慈悲怜悯,速为指示。"僧曰:"大丈夫致身青云,亢宗显亲,乃其事也。迷念欲海,非丈夫矣⑩。"迫之再三,复出数金,以助行装。生不得已,一宿戒行,终恋不能舍。勉强应制,得通籍,授金部郎。

　时吕用之柄政⑪,敛怨中外。生疏其不法,吕免官就第。生少年高第,长安议婚者踵至,悉为谢却,盖不忍背女初盟也。吕闲居,遍觅姬妾,闻薛媪有女佳丽,以五百缗为聘,随遣婢仆数十人劫之归第。吕见女姿容,喜曰:"我得此女,不数石家绿珠矣。"女布素缟衣,云鬓不理。吕出綦组纨绮,命易妆饰。女啼泣不已,掷之于地。吕令诸婢拥女入曲房。诸客贺吕得尤物,置酒高会。有牧夫狂呼曰:"一白马突至厩争枥,啮伤群马,白马从堂奔入内室。"吕命索之,则寂无所见。众咸骇异,因而罢酒。

　　吕入女寝室,叱去诸婢,好言慰之曰:"女从我,何患不生富贵乎!"女曰:"妾本阛阓女子^⑫,裙布椎作,固所甘之,无愿富贵也。相公后房玉立,岂少一女子耶? 罗敷自有夫,如若相迫,愿以颈血溅相公衣,此志不可夺也。"吕自为解衣,女力拒不得脱。忽有白马长丈馀,从床笫腾跃,向吕蹄啮。吕释女环室而走,急呼女侍入。马啮女侍,伤数人倒地。吕惊惶趋出寝所,马遂不见。吕曰:"此妖孽也。"然贪恋女姿,不忍驱去,亦不敢复入女室矣。惟遍求禳遣。

　　有胡僧自言能禳妖,吕延僧入。僧曰:"此上帝玉马,为祟女家,非人力所能遣也。兆不利于主人。"吕曰:"将奈之何?"僧曰:"移之他人可代也。"吕曰:"谁为我代耶?"僧良久曰:"长安贵人,相公有素所仇恨者,赠以此女,彼当之矣。"吕恨生刺己,思得甘心,乃曰:"得其人矣。"以金帛酬僧,僧不受,拂衣而出。

　　吕呼薛媪至曰:"我欲以尔女赠故人,尔当偕往。"媪曰:"故人为谁?"吕曰:"金部郎黄损也。"媪闻之私喜,入谓女曰:"相公欲以汝赠故人,汝愿酬矣。"女曰:"所不即死者,意黄郎入长安,了此宿盟耳。萧郎从此自路人矣^⑬。我九原死骨,奈何驱之若东西水也!"媪曰:"黄郎为金部郎,相公以汝不利于主,故欲以赠之。此胡僧之力也,女当急去。"吕乃以后房奁饰悉以赠女,先令长须持刺投生^⑭,生力拒不允。适薛媪至,生曰:"此薛家媪也,何因至此?"媪曰:"相公欲以我女充下陈,故与偕来。"生曰:"媪女已供奉内庭矣。"媪曰:"昔在汉水中复得一女。"遂出其词示生。生曰:"是赠裴玉娥者,媪女岂玉娥耶?"媪曰:"香车及于门矣。"生趋迎入,相抱呜咽。生曰:

"今日之会,梦耶真耶?"女出玉马谓生曰:"非此物,妾为泉下人矣!"生曰:"此吾幼时所赠老叟者,何从得之?"女言是胡僧所赠,方知离而复合,皆胡僧之力。胡僧真神人,玉马真神物也。乃设香烛供玉马而拜之,马忽自案上跃起,长丈馀,直入云际。前时老叟于空中跨去,不知所适。事见《北窗志异》。

【注释】①"研",原本作"呀",据李剑国《宋代传奇集》校勘记改。②庾信,字子山。历仕萧梁、北周。为南朝文坛巨擘,有《庾子山集》传世。③梁鸿字伯鸾,孟光字德曜。　④阳侯,波神。据云本陵阳国侯,溺水而死。其神能为大波,有所伤害。　⑤柯蚁梦,意谓南柯梦。　⑥借箸,参与谋划。　⑦长年,船夫。　⑧胡跪,对胡僧行胡人之跪礼。　⑨天吴,见《山海经》:天吴,水伯。八首人面,八足八尾。　⑩"丈"字原本缺,据《宋代传奇集》补。　⑪吕用之,见本书卷四"虬须叟"条。用之事在淮南,无入长安柄政事。此或有影射。　⑫阛阓,市井。　⑬萧郎路人,见本书卷四"于頔　韩滉"条。　⑭长须,此指家仆。

猪　嘴　道　人 以下术幻

洛阳李巘,少年豪迈,以财雄一乡。常薄游阡陌间,遇心惬目适,虽买一笑,掷钱百万不靳。

宣和间,某太守自南郡解印还洛,家富声乐。别室一宠姬,殊秀夭丽,西都人家伎妾①,虽百数莫出其右。尝以暮春游牡丹园,偕侣穿花径而出。巘一见如痴,目不暂瞬。姬亦窥其容状,口虽笑叱,而心颇慕之。明日,又邂近于别圃,方寸益乱,思得暂促膝通一语而不可得。

时有猪嘴道人者,售异术于尘中,能颠倒四时生物,人莫能识,巘独厚遇。忽造门求醉,巘欣然接纳,深思扣以其事,或能副所欲。乃设盛馔延款,具以诚告。客初难之,请至再四,乃笑曰:"姑试为之。"巘即拜谢。

明日,招往城外社坛②,四顾无人,拈一片瓦,呵祝移时,以付巇曰:"吾去矣。尔持此于庭壁间上下划之,当如愿矣。善藏此瓦,每念至,则怀以来。"巇谨受教,划壁未几,割然中开,竦身而入,径趋曲室内。斗帐画屏,极为华美,妇卧其中,宿醒未醒。见人惊起,赪颜微怒曰:"谁家儿郎,强暴至此,辄入房院,谁引汝来?"巇却立凝笑,不敢言。熟视良久,盖真所愿慕者,妇人亦悟而笑。略道曩事,即登榻共卧,相与极欢。既而曰:"太守且至,即宜引避疾回,后会可期也。"遂循故道而出,壁合如初。瓦故在手,携还家,珍秘于椟。过三日率一游。每见愈款昵,经累月,杳无人知。

会其密友贾生者,讶巇久不相过,意其有奇遇,潜伺所向,迹至社坛侧。巇觉而舍去。贾随诘问,不能隐,具以始末告之。贾不信,曰:"果尔,吾岂不可往邪?如不吾同,当发其妖幻,首于官,且白某太守。"巇甚惧,曰:"今暮矣,俟明日同诣道人谋之。"拂旦往,道人不悦曰:"机已泄,恐不能神,当作别计。城西某家,有园池之胜,能从吾饮乎?"皆曰:"幸甚。"即具酒殽偕往小饮。亭前有大假山,道人酒酣,振衣起,举手指划山石,一峰中分。两人就视,见楼台山水,花木靓丽。渔舟从溪上来,碧桃红杏缤纷。方注目间,道人登舟,其去如飞。贾引袖力挽,石缝遽合,伤其指,道人杳无踪矣。

它日,两人复至社坛,用前法施之,已无所效,惘然怨悔而归。后访乳医尝出入太守家者,使密扣姬,云:"梦中恍惚与一男子燕私,今久不复然矣。"③

【注释】①北宋以洛阳为西都。　②社坛,此即土地庙。　③此条采自宋洪迈《夷坚志补》卷十九。

李　月　华

万历庚辰,北直隶顺德府理刑署中书记王沼①,家居乡墅,落魄花柳之间。有角妓李月华者，京师教坊，色艺双绝，因避仇潜居墅上，与沼往来情浓。

沼常服役府城，多歇道观。遇云髯道士，姿状高古，姓名不定，亦在观中旅泊。一日天暮，月光皎然，沼贳酒与道士欢饮。迨夜分矣，忽思月华，欲诣其家，暂与道士取别。道士曰："夜已央，君不能去也。且李娘此时赴侧近贵人家陪宴，某为君邀至可乎？但不得妄与酒饮，饮则败吾事矣。"约束殷勤，沼亦许诺。道士乃以手按沼头着壁，闭其两目，口喃喃读咒文。咒已，方使开目。趣炳炬照屏风外②，见月华冉冉自树影中来，形貌妆束，宛如平生，手携琵琶而至。使命促席并坐，弄弦成曲，弹出《湘妃怨》，凄然竹枝袅袅之声。道士起而长啸，引以相和，其音清越，如黄鹤唳空，渐远而没。

月华于座上数目王郎不已，沼亦凝睇久之。私视其怀中琵琶，乃紫檀槽逻③，背刻"浔阳秋"三字，宛是李家故物也，讶不敢言。弹竟，已是四鼓，月华告归。既行至步廊下，沼强持一卮往灌之。道士怒曰："若病狂耶？顿忘前诫乎？"连催月华下阶，推仆于地，化为烟气而灭。

沼怏怏，益怪其事，目睫未交。际晓还访月华，不辞道士而去。及门，月华尚未起也，视琵琶历然在壁。问其晏眠之故，曰："夜来梦中见天使追去玉虚宫，仙官命录奏乐，惊不自持。卿何为亦在座？得无以人命戏乎？"方知所摄者李姬之魂也。沼惘怛移时。重访道士，杳不知所迹矣。海宁陈太常与郊时为顺德理④，话于座人。

【注释】①明时顺德府，治在今河北邢台市。　　②趣，催促。　　③槽逻，琵琶上架弦的部位，多以名贵檀木或玉石为之。　　④理，司理，掌管刑狱之官。

情史氏曰：梦者，魂之游也。魄不灵而魂灵，故形不灵而梦灵。事所未有，梦能造之；意所未设，梦能开之。其不验，梦也；其验，则非梦也。梦而梦，幻乃真矣；梦而非梦，真乃愈幻矣。人不能知我之梦,而我自知之;我不能自见其魂,而人或见之。我自觉其梦,而自不能解,魂不可问也。人见我之魂,而魂不自觉,亦犹之乎梦而已矣。生或可离,死或可招,他人之体或可附,魂之于身,犹客寓乎? 至人无梦,其情忘,其魂寂。下愚亦无梦,其情蠢,其魂枯。常人多梦,其情杂,其魂荡。畸人异梦,其情专,其魂清。精于画者,魂与之俱。精于术者,魂为之使。呜呼,茫茫宇宙,亦孰非魂所为哉!

补　遗

桂 花 仙 子 补画幻

钱塘一士人,少年狂荡。其妻早亡,独居廓处。偶于市中购得唐解元绢画《桂花仙子图》一轴,悬之书斋。日夕倚案瞪目注视,念欲得嘉耦如图中人,凡园有花果,必采撷以荐。

一夕,有女郎年可十六七,容颜娇丽,裳衣轻妍,从月色中来。士人询其居止,笑而应曰:"家在墙东。"士人心意东邻无是子也,但贪慕艳色,狂不自制,拥之入帏。妖态横生,曲尽欢昵。凌晓,趣辞去,定昏之后复来。自是夕夕无间,每至则室中起灵香,枕席皆芬,时说蓬莱、阆苑之事,士人颇讶异之。

经数旬,而内外亲表及臧获辈①,窃窃倚听,穴壁而窥,乃绝代姿首,世所无也。惊为狐魅之属,乘士人他出,阴引南昌道士来治之。道士吐匣中青蛇遍索,因指此图谓曰:"非尔为祟耶? 可尝吾剑。"忽应曰:"身是昆仑山女,与此郎有累世因缘,是以暂谐缱绻耳。卿有何禁术而欲制我乎?"复语其臧获辈曰:"君家如此行径,不可留矣!"其声若出画中也。语未毕,道士裂睛上视,持剑自抵其胸,反走出门。家人忙怖号叫,急谋焚毁此画。俄顷昼晦,忽有怪风暴起,云埃四合,弥漫一室。移时朗然,阅其像,神如洗矣,隐隐渐失所在,久之,空轴而已。里中数岁小儿,并见绡衣神女罗袜行空而去。

士人归,惊讯其事,方悟神仙之游,臂妆衣香,氤氲不散者经月。凄恋宛转,凝望无聊,乃延画师好手数十家,重写其真,莫能仿佛,于是乃止,终身不复琴瑟焉。好事者赋《无题》数章纪之。其一曰:"玉京仙路杳冥冥,凤拆鸾飞去不停。泣尽云軿何日返,教人遗恨失丹青。"

《耳谈》云:张文卿秀才亲见其事②。

【注释】①臧获,奴仆。　　②"卿"字原本空格,据罗锦堂《元杂剧本事考》引《情史》补。

赤　丁　子 补事幻

洛阳人牟颖,少年时因醉误出郊野,夜半方醒,息于路傍。见一发露骸骨,颖甚伤之,达曙,躬自掩埋。其夕梦一少年,可二十许,衣白练衣,仗一剑,拜颖曰:"我强寇耳,平生恣意杀害,作不平事。近与同辈争,遂为所害,埋于路傍,久经风雨,所以发露。蒙君复藏,我故来谢君。我生为凶勇人,死亦为凶勇鬼。若能容我栖托,但每夜微奠祭我,我常应君指使,足令君所求徇意。"颖梦中许之。及觉,乃试设祭馔,暗自祷祈。夜又梦鬼曰:"我已托君矣。君每欲使我,即呼'赤丁子'一声。轻言其事,我必应声而至也。"颖潜令盗人财物,无不应声遂意,后遂致富。

一日,颖见邻家妇有美色,爱之,乃呼赤丁子令窃焉。邻妇至夜半,忽自外逾垣而至。颖惊起款曲,问其所繇来。妇曰:"我本无心,忽夜被一人擒我至君室,宛如梦觉,我亦不知何怪也。"因思家悲泣不已。颖甚悯之,潜留数日,而其妇家人求访极切,至于告官。颖知之,乃与妇人诈谋,令妇人出别墅,却自归。言不知被何妖精取去，今却得回。

妇人至家后，每三夜或五夜，依前被一人取至颖家，不至晓却送归。经一年，家人皆不觉。妇人深怪颖有此妖术，后因至切，问于颖曰："若不白我，我必自发此事。"颖遂具述其实。邻妇遂告于家人，共图此患。家人乃密请一道流洁净作禁法以伺之。赤丁子夜至其门，见符篆甚多，却反白于颖曰："彼以正法拒我，但力微耳。与君力争，当恶取此妇人，此来必须不放回也。"言讫复去。须臾，邻家飘风骤起，一宅俱黑色。但是符篆禁法之物，一时如扫，复失妇人。至曙，其夫遂告官，同来颖宅擒捉，颖遂携此妇而逃，不知所之。[1]

【注释】[1]此条采自《太平广记》卷三百五十二"年颖"条引《潇湘录》。

孕　异

某县尉女，未嫁，随父在任。见一少年胥吏白晳可爱，悦之，而不得近。思慕不已，使侍婢窃其净手之水，咽之数口，遂感而孕。父母穷诘其故，女不能讳，为述其故，莫肯信，及产，惟清水耳。

又有伯仲同居，仲商于外，久不归。其妇思之成病，且死。家人共议，乃诈言仲归，欲以慰之，使伯伪为仲，以手略抚其体，病遂稍愈。自此遂孕。未几仲归，怪而诘之，家人语故。仲不信，讼于官，遂置诸狱。及产，惟一手焉。其事始解。

张　和 补术幻

唐贞元初，蜀郡豪家富拟卓、郑[1]，蜀之名姝无不毕致。每按图求之，媒盈其门，常恨无可意者。或言：坊正张和，大侠也，幽房闺稚无不知之，盍以诚投乎？豪家子乃以金帛夜诣其居，告之，张和欣然许之。异日,与豪家子偕出西郭一舍,入废兰若,有大像巍然。与豪家子升像之座。和引手扪佛乳,揭之,乳坏成穴如碗。即挺身入穴,引豪家子臂,不觉同在穴中。道行数十步,忽睹高门崇墉,状如州县。和扣门五六,有丸髻婉童迎拜曰:"主人望翁来久矣。"有顷,主人出,紫衣贝带,侍者十馀,见和甚谨。和指豪家子曰:"此少年君子也,汝可善待。予有切事须返。"不坐而去。言讫,已失和所在。豪家子心异之,不敢问。

　　主人延于中堂,珠玑缇绣,罗列满目。具陆海珍膳,命酌,进妓,交鬟撩鬓,缥然神仙。豪家子不识,问之。主人笑曰:"此次皿也,本拟伯雅②。"豪家子竟不解。至三更,主人忽顾妓曰:"无废欢笑,予暂有所适。"揖客而起,骑从如州牧,列炬而出。豪家子因私于墙隅。妓中年差暮者遽就谓曰:"嗟乎!君何以至是?我辈已为所掠,醉其幻术,归路永绝。君若要归,但取我教。"受以七尺白练,戒曰:"可执此候主人归,诈祈事设拜,主人必答拜,因以练蒙其头。"将曙,主人还,豪家子如其教。主人投地乞命,曰:"死妪负心,终败吾事,今不复居此。"乃驰骑他去。所教妓即与豪家子居。二年,忽思归,妓亦不留,大设酒乐饯之。饮阑,妓自持锸开东墙一穴,亦如佛乳,推豪家子于墙外,乃长安东墙下。遂乞食方达蜀。其家失已多年,意其异物③。道其初,始信。出《酉阳杂俎》。④

【注释】①卓王孙、程郑,西汉时居临邛,俱以冶铸致富。僮仆千人。田池射猎之乐拟于人君。　②次皿,此以酒器指品级,次皿为下等。汉刘表有酒爵三,大曰伯雅,次曰仲雅,小曰季雅。伯雅容七升,仲雅六升,季雅五升。　③异物,此指鬼物。　④此条采自唐段成式《酉阳杂俎·续集》卷三。

卷十　情灵类

陈　　寿[愈病]

陈寿,分宜人。聘某氏,未成婚而寿得癞疾。其父令媒辞绝,女泣不从,竟归[1]。寿以己恶疾,不敢近,女事之三年不懈。寿念恶疾不可瘳,而苟延旦夕以负其妇,不如死,乃私市砒,欲自尽。妇觇知之,窃饮其半,冀与俱殒。寿服砒大吐,而癞顿愈;妇一吐,不死。夫妇偕老,生二子,家道日隆。人皆以为妇贞烈之报。[2]

【注释】①归,女子嫁与夫家。　②此条采自明许浩《复斋日记》卷上。

崔　　护[以下再生]

博陵崔护,姿质甚美[1],而孤洁寡合。举进士第[2]。清明日,独游都城南,得居人庄,一亩之宫而花木丛萃,寂若无人。扣门久之,有女子自门隙窥之,问曰:"谁邪?"护以姓字对,曰:"寻春独行,酒渴求饮。"女入,以杯水至,开门设床命坐,独倚小桃斜柯伫立,而意属殊厚,妖姿媚态,绰有馀妍。崔以言挑之,不对,目注者久之。崔辞去,送至门,如不胜情而入。崔亦眷盼而归,尔后绝不复至。

及来岁清明日,忽思之,情不可抑,径往寻之,门墙如故而已扃锁矣[3]。崔因题诗于左扉曰:"去年今日此门中,人面桃花相映红。人面只今何处去,桃花依旧笑春风。"后数日,偶至都城南,复往寻之,闻其中有哭声。扣门问之,有老父出曰:"君非崔护邪?"曰:"是也。"又哭曰:"君杀吾女。"护惊怛莫知所答。父曰:"吾女笄年知书,未适人。自去年已来,常恍忽若有所失。比日与之出,及归,见左扉有字,读之,入门而病,遂绝食数日而死。吾老矣,唯此一女,所以不嫁者,将求君子以托吾身。今不幸而殒,得非君杀之邪!"又持崔大哭,崔亦感恸,请入哭之,尚俨然在床。崔举其首、枕其股,哭而祝曰:"某在斯。"须臾开目,半日复活。父喜,遂以女归之。

【注释】①"美"字下原本有"少"字,据本条出处唐孟棨《本事诗》删。②举进士第,到京城参加进士考试,中则为进士。 ③"墙",原本作"院",据出处改。

买　粉　儿

近有一富家,止生一男,姿容过常。游市,见一女子美丽,卖胡粉①。爱之,无缘自达,乃托买粉,日往市,得粉便去,初无所言。积渐久,女深疑之。明日复来,问曰:"君买此粉,将欲何施?"答曰:"意相爱乐,不敢自达。然恒欲相见,故假此以观姿耳。"女怅然,微应之曰:"见爱如斯,敢辞奔赴。"遂窃订约。薄暮果到,男不胜其悦,把臂曰:"宿愿始申于此。"欢踊遂死②。女惶惧不知所以,因遁还粉店。

至食时,父母怪男不起,往视已死,遂就殡殓。发箧笥中,见百馀裹胡粉,大小一积。其母曰:"杀吾儿者,此粉也。"入市遍买胡粉,以此女比之,手迹如先。遂执问女曰:"何杀吾儿?"女闻呜咽,具以实陈。父母不信,遂以诉官。女曰:"妾岂复吝死,乞一临尸尽哀。"县令许焉。径往,抚之恸哭曰:"不幸致此,若死魂而灵,复何恨哉!"男豁然更生,具说情状,遂为夫妇,子孙繁茂焉。出《幽明录》。

元人传奇有《留鞋记》③，与此事大似。男为郭华，女为王月英，买粉作买胭脂。月英约华元夜相会于殿堂。其夜女至，华醉卧，呼之不起，女留绣鞋一只而去。华既醒，得鞋，知女至，悔恨之极，咽鞋而死。独此段稍异。

【注释】①胡粉，即铅粉，和油脂以傅面。　②"踊"，原本作"跃"，据《太平广记》卷二百七十四"买粉儿"条引刘宋刘义庆《幽明录》改。　③元曾瑞卿有《王月英元夜留鞋记》杂剧，收入《元曲选》。

吴　松　孙　生

吴松孙生者①，年十七，美姿容。与邻女相挑而无便。一夕，其母出溺器如厕，孙误以为女也，急趋就之，见母惊逸。母甚诧，疑与女私，严鞫其女②。女惭迫，遂投缳而死。母惊救无及，因欲毙孙以雪其恨。出诒孙曰："某与若门地相等，苟爱吾女，即缫丝可缔，何作此越礼事？"固要至家，缚之尸傍，趋县投牒。孙自分必死，私谓从无一夕之欢，而乃罹于法，岂宿业所致邪！惘怅间，见女貌如生，因解尸淫之。谓"一染而死，夫复何恨"！甫一交，女气息微动。生异之，急扶而起，女已苏矣。俄母偕捕者至，启户，则两人方并坐私语。母惘然自失，强逮至官。孙畏责，备述其事。邑令以为冥数当合，遂配为夫妇。

相悦也，几至相杀，为母者太狠矣。尸傍一缚，竟成赤绳之系。情在一染，欢结百年。先忤后合，反成佳话。虽然，使一染而死，孙郎岂真无恨乎？苟且几幸之事，又安可为也？

【注释】①吴松，即吴淞，在今上海宝山。　②"鞫"，原本作"搊"，据文意改。

唐　文　喻

秦始皇时,有王道平,长安人也。少时与同村人唐叔偕女小名文喻誓为夫妇。寻王道平从征南国,九年不归。父母见女长成,即聘与刘祥为妻。女与道平言誓甚重,不肯改事,为父母逼迫,出嫁刘祥。

三年,常思道平,悒悒而死。又三年,平还家,乃诘邻人:“此女安在?”邻人云:“此女意在于君,被父母逼事刘祥。今已死矣。”平问:“墓在何处?”邻人引往墓所。平悲号哽咽,不能自止,平乃祝曰:“我与汝立誓天地,保其终身。岂料官有牵缠,各不从心,生死永诀。然汝有灵圣,使我见汝平生之面。若无神灵,从兹而别。”言讫,又复哀泣。逡巡,其女魂自墓出,问平何处而来:“良久契阔。妾身未损,可以再生,还为夫妇。且速开冢破棺,出我即活。”平审言,乃启墓门扪看,其女果活,乃结束①,随平还家。

刘祥闻之,申诉于州县,录状奏王。王断归道平为妻。出《搜神记》。

【注释】①结束,整理衣装。

速　哥　失　里

元大德二年戊戌①,孛罗以故相齐国公子拜宣徽院使,奢都刺为金判,东平王荣甫为经历,三家联住海子桥西。宣徽生自相门,穷极富贵,第宅宏丽,莫与为比。然读书能文,敬礼贤士,故时誉翕然称之。私居后有杏园一所,花卉庭榭,冠于诸贵。每年春,宣徽诸妹诸女,邀院判、经历宅眷,于园中设秋千之戏。盛陈饮宴,欢笑竟日。各家亦隔一日设馔,自二月末至清明后方罢,谓之“秋千会”。

适枢密同金帖木耳不花子拜住过园外，闻笑声，于马上欠身望之。正见秋千竞蹴[②]，欢哄方浓。潜于柳阴中窥之，睹诸女皆绝色，遂久不去。为阍者所觉，走报宣徽，索之，亡矣。

拜住归，具白于母。母解意，乃遣媒于宣徽家求亲。宣徽曰："得非窥墙儿乎？吾正择婿，当遣来一观。若果佳，则当许也。"媒归报，同金饰拜住以往。宣徽见其美少年，心稍喜，但未知其才学，试之曰："尔喜观秋千，以此为题，赋《菩萨蛮》南词一阕，能乎？"拜住挥笔，以国字写之[③]，曰："红绳画板柔荑指，东风燕子双双起。夸俊要争高，更将裙系牢。　　牙床和困睡，一任金钗坠。推枕起来迟，纱窗月上时。"宣徽虽爱其敏捷，恐是预构，或假手于人，因盛席待之，席间再命作《满江红》咏莺。拜住拂拭剡藤[④]，用汉字书呈宣徽，其词云："嫩日舒晴，韶光艳、碧天新霁。正桃腮半吐，莺声初试。孤枕乍闻弦索悄，曲屏时听笙簧细。爱绵蛮，柔舌韵东风，愈娇媚。　　幽梦醒，闲愁泥。残香褪，重门闭。巧音芳韵，十分流丽。入柳穿花来又去，欲求好友真无计。望上林，何日得双栖，心迢递。"宣徽喜曰："得婿矣。"遂面许第三夫人女速哥失里为姻。且召夫人，并呼女出，与拜住相见。他女亦于窗隙中窥之，私贺速哥失里为得婿。择日遣聘，礼物之多，词翰之雅，喧传都下，以为盛事。

既而同金豪宕，簠簋不饰，竟以墨败[⑤]，系御史台狱。得疾囹圄间，以大臣例，蒙疏放回家医治。未逾旬，竟弗起，阖室染疾尽亡，独拜住在。然冰消瓦解，财散人亡。宣徽将呼拜住回家教而养之，三夫人坚然不肯。盖宣徽内嬖虽多，而三夫人秉权专宠。见他姬女皆归豪门，恐贻讥笑，决意悔亲。速哥失里谏曰："结亲即结义，一与订盟，终不可改。儿非不慕诸姊妹家荣盛，但寸丝为定，鬼神难欺，岂可以其贫贱而弃之乎？"父母不听，别议平章阔阔出之子僧家奴。仪文之盛，视昔有加。暨成婚，速哥失里行至中道，潜解脚纱缢于轿中，比至而死矣。夫人以其爱女，舆回，悉倾家奁及夫家聘物殁之,暂寄清安僧寺。

拜住闻变,是夜私往哭之,且扣棺曰:"拜住在此!"忽棺中应曰:"可开柩,我活矣!"周视四隅,漆钉牢固,无繇可启,乃谋于僧曰:"劳用力。开棺之罪,我一力承之,不以相累,当共分所有也。"僧素知其厚殁,亦萌利物之意,遂斧其盖,女果活。彼此喜极,乃脱金钏及首饰之半谢僧。计其馀,尚直数万缗。因托僧买漆整棺,不令事露。拜住遂挈速哥失里走上都⑥。

住一年,人无知者。所携丰厚,兼拜住又教蒙古生数人,复有月俸,家道从容。不期宣徽出尹开平,下车之始,即求馆客,而上都儒者绝少。或曰:"近有士自大都挈家寓此,亦色目人,设帐民间,诚有学术。府君欲觅西宾,惟此人为称。"亟召之,则拜住也。宣徽意其必流落死矣,而人物整然,怪之,问:"何以至此,且娶谁氏?"拜住实告。宣徽不信,命舁至,则真速哥失里。一家惊动,且喜且悲。然犹恐其鬼假人形,幻惑年少,阴使人诣清安询僧,其言一同。及发殡,空椟而已。归以告,宣徽夫妇愧叹,待之愈厚,收为赘婿,终老其家。拜住三子俱贵显。

【注释】①"二",原本作"一",据本条出处明李昌祺《剪灯馀话》卷四《秋千会记》改。　②"蹴",原本作"就",据出处改。　③国字,元以蒙古文为国字。　④因剡溪之藤可造好纸,故以剡藤为纸之代称。　⑤篚篚不饰,对贪赃受贿的一种委婉说法。墨,以贪败官。　⑥元上都即开平府,在今内蒙古多伦。

马　子

东晋冯孝将①,广州太守。儿名马子,年二十馀。独宿厩中,夜梦一女子,年十八九,言:"我是太守北海徐玄方女,不幸蚤亡,亡来出入四年,为鬼所枉杀。案生录当年八十馀,听我更生,要当有依凭,方后活,又应为君妻。能从所委见救活否?"马子曰:"可。"因与马子克期当出。

至期,床前有头发,正与地平。令人扫去,愈分明,始悟所梦。遂屏左右,发视,渐见头面,已而形体皆出。马子便令坐对榻上,陈说语言,奇妙非常。遂与马子寝息,每戒云:"我尚虚,君当自节。"借问"何时得出",答曰:"出当待本生日,尚未至。"遂住厕中。言语声音,人皆闻之。女计生日至,具教马子出己养之方法,语毕拜去。马子从其言,至日,以丹雄鸡一只,黍饭一盘,清酒一升,酹其丧前,去厕十馀步。祭讫,掘棺出,开视,女身完全如故。徐徐抱出,著毡帐中,唯心下微暖,口有气。令婢四人养护之,常以青羊乳汁沥其两眼,始开口能咽粥,积渐能语。二百日中持杖起行。一期之后,颜色、肌肤、气力悉复常。乃遣报徐氏,上下尽来。选吉日下礼,聘为夫妇。生二男一女。长男字元庆,永嘉初为秘书郎。小男敬度,作太傅掾。女适济南刘子彦。

【注释】①"冯",原本作"马",据本条出处晋陶潜《搜神后记》卷四改。本篇讹误较多,后径改,不复出校。

干　宝

晋干莹为丹阳丞,有宠婢,妻甚妒之。及莹亡,葬之,遂生埋婢于墓。莹子宝兄弟尚幼,不知也。后十馀年,莹妻死,开墓,而婢伏棺上如生。载还,经日乃苏。言:"干郎饮食我,一如生前。地中亦不觉为恶。"既而嫁之,生子,更活数年。①

> 子犹氏曰:生埋婢,本舒其生前之妒也,岂知反为彼结地下之缘邪!虽然,妪葬而婢出,则妪之妒终遂矣。异哉!

【注释】①此条采自《太平广记》卷三百七十五"干宝家婢"条引《五行记》。

张 果 女

开元中,易州司马张果女年十五病死,不忍远弃,权瘗于东院阁下。后转郑州长史,以路远,须复送丧,遂留。俄有刘乙代之①。其子尝上阁中,日暮倘佯门外。见一女子容色丰丽,自外而至。刘疑其相奔者,即前迓之,欣然谐遇,同留共宿。情态缠绵,举止闲婉,刘爱怿甚至。后暮辄来,达曙方去。

经数月,忽谓刘曰:“我前张司马女,不幸夭没,近殡此阁。合当重活,与君好合。后三日,君可见发,徐候气息,慎无横见惊伤也。”指所瘗处而去。刘至期甚喜,独与左右一奴夜发。深四五尺,得一漆棺,徐开视之,女颜色鲜发,支体温然,衣服妆梳,无沾坏者。举置床上,细细有鼻气。少顷,口中有气。饮以薄粥,少少能咽。至明乃活,渐能言语坐起,数日如恒。父母不知也。

因辞以习书,不便出阁,常使赍饮食诣阁中。乙疑有异,乃伺出外送客,窃视其房,见女存焉。问其所繇,泣自白,棺木尚在床下。乙与妻歔欷曰:“此既冥期至感,何不早相闻?”因匿于堂中。儿不见女,甚惊。乃谓曰:“此既申契殊会,千载所无,白我何伤乎,而过为隐蔽?”因遣使往郑州,具以报,因谒结婚。父母哀感惊喜,克日赴婚,遂成嘉偶。后产数子焉。②

【注释】①刘乙代为易州刺史。乙非刘名,如某甲某乙之义。 ②此条采自《太平广记》卷三百三十“张果女”条引唐戴孚《广异记》。

刘 长 史 女

吉州刘长史,无子,独养三女,皆殊色,甚念之。其长女年十二①,病死官舍中。刘素与司丘掾高广相善,俱秩满,与同归,载女丧还。高广有子,年二十馀,甚聪慧,有姿仪。路次豫章,守冰不得行②。两船相去百馀步,日夕相往来。一夜,高氏子独在船中披书。二更后,有一婢年可十四五,容色甚丽,直诣高云:"长史船中烛灭,来乞火耳。"高子甚爱之,因与调戏,婢亦忻然就焉。曰:"某不足顾,家中小娘子艳绝无双,为郎通意,必可致也。"高甚惊喜,意谓是其存者,因与为期而去。

至明夜,婢又来曰:"事谐矣,即可便待。"高甚踊跃,立候于船外。时碧天无翳,明月满江。有顷,遥见一女自船后出,从此婢来。未至十步,光彩映发,馨香袭人。高不胜其急,便前持之。女纵体入怀,姿态横发。乃与俱就船中,倍加款密。此后夜夜辄来,情念弥重。如此月馀日,忽谓高曰:"欲论密事,得无嫌难乎?"高曰:"固请说之。"乃曰:"儿本长史亡女,命当更生。业得承奉君子,若垂意相采,当得白家令知之。"高大惊喜曰:"幽明契合,千载未有。方当永同枕席,何乐如之!"女又曰:"后三日必生,求为开棺。夜中以面承霜露,饮以薄粥,当遂活也。"高许诺。

明旦,遂白广。广未之甚信,亦以其绝异,乃使诣刘长史具陈其事。夫人甚怒曰:"吾女今已消烂,宁有玷辱亡灵乃至此邪!"深拒之。高求之转苦。至夜,刘及夫人俱梦女曰:"某命当更生,天使配合,必谓喜而见许。今乃靳固如此,是不欲某再生邪?"及觉,遂大感悟。亦以其姿色衣服皆如所白,乃许焉。

至期,乃共开棺。见女姿色鲜明,渐有暖气。家中大惊喜,乃设帏幕于岸侧,举置其中。夜以面承露,昼哺饮,父母皆守视之。一日,转有气息,稍开目,至暮能言。数日如故。高问其婢,云:"先女死,尸枢亦在舟中③。"女既苏,遂临悲泣,与诀。乃择吉日,遂于此地成婚。后生数子。因名其地为礼会村。

【注释】①"二",原本作"六",据《太平广记》卷三百八十六"刘长史女"条引唐戴孚《广异记》改。　②守冰,待冰化河而开也。　③"尸"字原本缺，据出处补。

丽　　春

丽春者①，唐韦讽祖母之美婢也。祖母妒之，乘夫他出，生埋丽春于园中。至韦讽时，已九十年矣。讽好园事，锄地见发，掘之，乃丽春也。眉目渐开，已而前来拜讽曰：“丽春初蒙冤死，即被二黑人引至一王府。春亦不敢自诉，而阴府已经知悉，减主母十一年禄以与春，乃付判官处分。适判官去职，此事遂寝九十年矣。盖阴司亦以下人故不急也。昨天官来搜幽司，积滞者皆决遣，春是以得生。”讽问曰：“天官何状？”曰：“绛衣赤冠，如今道士一也。”又问曰：“汝尸何得不毁？”曰：“冥事未结，尸不毁也。盖地界主以药傅之耳。”讽遂以为室。相道幽冥事，劝讽修德，曰：“天报之以福，信也。”劝讽修炼，曰：“入仙之路，福之福也。”嗣后数年，忽失讽、春所在。

【注释】①此条采自明王世贞《续艳异编》卷五，婢名“丽春”。而《太平广记》卷三百七十五“韦讽女奴”条引《通幽记》作“丽容”，王铚《侍儿小名录》作“丽质”。

李　强　名　妻

陇西李强名妻，清河崔氏，甚美。其一子生七年矣。开元二十二年，强名为南海丞。方暑月，妻因暴疾卒。广州嚣热，死后埋棺于土，其外以墼围而封之。强名痛其妻夭年而且远官，哭之甚恸，日夜不绝声。数日，妻见梦曰：“吾命未合绝，今帝许我活矣。然吾形已败，帝命天鼠为吾生肌肤。更十日后，当有大鼠出入墼棺中，即吾当生也。然当封闭门户，待七七日，当开吾门，出吾身，吾即生矣。”及旦，强名言之，而其家仆妾梦皆协。

十馀日，忽有白鼠数头，出入殡所，其大如独。强名异之，试发枢，见妻骨有肉生焉，遍体皆尔。强名复闭之。积四十八日，其妻又见梦曰："吾明晨当活，盍出吾身？"既晓，强名发之，妻则苏矣。扶出浴之。妻素美丽人也，及乎再生，则美倍于旧。肤体玉色，倩盼多姿，袪服靓妆，人间殊绝矣。强名喜形于色。时广州都督唐昭闻之，令其夫人观焉，于是别驾已下夫人皆从。强名妻盛服见都督夫人，与抗礼，颇受诸夫人拜。薄而观之，神仙中人也。言语饮食如常人而少言，众人访之，久而一对。若问冥间事，即杜口，虽夫子亦不答。

　　明日，都督夫人置馔请至家，诸官夫人皆同往观。悦其柔姿艳美，皆曰目所未睹。既而别驾、长史夫人等次日各列筵请之至宅，而都督夫人亦往。如是已二十日矣。出入如人，惟沉静异于畴日。强名使于桂府，七旬乃还。去后其妻为诸家所迎，往来无恙。强名至，数日，妻复言病，一日遂亡。计其再生，才百日耳。或曰有物凭焉。[1]

【注释】[1]此条采自《太平广记》卷三百八十六"李强名妻"条引《纪闻》。

祝　英　台 以下同死

　　梁山伯、祝英台，皆东晋人。梁家会稽，祝家上虞。尝同学，祝先归。梁后过上虞，寻访之，始知为女。归乃告父母，欲娶之，而祝已许马氏子矣，梁怅然若有所失。后三年，梁为鄞令，病且死，遗言葬清道山下。又明年，祝适马氏，过其处，风涛大作，舟不能进。祝乃造梁冢，失声哀恸。忽地裂，祝投而死。马氏闻其事于朝，丞相谢安请封为义妇。和帝时，梁复显灵异效劳，封为义忠，有司立庙于鄞云。见《宁波志》。

　　　　吴中有花蝴蝶，橘蠹所化。妇孺呼黄色者为梁山伯，黑色者为祝英台。俗传祝死后，其家就梁冢焚衣，衣于火中化成二蝶。盖好事者为之也。

季 攸 甥 女

天宝初,会稽主簿季攸有女二人,及携外甥孤女之官。有求之者,则嫁己女。己女尽而不及甥。甥恨之,因结怨而死,殡之东郊庄。

数月,所给主簿市胥吏姓杨,大族子也,家甚富,貌且美。其家忽失胥,推寻不得,意其魅所惑也,则于墟墓访之。时大雪,而女殡室有衣裾出。胥家人引之,则闻屋内胥叫声。而殡棺中甚完,不知从何入。遽告主簿,主簿使发其棺。女在棺中与胥同寝,女貌如生。其家乃出胥,复修殡屋。胥既出如愚,数日方愈。女则下言于主簿曰①:"吾恨舅不嫁,惟怜己女,不知有吾,故气结死。今神道使吾嫁与市吏,故辄引与同衾。既此邑通知,理须见嫁。后月一日,可合婚姻。惟舅不以胥吏见期,而违神道。请即知闻,受其所聘,仍待以女婿礼。至月一日,当具饮食,吾迎杨郎。"主簿惊叹,乃召胥吏,问为杨胥。于是纳钱数万,其父母皆会焉。攸乃为外甥女造作衣裳帷帐,至月一日又造馔,大会杨氏。鬼又言曰:"蒙恩许嫁,不胜其喜。今日故此亲迎杨郎。"言毕,胥暴卒。乃设冥婚礼,厚加棺敛,合葬于东郊。

【注释】①"下言",原本作"不直",据出处《太平广记》卷三百三十三"季攸"条引《纪闻》改。下言,鬼魂附人而言,非女尸自言也。

吴 王 女 玉 以下死后偿愿

吴王夫差小女曰玉,年十八。童子韩重,年十九。玉悦之,私交信问,许为之妻。重学于齐鲁之间,属其父母使求婚,王怒不与。

玉结气死,葬阊门外。

三年,重归^①,问其父母,知玉死已葬,重哭泣哀恸,具牲币往吊。玉从墓侧形见,谓重曰:“昔尔行后,令二亲从王相求,谓必克从大愿。不图别后,遭命奈何。”乃歌曰:“南山有鸟,北山张罗。志欲从君,谗言孔多。悲结生疾,没命黄垆^②。命之不造,冤如之何!羽族之长,名为凤凰。一日失雄,三年感伤。虽有众鸟,不为匹双。故见鄙姿,逢君辉光。身远心近,何尝暂忘!”歌毕,歔欷涕流,不能自胜。要重还冢,重曰:“死生异道,惧有尤愆。”玉曰:“一别永无后期,子将畏我为鬼而祸子乎?”重感其言,送之还冢。

玉与之饮宴三日三夜,尽夫妇之礼。临出,取径寸明珠以送,重遂诣王,自说其事。王大怒曰:“吾女既死,此不过发冢取物,托以鬼神。”趋收重,重走至墓所诉玉。玉曰:“无忧,今归白王。”玉妆梳忽见^③,王惊喜,问曰:“尔何缘生?”玉跪而言曰:“昔诸生韩重来求玉,大王不许。今名毁义绝,自致身亡。重从远还,诣冢吊唁。玉感其笃终,辄与相见,因以珠遗之。不为发冢,愿勿推治。”夫人闻之,出而抱之,正如烟然。

【注释】①“归”,原本作“诘”,据本条出处《太平广记》卷三百一十六“韩重”条引《录异传》改。　②黄垆,即黄泉。　③“见”,原本后重“王”字,据出处删。“见”,同“现”,现身也。

长 安 崔 女

华州柳参军,名族之子,寡欲,早孤,无兄弟。罢官,于长安闲游。上巳日,于曲江见一车子,饰以金碧,从一青衣,殊亦俊雅。已而翠帘徐搴,见掺手如玉^①,指画青衣,令摘芙蓉。女容色绝代,斜睨柳生良久。生鞭马从之,即见车入永从里。柳生知其大姓崔氏。

女亦有母。青衣字轻红。柳生不甚贫,多方赂轻红,竟不之受。他日,崔氏女病,其舅执金吾王因候其妹,且告曰:“请为子纳焉。"崔氏不乐。其母重违兄命，诺之。女曰："愿得曲江所见柳生足矣。必不允，以某与外兄，终恐不生全。"其母念女深，乃命轻红于荐福寺僧道省院，达意柳生。生悦轻红而挑之，轻红大怒曰："君性正粗，奈何小娘子属意如此！某一微贱，便忘前好，欲得岁寒，其可得乎！某且还白小娘子。"柳生再拜，谢不敏。始曰："夫人惜小娘子情切。今小娘子不乐适王家，夫人是以偷成婚约。君可两三日就礼事。"柳生极喜，备数千百财礼，期日结婚。

后五日，柳挈妻与轻红于金城里居。及旬月，金吾始至。王氏泣云："吾夫亡，子女孤露。被侄不得礼会，强窃女去矣。兄岂无教训之道！"金吾大怒，归笞其子数十。密令捕访，弥年无获。亡何，王氏殂，柳生挈妻与轻红自金城里赴丧。金吾之子既见，遂告父。父擒柳生。生云："某于外姑王氏处纳采娶妻[2]，非越礼私诱也，家人大小皆熟知之。"王氏既殁，无所明，遂讼于官。公断王家先下定，合归于王。金吾子常悦表妹，亦不怨前事。

经数年，轻红竟洁己处焉[3]。金吾又亡，移其宅于崇义里。崔氏不乐事外兄，乃使轻红访柳生所在。时柳生尚居金城里，崔氏又使轻红与柳生为期。兼赍看圃竖[4]，令积粪堆与宅垣齐。崔氏女遂与轻红蹑之，同诣柳生。柳生惊喜。又不出城，只迁群贤里。后本夫终寻崔氏女，知群贤里住，复兴讼夺之。王生情深崔氏，万途求免，托以体孕，又不责而纳焉。柳生长流江陵二年[5]，崔氏与轻红相继殂。王生送丧，哀恸之礼至矣。轻红亦葬于崔氏坟侧。

柳生江陵闲居，春二月，繁花满庭，追念崔氏，凝想形影，且不知存亡。忽闻扣门甚急，俄见轻红抱妆奁而进，乃曰："小娘子且至。"闻似车马之声。比崔氏入门，更无他见。柳生与崔氏叙契阔，悲欢之甚。问其繇，则曰："某已与王生诀，自此可以同穴矣。人生意专，必果夙愿。"因言曰："某少习箜篌，颇有功。"柳生即时置箜篌，调弄绝妙。

亡何，王生旧使苍头过柳生门，忽见轻红，不知所以。又疑人有相似者,未敢遽言。问闾里,又流人柳参军。弥怪,更伺之。轻红知是王生家人,亦具言于柳生,匿之。苍头却还城,具言于王生。生闻之,命驾千里而来。既至柳生门,于隙窥之。正见柳生坦腹于临轩之上,崔氏女新妆,轻红捧镜于侧。崔氏匀铅黄未竟,王生门外极叫,轻红镜坠地,有声如磬。崔氏与王生无憾,遂入⑥。柳生惊,亦待如宾礼。俄又失崔氏所在。

柳生与王生具言其事,二人相看不喻,大异之。相与造长安发崔氏所葬,验之,即江陵所施铅黄如新,衣服肌肉且无损败。轻红亦然。柳与王相誓,却葬之。二人入终南访道,遂不返。⑦

【注释】①掺手,纤细之手。　②纳采,古时男方向女方求婚之礼。③言洁身自保,仍为处子。　④令看园圃之仆役。　⑤长流,长期流放,非遇赦不可归。　⑥请王生入内。　⑦此条采自《太平广记》卷三百四十二"华州参军"条引《乾臊子》。

周　瑞　娘

抚州霞山民周十四郎,女瑞娘,号千一娘①,年二十一未嫁。庆元二年中夏②,抱疾伏枕五六旬,至七月二日不起。已殡,至十三日正午,忽从门外入,遇家人皆含笑相呼。父母见而唾之曰:"尔不幸夭殁,天之命也。乃敢白昼为怪,盍明以告我!"对曰:"不须怕,千一娘之死,尽是爷妈做得。"问其故,曰:"去岁九月,林百七哥过门,见我而喜。归白百五郎,欲求婚聘。及媒人求议,父母不从。林郎因此怏怏成病,五月十九日身亡。凭诉阴司,取我为妻。今相随在门首。记我生时,自织小纱六十三匹,绢七十匹,绸一百五十六匹,速取还我。"父母恻然,如其言,搬置堂上,贮以两大笼。女出,招林郎搬运去。林洋洋自如,无所畏怯。然后拜别二亲曰:"便与林郎入西川作商,莫要寻忆。"随语而没。周父邀林百五郎语其事,林云:"理属幽冥,何縻穷究?"至初冬,各举枢一处火化,启木之次,二枢俱空。

【注释】①此条采自宋洪迈《夷坚志补》卷十"周瑞娘"条，本无"号千一娘"四字，系《情史》所补，以照应后文也。　②庆元，南宋宁宗年号（1195—1201）。

楼 上 童 女

一御史巡按某处，每封门①，例住轿，见对门楼上有一童女，彼此顾盼。女成疾，数月而死，御史初不知也。偶一夕，其女忽来求合，天未明去，夜深复来，不知所自。如此数月，遂成病，延医罔效。有司训精于医②，眕其脉云："大人尊恙，非系寒暑，似为阴邪所侵。"御史不能讳。司训云："伺其再来，可坚留其随身一物为验。"已而复来，坚留其鞋一只。司训持此鞋遍访，有一老妪见而堕泪云："此亡女随身鞋也。何以入公手？"司训令开棺视之，其足少一鞋，即白之御史。御史托彼厚葬之，因为设醮荐度，其怪遂绝。御史深德司训。及司训升教谕时，又与前御史相值，乃力引应试，于提场时中以报之③，御史因此罢官。

事载王元祯《说圃识馀》。云刘端简公屡言其事，惜日久忘其姓名。

【注释】①封门，指旧时科举时封闭考场。　②司训，明时县学学官，次于教谕。　③"中以报之"，原本作"荐之入彀"，据本条出处明王兆云（元祯）《说圃识馀》卷上改。中以报之，即使其顺利升为教谕，以为报答。

邹 曾 九 妻

岳州民邹曾九，以绍熙五年春首，往舒州太湖作商，留其妻甘氏于兄甘百九家，约之曰："此行不过三两月，幸耐静待我。"已而至秋未归,甘氏逢人自淮南来,必询夫消息,皆云已客死。甘不以为信,又守之逾年,弗闻的耗①,晓夕不自安。不告其兄,潜窜而东,欲寻访存亡。既抵江夏县,不能前,为市娼谭瑞诱留,遂流落失节。其心绪悒怏,仅及半岁而死。

庆元四年正月②,邹方自太湖回程,过鄂州城下③,泊船于柳林头。登岸憩旅店,一妇人邀之啜茶。邹疑全似其妻,直造彼室,问其姓氏,答曰:"姓甘,行第百十。本非风尘中人,缘父丧母亡,流落于此。"邹曰:"故夫为谁?"曰:"巴陵邹曾九也。初去舒州时,期一季即反,后更无一音,传云已死。于今恰四周年。孤单无倚,不免靠枕席度日。"邹大怒曰:"汝浑不识得我!"妇曰:"我亦觉十分相似,只是面色黛黑耳。"邹益怒曰:"我身便是汝夫,原不曾死。遭病患磨折,以故久不得归。汝亦何至入此般行户,贻辱于我?叵耐百九舅,更无兄弟之情,纵汝如此。目今与谁同活?"妇曰:"孑然。"邹即令算还店家房钱,挈之回岳。是日,就见甘百九,作色责问。百九曰:"尔去之后,妹子一向私走,近日却在江夏谭瑞家。正欲经官,且得尔到,明日即同诣州陈状。"郡守追逐人赴司,未质究问,甘氏于众中出,倒退数步,化为黑气而散,讼事遂止。④

【注释】①的耗,确实的消息。 ②庆元四年(1198)距绍熙五年(1194)已经四年。 ③鄂州,在今之武昌,江夏为其附郭县。 ④此条采自宋洪迈《夷坚三志壬》卷十"邹九妻甘氏"条。

解 七 五 姐

房州人解三师,所居与宁秀才书馆为邻。一女七五姐,自小好书,每日窃听诸生所读,皆能暗诵。其父素嗜道教,行持法书。女遇父不在家时,辄亦私习。年二十三,当淳熙十三年九月,招归州民施华为赘婿。华留未久,即出外作商。至十五年四月通三师书,因寓密信告妻曰:"我在汝家日,为丈人丈母凌辱百端。况于经纪不遂,今浪迹遂宁府①。汝独处耐静,勿萌改适之心,容我称意时,自归取汝。"女视毕掩泣,即日不食。奄奄如劳瘵,以八月死,华不知也。

后两月,正在遂宁旅舍,忽见女来。惊起叩之曰:"自房陵抵此②,千里尚遥。汝单弱妇人,何以能至?"答曰:"缘接得汝书后,愁思成疾。父母不相怜,反行责骂。已写一帖子置室中,托言投水,切莫相寻。繇是脱身行乞,受尽苦辛,经行霜雪,两脚皆穿,仅得见尔。"华视其衣履破碎,拊之而哭。携手入房,饲以肉食,及买衣与之,遂同处。

华资囊颇赡。至绍熙二年冬③,欲与妻还三师家,坚不可,乃还归州。明年冬,解三师邻人田乙作客抵归州,遇施华。华延至其居,女出相见。田乙惊言:"七五姐亡去三载,何繇得生身却在此?"女曰:"我诈父母云赴水,而潜来访施郎,非真死也。"田大疑讶,仍不欲尽言。反房陵,为三师道所见。三师不信,但举女柩火化,尸朽腐矣。

四年,华迁居荆南。明年,解三师闻之,遣男持书信验。见华与妹情好甚洽。住数月,相率来房州。解氏喜,置酒召会诸亲。诸亲共云:"七五姐不幸夭逝,于今七年,且又焚化了。此殆精魅假托,将必为施郎不利,宜思其策。"三师心为动。明日,招法师来考治,女怡然自若。法师书符未成,女别书一符破之。法师再书灵官捉鬼符,女作九天玄女符破之。法师不复施他技,抚剑顾之曰:"女的是何精灵邪?"女曰:"我在生时,尽读父法书。又于梦中蒙九天玄女传教我反生还魂之法,遂得再为人,永住浮世。吾常有济物之心,亦不曾犯天地禁忌。尔过忞甚多,有何威神而能治我?"法师不能答而退。女见父母亲戚如初。

庆元元年,解氏尽室游玩郊野。到女葬处,漫指示之。女大笑,走入山,怪遂绝。

【注释】①"遂宁府",原本作"汝宁府",但南宋无"汝宁",据下文"遂宁旅舍"句,改为"遂宁"。南宋遂宁府治所在今四川遂宁。　②房陵为房州附郭县,在今湖北北部之房县。　③"二",原本作"七",据本条出处宋洪迈《夷坚三志壬》卷十"解七五姐"条改。绍熙无七年。

金明池当垆女

赵应之,南宋宗室也。偕弟茂之在京师①,与富人吴小员外日日纵游。一日至金明池上,行小径,得酒肆,花竹扶疏,器用整洁可爱。寂然无人,止一当垆少艾。三人驻留饮酒,应之招女侑觞。吴大喜,坐间以言挑之,欣然相允,共坐举杯。其父母自外归,女遽起。三人兴既败,辄舍去。时春已尽,不复再游,但思慕之心屡形梦寐。

明年,相率寻旧游。至其处,则门户萧然,当垆人已不见。乃少坐索酒,询其家曰:"去年过此见一女子,今何在?"翁媪颦蹙曰:"正吾女也。去岁举家上冢,是女独留。吾未归时,有轻薄三少年来饮共坐。吾薄责之,女悒怏数日而死。屋侧小丘乃其冢也。"三人不复问,促饮言旋,沿路伤叹而已。

将及门,见一女幂首摇摇而来,呼曰:"我去岁池上相见人也。员外得非往我家访我乎?我父母欲君绝念,诈言我死,设虚冢相疑。我一春望君,幸而相值。今徙居城中委巷,一楼极宽洁,可同往否?"三人喜甚,下马偕行。

既至,则共饮,吴生留宿。往来逾三月,颜色渐憔悴。其父责二赵曰:"汝向诱吾子何往?今病如是,万一不起,当诉于官。"兄弟相顾悚汗,心亦疑之。闻皇甫法师善治鬼,往谒之,邀请同视吴生。皇甫望见大惊,曰:"鬼气甚盛,祟深矣!宜亟避之西方三百里外。傥满百二十日,必为所害,不可治矣。"三人即命驾往西洛②,每当食处,女先在房,夜则据榻。到洛未几,适满十二旬。会谈酒楼,且忧且惧。会皇甫跨驴过其下，拜揖祈请。皇甫为结坛行法，以剑授吴曰："子当死。归，试紧闭门，黄昏时有击者，无问何人即斫之。幸而中鬼，庶几可活。不幸杀人，即当偿命。均为一死，或有脱理。"吴如其言，及昏，果有击门者。斫之以剑，应手仆地。命烛照之，乃女也，流血滂沱。为街卒所录，并二赵、皇甫师皆系狱。狱不能具，府遣吏审池上之冢。父母告云已死。发瘗视验，但衣服如蜕，无复形体。遂得脱。

【注释】①"在"，原本作"入"，据本条出处宋洪迈《夷坚甲志》卷四"吴小员外"条改。　②"洛"，原本作"路"，据出处改。西洛，宋西京洛阳也。

李　会　娘

金彦与何俞出城西游春，见一座院华丽，乃王太尉锦庄。贳酒坐阁子上，彦取二弦轧之①，俞取箫管合奏。忽见亭上有一女子出曰："妾亦好此乐。"令仆子取蜜煎劝酒②。俞问姓氏，答曰："姓李，名会娘。"二人次日复往，其女又出。二人请同坐饮酒，笑语谐谑。女属意于彦，情绪正浓，忽报太翁至，女惊忙而去。自此两情无缘会合。

次年清明又到，彦思锦庄之事，仍寻旧约。信步出城，行入小路，忽听粉墙间有人呼声。熟视，乃会娘也。引彦入花阴间少叙衷情。云雨才罢，会娘请随彦归去。彦遂借一空宅居之，朝夕同欢。月馀，俞拉访锦庄，忽遇老妪哭云："会娘因二客同饮，得疾而死久矣。"彦归诘会娘，答曰："妾实非人也。为郎君当时一顾之厚，遂有今日。郎君不以生死为间，妾之愿也。"③

【注释】①二弦，一种弹拨乐器，仅二弦。又，二胡亦称二弦。　②蜜煎，即蜜饯。　③此条采自明王世贞《艳异编》卷三十八"金彦"条。

西　湖　女　子

　　乾道中,江西某官人赴调都下①。因游西湖,独行疲倦,小憩道傍民家。望双鬟女子在内,明艳动人,寓目不少置。女亦流盼寄情。士眷眷若失,自是时一往,女必出相接,笑语绸缪。挑以微词,殊无羞拒意,然冀顷刻之欢不可得。既注官言归②,往告别。女乘间私语曰:“自与君相识,彼此倾心。将从君西,度父母必不许。奔而骋志,又我不忍为。使人晓夕劳于寤寐,如之何则可?”士求之于父母,啖以重币,果峻却焉。到家之后,不复相闻。

　　又五年,再赴调。亟寻旧游,茫无所睹矣,怅然空还。忽遇之于半涂,虽年貌加长,而容态益媚秀,即呼揖问讯,女曰:“隔阔滋久,君已忘之邪?”士喜甚,扣其徙舍之繇。女曰:“我久适人,所居在城中某巷。吾夫坐库务事,暂系府狱,故出而祈援,不自意值故人。能过我啜茶不?”士欣然并行。二里许,过士旅馆,指示之,女约就彼,从容遂与之狎。士馆僻在一处,无他客同邸,女曰:“此自可栖泊,无庸至吾家也。”留半岁,女不复顾家。亦间出外,略无分毫求索。士亦不忆其有夫,未尝问。将还,议挟以偕逝,始敛衽颦蹙曰:“自向来君去后,不能胜忆念之苦,厌厌成疾,甫期年而亡。今之此身,盖非人也。以宿生缘契,幽魂相从。欢期有尽,终天无再合之欢。虑见疑讶,故详言之。但阴气侵君已深,势当暴泻,惟宜服平胃散以补安精血。”士闻语,惊恍良久,乃云:“我曾看《夷坚志》,见孙九鼎遇鬼,亦服此药③。吾思之,药味皆平,何得功效如是?”女曰:“其中用苍术,去邪气上品也,第如吾言。”既而泣下。是夜同寝如常,将旦,恸哭而别。暴泻下,服药,一切用其戒。后每为人说,尚凄惨不已。

　　【注释】①赴调,官期任满,赴都城重新安排官职。　　②注官,经考察后任以新官职。　　③此条采自宋洪迈《夷坚支志甲》卷六,而孙九鼎遇鬼事在《甲志》卷一。《夷坚志》随写随刻,故此官人能见之。

易 万 户 死后践盟

隆庆年间,西安易万户以卫兵屯京师,与同乡某工部君交最欢。二家各有孕,偶会他席,酒酣,随俗割襟,为指腹之盟。已,工部君以言忤旨,谪远州去。万户亦移镇边地,茫然星散。于时万户生男,工部生女,第隔越无繇践盟耳。

久之,工部染厉谪乡,举家皆殒,以丧归,葬郊坰之野。万户亦相继卒。万户男易生既壮,与其偶日夜较艺。有兔起草间,生弯弓逐之。至一墅,见长者衣冠伟然,曰:"此非易郎乎?"生下马趋拜。长者携至堂上,酒数行,曰:"吾与君葭莩不薄①。"命童子持一裹至,发之,罗衫一角,合缝押字尚半,曰:"二人情既断金,家皆种玉②。得雄者为婿,必偕百年,背盟者天厌之。某年月日某书。"坐客名皆列焉。生缔视之,识其父字,涕下交颐。忽孺人珠冠绯袍,拥一女至,贞色淡容,蕴秀苞丽,目所未睹。生又趋拜。孺人谓长者曰:"极知良缘,先人戒命。第媒妁未通,筐篚未效③,如礼何?"长者曰:"交盟无执伐,且仪文末耳④。君倘不弃,今夕便可就甥室⑤。"女已避去,孺人再拥之出,交拜花烛,合卺皆如故事,两情极欢。及明,女犹戒旦⑥,生已忘归。展转累月,生忽念家,曰:"路当不遥,归可即至。"其家极留款。生知其意,谓马久失调,须骑出盘旋,已加鞭去矣。回视栖处,何有人家,惟群冢累累耳。

归言其事,有知者曰:"盟果有之。第工部举家绝矣,此其幽宫也。郎君不可再往。"生遂舍之。适长安,袭父职,归,即奉檄理卫事。夜出巡堡,至一处。前女抱一子迎谓生曰:"君即忘妾,褓中儿谁之子?此子有贵征,必大君门户。今以相授,妾亦藉手称不负君矣。"生受子顾之,貌酷肖己。大悦,迫而与言,忽失女所在。生屡有娶,皆求佳者,然莫能如女,而亦绝无生息。奄忽十有八载,生倦于戎武。此儿果健有略,竟以自代。⑦

【注释】①葭莩,苇膜,为极薄之物,后人喻指远支亲戚。此言葭莩不薄,即言是近亲。 ②《易·系辞》:"二人同心,其利断金。同心之言,其臭如兰。"种玉,此指怀胎。 ③筐篚,此指聘礼。 ④执伐,请媒人说合。此句言既有前盟,则无须媒妁,且礼仪只是虚文。 ⑤甥室,即甥馆,女婿之位。 ⑥戒旦,不眠待旦。 ⑦此条采自明王同轨《耳谈类增》卷四十四"易万户"条。

草 市 吴 女 死后寻欢

鄂州南草市茶店仆彭先者,虽廛肆细民,而姿相白皙若美男子。对门富人吴氏女,每于帘内窥觇而慕之,无繇可通缱绻,积思成瘵。母怜之,私扣曰:"儿得非心中有所不惬乎?"对曰:"实然。惧为父母羞,不敢言。"强之再三,乃以情告。母语其父,父以门地太不等,将贻笑乡曲,不听,至于病笃。所亲或知其事,劝吴翁勉使从之。吴呼彭仆谕意,谓必欢喜过望。彭时已议婚,且鄙女所为,出辞峻却。女遂死,即葬于百里外本家山中,凶仪丰盛,观者叹诧。

山下樵夫少年,料其瘗藏丰备,遂谋发冢。既启棺,扶女尸起坐剥衣,女忽开目相视,肌体温软,谓曰:"我赖尔力,幸得活,切勿害我。候黄昏抱归尔家将息,若能安好,便为尔妻。"樵如其言,仍为补治茔穴而去。及病愈,据以为妻。布裳草履,无复昔日容态。然思彭生之念,未尝暂忘。

乾道五年春,诒樵云:"我去南山久,汝办船载我一游。假使我家见时,喜我死而复生,必不穷问。"樵与俱行。才入市,径访茶肆,登楼。适彭携瓶上。女使樵下买酒,亟邀彭并膝,道再生缘繇,欲与之合。彭既素鄙之,仍知其已死,批其颊曰:"死鬼,争敢白昼见形!"女泣而走,逐之,坠于楼下,视之死矣。樵以酒至,执彭赴里保。吴氏闻而悉来，守尸悲哭，殊不晓所以生之故，并捕樵送府。遣县尉诣墓审验，空无一物。狱成，樵坐破棺见尸论死，彭得轻比。云居寺僧了清，是时抄化到鄂①，正睹其异。②

【注释】①抄化，化缘。 ②此条采自宋洪迈《夷坚支志庚》卷一"鄂州南市女"条。

韦　皋 以下再世偿愿

唐两川节度使韦皋，少游江夏，止于姜使君之馆。姜氏孺子曰荆宝，已习二经。虽兄呼韦，而恭事之礼如父也。荆宝有小青衣曰玉箫，才十岁，常令祗侍韦兄，玉箫亦勤于应奉。

后二载，姜使君入关求官，而家累不行。韦乃居止头陀寺，荆宝亦时遣玉箫往役给奉。玉箫年稍长大，因而有情。时陈廉使得韦季父书云："侄皋久客贵州，切望发遣归觐。"廉使启缄，遗以舟楫服用，仍恐淹留，请不相见，泊舟江濑，俾篙工促行。韦昏暝拭泪，乃裁书以别荆宝。宝顷刻与玉箫俱来，既悲且喜。宝命青衣从往，韦以违觐日久，不敢俱行，乃固辞之，遂与言约："少则五载，多则七年，取玉箫。"因留玉指环一枚，并诗一首遗之。

暨五年，既不至，玉箫乃静祷于鹦鹉洲。又逾年，至八年春，玉箫叹曰："韦家郎君，一别七年，是不来耳。"遂绝食而殒。姜氏愍其节操，以玉环著于中指而殡焉。

后韦镇蜀，到府三日，询狱囚，其轻重之系近三百馀人，其中一辈，五器所拘①，偷视厅事，私语云："仆射是当时韦兄也。"乃厉声曰："仆射，仆射，忆姜家荆宝否？"韦曰："深忆之。"曰："即某是也。"公曰："犯何罪而重系？"答曰："某辞别之后，寻以明经及第，再选青城县令。家人误爇廨舍库牌印等。"韦曰："家人之犯，固非己尤。"即与雪冤，仍归墨绶，乃奏眉州牧。敕下，未令赴任，遣人监守,且留宾幕。时属大军之后,草创事繁,凡经数月,方问玉箫何在。姜曰:"仆射维舟之夕,与伊留约,七载是期。既逾时不至,乃绝食而终。"因吟留赠玉环诗曰:"黄雀衔来已数春,别时留解赠佳人。长江不见鱼书至,为遣相思梦入秦。"韦闻之,益增凄叹,广修经像,以报夙心。且相念之怀,无繇再会。

时有祖山人者,有少翁之术,能令逝者相亲。但令府公斋戒七日。清夜,玉箫乃至。谢曰:"承仆射写经造像之力,旬日便当托生。却后十三年,再为侍妾,以谢鸿恩。"临去微笑曰:"丈夫薄情,令人死生隔矣。"

后韦以陇右之功,终德宗之代,理蜀不替。是故年深,累迁中书令。天下响附,泸僰归心②。因作生日,节镇所贺,皆贡珍奇。独东川卢八座送一歌姬,未当破瓜之年③,亦以玉箫为号。观之,乃真姜氏之玉箫也。而中指有肉环隐出,不异留别之玉环也。韦叹曰:"吾乃知存殁之分,一往一来。玉箫之言,斯可验矣。"④

　　绝好一本《玉环记》见成情节⑤。

【注释】①五器,即五木,木制刑具,并束手足及颈,为重犯所服。②泸,今四川宜宾一带。僰,当地的少数民族。此泛指两川境内之少数民族。　③"瓜"字拆破为二"八"字,故女子二八十六岁称破瓜。　④此条采自《太平广记》卷二百七十四"韦皋"条引《云溪友议》。　⑤明杨柔胜有《玉环记》传奇,收入《六十种曲》。

李　元　平

唐李元平,大历五年客于东阳寺中读书。岁馀,薄暮见一女子,红裙绣襦,容色美丽,领数青衣来入僧院。元平悦而窥之,问以所适及姓氏。青衣怒曰:"谁家儿郎遽此相逼! 俱为士类,不合形迹也。"元平拜求请见,不许。须臾,女自院出,四顾,忽见元平,有如旧识。元平非意所望，延入问其行李①。女曰："亦欲见君论夙昔之事。我已非人，得无惧乎？"元平心既相悦，略无疑阻。女曰："吾父昔任江州刺史，君前身为门夫，恒在使君家长直，虽生于贫贱，而容色可悦。我因缘之，故私与君通。才过十旬，君患霍乱殁。我不敢哭，哀倍常情。便潜以朱笔涂君左股，将以为志。常持千眼千手咒，每旦焚香发愿：各生富贵之家，相慕愿为夫妇。请君验之。"元平乃自视，实如其言，因留宿，欢甚。及晓将别，谓元平曰："托生时至，不可久留。后身之父，见任刺史。我年十六，君即为县令，此时正当与君为夫妇，幸存思恋，慎勿婚也。然天命已定，君虽别娶，亦不可得。"悲泣而去。他年果为夫妇。出《异物志》②。

【注释】①行李，生平所经之事。　　②见《太平广记》卷三百三十九"李元平"条。

杨 三 娘 子

青州人韦高，避靖康乱南徙，居明州。绍兴初，诣临安赴铨试。因事出崇新门，逢青衣前揖问曰："君得非韦五官人字尚臣者乎？"高曰："是也。何以知吾字？"曰："杨三娘子欲相见，凭达家书。适在帘内望见君，亟使我相邀，愿移玉一往。"高之舅氏杨金判，时寓新安。知其女三娘嫁李县尉，而彼此流落，久不相闻。乃先叩其故，曰："李尉死已二年，杨家原未知也。娘子用是欲寄声甚切。"高恻然愍之，遂同往。至一小宅，三娘出拜，具诉孀居孤苦之状，且言："所以独处自守，不为骨肉羞者，东邻桑大夫与西邻王老娘之力也。二人皆山东人，拊我如父母①，今当邀致之。"俄顷俱来，遂具酒共坐。桑翁兖州人，王娘单父人，皆年七十馀。日暮，高辞退，曰："吾今出江下，访新安客旅报舅家。"

后日又过此，王媪询高妻族，曰："吾妻郑氏，亡已久，家惟二老婢。见谋婚配，以贫未办耳。"媪喜曰："姑舅兄弟通婚甚多。三娘子势须适人，与其倩行媒，淹岁月，孰若就此成夫妇哉？今日之会，殆非偶然者。"高曰："虽然，吾当白舅氏以俟命。"三娘曰："五哥以妹为丑恶，则在所不言。不然，则吾父母经年无音信，吾朝夕不能活。正使归他人，亦无可奈，况于邂逅相遇得外兄乎？"桑翁亦赞襄，以为不可失。高遂许诺。三娘自取缣帛之属，付王媪备礼纳采。是夕成嘉好。

留六七夕，高入市，遇有荷先牌过者，曰"杨金判宅二承务"。视之，乃舅子也。相携入酒肆，具以事告，且谢不告而娶之罪。杨大骇曰："三妹同李尉赴官，到此暴卒。李恐违任限，姑藁葬崇新之野，以书报吾家，吾父使我来挈其柩，安得有此？"高犹疑未判，率诣其处，不见居室，但丛冢间杰然一木，标曰"李县尉妻杨三娘子墓"。左曰"兖州桑大夫"，右曰"单州王七娘"。二子泣叹良久。高曰："谚云'一日共事，千日相思'。吾七日之好，义均伉俪，岂以人鬼为间哉！"为之素服哭奠，与杨生同护其丧。行过严州，梦三娘立岸上相呼，招使登舟，不肯，曰："生平无过恶，便得托生。感君恩义之勤，今恳祈阴官，乞复女身，与君为来生妻，以答大贶。"泣而别。

高调定海尉、衡阳丞、容州普宁令，历十七八年，谋娶妇，辄不偶。既至普宁二年，每见县治侧一民家女，及笄矣，貌绝妍越俗。比数数窥之，女亦出入无所避。遂遣人求婚，女家力拒之，曰："我细民，以卖酒为活，女又野陋，不堪备妾侍，岂敢望此？"高意不自惬，宛转开谕，且以语胁之，竟谐其约。泪解印，乃聘之以归。女步趋容止，绝似三娘，初不以为异也。后询其年命，盖严州得梦之次日，其为杨氏后身无疑矣。

【注释】①"拊"，原本作"俯"，据本条出处宋洪迈《夷坚志补》卷十"杨三娘子"条改。拊，抚爱。

绿 衣 人

天水赵源，早丧父母，未有妻室。延祐间[①]，游学至于杭州钱塘。侨居西湖葛岭之上，其侧即宋贾秋壑旧宅也[②]。源独居无聊，尝日晚徙倚门外[③]。忽有一女子从东而来，绿衣双鬟，年可十五六，虽不盛妆浓饰，而姿色过人。源注目久之。明日出门又见。如此凡数度，日晚辄来。源戏而问之曰："娘子家居何处，暮暮来此？"女笑而拜曰："儿家与君为邻，君自不识尔。"源试挑之，女子欣然而应。因遂留宿，甚相亲昵。明日辞去，夜则复来。如此凡有月馀，情爱甚至。

源问其姓氏，居址何处，女子曰："君但得美妇则已，何用强问我也？"叩之不已，则曰："儿尝衣绿，但呼我为'绿衣人'可矣。"终不告以居止所在。源意其为巨室妾媵，夜出私奔，或恐事迹彰闻，故不肯言耳。信之不疑，宠念转密。

一夕，源被酒，戏谓绿衣曰："此真所谓'绿兮衣兮，绿衣黄裳'者也[④]。"女子有惭色，数夕不至。及再来，源叩之，乃曰："本欲相与郎君偕老，奈何以婢妾待之，令人忸怩不安，故数日不敢侍君之侧。然君已知乎，今不复隐，请得备言之：儿与君，旧相识也。今非至情相感，莫能及此。"源问其故，女惨然曰："得无相难乎！儿实非今世人，亦非有祸于君者。盖其数当然，夙缘未尽尔。"源大惊曰："愿闻其详。"女子曰："儿故宋平章秋壑之侍女也。本临安良家子女，少善弈棋。年十五，以棋童入侍。每秋壑回朝，宴坐半闲堂，必召儿侍弈，备见宠爱。是时君为其家苍头，职主煎茶，每因供进茶瓯，得至后堂。君时少年，美姿容，儿见而慕之，尝以绣罗钱篚乘暗投君，君亦以玳瑁指盒为赠。彼此虽各有意，而内外严密，莫能得其便。后为同辈所觉，谗于秋壑，遂与君同赐死于西湖断桥之下。君今已再世为人，而儿犹在鬼录，得非命欤！"言讫，呜咽泣下，源亦为之动容。久之，乃曰："审如此，则吾与汝乃再世因缘也。当更加亲爱，以偿畴昔之愿。"自是遂留宿源舍，不复更去。

源素不善棋，教之弈，尽得其妙，凡平日以棋称者，皆莫能敌也。每说秋壑旧事，其所目击者，历历甚详。尝言秋壑一日倚楼闲望，诸姬皆侍。适有二人，乌巾素服，乘小舟鬷湖登岸。一姬曰："美哉二少年！"秋壑曰："愿事之邪？当令纳聘。"姬笑而无言。逾时令人捧一盒，呼诸姬至前曰："适为某姬纳聘，可启视之。"则姬之首也。诸姬皆战栗而退。

又尝贩盐数百艘，至都市卖之。太学有诗曰："昨夜江头涌碧波，满船都载相公艖。虽然要作调羹用，未必调羹用许多。"秋壑闻之，遂以士人付狱，论以诽谤罪。

又尝于浙西行公田法，民受其苦。或题诗于路左云："襄阳累岁困孤城，豢养湖山不出征。不识咽喉形势去，公田枉自害苍生。"秋壑见之，捕得，遭显戮。

又尝斋云水千人⑤，其数已足，又一道士衣裾蓝缕，至门求斋。主者以数足，不肯引入。道士坚求不去，不得已于门侧斋焉。斋罢，覆其钵于案而去。众将钵力举之，不动，启于秋壑，自往举之，乃有诗二句云："得好休时便好休，收花结子在绵州。"始知真仙降临而不识也，然终不喻绵州之意。嗟乎！孰知有漳州木绵庵之厄也⑥？

又尝有梢人泊舟苏堤，时方盛暑，卧于舟尾，终夜不寝。见三人长不盈尺，集于沙际。一曰："张公至矣，如之奈何？"一曰："贾平章非仁者，决不相恕。"一曰："我则已矣，公等及见其败也。"相与哭入水中。次日，渔者张公获一鳖，径二尺馀，纳之府第。不三年而祸作。盖物亦以先知数而不可逃也。

源曰："吾今日与汝相遇，抑岂非数乎？"女曰："是诚不妄矣。"源曰："汝之精气能久存于世邪？"女曰："数至则散矣。"源曰："然则何时？"女曰："三年尔。"源固未之信。及其卧病不起，源为之迎医,女不欲,曰:"曩固已与君言矣。因缘之契,夫妇之情,尽于此矣。"即以手握源臂而与之诀曰:"儿以幽阴之质,得事君子,荷蒙不弃,周旋许时。往者一念之私,俱蹈不测之祸。然而海枯石烂,此恨难消;地老天荒,此情不泯。今幸得续前生之好,践往世之盟,三载于兹,志愿足矣。请从此辞,毋更以为念也。"言讫,面壁而卧,呼之不应矣。源大伤恸,为治棺椟而敛之。将葬,怪其柩甚轻,启而视之,惟衣衾钗珥在耳。虚葬于北山之麓。源感其情,不复再娶,栖灵隐寺出家为僧终其身云。

【注释】①延祐,元仁宗年号(1314—1320)。 ②南宋奸相贾似道,字师宪,号秋壑。 ③"日"下原本有"遇"字,据本条出处明瞿佑《剪灯新话》卷四《绿衣人传》删。 ④句出《诗·邶风·绿衣》,《诗序》言《绿衣》为卫庄姜以妾上僭夫人,伤己失位而作。故绿衣人以为讥己为婢妾。⑤云水,道士。 ⑥贾似道以罪贬循州,行至漳州木绵庵,为郑虎臣杀死。冯梦龙《喻世明言》有《木绵庵郑虎臣报冤》一篇。

张　越　吾 以下再世传信

三辅张越吾孝廉,计偕在京,中煤毒死。有亲契李太学经纪其丧,而扶送之归。及抵家,孝廉妇迎泣致谢,言在京在途,笃情如此。李诧曰:"嫂何以知之?"曰:"夫已先讣归家语妾矣。又谓'今为上帝所怜,命作江都城隍神。但听壁上车马鼓吹声,则我已至也'。"居帷中,伉俪如旧。

后数年,李忽梦孝廉谓曰:"上帝以我数归,尘缘不断,谪我投生于高唐州林接武秀才家为子。其地去城十五里某村中。越六年,君谒选当为某邑丞,可携喜姐过高唐,俾我一观。"孝廉止一女名喜姐,往已许聘李子。在京殓时,李检装得珠一封①,上题曰"珠购得为喜姐妆资"。时女适李子矣。李因谒选,果授某邑丞。携家过高唐,令孝廉家仆来童觅村中林秀才,忽一家小儿在门呼曰:"来童,来童,我是汝故主人张越吾。李亲家来乎?喜姐来乎?"曰:"皆在此。"遂延至家,劳问如平生。问女:"珠安在?"曰:"在。"则又喜。

时曹侯铎守高唐,耳其事,为郡侯罗公道之,罗公檄召之来。是日,方讲业学宫,而林生抱儿至。儿称公祖,仪礼皆如孝廉。问其科名及同榜士,皆胪列甚悉。问文记否,曰:"墨卷七作尚能成诵,馀亦不记。"揖逊而退。姑苏张伯起为作传。②

《幽明录》云:晋桓帝时,陇西秦嘉为曹掾,赴洛。妇曰徐淑,归宁于家。昼卧,流涕覆面。嫂怪问之,曰:"适见嘉自说往津乡亭,病亡,一客守丧,一客赍书还,日中当至。"举家大惊。书至,事如梦。此与张越吾事相类。

【注释】①检装,检查行装。　②此条采自明王同轨《耳谈类增》卷九"张越吾孝廉"条。

李　庶

北魏李庶妻,元罗女也。庶亡后五年①,元氏更适赵起。尝梦庶谓己曰:"我薄福,托刘氏为女,明旦当出。彼家甚贫,恐不能见养。夫妻旧恩,故来相见告君,宜乞取我。刘家在七帝坊十字街南,东入穷巷是也②。"元氏不应。庶曰:"君似惧赵公意,我自说之。"于是起亦梦焉。起寤问妻,言之符合,遂持钱帛躬往求刘氏,如所梦得之。养女长而嫁焉。见《北史》。

【注释】①据本条出处《北史·李崇传》,李庶为齐文宣帝下临漳狱死。②"南东"二字原本误倒,据出处改。

涂修国二女 以下死后见形

周昭王二十四年,涂修国献青凤、丹鹊各一雌一雄。孟夏之时,凤鹊皆脱易毛羽。聚鹊翅以为扇,缉凤羽以饰车盖也。扇一名游飘,二名儵翩,三名亏光,四名仄影。时东瓯献二女,一名延娟,二名延娱。使二人更摇此扇,侍于王侧,轻风四散,泠然自凉。此二人辩口丽辞,巧善歌笑。步尘上无迹,行日中无影。及昭王沦于汉水,二女与王乘舟,夹拥王身,同溺于水。故江汉之人到今思之,立祀于江湄。数十年间,人于江汉之上,犹见王与二女,乘舟戏于水际。至暮春上巳之日,禊集祠间,或以时鲜甘味,采兰杜包裹,以沉水中。或结五色纱囊盛食,或用金铁之器,并沉水中,以惊蛟龙水虫,使畏之不侵此食也。其水傍号曰招祇之祠。①

【注释】①此条采自晋王嘉《拾遗记》卷二。

李　行　修

李十一郎行修,初娶江西廉使王仲舒女,贞懿贤淑,行修敬之如宾。王女有幼妹,尝挈以自随,行修亦深所鞠爱。元和中,洛下有名公,与淮南节使李公鄘论亲。李家吉期有日,固请行修为傧。是夜礼竟,行修昏然而寐。梦己之再娶,其妇即王氏之幼妹。惊觉,甚恶之,遽命驾归。见王氏晨兴,拥膝而泣。行修家有旧使苍头,性颇凶横,往往忤王氏意。其时行修意王氏为苍头所忤,欲杖之。寻究其由,家人皆曰:"老奴于厨中自说五更作梦,梦阿郎再娶王家小娘子。"行修以符己梦,尤恶其事,乃强喻王氏曰:"此老奴安足信?"无何,王氏果以疾终。

时仲舒出牧吴兴,凶问至,悲恸且极,遂有书疏意托行修续亲。行修伤悼未忘,固阻王公之请。有秘书卫随者,有知人之鉴。忽谓行修曰:"侍御何怀亡夫人之深乎,奚不问稠桑王老?"

后二三年,王公屡讽行修,托以小女,行修坚不纳。及行修除东台御史,是岁汴人李介逐其帅,召征徐泗兵讨之,道路使者星驰,又大掠马。行修缓辔出关[1]，程次稠桑驿。已闻敕使数人先至，遂取稠桑店宿。日迨暝，有老人自东而过，店之南北争牵衣请驻。行修讯其繇，店人曰："王老善录命书，为乡里所敬。"行修忽悟卫秘书之言，密令召之，遂说所怀之事。老人曰："十一郎欲见亡夫人，今夜可也。"乃引行修，使去左右[2]，繇一径入土山中，又陟一坡，近数仞，坡侧隐隐若见丛林。老人止于路隅，谓行修曰："十一郎但于林下呼'妙子'，必有人应。应即答云：'传语九娘子，今夜暂将妙子同看亡妻。'"

行修如王老教，呼于林间，果有人应。仍以老人语传入。有顷，一女子出云："九娘子遣随十一郎去。"其女子言讫，便折竹一枝跨焉，亦与行修折一竹枝令跨之，迅疾如马，与女子并驰，依依如抵西南。行约数十里，忽到一处，城阙壮丽，前经一大宫，宫有门，仍云："但循西廊直北，从南第二院，则贤夫人所居。"行修一如女子之言，趋至北廊。及院，果见十数年前亡者一青衣出焉，迎行修前拜。乃赍一榻云："十一郎且坐，娘子续出。"行修比苦肺疾，王氏尝与行修备治疾皂荚子汤，自王氏之亡也，此汤少得。至是，青衣持汤，令行修啜焉，即宛是王氏手煎之味。言未竟，夫人遽出，涕泣相见。行修方欲申情，王氏固止之曰："与君幽显异途，不当如此。苟不忘平生，但纳小妹，即于某之道尽矣。"言讫，已闻门外女子叫"李十一郎速出"，声甚切。行修出，其女子且怒且责："措大不别头脑，宜速返！"依前跨竹枝同行。有顷，却至旧所。

老人枕块而寐，闻行修至，遽起云："岂不如意乎？"行修拜谢，因问九娘子何人。曰："此原上有灵应九子母祠耳。"老人引行修却至逆旅，壁釭荧荧，枥马啮刍如故，仆夫等昏惫熟寐。老人因辞去。行修心愦然，一呕，所饮皂荚子汤出焉。

从是，行修续王氏之婚，后官至谏议。出《续定命录》。

【注释】①"缓"，原本作"终"，据《太平广记》卷一百六十"李行修"条引

《续定命录》改。　　②"左右"二字原本缺,据出处补。

杨 玉 香

林景清,闽县人。成化己亥冬,以乡贡北上,归过金陵。院妓杨玉香,年十五,色艺绝群,性喜读书,不与俗偶,独居一室。贵游慕之,即千金不肯破颜。姊曰邵三,虽乏风貌,然亦一时之秀。景清与之狎,饮于瑶华之馆。因题诗曰:"门巷深沉隔市喧,湘帘影里篆浮烟。人间自有瑶华馆,何必还寻弱水船。"又曰:"珠翠行行间碧簪,罗裙浅澹映春衫。空传大令歌桃叶,争似花前倚邵三。"明日,玉香偶过其馆,见之,击节叹赏,援笔而续曰:"一曲霓裳奏不成,强来别院听瑶笙。开帘觉道春风暖,满壁淋漓白雪声。"题甫毕,适景清外至,投笔而去。

景清一见魂销,坚持邵三而问。三曰:"吾妹也。彼且简对不偶,诗书自娱,未易动也。"景清强之,乃与同至其居。穴壁潜窥,玉香方倚床伫立,若有所思。顷之,命侍儿取琵琶作数曲。景清情不自禁,归馆,以诗寄之曰:"倚床何事敛双蛾,一曲琵琶带恨歌。我是江州旧司马,青衫染得泪痕多。"玉香答之曰:"销尽炉香独掩门,琵琶声断月黄昏。愁心政恐花相笑,不敢花前拭泪痕。"

明日,景清以邵三为介,盛饰访之。途中诗曰:"洞房终日醉流霞,闲却东风一树花。问得细君心内允,双双携手过邻家。"既至,一见交欢,恨相知之晚也。景清诗曰:"高髻盘云压翠翘,春风并立海棠娇。银筝象板花前醉,疑是东吴大小乔。"玉香诗曰:"前身侬是许飞琼,女伴相携下玉京。解佩江干赠交甫,画屏凉夜共吹笙。"夜既阑,邵三避酒先归,景清留宿轩中,则玉香真处女也。景清诗曰:"十五盈盈窈窕娘,背人灯下卸红妆。春风吹入芙蓉帐,一朵花枝压众芳。"玉香诗曰:"行雨行云待楚王,从前错怪野鸳鸯。守宫落尽鲜红色,明日低头出洞房。"

居数月，景清将归，玉香流涕曰："妾虽娼家，身常不染。顾以陋质，幸侍清光。今君当归，势不得从。但誓洁身以待，令此轩无他人之迹。君异日幸一过妾也。"景清感其意，与之引臂盟约，期不相负。遂以"一清"名其轩。乃调《鹧鸪天》一阕留别曰："八字娇蛾恨不开，阳台今作望夫台。月方好处人相别，潮未平时仆已催。　听嘱付，莫疑猜。蓬壶有路去还来。穆穆一树垂丝柳，休傍他人门户栽。"玉香亦以《鹧鸪天》答之曰："郎是闽南第一流，胸蟠星斗气横秋。新词宛转歌才毕，又逐征鸿下碧楼。　开锦缆，上兰舟。见郎欢喜别郎忧。妾心政似长江水，昼夜随郎到福州。"景清遂诀别归闽，音信不通者六年。

至乙巳冬，景清复携书北上。舟泊白沙，忽于月中见一女子甚美，独行沙上，迫视之，乃玉香也。且惊且喜，问所从来。玉香曰："自君别后，天各一方。鱼水悬情，想思日切。是以买舟南下，期续旧好，不意于此邂逅耳。"景清喜出望外，遂与联臂登舟，细叙畴昔。景清诗曰："无意寻春恰遇春，一回见面一回新。枕边细说分离后，夜夜相思入梦频。"玉香诗曰："雁杳鱼沉各一天，为君终日泪潸然。孤篷今夜烟波外，重诉琵琶了宿缘。"吟毕，垂泣悲啼，不能自止。天将曙，遂不复见，景清疑惧累日。

及至金陵，首访一清轩。门馆寂然，惟邵三缟素出迎，泣谓景清曰："自君去后，妹闭门谢客，持斋诵经。或有强之，万死自誓。竟以思君之故，遂成沉疾，一月之前死矣。"景清闻之大骇，入临其丧，拊棺号恸。是夜独宿轩中，吟诗曰："往事凄凉似梦中，香奁人去玉台空。伤心最是秦淮月，还对深闺烛影红。"因徘徊不寐，惘惘间，见玉香从帐中出，唏嘘良久，亦吟曰："天上人间路不通，花钿无主画楼空。从前为雨为云处，总是襄王晓梦中。"景清不觉失声呼之，遂隐隐而没云。[1]

【注释】[1]此条采自明王世贞《续艳异编》卷六。

王 幼 玉

王氏名真姬,字仙才,小字幼玉。本京师人,随父流落于衡州。姊娣三人皆为名娼,而幼玉又出姊娣之上。所与往还,皆衣冠士大夫,巨商富贾不能动其意也。

夏公酉游衡阳,郡侯张郎中纪开宴召之。公酉曰:"闻衡阳有王幼玉者,妙歌舞,美颜色,孰是也?"张乃命幼玉出拜,公酉见之,吁嗟曰:"使汝居东、西二京,当名闻天下矣。"因命取笺,为诗赠之,曰:"真宰无私心,万物逞殊形。嗟尔兰蕙质,远离幽谷清。风云暗助秀,雨露濡其泠。一朝居上苑,桃李让芳馨。"繇是益有光。但幼玉暇日常幽艳愁寂,含花未吐。人或询之,则曰:"此道非吾志也。"

会东都人柳富,字润卿,豪杰之士,幼玉一见,曰:"兹我夫也。"富亦有意室之,而时方倦游①,未能为计。风前月下,语辄移时,执手恋恋,两不相舍。其家窃知之,啧有烦言,富自此不复往。

一日,遇幼玉江上。幼玉泣曰:"过非我造也,君宜谅之。异时幸有终身之约,无为今日之恨。"相与沽饮,复谓富曰:"我发委地,宝之若玉,然于子无所惜。"乃自解鬟,剪一缕以遗富。富感愤兼至,郁而成疾。幼玉日夜怀思,私遣人馈问不绝。病既愈,富为长歌赠之云:"紫府楼阁高相倚,金碧户牖红晖起。其间宴息皆仙子,绝世妖姿妙难比。偶然思念起尘心,几年谪向衡阳市。娇娆飞下九天来,长在倡家偶然耳。天姿才色拟绝伦,压倒花衢众罗绮。绀发浓堆巫峡云,翠眸横剪秋江水。素手纤长细细圆,春笋脱向青烟里。缓步莲花窄窄弓,凤头翘起红裙底。有时笑倚小阑干,桃花无颜乱红委。王孙送目以劳魂,东邻一见还羞死。自此城中豪富儿,呼童控马相追随。千金买得歌一曲,暮雨朝云镇相续。皇都年少是柳君,体段风流万事足。幼玉一见苦留心,殷勤厚遣行人嘱。青羽飞来洞户前,惟郎苦恨多拘束。偷身不使父母知,江亭暗共才郎宿。犹恐恩情未甚坚，解开鬟髻对郎前。一缕云随金剪断，两心浓更密如绵。自古美事多磨隔，别时两意空悬悬。清宵长叹明月下，花时洒泪东风前。怨入朱弦危更断，泪如珠颗自相连。危楼独倚无人会，新书写恨托谁传。奈何幼玉家有母，知此端倪蓄嗔怒。千金买醉属佣人，密约幽欢镇相误。将刃欲加连理枝，引弓欲弹鹣鹣羽。仙山只在海中心，风逆波紧无船渡。桃源去路隔烟霞，咫尺尘埃无觅处。郎心玉意共殷勤，同指松筠情愈固。愿郎誓死莫改移，人事有时自相遇。他日得郎归来时，携手同上烟霞路。"

富因久游，亲促其归。幼玉潜往话别，共饮野店中。玉曰："我心子意，卜诸神明久矣。子必异日有潇湘之游，我亦待君之来。"于是二人共盟，焚香致其灰于酒中，共饮之，是夕同宿江上。翌日，富作词别幼玉，名《醉高春》，词曰："人间最苦，最苦是分离。伊爱我，我怜伊。青草岸头人独立，画船归去橹声迟。楚天低，回望处，两依依。　　后会也知俱有愿，未知何日是佳期。心下事，乱如丝。好天良夜还虚过，辜负我，两心知。愿伊家，衷肠在，一双飞。"富自唱劝酒，悲惋不能终曲，乃相与大恸而别。

富既亲老，家又多故，不得如约，但对镜洒泪。会有客自衡阳来，出幼玉书，但言多卧病。富开缄疾读，书尾有"蚕死烛灰"之语，富大伤感。一日，残阳沉西，疏帘不卷，富独立庭帏，见有半面出于屏间，富视之，乃幼玉也。玉曰："吾以思君得疾，今已化去。欲得一见，故有是行。我以平生无恶，不犯幽狱，后日当生兖州西门张遂家，复为女子。彼家卖饼。君子不忘昔日之旧，因有事相过，幸见我焉。我虽不省前世事，然君之情当如是。我有遗物在侍儿处，君求之以为验，千万珍重。"忽不见，富惊愕不已。

异日，有过客自衡阳来，言幼玉已死。闻未死前嘱其侍儿曰："我不得见郎，死亦不瞑。郎平日爱我。手足眉眼皆不可寄附，今剪头发一缕，手指甲数个，郎来访我，可以与之。"富终日伤悼，语及辄流泪。[②]

【注释】①倦游，厌倦游宦，已不为官。　　②此条采自宋刘斧《青琐高议·前集》卷十。

王　諲

王諲，琅玡人也，仕梁为南康王记室。亡后数年，妻子困于衣食。岁暮，諲见形，谓妇曰："我若得财物，当以相寄。"后月，小女探得金指环一双。见《集灵记》。

严　猛　妇

严猛妇出采薪，为虎所害。亡后，猛行至蒿中，忽见妇云："君今日行，必遭不善，我当相免也。"既而俱前，忽逢一虎，跳梁向猛。妇举手指麾，状如遮护。须臾，有一胡人荷载而过，妇因指之，虎即击胡，猛得免。猛，晋时会稽人。见《辟寒部》①。

【注释】①此条本出刘宋刘敬叔《异苑》卷六，明陈继儒录入《辟寒部》。

汉　武　帝 以下死后行欢

武帝崩后，凡宫人常被幸者，悉出居寝园①。每夜帝来幸如生时。霍光闻之，乃增益至五百人②，遂绝。

　　常被幸者，魂气相接，益以生人且满百，则生气盛而鬼气息矣。霍子孟不学无术③，吾以为胜于学也。

　　曹孟德临终，嘱诸御妓铜台侍燕寝如故。此贼痴心欲效汉武帝做灵鬼耳。然庐州有筝笛浦，志云："曹操妓舟溺此，常夜闻筝笛声。"④天下事尽有不可解者。

　　武帝时又有神君之事。神君者，长陵女。嫁为人妻，生一男,数岁死。女悼痛之,岁中亦死。死而有灵,其姒宛若祠之⑤,遂闻言宛若为主,人民多往请福,说人家小事颇有验。平原君亦事之,其后子孙尊显,以为神君。武帝即位,太后迎于宫中祭之,闻其言不见其形。至是,神君求出,乃营柏梁台舍之。初,霍去病微时,数自祷神君。神君乃见形,自修饰,欲与去病交接,去病怒曰:"吾以神君清洁,故斋戒祈福。今欲为淫,此非神明也。"自是绝不复往,神君亦惭。及去病疾笃,上令祷神君。神君曰:"霍将军精气少,命不常,吾欲以太乙精补之,可得延年。霍将军不晓此意,乃见断绝,今不可救也。"去病竟卒。卫太子未败一年,神君乃去。东方朔取宛若为小妾,生子三人。与朔俱死。

【注释】①寝园,武帝葬茂陵,陵有寝宫。　②"五"字原本缺,据本条出处《汉武故事》补。　③霍光字子孟,史称其"不学无术"。　④此事载于晋陶潜《搜神后记》。　⑤姒,姐。宛若为其姐名。

王　将　军

东都思恭坊朱七娘者,倡妪也。有王将军素与交通。开元中,王遇疾卒,已半岁,朱不知也。其年七月,王忽来朱处。久之日暮,问:"能随至温柔坊宅否?"朱许之,以后骑载去,入院欢洽如故。明日,王氏使婢收灵床被,见一妇人在被中。遽走还,白王氏子。诸子惊而来视,问其故,知亡父所引。哀恸久之,遂送还家。①

【注释】①此条采自唐戴孚《广异记》。

孟　才　人　以下枢灵

孟才人以笙歌有宠于武宗皇帝①,嫔御之中莫与为比。武宗疾笃,孟才人密侍左右。上目之曰:"吾当不讳,尔何为哉!"指笙囊泣曰:"请以此就缢。"上悯然。复曰:"妾尝艺歌,愿对上歌一曲以泄愤。"许之。乃歌一声《何满子》,气咽立殒。上令医候之,曰:"脉尚温而肠已绝。"上崩,将徙棺,举之愈重。议者曰:"非俟才人乎?"命其榇至,乃举。

张祜《宫词》云:"故国三千里,深宫二十年。一声《何满子》,双泪落君前。""自倚能歌曲,先皇掌上怜。新声何处唱,肠断李延年。"祜又有诗云:"偶因歌态咏娇嚬②,传唱宫中十二春。却为一声《何满子》,下泉须吊孟才人。"

【注释】①武宗皇帝,此指唐武宗。　　②"咏",原本作"得",据此条出处宋王灼《碧鸡漫志》卷四改。

白　　女

白女者,娼也。与吴人袁节情好甚笃,誓不以身他近①。其姥阻截百端,而白志益坚。有富商求偶于白,不从。姥棰之成疾,以书招节一见。节惮姥不敢往。白忧念且死,嘱其母曰:"葬吾须吾袁郎来。"言终而绝。及举葬,枢坚重,十馀人不能胜。姥曰:"嬉,其是袁郎未至也?"即促节至,抚棺曰:"郎至矣。"应声而起。人以为异。节为延僧诵经荐之,如悲忼俪焉。

【注释】①指身不近他人。

情史氏曰:人,生死于情者也;情,不生死于人者也。人生而情能死之,人死而情又能生之。即令形不复生,而情终不死,乃举生前欲遂之愿,毕之死后;前生未了之缘,偿之来生。情之为灵,亦甚著乎! 夫男女一念之情,而犹耿耿不磨若此,况凝精翕神、经营宇宙之瑰玮者乎!

卷十一　情化类

化　女

　　洛中二行贾,最友善。忽一年少者腹痛不可忍,其友极为医治,幸不死,旬馀而化为女。事闻抚按,具奏于朝。适二贾皆未婚,奉旨配为夫妇。此等奇事,亘古不一二见者。万历丙戌年事,见《邸报》。

　　既相友善,即夫妇矣,虽不化女可也。

石　尤　风

　　石尤风者,传闻为石氏女,嫁为尤郎妇,情好甚笃。为商远行,妻阻之不从。尤出不归,妻忆之,病亡。临亡长叹曰:"吾恨不能阻其行,以至于此。今凡有商旅远行,吾当作大风,为天下妇人阻之。"自后商旅发船,值打头逆风,则曰:"此石尤风也。"遂止不行。妇人以夫姓为名,故曰石尤。

　　近有一人,自言有奇术,恒曰:"人能与我百钱,吾能返此风。"人有与之,风果止。后有人云,乃密书"我为石娘唤尤郎归也,须放我舟行"十四字,沉水中。出《江湖纪闻》①。

　　死能化风,为天下妇女作方便,其灵甚矣,其力大矣,岂不能自致尤郎,而须人唤耶? 夫恶男子之远行,而誓为风以阻之,情蔽而愚矣。其灵也可化,其愚也亦可欺。

晋刘伯玉妻段明光,性极妒。伯玉尝于妻前诵《洛神赋》,赞叹其美。明光曰:"君美水神而轻我耶?我死何患不为神!"乃自沉而死。死后七日见梦曰:"吾今得为神矣。"伯玉遂终身不敢渡此水,因名曰妒妇津。有好妇人渡者,必毁妆而济,否则风波暴发。若丑妇,虽盛妆,神亦不妒也。妇人无外事,其性专一,故立志往往著奇。

【注释】①《江湖纪闻》,作者佚名,应是宋元间人。而石尤风之名由来甚久,最早见于六朝诗歌。

化　火

蜀帝生公主,诏乳母陈氏乳养。陈氏携幼子与公主居禁中。各年长,陈子出宫。其后,此子以思公主故,疾亟。一日,陈氏入宫,有忧色。公主询其故,陈氏阴以实对。公主许允,遂托幸祆庙,期与子会。及期,子先在庙候之,忽睡去。既公主入庙,子沉睡不醒。公主待久将归,乃解幼时所弄玉环,附于子之怀中而去。及子醒寤,见之,怨气成火,庙宇亦焚。祆庙,胡神也①。

【注释】①祆庙,祆教祭祀火神的寺院。宋张邦基《墨庄漫录》卷四云,祆神本出西域,盖胡神也,与大秦穆护同入中国。俗以火神祠之。

化　铁

昔有一商,美姿容,泊舟于西河下。而岸上高楼中一美女,相视月馀,两情已契,为十目十手所隔,弗得遂愿。迨后其商货尽而去,女思成疾而死。父焚之,独心中一物,不毁如铁。出而磨之,照见其中有舟楼相对,隐隐如有人形。其父以为奇,藏之。后商复来访,其女已死,痛甚。咨诹博询,备得其由,乃献金于父,求铁观之。

不觉泪下成血，血滴于心上，其心即灰矣。①

【注释】①此条采自明彭大翼《山堂肆考》卷九十八"情契"条。

心 坚 金 石

至元年间，松江府庠生李彦直，小字玉郎，弱冠有文誉。其学之后圃有高楼焉，眺望颇远。彦直凡遇三夏，则读书其中。圃外则妓馆环之，丝竹之音，日至于耳，彦直亦习闻不怪。

一日，与同侪饮于楼上。一友闻之笑曰："所谓'但闻其声，不见其形'也。"彦直亦笑曰："若见其形，并不赏其声矣。"众请共赋其事，彦直赋先成。众方传玩，忽报学师在门，彦直急取诗怀之，迎学师登楼，因而共饮。彦直复恐诸友饶舌，托以更衣，团其诗投于墙外。

所投处乃张姥姥之居。姥止一女，名丽容，又名翠眉娘。衔其才色，不可一世。旦夕坐一小楼，与李氏楼相错。丽容拾纸展视，知为玉郎手笔，心窃慕焉，遂赓其韵，书于白绫帕上。他日，候彦直在楼，亦投墙外。彦直读诗，知其意有属也，践太湖石望之，彼此相见，款语莫逆。丽容因问："彦卿何以不婚？"彦直曰："欲得才貌如卿者乃可。"丽容曰："恐君相弃，妾敢自爱乎？"因私誓而别。

彦直归，告诸父母，父以其非类，叱之。复托亲知再三，终不许。将一年，而彦直学业顿废，几成瘵疾；丽容亦闭门自守。父不得已，遣媒具六礼而聘焉。

婚有期矣，会本路参政阿鲁台任满赴京。时伯颜为右丞相，独秉大权，凡满任者，必献白金盈万，否则立黜罢。阿鲁台宦九载，罄橐未及其半。谋于佐吏，吏曰："右相所少者，非财也，若能于各府选才色官妓三二人，加以妆饰献之，费不过千金，而其喜必倍。"阿鲁台以为然，遂令佐吏假右相之命，咨于各府，得二人，而丽容为首。彦直父子奔走上下，谋之万端，终莫能脱。丽容临发，寄缄谢彦直，以死许之，遂绝饮食。张姬泣曰："尔死必累我。"丽容复稍稍食。

舟既行，彦直徒步追随，哀动行人。凡遇停舟之所，终夜号泣，伏寝水次。如是将两月，而舟抵临清。彦直跋踄三千馀里，足肤俱裂，无复人形。丽容于板隙窥见，一痛而绝。张姬救之，良久方苏。苦浼舟夫往谢彦直曰："妾所以不即死者，母未脱耳。母去，妾即死。郎可归家，无劳自苦。"彦直闻语，仰天大恸，投身于地，气遂绝。舟夫怜之，共为坎土，埋于岸侧。是夕，丽容缢于舟中。

阿鲁台大怒曰："我以珍衣玉食致汝于极贵之地，而乃恋恋寒儒，诚贱骨也！"乃命舟夫裸其尸而焚之。尸尽，惟心不灰。舟夫以足践之，忽出一小物如人形，大如手指。净以水，其色如金，其坚如玉，衣冠眉发，纤悉皆具，宛然一李彦直也，但不能言动耳。舟夫持报阿鲁台，台惊曰："异哉，精诚所结，一至此乎！"叹玩不已。众请并验彦直若何，亦发彦直尸焚之，而心中小物与前物相等，其像则张丽容也。阿鲁台大喜曰："吾虽不能生致丽容，然此二物实希世之宝。"遂囊以异锦，函以香木，题曰"心坚金石之宝"。于是厚给张姬，听为治丧以归。

阿鲁台至京，捧函呈于右相，备述其繇，右相喜甚。启视无复前形，惟败血二聚，臭秽不可近。右相大怒，下阿鲁台于法吏，治其夺人妻之罪。狱成，报曰："男女之私，情坚志确。而始终不谐，所以一念不化，感形如此。既得合于一处，情遂气伸，复还其故，理或有之矣。"右相怒不解，阿鲁台竟坐死。[①]

　　昔有妇人性好山水，日日临窗玩视，遂成心疾。死而焚之，惟心不化，其坚如石。有波斯胡一见惊赏，重价购去。问其所用，约明日至肆中验之。及至肆，已锯成片，每片皆光润如玉，中有山水树木，如细画然。波斯云："以为宝带，价当无等。"夫山水无情之物,精神所注,形为之留,况两情之相感乎!

【注释】①此条采自明陶辅《花影集》卷三《心坚金石传》。

望　夫　石

新野白河上有石如人,名望夫石。相传一妇送夫从戎,别于此,妇怅望久之,遂化为石。天台陈克字子高题望夫石云:"望夫处,江悠悠。化为石,不回头。山头日日风和雨,行人归来石应语。"

婆　饼　焦

人有远戍者,其妇从山头望之,化为石①。时烹饼将以为饷,使其子侦之,恐其焦不可食也。往已无及矣,因化此物②,但呼"婆饼焦"也。今江淮所在有之。

【注释】①"石",原本作"鸟",据此条出处宋高承《事物纪原》卷十"婆饼"条改。　　②"往已无及矣,因化此物",原本作"往已见其母化此物",据出处改。此句言其子待饼熟而至母处,母已化为石,于是其子化为婆饼焦鸟。按:婆饼焦,宋梅圣俞《四禽言》之二即咏此鸟:"婆饼焦,儿不食。尔父向何之,尔母山头化为石。山头化石可奈何,遂作微禽啼不息。"据此诗及《事物纪原》,则母化为石,而化为鸟者是其子也。《情史》误以为化鸟者为其母,故作两处改动,以致大误。

双　雉

《雉朝飞操》者,卫女傅母所作也①。卫侯女嫁于齐太子,中道闻太子死,问傅母曰:"何如?"傅母曰:"且往当丧。"丧毕,不肯归,终之以死。傅母悔之,取女所自操琴于冢上鼓之。忽有二雉俱出墓中。傅母抚雌雉曰:"女果为雉耶?"言未卒,俱飞而起,忽然不见。傅母悲痛,援琴作操,故曰《雉朝飞》。出扬雄《琴清英》。②

【注释】①傅母,贵族子女之保傅,责在教导其行为规范。　②此条采自《艺文类聚》卷九十。

连枝梓　双鸳鸯

韩凭,战国时为宋康王舍人。妻何氏,有美色。康王乃筑台望之,竟夺何而囚凭。何氏乃作《乌鹊歌》以见志曰:"南山有鸟,北山张罗。乌自高飞,罗当奈何?"又曰:"乌鹊双飞,不乐凤凰。妾自庶人,不乐君王。"

后闻凭自杀,乃阴腐其衣①,与王登台,自投台下。左右引衣,衣绝,得遗书于带中,曰:"愿以尸还韩氏而合葬。"王怒,命分埋之,两冢相望。经宿,忽有梓木生于两冢,根交于下,枝连于上。又有鸟如鸳鸯,双栖于树,朝暮悲鸣。人皆异之,曰:"此韩凭夫妇精魂也。"故诗云:"君不见,昔时同心人,化作鸳鸯鸟。和鸣一夕不暂离,交颈千年尚为少。"

何氏又有寄凭歌曰:"其雨淫淫,河大水深,日出当心。"康王以问苏贺,贺曰:"'雨淫淫',愁且思也。'河水深',不得往来也。'日当心',日过午则昃,明有死志也。"②

韩凭冢,今在开封府。

【注释】①腐其衣,使衣变腐而易破。　②此条采自晋干宝《搜神记》卷十一。

双梓　双鸿

吴黄龙年中,吴都海盐有陆东美,妻朱氏,有容止。夫妻相重,时人号为"比肩夫妇"。后妻死，东美不食而死。家人哀之，乃合葬。未一岁，冢上生梓树同根，二身相抱而合成一树，每有双鸿常宿于上。孙权闻之，封其里曰"比肩"，墓曰"双梓"。后子弘与妻张亦相爱慕，吴人呼为"小比肩"。出《述异记》①。

【注释】①此《述异记》为南齐祖冲之撰。

双　鹤

荥阳县南百馀里有兰岩山，峭拔千丈。常有双鹤，素羽皦然，日夕偶影翔集。相传云：昔有夫妇隐此山数百年，化为双鹤，不绝往来。忽一旦一鹤为人所害，其一鹤岁常哀鸣，至今响动岩谷，莫知其年岁也。出《搜神记》。

连　理　树

上官守愚者，扬州江都人，为奎章阁授经郎。时居顺天馆东，与国史检讨贾虚中为邻。贾，柯敬仲友也①，工诗善画，家藏古琴三张，曰琼瑶音、环珮音、蓬莱音，皆敬仲所鉴定。守愚亦雅好吟咏，兼嗜绿绮②，与贾交游特厚。每休暇过从，诗酒琴棋，从容竟日。贾无嗣，止三女。尝曰："吾三女可比三琴。"遂取琴名名女焉。守愚子粹，甚清俊聪敏。生时人送《唐文粹》一部，故小字粹奴。年十岁，因遣就贾学。贾夫妇爱之如子，三女亦兄弟视之，呼为"粹舍"。尝与其幼女蓬莱同读书学画，深相爱重。贾妻戏之曰："使蓬莱他日得婿如粹舍足矣。"归以告，守愚曰："吾意正然。"遣媒往议，各已许诺。粹二人亦私喜不胜。不期贾忽罢归，姻事竟弗谐。

后三年，守愚出为福州治中。始至，僦居民舍，得楼三楹。而对街一楼尤清雅，问之，乃贾氏宅也。守愚即日往访，则琼瑶、环珮已适人,惟蓬莱在室,亦许婚林氏矣。粹闻之悒怏殊甚。蓬莱虽为父母许他姓,然亦非其意也。知粹至,欲一会而无繇。彼此时时凝立楼栏相视,不能发语。

蓬莱一日以白练帕裹象棋子掷粹,粹接视,上画绯桃,题一诗曰:"朱砂颜色瓣重台,曾是刘晨旧看来。只好天台云里种,莫教移近俗人栽。"粹虽美其意,然莫如之何。亦画梅花一枝,写诗以复。诗曰:"玉蕊含春揾素罗,岁寒心事谅无他。纵令肯作仙郎伴,其奈孤山处士何。"用彩绳系琴轸三枚坠之,投还蓬莱。蓬莱展看,闷闷而已。

未逾时,值上元节。闽俗放灯甚盛,男女纵观。粹察贾氏宅眷必往,乃潜伺于其门。更深后,果有女夫舁轿数乘而前,蓬莱与母三四辈上轿,婢妾追随,相续不绝。粹尾其后,过十馀街,度不得见,乃行吟轿傍曰:"天遣香街静处逢,银灯影里见惊鸿。彩舆亦似蓬山隔,鸾自西飞鹤自东。"蓬莱知为粹也,欲呼与语,诉其所怀,而碍于从者,亦于轿中微吟曰:"莫向梅花怨薄情,梅花肯负岁寒盟?调羹欲问真消息,已许风流宋广平。"粹听之,知其答己梅花之作,不觉感叹。归坐楼中,念蓬莱之意虽坚,而林氏之聘终不可改,乃赋《凤分飞》曲以寄之曰:"梧桐凝露鲜飚起,五色琅玕花新洗。矫翩翩跰拟并栖,九苞文彩如霞绮。惊飞忽作丹山别,弄玉箫声怨呜咽。咫尺秦台隔弱流,琐窗绣户空明月。飚飚扫尾仪朝阳,可怜相望不相将。下谪尘寰伴凡鸟,不如交颈两鸳鸯。"诗成,无便寄去。忽贾遣婢送荔子一盘来,粹诡曰:"往在都下,与蓬莱同学,有书数册未取,乞以此帖呈之,俾早送还。"婢不疑有他,持送蓬莱。读之垂泣曰:"嗟乎! 郎尚不余谅也。"乃作《龙剑合》曲答之,示终身相从之意。写以鱼笺,密置古文中。付婢绿荷曰:"粹舍取旧所读书,此是也。汝持去还了。"其曲曰:"龙剑埋没狱间久,巨灵昼卫鬼夜守。蛟螭藏,魍魉走,精光横天气射斗。冲玄云,发金钥,至宝稀世有。奇姿烁人声撼牖,鹈膏润锷凤刻首。龙剑煌,新离房,静垂流电舞飞霜。影含秋水刃拂铓，麗鐷团金宝珠装。司空观之识其良，悬诸玉带间金章。紫焰煌煌明瑀珰，星折中台事岂常。逡巡莫敢住，一去堕渺茫。龙剑灵，是龙精，莹如鹈尾拂水清。雄作万里别，雌伤千古情。暂留尘埃匣，何日可合并？会当逐风雷，相寻入延平。纯钩在璍祕，纵然贵重匪我匹。我匹久卧覃水云，一双遥怜两地分。度山仍越壑，苦辛不可言。天遣雷焕儿，佩之大泽濆。铿然一跃同骏奔，骇浪惊涛白昼昏。始知神物自有偶，千秋万岁肯离群。"粹读之，服其才而感其意。

俄而闽中大疫，蓬莱所议林生竟死。贾夫妇知粹未婚，乃遣一人报守愚求终好，守愚欣跃从之。六礼既备，亲迎有期。花烛之夕，粹与蓬莱相见，不啻若仙降也，因各赋诗以志喜。时至正十九年己亥二月八日也。粹诗曰："海棠开处燕来时，折得东风第一枝。鸳枕且酬交颈愿，鱼笺莫赋断肠诗。桃花染帕春先透，柳叶蛾黄画未迟。不用同心双结带，新人元是旧相知。"蓬莱诗曰："与君相见即相怜，有分终须到底圆。旧女婿为新女婿，恶姻缘化好姻缘。秋波浅浅银灯下，春笋纤纤玉镜前。天遣赤绳先系足，从今唤作并头莲。"蓬莱有诗集，粹序之，名曰《絮雪》。

粹时才名藉甚，当道有欲荐之者。蓬莱苦口止之曰："今风尘道梗，望都下如在天上。君岂可舍父母之养，而远赴功名之途乎？"粹乃以亲老辞。次年，治中物故。又明年，为至正壬寅，闽城为盗所据，城中大姓多避匿山谷，粹亦携家遁。盗踪迹得之，尽戕其一门，留蓬莱一人不杀，将以为妻。蓬莱知不免，诒盗曰："我无归矣，愿事将军。虽然，俟埋其故夫未晚也。"盗喜从之，同至尸所，拔佩刀为掘一坑。掘讫，掷刀于地，坐于傍曰："吾倦矣！"目蓬莱，使取刀抄土掩之。蓬莱即举刀自刎曰："死作一处无恨！"盗遽起夺刀，已绝咽矣。盗怒曰："汝望同穴乎？"遂埋蓬莱二十步外，使两冢相望。

其年，燕只普化为福建行省平章，乃集诸县民兵克城，民方复業。又数年,有同避寇者始备说蓬莱事。平章遣人视之,将以礼改葬。至则两墓之上各生一树,相向枝连柯抱,纠结不可解。使者归报,平章亲往视之,果不谬。乃不敢发,但加修葺,仍设奠祭焉。人呼为“连理冢树”,闽人至今称之不绝。见《剪灯馀话》③。

【注释】①柯九思,字敬仲,元代大书画家、鉴定家。 ②绿绮,琴之别称。 ③明李昌祺《剪灯馀话》卷二作《连理树记》。

并　蒂　莲计二条

扬州张姓者,富冠郡邑。有女字丽春,年十七,美姿容,善诗赋。远近争来缔姻,张翁志在择婿,不许。

同里曹姓者,家虽贫,有子名璧,聪俊工文词,年十六未室,张颇垂意焉。曹以贫富自量,不敢启齿。张一日开塾于家,令人招生过塾读书。生负笈而至,丽春于花下窥之,窃念曰:“得归此郎,平生足矣。”张亦暗喜,寻命生宿于西轩静室,以便肄业。

时值菊节,张拉师出外登高。生兀坐书斋,不胜岑寂。日将晡,窗外闲步,偶与丽春相遇。生整容前揖,丽春亦不避,彼此交会,其礼甚恭。丽春笑曰:“子知家君馆谷之意乎①?东床之选,其在兹矣。子宜郑重!”正叙话间,侍婢报曰:“主人回矣。”遂各散去。翌日,丽春命侍儿兰香持彩笺作词寄生,中有“赤绳系足”之句。生得词甚喜,以诗一律答之,末联云:“昨夜嫦娥降消息,广寒已许折高枝。”

一夕,生明烛独坐,忽闻叩门声。启视,乃丽春也,延入逊坐。丽春从袖中出花笺一幅,上书四绝句,笑曰:“妾效唐人作回文四时词,请君改政。”其一:“花枝几朵红垂槛,柳树千丝绿绕堤。鸦鬓两蟠乌袅袅,径苔行步印香泥。”其二:“高梁画栋栖双燕,叶展荷钱小叠青。腰细褪裙罗带缓,销魂暗泪滴围屏。”其三:“明月晚天清皎

皎,凛霜晴雾冷悠悠。情伤暗想闲长夜,泪血垂胸锁恨愁。"其四:
"天冷雪花香堕指,日寒霜粉冻凝腮。悬悬意想空吁气,夜月闲庭
一树梅。"生诵毕,深赞其妙,将欲赓咏。丽遽曰:"不必和也。家君
新构别墅,已状四景。士夫题咏甚富,但无作回文者。请君为之。"

生按题挥笔,亦成四绝云。其一:"东西岸草迷烟淡,近远汀花
逐水流。虹跨短桥横曲径,石粼粼砌路悠悠。"其二:"墙矮筑轩当
绿野,树高连屋近青山。香清散处残红落,酒兴诗怀遣日闲。"其
三:"溪曲绕村流水碧,小桥斜傍竹居清。啼乌月落霜天晓,岸泊闲
舟两叶轻。"其四:"歧路曲盘蛇袅袅,乱山群舞凤层层。枝封雪蕊
梅依屋,独坐闲窗夜伴灯。"丽春诵之,叹其敏妙。时漏下二鼓,生
欲求欢。丽春正色曰:"所谓归妹愆期,迟归有待。君姑俟之。"遂
各归寝。张公倩媒择日下聘,赘生入门。花烛之夕,极尽绸缪。丽
春谓生曰:"曩所以逆君情者,政为今夕耳。"生益叹服。

咸淳末[2],海寇犯扬州,官军败绩,城遂陷。贼众大掠,市肆一
空。殆至张宅,家人奔窜。生女卧榻,适临大池。仓卒无避,恐致
辱身,乃相搂共溺池中而死。

逾年,其中忽生并蒂莲,花红香可爱。人争以为异,观者如市。
士大夫题咏甚多,录其尤者于左:"佳人才子是前缘,不作天仙作水
仙。白骨不埋黄壤土,清魂长浸碧波天。生前曾结同心带,死后仍
开并蒂莲。千古风流千古恨,恩情不断藕丝牵。"诗词成帙,名之曰
《并蒂莲集》,至今传诵不绝。[3]

【注释】①馆谷,居之以馆,食之以谷,意谓请先生设塾于家。　②咸
淳,南宋度宗年号(1265—1274)。　③此条采自明王世贞《续艳异编》
卷五。

又:民家有男女以私情不遂,赴水死。三日,二尸相携出水滨。
是岁,此陂荷花无不并蒂者。李仁卿《摸鱼儿》纪其事云:"为多情,
和天也老,不应情遽如许。请君试听双薬怨[1],方见此情真处。谁

点注,香潋滟、银塘对抹胭脂露。藕丝几缕,绊玉骨春心,金河晓泪,漠漠瑞红吐。　　连理树,一样骊山怀古。古今朝暮云雨。六郎夫妇三生梦,幽恨从来煎阻。须会取,共鸳鸯翡翠,照影长相聚。秋风不住,怅寂寞芳魂,轻烟北渚,凉月又南浦。"

【注释】①"蕖",原本作"渠",据本条出处明蒋一葵《尧山堂外纪》卷六十七改。此词原本错讹甚多,全据出处改,不再出校。

情史氏曰:情主动而无形,忽焉感人而不自知。有风之象,故其化为风。风者,周旋不舍之物,情之属也。浸假而为石,顽矣。浸假而为鸟、为草、为木,蠢矣。然意东而东,意西而西。风之飘疾,惟鸟分其灵焉,双翔双集,可以人而不如鸟乎? 梓能连枝,花解并蒂,草木无知,象人情而有知也。人而无情,草木羞之矣。白香山云"在天愿作比翼鸟,在地愿为连理枝。天长地久有时尽,此恨此情无尽期",谓此也。噫! 自非情坚金石,畴能有此? 则其偶然凝而为金为石也固宜。

补　遗

化　蛇补

华阴县令王真妻赵氏,与少年有私。少年化蛇,赵氏亦化蛇,俱入华山不见。①

【注释】①此条采自《太平广记》卷四百五十六"王真妻"条引《潇湘录》。

化　怪　草

舌堙山。帝女死,化为怪草,恒媚于人。①

【注释】①此条采自唐释道世《法苑珠林》卷三十二。

宫　人　草

　　楚中有宫人草，状如金蓥，而其气氛氲，花色红翠。俗说楚灵王时，宫人数千，皆多愁旷，有囚死于宫中者。葬之后，墓上悉生此花。①

　　【注释】①此条采自《太平广记》卷四百八十"宫人草"条引《述异记》。

鸳　鸯　树

　　蜀王孟昶，悦宫婢李氏，行则同舆，坐则同席。末年遭杀①，并命合葬。墓上有树生异花，上似鸳鸯交颈，人不知名，但呼鸳鸯树。有歌曰："愿为坟上鸳鸯鸟，作双飞去作双归。"②

　　【注释】①宋灭后蜀，孟昶被俘至汴梁，七日后即死，自是被害。李氏当是同时被杀。　　②此条采自明陈耀文《天中记》卷十九引《海物异名记》。

门　化　鸳　鸯

　　汉时�县南门两扇，忽一声称鸳，一声称鸯。晨夕开闭，声闻京师。汉末恶之，令毁其门。两扇化为鸳鸯，相随飞去。遂改鄏为晏城县。①

　　【注释】①此条采自唐张鷟《朝野佥载》卷四。

卷十二　情媒类

卢　二　舅 以下仙媒

昔有卢、李二生，隐居太白山读书，兼习吐纳导引之术。一旦李生告归，曰："某不能甘此寒苦，且浪迹江湖。"诀别而去。后李生知橘子园，人吏隐欺，欠折官钱数万贯，羁縻不得东归，贫甚。偶过扬州阿使桥，逢一人草蹻布衫，视之乃卢生。生昔号二舅。李生与语，哀其褴缕。卢生大骂曰："我贫贱何畏？公不作好，弃身凡弊之所，又有欠负，身被囚拘，尚有面目相见乎？"李生厚谢。二舅笑曰："居处不远，明日即将奉迎。"

至旦，果有一仆者驰骏足来，云："二舅遣迎郎君。"既去，马疾如风。过城南数十里，路侧朱门斜开，二舅出迎。星冠霞帔，容貌光泽，侍婢数十人，与桥下仪状全别。邀李生中堂宴馔，名花异木，若在云霄。既夜，引李生入北亭命酌，曰："兼与公求得佐酒者，颇善箜篌。"须臾，红烛引一女子至，容色极艳，新声甚嘉。李生视箜篌上有朱字一行云："天际识归舟，云间辨江树。"罢酒，二舅曰："莫愿作婚姻否？"李生曰："某安敢！"二舅许为成之。又曰："公所欠官钱多少？"曰："二万贯。"乃与一挂杖曰："将此于波斯店取钱①。可从此学道，无自秽也。"

才晓，前马至。二舅令李生去，送出门。波斯见挂杖，惊曰："此卢二舅挂杖，何以得之？"依言付钱，遂得无事。其年往汴州，行军陆长源以女嫁之。既婚，颇类卢二舅北亭子所睹者。复解箜篌，果有朱书字。视之，"天际"之诗两句也。李生具说扬州城南卢二舅亭中筵宴之事,妻曰:"少年兄弟戏书此。昨梦使者云仙官追,一如公所言也。"李生叹讶。却寻二舅之居,唯见荒草,不复睹亭台矣。[2]出《逸史》。

　　　　二舅曾未显然出伐,然阴以红丝系足矣。神仙从无诳语。

【注释】①波斯店,波斯商人开的商店。此波斯泛指中亚地区。　　②此条采自《太平广记》卷十四"卢李二生"条引《逸史》。

氤　氲　大　使

朱起,家居阳翟,年逾弱冠,姿韵爽逸。伯氏虞部有女妓宠宠[1],艳秀明媚,起甚留意。缘馆院各别,种种碍隔,起一志不移,精神恍忽。

有密友诣都辇,起送至郊外。独回之次,路逢青巾短袍、担筇杖药篮者,熟视起曰:"郎君幸值贫道,否则危矣。"起骇异,下马揖之。青巾曰:"君有急,直言,吾能济之。"起再拜,以宠事诉。青巾叹曰:"世人阴阳之契,有缱绻司总统,其长官号氤氲大使。诸凤缘冥数当合者,须鸳鸯牒下乃成。虽伉俪之正,婢妾之微,买笑之略,偷期之秘,凡仙交会,华戎配接,率繇一道焉。我即为子嘱之。"临去,篮中取一扇授起曰:"是坤灵扇子,凡访宠,以扇自蔽,人皆不见。自此七日外可合,十五年而绝。"起归如戒,往来无阻。后果十五年,宠疫病而殂。出《清异录》。

　　　　有缘自合,何须坤灵扇子帮衬? 青巾亦多事矣。

【注释】①"女妓宠宠",原本作"妓女宠之",据本条出处宋陶毂《清异录》卷上改。伯氏,长兄。

潘　法　成 以下友媒

陈妙常,宋女贞观尼姑也。年二十馀,姿色出群,能诗,尤善琴。张于湖授临江令①，途宿女贞观，见妙常惊讶。以词挑之，妙常拒之甚峻。后与于湖故人潘法成私通情洽②。潘密告于湖，令投词托言旧所聘定，遂断为夫妇。

【注释】①张孝祥，字安国，号于湖。南宋高宗时状元。因为岳飞辨冤，为秦桧所忌陷。　②明人据此事编《玉簪记》，改潘法成作潘必正。

陈　诜

湘人陈诜登第，授岳阳教官。夜逾墙与妓江柳狎，颇为人所知。时孟之经守岳，闻其故。一日公宴，江柳不侍，呼至杖之，文其眉鬓间以"陈诜"二字，仍押隶辰州。妓之父母诣学宫咎诜，云自岳去辰八百里，且求资粮。陈且泣且悔，罄其所有及质衣物①，得千缗。以六百赠柳，馀付监押吏卒，令善视。且以词饯别云："鬓边一点似飞鸦，休把翠钿遮。二年三载，千拦百就②，今日天涯。　杨花又逐东风去，随分入人家。要不思量，除非酒醒，休照菱花。"

柳将行，会陆云西以荆湖制司干官霶檄至岳，与陈有故。将至，陈先出迎，以情告陆。陆即取空名制干札，填陈姓名，檄入制幕。既而并迎陆入，即开宴。陆曰："闻籍中有江柳者，善讴，谁是也？"孟即呼至。柳花钿隐眉间所文。饮间，陆越语孟曰："能以柳见予否？"孟曰："唯命。"陆笑曰："君尚不能容一陈教，岂能与我！"孟因叙诜之过，陆叹慨。

既而终席，陆呼柳问其事，柳出诜送别词，陆大嗟赏，而再登席。陆举词示孟，且诮之曰："君试目此作，可谓不知人矣。今制司檄诜入幕，将若之何？"孟求解于陆，并召诜同宴。明日，列荐诜，且除柳名。陆遂将诜如江陵，见之阃公秋壑③，俾充幕寮。诜不特洗一时之辱，且有幸进之喜。至今巴陵传为佳话焉。

【注释】①"质"，原本作"资"，据本条出处元蒋正子《山房随笔》改。

②"拦",原本作"阑",据出处改。亦有书引作"搁"者,亦通。　　③贾似道号秋壑,南宋理宗时,似道曾以京湖制置使兼知江陵府。

赵　汝　舟 以下官媒

樊城赵生汝舟,字君牧,年少负才,未获佳偶。有谢妪携女自洛阳来,寓居南曲。女名素秋,才色无双,誓非才士必不失身。时人为之语曰:"男中赵汝舟,女中谢素秋。"生闻之,因往访焉。不遇。睹庭间红梨花盛开,因题诗于壁云:"换却冰肌玉骨胎,丹心吐出异香来。武陵溪畔人休说,只恐夭桃不敢开。"女归,读其诗,甚悔,因和云:"本分天然白雪香,谁知今日却浓妆。秋千院落溶溶月,羞睹红脂睡海棠。"以诗寄生,且订晤期。

会有无赖子挟势求欢,女不从。逐之使行,遂还洛阳,生怅怏不已。适故人刘辅为洛阳太守,遣使招生。生喜,即日束装赴之。及相见,首以谢素秋为问。刘本意虑生花柳荡志,欲令习静理业,得问茫然。乃伪令人征素秋侑觞,而以病死还报,冀绝其念。生叹惋不已,馆于王参军废园,因而成病。辅为求医,生却之曰:"吾病非药饵可疗,除是素秋重生耳。"辅乃授计于素秋,使伪为王参军女,月夜傍徨园亭。生望之心动,遽前挑之,宛转成好,郁抱顿开。

久之,试期渐逼,生恋女,未有行色。辅复属卖花妪携筐诣园,伪为奠其亡儿者。生问之,对曰:"昔王参军有女甚美,亡瘗园中红梨树下。每月明之夜,往往出现魅人,吾子以是夭死。今忌日,故奠之耳。"生询女状貌服色相类,大惧,即夕携寓他室。及明,遂辞辅诣临安。辅厚赠资斧。生是岁登第,得选还乡,道从洛阳谢辅。辅觞之,命素秋见,生大骇。辅笑述始末,生喜极。辅为治婚礼,竟为夫妇。

今传奇有《梨花记》,或作《谢金莲》①。

【注释】①即《红梨记》，收入明毛晋《六十种曲》。

姚 牧 庵

姚牧庵为翰林学士承旨日①，玉堂设宴，歌妓罗列，中一人秀丽闲雅，微操闽音。公使来前，问其履历，初不以实对。叩之再，泣而诉曰："妾乃建宁人氏，真西山后也②。父官朔方，禄薄不足以给，侵贷公帑无偿，遂卖入娼家，流落至此。"公命之坐。仍遣使诣丞相三宝奴，请为落籍。丞相素敬公，意公欲以侍巾栉，即令教坊检籍除之。公得报，语一小吏黄堡曰③："我以此女为汝妻，女即以我为父也。"吏忻然从命。吏后至显官。京师相传以为盛事。

按：牧庵名燧，枢之姪也。致政家居，年八十时，夏月沐浴，有侍妾在侧，公因私焉。妾前拜曰："主公年老，贱妾倘有娠，家人必见疑，愿赐识验。"公因捉其肚围，题诗于上云："八十年来遇此春，此春遇后更无春。纵然不得扶持力，也作坟前拜扫人。"未几公薨。后此妾果有子，家人疑其外通，妾出此诗，遂解。

【注释】①姚燧，号牧庵。文章名于时，与虞集齐名。元大德间（1297—1307），官至翰林学士承旨。　②真德秀，南宋理学名臣，人称西山先生。③"吏"，原本作"史"，据本条出处元陶宗仪《辍耕录》卷二十二"玉堂嫁妓"条改。

马 光 祖

有士人逾墙偷人室女①，事觉到官，府尹马光祖号裕斋面试《逾墙搂处子》诗②，士人秉笔云："花柳平生债，风流一段愁。逾墙乘兴下，处子有心搂。谢砌应潜越③，韩香许暗偷。有情还爱欲，无语强娇羞。不负秦楼约,安知汉狱囚。玉颜丽如此,何用读书求?"光祖判云:"多情多爱,还了生平花柳债。好个檀郎,室女为妻也合当。杰才高作,聊赠青蚨三百索。烛影摇红,记取媒人是马公。"④文士既幸免罪,反因此以得佳偶。

　　此事不可为训。风流太守偶示一奇,亦何不可?

【注释】①室女,未嫁之女。　　②"光",原本作"元",据标题及文意改。马光祖,南宋理宗宝祐间(1253—1258),以户部尚书兼知临安府。"逾墙搂处子",语出《孟子·告子下》"逾东家墙而搂其处子"。　　③"砌",原本作"玉",据本条出处元吴莱《三朝野史》改。谢砌,用《世说新语》谢安临阶问诸子侄,谢玄答"譬如芝兰玉树,欲使其生于阶庭"事。砌,阶也。④此《减字木兰花》词。

西　毕　氏 _{以下妻媒}

　　西毕氏中岁无子①,甚忧。然与妻恩爱,不忍置妾。醉后,其妻阴以侍婢与睡,即有娠,毕疑之。既产子,欲毙之,其妻以实告。乃纳其婢试之,明年复产一子,遂释然。乃感其妻。后二子济川、济时相继登进士,济川为翰林编修。

【注释】①"西毕氏"无解。按:毕济川为明人,正德间官翰林编修,其籍为江西贵溪。疑原本"西"前脱"江"字。

聂　胜　琼

　　聂胜琼,宋时名妓也,资性慧黠。李之问诣京师,见而悦之,遂与结好。及将行,胜琼饯别于莲花楼。别旬日,复作《鹧鸪天》词寄之云:"玉惨花愁出凤城,莲花楼下柳青青。清樽一曲《阳关》后,别个人人第五程。　　寻好梦,梦难成,况谁知我此时情?枕前泪共檐前雨,隔个窗儿滴到明。"李藏箧间,抵家,为其妻所得。问之,具以实告。妻爱其语句清俊,遂出妆奁,资夫娶归。琼至,损其妆饰,委曲奉事主母,终身和好无间隙焉。①

【注释】①据《宋词纪事》,此条见于宋人《绿窗新话》卷下引《古今词话》。

秖 芳 亭字媒

钜野有秖芳亭,邑人秋成报祭所也①。一日,乡耆谋立石其中,延士人王维翰书"秖芳亭"字,久之未至。有妓谢天香者,问云:"祀事既毕,何为迟留不饮?"众曰:"伺维翰书石耳。"谢遂以身衣当笔,书"秖芳"二字。会维翰至,书"亭"字以完之。父老遂刻之石,王、谢遂成夫妇。后王戏谢诗云:"昔日章台曾舞腰,行人无不折枝条。"天香曰:"从今已付丹青手,一任狂风不动摇。"②

【注释】①秋成,秋季丰收。报祭,禀报祭祀天地。 ②此事又见于明凌濛初《二刻拍案惊奇》卷二《小道人一着饶天下 女棋童两局注终身》之得胜头回。

陈 孚以下诗媒

陈孚,字刚中,台州人。至元年,曾以布衣献《大一统赋》。初尝为僧,以避世变。忽一日,大书所作于其父执某之粉墙上,云:"我不学寇丞相,地黄变发发如漆。又不学张长史,醉后挥毫扫狂墨。平生绀发三十丈,几度和云眠石上。不合感时怒冲冠,天公罚作圆顶相。肺肝本无儿女情,亦岂惜此双鬏青。只忆山间秋月冷,搔首不见鬖鬖影。"父执见之笑曰:"此子欲归俗矣!"即命养发。经半年馀,以女妻之。刚中虽获佳偶,自妻母以至妻之兄姊弟妹皆薄之,遂挈家入京。馆阁诸老交章荐举,竟入翰林。尝摄礼部郎中,副梁尚书曾使交趾。至交州,赋诗曰:"老母越南垂白发,病妻塞北倚黄昏。蛮烟瘴雨交州客,三处相思一梦魂。"①

【注释】①此条采自元陶宗仪《辍耕录》卷八"五马入门"条。

高 季 迪

高季迪启①,年十八未娶。妇翁周仲建有疾,季迪往唁之。周出《芦雁图》命题,季迪走笔赋曰:"西风吹折荻花枝,好鸟飞来羽翮垂。沙阔水寒鱼不见,满身风露立多时。"仲建笑曰:"是子求室也!"即择吉,以女妻焉。②

【注释】①高启,字季迪,号青丘子。元末明初大诗人。明初官翰林国史编修,朱元璋以非罪杀之。　②此条采自明蒋一葵《尧山堂外纪》卷八十。

杨 越 渔

越渔者,杨翁女也,容貌美丽。为诗不过两句,或问:"何不终篇?"答曰:"无奈情思缠绕,至两句即思乱不胜。"有谢生求娶。父曰:"吾女宜配公卿。"谢曰:"谚曰:'少女少郎,相乐不忘。少女老翁,苦乐不同。'安有少年公卿耶?"翁曰:"吾女词多两句,子能续之而称其意,则妻矣。"遂以女诗示谢。女诗云:"珠帘半床月,青竹满林风。"谢续云:"何事今宵景,无人解与同。"又诗云:"春尽花随尽,其如自是花。"谢续云:"从来说花意,不过此容华。"女览诗叹曰:"天生吾夫也!"遂为夫妇。多引泛江湖,唱和为乐。后七年春日,杨忽题诗二句云:"明月易亏轮,好花难恋春。"谢讶曰:"何故作此不祥语?"女曰:"君且续之。"谢应声云:"常将花月恨,并作可怜人。"女曰:"逝水难驻,千万自保!"即以首枕生膝而逝。①

【注释】①此条采自宋曾慥编《类说》卷二十九引宋张君房《丽情集》。

郭 暖

郭暖宴客①,有婢镜儿,善弹筝,姿色绝代。李端在坐,时窃寓目,属意甚深。暖觉之,曰:"李生能以弹筝为题,赋诗娱客,吾当不惜此女。"李即席口号曰:"鸣筝金粟柱,素手玉房前。欲得周郎顾,时时误拂弦。"暖大称善②,彻席上金玉酒器,并以镜儿赠李。

郭暖粗豪公子,终是大家门风手段。

【注释】①郭暖,郭子仪子,尚升平公主。　②"善",原本作"喜",据此条出处唐张泌《妆楼记》改。

武 昌 妓

韦蟾廉问鄂州①,及罢任,宾僚盛陈祖席。蟾遂书《文选》句云:"悲莫悲兮生别离,登山临水送将归。"②以笺毫授宾从,请续其句。座中怅望,皆思不属。逡巡,女妓泫然起曰:"某不才,不敢染③,欲口占两句。"韦大惊异,令随口写云:"武昌无限新栽柳,不见杨花扑面飞。"座客莫不嘉叹。韦令唱作《杨柳枝》词,极欢而散。赠数十千纳之,翌日共载而发。出《抒情诗》④。

【注释】①韦蟾,唐末人。廉问鄂州,此指为鄂州观察处置使。　②首句见屈原《九歌》,次句见潘岳《秋兴赋》,二篇俱在《文选》。　③染,染毫书写。　④见《太平广记》卷二百七十三"武昌妓"条。

赵 令 畤

赵令畤字德麟,号聊复翁。袭封安定郡王善词①。刘弇字伟明既丧爱妾而不能忘,赵为《清平乐》词云:"东风依旧,着意隋堤柳。搓得鹅儿黄欲就,天气清明时候。　　去年紫陌青门,今宵雨魄云魂。断送一生憔悴,能消几个黄昏。"

有王氏女,聪慧,父母为择配,未偶。壮年不嫁,作《咏怀》诗曰:"白藕作花风已秋,不堪残睡更回头。晚云带雨归飞急,去作西窗一夜愁。"赵鳏居,见诗,遂求婚焉。人以为二十八字媒云。[2]

【注释】①"定",原本作"宅",据《宋史·宗室传》改。　　②下段出聂奉先《续本事诗》。

清　江　引　以下词媒

刘婆惜,乐人李四之妻也,江右与杨春秀同时。颇通文墨,滑稽、歌舞迥出其流,时贵多重之。先与抚州常推官之子三舍者交好,苦其夫间阻,一日偕宵遁。事觉,决杖。刘负愧,将之广海居焉[1],道经赣州。

时有全普庵拨里,字子仁,繇礼部尚书,值天下多故,选用除赣州监郡。平昔文章政事扬历台省,但未免花酒之癖。每日公馀,即与士夫酬歌赋诗,帽上常喜簪花,否则或果或叶亦簪一枝。

一日,刘之广海过赣,谒全公。全曰:"刑馀之妇,无足与也。"刘谓阍者曰:"妾欲之广海,誓不复还。久闻尚书清誉,获一见而逝,死无憾也。"全哀其志而与进焉。时宾朋满座,全帽上簪青梅一枝,行酒,全口占《清江引》曲云"青青子儿枝上结",令宾朋续之,众未有对者。刘敛衽进前曰:"能容妾入词乎?"全曰:"可。"刘应声曰:"青青子儿枝上结,引惹人攀折。其中全子仁,就里滋味别。只为你酸,留意儿难弃舍[2]。"全大称赏。繇是顾宠无间,纳为侧室。后兵兴,全死节。刘克守妇道,善终其家。

【注释】①广海,元时两广称广海。　　②"留",原本作"留留",据此条出处元黄雪蓑《青楼集》改。

回　回　偈

　　至正间,明州女子柳含春,年十六患病,祷于延庆寺关王神而愈,因绣幡往酬之。一少年僧颇聪慧,窥柳氏姿而悦之,因以其姓戏作咒语,诵于佛前,名曰《回回偈》。其词云:“江南柳,嫩绿未成阴。枝软不堪轻折取,黄鹂飞上力难禁。留取待春深。”女亦甚慧,闻而憾之,归告于父。时方国珍据明州,父因讼之。国珍捕诸僧至,讯作词之姓名,对曰:“姓竺,名月华。”国珍乃召匠氏作大竹筒,将纳僧以沉诸江,谓曰:“我亦取汝姓作一偈,送汝归东流。”因吟曰:“江南竹,巧匠作为筒。付与法师藏法体,碧波深处伴蛟龙。方知色是空。”僧惶恐伏气,叩头告哀云:“死吾分也,更乞容一言。”国珍许之。僧复吟曰:“江南月,如镜亦如钩。如镜不临红粉面,如钩不上画帘头。空自照东流。”国珍知其以名为答,笑而释之,且令蓄发,以柳氏配为夫妇[1]。

　　　　吟词不差,还是错做了和尚。

　　【注释】[1]明严从简《殊域周咨录》亦载此事,云柳女时方八岁。结局亦与此不同,云:后国珍内附,女配黔国公之子,在云南。此似近实而亦有可疑。“江南柳”词见于宋钱世昭《钱氏私志》,言系欧阳修为甥女所作,以陷欧公与甥女有私。而欧公甥女实年方七岁,此词实为伪托欧公,后人多有辨者。

马　仲　叔 鬼媒

　　辽东马仲叔、王志都相知至厚。仲叔先亡,忽见形,谓志都曰:“吾不幸先亡,心恒相念。念卿无妇,当为卿得妇。”遂与之期。至日,大风昼昏。向暮,果有女子在寝室中。志都问其繇,曰:"我河南人,父为清河太守。临当见嫁,不知何得至此?"志都告之故,遂成夫妇。往诣其家,大喜,以为天授也。后生一男,为南郡太守。[1]

　　身死矣,犹念友之无妇乎? 其情乃胜于父母。

【注释】①此条出自刘宋刘义庆《幽明录》。

梁　公　肃风媒

　　广宁闾山公庙[1],灵应甚著。又其像设狞恶,林木蔽映,人白昼入其中,皆恐怖毛竖。旁近言静夜时闻讯掠声,故过者或迂路避之。

　　参知政事梁公肃[2],家此乡之牵马岭[3]。作举子时,与诸生谈及鬼神事,因有言:"我能以昏暮或阴晦之际入闾山庙,巡廊庑一周。"诸生从臾之。明日晚偕往,约诸生待于庙门外,奋袖径入。至庙之东隅,摸索有一人倚壁而立,梁公意其为鬼,负之出。诸生迎问何所见,梁公笑曰:"我负一鬼至矣,可取火照之。"及火至,见是一美妇。衣装绝与乡俗不同,气息奄奄,状若昏醉。环立守之,良久开目,问:"此为何地?"诸生为言其处,及庙中得之者,且诘其为人为鬼,何所从来。妇言:"我扬州大族某氏女。以吉日迎往婿家,肩舆中忽为大风所飘,神识乱散,不知何以至此。"诸生喜曰:"梁生未受室[4],神物乃从扬州送一妻,可因而成之。"梁公乃挈妇归。

　　寻擢第,不数十年,致位通显。妇举数子。故时人有"天赐夫人"之目,至于传达宫禁。梁公以大定二十年节度彰德,都下耆旧仍有及见之者。兵乱后,梁氏尚多,问其家世,多天赐诸孙行云。

【注释】①此广宁即金之广宁府,在辽西,府治在今之锦州北镇市。其地有医巫闾山,简称闾山,闾山公庙即是此山之庙。　　②梁肃,《金史》有传,言其为奉圣州人。奉圣州在今河北北部,治在今河北涿鹿,与广宁相距甚远。而此条采自金元好问《续夷坚志》卷二,不应有误。　　③牵马岭在广宁,与医巫闾山连麓。　　④受室,娶妻。

于　　祐 红叶媒

唐僖宗时,于祐于御沟中拾得一红叶,上有诗云:"流水何太急,深宫尽日闲。殷勤谢红叶,好去到人间。"祐亦题一叶,置沟上流,宫中韩夫人拾之。后祐托韩泳门馆,值帝放宫女三千人,泳以韩氏嫁祐。成礼之后,偶开笥见叶,异之,各出所得相质,叹曰:"事岂偶然!"泳开宴庆之,曰:"二人可谢媒矣!"韩氏作诗曰:"一联佳句随流水,十载幽思满素怀。今日却成鸾凤侣,方知红叶是良媒。"①王伯良作《题红》传奇②。

唐小说记红叶事有四:《本事诗》云:顾况在洛,乘间与一二诗友游苑中,于流水上得大梧叶,有诗云:"一入深宫里,年年不见春。聊题一片叶,寄与有情人。"况明日于上流亦题云:"愁见莺啼柳絮飞,上阳宫女断肠时。君恩不禁东流水,叶上题诗寄与谁?"后十余日,有客来苑中,又于叶上得诗,以示况,曰:"一叶题诗出禁城,谁人酬和独含情? 自嗟不及波中叶,荡漾乘春取次行。"一说:明皇时贵妃宠盛,宫娥皆衰悴,不愿备掖庭。尝书落叶,随御沟流出,云:"旧宠悲秋扇,新恩寄早春。聊题一片叶,寄与接流人。"况从而和之和诗同前。既达圣聪,遣出禁内人不少。

又《云溪友议》载:宣宗朝,卢渥舍人应举之岁,偶临御沟,见红叶上有诗,"流水何太急"云云。

又《北梦琐言》所载,与《云溪友议》同③,以为进士李茵事。惟刘斧《青琐》中有《流红记》④,易其人为于祐,妄也。

又别书载⑤:进士李茵,襄阳人。尝游苑中,见红叶自御沟流出，上题诗云"流水何太急"云云，茵收贮书囊。后僖宗幸蜀，茵奔窜南山民家。见一宫娥，自云宫中侍书，名云芳子，有才思。茵与之款接，因见红叶，叹曰："此妾所题也。"同行诣蜀，具述宫中之事。及绵州，逢内官田大人识之曰："书家何得在此？"逼令上马，与之前去。李甚怏怅。其夕宿逆旅，云芳复至曰："妾已重赂中官，求得从君矣。"乃与俱归襄阳。数年，李茵疾瘠，有道士言其面有邪气。云芳子自陈："往年绵州相遇，实已自经而死。感君之意，故相从耳。人鬼殊途，何敢贻患于君！"置酒赋诗，告辞而去。此说更异。

【注释】①此条节自宋刘斧《青琐高议·前集》卷五张实撰《流红记》。②王骥德，字伯良，所著传奇名《题红记》。　　③《北梦琐言》所记即下段李茵、云芳子事，显与《云溪友议》不同。　　④"斧"，原本作"釜"，《青琐高议》作者为刘斧，据改。　　⑤此所谓"别书"实即《北梦琐言》，今本卷五"去芳子魂事李茵"所记较略，而《太平广记》卷三百五十四"李茵"条引《北梦琐言》则稍详。

勤　自　励 以下虎媒

漳浦人勤自励者，以天宝末充健儿，随军安南及击吐蕃，十年不还。自励妻林氏，为父母夺志，将改嫁同县陈氏。其婚夕而自励还，父母具言其妇重嫁始末。自励闻之，不胜忿怒，辄欲拼生往劫。当破吐蕃①，得利剑，会日暮，因仗剑而行，以诣林氏。

去家八九里②，属暮雨天晦，进退不可。忽而电明，见道左大树有旁孔，自励避雨孔中。有三虎子，自励并杀之。久之，大虎将一物内孔中，须臾复去。自励闻其人呻吟，径前扪之，即妇人也。自励问其为谁，妇人云："己是林家女，先嫁勤自励为妻。自励从军未还，父母无状，见逼改嫁，以今夕成亲。我心念旧，不能再见，适持手巾宅后桑林自缢，为虎所取。幸而遇君，今犹未损。倘能相救，当有后报。"自励谓曰："我即自励也。晓还至舍，父母言君适人，故仗剑而来相访，何期于此相遇！"乃相持而泣。

顷之虎至，初大吼叫，然后倒入孔。自励以剑挥之，虎腰中断。意尚有一虎，故未敢出。寻而月明，后虎亦至。睹其偶毙，吼叫愈甚。自尔复倒入，又为自励所杀。乃负妻还家，今尚无恙。

> 此树孔乃虎穴也。托其穴以避雨，借其力以得妻。大德不报，反以杀身，哀哉！然自励不杀虎，能相信无害乎？猛恶稔著，为德而人犹疑之。世有施而不报者，可自反其平日矣。

【注释】①"当"，原本作"常"，据本条出处《太平广记》卷四百二十八"勤自励"条引《广异记》改。　　②"去家"上原本衍"林"字，据出处删。

郑　元　方

汝州叶县令卢造者，有幼女。大历中，许邑客郑楚曰①："及长，以嫁君之子元方。"楚拜之。俄而楚录潭州军事，造亦辞官寓叶②。后楚卒，元方护丧居江陵，数年间音问两绝，县令韦计为子娶焉。

其吉辰，元方适到。会武昌戍边兵亦止其县③，县隘，天雨甚，元方无所容，径往县东十馀里佛舍。舍西北隅有若小兽号鸣者，出火视之，乃见三虎雏，目尚未开。以其小，未能害人，且不忍杀，闭门坚拒而已。

约三更初，虎来触其门，不得入。其西有窗，亦甚坚。虎怒搏之，陷头于楹中，进退不得。元方取佛塔砖击之，虎吼怒拏攫，终莫能去。连击之，俄顷而死。

既而闻门外若女子呻吟，气甚困。元方徐问曰："门外呻吟者人耶鬼耶？"曰："人也。""何以到此？"曰："妾前卢令女也。夕将适韦氏，方登车，为虎负荷至此。今即无损，雨甚，畏其复来，能相救乎？"元方奇之，执烛出视，乃好女子，年十八，礼服俨然，泥水皆彻。

既扶入,复固其门,拾佛塔毁像④,以继其明。女问:“此何处?”曰:“县东佛舍耳。”元方言姓名,且话旧诺。女亦能记之⑤,曰:“妾父曾许妻君,一旦以君之绝耗也,将嫁韦氏。天命难改,虎送归君。庄去此甚近,君能送归,请绝韦氏而奉巾栉。”

　　及明,送归。其家以虎攫而去,方谋制服,忽见其来,喜若天降。元方致虎于县,具言其事。县宰异之,以卢氏归于郑焉。

　　【注释】①许,应许。邑客,客居于叶县者。　　②“官”,原本作“而”,据本条出处唐李复言《续玄怪录》卷四“叶令女”条改。　　③“兵”字原本缺,据出处补。　　④像,木像也。　　⑤“能”,原本作“前”,据出处改。

周　商　女

　　义兴山陈氏,薄暮,有虎咆哮其门,置一物而去,乃肥豝也,取而烹之。惧其复来,絷瘠羊于外以塞口。及夕,虎复衔一物至,大噪者再去。陈趋视,则一年少女子,虽衣履沾败,而体貌绝妍。扶入室,久而息定,乃言:“儿是江阴周商女,随母上冢,为虎所搏。自分死虎口矣,不意得至此。”主人易衣,饮以汤粥。俾之缝纫,殊有条理。主妇讽之曰:“汝既无归,肯为吾子妇乎?”谢曰:“儿得主君援救,出死入生,敢不惟命是听。”陈以配其季子。女甚勤俭,举家爱重之。浃辰①,其父母觅得之,大喜,言:“女未许人,今愿与君结婚好。”因张宴,征召亲友,相与往来如骨肉云。时人谓之虎媒。

　　【注释】①过十二日为浃辰。

裴　越　客

　　唐乾元初,吏部尚书张镐贬辰州司户①。先是,镐在京,以次女德容与仆射裴冕第三子、前蓝田尉越客结婚焉②。已克迎日,而镐左迁,遂改期来岁之春季。其年越客束装南迈,以毕嘉礼。镐知其将至,深喜,因命家族宴于花园,而德容亦随姑姨妹游焉。山郡萧条,竹树交密。日暮,众将归,或后或先,纷纭笑语。忽有猛虎出自竹间,背负德容,跳入翳荟。众皆惊骇,奔告张[3]。夜色已昏,举家号哭,莫知所为。及晓,则大发人徒,求骸骨于山野间。周回远近,曾无踪迹。

是夕之前夜,越客行舟去郡二三十里,尚未知其妻之为虎暴。乃与仆夫十数辈登岸徐行,其船亦随焉。不二三里,过水次板屋,之内有榻,因扫拂,即之憩焉。仆从罗列于前后。俄闻有物来自林木之间,众乃静伺。微月之下,忽见猛虎负一物至。众皆惶惧,共阚喝之[4],仍大击板屋。其虎徐行,寻俯于板屋侧,留下所负物,竟入山间。仆从窥看,云:“是人也,尚有馀喘。”越客即令昇之登舟,因促使解缆。然烛熟视,乃是十六七美女也。容貌衣服,固非村间所有。越客深异,遣群婢看抚之。虽鬓云披散,衣服破裂,而身肤无少损。群婢渐灌以汤饮,即能微微入口。久之,神气安集,俄复开目。与之言语,莫肯应。

夜久,即有自郡至者,皆云张尚书次女昨夜游园为暴虎所食,至今求其残骸未获。闻者遂以告于越客,即遣群婢以此询德容,号啼不止。越客既登岸,遂以其事列于镐。镐凌晨跃马而至,既悲且喜,遂与同归,而婚媾果谐其期。自是黔峡往往建立虎媒祠,今尚有存者。出《集异记》。

> 元方所遇义虎也,自励所遇忠虎也,义兴陈氏所遇媚虎也,总之无愧于虎媒也。夫撮合为媒,越客婚有日矣,虎一番惊扰,大为嘉礼之累。板屋声高,馋口未厌,天下有此恶媒乎,何以祠为?忠者见杀,恶者居功,此为媒者之所以竟为恶而莫肯尽忠也。

【注释】①乾元,唐肃宗年号(758—760)。按《资治通鉴》卷二百二十二,张镐贬辰州司户在肃宗上元二年(761),乾元似是上元之误。　　②结婚,缔结婚姻。　　③"告",原本作"于",据本条出处《太平广记》卷四百二十八引唐薛用弱《集异记》改。此后径改不出校。　　④阚喝,大声喝叫。

大　别　狐_{狐媒}

天顺甲申年间,浙中蒋生贾于江湖,后客汉阳马口某店,而齿尚少,美丰仪。相距数家,马氏有女,临窗纤姣,光采射人。生偶入,窃见之,叹羡魂销。是夜女自来曰:"承公垂盼,妾亦关情,故来呈其丑陋。然家严刚厉,必慎口修持,始永其好。"生喜逾遇仙,遂共枕席,而口必三缄,足不外趾,惟恐负女。然生渐急瘁。其侪若夜闻人声,疑之,语生曰:"君得无中妖乎?"生始讳匿,及疾力,始曰:"与马公女有前缘,常自来欢会,非有他也。"其侪曰:"君误矣,马家崇墉稠人,女从何来?闻此地夙有狐鬼,必是物也。"

因以粗布盛芝麻数升,曰:"若来,可以此相赠,自能辨之。"果相授受。生如其言,因迹芝麻撒止处窥之,乃大别山下有狐鼾寝洞穴中。生惧大喊,狐醒曰:"今为汝看破我行藏,亦是缘尽。然我不为子厉,今且报子。汝欲得马家真女亦不难。"自撷洞中草,作三束,曰:"以一束煎水自濯,则子病愈。以一束撒马家屋上,则马家女病癫。以一束煎水濯女,则癫除而女归汝矣。"

生复大喜,归,不以告人,而自如其言为之。女癫遍体,皮痒脓腥,痛不可忍,日夜求死,诸医不效。其家因书门曰:"能起女者,以为室。"生遂揭门曰:"我能治。"以草濯之,一月愈。遂赘其家,得美妇。

生始窥女而极慕思,女不知也,狐实阴见,故假女来。生以色自惑而狐惑之也,然竟以此得真女矣。燕昭市骏骨,而千里之马果至。以伪始,以真终,狐虽异类,可以情感,况于筑台礼士者乎!

玄　　　驹 蚁媒

　　昔有一士人与邻女有情。一日饮于女家,惟隔一壁,而无繇得近。其人醉,隐几卧,梦乘一玄驹入壁隙中,隙不加广,身与驹亦不减小,遂至女前,下驹与女欢。久之,女送至隙,复乘驹而出。觉甚异之,视壁孔中有一大蚁在焉,故名蚁曰“玄驹”。见《贾子说林》。

　　　情史氏曰:媒者,寻常婚媾之事也。常事不书,有异焉则书之。媒而得,虽戾如虎,妖如狐,亦足以传。媒而失,即氤氲大使使尽神通,适以导淫遗议。呜呼!“伐柯伐柯”,媒其可苟乎哉!审于媒之得失,而情亦可自量也。

卷十三　情憾类

昭　　君 以下无缘

昭君字嫱，南郡人①。元帝时，以良家子选入掖庭。或云昭君者，齐国王穰女。年十七，仪容绝丽，以节闻。国中长者求之，王皆不许，乃献元帝②。时宫人既多，帝造次不能别房帷。乃令画工图之，披图召幸。他人往往行赂，多得进。昭君自恃其貌，志不苟求，工遂毁为其状。会单于匈奴来朝，求美人为阏氏，帝敕以宫女赐焉。昭君入宫数载，未得见御，积悲怨，乃请掖庭令求行。单于临辞，大会，帝召女以示之。昭君丰容靓饰，光明汉宫，顾影徘徊，竦动左右。帝见大惊，意欲留之，而重失信于异域，遂与匈奴。

昭君戎服乘马，提一琵琶出塞而去。为书报帝云："臣妾幸得备禁脔，谓身依日月，死有馀芳。而失意丹青，远窜异域，诚得捐躯报主，何敢自怜？独惜国家黜陟，移于贱工。南望汉关，徒增怆结耳。有父有弟，惟陛下幸少怜之。"帝回思昭君不置，为诛画工毛延寿等。

昭君又有怨诗云："秋木萋萋，其叶萎黄。有鸟处山，集于苞桑。养育毛羽，形容生光。既得升云，上游曲房。离宫绝旷，身体摧藏。志念抑沉，不得颉颃。虽得委食，心有徊徨。我独伊何，改往变常③。翩翩之燕，远集西羌。高山峨峨，河水泱泱。父兮母兮，道里悠长④。呜呼哀哉，忧心恻伤。"

昭君请掖庭令求行，非轻去其乡也，惜其名之不传与面目之不经见于天下也。王荆公曰："自是如花画不成，当时枉杀毛延寿。"长卿氏曰："方昭君之行，丰容靓饰，光动左右，此即昭君图也。戎服乘马，提一琵琶出塞而去，此又即昭君图也。延寿岂能图昭君哉！"余谓延寿即能图昭君，使得进御，不过玉簟筐床，一番恩宠而已。岂若青冢黄昏，令骚客情人凭吊于无穷也！

昭君有子曰世违。单于死，世违继立。胡法，父死则妻其母。昭君问世违曰："汝为汉为胡？"世违愿为胡，昭君乃吞药自杀⑤。胡地草皆黄，惟昭君墓草独青。然则昭君又单于之贞妇矣。贞于汉不得而贞于胡，究终心未尝忘汉。既死，而以青冢自旌。乃谤者曰"汉恩自浅胡自深"⑥，岂不冤哉！

汉武帝幸平阳公主家，置酒作乐。卫子夫为讴者，善歌，能造曲。每歌挑上，上喜动，起更衣，子夫因侍尚衣轩中，遂得幸。帝见其美发，悦之，纳于宫中。时宫女数千，皆以次幸。子夫新入，在籍末，岁馀不得见。上择宫人不中用者出之，子夫因泣涕请出。上曰："吾夜梦子夫中庭生梓树数株，岂非天意乎？"是夕幸之，竟立为后。生戾太子。子夫之请出，与昭君之求行一也。而徒以美发遂得正位中宫，昭君于是乎薄命矣。

【注释】①昭君称归人，西汉时秭归属南郡。　②此说见宋郭茂倩《乐府诗集》卷五十九《昭君怨》之《乐府解题》。　③"改"，原本作"来"，据《乐府诗集》卷五十九《昭君怨》改。　④"悠"下原本有"且"，据《昭君怨》删。⑤据《汉书·匈奴传》，昭君与呼韩邪生一子，名伊屠智牙师。而此前，呼韩邪单于嬖呼衍王二女。长女颛渠阏氏，生二子，少女为大阏氏，生四子，长曰雕陶莫皋。呼韩邪单于死，继立者为雕陶莫皋，即复株累若鞮单于。昭君欲归汉，汉帝不许，令遵胡俗，昭君又与复株累若鞮单于生二女。　⑥此王安石《明妃曲》句。

侯　夫　人

炀帝建迷楼①,宫女无数,多不得进御。有侯夫人者,忽自缢于栋下。臂悬锦囊,左右取进,得《自感诗》三首。其一曰:"庭绝玉辇迹,芳草渐成窠。隐隐闻箫鼓,君恩何处多。"其二曰:"欲泣不成泪,悲来翻强歌。庭花方烂熳,无计奈春何。"其三曰:"春阴正无际,独步意如何。不及闲花草,翻承雨露多。"又《妆成》诗云:"妆成多自恨,梦好却成悲。不及杨花意,春来到处飞。"又《遣意》云:"秘洞扃仙卉,雕房锁玉人。毛君真可戮,不肯写昭君。"又《自伤》云:"初入承明日,深深报未央。长门七八载,无复见君王。寒春入骨清,独卧愁空房。躧履步庭下,幽怀空感伤。平日所爱惜,自待却非常。色美反成弃,命薄何可量? 君恩实疏远,妾意徒彷徨。家岂无骨肉,偏亲老北堂。此身无羽翼,何计出高墙? 性命诚所重,弃割亦可伤。悬帛朱栋上,肝肠如沸汤。引颈又自惜,有若丝牵肠。毅然就死地,从此归冥乡。"

帝见其诗,反复伤感,往视其尸,曰:"此已死,颜色犹美如桃花。"乃急召中使许廷辅曰:"朕面遣汝择后宫女入迷楼,汝何故独弃此人也?"乃令廷辅下狱,赐自尽。②

【注释】①迷楼,见本书卷五"隋帝广"条。　②此条采自《迷楼记》。

世　庙　宫　人

世庙宫人张氏①,恃貌不肯阿顺。匿闭无宠,早卒,殡于宫后。宫制,凡殡者,必索其身畔。得罗巾,有诗以闻。上伤之,以宫监不早闻,杖杀数人。诗曰:"闷倚雕栏强笑歌,娇姿无力怯宫罗。欲将旧恨题红叶,只恐新愁上翠蛾。雨过玉阶天色净,风吹金锁夜凉多。从来不识君王面，弃置无情奈若何。"[2]

南宁伯毛舜臣在南京留守时，被命洒扫旧内。见别院墙壁多旧时宫人题咏，年久剥落，不可尽识。其一署云"媚兰仙子书"，末二句犹存，云："寒气逼人眠不得，钟声催月下斜廊。"字画婉丽，当时风神月思亦足想见。

【注释】①世庙，即明世宗，年号嘉靖。　　②据钱谦益《列朝诗集小传》，此事出自明郭子章《豫章诗话》。

杜　　牧

太和末，杜牧复自侍御史出佐江西宣州幕。虽所至辄游，而终无属意。及闻湖州名郡，风物妍好，且多奇色，因甘心游之。湖州刺史某乙，牧素所厚者，颇喻其意。及牧至，每为之曲宴周游，凡优姬娼女力所能致者，悉为出之。牧注目凝视曰："美矣，未尽善也。"乙复候其意。牧曰："愿得张水嬉[1]，使州人毕观。候四面云合，某当闲行寓目，冀于此际，或有阅焉。"乙如其言。

至日，两岸观者如堵。迨暮，竟无所得。将罢，舟舣岸，于丛人中有里姥引鸦头女[2]，年十馀岁，牧熟视曰："此真国色，向诚虚设耳。"因使语其母，将接致舟中。姥女皆惧，牧曰："且不即纳，当为后期。"姥曰："他年失信，复当如何？"牧曰："吾不十年，必守此郡。十年不来，乃从尔所适可也。"母许诺。因以重币结之，为盟而别。故牧归朝，颇以湖州为念。然以官秩尚卑，殊未敢发。寻拜黄州、池州，又移睦州，皆非意也。牧素与周墀善，会墀为相，乃并以三笺干墀[3]，乞守湖州。

大中三年，始授湖州刺史。比至郡，则已十四年矣。所约者已从人三载而生三子。牧既即政[4]，亟使召之。其母惧其见夺，携幼以同往。牧诘其母曰："曩既许我矣，何为反之？"母曰："向约十年，十年不来而后嫁,嫁已三年矣。"牧因取其载词视之,俯首移晷,曰:"其词也直,强之不祥。"乃厚为礼而遣之。因赋诗以自伤,曰:"自是寻春去较迟,不须惆怅怨芳时。狂风落尽深红色,绿叶成荫子满枝。"⑤

【注释】①张,举办。水嬉,水上的大型娱乐,即《唐语林》卷七载此事所云之"大具戏舟、讴棹、较捷之乐"。　②鸦头女,头结双鬟的女童。③三笺干墀,三次上表于皇帝。　④即政,正式上任。　⑤此条录自明王世贞《艳异编》卷二十七。

吴　氏　女

城之西有吴氏女,生长儒家,才色俱丽,琴棋诗书,靡不究通,大夫士类称之。其父早世,治命宜以为儒家室,女自负不凡。

永嘉郑禧①,字天趣,客于洪氏。一日媒妪来,言女家久择婿,难其人。洪仲明公子戏欲与郑求之,郑辞已娶。媒妪欲求郑诗词达于女氏,郑戏赋《木兰花慢》云:"倚平生豪气,切星斗,渺云烟。记楚水湘山,吴云越月,频入诗篇。菱花剑光零落,几番沉醉乐风前。闲种仙人瑶草,故家五色云边。　芙蓉金阙正需贤,诏下九重天。念满腹琅玕,盈襟书传,人正韶年。蟾宫近传芳信,姮娥娇艳待诗仙。领取天香第一,纵横礼乐三千。"

翌日媒来,云吴族见词,莫不称美,但母嫌官人已娶有子,女意不然。因出其和词云:"爱风流儒雅,看笔下,扫云烟。正困倚书窗,慵拈针线,懒咏诗篇。红叶未知谁系,漫踌躇、无语小阑前。燕子知人有意,双双飞向花边。　殷勤一笑问英贤,夫乃妇之天。恐薛媛图形,楚材兴念,唤醒当年。叠叠满枝梅子,料今生、无分共坡仙。赢得鲛绡帕上,啼痕万万千千。"过数日,女密令吴妪来观。妪致女命,虽居二室亦所不辞。且嘱郑托相知之深者开导母意,玉成其事。郑托吴槐坡者往说,其母终不从。

有周姓者,妒郑之成,挟财以媚母。母惑之。郑闻其事,复赋前腔寄云:"望垂杨袅翠,帘试卷,小红楼。想琼珮敲霜,鸾妆沁粉,越样风流。吟怀自怜豪健,洒云笺、醉里度春愁。有唱还应有和,纤纤玉映银钩。　　犀心一点暗相投,好事莫悠悠。便有约寻芳,蜂媒才到,蝶使重游。梅花故园憔悴,揖东风、让与古梢头。况是梅花无语,杏花好好相留。"女氏再和云:"看红笺写恨,人醉倚,夕阳楼。故里梅花,才传春信,先认儒流。此生料应缘浅,绮窗下、雨怨云愁。如今杏花娇艳,珠帘懒上银钩。　　丝萝乔树欲依投,此景两悠悠。恐莺老花残,翠嫣红减,辜负春游。蜂媒问人情思,总无言、应只低头。梦断东风路远,柔情犹为迟留。"

郑观所和两词,才情标致,益不能忘。再赋诗云:"银笺写恨奈情何,料得情深敛翠蛾。须信梅花贪结子,东风着意杏花多。翠袖笼香倚画楼,柔情犹为我迟留。何时共个鸳鸯字,吟到东风泪欲流。"吴氏和云:"慈亲未识意如何,不肯令君画翠蛾。自是杏花开较晚,梅花占得旧情多。残红片片入书楼,独倚危阑觉久留。可惜才高招不得,红丝双系别风流。"

书词尚多,不能悉载。及母氏纳周之币,女号泣曰:"父临终命归儒士。周子不学无术,但能琵琶耳。我誓不从之!"因佯狂,掷冠于地。母怒,殴之至再。发愤成疾,病且笃。母始大悔,惧逆其意,即以定礼付媒氏还周,而女病已无起色矣。因以书遗郑曰:"妾之病实为郎也。若此生不救,抱恨于地下,料郎之情岂能忘乎!"末复缀一绝云:"青衣扶起鬓云偏,病里情怀最可怜。已自恹恹无气力,强抬纤手写云笺。"临终泣谓青衣梅蕊曰:"我生为郑,死亦为郑。我死后,可以郑郎诗词书翰密藏棺中,以成我意。"及卒,郑为文祭之,复作悼亡诗云:"相见愁无奈,相思自有缘。死生俱梦幻,来往只诗篇。玉佩惊沉水,瑶琴怆断弦。伤心数行泪,尽日落花前。"又一绝云:"诗写新笺几往来,佳人何自苦怜才。伤心春与花俱尽,啼杀流莺唤不回。"

后郑召箕仙，得一词云："绿惨双鸾，香魂犹自多迷恋。芳心密语在身边，如见诗人面。　　又是柔肠未断，奈天不从人愿。琼销玉减，梦魂空有，几多愁怨。"郑感之，再调《木兰花慢》云："任东风老去，吹不断，泪盈盈。记春浅春深，春寒春暖，春雨春晴。都来杀诗人兴。更落花、无定挽春情。芳草犹迷舞蝶，绿杨空晤流莺。

玄霜著意捣初成，回首失云英。但如病如痴，如狂如舞，如梦如醒。香魂至今迷恋，问真仙、消息最分明。后夜相逢何处，清风明月蓬瀛。"吴氏之母痛忆之甚，亦死。

【注释】①"禧"，原本误作"僖"。按郑禧字天趣，元永嘉人，著有《春梦录》，收入《说郛》卷一百十五下。此条即据《春梦录》改写，故改。

建 康 龙 生

洪武中，有龙生者，本建康人。远祖仕宋为京官，从隆祐孟太后南迁①，留家江右。子孙蕃衍，世守诗书。生行第八，早慧，六岁能诵诗，九岁晓属对，作五七言绝句，诗皆可观。生有姑适祖氏者，特爱生，生往来姑家甚熟。祖有异母兄弟，同居各爨。兄没，惟嫂陈氏及二子三女存。长女次女皆适人，惟幼女在室，绝有姿容，长生三岁。生虽少年，颖敏而驯谨，不好弄，且善伺人意。故祖氏一家闻生来，莫不欢喜。女亦视生如弟兄，不复回避。女母闻生姑称生聪敏好学，深欲婿生，女亦眷眷属目。

祖中庭植凤尾一株，已百年。生吟啸其侧，女窥无人，出就生凤尾下，谓生曰："老母闻令姑说子聪明，欲以我结好，我亦愿为子妻，第未审子父母之意然否？"生应曰："得子为配，足慰平生。"因指凤尾誓之曰："若余事成，开花结子；事若不成，根枯叶死。"誓毕散去。生盘桓祖氏，大小悦之。女尤敬慕，尝亲捧茶与生。生取茶戏曰："茶已吃矣，不患不成②。"家人闻之，亦不问也。

女家贫，未尝有缯纩之饰，粉黛之施，而荆钗裙布无垢污，下至足缠亦洁白如雪。兼之赋性和柔，女红尤为一族冠。二嫂酷妒之，女不较也。生重其为人，伉俪之念益切。会生姑与陈妯娌参商③，阳为从臾，阴实阻之。故生父母犹豫，而生与女俱不知也。迁延岁月，生既冠，去事举子业，女家踪迹稀矣。然女念生未尝去怀，惟母知其情。喻之曰："我又遣人往彼谈汝姻事，早晚当有定议，汝勿忧煎，自损容貌。"

逾时生至，虽主姑家，而意在于女。留数日，二嫂俱归宁，女独纺小楼上。楼下一深巷通后园，巷半砖砌磴道以登。生从园中还，闻女纺声，径奔女所。女见生来，喜气溢面，辍纺叙礼，与生对坐，且纺且谈。因以己年庚告生，使生推算，卜其谐否。又与生话家事甚悉。生感其意，口占一诗赠之。诗曰："曲栏深处一枝花，秾艳何曾识露华。素质白攒千瓣玉，香肌红映六铢纱。金铃有意频相护，绣幄无情苦见遮。凭仗东皇须着力，向人开处莫教差。"女不甚读书，识字而已，语生曰："子宜解说，俾我闻之。"生一一敷绎其义。女笑曰："他日得侍帏房，子必教我，我虽愚暗，久当能之。"生曰："以子慧心，学之易易。"因代为答诗曰："深谢韶光染色浓，吹开准拟倩东风。生愁夕露凝珠泪，最怕春寒损玉容。嫩蕊折时飘蝶粉，芳心破处点猩红。金盘华屋如堪荐，早入雕阑十二重。"生复缕缕为详诗意。女曰："尝闻子才调敏捷，今观信然，使我倾仰弥切。"因目生久之曰："子决非庸人，后当贵显，我欲以蒲柳之质为托者，非有他也。以父早亡，母年渐老，长兄书写公门，次兄陷身吏役，二嫂悍恶，子所深知。但得远离凶犷，获托丝萝，子纵无官，不为命妇，亦不失为士君子妻。万一流落俗子手中，有死而已。惟子念之图之。"生自初悦其貌，不料其志识若此。自是拳拳婚议，惟恐蹉跎。

俄而女兄果以吏败，家事亦落，生父母遂无意缔盟。生私作长歌一篇寄焉，歌曰："我昔正髫年，笑骑竹马君床边。手持青梅共君戏，君身似玉颜如莲。爱我聪明耽笔砚，鸳鸯文章紫骝健。风鬟雾鬓绯染唇，凤尾丛边几回见。层楼窈窕洞房深，春纤缕缕抽冰线。
蹇修不来奈若何，罗带同心竟乖愿。绣襦甲帐隔天涯，未解离魂学
张倩④。君知许嫁谁人家，我行射策黄金殿。回首清湖梦寐中，目
断巫山泪如霰。"

　　一日，女母留姻戚家，二嫂寻衅与女大闹。女深处闺阁，性复
良善，莫敢出言，然心不胜愤，兼之良姻断绝，憔悴无聊，是夕竟缢
于楼上。母归，哭之恸。手自洗殓，于胸前得一绣囊，密贮杏笺一
幅，视之，乃生所寄诗也。母不违其意，仍置棺中。生闻女死，讬以
省姑走吊焉，至则玉殒花飞，将入木矣。生涕泪如雨，悲不能堪，送
归葬所，掩圹成坟而归。

　　后数年，生果高科要职，烜赫于时。虽别取妻妾，意不忘女。
尝与天师无为张真人论鬼神⑤，偶及女事，真人见生切切，为飞章拔
之⑥。载数日，生梦女曰："妾从辞世二十馀年，阴府查籍，以妾当生
三子，寿至六十。数未克终，卒于非命。俾再为女人，了其夙业。
而昨蒙真人道力，天符忽下，今往河南府洛阳县，在城胡氏家为男
子矣。感君深爱，生死不忘，但恨无以奉报耳。然君方当富贵，位
极人臣，福寿丰隆，子孙昌盛。"言讫拜谢而去。行数步，复回顾云：
"郎善自珍，妾永逝矣。"倏然而灭。生既觉，殆无以为怀，遣人往女
家，视凤尾枯死已数年矣。生遂作《哀凤尾歌》传于世，云："有草有
草名凤尾，仙人种在丹山里。世间百卉避芳菲，珊瑚宝树差堪比。
鬖影绝似凤皇翎，号似佳名同凤称。海上行迟珠露湿，洞箫品彻彩
云停。娟娟旎旎犹贞静，琉璃刻叶琅玕柄。九苞健翮时下来，五色
奇文烂相映。日影照耀晴筛金，盛夏翛翛风满林。艳阳不作桃李
态，晚岁实坚松柏心。华堂清处摇新翠，曾与飞琼翠阴会。倚丛未
许暂偷香，指树惟期终作配。那知万事总非真，幽芳淑质俱成尘。
绮槛灵根凋百岁，绣房丽色殒三春。凤兮偶昨来过此，弄玉台倾凤
尾死。鸳鸯瓦落野棠青，孔雀屏欹土花紫。感时抚旧恨悠悠，碧羽
琼蕤万古休。败砌颓垣蛩吊月，荒烟老树鸟啼秋。花草重栽春又

绽,镜破钗离永分散。因歌凤尾寓深衷,留与多情后人叹。"⑦

【注释】①隆祐孟太后,即宋哲宗后。失宠被废,居瑶华宫学道。徽宗立,复居瑶华宫。钦宗时尊为元祐太后,后因瑶华宫火灾,出宫居私第。金兵灭宋,二帝及后妃尽数北行,唯孟太后独存。南宋高宗即位,长辈唯孟太后一人,改元祐太后为隆祐太后。 ②古代男女双方缔结婚姻,行聘之礼名茶礼,吃茶即指定婚。 ③参商,参商二星一西一东,彼此不相见,故以喻人双方不和。 ④张倩,见本书卷九"张倩娘"条。 ⑤无为张真人,张信甫,号无为子。 ⑥飞章,此指向天帝上奏。拔,拔出鬼趣以投生。 ⑦此条采自明李昌祺《剪灯馀话》卷三《凤尾草记》。

太 曼 生

太曼生者,东海人。风流尔雅,从父宦游四方。年十九,自吉州还闽,僦寓城东。恶其嚣杂妨功,因税居于委巷。屋虽数椽,而主人之园圃近焉。草树扶疏,花柳间植,有濠濮间想①。生常散步园中,吟咏自适。一日,偶值双鬟导一女郎,年可十六七,后园采花,不知生之先在也。生遂巡避之。女见生风神俊爽,且素闻其诗名,情不自禁,回眸转盼,百倍撩人。生自是神爽飞越,读书之念顿反。

越旬馀,复于园内遇向者双鬟,因殷勤询之曰:"君家女郎识字乎?"鬟曰:"女郎时手一编,日夕不辍,字岂不识乎?"生曰:"吾有一诗,求为转达。"鬟许焉。生遂赋一绝,云:"春园花事斗芳菲,万绿丛中见茜衣。自愧含毫非子建,水边能赋洛川妃。"女得诗,见其词翰双绝,吟不置口,遂次其韵以答之,云:"小园芳草绿菲菲,粉蝶联翩展画衣。自愧一双莲步阔,隔花人莫笑潘妃。"

自此槐黄期迫②,生以省试促归,不敢通问。及秋不第,复携书于别业,女时时遣双鬟慰劳之。繇此荏苒,遂结同心。定情之后,倍相狎昵。因赠生玉玦半规,紫罗囊一枚。生赋诗云:"数声残漏满帘霜,青鸟衔笺事渺茫。剖赠半规苍玉玦,分将百合紫罗囊。空传垂手尊前舞,新结愁眉镜里妆。一枕游仙终是梦,桃花春色误刘郎。"

时生已约婚,而女亦受采。女常居花楼之下,所著有《花楼吟》一卷。其寄生诗甚多,有云:"重门深锁断人行,花影参差月影清。独坐小楼长倚恨,隔墙空听读书声。"

逾年,生当就婚,女亦适人,踪迹遂永绝焉。然诗札往来,岁犹一二至。越数载,生举宾荐③,戒行有日。女寄书以通殷勤,生赋《柳梢青》一阕别之:"莺语声吞,蛾眉黛蹙,总是销魂。银烛光沉,兰闺夜永,月满离樽。　罗衣空湿啼痕。肠断处,秋风暮猿,潞水寒冰,燕山残雪,谁与温存?"

后隔数岁,女因念生得瘵疾,卧床日久,思一见生,实出无名。生乃托为医以诊脉进。女见生,挥涕如永诀状,遂不交一言而出。是夕,女一恸而卒。生哭之以诗,曰:"玉殒珠沉思悄然,明中流泪暗相怜。常图蛱蝶花楼下,记刺鸳鸯绣幕前。只有梦魂能结雨,更无心胆似非烟。朱颜皓齿归黄土,脉脉空寻再世缘。"不数日而生亦卒。④

【注释】①濠、濮,二水名。《庄子》有庄子与惠施游于濠梁之上,又有庄子钓于濮水之事。后即以"濠濮间想"表示一种逍遥闲适的情绪。　　②槐黄,槐花变黄在农历五月、六月之后,科举者将忙于举业,择清净处读书,故有"槐花黄,举子忙"之语。　　③此指中举人。　　④此条采自明王世贞《续艳异编》卷五。

杨　闷　儿

林省郎男仲子在京邸,潜与妓杨闷儿狎游,有娶归之盟。及仲子归,内惮其尊人,不决,而病沉淹。梦闷儿谓曰:"缘知不就,奴病且死,冀君一面,胜浇奴坟上土也①。"惊觉悲恸,果自浙来,而闷儿死三日，但目不瞑，一缕气惟微微呼二郎。及仲子卧抱呼闷儿，闷儿遂瞑。盖自仲子归，闷儿即谢倚门，迷罔牵思，而又不得意于其艾豭②，故益病剧耳。仲子自负土成坟，杂桃花、棘茨种之，曰："花貌棘心，千古薄命。"③

【注释】①上坟祭奠时，以酒浇坟前土。　　②艾豭，此指嫖客。③此条采自明王同轨《耳谈类增》卷三十二"杨闷儿"条。

谭 意 哥①

谭意哥年八岁丧亲②，流落长沙，寄养竹庄张文家。有妓丁婉卿见之，乃厚遗取女③。女未及笄，容貌俊美，工于文翰。车马如市，未尝妄见一人，独与汝州张生善。会张调官，意哥饯别云："子乃名家，我乃倡类。今之分袂，决无后期。腹怀君之息数月矣④，君宜垂念。"相泣而别。别后作诗寄张云："潇湘江上探春回，消尽寒冰落尽梅。愿得儿夫似春色，一年一度一归来。"张内逼慈亲，外格物议，竟纳孙殿丞之女为姻。谭闻之，郁郁成病，三年而死。有客自长沙来云："意哥掩户不出，买田百亩自给，亲教其子。"张乃如长沙，携归京师。其子后以进士登第。

> 谭可弃也，腹中之息忍不念乎？死而收之，以是慰谭，晚矣！

【注释】①"哥"，原本作"歌"。按此条从宋刘斧《青琐高议·别集》卷二秦醇《谭意哥记》中摘其大略，据改。　　②谭意哥之父为晚唐名士谭从道，从道客死，家遂零落。　　③"取"，原本作"娶"，据《谭意哥记》，是丁妓请张文将意哥"售我"，以为养女，做摇钱树子，据改。　　④息，子息，后嗣。

王 福 娘

王团儿，前曲自西第一家也。有假女数人，长曰小润，字子美，少时颇籍籍。次曰福娘,字宜之,甚明白,丰约合度,谈论风雅,且有体裁。故天官崔知之侍郎尝于筵上与诗曰:"怪得清风送异香,娉婷仙子曳霓裳。惟应错认偷桃客,曼倩曾为汉侍郎。"次曰小福,字能之,虽乏丰姿,亦甚慧黠。

孙棨在京师,与群从少年习业。或倦闷时,同诣此处[①],与二福清谈雅饮。孙尝赠宜之诗曰:"彩翠仙衣红玉肤,轻盈年在破瓜初。霞杯醉劝刘郎饮,云髻慵邀阿母梳。不怕寒侵缘带宝,每忧风举倩持裾。谩图西子晨妆样,西子元来未得如。"得诗甚多,颇以此诗称惬,持于窗左红墙,请孙题之。及题毕,以未满壁,请更作一两篇,且见戒无艳。孙因题三绝句,如其自述。其一曰:"移壁回窗费几朝,指环偷解薄兰椒。无端斗草输邻女,更被拈将玉步摇。"其二曰:"寒绣红衣饷阿娇,新团香兽不禁烧。东邻起样裙腰阔,剩蹙黄金线几条。"其三曰:"试共卿卿戏语粗,画堂连遣侍儿呼。寒肌不奈金如意,白獭为膏郎有无。"尚馀数行未满。翌日诣之,忽见自札后宜之题诗曰:"苦把文章邀劝人,吟看好个语言新。虽然不及相如赋,也值黄金一二斤。"

宜之每宴洽之际,常惨然悲郁,如不胜任,合坐为之改容,久而不已。孙询之,答曰:"此踪迹安可迷而不返邪?又何计以返?每思之不能不悲也。"遂呜咽久之。他日,忽以红笺授孙,泣且拜。视之诗,曰:"日日悲伤未有图,懒将心事话凡夫。非同覆水应收得,只问仙郎有意无?"孙因谢之,曰:"甚知幽旨,但非举子所宜,如何?"又泣曰:"某幸未系教坊籍,君子倘有意,一二百金之费尔。"未及答,因授孙笔,请和其诗。孙题其笺后曰:"韶妙如何有远图,未能相为信非夫。泥中莲子虽无染,移入家园未得无。"览之,因泣不复言。自是情意顿薄。

其夏,孙东之洛,或醵饮于家。酒酣,数相嘱曰:"此欢不知可继否?"因泣下。洎冬初还京,果为豪者主之,不复可见。至春上巳日,因与亲知禊于曲水,闻邻棚丝竹,因而视之,其南座二妓,乃宜之与母也。因于棚后候其女佣以询之。曰："宜阳彩缬铺张言，为街使郎官置宴。张即宜之所主也。"及下棚，复见女佣曰："来日可到曲中否？"诘旦诣其里，见能之在门，因邀下马。孙辞以他事，立乘与语。能之乃团红巾掷孙，曰："宜之诗也。"舒而题诗曰："久赋恩情欲托身，已将心事再三陈。泥莲既没移栽分，今日分离莫恨人。"孙览之，怅然驰回，且不复及其门。

【注释】①"同"，原本作"回"，据唐孙棨《北里志》改。此条错字较多，后径改不复出校。

朱　淑　真 以下所从非偶

朱淑真①，钱塘人。幼警慧，善读书。早失父母，嫁市井民家②。其夫村恶可厌，淑真抑抑不得志，作诗多忧怨之思。题《圆子》云："轻圆绝胜鸡头肉，滑腻偏宜蟹眼汤。纵有风流无处说，已输汤饼试何郎。"盖自伤其非偶也。宛陵魏端礼辑其诗词，名曰《断肠集》。

淑真有《元夕·生查子》云："去年元夜时，花市灯如昼。月上柳梢头，人约黄昏后。　　今年元夜时，月与灯依旧。不见去年人，泪湿春衫袖。"③又诗云："火树银花触目红，极天歌吹暖春风。新欢入手愁忙里，旧事经心忆梦中。但愿暂成人缱绻，不妨长任月朦胧。赏灯那得工夫醉，未必明年此会同。"味此诗词，淑真殆不贞矣。

【注释】①朱淑真，号幽栖居士，南宋初女词人，与李清照齐名。　　②据记载，朱淑真所嫁为小吏。　　③《元夕·生查子》一说为欧阳修作。

宇　文　女

唐进士宇文翃，有女国色，不轻许人。时窦璠年逾耳顺①，方谋继室。翊以其兄谏议,正有气焰②,遂以女妻璠。③

红颜命薄,遭此诒父。

【注释】①耳顺,六十岁。《论语》:"六十而耳顺。" ②有气焰,言有势力也。 ③此条采自五代孙光宪《北梦琐言》卷四。

朱 静 庵

朱静庵①,海宁人,尚宝卿朱祚女。幼颖悟,工诗。嫁教谕周济为妻。自伤非偶,情见乎词。其《双鹤赋》略云:"惟仙禽之高洁,秉玉雪之贞姿。翔昆仑之琪树,啄玄圃之灵芝。共遨游于碧落,同沐浴于天池。与鸾凤而为侣,矧燕雀之敢窥。何虞人之见获,遂羁络于轩墀。蒙主人之至爱,聊隐迹而栖迟。故其呼之即应,抚之即驯,山鸡杂处,野鹜为伦。志昂藏而独立,情偃蹇而弗伸。若夫春雨初晴,光阴满庭,临风振羽,向日梳翎。或蹁跹而对舞,或夭矫而同行。望故巢之修阻,徒奋迅而长鸣。既而白露初降,金风始高,丹顶皎洁,玄裳飘萧。发清唳于永夜,彻遗响于九皋。感游子之踯躅,使迁客之无聊。"

近有陆文峦者,槜李陆五马女也②。幼聪敏,读书。适周氏,抑郁不得志,时人为之叹惜。传有《闺怨》一诗,云:"睡起无言倚绣床,不熏兰麝不施妆。数声长叹流清泪,万种离愁恼寸肠。脉脉有怀传侍女,恹恹无病爇心香。最怜憔悴黄昏后,月转花梢玉漏长。"

【注释】①朱静庵,有诗名于明成化、弘治间。 ②槜李,今浙江嘉兴。五马,代指知府。

非 烟

临淮武公业,咸通中任河南府功曹参军。爱妾曰非烟,姓步氏。容止纤丽,若不任绮罗。善秦声,好文墨,尤工击瓯①,其韵与丝竹合。公业甚嬖之。其比邻天水赵氏子曰象,才弱冠,端秀有文。于南垣隙中窥见非烟,神气惧丧,废食息焉。乃厚赂公业之阍,以情告之。阍有难色,复为厚利所动,乃令其妻伺非烟间处,婉述象意。非烟闻之,但含笑凝睇而不答。门媪尽以语象,象发狂心荡,不知所如。乃取薛涛笺题绝句曰:"一睹倾城貌,尘心只自猜。不随萧史去,拟学阿兰来。"以所题密缄之,祈门媪达非烟。烟读毕,吁嗟良久,谓媪曰:"我亦曾窥见赵郎,大好才貌。此生福薄,不得当之。"盖鄙武生粗悍,非良配耳。

乃复酬篇,写于金凤笺,曰:"绿惨双蛾不自持,只缘幽恨在新诗。郎心应似琴心怨,脉脉春情更泥谁。"封付门媪,令遗象。象启缄吟讽数四,拊掌喜曰:"吾事谐矣。"又以剡溪玉叶纸,赋诗以谢曰:"珍重佳人赠好音,彩笺方翰两情深。薄于蝉翼难供恨,密似蝇头未写心。疑是落花迷碧洞,只思轻雨洒幽襟。百回消息千回梦,裁作长谣寄绿琴。"诗去旬日,门媪不复来。

象忧懑,恐事泄,或非烟追悔。春夕于前庭独坐,赋诗曰:"绿暗红藏起暝烟,独将幽恨小庭前。重重良夜与谁语,星隔银河月半天。"明日,晨起吟际,而门媪来传非烟语曰:"勿讶旬日无信,盖以微有不安。"因授象以连蝉锦香囊,并碧苔笺②,诗曰:"无力严妆倚绣栊,暗题蝉锦思难穷。近来赢得伤春病,柳弱花欹怯晓风。"象结锦囊于怀,细读小简,又恐烟幽思增疾,乃剪乌丝阑为回缄曰③:"春日迟迟,人心悄悄。自因窥觑,长役梦魂。虽羽驾尘襟,难于会合,而丹诚皎日,誓以周旋。况又闻乘春多感,芳履违和,耗冰雪之研姿,郁蕙兰之佳气。忧抑之极,恨不翻飞。企望宽情,无至憔悴。莫孤短韵,宁爽后期。惝恍寸心,书岂能尽。兼持菲什,仰继华篇。"诗曰:"见说伤情为见春,想封蝉锦绿蛾嚬。叩头与报烟卿道,第一风流最损人。"门媪既得回报,径赍诣烟阁中。

武生为府掾属,公务繁夥,或数夜一直,或竟日不归。是时适值生入府曹,烟拆书得以款曲寻绎。既而长太息曰:"丈夫之志,女子之心,情契魂交,视远如近也。"于是阖户垂幌,为书曰:"下妾不幸,垂髫而孤。中间为媒妁所欺,遂匹合于琐类。每至清风朗月,移玉桂以增怀;秋帐冬釭,泛金徽而寄恨。岂期公子忽贻好音?发华缄而思飞,讽丽句而目断。所恨洛川波隔,贾午墙高。联云不及于秦台,荐梦尚遥于楚岫。犹望天从素恳,神假微机,一拜清光,九殒无恨。兼题短什,用寄幽怀。"诗曰:"画檐春燕须同宿,兰浦双鸳肯独飞。长恨桃源诸女伴,等闲花里送郎归。"封讫,召门媪令达于象。象览书及诗,以烟意稍切,喜不自持。但静室焚香,虔祷以俟。

忽一日将夕,门媪步而笑至,且拜曰:"赵郎愿见神仙否?"赵惊,连问之。传烟语曰:"今夜功曹府直④,可谓良时。妾家后庭,郎君之前垣也。不渝惠好,专望来仪,方寸万重,悉俟晤语。"既曛黑,象乃跻梯而登。烟已令重榻于下⑤。既下,见烟靓妆盛服,立于花下。拜讫,俱以喜极不能言,乃相携自后门入房中。背釭解幌,尽缱绻之意焉。及晓钟初动,复送象于垣下。烟执象泣曰:"今日相遇,乃前生姻缘耳。勿谓妾无玉洁松贞之志,放荡如斯,直以郎之风调,不能自顾,愿深鉴之。"象曰:"揖希世之貌,见出人之心,已誓幽衷,永奉欢狎。"言讫,象逾垣而归。

明日,托门媪赠烟诗曰:"十洞三清虽路阻,有心还得傍瑶台。瑞香风引思深夜,知是蕊宫仙驭来。"烟览诗微笑,复赠象诗曰:"相思只怕不相识,相见还愁却别君。愿得化为松上鹤,一双飞去入行云。"封付门媪,仍令语象曰:"赖妾有小小篇咏,不然,君作几许大才面目!"兹不盈旬,常得一期于后庭矣。展微密之思,罄宿昔之心,以为鱼鸟不知,神人相助。或景物寓目,歌诗寄情,来往更繁,不能悉载。如是者周岁。

无何,烟数以细过挞其女奴。奴阴衔之,乘间尽以告公业。公业曰:"汝慎言,我当伺察之。"后至直日,乃伪陈状请假。迨夕⑥,如常入直,遂潜于里门。街鼓既作,匍伏而归。循墙至后庭,见烟方倚户微吟，象则据垣斜睇。公业不胜其愤，挺前欲擒。象觉跳去，搏之，得其半襦。乃入室呼烟诘之。烟色动声战，而不以实告。公业愈怒，缚之大柱，鞭楚流血，但云："生得相亲，死亦何恨！"深夜，公业怠而假寐。烟呼其所爱女仆曰："与我一杯水。"水至，饮尽而绝。公业起，将复笞之，已死矣。乃解缚，举至阁中，连呼之，声言烟暴疾至殒。后数日，葬于北邙。而里巷间皆知其强死矣。象因变服易名，远窜江浙间。

洛阳才士有崔、李二生，常与武掾游处。崔赋诗末句云："恰似传花人饮散，空床抛下最繁枝。"其夕，梦烟谢曰："妾貌虽不逮桃李，而零落过之。捧君佳什，愧仰无已。"李生诗末句云："艳魄香魂如有在，还应羞见坠楼人。"其夕，梦烟戟手而言曰："士有百行，君得全乎？何至矜片言苦相诋斥？当屈君于地下面证之。"数日，李生卒，时人异焉。皇甫枚为之作传。

> 非烟自伤非偶，逾节被杀，传者伤之。虽然，公业粗悍矣，未甚也。
>
> 有杜大中者，自行伍为将，与物无情，西人呼为"杜大虫"。虽妻有过，以公杖杖之。有爱妾，才色俱绝，大中笺表皆出其手。尝作《临江仙》词，有"彩凤随鸦"之句。一日大中见之，怒曰："鸦且打凤！"掌其面，折项而毙。以一语之忤，遂至杀身，较之非烟，不十倍冤乎！虽然，犹有忤也。
>
> 齐文宣宠幸薛嫔，忽疑其与清河王岳通，无故斩首，藏之于怀，出东山宴，劝酬始合，忽探出头投于样上。支解其尸，弄其髀为琵琶，一座莫不丧胆。为之宠者，不亦难乎！虽然，犹有疑也。
>
> 晋石崇每使美人劝饮，不能劝则杀之。丞相导量不宏，每每过醉。大将军敦独不肯饮，已杀二人矣，导劝使速尽，敦曰："彼自杀人，于我何与？"王恺尝置酒，女妓吹笛，小失声韵，便

令黄门敲杀之，一座改容。

尔朱文略豪纵不逊，平秦王有七百里马，文略敌以好婢，赌取之。明日，平秦王致请，文略杀马及婢，以二银器盛婢头马肉遗之。

夫村市小民求一妻女千难万难，幸不致无盐、嫫母，乡党争庆，以为五百年修德所致。而此数人者，视朱颜绿鬓，曾草菅之不若，其真无人心者哉！

【注释】①瓯，即缶，陶制打击乐器，至唐时有邢瓯、越瓯等品，加水注其中，以箸击之。　②"碧"，原本作"岩"，据本条出处《太平广记》卷四百九十一皇甫枚《非烟传》改。　③"阑"，原本作"简"，据出处改。乌丝阑，绢以乌丝织成上下之栏，中间隔以朱墨为行。今作乌丝栏，多用墨画。　④府直，值勤于官府。　⑤"于"，原本作"而"，据出处改。言叠坐榻于墙下，以供生下也。　⑥"夕"，原本缺，据出处补。

南唐昭惠后 以下伤逝

南唐后主昭惠后周氏，小字娥皇。生三子，皆秀巘。其季仲宣，标宇清峻，后尤锺爱，自鞠视之。后既病，仲宣甫四岁，育于别院，忽遭暴疾卒。后闻之哀恸，遂至大渐。后主朝夕视食，药非亲尝不进，衣不解带者累夕。薨时年二十有九。明年，迁柩于园寝。后主哀苦骨立，杖而后起。自为诔辞，甚凄婉。每于花朝月夕，无不伤怀。如"又见桐花发旧枝，一楼烟雨暮凄凄。凭阑惆怅人谁会，不觉潸然泪眼低"、"层城亡复见娇姿，佳节缠哀不自持。空有当年旧烟月，芙蓉池上哭蛾眉"，皆因后作。又尝与后移植梅花于瑶光殿之西，及花时而后已殂，因成诗云："失却烟花主，东君不自知。清香更何用，犹发去年枝。"

杨　太　真 再见

禄山之乱，以诛国忠为名。上欲使皇太子监国，而自亲征。国忠惧①，泣诉妃。妃衔土请命②，乃止。十五载六月，潼关失守。上幸蜀，至马嵬驿，兵乱，杀国忠，围未解③。上出问其故，高力士以贵妃为言④。驿有小巷，上不忍回行宫，于巷中倚杖欹首而立。京兆司韦锷谏曰："愿陛下割恩，以宁国家。"上逡巡入行宫，使力士赐妃死。妃泣涕呜咽，语不胜情，乃曰："大家好住，妾诚负国，死不恨矣。乞容礼佛。"帝曰："愿妃子善地受生。"力士遂缢之于佛堂前之梨树下。才绝，而南海进荔枝至。上观之，长号数四，使力士祭之。祭罢，以绣衾覆体，置于驿亭中。六军乃解围。瘗于西郭之外一里许道北坎下。妃时年三十八。

上持荔枝于马上，谓张野狐曰⑤："此去剑门，鸟啼花落，水绿山青，无非助朕悲悼妃子之情耳。"上至斜谷口，属霖雨涉旬⑥。于栈道雨中，闻铃声隔山相应，因采其声为《雨零铃》曲⑦，以寄恨焉。

　　按：马嵬坡在咸阳西。店媪于梨树下得锦袜一只，过客传玩，每出百钱，纍是致富。妃坟上有土似粉，洗面能去垢。明皇作所遗罗袜铭曰："罗袜罗袜，香尘生不绝。细细圆圆，地下得琼钩。窄窄弓弓，手中弄初月。又如脱履弄纤圆，恰似同衾见时节。方知清梦事非虚，暗引相思几时歇。"

　　至德二年⑧，既收复西京。十一月，上自成都还，使祭之。后欲改葬，礼部侍郎李揆奏曰："今改葬故妃，恐龙武将士疑惧。"肃宗遂止。上皇密令中官潜移葬于它所。妃之初瘗，以紫褥裹之。及移葬，肌肤已消释矣，胸前尤有锦香囊在焉，中官葬毕以献，上皇置之怀袖。又令画工写妃形于别殿，朝夕视之而欷歔焉。上皇在南内，常梦中见妃子于蓬山太真院。作诗咏之,使焚于马嵬坡下。诗云:"风急云惊雨不成,觉来仙梦甚分明。当时苦恨银屏影,遮隔仙姬只听声。"

忽一夕,登勤政楼凭阑南望,烟月满目。上因自歌曰:"庭前琪树已堪攀,塞外征人殊未还。"歌歇,闻里中隐隐有歌声者。顾力士曰:"得非梨园旧人乎?"翌日,力士潜求于里中,因召与同去,果梨园弟子也。其后,上复与妃侍者红桃歌《凉州》之调,贵妃所制也。上御玉笛为之倚曲。曲罢,相视无不掩泣。至德中,复幸华清宫。从官嫔御,多非旧人。上于望京楼下,命张野狐奏《雨霖铃》曲。上四顾凄凉,不觉流涕。新丰女伶谢阿蛮,善舞《凌波曲》,是日诏令舞。舞罢,阿蛮因进金粟装臂环,曰:"此贵妃所赐。"上持之凄然,垂涕曰:"我祖大帝破高丽,获此二宝,一紫金带,一红玉支。朕以岐王进《龙池篇》,赐之紫金带,红玉支赐妃子。后高丽上言:'本国因失此宝,风雨愆时,民离兵弱。'朕以得此不足为贵,乃命还其紫金带,唯此不还。朕今再睹之,益兴悲念矣。"但吟"刻木牵丝作老翁,鸡皮鹤发与真同。须臾舞罢寂无事,还似人生一梦中"。

【注释】①杨国忠与皇太子李亨(后为肃宗)有隙,恐玄宗禅位于太子,而太子诛己也。　②衔土,口含泥土以请死。　③兵变不肯解散。④乱兵既杀国忠,而杨妃在君侧则可进谗。　⑤张野狐,梨园乐人,善度曲,吹觱篥。　⑥霖雨,淫雨旬日不止。　⑦《雨零铃》,即《雨霖铃》,又作《雨淋铃》。　⑧至德,唐肃宗年号(756—758)。

孙　楚

孙楚妻亡,为诗悼之①。武子见其文曰②:"未知文生于情,情生于文,见此使人增伉俪之重。"

【注释】①晋孙楚,字子荆。妻亡,服除后作诗悼之。见《世说新语·文学》。　　②王济,字武子。风姿英爽,气盖一时,好弓马,勇力绝人。

元 微 之

元微之元配韦氏①,字蕙聚,有才思,官未达而苦贫早逝。元不胜其悲,为诗悼之云:"谢家最小偏怜女,嫁与黔娄百事乖。顾我无衣搜画箧,泥他沽酒拔金钗。野蔬充膳甘长藿,落叶添薪仰古槐。今日赠钱过百万,为君营奠复营斋。"又云:"曾经沧海难为水,除却巫山不是云。"继娶河东裴氏,字柔之,亦能诗。

微之负崔莺,宜得此报!

【注释】①唐元稹,字微之。穆宗时拜相。诗与白居易齐名。撰传奇《莺莺传》(即《会真记》),后人以为自叙之作,故评以"微之负崔莺"责之。

傅 若 金

元时,新喻傅若金字与砺娶孙蕙兰为妇。蕙兰时年二十三,高朗秀慧,精近体五、七言。嫁五月而卒,寓殡湘中。傅念之不置,赋诗曰:"湘皋烟草碧纷纷,泪洒东风忆细君。浪说嫦娥能入月,虚疑神女解为云。花阴昼坐闲金剪,竹里春游冷翠裙。留得丹青残锦在,伤心不忍读回文。"

蕙兰亡后,若金搜其稿,编集成帙,题曰《绿窗遗稿》。有《窗前柳》一律云:"窗里人初起,窗前柳正娇。卷帘冲落絮,开镜见垂条。坐对分金线,行防拂翠翘。流莺空巧语,倦听不须调。"

徐　文　长

山阴徐渭，字文长，高才不售。胡少保宗宪总督浙西[①]，聘为记室，宠异特甚。渭常出游，杭州某寺僧徒不礼焉，衔之。夜宿妓家，窃其睡鞋一只，袖之入幕，诡言于少保，得之某寺僧房。少保怒不复详，执其寺僧二三辈，斩之辕门。

渭为人猜而妒。妻死后再娶，辄以嫌弃。续又娶小妇，有殊色。一日，渭方自外归，忽户内欢笑作声，隔窗斜视，见一俊僧，年可二十馀，拥其妇于膝，相抱而坐。渭怒，往取刀杖，趋至欲击之，已不见矣。问妇，妇不知也。后旬日，复自外归，见前少年僧与妇并枕，昼卧于床。渭不胜愤怒，声如吼虎，便取铁灯檠刺之，中妇顶门而死，遂坐法系狱。后有援者获免。

一日闲居，忽悟僧报[②]。伤其妇死非罪，赋《述梦诗》二章云："伯劳打始开，燕子留不住。今夕梦中来，何似当初不飞去。怜羁雌，嗤恶侣。两意茫茫坠晚烟，门外鸟啼泪如雨。""跣而濯，宛如昨，罗鞋四钩闲不着。棠梨花下踏黄泥，行踪不到栖鸳阁。"自是绝不复娶。

【注释】①胡宗宪，嘉靖间以右佥都御史巡抚浙江。升总督，总制南直隶、浙、闽军务，抗击倭寇。历经数年，弭平倭患。晋兵部尚书兼都察院右都御史，加少保。　②死僧之鬼魂幻形以报仇。

欧　阳　詹

欧阳詹[①]，字行周，泉州晋江人。弱冠能属文，天纵浩汗。贞元元年登进士第。薄游太原，于乐籍中因有所悦，情甚相得。及归，乃与之盟曰："至都当相迎耳。"即洒泣而别，仍赠之诗曰："驱马渐觉远,回头长路尘。高城已不见,况复城中人。去意既未甘,居情谅多辛。五原东北晋,千里西南秦。一屦不出门,一车无停轮。流萍与系瓠,早晚期相亲。"

　　除国子四门助教,住京。籍中者思之不已,经年得疾,且甚,乃危妆引鬘,刃而匣之②。顾谓女弟曰:"吾其死矣。苟欧阳生使至,可以是为信。"又遗之诗曰:"自从别后减容光,半是思郎半恨郎。欲识旧时云鬘样,为奴开取缕金箱。"绝笔而逝。及詹使至,女弟如言。径持归京,具白其事。詹启函阅之,为之恸怨,涉旬,生亦殁。③

　　【注释】①欧阳詹,《新唐书》入《文艺传》。事父母孝,与朋友信义。其文章切深,回复明辩。与韩愈友善。卒年四十馀。　　②以刀割鬘而藏之于匣。　　③此条采自《太平广记》卷二百七十四"欧阳詹"条引《闽川名士传》。

朝　云

　　王朝云,钱塘名妓也。坡公绝爱幸之,纳为长侍。及贬惠州①,家妓都散去,独朝云依依岭外。坡公甚怜之,作诗云:"不似杨枝别乐天,却如通德伴伶玄。阿奴络秀方同老,天女维摩忽解禅。经卷药炉新活计,舞裙歌扇旧因缘。丹成逐我三山去,不作巫阳云雨仙。"已而朝云卒,临终诵《金刚经》四句而绝。葬于定惠苑竹林中,复和前韵以悼之云:"苗而不秀亦其天,不使童乌与我玄。驻景恨无千岁药,赠行惟有小乘禅。伤心一念偿前债,弹指三生断后缘。归卧竹根无近远,夜灯勤礼塔中仙。"

　　公又有《西江月》词咏梅花云:"玉骨那愁瘴雾,冰肌自有仙风。海仙时遣探芳丛,倒挂绿毛么凤。　　素面翻嫌粉涴,洗妆不褪唇红。高情已逐晓云空,不与梨花同梦。"亦为朝云也。②

　　子瞻在惠州,与朝云闲坐,时青女初至③,落木萧萧,凄然有悲秋之意。命朝云把大白,唱"花褪残红"④,朝云歌喉将转,泪满衣襟。子瞻诘其故,答曰:"奴所不能歌,是'枝上柳绵吹又少,天涯何处无芳草'也。"子瞻大笑曰:"吾方悲秋,汝又伤春矣。"遂罢。朝云不久病死,子瞻终身不复听此词。⑤

坡公又有婢名春娘。公谪黄州⑥,临行,有蒋运使者饯公。公命春娘劝酒。蒋问:"春娘去否?"公曰:"欲还母家。"蒋曰:"我以白马易春娘可乎?"公诺之。蒋为诗曰:"不惜霜毛雨雪蹄,等闲分付赎蛾眉。虽无金勒嘶明月,却有佳人捧玉卮。"公答诗曰:"春娘此去太匆匆,不敢啼叹懊恨中。只为山行多险阻,故将红粉换追风。"春娘敛衽而前曰:"妾闻景公斩厩吏,而晏子谏之⑦;夫子厩焚而不问马,皆贵人贱畜也。学士以人换马,则贵畜贱人矣!"遂口占一绝辞谢,云:"为人莫作妇人身,百年苦乐縣他人。今日始知人贱畜,此生苟活怨谁嗔。"下阶触槐而死。公甚惜之。⑧

【注释】①宋哲宗绍圣元年(1094),苏轼贬至惠州,时年近六旬。②以上事见明田汝成《西湖游览志馀》卷十六。 ③青女,霜雪之神,至秋乃出。 ④即苏轼《蝶恋花·春景》词:"花褪残红青杏小。燕子飞时,绿水人家绕。枝上柳绵吹又少,天涯何处无芳草。 墙里秋千墙外道。墙外行人,墙里佳人笑。笑渐不闻声渐悄,多情却被无情恼。" ⑤此事见明梅鼎祚《青泥莲花记》卷一下"王朝云"条引《林下词谈》。 ⑥神宗元丰二年(1079),苏轼因乌台诗案贬黄州。 ⑦齐景公使圉人养所爱马,暴病死。公怒,令人操刀解养马者。晏子以为以一马之故而杀人,百姓闻之必怨吾君,诸侯闻之必轻吾国。景公悟而释圉人。 ⑧春娘事无可稽考,诗亦不见苏集。

蔡 确

蔡持正确谪新州①,侍儿琵琶偕行。常养一鹦鹉,甚慧,丞相呼琵琶,即扣一响板,鹦鹉传呼之。琵琶逝后,误扣响板,鹦鹉犹传呼不已,丞相大恸,因作诗曰:"鹦鹉言犹在,琵琶事已非。伤心瘴江水,同渡不同归。"悒悒不乐,不久遂终。②

【注释】①蔡确,字持正。神宗时支持王安石新政。哲宗初为相,旋转外任,复因诗涉讪谤,安置新州,死于此。宋新州在今广东新兴。 ②此条采自宋赵令畤《侯鲭录》卷二。

窦 巩

窦巩拾遗叔向子,与兄常、牟、群、庠号窦氏五龙与妓东东善①。东东蚤亡,巩作诗悼之云:"芳菲美艳不禁风,未到春残已坠红。惟有侧轮车上驿,耳边长似叫东东。"②

【注释】①窦巩,唐元和进士。《唐才子传》与诸兄俱有传。 ②此条采自宋阮阅《诗话总龟》卷四十三。

周 子 文

宋有陈袭善者,游钱塘,与营妓周子文甚狎,挟之遍历湖山。后袭善去为河朔掾,宿奉高驿①,梦子文搴帏噀蹙,挽之不可,冉冉悲啼而没。久之,得故人书,云:"子文死矣。"按其期,则宿奉高驿时也。既归,游鹫岭,作《渔家傲》以寄情焉,词曰:"鹫岭峰前栏独倚,愁眉促损愁肠碎。红粉佳人伤别袂。情何已,登山临水年年是。 常记同来今独至,孤舟晚飐湖光里。衰草斜阳无限意。谁与寄?西湖水是相思泪。"②

【注释】①奉高,在今山东泰安。 ②此条采自明田汝成《西湖游览志馀》卷十六。

张 红 桥

张红桥,闽县良家女也。居于红桥之西,因以自号。聪敏博学，雅善属文。豪右争欲聘之，悉不从。父母问其故，张曰："欲得才如李青莲者事之耳。"于是操觚之士闻之[①]，咸托五字为媒[②]。张但第其优劣，终无所答。

邑人王恭寄以诗曰："重帘空见日昏黄，络纬啼来也断肠。几度系书君不答，雁飞应不到衡阳。"永泰王偁尤所锺念，乃税其邻舍以居。一日，张方睡起，偁窃见之，遂寄以诗曰："象牙�碧纱笼，绰约佳人睡正浓。半抹晓烟笼芍药，一泓秋水浸芙蓉。神游蓬岛三千界，梦绕巫山十二峰。谁把棋声惊觉后，起来香汗湿酥胸。"张得之，怒其轻薄，遂深居不出。久之，偁悒悒而归。

最后偁之友福清林鸿道过其居，留宿东邻。适见张焚香庭前，因托邻妪投之诗曰："桂殿焚香酒半醒，露华如水点银屏。含情欲诉心中事，羞见牵牛织女星。"张捧诗为之启齿，援笔而答曰："梨花寂寂斗婵娟，银汉斜临绣户前。自爱焚香消永夜，从来无事诉青天。"妪持诗贺鸿曰："张娘子自束发以来，持诗求通者无虑数十，曾未挥答，仅见此耳。"鸿亦大喜过望，因使妪通殷勤。越月馀，始获命。鸿遂舍于其家，以外室处之。定情之夕，鸿作诗曰："云娥酷似董妖娆，每到春来恨未消。谁道蓬山天样远，画阑咫尺是红桥。"张诗曰："芙蓉作帐锦重重，比翼和鸣玉漏中。共道瑶池春似海，月明飞下一双鸿。"自是唱和推敲，情好日笃。

王偁闻其事，即盛饰访鸿，求张一见。张愈自匿。鸿谓张曰："卿独不闻庞公之妻拜司马德操乎[③]？"张曰："以吾之不可，学柳下惠之可[④]。"于是鸿不能强。偁乃密赂侍者，潜窥室内。见鸿适与张狎，因作《酥乳》、《云鬓》二诗以戏之。《酥乳》诗曰："一双明月贴胸前，紫禁葡萄碧玉圆。夫婿调疏绮窗下[⑤]，金茎几点露珠悬。"《云鬓》诗曰："香鬟三尺绾芙蓉，翠耸巫山雨后峰。斜倚玉床春色去，鸦翎蝉翼半蓬松。"张愈恚怒。

偁知其意，乃挽鸿游三山。越数日，鸿绝裾逃归。夜至所居，张方倚桥而望。鸿作诗曰："溶溶春水漾璃瑶，两岸菰蒲长绿苗。

几度踏青归去晚,却从灯火认红桥。"其二曰:"素馨花发暗香飘,一朵斜簪近翠翘。宝马未归新月上,绿杨影里倚红桥。"其三曰:"玉阶凉露滴芭蕉,独倚屏山望斗杓。为惜碧波明月色,凤头鞋子步红桥。"张属而和曰:"桂轮斜落粉楼空,漏水丁丁烛影红。露湿暗香珠翠冷,赤阑桥上待归鸿。"其二曰:"桥畔千花照碧空,美人遥隔水云东。一声宝马嘶明月,惊起沙汀几点鸿。"其三曰:"草香花暖醉春风,郎去西湖水向东。斜倚石阑频怅望,月明孤影笑飞鸿。"

后一年,鸿有金陵之游,乃作《大江东》一阕留别,曰:"锺情太甚,人笑我,到老也无休歇。月露烟云多是恨,况与玉人离别。软语叮咛,柔情婉娈⑥,镕尽肝肠铁。歧亭把酒,水流花谢时节。应念翠袖笼香,玉壶温酒,夜夜银屏月。蓄喜含嗔多少态,海岳誓盟都设。此去何之,碧云春树,合晚翠千叠。图将羁思,归来细与伊说。"张亦依韵赋别,曰:"凤皇山下,玉漏声,恨今宵容易歇。一曲《阳关》歌未毕,栖乌哑哑催人别。含怨吞声,两行珠泪,渍透千重铁。柔肠几寸,断尽临歧时节。　　还忆浴罢画眉,梦回携手,踏碎花间月。谩道胸前怀豆蔻,今日总成虚设。桃叶渡头,河冰千里,合冻云叠叠。寒灯旅邸,荧荧与谁闲说?"

又明年,鸿寄《摸鱼儿》一阕,绝句七首。其词曰:"记得红桥,少年游冶,多少雨情云绪。金鞍几度归来晚,香餍笑迎朱户。断肠处,半醉微醒,灯暗夜深语。问情几许,情应似吴蚕吐茧,撩乱千万缕。　　别离处,淡月乳鸦啼曙。泪痕深,红袖污,深怀遐想何年了,空寄锦囊佳句。春欲去,恨不得,长缨系日留春住。相思最苦。莫道不消魂,衷肠铁石,涕泪也如雨。"其诗曰:"女螺江上送兰桡,长忆春纤折柳条。归梦不知江路远,夜深和月到红桥。"其二曰:"骊歌声断玉人遥,孤馆寒灯伴寂寥。我有相思千点泪,夜深和雨滴红桥。"其三曰:"残灯暗影别魂消,泪湿鲛人玉线绡。记得云娥相送处,淡烟斜月过红桥。"其四曰:"春衫初试淡红绡,宝凤搔头玉步摇。长记看灯三五夜,七香车子度红桥。"其五曰:"一襟拥恨怨魂消,闲却鸣鸾白玉箫。燕子不来春事晚,数株杨柳暗红桥。"其六曰:"伤春雨泪湿鲛绡,别雁离鸿去影遥。流水落花多少恨,日斜无语立红桥。"其七曰:"绮窗别后玉人遥,浓睡才醒酒未消。日午卷帘风力软,落花飞絮满红桥。"

先是,张自鸿去后,独坐小楼,居常郁郁无聊。及鸿诗词至,遂感念成疾,不数月而卒。无何鸿归,遽往访之,道中作诗曰:"三千客路动行镳,远别归来兴欲飘。只恐凤楼人待久,玉鞭催马上红桥。"及至红桥,闻张已卒,失声号绝。彷徨之际,忽见床头玉佩玦悬一缄,拆之,有《蝶恋花》半阕及七绝句⑦。其词曰:"记得红桥西畔路,郎马来时,系在垂杨树。漠漠梨云和梦度,锦屏翠幕留春住。"其诗曰:"床头络纬泣秋风,一点残灯照药丛。梦吉梦凶都不定,朝朝望断北来鸿。"其二曰:"井落金瓶信不通,云山渺渺暗丹枫。轻罗暗湿鸳鸯冷,闲听长宵嘹唳鸿。"其三曰:"寂寂香闺枕簟空,满阶秋雨落梧桐。内家不遣园陵去,音信何缘寄塞鸿。"其四曰:"玉箸双垂满颊红,关山何处寄书筒。绿窗寂寞无人到,海阔天高怨落鸿。"其五曰:"衾寒翡翠怯秋风,郎在天南妾在东。相见千回都是梦,楼头长日妒双鸿。"其六曰:"半帘明月影瞳瞳,照见鸳鸯锦帐中。梦里玉人方下马,恨他天外一声鸿。"其七曰:"一南一北似飘蓬,妾意君心恨不同。他日归来也无益,夜台应少系书鸿。"

鸿得诗词,悲感哀怨,殆不胜情。因赋物诗曰:"柔肠百结泪悬河,瘗玉埋香可奈何。明月也知留佩玦,晓来长想画青蛾。仙魂已逐梨云梦,人世空传薤露歌。自是忘情惟上智,此生长抱怨情多。"王俦亦以诗哭之,曰:"湿云如醉护轻尘,黄蝶东风满四邻。新绿只疑销晓黛,落红犹记掩歌唇。舞楼春去空残日,月榭香飘不见人。欲觅梨云仙梦远,坐临芳沼独伤神。"自后鸿每再过红桥,辄为之于邑累日。

【注释】①觚,木简,古人用以写字。操觚即指写作。　②五字,本指五言诗,此概指诗词篇什。　　③东汉末,司马德操少庞德公十岁,兄事之,呼作庞公。司马德操尝诣庞德公,德公适不在,德操径入堂,呼德公妻子使速作黍。德公妻子皆罗拜堂下,奔走供设。　　④柳下惠即展禽,道德知名诸侯间,诸侯来聘,却直言拒绝。人问之,答以"以直道事人,焉往而不三黜",意谓我以直道待人,到了哪里都不会受人喜欢。张红桥的意思是我要学柳下惠的"直道",不会曲意事人。　　⑤调疏,以阴阳调和喻男女交欢。⑥"娈",原本作"恋",据《全明词》改。　　⑦"半",原本作"一",据《词统》卷十三改。

张　璧　娘

　　林生子真,读书乌石山房,往返里巷间。有一姝,素服澹妆,倚门露半面曰:"徐徐行,谁氏郎君耶?"林愕然大惊,且口嗫,猝无可语。行道之人复沓至,目招而过之。阳顾侍儿言他事,侍儿心知微指,志其居。归,令覆往通殷勤。因访邻姬,知为张璧娘。

　　张璧娘者,良家女也,于归半岁夫亡。璧娘光丽艳美,妖冶动人。里中少年闻其新寡,竞委币焉①,张皆不受。独窃从户窥林,心悦而好,恐不得当也。张所居后即山,山上折而数十步即林读书处。张即期以旦日踏青来会。当是时,载酒游者趾相错也。张出,适与诸游者会。诸游者薄而观之,林亦混其中,各自引嫌,不交一语而归。林郁郁不自得,乃赋诗云:"秋波频转瞥檀郎,脉脉低回暗断肠。只为傍人羞不语,缟衣缥缈但闻香。"

　　张所居妆台之上,又有复阁枕山麓,甚秘。先是,林遣侍儿至张所,张阴教置之。是夕,张使侍婢引林匿复阁中。夜静,张篝灯至,遂为长夜之欢。平明,林从山麓而出。如是者累月。而张亦时诣林读书山房,谑浪绸缪,无所不至。

　　无何,林移家临汀,就父公署。临别之夕,不复与言,但与张极欢痛饮而已。明日登车径去。久之,张始知林去远,忽忽若有亡。

又以林去不为一言，轻负其德，感想懊恨，遂成沉痼。因为诗一章以寄林，云："黄消鹅子翠消鸦，簟拂层波帐九华。裙帛褪来腰束素，钏金松尽臂缠纱。床前弱态眠新柳，枕上回鬟压落花。不信登墙人似玉，断肠空盼宋东家。"

林得诗，始知张病，惟日饮泣而已。因觅入会城者，附书问起居，且与为约，而张于数日前死矣。使者归言其状，林失声投地，几不自胜。因作悼亡二绝云："有客何来自越城，闻君去伴董双成。相期总在瑶池会，不向人间哭一声。""潘岳何须赋悼亡，人间无验返魂香。更怜三载穷途泪，犹洒秋风一万行。"

明年，林自临汀归闽，逶巡过张所居，尘网妆楼，燕鸣故垒，而张已埋玉西郊矣。林自是不复读书旧馆，复赋《感旧》诗二章，曰："落梅到地夜无声，嫌挂空阶碎月明。徙倚朱阑人不见，双悬清泪听寒更。""梅花历落奈愁何，梦里朱楼掩泪过。记得去年今夜月，美人吹入笛声多。"璧娘素善音，而尤善吹箫。往诣林书房，曾倚梅三弄，故林诗及之。②

【注释】①委币，送财礼以求婚。　　②此条采自明王世贞《续艳异编》卷五。

杨　幽　妍

幽妍，小字胜儿。生母刘，行一，在南院负艳声，早岁落籍去。嗣陈氏。陈之姨董四娘挈往金闾，习吴语，遂善吴歈。董笑曰："是儿甫八岁，如小燕新莺，不知谁家郎有福，死此雏手。"陈殁，抚于杨媪。媪奇严，课书，课绣，课弹棋，妙有夙解，不督而能。女兄弟多方狡狯，嘲弄哈侮①，终不能勾其一粲也。庚申②，杨媪避难吴越，载幽妍与俱，年已破瓜矣。薄幸难嫁，有心未逢，俯首叩膺，形于咏叹。

一日，遇张圣清于秀林山之屯云馆，群碎满前，席纠无主③。独幽妍兀坐匡床，旁无转瞬，掠鬈舐袖，笑而不言，私祷云："侬得耦此生，死可矣。"圣清才高笔隽，骨采神恬，造次将迎，绸缪熨帖，人莫觉其为廉察使子也④。舟中载图史弦索，悉付小青衣排当。小青衣能射主人意中事，兼工竹肉。圣清曰："此西方迦陵鸟⑤。"以迦陵呼之。每携入竹屿花溪，递作新弄。而最不喜平康狭邪之游，谓此辈正堪与鬎头奴⑥、大腹长鬣贾相征逐，岂容邪魔入我心腑。至是与幽妍目成者久之，明日遂合镜于舟次焉⑦。

于时溽暑，昼则布席长林，暮则移榻别渚。疏帘清簟，萦绕茶烟，翠管朱弦，淋漓酒气。幽妍自谓十五岁以前，未尝经此韵人韵事。即圣清亦曰："世岂有闺中秀、林下风具足如胜儿者乎！"昵熟渐久，绝不角劲语媟词，两人交相怜，亦复交相重。曰："吾曩过秀州，草庵外闻老尼经声，跃然抱出世之想。自惭绊缚，不能掣鞲奋飞。今睨君串珠缠臂⑧，持戒精严。同心如兰，愿言倚玉。十年不死，请事空王。宿羽流萤，实闻此语。"圣清饮涕而谢之。

七月，应试白下，幽妍送别青溪。注盼捷音，屈指归信，并尔杳然。及重九言旋，而幽妍先驱渡江去矣。自此低迷憔悴，瘵疾转深，腰减带围，骨见衣表。王修微谓友人曰："吾生平不解相思病何许状，亦不识张郎何许人。今见杨家儿大可怜，始知张郎能使人病，病者又能愿为张郎死，郎不顾立枯为人腊矣⑨。"圣清闻之，遣急足往视。幽妍开缄捧药，涕泗泛澜。媪凶忍，闭绝鱼雁，消息不通。幽妍典簪珥赂侍儿，属桃叶渡闵老作字⑩，以达意焉。扃鐍斗室，不见一人，即王孙贵游剥啄者⑪，指刀绳自矢而已。媪卞怒益甚，挝詈无人理。取死数四，救而复苏，不得已复载之东来。

圣清侦状，义不负心。有侠客徐内史，就中为调人，弹压悍媪："无得故悬高价，杀此铁石儿⑫。"媪唯唯。圣清乃纳聘，迎为少妇。稽首廉察公，逡逡如女士，且觊宜男，弗诘责也。比入室，病甚，犹强起薰香浣衣，劈笺涤砚。圣清手书唐人百绝句授之，读皆上口，又雅能领略大义，每环回离肠断魂之句，掩抑不自胜，真解语花也。病中解脱，了无怖容，佛号喃喃，手口颇相续。忽索镜自照，不觉拍几恸哭曰："胜儿薄命，遂止于斯！"又好言谓圣清曰："君自爱，切勿过为情痴，旁招诃笑。妾如有知，当转男子身以报君耳！"又曰："妾命在呼吸，偃大人新宅不祥^⑬，盍移就郡医疗之？"

岁逼除夕，圣清归侍椒觞^⑭，别去。幽妍惙惙喘益促。侍儿问有何语传寄郎君，但瞪目捶胸不复成声矣。盖壬戌腊月二十七日也^⑮。圣清奔入城，且号且含殓，延僧修忏，撒荤血者兼旬。选地于龙华里葬焉。结茆庵，祀文佛如来，偿其始愿。雕刻紫檀主，置座隅，或怀之出入衣袖衾裯间。食寝必祝，祝必啼，未几亦病死。

　　居士曰：琅玡王伯舆终当为情死^⑯。乃知生而不死，死而复生者，俱非情之至也。

【注释】①"哈"，原本作"哈"，据本条出处明陈继儒《晚香堂小品》卷十八《杨幽妍别传》改。　②庚申为明光宗泰昌元年（1620）。　③"群"，原本作"郡"，据出处改。群碎，众人嘈杂碎语。席纠，即酒纠，妓女侍酒者。此言众人争相献媚，而无人主侍酒席。　④陈继儒又有《张圣清传》，言其父为按察使。　⑤迦陵鸟，即佛经之"迦陵频伽"，又云美音鸟，或云妙声鸟。本出雪山，其音和雅，听者无厌。　⑥"鬣"，原本作"须"，据出处改。鬣，头发蓬乱。　⑦合镜，此指二人圆聚。　⑧张圣清亦奉佛。⑨枯干的人尸称人腊。　⑩徽人闵汶水于金陵桃叶渡开茶馆，人称闵老子茶。文士名姬多聚于此。　⑪剥啄，敲门。　⑫铁石儿，指张圣清，对幽妍情如铁石之坚。　⑬偃，偃卧不起。　⑭椒觞，旧俗正月初一进椒柏酒。侍椒觞，即陪亲老过年。　⑮壬戌，明天启二年（1622）。⑯晋王廞，字伯舆，官司徒长史。《世说新语》：王长史登茅山，大恸哭，曰："琅邪王伯舆终当为情死。"

颜 令 宾

　颜令宾居南曲中^①，举止风流，好尚甚雅，亦颇为时贤所厚。事笔砚,有词句。见举人尽礼祗奉,多乞歌诗,以为留赠,五彩笺常满箱箧。后疾病且甚。值春暮,景色晴和,命侍女扶坐于砌前,顾落花而长叹数四。因索笔题诗云:"气馀三五喘,花剩两三枝。话别一樽酒,相邀无后期。"因教小童曰:"为我持此出宣阳、亲仁已来②,逢见新第郎君及举人,即呈之云:'曲中颜家娘子将来,扶病奉候郎君。'"因令其家设酒果以待。逡巡至者数人,遂张乐欢饮。至暮,涕泗交下曰:"我不久矣,幸各制哀挽以送我。"初,其家必谓求赙③,送于诸客,甚喜。及闻其言,颇慊之。及卒,将瘗之日,得书数篇。其母拆视之,皆哀挽词也。母怒,掷之于街中,曰:"此岂救我朝夕也!"

　　其邻有刘驼驼,聪爽能为曲子词,或云尝私于令宾。因取哀词数篇,教挽柩前同唱之,声甚悲怆。是日瘗于青门外。或有措大逢之,它日召驼驼使唱,驼驼尚记其四章。一曰:"昨日寻仙子,辒车忽在门。人生须到此,天道竟难论。客至皆连袂,谁来为鼓盆? 不堪襟袖上,犹印旧眉痕。"二曰:"残春扶病饮,此夕最堪伤。梦幻一朝毕,风花几日狂。孤鸾徒照镜,独燕懒归梁。厚意那能展,含酸奠一觞。"三曰:"浪意何堪念,多情亦可悲。骏奔皆露胆,麕至尽齐眉。花坠有开日,月沉无出期。宁言掩丘后,宿草便离离。"四曰:"奄忽那如此,夭桃色正春。捧心还动我,掩面复何人。岱岳谁为道,逝川宁问津。临丧应有主,宋玉在西邻。"自是盛传于长安,挽者多唱之。或询驼驼曰:"宋玉在西④,莫是你否?"驼驼哂曰:"大有宋玉在。"

　　【注释】①据此条出处唐孙棨《北里志》,平康里有三曲,南曲多妓之铮铮者。　　②唐长安宣阳里、亲仁里,为贵戚所居。　　③赙,送给丧家助丧的钱财。　　④宋玉《登徒子好色赋》:"臣里之美者,莫若臣东家之子。"

余　季　女

元余季女,临海儒家女也。有容德,善属文。赘水宗道①。月馀,宗道愧己不若,辄辞归,闭门读书,久不之。余裁诗五章招之。一章云:"妾谁怨兮薄命,一气孔神兮化生若甄。春山娟兮秋水净,秉贞洁兮妾之性,聊复歌兮违兴。"二章曰:"夜梦兮食梨,命灵氛兮与余占之,曰'行道兮迟迟'。敛角枕兮粲如,风动帷兮心悲。"三章云:"云黯黯兮雪飞刺,夫子介兮如石。苦复留兮不得,望平原兮太息,涕泗横兮沾臆。"四章云:"送子去兮春树青,望子来兮秋树零。树有枝兮枝有英,我胡为兮茕茕,子在此兮山城。"五章云:"织女兮牛郎,岂为化兮为参商,欲经渡兮河无梁。霜露侵袭兮病偃在床,嗟嗟夫子兮谁与缝裳?"宗道卒不听。忽梦余来诀曰:"妾委蜕矣,子盍送我?"既而讣至。宗道未几悲死。

【注释】①赘,招赘于女家。

冯　爱　生

龙子犹《爱生传》云:爱生非吴产,亦不审谁姓,年十四,或鬻于金闾之冯姬家。冯累世为青楼冠。而吴语一时呼某姬曰某生,故曰冯爱生也。姬产四女,皆名姬,而季名喜者尤著。四姬以次适人,姬意亦怠。而其妇八娘子主家,新寡,得爱生女之①。

生美而慧,居半岁,能操吴音,逾年名大噪。洪饮善谑,问侑酒者,金谓不迎生不欢。同辈多忌其谭锋,然竟无以中②。而生亦志厌风尘,日求得有心人而事之。第有心矣,力或不逮;其力饶者,又或无当生意,以故对客每邑邑失志,辄呼巨白自浇③,取醉而已。

邑子丁仲,与生善,谋破产纳生,事久不就,而生益内窘,时时病。八娘子亦厌之。乃匆匆适茸城公子，非其志也。公子得生，不甚怜重，生愈不堪，病日甚，乃复还冯。未几死，死之日年才十九。

呜呼，红颜薄命，曾有如爱生者乎！十四未知名，十九病死，中间衣锦食甘，选胜而游，剪红浮白，谑浪笑傲于王孙公子之场者，才三四年耳。以生之风调，更得从容旬载，庶几一遇，可毕此生无憾。即不然，而效彼蚩蚩者流④，安意风尘而无远志，则此三四年者，亦可稍占人生万一之娱。而不幸早慧，洞识青楼风波之恶，故汲汲求事有心人不得，以致衔郁以死。悲夫！虽然，男儿薄幸，有力者甚焉。即假生数年，犹未必遂生之志，徒多苦生耳。然则天之纵生以慧者，适以祸生；而其啬生以寿者，安知非怜生而脱之也？于生又何悲哉！生既殡厝于郊外，久不葬。丁仲谋酿钱市穴，而洞庭计无功年少乐义，与生亦有旧，余偶为言，无功毅然倡之，因得金若干。仍付其家，使易容棺地于某阡，以某月日入土。知其事者咸白衣冠送之。

呜呼！宋词人柳七不得志于时，落魄以死，赖诸名妓酿钱而葬。今爱生不葬于妓家而葬于吾党，所以报也。则吾又安知今之所谓爱生者，非即宋之诸名妓中人乎？而封此一抔土，以俟后之好事者怜之吊之，志之铭之，亦庶几与乐游原柳七墓并传不朽矣。

【注释】①女之，收为养女。　②中，言语中伤。　③巨白，大杯酒。　④蚩蚩，无知无识。

永 兴 公 主①

唐主李昪受吴主禅，奉为让皇②。琏，让皇长子也。先主封琏中书令、池州刺史③。将赴上京，卒于池口舟中，年十九岁。初，先主第四女，琏纳之为妃。贤明温淑，容范绝世。及禅代，封永兴公主④。闻人呼公主，则呜咽流涕，辞不愿称，宫中为之惨戚。琏卒，永兴公主身穿缟素,斥去容饰,不茹荤血,惟诵佛书,但自称未亡人,朝夕焚香对佛。自誓曰:"愿儿生生世世莫为有情之物。"居延和宫,年二十四岁无疾坐亡。凡五夕,光如剪练长丈馀,自口而出。至殓,温软如生。先主悼痛,诏李建勋刻碑宫中,纪其异焉。

【注释】①"兴",原本作"康",详看正文注。　②五代时,李昇为江南吴氏权臣徐温养子,名徐知诰。温死后专吴政,封齐王。吴主杨溥不得已让位徐知诰。徐改国号为唐,复原姓李,是为南唐先主。　③杨琏本为吴太子,纳徐知诰女为妃。及徐知诰夺国,遂降封为弘农郡公。　④"永兴",原本作"永康",据《新五代史·南唐世家》、《资治通鉴》卷二百八十一改。

刘　令　娴

刘令娴,孝绰之第三妹也①。孝绰三妹并有才学,而令娴文尤清拔。适东海徐悱②。悱为晋安郡,卒,丧还建业,令娴为文以祭,云:"惟君德爱礼智,才兼文雅,学比山成,辩同河泻。明经擢秀,光朝振野,调逸许中,声高洛下,舍潘度陆,超终迈贾③。二仪既肇,判合始分,简贤依德,乃隶夫君。外治徒奉,内佐无闻,幸移蓬性,颇习兰薰,式侍琴瑟,相酬典坟。辅仁难验,神情易促,雹碎春红,霜雕夏绿。躬奉正衾,亲观启足④,一见无期,百身何赎。鸣呼哀哉!生死虽殊,情亲犹一,敢遵先好,手调姜橘。素俎空干,奠觞徒溢,昔奉齐眉,异于今日。从军暂别,且思楼中,薄游失返,尚比飞蓬。如当此诀,永痛无穷,百年何几,泉穴方同。"父勉本欲为哀辞,及见此文,乃阁笔。

【注释】①刘孝绰,南朝萧梁时人,少为神童,能文善书。长为太子萧统(即昭明太子)舍人,历官廷尉、秘书监。　②徐悱,梁中书令徐勉次子。③潘、陆、终、贾,指潘岳、陆机、终军、贾谊,皆古代韶年而著才名者。　④启足,意为疾笃弥留之际。语出《论语·泰伯》"曾子有疾"章。

李　易　安

宋李易安，名清照，济南李格非之女，适赵挺之子明诚为妻。明诚字德甫。在太学时，每朔望告谒，出质衣，取半千钱，步入相国寺，市碑文果实归，相对咀嚼展玩[1]。有持徐熙《牡丹图》求钱二十万，留信宿，计无所得，卷还之，夫妇相向惋怅者数日。及连守两郡，竭俸入以事铅椠[2]。每获一书，即日勘校装辑。得名画、彝器，亦摩玩舒卷，指摘疵病，尽一烛为率。故纸札精致，字画全整，冠于诸家。每饭罢，坐归来堂烹茶，指堆积书史，言某事在某书某卷第几叶第几行，以中否胜负为饮茶先后。中则举杯大笑，或至茶覆怀中，不得饮而起。

靖康中，遭虏乱奔徙，所畜渐散尽。未几，明诚病死。易安为文以祭曰："白日正中，叹庞翁之机捷；坚城既堕，怜杞妇之悲深。"后再适张汝舟，未几反目。有启与綦处厚云："猥以桑榆之晚景，配兹驵侩之下材。"传者无不笑之[3]。

有《漱玉集》三卷行于世。其《声声慢》一词尤婉妙，词云："寻寻觅觅，冷冷清清，凄凄惨惨戚戚。乍暖还寒时候，最难将息。三杯两盏淡酒，怎敌他晚来风急。雁过也，正伤心，却是旧时相识。　　满地黄花堆积，憔悴损，如今有谁忺摘？守着窗儿，独自怎生得黑？梧桐更兼细雨，到黄昏，点点滴滴。这次第，怎一个愁字了得？"

> 江道行曰：自古夫妇擅朋友之胜，无如易安、德甫者。佳人才子，千古绝唱。汝舟之适，不蛇足耶！文君忍耻，犹云具眼相怜，易安乃逐水桃花之不若矣！

【注释】①"咀嚼"，原本作"且爵"，据李清照《金石录后序》改。　②"俸"，原本作"捧"，据《金石录后序》改。　③"传"，原本作"侍"，据宋胡仔《苕溪渔隐丛话·前集》卷六十改。

李　弄　玉

　　唐李弄玉，会稽人，家住若耶溪①。从夫入函关，每以山水花木为娱。夫卒于旅，弄玉扶榇东归，过三乡，题《哀愤》诗于壁云："昔逐良人西入关，良人身殁妾空还。谢娘卫女不相见，为雨为云归旧山。"后书"二九子，为父后，玉无瑕，弁无首，荆山石，往往有"。按：二九十八，木字也。子为父后，木下子，李字也。玉无瑕，去其点也。弁无首，存其廾也。王下廾，弄字也。荆石多韫玉。合之是"李弄玉"三字也。以笔墨非妇女事，故隐之。②

　　【注释】①若耶溪，在浙江绍兴，传说西施浣纱于此。　　②此条采自宋曾慥编《类说》卷二十九引宋张君房《丽情集》。

薛　宜　僚

　　薛宜僚，会昌中为左庶子①，充新罗册赠使。繇青州泛海，船频阻恶风雨，至登舟，却漂回，泊青州。邮传一年，节度乌汉贞加礼焉。有籍中饮妓段东美者，薛颇属情。连帅置于驿中。是春，薛发日祖筵，呜咽流涕。东美亦然，乃于席上留诗曰："阿母桃花方似锦，王孙草色正如烟。不须更向沧溟望，惆怅欢娱恰一年。"薛到外国，未行册礼，旌节晓夕有声。旋染疾，谓判官苗田曰："东美何故频见梦中乎？"数日而卒。苗摄大使行礼。薛旅榇回及青州，东美乃请告至驿，素服拜奠，抚柩哀号，一恸而绝。

　　【注释】①"左"，原本作"士"，据本条出处宋钱易《南部新书·庚集》改。

薄 少 君

薄少君,娄东秀士沈承妻也。承字君烈,有隽才而夭。薄为诗百首悼之①。及期,少君亦逝。今录其六云:"浊世何争顷刻光,人间真寿有文章。君文自可垂天壤,翻笑起翁是夭亡。""一片冰心白日寒,繇他狞鬼状千般。相传地府威仪肃,莫作新诗谑冥官。""惜福持斋器不盈,清修何反促前程。冥途业镜如相照,照出枯肠菜几茎。""痛饮高谈读异文,回头往事已如云。他生纵有浮萍遇,政恐相逢不识君。""他人哭我我无知,我哭他人我则悲。今日我悲君不哭,先离烦恼是便宜。""饥肠寒骨儒非易,饰面违心在更难。地上有身无放处,不知地下可相安。"

【注释】①薄少君有《嫠泣集》一卷。

李 仲 文 女 以下再生不果

晋时武都太守李仲文,在郡丧女,年十八,权假葬郡城北。有张世之代为郡。世之男字子长,年二十,侍从,在厩中①。梦一女,年可十七八,颜色不常,自言前府尹子,不幸早亡,会今当更生。心相爱乐,故来相就。如此五六夕,忽然昼见,衣服薰香殊绝。遂为夫妇,寝息,衣皆有污如处女。后仲文遣婢视女墓,因过世之妇相闻,入厩中,见此女一只履在子长床下,取之啼泣,呼言发冢。持履归,以示仲文,仲文惊愕,遣问世之:"君儿何繇得亡女履耶?"世之呼问儿,具陈本末。李、张并谓可怪。发棺视之,女体已生肉,颜姿如故,唯右脚有履。子长梦女曰:"我本得生。今为所发,自尔之后,遂死肉烂,不得生矣。万恨之心,当复何言!"泣涕而别。出《法苑珠林》。

女之精诚且能示形于所欢,而不能通梦于父母,自取发掘,何耶?

【注释】①"厩",原本作"廨",据本条出处唐释道世《法苑珠林》卷七十五改。此条错讹较多,后径改,不复出校。

谈　　生

谈生者,年四十无妇,常感激读书经。夜半,有女子年可十五六①,姿颜服饰,天下无双,来就生为夫妇。自言:"我与人不同,勿以火照我也。三年之后方可照。"为夫妻,生一儿,已二岁。不能忍,夜伺其寝后,盗照视之。其腰已上,生肉如人,腰下但有枯骨。妇觉,遂言曰:"君负我! 我垂生矣,何不能忍一岁,而竟相照也?"生辞谢,涕泣不可复止。云:"与君虽大义永离,然顾念我儿。若贫不自偕活者,暂随我去,当遗君物。"生随之去,入华堂室宇,器物不凡。以一珠袍与之曰:"可以自给。"裂取生衣裾留之而去。后生持袍诣市,睢阳王家买之,得钱千万。王识之曰:"是我女袍,此必发墓。"乃取拷之,生具以实对。王犹不信,乃视女冢,冢完如故。发视之,果棺盖下得衣裾。呼其儿,正类王女。王乃信之,即礼谈生以为王婿,表其儿为侍中。

【注释】①"年可",原本作"可年",据本条出处晋干宝《搜神记》卷十六改。

情史氏曰:缺陷世界,可憾实繁,况男女私愿,彼亦有不可告语者矣。即令古押衙、许虞候精灵不泯,化为氤氲大使,亦安能嘿嘿而阴治之乎? 赋情弥深,畜憾弥广,固其宜也。从来佳人才子,难于凑合。朱淑写恨于《断肠》,非烟溢情于锦袋,有心者怜之。幸而遇矣,而或东舍徒窥,西厢未践,交眉送恨,赓句联愁,一刻关心,九泉衔怨,与其不谐,不如不遇耳。又幸而谐矣,而或墙蔓偶牵,原非连理,清风明月,怅望各天,絮语娇欢,终身五内①,则又不如不谐者,镜花水月,犹属幻想之依稀也。又幸而花植幽房,剑归烈士,两情相喻,永好勿谖②,而或芝草先枯,彩云易散,红颜顿萎,白首何堪,剩粉遗琴,徒增浩叹,则又似不若飞鸟天边,任尔去来无定处。春风别院,不知摇落几枝花,痛痒纵非隔肤,犹不至摧肝触肺耳。嗟嗟! 无情者既比于土木,有情者又多其伤感,空门谓人生为苦趣,诚然乎? 诚然乎?

【注释】①终身五内,五内俱焚,言终生痛苦之极。　　②谖,欺诈之言。

〔明〕冯梦龙 编著

栾保群 校注

情史

下

中华书局

本册目录

卷十四　情仇类

王娇 以下阻婚 …………… 411

刘苏哥 ………………… 431

崔涯 以下生离 …………… 432

陆务观 ………………… 432

舒氏女 ………………… 433

秋胡 以下薄幸 …………… 434

窦玄妻 ………………… 434

谢氏女 ………………… 434

莺莺 …………………… 435

班婕妤 ………………… 440

潘夫人 ………………… 441

翾风 …………………… 441

杜十娘 ………………… 442

韩玉父 ………………… 446

戚夫人 以下妒厄 ………… 446

唐王后 ………………… 448

梅妃 …………………… 448

小青 …………………… 451

驿亭女子 ……………… 455

修嫘夫人 以下遭谗 ……… 456

辽懿德皇后萧氏 ………… 457

戴复古 以下欺误 ………… 463

张丽贞 ………………… 463

窈娘 以下遇暴 …………… 464

刘禹锡 ………………… 465

韦庄　何康女 …………… 466

王承纲女 ……………… 467

花蕊夫人 ……………… 467

卢孝 …………………… 469

周美成 ………………… 470

王晋卿 ………………… 470

蔡元长 ………………… 470

赵碬 …………………… 471

刘翠翠 ………………… 471

王琼奴 ………………… 474

乐陵王妃 ……………… 477

阿禧 …………………… 477

唐姬 …………………… 479

周迪妻 ………………… 479

柳鸾英 ………………… 480

金山僧惠明 ·············· 481　　铅山妇 ················ 482

王武功妻 ················ 481

卷十五　情芽类

禹 以下大圣 ··············· 484　　米元章 ················ 491

文王 ··················· 484　　何棄 ··················· 492

孔子 ··················· 484　　黄涪翁 ················ 493

太公 ··················· 485　　廖道南 ················ 493

智胥 ··················· 485　　湖州郡僚 ·············· 494

苏子卿 以下名贤 ·········· 485　　鸠摩罗什 以下高僧 ······· 494

胡澹庵 ················· 486　　宣州僧 ················ 495

林和靖 ················· 487　　僧知业 ················ 495

李卫公 ················· 487　　僧月洲 ················ 496

范文正 ················· 488　　画西厢 ················ 496

司马温公 ··············· 488　　濑女 以下贤女子 ········· 496

赵清献 ················· 489　　徐贤妃 ················ 497

张忠定 ················· 489　　孙氏 ·················· 498

欧阳文忠 ··············· 490

卷十六　情报类

荥阳郑生 以下有情报 ······· 499　　周廷章 以下负情报 ········ 511

散乐女 ················· 505　　李益 ··················· 514

珍珠衫 ················· 506　　满少卿 ················ 520

张红红 ················· 509　　王魁 ··················· 521

王玉英 ················· 510　　张倩庆 ················ 523

孙助教女 ·········· 523　　陆氏女 ·········· 528

念二娘 ·········· 525　　睦州赵氏 ·········· 528

严武 ·········· 526　　韦英 ·········· 529

袁乞妻 ·········· 527　　刘自然 ·········· 530

张夫人 ·········· 527

卷十七　情秽类

秦宣太后 以下官掖 ·········· 531　　大体双 ·········· 562

辟阳侯 ·········· 531　　济北王 以下戚里 ·········· 563

飞燕　合德再见 ·········· 531　　馆陶公主 ·········· 563

晋贾后 ·········· 537　　山阴公主 ·········· 565

郁林王何妃 ·········· 537　　安乐公主 ·········· 566

元帝徐妃 ·········· 539　　虢国秦国等 杨国忠附 ·········· 567

北齐武成皇后胡氏 ·········· 539　　公孙穆 以下奇淫 ·········· 568

魏灵太后 ·········· 540　　庸成氏季子 ·········· 569

隋宣华夫人陈氏 ·········· 541　　夏姬 ·········· 569

唐高宗武后 ·········· 542　　河间妇 ·········· 571

韦后 ·········· 548　　淫尸二事 ·········· 573

唐玄宗　杨贵妃 ·········· 549　　四面观音 以下杂淫 ·········· 573

蜀徐后　徐妃 ·········· 551　　张彩 ·········· 574

金废帝海陵 即金主亮 ·········· 552　　徐之才　韩熙载 ·········· 574

元顺帝 再见 ·········· 557　　窦从一 ·········· 575

鲁文姜　哀姜 ·········· 558　　补　遗

卫宣姜 ·········· 559　　朱温 补入唐玄宗下 ·········· 576

齐庄公 庆封附 ·········· 560　　宛州人 补杂淫 ·········· 576

楚平王 ·········· 562

卷十八　情累类

李将仕损财 ……………… 578

陶縠以下误事 …………… 580

何郯 ……………………… 581

王鈇 ……………………… 581

柳耆卿以下损名 ………… 582

贾伯坚 …………………… 583

常伦 ……………………… 583

陶懋学 …………………… 584

邵御史 …………………… 584

章子厚以下蹈危 ………… 585

蔡太师园 ………………… 586

张灏以下遭诬 …………… 587

张荩 ……………………… 587

杨戬客以下亏体 ………… 589

三衢子弟 ………………… 590

赫应祥以下陨命 ………… 590

林澄 ……………………… 592

沈询 ……………………… 593

吴文宗 …………………… 593

崔应 ……………………… 594

僧了然 …………………… 594

北山道者 ………………… 595

并华 ……………………… 595

丘德彰 …………………… 596

楚儿以下妇人淫累 ……… 597

鱼玄机 …………………… 598

卷十九　情疑类

郁单越国佛国 …………… 600

太白精计二条。以下天仙 …… 600

织女　婺女　须女星 …… 602

织女计二条 ……………… 604

杜兰香 …………………… 608

玉厄娘子 ………………… 609

巫山神女 ………………… 610

云英 ……………………… 613

青童君 …………………… 615

天上玉女 ………………… 617

妙音 ……………………… 618

玄天女 …………………… 619

谷神女 …………………… 619

书仙 ……………………… 620

白螺天女 ………………… 621

园客妻 …………………… 622

洞箫美人以下杂仙女 …… 623

蓬莱宫娥 ………………… 626

天台二女 …………… 628

玉滩版筑者 …………… 628

后土夫人 以下地仙 …………… 629

地祇 …………… 632

张老 …………… 634

剑仙 …………… 636

武都山女 以下山神 …………… 637

大仪山仙女 …………… 638

青梨山神 …………… 638

麻山神 …………… 639

汉女 以下水神 …………… 639

洛神 …………… 639

辽阳海神 …………… 641

河伯女 …………… 645

荡口仙姝 …………… 646

汜人 …………… 646

西湖水仙 …………… 647

洞庭君女 以下龙神 …………… 648

广利王女 …………… 653

九子魔母 以下庙像之神 …………… 655

女灵观 …………… 657

张女郎 …………… 658

蒋侯庙 计二条 …………… 660

清溪小姑 …………… 661

康王庙女神 …………… 662

水仙祠 …………… 663

唐四娘庙 …………… 664

广通神庙 …………… 665

柳林子庙 …………… 665

延寿司 …………… 666

土地庙判官 …………… 666

北阴天王子 以下杂神 …………… 666

南部将军女 …………… 668

苦竹郎君 …………… 669

五郎君 计五条 …………… 670

厕神 …………… 674

卷二十 情鬼类

西施 以下宫闱名鬼 …………… 676

昭君再见 …………… 678

张贵妃 孔贵嫔 计二条 …………… 682

卫芳华 …………… 685

花丽春 …………… 688

郑婉娥 …………… 689

越王女 以下才鬼 …………… 693

李阳冰女 …………… 693

薛涛 …………… 694

刘府君妻 以下冢墓之鬼 …………… 700

吕使君娘子 …………… 701

钱履道 …………… 702

玉姨女甥 …………… 703

长孙绍祖 …………… 704

皇尚书女 …………… 705

赵通判女 …………… 706

邵太尉女 …………… 707

桃园女鬼 以下欑瘗之鬼 …… 708

翠薇 ………………… 710

某枢密使女 ………… 712

林知县女 …………… 712

符丽卿 以下旅榇之鬼 …… 713

任氏妻 ……………… 716

县尉妻 ……………… 718

刘照妇 ……………… 718

张氏子遇女 ………… 719

崔少府女 以下幽婚 ……… 719

崔女郎 ……………… 721

田夫人 ……………… 722

窦玉 ………………… 727

秦女大圣 …………… 729

隋县主 ……………… 729

张云容 ……………… 733

李陶 以下无名鬼 ……… 736

南楼美人 …………… 737

城西处子 …………… 737

韩宗武 ……………… 738

小水人 ……………… 739

卷二十一 情妖类

潘妪 人妖 …………… 741

焦土妇人 以下异域 ……… 741

海王三 ……………… 742

汝州村人女 野叉 ……… 743

马化 以下兽属 ………… 744

猩猩 ………………… 744

狸精 ………………… 745

白面狐狸 …………… 746

猿精 凡二条 …………… 746

猴精 ………………… 750

狐精 凡六条 …………… 751

虎精 ………………… 761

马精 ………………… 762

猪精 凡二条 …………… 763

鼠狼 附鼠及守宫 ……… 764

鼠精 ………………… 765

獭妖 计二条 …………… 765

鸳鸯 白鸥 以下羽族 …… 766

乌怪 ………………… 767

鸡精 凡二条 …………… 768

鹅怪 ………………… 769

蟒精 以下鳞族 ………… 770

白蛇精 …………… 771

赤蛇精 …………… 772

长蛇 …………………… 772

白鱼怪 ………………… 773

鼋精以下介属 ………… 774

鳖精 …………………… 774

虾怪 …………………… 776

蜂异以下昆虫属 ……… 777

蚱蜢 …………………… 777

蟾蜍 …………………… 778

蚯蚓 …………………… 778

柳妖以下草木属 ……… 779

桂妖 …………………… 783

白莲花 ………………… 784

菊异 …………………… 784

芭蕉 …………………… 785

火怪以下无情之物 …… 786

石妖二条 ……………… 787

泥孩以下器物之属 …… 788

石狮 …………………… 789

石砧杵 ………………… 789

牛骨等物 ……………… 790

琴 瑟 琵琶 ………… 791

琴精二条 ……………… 792

箸 斛概 ……………… 795

笏帚精 ………………… 796

生王二以下无名怪 …… 797

王上舍 ………………… 798

孤山女妖 ……………… 798

曹世荣 ………………… 799

戴詧 …………………… 800

庞女 …………………… 801

郑彦荣婢 ……………… 802

郭长生 ………………… 802

孟氏 …………………… 803

常熟女 ………………… 803

卷二十二　情外类

丁仙期情贞 …………… 805

俞大夫以下情私。再见… 805

王确 …………………… 806

向魋以下情爱 ………… 806

龙阳君 ………………… 806

安陵君 ………………… 807

藉孺 闳孺 …………… 808

孔挂 …………………… 808

曹肇 …………………… 808

周小史 ………………… 809

王承休 ………………… 809

车梁 …………………… 810

梁生 …………………… 810

万生 …………………… 811

郑樱桃以下情痴 ·············· 812

董贤 ·················· 812

张浪狗 ················· 815

襄城君情感 ··············· 816

潘章情化 ················ 816

申侯以下情憾 ············· 817

邓通 ·················· 817

韩嫣 ·················· 818

张放 ·················· 819

弄儿 ·················· 819

弥子瑕以下薄幸 ·········· 820

王韶 ·················· 820

兵子以下情仇 ············ 821

任怀仁 ················· 821

李延年以下姊弟并宠不终 ······ 822

慕容冲 ················· 822

张幼文情报 ·············· 823

宋朝以下情秽 ············ 824

秦宫 ·················· 825

冯子都 ················· 826

陈子高 ················· 826

王祭酒以下情累 ··········· 828

朱凌豁 ················· 828

全氏子　张氏子邪神 ·········· 829

吕子敬秀才灵鬼 ··········· 829

卷二十三　情通类

凤以下飞禽 ·············· 831

鸾 ·················· 831

鹤二条 ················· 832

石鹤 ·················· 832

秦吉了 ················· 833

鸳鸯二事 ················ 833

鹲 ·················· 834

雁四事 ················· 834

燕四事 ················· 835

鹳 ·················· 837

鸽 ·················· 837

金鹅 ·················· 838

象以下兽属 ·············· 838

玉象　金象 ·············· 838

马 ·················· 839

虎二条 ················· 840

猴 ·················· 841

鱼二条,以下鱼虫 ········· 842

蚕 ·················· 842

红蝙蝠 ················· 843

红飞鼠 ················· 843

蟹 ·················· 843

砂俘 ·················· 843

候日虫 ················· 844

蛤蚧 ·················· 844　　鸳鸯草 ·············· 845

梨 以下草木 ·········· 844　　怀梦草 ·············· 845

杏 ·················· 844　　有情树 ·············· 846

竹 ·················· 845　　夫妇花 ·············· 846

相思草 ·············· 845　　相思子 ·············· 847

鹤草蔓 ·············· 845　　相思石 ·············· 847

卷二十四　情迹类

情尽桥 以下诗话 ······ 849　　试莺 ················ 856

杂忆诗 ·············· 849　　薛书记诗 ············ 856

元载妻 ·············· 850　　刘采春 ·············· 857

裴羽仙 ·············· 850　　孟淑卿 ·············· 858

陈玉兰 ·············· 851　　孙巨源 以下词话 ······ 858

洞庭刘氏 ············ 851　　南唐李煜 ············ 859

崔毣妻 ·············· 851　　程正伯 ·············· 859

江宁刘氏 ············ 851　　秦少游 二条 ·········· 859

吴伯固女 ············ 852　　毛泽民 ·············· 860

杨状元妻 ············ 852　　卢疏斋 ·············· 860

宜山邓氏　窦举 ······ 853　　碧玉歌 ·············· 861

桃叶 ················ 853　　孙夫人 ·············· 861

永丰柳 ·············· 853　　魏夫人 ·············· 861

绛桃 ················ 854　　刘鼎臣妻 ············ 862

张祜 ················ 854　　易彦章妻 ············ 862

卢肇 ················ 855　　朱希真 ·············· 863

张文潜 ·············· 855　　蜀娼词 ·············· 863

钱鹤滩 ·············· 855　　刘燕哥 ·············· 864

贞娘墓 ·············· 856　　钓竿歌 ·············· 864

大郎神 ┈┈┈┈┈┈┈ 864

羊车二条。以下杂事┈┈┈ 865

开元遗事六条┈┈┈┈┈ 865

风流箭 ┈┈┈┈┈┈┈ 867

诨衣 ┈┈┈┈┈┈┈┈ 867

元事四条┈┈┈┈┈┈┈ 867

舞金莲 ┈┈┈┈┈┈┈ 868

狂烛 ┈┈┈┈┈┈┈┈ 868

醉舆妓围 ┈┈┈┈┈┈ 869

答妓 ┈┈┈┈┈┈┈┈ 869

谢豹 ┈┈┈┈┈┈┈┈ 869

选婿窗 ┈┈┈┈┈┈┈ 870

郭元振 ┈┈┈┈┈┈┈ 870

待阙鸳鸯社 ┈┈┈┈┈ 870

田田　钱钱 ┈┈┈┈┈ 871

卷十四　情仇类

王　　　娇_{以下阻婚}

申纯，字厚卿，祖汴人也，随父寓成都。天姿卓越，杰出世表。宣和间，荐而不第归，郁郁不自胜。家居月馀，因适邻郡谒母舅王通判。舅引生至中堂拜妗[①]，因呼其子善父出拜，年七岁矣。再命侍女飞红呼娇娘来，良久，飞红附耳语妗，以娇未经妆为言。妗怒曰："三哥家人也_{生第三}，出见何害！"生闻之，因曰："百一姐_{娇第百一}无他故，姑俟何如？"妗因笑曰："适方出浴，未理妆耳。"又令他侍女促之。顷刻，娇自左掖出拜[②]，双鬟绾绿，色夺图画中人，朱粉未施，而天然殊莹。生见之，不觉自失。叙礼竟，娇因立妗右。生熟视，目摇心荡，不自禁制。娇笑曰："三哥远来劳苦，宜就舍少息。"因室之于堂之东，去堂二十馀步。

生归馆后，功名之心顿释，日夕惟慕娇娘而已。舅妗皆以生久不相见，款留备至。生亦幸其相留，冀得乘间致款曲于娇也。平常出入舅家，周旋堂庑，虽时与娇晤，未敢妄语相及。久之，察其动静，言笑举止如有疑猜不足之状，知其赋情特甚也。求所以导情，而未能得便。

一夕，娇晚绣红窗下，倚床视荼藤花，久不移目。生轻步蹑其后，娇不知也，因浩然长叹。生低声问曰："尔何叹也，将有思乎？"娇不答，良久乃曰："兄何自来此？日晚矣，春寒逼人，兄觉之乎？"生知娇以他辞相拒，因应曰："春寒固也。"娇正视[③]，逡巡引去，生亦归舍。自后时同歌笑，生言稍涉邪，娇则凝袂正色，若不可犯。生以为娇年幼不谙情事,因不介意。

一日,舅有他甥至,开宴,申生预坐。酒半,妗起酌酒劝他甥,因及生,生辞。妗曰:"子量素洪,独不能一开怀乎?"生言:"失志功名,且病久,不复能饮。"妗未答,娇参语曰:"三兄似不任酒力矣,姑止此。"妗乃辍筋退步,酌酒劝舅。申生之前烛烬长而暗,娇促步至烛前,以手弹烛,因流视语生曰:"非妾,则君醉甚矣!"生谢曰:"此恩当铭肺腑。"娇微笑曰:"此乃恩乎?"语未毕,妗因索水涤筋,娇乃引去。自此生复留意。

一夕,娇独坐于堂侧惜花轩内,生偶至,见娇凭阑无语。时花槛中有牡丹数本,欲开未开。生还取笔,挥二绝以戏之曰:"乱惹祥烟倚粉墙,绛罗轻卷映朝阳。芳心一点千重束,肯念凭阑人断肠。""娇姿质艳不胜春,何意无言恨转深。惆怅东君不相顾,空留一片惜花心。"娇得诗,巡檐展诵未毕,忽闻妗语,娇乃藏之袖间,趋归堂中。生怅恨,殆无以为怀,因作一绝,题于堂西之绿窗上。诗曰:"日影萦阶睡正醒,篆烟如缕午风平。玉箫吹尽霓裳调,谁识鸾声与凤声?"

后二日,舅他出。娇窥生不在,直入卧室,见西窗题句,踌躇玩味,知生之属意有在,乃濡笔和韵以寄意焉。诗曰:"春愁压梦苦难醒,日迥风高漏正平。魂断不堪初起处,落花枝上晓莺声。"生归,见娇所和诗,愿得之心逾于平常。然言语相挑,或对或否,乍昵乍违,莫测其意。

一日,舅妗开宴,自午至暮,酒散,舅妗起归舍,生独危坐堂中,欲即外舍。俄而娇至筵所,抽左髻钿钗,匀博山④,理馀香。生因曰:"夜分人寝矣,安用此?"娇曰:"香贵长存,安可以夜深弃之?"生曰:"篆灰有心足矣!"娇不答,乃行近堂阶,开帘仰视,月色如昼。因呼侍女小慧画月以记夜漏之深浅⑤,乃顾生曰:"月至此,夜几许?"生亦起下阶,瞻望星汉,曰:"织女将斜,夜深矣。"因曰:"月白风清,如此良夜何⑥!"娇曰:"东坡锺情何厚也!"生曰:"情有甚于此焉,可以此诮东坡也!"娇曰:"于我何独无之?"生曰:"诚然,则佳句所谓'压梦'者,果何物而'苦难醒'乎?"言情颇狎,娇因促步下阶,逼生曰:"凡谓织女银河何在也?"生见娇之骤近,恍然自失,未及即对,俄闻户内妗问娇寝未,娇乃遁去。

次日,生追忆昨夕之事,自疑有获。然每思遇事多参商,愈不自足。乃作《减字木兰花》词以记之,曰:"春宵陪宴,歌罢酒阑人正倦。危坐中堂,倏见仙娥出洞房。　　博山香烬,素手重添银漏永。织女斜河,月白风清良夜何。"

次日晨起,生入揖妗。既出,遇娇于堂西小阁中。娇时对镜画眉未终,生近前谓之曰:"兰煤灯烬邪?烛花也。"娇曰:"灯花耳,妾用意积之。"生曰:"愿以一半丐我书家信。"娇令生分半,生举手油污其指,因请娇曰:"子宜分赠,何重劳客邪?"娇曰:"既许君矣,宁惜此。"遂以指决煤之半以赠生,因牵生衣拭指污处,曰:"缘兄得此,可作无事人邪?"生笑曰:"敢不留以为质。"娇因变色曰:"妾无他意,君何戏我?"生见娇色变,恐妗知之,因趋出,珍藏所分之煤于枕中,因作《西江月》词以记之,曰:"试问兰煤灯烬,佳人积久方成。殷勤一半付多情,油污不堪自整。　　姜手分来的的,郎衣拭处轻轻。为言留取表深诚,此约又还未定。"自后生心摇荡特甚,不能顷刻少置,伏枕对烛,夜肠九回,思欲履危道以实娇心而未获⑦。

一日,暮春小寒,娇方拥炉独坐。生自外折梨花一枝入来,娇不起顾生。生乃掷花于地,娇惊视,徐起以手拾花,询生曰:"兄何弃掷此花也?"生曰:"花泪盈晕,知其意何在,故弃之。"娇曰:"东皇故自有主,夜屏一枝以供玩好足矣,兄何索之深也?"生曰:"已荷重诺,无悔。"娇笑曰:"将何诺?"生曰:"试思之。"娇不答,因谓生曰:"风差劲,可坐此共火。"生欣然即席,与娇偶坐,相去仅尺馀。娇因抚生背曰:"兄衣厚否?恐寒威相逼也。"生恍然曰:"能念我寒,不念我断肠邪?"娇笑曰:"何事断肠?妾当为兄谋之。"生曰:"无戏言。我自遇子之后,魂飞魄扬,竟夕不寐,汝方以为戏,足见子之心也。予每见子言语态度非无情者，及予言深情味，则子变色以拒我，谅孱缪之迹[8]，不足以当雅意。一言之后，余将西骑矣！子无苦戏我。”娇因慨然良久，曰：“君疑妾矣，妾敢无言？妾知兄心旧矣，岂敢固自郑重以要君也？第恐不能终始，其如后患何！妾亦数月来诸事不复措意，寝梦不安，饮食俱废，君所不得知也。”因长吁曰：“君疑甚矣。异日之事，君任之。果不济，当以死谢君。”生曰：“子果有志，则以策我。”娇未及答，俄然舅自外至，生因起出迎舅。娇乃反室，不可再语。

又越两日，生凌晨起，揽衣向堂西绿窗内而立，背面视井檐。不知此时娇亦起，在隔窗内理妆矣。生诵东坡诗曰：“为报邻鸡莫惊觉，更容残梦到江南。”娇闻之，自窗内呼生曰：“君有乡间之念乎？”生因窥窗语娇曰：“衷肠断尽，惟有归耳。”娇曰：“君果诞妾邪？既无意于妾，何前委罪之深也？”生因笑曰：“予岂无意，第被子苦久矣。然则若何谋之？”娇曰：“日间人众，无可容计。东轩抵妾寝室，轩西便门达熙春堂，堂透荼蘼架，君寝室外有小窗，今日若晴霁，君自寝所逾外窗，度荼蘼架，至熙春堂下，此地人罕花密，当与君会也。”生闻之，欣然自得，惟俟日暮得谐所愿。

至晚，不觉暴雨大作，花阴浸润，不复可期，生怅恨不已。因作《玉楼春》词以写怏怏之怀，词曰：“晓窗寂寂惊相遇，欲把芳心深意诉。低眉敛翠不胜春，娇转樱唇红半吐。　　匆匆已约欢娱处，可恨无情连夜雨。枕孤衾冷不成眠，挑尽残灯天未曙。”生晨起，会娇于妗所，因共至中堂，以夜所缀词示之。娇低声笑曰：“好事多磨，理故然也。然妾既许君矣，当别图之。”

是日，生侍舅从邻家饮，至暮醉归。且思娇早间别图之言，疑娇之不复至也，又沉醉睡熟。娇潜步至窗外，低声呼生者数次，生不之觉，娇怅恨而回。又疑生之诞己也，直欲要以盟誓。生剪缕发，书盟言于片纸付娇。娇亦剪发设盟以复于生。虽极意慕恋，然终无便可乘。

一日，生收家书，以从父晋纳粟补阆州武职，以生便弓马，取生归侍行。娇顾恋之极，作诗送行，诗曰："绿叶阴浓花正稀，声声杜宇劝春归。相如千里悠悠去，不道文君泪湿衣。"生得诗，和韵以复，诗曰："密幄重帏舞蝶稀，相如只恐燕先归。文君为我坚心守，且莫轻拼金缕衣。"生终以娇"绿叶阴浓"之语为疑，又成一词，寓《小梁州》以示娇。词云："惜花长是替花愁，每日到西楼。如今何况抛离去也，关山千里，目断三秋。谩回头。　　殷勤分付东园柳，好为管枝柔。只恐重来，绿成阴也，青梅如豆，辜负梁州，恨悠悠。"娇知生之疑己，亦以《卜算子》词复之，词云："君去有归期，千里须回首。休道三年绿叶阴，五载花依旧。　　莫怨好音迟，两下坚心守。三只骰儿十九窝，没个须教有。"

自后生从父以他故不果行，生居家，行住坐卧，饮食起居，无非为娇兴念，以致沉思成病。因托求医，至舅家。数日，无便可乘与娇一语，至于饮食俱废。舅妗为之皇皇，医卜踵至，但云生功名失意，劳思所致，终不能知生之心。数日，病小愈。一日，舅出报谒，生因强步至外庑。方伫立，俄而娇至生后。生骇然。娇曰："偶左右皆他往，妾得便，故来问兄之病。"生回顾无人，因前牵娇衣，欲与语。娇曰："此广庭也，十目所视，宜即兄室。"生与之俱，及门，忽双燕争泥坠前，娇因舍生趋视。俄舅之侍女湘娥突至娇前，娇大骇，生乃引去。至暮，复会中堂，娇谓生曰："非燕坠则湘娥见妾在君室矣，岂非天乎！"

一日晚，娇寻便至生室，谓生曰："向日熙春堂之约，妾尝思之，夜深院静，非安寝之地。自前日之路观之，足以达妾寝所。每夕侍妾寝者二人，今夕当以计遣去。小慧不足畏也。君至夜分时来，妾开窗以待。"生曰："固善也，不亦危乎？"娇变色曰："事至若此，君何畏？人生如白驹过隙，复有锺情如吾二人者乎？事败当以死继之。"生曰："若然，予何恨乎！"是夜将半，生乃逾外窗，绕堂后数百步，至荼蘼架侧，久求门不得。生颇恐，久之得路至熙春堂，堂广夜深，寂无人声。生大恐，因疾趋入，见娇方开窗倚几而坐，衣红绡衣，下白丝裳，举首向月，若重有忧者，不知生之已至也。生因抉窗而入，娇忽见生，且惊且喜，曰："君何不告，骇我甚矣！"生乃与娇并坐须臾，即携手入帏，解衣并枕，两情既合，娇啼百态，不觉血渍生衣袖。娇剪其袖而收之，曰："留此为他日验。"有顷，鸡声催晓，虬漏将阑，娇令生归室，因嘱曰："此后日间相遇，幸无以前言为戏。"因口占《菩萨蛮》词以赠生："夜深偷展窗纱绿，小桃枝上留莺宿。花嫩不禁抽，春风卒未休。　　千金身已破，脉脉愁无那。特地祝檀郎，人前口谨防。"生亦口占答之："绿窗深伫倾城色，灯花送喜秋波溢。一笑入罗帏，春心不自持。　　雨云情散乱，弱体羞还颤。从此问云英，何须上玉京。"

自后，生夜必潜至娇室，凡月馀，无有知者。岂期欲火所迷，俱无避忌。舅之侍女曰飞红，曰湘娥，皆有所觉，所不知者娇之父母而已。娇亦厚礼红等，欲使缄口，红辈亦未之敢发。

俄而生以父书促归。既归，则寝食俱废，乃托人微言于父母，遣女媒求娶娇为妇，而私嘱媒致书于娇。略云："前日佳遇，倏尔旬馀。松竹深盟，常存记忆。自抵侍下，无一息不梦想洛浦之风烟也。家事、经史，非惟不复措念，纵一勉强，不知所以为怀。天启其衷，冰人遄往，未审舅妗雅意若何？倘不弃庸陋，则张生之于莺莺乌足道哉！好事在兹，喜不自制，幸相与谋之。新霜在候，善加保卫。"

媒得书即往，殷勤致命。舅曰："三哥才俊洒落，加以历练老成，老夫得此佳婿，深所愿也。但朝廷立法，内兄弟不许成婚，似不可违。前辱三哥惠访，留住数月，甚能为老夫分忧，老夫亦有愿婚之意。而于条有碍，以此不敢形言。"媒氏再三宛转，终不能得。次日，妗再置酒款媒，娇侍立于侧，知亲议之不谐也，心怀悒怏，但不敢形之言语耳。酒散，适娇至媒前剔灯，媒因私语娇曰："子非厚卿之私人邪？厚卿有手书，令我致子。"娇竦然微言应曰："然。"泪坠言下，媒为之改颜，遂探书授娇。娇收置袖间，未敢展视。姈起，娇亦随姈入室。

次早，媒再请于舅，且以言迫之。舅怒曰："此无不可，第以法禁甚严，欲置老夫罪戾也！"媒知其不就，因告归。舅又命姈酌酒与媒为别。娇因侍立，私语媒曰："离合缘契，乃天为之也。三兄无事宜来。妾年且长，岁月有限，无以姻事不谐为念。"因出手书，令媒持归，以复于生。媒既归，道舅不允之繇，遂以娇书与生。生展视，乃新词《满庭芳》一阕也："帘影筛金，簟纹织水，绿阴庭院清幽。夜长人静，消得许多愁。长记当时月色，小窗外情话绸缪。因缘浅，行云去后，杳不见踪繇。　　殷勤红一叶，传来密意，佳好新求。奈百端间阻，恩爱成休。应是朱颜薄命，难陪伴俊雅风流。须相念，重寻旧约，休忘杜家秋⑨。"生览诵数遍，殊不胜情。每对花玩月，不觉泪下。

初，生与成都府角妓丁怜怜最善。怜敏惠殊俊，常得帅府顾盼。生方妙年秀丽，怜怜尤见倾慕。生自秋还里，怜怜屡遣人招生，生托故不往。至是，生之友人陈仲游，亦豪家子也，见生每置恨于临风对月之间，因拉生往成都，遂同至怜怜家。怜喜甚，杯酒话款曲，生但面壁，略不致意。怜怪之，委曲询生，终不言。怜意其碍于仲游也，乃留之竟夕。令其女弟侍仲游寝，而自荐于生。枕边切切诘生所以不见答之故，生乃具道与娇相遇之情。怜问曰："娇娘谁家女也？"生曰："新任眉州王通判之女也。"怜又问："其质若何？"生曰："美丽清绝，西施、妃子殆相千百，而风韵过之。"怜因沉思良久，曰："既名娇娘，又且美丽若此，岂非小字莹卿者乎？"生愀然曰："尔何繇知之？"怜曰："向者帅府幼子将求婚，酷好美丽，不以门第高下为念，但欲殊色。常捐数千缗，命画工于近地十郡求问，伺隙绘人家美女以献。凡得九人，此其一也。色莹肌白，眼长而媚，爱作合蝉鬓，时有忧怨不足之状。常至帅府内室见之，因记其姓字，果是否？"生曰："子所言，如亲见其人矣。"怜曰："宜子之视我若土壤，子之所遇，真天上人也！妾每见其图，伫目不能去，第恨不睹其人。今后至彼，愿求旧鞋丐我。"生诺之。

次日抵家，因追念怜怜"天上人"之语，再期杳杳，伤感成疾，困卧累日。父母惊异，询生得病之繇。生乃托以梦寐绝怪，将不能免，必须求善能驱役鬼神者作法禳之。父乃命良巫祈祝。生密使人厚赂巫者，令向父母言，此为鬼物所凭，必当远避，方可向安。如其不然，生死未判。父母闻巫言，大惊惧，以为诚然。于是议令生往舅家避厄，择日起行。先期之二日，令人取覆舅家，舅妗许之。娇时在父母旁，闻生有来期，喜慰特甚。生亦随觉病差，父母以为得计。

生至舅居，遇娇于秀溪亭，两情四目，不能自止。暂叩寒暄毕，生欲入谒舅。娇止之曰："今日邻家王寺丞宅邀往天宁玩赏牡丹，至暮方归，姑止此少息，徐徐而入可也。"乃与娇并坐亭上。娇因谓生曰："君养摄不如平时，何故？今复来此，何干也？"生疑其言，乃曰："日月未久，何故忘予？自相离之后，坐不安席，寝不著枕。中间请命严君，冀谐媒妁，而天不从人，竟辜宿望。春花秋月，风台雪榭，无一而非牵情惹恨之处。百计重来，以践旧约。今子乃有'复来何干'之辞，予失计甚矣！"娇愧谢曰："君心果金石不逾，妾何以谢君？"因相与欢。移时，同步入室。生至其旧馆，向时所书诗词，濡染如新，怅然自失，复作《鹧鸪天》词以记之，云："甥馆暌违已隔年，重来窗几尚依然。仙房长拥云烟瑞，浮世空惊日月迁。　　浓淡笔，短长篇，旧吟新诵万愁牵。春风与我浑相识，时遣流莺奏管弦。"

至晚，舅妗归，生拜谒甚恭。舅问生曰："闻三哥微恙，想二竖子遁矣⑩。"生谢曰："惟舅舅怜其微恙，庶得逃免。再造之赐，没齿不忘。"舅妗劳勉之。生就室。自后与娇情意周洽，逾于平昔。住数月，情意益厚，生因忆丁怜怜之言，求旧鞋于娇。娇力询生曰："安用敝履为哉？"生不以实告，娇不许。

　　舅之侍女飞红者,颜色虽美,而远出娇下,惟双弯与娇无大小之别,常互鞋而行。其写染诗词与娇相埒。娇不在侧,亦佳丽也。以妗性妒,未尝获宠于舅。常时出入左右,生间与之语。娇则清丽瘦怯,持重少言,伫视动辄移目。每相遇,生不问,娇则不答。戏狎一笑,则使人魂魄俱飞扬。红尤喜谑浪,善应对,快谈论。生虽不与语,亦必求事以与生言。娇每见之,则有不足之意。及生再至,红亦与之亲狎,娇疑焉。生久求娇鞋不获,一日,娇昼寝,生偶至其侧,因窃鞋趋出。方及寓室,以他事去,未曾收拾。飞红适尾生后,见生遗鞋,红乃疑娇所与者,因收之。生罔知所以。及归室索鞋,无有也,因怏怏于怀,遂作《青玉案》词以自记,词云:"尖尖曲曲,紧把红绡蹙。朵朵金莲夺目,衬出双钩红玉。　　华堂春睡深沉,拈来缩动春心。早被六丁收拾,芦花明月难寻。"及暮,娇问生索鞋,生曰:"此诚我盗去,然随已失之,谅子得之矣,何苦索我邪?"娇乃止,盖飞红拾归以付娇也。然娇以此愈疑生私通于红矣。

　　一日,见红与生戏于窗外捉蝴蝶,因大怒诟红。红颇憾之,欲以拾鞋事闻妗,未有间也。后遇望日,众出贺舅妗,娇在焉。飞红因语娇所履之鞋,扬言谓生曰:"此即子前日所遗之鞋也。"娇变色,亟以他事语舅妗。会舅妗应接他语不闻。娇因大疑生使红发其私,乃大怨望。自后非中堂相遇,不复求便以见生。女工诸事,略不措意,怨隙之心,行住坐卧皆是也。生亦无以自明。

　　一日,生不意中谩于后园纵步,适于花下见鸾笺一幅,生取而视之,乃《青玉案》词也。"花低莺踏红英乱,春心重,顿成愁懒。杨花梦断楚云平,空惹起,情无限。　　伤心渐觉成牵绊,奈愁绪,寸心难管。深诚无计寄天涯,几欲问,梁间燕。"生披味良久,意谓娇词,而疑其字画颇不类娇所书,因携归置于室中书案之上,欲询娇而未果。抵暮,西窗前有金笼,养能言鹦鹉一只,甚驯。娇过其侧,戏以红豆掷之,鹦鹉忽言曰:"娇娘子何打我也。"生闻之,亟出室招娇。娇不至,生恳之方来。娇入生室,正疑思不言,忽见案上花笺,因取视之。良久，目申生不语。移时，生曰："子何时所作也？"娇不答。生又曰："何故不言？"娇亦不应。生力究之，娇曰："此飞红词也，君自彼得之，何必诈妾？"生力辨，娇并无一言。徘徊良久，长吁竟拂衣起去，生留之不可。自尔相会愈疏。娇终日熟寝，间一二日才与生一见，见亦不交一言。凡月馀，生不能直其事。

生一夕径造娇室，左右寂然，惟见窗上有绝句一章，云："灰篆香难炷，风花影易移。徘徊无限意，空作断肠诗。"生察诗，知娇之为己也。乘间语娇曰："再会以来，荷子厚爱，视前时有加焉。迩日形似之间，不能不为子所弃，何今昔异志乎？"娇初不言，生再诘之，娇潸然涕曰："妾自遇君之后，常恐力日不足。今者君弃妾耳，妾何敢弃君！抑君意既自有主，何必妾望矣？"生曰："苟有二心，有如此日！"因指天自誓，以明无他事。且曰："子何疑之甚也？"娇曰："君偶遗鞋，飞红得之；飞红偶遗词，君且得之，天下偶然之事何多邪？妾不敢怨君，幸爱新人，无以妾为念。"生仰天太息曰："有是哉。吾怪迩日见子若有忧者，人之情态岂难识哉！子若不信前誓，当剪发大誓于神明之前。"娇乃回笑曰："君果然否？"生曰："何害！"娇曰："若然，后园中池正望明灵大王之祠，此神聪明正直，叩之无不响应。君能同妾企祠大誓，则甚幸也。"生曰："如命。想明灵大王亦知予心之无他也。"娇乃约以次早与生俱游后园，临东池畔，遥望大王之祠，两人异口同声，拜祈设誓。其辞累千百，不能备载。誓毕，携手而归，恩情有加焉。生自此亦不复与飞红一语。红察之，因大憾。

一日，生因纵步至后园牡丹丛畔，忽遇娇先已在彼，遽拥抱求欢，娇正言却之，乃解。遂相与携手而过别圃，不觉飞红亦自后潜至，见生娇并行，因促步返舍，语妗曰："天气晴暄，可入后园，牡丹盛开，能一观否？"妗可其请，遽命红侍行。至园中，瞥见生与娇并行亭畔，左右俱无人。妗因大疑，因呵娇。生乃狼狈返室，惆怅不已，知为飞红所卖，无以自释，强作一词《渔家傲》写其悒快，云："情若连环终不解，无端招引傍人怪。好事多磨成又败。应难捱，相看冷眼谁偢采。　镇日愁眉和敛黛，阑干倚遍无聊赖。但愿五湖明月在。权宁耐，终须还了鸳鸯债。"

越二日，生自觉无颜，乃告归，舅妗亦不留之。娇夜出，潜与生别，曰："天乎，得非命欤！相会未期，而有是事。妾独奈何哉！兄归善自消遣，求便再来。无以疑间，遂成永弃，使他人得计也。"因泣下沾襟，生亦掩泣而别。

父母以生久在外，妨废书史，间岁功名之会又复在眼[①]，遂令生于书斋温习旧业。生与其兄纶虽朝夕共学，而思娇之念，无时不然。夜则与兄异榻而寝，怅恨之辞或形于梦寐，恨不能御风缩地，一与娇会。至七月中旬，舅以眉州倅满，道经申生之门，因留宿于生家者累日。此时舅挈家以行，妗、娇寓生家，相随不离跬步，兼飞红、湘娥诸侍女杂然左右，生与娇欲一言不可得。居三日，舅命戒行[②]，车马喧阗，送者络绎于道。妗与娇各登车，诸侍女相随先后。申生亦乘马相送。阄其便，曳帘挽车，与娇语旧。娇泪下如雨，不能答，徐曰："遇君之后，一日为别，不能堪处。况今动是三年，远及千里。一旦思君之切，安保其再能见君乎！但恐妾垂首瞑目，骨化形销，君将眠花卧柳，弃旧怜新，妾枕边恩爱，他人有之矣。"生曰："明灵大王在彼，吾誓不为也。"娇曰："若然，妾荷君之恩，死且不朽。"乃于袖中出香珮一枚，上有金销团凤，以真珠百粒约为同心结，赠生曰："睹物思人可也。得暇可求便一来，毋以地远为辞。"言未竟，轩车催动。雾隐前山，晓月半沉，目送不及。

生别舅妗辞回，恹然归于书室。晨窗夕灯，学业几废，间为词章，无非寄恨。一日，赋一曲示兄纶，云："春风情性，奈少年辜负，窃香名誉。记得当初，绣窗私语，便倾心素。雨湿花阴，月筛帘影，几许良宵遇。乱红飞尽，桃源从此迷路。　因念好景难留，光阴易失，算行云何处。三峡词源，谁为我写出，断肠诗句？目极归鸿，韦娘声价，应念司空否[③]？甚时觅个彩鸾，同跨归去。"兄见之，抚生背曰："厚卿，以弟之才，当取青紫以显二亲。此词固佳，察弟之心，必有所主。秋期在近，且移此笔鏖战文场可也。"生但无言。盖生词微寓娇相会之始末，至"乱红飞尽"之句，则直指飞红媒孽之事⑭，其兄不知也。

及八月，与兄俱就秋试毕，即欲言归。兄再四挽留，生不得已从之。逾数日，生与纶俱在高选，捧捷而归。次年，又与兄纶同及第。兄纶授绵州绵山县主簿，生以弓箭授洋州司户，兄弟归家待次⑮。时有卖登科记于眉州者，舅因阅之。见生兄弟皆及第，因大喜，归谓妗曰："二哥、三哥兄弟皆及第，吾家宅相得人矣。但恨相去千里，不能亲贺。"遂遣人致书，且询问："二甥荣授何官，如瓜期未及，能一来款我，以慰老夫忻喜之心否？"生得书，与兄谋曰："舅有命召，兄宜一行。"纶曰："父母在，焉可远游？然舅命难违，弟固当往。"于是生欣然治行，诣舅任所。

既至，舅见之，且贺且谢。须臾，妗、娇毕见。妗问："二哥何以不来？"生答兄弟不可俱出之意。舅妗问劳尽礼。妗终以生前疑似之故，馆生于厅事之东边，去堂甚远。生亦远嫌，寻常非呼召不入。纵或一至堂庑，未尝与娇款狎。或与娇偶然相遇，左右森立，但彼此仁视，不能出一言。生殊无聊，住十馀日，欲告归。然终念远来未曾与娇一语，闷闷不适，徘徊久之。

一日晨起谒妗，妗未起，因忽遇娇于堂侧。时且早，左右俱未起。娇亟出步，前语生曰："别兄久矣，思念未尝少息。喜审近取高第。但薄命之人，不能执箕帚以观富贵，为大恨耳！兄不弃远来，何以得此。妾与飞红有隙，君所知也。今妗以年尊多病，不暇他顾。而飞红方用事⑯，跬步动容，无所求便。兄至此已十日矣，妾不能与兄一叙畴昔者，坐此故也。妾每见兄必晨昏入谒，凡七日晨起以俟兄至，而兄每入必晚。今非兄早至，妾安能与兄一语也？"生曰："我见事变如此，终日兀坐，孤苦之态，不能备言。方欲于一二日间图为归计，缘未及与子一语，故未忍去。今既若此，我虽在此何益？"娇曰："妾以子故，屈事飞红，尚未得其欢心。自今以往，当愈屈意事之。万一得其回意，则可与兄复如前日。兄果能少留月馀否？"因出袖中黄金二十两，与生曰："恐兄到此或有用度。衣服有不堪者，宜令左右以工直持来，当与兄修治也。"生乃曰："若果有可谋，虽僻处鬼室千日亦何害！"

顷之，人渐众，生遂出。愈无聊赖，时绕户吟咏，以写怀抱。有二诗云："庭院深深寂不哗，午风吹梦到天涯。出墙新竹呈霜节，匝地垂杨衮雪花。觅句闲来消永日，遣愁聊复酌流霞。狂蜂全不知人意[17]，早向窗前报晚衙。""簟展湘纹浪欲生，幽人自感梦难成。倚床剩觉添风味，开户何妨待月明。拟倩蛙声传密意，难将萤火照离情。遥怜织女佳期近，时看银河几曲横。"

生在舅家，自秋及冬，岁将暮矣，慕恋之心，终无以自遣。每夜明烛独坐，夜半方就枕。所居室东边有修竹数竿，竹外有亭。前任州官有子妇，美而少，因得暴疾，遂至不起，殡于亭中。经岁后，移归乡里，然精诚常在亭中，每为妖祟以迷少年。生不知其详。一夕，方掩关而坐，将及二更许，忽闻窗外步履声。生意其兵吏夜起，不以为怪。顷之，叩窗甚急，生出视，则见娇娘独立窗下，曰："君何不启？候君久矣！"生不知妖，欣然与之入室，曰："子何以得此来？"答曰："舅妗熟寝，无有知者，故来相就。"将旦告去，嘱生曰："此后妾必夜至，兄无事不必至中堂，或入偶相遇，不必以言相问，恐人有所觉也。妾或与君语，君宜引去不对，则人将谓君无心于妾，庶可释疑也。"生曰："子必夜至，吾入何为？"言迄，遂去。自后妖夜必至，凡月馀，人莫知之。

娇自生再至，益屈己以事飞红。平日玩好珍奇之物，红一开口，则举赠之，锦绣珠玉，惟红所欲，呼之为"红娘子"。红见娇之待己厚也，渐释旧憾，与娇稔密，娇结之愈至。时小慧年已长，见娇屈意事红，语娇曰："娘子贵人，飞红贱者，奈何以贵事贱？"娇因叹曰："我之遇申生，尔所知也。红与我有隙，屡窘挠我。所以不自爱而屈事之者,为生设也。"因吟诗一绝云:"雨勒春寒花信迟,痴云碍月夜光微。披云阁雨凭谁力,花月开圆且待时。"吟毕,因泣下。慧曰:"娘子芳年秀丽,禀性聪明,立身郑重。向时游玩花园,与湘娥并行,娥不相让,先登楼梯,娘子怒以告夫人,夫人不治,凡不食者两日,其负气有如此者。前年罢官西归,驿舍床帐不备,重以绣茵,周以罗帏,犹思其不洁,焚沉爇麝,夜半方寝,其爱身有如此者。娘子善歌,众所共知,亲族聚会,申请再四,终不肯出一声,其重言有如此者。今既委千金之身于申生,若弃敝屣,而又下事飞红,丧尽名节,此妾所大不晓者。况娘子才色,名闻于时久矣。苟求婚姻,岂不能得一申生乎?又兼申生一第之后,视娘子颇似无情,今虽在此,呼之不来,问之不对,谅必有他意。娘子何自苦执如此?"娇曰:"尔勿言。天下岂复有锺情如申生者乎?必不负我。"慧知娇心如铁石,乃亦谄事飞红。

红感娇之情,尽释前憾,喟然谓娇曰:"娘子近日以来,憔悴特甚,若重有所思者,何不与红一言?红受娘子之恩厚矣。苟有效力,当以死报。"娇但流涕不言。红固叩之,乃曰:"我之遇申生,尔所知也,他何言!"红曰:"此易事。妗年尊,终日于小楼看经。堂室之事,娘子主之。果有所图,敢不唯命。"娇郑重谢之。自此红常与娇为地,求以见生。然生每夜遇妖之后,以为真娇之来,累十余日不入中堂。间或遇娇,则远自引避。其精神昏倦,终日思睡,娇亦疑之。

至晚,遂令小慧及红房下小侍女兰兰,夜出伺生起处。慧与兰兰同至生室,慧因窗内灯明,穴而窥之,见生与一女子对坐,颜色态度与娇无异,因私相叹骇。归室,则见娇与红并坐于室。慧曰:"娘子适至生室乎?"娇曰:"我自遣尔去,我二人坐此未尝动,尔安得妄言。"慧、兰同声曰:"适来申生与女子对坐,绝似娘子。若此,则彼为何人也?"娇、红大骇。良久,红曰:"旧闻此地多鬼魅,得无是乎?宜其待娘子恝然也。"因欲与慧、兰等再出穷之,以夜深而止。

　　明晨，娇诈以妗命召生入室，再四方来。小慧前导，至后室，见娇独坐，生傍徨欲去，娇即前挽生袖曰："君且勿去，将有事语君。"生不得已乃坐。娇曰："君近日何相弃？妾之待兄亦至矣，一旦若是，岂平昔所望于兄者！"生不答。娇又曰："兄每夕所遇者何人？"生曰："无之。"娇曰："不必隐讳。"生谓诈己，乃左右顾盼，切切曰："子令我勿言，何窘我也？"娇曰："妾有何事，令君勿言？"生大骇，因曰："左右有人乎？"娇曰："无之。"娇又曰："妾自别君之后，迄今将两岁矣。兄此来，妾亦何便得与君款密，何尝嘱君勿言？"生曰："子何反覆也！子自前月以来，每夜必至我室，嘱我勿言，惧飞红之辈生衅也。子今乃有是说，何故？"娇曰："妾室未尝一出。君之室所居穷僻，久闻其中多怪，谅必鬼物化妾之形以惑君。妾自屈事飞红之后，已得其欢心。日夕使人招兄，兄不至。纵一来，与兄谈话，兄又不答。日夕不知所谓，将谓兄有异心。夜来使小慧、兰兰伺兄起处，乃见一女子，形状如妾，与兄对坐，此非鬼祟而何！故今日召兄实之耳。君不信，则召红证之。"乃潜使人呼红。红至，谓生曰："郎君何弃娘子也？"因具道昨夕之事。生骇然汗下浃背，罔知所出，乃谢曰："非子眷眷不忘，则我将死于鬼祟手矣！第恨两月以来，负子恩爱之情，其何以为报？"因大恐，不敢出息其室，至暮犹在中堂。

　　红乃为娇谋，止以生为鬼所惑告妗。妗疑之曰："安有是理！"红欲实其言，至一更许，令生且出室，生惧不敢往。红曰："第往彼，妾将有为也。"因戒生曰："今夜二鼓，妾与妗来观，如彼来，妾与妗远望，恐见其类娇，则生疑矣。如索君，君亦勿言似娘子也。"生勉强许之。至二更初，鬼果来。生虽与对坐，心惊股栗。未定间，红、妗已至窗前，果见一妇人。妗欲细视，红惧其事发露，因大抚窗趋入，鬼果不见。生初闻娇之言，且信且疑，及是，生方大悟。妗因询生曰："适为何人？"生愧谢曰："不知其鬼也，愿妗救我。"于是妗与红谋，移生入中堂。舅知之，广求明师符水以与生饮。生后卧病累日，亦寻向安。自尔生起居皆在宅内。娇亦不以向日相弃介意，欢爱如平日。或至生室连夕,妗亦不知也。

生追思鬼惑之事,深得娇、红之救己,乃作《望江南》词以谢之。词云:"从前事,今日始知空。冷落巫山十二峰,朝云暮雨意无踪。一觉大槐宫。""花月地,天意巧为容。不比寻常三五夜,清辉香影隔帘栊。春在画堂中。"

又两月馀,妗以病死,娇哀毁殊甚,几不堪处。生见舅家事纷纭,乘间告归。娇因谓生曰:"昔日之别,不谓复有今日,幸欣再会,奈何罹此祸变。哀毁之中,不暇与兄款曲。暂归。宜再来也。"因长吁曰:"数年之间,送兄者屡矣。知此别后,当复如何?"生无言,但掩泪为别。明日,辞舅归。至家中,父母闻妗之亡,皆惊恸嗟泣。

明年六月,舅满任回,再过生门,留宿数日。自妗之死,飞红专宠于舅,因宛转为娇媒,因与舅曰:"夫人不幸先逝,善父年少,家事无人主持,何不拉三哥同归经理?且其瓜期未及也⑱。"舅欣然之,欲拉生去,生父不欲。生闻之,心切意喜,因乘间嘱红俾舅再三拉之。舅如言,力与生父言之。父不得已,乃令生行。遂同到舅家。

住两月,舅即为再调任计,谓生曰:"家中事绪繁多,小儿幼失所恃,三哥不妨在此相与维持,俟有美赴之期,当竭力助行。"生诺之,舅遂行。生厚赂舅之左右,莫不欢悦。生因与娇绝无间隔。院宇深沉,帘幕掩映,玉枕相挨,朱阑共倚,举盏飞觞,嬉笑讴吟,曲尽人间之乐。逾半载,舅以举员未足⑲,再调利州倅以归。左右得生之赂,加以事大体重,无敢言及之者,唯于舅前为生延誉。

舅归之后,见生经理其家,事事有伦,知生才干有馀,又妙年高第,前程未可量,遂悔向日背亲之谋。间使红委曲问生。一夕,生方与娇闲坐,红趋至曰:"郎君、娘子平昔之愿谐矣,敢不拜贺!"娇询之,红曰:"舅又有结好之意,使妾审订郎君,惧郎君之不从也。"娇曰:"天果不违人邪!"因大喜忘寐。是夕,红反命于舅。遂遣媒之生家。生父母亦允,行聘有日矣。

丁怜怜者,自生别后,久之,偶入帅府,至西书院,所画美人犹在壁上,帅子坐其旁。怜怜仰视久之。帅子问曰:"天下果有如此妇人乎?"怜曰:"有之。"因指娇像曰:"此画尚未尽其一二。足极小,眉极修,词草翰墨无出其右。以此女实之,想其他皆然。"帅子喜曰:"我将求婚此女。"怜曰:"无用也。闻此女久有外遇,恐非全身。"帅子曰:"得妇如此,幸已甚矣,此不足问。"怜悔失言,力解不获。帅子遂令亲信恳告其父,求婚于王。王时倅眉州未回,故无言及此者。逮王再调归家,待次之日,帅遂遣来求婚。王初拒之再四,帅逼以威势,赂以货财,不得已遂许之。娇夜持帅书至生室,告曰:"前日姻约复败矣,帅子求婚,家君迫于权要,许之矣。兄何以为计?"生曰:"事在他日,当徐图之。"娇自是见生愈密,然一相遇,则惨惨不乐。平生善歌,每作哀怨之音,则闻者动容,或至流涕。虽与生至相得,未尝对生一歌。生或潜听,娇觉之,则又中辍,生每以为慊[20]。至是生不请,自歌词《一丛花》云:"世间万事转头空,何物似情浓? 新欢共把愁眉展,怎知道新恨重逢。媒妁无凭,佳期又误,何处问流红? 　　欲歌先咽意忡忡[21],从此各西东。愁怕到黄昏,窗儿外,疏雨泣梧桐。仔细思量,不如桃李,犹解嫁东风。"歌未终,黯黯然泪下如雨。

生平生嗜好有不能致者,娇广用金玉售以遗生。一夕家宴罢,至就寝,生被酒未能卧,娇秉烛侍侧。生从容问曰:"尔来眷我何益厚也?"娇曰:"始者,妾谓可托终身于君,今既不如所愿,事兄盖有日矣。虽尽此身,何足以谢?"生大感恸。居数日,娇忽卧病,不得与生会者仅二月。

一日,舅出谒,生厚赂左右,欲一见娇。左右扶娇至生室之侧。生迎与相见,呜咽不已。良久,娇乃曰:"乐极生悲,俗语不诬。妾病,不能扶持,生愿不谐,死亦从兄,在所不恤也。"语竟,倚生之怀,似无所主。左右惊扶而入,久之方醒。生亦自此闷闷,作事颠倒,语言无实,目前所为,旋踵而忘。舅甚怪之。

秋八月,帅子纳币促亲期,舅许之。娇病少瘳,因他事怒小鬟绿英。绿英怀恨，乘间以娇平日所为之事从实告舅。舅怒，审实于红，将治之。红诒曰："小娘子读书知礼，岂不知失身之为大辱？且重厚少言，爱身若珠玉，择地而行，相公所知也。况申生功名到手，举动不妄，堂庑之间不命之人不敢入，未尝与娇一语戏狎。倘有是事，妾岂不知？细人之言，未宜深信。且亲期在近，不宜自为此不美也。"舅方宠任飞红，信其言，不复再问，止加防闲。申生度势不可留，乃告娇曰："今日之事，舅知之矣，行计不可缓也。子亲期去此止两月，勉事新君，吾与子从此诀矣！"娇怒曰："兄，丈夫也，堂堂六尺之躯，乃不能谋一妇人。事已至此，更委之他人，君其忍乎！妾身不可再辱，既以与君，则君之身也。"因掩面大恸。生方悟，去留未决。俄得家书，报父有疾，遣仆马促回。生不得已，入谒舅告别。舅时坐中堂，娇闻之，出立舅后，回目仜视，不能出半语。舅曰："子归后，府君无恙，宜再来。娇娘亲礼在即，家事纷纭，无执干者。"生辞曰："令爱亲期已近，纯归侍亦须累月，又瓜期将及，动是数年，重会未可知也。舅宜善自爱。"生因再拜。舅曰："娇娘在近出室，子来期未定，未必相会。"因呼出别生。娇闻语，洒泪不能止，惧舅见之不敢前，背面遁去，再四呼之不至。生遂别舅而归。

娇自生去，日夜悲泣，未尝览镜，芳容顿改。近半月，病愈甚，将不能起。红乃潜书促生来，便与为决。生得书，以无故不敢告父母，乃夜遁，潜至娇之门，住两日，舅亦不知也。生时舣舟岸下，冀一见娇后即归，盖虑父母之知，必获重责。明日，舅送旧守出于郊外，时红乃与娇私出，即上生舟。娇执生手大恸曰："郎不来矣。不幸迫于父母之命，不能相从。兄今青云万里，厚择佳配，共享荣贵，妾不敢望也。向时与兄拥炉，谓事不济，当以死谢。妾敢背此言邪！兄气质屡薄，常多病，善摄养，毋以妾为念。"因出断袖还生曰："谢兄厚恩，复思此景，其可再得乎！"哭愈恸，红亦泪下。久之，红惧有他变，诈语娇曰："舅将至矣，宜速登岸。"娇含泪口占一绝为别，云："合欢带上真珠结，个个团圆又无缺。当时把向掌中看，岂意今为千古别。"生悲不能和，一揖而别。

　　娇佳期已逼，乃托感疾佯狂，蓬头垢面，以求退亲。父迫之，娇引刀自裁②，左右救之，得不殒，因绝食数日，不能起。红委曲开谕之，曰："娘子平生俊快，岂不谙晓世事？帅家富贵极矣，子弟端方俊拔，殆过申生，娘子何苦如是邪？且闻媒者之言，彼之欲得娘子，甚如饥渴，其他皆所不问，娘子何自弃也？况申生归后，亦已议亲贵族，彼盖亦绝念于此矣！"因图帅子之貌以献曰："得婿如是，亦无负矣。"娇曰："美则美耳，非我所及。事止此矣，吾志不易也。"红又诈为娇旧遗生香珮，下结以破环只钗，谓生遗遗娇，因言已结他姻之意以相绝。娇见之泣下，曰："相从数年，申生之心事我岂不知者？彼闻我有他，故特为此以开释我耳。"因取香珮细认，觉其虚，因曰："我固知申生不如是也。我始以不正遇申生，终又背而之他，则我之淫荡甚矣。既不克其始，又不有其终，人谓我何？红娘子爱我厚矣，幸勿多言。我固不爱一身以谢申生也。"遂不复言。舅闻而亦怜之，业已成矣，无可奈何。遣红辈百端为之开释，终莫能悟。娇遂吟诗二首，寄与申生别云："如此锺情古所稀，吁嗟好事到头非。汪汪两眼西风泪，犹向阳台作雨飞。""月有阴晴与圆缺，人有悲欢与会别。拥炉细语鬼神知，拼把红颜为君绝。"间隔数日，娇竟以忧卒。

　　生方接来诗，而讣音随至，茫然自失，对景伤怀，独坐则以手书空咄咄，若与人语。因赋《忆瑶姬》词以吊娇娘，词曰："蜀下相逢、千金丽质，怜才便肯分付。自念潘安容貌，无此奇遇。梨花掷处，还惊起，因共我拥炉低语。今生拼两两同心，不怕傍人间阻。此事凭谁处，对神明为誓，死也相许。徒思行云信断，听箫归去，月明谁伴孤鸾舞？细思之，泪流如雨。便因丧命，甘从地下，和伊一处。"生兄纶见此词尾句，知其语不祥，因再三慰解，终不能堪。又于壁上题诗一绝，以别父母。诗曰："窦翁德邵如椿古，蔡母年高与鹤齐。生育恩深俱未报，此身先死奈虞兮。"题毕，检娇所赠香罗帕,自缢于书窗间,为家人所觉,救免。兄纶与生之素识皆来劝解之,且曰:"大丈夫志在四方,弟少年高科,青云足下,而甘死儿女子手中邪?况天下多美妇人,何必是!"生色变气逆,不能即对,徐曰:"佳人难再得!"因回顾二亲,叮咛曰:"二哥才学俱优,妙年取功名,且及瓜期,前程万里,显亲扬名,大吾门户,承继宗祧,一夔足矣^㉓,惟大人割不忍之恩。"又顾兄纶曰:"双亲年高侍养,纯不孝,不能酬罔极之恩,惟兄念之!"自是神思昏迷,不思饮食,日渐尫羸,竟奄奄不起。父母大恸,即日驰书告舅。

舅得书,飞红辈知之,举家号泣。舅因呼红痛责之曰:"往时问汝,汝何不实告我!稔成事变,以至于此,皆汝之咎。"红不能对,因伏地请罪。久之,舅意稍解,乃曰:"事已如此,不可及矣。两违亲议,亦老夫之罪也。"因痛自悔。又谓红曰:"生前之愿,既已违之矣,与死后之姻缘可也。我今复书,举娇枢以归于申家,得合葬焉。没而有知,其不怏怏于泉下也必矣。"于是复书,以此言告于生之父母。许焉。越月,得吉日戒严^㉔,遂异娇枢以归生家。舅书自悔责,且谢两背姻盟之非。仍遣红来吊慰,营办丧事。又月馀,询谋佥同,乃合葬于濯锦江边。葬毕,红告归。

抵舍之明日,因与小慧过娇寝所,恍惚见娇与生在室,相对笑语。红仓皇告舅,舅复与往寝所物色之,则无有矣。惟见壁间之词一阕,云:"莲闺爱绝,长向碧瑶深处歇。华表来归,风物依然人事非。　月光如水,偏照鸳鸯新冢里。黄鹤催班,此去何时得再还?"舅见此词,不觉哀悼。所留字迹,半浓半淡,寻亦灭去。舅与红辈皆惊异嗟叹而已。

【注释】①妗,舅母。　②掖,掖门,正堂两侧之旁门。　③正视,正颜而视。　④博山炉,焚香料所用。香料有做成篆字之形者,故下文言"篆灰"即香灰。　⑤"夜漏之深浅"五字原本缺,据本条出处元宋远《娇红记》补。　⑥"月白风清"句见苏轼《后赤壁赋》。　⑦实娇心,落实王娇的心思究竟如何。　⑧屡缪,屡懦而悖谬。　⑨杜家秋,即杜秋娘。见本书卷五"王宝奴"条评。 ⑩二竖子，《左传》鲁成公梦二竖子居肓之上，膏之下，即成疾病。 ⑪功名之会，指科举考试。 ⑫戒行，登程上路。 ⑬"韦娘"，原本作"秋娘"，唐孟棨《本事诗》：李司空罢镇在京，慕刘禹锡之名，邀至第中，酒酣，命妙妓歌以送之。刘于席上赋诗曰："鬈鬓梳头宫样妆，春风一曲杜韦娘。司空见惯浑闲事，断尽江南刺史肠。"据改。详见本书卷四"刘禹锡"条。 ⑭媒蘖，本指发酵用的酒曲。比喻扩大事端以构陷。 ⑮"待次"，原本作"侍次"，据文意改。兄弟俱已授官，但前官尚未任满，故须待缺。 ⑯用事，指主持家政。 ⑰"狂蜂"，原本作"狂风"，下文"报晚衙"句，是指"蜂衙"。陆游诗"小窗幽处听蜂衙"，言蜜蜂聚集喧闹如衙门朝参。据改。 ⑱瓜期未及，言前官任期未满，尚未须赴任也。 ⑲举员未足，荐举任职的官员数目不足。 ⑳"慊"，原本及出处均作"嫌"，据文意改。 ㉑"忡忡"，原本及出处均作"冲冲"，据文意改。 ㉒"裁"，原本作"截"，据出处改。 ㉓夔，舜时官乐正，舜曰："如夔者，一而足矣。" ㉔戒严，吩咐严密准备。

刘 苏 哥

颍妓刘苏哥①，往岁与悦己者密约相从，而其母禁之至苦，不胜郁抑。以盛春美景，邀同韵者联骑出城，登高冢相对恸哭，遂卒。晏元献戏题绝句吊之云②："苏哥风味逼天真，恐是文君向上人③。何日九原芳草绿，一杯絮酒哭青春。"

【注释】①"颍"，原本作"颖"。据宋胡仔《苕溪渔隐丛话·前集》卷二十六，言刘苏哥为"营妓"，或音误而作"颖"。而当时晏殊（元献）罢相后守亳，距颍州不远，"颖"当是"颍"字之误。又，宋赵德麟《侯鲭录》卷七有"颍妓曹苏奇"一条，事与刘苏哥相同，据改。 ②《西清诗话》云："元献谓士大夫受人眄睐，随燥湿变渝，如翻覆手，曾狂女子不若，为序其事以诗吊之。"当时晏殊罢相，制书由宋祁起草。宋祁为晏殊所赏拔，前一天还在晏殊家喝酒，第二天草制就极尽丑诋，所以晏殊为刘苏哥写诗，是出于感慨，绝非戏题。 ③"向上"，或作"以上"，意同，都是指苏哥品质在文人之上。

崔　　涯 以下生离

崔涯妻雍氏①，扬州总校女也②。仪质闲雅，夫妇甚睦。雍族以崔郎甚有诗名，资赡每厚。涯略不加敬于妻父，但呼"雍老"而已。雍渐不能堪，勃然仗剑呼女而出，曰："某河朔之人，惟袭弓马③，养女合嫁军士。从慕士流之德，是以相就，今甚悔之。小女既错嫁，不可别醮，便可出家。如若不从，吾当挥剑。"立命其女剃发为尼。涯方悲泣谢过，雍不听，女亦号恸而别。涯赠诗云："陇上流泉陇下分，断肠呜咽不堪闻。姮娥一入宫中去，巫峡千秋空白云。"

微妻之父④，所以微妻也。崔郎何不为妻地？妻既相睦，何不闻进一言？

【注释】①崔涯，唐元和、长庆时人。与张祜齐名，二人多游江、淮，嗜酒，或乘饮兴，侮谑时辈，时称狂生。　②总校，军队中的高级军职。③"袭"，或作"习"，皆通，本条出处唐范摅《云溪友议》卷中即作"袭"。言本武人，世以弓马为业。　④微，瞧不起。

陆　务　观

陆务观游初娶唐氏，于其母夫人为姑侄。伉俪相得，而弗获于姑①，因出之。唐改适同郡宗子②。尝春日出游，相遇于禹迹寺南之沈氏园。唐以语宗子，遣致酒殽。陆怅然久之，为赋《钗头凤》题园壁，云："红酥手，黄藤酒，满城春色宫墙柳。东风恶，欢情薄。一怀愁绪，几年离索。错错错。　春如旧，人空瘦，泪痕红浥鲛绡透。桃花落，闲池阁。山盟虽在，锦书难托。莫莫莫。"唐见而和之，有"世情薄，人情恶"之句。未几，怏怏而卒。闻者为之怅然。

放翁自与唐邂逅，绝不能忘情。每过沈园，必登寺眺望，有绝句云："落日城南鼓角哀，沈园非复旧池台。伤心桥下春波绿，曾见惊鸿照影来。"及唐死，沈园亦三易主矣。放翁怅然有怀，复有诗云："枫叶初丹槲叶黄，河阳愁鬓怯新霜。林亭感旧空回首，泉路凭谁说断肠。坏壁醉题尘漠漠，断云幽梦事茫茫。年来俗念消除尽，回向蒲龛一炷香。"嗣后梦游沈氏园，又作二绝云："路近城南已怕行，沈家园里更伤情。香穿客袖梅花在，绿蘸寺桥春水生。""城南小陌又逢春，只见梅花不见人。玉骨久成泉下土，墨痕犹锁壁间尘。"

又，陆放翁之蜀，宿一驿中，见题壁云："玉阶蟋蟀闹清夜，金井梧桐辞故枝。一枕凄凉眠不得，呼灯起作感秋诗。"放翁询之，则驿卒女也，遂纳为妾。方馀半载，夫人逐之，妾赋《卜算子》云："只知眉上愁，不识愁来路。窗外有芭蕉，阵阵黄昏雨。　　晓起理残妆，整顿教愁去。不合画春山，依旧留愁住。"

夫出一爱妻得一妒妻，母夫人之为放翁计者误矣！然爱妻见逐于母，爱妾复见逐于妻，何放翁之多不幸也！

【注释】①姑，婆母。弗获于姑，得不到婆母的喜欢。　　②宗子，宋宗室子。唐后夫名赵士程。

舒　氏　女

王齐叟①，字彦龄，任侠有声，爱唱《望江南》词。娶舒氏女，亦工篇章。常以使酒忤翁②，逐之，竟致离绝。而夫妇之好元无乖张。女在父家，一日行池上，怀其夫，作《点绛唇》曲云："独自临流，兴来时把阑干凭。旧愁新恨，耗却来时兴。　　鹭散鱼潜，烟敛风初定。波心静，照人如镜，少个年时影。"③

【注释】①王齐叟，北宋元祐间人。王岩叟之弟。有奇才。　　②翁，

妇翁,即岳父。齐叟岳父为武人。　　③此条采自宋王灼《碧鸡漫志》
卷二。

秋　　胡 以下薄幸

鲁人秋胡,娶妻五日而游宦。三年休,还家。遇一妇采桑于
郊,胡见而悦之,乃遗黄金一镒。妇曰:"妾有夫游宦不返,幽闺独
处,三年于兹,未有被辱于今日也!"采不顾。胡惭而退。至家,问
家人妻何在,曰:"行采于郊未返。"既还,乃向所挑之妇也。胡大
惭。妇责之曰:"见色弃金而忘其母,大不孝也!任君别娶。"遂赋
诗一绝,赴沂水而死。①其诗云:"郎恩叶薄妾冰清,郎与黄金妾不
应。若使偶然通一语,半生谁信守孤灯②。"

【注释】①以上秋胡妻事见汉刘向《列女传》"鲁秋洁妇"、《西京杂记》
卷六等书,文字多有参差,而事大体如是。　　②明叶盛《水东日记》卷二
录此诗,云是《题秋胡图》诗。秋胡时尚无七言,自是后人所题。

窦　玄　妻

后汉窦玄①,字叔高,平陵人。形貌绝异②,天子以公主妻之。
旧妻为夫所弃,既寄书以别,并附以歌,词旨哀怨,时人怜而传之。
歌曰:"茕茕白兔,东走西顾。衣不如新,人不如故。"

【注释】①"后"字原本缺,据本条出处《艺文类聚》卷三十补。　　②绝
异,异于众人。

谢　氏　女

王肃在江南,娶谢氏女。及至魏,尚陈留长公主①。其后谢氏

为尼来奔,作诗赠肃曰:"本为薄上蚕,今作机上丝。得络逐胜去,愿忆缠绵时。"公主代肃答赠曰:"针是贯丝物,目中常任丝。得帛缝新去,何能纳故时?"肃闻之甚惆怅,遂造正觉寺憩焉。[2]

【注释】①王肃,南齐雍州刺史王奂之子。赡学多通,才辞美茂,为齐秘书丞。王奂既为萧赜所杀,遂北奔投魏,为魏孝文帝重用,官至尚书令。②此条采自北魏杨衒之《洛阳伽蓝记》卷三。

莺 莺

唐贞元中,有张生者,性温茂,美风容,内秉坚孤,非礼不可入。或朋从游宴,扰杂其间,他人皆汹汹拳拳,若将不及,张生容顺而已,终不能乱。以是年二十三,未尝近女色。知者诘之,谢而言曰:"登徒子非好色者,是有淫行。余真好色者,而适不我值。何以言之?大凡物之尤者,未尝不留连于心,是知其非忘情者也。"

亡几何,张生游于蒲。蒲之东十馀里,有僧舍曰普救寺,张生寓焉。适有崔氏孀妇,将归长安,路出于蒲,亦止兹寺。崔氏妇,郑女也。张出于郑①,绪其亲,乃异派之从母。是岁,浑瑊薨于蒲②。有中人丁文雅③,不善于军,军人因丧而扰,大掠蒲人。崔氏家财甚厚,多奴仆。旅寓惶骇,不知所托。先是,张与蒲将之党有善,请吏护之,遂不及于难。十馀日,廉使杜确奉命总戎,军纲是戢。郑德张甚,因饰馔宴张于中堂,俾子女以兄礼见。子曰欢郎,可十馀岁,容甚温美。次命女:"出拜尔兄,尔兄活尔。"久之,辞疾。郑怒曰:"张兄保尔之命。不然尔且虏矣,能复远嫌乎?"久之乃至。常服悴容,不加新饰,垂鬟接黛,双脸断红而已。颜色艳异,光辉动人。张惊,为之礼。因坐郑傍,以郑之抑而见也,凝睇怨绝,若不胜其体者。问其年,郑曰:"十七年矣。"张生稍以词导之,不对。终席而罢。张自是惑之,愿致其情,无繇得也。

崔之婢曰红娘。生私为之礼者数四,乘间遂道其衷。婢果惊沮,腼然而奔④。张生悔之。翌日,婢复至。张生乃羞而谢之,不复云所求矣。婢因谓张曰:"郎之言,所不敢言,亦不敢泄。然而崔之族姻,君所详也。何不因其德而求娶焉?"张曰:"予始自孩提,性不苟合。或时纨绮闲居⑤,曾莫流盼。不为当年,终有所蔽。昨日一席间,几不自持。数日来,行忘止,食忘饱,恐不能逾旦暮。若因媒氏而娶,纳采问名⑥,则三数月间,索我于枯鱼之肆矣。尔其谓我何?"婢曰:"崔之贞顺自保,虽所尊不可以非语犯之。下人之谋,固难入矣。然而善属文,往往沉吟怨慕,君试为喻情诗以乱之。不然,则无繇也。"张大喜,立缀《春词》二首以投之。词云:"春来频到宋家东,垂袖开怀待好风。莺藏柳暗无人语,惟有墙花满树红。""深院无人草树光,娇莺不语趁阴藏。等闲弄水浮花片,流出门前赚阮郎。"

是夕,红娘复至,持彩笺以授张,曰:"崔所命也。"题其篇曰《明月三五夜》,其词曰:"待月西厢下,迎风户半开。拂墙花影动,疑是玉人来。"张亦微喻其旨。时二月旬有四日矣。

崔之东有杏花一树,扳援可逾。既望之夕,张因梯其树而逾焉。达于西厢,则户半开矣。红娘寝于床,生因惊之。红娘骇曰:"郎何以至?"张因诒之曰:"崔氏之笺召我矣,尔为我告之。"亡几,红娘复来。连曰:"至矣,至矣!"张生且喜且骇,必谓获济。及崔至,则端服严容,大数张曰:"兄之恩,活我之家厚矣。是以慈母以弱子幼女见托。奈何因不令之婢,致淫逸之词!始以护人之乱为义,而终掠乱以求之。是以乱易乱,其去几何?诚欲寝其词,则保人之奸,不义。明之于母,则背人之惠,不祥。将寄于婢仆,又惧不得发其真诚。是用托短章,愿自陈启,犹惧兄之见难,是用鄙靡之词,以求其必至。非礼之动,能不愧心?特愿以礼自持,毋及于乱。"言毕,翻然而逝。张自失者久之。复逾而出,于是绝望。

数夕,张君临轩独寝,忽有人觉之,惊欸而起,则红娘敛衾携枕而至,抚张曰:"至矣,至矣!睡何为哉!"并枕同衾而去。张生拭目危坐久之,犹疑梦寐。俄而红娘捧崔氏而至。至则娇羞融冶,力不能运支体,曩时端庄不复同矣。是夕,旬有八日也。斜月晶荧,幽辉半床。张生飘飘然,且疑神仙之徒,不谓从人间至矣。有顷,寺钟鸣,天将晓,红娘促去。崔氏娇啼宛转,红娘又捧之而去,终夕无一言。张生辨色而兴,自疑曰:"岂其梦邪?"及明,睹妆在臂,香在衣,泪光荧荧然,犹在席也。

是后十馀日,杳不复至。张生赋《会真诗》三十韵,未毕,而红娘适至,因授之,以贻崔氏。自是复来,朝隐而出,暮隐而入,同会于曩所谓西厢者几一月。

张生将之长安,先以诗谕之。崔氏宛无难词,然而愁怨之容动人矣。将行之夕,再不复可见。而张生遂西。不数月,复游于蒲,舍于崔氏者又累月。崔氏甚工刀札,善属文。求索再三,终不可见。往往张生自以文挑之,亦不甚观览。大略崔之出人者,艺必穷极⑦,而貌若不知;言则敏辩,而寡于酬对;待张之意甚厚,然未尝以词继之。时愁艳幽邃,恒若不识,喜愠之容,亦罕形见。异时独夜操琴,愁弄凄恻。张窃听之。求之,则终不复鼓矣。以是愈惑之。

张生俄以文调及期⑧,又当西去。当去之夕,不复自言其情,愁叹于崔氏之侧。崔已阴知将诀矣,恭貌怡声,徐谓张曰:"始乱之,终弃之,固其宜矣,愚不敢恨。必也君乱之,君终之,君之惠也,则没身之誓,其有终矣,又何必深感于此行?然而君既不怿,无以奉宁。君常谓我善鼓琴,向时羞颜,所不能及。今且往矣,既君此诚。"因命拂琴,鼓《霓裳羽衣序》,不数声,哀音怨乱,不复知其是曲也。左右皆歔欷。崔亦遽止之,投琴,泣下流涟,趋归郑所,遂不复至。明旦而张行。

明年,文战不胜,遂止于京。因贻书于崔,以广其意。崔氏缄报之词,粗载于此,云:"捧览来问,抚爱过深。儿女之情,悲喜交集。兼惠花胜一合,口脂五寸,致耀首膏唇之饰。虽荷殊恩,谁复为容?睹物增怀,但积悲叹耳。伏承示于京中就业,进修之道,固在便安。但恨僻陋之人，永以遐弃。命也如此，知复何言！自去秋以来，尝忽忽如有所失，于喧哗之下，或勉为语笑，闲宵自处，无不泪零。乃至梦寐之间，亦多叙感咽离忧之思，绸缪缱绻，暂若寻常。幽会未终，惊魂已断。虽半衾如暖，而思之甚遥。忆昨拜辞，倏逾旧岁。长安行乐之地，触绪萦情，何幸不忘幽微，眷念亡斁。鄙薄之志，无以奉酬。至于终始之盟，则固不在鄙。昔中表相因，或同宴处，婢仆见诱，遂致私诚。儿女之心，不能自固。君子有援琴之挑，鄙人无投梭之拒。及荐寝席，义盛意深，愚陋之情，永谓终托。岂期既见君子而不能定情，致有自献之羞，不复明侍巾帻，没身永恨，含叹何言！倘仁人用心，俯遂幽劣，虽死之日，犹生之年。如或达士略情，舍小从大，以先配为丑行，谓要盟之可欺，则当骨化形销，丹诚不没，因风委露，犹托清尘。存没之诚，言尽于此。临纸呜咽，情不能申。千万珍重，珍重千万。玉环一枚，是儿婴年所弄，寄充君子下体所佩。玉其坚润不渝，环取其终始不绝。兼致彩丝一絢⑨，文竹茶碾子一枚。此数物不足见珍，意者欲君子如玉之贞，矢志如环不解。泪痕在竹，愁绪萦丝。因物达诚，永以为好耳。心迩身遐，拜会无期。幽愤所锺，千里神合。千万珍重！春风多厉，强饭为佳。慎言自保，无以鄙为深念。"

张生发其书于所知，繇是时人多闻之。所善杨巨源好属词，因为赋《崔娘诗》一绝云："清润潘郎玉不如，中庭蕙草雪销初。风流才子多春思，肠断萧娘一纸书。"

河南元稹亦续生《会真诗》三十韵，曰："微月透帘栊，萤光度碧空。遥天初缥缈，低树渐葱茏。龙吹过庭竹，鸾歌拂井桐。罗绡垂薄露，环佩响轻风。绛节随金母，云心捧玉童。更深人悄悄，晨会雨濛濛。珠莹光文履，花明隐绣笼。瑶钗行彩凤，罗帔掩丹虹。言自瑶华浦，将朝碧玉宫。因游李城北⑩，偶向宋家东。戏调初微拒，柔情已暗通。低环蝉影动，回步玉尘蒙。转面流花雪，登床抱绮丛。鸳鸯交颈舞，翡翠合欢笼。眉黛羞偏聚，唇朱暖更融。气清兰蕊馥，肤润玉肌丰。无力慵移腕①，多娇爱敛躬。汗光珠点点，发乱绿葱葱。方喜千年会，俄闻五夜穷。流连时有限，缱绻意难终。慢脸含愁态，芳词誓素衷。赠环明运合，留结表心同。啼粉流清镜，残灯绕暗虫。华光犹冉冉，旭日渐瞳瞳。乘鸾还归洛，吹箫亦止嵩。衣香犹染麝，枕腻尚残红。幂幂临塘草，飘飘思渚蓬。素琴鸣鹤怨，清汉望归鸿。海阔诚难度，天高不易冲。行云无处所，箫史在楼中。"

张之友闻之者，莫不耸异之，然而张亦志绝矣。稹特与张厚，因征其词。张曰："大凡天之所命尤物也，不妖其身，必妖于人。使崔氏子遇合富贵，乘宠娇，不为云为雨，则为蛟为螭，吾不知其所变化矣。昔殷之辛，周之幽，据百万之国，其势甚厚。然而一女子败之，溃其众，屠其身，至今为天下僇笑。余之德不足以胜妖孽，是用忍情。"于时坐者皆为深叹。

后岁馀，崔已委身于人，张亦有所娶。后乃因其夫言于崔，求以外兄见。夫语之，而崔终不为出。张怨念之诚，动于颜色。崔知之②，潜赋一章，词曰："自从别后减容光，万转千回懒下床。不为旁人羞不起，为郎憔悴却羞郎。"竟不之见。后数日，张生将行，又赋一章以谢绝之："弃置今何道，当时且自亲。还将旧来意，怜取眼前人。"自是绝不复知矣。时人多许张为善补过者。

崔氏小名莺莺，李绅相公作《莺莺歌》云："伯劳飞迟燕飞疾，垂杨绽金花笑日。绿窗娇女字莺莺，金雀娅鬟年十七。黄姑天上阿母在，寂寞霜姿素莲质。门掩重关萧寺中，芳草花时不曾出。"

右《会真记》出于元微之稹手。杨阜公尝见微之所作姨母墓志，云其"既丧夫，遭军乱，微之为保护其家备至"。白乐天作微之母郑氏志，云是郑济女。而唐《崔氏谱》："永宁尉鹏，娶郑济女。"则莺莺乃崔鹏女，于微之为中表。再考微之墓志，其年甲皆相合，其为微之无疑。因元与张姓同所出，而借言之耳。传云：时人以"张为善补过者"，夫此何过也而如是补乎？
如是而为善补过，则天下负心薄幸、食言背盟之徒，皆可云善
补过矣！女子锺情之深，无如崔者。乱而终之，犹可救过之
半。妖不自我，何畏乎尤物？微之与李十郎一也，特崔不能为
小玉耳。

【注释】①出于郑，言其母氏姓郑。　　②浑瑊，唐大将，尝从李光弼定
河北，从郭子仪复两京，平朱泚，封咸宁郡王。晚岁镇守河中（治蒲州）。贞
元十五年（799）病逝于任上。　　③中人，宦官。唐以宦官为监军。
④"腆"，原本作"溃"，据本条出处唐元稹《莺莺传》改。腆然，羞涩貌。
⑤纨绮，代指女子。言处于女子之间。　　⑥纳采，古时男方向女方求婚之
礼。问名，则是具书向女方询问女子名字和生辰八字。二者皆属婚姻六礼。
⑦"艺"，原本作"势"，据出处改。　　⑧文调，举人赴京考进士。　　⑨"致
彩"，原本作"乱"，据出处改。绚，丝线之量词。　　⑩"李"，原本作"里"，据
李剑国校本《莺莺传》改。　　⑪"腕"，原本作"履"，据出处改。　　⑫"崔"字
原本缺，据出处补。

班　婕　妤

　　班婕妤，左曹越骑校尉况之女，少有才学。成帝选入宫，以为
婕妤，有宠。上尝游后庭，欲与婕妤同辇。辞曰："观古图画，贤圣
之君，名贤在侧；三代昏主，乃有嬖妾。今欲同辇，得无似乎？"上善
其言而止。及飞燕姊弟用事①，谮其咒咀，考问之，对曰："修正尚未
蒙福，为邪欲以何望？使鬼神有知，不受小臣之愬。如其无知，愬
之何益？"上善其对，赦之。婕妤恐久见危，乃求共养太后于长信
宫。②作《纨扇》诗以自况，云："新裂齐纨素，皎洁如霜雪。裁为合欢
扇，团圆似明月。出入君怀袖，动摇微风发。常恐秋节至，凉飚夺
炎热。弃捐箧笥中，恩情中道绝。"

　　刘令娴作《婕妤怨》云："日落应门闭，愁思百端生。况复昭阳

近,风传歌吹声。宠移终不恨,谗枉太无情。只言争分理,非妒舞腰轻。"

【注释】①飞燕姊弟事,见本书卷六、卷十七"飞燕　合德"条。　　②以上采自《汉书·后妃传》。

潘　夫　人

吴主潘夫人[①],父坐法,夫人输入织室。容态少俦,为江东绝色。同幽者百馀人,谓夫人为神女,敬而远之。有闻于吴主,使图其容貌。夫人忧戚不食,减瘦改形,工人写其真状以进。吴主见而喜,曰:"此女神也! 愁貌尚能惑人,况在欢乐!"乃命雕轮就织室,纳于后宫,果以姿色见宠。

每以夫人游昭宣之台,志意幸惬。既尽醑醉,唾于玉壶中,使侍婢泻于台下,得火齐指环,即挂石榴枝上。因其处起台,名曰"环榴台"。时有谏者云:"今吴、蜀争雄,'还刘'之名,将为妖矣。"权乃翻其名曰"榴环台"。又与夫人游钓台,得大鱼,主大喜。夫人曰:"昔闻泣鱼[②],今乃为喜。有喜必忧,以为深戒。"至于末年,渐相潜毁,果见离退[③]。时人谓夫人知几其神。

【注释】①吴主,三国时吴国孙权。　　②泣鱼,《战国策·魏四》:魏王与宠臣龙阳君共船而钓,龙阳君得十馀鱼而涕下。王问何为涕出,乃曰:"臣之始得鱼也,臣甚喜。后得又益大,辄欲弃臣前之所得矣。今臣之得幸于王也,如臣之前所得鱼也,四海之内,美人亦甚多,必群趋而来,则臣将为弃鱼矣。"详见本书卷二十二"龙阳君"条。　　③此条采自晋王嘉《拾遗记》卷八。据《三国志·吴书·妃嫔传》,言潘夫人"性险妒容媚,自始至卒,谮害袁夫人等甚众",诸宫人伺其昏卧,共缢杀之。

翾　风

石季伦所爱婢,名翾风,以姿态见美。妙别玉声,能观金色。

石氏珍宝瑰奇，皆殊方异国所得，莫有辨识其处者，使翾风别其声色，并知其所出之地。石氏侍人美艳者数千人，翾风最以文辞擅爱。石崇尝语之曰："吾百年后，当以汝为殉。"答曰："生爱死离，不如无爱。妾得为殉，身其何朽！"于是弥见宠爱。

及翾风年至三十，妙年者争嫉之，竞相排毁，即退翾风为房老，使主群少。乃怀怨怼而作五言诗曰："春华谁不羡，卒伤秋落时。契烟还自低，鄙退岂所期？桂芬徒自蠹，失爱在娥眉。坐见芳时歇，憔悴空自嗤。"石氏房中并歌此为乐曲，晋末乃止。①

【注释】①此条采自晋王嘉《拾遗记》卷九。

杜　十　娘

万历间，浙东李生，系某藩臬子①。入赀游北雍②，与教坊女郎杜十娘情好最殷。往来经年，李赀告匮。女郎母颇以生频来为厌，然而两人交益欢。女姿态为平康绝代，兼以管弦歌舞妙出一时，长安少年所藉以代花月者也。母苦留连③，始以言辞挑怒，李恭谨如初。已而声色竞严，女益不堪，誓以身归李生。母自揣女非己出，而故事教坊落籍非数百金不可④，且熟知李囊无一钱，思有以困之。乃戟掌诟女曰："汝能耸郎君措三百金畀我，东西南北惟汝所之。"女郎慨然曰："李郎虽落魄旅邸，三百金或可办。顾金不易聚，倘金具而母负约，奈何？"母策李郎穷途，侮之，指烛中花笑曰："金朝以入，汝夕以出，烛之生花，谶郎之得女也。"

女至夜半，悲啼谓李生曰："郎君游贽固不足谋妾身，然亦有意于交亲中得缓急乎？"李惊喜曰："唯唯。向非无心，第未敢言耳。"明日故为束装状，遍辞亲知，多方乞贷。亲知咸以生沉湎狭斜，积有日月，忽欲南辕，半疑涉妄。且李生之父怒生飘零，作书绝其归路。今若贷之，非惟无所征德⑤，且索负无从，皆援引支吾。生因循经月，空手来见。女中夜叹曰："郎君果不能办一钱邪？妾褥中有碎金百五十两，向缘线裹絮中，明日令平头密持去⑥，以次付妈。外此非妾所办，奈何？"生惊喜，珍重持褥而去。因出褥中金语亲知，亲知悯杜之有心，毅然各敛金付生，仅得百两。生泣谓女："吾道穷矣！顾安所措五十金乎？"女雀跃曰："毋忧，明旦妾从邻家姊妹中谋之。"至期，果得五十金，合金而进。

妈欲负约，女悲啼向妈曰："母曩责郎君三百金，金具而母食言，郎持金去，女从此死矣！"母惧人金俱亡，乃曰："如约。第自顶至踵，寸珥尺素，非汝有也。"女忻然从命。明日，秃鬒布衣，从生出门。过院中诸姊妹作别，诸姊妹咸感激泣下，曰："十娘为一时风流领袖，今从郎君，蓝缕出院门，岂非姊妹羞乎！"于是人各赠以所携，须臾之间，簪珥衣履，焕然一新矣。诸姊妹复相谓曰："郎君与姊千里间关，而行李曾无约束。"复合赠以一箱。箱中之盈虚，生不能知，女亦若为不知也者。日暮，诸姊妹各相与挥泪而别。

女郎就生逆旅，四壁萧然，生但两目瞪视几案而已。女脱左膊生绢，掷朱提二十两，曰："持此为舟车资。"明日，生办舆马，出崇文门，至潞河，附奉使船。抵船而金已尽，女复露右臂生绡，出三十金，曰："此可以谋食矣。"生频承不测，快幸遭逢。于时自秋涉冬，嗤来鸿之寡俦，诎游鱼之乏比，誓白头则皎露为霜，指赤心则丹枫交炙，喜可知也。

行及瓜洲，舍使者艅艎，别赁小舟，明日欲渡。是夜，璧月盈江，练飞镜写。生谓女曰："自出都门，便埋头项，今夕专舟，复何顾忌。且江南水月，何如塞北风烟，顾作此寂寂乎？"女亦以久掩形迹，悲关山之迢递，感江月之交流，乃与生携手月中，趺坐船首。生兴发，执卮倩女清歌，少酬江月。女宛转微吟，忽焉入调，乌啼猿咽不足以喻其悲也。

有邻舟少年者，积盐维扬⑦，岁暮将归新安。年仅二十左右，青楼中推为轻薄祭酒⑧。酒酣闻曲，神情欲飞，而音响已寂，遂通宵不寐。黎明而风雪阻渡。新安人物色生舟，知中有尤物。乃貂帽复绹，弄形顾影，微有所窥，因叩舷而歌。生推蓬四顾，雪色森然。新安人呼生绸缪，即邀上岸，至酒肆论心。酒酣，微叩公子昨夜清歌为谁，生具以实对。复问公子渡江即归故乡乎，生惨然告以难归之故，丽人将邀我于吴越山水之间。杯酒缠绵，无端尽吐情实。新安人愀然谓公子："旅麛芜而挟桃李⑨，不闻明珠委路，有力交争乎？且江南之人，最工轻薄，情之所锺，不敢爱死，即鄙心时时萌之。况丽人之才，素行不测，焉知不借君以为梯航，而密践他约于前途？则震泽之烟波，钱塘之风浪，鱼腹鲸齿，乃公子之一杯三尺也⑩。抑愚闻之，父与色孰亲？欢与害孰切？愿公子之熟思也。"生始愁眉曰："然则奈何？"曰："愚有至计，甚便于公子，顾公子不能行耳。"公子曰："为计奈何？"客曰："公子诚能割厌馀之爱，仆虽不敏，愿上千金为公子寿。得千金则可以归报尊君，舍丽人则可以道路无恐。幸公子熟思之！"生既飘零有年，携形挈影，虽鸳树之诅，生死靡他；而燕幕之栖，进退维谷。衃藩狐济⑪，既猜月而疑云；燕啄龙漦，更悲魂而啼梦。乃低首沉思，辞以归而谋诸妇。遂与新安人携手下船，各归舟次。

女挑灯俟生小饮，生目动齿湿，终不出辞，相与拥被而寝。至夜半，生悲啼不已。女急起坐，抱持之，曰："妾与郎君处情境几三年，行数千里，未尝哀痛。今日渡江，正当为百年欢笑，忽作此面向人，妾所不解。抑声有离音⑫，何也？"生言随涕兴，悲因情重，既吐颠末，涕泣如前。女始解抱，谓李生曰："谁为足下画此策者，乃大英雄也！郎得千金，可觐二亲，妾得从人，无累行李。发乎情，止乎礼义，贤哉，其两得之矣！顾金安在？"生对以"未审卿意云何，金尚在是人篚内"。女曰："明蚤亟往诺之。然千金重事也，须金入足下篚中，妾乃可往。"时夜已过半，即请起为艳妆，曰："今日之妆，迎新送旧者也，不可不工。"妆毕，天亦曙。

新安人已刺船李生舟前，得女郎信，大喜曰："请丽人妆台为信。"女忻然顾李生畀之。即索新安人聘赀过船,衡之无爽。于是女郎起自舟中,据舷谓新安人曰:"顷所携妆台中,有李郎路引,可速简还。"新安人急如命。女郎使李生抽某一箱来,皆集凤翠霓,悉投水中,约值数百金。李生与轻薄子及两船人始竞大咤。又指生抽一箱,悉翠羽明珰、玉箫金管也,值几千金,又投之江。复令生抽出某革囊,尽古玉紫金之玩,世所罕有,其价盖不赀云,亦投之。最后恭生抽一匣出⑬,则夜明之珠盈把。舟中人一一大骇,喧声惊集市人。女郎又欲投之江,李生不觉大悔,抱女郎恸哭止之。虽新安人亦来劝解。女郎推生于侧,而啐詈新安人曰:"汝闻歌荡情,遂代莺弄舌,不顾神天,翦缚落瓶,使妾将骨殷血碧。自恨弱质,不能抽刀向伧。乃复贪财,强来萦抱,何异狂犬! 方事趋风,更欲争骨。妾死有灵,当诉之明神,不日夺汝人面。且妾藏形诒影⑭,托诸姊妹蕴藏奇货,将资李郎归见父母也。今畜我不卒⑮,而故暴扬之者,欲人知李郎眶中无瞳耳。妾为李郎涩眼几枯,翕魂屡散。事幸粗成,不念携手,而倏溺如簧⑯,畏行多露⑰,一朝弃捐,轻于残汁。顾乃婪此残膏,欲收覆水,妾更何颜而听其挽鼻⑱! 今生已矣。东海沙明,西华黍垒,此恨纠缠,宁有尽邪!"于是舟中岸上观者无不流涕,詈李生为负心人。而女郎已持明珠赴江水不起矣。当是时,目击之人皆欲争殴新安人及李生,李生暨新安人各鼓船分道逃去。浙人作《负情侬传》⑲。

　　居士曰:新安人,天下有情人也! 其说李郎也,口如河,其识十娘也,目如电,惜十娘之早遇李生而不遇新安人也。使其遇之,虽文君之与相如,欢如是耳。虽然,女不死不侠,不痴不情,于十娘又何憾焉!

【注释】①明代以一省之布政使及按察使并称藩臬。　　②北雍,北京国子监,即太学。　　③以李生留连不去为苦。　　④落籍,妓女从良须从乐籍中除名。　　⑤征德,获取人的感激。　　⑥平头,仆人。　　⑦"扬",

原本作"阳",据本条出处明宋懋澄《负情侬传》改。　　⑧祭酒,在此作领袖解。　　⑨旅,路上携带。蘼芜,香草也。　　⑩一杯为埋形之墓,三尺为自尽之剑。　　⑪羝羊的角插入藩篱,狐狸渡水至中流,比喻进退两难。⑫话声带有离别之音。　　⑬恧,教使之。　　⑭"形",原本作"辰",据出处改。藏形诒影,即隐瞒形迹,不欲人见。　　⑮畜我不卒,意谓不能与我善终而抛弃。　　⑯"如",原本作"笙",据出处改。倏溺如簧,言很快就被巧言蒙哄。　　⑰畏行多露,言惧怕人言而不敢从事。　　⑱挽鼻,受人牵掣。　　⑲《负情侬传》作者宋懋澄,字幼清,为明松江府华亭人。冯梦龙据此改成《杜十娘怒沉百宝箱》,收入《警世通言》。

韩　玉　父

　　韩玉父,宋南渡时女子也。其题《漠口铺》诗云:"南行逾万山,复入武阳路。黎明与鸡兴,理发漠口铺。盱江在何所,极目烟水暮。生平良自珍,羞为浪子妇。知君非秋胡,强颜且西去。"其序云:"妾本秦人,先大父尝仕于朝,因乱,遂家钱塘。幼时,易安居士教以学诗①。及笄,父母以妻上舍林子建②。去年,林得官归闽,妾倾囊以助其行。林许秋冬间遣骑迎妾,久之杳然,何其食言邪! 不免携女奴自钱塘而之三山③。比至,林已官盱江矣④。因而复回延平,经繇顺昌,假道昭武而去。叹客旅之可厌,笑人事之多乖,因理发漠口铺,漫题数语于壁云。"

　　　　未明究竟如何,就此已是薄幸矣。

　　【注释】①"居",原本作"处",据本条出处宋罗烨《醉翁谈录·乙集》卷二改。　　②上舍,指监生。　　③三山,福州的代称。　　④盱江,或作旴江,指江西南丰。

戚　夫　人 以下妒厄

　　戚夫人①,善鼓瑟击筑。帝常拥戚夫人倚瑟而弦歌,毕,每泣下流涟。夫人善为翘袖折腰之舞,歌《出塞》、《入塞》、《望归》之曲。侍婢数百人皆为之,后宫齐首高唱,响入云霄。夫人侍高帝,尝以赵王如意为言②。帝思之,几半日不言,叹息凄怆而未知其术③,辄使夫人击筑,帝歌《大风》诗以和之。及留侯招四皓辅太子④,帝指示戚姬曰:"我欲易之,彼羽翼已成,难动摇矣。"姬涕泣。帝曰:"汝为我楚舞,吾为若楚歌。"歌曰:"鸿鹄高飞兮一举千里,羽翼已成兮横绝四海。横绝四海兮当可奈何,虽有赠缴兮尚安所施。"

及帝崩,高后乃令永巷囚戚夫人,髡钳,衣赭衣,令舂。戚夫人舂,且歌曰:"子为王,母为虏。终日舂薄暮,常与死为伍。相离三千里,当使谁告汝?"太后闻之大怒,曰:"乃欲倚女子邪⑤!"召赵王如意,鸩之。戚夫人遂有人彘之祸⑥。戚夫人临死曰:"愿吕为鼠我为猫,生生世世食其肉。"

戚夫人之不见容于高后也,帝料之熟矣。欲全戚氏,非立如意不可。立如意则并立戚氏,废太子则并废高后。高后有罪可废也,而周旋患难,濒死者数矣⑦,尤可念也。况诸悍将大臣,非高后不能制之,此帝所以叹息凄怆而不能自决也。四皓来而人彘兆,帝亦付之身后不知而已。高后能制诸悍将大臣,而举朝遂无能制后者。立少帝,王诸吕,刘宗盖岌岌焉,帝料殆不及此也。夫高后虽强,天下岂有恃妇人以为安者哉?惠帝与如意,鲁、卫之政耳⑧,必也两置之而立文帝,斯尽善乎?嘻!是又岂寻常之事邪!

【注释】①戚夫人,汉高帝刘邦之姬,生赵王如意。　②为言,欲以如意为太子。　③未知其术,不知如何处理太子与如意废立之事。　④高帝欲废太子,立赵王如意。大臣谏,不从。吕后请留侯张良画计。张良曰:"上有不能致者四人,此四人以上慢侮人,逃匿山中,不为汉臣。诚能不爱金帛,持太子书卑词固请,以为客,时时从入朝,令上见之,则一助也。"吕后如其计,上果曰:"羽翼已成,难摇动矣!"　⑤女:通"汝"。　⑥吕后断戚夫人手足,去眼,煇耳,饮喑药,使居厕中,命曰"人彘"。　　⑦"濒",原本作"摈",据文意改。　　⑧周时鲁国与卫国皆姬姓,是为兄弟之邦。

唐　王　后

　　高宗初立妃王氏为后,有宠。已而宠萧淑妃。及武氏入宫为昭仪①,后与淑妃宠皆衰。会昭仪生女,后怜而弄之。后出,昭仪潜扼杀之。上至,昭仪佯欢笑,发被,视女已死矣,即惊啼,问左右。左右曰:"皇后适来此。"上怒曰:"后杀吾女。"昭仪因谮之。后遂与淑妃并废为庶人,因于别苑,而立武氏为后。

　　上一日念后,间行至囚所,见门禁锢严,进饮食窦中②,恻然伤之。呼曰:"皇后、良娣无恙③?"二人同辞曰:"妾等非罪弃为婢,安得尊称邪?"因流涕呜咽。又曰:"至尊若念畴昔,使得见日月,乞署此为回心院。"上曰:"朕即有处置。"武氏闻之,大怒,遣人断去手足,投酒瓮中,曰:"令二妪骨醉。"后数见二人为祟,故多居洛阳,不敢归长安。

　　　　高宗与汉高帝不同。高帝是英雄心事,一步百计,欲割小爱以就大事。高宗本是杂情奴才④,后来则一味怕婆而已。

【注释】①武氏,即武则天。　　②封闭于室,以洞传递饮食。③"娣",原本作"姊",据本条出处《新唐书·后妃传》改。良娣,即萧淑妃。④杂情,情不专一。

梅　妃

　　梅妃,姓江氏,莆田人。父仲逊,世为医。妃年九岁,能诵二《南》①。语父曰:"我虽女子,期以此为志。"父奇之,名曰采蘋。开元中,高力士使闽越,妃笄矣。见其少丽,选归,侍明皇,大见宠幸。

长安大内、大明、兴庆三宫,东都大内、上阳两宫,几四万人,自得妃,视如尘土。宫中亦自以为不及。性喜梅,所居阑槛悉植数株,上榜曰"梅亭"。梅开赋赏,至夜分尚顾恋花下不能去。上以其所好,戏名曰"梅妃"。妃有《箫兰》、《梨园》、《梅花》、《凤笛》、《玻杯》、《剪刀》、《绮窗》七赋②。

是时承平岁久,海内无事。上于兄弟间极友爱,日从燕间,必妃侍侧。上命破橙往赐诸王,至汉邸③,潜以足蹙妃履。登时退阁。上命连宣④,报言"适履珠脱缀,缀竟当来"。久之,上亲往命妃。妃拽衣迓上,言"胸腹疾作,不果前也",卒不至。其恃宠如此。后上与妃斗茶,顾诸王戏曰:"此'梅精'也,吹白玉笛,作惊鸿舞,一座光辉。斗茶今又胜我矣。"妃应声曰:"草木之戏,误胜陛下。设使调和四海,烹饪鼎鼐,万乘自有心法,贱妾何能较胜负也?"上大悦。

会太真杨氏入侍,宠爱日夺,上无疏意。而二人相疾,避路而行。上尝方之英、皇,议者谓广狭不类,窃笑之⑤。太真忌而智,妃性柔缓,亡以胜,后竟为杨氏迁于上阳东宫。

后上忆妃,夜遣小黄门灭烛,密以戏马召妃至翠华西阁⑥,叙旧爱,悲不自胜。继而上失寤⑦,侍御惊报曰:"妃子已届阁前,当奈何?"上披衣,抱妃藏夹幕间。太真既至,问:"梅精安在?"上曰:"在东宫。"太真曰:"乞宣至,今日同浴温泉。"上曰:"此女已放屏,无并往也。"太真语益坚,上顾左右不答。太真大怒,曰:"肴核狼藉,御榻下有妇人遗舄,夜来何人侍陛下寝,欢醉至于日出不视朝?陛下可出见群臣,妾止此阁以俟驾回。"上愧甚,拽衾向屏复寝,曰:"今日有疾,不可临朝。"太真怒甚,径归私第。上顷觅妃所在,已为小黄门送令步归东宫,上怒斩之。遗舄并翠钿命封赐妃。妃谓使者曰:"上弃我之深乎?"使者曰:"上非弃妃,诚恐太真无情耳。"妃笑曰:"恐怜我则动肥婢情,岂非弃也?"

妃以千金寿高力士,求词人拟司马相如为《长门赋》,欲邀上意。力士方奉太真,且畏其势,报曰:"无人解赋。"妃乃自作《楼东赋》，其略曰："玉鉴尘生，凤奁香殄。懒蝉鬓之巧梳，闲缕衣之轻练。苦寂寞于蕙宫，但凝思乎兰殿。信摽落之梅花，隔长门而不见。"太真闻之，诉明皇曰："江妃庸贱，以谀词宣言怨望，愿赐死。"上默然。会岭表使归，妃问左右："何处驿使来，非梅使邪？"对曰："庶邦贡杨妃果实使来。"妃悲咽泣下。上在花萼楼，会夷使至，命封珍珠一斛密赐妃。妃不受，以诗付使者曰："为我进御前也。"曰："柳叶双眉久不描，残妆和泪污红绡。长门自是无梳洗，何必珍珠慰寂寥？"上览诗怅然不乐，令乐府以新声度之，号《一斛珠》，曲名是此始。

后禄山犯阙，上西幸，太真死。及东归，寻妃所在，不可得。上悲，谓兵火之后流落他处。诏："有得之，官二秩，钱百万。"访搜不知所在。上又命方士飞神御气，潜经天地，亦不可得。有宦者进其画真，上言"甚似，但不活耳"。诗题于上，曰："忆昔娇妃在紫宸，铅华不御得天真。霜绡虽似当时态，争奈娇波不顾人。"读之泣下，命模像刊石。后上暑月昼寝，仿佛见妃隔竹间泣，含涕障袂，如花朦雾露状。妃曰："昔陛下蒙尘，妾死乱兵之手。哀妾者埋骨池东梅株傍。"上骇然流汗而寤。登时令往太液池发视之，无获。上益不乐。忽悟温泉汤池侧有梅十馀株，岂在是乎？上自命驾，令发视，才数株，得尸，裹以锦褥，盛以酒槽，附土三尺许。上大恸，左右莫能仰视。视其所伤，肋下有刀痕。上自制文诔之，以妃礼易葬焉。

赞曰：明皇自为潞州别驾[⑧]，以豪伟闻，驰骋犬马鄠杜之间，与侠少游。用此起支庶，践尊位，五十馀年，享天下之奉，穷奢极侈，子孙百数，其阅万方美色众矣。晚得杨氏，变易三纲，浊乱四海，身废国辱，思之不少悔，是固有以中其心、满其欲矣。江妃者，后先其间，以色为所深嫉，则其当人主者又可知矣。议者谓：或覆宗，或非命，均其媚忌自取。殊不知明皇耄而忮忍，至一日杀三子，如轻断蝼蚁之命。奔窜而归，受制昏逆,四顾嫔嫱,斩亡惧尽,穷独苟活,天下哀之。传曰"以其所不爱及其所爱"⑨,盖天所以酬之也。报复之理,毫发不差,是岂特两女子之罪哉!

【注释】①二《南》,《诗》之《周南》、《召南》也。《诗序》言文王德化,内则后妃有《关雎》之德,外则群臣有二《南》之美。　　②"七",原本作"八",据本条出处《说郛》卷三十八曹邺《梅妃传》改。　　③汉邸即汉王。④"宣",原本作"趣",据出处改。　　⑤娥皇、女英姐妹相礼敬谦让,而杨、梅二人争妒相猜,故人以为明皇比拟不伦而窃笑之。　　⑥戏马,专供宫中戏乐所用之马。　　⑦失寤,睡过头。　　⑧李隆基在武则天时封临淄郡王,中宗复位后任为卫尉少卿兼潞州别驾。　　⑨语出《孟子·尽心下》,原文为"不仁者以其所不爱及其所爱"。此语用在李隆基身上,就是他所不爱的是天下百姓,把他们的生命视如草芥,但最后的结果,就是把自己所爱的女人也搭进去,弄得一个个惨死。他就是那种不仁之人。按:此赞亦出《梅妃传》。

小　青

小青者,虎林某生姬也,家广陵①。与生同姓,故讳之,仅以小青字云。姬夙根颖异,十岁遇一老尼,授《心经》,一再过了了,覆之②,不失一字。尼曰:"是儿蚤慧福薄,愿乞作弟子。即不尔,无令识字,可三十年活耳。"家人以为妄,嗤之。母本女塾师,随就学。所游多名闺,遂得精涉诸技,妙解声律。江都固佳丽地,或诸闺彦云集,茗战手语③,众偶纷然④。姬随变酬答,悉出意表,人人惟恐失姬。虽素闲仪则,而风期逸艳,绰约自好,其天性也。

年十六归生。生,豪公子也,性嘈哜憨跳不韵⑤。妇更奇妒,姬曲意下之,终不解。一日,随游天竺。妇问曰:"吾闻西方佛无量,而世多尊礼大士者何?"姬曰:"以其慈悲耳。"妇知讽己,笑曰:"吾当慈悲汝。"乃徙之孤山别业,诫曰:"非吾命而郎至,不得入!非吾命而郎手札至,亦不得入!"姬自念彼置我闲地,必密伺短长,借莫须有事鱼肉我,以故深自敛戢。妇或出游,呼与同舟,遇两堤间驰骑挟弹游冶少年,诸女伴指点谑跃,倏东倏西,姬淡然凝坐而已。

妇之戚属某夫人者,才而贤,尝就姬学弈,绝爱怜之。因数取巨觞觞妇,瞯妇已醉,徐语姬曰:"船有楼,汝伴我一登。"比登楼,远眺久之,抚姬背曰:"好光景,可惜!无自苦。章台柳亦倚红楼盼韩郎走马,而子作蒲团空观邪⑥?"姬曰:"贾平章剑锋可畏也⑦。"夫人笑曰:"子误矣!平章剑钝,女平章乃利害耳!"居顷之,顾左右寂无人,从容讽曰:"子才韵色色无双,岂当堕罗刹国中?吾虽非女侠,力能脱子火坑。顷言章台事,子非会心人邪?天下岂少韩君平!且彼视子去,拔一眼中钉耳。纵能容子,子遂向党将军帐下作羔酒侍儿乎⑧?"姬谢曰:"夫人休矣。吾幼梦手折一花,随风片片著水,命止此矣!夙业未了,又生他想,彼冥曹姻缘簿,非吾如意珠,徒供群口画描耳。"夫人叹曰:"子言亦是,吾不子强。虽然,好自爱。彼或好言饮食汝,乃更可虑。即旦夕所须,第告我。"相顾,泣下沾衣。恐他婢窃听,徐拭泪还坐。寻别去。夫人每向宗戚语之,闻者酸鼻云。

姬自是幽愤凄怨,俱托之诗或小词。而夫人后亦从宦远方,无与同调者,遂郁郁感疾,岁馀益深。妇命医来,仍遣婢以药至。姬佯感谢,婢出,掷药床头,笑曰:"吾固不愿生,亦当以净体皈依,作刘安鸡犬⑨,岂汝一杯鸩能断送乎!"然病益不支,水粒俱绝,日饮梨汁一小盏许。益明妆冶服,拥襆敛坐。或呼琵琶妇唱盲词自遣。虽数晕数醒,终不蓬首偃卧也。忽一日,语老妪曰:"可传语冤业郎,觅一良画师来。"师至,命写照。写毕,揽镜熟视,曰:"得吾形似矣,未尽吾神也。"姑置之。又易一图,曰:"神是矣,而风态未流动也。若见我而目端手庄,太矜持故也。"姑置之。命捉笔于旁,而自与妪指顾语笑,或扇茶铛,或简书,或自整衣襦,或代调丹碧诸色,纵其想会。须臾图成,果极妖纤之致。笑曰:"可矣!"师去,取图供榻前,焚香设梨酒奠之,曰:"小青,小青,此中岂有汝缘分乎?"抚几泪潸潸如雨,一恸而绝。时年十八耳。

日向暮,生始踉跄来。披帷见容光藻逸,衣态鲜好,如生前无病时,忽长号顿足,呕血升馀。徐检得诗一卷,遗像一幅。又一缄寄某夫人,启视之,叙致惋痛。后书一绝句。生痛呼曰:"吾负汝!吾负汝!"妇闻恚甚,趋索图。乃匿第三图,伪以第一图进,立焚之。又索诗,诗至,亦焚之。及再检草稿,业散失尽。而姬临卒时,取花钿数事赠姬之小女,衬以二纸,正其诗稿。得九绝句,一古诗,一词。并所寄某夫人者,共十二篇。

古诗云:"雪意阁云云不流,旧云正压新云头。米颠颠笔落窗外,松岚秀处当我楼。垂帘只愁好景少,卷帘又怕风缭绕。帘卷帘垂底事难,不情不绪谁能晓。炉烟渐瘦剪声小,又是孤鸿唤悄悄。"绝句云:"稽首慈云大士前,莫生西土莫生天。愿为一滴杨枝水,洒作人间并蒂莲。""春衫血泪点轻纱,吹入林逋处士家。岭上梅花三百树,一时应变杜鹃花。""新妆竟与画图争,知在昭阳第几名。瘦影自临春水照,卿须怜我我怜卿。""西陵芳草骑辚辚,内信传来唤踏春。杯酒自浇苏小墓,可知妾是意中人。""冷雨幽窗不可听,挑灯闲看《牡丹亭》。人间亦有痴于我,岂独伤心是小青?""何处双禽集画阑,朱朱翠翠似青鸾。如今几个怜文彩,也向秋风斗羽翰。""脉脉溶溶艳艳波,芙蓉睡醒欲如何。妾映镜中花映水,不知秋思落谁多?""盈盈金谷女班头,一曲骊珠众伎收。直得楼前身一死,季伦原是解风流。""乡心不畏两峰高,昨夜慈亲入梦遥。说是浙江潮有信,浙潮争似广陵潮?"其《天仙子》词云:"文姬远嫁昭君塞,小青又续风流债。也亏一阵黑罡风,火轮下,抽身快,单单别别清凉界。　　原不是鸳鸯一派,休算做相思一概。自思自解自商量,心可在,魂可在,著衫又撚双裙带。"

与某夫人书云:"玄玄叩首沥血,致启夫人台座下。关头祖帐⑩,迥隔人天,官舍良辰,当非寂度。驰情感往,瞻睇慈云,分燠嘘寒，如依膝下。糜身百体，未足云酬。娣娣姨姨无恙。犹忆南楼元夜，看灯谐谑，姨指画屏中一冯栏女曰：‘是妖娆儿倚风独盼，恍惚有思，当是阿青。’妾亦笑指一姬曰：‘此执拂狡鬟，偷近郎侧，将无似娣？’于时角彩寻欢，缠绵彻曙，宁复知风流云散，遂有今日乎！往者仙槎北渡，断梗南楼，猎语哮声，日焉三至。渐乃微辞含吐，亦如尊旨云云。窃揆鄙衷，未见其可。夫屠肆菩心，饿狸悲鼠，此直供其换马，不即辱以当垆。去则弱絮风中，住则幽兰霜里，兰因絮果，现业谁深？若便祝发空门，洗妆浣虑，而艳思绮语，触绪纷来。正恐莲性虽胎，荷丝难杀，又未易言此也。乃至远笛哀秋，孤灯听雨，雨残笛歇，谡谡松声。罗衣压肌，镜无干影，晨泪镜潮，夕泪镜汐。今兹鸡骨，殆复难支，痰灼肺然，见粒而呕，错情易意，悦憎不驯。老母娣弟，天涯问绝。嗟乎！未知生乐，焉知死悲！憾促欢淹，无乃非达。妾少受天颖，机警灵速，丰兹啬彼，理讵能双？然而神爽有期，故未应寂寂也。至其沦忽，亦匪自今，结褵以来，有宵靡旦，夜台滋味，谅不殊斯，何必紫玉成烟、白花飞蝶乃谓之死哉？或轩车南返，驻节维扬，老母惠存，如妾之受，阿秦可念，幸终垂悯。畴昔珍赠，悉令见殉，宝钿绣衣，福星所赐，可以超轮消劫耳。然小六娘竟先期相俟，不忧无伴。附呈一绝，亦是鸟死鸣哀！其诗集、小像，托陈媪好藏，觅便驰寄。身不自保，何有于零膏冷翠乎！他时放船堤下，探梅山中，开我西阁门，坐我绿阴床，仿生平于响像，见空帏之寂飔。是邪非邪，其人斯在。嗟乎夫人！明冥异路，永从此辞。玉腕珠颜，行就尘土，兴思及此，恸也何如！玄玄叩首叩首上。”后附绝句云：“百结回肠写泪痕，重来唯有旧朱门。夕阳一片桃花影，知是亭亭倩女魂。”生之戚某集而刻之，名曰《焚馀》。

　　戋戋居士曰：读小青诸咏，虽凄惋不失气骨，憾全稿不传。要之径寸珊瑚，更自可怜惜耳。闻第二图藏妪家，余竭力购得之。娟娟楚楚，如秋海棠花。其衣里珠外翠，秀艳有文士韵。

然尚是副本,即姬所谓"神已是,而风态未流动"者。未知第三图更复何如。姬尝言:"姬喜看书。书少,就郎取不得,悉从某夫人借观。间作小画。画一扇,甚自爱,郎闻之,苦索不与。"又言:"姬好与影语,或斜阳花际,烟空水清,辄临池自照,对影絮絮如问答。婢辈窥之,则不复尔。但微见眉痕惨然,似有泣意。"余览集中第四绝,知此语非妄也。嗟乎!世之负才零落,踯躅泥犁中,顾影自怜,若忽若失如小青者,可胜道哉!⑪

【注释】①虎林即武林,杭州别称。广陵及下文之江都,都是扬州的别称。②覆,重新审核。 ③茗战即斗茶,手语为以手势表意。 ④纷然,形容败散之状。 ⑤嘈哜为吵闹,憨跳为顽皮,不韵为粗俗。 ⑥章台柳,见卷四"许俊"条。作蒲团空观,指出家人的枯寂生涯。 ⑦贾似道倚楼闲望,诸姬皆侍。适有二人乘舟登岸。一姬曰:"美哉二少年!"逾时,令人捧一盒,呼诸姬至前启视,则姬之首也。后世演为李慧娘故事。 ⑧陶毂得党太尉家姬。遇雪,取雪水烹茶,谓姬曰:"党家儿识此味否?"姬曰:"彼粗人,安知此?但能于销金帐中,浅斟低唱,饮羊羔酒尔。" ⑨汉淮南王刘安修仙拔屋飞升,鸡犬亦随之。 ⑩祖帐,此指别宴。 ⑪此条采自明戋戋居士《小青传》。

驿亭女子

女子不知何许人,其诗与叙见于新嘉驿壁。壁间叙云:"予生长会稽,幼工书史,年方及笄,嫁于燕客。具林下之风致,事腹负之将军①。加以河东狮子,日吼数声。今早'薄言往诉,逢彼之怒'②,鞭笞乱下,辱等奴婢,气填胸臆,几不能起。嗟乎!予笼中人耳,死何足惜。但恐委身草莽,湮没无闻,故忍死须臾,俟同类睡熟,窃至后庭,以泪和墨,题三诗于壁。庶知音者读之,悲予生之不辰,则予死且不朽。"诗云:"银红衫子半蒙尘,一盏残灯伴此身。恰似梨花经雨后,可怜零落不成春。""终日如同虎豹游,含情默坐憾悠悠。

老天生妾非无意,留与风流作话头。""万种忧愁诉与谁,对人强笑背人悲。此诗莫作寻常看,一句诗成千泪垂。"此诗一传,文人争和之。

龙子犹各和三首,今附此。首韵云:"遥忆新诗覆壁尘,闺中谁赎可怜身? 邮亭亦有含颦女,都只伤秋与惜春。""颜如红粉命如尘,难笑难啼一女身。何似驿亭操帚妇,风光独占一宵春。""千秋红粉尽成尘,诗句犹留梦里身。恰似太真香袜在,行人指点马嵬春。"次韵云:"不共欢娱却共游,伤心一片路悠悠。老天若解题诗意,应有风雷起笔头。""已拚闲身逐浪游,可堪自苦正悠悠。红颜埋没浑闲事,多少才人不出头。""古驿无情恣客游,悲悲喜喜任悠悠。粉墙难比生公石③,诉尽衷肠不点头。"三韵云:"已嫁从夫怨阿谁,换花换马亦何悲。忍将无限闺中苦,换取诗名壁上垂。""一样夫妻我是谁,忍教同室隔欢悲。题成绝句低头去,羞见三星当户垂。""鸦凤相欺今恨谁,来生猫鼠转欢悲。我修《妒史》书卿句,翻喜才名为妒垂。"

【注释】①党太尉尝食饱,扪腹叹曰:"我不负汝!"左右曰:"将军不负此腹,恨此腹负将军。"　②句见《诗·邶风·柏舟》。言前往有所诉说,而引起彼人之怒。　③苏州虎丘有生公石,传说高僧生公于此说法,石俱点头。

修嬛夫人 以下遭谗

广川王去尝有疾①,阳城昭信侍疾甚谨,去爱之,立为后。又有幸姬望卿,为修嬛夫人,主缯帛。昭信谮望卿曰:"与我无礼,衣服常鲜我②,又傅粉,数窥郎吏,疑有奸③。"去曰:"伺之。"益不爱望卿。昭信知去怒,诬言望卿历指郎吏卧处,具知其名。去即与昭信从诸姬至望卿室,裸形系之,令各姬各持铁共灼之。望卿自投井而死。昭信出之,椓阴中④,割其口唇,断舌。遂解置大镬中,取桃灰毒药并煮之,令诸姬观,糜尽乃止⑤。

【注释】①广川王刘去,汉景帝时立为王。　　②言望卿衣服鲜丽胜于自己。　　③此处删略过甚,不好解。本条出处《汉书·景十三王传》原文为:"前画工画望卿舍,望卿袒裼傅粉其傍。又数出入南户窥郎吏,疑有奸。"　　④以木插入其阴。　　⑤后刘去被废,徙上庸,途中自杀。昭信弃市。

辽懿德皇后萧氏

辽懿德皇后萧氏,为北面官南院枢密使惠之少女。母邪律氏,梦月坠怀,已复东升,光耀照烂,不可仰视,渐升中天,忽为天狗所食,惊寤而后生。时重熙九年五月己未也①。母以语惠,惠曰:"此女必大贵,而不得令终。且五日生女,古人所忌。命已定矣,将复奈何!"

后幼能诵诗,旁及经子。及长,姿容端丽,为萧氏称首,皆以观音目之,因小字观音。二十二年,今上在青宫②,进封燕赵国王,慕后贤淑,聘纳为妃。后婉顺,善承上意,复能歌诗,而弹筝、琵琶尤为当时第一。繇是爱幸,遂倾后宫。及上即位,以清宁元年十二月戊子册为皇后。后方出阁升坐,扇开帘卷,忽有白练一段,自空吹至后褥位前,上有"三十六"三字。后问:"此何也?"左右曰:"此天书,命可敦领三十六宫也③。"后大喜。宫中为语曰:"孤稳压帕女古靴,菩萨唤作耨干么。"盖言以玉饰首,以金饰足,以观音作皇后也。

二年八月,上猎秋山,后率妃嫔从行在所。至伏虎林,上命后赋诗。后应声曰:"威风万里压南邦,东去能翻鸭绿江。灵怪大千都破胆,那教猛虎不投降。"上大喜,出示群臣曰:"皇后可谓女中才子!"次日,上亲御弓矢射猎。有虎突林而出,上曰:"朕射得此虎,可谓不愧后诗。"一发而殪,群臣皆呼万岁。是岁十一月,群臣上皇帝尊号曰"天祐皇帝"，后曰"懿德皇后"。三年秋，上作《君臣同志华夷同风》诗，后应制属和，曰："虞庭开盛轨，王会合奇琛。到处承天意，皆同捧日心。文章通鹿蠡，声教薄鸡林。大寓看交泰，应知无古今。"

明年，后生皇子濬，皇太叔重元妃入贺，每顾影自矜，流目送媚。后语之曰："贵家妇宜以庄临下，何必如此！"妃衔之，归骂重元曰："汝是圣宗儿，岂虎斯不若，使教坊奴得以可敦加吾。汝若有志，当除此帐④，笞挞此婢。"于是重元父子合谋，于九年七月，驾幸滦水，聚兵作逆。须臾兵溃，父子伏诛。而讨平此乱，则知北枢密院事赵王耶律乙辛与有功焉，寻进南院枢密使，威权震灼，倾动一时。惟后家不肯相下，乙辛每为怏怏。及咸雍初，皇子濬册为皇太子，益复蓄奸为图后计矣。

后常慕唐徐贤妃行事⑤，每于当御之夕，进谏得失。国俗君臣尚猎，故有四时捺钵⑥。上既擅圣藻，而尤长弓马，往往以国服先驱。所乘马号飞电，瞬息百里，常驰入深林邃谷，扈从求之不得。后患之，乃上疏谏曰："妾闻穆王远驾，周德用衰；太康佚豫⑦，夏社几危。此游畋之往戒，帝王之龟鉴也。顷见驾幸秋山，不闲六御⑧，特以单骑从禽，深入不测。此虽威神所届，万灵自为拥护。傥有绝群之兽，果如东方所言，则沟中之豕，必败简子之驾矣⑨。妾虽愚暗，窃为社稷忧之。惟陛下尊老氏驰骋之戒，用汉文吉行之旨⑩。"

上虽嘉纳，心颇厌远，故咸雍之末，遂稀幸御。后因作词曰《回心院》，被之管弦，以寓望幸之意也。"扫深殿，闭久金铺暗。游丝络网尘作堆，积岁青苔厚阶面。扫深殿，待君宴。""拂象床，凭梦借高唐。敲坏半边知妾卧，恰当天处少辉光。拂象床，待君王。""换香枕，一半无云锦。为是秋来转展多，更有双双泪痕渗。换香枕，待君寝。""铺翠被，羞杀鸳鸯对。犹忆当时叫合欢，而今独覆相思块。铺翠被，待君睡。""装绣帐，金钩未敢上。解却四角夜光珠，不教照见愁模样。装绣帐，待君贶。""叠锦茵，重重空自陈。只愿身当白玉体,不愿伊当薄命人。叠锦茵,待君临。""展瑶席,花笑三韩碧。笑妾新铺玉一床,从来妇欢不终夕。展瑶席,待君息。""剔银灯,须知一样明。偏是君来生彩晕,对妾故作青荧荧。剔银灯,待君行。""爇熏炉,能将孤闷苏。若道妾身多秽贱,自沾御香香彻肤。爇熏炉,待君娱。""张鸣筝,恰恰语娇莺。一从弹作房中曲,常和窗前风雨声。张鸣筝,待君听。"

　　时诸伶无能奏演此曲者,独伶官赵惟一能之。而宫婢单登,故重元家婢,亦善筝及琵琶,每与惟一争能,怨后不知己。后乃召登与对弹四旦二十八调,皆不及后弹,愧耻拜服。于时上常召登弹筝,后谏曰:"此叛家婢。女中独无豫让乎⑪?安得轻近御前!"因遣直外别院。登深嫉之。而登妹清子,嫁为教坊朱顶鹤妻,方为耶律乙辛所昵。登每向清子诬后与惟一淫通。乙辛具知之,欲乘此害后。以为不足证实,更命他人作《十香》淫词,用为诬案,云:"青丝七尺长,挽出内家装。不知眠枕上,倍觉绿云香。""红绡一幅强,轻阑白玉光。试开胸探取,尤比颤酥香。""芙蓉新失艳,莲花落故床。两般总堪比,可似粉腮香。""蜻蜓那足并,长须学凤凰。昨宵欢臂上,应惹领边香。""和羹好滋味,送语出宫商。定知郎口内,含有暖甘香。""非关兼酒气,不是口脂芳。却疑花解语,风送过来香。""既摘上林蕊,还亲御苑桑。归来便携手,纤纤春笋香。""凤靴抛合缝,罗袜卸轻霜。谁将暖白玉,雕出软钩香。""解带色已战,触手心愈忙。那识罗裙内,消魂别有香。""咳唾千花酿,肌肤百和装。元非唼沉水,生得满身香。"

　　乙辛阴属清子,使登乞后手书。登时虽外直,常得见后。后善书,登诒后曰:"宋国忒里蹇所作⑫,更得御书,便称二绝。"后读而喜之,即为手书一纸。纸尾复书己所作《怀古》诗一绝云:"宫中只数赵家妆,败雨残云误汉王。惟有知情一片月,曾窥飞鸟入昭阳。"登得后手书,持出与清子,云:"老婢淫案已得。况可汗性忌,早晚见其白练挂粉头也。"

　　乙辛已得书，遂构词。命登与朱顶鹤赴北院陈首："伶官赵惟一，私侍懿德皇后，有《十香》淫词为证。"乙辛乃密奏曰："太康元年十月二十三日[13]，据外直别院宫婢单登及教坊朱顶鹤陈首，本坊伶官赵惟一，向要结本坊入内承直高长命，以弹筝、琵琶得召入内，沐上恩宠。乃辄干冒禁典，谋侍懿德皇后御前。忽于咸雍六年九月[14]，驾幸木叶山，惟一公称有懿德皇后旨，召入弹筝。于时皇后以御制《回心院》曲十首，付惟一入调。自辰至酉，调成，皇后向帘下目之，遂隔帘与惟一对弹。及昏命烛，传命惟一去官服，著绿巾、金抹额、窄袖紫罗衫、珠带、乌靴。皇后亦著紫金百凤衫、杏黄金缕裙，上戴百宝花髻，下穿红凤花靴。召惟一更入内帐，对弹琵琶。命酒对饮，或饮或弹。至院鼓三下，敕内侍出帐。登时当直帐，不复闻帐内弹饮，但闻笑声。登亦心动，密从帐外听之。闻后言曰：'可封有用郎君。'惟一低声言曰：'奴具虽健，小蛇耳，自不敢可汗真龙。'后曰：'小猛蛇却赛真懒龙。'此后但闻惺惺若小儿梦中啼而已。院鼓四下，后唤登，揭帐，曰：'惟一醉不起，可为我唤醒。'登叫惟一百遍，始为醒状。乃起拜辞。后赐金帛一箧，谢恩而出。其后驾还，虽时召见，不敢入帐。后深怀思，因作《十香词》赐惟一。惟一持出夸示同官，朱顶鹤遂手夺其词，使妇清子问登。登惧事发连坐，乘暇泣谏。后怒痛笞，遂斥外直。但朱顶鹤与登共悉其事，使含忍不言，一朝败坏，安免株坐？故敢首陈，乞为转奏，以正刑诛。臣惟皇帝以至德统天，化及无外，寡妻匹妇，莫不刑于[15]。于今宫帐深密，忽有异言，其有关治化，良非渺小。故不忍隐讳，辄据词并手书《十香词》一纸，密奏以闻。"

　　上览奏大怒，即召后对诘。后痛哭转辩曰："妾托体国家，已造妇人之极。况诞育储贰，近且生孙，儿女满前，何忍更作淫奔失行之人乎？"上出《十香词》曰："此非汝作手书，更复何辞？"后曰："此宋国忒里蹇所作，妾即从单登得而书赐之耳。且国家无亲蚕事，妾作那得有亲桑语？"上曰："诗正不妨以无为有，如词中合缝靴，亦非汝所著,为宋国服邪?"上怒甚,因以铁骨朵击后,后几至殒。即下其事,使参知政事张孝杰与乙辛穷治之。乙辛乃系械惟一、长命等讯鞫,加以钉灼荡错等刑[16],皆为诬服。狱成,将奏。枢密副使萧惟信驰语乙辛、孝杰曰:"懿德贤明端重,化行宫帐。且诞育储君,为国大本,此天下母也,而可以叛家仇婢一语动摇之乎?公等身为大臣,方当烛照奸宄,洗雪冤诬,烹灭此辈,以报国家,以正国体。奈何欣然以为得其情也?公等幸更为思之。"不听,遂具狱上之。

上犹未决,指后《怀古》一诗曰:"此是皇后骂飞燕也,如何更作《十词》?"孝杰进曰:"此正皇后怀赵惟一耳!"上曰:"何以见之?"孝杰曰:"'宫中只数赵家妆'、'惟有知情一片月',是以二句中包含'赵惟一'三字也。"上意遂决,即日族诛惟一,并斩长命,敕后自尽。时皇太子及齐国诸宫主,咸被发流涕,乞代母死。上曰:"朕亲临天下,臣妾亿兆,而不能防闲一妇,更何施眉目腼然南面乎!"后乞更面可汗一言而死,不许。后乃望帝所而拜,作绝命词曰:"嗟薄祐兮多幸,羌作丽兮皇家。承昊穹兮下覆,近日月兮分华。托后钧兮凝位,忽前星兮启耀。虽衅累兮黄床,庶无罪兮宗庙。欲贯鱼兮上进,乘阳德兮天飞。岂祸生兮无朕,蒙秽恶兮宫闱。将剖心兮自陈,冀回照兮白日。宁庶女兮多惭,遏飞霜兮下击。顾子女兮哀顿,对左右兮摧伤。共西曜兮将坠,忽吾去兮椒房。呼天地兮惨悴,恨今古兮安极。知吾生兮必死,又焉爱兮旦夕!"遂闭宫以白练自经。上怒犹未解,命裸后尸,以苇席裹还其家。春秋三十有六,正符白练之语。闻者莫不冤之。皇太子投地大呼曰:"杀吾母者,邪律乙辛也。他日不门诛此贼,不为人子!"乙辛遂谋害太子无虚日矣。见王鼎《焚椒录》。

　　王鼎曰:嗟嗟!自古国家之祸,未尝不起于纤纤也。鼎观懿德之变,固皆成于乙辛,然其始也繇于伶官得入宫帐,其次则叛家之婢使得近左右,此祸所繇生也。第乙辛凶惨无匹固无论，而孝杰以儒业起家，必明于大义者，使如惟信直言，毅然诤之，后必不死。后不死，则太子可保无恙，而上亦何惭于少恩骨肉哉！乃亦昧声同心，自保禄位，卒使母后、储君与诸老成一旦皆死于非辜，此史册所书未有之祸也。二人者，可谓罪通天者乎！然懿德所以取祸者有三，曰好音乐与能诗、善书耳。假令不作《回心院》，则《十香词》安得诬出后手乎？至于《怀古》一诗，则天实为之[17]，而月食、飞练先命之矣！

姚叔祥曰：鼎作此录，在谪居镇州时。时乙辛已囚莱州，孝杰亦死，故敢实录其事。但天祚时鼎尚在。如懿德皇后第二女赵国公主以匡救天祚，竟诛乙辛，孝杰剖棺戮尸，以家属分赐群臣事，并不补录，一快观者，亦一不了公案。

【注释】①重熙，辽兴宗年号(1032—1055)，时当北宋仁宗时。　②今上，辽道宗耶律洪基。青宫，太子宫。　③可敦，即可贺敦，鲜卑、回纥以至蒙古等北方游牧民族称可汗之妻，此即皇后。　④帐，指道宗。辽国虽然已居宫室，但还沿用游牧时称帐习惯。　⑤徐贤妃，见卷十五“徐贤妃”条。　⑥捺钵，契丹语“行营”。　⑦“佚”，原本作“伏”，据本条出处辽王鼎《焚椒录》改。　⑧闲，马厩。不闲六御，即不以六御为用也。⑨汉武帝好微行田猎，东方朔谏以三不可，有“骑驰东西，车骛南北，又有深沟大渠，夫一日之乐不足以危无堤之舆”之语。简子，春秋末晋国赵鞅，谥简子。“出豕败御”事见《韩非子·外储说右下》。　⑩《老子》有“天下之至柔，驰骋天下之至坚”语。汉文帝时有献千里马者，文帝曰：“吉行日五十里，师行三十里，朕乘千里之马，独先安之？”　⑪赵魏韩三家既灭智氏，智伯之臣豫让毁形漆肤，以行刺赵襄子。　⑫忒里蹇，契丹语之“皇后”。⑬太康，辽道宗年号(1075—1084)，其元年相当于宋神宗熙宁八年。　⑭咸雍，辽道宗年号(1065—1074)。　⑮刑于，对人待以礼法。　⑯荡错，以刀错往返割切。　⑰言《怀古》诗中嵌有“赵惟一”，实在无法解释，只能说是天意了。

戴 复 古 以下欺误

戴复古,字式之,号石屏。薄游江西,有富家翁爱其才,以女妻之。居二三年,忽欲作归计。妻问其故,告以曾妻①。妻白之父,父怒。妻宛曲解释,尽以奁具赠行,仍饯以词云:"惜多才,怜薄命,无计可留汝。揉碎花笺,忍写断肠句。道傍杨柳依依,千丝万缕,抵不住一分愁绪。 捉月盟言,不是梦中语。后回君若重来,不相忘处,把杯酒浇奴坟土。"石屏既别,遂赴水死。

戴之无行,不待言矣,此妇性气亦自可畏。昔邓敞以孤寒不第,牛奇章之子蔚谓敞曰:"吾有女弟未出门,子能婚,当为展力。"时敞已为李评事之婿矣,利其言,许之。既登第,就牛氏亲,不日挈牛氏而归。将及家,敞诒牛氏,先回家洒扫。及至家,又不敢泄其事。明日,牛氏仆驱其辎橐,直入内铺设。李氏惊问,答以夫人将到。李知别娶,抚膺大恸顿地。牛至,知其卖已,请见李氏曰:"吾父为宰相,兄弟皆在郎省,纵不得富贵,岂无一嫁处邪! 其不幸岂惟夫人哉! 今愿一与夫人同之。"自是相欢如姊妹焉。牛氏大贤德,绝无一毫丞相女在胸中。此妇未免有"富家女"三字在。

【注释】①曾妻,曾经娶过妻子。

张 丽 贞

张丽贞,吴江女子。锺情所至,误奔匪人,遂至陷狱。其狱中自序云:"悔此宵一念之差,呕心有血;致今日终身之误,剥面无皮。还顾影以自怜,更书空而独语。妾本吴江望族,曾解披章;闺阁幽姿,未闲窥户。北堂恩重,琅函深贮掌中珠;南浦春明,金屋周遮机上锦。况值鬌年二八，忍忘律戒三千。无何随父嫽城，寄居橡舍。溺女奴之长舌，来奸套之笼头。漫夸国士之才，计谐占凤；妄数家严之懑，悔拟乘龙。伊既曲叙其悲思，侬亦顿深其怨慕。自谓知书识礼，不妨反经为权①。逐张倩之离魂，重门夜出；持乐昌之破镜，永巷宵奔。天明而至荒郊，日暮而栖别馆。一朝消息漏，道傍笑破朱唇；三尺典章严，堂上嗔生铁面。雷霆劈开鬼胆，水鉴照出妖形。为访婚姻，并非媒妁；所图嬲婉，竟是人奴。方知假假真真，神呆半晌；已悟生生世世，罪大迷天。延息之入囹圄，抚心而伤尘土。凄凉夜柝，坐来墙角鬼磷寒；憔悴春华，睡起梦中乡路杳。青草黄泥，毕冤魂于今日；白云红日，见慈母以何年。呜呼！硕鼠拖肠，羌螂化羽。倘青蘋之得荐，尚白圭之可磨。已决策于外黄，世无张耳②；虽录瑕于上蔡，人是季心③。已矣蛾眉，淹然蚁命。图再新而不得，伏九死以何辞。谩诉衷肠，十首怨题留客邸；可怜骨肉，一缄清泪寄吾家！"

　　有如此异才，而为奸人所欺。聪明太过，故有好高之累。

【注释】①放弃准则而一时权变。　　②秦末，张耳亡命游外黄。外黄富人女甚美，嫁庸奴，弃其夫而至父客处。父客素知张耳，乃谓女曰："必欲求贤夫，从张耳。"女听，乃卒为请决，嫁之张耳。后张耳归汉，立为赵王。③季心，汉文帝时大侠季布之弟，季心以勇，季布以信诺，著闻于关中。秦李斯，上蔡人，以法度为政，此以上蔡代刑法之吏。言季心少年时尝杀人亡命，虽录于官府，而其人则勇于改过，迄以恭谨任侠终身。

窈　　　娘<small>以下遇暴</small>

　　武周时，乔知之郎中有婢曰窈娘①，美而善歌舞。知之教读书，善属文，深所爱幸，为之不婚。时武承嗣骄贵②，借教歌舞，遂不还。知之痛愤成疾，作《绿珠怨》，写以缣素，厚赂阍奴，密寄之。其词曰:"石家金谷重新声,明珠十斛买娉婷。此日可怜无复比,此时可爱得人情。君家闺阁未曾难,尝持歌舞使人看。意气雄豪非分理,骄矜势力横相干。辞君去君终难忍,徒劳掩面伤红粉。百年离别在高楼,一旦红颜为君尽。"窈娘得诗,悲泣投井而死。承嗣令汲出,于裙带上得诗,鞭杀阍奴,讽吏罗织知之,以至杀焉。

《绿珠怨》之寄,明知无益,知之此际,已自办一死,故以此诗激窈娘,使速相见于地下耳。然则承嗣之杀知之,乃所以成就之也。忠臣死忠,孝子死孝,情人死情,求而得之,均如饴耳。

知之有妹,能诗。尝咏破帘云:"已漏风声摆,绳持也不禁。一从经落节,无复有贞心。"此女风情当亦不浅。

【注释】①乔知之,以文词知名,人称俊才。武则天时为左司郎中。②武承嗣,元爽之子。武元爽为武后之异母兄。详见本书卷十七"唐高宗武后"条。承嗣于武周时官至宰相,诛杀唐宗室及大臣。后为武则天所弃,以忧死。

刘 禹 锡

李逢吉①,性强愎而沉猜多忌,好危人,略无怍色②。刘禹锡有妓甚丽③,李阴以计夺之。约某日皇城中堂前置宴④,朝贤宠嬖并请早赴境会。敕阍吏先放刘家妓从门入。倾都惊异,无敢言者。刘惶惑吞声。又翌日,与相善数人谒之,但相见如常。从容久之,并不言境会之所以然。座中默然相目而已。既罢,一揖而退。刘叹咤而归,无可奈何,遂愤懑而作四章,以拟《四愁》。其一云:"玉钗重合两无缘,鱼在深潭鹤在天。得意紫鸾休舞镜,传言青鸟罢衔笺。金盆已覆难收水,玉轸长抛不续弦⑤。若向蘼芜山下过,遥将红泪洒穷泉。"其二云:"鸾飞远树栖何处,凤得新巢想称心。红壁尚留香漠漠,碧云初断信沉沉。情知点污投泥玉,犹自经营买笑金。从此山头似人石,丈夫形状泪痕深^⑥。"其三云:"人曾何处更寻看,虽是生离死一般。买笑树边花已老,画眉窗下月犹残。云藏巫峡音容断,路隔星桥过往难。莫怪诗成无泪滴,尽倾东海也须干。"其四云:"三山不见海沉沉,岂有仙踪更可寻。青鸟去时云路断,嫦娥归处月宫深。纱窗遥想春相忆,书幌谁怜夜独吟。料得此时天上镜^⑦,只因偏照两人心。"出《本事诗》。

　　一说:李逢吉闻刘有美姬,请携来一见。不敢辞,盛妆而往。李见之,命与众姬相面,李妓四十馀人皆处其下。既入,不复出。顷之,李以疾辞,遂罢坐^⑧。信宿绝不复知。刘怨叹不已,为诗投献,李但含笑曰:"大好诗!"遂绝。

【注释】①李逢吉,唐宪宗时宰相。　　②危人,陷害人。怍色,愧色。③刘禹锡,宪宗时官监察御史。　　④"堂前"二字原本缺,据本条出处唐孟棨《本事诗》补。　　⑤"抛",原本作"笼",据出处改。　　⑥"泪",原本作"似",据出处改。　　⑦"此时",原本作"夜来",据出处改。　　⑧以病为辞,退回堂内,不得与刘坐。

韦庄　何康女

　　韦庄以才名,寓蜀,蜀王建遂羁留之。庄有宠人,资质艳丽,兼善词翰。建闻之,托以教内人为词^①,强庄夺去。庄追念悒怏,作《谒金门》词云:"空相忆,无计得传消息。天上姮娥人不识,寄书何处觅?　　新睡觉来无力,不忍把伊书迹。满院落花春寂寂,断肠芳草碧。"姬后闻得此词,遂不食而卒。^②

　　非留庄也,留其宠也;非爱才也,爱其色也,建之不情甚矣! 庄亦失见几之智焉^③!

【注释】①内人,宫人。　　②此条采自明蒋一葵《尧山堂外纪》卷四十。　　③见几，能见微知著。言韦庄不当留于蜀。

　　蜀主建北巡，至阆州。州民何康女色美，将嫁，蜀主取之，赐其夫家帛百匹，其夫一恸而卒。①

　　　　欲结人心，割所爱以赠之，犹恐其不受也，况夺之乎？宜建之不终也。姬得词而死，夫见帛而亡。假令是姬是夫凑成一对，交相爱，交相死，必致双鸳、连理之异矣！

【注释】①此条采自《资治通鉴》卷二百七十一。

王 承 纲 女

　　蜀王衍好微行①，尝私至军使王承纲家，觇其女有美色，欲私之。承纲言已许嫁，将适人。衍不听，遂取入宫。潘昭与承纲有隙，奏其出怨言，流之茂州。女闻父得罪，剪发求赎，不许，乃自缢死。②

　　　　建羁人之妻，夺人之女，作法于淫，衍安得不效之？

【注释】①衍，蜀王建之子，为前蜀后主。　　②此条采自宋张唐英《蜀梼杌》卷上。

花 蕊 夫 人

　　徐匡璋纳女于蜀主孟昶①，拜贵妃，别号花蕊夫人，意花不足拟其色，似花蕊翻轻也。又升号慧妃。一日大热，昶与妃夜起，避暑摩诃池上，作词云："冰肌玉骨清无汗，水殿风来暗香满。帘开明月独窥人，欹枕钗横云鬓乱。　　起来琼户启无声，时见疏星渡河汉。屈指西风几时来，只恐流年暗中换。"

　　乾德三年②，王师平蜀。太祖闻花蕊名，命别将护送入京，纳之。昶美丰仪,喜猎,善弹③。夫人心尝忆昶,悒悒不敢言。因自画昶以祀,复佯言于众曰:"祀此神者多子。"一日,宋祖见而问之。夫人亦托前言,讳其姓,遂假张仙。自是求子者多祀之,迄今不改④。

夫人徐姓,见吴曾《能改斋漫录》。陈无己以为青城费氏,误也。

《丹铅录》云:花蕊夫人宫词之外,尤工乐府。蜀亡入汴,道经葭萌,题驿壁云:"初离蜀道心将碎,离恨绵绵。春日如年,马上时时闻杜鹃。"书未毕,为军将催行。后人续之云:"三千宫女皆花貌,妾最婵娟。此去朝天,只恐君王宠爱偏。"⑤按:花蕊见宋祖时,使陈所作⑥,因诵其《亡国诗》云:"君王城上树降旗,妾在深宫那得知。四十万人尽解甲,并无一个是男儿。"据此诗,则途中必不作败节语,续者真可云狗尾矣。

按:花蕊夫人,蜀王建妾,号小徐妃。在王衍时,坐游燕污乱亡国。庄宗平蜀后,随王衍归中国,半途遭害。及孟氏再有蜀,传至昶,亦有花蕊夫人,亦姓徐。何前后之相符也?又按:张仙名远霄,五代时人,游青城山成道。老泉有赞。人知花蕊夫人假托,不知真有张仙。

《续艳异编》载:云间舒大才,于麟德二年春,因访友,路遇美人,赓诗成契。及明,得古祠,塑美人像,木主题曰"花蕊夫人"。果有之,亦必王蜀花蕊耳。

【注释】①孟昶,后蜀孟知祥子,宋破蜀,被俘,卒于汴京。 ②乾德,宋太祖年号(963—968)。 ③弹,弹弓。 ④此说见明陆深《金台纪闻》,此前未见记载。又明刘元卿《贤弈编·附录》则云:花蕊不忘故主,私奉孟昶小像于宫中。太祖怪问。花蕊答曰:"此灌口二郎神也。"按,孟昶被俘,送至汴京,宋祖亦曾亲见其面,如何不识孟昶小像? ⑤此段见于明曹学佺《蜀中广记》卷一百零二,杨慎《丹铅总录》无此。 ⑥言宋祖使花蕊献所作诗。

卢 孝

尤仁卿，业堪舆①。言尝游平昌，为宦家某卜牛眠地以葬母②。开圹，已有紫漆棺，而丹漆书其前方，漆凸起木上炯炯。盖亦妇墓，而其夫为文志之。仁卿尚能记其略，云："某里人卢孝妻，祝氏月英。父某，母某。孝始聘其姊，姊为权力者夺去，父母以英续盟。英貌庄性慧，事舅颇极礼敬。女工、经史、音乐皆能精晓。日不废书，夜必刺缉③。夫妇唱随，未尝离舍。偶患脾泻。而前势力者复欲谋夺英，鹰犬之客，平起风波，英愤恚，火郁暴死。归孝三年，年二十一岁。惊魂两飞，不知离合。死不知生，生何以知死？尽力营葬，恨无再遇之期，血泪如麻，不能止息。散衣十九件，皆英手刺花鸟，人谓画工不如。并其生平玩好，悉以归冥。至正二年某月日④，夫卢孝撰。"宦家知地吉，因以母棺累其上。

熙宁末，洛中有人耕于凤凰山下，获石碣，方广一尺馀，乃妇人撰夫志铭："君姓曹氏，名裡，字礼夫，世为洛阳人。三十岁，两举不第，卒于长安道中。朝廷卿大夫、乡里故老闻之，莫不哀其'孝友睦姻，笃行能文，何其夭之如是邪'。唯儿闻之独不然，乃慰其母曰：'家有南亩，足以养其亲；室有遗文，足以教其子。凡累乎阴阳之间者，至死数不可逃，夫何悲喜之有哉！'丙子年三月十八日卒，以其年十月十五日葬于凤凰山之原。余姓周氏，君妻也，归君室八载矣。生子一人，尚幼。以其恩义之不可忘，故作铭。铭曰：其生也天，其死也天，苟达此理，哀哉何言。其生也浮，其死也休，终何为哉，慰母之忧。"

情史氏曰：卢孝志其妻，语甚惨；周氏志其夫，语甚达。周盖妇中之庄生也⑤。读卢孝文，所遭厄甚矣，虽欲达，其将能乎？

【注释】①堪舆,看阴阳宅风水。　　②堪舆家以牛卧之处称牛眠地,以为葬地,后代能出贵人。　　③刺绯,刺绣、纺线。　　④至正,元惠宗年号(1341—1370)。　　⑤庄周妻死,鼓盆而歌。

周　美　成

周美成名邦彦,官至待制在姑苏,与营妓岳楚云相恋。后从京师过吴,则岳已从人久矣。因饮于太守蔡峦坐上,见其妹,为作《点绛唇》寄之,云:"辽鹤西归,故人多少伤心事。短书不寄,鱼浪空千里。　　凭仗桃根①,说与相思意。愁何际,旧时衣袂,犹有东风泪。"楚云得词,感泣累日。

【注释】①此条采自宋洪迈《夷坚三志壬》卷七"周美成楚云词"。宋王灼《碧鸡漫志》卷二亦载此事,并以桃根为岳楚云之妹。

王　晋　卿

王晋卿诜得罪外谪①,后房善歌者名啭春莺,乃东坡所见也,遂为密县马氏所得。后晋卿还朝,寻访,微知之②,恨不可复得,因赋一联云:"佳人已属沙吒利,义士今无古押衙③。"客有为足之成章云:"几年流落在天涯,万里归来两鬓华。翠袖香残空挹泪,青楼云渺是谁家。佳人已属沙吒利,义士今无古押衙。回首音尘两沉绝,春莺休啭沁园花。"

【注释】①王诜,尚英宗女,拜左卫将军、驸马都尉。与苏轼交密,因此被贬官均州。　　②"之"字原本缺,据此条出处宋许顗《许彦周诗话》补。③沙吒利,见本书卷四"许俊"条。古押衙,见卷四"古押衙"条。

蔡　元　长

蔡元长南迁①,中路有旨,取所宠姬慕容、邢、武者三人,以金人指名来索也。元长作诗别云:"为爱桃花三树红,年年岁岁惹春风。如今去逐他人手,谁复尊前念老翁?"②

　　元长蠹国招寇,六官皆入虏幕,何有于宠姬乎? 使宠姬有识,当唾骂老贼误人,而犹望其尊前相念,愚甚矣!

【注释】①蔡京字元长,徽宗宰相,宣和六贼之首。钦宗即位,贬于岭南,至潭州病死。　　②此条采自宋王明清《挥麈后录》卷八。

赵　嘏

赵嘏字承祐,尝家于浙西。有美姬,惑之。洎计偕,欲携行,母命不许。会中元,为鹤林游①。浙帅窥姬色,遂夺而据之。明年,嘏及第。因以一绝遗帅,云:"寂寞堂前日又熏,阳台去作不归云。当时闻说沙吒利,今日青城属使君。"

浙帅不自安,遣一介归之于嘏。嘏时方出关,途次横水驿,见兜舁人马甚盛,偶讯其左右,对曰:"浙西尚书差送新及第赵先辈娘子入京。"姬在舁中亦认嘏。嘏下马,揭帘视之。姬抱嘏恸哭而卒②,遂葬于横水之傍。

【注释】①鹤林,寺院。　　②"嘏"字原本重,则死者为嘏矣。今据此条出处五代王定保《唐摭言》卷十五删。

刘　翠　翠

翠翠姓刘氏,淮安民家女也。生而颖悟,能通诗书。父母不夺其志,就令入学。同学有金氏子,名定,与同岁,亦聪明俊雅。诸生戏之曰:"同岁者当为夫妇。"二人亦私自许。金生赠翠翠诗曰:"十二阑干七宝台,春风随处艳阳开。东园桃树西园柳,何不移来一处栽?"翠翠和之曰:"平生每恨祝英台,怀抱何为不早开? 我愿东君勤用意,早移花树向阳栽。"

　　已而翠翠年长,不复至学。父母为其议亲,辄悲泣不食。以情问之,初不肯言,久乃曰:"西家金定,妾已许之矣。若不相从,有死而已,誓不登他门也。"父母不得已而听焉。遂卜日结婚。凡币帛之类,羔雁之属,皆女家自备。迎婿入门,二人相见,喜可知矣。是夕,翠翠于枕畔作《临江仙》一阕赠生,曰:"曾向书窗同笔砚,故人今作新人。洞房花烛十分春。汗沾蝴蝶粉,身惹麝香尘。　　殢雨尤云浑未惯,枕边眉黛羞颦。轻怜痛惜莫辞频。愿郎从此始,日近日相亲。"生遂次韵曰:"记得书斋同笔砚,亲人不是他人。扁舟来访武陵春。仙居邻紫府,人世隔红尘。　　海誓山盟心已许,几翻浅笑深颦。向人犹自语频频。意中无别意,亲外有谁亲。"二人相得之乐,虽翡翠之在赤霄,鸳鸯之游绿水,未足喻也。

　　未及一载,张士诚兄弟起兵高邮,尽陷淮东诸郡。翠为其部下将李将军者所掠。至正末,士诚纳款元朝,愿奉正朔。道途始通,行李无阻。生于是辞别内外父母,愿求其妻。星霜屡移,囊橐又竭,然而此心终不少阻。草行露宿,丐乞于人,仅而得达湖州。则李将军方贵重用事,威焰隆赫。生伫立门墙,踌蹰窥伺,将进而未能,欲言而不敢。阍者怪而问焉,生曰:"仆淮安人也。丧乱以来,闻有一妹在于贵府。今不远千里至此,欲求一见,非有他也。"阍者曰:"然则汝何名姓?妹年貌若干?吾得一闻,以审虚实。"生曰:"仆姓刘,名金定。妹名翠翠,识字能文。当失去时,年始十七,以岁月计之,今则二十有四矣。"阍者闻之,曰:"府中果有刘氏者,淮安人也。年二十馀,识字,善为诗,性又慧巧,本使宠之专房。汝言信不虚,吾将告之于内,汝且止此以待。"遂奔走入告。须臾,令生入见。将军坐于厅上,生再拜而起,具述其繇。将军武人也,信而不疑。即命内竖告于翠翠,曰:"汝兄自乡中来此,当出见之。"翠翠承命而出,以兄妹之礼见于厅前,不能措一词,悲哽而已。将军曰:"汝既远来,道途疲倦,且于吾门下休息。吾当徐为之所。"即赠新衣一袭，设帷帐于门西小馆，令生处焉。

翌日，谓生曰："汝妹既能识字，汝亦通书否？"生告以业儒。将军大喜，委以记室。生性既温和，益自简束。应上接下，咸得其欢。代书回简，曲尽其意。将军大以为得人，待之甚厚。

然而生之来此，本为求访其妻。自厅前一见之后，不可再得，闺阁深远，内外颇严，欲达一意，终无间可乘。荏苒数月，时及授衣[①]，西风夕起，白露为霜。生独处空斋，终夜不寐，乃成一诗曰："好花移入玉阑干，春色无缘得再看。乐处岂知愁处苦，别时虽易见时难。何年塞上重归马，此夜庭中独舞鸾。雾阁云烟深几许，可怜辜负月团圆。"诗成，题于片纸，拆布衣之领而缝之。以百钱纳于小竖，属其"持入付于吾妹，令其缝纫，将以御寒"。小竖如言。翠翠解其意，拆衣而诗见，大加伤感，吞声而泣。别为一诗，亦缝于衣领之内，付出还生。诗曰："一自乡关动战锋，旧愁新恨几重重。肠虽已断情难断，生不相从死亦从。长使德言藏破镜，终教子建赋游龙。绿珠碧玉心中事，今日谁知也到侬？"生得诗，知其以死许之，无复致望。但愈加抑郁，遂感沉疾。翠翠闻之，请于将军，始得一至床前问候，而生病已亟矣。翠翠以臂扶生而起，生引首侧视，凝泪满眶，长吁一声，奄然死于其手。将军怜之，葬于道场山麓。

翠翠送殡而归，是夜得疾，不复饮药，展转衾席，将及一月。一旦，告将军曰："妾弃家相从，已得八载，流离外郡，举眼无亲，止有一兄，今又死矣！病必不能起，乞埋骨兄侧，使黄泉之下，庶有依托，不至作他乡孤鬼也！"言尽而卒。将军不违其志，竟附葬于生坟左，宛然东西二丘焉。[②]

　　　事载瞿宗吉《剪灯新话》。后尚有翠翠家旧仆，以商贩过
　　道场山，遇翠翠夫妇，寄书于父母。父买舟来访，徒见二坟，夜
　　复梦翠翠云云。似涉小说家套数，今删之。

【注释】①《诗·豳风·七月》"九月授衣"。　　②此条采自《剪灯新

话》卷三"翠翠传"。

王　琼　奴

琼奴,姓王氏,字润贞,常山人。二岁而父殁。母童氏,携琼奴适富人沈必贵。沈无子,爱之过己生。年十四,雅善歌词,兼通音律,言、德、工、容四者咸备,近远争求纳聘焉。时同里有徐从道、刘均玉者,请婚尤切[1]。徐子苕郎,刘子汉老,皆仪容秀整,且与琼奴同年。徐华胄而清贫,刘暴富而白屋。犹豫迟疑,莫之能定。

一日,谋于族人之有识者,曰:"择婿为重。"教之治具,召二生而面试之。乃于二月花晨,张筵会客,里中名胜,咸集于庭。均玉、从道亦各携子而至。汉老虽人物整然,而登降揖让,未免矜持。苕郎则衣冠朴素,举止自如。沈之族长有耕云者,号知人,一见二生,已默识其优劣矣。乃指壁间所挂《惜花春起早》、《爱月夜眠迟》、《掬水月在手》、《弄花香满衣》四画,使二生咏之。汉老恃富,懒事诗书,闻命睢盱[2],久而不就。苕郎从容染翰,顷刻而成。耕云啧啧称赏。其咏《惜花春起早》云:"胭脂晓破湘桃萼,露重荼蘼香雪落。媚紫浓遮刺绣窗,娇红斜映秋千索。""辘轳惊梦急起来,梳云未暇临妆台。笑呼侍女秉明烛,先照海棠开未开。"《爱月夜眠迟》云:"香肩半軃金钗卸,寂寂重门锁深夜。素魄初离碧海壖,清光已透朱帘罅。""徘徊不语倚阑干,参横斗落风露寒。小娃低语唤归寝,犹过蔷薇架后看。"《掬水月在手》云:"银塘水满蟾光吐,嫦娥夜夜冯夷府。荡漾明珠若可扪,分明兔颖如堪数。""美人自挹濯春葱,忽讶冰轮在掌中。女伴临流笑相语,指尖擎出广寒宫。"《弄花香满衣》云:"铃声响处东风急,红紫丛边久凝立。素手攀条恐刺伤,金莲移步嫌苔湿。""幽芳撷罢掩兰堂,馥郁馀馨满绣房。蜂蝶纷纷入窗户,飞来飞去绕罗裳。"

均玉见汉老一辞莫措,大以为耻,父子竟不终席而逸矣。于是四座合词称美，而苕郎之婚议遂成。不出月，择日过聘。必贵以爱婿故，欲其数相往还，遂招置馆中，读书游泮③。偶童氏小恙，琼奴方侍汤药，而苕郎入问疾，避弗及，乃相见于母榻前。苕见琼姿容绝世，出而私喜。封红笺一幅，使婢送与琼。琼拆之，空纸也。因笑成一绝，以答苕曰："茜色霞笺照面频，玉郎何事太多情。风流不是无佳句，两字相思写不成。"苕郎持归，以夸于汉老。汉老方恨其夺己配也，以白均玉。均玉不咎子之无学，反切齿于徐、沈，诬以阴重事，俱不得白。徐戍辽阳，沈戍岭表，全家俱往。诀别之际，黯然销魂，观者悉为下泪。自此南北各不相闻。

　　已而必贵谢世，家事零落。惟童氏母女在，萧然茅店，卖酒路旁。虽患难之中，琼奴无复昔时容态，而青年粹质，终异常人。有吴指挥者悦之，欲娶为妾。童氏以既聘辞。吴知其故，遣媒谓曰："徐郎辽海从戍，死生未卜。纵幸无恙，安能至此成姻乎？"琼不听，吴遂以势凌之。童氏惧，与琼谋曰："苕去五载，音问杳然。汝之身事终恐荒唐矣！矧他乡孤寡，其何策以拒彼彪悍乎？"琼泣曰："徐本为儿遭祸，背之不仁，儿有死耳！"因赋《满庭芳》词以自誓云："彩凤分群，文鸳失侣，红云路隔天台。旧时院落，画栋积尘埃。谩有玉京离燕，向东风，似诉悲哀。主人去，卷帘恩重，空屋亦归来。

　　泾阳憔悴女，不逢柳毅，书信难裁。叹金钗脱股，宝镜离台。万里辽阳，郎去也，甚日重回。丁香树，含花到死，肯傍别人开。"是夜自缢于房中，母觉而救解，良久方苏。吴指挥者闻之怒，使麾下碎其酿器，逐去他居，欲折困之。时有老驿使杜君，亦常山人。必贵存日，相与善，怜童氏孤苦，假以驿廊一间而安焉。

　　一日，客有戎服者三四人投驿中。杜君问所从来，其人曰："吾侪辽东某卫总小旗，差往海南取军，暂此假宿耳。"值童氏偶出帘下，中一少年，特淳谨，不类武卒。数往还相视，而凄惨之色可掬。童氏心动，因出问之，对曰："苕姓徐，浙江常山人。幼时父尝聘同里沈必贵女，未婚，而两家坐事谪戍，不相闻者数年矣。适因入驿，见妈妈状貌,酷与苕外母相类,故不觉感怆,非有他也。"童氏复问:"沈家今在何处？厥女何名?"曰:"女名琼奴,字润贞。联亲时年方十四,以今计之,当十九矣。第知戍海南,忘其所寓州郡,难以寻觅。"童氏入语琼奴,琼奴曰:"若然,天也!"明日,召至室中细问之,果苕郎也,今改名子阑矣,尚未娶。童氏大哭曰:"吾即汝丈母。汝丈人已死,吾母女流落于此,出万死已得再生。不图今日再得相见!"遂白于杜及苕之同伴。众口嗟叹,以为前缘。杜君乃率钱备礼,与苕毕姻。合卺之夕,喜不塞悲,琼奴诉其衷怀,因诵杜少陵"夜阑更秉烛,相对如梦寐"之句。苕抚之曰:"毋伤,姑候来年,挈尔同归辽东耳。"既而苕同伴有丁总旗者,忠厚人也,谓苕曰:"君方燕尔,莫便抛离。勾军之行,我辈分任之。君善抚室于此相待。"苕置酒饯别。

诸人既去,吴指挥者缉知,愈怒。以逃军为名,捕苕于狱,杖杀之。藏尸于窑内,亟令媒恐童氏曰:"彼已死,可绝念矣。吾将择日舁轿相迎。如复拒违,定加毒手。"琼奴使母诺之。媒去,谓母曰:"儿不死,必为狂暴所辱,将俟夜引决矣。"母亦无如之何。

是晚,忽监察御史傅公到驿。琼奴仰天呼曰:"吾夫之冤雪矣!"乃具状以告。傅公即抗章上闻,得旨鞫问,而求尸未得。政谳讯间,羊角风自厅前而起。公祝之曰:"逝魄有知,导吾以往。"言讫,风即旋转,前引马首,径奔窑前,吹炭灰而尸见。委官验视,伤痕宛然。吴遂伏辜。公命州官葬苕于郭外。琼奴哭送,自沉于豕侧池中。因命葬焉。公言诸于朝,下礼部旌其冢曰"贤义妇之墓"。童氏亦官给衣廪,优养终身焉。

> 吟成得妇,佳遇也。千里续亲,奇缘也。独留抚室,高情也。而好处往往反为祸端,苕之遇穷矣哉！吴指挥淫杀自戕,孽繇己作。羊角鸣冤,苕灵不泯。第祸之始生,实自汉老父子,未知天所以报之者又何如也？

【注释】①"尤"，原本作"犹"，据本条出处明李昌祺《剪灯馀话》卷三"琼奴传"改。　　②睢盱，目瞪口呆状。　　③"游泮"，原本作"游伴"，按《剪灯馀话》作"进学"，正是游泮义，据改。

乐陵王妃

百年，孝昭第二子也①。孝昭临崩，遗诏传位于武成②。并有手书，其末曰："百年无罪，汝可乐处置之，勿学前人③。"

河清三年五月④，赤星见，帝以盆水承星影而盖之，一夜盆自破。欲以百年厌之⑤。会博陵人贾德胄教百年书，百年尝作数"敕"字，德胄封以奏。帝又发怒，使召百年。百年被召，自知不免。割带玦，留与妃斛律氏，见帝于玄都苑凉风堂。使百年书"敕"字，验与德胄所奏相似。遣左右乱捶击之。又令人曳百年绕堂，且走且打，所过处，血皆遍地。气息将尽，曰："乞命，愿与阿叔作奴。"遂斩之，弃诸池，池水尽赤。于后园亲看埋之。

妃把玦哀号，不肯食，月馀亦死。玦犹在手，拳不可开。时年十四。其父光自擘之⑥，乃开。后主时，改九院为二十七院。掘得小尸，绯袍金带，髻解，一足有靴。诸内参窃言："百年太子也。"

【注释】①孝昭，北齐孝昭帝高演，高欢第六子。　　②武成，北齐武成帝高湛，高欢第九子。　　③北魏末年，高欢次子高洋篡位，建北齐，尽诛魏之宗室，戮及婴儿。高洋临终传位于子高殷。次年，高演杀废帝高殷自立，是为孝昭。此处高演所谓"勿学前人"，前人即指高洋及自己。　　④"河清"，原本作"清河"，据本条出处《北史·齐宗室诸王传》改。河清为武成年号（562—565）。　　⑤厌，厌胜，对自己将临的灾祸，用别人生命抵代。⑥光，斛律光，斛律金之子。世为北齐重臣。

阿　蕊

至正癸卯，明玉珍僭号于蜀①，自将红巾三万攻云南。梁王及宪司官皆奔，威楚诸部悉乱[②]，征兵救援。大理总管段功[③]，谋于员外杨渊海，卦之吉，乃进兵。红巾屯古田寺。功遣人夕火其寺，红巾军乱，死者什七八。功追至七星关，又胜之而还。红巾既退，梁王深德段功，以女阿𣎴主妻之，奏授云南平章。

功恋之不肯归国。其大理夫人高氏，寄乐府促之归，曰："风卷残云，九霄冉冉逐。龙池无偶，水云一片绿。寂寞倚屏帏，春雨纷纷促。蜀锦半床闲，鸳鸯独自宿。好语我将军，只恐乐极生悲冤鬼哭。"功得书乃归，既而复往。其臣杨智、张希乔留之，不听。

既至善阐，梁人私语梁王曰："段平章复来，有吞金马、咽碧鸡之心矣[④]？盍早图之？"梁王乃密召阿𣎴主，付以孔雀胆一具，命乘便毒殪之。主潸然不受命。夜寂人定，私语平章曰："我父忌阿奴，愿与阿奴西归。"因出毒具示之。平章曰："我有功尔家。我趾自蹶伤，尔父尚尝为我裹之。尔何造言至此！"三谏之，终不听。

明日，邀功东寺演梵[⑤]，至通济桥，马逸，因令番将格杀之。阿𣎴主闻变，失声哭曰："昨暝烛下，才讲与阿奴，云南施宗、施秀烟花殒身，今日果然。阿奴虽死，奴不负信黄泉也。"欲自尽，梁王防卫万方。主愁愤，作诗曰："吾家住在雁门深，一片闲云到滇海。心悬明月照青天，青天不语今三载。欲随明月到苍山，误我一生路里彩。吐噜吐噜段阿奴，施宗施秀同奴歹。云片波潾不见人，押不芦花颜色改。肉屏独坐细思量，西山铁立霜潇洒[⑥]。"

时员外杨渊海为从官，亦题诗粉壁，饮药而卒。诗曰："半纸功名百战身，不堪今日总红尘。死生自古皆繇命，祸福于今岂怨人？蝴蝶梦残滇月海，杜鹃啼破点苍春。哀怜永诀云南土，锦酒休教洒泪频。"梁王哀渊海之才，绻意欲为己用。见诗痛悼，乃厚恤之。令随平章槥葬大理。

　　父不可仇也，然妇人以夫为天，父为外家。杀夫而非罪，则父亦仇矣。人之尊者莫如天，使天无故而厄一善人，虽圣贤亦不能无憾。此子胥所以鞭平王,而孝子或谅之也。

【注释】①至正癸卯为元顺帝至正二十三年(1363),明玉珍在蜀称帝实在二十二年。　②梁王把都时镇守昆明。威楚,即今昆明之西的楚雄。③段功,大理国开国帝段思平之后。元灭大理国,以段氏为世袭大理总管。④金马、碧鸡为昆明代称。　⑤演梵,说讲佛法。　⑥本条采自明谢肇淛《滇略》卷十,《滇略》于此诗中夹有小注,录之于下:"路里彩"为锦被,"吐噜"为可惜,"歹"为不好,"押不芦"为北方起死回生之草,"肉屏"为骆驼背,"铁立"为松林。

唐　　姬

唐姬者,汉废帝弘农王妃也。灵帝崩,子辩立,董卓废之,置于阁上,使郎中令李儒进鸩。王曰:"是欲杀我耳。"不肯饮。强之,乃与姬及宫人饮宴别。酒行,王悲歌曰:"天道易兮我何艰,弃万乘兮退守藩。逆臣见迫兮命不延,逝将去汝兮适幽玄。"因令姬起舞。姬抗袖而歌曰:"皇天崩兮后土颓,身为帝兮命夭摧。死生异路兮从此乖,奈何茕独兮心中哀。"歌竟,泣下呜咽,坐者皆欷歔。

王谓姬曰:"卿王者妃,势不复为吏民妻,幸自爱!从此长辞。"遂饮鸩死,时年十八。姬归颍川,父会稽太守瑁欲嫁之,姬誓不许。及李傕破长安①,钞关东,得姬,欲妻之,固不听,而终不自名②。尚书贾诩知之,白献帝。帝感怆,迎姬置园中。使侍中持节,拜为弘农王妃。

【注释】①"傕",原本作"确",据本条出处《后汉书·后妃》改。②"名",原本作"明",据本条出处改。不自名,不言自己为弘农王妃以自保也。

周　迪　妻

有豫章民周迪,货利于广陵,其妻偕焉。遇师铎之乱①,不能去,城中人相食。迪饥将绝,妻曰:"兵荒若是,必不相全。君亲老家远,不可与妾俱死。愿见鬻于屠氏②,则君归装济矣!"迪勉从之。以所得之半,赂守者求去。守者诘之,迪以实对。群辈不信,遂与迪往其处验焉。至则见首已在肉案。聚观者莫不叹异,争以金帛遗之。迪收其馀骸,负之而归。

　　贩利而妻必与偕,盖不忍相离也。而孰知竟作长离乎!妻非忍于身之杀,而贵于遂夫之行。迪亦非忍于妻之死,而贵于成妻之义。

【注释】①毕师铎原为黄巢大将,降归淮南节度使高骈。后为高骈之心腹吕用之逼反,破扬州,囚杀高骈。　　②屠氏,屠夫。

柳鸾英

　　莱州阎澜与柳某善,有腹婚之约。及诞,阎得男子,曰自珍;柳得女,曰鸾英,遂结凤契。柳登进士,仕至布政,而澜止鼷贡得教职以死。家贫,不能娶,柳欲背盟。鸾英泣告其母曰:"身虽未往,心已相诺。他图之事,有死而已。"母白于父,父佯应之而未许。鸾英度父终渝此盟,乃密恳邻媪,往告自珍曰:"有私畜,请君以某日至后圃挟归,姻事可成。迟则为他人先矣。"自珍闻之,喜不自抑,遂与其师之子刘江、刘海具言故。江、海密计,设酒贺珍,醉之于学舍。兄弟如期诣柳氏。鸾英倚圃门而望,时天将暮,便以付之。而小婢识非阎生,曰:"此刘氏子也!"鸾英亦觉其异,骂之曰:"狗奴何以诈取我财! 速还则已,不然当告官治汝!"江、海恐事泄,遂杀鸾英及婢而去。

　　自珍夜半醉醒,自悔失约,急起走诣柳氏圃门。时月色黑,直入圃中,践血尸而踬,嗅之腥气,惧而归。衣皆沾血。不敢以告家人也。达曙,柳氏觉女被杀,而不知主名。官为遍讯,及邻媪,遂首女结约事。逮自珍至，血衣尚在。一词不容辩，论死。会御史许公进巡至，夜梦一无首女子泣曰："妾柳鸾英也。身为贼刘江、刘海所杀，反坐吾夫，幸公哀辨此狱，妾死不朽矣。"因忽惊觉。明达，召自珍密问之，自珍具述江、海留饮事。公伪为见鬼自诉之状，即捕二凶讯之，扣头款服，诛于市。遂释自珍，为女建坊曰"贞节"以表之。珍后登乡荐，时人为作传奇。见《许公异政录》。

金山僧惠明

洪武中，南京扬子江边税家妻周氏，有姿色。金山寺僧惠明，密使一婆子常送花粉等物，往来甚熟。夫出外，周氏唤婆子同眠。婆子潜将僧鞋一辆安凳下。夫归见鞋，谓周氏有私于僧，妇不能辩，竟出之。周时年二十二，已生子岁馀矣。临去作歌曰："去燕有归期，去妇长别离。妾有堂堂夫，妾有呱呱儿。撇此夫与子，出门欲何之。有声空呜咽，有泪空涟洄。百病皆有药，此病谅难医。丈夫心翻覆，曾不记当时。山盟与海誓，瞬息且推移。吁嗟一妇女，方寸有天知。"

惠明畜发，托媒娶之，生一女。异日，惠明抱女戏曰："我无良计，安得汝母？"周氏笑问何谓，惠明以夫妻情厚，吐之不疑。周氏遂击登闻鼓升冤。上亲鞫得实，惠明凌迟，同房十僧绞，馀僧六十名俱边远充军。

王 武 功 妻

京师人王武功，居袜㧑巷，妻有美色。化缘僧过门，见而悦之，阴设挑致之策而未得便。会王生将赴官淮上，与妻坐帘内，一外仆顶盒至前，云："聪大师传信县君，相别有日，无以表意，谩奉此送路。"语讫即去。王夫妇亟启盒，乃肉茧百枚。剖其一[1]，中藏小金牌饼,重一钱,以为误也,复剖其他尽然。王作声叱妻曰:"我疑此髡朝夕往来于门,必有故,今果尔。"即诉于府县[②]。僧已窜,不知名字居止,无从缉捕。

王弃妻单车赴任,妻亦无以自明。囚系累月,府尹以为疑狱,命录付外舍,穷无以食[③]。僧闻而潜归,密赂针妇说之曰:"汝今且饿死矣,我引尔至某寺,为大众僧缝纫度日,以俟武功回心何如?"王妻勉从其言。既往,正入前僧之室,藏于地阱,奸污自如。久而稍听其出入,遂伺隙告逻卒。执僧到官,伏罪。王妻亦怀恨以死。

【注释】①"一"字原本缺,据本条出处宋洪迈《夷坚支志景》卷三"王武功妻"条补。　②"府县",原本作"县府",据出处改。　③"以",原本作"取",据出处改。

铅　山　妇

铅山有人悦一美妇,挑之不从。乘其夫病时,天大雨,昼晦,乃著花衣,为两翼,如雷神状,至其家,奋铁椎椎杀之,即飞出。其家以为真遭雷诛也。又经若干时,乃使人说其妇,求为妻。妇许焉。伉俪甚笃,出一子,已周岁矣。一日雷雨如初,因燕语,漫及前事,曰:"吾当时不为此,焉得妻汝?"妇佯笑,因问:"衣与两翼安在?"曰:"在某箱中。"妇俟其人出,启得之。赴诉张令。擒其人至,伏罪论死。

情史氏曰:语云"欢喜冤家",冤家縓欢喜得也。夫"靡不有初,鲜克有终",譬如蠹然,以木为命,还以贼木,忍乎哉!彼夫售谗行诳,手自操戈,斯无所蔽罪者矣。乃若垂成而败之,本合而离之,同欢而独据之,他好而代有之,天乎人乎?是具有冤家在焉。然仇不自我,两人之欢喜固在也。以冤家故,愈觉欢喜；以欢喜故，愈觉冤家。况乎情之所锺，万物皆赘，及其失意，四大生憎，仇又不独在冤家矣。不情不仇，不仇不情。嗟夫，非酌水自饮，亦乌知其冷暖者哉！

卷十五　情芽类

禹 以下大圣

禹年三十未娶，行涂山[1]，有白狐九尾造禹。涂山人歌曰："绥绥白狐，九尾庞庞。成子家室，乃都攸昌。"禹遂娶之，谓之女娇。[2]

【注释】①涂山，说法不一，一般认为在会稽山阴县（今浙江绍兴）西北四十五里。　②此条采自汉赵晔《吴越春秋》卷四。

文　王

文王得圣女姒氏为配，宫人作《关雎》之诗云："关关雎鸠，在河之洲。窈窕淑女，君子好逑。参差荇菜，左右流之。窈窕淑女，寤寐求之。求之不得，寤寐思服。悠哉悠哉，辗转反侧。参差荇菜，左右采之。窈窕淑女，琴瑟友之。参差荇菜，左右芼之。窈窕淑女，钟鼓乐之。"

孔　子

或问："孔子有妾乎？"观《孔丛子》载宰予对楚昭王曰："夫子妻不服彩，妾不衣帛。车器不雕，马不食粟。"据此，则孔子亦有妾矣。

人知惟圣贤不溺情，不知惟真圣贤不远于情。

太　公

太公克商^①，获妲己，光华耀目。太公乃掩面而斩之。

极是杀风景事，却是不能忘情处。

【注释】①太公姜尚，今俗称姜太公者。

智　胥

洪武中，驸马都尉欧阳某，偶挟四妓饮酒。事发，逮妓急。妓分必死，欲毁其貌，以觊万一之免。一老胥闻之，往谓曰："若予我千金，吾能免尔死。"妓立与五百金。胥曰："上位神圣，岂不知若辈平昔之侈乎？慎不可欺，当如常貌哀鸣，或蒙天宥耳。"妓曰："何如？"胥曰："若须沐浴极洁，仍以脂粉香泽治面与身，令香远彻，而肌理妍艳之极。首饰衣服，须以金宝锦绣。虽私服衣裙，勿以寸素间之，务尽天下之丽，能夺目荡志则可。"问其词，曰："一味哀呼而已。"妓从之。比见上，上叱令自陈，妓无一言。上顾左右曰："榜起杀了！"群妓解衣就缚，自外及内，备极华烂，缯采珍具，堆积满地，照耀左右，肤润如玉，香闻远近。上曰："这小妮子，使我见也当惑了，那厮可知。"遂叱放之。

王道本乎人情。不通人情，不能为帝王。

苏　子　卿 以下名贤

苏武初使匈奴时，作诗别妻云："结发为夫妻，恩爱两不疑。欢娱在今夕，燕婉及良时。征夫怀往路，起视夜何其。参辰皆已没，去去从此辞。行役在战场，相见未有期。握手一长叹，泪为生别滋。努力爱春华，莫忘欢乐时。生当复来归，死当长相思。[①]"妻答诗云："与君结新婚，宿昔当别离。凉风动秋草，蟋蟀鸣相随。冽冽寒蝉吟，蝉吟抱枯枝。枯枝时飞扬，身体忽迁移。不悲身体移，当惜岁月驰。岁月无穷极，会合安可知？愿为双黄鹄，比翼戏清池。[②]"

　　武居匈奴十九年，及归，须发尽白。在房中曾与胡妇生子，故李陵答书云："足下胤子无恙。"后武男元从燕王旦谋反，伏诛。上命于匈奴中求胡妇子为武后。

　　　不有胡妇子，武嗣斩矣。天或者启其情，以延忠臣之世乎！

　　【注释】①明冯惟讷《古诗纪》卷十二于苏武诗中载此，未言是别妇诗。而自"征夫怀往路"句以下，多以为是苏武别李陵诗。　　②"比翼"，原本作"悲鸣"，既戏清池，何又悲鸣？据《艺文类聚》卷二十九所引改。按：此实三国魏徐幹之诗，为人附会为苏武妻诗。

胡　澹　庵

　　胡澹庵十年贬海外[①]，北归之日，饮于湘潭胡氏园。爱妓黎倩留题壁间，有云："君恩许归此一醉，傍有梨颊生微涡。"厥后朱元晦见之[②]，题绝句云："十年浮海一身轻，归对梨涡却有情。世上无如人欲险，几人到此误平生。"

　　　尝观《东坡志林》，载张元忠之说曰："苏子卿啮雪啖毡，可谓了死生之际矣，然不免与胡妇生子，而况洞房绮绣之下乎？乃知此事未易消除。"文公之论澹庵，亦犹张元忠之论苏子卿也。郑叔友论刘、项曰："项王有吞岳渎意气，咸阳三月火，骸骨乱如麻[③]，哭声惨怛天日，而眉容不敛，是必铁作心肝者。然当垓下诀别之际，宝区血庙，了不经意，惟眷眷一妇人，悲歌怅饮,情不自禁。高帝非天人欤?能决意于太公、吕后,而不能决意于戚夫人。杯羹可分,则笑嫚自若;羽翼已成,则歔欷不止。乃知尤物移人,虽大智大勇不能免。繇是言之,世上无如人欲险,信哉!"

【注释】①胡铨,字邦衡,号澹庵。与李纲、赵鼎、李光并称"南宋四大名臣"。高宗绍兴间,上疏乞斩秦桧,坐罪除名,贬广州安置。　②朱熹,字元晦。　③原本"乱"字后有"入"字,据宋罗大经《鹤林玉露》卷十二删。按:此段评语全录自《鹤林玉露》。

林　和　靖

林君复名逋,赐号和靖处士有《惜别·长相思》,辞云:"吴山青,越山青,两岸青山相送迎。谁知离别情?　　君泪盈,妾泪盈,罗带同心结未成。江头潮已平。"

宋史谓其不娶,似无情者,特著其一词,见非不近人情者耳。按林洪著《山家清供》①,其中言"先人和靖先生"云云,即先生之子也。或丧偶后未尝更娶乎?

【注释】①"山家",原本误倒,据原书名改。林洪,南宋人。

李　卫　公

卫公李靖为亡妓谢秋娘撰《望江南》曲,亦云《梦江南》,每首五句。见《乐府杂录》①。

白乐天作《忆江南》三首,第一"江南好",第二、第三"江南忆"。自注云:"此曲亦名《谢秋娘》。"盖本于卫公也。

【注释】①按:此说有误。《乐府杂录》曰:"《望江南》本名《谢秋娘》,李德裕镇浙西,为妾谢秋娘所制,后改为《望江南》。"是制此曲者为李德裕,而非李靖,且唐初何尝有词?

范 文 正

范文正守鄱阳[1],喜乐籍一小鬟。未几召还,作诗寄后政云[2]:"庆朔堂前花自栽,便移官去未曾开。年年忆著成离恨,为托东风管领回。"到京后,以胭脂寄其人,题诗云:"江南有美人,别后尝相忆。何以慰相思,赠汝好颜色。"

> 事载《西溪丛语》。文子悱谓"范公决无此事,当时小人妒冒者为之"。余谓便有此事,何伤范公盛德?
>
> 文正公有《御街行》词云:"纷纷坠叶飘香砌。夜寂静,寒香碎。珍珠帘卷玉楼空,天澹银河垂地。年年今夜,月华如练,长是人千里。　愁肠已断无繇醉。酒未到,先是泪。残灯明灭枕头敧,谙尽孤眠滋味。都来此事,眉间心上,无计相回避。"范公一时勋德重望,而辞亦情致如此。朱良矩尝语杨用修云:"天之风月,地之花柳,与人之歌舞,无此不成'三才'。"

【注释】①宋范仲淹,谥文正。　②后政,继任的官员。

司 马 温 公

司马温公为定武从事[1],同幕以妓会饮僧房。王荆公往迫之,使妓逾垣而去。公度不可隐,乃具道其实[2]。荆公集句戏之云:"年去年来来去忙,暂偷闲卧老僧床。惊回一觉游仙梦,又逐流莺过短墙。"

温公尝即席赋《西江月》词云:"宝髻松松绾就,铅华淡淡妆成。红烟紫雾罩轻尘,飞絮游丝无定。　相见争如不见,有情还似无情。笙歌散后酒微醒,深院月明人静。"杨元素学士见之曰:"此公风情亦不薄。"元素名绘。

【注释】①司马光,追赠温国公。　②此条本自宋陈师道《后山诗话》,字句有改易,易致误解。按《诗话》云"同幕私幸营妓,而公讳之",是司马光仅为同事隐瞒,并未与之"会饮"。

赵　清　献

赵清献公帅蜀①,有妓戴杏花,清献戏语之曰:"髻上杏花真有幸。"妓应声曰:"枝头梅子岂无媒。"逼晚,使直宿老兵呼之。几二鼓,不复至,复令人速之。赵周行室中,忽高声自呼曰:"赵抃不得无礼!"遂令止之。老兵忽自幕后出曰:"某度相公不过一个时辰,此念息矣。虽承命,实未尝往也。"②

此老兵乃真道学,清献公不如也。

【注释】①赵抃,字阅道,谥清献。宋英宗时以龙图阁学士知成都府。②此条采自明陈耀文《天中记》卷二十引《蕙亩拾英集》。

张　忠　定

张公咏帅蜀日,选一小女浣涤纫缝。张悦其人,中夜心动,厉声自呼曰:"张咏小人! 不可,不可!"

赵阅道、张乖崖,皆能制其情者。政以能制,见其不能忘。

张乖崖于席上赠官妓小英歌曰:"天教抟百媚,相映明如花。住近桃花坊北面②,门庭掩映如仙家。美人宜称言不得,龙脑薰衣香入骨。维扬软縠如云英,亳郡轻纱似蝉翼。我疑天上婺女星之精,偷入笾中名小英。又疑王母侍儿初失意,谪向人间为饮妓③。不然何得肤如红玉初碾成,眼似秋波双脸横。舞态因风欲飞去,歌声遏云长且清。有时歌罢下香砌,几人魂魄遥相惊。人看小英心已足,我见小英心未足。为我高歌送一杯,我今赠汝新翻曲。”

按,公铁石心人,在蜀娶婢,三年后归其父,犹然完璧。此诗亦靖节《闲情》、广平《梅花》之意也④。然《岁华纪丽》称浣花小游江起于公,盖亦不厌游戏云。

【注释】①张咏,谥忠定,自号乖崖。官至枢密直学士。两知益州,恩威并用。　②“北”,原本作“正”,据本条出处宋吴处厚《青箱杂记》卷八改。③“饮妓”,原本作“歌妓”,据出处改。　④陶渊明高士,著《闲情赋》寄意女色,有“愿在衣而为领,承华首之馀芳”、“愿在裳而为带,束窈窕之纤身”等句。宋璟贤相,作《梅花赋》,皮日休以为“铁心石肠人而亦风流艳冶如此”。

欧 阳 文 忠

欧阳文忠任河南推官,染一妓①。时钱文僖公名惟演罢政为西京留守,梅圣俞、谢希深、尹师鲁同在幕下,惜欧有才无行,共白于公②,屡微讽而不之恤。一日宴于后圃,客集,而欧与妓俱不至。移时方来,在坐相视以目。公责妓云:“来何迟也?”妓云:“中暑往凉堂睡着,觉而失金钗,犹未见。”公曰:“若得欧阳推官一词,当为偿汝。”欧即度云:“柳外轻雷池上雨,雨声滴碎荷声。小楼西角断虹明。阑杆倚遍,伫待月华明。　燕子飞来栖画栋,玉钩垂下帘旌。凉波不动簟纹平。水晶双枕,旁有堕钗横。”坐客皆善。遂命妓满酌赏欧,而令公库偿其失钗③。

公尝有小词云:“江南柳,叶小未成阴。人为丝轻那忍折,莺怜枝嫩不胜吟。留取待春深。”“十四五,闲抱琵音昇琶寻。堂上簸钱堂下走,恁时相见已留心。何况到如今?”意赠婢之词也,而忌者诬公为盗甥④。噫! 词之不可轻作也如此。

苏子瞻倅杭日，府僚湖中高会，官妓秀兰以沐浴倦卧，营将督之再三乃来。时府僚有属意兰者，恚恨不已，子瞻从旁阴为之解，终不释然⑤。时榴花盛开，兰以一枝藉手献座中，府僚愈怒，兰但低首垂泪而已。子瞻乃作一曲，名《贺新凉》⑥，令兰歌以侑觞。府僚大悦，剧饮而罢。事颇类此。苏词云："乳燕飞华屋，悄无人，槐阴转午，晚凉新浴。手弄生绡白团扇，扇手一时似玉。渐困倚、孤眠清熟。帘外谁来推绣户？枉教人、梦断瑶台曲。又却是，风敲竹。　　石榴半吐红巾蹙。待浮花浪蕊都尽，伴君幽独。秾艳一枝细看取，芳心千重似束。又恐被、秋风惊绿。若待得君来向此⑦，花前对酒不忍触。共粉泪，两簌簌。"

【注释】①宋时官妓仅供官府差遣侍酒歌舞，官员不可与有私情。此处用"染"字，有谴责意。　　②此条采自宋钱世昭《钱氏私志》，言多不实。邓之诚有专文论之。即以此句而论，梅圣俞、尹师鲁二人，与欧阳修交谊始终甚笃，何至斥为有才无行，而又背言于钱惟演？　　③《钱氏私志》于此下又言："咸谓欧当少戢，不惟不恤，翻以为怨，后修《五代史·十国世家》，痛毁吴越。又于《归田录》中说文僖数事，皆非美谈。"钱氏吴越国的暴政本是事实，欧公秉笔直书，正是良史当为。至于《归田录》中及惟演者二事，一称其俭约，一称其好读书，如何不是美谈？故邓之诚把《钱氏私志》譬为专事诽谤之《碧云騢》。　　④欧公有寡姊，携孤女来住，于是有谤欧与甥有私情者，欧公辩以甥方七岁，而谤毁者更说"七岁正是学簸钱时也"。⑤"释"，原本作"什"，据本条出处明蒋一葵《尧山堂外纪》卷五十二改。⑥"贺新凉"，出处有注云："取其沐浴新凉，故名。"按，此词牌名实为"贺新郎"。　　⑦"得"字原本缺，据出处补。

米　元　章

米元章有洁癖①，或言其矫②。宗室华源郡王仲御，家多声伎，尝欲验之。大会宾客,独设一榻待之。使数卒解衣袒臂,奉其酒馔。姬侍环于他客,杯盘狼籍。久之,亦自迁坐于众宾之间③。

　　相传有洁癖者,米元章、倪元镇二人。元镇于女色少所当意。一日眷金陵赵歌姬,留宿别业。心疑不洁,俾之浴。既登榻,以手自顶至踵,且扪且嗅,扪至阴,复俾浴。凡再四,东方既白,不复作巫山之梦。

　　情主人曰:元章之癖,不胜其情;元镇之情,不胜其癖,且其不能忘情则一也。故吾谓王琨之回面,避妓也④;陈烈之逾墙,逃妓也⑤;杨忠襄之焚衣,誓妓也⑥;文征仲之弄臭脚,果以求脱妓也⑦。是皆情之至者,诚虑忽不自制,故预违之。故鲁男子之情,十倍于柳下惠⑧;伊川之强制,万不若明道先生⑨。

【注释】①米芾,字元章。北宋末大书画家。曾官太常博士、知无为州、知淮阳军。　②矫,矫情做作。　③此条采自宋庄绰《鸡肋编》卷上,下有一句当补:"乃知洁疾非天性也。"　④"琨",原本作"焜",据《南史·王琨传》改。传云:王琨性谨慎。颜师伯设女乐要琨,酒炙皆命妓传行。每及琨席,必令致床上,回面避之,俟其去,方敢饮啖。　⑤蔡襄守福州,会李泰伯与陈烈于望海亭,以歌者侑酒。方举板一拍,陈惊怖越席,攀木逾墙而去。　⑥杨邦乂,谥号忠襄,足不涉茶坊酒肆。同舍欲坏其守,拉之出饮,托言朋旧家,实娼馆也。公初不疑,酒数行,娼艳妆而出。公愕然趋归,取其衣焚之,流涕自责。　⑦文征明,字征仲。钱同爱请文征仲泛舟石湖,知文性不近妓,故匿妓于舟尾。征仲不甚点检服饰,其裹足布甚臭,即脱去袜,以足布玩弄。钱不能忍,即令舟人泊船,纵文登岸。　⑧柳下惠闭门不纳奔女,而鲁男子可坐怀不乱。　⑨明道先生程颢与弟伊川先生程颐赴一士夫宴,有妓侑觞。伊川拂衣起,明道尽欢而罢。次日,伊川过明道斋中,愠犹未解。明道曰:"昨日座中有妓,吾心中却无妓。今日斋中无妓,汝心中却有妓。"

何　桌

何文缜丞相①,政和间状元。初入馆阁,饮于宗戚一贵人家。

侍儿惠柔者,丽黠人也。慕公风标,密解手帕子为赠,且约牡丹开时再集。何亦甚关抱②。既归,赋《虞美人》一曲,隐其小名,以寓惓惓结恋之意,云:"分香帕子揉蓝腻,欲去殷勤惠。重来直到牡丹时,只恐花枝相妒故开迟。 别来目尽闲桃李,日日栏杆倚。催花无计问东风,梦作一双蝴蝶绕芳丛。"何自书此词,示蜀人赵咏,道言其本末如此。

何文缜,靖康中死难名臣,然何尝作道学格!

【注释】①何㮚,字文缜。历官尚书右仆射兼中书侍郎。京城失守,从二帝幸金营,不食而死,年三十九。 ②关抱,关怀。

黄 涪 翁

涪翁黄鲁直尝谪涪州,因称涪翁过泸南①,泸帅留府。会有官妓盼盼,帅尝宠之。涪翁赠《浣溪纱》词曰②:"脚上靴儿四寸罗,唇边朱麝一樱多。见人无语但回波。 料得有心怜宋玉,只因无奈楚襄何。今生有分向伊么。"盼盼拜谢涪翁。泸帅令唱词侑觞,盼盼唱《惜春容》,词曰:"少年看花双鬓绿,走马章台管弦逐。而今老更惜花深,终日看花看不足。 坐中美女颜如玉,为我一歌《金缕曲》。归时压倒帽檐歌,头上春风红簌簌。"涪翁大喜,致醉。③

【注释】①黄庭坚字鲁直。宋哲宗绍圣(1094—1098)间,章惇、蔡卞用事,贬庭坚为涪州(今重庆涪陵)别驾。 ②"浣溪纱",原本作"浣纱溪",据《全宋词》改。 ③此条采自明彭大翼《山堂肆考》卷一百十一。

廖 道 南

廖道南为举人时①,卒业南雍,与院妓陈淑女相善,戏为题《裹足》一绝云:"白练轻轻裹,金莲步步移。莫言长在地,也有上天时。"又尝与淑女联句,咏《稳卓》一绝。廖云:"木屑原来斧凿成。"陈云:"暂来低处立功名。"廖云:"虽然不作擎天柱。"陈云:"也与人间断不平。"②

【注释】①廖道南,正德进士,官翰林院编修。 ②此条采自明蒋一葵《尧山堂外纪》卷九十八。

湖 州 郡 僚

湖州吴秀才有女,慧而能诗词,貌美家贫,为富氏子所据①。或投郡诉其奸淫。王龟龄为太守②,逮系司理狱。既伏罪,且受徒刑。郡僚相与诣理院观之,仍具酒,引使至席,风格倾一坐。遂命脱枷侍饮,谕之曰:"知汝能长短句,宜以一章自咏,当宛转白待制,为汝解脱。不然危矣。"女即请题。时冬末雪消,春日且至,命道此景。作《长相思令》,捉笔立成,曰:"烟霏霏,雪霏霏,雪向梅花枝上堆。春从何处回? 醉眼开,睡眼开,疏影横斜安在哉?从教塞管催。"诸客赏叹,为之尽欢。明日以告王公,言其冤。王淳直不疑人欺,亟使释放。其后无人肯礼娶。周介卿石之子买以为妾,名曰淑姬。王三恕时为司户摄理,正治此狱,小词藏其处。③

> 王固淳直,不疑人欺,即明知其欺,亦必藉手释放矣。何也?此等分上,必非俗人肯说者,姑听之可也。

【注释】①据,包占。 ②王十朋,字龟龄,号梅溪。南宋初名臣。③此条采自宋洪迈《夷坚支志庚》卷十"吴淑姬 严蕊"条。

鸠 摩 罗 什 以下高僧

鸠摩罗什,天竺僧①。姚兴迎之入关,待以国师。忽一日,自请于秦王曰:"有二小儿登肩,欲障,须妇人。"兴进宫女,一交而生二子。诸僧欲效之，什聚针盈钵，举匕不异常食，曰："若能效我，乃可畜室。"②

　　一说兴常谓什曰："大师聪明超悟，天下莫二。若一旦厌世，何可令法种无嗣？"遂以妓女十人，逼令受之。自是别立廨舍，不住僧房。

【注释】①鸠摩罗什，天竺人而生于龟兹。七岁随母出家。博读大小乘经论，名闻西域诸国。前秦符坚遣吕光灭龟兹，将罗什劫至凉州。姚苌杀符坚，灭前秦。吕光割据凉州，罗什滞留凉州达十六、七年。后秦姚兴攻伐后凉，亲迎罗什入长安，待以国师礼。　②此条及下按评皆采自《晋书·艺术传》。

宣　州　僧

　　宣州有僧，习静业于山寺有年矣。忽见一少妇丧夫，来山求荐①。僧睹之，不觉动念。既去，而日夕思之不忘。数月，左股内隐隐闻婴儿啼声，久之，右股亦然。大怖，以为业缘所召，遂还俗，娶其妇为妻，二年连得二子。更十年，忽念此身堕落，劝妻同出家于寺，以追谢前过，以二子与人为奴。

　　及入山，众僧厌恶逐之，遂习禅于白蛇洞中。久之，白蛇俯首以避，虎至，伏洞门不敢仰视。遂乘虎至寺，众僧竞观。口占一偈云："两峰相对叠晴霞，涧底泉香泛落花。埋却裂裟离世网，寄生二子在人家。神通骑出斑斑虎，感应呼来白白蛇。是圣是凡君莫测，相逢休笑亦休夸。"众乃迎归寺中。寿终七十三。妻亦坐化。

【注释】①求荐，请寺僧为亡夫行荐亡之仪，如诵经、作佛事之类。

僧　知　业

　　有圣保寺僧知业，性高古，有诗名。偶访陆鲁望龟蒙①，谈玄之次,陆夫人蒋氏性好饮,遽自内传一杯酒,命与业公。业惶惧欲辞,蒋隔帘语曰:"只如上人诗云:'接垒桥通何处路,倚栏人是阿谁家?'观此风韵,可得不饮?"业公惭而退。见《葆光录》[2]。

【注释】①陆龟蒙,字鲁望。唐末人,诗与皮日休齐名。　②此事初见于唐于邈《闻奇录》。

僧 月 洲

吴僧月洲,善诗,喜声色。沈石田绐以名妓[1],招之即来,而实无所有。壁间有《菜花蛱蝶图》,遂题其上云:"桃花生子菜生苔[2],细雨蛙声出草莱。一段春光都不见,却教蝴蝶误飞来。"

【注释】①沈周,字启南,号石田。大书画家,与弟子文征明及唐寅、仇英并称"明四家"。　②"生苔",原本作"花台",据本条出处明蒋一葵《尧山堂外纪》卷九十一改。后径改不出校。

画 西 厢

丘琼山过一寺[1],见四壁俱画西厢。丘讶曰:"空门安得有此?"僧曰:"老僧从此悟禅。"丘问:"何处得悟?"答曰:"是'怎当他临去秋波那一转'[2]。"

丘公风流之士,故此僧现风流身而为说法。

【注释】①丘琼山,丘濬,字仲深,琼山人。明弘治间以礼部尚书入内阁。性嗜学,所著有《大学衍义补》传世。　②此句见王实甫《西厢记》第一本第一折张生初遇莺莺时。

濑　　女 以下贤女子

伍胥违父兄之难[1],潜行至吴,疾于中道,乞食溧阳[2]。适遇女子,击绵于濑水之上,筥中有饭。子胥谓曰:"夫人可得一餐乎?"女子曰:"妾独与母居,三十未嫁,饭不可得。"子胥曰:"夫人振穷途少饭,亦何嫌哉?"女子知非恒人③,遂许之。发其箪筥,饭其盎浆,长跪而与之。子胥再餐而止。女子曰:"君子有远逝之行④,何不饱而餐之?"子胥已餐而去。又谓女子曰:"掩夫人之壶浆,勿令其露。"女子叹曰:"嗟乎! 妾独与母居,三十年自守,贞明不愿从适。何宜馈饭而与丈夫,越亏礼义? 妾不忍也。"子胥行,反顾,女子已自投于濑水矣。

> 子犹曰:同一识英雄俊眼,幸则为红拂妓,雄服连辔,不幸则为击绵女,寒风濑水。或言此女可以无死,甚不然也。田光先生有云⑤:"长者为行,不使人疑。"掩夫人之盎浆,勿令其露。此女不死,子胥虽行,终未释然也。知礼义之不可越亏,而犹然跪进盎浆,劝勉加餐,独念子胥非恒人故耳。既知其非恒人,亦何惜一死,以安其魂,而定其事乎! 此女虽终身不嫁,冥冥之中,固已嫁子胥矣。

【注释】①伍胥即伍子胥。违,此作逃脱解。楚平王受费无忌之谗,杀子胥之父兄。子胥随楚太子建奔郑。郑杀太子建,子胥遂携建子胜奔吴。②溧阳,在今南京东,已是吴地。　③恒人,平凡之人。　④"逝",原本作"誓",据本条出处汉赵晔《吴越春秋》卷一改。　⑤田光,战国末燕人,荐荆轲于燕太子丹者。

徐 贤 妃

唐太宗尝召徐贤妃妃名惠,湖州人,八岁曾拟《离骚》不至,怒之。贤妃进诗曰:"朝来临镜台,妆罢且徘徊。千金始一笑,一召讵能来?"①

以娇语解围。

【注释】①徐氏召至，太宗纳为才人，后进贤妃。此条采自《大唐传载》。

孙　　氏

孙氏，许迈妻①，吴郡散骑常侍孙宏女也。迈总角好道，立精舍于悬溜山，往来茅岭，惟朔望时节返家定省。父母既终，乃遣妻孙氏还家，为书以谢绝之。孙为书答迈云："愚下不才，侍执巾栉，荣华福禄，相与共之。如何君子，驾其大义，轻见斥逐？若以此处遐旷，非妇人所便，昔梁生陟岭，孟光是携②，萧史登台，秦女不舍；卫人修义，夫妻同行；老莱逃名，伉俪俱逝③，岂非古人嘉遁之举者④？许君乖离矣。"

【注释】①许迈，字叔玄。家世士族，而迈不慕仕进。未弱冠，造郭璞学升遐之道。至南海诣鲍靓，探其至要。归立精舍于茅山。　②见本书卷二"孟光"条。　③刘向《列女传》有"楚老莱妻"，言：莱子逃世，耕于蒙山之阳，其妻与之偕隐。　④嘉遁，合于正道的隐遁。

情史氏曰：草木之生意，动而为芽。情亦人之生意也，谁能不芽者？文王、孔子之圣也而情，文正、清献诸公之方正也而情，子卿、澹庵之坚贞也而情，卫公之豪侠也而情①，和靖、元章之清且洁也而情，情何尝误人哉？人自为情误耳。红愁绿惨，生趣固为斩然。即蝶嚷莺喧，春意亦觉破碎。然必曰草木可不必芽，是欲以隆冬结天地之局，吾未见其可也！

【注释】①卫公事有误，见本卷"李卫公"条注释。

卷十六　情报类

荥阳郑生 _{以下有情报}

天宝中，常州刺史郑公，时望甚崇。有一子始弱冠，隽朗有词藻，其父爱而器之，曰："此吾家千里驹也。"应乡试秀才举，将行，乃盛其车服，计京师薪储之费，可支二年许。谓之曰："观尔之才，当一战而胜。今丰尔之给，将遂其志也。"生亦自负，视上第如指掌。自毗陵发，月馀抵长安，居于布政里。

尝游东市，还，自平康东门入[1]，将访友于西南。至鸣珂曲，见一宅，门庭不甚广，而室宇严邃，阖一扉。有娃方凭一双鬟青衣立，妖姿要妙，绝代未有。生瞥见，停骖良久，不忍纵步，乃诈坠鞭于地，候其从者救取之。累盼于娃，娃回眸凝睇，情甚相慕，竟不敢措辞而去。

生自尔意若有失，乃密征于其友游长安之熟者。友曰："此侠邪女李氏宅也。"曰："娃可求乎？"对曰："李氏颇赡，往来皆贵豪，所得甚广，非累百万不能动其志也。"生曰："但患不谐，虽百万何惜！"

他日盛服而往，扣其门，俄有侍儿启扃，见生，驰走大呼曰："前时坠鞭郎至矣！"娃大悦曰："尔姑止之，吾即出也。"生闻之私喜。行至萧墙间，见一姥垂白上偻，知是娃母，乃前拜致词曰："闻兹地有隙院，愿税以居[2]。信乎？"姥曰："惧湫隘不足以辱长者，敢言直耶？"延入宾馆，与生偶坐。因曰："某有女娇小，欲识上客。"乃命娃出，明眸皓腕，举步艳冶。生遽惊起，莫敢仰视。拜毕，叙寒燠。触类妍媚，目所未睹。茶后进酒，器用甚洁。欢笑方洽，不觉日暮。

姥访其居远近,生绐之曰:"在延平门外数里。"姥曰:"鼓已发矣,速归,无犯禁。"生曰:"道里远,奈何? 可假片席地相容乎?"娃曰:"不见责僻陋,方将居之,宿何害焉?"生数目姥,姥曰:"唯唯。"生乃召家僮,请以双缣,备一宵之馔。娃笑而止之,留以俟他辰,固辞,终不许。

俄徙坐西堂,帷幕帘榻,焕然夺目。妆奁衾枕,亦皆侈丽。乃张烛进馔,品味甚盛。彻馔,姥起,生、娃各叙邂逅相慕之意。生曰:"此来非直求居,愿偿平生之志耳。"言未终,姥至。询其故,姥笑曰③:"男女之际,大欲存焉,情苟相得,虽父母不能制也。"生遂下阶拜谢,愿以身为厮养。姥遂呼之为郎,饮酣而散。

及旦,尽徙其囊橐于李,不复与亲知相闻。日会倡优辈狎戏,囊中渐铄④,乃鬻骏乘及其家童。岁馀,资斧荡然。娃情弥笃,而姥意已怠,乃授计于娃,使偕生诣祈嗣。生大喜,质衣而往。返至里北门,娃谓生曰:"此东转小曲中,某之姨宅,暂往觐可乎?"生如其言,抵一车门,青衣促生下驴。适有一人出访,曰:"谁?"曰:"李娃也。"乃入舍。俄有妪出迎,年可四十馀。问生曰:"吾甥何在?"娃至,妪迎谓曰:"何久疏绝?"相视而笑。娃引生拜之,妪意甚殷勤,若将留娃信宿者,而尽屏其车马,相与入西戟门偏院。中有山亭竹树,透迤葱蒨。生谓娃曰:"此姨之私第耶?"笑而不答,以他语对。坐食顷,有一人控大宛⑤,汗流驰至,曰:"姥遇暴疾,势甚殆,宜速归。"娃谓姨曰:"方寸乱矣。某疾驰去,候返乘,姨便与郎偕来。"生拟随步,其姨与侍儿偶语,以手挥之,令生止于户外,曰:"姥且殁矣,当共议丧事,以济其急,奈何遽去?"乃止,共计其凶仪斋祭之用。

日晚,乘不至。姨曰:"无复命,何也? 郎先往视,某当继来。"生遂往,至旧宅门,扃钥甚密,以泥缄之。生大骇,诘其邻人,邻人曰:"姥本税居,约已周⑥,今徙去矣。"问:"何徙?"曰:"不知也。"生惶甚,欲诣姨诘之,日晚,计程不能达,乃赁榻而寝。自昏达旦,目不交睫。质明，至姨所，叩扉不应，大呼至数四，阍者徐出。生遽询：“姨氏在乎？”曰：“无之。”生曰：“昨暮在此，今何往？且此谁氏之第？”曰：“此崔尚书宅。昨有人税此院，云迟中表之远至者⑦，未暮去矣。”生惶惑发狂，罔知所错。

因返访布政里旧邸，邸主哀而进膳，生怨懑绝食三日，遘疾甚笃，旬馀愈甚。邸主惧不起，徙诸凶肆之中⑧。肆人共伤叹而互饲之。后稍愈，执繐帷以自给⑨。累月，渐复壮，每听哀歌，辄呜咽流涕，不能自止。归则效之。生聪敏，曲尽其妙，虽长安无有伦比。初，二肆之备凶器者，互争胜负。其东肆车舆皆奇丽，唯哀挽不敌。东肆长知生音妙，乃醵钱二万索雇焉。其党阴教生新声而相赞和。累旬，人莫知之。其二肆长相谓曰：“我等各阅所长于天门街，以较优劣。不胜者罚直五万，以备酒馔，可乎？”各许诺，立契署保。于是，里胥告于贼曹，闻于京尹。

及期，士女尽赴，巷无居人。自旦阅之，及亭午，历举辇舆威仪之具，西肆皆不胜。师有惭色，乃置层榻于南隅。有长髯者拥铎而进，翊卫数人。于是奋髯扬眉，扼腕顿颡而登，乃歌《白马》之词。恃其夙胜，顾眄左右，旁若无人。齐声赞扬，以为独步一时矣。有顷，东肆长于北隅上设连榻，有乌巾少年，左右五六人，秉翣而至⑩，即生也。整其衣服，俯仰甚徐，申喉发调，容若不胜。乃歌《薤露》之章，举声清越，响振林木。曲度未终，闻者歔欷掩泣。西肆长为众所诮，益惭耻，密置所输之直于前而遁。四座愕眙，莫之测也。

先是，天子方下诏，俾外方之牧岁一至阙下⑪，谓之入计。时适遇生父在京师，与同列者易服窃往观焉。有老竖，即生乳母婿也，察生容辞，欲认未敢，泫然流涕。生父惊而诘之。因告曰：“歌者之貌，颇似郎之亡子⑫。”父曰：“吾子以多财为盗所害，奚至是耶？”言讫亦泣。及归，竖间驰往，访于其党，皆曰“郑氏之子”。征其名，且易之矣。竖意不释然，迫而察之，良是。生见竖色动，回翔将匿于众中。竖遂持其袂，强挟以归。

父见之，怒其玷辱，乃徒行出，至曲江杏园东，褫其衣，以马鞭鞭之数百，垂毙，委之而去。其师使人阴随之，归告同党，共加伤叹，谋瘗之，而气犹未绝。因共荷归，以苇筒灌勺饮，经宿乃活。月馀，手足犹不能举。其挞处皆溃烂，同辈恶其秽，复弃之道周，行路咸伤之，往往投以馀餐。如是十旬，方杖策而起。被布裘乞食，裘百结如悬鹑。自秋徂冬，夜入粪壤窟室[13]，昼则周游廛肆。

一日，冒大雪行乞，门多不启。至安邑东门，循里垣北转第七八[14]，有一门独启左扉，即娃宅也。生不知之，遂连声疾呼，饥冻之甚，音响凄切，所不忍听。娃自阁中闻之，谓侍儿曰："此必郑生，我辨其音矣。"趋而出，见生枯瘠疥疬，殆非人状，娃意感焉，乃谓曰："岂非某郎也？"生羞愤俱极，口不能言，颔颐而已[15]。娃前抱其颈，以绣襦拥而归于西厢，失声长恸曰："令子一朝及此，我之罪也！"绝而复苏。姥大骇，奔至，曰："何也？"娃曰："某郎。"姥遽曰："何不逐之？"娃敛容却睇曰："不然，此良家子也。当昔驱高车、持多金至此，不逾期而荡尽，以计逐之，令其失志，不得齿于人伦。父子，天性也，使其情绝，杀而弃之。又困踬若此，天下之人尽知为某也。生亲戚满朝，一旦当权者熟察本末，祸将及矣。况欺天负人，鬼神不祐。某为姥子，迨今有二十岁矣，计所获不啻千金。姥年已六十馀，愿计二十年衣食之用以自赎，当就近别居，晨昏不废温清[16]，于姥亦无所苦。"姥度其志坚，乃许之。

因以给姥之馀金，于北隅税一隙院。乃与生沐浴更衣，先以汤粥通其肠，次以酥乳润其脏。旬馀，方荐水陆之馔，巾履皆取珍异者。未数月，肌肤稍腴。卒岁，平愈如初。娃谓生曰："体已康矣，曩昔之业，可温习乎？"生思之曰："十得二三耳。"娃命车出游，生骑而从，至书肆，令生自择取，计费百金，尽载以归。因令生专气务学，俾夜作昼，孜孜矻矻，娃常偶坐，宵分乃寐。伺其疲倦，即劝缀诗赋。二岁而业大就。生谓娃曰："可策名矣。"娃曰："未也。"更令精熟一年，曰："可矣。"于是遂一上登甲科，声振礼闱。虽前辈见其文,罔不敛衽敬羡,愿友之而不可得。娃曰:"未也。秀才幸擢一第,便自谓致身青云,子行秽迹鄙,不侔他士。当砻淬利器,以求再捷,方可连镳群英耳。"生繇是益自勤苦,声价弥甚。

其年,遇大比,诏征四方之隽,生应直言极谏科,策名第一,授成都府参军。三事以降[17],皆其友也。将之官,娃谓生曰:"某今日始不相负矣。愿以残年归养老姥。君当结媛鼎族,以奉蒸尝[18]。中外婚媾,无自黩也。勉思自爱,某从此去矣!"生泣曰:"子若弃我,当自刭以就死!"娃固辞不从,生勤请弥恳。娃曰:"送子涉江,至于剑门,当令我回。"生许诺。

月馀至剑门,未及发而除书至,生父繇常州诏入,拜成都尹兼剑南采访使。浃辰父到,生因投刺,谒于邮亭。父不敢认,见其祖、父官讳,方大惊,命登阶,抚背恸哭,遂为父子如初。因诘其繇,具陈本末。大奇之,诘娃安在。曰:"送某至此,当令复还。"父曰:"不可。"翌日,命驾与生先之成都,留娃于剑门别馆。明日,命媒氏备六礼以迎焉。

娃既归,岁时伏腊,妇道甚修,治家严整,极为亲所眷。后数岁,生父母偕殁,持孝甚至,感灵芝白燕之异。终制,累迁清显之任,十年间至数郡。娃封汧国夫人。有四子,皆为大官。其卑者犹为太原尹。唐人白行简作《李娃传》。[19]

弇州山人曰[20]:叛臣辱妇,每出于名门世族,而伶工贱女,乃有洁白坚贞之行,岂非秉彝之良,有不间邪?观夫项王悲歌虞姬刎,石崇赤族绿珠坠,建封卒官盼盼死,禄山作逆雷清恸[21],昭宗被贼宫姬蔽[22],少游谪死楚伎经[23]。若是者,诚出天性之所安,固非激以干名也。至于娃之守志不乱,卒相其夫以底于荣美,则尤人所难。呜呼,倡也犹然,士乎可以知所勉矣。

《义伎传》评曰:《史》称"设形容,揳鸣琴,揄长袂,蹑利屣",固庸态也[24]。娃之濯淖泥滓,仁心为质,岂非所谓蝉蜕者乎？士不困辱不激，不激事不成。假令郑子能自竖建显当世，则娃几与蕲王夫人媲美矣。

　　子犹氏曰：世览《李娃传》者，无不多娃之义。夫娃何义乎？方其坠鞭留盼，惟恐生之不来。及夫下榻延欢，惟恐生之不固。乃至金尽局设，与姥朋奸，又惟恐生之不去。天下有义焉如此者哉？幸生忍羞耐苦，或一旦而死于邸，死于凶肆，死于箠楚之下，死于风雪之中，娃意中已无郑生矣，肯为下一滴泪耶？绣襦之裹，盖鬻平康滋味尝之已久，计所与往还，情更无如昔年郑生者，一旦惨于目而怵于心，遂有此豪举事耳。生之遇李厚，虽得此报，犹恨其晚。乃李一收拾生，而生遂以汧国花封报之。生不幸而遇李，李何幸而复遇生耶？

【注释】①平康里，为唐时长安妓院聚集地。　　②陈院，空闲房屋。税，凭租。　　③"姥"字原本缺，据本条出处白行简《李娃传》补。　　④铄，熔化。指钱财渐空。　　⑤大宛出好马，此代指良马。　　⑥周，契约已满。　　⑦迟，等待。　　⑧凶肆，出售丧葬棺木之店。　　⑨繐帷，泛指出殡时送葬队伍中的帷帐幡仗等冥器。　　⑩翣，饰棺所用的羽扇。⑪牧，州牧，即诸州刺史。　　⑫唐人称主人为郎。　　⑬"粪壤窟室"，原本作"粪窟"，据出处改。　　⑭"里"，原本作"理"，据出处改。　　⑮"领"，原本作"领"，据出处改。　　⑯温清，即冬温夏清，冬则温被使暖，夏则扇席使凉。此指侍奉父母。　　⑰三事，此指州府的长官，如成都府则设府尹一人、少尹二人。　　⑱奉蒸尝，此指为家中宗子而祭祀祖先。　　⑲以上为《李娃传》之文，略有删节。　　⑳弇州山人，明王世贞号。世贞编《艳异编》，收《李娃传》，后有按语如下段。　　㉑安禄山陷长安，宴其群臣于凝碧池，盛奏众乐，梨园弟子往往歔欷泣下，贼皆露刃睨之。乐工雷海清不胜悲愤，掷乐器于地，西向恸哭。禄山怒缚于试马殿前肢解之。　　㉒唐昭宗为贼所刺，而宫女身为掩蔽。　　㉓陈少游，唐德宗时为淮南节度使，与叛镇李希烈勾通，被谴，忧惧而死，其姬自缢以殉。　　㉔所引见《史记·货殖列传》，为形容赵女郑姬盛服饰、习伎艺以色谋富的句子。庸态，言此为庸流之常态。

散 乐 女

宋齐丘[①]，豫章人。父卒，家计荡尽，朝不谋夕。时姚洞天为淮阳骑将，素好士，齐丘欲谒之，奈囊空，无以备纸笔之费。计无所出，但于逆旅闷坐。如此数日。邻房有散乐女[②]，甚幼，问齐丘曰："秀才何以杜门不出？"齐丘以实告。女叹曰："此甚小事，何吝一言相示？"乃惠以数缗。齐丘市纸笔，为诗咏以投洞天。其略曰："某学武无成，攻书失志，岁华蹭蹬，身事蹉跎。胸中万仞青山，压低气宇；头上一轮红日，烧尽风云。加以天步凌迟，皇纲废弛，四海渊黑，中原血红。挹飞苍走黄之辩[③]，有出鬼没神之机。"洞天怒其言大，不即接见。齐丘窘急，乃更其启，翌日复至。其略云："有生不如无生，为人不若为鬼。"又云："其为诚恳万端，只为饥寒两字。"洞天始悯之，渐加拯救。徐温闻其名[④]，召至门下。及昇之有江南也[⑤]，齐丘以佐命遂至上相，乃上表云："娶散乐女为妻，以报宿惠。"许之。

漂母而下，数百年又得散乐女。彼须眉男子拥素封而坐视人饥寒者，视兹妇能不愧死！

刘道真少时尝渔草泽。而老妪闻其歌啸，知非常人，杀豚进之。道真食尽，了不谢。妪见不饱，又进一豚，食半而去。后为吏部郎，妪儿时为令史，乃超用之。此漂母之报也。欧阳彬困于淮南，歌人瑞卿以家财资之入蜀。及贵，卒偕老。此散乐女之报也。虽然，彼皆女中丈夫，非望报者也？夫漂母与散乐女之不朽千秋也，岂在赠金乞娶时哉！

【注释】①宋齐丘，五代时人，为杨氏之吴国及李氏之南唐国大臣。②散乐，唐时民间歌舞杂耍之类均归为散乐。 ③飞苍为鹰，走黄为犬。④此条采自宋陶岳《五代史补》卷二"宋齐丘投姚洞天"，而《江南别录》则云齐丘乃归徐知诰门下,与此有异。　　⑤李昇即徐知诰,夺杨氏国,为南唐烈祖。

珍　珠　衫

　　楚中贾人某者,年二十馀。妻美而艳,夫妇之爱甚笃。某商于粤,久不归。其家近市楼居,妇偶当窗垂帘外望,忽见美男子,貌类其夫,乃启帘流眄,既觉其误,赧然而避。男子新安人,客二年矣,见楼上美人盼己,深以为念。叩姓名于市东鬻珠老媪,因遗重贿,求计通之。媪曰:"老妇知之矣。此贞妇,不可犯也。寻常罕睹其面,安能为汝谋耶?"新安客哀祈不已。媪曰:"郎君明日午馀,可多携白镪,到彼对门典肆中与某交易,争较之际,声闻于内。若蒙见召,老妇得跨足其门,或有机耳。然期在合欢,勿计岁月。"客唯唯去。

　　媪因选囊中大珠并簪珥之珍异者,明旦至肆中,佯与新安人交易。良久,于日中照弄珠色,把插搔头,市人竞观喧笑,声彻妇所。妇果临窗来窥,即命侍儿招媪。媪收货入笥,曰:"阿郎好缠人。如尔价,老妇卖多时矣。"便过楼与妇作礼,略叙寒温,出货商榷数语,匆匆收拾,曰:"老身适有急事他出,烦为检置,少间徐来等论。"既去,数日不至。

　　一日,雨中媪来,曰:"老身爱女有事,数日奔走,负期。今日雨中,请观一切缨络。"妇人出箧中种种奇妙,老媪宣叹不一。形容既毕,妇综核媪货,酬之有方。媪喜曰:"如尊意所衡,固无憾。向者新安客高下不情,徒负此丰标耳①!"妇复请迟价之半②,以俟夫归。媪曰:"邻居复相疑耶?"妇既喜价轻,复幸半赊,留之饮酌。媪机颖巧捷,彼此惟恨相知之晚。明日,媪携酌过,倾倒极欢③。自此妇日不能无媪矣。媪与妇益狎,时进情语挑之。妇年少,未免愁叹之意形于颜色。因留媪宿,媪亦言"家中喧杂,爱此中幽静,明夕当携卧具来此"。次日，妇为之下榻。媪靡夕不至，两床相向，啾语相闻，中夜谈心，两不相忌。

新安人数问媪期，辄曰："未未。"及至秋月，过谓媪曰："初谋柳下，条叶未黄，约及垂阴，子已成实。过此渐秃，行将白雪侵枝矣！"媪曰："今夕随老身入，须着精神，成败系此。不然，虚废半年也。"因授之计。

媪每夜黑至妇家，是夕，阴与新安人同入，而伏之寝门之外。媪与妇酌于房，两声甚戚，笑剧加殷。媪强侍儿酒，侍儿不胜，醉卧他所。独两人闭门深饮，各已微酣。适有飞蛾来火上，媪佯以扇扑之，灯灭，伪启门点灯，复佯笑曰："忘携烛去。"折旋之际，则已暗导其人于卧榻矣。顷之，辞以夜深火静，复闭门。妇畏暗，数数呼媪。媪曰："老身当同帷作伴耳。"乃挟其人登妇床，妇犹以为媪也，启被抚其身，曰："姥体滑如是！"其人不言，腾身而上，妇已神狂，听其轻薄而已。欢毕，始问为何人。媪乃前谢罪，述新安客爱慕之意。妇业堕术中，遂不能舍，相爱逾于夫妇。将一年，新安人赠费已及千金。

一日结伴欲返，流涕谓妇曰："别后烦思，乞一物以当会面。"妇开箱检珍珠衫一件，自提领袖，为其人服之，曰："道路苦热，极生清凉，幸为君里衣，如妾得近体也。"其人珍重而别，相约明年共载他往。新安人自庆极遇，珍衫未尝去体，顾之辄泪。是年，为事所梗。明年，复商于粤，旅次适与楚人同馆，相得颇欢，戏道生平隐事。新安人自言曾于君乡遇一妇如此。盖楚人外氏故客粤中④，主人皆外氏旧交，故楚人假外氏姓名作客，新安人无自物色也⑤。楚人内惊，佯不信，曰："亦有证乎？"新安人出珠衣，泣曰："欢所赠也，君归囊之便，幸作书邮。"楚人辞曰："仆之中表，不敢得罪。"新安人亦悔失言，收衣谢过。

楚人货尽归家，谓妇曰："适经汝门，汝母病甚，渴欲见汝。我已觅轿门前，便当速去。"复授一简书，曰："此料理后事语。至家与阿父相闻,我初归,不及便来。"妇人至母家,视母颜色初无恙,因大惊,发函视之,则离婚书也。阖门愤恸,不知所出。妇人父至婿家请故,婿曰:"第还珠衫,则复相见。"父归,述婿语,妇人内惭欲死。父母不详其事,姑慰解之。

期年,有吴中进士宦粤过楚,择妾,媒以妇对。进士出五十金致之。妇人家告前婿,婿检妇房中大小十六箱,皆金帛宝珠,封畀妻去。闻者莫不惊嗟。

居期年,楚人复客粤,偶与主人算货不直,语竞,搪翁仆地,翁暴死。二子讼之官,官即进士也。夜深,张灯检状,妾侍侧,见前夫名氏,哭曰:"是妾舅氏,今遭不幸,愿丐生还。"官曰:"狱将成矣。"妇人长跪请死。官曰:"起,徐当处分。"明日欲出,复泣曰:"事若不谐,生勿得见矣。"官乃语二子:"若父伤未形,须刷骨一验。"欲移尸置漏泽园⑥。二子家累千金,耻亏父体,叩头言:"父死状甚张⑦,无烦剔剜。"官曰:"不见伤痕,何以律罪?"二子恳请如前。官曰:"若父老矣,死其分也。我有一言,足雪若憾。若能听否?"二子咸请惟命。官曰:"令楚人服斩衰,呼若父为父,葬祭悉令经纪,执拂躄踊,一随若行。若父快否?"二子叩头曰:"如命。"举问楚人,楚人喜于拯死,亦顿首如命。事毕,妾求与舅氏相见,男女合抱,痛哭逾情。官疑之,因叩其实,则故夫妇也。官不忍,仍使移归,出前所携十六箱还妇,且护之出境。楚人已继娶,前妇归,反为侧室。

或曰,新安人以念妇故,再往楚中,道遭盗劫。及至,不见妇,愁忿病剧不能归,乃召其妻。妻至,会夫已物故。楚人所置后室,即新安人妻也。九籥生曰:"若此,则天道太近⑧,世无非理人矣。"小说有《珍珠衫记》,姓名俱未的⑨。

> 夫不负妇而妇负夫,故妇虽出不怨,而卒能脱其重罪,所以酬夫者亦至矣!虽降为侧室,所甘心焉。十六箱去而复返,令之义侠,有足多者。妪之狡,商之淫,种种足以诫世,惜不得

真姓名。

【注释】①丰标,言外表丰神标致。 ②迟价之半,赊欠价之一半。③倾倒,畅谈。 ④外氏,母亲家的人。 ⑤无自物色,无从了解。⑥漏泽园,由官府管理的丛葬之地,亦有停柩之处。 ⑦张,恐怖。⑧天道近则报应随之,太近则言无此报应之巧者。 ⑨冯梦龙《喻世明言》有《蒋兴哥重会珍珠衫》。此言其中人名均不是真确的。

张 红 红

大历中,有才人张红红者①,本与其父歌于衢路丐食。过将军韦青所居,青闻其歌音嘹亮,察之,仍有媚色,遂纳为姬。舍其父于后户,优给之。乃自传其艺,颖悟绝伦。尝有乐工自撰歌,即古《长命西河女》,而加减其节奏,颇有新声,未进闻②,先侑歌于青。青召红红于屏风后听之,红红乃以小豆数合记其拍。乐工歌罢,青入问红红:"如何?"曰:"已得矣!"青出云:"有女弟子久曾习此,非新曲也。"即令隔屏风歌之,一声不失。乐工大惊异,遂请相见,惊服不已。再云:"此曲先有一声不稳,今已正矣。"

寻达上听。翌日,召入宜春院③,宠泽隆异,宫中号"记曲娘子"④,寻为才人。一日,内史奏韦青卒,上告红红,乃上前呜咽奏云:"妾本风尘丐者,一旦老父死有所归,致身入内,皆自韦青。妾不忍忘其恩。"乃一恸而绝。上嘉叹之,即赠昭仪。

> 红红之未遇韦青也,不免行丐。既遇,而遂达至尊。虽曰人有绝技,定不埋没,而亦见知音之难遇矣。始蒙识拔,卒以死报,红红其伯牙氏之琴乎!

【注释】①才人,皇宫中女官名,亦为妃嫔之封号。 ②乐工为御用,有新曲当先上闻于宫中。 ③宜春院,唐宫中教习歌舞之处。 ④"记"字原本缺,据本条出处唐段安节《乐府杂录》补。

王　玉　英

福清茂材韩生庆云①，授徒于长乐之蓝田石尤岭间。见岭下遗骸，伤之。归具畚插，自为瘗埋。

是夜，有人剥啄篱外。启户，见端丽女子，曰："妾王玉英也，家世湘潭。宋德祐间②，父为闽守，将兵御胡元，战死。妾不肯辱，与其家死岭下。岁久骸骨偶出，蒙公覆掩，恩最深重，来相报耳。妾非人，然不可谓非人，理有冥合，君其勿疑。"遂与合，而亡何子生。受孕以七月七日。庆云母亦微知其事，急欲见孙，因抱归。女戒曰："儿受阳气尚浅，未可令人遽见。"忽母来登楼，女已抱子从窗牖逸去，啖儿果尚弃在地，始犹谓是莲子，察之乃蜂房也。抱儿归湘潭，无主者③，乃故弃之河旁，书衣带间曰："十八年后当来归。"

湘潭有黄公者，富而无子，拾之。稍长，清癯敏慧异常儿，名曰鹤龄。旋生二子，曰鹤算、二龄。共习制举之业，颇有声。已而二弟皆授室，独鹤龄泥衣带中语未决。然已捐金四十，委禽于其里易氏矣。

先是，女即归楚，尝以二竹策与生，令击策则女即至。凡有疾痛祸患，得女一语，即获庇佑。后以人言，疑女为妖，又诬生失行，淫主人女，褫去章服④。女故来渐疏，相期惟一岁一来，来必以七月七夕。久之，女谓生曰："儿生已符衣带之期，可来视之。"生遂抵湘潭，伪作星家言谒黄公。公出三子年甲，生指鹤龄者曰："此非公子，即浪得，当归矣。"黄公色动，问所自来。生曰："我即弃儿父，故来试公。怃不寒盟，有衣带语在。"公曰："固也，我已有子，不死沟壑。公若还珠，可忘阿保⑤？他且勿论，顷者委禽之资当为计耳。"因问儿所在，曰："应试长沙去也。"生即往就视。一见，两皆感动，若不胜情。其弟暨家奴皆大诟，禁不令与语。生自忖，贫既不能偿金，又婚未易就。以咨女，亦莫为计。遂弃之归。始来浮湘，屡经险,女皆在舟中阴为卫。又为经纪其资斧。至儿不得,疾归,女亦恚恨,若有待耳。抵闽,人皆惊诧。盖始皆谓生必死狐媚,今不然,又见儿,知非祟也。

女能诗,长篇短咏,笔落数千言,皆臻理致。其《咏某贞妇》诗曰:"芳心未可轻《行露》,高节何须怨《凯风》。"其《忆生》曰:"洞里仙人路不遥,洞庭烟雨昼潇潇。莫教吹笛城头阁,尚有销魂乌鹊桥。""莫讶鸳鸯会有缘,桃花结子已千年。尘心不释蓝桥路,信是蓬莱有谪仙。""朝暮云骖闽楚关,青鸾信不继尘寰。乍逢仙侣抛桃打,笑我清波照雾鬟。"诸篇为人所诵。生始命赋万鸟鸣春,即成四律,今即以名集,计十馀卷。事见《耳谭》⑥。

此事有不可解者五:女生不受辱,死而就人乎? 一也。既与生子,而复抱之逸去,去则又弃之河旁,报德者固如此乎? 二也。能抱之去,独不能挟之来乎? 且衣带之期何验焉? 三也。凡疾患得一语即获庇佑,而不能佑其夫使完名行乎? 四也。具此大神通,而不能致委禽四十金之费,五也。但瘗骨掩骼,功德莫大,姑存之以示劝耳。

【注释】①茂材,即秀才。　②德祐,南宋恭帝赵㬎年号(1275—1276),是时蒙元已陷临安。　③无主者,无家人可投奔。　④章服,此指秀才之服。褫之则是取消秀才身份。　⑤阿保,此指抚养者。　⑥此条采自明王同轨《耳谈类增》卷二十三,又凌濛初《二刻拍案惊奇》有《瘗遗骸王玉英配夫　偿聘金韩秀才赎子》。

周　廷　章 以下负情报

天顺间①,有临安卫王指挥,以从征广西苗蛮违限被参,降调河南南阳卫千户。王有二女,长娇鸾,次娇凤。凤已嫁,惟鸾从行。鸾幼通书史,王之文移②,俱属代笔,锺爱甚至。王之妻周氏,有妹嫁于曹,贫而寡,迎使伴鸾,呼为曹姨。

　　值清明节,鸾与曹姨率诸婢戏秋千于后园。忽闻人声,惊视,则墙缺处有美少年窥视称羡。鸾大惊走匿,遗罗帕于地,生逾垣拾去。方展玩间,旋有侍女来园寻觅,周折数次。生笑曰:"物入人手,尚何觅耶?"侍女曰:"郎君收得,乞以见还。"生问:"此帕谁人之物?"侍儿曰:"鸾姐,主人爱女也。"生曰:"若鸾姐自来,当即奉璧。"侍女叩生姓氏并家远近。生曰:"周姓,廷章名,苏州吴江人也。父为本学司教,随任于此。与尊府只一墙之隔。久闻尊姐精于文事,仆有小诗,烦为一致。如得报言,帕可还矣。"女急于得帕,允之。生逾垣而出,少顷复至,以桃花笺叠成方胜授女。女返命,鸾发缄,得一绝云:"帕出佳人分外香,天公教付有情郎。殷勤寄取相思句,拟作红丝入洞房。"鸾微笑,亦取笺答诗云:"妾身一点玉无瑕,产自侯门将相家。静里有亲同对月,闲中无事独看花。碧梧只许来奇凤,翠竹那容入老鸦。寄语异乡孤另客,莫将心事乱如麻。"侍儿捧诗至园,则生已候于墙缺矣。自此诗句往返数次,侍女得赂,喜于传送,不复言罗帕之事。

　　适端阳节,王治酒园中家宴,生往来墙外,恨不得一与席末。是晚,生复寄一绝云:"配成彩线思同结,倾就蒲觞拟共斟。雾隔湘江欢不见,锦葵空有向阳心。"鸾阅诗嗟叹。不意为曹姨所窥,细叩从来。鸾与姨素厚,因备述之。姨曰:"周生江南之秀,门户相敌,何不遣媒礼聘,成百年之眷乎?"鸾点头称是,遂答诗,末有"多情果有相怜意,好倩冰人片语传"之句。生乃伪托父命,求婚于王。王亦雅重生,但爱女不欲远嫁他乡,迟疑未许。生遂设计,托以衙斋窄狭③,假卫署后园肄业,且以周夫人同姓,请拜为姑。王,武人,喜于承奉,许之,且愿任饔飧。周遂寓居园亭,因得以兄妹之礼见鸾,情愈亲密。而曹姨居间,以盟主自任,先立婚誓,始订幽期。从此绸缪无间,恩逾夫妇。

　　约半载,周司教升任去,生托病独留。又半载馀,而司教引疾还乡。生闻之,欲谋归觐,而心恋鸾,情不能自割。鸾察其意,因置酒劝驾,且曰:"君恋私情而忘公义,不惟君失子道,累妾亦失妇道矣。"曹姨亦曰:"今暮夜之期,原非久计,公子不如暂归乡故,且觐双亲。倘于定省之间,兼议婚姻之事,早完誓愿,岂不美乎?"周犹豫未决,鸾使曹姨竟以生欲归省为言于王,王致赆钱行。生不得已,始束装。是夜,鸾邀生再伸前誓,且询生居址,以便通信。

明日生归,而司教已与同里一富家议姻。生始颇不欲,已闻其女甚美,贪财慕色,顿忘前誓。未几毕姻,夫妇相得甚欢,不复知鸾为何人矣。

鸾久不得生耗,念之成疾,每得便邮,屡以书招之,俱不报。父欲为鸾择配,鸾不可,必欲俟生的信④。乃以重赂遣卫卒孙九,专往吴江致书,附古风一篇,其略云:"忆昔清明佳节时,与君邂逅成相知。嘲风弄月频来往,拨动风情无限思。侯门曳断千金索,携手挨肩游画阁。好把青丝结死生,盟山誓海情不薄。白云渺渺草青青,才子思亲欲别情。顿觉桃脸无春色,愁听传书雁几声。君行虽不排鸾驭,胜似征蛮父兄去。悲悲切切断肠声,执手牵衣理前誓。与君成就鸾凤友,切莫苏城恋花柳。自君之去妾攒眉,脂粉慵调发如帚。姻缘两地相思重,雪月风花谁与共?可怜夫妇正当年,空使梅花蝴蝶梦。临风对月无欢好,凄凉枕上魂颠倒。一宵忽梦汝娶亲,来朝不觉愁颜老。盟言愿作神雷电,九天玄女相传遍。只归故里未归泉,何故音容难得见?才郎意假妾意真,再驰驿使陈丹心。可怜三七羞花貌,寂莫香闺思不禁。"曹姨亦作书,备述女甥相思之苦,相望之切。

孙九至吴江,得生居于延陵桥下,知生再娶,乃候面方致其情。生一语不答,入而复出,以昔日罗帕并誓书封还,使鸾勿念。孙九愤然而去,逢人诉之,故生薄幸之名播于吴下。

孙九还报鸾,鸾制《绝命诗》三十六首,复为《长恨歌》数千言,备述合离之事,语甚愤激。欲再遣孙九,孙怒不肯行。鸾久蓄抱石投崖之意，特不忍自泯没以死，故有待耳。偶值其父有公牍，当投吴江县，勾本卫逃军。乃取从前倡和之词并今日《绝命诗》、《长恨歌》汇成一帙，合同婚书二纸，总作一缄，入于公牍中，用印发邮，乃父不知也。其晚，鸾沐浴更衣，取昔日罗帕自缢而死。

吴江令发封，得鸾诗，大以为奇，为闻于直指樊公祉。公祉见之忿然，深惜鸾才而恨廷章之薄幸，命司理密访其人，榜杀之⑤。闻者无不称快。司教亦以忧死。

> 负心之人，不有人诛，必有鬼谴。惟不谴于鬼而诛于人，尤见人情之公耳。

【注释】①天顺，明英宗复辟后年号（1457—1464）。　②文移，公文。③衙斋，官衙中供官员及家属居住之房屋。　④的信，确切的消息。⑤司理，掌刑法的官员。榜杀，以鞭或杖打死。

李　益

大历中，陇西李生名益，年二十，以进士擢第。其明年拔萃，俟试于天官①。夏六月，至长安，舍于新昌里。生门族清华，少有才思，丽词佳句，时谓无双。先达文人，翕然推伏。每自矜风调，思得佳偶，博求名妓，久而未谐。长安有媒鲍十一娘者，故薛驸马家青衣也，折券从良十馀年矣②。性便僻③，巧言语，豪家戚里，无不经过，追风挟策，推为渠帅。尝受生诚托厚赂，意颇德之。

经数月，生方闲居舍之南亭，申未间④，忽闻扣门甚急，云是鲍十一娘至。摄衣从之，迎问曰："鲍卿今日何故忽然而来？"鲍笑曰："苏姑子作好梦也未⑤？有一仙人谪在下界，不邀财货，但慕风流。如此色目，共十郎相当矣。"生闻之惊跃，神飞体轻，引鲍手且拜且谢曰："一生作奴，死亦不惮。"因问其名居，鲍具说曰："故霍王小女，字小玉。王甚爱之。母曰净持，即王之宠婢也。王之初薨，诸弟兄以其出自贱庶,不甚收录,因分与资财,遣居于外,易姓为郑氏。人亦不知其王女。资质秾艳,一生未见,高情逸态,事事过人,音乐诗书,无不通解。昨遣某求一好儿郎,格调相称者。某具说十郎,彼亦知有十郎名字,非常欢惬。住在胜业坊古寺曲,甫上车门宅是也⑥。已与他作期约,明日午时但至曲头觅桂子,即得矣。"

鲍既去,生便备行计。遂令家童秋鸿,于从兄京兆参军尚公处,假青骊驹、黄金勒。其夕,生浣衣沐浴,修饰容仪,喜跃交并,通夕不寐。迟明,巾帻,引镜自照,惟恐不谐也。徘徊之间,至于亭午,遂命驾疾驱,直抵胜业。至约之所,果见青衣立候,迎问曰:"莫是李十郎否?"即下马,令牵入屋底,急急锁门。见鲍果从内出来,遥笑曰:"何等儿郎造次入此?"生调诮未毕,引入中门。庭间有四樱桃树,西北悬一鹦鹉笼,见生人来,鸟语曰:"有人入来,急下帘者!"生本性雅淡,心犹疑惧,忽见鸟语,愕然不敢进。逡巡,鲍引净持下阶相迎,延入对坐,年可四十余,绰约多姿,谈笑甚媚。因谓生曰:"素闻十郎才调风流,名下固无虚士。某有一女子,颜色不至丑陋,堪配君子。频见鲍十一娘说意旨,今便令永奉箕帚。"生谢曰:"鄙拙庸愚,不意顾盼。傥垂录采,生死为荣。"遂命酒馔。小玉自堂东阁子中出来,生即拜迎。但觉一室之中,若琼林玉树,互相照耀,转盼精彩射人。既而延坐母侧。母谓曰:"汝尝爱念'开帘风动竹,疑是故人来',即此十郎诗也。尔终日吟想,何如一见?"玉乃低鬟微笑,细语曰:"见面不如闻名,才子岂能无貌?"生遽起连拜曰:"小娘子爱才,鄙夫重貌,两好相映,才貌相兼。"母女相顾而笑。遂举酒,数巡,生起请玉歌唱,初不肯,母固强之,发声清亮,曲度精奇。

酒阑及暝,鲍引生就西院憩息。闲庭邃宇,帘幕甚华。鲍令侍儿桂子、浣沙与生脱靴解带。须臾玉至,言叙温和,辞气宛媚。解衣之际,态有徐妍,低帏昵枕,极其欢爱,生自以为巫山、洛浦不过也。中宵之夜,玉忽流涕谓生曰:"妾本倡家,自知非匹。今以色爱，托其仁贤。但虑一旦色衰，恩移情替，使女萝无托，秋扇见捐。极欢之际，不觉悲生。"生闻之不胜感叹，乃引臂替枕，徐谓玉曰："平生志愿，今日获从，粉骨碎身，誓不相舍，夫人何发此言！请以素缣著之盟约。"玉因收泪，命侍儿樱桃褰幄执烛，授生笔砚。玉管弦之暇，雅好诗书，筐箱笔砚，皆王家之旧物。遂取绣囊，出越姬乌丝阑素段三尺以授生。生素多才思，援笔成章，引喻山河，指诚日月，句句恳切，闻之动人。誓毕，命藏于宝箧之内。自尔婉娈相得，若翡翠之在云路也。

　　如此二岁，日夜相从。其后年春，生以书判拔萃登科，授郑县主簿⑦。至四月，将之官，便拜庆于东洛。长安亲戚，多就筵饯。时春物尚馀，夏景初丽，酒阑宾散，离思萦怀。玉谓生曰："以君才地名声，人多慕景，愿结婚媾者固亦众矣。况堂有严亲，室无冢妇，君之此去，必就佳姻。盟约之言，徒虚语耳。然妾有短愿，欲辄指陈，永委君心，复能听否？"生惊怪曰："有何罪过，忽发此辞？试说所言，必当敬奉。"玉曰："妾年始十八，君才二十有二。逮君壮室之秋，犹有六岁⑧。一生欢爱，幸毕此期。然后妙选高门，以求秦晋，亦未为晚。妾便舍弃人事，剪发披缁，夙昔之愿，于此足矣。"生且愧且感，不觉涕流，因谓玉曰："皎日之誓，死生以之。与卿偕老，犹恐未惬素志，岂敢辄有二三？固请不疑，但端居相待。至八月，必当却到华州⑨，寻使奉迎，相见非远。"更数日，生遂诀别东去。

　　到任旬日，求假往东都觐亲。至家旬日，太夫人已与商量表妹卢氏，言约已定。太夫人素严毅，生逡巡不敢辞让。卢亦甲族也，嫁女于他门，聘财必以百万为约，不满此数，义在不行。生家素贫，事须求丐，便托假故，远投亲知。历涉江淮，自秋及夏，生自以孤负盟约，大愆回期，寂不知闻，欲断其望，遥托亲故，不遣漏言。

　　玉自生逾期，数访音信，虚词诡说，日日不同。博求师巫，遍询卜筮，怀忧抱恨，周岁有馀，羸卧空闺，遂成沉疾。虽生之书题竟绝，而玉之相望不移，赂遗亲知，使通消息。寻求既切，资用屡空。

往往私令侍婢潜卖箧中服玩之物，多托于西市寄附铺侯景先家货卖。曾令侍婢浣沙将紫玉钗一只，诣景先家货之，路逢内作老玉工，见浣沙所执前来，认之曰："此钗，吾所作也。昔岁霍王小女将欲上鬟⑩，令我作此，酬以万钱，我尝不忘。汝是何人，从何而得？"浣沙曰："我小娘子即霍王女也。家事破散，失身于人。夫婿昨向东都，更无消息。悒怏成疾，今将二年。令我卖此，赂遗于人，使求音信。"玉工凄然下泣曰："贵人男女，失机落节⑪，一至于此！我残年向尽，见此盛衰，不胜伤感。"遂引至延先公主宅，具言前事。公主亦为之悲叹良久，给钱十二万焉。

时生所定卢氏女在长安。生既毕于聘财，还归郑县。其年腊月，又请假入城就亲，潜卜静居，不令人知。有明经崔允明者，生之重表弟也，性甚长厚。昔岁尝与生同饮于郑氏之室，杯盘笑语，曾不相间。每得生信，必诚告于玉。玉常以薪刍衣服资给于崔，崔颇感之。生既至，崔具以诚告玉。玉恨叹曰："天下宁有是事乎！"遍托亲朋，多方召致。生自以愆期负约，又知玉疾候沉绵，惭耻忍割⑫，终不肯往。晨出暮归，欲以回避。玉日夜涕泣，都忘寝食，期一相见，竟无因缘，冤愤益深，委顿床枕。自是长安中稍有知者，风流之士共感玉之多情，豪侠之伦皆怒益之薄行。

时已三月，人多春游。益与同辈五六人，诣崇敬寺玩牡丹花。步于西廊，递吟诗句。有京兆韦夏卿者，生之密友，时亦同行，谓生曰："风光甚丽，草木荣华。伤哉郑君，衔冤空室。足下终能弃置，实是忍人。丈夫之心，不宜如此！足下宜为思之。"叹让之际⑬，忽有一豪士，衣轻黄纻衫，挟朱弹，风神俊美，衣服轻华，唯见一剪头胡雏从后，潜行而听之。俄而前揖益曰："公非李十郎者乎？某族本山东，姻连外戚，虽乏文藻，心尝乐贤。仰公声华，常思觏止，今日幸会，得睹清扬。某之敝居，去此不远，亦有声乐，足以娱情。妖姬八九人，骏马十数匹，惟公所欲，但愿一过。"生之侪辈共聆斯述，更相叹美。因与豪士策马同行，疾转数坊，遂至胜业。生以近郑之所止，意不欲过，便托事故欲回马首。豪士曰："敝居咫尺，忍相弃乎？"乃挽挟其马，牵引而行。迁延之间，已及郑曲。生精神恍惚，鞭马欲回，豪士遽命奴仆数人抱持而进，疾走推入车门，便令锁却。报云："李十郎来也！"一家惊喜，声闻于外。

先此一夕，玉梦黄衫丈夫抱生来，至席，使玉脱鞋。惊瘠而告母，因自解曰："鞋者，谐也，夫妇再合。脱者，解也，既合而解，亦当永诀。繇此征之，必遂相见，相见之后当死矣。"凌晨，请母妆梳。母以其久病，心意惑乱，不甚信之。黾勉之间，强为妆梳，妆梳才毕而生果至。玉沉绵日久，转侧须人。忽闻生至，欻然自起，更衣而出，恍若有神。遂与生相见，含怒凝视，不复有言。嬴质娇姿，如不胜致，时复掩袂，还顾李生。感物伤人，坐皆歔欷。顷之，有酒肴数十盘自外而来，一坐惊视，遽问其故，悉皆豪士之所致也。因遂陈设，相就而坐。玉乃侧身转面，睇视生良久，遂举杯酒酬地曰："我为女子，薄命如斯，君是丈夫，负心若此！韶颜稚齿，饮恨而终。慈母在堂，不能供养。绮罗弦管，从此永休。衔痛黄泉，皆君所致。李君，李君，今当永诀！我死之后，必为厉鬼，使汝妻妾终日不安！"乃引左手握生臂，掷杯于地，长恸号哭，数声而绝。母乃举尸置于生怀，令唤之，遂不复苏矣。生为之缟素，旦夕哭泣甚哀。

将葬之夕，生忽见玉纟惠帷之中[14]，容貌妍丽，宛若平生。着旧石榴裙、紫襘裆、红绿帔子，斜身倚帷，手引绣带，顾谓生曰："愧君相送，尚有馀情。幽冥之中，能不感叹？"言毕遂不复见。明日葬于长安御宿原，生至墓所，尽哀而返。

后月馀，就礼于卢氏[15]。伤情感物，郁郁不乐。夏五月，与卢氏偕行，归于郑县。至县旬日，生方与卢氏寝，忽帐外叱叱作声。生惊视之，则见一男子，年可二十馀，姿状温美，藏身映幔，连招卢氏。生惶遽走起，绕幔数匝，倏然不见。生自此心怀疑恶，猜忌万端，夫妻之间，无聊生矣。或有亲情曲相劝谕，生意稍解。后旬日，生复自外归，卢氏方鼓琴于床，忽见自门抛一斑犀钿花合子，方圆一寸馀,里有轻绡作同心结,坠于卢氏怀中。生开视之,见相思子二,叩头虫一,发杀嘴一,驴驹媚少许⑯。生当时愤怒叫吼,声如豺虎,引琴撞击其妻,诘令实告。卢氏亦终不自明。尔后往往暴加捶楚,备诸毒虐,竟讼于公庭而遣之。

卢氏既出,生或侍婢媵妾之属,暂同枕席,便加妒忌,或有因而杀之者。生尝游广陵,得名姬曰营十一娘者,容态润媚,生甚悦之,每相对坐。尝谓营曰:"我尝于某处得某姬,犯某事,我以某法杀之。"日日陈说,欲令惧己,以肃清闺门。出则以浴斛覆营于床⑰,周回封署,归必详视,然后乃开。又畜一短剑,甚利,顾谓侍婢曰:"此信州葛溪铁,唯断作罪过头。"大凡生所见妇人,辄加猜忌,至于三娶,率皆如初焉。

　　　长卿曰:予固悲小玉之为人,而深恨李娃也。玉之以怜才死,以锺情死,以结恨死,而犹不忘李郎也。三娶之后,小玉在焉,其恨之极,妒之极,正其爱之极也。彼李娃何为者?方娃之祷竹林而弃郑生,以他徙也,娃实与谋。迨乞食且死,而娃始回心,不亦晚乎?郑生不念旧恶,欢好令终,予于是深怜郑生,而益恨李十郎之无情矣!

【注释】①俟试于天官,等候吏部考试选官。　　②折券从良,赎回卖身契而嫁人。　　③便僻,善于逢迎讨好。　　④申未之间是傍晚时。⑤苏姑子,不详,当是对读书人的调谑之称。　　⑥"车门宅",原本作"东间宅",据李剑国《唐五代传奇集》第二编卷十八《霍小玉传》校本改。后俱以此本对校,不复注明。　　⑦郑县,今陕西华县。　　⑧男人至三十即入壮年,当娶妻室。"六岁",当作"八岁"。　　⑨华州治所即在郑县。⑩女子年十五及笄,要改鬟发。　　⑪失机落节,错失机遇而败落名节。⑫忍割,忍心而割情。　　⑬叹让,叹息而责让。　　⑭繐帷,旧时出殡之前,先在枢前设一帐,为停魂之所。　　⑮就礼卢氏,到卢家行亲迎礼。⑯相思子、叩头虫之类均不详,应属媚药。　　⑰浴斛,洗澡盆。

满　少　卿

　　满生少卿者,失其名。世为淮南望族。生独跅弛不羁,浪游四方。至郑圃依豪家[①]。久之,觉主人倦客[②],乃往投长安一知旧,则已罢去[③]。归次中牟,适故人为主簿,赒之[④],不能足,又转而西抵凤翔。穷冬雪寒,饥卧寓舍。邻生焦大郎见而恻然,饭之,旬日不厌。生感幸过望,往拜之。大郎曰:"吾非有馀,哀君逆旅披猖[⑤],故量相济,非有他意也。"生又拜:"幸异时或有进,不敢忘报。"自是日诣其家,亲昵无间。杯酒流宕,辄通其室女。既而事露,惭愧无所容。大郎叱责之曰:"吾与汝本不相知,过为拯拔,何为不义若此!岂士君子行哉!业已尔,虽悔何及!吾女亦不为无过。若能遂为婚,吾亦不复言。"生叩头谢罪,愿从命。既成婚,夫妇相得欢甚。

　　居二年,中进士第。甫唱名即归,绿袍槐简,跪于外舅前。邻里争持羊酒往贺,歆艳夸诧。生连夕燕饮,然后调官。将戒行,谓妻曰:"我得美官,便来取汝,并迎丈人俱东。"焦氏本市井人,恃生富贵,便不事生理,且厚赆厥婿,资产半空。

　　生至京,得东海尉。会宗人有在京者与相遇,喜其成名,拉之还乡。生甚不欲,托辞以拒。宗人骂曰:"书生登科名,可不归展坟墓乎?"命仆负其囊装先赴舟,生不得已而行。到家逾月,其叔父曰:"汝父母俱亡,壮而未娶,宜思嗣续计。吾为汝求宋都朱从简大夫次女,今事谐矣。汝需次尚岁馀[⑥],先须毕姻,徐为赴官计。"叔性严毅,历显官,且为族长,生素敬畏,不敢违抗,但唯唯而已,心殊窀惧。数日,忽幡然改曰:"彼焦氏非以礼合,况门户寒微,岂真吾偶哉!异时来通消息,以礼遣之足矣。"遂娶于朱。朱女美好而奁具颇厚,生亦甚适。凡焦氏女所遗香囊巾帕,悉焚弃之。常虑其来,而杳不闻问。

　　如是几二十年,累官鸿胪少卿,出知齐州。视印三日,偶携家人子散步后堂,有两青衣自别院右舍出,逢生辄趋避。生追视之,一妇人着冠帔,褰帷出,乃焦氏也。生惶惧失措,焦泫然泣曰:"一别二十年,向来婉娈之情,略不相念,汝真忍人也!"生不暇叩其所从来,具以实告。焦氏曰:"吾知之久矣。吾父已死,兄弟不肖,乡里无所依,千里相投,前一日方至此,为阍者所拒,恳祈再三,仅得托足。今一身孤单,茫无栖泊。汝既有嘉耦,吾得备侧室,竟此馀生,以奉事君子及尊夫人足矣。前事不复较也。"语毕长恸。生软语慰藉之,且畏彰闻于外,乃以语朱氏。朱素贤淑,欣然迎归,待之如妹。

越两旬,生微醉,诣其室寝。明日,门不启,家人趋起视之,则反扃其户,寂若无人。破壁而入,生已死牖下,口鼻流血。焦与青衣皆不见。是夕,朱氏梦焦曰:"满生受我家厚恩而负心若此。自其去后,吾抱恨而死。我父相继沦没,年移岁迁,方获报怨,已幽府伸诉逮证矣。"朱未及问而寤,但护丧柩南还耳。

有此哀怜之交,受恩深处,展墓之次,便当禀闻叔父,岂宋弘能抗世祖之命[7],而生顾难一言于叔父乎?即不然,幸朱贤淑不妒,诉以苦情,迎之双栖,犹可救半。甘心负亏,自招幽讨。悲夫!

【注释】①郑圃,郑州的别称。 ②倦客,对客人表示厌倦。 ③罢去,罢官而离去。 ④赒,周济。 ⑤"披猖",原本作"披祸",据本条出处宋洪迈《夷坚志补》卷十一"满少卿"条补。披猖,狼狈状。 ⑥需次,等待东海尉出缺。 ⑦宋弘,东汉初人。汉光武帝时,湖阳公主新寡,欲嫁宋弘。宋弘有妻。帝谓弘曰:"谚言'贵易交,富易妻'。"弘曰:"臣闻'贫贱之交不可忘,糟糠之妻不下堂'。"帝谓公主曰:"事不谐矣。"

王　魁

王魁下第失意,入山东莱州,友人招游北市①。深巷小宅,有敞氏妇绝艳,酌酒曰:"某名桂英,酒乃天之美禄。足下得桂英而饮天禄,明春登第之兆。"乃取拥项罗巾请诗。生题曰:"谢氏筵中闻雅唱,何人戛玉在帘帏。一声透过秋空碧,几片行云不敢飞。"英曰:"君但为学,四时所须,我为办之。"由是魁朝去暮来。

逾年,有诏求贤,英为办西游之用。将行,至州北望海庙神盟曰:"吾与桂英,誓不相负。若生离异,神当殛之!"魁至京门,寄诗曰:"琢月磨云输我辈,都花占柳是男儿。前春我若功成去,好养鸳鸯作一池。"后唱第为天下第一。英以诗贺云:"人来报喜敲门急,贱妾初闻喜可知。天马果然先骤跃,神龙不肯后蛟螭。""海中空却云鳌窟,月里都无丹桂枝。汉殿独呈司马赋,晋庭惟许宋君诗。""身登龙首云雷疾,名落人间霹雳驰。一榜神仙随驭出,九衢卿相尽行迟。""烟霞路稳休回首,舜禹朝清正得时。夫贵妇荣千古事,与郎才貌各相宜。"复寄诗云:"上国笙歌锦绣乡,仙郎得意正疏狂。谁知憔悴幽闺质,日觉春衣丝带长。"又诗云:"上都梳洗逐时宜,料得良人见即思。早晚归来幽阁里,须教张敞画新眉。"

魁私念科名如此,可以一娼玷辱?竟不复答书。而魁父已约崔氏为亲。及魁授徐州金判,英喜曰:"徐此去不远,当使人迫我矣!"复遣仆持书以往。魁方坐厅决事,大怒,叱书不受。英曰:"魁负我如此,当以死报之。"挥刀自刎。

魁自南都试院,有人自烛下出,乃英也。魁曰:"汝固无恙乎?"英曰:"君轻恩薄义,负誓渝盟,使我至此。"魁曰:"我之罪也!为汝饭僧诵佛书,多焚纸钱,舍我可乎?"英曰:"得君之命乃止,不知其他!"

魁欲自刺。母曰:"汝何悖乱如此?"魁曰:"日与冤会,逼迫以死。"母召道士马守素屡醮。守素梦至官府,魁与桂英发相系而立[2]。有人戒曰:"汝知,则勿复醮也。"后数日,魁竟死。

【注释】①北市,当是莱州的妓院聚集地。　②"英"字原本缺,据本条出处明胡文焕《稗家粹编》卷三补。

张　馀　庆

张馀庆,年十四。其老仆王某,有女年十三而美,嬉戏相得。曰:"吾它日为官,则以尔为次夫人。"至女年十六,有孕,未产,王某夫妻俱不知其为馀庆奸也,令之自缢。女哀哭乞命,而馀庆竟不之白。迨死焚尸,但日夜饮泣而已。

嗣后馀庆常见此女,红裳绿衣,于静中现形。及馀庆将娶,见女贺曰:"大舍成亲乎①?吾当以一白羊相赠。"及成婚三四旬,馀庆于枕下扶一人臂,以为妻也,问妻而妻不知。乃于密室独处,时见其来,然不及乱。后病,则盛妆而至,登榻求合,不能拒也。乃祖延一道者,教以修炼。道者对榻,闻其梦中作咿嚘声,揭被视之,则精遗矣。道者再三问故,以告。道者愠曰:"君误我事!我术每三月必调摄见效,而谁知君有此哉!"乃向空祝曰:"若张生阳寿合终,小娘子今夕再至。若不当夭,则舍之,何如?"是夕,馀庆复见此女力求欢合。馀庆坐以挥之,三夕不就枕,又十五日而亡,年仅二十九。②

【注释】①舍即舍人简称,舍人,公子也。　　②此条采自明王世贞《续艳异编》卷十四。

孙　助　教　女

大桶张氏者,以财雄长京师。凡富人以钱委人,权其子而取其半,谓之行钱①。富人视行钱如部曲②,或过行钱之家,设特位,置酒,妇人出劝,主人乃立。待富人逊谢,强令坐,再三乃敢就位。

张氏子年少,父母死,主家事,未娶。因祀州西灌神归,过其行钱孙助教家。孙置酒,酒数行,其未嫁女出劝客,姿色绝世。张目之曰："我欲娶为妇。"孙惶恐不可，且曰："我，公家奴也。奴为郎主丈人，邻里笑怪。"张曰："不然，顾主少钱物耳，岂敢相仆隶也？"张固豪侈，即取臂上古玉条脱与女，且曰："择日纳币也。"饮罢去。孙邻里交来贺曰："有女为百万主母矣。"其后张别议婚，孙念势不敌，不敢往问。而张亦恃酒戏言，非实有意也。

逾年，张婚他族，而孙女不肯嫁。其母曰："张已娶矣。"女不对，而私曰："岂有信约如此，而别娶乎？"其父乃复因张与妻祝神回，并邀饮其家，而使女窥之。既去，曰："汝见其有妻，可嫁矣。"女语塞，去房内蒙被卧，俄顷即死。父母哀恸，呼其邻郑三者告之，使治丧具。郑以送丧为业，世所谓仵作行者也。郑办丧具，见其臂有玉条脱，心利之，曰："某有一园在州西③。"孙谢之曰："良便，俟后相酬。"因号泣不忍视，急挥去，即与亲族往送其殡而归。

夜半月明，郑发棺欲取条脱，女蹷然起，顾见郑，曰："我何故在此？"亦幼识郑。郑以言恐曰："汝之父母恐汝不肯嫁而专念张氏，辱其门户，使我生埋汝于此。我实不忍，乃发棺，而汝果生。"女曰："第送我还家。"郑曰："若归必死，我亦罪矣。"女不得已，听郑匿于他处以为妻。完其殡，而徙居州东。郑有母，亦喜其子之有妇。彼小人，不暇究所从来也。

积数年，每语及张氏，尤忿恚，欲往质问前约。郑每劝阻防闲之④。

崇宁元年⑤，圣瑞太妃上仙，郑当从轝御至永安。将行，祝其母曰："勿令妇出游。"居一日，郑母昼睡，孙出，僦马直诣张氏门，语其仆曰："孙氏第几女欲见某人。"其仆往通，张惊异，与其仆俱往视焉。孙氏望见张，跳踉而前，曳其衣，且哭且骂。其仆以妇女，不敢往解。张以为鬼也，惊走。女持之益急，乃擘其手，手破流血，推仆地，立死。僦马者恐累己，往报郑母。母诉之有司，因追郑对。狱具状，郑发冢罪死，以赦得免。张罪当死，虽奏获贷，犹杖脊，竟忧畏死狱中。时吴趋顾道尹京云。

执楫之女,可为内子⑥。采桑之妇,可主六官⑦。妻以夫贵,夫岂以妻贵乎?但知百万之主,不可娶行钱家之女,抑知行钱家之冤鬼,能杀百万之子也!吁,可畏夫!

【注释】①收取本金的一半为子息,这种高利贷叫行钱。下文又把借债人称为行钱。　②视借债人如手下的兵伍。　③园,墓园。　④"阻",原本作"且",据本条出处宋廉布《清尊录》改。　⑤崇宁,宋徽宗年号(1102—1106)。　⑥见本书卷二"赵简子"条。　⑦刘向《列女传》卷六有"齐宿瘤女",齐东郭采桑之女,后为闵王之后。

念　二　娘

徐干乡民张客,因行贩入邑,寓旅舍。梦妇人鲜衣华饰,求荐寝。迨梦觉,宛然在旁,到明,始辞去。次夕,方阖户,灯犹未灭,又立于前,复共枕。自述所从来,曰:"我,邻家女也,无多言。"

经旬日,张意颇忽忽。主人疑焉,告曰:"此地昔有缢死妇人,得非所惑乎?"张秘不言,须其来,具以告之。略无惭讳色,答曰:"是也。"张与之狎,不甚畏,委曲叩其详。曰:"我故倡女,与客杨生素厚。杨取我资货二百千①,约以礼娶我,而三年不来。我悒悒成疾,求生不能,家人亦见厌。不胜愤郁,投缳而死。家以所居售人,今为旅舍,此室实故栖也。杨客与尔同乡人,亦识之否?"张曰:"识之,闻移饶州市门,娶妻开邸,生计绝如意。"妇人咨叹良久,曰:"我当以始终托子矣。忆有白金五十两埋床下,人莫之知,可取以助君。"张发地得金如数。

妇人自是白昼亦出。他日密语曰:"久留此无益,能挈我归乎?"张许诺。令书一牌曰"念二娘位",藏于箧中。遇所启缄,微呼便出。张悉从之。邸人谓张鬼气已深,必殒于道路。张殊不疑,日日经行,无不同处。既到家,徐于壁间设位。妻谓其是所事神,方瞻仰次,妇人遽出。妻惊问夫曰:"斯何人?勿盗良家子累我!"张以实对。妻贪所得,亦不致诘。

同室凡五日,又求往州中督债。张许之。至城南,且渡江,妇人出曰:"甚愧谢尔,相从不久,奈何?"张泣下,莫晓所云。入城门,亦如常。乃就店,呼之再三,不可见。亟访杨客居,见其家荒迫殊甚②,曰:"杨原无疾,偶七窍流血而死。"张骇怖,遄归。后竟无遇。出《夷坚志》。《耳谭》亦有此事,但其妇为穆小琼。

【注释】①"取我资货",原本作"以赍",据宋洪迈《夷坚丁志》卷十五"张客奇遇"条改。　　②"荒迫",即"慌迫",仓促,匆忙。

严　武

唐西川节度使严武①,少时仗气任侠,尝于京师与军使邻居。军使女美,窥见之,赂左右诱而窃之以逃。军使告官,且以上闻。诏遣万年县捕贼官乘递追逐武舟。严武自巩县闻②,惧不免,饮女酒,解琵琶弦以缢之,沉于河。明日,诏使至,搜之不得。此武少时事也。

及病甚,有道士从峨嵋山来谒。武素不信巫祝之类,门者拒之。道士曰:"吾望君府,鬼祟气横,所以远来。"门者纳之。未至阶,自为呵叱,论辨久之。谓武曰:"君有宿冤,君知之乎?"武曰:"无之。"道士曰:"阶前冤女,年十六七,颈系一弦者,谁乎?"武叩首曰:"有之。奈何?"道士曰:"彼云欲面,盍自求解?"乃洒扫堂中,令武斋戒正笏立槛内,一童独侍槛外。道士坐于堂外行法。另洒扫东阁,垂帘以俟女至。良久,阁中有声。道士曰:"娘子可出。"其女被发颈弦,褰帘而出。及堂门,约发拜武。武惊惭掩面。女曰:"妾虽失行,无负于公,公何太忍! 纵欲逃罪,何必忍杀? 含冤已久,诉帝得伸。"武悔谢求免,道士亦为之请。女曰:"事经上帝,已三十年矣。期在明晚,言无益也。"遂转身还阁,未至帘而失其形矣。道士谢去,武乃处置家事,明晚遂卒。③

【注释】①严武,唐肃宗朝历任东川节度使、京兆尹、剑南节度使。代宗立,入为太子宾客兼御史大夫。旋再镇剑南,不二年,暴死于成都,年仅四十岁。　②"严武"二字原本缺,据《太平广记》卷一百三十"严武盗妾"条引《逸史》补。　③此条采自明王世贞《续艳异编》卷十八,节略《逸史》太过。

袁　乞　妻

吴兴袁乞妻临终,执乞手云:"我死,君再娶不?"乞言:"不忍也。"既而服竟,更娶。乞白日见其死妇语之云:"君先结誓,何负言?"因以刀割其阳,虽不致死,人性永废。出《异苑》。

张　夫　人

张子能夫人郑氏,美而艳。张为太常博士,郑以疾殂,临终与诀曰:"君必别娶,不复念我矣。"张泣曰:"何忍为此!"郑曰:"人言那可凭,盍指天为誓?"曰:"吾苟负约,当化为阉。"郑曰:"我死当有变相,可怖畏,宜置尸空室中,勿令一人守视,经日然后敛也。"言之至再,少焉气绝。张不忍徙,犹遣一老婢设榻其傍。至夜中,尸忽长叹,窥之,呀然一夜叉也①。婢既不可出,震栗胆丧,大声叫号。家人穴壁观之,尽呼直宿数卒,持杖环立于户外。夜叉行百匝乃止,复诣寝床,举被自覆而卧。久之,家人乃敢启户入视,则依然故形矣。

后三年,张为大司丞,邓洵仁右丞欲嫁以女,张力辞。邓公方有宠,取中旨令合婚。成礼之夕,赐真珠寝帐,其直五十万缗。然自是多郁郁不乐。尝昼寝,见郑氏自窗下骂曰:"旧约如何,而忍负之?我幸有二子,纵无子,胡不买妾,必欲正娶,何也?祸将作矣。"

遽登榻以手拊其阴,张觉痛,疾呼家人,至无所见,自是若阉然。②

【注释】①呀然,大张口貌。 ②此条采自宋王明清《投辖录》"张夫人"条,删略过多。《投辖录》文末云:张子能"靖康末,竟以失节窜湘中,已而赐死于家"。

陆 氏 女

衢州人郑某,幼明旷能文。娶会稽陆氏女,亦姿媚明爽,伉俪绸缪。郑尝于枕席间语陆曰:"吾二人相欢至矣。即我脱不幸,汝无复嫁。汝死,我亦如之。"对曰:"方期百年偕老,何不祥如是?"凡十年,生二男,而郑生疾病,对父母复申前言,陆氏但俯首悲泣。郑竟死。

未数月而媒妁来,陆氏相与周旋。舅姑责之,不听。才释服,尽移其赀,适苏州曾工曹。成婚方七日,曾生奉漕檄考试他郡。行信宿①,陆氏晚步厅前,有急足拜于厅前②,称郑官人有书。陆取视,外题"示陆氏"三字,宛然前夫手迹也。急足忽不见。启缄读之,其辞云:"十年结发夫妻,一生祭祀之主。朝连暮以同欢,资有馀而共聚。忽大幻以长往,慕他人而轻许。遗弃我之田畴,移积蓄于别户。不恤我之二子,不念我之双亲。义不足以为人妇,慈不足以为人母。吾已诉诸上苍,行理对于冥府。"陆氏叹恨不怿,三日而亡。

【注释】①信宿,两夜。 ②急足,急速送信之人。

睦 州 赵 氏

睦州孙贾者,以贩帛资生。娶赵氏,琴瑟甚洽。相谐几五载,孙忽膺疾不起,日夕流涕相对。妇许以誓不改适,夫坚之曰:"汝志果决,当许我啮臂为记。"妇勉引臂,啮之。未几夫死,疮瘢未实①,

即纳聘。登车之夕,祭辞灵席,甫下拜,疮忽迸裂,血泉涌不止。须臾,一号而绝。

【注释】①啮疮之痂尚未坚实。

韦　英

后魏洛阳准财里①,有开善寺,京兆人韦英宅也。英早卒。其妻梁氏不治丧而嫁,更纳河内向子集为夫,虽云改嫁,仍居英宅。英闻梁嫁②,白日来归,乘马,将数人至,于庭前呼曰:"阿梁,卿忘我也!"子集惊怖,张弓射之,应弦而倒,即变为桃人,所骑马亦化为茅马,从者数辈尽为蒲人。梁氏惶惧,舍宅为寺。

再娶再嫁,皆常事耳。男迫事育③,女迫衣食。苟室家无托,死且不瞑,又可报乎?凡再而得报者④,必其可以无再者也。可以无再而再,薄岂俟死后哉⑤?生既交薄,死何念焉。故夫再而得报者,又必厚极而不能相释者也。厚可情通,何必强誓?誓可达鬼,其可欺乎?割阳而阳废,拊阴而阴绝,死能为妒,其生可知。然以报大耳儿⑥,使轻誓者知警,亦快事也。欢具已失,娶何为哉?张夫人不禁买妾,乃知义夫易办耳。赵疮瘢未实而嫁,何亟也!梁不治丧而嫁,何薄也!陆弃二男移赀而嫁,何忍也!节妇固不多见,兹有甚焉,得报,不亦宜乎!

【注释】①"准",原本作"阜",据本条出处北魏杨衒之《洛阳伽蓝记》卷四改。　　②"梁",原本作"良",据出处改。　　③事育,养育子女。④再,再娶再嫁。　　⑤言其情薄不在死后,生时即然。　　⑥曹操既擒吕布,登白门楼。吕布乞生,欲刘备为好言。刘备谓曹操:"明公不见吕布事丁原、董卓乎?"布曰:"大耳儿最不可信!"此处用"大耳儿"代指言不可信者。

刘　自　然

　　唐天祐中,秦州有刘自然者,主管义军①。连帅李继宗点乡兵捍蜀。成纪县百姓黄知感者,妻有美发,自然欲之,谓知感曰②:"能致妻发,即免是行。"知感之妻曰:"我以弱质托于君,发可再生,人死永诀矣。君若南征不返,我有美发何为焉?"言讫,揽发剪之。知感深怀痛愍,既迫于差点③,遂献于刘。知感竟亦不免蹂戍,寻殁于金沙之阵。

　　黄妻昼夜祷天师诉④,是岁,自然亦亡。后黄家牝驴忽产一驹,左胁下有字云"刘自然"。邑人传之,遂达于郡守。郡守召其妻子识认,刘自然长子曰:"某父平生好饮酒食,若能饮啖,即是某父也。"驴遂饮酒数升,啖肉数胾。食毕,奋迅长鸣,泪下数行。刘子请备百千赎之⑤,黄妻不纳,日加鞭捶,曰:"犹未足以报吾夫也!"后经丧乱,不知所终。刘子竟惭憾而死。

　　　　金兵,法也。戍而死,命也。自然何尤焉? 特以一发故,
　　伤其夫妇之心,身为行禽⑥,殃及宗嗣。呜呼! 此其食报,岂直
　　一发乎哉!

　　【注释】①义军,乡民组成之军伍。　　②"谓"字原本缺,据本条出处五代后蜀何光远《鉴戒录》卷七补。　　③差点,点其名以应征。　　④《鉴戒录》言黄妻祷于灵祠,陈状咒诅,未言祷于天师。　　⑤"百千",原本作"千百",据出处改。百千,一百贯钱也。　　⑥行禽,走兽也。古人兽亦可称禽。

　　　　情史氏曰:谚云"种瓜得瓜,种豆得豆",此言施报之不爽也。情而无报,天下谁劝于情哉? 有情者,阳之属,故其报多在明。无情者,阴之属,故其报多在冥。

卷十七　情秽类

秦 宣 太 后 以下宫掖

秦宣太后爱魏丑夫①。太后病且死,令曰:"我死,必以魏子为殉②。"庸芮谏曰:"以死为无知,何空以生所爱葬无知之死人?若有知,先王积怒久矣,太后救过不暇,何得更私魏丑夫乎?"太后乃止。

【注释】①秦宣太后,秦惠王之后,昭襄王之母。　　②殉,杀人以陪葬。据本条出处《战国策·秦二》,魏丑夫闻而患之,于是请庸芮说太后。

辟 阳 侯

刘、项争雄,太公与吕后常在楚军中为质①,舍人审食其从焉,后因与私。既定天下,食其以功封辟阳侯。辟阳侯谨慎,尝为外庭解纷,故终吕后之世无患②。

　　以高帝之雄略,吕氏之咆哮,而食其能顺事不忌,其亦有过人者矣。

【注释】①太公,刘邦之父。项羽于彭城大破汉军,汉王逃遁,太公、吕后及审食其求汉王,反遇楚军,项王遂置于军中。　　②吕后死,诸吕既诛,淮南王刘长乃椎杀审食其。

飞 燕　合 德 再见

赵后飞燕,父冯万金,祖大力,工理乐器,事江都王协律舍人。

万金不肯传家业，编习乐声亡章曲，任为繁手哀声，自号凡靡之乐，闻者心动焉。江都王孙女姑苏主，嫁江都中尉赵曼。曼幸万金，食不同器不饱。万金得通赵主①，主有娠。曼性暴妒，且早有私病，不近妇人。主乃托疾居王宫，一产二女，归之万金。长曰宜主，次曰合德，然皆冒姓赵。

宜主幼聪悟，家有彭祖方脉之书，善行气术②。长而纤便轻细，善踽步行③，若人手执花枝颤颤然，他人莫可学也，号为飞燕。合德膏滑，出浴不濡，善音辞，轻缓可听。二人皆出世色。

万金死，冯氏家败，飞燕姊弟流转至长安。于时人称赵主子，或云曼之它子。与阳阿主家令赵临共里巷，托附临，屡为组文刺绣献临，临愧受之。居临家，称临女④。临尝有女事宫省，被病归死，飞燕或称死者⑤。飞燕姊弟事阳阿主家为舍直，常窃效歌舞，积思精切，听至终日，不得食。且专事膏沐澡粉，其费亡所爱⑥。飞燕通邻羽林射鸟者。飞燕贫，与合德共被。夜雪，期射鸟者于舍旁，飞燕露立，闭息顺气，体温舒，亡疹粟，射鸟者异之，以为神仙。

飞燕缘主家大人得入宫，召幸。其姑妹樊嫕为丞光司帝者，故识飞燕与射鸟儿事，为之寒心⑦。及幸，飞燕瞑目牢握，涕交颐下，战栗不迎帝。帝拥飞燕三夕，不能接，略无谴意。宫中素幸者从容问帝，帝曰："丰若有馀，柔若无骨，迁延谦畏，若远若近，礼义人也。宁与汝曹婢胁肩者比耶？"既幸，流丹浃席。嫕私语飞燕曰："射鸟者不近汝邪？"飞燕曰："我内视三日，肉肌盈实矣。帝体洪壮，创我甚焉。"飞燕自此特幸后宫，号赵皇后。

帝居鸳鸯殿便房，省帝簿⑧，嫕上簿，因进言："飞燕有女弟合德，美容体，性醇粹可信，不与飞燕比。"帝即令舍人吕延福以百宝凤毛步辇迎合德。合德谢曰："非贵人姊召不敢行，愿斩首以报宫中。"延福还奏，嫕为帝取后五采组文手藉为符，以召合德。合德新沐，膏九回沉水香；为卷发，号新髻；为薄眉，号远山黛；施小朱，号慵来妆；衣故短绣裙、小袖、李文袜。帝御云光殿帐，使樊嫕进合德。合德谢曰："贵人姊虐姤，不难灭恩，受耻不受死，非姊教，愿以身易耻，不望旋踵。"音词舒闲清切，左右嗟赏之啧啧。帝乃归合德。宣帝时，披香博士淖方成白发教授宫中，号淖夫人，在帝后唾曰："此祸水也，灭火必矣⑨。"

帝用樊嬺计，为后别开远条馆，赐紫茸云气帐，文玉几，赤金九层博山缘合。嬺讽后曰："上久亡子，宫中不思千万岁计耶？何不时进上，求有子？"后听嬺计，是夜进合德。帝大悦。以辅属体⑩，无所不靡，谓为温柔乡。谓嬺曰："吾老是乡矣，不能效武皇帝求白云乡也。"嬺呼万岁贺曰："陛下真得仙者。"上立赐嬺鲛文万金、锦二十四匹。合德尤幸，号为赵婕妤。

婕妤事后，常为儿拜⑪。后与婕妤坐，后误唾婕妤袖，婕妤曰："姊唾染人绀袖，正似石上花，假令尚方为之，未必能若此衣之华⑫。"以为石华广袖。真腊夷献万年蛤、不夜珠，光彩皆若月，照人亡妍丑皆美艳。帝以蛤赐后，以珠赐婕妤。后以蛤妆五成金霞帐，帐中常若满月。久之，帝谓婕妤曰："吾昼视后，不若夜视之美，每旦令人忽忽如失。"婕妤闻之，即以珠号为枕前不夜珠，为后寿，终不为后道帝言。后始加大号，婕妤奏书于后，献重宝三十六物以贺。后报以云锦五色帐、沉水香玉壶。婕妤泣怨帝曰："非姊赐吾，死不知此器。"帝谢之。诏益州留三年输⑬，为婕妤作七成锦帐，以沉水香饰。

婕妤接帝于太液池，作千人舟，号合宫之舟。池中起为瀛州⑭，榭高四十丈。帝御流波文縠无缝衫，后衣南越所贡云英紫裙、碧琼轻绡，广榭上。后歌舞《归风送远》之曲，帝以文犀簪击玉瓯，令后所爱侍郎冯无方吹笙，以倚后歌。中流歌酣，风大起，后顺风扬音，无方长嘘⑮，细嫋与相属。后扬袖曰："仙乎，仙乎，去故而就新，宁忘怀乎！"帝曰："无方为我持后。"无方舍吹持后履，久之风霁。后泣曰："帝恩我，使我仙去不得。"怅然曼啸，泣数行下。帝益愧爱。后赐无方千万，入后房闼。他日宫姝幸者，或襞裙为绉，号曰留仙裙。又侍郎庆安世，年十五，善鼓琴，能为《双凤离鸾》之曲。后悦之，白上，得出入御内，绝见爱幸。尝着轻丝履、紫绨裘、招风扇，与后同居处。

　　婕妤益贵幸，号昭仪，求近远条馆。帝作少嫔馆，为露华殿、含风殿、博昌殿、求安殿，皆为前殿后殿。又为温室、凝缸室、浴兰室、曲房连槛，饰黄金、白玉，以璧为表里，千变万状，连远条馆，号通仙门。

　　后贵宠，益思放荡，使人博求术士，求却老之方。时西南北波夷致贡，其使者举茹一饭，昼夜不卧偃。典属国上其状，屡有光怪。后闻之，问何如术。夷人曰："吾术天地平，生死齐，出入有无，变化万象而卒不化。"后令樊嬺弟子不周遗千金。夷人曰："学吾术者，要不淫与谩言。"后遂不报。他日，樊嬺侍后浴，语甚欢。后为樊嬺道夷言，嬺抵掌笑曰："忆在江都时，阳华李姑畜斗鸭水池上，苦獭啮鸭。时下朱里芮姥者，求捕獭狸献。姥谓姑曰：'是狸不他食，当饭以鸭。'姑怒，绞其狸。今夷术真似此也。"后大笑曰："臭夷何足污我绞乎！"

　　后所通宫奴燕赤凤者，雄捷能超观阁，兼通昭仪。赤凤始出少嫔馆，后适来幸。时十月五日，宫中故事上灵安庙，是日吹埙击鼓，歌连臂踏地，歌《赤凤来》曲。后谓昭仪曰："赤凤为谁来？"昭仪曰："赤凤自为姊来，宁为他人乎？"后怒，以杯抵昭仪。后曰："鼠子能啮人乎？"昭仪曰："穿其衣，见其私，足矣⑩，安在啮人乎！"昭仪素卑事后，不虞见答之暴，熟视不复言。樊嬺脱簪叩头出血，扶昭仪为拜后。昭仪拜，乃泣曰："姊宁忘共被，夜长苦寒不成寝，使合德拥姊背邪？今日垂得贵，皆胜人，且无外搏，我姊弟其忍内相搏乎？"后亦泣，持昭仪手，抽紫玉九鶵钗为昭仪簪髻，乃罢。帝微闻其事，畏后不敢问，以问昭仪。昭仪曰："后妒我耳。以汉家火德，故以帝为赤龙凤。"帝信之，大悦。

　　后在远条馆，多通侍郎、宫奴多子者。婕妤倾心翊护，常谓帝曰："姊性刚,或为人构陷,则赵氏无种矣。"每泣下凄恻,以故白后奸状者帝辄杀之。侍郎、宫奴鲜绮蕴香,恣纵栖息远条馆,无敢言者。后日夜欲求子,为自固久远计,常托祷祈,别开一室,自左右侍婢以外,莫得至者。帝亦不得至焉。多用小犊车,载少年子为女子服,入宫与通。日以十数,无时休息,有疲急者辄代之,而卒无子。帝一日惟从三四人往后宫,后方与人乱,不知。左右急报,后惊,遽出迎帝。后冠发散乱,言语失度,帝因亦疑焉⑰。帝坐未久,复闻壁中有人嗽声,帝乃去,缘是有害后意。

一日,与昭仪方饮,忽攘袖瞋目,直视昭仪,怒气怫然不可犯。昭仪遽起,避席伏地曰："臣妾族孤寒,无强近之援,一旦得备后庭,浓被圣私,怙宠邀爱,众毁来集。加以不识忌讳,冒触威怒。臣妾愿赐速死以宽圣抱。"因涕泪交下。帝自引昭仪曰："汝复坐,吾语汝。"曰："汝无罪。汝之姊,吾欲枭其首,断其手足,置于溷中,乃快吾意。"昭仪问："何缘而得罪?"帝言壁衣中事。昭仪曰："臣妾缘后得备后宫,后死则妾安能独生? 愿以身先膏斧钺。"因大恸,以身投地。帝惊,遂起持昭仪曰："吾以汝故隐忍未发,第言之耳,何自恨若是!"久之,昭仪方就坐,问壁衣中人。帝阴穷其迹,乃宿卫陈崇子也。帝使人就其家杀之而废陈崇。昭仪往见后,言帝所言,且曰："今日妾能拯救也,存殁无定。或亦妾死,姊尚谁攀乎?"乃泣下不已,后亦泣焉。自是帝不复往后宫,承幸御者,昭仪一人而已。

会后生日,昭仪为贺,帝亦同往。酒半酣,后欲感动帝意,乃泣数行。帝曰："他人对酒而乐,子独悲,岂不足耶?"后曰："妾昔在后宫时,帝幸主第,妾立主后,帝时视妾不移目甚久。主知帝意,遣妾侍帝,竟承更衣之幸⑱。下体常污御服,急欲为帝浣去,帝曰'留以为忆'。不数日,备后宫。时帝齿痕犹在妾颈。今日思之,不觉感泣。"帝恻然怀旧,有爱后意,顾视嗟叹。昭仪知帝欲留,先辞去。帝遇暮方离后宫。后因帝幸,心为奸利,经三月,乃诈托有孕,上笺奏,略云："近因始生之日,复加善祝之私,时屈乘舆,再承幸御。臣妾数月来内宫盈实,月脉不流。知圣躬之在体,辨天日之入怀。虹初贯日,总是珍符,龙已据胸,兹为佳瑞。"帝时在西宫,得奏,喜动颜色。答云:"因阅来奏,喜庆交集。夫妻之私,义均一体。社稷之重,嗣续其先。妊体方初,保绥宜厚。药有性者勿举,食无毒者可亲。倘有所需,无烦笺奏,口授宫使可矣。"两宫候问,宫使交至。后虑帝幸,见其诈,乃与宫使王盛谋,辞以有妊者不可近人,近人则有所触焉,触则孕或败。盛以奏帝,帝不复见后,第遣问安否。甫及诞月,帝具浴子之仪。后与盛谋,于都城外有初生子者,买以百金,以物囊之入宫。既发器,则子死。后惊曰:"子死安用也?"盛曰:"臣今知矣,载子之器气不泄,此子所以死也。若穴其上,使气可出入,则子不死。"盛得子,趋宫门欲入,则子惊啼尤甚,盛不敢入。少选,复携之趋门,子复如是,盛终不敢携入宫。盛来见后,具言子惊啼事。后泣曰:"为之奈何?"时已逾十二月矣,帝颇疑讶。或奏帝云:"尧之母十四月而生尧,后所妊当是圣人。"后终无计,乃遣人奏帝云:"不幸圣嗣不育。"帝但叹惋而已。昭仪知其诈,乃遣人谢后曰:"圣嗣不育,岂日月不满也? 三尺童子尚不可欺,况人主乎? 一日手足俱见,妾不知姊之死所也。"

　　后帝病缓弱,太医万方不能救。求奇药,尝得眘恤胶,遗昭仪。昭仪辄进帝,一丸一幸。一夕,昭仪醉,进七丸,帝昏夜拥昭仪居九成帐,笑吃吃不绝。抵明,帝起御衣,阴精流输不禁,有顷绝倒。裹衣视帝[19],馀精出涌,沾污被内。须臾帝崩。宫人以白太后,太后使理昭仪。昭仪曰:"吾持人主如婴儿,宠倾天下,安能敛手掖庭令,争帷帐之事乎?"乃拊膺呼曰:"帝何往乎!"遂呕血而死。

　　【注释】①赵主,即姑苏公主,赵曼之妻。　②世传彭祖为房中术之祖,此气术即房中术。　③蹑步,慢步。　④自称为赵临之女,皆姓赵也。　⑤赵飞燕有时冒赵临亡女之名分,钱毫不吝惜。　⑥亡所爱,对为脂粉花的。　⑦寒心,为之惊怕。　⑧皇帝临幸宫人之簿册。　⑨汉以火德王,水灭火,是亡汉也。　⑩辅,面颊。属,接触。　⑪儿拜，儿女对双亲的拜礼。　　⑫"此"，原本作"似"，据旧题伶玄《赵飞燕外传》改。此下讹误径改不出校。　　⑬输，贡赋。　　⑭瀛洲，海中仙岛名。⑮无方长啸，不按成曲，即兴啸歌。　　⑯言鼠咬穿其衣而窥其私，已经足矣。　　⑰"因"，原本作"固"，据秦醇《赵后遗事》改。按此条所采，以《赵飞燕外传》为主，间以《赵后遗事》。　　⑱汉武帝过平阳公主，既饮，讴者进，帝独悦歌者卫子夫。帝起更衣，子夫侍尚衣轩中，得幸。公主遂送子夫入宫，立为皇后。此用其典。　　⑲言合德惊急，顾不得穿衣，裹衣而视帝。

晋　贾　后

　　贾后讳南风①，父充。后既立，而废弑杨太后。遂荒淫放恣，与太医令程据等乱。洛南有盗尉部小吏，端丽美容止，既给厮役，忽有非常衣服，众咸疑其窃，盗尉嫌而辩之。贾后疏亲欲求盗物，往听对辞。小吏云："先行逢一老姬，说家有疾病，师卜云：'宜得城南少年厌之，欲暂相烦，必有重报。'于是随去。上车下帷，内箧箱中。可行十馀里，过六七门限，开箧箱，忽见楼阙好屋。问'此是何处'，云'是天上'。即以香汤见浴，好衣美食。将入，见一妇人，年可三十五六，短形，青黑色，眉后有疵，见留数夕，共寝欢宴。临出赠此众物。"听者闻其形状，知是贾后，惭笑而去。时他人入者多死，惟此小吏以后爱之，得全而出。②

　　【注释】①西晋惠帝皇后贾氏，为贾充长女。　　②此条采自《晋书·后妃传》。

郁林王何妃

　　郁林王何妃①，讳婧英，庐江灊人，抚军将军戢女也。初将纳为南郡王妃，文惠太子嫌戢无男，门孤，不欲与婚。王俭以南郡王妃便为将来外戚，惟须高胄，不须强门。今何氏荫华族弱，寔允外戚之义②。永明三年乃成婚。

妃禀性淫乱,南郡王所与无赖人游,妃择其美者皆与交欢。南郡王侍书人马澄,年少,色美甚,妃悦之,常与斗腕较力,南郡王以为欢笑。澄者,本剡县寒人,尝于南岸逼略人家女,为秣陵县所录,南郡王语县散遣之。澄又逼求姨女为妾,姨不与。澄诣建康令沈徽孚讼之,徽孚曰:"姨女可为妇,不可为妾。"澄曰:"仆父为给事中,门户既成,姨家犹是贱,正可为妾耳。"徽孚呵而遣之。

十一年,为皇太孙妃。

又有女巫子杨珉之,亦有美貌,妃尤爱悦之,与同寝处如伉俪。及太孙即帝位,为皇后。封后嫡母刘为高昌县都乡君,所生母宋为馀杭广昌乡君。后将拜,镜在床无因堕地。其冬,与太后同日谒太庙。杨珉之为帝所幸,常居中侍。明帝为辅③,与王晏、徐孝嗣、王广之并面请,不听,又令萧谌、坦之固请。皇后与帝同席坐,流涕覆面,谓坦之曰:"杨郎好少年,无罪过,何可枉杀!"坦之耳语于帝曰:"此事别有一意,不可令人闻。"帝谓皇后为阿奴曰:"阿奴暂去。"坦之乃曰:"外间并云,杨珉之与皇后有异情,彰闻遐迩。"帝不得已,乃为敕。坦之驰报明帝,即令建康行刑,而果有敕原之,而珉之已死。

后既淫乱,又与帝相爱亵,故帝恣之。又迎后亲戚入宫,尝赐人百数十万,以武帝曜灵殿处后家属。帝废,后贬为王妃④。

【注释】①萧昭业,南齐文惠太子之长子,齐武帝之孙。武帝即位,封昭业为南郡王。文惠太子早死,昭业为皇太孙。及武帝崩,遂即位。次年,西昌侯萧鸾废帝为郁林王,旋杀死。　②王俭之意,外戚只选门第高贵,而不取强宗,以避免外戚干政。　③明帝即萧鸾,当时为尚书右仆射,辅政。在连续废杀郁林王及海陵王之后称帝,庙号高宗。　④"后贬为王妃",原本作"后为皇妃",据本条出处《南史·后妃传》改。

元 帝 徐 妃

梁元帝徐妃[1]，讳昭佩，东海郯人也。天监十六年十二月，拜湘东王妃，生世子方等、益昌公主含贞。妃无容质，不见礼，帝三二年一入房[2]。妃以帝眇一目，每知帝将至，必为半面妆以俟，帝见则大怒而出。妃性嗜酒，多洪醉，帝还房，必吐衣中。与荆州后堂瑶光寺智远道人私通。酷妒忌，见无宠之妾，便交杯接坐，才觉有娠者，即手加刀刃。帝左右暨季江有姿容，又与淫通。季江每叹曰："柏直狗虽老犹能猎[3]，萧溧阳马虽老犹骏[4]，徐娘虽老，犹尚多情。"时有贺徽者，美色，妃要之于普贤尼寺，书白角枕为诗相赠答。

既而贞惠世子方诸母王氏宠爱，未几而终，元帝归咎于妃。及方等死，愈见疾。太清三年，遂逼令自杀，以尸还徐氏，谓之出妻，葬江陵瓦官寺。帝制《金楼子》，述其淫行。

【注释】①萧绎，梁武帝第七子，封湘东王，镇江陵。侯景乱后，武陵王萧纪称帝于蜀，萧绎亦在江陵称帝。后江陵为西魏兵攻破，被杀。追尊为元帝。　②"帝"字前原本有"于"字，据本条出处《南史·后妃传》删。③"柏"，原本作"植"，据出处改。　④"溧"，原本作"漂"，据出处改。

北齐武成皇后胡氏

胡后者，安定胡延之女。其母范阳卢道约女，初怀孕，有胡僧诣门曰："此宅瓠芦中有月[1]。"既而生后。天保初，选为长广王妃[2]。产后主日[3]，鸮鸣于产帐上。武成崩，尊为皇太后。陆媪及和士开密谋杀赵郡王叡，出娄定远、高文遥为刺史。和、陆谄事太后无不至。

初武成时，后与诸阉人亵狎。武成宠幸和士开，每与后握槊，因此与后奸通。自武成崩后，数出诣佛寺，又与沙门昙献通，布金钱于献席下，又挂宝装胡床于献屋壁④，武成平日所御也。乃置百僧于内殿，托以听讲，日夜与昙献寝处。以献为昭玄统。僧徒遥指太后，以弄昙献，乃至谓为太上者。帝闻太后不谨而未之信。后朝太后，见二少尼，悦而召之，乃男子也。于是昙献事亦发，皆伏法。并杀元山王三郡君，皆太后所昵也。

帝视晋阳，奉太后还邺。至紫陌，卒遇大风。舍人魏僧伽明风角，奏言：“即时当有暴逆事。”帝诈云邺中有急，弯弓缠稍驰入城。令邓长颙幽太后北宫，仍有敕：内外诸亲一不得与太后相见。久之，帝复迎太后。太后初闻使者至，大惊，虑不测。每太后设食，帝亦不敢尝。周使元伟来聘，作《述行赋》，叙郑庄公克段而迁姜氏，文虽不工，当时深以为愧。齐亡入周，恣行奸秽。隋开皇中殂。

【注释】①瓡芦，即葫芦。此句意谓此宅有人怀胎，将为后妃。　②长广王高湛，高欢第九子，后称帝，即武成帝。年未三十，即传位其子高纬。③后主，即高纬。　④“装”字原本缺，据本条出处《北史·后妃传》补。宝装，用宝石装嵌。胡床，可折叠的坐具。

魏 灵 太 后

武都人杨白花，少有勇力，容貌雄伟。灵太后胡姓，司徒国珍女。能射中针眼。初为尼，颇能讲道。宣武帝召入掖廷，立为后逼通之①。白花惧及祸，率其部曲奔梁，易名华。太后追思不能已，为作《杨白花歌》，使宫人昼夜连臂蹋足歌之。其辞曰：“阳春二三月，杨柳齐作花。春风一夜入闺闼，杨花飘荡落南家。含情出户脚无力，拾得杨花泪沾臆。秋去春来双燕子，愿衔杨花入窠里。”

宣武于洛阳立瑶光寺，为椒房学道之所②，掖庭美人并在其中，亦有名族处女来仪此寺。及尔朱兆入洛，纵兵大掠，时有秀容胡骑数十，入瑶光寺淫秽，自后颇获讥讪。京师语曰：

"洛阳女儿急作髻^③，瑶光寺尼夺作婿。"

【注释】①灵太后，北魏宣武帝元恪之妃，所生子元诩继为皇帝，尊为皇太妃。设谋除掉皇太后高英，方称皇太后。死后谥灵，故称灵太后。　②椒房，此指后妃。　③"女"，原本作"男"，据此条出处北魏杨衒之《洛阳伽蓝记》卷一改。

隋宣华夫人陈氏

宣华夫人陈氏，陈宣帝之女也。性聪慧，姿貌无双。及陈灭，配掖庭，后选入宫为嫔。时独孤皇后性妒^①，后宫罕得进御，惟陈氏有宠。晋王广之在藩也^②，阴有夺宗之计，规为内助，每致礼焉，进金蛇、金驼等物，以取媚于陈氏。皇太子废立之际，颇有力焉。及文献皇后崩，进位为贵人。专房擅宠，主断内事，六宫莫与为比。及上大渐，遗诏拜为宣华夫人。

初，上寝疾于仁寿宫也，夫人与皇太子同侍疾^③。平旦出更衣，为太子所逼，夫人拒之得免。归于上所，怪其神色有异，问其故，夫人泫然曰："太子无礼。"上恚曰："畜生何足付大事，独孤诚误我！"因呼兵部尚书柳述、黄门侍郎元岩曰："召我儿。"述等将呼太子，上曰："勇也^④。"述、岩出阁为敕，书讫，示左仆射杨素。素以其事白太子。太子遣张衡入寝殿，遂令夫人及后宫同侍疾者并出就别宫。俄闻上崩，而未发丧也。夫人与诸后宫相顾曰："事变矣。"皆色动股栗。晡后，太子遣使者赍金合子，缄纸于际，亲署封字^⑤，以赐夫人。夫人见之惶惧，以为鸩毒，不敢发。使者促之，乃发，见合中有同心结数枚，诸人咸悦，相谓曰："得免死矣。"陈氏恚而却坐，不肯致谢，诸宫人共逼之，乃拜使者。其夜，太子烝焉。及炀帝即位之后，出居先都宫，寻召入。岁馀而终，时年二十九。帝深悼之，为制《伤神赋》。

【注释】①独孤皇后,隋文帝后。　②炀帝杨广时为晋王。　③此时杨广为皇太子。　④杨勇本为皇太子,此时已被废。　⑤"署",原本作"书",据本条出处《隋书·后妃传》改。

唐高宗武后

武氏得幸于太宗,为才人,赐号武媚。高宗为太子时,入侍太宗疾,见武氏,悦之,遂即东厢烝焉。太宗崩,武氏为尼。忌日,上诣寺行香,武氏见上而泪。时王后疾萧淑妃之宠,阴令武氏长发,纳之后宫,欲以间淑妃①。武氏巧慧多权数,初入宫,屈体事后,后数称其美。未几大幸,拜为昭仪。后及淑妃宠皆衰,更相与谮之,上皆不纳。及武氏生子,上欲废后而立之。褚遂良谏曰:"武氏经事先帝,众所共知。天下耳目安可蔽也?万代之后,谓陛下为何如主?"武氏在帘中大言曰:"何不扑杀此獠②!"上乃逐遂良而立武氏。王皇后与萧妃并废。

> 遂良不谏于畜发纳之宫中之日,而谏于宠深爱笃欲立为后之时,呜呼晚矣!

武氏既立为后,母杨氏进封荣国夫人。贺兰氏寡姊封韩国夫人,卒。有女封魏国夫人,有殊色,在宫中,帝尤爱幸之。初,相里二子元庆、元爽及后从兄惟良、怀运,事杨氏不以礼③,虽列位从官,而后内衔之。后既忌魏国夫人夺己宠,会封泰山,惟良、怀运以岳牧来集,从还京师。后置堇毒杀魏国夫人,归罪惟良等,尽杀之。元庆、元爽从坐,流龙州、振州死。家属徙岭外。取贺兰敏之为士蒦后,赐氏武④,袭封周国公。

敏之少韶秀,轻俊自喜。杨氏,其外祖母,与私通。因言其才,俾继士蒦。后亦属意焉,尝曲宴于宫中,后逼淫之。敏之惧得罪,固辞。后愧且恨,未发也。而会杨氏卒,后出珍币建佛庐徼福,敏之干没自用。司卫少卿杨思俭女，选为太子妃，告婚期矣，敏之闻其美，强私焉。杨丧未毕，褫衰粗⑤，奏音乐。太平公主往来外家，宫人从者，敏之悉逼乱之。后叠数怒，至此暴其恶，流雷州，表复故姓，道中自经死。元爽子承嗣，奉士护后。上元元年，进号天后。

　　萧妃女义阳宣城公主，幽掖庭，几四十不嫁。太子弘言于帝，后怒，鸩杀弘⑥。帝将下诏逊位于后，宰相郝处俊固谏，乃止。仪凤中，帝病头，眩不能视。侍医张文仲、秦鸣鹤曰："风上逆，砭血，头可愈。"后内幸帝疾⑦，得自专，怒曰："是可斩也！帝体宁刺血处邪？"医顿首请命。帝曰："医议疾，乌可罪？且吾眩不可堪，听为之。"医一再刺。帝曰："吾目明矣。"言未毕，后帘中再拜谢曰："天赐我师。"身负缯宝以赐。

　　帝崩，中宗即位，天后称皇太后，遗诏军国大务听参决。嗣圣元年，太后废帝为庐陵王，自临朝，以睿宗即帝位。后坐武成殿，帝率群臣上号册。越三日，太后临轩册帝。自是太后常御紫宸殿，施参紫帐临朝。尊考为太师、魏王，妣为王妃。

　　时睿宗虽立，实囚之，而诸武擅命。于是，英公李敬业⑧、临海丞骆宾王等起兵于扬州，以恢复为名，弗克，死之。寻诏毁乾元殿为明堂⑨，以浮屠薛怀义为使督作。怀义本姓冯氏，名小宝，鄂人也。阳道伟岸，性淫毒，佯狂洛阳市，露其秽。千金公主闻而通之，上言小宝可入侍。后召与私，大悦。欲掩迹，得通籍出入，使祝发为浮屠，拜白马寺主。诏与太平公主婿薛绍通昭穆⑩，绍父事之，给厩马中官为驺侍，虽武承嗣、三思皆尊事惟谨。至是，托言怀义有巧思，故使入禁中营造。补阙王求礼上言⑪，以为太宗时有罗黑黑，善弹琵琶，太宗阉为给使，使教宫人。"陛下若以怀义有巧性，欲宫中驱使者，臣请阉之，庶不乱宫闱。"表寝不出。堂成，拜左威卫大将军梁国公。

　　太后寻郊见上帝，加尊号曰圣母神皇。享万象神宫，制"曌"等十二文，自名为曌，进拜怀义辅国大将军鄂国公。令与群浮屠作

《大云经》，言神皇革命事，颁示天下。后稍图革命，然虑人心不肯附，乃阴忍鸷害，斩杀怖天下。内纵酷吏周兴、来俊臣等为爪吻，有不慊若素疑惮者，必危法中之。宗姓侯王及他骨鲠臣将相，骈颈就铁，血丹狴户，家不自保。太后操奁具坐重帏，而国命移矣。遂大赦天下，改国号周，自称圣神皇帝。立武氏七庙，皆尊帝号。太子从姓武，降为皇嗣。

太后虽春秋高，善自涂泽，左右亦不觉其衰也。俄而二齿生，下诏改元长寿。又自加号金轮圣神皇帝。置七宝于廷，曰金轮宝、白象宝、女宝、马宝、珠宝、主兵臣宝、主藏臣宝，大朝会则陈之。怀义负幸眤，气盖一时，出百官上。初，明堂既成，太后命怀义作夹纻大像，其小指中犹容数十人，于明堂北构天堂以贮之。当始构，为风所摧，更构之。日役万人，采木江岭，数年之间，费以万亿计，府藏为之耗竭。怀义用财如粪土，太后一听之，无所问。每作无遮会，用钱万缗。士女云集，又散钱十车，使之争拾相蹈践，有死者。所在公私田宅，多为僧有。怀义颇厌入宫，多居白马寺，所度力士为僧者满千人。侍御史周矩疑有奸谋，固请按之。太后曰："卿姑退，朕即令往。"矩至台，怀义亦至，乘马就阶而下，坦腹于床。矩召吏将按之，遽跃马而去。矩具奏其状，太后曰："此道人病风，不足诘。"所度僧悉流远州。

太后寻加号天册，改元天册万岁。作大无遮会于明堂，凿池为坑，深五丈。结彩为宫殿，佛像皆于坑中引出之，云自地涌出。乃杀牛取血画大像，首高二百丈，云怀义刺膝血为之。张像于天津桥南，设斋。时御医沈南璆亦以材具善御女，得幸于太后。怀义心愠，是夕，密烧天堂，延及明堂，火照城中如昼，比明皆尽，暴风裂血像为数百段。太后耻而讳之，但云内作工徒误烧麻主，遂涉明堂。命更造之，仍以怀义充使。

又铸铜为九州鼎及十二神[⑫]，皆高一丈，各置其方。先是，河内老尼昼食一麻一米，夜则烹宰宴乐，畜弟子百馀人，淫秽靡所不为。

武什方自言能合长生药，太后遣乘驿于岭南采药。及明堂火，尼入唁太后，太后怒叱之曰⑬："汝常言能前知，何以不言明堂火！"因斥还河内，弟子及老尼等皆逃散。又有发其奸者，太后乃复召尼还麟趾寺。弟子毕集，敕给使掩捕，尽获之，皆没为官婢。什方闻之自缢死。

怀义既焚明堂，心不自安，言多不顺。太后密选宫人有力者以防之。怀义入至瑶光殿下，太平公主以宫人执缚，付武攸宜、宗晋卿击杀之，畚车载尸还白马寺，焚之以造塔。怀义死，而张昌宗、张易之得幸。昌宗年少，妖丽姣好如美妇人。太平公主使以淫药傅之，荐入侍禁中。昌宗为太后言："兄易之美姿容，善音律，且器用过臣。"亦召入，兄弟俱承辟阳之宠，常傅朱粉，衣锦绣。昌宗累迁散骑常侍，易之为司卫少卿，赏赐不可胜纪。武承嗣、三思、懿宗、宗楚客、晋卿，候易之门庭，争执鞭辔，谓易之为五郎，昌宗为六郎。置控鹤监，秩三品，张易之为控鹤监，昌宗为秘书监。又改控鹤为天骥府，再改为奉宸府。易之为奉宸令，昌宗进春官侍郎。太后每内殿曲宴，辄引易之、昌宗及诸武饮博嘲谑。欲掩其迹，乃命二张与文学之士修《三教珠英》于内殿。武三思奏："昌宗乃王子晋后身⑭。"太后命昌宗衣羽衣，吹笙，乘木鹤于庭中，文士皆赋诗以美之。崔融为绝唱，有"昔遇浮丘伯，今同丁令威。中郎才貌是，藏史姓名非"之句。太后又多选美少年为奉宸内供奉。

右补阙朱敬则谏曰："臣闻志不可满，乐不可极，嗜欲之情，愚志皆同，贤者能节之，不使过度，则前贤格言也。陛下内宠已有薛怀义，后有张昌宗、张易之，固云足矣。近闻尚食奉御柳模自言'子良宾洁白，美须眉'，左监门卫长史侯祥云'阳道壮伟，过于怀义，专欲自进，堪充宸内供奉'，亡礼亡义，溢于朝听。臣愚职在谏诤，不敢不奏。"太后劳之曰："非卿直言，朕不知此。"赐彩百段。

时户部郎宋之问以诗闻，状貌伟丽，谄附易之兄弟，求为北门学士。太后不许。乃作《明河篇》，其末云："明河可望不可亲，愿得乘槎一问津。还将织女支机石，更访成都卖卜人。"太后见其诗，谓崔融曰："朕非不知其才，但以其有口过耳。"之问终身衔鸡舌之恨⑮。

易之、昌宗竞以豪侈相胜。易之为母阿臧造七宝帐，金银珠玉宝贝之属罔不毕萃。铺象牙床，织犀角簟，鼬貂之褥，蚕蚊之毡，汾晋之龙须，临河之凤翮以为席。与凤阁侍郎李迥秀私通，逼之同饮，以鸳盏一双，取其常相逐也。太后乃诏迥秀为臧私夫，迥秀畏其盛，嫌其老，乃荒饮无度，惛醉为常，频唤不交，出为恒州刺史。

太后既以内史狄仁杰言，召庐陵王于房州还，复为皇太子。恐百岁后，为唐宗室蹂籍无死所，即引诸武及相王、太平公主誓明堂，告天地，为铁券藏史馆。时南海有进集翠裘者，珍丽异常。张昌宗侍侧，太后赐之，遂命披裘供奉双陆。狄仁杰时入奏事，太后赐坐，因命仁杰与昌宗双陆。太后曰："卿二人赌何物？"仁杰对曰："争先三筹，赌昌宗所衣毛裘。"太后谓曰："卿以何物对？"仁杰指所衣紫绨袍曰："臣以此敌。"太后笑曰："此裘价逾千金，卿衣非敌矣。"仁杰起曰："臣此袍乃大臣朝见奏对之衣，昌宗所衣乃嬖幸宠遇之服。对臣之袍，臣犹怏怏。"太后业已处分，乃许之。昌宗心赧神沮，气势索莫，累局连北。仁杰对御褫其袍，拜恩而出。至光范门，遂付家人衣之，促马去。

后仁杰卒，昌宗兄弟益横，太后既春秋高，厌政，政多委之。邵王重润与其妹永泰郡主、主婿魏王武延基窃议其事。易之诉于太后，皆逼令自杀。延基，承嗣子也。寻以司礼少卿同休，及昌宗兄汴州刺史昌期，弟尚方少监昌仪，皆坐赃秽下狱，命左右台共鞫之。俄敕易之、昌宗作威作福，亦命同鞫。御史大夫李承嘉等，奏张同休兄弟赃共四千馀缗，张昌宗法应免官。昌宗奏："臣有功于国，法不至免官。"太后问诸宰相："昌宗有功乎？"杨再思曰："昌宗合神丹，圣躬服之有验，此莫大之功。"太后悦，赦昌宗，复其官。同休贬岐山丞，昌仪博望丞，未久而复。

太后寝疾，居长生院，宰相不得见者累月，惟张易之、昌宗侍疾。少间，崔玄暐奏言："皇太子、相王仁明孝友，足侍汤药。宫禁事重，伏愿不令异姓出入。"太后曰："德卿厚意。"易之、昌宗见太后疾笃，恐祸及己，引用党援，阴为之备。屡有人为飞书，及榜其书于通衢云："易之兄弟谋反。"太后皆不问。明年正月，赦天下，改元。

　太后疾益甚，惟二张居中用事。宰相张柬之等定计，率飞骑五百人至东宫，迎皇太子至玄武门，斩关而入，诛昌宗、易之于庑下。是日悉诛张昌期等，太后传位皇太子。

【注释】①此言王皇后令武氏蓄发入宫，取上宠，以离间萧淑妃。②獠，本是对南方少数民族的侮称。而褚遂良为浙人，盖自隋统一南方后，对南方人尚存有警戒及蔑视心理。　③武后之父武士彟，先娶相里氏，生二子元庆、元爽，后娶杨氏，生三女，长女嫁贺兰氏，武后为次女。是元庆、元爽于武后为同父异母兄，二人及后之从兄惟良、怀运皆不礼于武后母杨氏，杨氏深恨之，故武后设计除掉四人。而魏国夫人为武后同母姐之女，因得宠于高宗，武后也欲除之。　④贺兰敏之为武后姐贺兰氏之子，即魏国夫人之兄。武后赐姓武，以之为士彟之后。　⑤丧期未终，就脱掉了丧服。　⑥李弘为武后亲生之长子。　⑦武后内心里以高宗有病而为幸。　⑧李敬业即徐敬业，其父即李勣，本名徐世勣，以功赐姓李，以讳去世字。　⑨乾元殿，李唐崇奉道教，以老子为始祖，称玄元皇帝，造乾元殿以祠之。明堂为古帝王宣明政教之地。　⑩通昭穆，即认作同宗，而叙明辈分。　⑪"礼"，原本作"理"，据《资治通鉴》卷二百三改。按此条杂取《新唐书》及《通鉴》成之。　⑫十二神，即子鼠丑牛十二辰之神。⑬"太后"二字原本缺，据《资治通鉴》卷二百五十改。　⑭王子晋，周之王子。刘向《列仙传》卷上言：王子乔，周灵王太子晋也。好吹笙作凤凰鸣。游伊、洛之间，道士浮丘公接上嵩山，后成仙，乘白鹤来去。　⑮鸡舌，指鸡舌香，即丁香。古代尚书上殿奏事，口含此香。之问口臭，自恨未含鸡舌香而未获武后之宠。

韦　后

中宗复辟^①，韦后居中宫。是时，上官昭容与政事^②，敬晖等将尽诛诸武。武三思惧，乃因昭容入请，得幸于后，卒谋晖等诛之^③。初帝幽废，与后约："一朝见天日，不相制。"至是，与三思升御床博戏^④，帝从旁典筹^⑤，不为忤。三思讽群臣上后号为顺天皇后。乃亲谒宗庙，赠父玄贞上洛郡王。

神龙三年，节愍太子举兵败^⑥。宗楚客率群臣请加号翊圣，诏可。禁中谬传有五色云起后衣笥，帝图以示诸朝，因大赦天下，赐百官母、妻封号。太史迦叶志忠表上《桑条韦》歌十二篇，言后当受命曰："昔高祖时，天下歌《桃李》，太宗时歌《秦王破阵》，高宗歌《堂堂》，天后世歌《武媚娘》，皇帝受命歌《英王石州》。后今受命，歌《桑条韦》，盖后妃之德专蚕桑，共宗庙事也。"乃赐志忠第一区，彩七百段。

三年^⑦，帝亲郊，引后亚献。明年正月望夜，帝与后微服过市，徜徉观览，纵宫女出游，皆淫奔不还。国子祭酒叶静能善禁架^⑧，常侍马秦客高医，光禄少卿杨均善烹调，皆引入后廷，均、秦客烝于后，尝丧免^⑨，不历旬辄起。

帝遇弑，议者谨咎秦客及安乐公主。俄而临淄王引兵夜披玄武门^⑩，叩太极殿。后遁入飞骑营，为乱兵所杀。斩安乐公主，分捕诸韦、诸武与其支党，悉诛之。枭后及安乐首东市。翌日追贬为庶人。

> 中宗夫妇身被武曌之毒，而乃事事效之。微临淄仗义，李其为韦乎^⑪？吾独怪天宝之杨，复依稀武、韦故辙也。

【注释】①唐弘道元年（683），高宗死，太子显立，是为中宗。次年，被太后武氏废为庐陵王。至705年，武则天病重，张柬之等诛二张，扶中宗复位。

之间相隔二十年馀。　　②上官昭容，即上官婉儿，辨慧能文。武则天爱之，拜婕妤，秉机政。中宗时立为昭容。与武三思私通，参与韦后政变之谋，后为唐玄宗所杀。　　③中宗复位第二年，敬晖等扶翊功臣即被武三思陷害贬死。　　④"升"，原本作"叩"，据本条出处《新唐书·后妃传》改。⑤典筹，计算博戏的筹码。　　⑥神龙三年（707），太子李重俊发兵诛武三思父子，兵溃被杀。重俊被追谥节愍。　　⑦此景龙三年（709）也。⑧"禁架"，原本作"禁戒"，据本条出处改。禁架，施禁咒也。　　⑨"丧免"，原本作"免丧"，据出处改。丧免，因家有丧事而免官。　　⑩临淄王，李隆基。披，打开。　　⑪言社稷将由李氏变为韦氏。

唐玄宗　杨贵妃

杨妃小字玉环，弘农华阴人。父玄琰，为蜀州司户。妃生于蜀。尝误坠池中①，后人呼为"落妃池"。妃早孤，养于叔父河南府士曹玄璬家②。开元二十二年十一月，册为寿王妃。寿王者，玄宗第十八子也。玄宗自武惠妃即世，后庭无当意者。或言寿王妃之美，二十八年十月，上使高力士取妃于寿邸，度为女道士，号太真，住内太真宫③。天宝四载七月，册左卫中郎将韦昭训女配寿邸。是月，于凤皇园册太真宫女道士杨氏为贵妃，半后服用。进见之日，奏《霓裳羽衣曲》。是夕授金钗钿合。上自执丽水镇库紫磨金琢成步摇④，至妆阁亲与插鬓。上喜甚，谓后宫曰："朕得贵妃，如得至宝也。"乃制曲曰《得宝子》。

太宗纳巢剌王元吉妃而生子明，明皇亦夺寿王妃而册为贵妃。武曌尝尼而入宫，玉环亦尝女道士而入宫。祖父子孙三代衣钵如出一辙，贻谋可不慎与？然玉环归寿邸六年而度为女道士，又五年始召幸为贵妃，踌躇许久，惟恐公论之难掩⑤。以此观之，明皇之良心未尝死也。时林甫已相，而禄山被宠，举朝无敢言直谏之臣，而明皇得遂其非。令姚、宋、韩、张诸公而在⑥，乌有是哉！

【注释】①"误"，原本作"娱"，据本条出处《杨太真外传》改。　　②"玄璬"，原本作"立珪"，据出处改。　　③"住内太真宫"，唐宫中何尝有道观曰"太真宫"者？《资治通鉴》卷二百十五作"潜内太真宫中"，是度为女道士之后，随即潜纳杨太真于宫中。　　④"金"字原本缺，据出处补。　　⑤杨玉环度为女道士之后即为玄宗潜纳于宫，距天宝四载（745）册为贵妃不会时间很久，而寿王亦断无为五年鳏夫之理，冯氏之说不妥。　　⑥姚崇、宋璟、张说，韩则不指所指。开元名臣，以苏颋、张说并称，韩或为苏之讹。

安禄山为范阳节度使，恩遇甚深，上呼之为儿。尝于便殿与贵妃同宴乐，禄山就坐，不拜上而拜贵妃。上问之，曰："胡人不知其父，只知其母。"上笑而宥之。贵妃尝中酒，衣褪微露乳，帝扪之曰："软温新剥鸡头肉。"禄山在傍对曰："滑腻初凝塞上酥。"上笑曰："信是胡人，只识酥。"禄山生日，上及贵妃赐衣服、宝器、酒馔甚厚。后三日，召禄山入禁中，贵妃以锦绣为大襁褓裹禄山，使宫人以彩舆昇之。上闻后宫喧笑，问其故，左右以贵妃三日洗禄儿对①。上自往观之，大喜，赐贵妃洗儿金银钱，复厚赐禄山，尽欢而罢。自是禄山出入宫禁，或与贵妃对食，或通宵不出，颇有丑声闻于外，上不觉也。禄山体重三百五十斤，腹大垂过膝，然能为旋风舞，迅疾如飞。一日，上游后苑，妃与禄山先在。妃仓皇出迎，鬓鬟松未整，上始疑之，终不能发。后禄山举兵反，曰："至长安日，当以贵妃为后。"已闻妃死马嵬驿，意甚惜之。

子犹氏曰：明皇一日杀三子②，于亲生儿如刈草菅，而呼胡人为儿，乃望其孝顺乎？禄山在旁而扪宠妃之乳，与为调谑，固已自诲之淫矣。禄山母贵妃而私之，独无罪乎？胡俗：父死则妻其母，禄山特预为之耳。且贵妃固明皇真子妇也。真子妇可妻，于假母何有焉？寿王之恨，报在禄山。明皇之疑妃，而终不能发也，中有不慊故也。

【注释】①"禄儿"，原本作"禄山儿"，据出处《资治通鉴》卷二百十六删。　　②开元二十五年(737)，玄宗废皇太子瑛及鄂王瑶、光王琚为庶人，皆杀之。

蜀徐后　徐妃

　　成都人徐耕生二女，皆有国色。耕教为诗，有藻思。耕家甚贫，有相者谓曰："公非久当大富贵。"因使相其二女，相者曰："青城山有王气，每夜彻天者一纪矣①。不十年后，有真人乘运，此二子当作妃后。君之贵繇二女致也。"及建入城②，闻有姿色，纳于后房，姊生彭王，妹生衍。建即位，姊为淑妃，妹为贵妃，耕为骠骑大将军。

　　衍即位，册贵妃为顺圣太后，淑妃为翊圣太后。咸康元年九月，衍与母同祷青城山，宫人毕从，皆衣云霞之衣。衍自制《甘州词》，令宫人歌之。其词哀怨，闻者凄怆。衍至青城，住旬日，设醮祈福太妃太后。谒建铸像，及丈人观、玄都观、金华宫、景山至德寺，各有唱和诗刻于石。次至彭州阳平化、汉州三学山③，夜看圣灯，回至天回驿，各赋诗。太后诗曰："周游灵境散幽情，千里江山辄得行。所恨风光看不足，却驱金翠入龟城。"太妃诗曰："翠驿江亭近帝京，梦魂犹是在青城。此来出看江山景，却被江山看出行。"

　　吏部侍郎韩昭，字德华，长安人。衍北巡，以为文思殿学士、京城留守判官。昭以便佞出入宫掖。太妃爱其美风姿，专有辟阳之宠④。衍既荒于酒色，而徐氏姊妹亦各有幸臣，不能规正，至于失国，皆其致也。

【注释】①纪，一纪十二年。　　②王建，五代十国中之前蜀先主。黄巢乱后，王建为壁州刺史，乃招集亡命，陷阆州、利州，据有西川。迄朱温篡唐称帝，王建亦称蜀帝。　　③阳平化，又称阳平治，为道教二十四化之一。"汉"，原本作"溪"，据本条出处宋张唐英《蜀梼杌》卷上改。　　④辟阳侯审食其，见本卷"辟阳侯"条。

金废帝海陵即金主亮

海陵为人善饰诈①，初为宰相，妾媵不过三数人。及践大位，逞欲无厌。后宫诸妃十二位，又有昭仪至充媛九位，婕妤、美人、才人三位，殿直最下，其他不可数举。初即位，封岐国妃徒单氏为惠妃，后为皇后，第二娘子大氏封贵妃，第三娘子萧氏封昭容，耶律氏封修容。其后贵妃大氏进封惠妃，贞元元年进封姝妃，正隆二年进封元妃。昭容萧氏，天德二年特进淑妃，贞元二年进封宸妃。修容耶律氏，天德四年进昭媛，贞元元年进昭仪，三年进封丽妃。即位之初，后宫止此三人。尊卑之叙，等威之辨，若有可观者。及其侈心既萌，淫肆蛊惑，不可复振矣。

昭妃阿里虎，姓蒲察氏，驸马都尉没里野女。初嫁宗盘子阿虎迭。阿虎迭诛，再嫁宗室南家。南家死，是时南家父突葛速为元帅都监，在南京②，海陵亦从梁王宗弼在南京，欲取阿里虎，突葛速不从，遂止。及篡位，方三日，诏遣阿里虎归父母家。阅两月，以婚礼纳之。数月，特封贤妃，再封昭妃。阿里虎嗜酒，海陵责让之，不听，繇是宠衰。

昭妃初嫁阿虎迭，生女重节。海陵与重节乱，阿里虎怒重节，批其颊，颇有诋訾之言。海陵闻之，愈不悦。阿里虎以衣服遗前夫之子，海陵将杀之。徒单后率诸妃嫔哀求，乃得免。

凡诸妃位，皆以侍女服男子衣服，号"假厮儿"。有胜哥者③，阿里虎与之同卧起，如夫妇。厨婢三娘以告海陵，海陵不以为过，惟戒阿里虎勿笞箠三娘。阿里虎榜杀之。海陵闻昭妃阁有死者，意度是三娘，曰："若果尔，吾必杀阿里虎。"问之果然。是月，光英生月，海陵私忌，不行戮。阿里虎闻海陵将杀之也，即不食，日焚香祷祝，冀脱死。逾月，阿里虎已委顿不知所为。海陵使人缢杀之，并杀侍婢击三娘者。

贵妃定哥，姓唐括氏④，有容色，崇义节度使乌带之妻。海陵旧尝有私，侍婢贵哥与知之。乌带在镇，每遇元会生辰，使家奴葛鲁、葛温诣阙上寿。定哥亦使贵哥候问海陵及两宫太后起居。海陵因贵哥传语定哥曰："自古天子亦有两后者，能杀汝夫以从我乎？"贵哥归，具以海陵言告定哥。定哥曰："少时丑恶，事已可耻。今儿女已成立，岂可为此！"海陵闻之，使谓定哥："汝不忍杀汝夫，我将族灭汝家。"定哥大恐，乃以子乌答补为辞，曰："彼常侍其父，不得便。"海陵即召乌答补为符宝祗候。定哥曰："事不可止矣。"因乌带醉酒，令葛温、葛鲁缢杀乌带，天德四年七月也⑤。海陵闻乌带死，诈为哀伤。已葬乌带，即纳定哥宫中为娘子。贞元元年，封为贵妃，大爱幸，许以为后。每同辇游瑶池，诸妃步从之。海陵嬖宠愈多，定哥希得见。一日，独居楼上，海陵与他妃同辇从楼下过，定哥望见，号呼求去，诅骂海陵。海陵阳为不闻而去。

定哥自其夫时，与家奴阎乞儿通，尝以衣服遗乞儿。及为贵妃，乞儿以妃家旧人，给事本位。定哥既怨海陵疏己，欲复与乞儿通。有比丘尼三人出入宫中，定哥使比丘尼向乞儿索所遗衣服以调之。乞儿识其意，笑曰："妃今日富贵忘我邪？"定哥欲以计纳乞儿宫中，恐阍者索之，乃令侍儿以大箧盛亵衣其中，遣人载之入宫。阍者索之，见箧中皆亵衣，固已悔惧。定哥使人诘责阍者曰："我天子妃，亲体之衣，尔故玩视，何也？我且奏之！"阍者惶恐曰："死罪，请后不敢。"定哥乃使人以箧盛乞儿载入宫中，阍者果不敢复索。乞儿入宫十馀日，使衣妇人衣，杂诸宫婢，抵暮遣出。贵哥以告海陵，定哥缢死，乞儿及比丘尼三人皆伏诛。封贵哥莘国夫人。

初，海陵既使定哥杀其夫乌带，使小底药师奴传旨定哥，告以纳之之意。药师奴知定哥与阎乞儿有奸，定哥以奴婢十八口赂药师奴，使无言与乞儿私事。定哥败，杖药师奴百五十。先是，药师奴尝盗玉带当死，海陵释其罪，逐去。及迁中都，复召为小底。及药师奴既以匿定哥奸事被杖，后与秘书监文俱与灵寿县主有奸，文杖二百除名，药师奴当斩，海陵欲杖之，谓近臣曰："药师奴于朕有功，再杖之，即死矣。"丞相李睹等执奏药师奴于法不可恕，遂伏诛。海陵以葛温、葛鲁为护卫。葛温累官常安县令，葛鲁累官襄城县令，大定初皆除名。

丽妃石哥者，定哥之妹，秘书监文之妻也。海陵私之，欲纳宫中，乃使文庶母按都瓜主文家。海陵谓按都瓜曰："必出而妇，不然我将别有所行。"按都瓜以语文，文难之。按都瓜曰："上谓别有所行，是欲杀汝也。岂以一妻杀其身乎？"文不得已，与石哥相持恸哭而决。是时，海陵迁都至中京⑥，遣石哥至中都，俱纳之。海陵召文至便殿，使石哥秽谈戏文以为笑。后定哥死，遣石哥出宫。不数日，复召入，封为修容。贞元三年进昭仪，正隆元年封柔妃，二年进丽妃。

柔妃弥勒，姓耶律氏。天德二年，使礼部侍郎萧拱取之于汴。过燕京，拱父仲恭为燕京留守，见弥勒身形非若处女者，叹曰："上必以疑杀拱矣。"及入宫，果非处女，明日遣出宫。海陵心疑萧拱⑦，竟致之死。弥勒出宫数月，复召入，封为充媛，封其母张氏莘国夫人，伯母兰陵郡君萧氏为巩国夫人。萧拱妻择特懒，弥勒女兄也。海陵既夺文妻石哥，却以择特懒妻文。既而诡以弥勒之召，召择特懒入宫，乱之。自后弥勒进封柔妃云。

昭妃阿懒，海陵叔曹国王宗敏妻也。海陵杀宗敏而纳阿懒宫中，贞元元年封为昭妃。大臣奏："宗敏属近尊行，不可。"乃令出宫。

修仪高氏，秉德弟纥里妻也。海陵杀诸宗室，释其妇女。宗本子莎鲁刺妻、宗固子胡里刺妻、胡失来妻及纥里妻⑧，皆欲纳之宫中，讽宰相奏请行之。使徒单贞讽萧裕曰："朕嗣续未广，此党人妇女，有朕中外亲，纳之宫中何如？"裕曰："近杀宗室，中外异议纷纭，奈何复为此耶？"海陵曰："吾固知裕不肯从。"乃使贞自以己意讽裕，必欲裕等请其事。贞谓裕曰："上意已有所属，公固止之，将成疾矣。"裕曰："必不肯已,惟上择焉。"贞曰："必欲公等白之。"裕不得已,乃具奏,遂纳之。未几,封高氏为修仪,加其父高邪鲁瓦辅国上将军,母完颜氏封密国夫人。高氏以家事诉于海陵。海陵自熙宗时见悼后干政⑨,心恶之,故自即位,不使母后得预政事。于是遣高氏还父母家。诏尚书省,凡后妃有请于宰相者,收其使以闻。

昭媛察八,姓耶律氏,尝许嫁奚人萧堂古带⑩。海陵纳之,封为昭媛。堂古带为护卫,察八使侍女习撚以软金鹌鹑袋数枚遗之。事觉,是时,堂古带谒告在河间驿,召问之。堂古带以实对,海陵释其罪。海陵登宝昌门楼,以察八徇诸后妃,手刃击之,堕门下死,并诛侍女习撚。

寿宁县主什古,宋王宗望女也⑪。静乐县主蒲剌及习撚,梁王宗弼女也。师姑儿,宗隽女也,皆从姊妹。混同郡君莎里古真及其妹馀都,太傅宗本女也,再从姊妹。郧国夫人重节,宗盘女孙,再从兄之女。及母大氏表兄张定安妻奈剌忽、丽妃妹蒲鲁胡只,皆有夫,惟什古丧夫。海陵亡所忌耻,使高师姑、内哥、阿古等传达言语,皆与之私。凡妃主宗妇尝私之者,皆分属诸妃,出入位下。奈剌忽出入元妃位,蒲鲁胡只出入丽妃位,莎里古真、馀都出入贵妃位⑫,什古、重节出入昭妃位,蒲剌、师姑儿出入淑妃位。

海陵使内哥召什古,先于暖位小殿置琴、阮其中,然后召之。什古已色衰,常讥其衰老以为笑。惟习撚、莎里古真最宠,恃势笞决其夫。海陵使习撚夫稍喝押护卫直宿,莎里古真夫撒速近侍局直宿,谓撒速曰："尔妻年少,遇尔直宿,不可令宿于家,常令宿于妃位。"每召入,必亲伺候廊下,立久则坐于高师姑膝上。高师姑曰："天子何劳苦如此⑬?"海陵曰："我固以天子为易得耳,此等期会难得,乃可贵也。"每于卧内遍设地衣,裸逐以为戏。莎里古真在外为淫佚,海陵闻之大怒,谓莎里古真曰："尔爱贵官,有贵如天子者乎?尔爱人才,有才兼文武似我者乎?尔爱娱乐,有丰富伟岸过于我者乎?"怒甚,气咽不能言。少顷,乃抚慰之曰："无谓我闻知,便尔惭恶,遇燕会,当行立自如⑭,无为众所测度也,恐致非笑。"后亦屡召入焉。馀都,牌印松古剌妻也。海陵尝曰:"馀都貌虽不扬,而肌肤洁白可爱。"蒲剌进封寿康公主,什古进封昭宁公主,莎里古真进封寿阳县主,重节封蓬莱县主。

凡宫人在外有夫者,皆分番出入。海陵欲率意幸之,尽遣其夫往上京,妇人皆不听出外。常令教坊番至禁中,每幸妇人,必使奏乐,撒其帏帐,或使人说淫秽语于其前。尝幸室女,不得遂,使元妃以手左右之。或妃嫔列坐,辄率意淫乱,使共观。或令人效其形状以为笑。凡坐中有嫔御,海陵必自掷一物于地,使近侍环视之,他视者杀。诚宫中给使男子,于妃嫔位举首者,刵其目。出入不得独行,便旋须四人偕往⑮,所司执刀监护,不繇路者斩之。日入后下阶砌行者死,告者赏之钱百万。男女仓猝误相触,先声言者赏三品官,后言者死,齐言者皆释之。

女使辟懒有夫在外,海陵封以县君,欲幸之,恶其有娠,饮以麝香水,躬自揉拉其腹,欲堕其胎。辟懒乞哀,欲全性命,苟得乳娩,当不举。海陵不顾,竟堕其胎。

蒲察阿虎迭女叉察,海陵姊庆宜公主所生,嫁秉德之弟特里。秉德诛,当连坐。太后使梧桐请于海陵,繇是得免。海陵白太后欲纳叉察,太后曰:"是儿始生,先帝亲抱至吾家养之,至于成人。帝虽舅,犹父也。不可!"其后嫁宗室安达海之子乙剌补,海陵数使人讽乙剌补出之,因而纳之。叉察与完颜守诚有奸。守诚本名遏里来。事觉,海陵杀守诚。太后为叉察求哀,乃释之。叉察家奴告叉察语涉不道,海陵自临问,责叉察曰:"汝以守诚死詈我耶⑯?"遂杀之。

同判大宗正阿虎里妻蒲速碗,元妃之妹。因入见元妃,海陵逼淫之,蒲速碗自是不复入宫。

世宗为济南尹⑰,海陵召夫人乌答林氏,夫人谓世宗曰:"我不行,上必杀王。我当自勉,不以相累也。"夫人行至良乡自杀。是以世宗在位二十九年,不复立后焉。

从来女淫无过武氏,男淫无过海陵。始皆以诈术取位,亦皆有逸才,而皆不令终。使此两人作夫妇,未知当何如也?

【注释】①完颜亮,金太祖阿骨打之孙,太师宗幹之子。皇统九年(1149)弑金熙宗自立,时年二十七。正隆六年(1161)南侵宋,完颜元宜等发动兵变,亮死于瓜洲渡。先废为海陵王,又废为庶人。　②时金之南京在开封。③"胜",原本作"滕",据本条出处《金史·海陵后妃传》改。　④"括",原本作"姞",据出处改。　⑤"天德",原本作"天宝",据出处改。　⑥中京,今之北京。　⑦"心",原本作"必",据出处改。　⑧"失",原本作"茱",据出处改。　⑨"海陵"二字原本脱,据出处补。　⑩美人,此指契丹人。　⑪宗望,阿骨打次子,世称二太子,统兵灭北宋者。下文之宗弼,即小说中常说的金兀术。　⑫"贵妃",原本作"淑妃",据出处改。⑬"苦",原本作"意",据出处改。　⑭"立",原本作"亦",据出处改。⑮便旋,即小溲。　⑯"詈",原本作"誓",据出处改。　⑰金世宗完颜雍,完颜亮征宋时,留守东京辽阳府。瓜洲兵变后,被拥立为帝。

元　顺　帝 再见

哈麻尝阴进西天僧,以运气术媚帝。帝习为之,号演揲儿法。演揲儿,华言大喜乐也。哈麻之妹婿集贤学士秃鲁帖木儿故有宠于帝,与老的沙、八郎等十人①,俱号倚纳。秃鲁帖木儿性奸狡,帝爱之,言听计从,亦荐西番僧伽璘真于帝。其僧善秘密法,谓帝曰:"陛下虽尊居万乘,富有四海,不过保有见世而已。人生能几何,当受此秘密大喜乐禅定。"帝又习之。其法亦名双修法②。曰演揲儿,曰秘密,皆房中术也。帝乃诏以西天僧为司徒,西番僧为大元国师③。其徒皆取良家女,或四人,或三人奉之,谓之供养。于是帝日从事于其法,广取妇女,惟淫戏是乐。

又选采女三圣奴、妙乐奴、文殊奴等一十六人,为十六天魔舞。

首垂发数辫,戴象牙佛冠,身被缨络,大红绡金长短裙[④]、金杂袄、云肩、合袖大衣、绥带鞋袜,各执加巴剌般之器,内一人执铃杵奏乐。又宫女一十一人,练槌髻,勒帕,常服,或用唐帽、窄衫,所奏乐用龙笛、头管、小鼓、筝、篡、琵琶、笙、胡琴、响板、拍板。以宦者长安迭不花管领。遇宫中赞佛,则按舞奏乐。

帝诸弟与其所谓倚纳者,皆在帝前相与亵狎,甚至男女裸处。号所处室曰暨即兀该,华言事事无碍也。君臣宣淫,而群僧出入禁中,无所禁止,丑声秽行著闻于外,虽市井之人,亦恶闻之。

野史载:顺帝为赵㬎遗体[⑤],故亡元以报宋。然宋世阃则甚肃[⑥],而顺帝淫亵,反近狄道[⑦],吾甚疑之。

【注释】①"郎"字原本缺,据本段出处《元史·奸臣传》补。　②"双",原本作"变",据出处改。　③"大",原本作"八",据出处改。　④"绡",原本作"销",据本段出处《元史·顺帝纪六》改。　⑤南宋恭帝赵㬎,三岁登基,五岁国亡。元世祖封其为瀛国公,至十八岁,被送往吐蕃出家学佛。明代开始,民间有元顺帝为赵㬎遗腹子之说,不可信。　⑥阃则,家庭阃内之规矩。　⑦狄道,夷狄之行为规矩。

鲁文姜　哀姜

文姜者,齐襄公之妹,嫁为鲁桓公夫人。桓公十八年,欲与姜氏如齐,大夫申繻谏曰:"女有家,男有室,无相渎也,谓之有礼。易此必败。"桓公不从,会齐襄公于泺,遂及文姜如齐。齐襄公通焉[①]。国人作诗刺之曰:"南山崔崔,雄狐绥绥。鲁道有荡,齐子繇归。既曰归止,曷又怀止[②]?"桓公谪姜氏[③],姜氏以告襄公。襄公因享而使公子彭生搿干而杀之[④],桓公薨于车。襄公杀彭生以说于鲁。

鲁庄公既立,不能防闲其母。二年,姜氏会齐侯于禚;四年,享齐侯于祝丘;五年,如齐师;七年春,会齐侯于防;冬,又会于穀。故其诗曰："敝笱在梁,其鱼唯唯。齐子归止,其从如水⑤。"又曰："汶水滔滔,行人儦儦。鲁道有荡,齐子游敖⑥。"

鲁庄公八年,齐襄公被弑,有女甚幼。庄公制于母⑦,文姜欲俟幼女长而以为夫人,故庄公立二十四年始娶,是为哀姜。又八年而庄公薨。哀姜通于公子庆父,弑子般,再弑闵公⑧。齐桓公定鲁难,立庄公之庶子申,是为僖公。庆父缢,哀姜奔齐,齐杀之。

　　文姜杀夫,哀姜杀子,其祸皆起于淫。独怪庄公忘父之仇,而更娶其女,"岂其娶妻,必齐之姜"乎⑨? 小白好内⑩,负妇人以朝诸侯。管仲曰:"吾君背疽疮,不得妇人不愈此疾。"其淫如此,而能正人之淫,亦可异也。

【注释】①齐襄公与其妹文姜私通。　　②此《南山》之诗,见《齐风》。《诗序》:"《南山》,刺襄公也。鸟兽之行,淫乎其妹。大夫遇是恶,作诗而去之。"　　③谪,谴责。　　④撍,折。干,躯干。　　⑤此《敝笱》之诗,见《齐风》。《诗序》:"《敝笱》,刺文姜也。齐人恶鲁桓公微弱,不能防闲文姜,使至淫乱,为二国患焉。"　　⑥此《载驱》之诗,见《齐风》。《诗序》:"《载驱》,齐人刺襄公也。无礼义,故盛其车服,疾驱于通道大都,与文姜淫,播其恶于万民焉。"　　⑦庄公受制于母文姜。　　⑧公子庆父为鲁庄公庶兄。鲁庄公三十二年(前662),庄公死,无嫡子,立庶子子般,不到两月而庆父杀子般,立闵公。至闵公二年,庆父又杀闵公,公方十岁。　　⑨"岂其娶妻"句,见《陈风·衡门》。　　⑩小白,齐桓公名。

卫　宣　姜

　　卫宣公烝于庶母夷姜,生急子,属诸右公子。为之娶于齐而美,公筑新台以要之①。嬖,生寿及朔②。属寿于左公子。夷姜缢③,宣姜与公子朔构急子④。公使诸齐,使盗待诸莘,将杀之⑤。寿子告之:"使行不可。"曰:"弃父之命,恶用子矣? 有无父之国则可也。"及行,寿子醉以酒,而载其旌以先,盗杀之。急子至,曰:"我求也,此何罪?请杀我乎!"又杀之[6]。《邶风》曰:"新台有泚,河水弥弥。燕婉之求,籧篨不鲜。鱼网之设,鸿则离之。燕婉之求,得此戚施。"刺宣公淫乱之事也[7]。卫自是大乱[8]。

【注释】①此言卫宣公为急子娶齐女,见女美,遂自纳之,是为宣姜。②卫宣公宠爱宣姜,生寿、朔二子。　③夷姜因失宠而自缢。　④宣姜与其子朔罗织急子之过,以谮构于卫宣公。　⑤卫宣公派急子出使齐国,又在莘地安排刺客,准备杀死急子。　⑥以上言寿已经知道其父母的阴谋,警告急子不要出行,急子以不可违背父命为由,坚持要出行。寿见兄长不听劝阻,便灌醉急子,自己冒充急子而行。急子酒醒,赶到后见寿已经代自己而死,便要求刺客也杀死了自己。以上俱《左传》之文,唯"公筑新台以要之"一句,是为了把《邶风·新台》之诗附会于此事而插入。　⑦《诗序》:"《新台》,刺卫宣公也。纳伋之妻,作新台于河上而要之。国人恶之,而作是诗也。"　⑧子急与寿既死,二人的师傅即左公子洩、右公子职知道这是宣姜和公子朔谮构的结果。卫宣公死后,公子朔立,是为惠公。左公子洩、右公子职怨惠公,遂立公子黔牟而逐惠公,惠公奔齐。

齐　庄　公 庆封附

齐棠公之妻,东郭偃之姊也。东郭偃臣崔武子[1]。棠公死,偃御武子以吊焉,见棠姜而美之,遂取之[2]。庄公通焉,骤如崔氏[3],以崔子之冠赐人,侍者曰:"不可。"公曰:"不为崔子,其无冠乎[4]?"崔子因是,又以其间伐晋,欲俟晋报,而弑公以说,不获间[5]。公鞭侍人贾举,又近之。举乃为崔子间公。莒子朝于齐,享诸北郭,崔子称疾。公往问疾,遂从姜氏[6]。姜入于室,与崔子自侧户出。公拊楹而歌。侍人贾举止众从者而入,闭门,甲兴。公登台而请,弗许;请盟,弗许;请自刃于庙,弗许[7]。皆曰:"君之臣杼疾病,不能听命,近于公宫。陪臣干掫有淫者,不知二命[8]。"公逾墙,又射之,中股,反队[9],遂弑之。景公即位,崔子为政如故。

崔子嬖棠姜，欲废其子成及彊，而立姜所生子明。成与彊作乱，崔子告庆封，使讨之。庆封与卢蒲嫳攻杀崔氏，尽俘其家。棠姜缢。嫳反命于崔子，且御而归之，至则无归矣，乃缢。崔明奔鲁⑩。

庆封当国。庆封好田而嗜酒，与庆舍政，则以其内实迁于卢蒲嫳氏，易内而饮酒。数日，国迁朝焉⑪。使诸亡人得贼者以告而反之，故反卢蒲癸⑫。癸臣庆舍，有宠，妻之⑬。庆舍之士谓癸曰："男女辨姓，子不辟宗乎⑭？"癸曰："宗不余辟，余独焉辟之？"癸言王何而反之⑮。二人皆嬖，使执寝戈而先后之。二人竟杀庆舍而逐庆封，为崔氏报也⑯。

【注释】①崔武子，即崔杼，齐国大夫。　②崔杼取棠公之寡妇棠姜为妻。　③骤，频繁。　④"以崔子之冠赐人"下，言庄公又把崔杼的冠赐给别人，侍者劝阻，庄公道："不用崔杼之冠，岂无他冠可用？"意谓崔杼之冠同于常人之冠，有轻之之意。崔杼因此而怒庄公。　⑤"崔子因是"下，言因为齐国此前曾乘晋之隙而伐晋，晋必欲报复齐，如果此时杀死庄公，一定可以取悦于晋。崔杼因而有弑君之谋，只是没有机会可乘。　⑥庄公到崔杼家探病，其实是乘机去看棠姜。　⑦"侍人贾举止众从者而入"下，言庄公侍人贾举把其他随从都挡到外面，他自己进了崔家，把门从内关上。此时埋伏好的甲士就都出来了。庄公请饶命不死，不准；想起誓立盟，不许；想自尽于宗庙，仍不许。　⑧"皆曰"下，言众人对庄公说："你的臣子崔杼病重不能前来听命。他家与公宫相近，我们做为崔氏的陪臣，有巡夜捕杀行淫者之责，其他的都不知道。"　⑨队，通"坠"。　⑩庆封攻崔氏时，崔明先逃出，藏于大墓之中，后乃奔鲁。　⑪"国迁朝"，指群臣都要到卢蒲家朝见庆封了。　⑫庆封让当年与崔氏作对而逃亡，因得"贼"之名者，可以申诉其情而返国，因而卢蒲癸得以返齐。　⑬"妻之"，指庆舍以女妻卢蒲癸。　⑭卢蒲氏与庆氏皆姜姓同宗，按礼不能通婚。　⑮卢蒲癸言王何于庆舍，王何亦得而返齐。　⑯事在《左传》襄公二十八年（前545），即庆封灭崔氏一年之后。

楚　平　王

　　楚平王之在蔡也[1]，郧阳封人之女奔之[2]，生太子建。及即位，使伍奢为之师，费无极为少师。费无极无宠，欲构诸王，谓王曰："建可室矣。"王为之聘于秦，无极与逆。反曰："秦女甚美，王可自取。"王从之。无极复言于王曰："太子以秦女之故，不能无怨望之心，愿王自备。"已后言建与伍奢将叛。王使司马奋扬杀建，未至，建奔宋。王召伍奢及其长子尚，皆杀之，次子员奔吴。久之，辅吴王阖闾伐楚，入郢。时平王已死，葬，员掘墓，鞭其尸三百。[3]

　　　新台之后[4]，复有平王，皆以此造衅亡国。惜哉，无曲沃负之义也！曲沃负者，魏大夫如耳之母。秦立魏公子政为魏太子。魏哀王使使者为太子纳妃而美，王将自取焉。曲沃负谓其子如耳曰："王乱无别，汝胡不匡之？方今战国，强者为雄，义者显焉。今魏不能强，王又无义，何以持国乎？王中人也[5]，不知其为祸耳。汝不言，魏必有祸；有祸，必及吾家。忠以除祸，不可失也。"如耳未得间，会使于齐，负因款王门而上书。王曰："寡人不知也。"遂与太子妃，而赐负三千锺。[6]

　　【注释】①楚平王名弃疾。楚灭陈、蔡，以弃疾为蔡公。及灵王死，乃立为楚王。　　②封人，为典守封疆之官。　　③此条采自汉赵晔《吴越春秋》卷一。　　④新台，即卫宣公事，见本卷"卫宣姜"条。　　⑤中人，中等人才，智能一般。　　⑥曲沃负事见刘向《列女传》卷三。

大　体　双

　　刘銀得波斯女[1]，年破瓜。丰腴而慧艳，善淫，曲尽其妙。銀嬖之，赐号"媚猪"。延方士求健阳法，久乃得，多多益办。好观人交，选恶少年配以雏宫人，皆妖俊美健者，就后园襏衣，使露而偶。鋹扶媚猪巡行览玩，号曰"大体双"。又择新采异，与媚猪对。鸟兽见之熟，亦作合。②

【注释】①刘鋹，五代十国时南汉末帝。波斯，时统称中亚人为波斯。②此条采自宋陶穀《清异录》卷上。

济 北 王 以下戚里

五凤中①，济北王终古所爱奴与八子及诸御妾为奸②，终古或参与被席，或昼日使裸伏。犬马交接，终古亲观产子，辄曰："乱不可知。"丞相、御史奏："终古位诸侯王，以置八子，秩比六百石，所以广嗣重祖。而终古禽兽行，悖逆人伦。请逮捕。"有诏："削四县。"见《汉书》。

【注释】①五凤，汉宣帝年号（前57—前54）。 ②"古"，原本作"吉"，据《汉书·高五王传》改。此条错讹颇多，后径改不出校。八子，汉诸侯王妾媵之号，秩比六百石（其禄相当于县令）。

馆 陶 公 主

武帝姑馆陶公主，号窦太主①，堂邑侯陈午尚之。午死，主寡居，年五十余矣。近幸董偃。始，偃与母以卖珠为事。偃年十三，随母出入主家，左右言其姣好。主召见，曰："吾为母养之。"因留第中，教书计、相马、御射，颇读传纪。至年十八而冠，出则执辔，入则侍内。为人温柔爱人，以主故，诸公接之，名称城中，号曰"董君"。主因推令散财交士，令中府曰②："董君所发，一日金满百斤，钱满百万，帛满千匹，乃白之。"

然偃内不自安，常忧得罪。安陵爰叔为之谋，使白主，献长门园为上宿宫,上大悦。主使偃以黄金百斤为爰叔寿,叔因是为董君画求见上之策。令主称疾不朝,上往临候,问所欲,主辞谢曰:"妾幸蒙陛下厚恩,先帝遗德,奉朝请之礼,备臣妾之列,使为公主,赏赐邑入,隆天重地,死无以塞责。一日卒有不胜洒扫之职,先狗马填沟壑,窃有所恨,不胜大愿。愿陛下时忘万事,养精游神,从中掖庭回舆,枉路临妾山林,得献觞上寿,娱乐左右。如是而死,何恨之有!"上曰:"主何忧?幸得愈。恐群臣从官多,大为主费。"上还。有顷,主疾愈,起谒,上以钱千万从主饮。后数日,上临山林,主自执宰敝膝,道入登阶就坐。坐未定,上曰:"愿谒主人翁。"主乃下殿,去簪珥,徒跣顿首谢曰:"妾无状,负陛下,身当伏诛。陛下不致之法,顿首死罪。"有诏谢,主簪履起,之东厢自引董君。董君绿帻傅韝,随主前,伏殿下。主乃赞:"馆陶公主庖人臣偃昧死再拜谒。"因叩头谢。上为之起,有诏赐衣冠上③。主自奉食,进觞。当是时,董君见尊不名,称为"主人翁",饮大欢乐。主乃请赐将军、列侯、从官金钱杂缯各有数。于是董君贵宠,天下莫不闻,郡国狗马、蹴鞠、剑客辐辏董氏。常从游戏北宫,驰逐平乐,观鸡鞠之会,角狗马之足,上大欢乐之。于是上为窦太主置酒宣室,使谒者引内董君。

　　是时,东方朔备戟殿下,辟戟而前曰:"董偃有斩罪三,安得入乎?"上曰:"何谓也?"朔曰:"偃以人臣私侍公主,其罪一也。败男女之化而乱婚姻之礼,伤王制,其罪二也。陛下富于春秋,方积思于六经,留神于王事,驰骛于唐虞,折节于三代,偃不遵经劝学,反以靡丽为右,奢侈为务,尽狗马之乐,极耳目之欲,行邪枉之道,径淫辟之路,是乃国家之大贼,人主之大蜮也。偃为淫首,其罪三也。昔伯姬燔而诸侯惮④,奈何乎陛下?"上默然不应,良久曰:"吾业以设饮,后而自改。"朔曰:"不可!夫宣室者,先帝之正处也,非法度之政不得入焉。放淫乱之渐,其变为篡,是以竖貂为淫而易牙作患⑤,庆父诛而鲁国全,管、蔡诛而周室安⑥。"上曰:"善!"有诏止,更置酒北宫,引董君从东司马门。东司马门更名东交门。赐朔黄金三十斤。董君之宠，繇是日衰，至年三十而终。后数岁，窦太主卒，与董君合葬于霸陵。是后公主贵人多逾礼制，自董偃始。

缙绅呼为"董君"，可笑；天子亦呼"主人翁"，尤可笑。天子见董君于主第，可笑；天子亦召宴董君于宫中，尤可笑。偃以卖珠儿侍主，可笑；死而与主合葬，如伉俪然，尤可笑。

董偃常卧延清之室，以画石为床，文如锦绣，石质甚轻，出郅支国。上设紫瑠璃帐、火齐屏风，列灵麻之烛，以紫玉为盘，如屈龙，皆用杂宝饰之。侍者于户外扇偃，偃曰："玉石岂须扇而后凉耶？"侍者乃却扇以手摸，方知有屏风。又以玉精为盘，贮冰于膝前，玉精与冰同其洁彻。侍者谓冰之无盘，必融湿席，乃合玉盘拂之落阶下，冰玉俱碎，偃以为乐。此玉精千涂国所贡也，武帝以此赐偃。[7]偃之淫奢如此，其得令终幸矣。

【注释】①馆陶公主系武帝祖母窦太后所生，故称窦太主。　②中府，掌管府中财物金钱之官。　③"上"字原本缺，据本条出处《汉书·东方朔传》补。　④伯姬，即宋恭公夫人，鲁宣公女，称宋恭姬者。刘向《列女传》卷四"宋恭伯姬"条云：恭公卒，伯姬寡。至景公时，伯姬尝遇夜失火。左右请夫人少避火，伯姬曰："妇人之义：保傅不俱，夜不下堂。待保傅来也。"保母至，傅母未至，伯姬仍不肯下堂避火，曰："越义而生，不如守义而死。"遂逮于火而死。　⑤齐桓公时，竖刁（貂）自宫以入后宫，是导桓公淫；易牙烹其子以进，以取桓公之宠信。后二人与常之巫作乱，桓公困饿而死。　⑥周成王即位，年幼，周公摄政。商遗民与管、蔡二叔叛周，周公东征，杀纣王子武庚，诛放管、蔡。　⑦此段采自晋王嘉《拾遗记》卷五，非史实也。

山　阴　公　主

山阴公主，宋武帝女，废帝妹也。通何戢①。何戢少美丽，动止与褚渊相慕，时号为"小褚公"。

主性淫乱。废帝爱之,时与同辇出入。主谓上曰:"妾虽不才,与陛下俱托体先帝。陛下六宫万数,而妾惟驸马一人,何太不均?"帝为置面首三十人,褚渊亦与焉[2],主尤慕爱之。闭一阁中,备见逼迫,渊不从。主曰:"公须髯如戟,何无丈夫意?"渊以死自誓,乃得免。

【注释】①何戢尚山阴公主,拜驸马都尉,何以称"通"? 褚渊被公主召入侍,渊即与何戢同居止,以避公主。　②褚渊贵官,如何能为山阴公主面首? 据《宋书·前废帝纪》,主以吏部郎褚渊貌美,就帝请以自侍,帝许之。渊侍主十日,备见逼迫,誓死不从,遂得免。

安　乐　公　主

安乐公主,中宗最幼女。帝迁房陵而主生①,解衣以褓之,名曰裹儿。姝秀辨敏,后尤爱之②。下嫁武崇训。帝复位③,光艳动天下,侯王柄臣多出其门。尝作诏请帝署可,帝笑而从之。又请为皇太女,右仆射魏元忠固谏乃止。与太平等七公主俱开府,而主府官属尤滥,皆出屠贩,纳赀售官,降墨敕斜封授之④,故号"斜封官"。

主营第,工致过于宫省。尝请昆明池为私沼,帝曰:"先帝未有以与人者。"主不悦,自凿定昆池,延袤数里。

崇训死,主改降武延秀。先是,延秀自突厥还,善突厥舞,而貌韶秀,妖丽自喜,数与内庭宴。主见而悦之,即与乱。至是日,假后车辇,自宫送至第。翌日,大会群臣太极殿。主被翠服出,向天子再拜。南面拜公卿,公卿皆伏地稽首。武攸暨与太平公主偶舞,为帝寿。赐群臣帛数十万。帝御承天门,大赦,因赐民酺三日,帝后亲幸宴,大赦天下。

临淄王诛韦庶人⑤,主方览镜画眉,闻乱,走至右延明门⑥,兵及而死。

【注释】①唐弘道元年(683)，高宗死，太子显立，是为中宗。次年，方立两月的中宗被太后武氏废为庐陵王。明年，武则天迁庐陵王至房州。房州即房陵，今湖北房县。　　②后，中宗皇后韦氏，即后来被李隆基杀死并废为庶人之韦庶人。　　③中宗复位在705年，此年安乐公主21岁。　　④墨敕是皇帝亲笔写的敕书，有时是安乐公主等代笔，即不经中书起草，不经过尚书省或宰相的推荐，也不经过门下省审核，直接送到中书省，走程序完成任命，由吏部发给告身。墨敕，即不加朱印。斜封，就是不按常规封公文袋，以表示特殊。　　⑤710年，韦后与安乐公主毒杀中宗，欲效武则天临朝听政。临淄王李隆基起兵，杀韦后与安乐公主。　　⑥"明"字原本缺，据本条出处《新唐书·诸公主传》补。

虢国秦国等_{杨国忠附}

太真既册为贵妃，宫中呼曰"娘子"，礼数同于皇后。有姊三，大姨封韩国夫人，三姨虢国夫人，小姨秦国夫人，同日赐命，皆月给钱十万为脂粉之资。三夫人皆丰颐修整，工于谑浪，巧会旨趣，号为"贵妃琵琶弟子"。每入宫中受曲，移暑方出①。虢国自矜美艳，常素面朝天，故杜甫诗云："虢国夫人承主恩，平明骑马入宫门。却嫌脂粉浣颜色，淡扫蛾眉朝至尊。"

上尝宴诸王于木兰殿。时木兰花正发，皇情不豫，妃醉中舞《霓裳羽衣》一曲，天颜大悦。方知流雪回风，可以旋天转地。上尝梦十仙子，乃制《紫云回》②；并梦龙女，又制《凌波曲》。二曲既成，遂赐宜春院及梨园弟子并诸王。时新丰初进女伶谢阿蛮，善舞。妃子锺念，因而受焉。就按于清元小殿③，宁王吹玉笛，上羯鼓，妃琵琶，马仙期方响，龟年觱栗，张野狐箜篌，贺怀智拍板，自旦至午，欢洽异常。时惟女弟秦国夫人端坐观之。曲罢，上戏曰："阿蛮乐籍④，今日幸得供奉夫人，请一缠头。"秦国曰："岂有大唐天子阿姨无钱用耶？"出三百万为犒。

杨国忠赐第在宫之东南,与虢国、韩国、秦国相对,俱雕梁画栋。天子幸其第,必过五家国忠、铦皆妃兄,与三夫人共五家赏赐燕乐。扈从之时,每一家为一队,队着一色衣,五家合队,如百花之映发。及秦国先死,独虢国、韩国、国忠转盛。虢国又与国忠乱,略无仪检。每入朝谒,国忠与韩、虢连辔,相为谐谑,从官媵姬百馀骑,前后秉烛如昼,鲜妆炫服而行。

> 或言国忠乱其妹,非也。国忠乃张易之子,非杨氏子也。天寿中,易之恩幸莫比。每去私第,诏令居楼围以束棘,仍去其梯,不许女奴侍立。其母恐张氏绝嗣,乃置女奴蟾珠于楼复壁中,遂有娠,生国忠。后嫁杨氏,因冒姓焉。噫!有子如此,不如无子矣。易之身为乱首,一留馀孽,犹能破国,善恶固有种哉!

【注释】①移晷,晷表上的日影移动,意为过了很长一段时间。　②"紫云回",原本作"紫雪曲",据本条出处《杨太真外传》改。　③"清元",原本作"含元",据出处改。　④阿蛮,玄宗在宫中自称。

杨国忠出使江浙,其妻思念至深,荏苒成疾。忽昼梦与国忠交,因而有孕,后生男名朏。洎国忠使归,其妻具述梦中之事。国忠曰:"此盖夫妻相念,情感所致。"时人无不讥诮。①

> 已为淫秽,无以禁其妻,只索如此解说。别载,国忠之妻裴柔,蜀中大倡,是惯作巫山之梦者。

【注释】①此条采自五代王仁裕《开元天宝遗事》卷上。

公　孙　穆 以下奇淫

郑公孙穆好色,后庭数十,皆择稚齿。屏亲昵,绝交游,于后庭以昼足夜。三月一出,意犹未惬。见《列子》①。

【注释】①此《列子·杨朱》篇之寓言，言郑子产为郑国执政，历时三年，郑国大治。但子产有兄名公孙朝，有弟名公孙穆。公孙朝好酒，公孙穆好色云云。

庸成氏季子①

三身国，一头、三身、三手。昔庸成氏有季子好淫，白日淫于市，帝放之西南。季子妻马，生子，人身，有尾蹄。

【注释】①"庸"，原本作"容"，据本条出处《河图括地象》改。正文同改。庸成氏为燧人氏之后的古帝王。

夏　　姬

夏姬者，陈大夫夏征舒之母，而御叔之妻也。陈灵公元年，征舒已为卿。十四年，灵公与其大夫孔宁、仪行父皆通于夏姬，襄其袒服以戏于朝①。泄冶谏曰："君臣淫乱，民何效焉？"灵公以告二子，二子请杀泄冶，公弗禁，遂杀泄冶。

十五年，灵公与二子饮于夏氏，公戏二子曰："征舒似汝。"二子曰："亦似君。"征舒怒。灵公罢酒出，征舒伏弩厩门，射杀灵公。孔宁、仪行父皆奔楚。

明年，楚庄王伐陈，诛征舒，欲纳夏姬。申公巫臣曰："不可。君召诸侯以讨罪也，今纳夏姬，贪其色也。贪色为淫，淫为大罚。若兴诸侯以取大罚，非慎之也。王其图之。"王乃止。子反欲取之，巫臣曰："是不祥人也。是夭子蛮②，杀御叔③，弑灵侯，戮夏南④，出孔、仪，丧陈国，何不祥如是？人生实难，其有不获死乎？天下多美妇人，何必是？"子反乃止。王以与连尹襄老。襄老死于邲⑤，不获其尸。其子黑要烝焉⑥。

巫臣使道焉⑦，曰："归，吾聘汝。"又使自郑召之，曰："尸可得也,必来逆之⑧。"姬以告王,王问诸屈巫⑨,对曰:"其信。知罃之父,成公之嬖也,而中行伯之季弟也,新佐中军,而善皇戌,甚爱此子。其必因郑而归王子与襄老之尸以求之⑩。郑人惧于邲之役,而欲求媚于晋,其必许之⑪。"王遣夏姬归。将行,谓送者曰:"不得尸,吾不反矣。"巫臣聘诸郑,郑伯许之⑫。

及共王即位,将为阳桥之役,使屈巫聘于齐,且告师期⑬。巫臣尽室以行⑭。申叔跪从其父将适郢,遇之,曰:"异哉。夫子有三军之惧,而又有桑中之喜。宜将窃妻以逃者也。"⑮

及郑,使介反币,而以夏姬行。将奔齐,齐师新败。曰:"吾不处不胜之国。"遂奔晋,而因郤至以臣于晋⑯,晋人使为邢大夫。

> 按《列女传》,夏姬状美好,老而复少者三,三为王后,七为夫人,公侯争之,莫不迷惑失意。又曰,姬鸡皮三少,善彭老交接之术⑰。

【注释】①衵服,亵服,此指夏姬之内衣。　②子蛮,夏姬之庶兄。有说夏姬在室时,即与子蛮私通,致子蛮早死。　③御叔为夏姬之夫,亦早死。　④夏南,即夏姬之子夏征舒。　⑤襄老死于邲之战。前597年,晋楚争霸,楚围郑,晋遣荀林父救郑,楚、晋会战于今郑州之北的邲地。此战楚大胜,晋将知罃被楚俘获,但楚公子穀臣及襄老死于此役,晋不归其尸。⑥下淫上为烝,此指与母辈通奸。　⑦道,同"导",为先导。让夏姬先行一步,然后他设法追随。　⑧巫臣又让郑国来人向夏姬传话,说襄老之尸可以交还楚国,但必须让夏姬回郑国迎柩。　⑨屈巫,即巫臣。　⑩"王"字原本缺,据本条出处《春秋左氏传》成公二年(前589)补。　⑪以上巫臣的一段话大意是,郑国传来的消息是可信的,因为知罃已经被楚国囚禁多年,知罃的父亲荀首是晋公的宠臣,他哥哥中行伯又新佐中军。荀首非常疼爱被囚的儿子,必然会说服晋君通过郑国向我们示好,用楚公子穀臣及襄老之尸来交换他儿子。郑人求媚于晋,自然会答应做此中介。对郑国提出的夏姬亲迎尸柩的要求,我们必须要应许。　⑫巫臣致聘于郑君(夏姬之兄郑襄公),欲以夏姬为正室,郑公应允。　⑬楚庄王死,共王即位,欲为齐伐鲁(后来楚伐至鲁之阳桥,故史称阳桥之役),遂遣巫臣使齐,告齐以出师之日期。　⑭巫臣携全家出行,先不往齐国,却奔郑国迎娶夏姬。　⑮楚公族申叔跪随从其父前往郢都,路上遇到巫臣,猜测到巫臣的意图,对巫臣说:"夫子你有使齐的军事使命,又与夏姬有桑中之约,这是准备接了妻子而逃离楚国啊。"　⑯"臣",原本作"成",据出处改。　⑰彭老,即老彭,彭祖也。传说彭祖善服食闭气,通采补之术。

河　间　妇

河间,淫妇人也,不欲言其姓,故以邑称。始,妇人居戚里,有贤操。自未嫁,固已恶群戚之乱尨①,羞与为类,独深居为剪制众结。既嫁,不及其舅②,独养姑,谨甚,未尝言门外事,又礼敬夫宾友之相与为肺腑者。其族类丑行者谋曰:"若河间何?"其甚者曰:"必坏之。"乃谋以车众造门邀之遨嬉,且美其辞曰:"自吾里有河间,戚里之人日夜为饬励③,一有小不善,惟恐闻焉。今欲更其故,以相效为礼节,愿朝夕望若仪状以自闲也④。"河间固谢不欲。姑怒曰:"今人好辞来,以一接新妇求为得师,何拒之坚也?"辞曰:"闻妇之道以贞顺静专为礼。若夫矜车服、耀首饰,族出讙闹,以饮食游观,非妇人宜也。"姑强之,乃从之游。过市,或曰:"市少南入浮图⑤,有国工吴叟始图东南壁,甚怪。可使奚官先避道⑥,乃入观。"观已,延及客位,具食帏床之侧。闻男子咳者,河间惊,跣足出,召从者驰车归。泣数日,愈自闭,不与众戚通。戚里乃更来谢曰:"河间之遽也,犹以前故,得无罪吾属也? 向之咳者,为膳奴耳⑦。"曰:"数人笑于门,如是何耶?"群戚闻且退。

期年,乃敢复召,邀于姑,必致之。与偕行,遂入礼隄州西浮图两池间⑧,叩槛出鱼鳖食之。河间为一笑,众乃欢。俄而又引至食所,空无帏幕,廊庑廓然,河间乃肯入。先壁群恶少于北牖下⑨,降帘,使女子为秦声,倨坐观之。有顷,壁者出宿选貌美阴大者主河间⑩。乃便抱持河间，河间号且泣，婢夹持之。或谕以利，或骂且笑之。河间窃顾视，持己者甚美，左右为不善者已更得适意⑪，鼻息哷然，意不能无动，力稍纵，主者幸一遂焉。因拥致之房，河间收泣，甚适，自庆未始得也。至日昃，其类呼之食，曰："吾不食矣。"且暮，驾车相戒归，河间曰："吾不归矣，必与是人俱死。"群戚反大闷⑫，不得已，俱宿焉。夫骑来迎，莫得见，左右力制⑬，明日乃肯归。持淫夫大泣，啮臂相与盟而后就车。

　　既归，不忍视其夫，闭目曰："吾病甚。"与之百物，卒不食，饵以善药，挥去，心怦怦恒若危柱之弦⑭。夫来，辄大骂，终不一开目，愈益恶之。夫不胜其忧。数日乃曰："吾病且死，非药饵能已。为吾召鬼解除之，然必以夜。"其夫自河间病，言如狂人，思所以悦其心，度无不为。时上恶夜祠⑮，其夫无所避。既张具，河间命邑臣告其夫召鬼祝诅。上下吏讯验，笞杀之。将死犹曰："吾负夫人，吾负夫人。"河间大喜，不为服⑯，辟门召所与淫者，俾逐为荒淫。

　　居一岁，所淫者衰，益厌，乃出之。召长安无赖男子，晨夜交于门，犹不慊⑰。又为酒垆西南隅，已居楼上微观之，凿小门，以女侍饵焉。凡来饮酒大鼻者，少且壮者，美颜色者，善为戏酒者，皆上与合。且合且窥，恐失一男子也，犹日呻呼懵懵，以为不足。积十馀年，病髓竭而死。自是虽戚里为邪行者，闻河间之名，则掩鼻蹙额，皆不欲道也。

　　　柳先生曰：天下之士为修洁者，有如河间之始为妻妇者乎？天下之言朋友相慕望，有如河间与其夫之切密者乎？河间一自败于强暴，诚服其利，归敌其夫，犹盗贼仇雠，不忍一视其面，卒计以杀之，无须臾之戚，则凡以情爱相恋结者，得不有邪利之猾其中耶？亦足知恩之难恃矣。朋友固如此，况君臣之际，尤可畏哉！

【注释】①"龙"，原本作"宠"，据此条出处柳宗元《河间妇传》改。此篇错讹较多,后径改,不复出校。讹,杂而乱也。　②舅,公爹。不及,是时公爹已亡,故不及养。　③饬励,使言行合于礼教。　④望若仪状,视之如榜样。自闲,自设防范。　⑤浮图,佛寺。　⑥奚官,掌养马之小官,此指马夫。　⑦膳奴,厨师。　⑧隄州,曲岸之河洲。　⑨壁,掩藏。　⑩主,专。　⑪为不善,此指男女交合。　⑫闷,意闷不解。　⑬左右挟持,使登归车。　⑭危柱,琴。　⑮夜祠,夜间偷偷地祠祭鬼神。　⑯服,服丧。　⑰慊,满足。

淫　尸 二事

范晔《后汉书》曰:赤眉发掘诸陵,取宝货,污辱吕后尸①。有玉匣者皆如生,故赤眉多行淫秽。

《列异传》曰:汉桓帝冯夫人病亡。灵帝时,有贼盗发冢,七十馀年,颜色如故,但小冷。共奸通之,至斗争相杀。窦太后家被诛,欲以冯夫人配食②。下邳陈公达议,以贵人虽是先帝所幸,尸体秽污,不宜配至尊,乃以窦太后配食。

【注释】①“尸”,原本作“凡”,据《后汉书·刘玄刘盆子列传》改。②配食,以冯夫人配享桓帝。

四 面 观 音 以下杂淫

正德中,锦衣廖鹏以骄横得罪①,有旨封其宅舍,限五日内逐去。其妾四面观音者,请见朱宁而解之②。宁一见喜甚,留之五日,则寂然无趣行者矣。鹏治事如初。宁自此常过鹏宿,从容语鹏:“何不赠我?”鹏曰:“捐以侍父,则不获效一夕杯酒之敬,不若为父外馆。”宁益爱昵之。

此女有侠气,惜乎题目不好。

【注释】①廖鹏,正德时(1506—1521)冒功得官,为锦衣卫千户、指挥佥事。得罪后复为钱宁之党,升都指挥。至正德十五年以钱宁党与宁王朱宸濠交通,下锦衣狱,论斩,死于狱。 ②朱宁,即钱宁。正德八年(1513)掌锦衣卫事,赐姓朱。

张 彩

刘太常介继娶美艳,冢宰张彩欲夺之。乃问介曰:"我有所求,肯从我,始言之。"介曰:"一身之外,皆可奉公。"彩曰:"我所求者新嫂也,敢谢诺?"少顷,與人在门,竟劫以归。①

《谭概》评云:有刘瑾做坐媒②,何愁不谐?奉人者须防此一着。

此事不入"情仇"者,继夫人不闻以太宰为仇也。不入"情憾"者,太常公不敢憾太宰也。若肯仇肯憾,彩亦必不敢作此没天理事。

【注释】①据本条出处《明史·张彩传》,刘介初为抚州知府,娶妾美,张彩欲夺之,特擢介为太常少卿,然后盛服往贺。 ②按:张彩与刘瑾同乡,且为刘瑾谋主。

徐之才 韩熙载

北齐徐之才,见其妻与男子私①,仓皇走避,曰:"恐妨少年嬉笑。"

【注释】①"妻",原本作"家人",据本条出处《北齐书·徐之才传》改。之才妻为魏广阳王之妹,与之才妻有私者乃和士开。

南唐韩熙载,后房妓妾数十①,房室侧建横窗,络以丝绳,为窥觇之地，且暮亦不禁其出入，时人目为"自在窗"。或窃与诸生淫，熙载过之，笑而趋曰："不敢阻兴。"或夜奔客寝，客赋诗，有"最是五更留不住，向人枕畔着衣裳"之句。[2]

【注释】①韩熙载，南唐中主李璟立，熙载为宋齐丘、冯延巳等所忌，后主时更不能用，郁郁不得志，遂寄情酒色。 ②此条采自宋陶穀《清异录》卷下、宋郑文宝《南唐近事》卷二。

窦 从 一

景龙二年冬[1]，召王公近臣入阁守岁。酒酣，上谓御史大夫窦从一曰："闻卿久旷[2]，今夕为卿成礼。"窦拜谢。俄而内侍引烛笼、步障、金缕罗扇，其后有人衣礼衣花钗[3]，令与窦对坐。却扇易服，乃皇后老乳母王氏，本蛮婢也。上与大臣皆大笑。诏封莒国夫人[4]，嫁为窦妻。俗称乳母之婿曰"阿㸙"。窦每进表，自称"翊圣皇后阿㸙"，欣然有自负之色。

《谭概》评云：绝好一出丑净戏文。

【注释】①景龙，唐中宗年号（707—710）。 ②旷，旷夫，无妻也。③"礼衣"，原本作"缕衣"，据本条出处《资治通鉴》卷二百零九改。礼衣，成大礼所服也。 ④"莒"，原本作"营"，据出处改。

情史氏曰：情犹水也，慎而防之，过溢不止，则虽江海之洪，必有沟浍之辱矣。情之所悦，惟力是视，田舍翁多收十斛麦，遂欲易妻，何者？其力馀也。况履极富贵之地，而行其意于人之所不得禁，其又何堤焉？始乎官掖，继以戚里，皆垂力之馀而溢焉者也。上以淫导，下亦风靡，生斯世也，虽化九阃而为河间，吾不怪焉。夫有奇淫者必有奇祸。汉、唐贻笑，至今齿冷，宋诸清矣，元复浊之。大圣人出，而宫内外肃然，天下之情不波。猗与休哉！

补　遗

朱　温 <small>补入唐玄宗下</small>

梁主朱温①，恣意声色。诸子在外，常征其妇人侍。友文妇王氏色美，尤宠之，欲以友文为太子。友珪心不平②。梁主疾甚，命王氏召友文，欲付以后事。友珪妇张氏知之，密告友珪。友珪与统军韩勍合谋，夜斩关入至寝殿，梁主惊起，曰："我固疑此贼，恨不早杀之。汝悖逆如此，天岂容汝乎！"友珪刺梁主腹，刃出于背。以败毡裹之，瘗于寝殿。③

宣和间，禁中有物曰獝，块然一物，无头眼手足，有毛如漆。中夜有声振禁中。人皆云：时或往诸嫔妃榻中睡，以手抚之，亦温暖。晓则自榻下滚去④，罔知所在。或宫妃梦中有与朱温同寝者，即此獝也。或者云朱温之厉所化。

子犹曰：朱温五伦俱绝，死当入无间狱，安能复为厉乎？獝形如猪而温暖，因戏名"朱温"耳。

【注释】①朱温为五代梁太祖。　②友文为朱温长子，多才艺。而友珪为朱温在逆旅与妇人野合而生之子。　③此条采自《资治通鉴》卷二百六十八。　④"晓"，原本作"晚"，据此条出处南宋张端义《贵耳集》卷中改。

兖　州　人 <small>补杂淫</small>

往年兖州有人家赘婿，与其妻妹私通。事颇露，二人屡自分疏①，既而语家人："吾二人不能自明，当共诣岱顶，质诸天齐帝君②。"遂与俱去,告于神:"吾二人果有私,乞神明加诛。"祝讫下山,各以为谩众而已,神固何知? 行至山半,趋林薄僻处行淫焉。久而不归,家人登山觅之,始得于林,则皆死矣。而其二阴根交接,粘着不解,方知神谴之以示众也。

【注释】①分疏,辩解。　　②天齐帝君,即东岳大帝。

卷十八　情累类

李　将　仕 损财

李生将仕者，吉州人。入粟得官，赴调临安，舍于清河坊旅馆。其相对小宅，有妇人常立帘下阅市。每闻其语音，见其双足，着意窥观，特未尝一觌面貌。妇好歌"柳丝只解风前舞，消系惹那人不住"之词，生击节赏咏，以为妙绝。会有持永嘉黄柑过门者，生呼而扑之，输万钱，愠形于色，曰："坏了十千，而柑不得到口。"正嗟恨不释，青衣童从外捧小盒至云："赵县君奉献。"启之，则黄柑也。生曰："素不相识，何为如是，且县君何人也？"曰："即街南所居赵大夫妻，适在帘间，闻官人有不得柑之叹。偶藏数颗，故以见意，愧不能多矣。"因叩赵君所在，曰："往建康谒亲旧，两月未还。"生不觉情动，返室发箧，取色彩两端致答。辞不受，至于再，始勉留之。繇是数以佳馔为馈，生辄倍酬土宜，且数饮此童，声迹益洽，密贿童欲一见。童曰："是非所得专，当归白之。"既而返命，约于厅上相见。欣跃而前，继此造其居者四五。

妇人姿态既佳，而持身甚正，了无一语及于鄙媟。生注恋不舍，且暮向虽游倡家，亦止不往。一夕，童来告："明日吾主母生朝，若致香币为寿，则于人情尤美。"生固非所惜，亟买缣帛酒果遣送，及旦往贺。后日薄晚[1]，童忽来邀致，前此所未得也。承命即行，似有缱绻之兴。少顷登床，未安席。蓦闻门外马嘶，从者杂沓。一妾奔入曰："官人归也。"妇失色惴惴，引生匿于内室。赵君已入房，诟骂曰："我去几时，汝已辱门户如此！"挥鞭箠其妾，妾指示李生处。

禽出持之，而具牒将押赴厢。生泣告曰："倘到公府，定为一官累[②]。茌冉虽久，幸不及乱。愿纳钱五百千自赎。"赵阳怒曰："不可。"又增至千缗，妻在旁立，劝曰："此过自我，不敢饰辞。今此子就逮，必追我对鞫，我将不免，且重赂君羞，幸宽我。"诸仆皆受生饵，亦罗拜为言，卒捐二千缗乃解缚，使手书谢拜，而押回邸取赂，然后呼逆旅主人付之。生得脱，自喜。独酌数杯，就睡。明望其店，空无一人矣。所赍既罄，亟垂翅西归。

相传某寺有僧募缘，得米面布帛之类甚多。恶少数辈欲之，使妖童伪为寡妇妆，傍晚入寺，托言求僧为亡夫作佛事。僧留之饮食，不拒。留连及夜，僧眩惑失智，掩扉对酌。群不逞托言妇亲，排户而入，将执以闻于有司。僧尽室求免[③]，乃已。

近吴郡阊门戴如云者，以星命起家千金。丧偶数月，忽有人持女命来推。戴极夸其后福，某年当得贵子。其人云："吾甥孀也，安所得子乎？"戴云："是必不以孀终者。"其人曰："甥家颇裕，亲党哀其年少，谕使嫁，不从。吾今以君言告之，彼不信，或自来询，烦君下一苦口。"去数日，值大雨，果有肩舆冒雨而至。比下舆，一缟衣少妇直入中堂，邀戴相见。出一金，求戴推算其八字，即向人所语也。妇貌美丽，而举止谈论又极庄雅。戴心动，宰牲延款，因劝其勿守。妇攒眉曰："妾衣食无求，足了馀年。万一嫁浪子，破耗吾蓄，奈何？"戴曰："娘子欲适何等人？"妇曰："妾贾家子，且再醮，岂望适士大夫？但得良善人，通文不俗，且家道素康，不藉我活者足矣。"戴曰："若然，易事，当为作媒。"因询其居止，云："近浒墅关十里某处[④]，与舅相近。"少焉雨止，妇称谢，升舆而去。戴拟间访之，而明日前人复至，一见称谢云："甥女赖君从臾，意稍移矣。"戴因语次，从容自求续弦。其人曰："君意果惬，敢不效力？"如是往返数次,遂成礼。迎妇入门,有婢亦美色,箱箧累累,其重逾常。戴大喜过望,然念"不藉我活"之语,逾月未敢启齿一问,惟相爱重而已。前人者时时来,以甥舅故,入幕无禁。一日复来,语甥:"昔关上某庄田,汝家所弃。今田价俱增善矣,卖家欲转售,何不赎取?"戴闻而叩之。妇曰:"此田五百余亩,吾夫以弟兄公产,故轻弃之。然可尽赎,计价千五百金。妾馨囊仅及三分之一,更鬻衣饰,方及半耳。如此便宜事,只索委之他手,可惜也。"其人咨嗟而去。是夜,妇复言之,且启箧出白镪数百金。戴阅之,知其非谬,乃遣人招其舅到,求为居间,悉出所积千金,如数为期往赎。至期,其人来言:"事未知今日成否?银具留甥女处,吾与若空身往彼,俟成契来取可也。"戴从之。至一处,云是舅居,已具酒饭。饭毕,亦有人往来议价。良久都去,已而寂然。戴入内视之,空屋耳。急归家,则妇人已尽室行矣。家人云:"舅来言:价已议定,但彼家以非戴原产,必欲娘子自来也。"戴惘然无措,连访数日,不得其踪,方悟骗局,叹息弥日。二事俱贪色之害,并记之。

【注释】①"后日薄晚"四字原本缺,据本条出处宋洪迈《夷坚志补》卷八"李将仕"条补。　②"定"字原本缺,据出处补。　③尽室,罄尽室中所有。　④"浒",原本作"许",苏州有浒墅关,无许墅关,据改。

陶　　穀 以下误事

周世宗时,陶穀奉使江南①。李穀以书抵韩熙载云②:"五柳公骄甚③。"穀至,果如其言。熙载曰:"陶奉使非端介者,其守可隳也。"乃密遣歌儿秦弱兰,诈为驿卒女,敝衣竹钗,拥帚洒扫。穀因与通,作《风光好》词赠之曰:"好因缘,恶因缘。只得邮亭一夜眠,别神仙。　　琵琶拨尽相思调,知音少。待得鸾胶续断弦,是何年?"后数日,李主宴于清心堂④,命玻璃巨锺满酌之,陶毅然不顾。乃命弱兰歌前词劝酒,陶大沮,即日北归。

【注释】①江南,指南唐李氏。　②"李毅",按本条采自宋曾慥《类说》卷五十五引《玉壶清话》,作"李毅"。宋祝穆《古今事文类聚·续集》卷六、《侍儿小名录》等俱作"李献"。五代后周有李毅,无李献,今从《类说》。③五柳公,陶渊明,此借指陶毅。　④李主,周世宗时南唐为中主李璟。

何　郯

文彦博庆历间知益州①,多燕集。有飞语至京师。御史何郯圣从谒告归里②,上遣因便伺察之。张愈少愚③,潞公客也,迎见圣从于汉州。有营妓杨姓者,善舞,圣从喜之。少愚因取项帕题诗曰:"蜀国佳人号细腰,东台御史惜妖娆。从今唤作阳台柳,舞尽春风万万条。"后数日,圣从至成都,颇严重④。一日,潞公大作乐以宴之。迎此妓杂府妓中,歌少愚之诗以酌,圣从每为之醉。及还朝,潞公之谤乃息。⑤

> 潞公飞语,自当暴白。然圣从此来,安知无含沙者嘱之同射?而竟以项帕一诗涣然冰解,既息潞公之谤,又成全圣从做一好人,此张愈作用之妙也。

【注释】①文彦博,宋仁宗时累官同中书门下平章事,封潞国公。②何郯,字圣从,由太常博士为监察御史,转殿中侍御史,言事无所避。时其家在成都。　③"愈",原本作"俞",据《宋史》,张愈,字少愚,益州郫人,故改,下同。　④严重,严正庄重,以示无私。　⑤此条采自明徐伯龄《蟫精隽》卷六。

王　鈇

绍兴中,王鈇帅番禺,有狼籍声①。朝廷除司谏韩璜为广东提

刑,令往廉按。宪治在韶阳②,韩才建台,即行部指番禺。王忧甚,
寝食几废。有妾故钱塘倡也,问主公何忧。王告之故,妾曰:"不足
忧也。璜即韩九,字叔夏,旧游妾家,最好欢。须其来,强邀之饮,
妾当有以败其守。"

　　已而韩至,王郊迎,不见,入城乃见,岸上不交一谈。次日报
谒,王宿治具于别馆。茶罢,邀游郡圃,不许,固请乃可。至别馆,
水陆毕陈,伎乐大作。韩踧踖不安。王麾去伎乐,阴命诸倡淡妆,
诈作姬侍,迎入后堂剧饮。酒半,妾于帘内歌韩昔日所赠之词。韩
闻之心动,狂不自制,曰:"汝乃在此耶?"即欲见之。妾隔帘故邀其
满引,至再至三,终不肯出。韩心益急,妾乃曰:"司谏曩在妾家最
善舞,今日能为妾舞一曲,即当出也。"韩醉甚,不知所以,即索舞
衫,涂抹粉墨,踉蹡而起,忽跌于地。王亟命索舆,诸娼扶掖而登,
归船,昏然酣寝。五更酒醒,觉衣衫拘绊,索烛览镜,羞愧无以自
容。即解舟还台,不敢复有所问。此声流播,旋遭弹劾,王迄
善罢。③

　　　一个美人计,韩熙载用之,文潞公用之,王铁复用之,而堕
　　其术中鲜得脱者。子曰:"枨也欲,焉得刚④?"陶毂诸人之
　　谓矣。

【注释】①因贪秽而声名狼籍。　　②宪治,提刑衙门所在地。　　③此
条采自宋罗大经《鹤林玉露》卷十二。　　④语见《论语·公冶长》,子曰:
"吾未见刚者。"有人对以申枨堪为刚者,于是孔子说:申枨多欲,如何能刚?

柳　耆　卿　以下损名

　　周月仙,馀杭名妓也。柳耆卿年甫二十五岁①,来宰兹郡,造玩
江楼于水浒。每召月仙至楼歌唱,调之不从。柳缉知与隔渡黄员
外昵,每夜乘舟往来。乃密令艄人半渡,劫而淫之。月仙不得已从

焉,惆怅作诗一绝云:"自叹身为妓,遭淫不敢言。羞归明月渡,懒上载花船。"明日,耆卿召佐酒。酒半,柳歌前诗,月仙大惭,因顺耆卿,耆卿喜,作诗曰:"佳人不自奉耆卿,却驾孤舟犯夜行。残月晓风杨柳岸,肯教辜负此时情。"自此日夕常侍耆卿,耆卿亦因此日损其名。②

　　耆卿风流才子,何物黄员外得掩其上?月仙为失评矣!

【注释】①柳永,字耆卿。参加科举,屡试不中。其中第时年已五十,方任馀杭县令。　　②此条似取自明洪楩《清平山堂话本·柳耆卿诗酒玩江楼记》,而《喻世明言》有《众名姬春风吊柳七》,与周月仙相好者为黄秀才,而设计劫月仙者为刘二员外。柳永知道此事,便出资为月仙脱籍,使月仙与黄秀才成为夫妇。说法不一,而俱为小说家言。

贾　伯　坚

　　山东名姝金莺儿,美姿色,善谈笑。搊筝合唱,鲜有其比。贾伯坚为山东佥宪①,一见属意焉,与之甚昵。后除西台御史,不能忘情,作《醉高歌·红绣鞋》曲以寄之,曰:"乐心儿比目连枝,肯意儿新婚燕尔。画船开,抛闪得人独自。遥望关西店儿,黄河水流不尽心中事,中条山隔不断相思。常记得夜深沉,人静悄,自来时。来时节三两句话儿,去时节一篇诗,记在人心窝儿里直到死。"由是台端知之,被劾而去。至今山东以为美谈。见《青楼集》。

【注释】①贾固,字伯坚,元代山东沂州人。善乐府,谐音律。后拜中书左参政事。

常　伦

　　沁水常伦①,字明卿,中杨慎榜进士②。为评事时,过倡家宿,至日高舂徐起。或参会不及，长吏诃之，傲然曰："故贱时过从胡姬饮，不欲居簿耳③。"竟用考调判陈州。

【注释】①常伦，少有异才，工诗文，善书画。独以疏狂嗜酒，不获细行，故遭贬斥。后因驰马舞剑堕水卒，年甫三十四。　②正德辛未（1511）科考，杨慎为榜首。　③簿，簿书，居簿即从事簿书之吏。

陶　懋　学

宝应陶成①，字懋学，号云湖，狂而任侠。中式后②，以挟伎事露。御史惜其才，欲全之。览其赠妓诗，谬曰："此殆非成作。"成曰："天下歌诗无出成右者，此诗非成，谁能作乎？"御史怒，遂除名。晚年，有妓甚美，而不肯与交。成自织锦裙，锻金环以见，极其精巧，有类鬼工。妓大喜，与之稠密，遂携其妓以遁。坐谪戍边，李西涯诸公留之京师③。

【注释】①陶成，明成化间举人。善诗书篆隶，尤工人物山水。　②中式，中乡试举人。　③李西涯，即李东阳，弘治、正德时重臣。

邵　御　史

苏州皋桥有何氏兄弟二人，世以贩漆为业。一日，大郎与二郎闲坐店中，见一长大汉子，其须自两眶下虬然而起，满面悉被长毛，不见其鼻。二郎大笑，谓此人何从下食。大郎便趋出，长揖而进。其人曰："与君风马①，何缘见接？"大郎曰："见丈人状貌非常，特欲一致殷勤，无他意也。"进以鸡黍酒脯。其人袖中取出金钩子一双，左右分挂其须，从容饮啖，无异常人。既毕，谢主人曰："某萍梗江湖，遨游上国，落落无见知者。荷君兄弟置酒为乐，又执礼最恭，自惭无有，异日未知图报何地耳？"自是别去数年，杳无声迹。

后大郎二郎各挟资往岭南贩漆,既至海上,恶风飘泊,夜为海贼劫至一寨中,兄弟相持而泣,自分必死。既见寨主,便问:"汝兄弟何以至此?"下阶亲释其缚,盖即昔年满面长毛人也。何答以贩漆,曰:"漆不须买,荒寨所馀。"开筵设具,强留之半月。厚赠金缯,复遗之漆四十筒,满载还家。入门,与母妻相庆,兄弟各分二十筒。

适新郭人来买漆,舁之一筒去,明日五更复来。大郎疑其中有物,覆之,每筒底置二元宝在。因秘而不言,尽出其囊中装,托以他客[②],悉居二郎之漆而罟其金[③],二郎不知也。后稍稍觉露,二郎不胜忿争,求索无厌,大郎便以毒药鸩杀之。二郎之妇讼于官,论大郎抵死。狱已质成,无异词矣。

后大郎亦使其妇出诉于御史台。时邵天民按江南,见大郎妇妍冶上色,非人间有也,径呼至案前,以眉语挑之。夜与指挥张建节谋,张取食箩,凿空其底,坐妇,托言领给于中,舁而进,伴御史宿三夜。后便更男子衣,夜混执灯者入,无忌惮矣。御史卒释其夫之罪而出之。

里人皇甫司勋汸撰《淫史谣》云[④]:"暂收宝髻与罗裙,结束吴儿两不分。夜夜台中陪御史,朝朝门外候将军。"指此事也。邵繇此声名大损。

【注释】①言风马牛不相及也。　②"托"字原本缺,据此条出处明钱希言《狯园》卷十六"毛面人"补。　③罟,捞取。　④皇甫汸,官司勋。

章　子　厚　以下蹈危

章子厚惇[①],初来京师赴省试,年少美丰姿。当日晚独步御街,见雕舆数乘,从卫甚都。最后一舆有一妇人美而艳,揭帘以目挑章,章因信步随之。不觉至夕,妇人以手招与同舆,载至一甲第[②],

甚雄壮。妇人者蔽章杂众人以入一院，甚深邃，若无人居者。少选，前妇人始至，备酒馔甚珍。章因问其所，妇人笑而不答。自是妇人引侪辈，迭相往来甚众，俱亦姝丽。询之，皆不顾而言他。每去，则以巨锁扃之。如是累日夕，章为之体敝，意甚彷徨。

　　一姬年差长，忽发问曰："此岂郎所游之地，何为至此耶？我主翁行迹多不循道理，宠婢多而无嗣息。每钩致年少之徒，与群婢合，久则毙之，此地数人矣。"章惶骇曰："果尔，为之奈何？"姬曰："观子之容，盖非碌碌者，似必能脱。主人翌日入朝甚早，今夕解我之衣以衣子，我且不复锁门。俟至五鼓，吾来呼子，亟随我登厅事。我当以厮役之服被子，随前驺以出，可以无患矣。尔后慎勿以语人，亦勿复蹑此街。不然，吾与若皆祸不旋踵。"诘旦，果来叩户。章用其术，遂免于难。及既贵，始以语族中所厚善者云。后得其主翁之姓名，但不欲晓于人耳。少年不可不知诚也。

　　【注释】①章惇，字子厚，能文多才略。神宗时为王安石新政主力，至哲宗时为宰相，打击清算元祐党人，阴狠恣肆。　　②"至"字原本缺，据本条出处元陶宗仪《说郛》卷三十三上引宋方回《虚谷闲抄》补。

蔡 太 师 园

　　京师士人出游，迫暮，过人家缺墙，似可越。被酒，试逾以入，则一大园，花木繁茂，径路交互，不觉深入。天渐暝，望红纱笼灯远来。惊惶寻归路，迷不能识。亟入道左小亭，毡下有一穴。试窥之，先有壮士伏其中，见人惊奔而去。士人就隐焉。已而灯渐近，乃妇人十馀，靓装丽服。俄趋亭上，竞举毡，见生，惊曰："不是。"又一妇熟视曰："也得，也得。"执其手以行，生不敢问。引入洞房曲室，群饮交戏，五鼓乃散。士人倦惫不能行，妇贮以巨箧，舁而缒之墙外①。天将晓，惧为人所见，强起扶持而归。他日迹其所遇，乃蔡太师花圃也②。

【注释】①"絶",原本作"缝",据本条出处明陆楫《古今说海》卷一百引宋庞元英《谈薮》改。　　②蔡太师,蔡京也。

张　灏 以下遭诬

仁和张灏,与姻家妇八娘私。乘其夫出,约以夕至。邻人江十八知之,诈为张状,先往求合,妇严拒。江素无赖,持佩刀以行,即举刀斫之,携头掷怨家李缝工后垣。灏随入八娘家,见尸横流血,惊走,为巡者所获,送官。邑令刘洪谟鞫知奸情,又衣有血迹。灏不胜拷掠,诬服,第无首,狱尚未决。是早,李缝工起,见女首,亟累土埋之。为邻叟所窥,鸣之钱塘令。令严讯缝工,竟不知首从何来,姑系之狱。

刘公每以灏事不决,快快于中。万历己亥夏,祷之城隍。神语曰:"俟旦日,君有所往,狱自明矣。"及旦,刘偶以他事至江口,见群鸦舞江沙,旋绕不去。刘数之,得十八,嘿念:"杀人者,得非江十八耶?"数日后,阅门夫册,有江十八名,竟械之至,一讯而伏。讯女首所在,云抛掷缝工家。遂移文钱塘,灏与缝工俱免。

强暴杀人,几令无辜者受毙。神固嘿启之,刘悟亦巧矣。虽然,灏不私姻家之妇,虽杀人如山,能拉入囹圄否?

张　荩

富室子张荩,日事游冶。偶见临街楼上有少女姝丽,凝眸流盼,不能定情,遂时往来其下,故留连以挑之,女亦心动。一夕月明,女方倚窗远眺,生用汗巾结同心方胜投之,女报以红绣鞋。两情甚浓,奈上下悬绝,无繇聚晤。生遍访熟于女家者,得卖花粉陆妪,诉以衷情,并致重赂。妪许为传达,遂怀鞋至女室,微露其意。

女面发赤，初讳无有。妪备道生怀想真切，且出鞋示之。女弗能隐，因就妪求计。妪令将布联接，长可至地，俟生至，咳嗽为号，开窗垂布，令缘之而登，因订期今夕。女许诺，妪即诣生复命，会他出。

妪归，至门，其子方操刃欲屠豕，呼母共缚之。宛转间，袖中鞋不觉堕地。子诘其故，妪弗能隐。子曰："审尔，慎不可为。倘事泄，其祸非小。"妪曰："业已期今夜矣。"子发怒曰："不听我言，当执此闻官，免累及我。"因取鞋藏之，妪无如之何。适张令人问讯，妪因失鞋，无所藉手。漫以缓言复之，令其徐图。张闻言意亦懈。

屠遂乘夜潜往，果见楼窗半启，女倚栏凝睇，若有所俟。屠微嗽，女即用布垂下，援之登楼，暗中以为张也，携手入寝。屠出鞋授之，缕述情款，女益无疑。将晓，复垂而下。绸缪无间，将及半年。父母颇觉，切责其女，欲加箠楚，女惧。是夜屠至，为道："父母严谴，今后姑勿来。俟亲意稍回，更图再聚。"屠口唯唯而心发恶，俟女睡浓，潜下楼，取厨刀，殪其父母。俟晓遁去，女不知也。

日高而户尚扃，邻人大呼不应。女惊下楼，谛视，则父母身首已离矣，惶骇启门，邻人共执女赴官。一加拷讯，女即吐露。亟逮张至，称并未知情。女怒骂，细陈其详。官严加拷掠，不胜楚毒，遂自诬服，与女皆论斩，下狱。张谓狱卒曰："吾实不杀人，亦未尝与女私通。而一旦罹大辟，命也！第女言缕缕，真若有因者。今愿以十金赠君，幸引我至女所，细质其详，死亦瞑目。"卒利其贿，许之。

女一见生，痛恨大恸，曰："我一时迷惑，失身于汝，有何相负，而杀我父母，致害妾命？"张曰："始事虽有因，然妪谓事不谐，我遂绝望，何曾一登汝楼？"女曰："妪定策用布为梯，汝是夜即至，仍出鞋示信。嗣后每夕必来，奈何抵讳？"张曰："此必奸人得鞋，携来诳汝。我若果至，则往来半载，声音形体，岂不识熟？尔试审视，曾相类否？"女闻言踌蹰，注目良久，似有所疑。生复固问之。女曰："声口颇不似，形躯亦肥瘦弗等。向来暗中无繇详察，止记腰间有疮痕,肿起如钱大,可验视有无,则真伪辨矣。"张遂解衣,众持烛共视,无有,知必他人妆害,咸为称冤。明旦,张具以闻官,且言曾以鞋授妪状。逮妪刑鞫,具道子语。拘子至,裸而验之,疮痕俨然。乃置屠于理,而张得释。出《泾林续记》①。

【注释】①"记",原本作"纪"。明江苏昆山人周复俊有《泾林杂记》,《泾林续记》则明周元暐撰,据改。下同不注。

杨　戬　客以下亏体

杨戬贵盛时①,尝往郑州上冢,挈家而西,其姬妾留京师者犹数十辈。中门大门,悉加扃锁,但壁隙装轮盘传送货物,监护甚严。

有馆客在外舍,一妾慕其丰标,置梯逾屋,取客以入,极其欢昵。将晓,送之去。次夕,复施前计。同辈寖闻之②,遂展转延纳,逮七八昼夜,赂院奴使勿言。

客不胜困惫。忽报戬且至,亟升屋,两股无力,不能复下。戬还宅,望见,讶其为祟所凭,遣扶以下,招道士禳治。因妄云:"为鬼迷惑,了不自觉。"经旬良愈。戬固深照其奸,姑置酒叙庆,极口慰抚,客谓事幸弗泄矣。

一日,召与共食,竟令憩密室。则有数壮士挽执缚于卧榻上,持刀剖其阴,剔出双肾。痛极晕绝,戬命以良药治之。后十馀日,仅能起坐。唤汤沃面,但见堕须在盆无数,日以益多,已而俨成一宦者。自是主人待之益厚③,常延入阁,与内宴,借以为玩具也。客素与方务德相善,每休沐,辄出访寻。是时半岁无声迹,皆传已死。偶出游相国寺,遇之于大慈悲阁下,视其形模,疑为鬼。客呼曰:"务德何恝然无故人意?"乃前揖之。客拱手流涕,细道本末,深咎悔,云:"何颜复与士友接,特贪恋馀生,未忍死耳。"

【注释】①杨戬,北宋末宦官,为宋徽宗所宠任,为"宣和六贼"之一。

②同辈,指众姬妾。　　③"自是",原本作"是自",据本条出处宋洪迈《夷
坚支志乙》卷五"杨戬馆客"改。

三　衢　子　弟

三衢一子弟,通其里锻工之女,为工所擒,不忍杀,以铁钳缺其
左耳,纵之去。诸理斋燮作赋谑之①,内一联云:"君子将有为也,载
寝之床;匠人斫而小之,言提其耳②。"

　　吴中女子初嫁,必有伴娘,主教导新妇及插戴事。一伴娘
年少,微有姿,新郎调之,约是晚不遂意,当阴相就。不期新妇
意不甚拒,竟恣所欲。伴娘闻而心动,屡嗽不已,乃勉就之,而
具已不振,咂之犹不起。伴娘不胜其欲,一啮而断,新郎竟死。
此万历年中事,见于谳牍③。

【注释】①诸燮,字子相,号理斋。嘉靖十四年(1535)进士。精理学,一
洗陈言。　　②此集四书五经句成文。"君子将有为也"见《易·系辞上》,
"载寝之床"见《诗·小雅·斯干》,"匠人斫而小之",见《孟子·梁惠王
下》,"言提其耳"见《诗·大雅·抑》。　　③"年中",原本作"中年",据文
意改。谳牍,刑案审讯记录。

赫　应　祥　以下阴命

监生赫应祥,江右人。落拓不羁,以风流自命,歌馆花台,无不
遍历。偶寻春郊外,行倦,求水不得。忽闻磬声出林间,趋而投之,
女真庵也①。生登阶扬声,女童出延客坐。少顷一尼至,向生稽首,
天然艳冶。坐定,询生居止姓字,何以至此。生详告之,且求浆止
渴。尼命烹茶,谈论颇洽。女童报茗熟矣,揖客入内,曲栏幽槛,纸
帐梅花。壁供观音大士像,几置贝叶经。生翻视之,金书小楷,体

类松雪②。卷后志年月，下书"空照写"，尼手笔也。横丝桐于古纹石上，窗前植修竹数竿，生履其境，别一洞天，非复在尘寰中矣。尼爇龙涎于鼎，酌茗奉生，而和琴以进。生鼓《关雎》以动之，尼深叹其妙，亦自操《离鸾》之调，音韵凄切。生倾听，不觉前席。

时天色渐暝，生故淹留不去。尼曰："郎君行馆何方？此时当回。"生曰："某寓在成贤街，去此二十里，都门已阖，欲暂借蒲团，跌坐听讲，不知桃源中人能相容否？"尼微哂曰："何家阮郎③，敢冒入此？第念归路既遥，聊宿一宵，亦无不可。"生敬致谢。女童秉烛至，酒馔随列。两人对酌，杂以谐诙。尼亦情动，遂携手归寝。

晨起，方栉沐，已报邻尼静真来访。生隐于屏后窥之，容亦姝丽。静真笑问照曰："闻卿昨得情郎，温雅有文，愿得一见。"照笑不答。静真起索之，方转屏而生裾露，遂出相见。真见生举止风流，流盼久之。临别，指其室谓生曰："彼此咫尺，能枉顾否？"生往报谢。真留生饮，并招照。照坐未久，托事先归。生试挑之，遂与私焉。繇是往来两院，欢浃无间。两尼惟恐失生意，奉之者无不至。

淹留洽旬，乐而忘返。生忽染一疾，竟至不起。潜瘗庵后，人无知者。家人因生久不归，意为人谋害。出榜寻觅，杳无影响。后缘修造，见木匠腰系旧紫丝绦，生故物也。仆识之，告于主母。询匠何繇得此，云得于某庵天花板上。执绦闻官，捕尼至，一讯而服。然以生实病故，非尼所害，但杖而遣之还俗云。出《泾林杂记》。

又有一人误入尼院，尼争私之。逾数日，其人思归。尼佯治酒饯别，醉之而髡其首，以为无复归理。其人乘夜遁去，诉实于妻，妻恐贻子妇笑，戒使无出房阃，以俟长发。妇闻姑室中窃窃人语，窥之，则僧也，阴以语夫。夫潜入，夜扪枕上，得光头，斫之。母惊起，谕之故，气已绝矣。事闻于官，官谓杀虽出不知，而子不应执母之奸，竟坐辟④。少年入尼院者，可以为戒。

【注释】①女真本指道姑,此则并尼姑也算在内了。　②赵孟頫,号松雪道人。元初大书画家。　③阮郎,刘晨、阮肇之阮。　④此事见于明王兆云《挥麈新谈》卷下。

林　澄

林澄,字太清,侯官人。年十七,与同里戴贵共学,馆于戴之西轩。一日购得佳书,期贵分录。澄匝旬犹未卒业,而贵五日已缮写成帖,且点画媚人。澄心异之,征其故。贵曰:“余女弟伯璘,素闲翰墨,为我分其任,故速成耳。”时生未议聘,而女亦未字人,因阴有所属,第不敢白之父母耳。一日,适贵他往,女刺绣帘中,窥生容颜韶秀,相视目成者久之。生归西轩,情不自禁,乃题一诗于团扇之上云:“目似秋波鬓似云,绣帘深处见红裙。东风袅袅吹香气,梦里犹闻百和薰。”

女有侍儿名寿娘者,颇亦解事。值他故之西轩,见生所题扇,因携示女。女见诗,知生之属意有在也。乃密赋古风一章,命寿娘寄生,云:“妾本葑菲姿,青春谁为主。欲结箕帚缘,严亲犹未许。怜君正年少,胸中富经史。相逢荷目成,愁绪千万缕。咫尺隔重帘,脉脉不得语。愿君盟勿渝,愿谐鸾凤侣。莫学楚襄王,梦中合云雨。”自后书札往还,无间晨夕。

上元之夜,女至西轩,赴生期约,鸡鸣而别,且订偕老之期。生因赋诗云:“四邻歌吹玉缸红,始信蓝桥有路通。无赖汝南鸡唱晓,惊回魂梦各西东。”女亦有诗云:“风透纱窗月影寒,鬓云撩乱晚妆残。胸前罗带无颜色,尽是相思泪染斑。”踪迹繇是益密,家人莫之觉也。

中秋之夕,生复会女于绣房。枕席绸缪,极其款曲。漏下四鼓,甫毕徐欢。而贵之家奴贵郎,阴知其事。因持斧突入,意有所挟。而生急奔出,不谓触斧遽殒。女见生气绝,乃取罗帕自经,双手抱生尸而死。两家父母闻之,无不嗟悼。检其箧,得诗数十首,皆情至之语,不忍读,竟焚之。女兄贵素与生深交,议为合葬。因殡于东郊清贵里,题曰"双鸳冢"云。时有文士吴子明为之铭曰:"璧碎珠沉,兰摧玉折。生愿同衾,死期共穴。冢号鸳鸯,魂为蝴蝶。华山畿,英台墓。连理枝,合欢树。古有之,今再遇。"时正德三年事也。①

【注释】①此条采自明王世贞《续艳异编》卷五。

沈　　询

沈询有嬖妾,其妻害之①,私以配内竖归秦,询不能禁。既而妾犹侍内,归秦耻之,乃挟刃伺隙,杀询及其夫人于昭义使衙。是夕,询宴府中宾友,乃著词曰:"莫打南来雁,从他向北飞。打时双打取,莫遣两分离。"及归,而夫妻并命焉。时咸通四年也。出《北梦琐言》。

　　虽诗谶,然自是情至之语。归秦狠人,妒妻固已知之,择而配焉,谓非是不足以制其妇耳,孰知害夫并以自害乎! 噫! 妒妇可戒已。

【注释】①害之,以妾为己之祸害。

吴　文　宗

王蜀吴文宗①,以功勋继领名郡。少年富贵,姬仆乐妓十馀辈,皆精选也。其妻妒,每怏怏不惬其志。忽一日,鼓动趋朝,已行数坊,忽报云放朝②,遂密戒从者,潜入遍幸之,至十数辈,遂据腹而卒。出《王氏见闻》③。

【注释】①王蜀,即五代十国之前蜀,国主王氏,故称。 ②放朝,免于朝见。 ③见《太平广记》卷二百七十二引。

崔 应

唐博陵崔应,任扶沟令,后加殿中。时有人自邯郸将美人曰金闺来献于应,应纳而嬖之。崔君始惑于声色,为政之心怠矣。后二年,加侍御史,知杨子院,与妻卢氏及金闺偕行。寻除浙西院。应自至职,金闺宠爱日盛。中门之外,置别馆焉,华丽逾于正寝。视事之罢,经日不履内。前后历任宝货,悉置金闺之所。无何,复有人献吴姝,艳于金闺。应纳之,宠嬖愈甚。每歌舞得意,夺金闺宝货而赐新姝。因是金闺忿逆,与亲弟陈行宗置毒药于酒中,夜以献应,饮之,俄顷而卒。潜迁应于大厅。诘旦,家人乃觉,莫知事实。卢氏慈善,不能穷究,金闺乃持宝货尽室而去。出《阴德传》①。

【注释】①见《太平广记》卷一百二十三"韦判官"条。

僧 了 然

灵隐寺僧了然,恋妓李秀奴。往来日久,衣钵荡尽,秀奴绝之。僧迷恋不已。一夕,了然乘醉而往,秀奴不纳。了然怒击之,随手而毙。事至郡。时坡公治郡①,送狱院推勘,见僧臂上有刺字云:"但愿生同极乐国,免教今世苦相思。"坡公见招结,举笔判《踏莎行》词云:"这个秃奴,修行忒煞,云山顶上持戒。一从迷恋玉楼人,鹑衣百结浑无奈。 毒手伤人,花容粉碎,空空色色今何在? 臂间刺道苦相思,这回还了相思债②。"判讫,押赴市曹。

【注释】①元祐六年(1091),苏轼为杭州郡守。 ②"债",原本作"积",据本条出处明余永麟《北窗琐语》改。

北 山 道 者

　　唐张守珪之镇范阳①，檀州密云令有女年十七，姿色绝人。女病逾年，医不愈。密云北山中有道者，衣黄衣，在山数百年，称有道术。令自至山请之。道人既至，与之方，女病立已。令喜，厚其货财。

　　居月馀，女夜卧，有人与之寝而私焉。其人每至，女则昏魇，及明人去，女复如常。如是数夕，女惧告母。母以告令，乃移床近己，夜而伺之，觉床动，掩焉，擒一人，遽命灯至，乃北山道者。令缚而讯之，道者泣曰："吾命当终，被惑乃尔。吾居北山六百馀载，未尝到人间，吾今垂千岁矣。昨蒙召殷勤，所以到县。及见公女，意大悦之，自抑不可，于是往来。吾有道术，常昼夜能隐其形，所以家人不见。今遇此厄，夫复何言？"令竟杀之。出《纪闻》②。

　　　　凡涉贪淫悖逆之事，术俱不灵，毉邪不胜正也。

　　【注释】①张守珪，唐玄宗时名将，镇范阳是开元时。　　②"纪闻"，原本作"王氏纪闻"，据《太平广记》卷二百八十五改。按《纪闻》为唐牛肃所撰，与《王氏纪闻》为二书。

并 华

　　唐并华者，襄阳鼓刀之徒也①。尝因游春，醉卧汉水滨。有一老叟奇其貌，叱起，赠以一斧。嘱曰："但持此造作，必巧妙通神。他日慎勿以女子为累。"华拜受之。自此斧削成物，飞行如意，至于上栋下宇，危楼高阁，固不烦馀刃。

　　后游安陆，止富人王枚家。枚知华机巧，乃请华临水造一独柱亭②。工毕，尽出家人以观之。枚有一女，已丧夫，容色姝丽。华既见,深慕之。其夜,乃逾墙入女室。女甚惊,华谓曰:"不从我,必杀汝。"女荏苒同心焉。后每夜窃入。他日,枚潜知之,厚遗遣华。华察其意,谓枚曰:"我寄君家,受惠多矣,而复厚赂我。异日无以为答,当作一物以奉君。"枚曰:"何物也?"华曰:"我能作木鹤令飞,或有急,但乘其鹤,即千里之外也。"枚既尝闻,因许之。华即出斧斤,造成飞鹤一双,唯未成其目。枚怪问之,华曰:"必须君斋戒,始成之。不然,必不飞耳。"枚遂斋戒。其夜,华盗女乘鹤而归襄阳。至曙,枚失女,求之不获。因潜行入襄阳,以事告州牧。州牧密令搜求,果擒华,州牧怒。杖杀之,所乘鹤亦不能飞,出《潇湘录》。

【注释】①鼓刀之徒,一般指屠夫、肉贩,此则并及木作等行。　②"乃",原本作"仍",据本条出处《太平广记》卷二百八十七引《潇湘录》改。

丘　德　彰①

单志远,河州人②,居会通关之南③,世守农业,家稍优赡。志远淳古恬漠,独好长生之术。每道流至,无问善否,一切延纳。虏亮正隆中④,有丘德彰者,自云春秋过七十,本江南人,而容仪伉爽,才如三四十许岁。善谈玄理,行吐纳之法。单得之,大喜过望,遂以师礼敬事之,有言必信。

一夕,从容语曰:"人孰无道心? 大抵为嗜欲所败,今将求延生久视之理,苟不先绝此段,鲜克终者。"单焚香再拜,力请其要。连宵靳固,乃授以箧中丹药,使斋沐澄虑,择吉日服之。仅月馀,单精采摧惫,阴囊蓄缩,全若阉宦⑤,欲想未断,已无所能为。然私念以为适我愿也,从信愈确。

丘又戒使静处一室,无与外间相闻,终日危坐,非便溺不窥户。丘出入自如,浸浸用房中战胜之技悦其妻妾。邻里悉知之,单殊弗悟。既而挑妻妾奔遁,邻人以告单。单久不历家舍,犹未信然。告者至三,于是始行追蹑,得于别村。执诣郡,杖杀之。妻妾亦受刑。单弃之而为山林之游,莫知所届。

【注释】①"彰",原本作"章",据正文改。　　②"河州",原本作"何州",据本条出处洪迈《夷坚支志丁》卷九改,河州在今甘肃临夏。　　③"会通关",原本作"通会关",据出处改。　　④正隆,金完颜亮年号(1156—1161)。　　⑤"宜",原本作"官",据出处改。

<h1 style="text-align:center">楚　儿_{以下妇人淫累}</h1>

楚儿,字润娘,素为三曲之尤①,而辨慧,往往有诗句可称。近以退暮②,为万年捕贼官郭锻所约,置于他所。润娘在倡中狂逸特甚,及被拘系,未能悛心。锻主繁务,又本居有正室,至润娘馆甚稀。每有旧识过其所居,多于窗牖间相呼,或使人询讯,或以巾笺送遗。锻乃亲仁诸裔孙也③,为人凶忍且毒,每知必极笞辱。润娘虽甚痛愤,殊不少革。

尝一日自曲江与锻行,前后相去十数步,同版使郑光业昌国时为补衮④,道与之遇,楚儿遂出帘招之,光业亦使人传语。锻知之,因曳至中衢,击以马箠,其声甚冤楚。观者如堵,光业遥视之,甚惊悔,且虑其不任矣。

光业明日特取路过其居侦之,则楚儿已在临街窗下弄琵琶矣。驻马使人传语已,持彩笺送光业,诗曰:"应是前生有宿冤,不期今世恶因缘。蛾眉欲碎巨灵掌,鸡肋难胜子路拳。只拟吓人传铁券,未应教我蹈金莲。曲江昨日君相遇,当下遭他数十鞭。"光业马上取笔答之曰:"大开眼界莫称冤,毕世甘他也是缘。无计不烦干偃蹇,有门须是疾连拳。据论当道加严箠,便合披缁念法莲。如此兴情殊不减,始知昨日是蒲鞭。"

光业性疏纵,且无畏惮⑤,不拘小节,是以敢驻马报复⑥,仍便送之,闻者皆缩颈。锻累主两赤邑捕贼⑦,故不逞之徒多所效命,人皆惮焉。

【注释】①"为",原本作"有",据本条出处唐孙棨《北里志》改。三曲,见本书卷三"张住住"条注。　②退暮,迟暮,年纪渐长而名声亦减退。③唐中兴勋臣郭子仪居长安亲仁里,此即以亲仁代指郭子仪。裔孙,后裔。④补衮,待补官缺。　⑤"且",原本作"但",据出处改。　⑥报复,答报回复。　⑦赤邑,即赤县,唐时以京都所治邑为赤县,为县级中最高等。

鱼　玄　机

　　唐西京咸宜观女道士鱼玄机,字幼微,长安里家女也。色既倾国,思更入神。喜读书属文,尤致意于一吟一咏。破瓜之岁,志慕清虚。咸通初①,遂从冠帔于咸宜②。然蕙兰弱质,不能自持,复为豪侠所调。于是风流之士,争修饰以求狎。其诗有"绮陌春望远,瑶徽秋兴多",又"殷勤不得语,红泪一双流",又"焚香登玉坛,端简礼金阙",又"云情自郁争同梦,仙貌长芳又胜花",此数联为绝。

　　一女僮曰绿翘,亦明慧有色。忽一日,机为邻院所邀,迨暮归院,绿翘迎门曰:"适某客来,知炼师不在,不舍辔而去。"客乃机素相昵者,意翘与之私,裸而答百数。既委顿,请杯水酹地,曰:"炼师欲求三清长生之道,而未能忘解珮荐枕之欢。反以沈猜,厚诬贞正。翘今必毙于毒手矣!无天则无所诉,若有,誓不蠢然于冥冥之中纵尔淫佚!"言讫而绝。机恐,乃坎后庭瘗之,自谓人无知者。

　　客溲于后庭,见青蝇数十集于瘗上,驱去复来。详视之,如有血痕,且腥。客出,窃语其仆。仆兄为府衙卒,尝求金于机,机不顾,卒深衔之。因呼数卒,携锸具突入机院,发之,绿翘貌如生。遂擒玄机,送京兆府。吏诘之,词伏,而朝士多为言者。府乃表列以上,至秋竟戮之。在狱中亦有诗曰"易求无价宝,难得有心郎","明月照幽隙,清风开短襟",他不具录。出《三水小牍》。

【注释】①咸通，唐懿宗年号（860—874）。　②冠帔，此指女道士装。道姑又称女冠。

情史氏曰：啬财之人，其情必薄。然三斛明珠，十里锦帐，费侈矣，要皆有为为之。成我豪举与供人骗局，相去不啻万万也。天下莫重于情，莫轻于财，而权衡必审，犹有若此，况于偾事败名，履危犯祸，得失远不相偿，可不慎与！夫情之所锺，性命有时乎可捐，而情之所裁，长物有时乎不可暴。彼未参乎情理之中者，奈之何易言情也。

卷十九　情疑类

郁 单 越 国_{佛国}

须弥山北天下有郁单越国，其土正方，人面亦方像，其貌少壮，如阎浮提二十许人。口齿平正，洁白无间。发绀青色，无有尘垢，发垂八指，齐眉而止，不长不短。若其土人起欲心时，有熟视女人而舍之去，彼女随逐，往诸园林。若彼女人是彼男子父母骨肉中表，不应行欲者，树不曲荫，各自散去。若非亲者，树则曲荫，随意娱乐一日二日，或至七日，尔乃舍去。

《立世阿毗昙论》云：北洲人不索女，不迎妻，不买不卖。若男子欲娶女时，谛瞻彼女。若女欲羡男时，亦须谛视男子。若不见视，馀女报言"是人看汝"，即为夫妻。男不见女看，馀男报言"是女看汝"，亦为夫妻。若自相见，便即相随，共往别处。若多欲者，一生之中，数唯至五。其中品者，或四三。亦有修行至死无欲。①

【注释】①此条第一段采自后秦佛陀耶舍、竺佛念译《长阿含经》卷十八，总见唐释道世《法苑珠林》卷二。

太 白 精_{计二条。以下天仙}

少昊以金德王，母曰皇娥，处璇宫而夜织，或乘桴木而昼游，经历穷桑沧茫之浦。时有神童，容貌绝俗，称为白帝之子，即太白之精，降乎水际，与皇娥宴戏，奏娭娟之乐，游漾忘归。穷桑者，西海之滨有孤桑之树,直上千寻,叶红椹紫,万岁一实,食之后天而老。帝子与皇娥泛于海上,以桂枝为表,结薰芽为旍,刻玉为鸠,置于表端,言鸠知四时之候,故《春秋传》曰"司至"是也①。今之相风,此之遗像也。帝子与皇娥并坐,抚桐峰梓瑟。皇娥倚瑟而清歌曰:"天清地旷浩茫茫,万象回薄化无方。浛天荡荡望沧沧,乘游轻漾著日傍。当其何所至穷桑,心知和乐悦未央。"俗谓游乐之处为桑中也。《卫风》云"期我至桑中",盖类此也。帝子答歌曰:"四维八埏眇难极,驱光逐影穷水域。璇宫夜静当轩织,桐峰文梓千寻直。伐梓作器成琴瑟,清歌流畅乐难极,沧湄海浦来栖息。"及皇娥生少昊,号曰穷桑氏,亦曰桑丘氏。至六国时,桑丘子著阴阳书,即其馀裔也。

少昊以主西方,一号金天氏,亦曰金穷氏。时有五凤,随方之色,集于帝庭,因曰凤鸟氏。金鸣于山,银涌于地,或如龟蛇之类,乍似人鬼之形;有水屈曲,亦如龙凤之状;有山盘纡,亦如屈龙之势,故有龙山、龟山、凤水之目也。亦因以为姓,末代为龙丘氏,出班固《艺文志》;蛇丘氏,出《西王母神异传》。

【注释】①至,夏至、冬至也。《春秋左氏传》昭公十七年"伯赵氏,司至者也",注:"伯赵,伯劳也,以夏至鸣,冬至止。"疏:"此鸟以夏至来,冬至去,故以名官,使之主二至也。"此条采自晋王嘉《拾遗记》,以为鸠即伯劳,故云鸠可以知四时之候,其实二鸟非一种也。

秦并六国,太白星窃织女侍儿梁玉清、卫承庄逃入卫城少仙洞,四十六日不出。天帝怒,命五岳搜捕。太白归位,卫承庄逃焉。梁玉清有子,名休。玉清谪于北斗下常春①,其子乃配于河伯骖乘行雨。休每至少仙洞,耻其母淫奔之所,辄回驭,故此地常少雨焉。出《独异志》②。

天帝捕逃,亦有治家不严之过矣。玉清受罚,承庄终得免乎？太白归位，首祸者独从宽政，又何也？

【注释】①常春，常服春谷之劳。　　②见《太平广记》卷五十九引。

织女　婺女　须女星

唐御史姚生，罢官，居于蒲之左邑①。有子一，甥二，各姓。年皆及壮，而顽弩不学。姚日诲责，而怠游不悛。遂于条山之阳②，结茅以居之，冀绝外事，得专艺学。林壑重深，嚣尘不到。临遣，姚诚之曰：“每季一试汝学，有不进，夏楚必及。”

及到山中，二甥曾不开卷，但朴斫涂墍为务③。姚之子稍长于二甥，独惧责，攻书甚勤。忽一夕，于夜临烛凭几披书之次，觉后裾为物所牵，襟领渐下，亦不之异，徐引而袭焉④。俄而复尔，如是数四，遂回视之，见一小豚，籍裘而伏⑤，色甚洁白，光润如玉。因以压书界方击之⑥，豚声骇而走。遽呼二子，秉烛索于堂中。牖户甚密，周视无隙，莫知所往。

明日，有苍头骑扣门，摺笏而入⑦，谓三人曰：“夫人问讯，昨夜小儿无知，误入君衣裙，殊以为惭。然君击之过伤，今则平矣，君勿为虑。”三人惧，逊词谢之，相视莫测其故。少顷，向来骑僮复至，兼抱持所伤之儿，并乳褓数人，衣褓皆绮纨，精丽非常，复传夫人语云：“小儿无恙，故以相示。”逼而视之，自眉至鼻端，如丹缕焉，则界方棱所击之迹也。三子愈恐，使者及乳褓皆甘言慰之。又云：“少顷夫人自来。”言讫而去。三子悉欲避去，惶惑未决。有苍头及紫衣宫监数十，奔波而至，前施屏帏，茵席炳焕，香气殊异。旋见一油壁车，青牛丹毂，其疾如风，宝马数百，前后导从，及门下车，则夫人也。三子趋出拜，夫人微笑曰：“小儿伤不至甚，恐为君忧，故来相慰。”夫人年可三十馀，风姿闲整，亦不知何人也。问三子曰：“有室家未？”三子皆以未对。曰：“吾有三女，殊姿淑德，可配三君子。”三子拜谢,夫人因留不去,为三子各创一院,指顾之间,画堂延阁,造次而具。

翌日,有辎軿至焉,宾从粲丽,逾于戚里。车服炫晃,流光照地,香满山谷。三女自车而下,皆年十七八。夫人引三女升堂,又延三子就坐。酒肴丰衍,非世所有。三子殊不自意,夫人指三女曰:"各以配君。"三子避席拜谢。是夕合卺,夫人谓三子曰:"人所重者生也,所欲者贵也,但百日不泄于人,令君长生度世,位极人臣。"三子复拜谢,但以愚昧为忧。夫人曰:"易耳。"乃敕地上主者,令召孔宣父。须臾,孔子具冠剑而至。夫人临阶,宣父拜谒甚恭。夫人端立,微劳问之,谓曰:"吾三婿欲学,君其引之。"宣父乃命三子,指六籍篇目以示之,莫不了然解悟,大义悉通,咸若素习。既而宣父谢去,夫人又命周尚父示以玄女符、玉璜秘诀,三子又得之无遗。复坐与言,则皆文武全才,学究天人之际矣。三子相视,自觉风度夷旷,神明开爽。

其后姚使家僮馈粮至,则大骇而走。姚问其故,具对以屋宇帷帐之盛,人物艳丽之多。姚惊曰:"此必山鬼所魅也。"促召三子。三子将行,夫人戒勿泄露,纵加楚挞,亦勿言之。三子至,姚亦讶其神气秀发,占对闲雅,疑有鬼物凭焉。苦问不言,遂鞭之数十,不胜其痛,具道本末。姚乃幽之别所。姚素馆一硕儒,因召而与语。儒者惊曰:"大异!大异!君何用责三子乎?向使三子不泄其事,则必贵极人臣。今夕之事,其命也夫!"姚问其故,儒曰:"吾见织女、婺女、须女星皆无光,是三女星下降人间,将福三子。今泄天机,三子免祸幸矣。"其夜,儒者引姚视三星,星无光。姚乃释三子,遣之归山,至则三女邈然如不相识。夫人让之曰:"子不用吾言,既泄天机,当于此诀。"因以汤饮三子。既饮,则昏顽如旧,一无所知。儒谓姚曰:"三女星犹在人间,亦不远此地分。"密谓所亲言其处。或云河东张嘉贞家⑧,其后将相三代矣⑨。

三女星降世是矣。夫人岂三星之母,小儿岂三星之弟耶?夫人是何名号,夫人之偶又是何人,能令宣尼、尚父伛偻奉命,真可怪也。况人间择配,尚必才望相当,三子福分既浅,又蠢然无学,三星何取而降之? 疑小说家有托而云尔。

【注释】①唐蒲州治所在今山西永济,下领数县。此言蒲州之左邑县,即今之闻喜。　　②条山,即中条山。　　③朴斫涂塈,斫木为器而涂饰之。　　④徐引而袭,慢慢地把衣服拉上披好。　　⑤籍裘而伏,以生裘衣之裾为垫籍而卧。　　⑥界方,即镇纸。　　⑦撎笏,此处代指恭敬之貌。⑧“贞”,原本作“真”,为本条出处《太平广记》避宋仁宗讳改,冯氏沿用,今回改。张嘉贞,唐蒲州猗氏县人。玄宗开元时拜相。其子即张延赏,孙张弘靖,皆官至宰相。　　⑨此条采自《太平广记》卷六十五引《神仙感遇传》。

织　　　女 计二条

牵牛、织女二星①,隔河相望。至七夕,河影没,常数日复见。相传织女者,上帝之孙,勤织,日夜不息。天帝哀之,使嫁牛郎。女乐之,遂罢织。帝怒,乃隔绝之。一居河东,一居河西。每年七月七夕,方许一会。会则乌鹊填桥而渡,故鹊毛至七夕尽脱,为成桥也。

《列仙传》云②:桂阳成武丁有仙道,常在人间。忽谓其弟曰:“七月七日织女当渡河,诸仙悉还宫,吾向已被召,不得停,与尔别矣。”弟问曰:“织女何事渡河去? 当何还?”答曰:“织女暂诣牵牛,吾复三年当还。”明日失武丁。至今云“织女嫁牵牛”。

【注释】①“牛”,原本作“女”,据文意改。　　②按:此事见梁吴均《续齐谐记》,非《列仙传》。

又

太原郭翰,少简贵,有清标,姿度美秀,善谈论,工草隶。早孤,独处。当盛暑,乘月卧庭中。时时有微风,稍闻香气渐浓,翰甚怪之。仰视空中,见有人冉冉而下,直至翰前,乃一少女也。明艳绝代,光彩溢目。衣玄绡之衣,曳罗霜之帔,戴翠翘凤皇之冠,蹑琼文九章之履。侍女二人,皆有殊色,感荡心神。翰整衣巾下床拜谒,曰:"不意尊灵迥降,愿垂德音。"女微笑曰:"吾天上织女也,久无主对①,而嘉期阻旷,幽态盈怀,上帝赐命而游人间。仰慕清风,愿托神契。"翰曰:"非敢望也。"益深所感。女为敕侍婢,净扫室中,张湘雾丹縠之帷,施水精玉华之簟,转惠风之扇,宛若清秋。乃携手升堂,解衣共寝。其衬体轻红绡衣②,似小香囊,气盈一室。有同心龙脑之枕,覆双缕鸳文之衾。柔肌腻体,深情密态,妍艳无匹。欲晓,翰送出户,凌云而去,自后夜夜皆来,情好转切。

翰戏之曰:"牛郎何在? 那敢独行?"对曰:"阴阳变化,关渠何事? 且河汉隔绝,不足为虑。"因抚翰心前曰:"世人不明瞻瞩耳。"翰又曰:"卿既寄灵辰象,辰象之间可得闻乎?"对曰:"人间观见是星,其中自有宫室居处,诸仙皆游观焉。万物之精,各有象在天,在地成形。下人之变,必形于上也。"因为翰指列星分位,尽详纪度,时人不悟者,翰遂洞晓之。

后将至七夕,忽不复来,经数夜方至。翰问曰:"相见乐乎?"笑而对曰:"天上那比人间,正以感运当尔,非有他故也。君无相忌。"问曰:"卿来何迟?"答曰:"人中五日,彼一夕也。"又为翰致天厨,悉非世物。徐视其衣并无缝,翰问之,谓曰:"天衣本非针线为也。"

经一年,忽于一夜,颜色凄恻,执翰手曰:"帝命有程,便当永诀。"遂呜咽不自胜,翰惊惋曰:"尚馀几日?"对曰:"只在今夕耳。"遂悲泣,彻晓不眠。及旦,抚抱为别。以七宝枕一枚留赠,约明年某日当有书相闻。翰答以玉环一双。便凌空而去,回顾招手,良久方灭。

翰思之成疾,未尝暂忘。明年至期,果使前日侍女将书函至。翰遂开缄,以青缣为纸,铅丹为字,言词清丽,情意重叠。末有诗二首,诗曰:"河汉虽云阔,三秋尚有期。情人终已矣,良会更何时?"又曰:"朱阁临清汉,琼宫御紫房。佳期空在此,只是断人肠。"翰以香笺答书,亦酬二诗曰:"人世将天上,縣来不可期。谁知一回顾,交作两相思。"又曰:"赠枕犹香泽,啼衣尚泪痕。玉颜霄汉里,空有往来魂。"自此而绝。是岁,太史奏织女星无光。翰思不已,人间丽色不复措意。复以继嗣大义须婚,强娶程氏女,殊不称意。复以无嗣,遂成反目。翰官至侍御史而卒。

牛、女皆星也。女若有情,牛亦不减,安得云"阴阳变化,关渠何事"?又安得云"感运当尔,非有他故"耶?天帝以惰织之故,隔绝牛郎,而他会反纵之耶?此必无之事也。

小说载:董永少失母,独养父,家贫佣力。父死无以葬,乃就主人贷钱一万,曰:"后若无钱还君,当以身作奴。"及葬父毕,还,于路忽遇一妇人,求为永妻。永与俱至主家,主人令永妻织绢三百匹,始放归。乃织一月而完,主惊,遂放夫妇还。行至旧逢处,妇辞永曰:"我天之织女,缘君之孝,上帝令助偿债。今期满,欲返。"遂辞去。然则天上织女非一,不尽皆天孙矣。

《耳谈》载:福州孙昌裔,字子庆,为进士承谟子。寓京,在庄太史梅谷公宅,与太史子乔申同授经于黄冈曹孝廉孟彦。昌裔通古文辞。万历癸未七月七日,感牛女之事,因戏为文通于牛女。是夜忽暴卒,第心坎微热,莫知其故。越三日忽苏,时父师皆聚哭尸旁,注目视曰:"我在此耶?顷为神妃召去,所居金屋琼楼,绡帷贝榻,侍卫皆妖丽姣好,群歌偶舞,日夕留款不绝,欲成伉俪。裔思父不从,辞归。旁为劝解,而意弥坚。妃始为祖荐,供张络绎,相接于道。歌姬侑觞,皆有恋别之思。醇醪递进,未尝绝口,不知身之作此状也。"此出自曹孟彦口述,目击其事,当不谬。意痴情所感,遂有邪祟托名而惑之。

若真是神妃,则是夕正七夕,牛郎方在,何暇他及?

《续艳异编》载:高邮张同知里中有王氏女,以夫贫不能娶而死,女亦自缢。张嘉其节,为言于有司,欲表其闾,未之竟也。张有仆名来仪者,年弱冠,使之运小舟,旋风大作,舟几覆者数③。忽见空中一宫妆女子下,有二仆,青衣小帽,号曰先锋:一名张宝,一名王友宣。言曰:"我天仙织女也,爱汝俊少,愿为夫妇。"来仪不从,欲执而鞭之,不允,乃去。明日又至,如是再三。张疑拟曰:"来仪得非因里中王氏故感怪耶?"言已,此女即传言:"我非织女,实王氏女也,感汝家厚意,故来就汝。汝何用固辞?"张乃为文祭女子曰:"汝弃生全节,方得乡誉。乃复自污,甘人唾骂,汝必不为,或他鬼假托汝名,汝亦不可不诉诸天曹治之,以清汝迹。"祭毕,女不复至。以此推之,则淫鬼谬托,涬秽仙真者不少矣。

《耳谈》又载:凤阳泗州民家,有一怪自称姓名曰牛天锡。见其家有好女,窃变形为美少年。宵分月皎,窗牖小开,忽被隐入闺房,与其女百计诱狎,诳云:"身是牛郎,卿是织女,共谪人间,合为伉俪。"女辄信之,遂隆情好。明日执子婿礼,事主人甚恭。岁馀,作怪殊常,臧获有触忤之者,怒云:"我是汝家东床娇客,何得犯我?"辄欲鞭之,于是互相设计,阴召术士诵咒,用剑击而毙之。应手有声,缩入地,发土细验,乃是老牛之膝骨,久埋土中,而出诈为人矣。江阴顾山民亲见其事。牛郎有假,则织女亦未必真也。

【注释】①久无主对,言无配偶也。　　②"轻红绡衣",原本作"红脑之衣",据本条出处《太平广记》卷六十八引《灵怪集》改。此条错讹较多,下径改不复出校。　　③"数"字下原本有"日"字,据明王世贞《续艳异编》卷十四删。

杜　兰　香

杜兰香，自称南康人①，以建兴四年春诣张硕②。硕年十七，望见钿车在门外，婢通言："阿母所生，遣授配君。"硕前视女，年可十八九，说事邈然久远。有婢子二人，大者萱支，小者松支。钿车青牛，上饮食皆备。作诗曰："阿母处灵岳，时游云霄际。众女侍羽仪，不出墉宫外。飚轮送我来，岂复耻尘秽？从我与福俱，嫌我与祸会。"至其年八月旦复来，作诗曰："逍遥云雾间，呼吸发九嶷。流沙不稽路，弱水何不之。"出薯蓣子三枚，大如鸡子，云："食此令君不畏风波，辟寒温。"硕食二，欲留一，不肯，令硕尽食，言："本为君作妻，情无旷远，以年命未合，小乖。太岁东方卯，当还求君。"见《杜兰香别传》。

　　《广记》云：有渔父于湘江洞庭之岸，闻儿啼声，四顾无人，惟三岁女子在岸侧。渔父怜而举之。十馀岁，灵颜姝莹。忽有青童自空来集，携女而去。临升天，谓其父曰："我杜兰香也，有过谪于人间，玄期有限，今去矣。"自后时亦还家。其后于洞庭包山降张硕家，盖修道者也。兰香降之三年，授以举形飞化之道，硕亦仙去。初降时，留玉简、玉唾盂、火浣布以为登真之信。

　　《征途记》曰：张硕与杜兰香相别，后于巴县见一青衣云："兰香在白帝君所，若闻白帝野寺钟声随风而来，则兰香亦随风而至。"际夜，果钟声，兰香亦至焉。

　　《丽情集》云：贾知微遇曾城夫人杜兰香，以秋云罗帕裹丹五十粒与生，曰："此罗是织女采玉茧织成。"后大雷雨，失帕所在。

　　【注释】①"南康"，原本作"南阳"，据晋干宝《搜神记》卷一改。本条错讹较多，后径改不出校。　　②建兴，蜀汉后主刘禅年号（223—237）。

玉厄娘子

　　唐玄宗时有崔书生，于东州逻谷口居，好植名花。暮春之中，英蕊芬郁，远闻百步，书生每初晨必盥漱看之。忽有一女自西乘马而来，青衣老少数人随后。女有殊色，所乘马极骏，未及细视，则已过矣。明日又过，崔生乃于花下铺茵，致酒往迎马首，拜曰："某性好花木，此园无非手植。今正值香茂，颇堪流盼。女郎频日而过，计仆驭当疲，敢具脯醪，以俟憩息。"女不顾而过，其后青衣曰："但具酒馔，何忧不至？"女顾叱之曰："何敢轻与人言？"

　　崔生明日先到别墅，又迎马拜请。良久，一老青衣谓女曰："马大疲，暂歇无爽。"因自控马，至堂寝下①。老青衣谓崔生曰："君既求婚，予为媒妁，可乎？"崔生大悦，再拜跪请。青衣曰："后十五六日，大是吉辰。君于此时，但具婚礼，并备酒肴。今小娘子阿姊在逻谷中有小疾，故日往看省。某去后便当咨启②。期到，皆至此矣。"于是俱行。

　　崔生即依言营备。至期，女及姊皆到。其姊亦仪质极丽，送女归崔生。崔母在故居，殊不知也。崔生以不告而娶，但启以婢媵。后崔生觉母慈颜衰悴，因伏问几下。母曰："有汝一子，冀得求全。今汝所纳新妇，妖媚无双，吾于土塑图画之中未曾见此③，必狐魅之辈，伤害于汝，故致吾忧。"崔生入室，见女泪涕交下，曰："本侍箕帚，望以终天。不知尊夫人待以狐魅辈，明晨即别。"崔生亦挥涕不能言。明日，女车骑复至，崔生亦乘马送之。入逻谷中十里，山间有一川。川中有异花珍果，不可言纪。馆宇屋室，侈于王者。青衣百许迎拜曰："无行崔郎，何必将来！"于是捧入，留崔生于门外。未几，一青衣女传姊言曰："崔郎宜便绝，不合相见。然小妹曾奉周旋，亦当奉屈。"俄而召崔生入，责诮再三，辞辩清婉。崔生但拜伏受谴而已。后遂坐于中寝对食，食讫，命酒作乐。乐阕，其姊谓女曰："须令崔郎却回。"女出袖中白玉盒子遗生，于是各呜咽而别。

至还谷口，回望千岩万壑，无有径路，因恸哭归家，常持玉盒子郁郁不乐。忽有胡僧扣门求食，曰："君有至宝，乞相示也。"崔生曰："某贫士，何有是？"僧请曰："君岂不有异人奉赠乎？贫道望气知之。"崔生试出玉盒示僧，僧请以百万市之。崔生问僧曰："女郎谁耶？"曰："君所纳妻，西王母第三女玉卮娘子也。姊亦负美名于仙都，惜君纳之不久，若住得一年，君举家不死矣。"

【注释】①"堂"，原本作"当"，据本条出处唐牛僧孺《玄怪录》卷四改。②"某"字前原本有"向"字，据出处删。　　　③"画"，原本作"书"，据出处改。

巫　山　神　女

楚襄王与宋玉游于云梦，望高唐之观。其上独有云气，崒兮直上，忽兮改容，须臾之间，变化无穷。王问玉曰："此何气也？"玉曰："所谓朝云者也。昔先王游高唐，昼寝，梦一妇人，自称是巫山之女，王因幸之。去而辞曰：'妾在巫山之阳，高丘之岨。旦为朝云，暮为行雨。朝朝暮暮，阳台之下。'旦朝视之，果如其言。故为立庙，号曰'朝云'。"①

按《巫山志》云："琵琶峰下女子皆善笛，嫁时，群女子治具吹笛，唱《竹枝词》送之。"今人所云巫峡，即琵琶峡也。上有阳云台，高一百二十丈，南枕长江。宋玉赋云："游阳云之台，望高唐之观。"本以寓讽，后世不察，以儿女事亵之。今庙中石刻引《墉城记》："瑶姬，西王母第二十三女，称云华夫人。助禹驱神鬼，斩石疏波有功。今封妙用真人。"庙额曰"凝真观"。真人即世所谓巫山神女也。祠正对巫山，峰峦上入霄汉，山脚直插江中。祝史云②:"每八月十五夜月明时,有丝竹之音往来峰顶上。猿皆群鸣,达旦方渐止。"《集仙录》亦云:"云华夫人名瑶姬,王母第二十三女,西华少阴之气也。尝东海游,还过江上,有巫山焉。峰岩挺拔,林壑幽丽,巨石如坛,留连久之。时大禹理水,驻山下,大风卒至,崖振谷陨,不可制。因与夫人相值,拜而求助。即敕侍女授禹策召鬼神之书,因命其神狂章、虞余、黄魔、大翳、庚辰、童律等,助禹斫石疏波,决塞道厄,以循其流。禹拜而谢焉。禹尝诣之崇巘之巅,顾盼之际,化而为石。其后,楚大夫宋玉以其事言于襄王,王作阳台之宫以祀之。隔岸有神女之石,即所化也。神女坛侧有竹,垂垂若篲,有槁叶飞物着坛上者,竹则因风扫之,终莹洁不为所污。"李白感兴诗云:"瑶姬天帝女,精彩化朝云。宛转入宵梦,无心向楚君。"

《襄阳耆旧传》云:"楚襄王游云梦,梦一妇人,名曰瑶姬,曰:'我夏帝之季女也,封于巫山之阳台。'精魄为芝,媚而服焉,则与梦期。'又一说,赤帝女姚姬,未行而卒,葬于巫山之阳,号曰巫山之女。"相传不一,未知何据。

《云溪友议》云:"太尉李德裕镇渚宫,尝谓宾侣曰:'余偶欲赋巫山神女一诗,下句"自从一梦高唐后,可是无人胜楚王"。昼梦宵征,巫山似欲降者,何也?'段记室成式曰:'屈平流放湘沅,椒兰久而不芳,卒葬江鱼之腹,为旷代之悲。宋玉招平之魂③,明君之失,恐祸及身,遂假高唐之梦,以感襄王,非真梦也。我公作神女之诗,思神女之会,惟虑成梦,亦恐非真。'李公大惭。"

《八朝穷怪录》云:"萧总,字彦先。自建业归江陵,值宋废帝元徽中,四方多乱,因游明月峡。爱其风景,遂盘桓累岁,常于峡下枕石漱流。时春向晚,忽闻林下有人呼'萧卿'者数声。惊顾,去坐石四十馀步,有一女把花招总。总常知此有神女,异而从之，恍然行十馀里，乃见溪上有宫阙台殿甚严。侍女二十人，并神仙之质。其寝卧服玩之物，俱非世有。绸缪至晓，忽闻山鸟晨叫，岩泉韵清。出户临轩，将窥旧路，见烟云正重，残月在西。神女执总手，谓曰：'妾实此山之神，上帝三百年一易，不似人间之官，来岁方终。一易之后，遂生他处。今与郎契合，亦有因也。'因脱一玉指环赠总，谓曰：'此妾尝服玩，未曾离手，愿郎穿指，慎勿忘心。'总曰：'幸见顾录，感恨徒深。执此怀中，终身是宝。'天渐明，总乃拜辞，掩涕而别。携手出户，已见路径分明。总下数步，回顾宿处，宛见巫山神女之祠也。他日持玉环至建业，因话于张景山。景山惊曰：'吾尝游巫峡，见神女指上有此玉环。世人相传云是晋简文帝李后曾梦游巫峡，见神女，神女④乞后玉环。觉后乃告帝，帝遣使赐神女。吾亲见在神女指上，今卿得之是矣！'总，齐太祖建元末方征召，未行帝崩，世祖即位，累为中书舍人。初，总为治书御史⑤，江陵舟中遇⑥，偶思神女事，悄然不乐。乃赋诗曰：'昔年岩下客，宛似成今古。徒思明月人，愿湿巫山雨。'"据此，则巫山神女祠又无定神矣！殆不可晓。

　　又《三峡记》云："明月峡中有二溪，东西流。宋顺帝昇平二年，溪人微生亮钓得一白鱼，长三尺，投置船中，以草覆之。及归取烹，见一美女在草下，洁白端丽，自言高唐之女，偶化鱼游，为君所得。亮问曰：'既为人，能为妻否？'女曰：'冥契使然，何为不得？'遂为亮妻。后三年，忽曰：'数已足矣，请归高唐。'亮曰：'何时复来？'答曰：'情不可忘者，有思后至。'其后一岁三四往来，不知所终。"不知高唐之女又是何人也。

【注释】①此条采自宋玉《高唐赋》序。　　②祝史，此言庙中道士。③平，屈平，即屈原。　　④自"指上有此玉环"至此二十八字原本缺，据《太平广记》卷二百九十六引《八朝穷怪录》补。　　⑤"治"，原本作"制"，据出处改。　　⑥"遇"字原本缺，据出处补。

云 英

唐长庆中,有裴航秀才,因下第游鄂渚①,谒故旧崔相国,赠钱二十万。因佣巨舟,载于襄汉。同载有樊夫人,乃国色也,言词问接,帷帐昵洽。航虽亲切,无计会面。因赂侍妾袅烟,求达诗一章,曰:"同为胡越犹怀想,况遇天仙隔锦屏。倘若玉京朝会去,愿随鸾鹤入青云。"诗往,久而无答。航数诘袅烟,烟曰:"娘子见诗若不闻,如何?"航无计,因在道求名醖珍果献之。夫人乃使袅烟召航相识。及褰帷,而玉莹光寒,花明丽景,云低鬟鬓,月淡修眉,举止烟霞外人,不与尘俗为偶。航再拜揖,愕眙良久,夫人曰:"妾夫在汉南,将欲弃官,幽栖岩谷,召某一诀耳。喜与郎君同舟共济,无以谐谑为意。"航曰:"不敢。"饮讫而归。夫人后使袅烟持诗一章曰:"一饮琼浆百感生,玄霜捣尽见云英。蓝桥便是神仙窟,何必崎岖上玉清?"航览之,不能达诗之旨。后更不复见,但使袅烟达寒暄而已。遂抵襄汉,与使婢挈妆奁,不告辞而去。

　　航遍访之,竟无踪响。遂饰装归辇下,经蓝桥驿侧近,因渴甚,遂下道求浆而饮。见茅屋三四间,低而复隘,有老妪缉麻苎。航揖之求浆,妪咄曰:"云英,擎一瓯浆来。"航讶之,忆樊诗有"云英"之句,深不自会。俄于苇箔下出双玉手捧瓷,航接饮之,真玉液也。但觉异香氤郁,透于户外。因还瓯,遽揭箔,睹一女子,露裹琼英,春融雪彩,脸欺腻玉,鬟若浓云,掩面蔽身,虽红兰之隐幽谷不足比其芳丽也。航惊怛,植足而不能去,因白妪曰:"某仆马甚饥,愿憩于此,当厚答谢。"妪曰:"任郎君自便。"遂饭仆秣马。良久,谓妪曰:"向睹小娘子艳丽惊人,所以踌躇不舍,愿纳厚礼娶之,可乎?"妪曰:"我今老病,只此女孙。昨有神仙遗灵丹一刀圭,但须玉杵臼捣之百日,方可就吞,当得后天而老。君约取此女者,得玉杵臼,吾当与之。其馀金帛,吾无用处。"航拜谢曰:"愿以百日为期,必携杵曰至,更无他许人。"姬曰:"然。"航恨恨而去。

及至京国,殊不以举事为意,但于坊曲喧衢高声访玉杵臼,曾无影响。或遇朋友,若不相识,众言为狂人。数月,忽遇一货玉老翁曰:"近得虢州药铺卞老书云:有玉杵臼货之。郎君恳求如此,吾当为书导达。"航愧荷珍重,果获杵臼。卞老曰:"非二百缗不可得,"航乃泻囊,兼货仆马,方及其值,遂步骤独挈而抵蓝桥。昔日姬大笑曰:"有如是信士乎?吾岂爱惜女子而不酬其劳哉?"女亦微笑曰:"虽然,更为吾捣药百日,方议姻好。"姬于襟带间解药,航即捣之,昼为夜息。夜则媪收药臼于内室。航又闻捣药声,因窥之,有玉兔持杵臼,而雪光辉室,可鉴毫芒。于是航之意愈坚。如此日足,姬持而吞之,曰:"吾当入洞而告姻戚,为裴郎具帏帐。"遂挈女入山,谓航曰:"但少留此。"

逡巡,车马仆隶迎航而往,则见一大第连云,珠扉晃日。内有帐幄屏帷,珠翠珍玩,莫不臻至,如贵戚家焉。仙童侍女引航入帐就礼讫。航拜姬,悲泣感荷。姬曰:"裴郎自是清泠裴真人子孙[②],业当出世,不足深愧老姬也。"及引见诸宾,多神仙中人。后有仙女,鬟髻霓衣,云是妻姊。航拜讫,女曰:"裴郎不相识耶?"航曰:"昔非姻好,不省拜。"侍女曰:"不忆鄂渚同舟而抵襄汉乎?"航惊叹,恳悃陈谢。后问左右,曰:"是小娘子之姊云翘夫人,刘纲仙君之妻也[③],已是高真,为玉皇之女吏。"姬遂遣航将妻入玉峰洞中,饵以绛雪琼英之丹。体性清虚,毛发绀绿,神化自在,超为上仙。

至太和中,友人卢颢遇之于蓝桥驿之西,因说得道之事。遂赠蓝田美玉十斤,紫府云丹一粒。叙话永日,使达书于亲爱。卢颢稽颡曰:"兄既得道,乞一言教授。"航曰:"老子曰:'虚其心,实其腹。'今之人心愈实,何繇得道?"卢子懵然。复语之曰:"心多妄想,腹漏精液,即虚实可知矣!凡人自有不死之术,但子未便可教,异日言之。"卢子知不可请,但终宴而去。后世人莫有遇者。出《传奇》。

【注释】①"下",原本作"不",据本条出处唐裴铏《传奇》改。鄂渚即渚宫,亦为江陵别称。　②"清泠",当作"清灵"。真人即裴玄仁,又号裴清灵。晋兴宁三年(365),与王桐柏真人、中候王夫人、南岳魏夫人等同降于杨羲家。《云笈七签》卷一百零五有《清灵真人裴君传》。　③晋葛洪《神仙传》:刘纲初居四明山,后为上虞令。师事帛君,受道治中部事,历年道成。一日,邀诸亲故会别,饮食毕,上县厅侧大皂荚树上,忽然飞入云中而去。其妻亦得道,同日升举。又言:刘纲常与樊夫人坐堂上较其法术,而纲多不能胜。将升天,厅侧有大皂角树,刘纲升树数丈方能飞举,而夫人平坐,冉冉如云气之升。

青 童 君

天水赵旭,少孤介好学。有姿貌,善清言,习黄老之道。家于广陵,尝独葺幽居,唯二女奴侍侧。尝梦一女子,衣青衣,挑笑牖间。觉而异之,因祝曰:"是何灵异?愿觌仙姿。"夜半,忽闻窗外切切笑声,旭知其神,复祝之。乃言曰:"吾上界仙女也,闻君累德清素,幸同寤寐,愿托清风。"旭惊喜,整衣而起,回灯拂席以延之。忽清香满室,一女年可十四五,容范旷代,衣六铢雾绡之衣,蹑五色连文之履,开帘而入。旭再拜,女笑曰:"吾天上青童,久居清禁,幽怀阻旷,位居末品,时有世念,帝罚我人间,随所感配。以君气质虚爽,愿谐神韵。"旭曰:"蜉蝣之质,假息刻漏。不意高真俯垂济度,岂敢妄兴俗怀?"女乃笑曰:"君宿世有道骨,名在金格①,当相与吹洞箫于红楼之上,抚云璈于碧落之中。"乃延坐,令施寝具,旭贫无可施。女笑曰:"无烦仙郎。"须臾雾暗,食顷方收,其室中施设珍奇,非所知也。遂携手于内。夜深,忽闻外一女呼"青夫人",旭骇问之,答曰:"同宫女子相寻尔,勿应。"乃扣柱歌曰:"月露飘飘星汉斜,独行窈窕浮云车。仙郎独邀青童君,结情罗帐连心花。"歌甚长,旭唯记两韵。谓青童君曰:"可延入否?"答曰:"此女多言,虑泄吾事于上界耳。"旭曰："设琴瑟者,繇人调之,何患乎?"乃起迎之。见一神女在空中,去地丈馀许。侍女六七人,建九明蟠龙之盖,戴金精舞凤之冠。长裙曳风,璀璨心目。旭再拜邀之,乃下曰："吾嫦娥女也。闻君与青君集会,故捕逃耳。"便入室。青君笑曰："卿何已知吾处也?"答曰："佳期不相告,谁过耶?"相与笑乐,旭喜悦不知所裁。鸡鸣命车,约以后期。答曰："慎勿言之世人,吾不相弃也。"及出户,有五云车二乘浮于空中。遂各登车诀别,灵风飒然,凌虚而上,极目乃灭。旭不自意如此,但洒扫焚名香,绝人事以待之。

　　隔数夕复来,来时皆先有清风肃然,异香从之。其所从仙女益多,欢娱日洽。为旭致行厨珍膳,皆不可识,其美殊常。每一食,经旬不饥,但觉体气冲爽②。旭因求长生久视之道,密受隐诀,其大抵如《抱朴子内篇》。为旭致天乐,有仙妓飞奏檐楹而不下,谓旭曰："君未列仙品,不合正御,故不下也。"其乐唯笙箫琴瑟,略同人间,其馀并不能识。声韵清锵,奏讫而云雾霏然,已不见矣。又为旭致珍宝奇丽之物,乃曰："此物不合令世人见,君若泄之,吾不得来也。"旭言誓重叠。

　　后岁馀,旭奴盗琉璃珠罿于市。胡人酬价,逼之而相击。官勘之,奴悉陈状,旭都未知。其夜女至,怆然无容曰："奴泄吾事,当逝矣。"旭方知失奴,而悲不自胜。女曰："甚知君心,然事亦不合长与君往来,运数然耳。自此诀别,努力修持,当速相见也。其大要以'心死可以身生,保精可以致神'。"遂留《仙枢龙席隐诀》五篇,内多隐语。亦指验于旭,旭洞晓之。将旦而去,旭悲哽执手。女曰："悲自何来?"旭曰："在心所牵耳。"女曰："身为心牵,鬼道至矣。"言讫,竦身而上,忽不见,室中帘帷器具悉无矣!旭恍然自失。其后瘒瘶仿佛,犹尚往来。旭大历初犹在淮泗。出《幽通记》③。

　　"心死可以身生",自是至理。然所云"幽怀阻旷"、"时有世念",则青夫人之心亦未死也。有世念而下降人间,独非身为心牵乎？青夫人且将堕落矣。

【注释】①金格，仙界有金制格架，上置黄箓玉简。此处代指仙籍。②"冲"，原本作"充"，据本条出处《太平广记》卷六十五引《通幽记》改。③"出"字原本在"淮泗"前，据出处改。

天 上 玉 女

魏济北郡从事掾弦超，字义起。以嘉平中夕独宿①，梦有神女来从之。自称天上玉女，东郡人，姓成公，字智琼，早失父母。上帝哀其孤苦，今得下嫁。超觉而钦想。如此三四夕，一旦显来，驾辎軿车，从八婢，服罗绮之衣，状若飞仙。自言年七十，视之如十五六。车上有异馔醴酒，与超共饮食。谓超曰："宿运宜为夫妇，不能有益，亦不能为损。然常可得驾轻车肥马，饮食常可得远味异膳，缯素可得充用不乏。然我神人，不能为君生子，亦无妒忌，不害君婚姻之义。"遂为夫妇。

经七八年，父母为超取妇之后，分日而燕，分夕而寝，夜来晨去，倏忽若飞，唯超见之，他人不见也。每超当有行来②，智琼已严驾于门，百里不移两时，千里不过半日。超后为济北王门下掾。文钦作乱，魏景帝东征③。诸王见移于邺宫，官属亦随监国西徙。邺下狭窄，四吏共一小屋。超独卧，智琼常得往来。同室之人，颇疑非常。智琼止能隐形，不能藏声，且芬香达于室宇，遂为伴吏所疑。

后超尝使至京师，空手入市。智琼给其五匣弱绯、五端絪纭，采色光泽，非邺市所有。同行吏诘问，超性疏拙，遂具言之。吏以白监国，委曲问之，亦恐天下有此妖幻，不咎责也。后夕归，玉女已求去，曰："我神仙也，不愿人知。今本末已露，不复与君通接。积年恩义，一旦分别，岂不怆恨！"呼侍御发箧，取织成裙衫两挡遗超。把臂告辞，肃然升车，去若飞流。超忧感积日。

后五年,超奉郡使至洛。到济北鱼山下,陌上西行,遥望曲道头有一马车,似智琼驱驰,前至视之,果是。遂披帷相见,悲喜交至。授绥同乘至洛,克复旧好。至太康中犹在,但不日月往来。三月三日,五月五日,七月七日,九月九日,月旦十五,每来,辄经宿而去。张茂先为之赋《神女》。

【注释】①嘉平,三国魏曹芳年号(249—254)。　②"来",原本作"求",据本条出处晋干宝《搜神记》改。　③"魏景帝",原本作"魏明帝",据出处改。魏扬州刺史文钦等起兵于寿春,时在魏高贵乡公正元二年(255),魏明帝死已久矣。此景帝指司马师,为晋武帝炎所追谥之号。

妙　　音

汉时,泰山黄原平旦开门,忽见一青犬在门外伏,守备如家养。原继犬,随邻里猎。日垂夕,见一鹿,便放犬。犬行甚迟,原绝力逐,终不及。行数里,至一穴,入百馀步,忽有平衢,槐柳列植①,垣墙回匝。原随犬入门,列房可有数十间,皆女子,姿容妍媚,衣裳鲜丽。或抚琴瑟,或执博棋。至北阁,有三间屋,二人侍值,若有所伺。见原相视而笑,云:"此青犬所引至,妙音婿也。"一人留,一人入阁。须臾有四婢出,称"太真夫人白黄郎:有一女,年已弱笄,冥数应为君妇"。既暮,引原入内。妙音容色婉妙,侍婢亦美。交礼既毕,晏寝如常。经数日,原欲暂还报家。妙音曰:"人神道异,本非久势。至明日,解佩分袂,临阶涕泣,后会无期,深加爱敬。若能相思,三月旦可修斋戒。"四婢送出门,半日至家,情念恍惚。每至期,常见空中軿车,仿佛若飞。

【注释】①"植",原本作"值",据此条出处唐道世《法苑珠林》卷三十一改。

玄　天　女

燕昭王即位二年，广延国来献善舞者二人，一名旋娟，一名提嫫，并玉质凝肤，体轻气馥，绰约窈窕，绝古无伦。或行无迹影，或积年不饥。昭王处以单绡华幄，饮以瑶琨之膏，饴以丹泉之粟。王登崇霞之台，乃召二人，徘徊翔舞，殆不自支。王以缨缕拂之，二人皆舞。容冶妖丽，靡于翔鸾，而歌声轻飏。乃使女伶代唱其曲，清响流韵，虽飘梁动尘，未足加焉①。其舞一名《萦尘》，言其体轻与尘相乱。次曰《集羽》，言其婉转若羽毛之从风。末曲曰《旋怀》，言其支体缠曼，若入怀袖也。乃设麟文之席，散荃芜之香。香出波弋国，浸地则土石皆香，著朽木腐草莫不郁茂，以薰枯骨则肌肉皆生。以屑喷地，厚四五寸，使二女舞其上，弥日无迹，体轻故也。时有白鸾孤翔，衔千茎毵于空中，自生花实，落地则生根叶，一岁百获，一茎满车，故曰"盈车嘉毵"。麟文者，错杂宝以饰席也，皆为云霞麟凤之状。王好神仙之术，玄天之女托形作此二人。昭王之末，莫知所在。或云游于汉江，或伊洛之滨。出王子年《拾遗记》。

【注释】①"加"，原本作"嘉"，据晋王嘉《拾遗记》卷四改。

谷　神　女

唐元和初，万年县有马士良者，犯事。京尹王爽欲杀之，乃亡命入南山。至炭谷湫岸，潜于大柳树下。才晓，见五色云下一仙女于水滨，有金槌玉板，连扣数下，青莲涌出。每叶施开，仙女取擘三四枚食之，乃乘云去。士良见金槌玉板尚在，跃下扣之。少顷，复出十数枚，士良尽食之①。顿觉身轻，即能飞举，遂扪萝寻向者五色云所。俄见大殿崇宫，食莲女子与群仙处于中。睹之大惊，趋下，以竹杖连击，坠于洪崖涧边。涧水清洁，因惫熟睡。及觉，见双鬟小女，磨刀谓曰："君盗灵药，奉命来取君命。"士良大惧，俯伏求救。答曰："此应难免，唯有神液可以救君，君当以我为妻。"遂去。逡巡，持一小碧瓯，内有饭，白色，士良尽食，复寝。须臾起，双鬟曰："药已成矣！"以示之，七颗，光莹如空青色。士良喜叹，看其腹有似红线处，乃刀痕也。女以药摩之，随手不见，戒曰："但自修学，慎勿语人，倘漏泄，腹疮必裂。"遂同住于湫侧。又曰："我谷神之女也，守护上仙灵药，故得救君耳。"至会昌初，往往人见。渔者于炭谷湫捕鱼[2]，不获，投一帖子，必随斤两数而得。出《逸史》。

食莲必有夙缘，不应犯天诛。既犯天诛，又不应双鬟可以私救。且群仙岂乏役使，必遣小女？岂无利刃，乃始磨刀？语俱似儿戏。意者士良脱罪后，造此以欺人，如近世王文成遇海神之说耳[3]。

【注释】①"十数枚"原本与"士良尽食之"互倒，据文意改。　②"渔者"二字原本缺，据本条出处《太平广记》卷六十九引《逸史》汪绍楹校语补。③王文成，即王守仁(阳明)。正德初，守仁因触怒奸阉刘瑾，被杖后谪贵州龙场驿。途中为防刘瑾刺客截杀，伪造投水自尽现场，骗过刘瑾。民间传说有王阳明溺水后见海神遇救故事，王同轨《耳谈类增》卷三十有"王文成浮海传略"记此事甚详。

书　　仙

曹文姬，本长安倡女也。生四五岁，好文学。每展卷，能通大义，人疑其夙习也。及笄，姿艳绝伦，尤工翰墨，自笔素外，至于罗绮窗户可书之处，必书之，日数千字，人号为"书仙"，笔力为关中第一[1]。家人教以丝竹宫商，则曰："此贱事，吾岂乐为之哉！惟墨池笔冢，使吾老于此间足矣。"繇是籍籍声名，豪富之士愿输金纳交者,不可胜计。女曰:"非吾偶也。欲偶者,请先投诗,当自裁择。"自是长篇短句,艳词丽语,日驰数百,女悉无意。有岷江任生,客于长安,投一绝曰:"玉皇殿上掌书仙,一点尘心谪九天。莫怪浓香薰腻骨,霞衣曾惹御炉烟。"女得诗喜曰:"此真吾夫矣。不然,何以知吾出处耶?"家人不能阻,遂以为偶。自此春朝秋夕,夫妇相携,微吟小酌,以尽一时之景。

　　如是五年。因三月晦日送春对饮,女题诗曰:"仙家无夏亦无秋,红日清风满翠楼。况有碧霄归路稳,可能同驾五云游。"吟毕,呜咽泣下,曰:"吾本上天司书仙人,以情爱谪居尘寰二纪。"又谓任曰[2]:"吾将归,子可偕行乎? 天上之乐胜于人间,幸无疑焉。"俄闻仙乐飘空,异香满室,家人惊异共窥,见朱衣吏持玉板、朱书篆文,且曰:"李长吉新撰《玉楼记》就,天帝召汝写碑,可速驾无缓。"家人曰:"李长吉唐之诗人,迄今仅三百年,焉有此妖也?"女笑曰:"非尔等所知。人世三百年,仙家犹顷刻耳。"女与生易衣拜命,举步腾空,云霞闪烁,鸾鹤缭绕。于时观者万计,以其所居地为"书仙里"。

【注释】①"笔力",原本作"笔法",据本条出处宋刘斧《青琐高议·前集》卷二《书仙传》改。　　②"又"字原本缺,据出处补。

白　螺　天　女

　　常州义兴县,有鳏夫吴堪,少孤,无兄弟。为县吏,性恭顺。其家临荆溪,常于门前以物遮护溪水,不敢秽污,暇则临水看玩。积数年,忽于水滨得一白螺,遂拾归,以水养。自县归,见家中饮食已备,乃食之。如是十馀日,堪谓邻母哀其寡独,故为执爨,乃卑谢邻母。母曰:"君近得佳丽修事,何谢老身?"堪曰:"无。"因问其故,母曰:"子每入县后,便见一女子,可十七八,容颜端丽,衣服轻艳,具馔讫,即却入房。"堪意疑白螺所为,乃密言于母曰:"堪明日当称入县,请于母家自隙窥之,可乎?"母曰:"可。"

明旦诈出,乃见女自堪房出,入厨理爨。堪自门而入,其女遂归房不得。堪拜之,女曰:"天知君敬护泉源,力勤小职,哀君鳏独,敕余奉媲①。"堪敬谢,遂留为妇,闾里传骇。

时县宰豪士闻堪美妻,因欲图之。堪为吏恭谨,不犯笞责。宰谓堪曰:"尔熟于吏能久矣,今要虾蟆毛及鬼臂二物,晚衙须纳,不然罪责非轻。"堪唯而走出,度人间无此,求不可得,颜色惨沮。归述于妻,妻笑曰:"君忧馀物,不敢闻命,二物妾能致矣。"堪闻言,忧稍解。妻辞出取之,少顷而到,堪得以纳。令视二物,微笑曰:"且出。"然终欲害之。

后一日,又召堪曰:"我要蜗斗一枚,尔宜速觅。"堪奔归,又以告妻。妻曰:"吾家有之,取不难也。"乃为取之。良久,牵一兽至,大如犬,状亦类之,曰:"此蜗斗也②。"堪曰:"何能?"妻曰:"能食火。"堪将此兽上宰。宰见之,怒曰:"吾索蜗斗,此乃犬也。"又曰:"有何所能?"曰:"食火,其粪火。"宰遂索炭烧之,遣食。食讫,粪于地,皆火。宰怒曰:"用此物奚为?"令除火扫粪,方欲害堪。吏以帚及粪,应手洞然,火飚暴起,焚爇墙宇,烟焰四合,弥亘城门。宰身及一家皆为煨烬,乃失吴堪及妻。其县遂迁于西数步,今之城是也。

《录异记》云:"人世用水,日不过三五升,过此必减福折算。"则知敬护泉源,上帝所福。

【注释】①媲,匹配。　②"斗",原本作"牛",据此条出处《太平广记》卷八十三"吴堪"条引《原化记》改。

园　客　妻

园客者,济阴人也,姿貌好而性良,邑人多以女妻之①,客终不取。常种五色香草，积数十年，食其实。一旦有五色蛾止其香树末，客收而荐之以布，生桑蚕焉。至蚕时，有好女夜至，自称客妻，道蚕状。客与俱收蚕，得百二十头。茧皆如瓮大，缲一茧，六十日始尽。讫则俱去，莫知所在。故济阴人世祠桑蚕，设祠室焉。出《列仙传》。

【注释】①"以女"，干宝《搜神记》卷一作"欲"，今从《列仙传》。

洞 箫 美 人 以下杂仙女

徐鳌，字朝揖，长洲人，家东城下。为人美丰仪，好修饰，而尤善音律，虽居廛陌，雅有士人风度。弘治辛酉，年十九矣。其舅氏张镇者，富人也，延鳌主解库①，以堂东小厢为之卧室。

是岁七夕，月明如昼，鳌吹箫以自娱。入二鼓，拥衾榻上，呜呜未休。忽闻异香酷烈，双扉自开。有巨犬突入，项缀金铃，绕室一周而去。鳌方讶之，闻庭中人语切切，有女郎携梅花灯，循阶而上，分两行，凡十六辈。最后一美人，年可十八九。瑶冠凤履，文犀带，著方锦纱袍，袖广几二尺，若世所画宫妆之状，而玉色莹然，与月光交映，真天人也。诸侍女服饰略同，而形制差小，其貌亦非寻常所见。入门，各出笼中红烛，插银台上，一室朗然，四壁顿觉宏敞。鳌股栗，罔知所措。美人徐步就榻坐，引手入衾，抚鳌体殆遍，良久趋出，不交一言。诸侍女导从而去，香烛一时俱灭。鳌惊怪，志意惶惑者累日。

越三夕，月色愈明。鳌将寝，又觉香气异常，心念昨者佳丽，得无又至乎？逡巡间，侍女复拥美人来室中。罗设酒肴，若几席椸架之属，不见有携之者而无不毕具。美人南乡坐，顾盼左右，光彩烨如。使侍女唤鳌，鳌整衣冠起揖之，美人顾使坐其右。侍女唤鳌捧玉杯进酒，酒味醇烈特异，而殽核精腴，水陆珍错，不可名状。美人谓鳌曰："卿勿疑讶,身非相祸者。与卿宿缘,应得谐合,虽不能大有补益,然能令卿资用无乏。世间之物,唯卿所欲,即不难致,但忧卿福薄耳。"复亲酌,劝鳌稍前促坐。辞致温婉,笑语款洽。鳌唯唯,不能出一言,饮食而已。美人曰："昨听得箫声,知卿兴致非浅。身亦薄晓丝竹,愿一闻之。"顾侍女取箫,授鳌吹罢。美人继奏一曲,音调清越,不能按也,且笑曰："秦家儿女才吹得世间下俚调,如何解引得凤凰来? 令渠萧生在,应不羞为徐郎作奴。"逡巡去。越明夕,又至。饮酒间,侍女请曰:"夜向深矣。"因拂榻促眠,美人低面微笑。良久,乃相携登榻。帏帐茵籍,穷极瑰丽,非复鳌向时之比也。鳌心念:"吾试诈跌入地,观其何为?"念方起,榻下已遍铺锦褥,殆无隙地。美人解衣,独著红绡裹肚一事,相与就枕交会。已而流丹浃籍,宛转恓怵难胜。鳌于斯时,情志飞荡,颠倒若狂矣,然竟莫能一言。天且明,美人先起揭帐。侍女十馀,奉匜沃盥。良久,妆讫言别,谓鳌曰:"时运相从,良非容易。此后欢好无间,卿举一念,身即却来。但忧卿意不坚,或轻向人道,不为卿福耳。"遂去。

　　鳌恍然自失,徘徊凝睇者久之。昼出,人觉其衣香气酷烈,多怪之者。自是每一举念,则香气发,美人辄来,来则携酒为欢。频向鳌说天上事,及诸仙人变化,言甚奇妙,非世所闻。鳌心欲质其居止所向,而相见辄讷于辞,乃书小札问之。终不答,曰:"卿得好妇自足,何烦穷问?"间自言:"吾从九江来,闻苏杭名郡多胜景,故尔暂游,此世中处处是吾家。"其美人虽柔和自喜,而御下极严。诸侍女在左右,惴惴跪拜唯谨,使事鳌必如事己。一人以汤进,微偃蹇,辄摘其耳,使跪谢乃已。

　　鳌时有所须,应心而至。一日出行,见道傍柑子,意甚欲之。及夕,美人袖出数十颗遗焉。市物有不得者,必为委曲方便致之。鳌有佳布数匹,或剪六尺藏焉。鳌方动觉,美人来语其处,令收之。解库中失金首饰,美人指令于黄牛坊钱肆中寻之,曰:"盗者已易钱若干去矣。"诘朝往访焉,物宛然在,径取以归,主人者徒瞠目视而已。鳌尝与人有争，稍不胜，其人或无故僵卧，或以他事横被折辱。美人辄告曰："奴辈无礼，已为郎报之矣。"

如此往还数月，外间或微闻之。有爱鳌者，疑其妖，劝使勿近。美人已知之，见鳌曰："痴奴妄言！世宁有妖如我者乎？"鳌尝以事出，美人辄至邸中②，会合如常。其眠处人虽甚多，了不觉也。数戒鳌勿泄，而鳌不能忍，时复漏言，传闻浸广，或潜相窥伺，美人始愠。会鳌母闻其事，使召鳌归，谋为娶妻以绝之，鳌不能违。美人一夕见曰："郎有外心，吾不敢复相从矣！"遂绝不复来。鳌虽念之，终莫能致也。

至十一月望后，鳌夜梦四卒来呼，过所居萧家巷，立土地祠外。一卒入呼土神，神出，方巾白袍老神也。同行曰："夫人召。"鳌随之，出胥门，蹑水而度，到大第院，墙里外乔木数百，蔽翳天日。历三重门，门尽朱漆兽环，金浮沤钉，有人守之。至堂下，堂可高八九仞，阶数十级，下有鹤，屈头缩一足立卧焉。彩绣朱碧，上下焕映。小青衣遥见鳌，奔入报云："薄情郎来矣。"堂内女儿捧香者，调鹦鹉者，弄琵琶者，歌者，舞者，不知几辈，更迭从窗隙看鳌。亦有旧识相呼者，笑者，微啐骂者。俄闻珮声泠然，香烟如云。堂内逆相报云："夫人来！"老人牵鳌使跪。窥帘中，有大金地炉燃兽炭。美人拥炉坐，自提箸挟火，时或长叹云："我曾道渠无福，果不错。"少时闻呼卷帘，美人见鳌，数之曰："卿大负心者。昔语卿云何，而辄背之？今日相见，愧否？"因歔欷泣下，曰："与卿本期终始，何图乃尔？"诸姬左右侍者或进曰："夫人无自苦，个儿郎无义，便当杀却，何复云云。"颐指群卒，以大杖击鳌，至八十。鳌呼曰："吾迫于亲命，非出本怀。况尝蒙顾覆，情分不薄，彼洞箫犹在，何无香火情耶？"美人因呼停杖，曰："实欲杀卿，感念畴昔，今贳卿死。"鳌起，匍匐拜谢。因放出，老翁仍送还。登桥失足，遂觉。两股创甚，卧不能起。又五六夕，复见美人来，将鳌责之。如前语云："卿自无福，非关身事。"既去，疮即差。后诣胥门，踪迹其境，杳不可得，竟莫测为何等人也！时人作《洞箫记》，见《艳异编》③。

　　妇有过美人者乎？得此佳偶，自可不婚。即亲命严切，亦宜与美人商之，必有说而处此，娶云则娶，斥为薄情郎不枉耳。第吾闻神仙不妒，此美人又何甚也？察鳌始终，不过一老实头人。一箫之外，别无寸长，而美人眷顾如此，又不可解。

　　轻爱轻杀，俱非仙家事，殆他妖所为耳。

【注释】①解库，典当铺。　　②邸，旅舍。　　③《洞箫记》为明陆粲《庚巳编》卷二中一篇，又为明王世贞《艳异编》卷二采入。

蓬 莱 宫 娥

　　嘉兴府治东石狮巷，有朱姓者，年二十馀，训蒙为业，丰神颇雅。隆庆春①，一日道经南城下，花雨濛濛，柳风袅袅。展转之间，神情恍惚，渐至海月楼西，竟迷去路。心正惊疑，忽有二女童施礼于前曰："奉主母命，邀先生过山。"朱曰："素昧识荆，得非错耶？"女童曰："至当自知，幸弗多却。"朱与偕行，但见崇山峻岭，路极崎岖，夹道桃株，鸟音嘈杂。自念生长郡内，不意有此佳境。更进里许，入一洞门。遥望楼殿玲珑，金玉照耀，两度石桥，乃抵其处。屏后出一仙娥，霞帔霓裳，降阶而迎。登殿叙礼，引入内室坐定。女童进茶讫，朱才问娥姓字。娥哂曰："妾乃蓬莱宫中人也，邀君欲了夙世之缘，不烦骇问。"顷间开宴，酒肴罗致。娥与朱促席畅饮，因制《贺新郎》一词，命女童歌以侑觞。其词曰："花柳绕春城。运神工，重楼叠宇，顷刻间成。绿水青山多宛转，免教鹤怨猿惊。看来无异旧神京，虑只虑，佳期不定。天从人愿，邂逅多情。相引处，珮声声。　　等闲回首远蓬瀛。呼小玉，旋开锦宴，谩荐兰羹。须信是琼浆一饮，顿令百感俱生。且休道，尘缘易尽。纵然云收雨散，琵琶峡，依旧风月交明。念此会，果非轻。"酒阑夜静，娥荐枕席，曲尽鱼水之乐。

逮晨，朱谓娥曰："仆承款爱，甚欲留连。但家君颇严，不归恐致深罪。愿朝去暮来可也。"娥愀然曰："灵境难逢，佳期易失。妾因与君夙缘未了，故移洞府于人间，委仙姿于凡客耳。正议久交，何即请去？"朱唯而止。

三日后，朱复恳归。娥乃设宴正殿，铺陈饮馔，比昨愈奇且丰，劝朱酩酊。将彻时，出一锦轴，展于净几。写诗十绝以赠，各挥涕而别，仍命女童送朱出洞。忽风雨暴至，云雾晦冥，咫尺莫辨，不觉失足堕于山下。须臾天开云朗，乃颠仆北城岑寂之处，宛若梦觉。

归述其事，父以少年放逸，迷宿花柳，假此自掩耳，欲责之。朱不得已，出锦轴呈父。父见云章灿烂，信非凡笔，怒始少释。时求玩者甚众，因录诗于后焉。其一："三山窈窕许飞琼，伴我来经几万程。好与清华公子会，不妨玄露谩相倾。"其二："壶天移傍郡城濠，云自飞扬鹤自巢。千载偶偕尘世愿，碧桃花下共吹箫。"其三："海外三山十二楼，弱流环绕不通舟。此身也解为云雨，还拟骖鸾榤李游。"其四："涧水流杯出凤台，引将刘阮入山来。春怀何事难拘束，谩被东风吹得开。"其五："海天漠漠彩鸾飘，争奈文箫有意邀。自分不殊花夜合，含香和露乐深宵。"其六："莫道仙凡各一方，须知张硕遇兰香。春风尝恋人间乐，底事无心问海棠。"其七："百雉斜连一道开，为君翻作雨云台。高情仿佛襄王事，宋玉如何不赋来。"其八："湖柳青青花满枝，可怜分手艳阳时。离宫谩自添离思，料得封姨不我知[2]。"其九："阳台后会已无期，眉上春云不自知。那更灵官传晓令，含情骑鹄强题诗。"其十："驱山缩地迥尘寰，从此交情事不关。他日离愁何处慰，暂将三塔作三山。"后轴亦寻失去，不知其为何仙也。

【注释】①隆庆，明穆宗年号（1567—1572）。　②"料"，原本作"瞒"，据本条出处明周绍濂《鸳渚志馀雪窗谈异》卷下"朱氏遇仙传"改。

天 台 二 女

刘晨、阮肇入天台颇远，不得返。经十三日，饥，偶望山上有桃子熟，遂跻险登，啖数枚，饥止体充。欲下山以杯取水，见芜青叶流下，甚鲜。复有一杯流下，有胡麻饭，乃相谓曰："此近人家矣。"遂渡山，出一大溪。溪边有二女子，色甚美。见二人持杯，便笑曰："刘、阮二郎捉向杯来。"刘、阮惊。二女欣然如旧识，曰："来何晚？"因即邀还家，西壁东壁各有绛罗帐①，帐角悬铃，上有金银交错。侍婢便令具馔，有胡麻饭、山羊脯，甚甘美，食毕行酒。俄有群女持桃子，笑曰："贺汝婿来。"酒酣作乐，夜后各就一帐宿，婉态殊绝。至十日，求还，苦留半年。气候草木，常似春时，百鸟啼鸣，更切乡思。女遂相送，指示归路。至家，乡邑零落，已十世矣。

> 仙家十日，而人间已十世。人间岁短而景长，仙家岁长而景短，以此易彼，庸愈乎②？

【注释】①"西"，原本作"南"，"绛罗帐"，原本作"罗帐绛"，据本条出处《太平广记》卷六十一引《神仙记》改。　②庸愈乎，意谓天上岂胜于人间乎。

玉滩版筑者

永丰玉滩①，有村民费姓，业版筑②，暇则捕鱼。一日携鱼归，道逢三艳妇嫛姗行③，以为大家妇，避道左。妇顾谓："将鱼来取钱④。"逾大松岭，至其家。尔日留款，遂成居室。忽思家，归尚为人版筑。自是往来如常。至七八年，颜色丰腴，绝食不饥。亦常持其家华衣美食，归则乌有。人与偕往，至半道，失民所在。其家缀长线于其身，以观其所往。线自门隙中出无碍，至旷野绕树而止。万历丙戌,往,始不归。意必仙也。龙虎山在其郡,本仙灵窟宅。其人蠢愚,即仙,当是昆仑奴⑤。见《耳谈》。刘公雨云其外家亲戚所识者。

【注释】①永丰,今属江西吉安。　②版筑,即垒墙,此实指为泥瓦匠。　③婆娑,行路艰缓。　④"将"字原本缺,据本条出处明王同轨《耳谈类增》卷二十五补。　⑤昆仑奴,见本书卷四"昆仑奴"条,此处意谓为仙家奴仆驱使。

后　土　夫　人 以下地仙

京兆韦安道,起居舍人真之子①,举进士,久不第。大足间②,于洛阳早出,至慈惠里西门。晨鼓初发,见中衢有兵仗,如帝者之卫,黄屋左纛,有月旗而无日旗。近侍才人、宫监之属亦数百人。中有飞伞,伞下见衣珠翠之服,乘大马如后主,美艳动人。时天后在洛,安道初疑其游幸,时天尚未明,问同行者,皆云不见。又怪衢中金吾卫吏不为静路。久之渐明,见其后骑,一宫监驰马而至。安道因留问之:"前所过者,非人主乎?"宫监曰:"非也。"安道请问其事,宫监但指慈惠里之西门曰:"但缘此门循墙而南,行百馀步,有朱扉西向者。叩之,问其缘,当自知矣。"

安道如其言,有朱衣官者出应门曰:"公非韦安道乎?"曰:"然。"朱衣曰:"后土夫人相候久矣。"遂延入一大门,有紫衣宫监与安道叙语,延一宫中,置汤沐。顷之,挈大箱至,命安道更衣,袍笏巾靴毕备,宫监曰:"可去矣。"遂乘以大马,女骑导从者数人,出西门,缘正街西南,自通利街东行,出建春门又东北行,约二十馀里,渐见夹道戍守者,拜于马前而去。凡数处,乃至一大城,守卫甚严。凡经数重,遂见飞楼连阁如王者之居。安道乘马,经翠楼朱殿而过。又十馀处,遂入一门内,行百步许,复有大殿,上陈广筵重乐,罗列樽俎,美妇人十数,状如妃主,列于筵左右。前所与同行宫监,引安道自西阶而上。顷之，见殿内宫监如赞者，命安道西间东向而立。殿后微闻环珮声，有美妇人备首饰袆衣，如谒庙之服，至殿门西向，与安道对立，乃是昔于慈惠西街飞伞下所见者也。宫监乃赞曰："后土夫人乃冥数合为匹偶。"命交拜，如人间宾主之礼。遂去礼服，与安道对坐于筵上，前所见十数美妇人亦列坐左右。奏乐饮馔，及昏而罢。则以其夕偶之，尚处子也。

　　如此者十馀日，夫人愿从安道归，庙见舅姑，以成妇礼。安道曰："诺。"因下令，车驾即日告备。夫人乘黄犊之车，车饰金玉如人间库车，上有飞伞覆之，傔从如前。安道乘马从焉。行十馀里，有行宫供顿之所，饮馔华美。顷之又去，下令减去车骑十七八。相次又行三数里，复下令去从者。乃至建春门，左右才有二十骑。既入洛阳，安道先至家，家人怪其车服之异。既见父母，莫不惊愕，问其何适。安道拜而言曰："偶为一家迫以婚姻。新妇即至，故先上告。"言未竟，车骑已及门矣。绣茵绮席，罗列于庭，左右各施细绳床，请舅姑对坐。门外设二锦步障，夫人衣礼服，垂珮而入。修妇礼毕，献舅姑珍玩凡十数箱。爰及亲党，皆厚有赠遗。因曰："新妇请居东院。"遂有侍婢阍奴持房帷供帐之饰至于东院，修饰甚周。父母忧惧，莫知所来。

　　是时天后朝法令严峻，惧祸及之，乃具以事上奏请罪。天后曰："此魅物也，卿不足忧。朕有善咒术者，可为卿去此妖也。"因诏僧九思、怀素往。僧先命于新妇院中设馔，置坐位，请期翼日而至。新妇闻命，具馔设位，辄无所惧。明日二僧至，既毕馔，端坐请与新妇相见，将施其术。新妇遽至，亦致礼于二僧。二僧忽若物击之，俯伏称罪，目眦鼻口流血。具以事上闻，曰："某所咒者，不过妖魅鬼物，此不知其所从来。"天后曰："有正谏大夫明崇俨，以太乙异术制录天地诸神祇，此必可使也。"遂召崇俨。

　　崇俨谓真曰："今夕君可于堂中洁诚坐，以候新妇所居室上。见异物至而观。其胜则已，或不胜，当更以别法制之。"真如其言。

至甲夜,见有物如飞云,赤光若惊电,自崇俨之居飞跃而至,及新妇屋上,忽若为物所扑灭者,因而不见。使人候新妇,乃平安如故。乙夜,又见物如赤龙之状,拏攫喷毒,声如群鼓,乘黑云有光者,至新妇屋上,又若为物所扑,有呦然之声而灭。使人候新妇,又如故。又至子夜,见有物朱发锯牙,盘铁轮,乘飞雷,轮铓角,呼奔而至。既及其屋,又如物所杀,称罪而灭。既而质明,真怪惧,不知其所为,具以告崇俨。因致坛醮之箓,使征八纮厚地、山川河渎、丘墟水木、主职鬼魅之属,其数无阙。崇俨异之。翼日,又征人世上天界部八极之神,其数无阙。崇俨曰:"神祇所为魅者,则某能制之。若然,则不可得而知也。请自见之。"因命于新妇院设馔,请崇俨。崇俨至坐,请见新妇。新妇方肃答,将拜崇俨,崇俨又忽若为物所击,奄然倒地,称罪请命,目眦鼻口流血于地。

真益惊惧。其妻因谓真曰:"闻昔安道初与偶之时,云是后土夫人,此虽人间百术,亦不能制之。今观其与安道夫妇之道,亦甚相得。试使安道致词请去之,或可也。"真即命安道谢之曰:"新妇灵贵之神,寒门不敢称敌。又天后法严,惧因是祸及。幸新妇且归,为舅姑之计。"语未终,新妇泣涕而言曰:"某幸得配偶君子,奉事舅姑。夫为妇之道,宜奉舅姑之命。今舅姑有命,敢不敬从?"即日命驾而去。遂具礼告辞于堂下,因请曰:"新妇女子也,不敢独归,愿得与韦郎同去。"真悦而听之,遂与安道俱行。至建春门外,前时车徒悉至,其所都城仆使兵卫悉如前。

至城之明日,夫人被法服居大殿中,如天子朝见之像。遂见奇容异人来朝,或有长丈馀者,皆戴华冠长剑,被朱紫之服,云是五岳四渎河海之神。次有数千百人,云是诸山林树木之神。已而召天下诸国之主悉至。时安道于夫人坐侧,置一小床,令观之。最后通一人,云大罗天女。安道视之,天后也。夫人乃笑谓安道曰:"此是子之地主,少避之。"令安道入殿内小室中。既而天后拜于庭下,礼甚谨。夫人乃延天后上。天后数四辞,然后登殿,再拜而坐。夫人谓天后曰:"某以冥数当与天女部内一人韦安道者为匹偶。今冥数已尽,自当离异,然不能与之无情。此人苦无寿,某在其家,本愿与延寿三百岁,使官至三品。为其尊父母厌迫,因不果成其事。今天女幸至,为与之钱五百万,官至五品。无使过此,恐不胜之,安道命薄耳。"因而命安道出,使拜天后。夫人谓天后曰:"此天女之属部人也,当受其拜。"天后进退,色若不足而受之,于是诺而去。

夫人谓安道曰:"以郎尝善画,某为郎更益此艺,可成千世之名。"因居安道于一小殿,使垂帘设幕,召自古帝王及功臣之有名者于前,令安道图写,凡经月馀,悉得其状,集成二十卷。于是,安道请辞去。夫人命车驾于所都城西,设离帐祖席,与安道诀别。涕泣执手,情若不胜。并遗以金玉珠瑶,盈载而去。

安道既至东都,入建春门,闻金吾传令于洛阳城中访韦安道已将月馀。既至,谒天后,坐小殿见之,且述前梦,与安道所叙同。遂以安道为魏王府长史,赐钱五百万。取安道所画帝王功臣图视之,与秘府之旧者皆验,至今行于代焉。天宝中③,安道竟卒于官。

【注释】①"起居舍人真之子"七字原本缺,据《太平广记》卷二百九十九"韦安道"条引《异闻录》补。无此七字则下文不能通也。后有漏讹,径改不出校。　②大足,周武则天年号(701)。　③"天宝",原本作"天策"。李剑国校,"唐无天策年号,当为'天宝'之讹"。据改。

地　祇

贞元末,渭南县丞卢佩,行九,性笃孝。其母先病腰脚,至是病甚,不下榻者累年,晓夜不堪痛楚。佩即弃官,奉母归长安,竭产求医。时国医王彦伯声势甚重,造次不可一见。佩日往祈请焉,半年馀,乃许一到。佩期某日平旦,是日亭午不来,佩候望于门,心摇目断。日既渐晚,佩益怅然。忽见白衣妇人,姿容绝丽,乘一骏马,从一女僮,自曲之西疾驰东过。有顷,复自东来,至佩处驻马,谓佩曰："观君颜色忧沮，敢请问之？"佩志于王彦伯，初不觉妇人之来，既顾问再三，佩乃具以情告。妇人曰："妾有薄技，不减彦伯所能。请一见太夫人，必取平差。"佩惊喜，拜于马首曰："诚得如此，愿以身为仆隶。"

佩即先入白母。母方呻吟，酸楚之次，闻佩言，忽觉小瘳。遂引妇人至母前，妇人才举手候之，其母已能自动矣。于是一家欢跃，竞持金帛以遗妇人。妇人曰："此犹未也，更进一服药，非止尽除痼疾，抑亦永享眉寿①。"母曰："老妇将死之骨，为天师再生，未知何阶上答？"妇人曰："但不弃细微，许奉九郎巾栉，常得在太夫人左右则可，安敢论功乎？"母曰："佩犹愿以身为奴，况其他乎？"妇人再拜称谢。遂于女僮所持小妆奁中取药一刀圭②，以和进母。母入口，积苦顿平。

遂纳为妇，执妇道甚谨。然每十日即请一归本家。佩欲以车舆送迎，即固拒，唯乘旧马，与女僮倏忽往来，略无踪迹。初且欲顺适其意，不能究寻，久之颇以为异。一日，伺其将出，潜往窥之。见乘马出延兴门，马行空中。佩惊问行者，皆不见。又随至东城墓田中，巫者陈设酒肴，沥酒祭地，见妇人下马就接而饮之。其女僮随后收拾纸钱，载于马上，即变为铜钱。又见妇人以策画地③，巫者指随其处，曰："此可以为穴。"事毕，即乘马而回。佩心甚恶之，归具告母。母曰："固知妖异，为之奈何？"自是妇人绝不复归佩家，佩亦幸焉。

后数十日，佩因出南街中，忽逢妇人行李。佩呼曰："夫人何久不归？"妇人不顾，促辔而去。明日使女僮传语佩曰："妾诚非匹，但以君有孝行相感，故为君妇。太夫人疾得平和，约为夫妇。今既见疑，便当决矣。"佩问女僮："娘子今安在？"女僮曰："娘子前日已改嫁李谘议矣！"佩曰："虽欲相弃，何其速欤？"女僮曰："娘子是地祇，管京兆府三百里内人家丧葬所在，长须在京城中作生人妻，无自居也。"女僮又曰："娘子终不失所，但嗟九郎福薄，向使娘子长为妻，九郎一家皆为地仙矣！”出《河东记》④。

　　　　有德于我，即妖异可忘乎？又安知亲父不为狼，亲子不为
虎也⑤？

【注释】①眉寿，高寿。　　②刀圭，中药量器。　　③策，马鞭。
④见《太平广记》卷三百零六“卢佩”条引。　　⑤言世尽有亲父如狼，亲子
如虎者。

张　老①

　　张老者，扬州六合县园叟也。其邻有韦恕者，梁天监中自扬州
曹掾秩满而来，有长女既笄，召里中媒媪，令访良婿。张老闻之，喜
而候媒于韦门。媪出，张老固延入，且备酒食。酒阑，谓媪曰：“闻
韦氏女将适人，某诚衰迈，灌园之业亦可衣食，幸为求之，事成厚
谢。”媪大骂而去。他日，又邀媪。媪曰：“叟何不自度？岂有衣冠
子女肯嫁园叟耶？”叟固曰：“强为吾一言，言不从，即吾命也。”媪不
得已，冒责而入言之②。韦大怒，曰：“媪以我贫，轻我乃如是！”媪
曰：“诚非所宜言，为叟所逼，不得不达其意。”韦曰：“为我报之，今
日内得五百缗则可。”媪出，以告张老，乃曰：“诺。”未几，车载纳于
韦氏。诸韦大惊，曰：“前言戏之耳。且此翁为园，何以致此？吾度
其必无而言之，今不移时而钱到，当如之何？”乃使人潜候其女，女
亦不恨，乃曰：“此固命乎！”遂许焉。

　　张老既取韦氏，园业不废，负秽锸地鬻蔬不辍。其妻躬执爨
濯，了无怍色。亲戚恶之，责恕曰：“君家诚贫，奈何以女妻园叟？
既弃之，何不令远去也？”他日，恕置酒，召女及张老。酒酣，微露其
意。张老起曰：“所以不即去者，恐有留念。今既相厌，去亦何难？
某王屋山下有一小庄③，明旦且归耳。”天将曙，来别韦氏：“他岁相
思，可令大兄往天坛山南相访。”遂令妻骑驴戴笠，张老策杖相随而

去,绝无消息。

后数年,恕念其女,令其男义方访之。到天坛南,适遇一昆仑奴,驾黄牛耕田。问曰:"此有张老家庄否?"昆仑投杖拜曰:"大郎子何久不来? 庄去此甚近,某当前引。"遂与俱东去。初上一山,山下有水,过水连绵凡十馀处,景色渐异,不与人间同。忽下一山,水北朱户甲第,楼阁参差,花木繁华,烟云鲜媚,鸾鹤孔雀,徊翔其间。昆仑指曰:"此张家庄也。"韦惊骇不恻。俄而及门,门有紫衣吏引入厅中。铺陈之华,目所未睹。异香氤氲,遍满崖谷。忽闻珮声渐近,二青衣出曰:"阿郎来!"次见十数青衣,容色绝代,相对而行,若有所引。俄见一人,戴远游冠,衣朱绡,曳朱履,徐出门。一青衣引韦前拜,仪状伟然,细视之,乃张老也。言曰:"世人劳苦,若在火中,无斯须泰时④。兄久客寄,何以自娱? 贤妹略梳头,即当奉见。"因揖令坐。未几,一青衣来曰:"娘子梳毕。"遂引入,见妹于堂前。其堂沉香为梁,玳瑁帖门,碧玉窗,珍珠箔,阶砌皆冷滑碧色,不辨其物。其妹服饰之盛,世间未见。略叙寒暄,问尊长而已,意甚卤莽⑤。有顷进馔,精美芳馨,不可名状。食讫,馆韦于内厅。

明日方曙,张老与韦生坐。忽有一青衣附耳而语,张老笑曰:"宅中有客,安得暮归?"因曰:"小弟暂欲游蓬莱山,贤妹亦当去。然未暮即归,兄但憩此。"张老揖而入。俄而五云起于庭中,鸾凤飞翔,丝竹并作。张老及妹各乘一凤,馀从乘鹤者十数人,渐上空中,正东而去,望之已没,犹隐隐闻音乐之声。韦君在庄,小青衣供侍甚谨。迨暮,稍闻笙簧之音,倏忽复到。及下于庭,张老与妻见韦曰:"独居大寂寞,然此地神仙之府,非俗人得游。以兄宿命,合得到此,然亦不可久居,明日当奉别耳。"及时,妹复出别兄,殷勤传语父母而已。张老曰:"人世遐远,不及作书,奉金二十镒。"并与一故席帽,曰:"若无钱,可于扬州北邸卖药王老家取一千万,持此为信。"遂别。复令昆仑奴送出,却到天坛,昆仑奴拜别去。

韦自荷金而归,其家惊讶,或仙或妖,不知所谓。五六年间,金尽，欲取王老钱，复疑其妄，曰："取尔许钱，不持一字，此帽安足信？"既而困极，其家强逼之，曰："必不得钱，亦何伤？"乃往扬州，入北邸，而王老者方当肆陈药，韦前曰："张老令取钱一千万，持此帽为信。"王曰："钱即实有，席帽是乎？"韦曰："叟岂不识耶？"王老未语，有小女出青布帏中曰："张老常过，令缝帽顶，其时无皂线，以红线缝之，可验。"因取看，果是。遂得钱而归，乃信真神仙也。

其家又思女，复遣义方往天坛南寻之。千山万水，不复有路。时逢樵人，亦无知张老庄者。又寻王老，亦去矣。后数年，义方偶游扬州，间行北邸前。忽见张家昆仑奴，前曰："大郎家中何如？娘子虽不得归，如日侍左右，家中事无巨细，莫不知之。"因出怀金十斤以奉，曰："娘子令送与大郎君，阿郎与王老会饮于此酒家，大郎且坐，当入报。"义方坐酒旗下，日暮不见出，乃入观之，饮者满坐，坐上并无二老，亦无昆仑。取金视之，乃真金也。惊叹而归，又以供数年之食。后不复知张老所在。

【注释】①题原作"张果老"，误。文中所言自是王屋山张老，萧梁时人，与唐中条山张果老非一人。又此条采自《太平广记》卷十六"张老"条引唐李复言《续玄怪录》，本作"张老"，据改。　　②冒责，冒着被韦家责骂。③王屋山，在唐东都洛阳西北二百里，天坛山距之不远。　　④泰，安泰。此句意谓无片刻安定之时。　　⑤卤莽，粗疏不亲切。

剑　　仙

淄川姜子简祖寺丞①，未第时，肄业乡校。尝偕同舍生出游，入神祠，睹捧印女子塑容端丽，有惑志焉，戏解手帕系其臂为定。财归②，即被疾。同舍生谓其获罪于神，使备牲酒往谢。于是力疾以行，奠享礼毕，诸人驰马先还，姜在后失道。日且暮，恍惚见白气亘空，常当马首，天将晓始到家。妻孥相视，问讯劳苦。方就枕，闻外间呵殿声，一女子绝色，自轿出，上堂拜姜母，启云："妾与郎君有嘉约，愿得一至卧内。"姜欣然而起。妻将引避，女请曰："吾久弃人间事，不可以我故间汝夫妇之情。"妻亦相拊接，欢如姊妹。女事姑甚谨。值端午节，一夕制彩丝百副，尽饷族党。其人物花草，字画点缀，历历可数。自是皆以"仙妇"呼之。

居无何，白其姑言："新妇且有大厄，乞暂许他适避灾。"再拜而别，出门遂不见。姜氏尽室惊忧。少顷，一道士来问姜曰："君面色不祥，奇祸立至，何为而然？"具以曲折告。道士令其净室设榻，明日复来，使姜径就榻坚卧，戒家人须正午乃开关。久之，寒气逼人，刀剑戛击之声不绝，忽若一物堕榻下。日午启钥，道士已至，姜出迎。笑曰："无虑矣。"令视所坠物，一髑髅如五斗大。出篋中药一刀圭，糁之③，悉化为水。姜问其怪，道士曰："吾与女子皆剑仙，女先与一人绸缪，遽舍而从汝，以故怀忿，欲杀汝二人。吾亦相与有宿契，特出力救汝。今事幸获济，吾亦去矣。"才去，女即来，遂同室如初。罹姜母之丧，哀哭呕血。姜妻继亡，抚育其子如己出。靖康之变，不知所终，廉夫后寓鄱阳而卒。厥孙曰好古，至今为饶人④。

【注释】①姜子简之祖某任寺丞者。　　②"财"，通"才"。　　③糁，此言以药均匀地洒上。　　④饶人，江西饶州人。此条采自宋洪迈《夷坚支志庚》卷四"花月新闻"条。

武　都　山　女 以下山神

武都山精化为女子，色美而艳，蜀之所无。蜀王开纳为妃，未几物故①。王念之不已，筑墓使高，以示不忘。武都长人费氏五丁②，从而媚王，以大力负武都山土，增垒之。不日墓与山齐，王名之曰"武担山"，谓妃死而怀土也。以石镜表其门。杜甫诗曰："蜀王将此镜，送死置空山③。冥寞怜香骨，提携近玉颜。众妃无复叹，千骑亦虚还。独有伤心石，埋轮月宇间。"事见《蜀本纪》及《文昌化书》。

山精化女,宜寿而反夭,何也?岂蜀道应通,天故假女灵以借力于五丁耶?而或以为秦欲通蜀,诡言牛粪金,蜀王使五丁开道以迎牛,疑相传之误也。

【注释】①《太平寰宇记》卷七十二引《蜀记》云:妃不习水土,欲去,王必留之,于是未几物故。　②长人,巨人。　③"置",原本作"至",据杜诗改。

大仪山仙女

张英初拜仪陇县尹①,过采石江,遇一取水女子,姿貌绝世,谓英曰:"五百年夙约,与君当会于大仪山。"英叱之。至任几半载,日夕闻机声②。一日,率部众逐机声而往,行数里,至大仪山上一石洞,门钥宛然。门忽开,前女出迎,相携而入洞,门即闭。从吏哀号,忽圆石一双自门隙出。众取石归,近县五里不能举。邑人建祠塑像,置此石像腹,至今祈祷辄应。庙曰永济。③

【注释】①仪陇,在今四川南充。　②机声,织机织布之声。　③此条采自明曹学佺《蜀中广记》卷七十六。

青 梨 山 神

《文昌化书》云:青梨山神高鱼生①。部民孙涤女方婚之夕,鱼生拘其魂而乱之,为邻封白池龙神所察,予觇之②,与女俱讯。既伏其辜,归其魂,女乃苏。鞭鱼生背三百,黜其职,保奏已故孝子吴宜肩代之。

【注释】①"梨",本条出处《蜀中广记》卷七十九作"黎"。　②《文昌化书》皆文昌帝君自述,故"予"为帝君自称。

麻　山　神

汉景帝庙在荆州之麻山。相传昭烈下江陵建祠于此[1]，居人因祀为土神。每元日，设乐迎像，人民舍奉之，岁更一家。正统初[2]，县东张氏女年十六，有殊色，求聘者父母未尝轻许。女每晨盥，指水中有黄盖影，而家人弗见也。一日病死，复苏，云："初合目时，仪从塞门，称麻山神来迎夫人。因升舆而行。半道，因忆去时失将梳具。从者言，夫人须自往取之，故暂回耳。"命取梳具置槁中，寻复气绝。父母悲甚，为肖像庙之别室祀之。见《说听》。

【注释】①昭烈，蜀汉先主刘备，谥昭烈。　②正统，明英宗年号（1436—1449）。

汉　　女 以下水神

郑交甫常游汉江，见二女，皆丽服华装，佩两明珠[1]，大如荆鸡之卵。交甫见而悦之，不知其神也。下请其佩，二女手解佩以与，交甫受而怀之。行数十步，视怀空无珠，二女忽不见。

汉女解佩，未及于乱，而后世遂以为风流话柄，何耶？

【注释】①此事本于刘向《列仙传》，仅言是佩，未言是明珠。

洛　　神

太和处士萧旷[1]，自洛东游，至孝义馆，夜憩于双美亭。时月朗风清，旷善琴，遂取琴弹之，夜半，调甚苦。俄闻洛水之上有长叹者，渐相逼，乃一美人。旷因舍琴而揖之，曰："彼何人斯？"女曰："洛浦神女。昔陈思王有赋，子不忆耶？"旷曰："然。"旷又问曰："或闻洛神即甄皇后谢世,陈思王遇其魂于洛滨,遂为《感甄赋》,后觉事之不正,改为《洛神赋》,托意于宓妃②,有之乎?"女曰:"妾即甄后也,为慕陈思王之才调,文帝怒而幽死。后精魂遇王洛水之上,叙其冤抑,因感而赋之。觉事不典,易其题乃不谬矣。"俄有双鬟持茵席、具酒肴而至,谓旷曰:"妾为袁家新妇时,性好鼓琴,每弹至《悲风》及《三峡流泉》,未尝不尽夕而止。适闻君琴韵清雅,愿一听之。"旷乃弹《别鹤操》及《悲风》。神女长叹曰:"真蔡中郎之俦也③!"问旷曰:"陈思王《洛神赋》如何?"旷曰:"真体物浏涜,为昭明之精选尔④!"女微笑曰:"状妾之举止,云'翩若惊鸿,婉若游龙',得无疏矣!"旷曰:"陈思王之精魂今何在?"女曰:"现为遮须国王。"旷曰:"何为遮须国?"女曰:"刘聪子死而复生,语其父曰:'有人告某,云遮须国久无主,待汝父来作主。'即此国是也⑤。"

　　俄有一青衣引一女曰:"织绡娘子至矣。"神女曰:"洛浦龙王之处女,善织绡于水府。适令召之尔。"旷因语织绡曰:"近日人世或传柳毅灵姻之事⑥,有之乎?"女曰:"十得其四五尔,馀皆饰词,不可惑也。"旷曰:"或闻龙畏铁,有之乎?"女曰:"龙之神化,虽铁石金玉,尽可透达⑦,何独畏铁乎? 畏者蛟螭辈也。"

　　谈论良久,神女遂命左右传觞叙语,情况昵洽,兰艳动人,缱绻永夕。旷曰:"遇二仙娥于此,真所谓双美亭也。"忽闻鸡鸣,神女乃留诗曰:"玉箸凝腮忆魏宫,朱丝一弄洗清风。明晨追赏应愁寂,沙渚烟销翠羽空。"织绡诗曰:"织绡泉底少欢娱,更劝萧郎尽酒壶。愁见玉琴弹别鹤,又将清泪滴真珠。"旷答二女诗曰:"红兰吐艳间夭桃,自喜寻芳数已遭。珠珮鹊桥从此断,遥天空恨碧云高。"

　　神女遂出明珠、翠羽二物赠旷,曰:"此乃陈思王赋云'或采明珠,或拾翠羽',故有斯赠,以成《洛神赋》之咏也。"龙女出轻绡一匹赠旷,曰:"若有胡人购之,非万金不可。"神女曰:"君有奇骨,当出世。但淡味薄俗,清襟养真,妾当为阴助。"言讫,超然蹑虚而去,无所睹矣。后旷宝其珠绡,多游嵩岳。友人尝遇之,今遁世不复见。

甄后,失节妇耳。陈思王托言洛神,乃即真耶? 生既锺情于陈思,死后赏音于萧旷,为神者如是乎? 必不然! 必不然!

【注释】①此太和指唐文宗年号(827—835)。　②甄氏先为袁绍之子袁熙之妻,曹操破邺,灭袁氏,曹丕先取甄氏,纳为己妻。曹植初封东阿王,死谥曰陈思王。据《文选》李善注,曹植初求甄氏,不遂,心殊不平,昼思夜想,废寝与食。至魏文帝黄初中,植入朝,帝示植甄后玉镂金带枕,植见之不觉泣下,时甄后已为郭后谮死。植还封地,息洛水上,因思甄后,忽若有见,遂述其事,作《感甄赋》。后明帝(甄后所生)见之,改为《洛神赋》。③后汉蔡邕,字伯喈,官至左中郎将,世称蔡中郎。精音律,善琴。　④梁昭明太子萧统编《文选》,收入《洛神赋》。　⑤刘聪,十六国中前赵主,晚岁国政败乱。《十六国春秋》载,刘聪之子东平王刘约死而复苏,自言至一国曰猗尼渠馀国,其国王捎信云:刘聪后年将至冥界,为遮须国天王。⑥柳毅事见本卷下文“洞庭君女”条。灵姻,生人与神灵结姻。　⑦透达,穿透,言龙可以穿透铁石金玉,无所阻碍。

辽 阳 海 神

正德初,徽人程宰士贤,与兄某挟重赀商于辽阳数年,所向失利,展转耗尽。于是羞惭惨沮,乡井无望,遂受佣他商,为之掌记以糊口①。二人联屋而居,愤懑无聊。至戊寅秋,又数年矣。辽阳天气早寒,一夕风雨暴作,程已拥衾就枕。灯烛既灭,又无月光。忽尽室明朗,殆同白昼,室中什物,毫发可数。方疑惑间,又觉异香氤氲,莫知所自,风雨息声,寒威顿失。程错愕,高声呼怪,冀兄闻之。兄寝仅隔一土壁,寂然不应。愈惶急无计,遂引衾罩首,向壁而卧。

少顷,又闻空中车马喧闹,管弦金石之音自东南来,初犹甚远,须臾已入室矣。回眸窃视,则三美人,皆朱颜绿鬓,明眸皓齿,约年二十许。冠帔盛饰,若世所图后妃之状。前后左右,侍女数百,亦皆韶丽。室才方丈,数百人各执其事,周旋进退,绰然有馀,不见其隟。门窗皆扃,不知何自而入。

俄顷,冠帔者一人前逼床,抚程微笑,曰:"果熟寝耶? 吾非祸人者,与子有宿缘,故来相就,何见疑若是?"程私计:"此物灵变,若非仙则鬼,果欲祸吾,虽卧不起,其可遁乎? 且既彼有宿缘语,或亦无害。"遂推枕下榻,匍匐前拜曰:"下界愚夫,不知真仙降临,有失虔迓,诚合万死。"美人引手握程起,慰令无惧,遂与南面同坐,其二人者东西相向。即命侍女行酒进馔,品物皆生平目所未睹。俄以红玉莲花卮进酒,卮亦绝大,约容酒升许。程素少饮,固辞不胜。美人笑曰:"郎惧醉耶? 此非人间曲蘖,奈何概以狂药见疑②?"遂自引卮奉程,程不得已为之一吸,酒凝厚如饧而爽滑异甚,不觉一卮俱尽,略无醉意。酒每一行,必八音齐奏,声调清和,令人有超凡遗世之想。酒阑,东西二美人起曰:"夜向深,郎夫妇可就寝矣。"遂为褰帏拂枕而去,其馀侍女亦皆随散,凡百器物,瞥然不见。门亦尚扃,又不知何自而出。独留同坐美人,相与解衣登榻。肌肤滑莹,凝脂不若,侧身就程,丰若有馀,柔若无骨。程于斯时,神魂飘越,莫知所为矣。

程既喜出望外,美人亦眷程殊厚。因谓:"世间花月之妖,飞走之怪,往往害人,所以见恶。吾非若此,郎慎勿疑。虽不能有大益于郎,亦可致郎身体康胜,资用稍足。倘有患难,亦可周旋。但不宜漏泄耳。"又谓程曰:"吾非仙也,实海神也。兄虽至亲,亦慎勿言。"须臾,邻舍鸡鸣。昨夜二美人及诸侍女齐到,各致贺词,盥洗严妆,捧拥而出,转盼间已失所在。程茫然自失,曰:"岂其梦耶?"然念饮食笑语,交合誓盟之类,皆历历明甚,非梦境也。且惑且喜。

顷之,出就兄室。兄大骇曰:"汝今神彩发越,顿异昨日,何也?"程谬言:"年来失志,乡井无期。昨夕暴寒,愁思殊切,有何快心而神彩发越耶?"然程亦自觉神思精明,有加于昔,心窃喜之,惟恐不复至也。至夜,美人忽至,但仪从音乐不如畴昔之盛,彼二者亦不复来。美人笑曰:"郎果有心若是,但当终始如一耳。"即命侍女行酒荐馔，珍腆如昨，欢谑谐笑，则有加焉。须臾彻席就枕，鸡鸣复去。自后率以为常，殆无虚夕。

有时言及往年贸易货折事，不觉嗟叹。美人曰："君欲起家，可图经营，吾当相助。"时己卯初夏，有贩药财者，诸药已尽，独馀黄柏、大黄各千馀斤不售，殆欲委之而去。美人谓程曰："是可居也，不久大售矣。"程有佣值银十馀两，遂尽易而归。其兄谓弟失心病风，诟骂不已。数日，疫疠大作，二药他肆尽缺，即时腾贵，果得五百馀金。又有荆商贩彩段者，途间遭湿热蒸，发斑过半，日夕涕泣。美人谓程："是亦可居也。"遂以五百金获四百馀匹。兄又顿足不已，商夥中亦皆相咎窃笑。月馀，逆藩宸濠反于江西，朝廷急调辽兵南讨，师期促甚，戎装衣帜③，限在朝夕，帛价腾踊，程所居者遂三倍而售。庚辰秋，有苏人贩布三万馀者，已售什八矣。尚存粗者什二，忽闻母死，急欲奔丧。美人又谓程："是亦可居也。"程遂以千金易六千馀匹。盖苏人归计甚急，止取原值而去也。明年辛巳三月，武宗崩，天下服丧。辽既绝远，布非土产，价顿高，又获利三倍。如是屡屡，不能悉纪。四五年间，展转数万，殆过昔年所丧十倍矣。

他夕，程问天堂地狱、因果报应之说，悉为剖析。又问美人姓氏为何，曰："吾既海神，有何姓氏？""有父母亲戚乎？"曰："既无姓氏，岂有亲戚？""年几何矣？"曰："既无所生，有何年岁？"

迨嘉靖甲申，首尾七年。每夜必至，气候悉如江南二三月时。两情缱绻，愈久愈固。一夕，程忽念及乡井，谓美人曰："仆自离家，已二十年矣。向因耗折，不敢言旋。今蒙大造④，丰饶过望，欲暂与兄归省坟墓，一见妻子，便当复来，永奉欢好，期在周岁。"美人欷歔叹曰："数年之好，果尽此乎？郎宜自爱，勉图后福。"言讫，悲不自胜。程大骇曰："某告假归省，必当速来，以图后会，何敢有负恩私，而夫人乃遽弃捐若是耶？"美人泣曰："大数当尽，非关彼此。郎适所言，自是数当永诀耳。"言犹未已，前者二美人及诸侍女仪从一时皆集。两情依依，哽咽不已。诸女前启曰："大数已终，法驾备矣。

请速登途，无庸自戚。"美人犹执程手泣曰："子有三大难近矣，时宜警省，吾自相援。过此以往，终身清吉，永无悔吝，寿至九九，当候子于蓬莱三岛，以续前盟。子亦自宜宅心清净，力行善事，以副吾望。身虽与子相远，子之动作，吾必知之。万一堕落，自干天律，吾亦无如之何也。勉之，勉之！"程斯时神志俱丧，莫措一辞，但雪涕而已。既而邻鸡群唱，促行愈急，乃执手泣诀而去。

天明，兄闻哀恸之声，细诘不已。度弗能隐，乃具述会合始末，及所以丰裕之繇。兄始骇悟，相与南面瞻拜。次日，城之内外传皆遍矣。程繇是终日郁郁，若居伉俪之丧，遂束装南归。俾兄先部货财⑤，自潞河入舟；而自以轻骑，繇京师出居庸，至大同，省其从父。留连累日未发，忽梦所遇美人催去甚急，曰："祸将至矣！犹盘桓何为？"程忆前言，即晨告别。而从父殷勤留饯，抵暮出城，时已曛黑，乃寓宿旅馆。是夜三鼓，又梦美人连催速发，云："大难将至，稍迟不得脱矣！"程惊起，策骑东奔四五里，忽闻炮声连发。回望城外，则火炬四出，照天如昼，盖叛军杀都御史张文锦，胁城内外壮丁同逆也。及抵居庸，夜宿关外，又梦美人连促过关："去稍迟必有狴犴之忧矣！"程又惊起，叩关，候门启先行。行过数里而宣府檄至，凡自大同入关者，非公差吏役，皆桎梏下狱诘验，恐有奸细入京也。是夜，与程偕宿者无一得免，有禁至半年者，有瘐死于狱者。程入舟，为兄备言得脱之故，感念不已。

及过高邮湖，天云骤黑，狂风怒号，舟掀荡如簸。须臾，二桅皆折，危在瞬息矣。忽闻异香满舟，风即顿息。俄而黑雾四散，中有彩云一片，正当舟上，则美人在焉。自腰以上，毫发分明，以下则霞光拥蔽。程悲感之极，涕泗交下，遥瞻稽首。美人亦于云端举手答礼，容色犹恋恋如故也。舟人皆不之见。良久而隐，从是遂绝矣。

程于丙申年来游金陵雨花台。有人邀与相见，询其始末。程故儒家子，少尝读书，其言历历，俱有源委。且年已六秩，容色仅如四十许人，足征其遇异人无疑也。

【注释】①掌记，主管会计及文书。　　②狂药，酒之别称，言饮之令人狂迷。　　③"帜"，原本作"织"，据本条出处明王世贞《艳异编》卷四"辽阳海神记"改。　　④大造，大恩德。　　⑤部，安排。

河　伯　女

　　馀杭县南有上湖，湖中央作塘①。有一人乘马看戏，将三四人至岑村，饮酒小醉，暮还。时炎热，因下马入林中，枕石而眠。马逸，从人悉追之，至暮不返。眠觉，日已向晡，不见人马。见一女子，年可十六七，云："日既向暮，此间大可畏，君作何计？大人暂欲相见，便可同行。"

　　俄见二十馀人，随新车至，趋上，其行如飞。道中络绎把火，见城郭邑居。既入城，进厅事，有信幡，题云"河伯"。俄见一人，年三十许，颜色如画，侍卫繁多。相对欣然，敕行酒炙，云："仆有小女，颇聪明，欲以给君箕帚。"其人知是神明，不敢拒逆。便敕备办，令就进婚，郎中承白已办②。遂穿丝布单衣及纱袷绢裙、纱衫裤、履屐，皆精好。又给十小吏，青衣数十人。妇年可十八九，姿容婉媚。一住三日，经大会客，拜阁。四日，云："礼既有限，当发遣去。"妇以金瓯麝香囊为婿别，涕泣而分。又与钱十万，药方三卷，云："可以施功布德。"复云："十年当相迎。"此人归家，遂不肯别婚，辞亲出家作道人。所得三卷方：一卷《脉经》，一卷《汤方》，一卷《丸方》。周行救疗，皆致神验。后母老兄丧，因还婚宦。出《幽明录》③。

　　太原郡东有崖山。天旱，土人常烧此山以求雨，俗传崖山神娶河伯女，故河伯见火，必降雨救之。今山上多生水草。

【注释】①塘，堤坝。　　②"令就进婚，郎中承白已办"，晋干宝《搜神记》卷四作"令就郎中婚，承白已办"。　　③此条《太平广记》引作《幽明录》（刘宋刘义庆撰），而《法苑珠林》引作《搜神记》（晋干宝撰）。

荡 口 仙 姝

华善述,字仲达,无锡县人,住荡口。少有灵质,喜谈《黄庭内景》之事。弱冠时,尝遇一仙姝夜降,容服端丽,世无俦也,自云与生有夙缘,经宿而去。情好甚笃,题诗赠华云:"冷落珠帘二十秋,今宵重脱翠云裘。仙郎漫著红罗污,花蕊年年血泪流。"临别,授华辟谷、炼气诸方。华遂绝粒,闭关独处。室中时时闻异香,又数有笙鹤往来。因赋《怀仙杂诗》数章,尝录以示人。其佳句有云:"镜里舞鸾空有恨,钗头飞燕已无踪"、"永夜梦魂千里月,隔年书信数行星"、"至今别处依然在,夜夜明河泻枕边"、"丹霞有路身难到,青鸟能言信易通"、"织就云衣如可寄,愿添跳脱在其中",皆有感而作,非漫言也。琅琊王世贞、沛国刘凤皆尝过其家,并见群鹤舞于空中,如迎送然。

氾　　人

垂拱中,驾在上阳宫①。太学进士郑生,晨发铜驼里,乘晓月度洛桥。桥下有哭声甚哀,生下马察之,见一艳女,翳然蒙袂曰:"孤,养于兄嫂,嫂恶苦我,今欲赴水,故留哀须臾。"生曰:"能随我归乎?"应曰:"婢御无悔②。"遂载与之归所居,号曰氾人。能诵《楚词》③、《九歌》、《招魂》、《九辨》之书。亦尝拟词赋为怨歌,其词艳丽,世莫有属者。因撰《风光词》曰:"隆光秀兮昭盛时,播薰绿兮淑华归。顾空汉兮有处尊,方潜重房以饰姿。见耀态之韶美兮,蒙长霭以为帷④。醉融光兮眇眇弥弥,远千里兮涵烟眉,晨陶陶兮暮熙熙。无婑娜之秾条兮,娉盈盈以披迟。酬游颜兮倡蔓卉,流情电兮发随施。"

生居贫,氾人常出轻绡一端卖之,有胡人酬千金。居岁馀,生将游长安。是夕谓生曰："我湖中蛟室之妹也,谪而从君。今岁满,无以久留君所。"乃与生诀,生留之不能得。去后十馀年,生兄为岳州刺史,会上巳日,与家徒登岳阳楼,望鄂渚,张宴乐酣。生愁思吟曰:"情无限兮荡洋洋,怀佳期兮属三湘。"声未终,有画舫浮漾而来,中为彩楼,高百馀尺。其上帷帐栏笼,尽饰帷囊⑤,有弹弦鼓吹者,皆神仙蛾眉,被服烟电,裾袖皆广尺。中一人起舞,含嚬怨慕,形类氾人,舞而歌曰:"溯青春兮江之隅⑥,拖湖波兮褭绿裾。荷拳拳兮来舒,非同归兮何如。"舞毕,敛袖怅然。须臾,风涛崩怒,遂不知所在。

【注释】①垂拱,武则天年号(685—688)。上阳宫在东都洛阳。 ②虽为婵侍而不悔。 ③此《楚词》特指《离骚》。 ④"霭",原本作"谒",据《太平广记》卷二百九十八引《异闻集》改。此诗版本复杂,字多有纷歧,除原本之讹外不一一出校。 ⑤"其上帷帐栏笼,尽饰帷囊",原本作"其上花帷帐阑笼画囊",据《太平广记》改。 ⑥"溯",原本作"诉",据《太平广记》改。

西 湖 水 仙

宋时有邢凤者,字君瑞,寓居西湖,有堂曰"此君",水竹幽雅,常偃息其中。一日独坐,见一美女度竹而来。凤意谓人家宅眷,将起避之。女遽呼曰:"君瑞毋避我,有诗奉观。"乃吟曰:"娉婷少女踏春阳,无处春阳不断肠。舞袖弓弯浑忘却,罗衣虚度五秋霜。"凤听罢,亦口占挑之曰:"意态精神画亦难,不知何事出仙坛。此君堂上云深处,应与萧郎驾彩鸾。"女曰:"予心子意,彼此相同。奈凤数未及,当期五年。君来守土,相会于凤皇山下。君如不爽,千万相寻。"言讫不见。

后五年,邢随兄镇杭,乃思前约,具舟泛湖。默念间,忽闻湖浦鸣榔,遥见一美人驾小舟,举手招之,曰:"君瑞信人也。"并舟相叙曰：“妾西湖水仙也。千里不违约，君情良厚矣。”君瑞喜跃过舟，荡入湖心，人舟俱没。后人常见凤与采莲女游荡于清风明月之下，或歌或笑，出没无时焉。①

【注释】①此条采自明王世贞《艳异编》卷二“邢凤”条。唐谷神子《博异志》亦有邢凤梦美人一则，其中美人咏诗与本条“娉婷少女踏春阳”一首亦绝相似。

洞　庭　君　女以下龙神

唐仪凤中①，有儒生柳毅者，应举下第，将还湘滨。念乡人有客于泾阳者，遂往告别②。至六七里，鸟起马惊，疾逸道左，又六七里乃止。见有妇人牧羊于道畔，毅怪视之，乃殊色也。然而娥脸不舒，巾袖无光，凝听翔立，若有所伺。毅诘曰：“子何苦而自辱如此？”妇始笑而谢，终泣而对曰：“贱妾不幸，今日见辱问于长者。然而恨贯肌骨，亦何能愧避？幸一闻焉。妾洞庭龙君少女也，父母配嫁泾川次子，而夫婿乐逸，为婢仆所惑，日以厌薄。既而将诉于舅姑，舅姑爱其子，不能御。迨诉频切，又得罪于舅姑，舅姑毁黜以至此。”言讫，歔欷流涕，悲不自胜。

又曰：“洞庭于兹，相远不知其几多也。长天茫茫，信耗莫通。心目断尽，无所知哀。闻君将还吴，密通洞庭，欲以尺书寄托侍者，未卜将以为可乎？”毅曰：“吾义夫也。闻子之说，气血俱动，恨无毛羽，不能奋飞，是何可否之谓乎？然而洞庭深水也，吾行尘间，宁可致意耶？子有何术可以导我？”女悲泣再谢，曰：“君不许，何敢言？既许而问，则洞庭之与京邑不足为异也。”毅请闻之，女曰：“洞庭之阴，有大橘树焉，乡人谓之社橘。君当解去兹带，束以他物，然后叩树三发，当有应者。因而随之，无有碍矣。倘获回耗，虽死必谢。”毅曰：“敬闻命矣。”女遂于襦间解书，再拜以进，东望愁泣，若不自胜。毅深为之戚,乃置书囊中。因复问曰:"子之牧羊,何所用哉?神祇岂宰杀乎?"女曰:"非羊也,雨工也。"曰:"何为雨工?"曰:"雷霆之类也。"毅复视之,则皆矫顾怒步,饮龁甚异,而大小毛角则无别羊焉。毅又曰:"吾为使者,他日归洞庭,慎勿相避。"女曰:"宁止不避,当如亲戚耳。"语竟引别东去,不数十步,回望女与羊,俱亡所见矣。

其夕至邑而别其友。月馀到家,乃访于洞庭之阴,果有社橘,遂易带向树三扣。俄有武夫出波间,询贵客何自。毅不告其事,曰:"谒大王耳。"武夫揭水指路,引毅以进,谓毅曰:"当闭目,数息可达矣。"毅如言,遂至其宫。始见台阁相向,门户千万,奇草珍木,无所不有。夫乃指毅止于大室之隅。毅曰:"此何所也?"夫曰:"此灵虚殿也。"毅视之,则人间珍宝毕尽于此。柱以白璧,砌以青玉,床以珊瑚,帘以水晶。雕琉璃于翠楣,饰琥珀于虹栋。奇秀深杳,不可殚言。然而王久不至,毅谓夫曰:"洞庭君安在哉?"曰:"君方幸玄珠阁,与太阳道士讲《火经》,少选当毕。"毅曰:"何谓《火经》?"夫曰:"吾君龙也,龙以水为神,举一波可包陵谷。道士乃人也,人以火为神,发一炬可燎阿房。然而灵用不同,玄化各异。太阳道士精于人理,吾君邀以听焉。"

言粗毕,而宫门大辟,景从云合,见一人披紫衣,执青玉。夫跃曰:"此吾君也。"乃至前以告之。君望毅而问曰:"岂非人间之人乎?"毅曰:"然。"遂入拜。君亦拜,坐于灵虚之下,谓毅曰:"水府幽深,寡人暗昧,夫子不远千里而来,将有为乎?"毅曰:"毅,大王之乡人也。长于楚,游学于秦。昨下第,闲驱泾水之涘,见大王爱女牧羊于野,风鬟雨鬓,所不忍视。毅因诘之,谓毅曰为夫婿所薄,悲泗淋漓,遂托书于毅,今以至此。"因取书进之。洞庭君览毕,以袖掩面而泣曰:"老父聋瞽,使深闺孺弱远罹辱害。公乃陌上人也,而能急之,幸被齿发,何敢负德!"词毕,又哀咤良久,左右皆流涕。

时有宦人密侍君者,君目以书授之,令达宫中。须臾,宫中皆恸哭。君惊谓左右曰："疾告宫中，无使有声，恐钱塘所知。"毅曰："钱塘何人也？"曰："寡人爱弟也。昔为钱塘长，今则致政矣[③]。"曰："何故不使知？"曰："以其勇过人耳！昔尧遭洪水九年者，乃此子一怒也。近与天将失意，塞其五山。上帝以寡人有薄德于古今，遂宽其同气之罪，然犹縻系于此，故钱塘之人日来候焉。"词未已，而大声忽发，天折地裂，宫殿摆簸，云烟沸涌。俄有赤龙长万馀尺，电目血舌，朱鳞火须，项掣金锁，锁牵玉柱，千雷万霆，缴绕其身，霰雪雨雹，一瞬皆下，乃擘青天而飞去。毅初恐蹶仆地，君亲起持之，曰："无惧，固无害。"毅良久安抑，乃获自定，因告辞曰："愿得生归，以避复来。"君曰："不必如此。其去则然，其来则不尔，幸为少尽缱绻。"因命酌。

俄而祥风庆云，融融怡怡，幢节玲珑，箫韶以随，红妆千万，笑语熙熙。中有一人，自然蛾眉，明珰满身，绡縠参差。迫而视之，乃前所寄辞女，然而若喜若悲，零泪如丝。须臾，红烟蔽其左，紫气舒其右，香凝环旋，入于宫中。君笑谓毅曰："泾水之囚人至矣。"君乃辞入宫。须臾，又闻怨苦，久而不已。

有顷，君复出，与毅饮。又有一人，披紫裳，执青玉，貌耸神溢，自外而入。左右谓毅曰："此钱塘也。"毅起，趋拜之。钱塘亦尽礼相接，且致谢甚恳。既而告兄曰："适者辰发灵虚，已至泾阳，午战于彼，未还于此，申间驰至九天，以告上帝。上帝知其冤，而宥其失，前所谴责，因而获免。然而刚肠激发，不遑辞候，惊扰宫中，复忤宾客，愧惕惭惧，不知所失。"因退而再拜。君曰："所杀几何？"曰："六十万。""伤稼乎？"曰："八百里。""无情郎安在？"曰："食之矣。"君怃然曰："顽童诚不可忍，然汝亦太草草。赖上帝灵圣，谅其至冤，不然者我何辞焉？从此勿复如斯。"钱塘复再拜，坐定。遂宿毅于凝光殿。

明日，又宴毅于凝碧宫，会友戚，张广乐，具以醪醴，罗以甘洁。初，笳角鼙鼓，旌旗剑戟，舞万夫于其右。中有一夫前曰："此《钱塘破阵乐》。"旌鉥杰气,顾骤悍栗,坐客视之,毛发皆竖。复有金石丝竹,罗绮珠翠,舞千女于其左。中有一女前进曰:"此《贵主还宫乐》。"清音宛转,如诉如慕,坐客听之,不觉泪下。二舞既毕,龙君大悦,纨绮颁于舞人。然后密席贯坐,纵酒极娱。酒酣,洞庭君乃击席而歌曰:"大天苍苍兮大地茫茫,人各有志兮何可思量!狐神鼠怪兮薄社依墙,雷霆一发兮其孰敢当!荷贞人兮信义长,令骨肉兮返故乡,永言惭愧兮何时忘!"洞庭君歌罢,钱塘君再拜而歌曰:"上天配合兮生死有途,此不当妇兮彼不当夫。腹心辛苦兮泾水之隅,鬖鬓风霜兮雨雪罗襦。赖明公兮引素书,令骨肉兮家如初,永言珍重兮无时无。"

钱塘君歌阕,洞庭君俱起,奉觞于毅。毅踧踖而受爵,饮讫,复以二觞奉二君,乃歌曰:"碧云悠悠兮泾水东流,伤嗟美人兮雨泣花愁。尺书远达兮以解君忧,哀冤果雪兮还处其休。荷君和雅兮盛甘羞,山家寂寞兮难久留,欲得辞去兮悲绸缪。"歌罢,皆呼万岁。洞庭君因出碧玉箱,贮以开水犀,钱塘君亦出红珀盘,贮以照夜玑,皆起进毅。毅辞谢而受。既而宫中之人咸以绡彩珠璧投于毅侧,重叠焕赫,须臾埋没于前后。毅笑语四顾,愧揖不暇。泊酒阑欢极,毅辞起,复宿于凝光殿。

翼日,又宴毅于清光阁。钱塘君因酒作色,谓毅曰:"子不闻'猛石可裂不可卷,义士可杀不可羞'者耶?愚有衷曲,一陈于公,如可,则俱履云霄;如不可,则皆夷粪壤。足下以为何如哉?"毅曰:"请闻之。"钱塘曰:"泾阳之妻,则洞庭君之爱女也。淑性茂质,为九姻所重,不幸见辱匪人,今则绝矣。将欲求托高义,世为亲戚,使受恩者知其所归,怀爱者知其所付,岂不为君子始终之道耶?"毅肃然,而作笑曰:"毅始以为刚决明直无如君者,奈何箫管方洽,亲宾正和,不顾其道,以威加人,岂仆之素望乎?若遇公于洪波之内,玄山之中,鼓以鳞须,被以云雨,将迫毅以死,毅则以禽兽视之,亦何恨哉!今体被衣冠,坐谈礼义,尽五常之志性,穷百行之微旨,虽人世贤杰有不如者,况江湖灵类乎？而欲以介然之躯,悍然之性,乘酒假气,将迫于人,岂近直哉！且毅之质,不足以藏王一甲之间,然而敢以不伏之心,胜王强暴之气。唯王筹之耳！"钱塘逡巡致谢曰:"寡人生长深宫,不闻正论。迩者词述狂狷,唐突高明,退自循顾,戾不容责。幸君子不为此乖间也。"其夕欢宴如旧。毅与钱塘君遂为知心友。

明日,毅辞归,洞庭君夫人别宴毅于潜景殿。男女仆妾,悉出预会。夫人泣谓毅曰:"骨肉受君子深恩,恨不得展愧戴,遂至睽别。"使前泾阳女当席拜毅以致谢。夫人又曰:"此别岂有复相遇之日乎？"毅于始虽不诺钱塘之请,然当此席,殊有叹恨之色。宴罢辞别,满宫凄然。毅于是复循途出江岸,见从者十馀人,担囊以随,至其家而辞去。

毅因适广陵宝肆,鬻其所得,百未发一,财已盈兆,故淮右富族咸以为莫如。遂娶于张氏,亡;又娶韩氏,数月又亡。徙家金陵,常以鳏旷多感,欲求继。媒氏来曰:"有卢氏女,范阳人也。父曰浩,尝为清流宰,晚岁好道,独游云泉,今则不知所在矣。母曰郑氏。卢氏女前年适清河张氏,无何而张子夭亡。今母怜其少艾,欲择德以配焉。尊意可否？"毅乃卜日就礼。男女二姓,俱为豪族,法用礼物,极其丰盛,金陵之士莫不健仰。

居月馀,毅视其妻,俄忆类于龙女,而逸艳丰厚则又过之。因与话昔事,妻曰:"世间岂有是理乎？"经岁馀,生一子,端丽奇特,毅益爱重之。逾月,乃笑谓毅曰:"君不忆余之于昔邪？余即洞庭君女也。衔君之恩,誓心求报。洎钱塘季父论亲不从,乖负宿心,怅望成疾。父母欲配嫁于濯锦小儿,妾初心不替,复欲驰白于君。值君累娶不终,卜居于兹,得遂报君之意,今日死无恨矣！"因泣下。复谓毅曰:"始不言者,知君无重色之心,今乃言者,知君有爱子之意。君附书之日,笑谓妾曰:'他日归洞庭,慎无相避。'诚不知当此之际,君岂有意于今日之事乎？其后季父请于君,君不许。君乃诚为不可耶？抑忿然耶？君其语之。"毅曰："似有命者，仆始见子于长泾之隅，枉抑憔悴，诚有不平之志。然自约其心，以达子之命，馀无及也。初言慎勿相避者，偶然耳，岂有意哉？泊钱塘君逼迫之际，唯理有不可。夫始以行义为志，宁有杀其婿而纳其妻者耶？因率肆胸臆，不遑避害。然而将别之日，见子有依然之容，心甚恨之。终以人事扼束，无繇报谢。吁！今子卢氏也，又家于人间，则吾始心未为惑矣。从此以往，永奉欢好，心无纤虑也。"妻深感，悲喜交至，复谓曰："勿以异类，遂为无心，固当知报耳。夫龙寿万岁，今与君同之。"

乃相与觐洞庭。既至，而宾主盛礼不可备纪。复徙居南海，仅四十年，其邸第舆马，珍鲜服玩，虽侯伯之室，无以加也。毅之族咸遂濡泽。以其春秋积序，容状不衰，南海之人，靡不惊异。及开元中，上方属意神仙之事，精索道术。毅不安，遂归洞庭。凡十馀岁，殆莫知迹。出《异闻集》。

【注释】①仪凤，唐高宗年号（676—679）。　②"别"，原本作"去"，据本条出处《太平广记》卷四百十九"柳毅"条改。后径改不再出校。③致政，犹致仕。

广 利 王 女

长庆中，进士张无颇居南康①。将赴举，游丐番禺②。值府帅改移，投诣无所，愁疾卧于逆旅，仆从皆逃。忽有善《易》者袁大娘来主人舍，瞪视无颇曰："子岂久穷悴耶？某有玉龙膏一合子，不惟还魂起死，因此亦遇名姝。但立一表，白曰'能治业疾'。若常人求医，但言不可治，若遇异人请之，必须一往，自能富贵。"无颇拜谢受药，以暖金合盛之。曰："寒时但出此合，则一室暄热，不假炉炭矣。"

　　无颇依其言，立表数日，果有黄衣若宦者扣门甚急，曰："广利王知君有膏，故使召见。"无颇志大娘之言，遂从使者而往。江畔有画舸，登之，甚轻疾。食顷，忽睹城宇极峻，守卫甚严。宦者引无颇入数十重门，至殿廷，多列美女，服饰甚鲜，卓然侍立。宦者趋而言曰："召张无颇至。"遂闻殿上使轴帘。见一丈夫，衣王者之衣，戴远游冠，二紫衣侍女扶之而临砌，招无颇曰："请不拜。"王曰："知秀才非南越人，不相统摄，幸勿展礼。"无颇强拜，王馨折而谢曰："寡人薄德，远邀大贤。盖缘爱女有疾，一心锺念。知君有神膏，倘获痊平，实所愧戴。"遂令阿监二人引入贵主院。无颇又经数重户，至一小殿，廊宇皆缀明玑翠珰，楹楣焕耀，若布金钿。异香氲郁，满其庭户。俄有二女褰帘，召无颇入。睹真珠绣帐中有一女子，才及笄年，衣翠罗缕金之襦。无颇切其脉，良久曰："贵主所疾，是心之所苦。"遂出龙膏，以酒吞之，立愈。贵主遂抽翠玉双鸾篦而遗无颇，目成者久之③。无颇不敢受，贵主曰："此不足酬君子，但表其情耳。然王当有献遗。"无颇愧谢。阿监遂引之见王，王出骇鸡犀、翡翠碗、丽玉明瑰以赠。无颇拜谢，宦者复引送于画舸，归番禺，主人莫能觉。才货其犀，已巨万矣。

　　无颇睹贵主华艳动人，颇思之。月馀，忽有青衣扣门而送红笺，有诗二首，莫题姓字。无颇捧之，青衣倏不见。无颇曰："此必仙女所制也。"词曰："差解明珰寻汉渚，但凭春梦访天涯。红楼日暮莺飞去，愁杀深宫落砌花。"又曰："燕语春泥堕锦筵，情愁无意整花钿。寒闺欹枕不成梦，香炷金炉自褭烟。"

　　顷之，前时宦者又至，谓曰："王令复召，贵主有疾如初。"无颇欣然复往。见贵主，复切脉次。左右云："王后至。"无颇降阶，闻环珮之声，宫人侍卫罗列。见一女子，可三十许，服饰如后妃。无颇拜之。后曰："再劳贤哲，实所怀惭。然女子所疾，又是何苦？"无颇曰："旧疾耳。心有击触而复作。若再饵药，当去根干。"后曰："药何在？"无颇进药合。后睹之，默然色不乐，慰喻贵主而去。后遂白王曰："爱女非疾,其私无颇矣! 不然者,何以宫中暖金合得在斯人处耶?"王愀然良久,曰:"复为贾充女耶④? 吾当成之,无使久苦。"无颇出,王命延之别馆,丰厚宴犒。后王召之,曰:"寡人窃慕君子为人,辄欲以爱女奉托,如何?"无颇再拜辞谢,心喜不自胜。遂命有司择吉日,具礼待之。王与后敬仰愈于诸婿。遂止月馀,欢宴俱极。王曰:"张郎不同诸婿,须归人间。昨检于幽府,云当是冥数。番禺地近,恐为时人所怪。南康又远,况别封疆,不如归韶阳甚便。"无颇曰:"某意亦欲如此。"遂具舟楫,服饰珍珠,赠携无算。唯侍卫辈,即须自置⑤。王遂与无颇别,曰:"三年即一到彼,无言于人。"

　　无颇挈家居于韶阳,人罕知者。住月馀,忽袁大娘扣门,见无颇。无颇大惊。大娘曰:"张郎今日及小娘子酬媒人可矣!"二人各具珍宝赏之,然后告去。无颇诘妻,妻曰:"此袁天纲女,程先生妻也,暖金合,即某宫中宝也⑥。"后再三岁,广利王必夜至张室,后无颇为人疑讶,于是去,不知所适,出《传奇》。

　　　　刘纲妻⑦,袁天纲女,俱强与人婚姻事,何也?

【注释】①长庆,唐穆宗年号(821—824)。南康,在江西赣州。　　②游丐,即后世所谓打秋风也,游于故人为官之地,求取资金或协助。　　③目成,以目许情。　　④贾充女,见本书卷三"贾午"条。　　⑤《传奇》原文详于此,所以侍卫须自置者,龙宫侍卫皆属"阴人",长久用之则减人寿。⑥"某",原本作"其",据本条出处《太平广记》卷三百一十引裴铏《传奇》改。　　⑦刘纲妻即樊夫人,见本卷"云英"条。

九 子 魔 母 以下庙像之神

　　常州吴生,参政公孙也①。髫年美风度,议婚未谐。一日,毗陵城上徒行②,晚归,偶与一女郎同路。或前或后,相傍相偎。女郎年稍长于吴生，姿容妖媚，韵度绰约，真灵人也。有四女奴从焉，皆妍冶上色，顾盼之间，辄通眉语。问："郎君居止何处？"生喜不自胜，曰："敝居咫尺，肯迁驾乎？"女郎微笑。生乘暝色，遽前拥之而归，匿于密室，不令人知。是夕置酒对饮，备极款狎。逡巡，灭烛为欢。弱骨丰肌，曲尽于飞之态。生既未近女色，女郎又宛然处子，誓心伉俪，永结绸缪。如是缠绵者浃旬矣，室中时起异香，芳风发越。女郎昼则作女真妆束，常服淡靓，不加新采。晚则花钿满髻，浓艳照人，左右见者，无不荡魄。

于时春色渐酣，名花烂发。女郎谓吴生曰："东望吴山越水，灵气蔚然，吾将往观。"生即驾二楼船，从女郎出游。两月之间，虎丘、荼磨③、六桥、三竺诸胜地无不探焉。绮罗围绕，路人惊异，谓是神仙之游也。临发杭城，令生多买好胭脂，不计其数。久之，乃返棹兰陵④。吴生一日窥其小妆奁中，见有碧玉圭，径尺许，问："何用？"女郎曰："卿自谛观，何问我为？"检之圭足，乃有镌摹"玉帝"二字，填金所书，颇错愕，戏之曰："夫人能执此朝玉京天帝耶？"女郎曰："卿何了了若是？"以生年未及冠，每易而狎之。又一日，出其所秘簿籍示生，则吴族某贵人新隽魁者姓名衰然其上矣。暇则私向生说天上事及诸神仙变幻，又教以房中玄素之术。生繇此精神倍常，知其审神人也。

然欢洽既久，两情如胶。女郎既不甚藏密，吴生亦略无疑惧。家人忧郎君为邪所魅，阴遣道士结坛诵咒驱之，寂寂无验。最后得某法师术，挥剑击之，中女奴左臂。女郎大呼诟骂，与生惆怅呜咽，挈四女奴，白昼凌空而逝，疾如风雨。所伤之臂，脱堕阶前，视之，乃土偶臂也。无何，家人于城北一古庙中，忽见九子魔母妆塑，姿容绝丽。旁有四侍者，一折其臂，容貌依稀宛如前遘。吴生竟无恙，所延法师不疾而殂矣。

　　按《会昌解颐》及《河东记》载：越州观察使皇甫政妻陆氏，

出脂粉钱百万,别绘魔母神堂。忽遇善画者从剑南来,一夕而成,光明灿烂。观察择日设斋,大陈伎乐。复遇黑叟荷锄而至,直上魔母堂,举锄以劚其面,壁乃颓,抚掌笑曰:"恨画工之罔上也。如其不信,田舍老妻足为验耳。"遂自苇莽间引一女子,年十五六,薄傅粉黛,服不甚奢艳,而态媚动人。顷刻到宝林寺,百万之众引颈骇观,皆言:"所画神母,果不及耳!"携手而行,二人俱化为白崔冲天而去。繇此验之,魔母信是神仙丽质,吴郎所遇不诬矣。《玉堂闲话》亦载:南中僧院有九子母像,装塑甚奇。行者少年夜入其堂寝宿,有一美妇人引同狎处。与此事今古相符。魔母不择偶如此,一淫物耳,何以称神? 神不为淫,或凭焉。

【注释】①参政,参知政事之简称,职责相当于宰相。　②毗陵,常州古称毗陵。　③茶磨,杭州无此地名,疑有误。　④兰陵本在今山东,西晋末中原大乱,士族南迁,遂于毗陵侨置兰陵郡县,故此兰陵仍指常州。

女　灵　观

汝州鲁山县西六十里,小山间有祠,曰女灵观。其像独一女子,低鬟嚬蛾,艳冶而有怨慕之色。祠堂后平地,怪石围数亩。上列三峰,皆十馀丈,森然肖太华也。询之老人,云:"大中初,斯地忽暴风骤雨,襄丘陵①,震屋瓦,一夕而止,遂有兹山。其神见形于樵苏者曰:'吾商於之女也②,帝命有此百里之境。可告乡里,为吾立祠于山前。山名女灵,吾所持来者。无旷春秋祭,吾当福汝。'乡人遂建祠,官书祀典,历数世矣。"

咸通末,县令某尝致祭③,与同舍生谯国夏侯祯偕行。祭毕,与祯纵观祠内,祯独拳拳不能去,乃索卮酒酹曰:"夏侯祯年少,未有匹偶。今者仰观灵姿,愿为庙中扫除之隶,神其鉴乎?"既舍爵,乃归。其夕,夏侯生惝恍不寐④,若为阴物所中。其仆来告,令走视之，则目瞪口噤，不能言矣。令谓曰："得非女灵乎？"祯颔焉。令命吏载楮锭、挈尊席而祷曰："夫人岳镇爱女，疆场明祇，致禾黍丰登，戢虎狼暴横，斯神之任也。今日之祭，乃郡县常祀，某职其事，敢不严恭。岂谓友生不胜盎斝之馀，至有慢言，黩于神听，今疾作矣，岂降之罚耶？抑果其请耶？若降之罚，是以一言而毙一国士，违好生之德，当专戮之辜，帝岂不降鉴，而使神祇虐于下乎？若果其请，是以一言乖贞静之道，播淫泆之风，若九阍一呼，必贻帏箔不修之责⑤。况天下多美丈夫，何必是也？神其听之。"奠讫，夏侯生康豫如故。

【注释】①《书·尧典》言洪水荡荡，怀山襄陵。此喻暴雨之剧也。②商於，地在今河南省浙川县，曾为卫鞅封地，故称"商於"。　③此条采自唐皇甫枚《三水小牍》，此事即皇甫枚自叙亲历，"县令某"原文为"余"，即皇甫枚也。　④"恼"，原本作"怆"，据中华书局本《三水小牍》改。　⑤帏箔不修，即帷薄不修，闺门不谨也。

张　女　郎

沈警，字玄机，吴兴武康人也①。美风调，善吟咏，为梁东宫常侍，名著当时，每公卿宴集，必致骑邀之。语曰："玄机在席，颠倒宾客。"其推重如此。后荆楚陷没，入周为上柱国②。奉使秦陇，途过张女郎庙③。旅行多以酒肴祈祷，警独酌水，具祝词曰："酌彼寒泉水，红芳掇岩谷。虽致之非遥，而荐之随俗。丹诚在此，神其感录。"既暮，宿传舍。凭轩望月，作《凤将雏含娇曲》，其词曰："命啸无人啸，含娇何处娇。徘徊花上月，空度可怜宵。"又续为歌曰："靡靡春风至，微微春露轻。可惜关山月，还成无用明。"吟毕，闻帘外叹赏之声。复云："闲宵岂虚掷，皓月岂空明？"音旨清婉，颇异于常。忽见一女子褰帘而入，拜云："张女郎姊妹见使致意。"警异之，乃具衣冠。未离坐，而二女已入，谓警曰："跋涉山川，因劳动止。"

警曰:"行役在途,春宵多感。聊因吟咏,稍遣旅愁。岂意猥降仙驾,愿知伯仲。"二女郎相顾而微笑。大女郎谓警曰:"妾是女郎妹,适庐山夫人长男。"指小女郎云:"适衡山府尹小子,并以生日,同觐大姊。属大姊今朝层城未旋④,山中幽寂,良夜多怀,辄欲奉屈,无惮劳也。"遂携手出门,共登一辎軿车,驾六马驰空而行。

　俄至一处,朱楼飞阁,备极焕丽。令警止一水阁,香气自外入内,帘幌多金缕翠羽,间以珠玑,光照满室。须臾,二女郎自阁后冉冉而至,揖警就坐,又具酒肴。于是大女郎弹箜篌,小女郎援琴为数弄,皆非人世所闻。警嗟赏良久,愿请琴写之⑤。小女郎笑而谓警曰:"此神仙所制,不可传于人间。"警粗记数弄,不复敢访。及酒酣,大女郎歌曰:"人神相合兮后会难,邂逅相遇兮暂为欢。星汉移兮夜将阑,心未极兮且盘桓。"小女郎歌曰:"洞箫响兮风生流,清夜阑兮管弦遒。长相思兮衡山曲,心断绝兮秦陇头。"警歌曰:"会别须臾事,相思只梦知。不如牛共女,尚有隔年期。"二女郎相顾流涕,警亦下泪。小女郎谓警曰:"兰香姨、智琼姊亦尝怀此恨矣⑥。"大女郎顾小女郎曰:"润玉,此人可念也。"

　良久,大女郎命履,与小女郎同出。及门,谓小女郎曰:"润玉可便伴沈郎寝。"警欣喜如不自得,遂携手入门,已见小婢前施卧具。小女郎执警手曰:"昔从二妃游湘川,见君于舜帝庙读湘王碑。此时想念颇切,不意今宵得谐宿愿。"警亦备记此事,执手款叙,不能自已。小婢丽质,前致词曰:"人神路隔,别促会赊。况姮娥妒人,不肯留照;织女无赖,已复斜河。寸阴几时,何劳烦琐?"遂掩户就寝,备极欢昵。将晓,小女郎起谓警曰:"人神事异,无宜卜昼,大姊且至矣。"警于是抱持置膝,共叙衷款。

　须臾,大女郎至,复置酒。警又歌曰:"直恁行人心不平,那宜万里阻关情。只今陇上分流水,更泛从来呜咽声。"警乃赠小女郎指环。小女郎赠警金合欢结,歌曰:"结心缠万缕,结缕几千回。结怨无穷极,结心终不开。"大女郎赠警瑶镜一圆,歌曰:"忆昔窥瑶镜,相望看明月。彼此俱照人,莫令光彩灭。"赠答极多,不能备记,粗忆数首而已。遂相与出门,复驾辎軿车送至下庙,乃执手呜咽而别。及至馆,怀中探得瑶镜、金缕结。良久,乃言于主人。夜而失所在,时同侣咸怪警夜有异香。警后使回,至庙中,于神座后得一碧笺,乃是小女郎与警书,备叙离恨。书末有篇云:"飞书报沈郎,寻已到衡阳。若存金石契,风月两相忘。"从此遂绝。出《异闻录》⑦。

【注释】①武康,今浙江德清。　②侯景乱后,北周陷江陵,据有湖襄。此言沈警入周为官。　③《太平寰宇记》卷三十二记汧源县有张女郎祠,相传汉张鲁女死于此,时人为立祠,祷之有验。　④层城,神仙所居。　⑤写,此指仿效重奏。　⑥兰香,见本卷"杜兰香"条。智琼,见本卷"天上玉女"条。　⑦见《太平广记》卷三百二十六引。

蒋　侯　庙　计二条

会稽鄮县东野①,有女子姓吴,字望子,年十六,姿容可爱。其乡有鼓舞解事者②,要之便往。缘塘行半路,忽见一贵人乘船,端正非常。令人问望子:"欲何之?"且以事对。贵人云:"我今正往彼,使可入船共去。"望子辞不敢,忽不见。望子既拜神坐,见向船中贵人俨然端坐,即蒋侯像也。问望子:"来何迟?"因掷两橘与之。数数形见,遂隆情好,心有所欲,辄空中下之。尝思啖鲙,一双鲜鲤随心而至。经三年,望子忽生外意,神便绝往来。

【注释】①鄮县,在今之浙江宁波。　②"解事",原本作"解神",据本条出处晋陶潜《搜神后记》"吴望子"条改。解事,求神禳解灾病诸事也。鼓舞,以舞乐娱神也。

咸宁中①,太常卿韩伯子某,会稽内史王蕴子某,光禄大夫刘耽子某,同游蒋山庙。有数妇人像甚端正,某等各指像以妻匹配,戏弄之。即以其夕，三人同梦蒋侯遣传教相闻，曰："家子女甚丑陋，而隈蒙荣顾，辄克某月某日悉相迎。"某等以其梦异常，试往相问，所梦符协如一。于是大惧，备三牲诣庙谢罪乞哀。又俱梦蒋侯亲降曰："君等既荷不弃，甚惬所怀，佳期将及，岂容中悔？"经少时，并亡。

　　蒋侯者，广陵蒋子文，尝为秣陵尉，击贼伤而死。吴孙权时追封中都侯，立石钟山，盖正神也[2]。而男女之际，轻取轻舍，其然，岂其然乎？

【注释】①"咸宁"前原本有"宋"字，宋指南朝刘宋，但刘宋无咸宁年号。此条采自《法苑珠林》卷七十五，作"宋咸宁"，《情史》遂沿其误。《太平广记》卷二百九十三"蒋子文"条引此则无"宋"字，据删。按：咸宁为西晋武帝年号（275—280）。　　②蒋子文虽然自六朝至唐宋为江南崇奉，甚而帝王立为正祀，却未必为正神。据干宝《搜神记》：蒋子文，嗜酒好色，佻达无度。常自谓己骨轻，死当为神。汉末为秣陵尉，逐贼伤额而死。孙权时，传言："我当为土地神，福尔下民。为吾立庙，否则使虫入耳为灾。"孙权以为妖言，后果有虫入人耳，死者甚众。又云："不祀我当有大火。"是岁数有火灾。又云："不祀我当有大疫。"孙权患之，于是立庙于钟山。

清 溪 小 姑

　　会稽赵文韶，字子业。宋元嘉中，为东宫扶侍。廨在清溪中桥①，与吏部尚书王叔卿家隔一巷，相去二百步许。秋夜嘉月，怅然思归，乃倚门唱《乌飞曲》，声甚哀怨。忽有青衣婢诣门曰："王家娘子白扶侍，闻君歌声，有门人逐月游戏，故遣相问。"须臾，女郎至。年可十八九，行步容色可怜，犹将两婢自随。谓文韶曰："闻君善歌，能为作一曲否？"文韶为歌《草生盘石》，音韵清畅，又深会女心，乃曰："但令有瓶，何患不得水？"顾青衣还取箜篌为扶侍鼓之。须臾至，女为酌两三弹，泠泠更增楚绝。又令侍婢歌《繁霜》，自解裙带系箜篌腰，叩之以倚歌。歌云："日暮风吹，落叶依枝。丹心寸

意,愁君未知。歌繁霜,侵晓幕,何意空相守?坐待繁霜落。"歌阕,
夜已久,遂相仵燕寝,竟四更别去。脱金簪以遗文韶,文韶亦答以
银碗及琉璃匕。既明日,文韶出,偶至清溪庙,歇神座上,见碗甚
疑,而委悉之,屏风后则琉璃匕在焉,笭箵带缚如故。祠庙中惟女
姑神像,青衣婢立在前。细视,皆夜所见者。于是遂绝。相传清溪
小姑为蒋侯第三妹。见《齐谐记》及《穷怪录》等书。[2]

　　按《续搜神记》载:晋太元中,谢家沙门竺昙遂,年二十馀,
白皙端正。尝行经青溪庙前过,因入庙中看。暮归,梦一妇人
来语云:"君当来作吾庙中神,不复久。"昙遂梦问:"妇人是
谁?"妇人云:"我是清溪中姑。"如此月许,便病。临死,谓同学
年少曰:"我无福,亦无大罪,死乃当作青溪庙中神。诸君行
便,可过看之。"既死后,诸年少道人诣其庙。既至,便灵语相
劳问,音声如昔时。临去,云:"久不闻呗,思一闻之。"其伴慧
觐便为作呗。讫,其犹唱赞语云:"歧路之诀,尚有凄怆。况此
之乖,形神分散。窈冥之叹,情何可言?"既而歔欷不自胜,诸
道人等皆为流涕。然则清溪小姑其无常夫者耶?蒋侯家法未
必如此,当是邪祟所托耳。

【注释】①清溪,即青溪,南朝时,青溪在建康(今南京市)北,阔五丈,深
八尺,以泄玄武湖水南入秦淮者。青溪庙中女像有三,一说为小姑及二侍
女,一说三女皆蒋子文妹,而小姑为第三妹。　　②本条出自南朝吴均《续
齐谐记》。

康王庙女神

　　宋刘子卿,徐州人也。居庐山虎溪,少好学,笃志无倦。常慕
幽闲,以为养性。恒爱花种树,其江南花木,溪庭无不植者。文帝
元嘉三年春,临玩间,忽见双蝶,五彩分明,来游花上,其大如燕。

一日中或三四往复,子卿亦讶之。其夜,月朗风清。歌吟之际,忽闻扣扃,有女子语笑之音。子卿异之,谓左右曰:"我居此溪五岁,人尚无能知,何有女子而诣我乎?此必有异。"乃出户,见二女,各年十六七,衣服霞焕,容止甚都。谓子卿曰:"君常怜花间之物,感君之爱,故来相诣。"子卿延之坐,谓二女曰:"居止僻陋,无酒叙情,有惭于此。"一女曰:"此来岂求酒耶?况山月已斜,夜将垂晓。君子岂有意乎?"子卿唯唯,喜不自持。一女东向坐者①,笑谓西向者曰:"今宵让姊。"因起,送子卿入室而别。回顾子卿曰:"来夜之欢,愿同今夕。"及晓,女乃请去。子卿曰:"幸遂缱绻,复更来乎?一夕之欢,反生深恨。"女抚子卿背曰:"且缔新欢,后即次我。"出户,不知踪迹。

是夕,二女又至,宴如前。姊谓妹曰:"我且去矣,昨夜之欢,今留与汝。汝勿贪多娱,迷惑刘郎。"言讫大笑乘风而去。于是同寝。子卿问女姓氏,答曰:"但得佳妻,莫问闲事。"临晓,子卿复问之,女曰:"我姊妹实非世人,亦非山精物魅。若说与郎,郎必异传,故不敢取笑于人代。今者与郎契合,亦是因缘。慎迹藏心,无使人晓,即姊妹每旬更至,以慰郎心。"乃去。常十日一至,如是数年。会子卿遇乱归乡,二女遂绝。庐山有康王庙②,去所居二十里馀。子卿一日访之,见庙中泥塑二女神并壁间画二侍者,容貌依稀有如前遇,疑此是也。见《八朝穷怪录》③。

【注释】①"一",原本作"二",据文意改。　②康王庙古时所在多有,而其神说法则不一。此条出《八朝穷怪录》,为隋以前人所著。隋前所祀康王,一为周康王,一为楚康王。江西所祀应以楚康王为是。　③"八"字原本脱,据《太平广记》卷二百九十五"刘子卿"条补。

水 仙 祠

元揭傒斯①,字曼硕,豫章人。未达时多游湖湘间。一日,泊舟江岸。夜二鼓,揽衣露坐,仰视明月如昼。忽中流一棹,渐逼舟侧。中有素妆女子,敛衽而起,容仪甚雅。揭问之,答曰:"商人妇也。良人久不归,闻君远来,故相迓耳。"因与谈论,皆世外恍惚事。且云:"妾与君有夙缘,非同人间之淫奔者。"迨晓,恋恋不忍去。临别,谓揭曰:"君,大富贵人也,亦宜自重。"因留诗曰:"盘塘江上是奴家,郎若闲时来吃茶。黄土筑墙茅盖屋,庭前一树紫荆花。"明日,揭舟阻风,上岸沽酒,问其地,即盘塘镇。行数步,见一水仙祠,墙垣皆黄土,中庭紫荆芬然。及登殿,所设像与夜中女子无异。后揭官至翰林侍讲学士②。神女之言,盖不诬云。

【注释】①揭傒斯,元代大诗人。元顺帝时官翰林侍讲学士,后升为侍讲学士知制诰。　　②"讲",原本作"读",据本条出处元陶宗仪《辍耕录》卷四改。宗仪记此事时揭傒斯尚未知制诰也。

唐　四　娘　庙

　　右从政郎杨仲弓,习行天心法,能察人颜色。乾道中,为道州录事参军。受代未去,因出行市里。逢小胥,呼问之,曰:"汝必为邪鬼所惑,不治将丧身。"胥谢无有。连日三遇之,皆不肯言。杨曰:"汝不畏死耶?言之何害?此祟非我不能治也。"胥始悚惧,曰:"实与邻女有私,往来已久。虽不识其家,但举措嗜好,一切不与人殊,无复可疑。官所云若此,岂其物乎?"杨曰:"是矣,汝秘之勿泄。宜预备长采线,串以针。今夕来时,密缝其衣裾,仍匿彼冠履一二种。正使是人,固足为戏笑;不然,便可推验矣。"

　　胥敬奉戒。女至,悉如之。鸡鸣女起,而失翠冠及一履。意状慌扰①,寻索弗得。胥但佯寐,阴察其所为。天且明,怫然而去。胥视二者乃捏泥所制,即携示杨。杨行法考讯,遣吏遍访群祠,盖城北唐四娘庙侍女也。胥往验之,真所偶者,头上无一冠,一足只著袜,采线出于像背。杨诵咒,举火焚厥躯,胥得无恙。唐四娘者,淫祀也。杨终于郴州理掾②。营道尉史何信、九疑道士李道登皆见其事。

【注释】①"慌",原本作"荒",据本条出处宋洪迈《夷坚支志甲》卷五"唐四娘侍女"条改。 ②"理",原本作"里",据出处改。

广 通 神 庙

邹二郎莲,随父令广通时①,尝谒广通神庙,见土偶侍女,心动。其夕,女入寝室与莲昵,自后不绝。比归京山,女亦至。尝携之还广通,藏马下。遇二骑追寻甚急,女谓莲曰:"吾不能携汝矣。"予墨一片,曰:"有急,用此为解。"遂堕公安人家积薪中。其家以为盗,出墨辨折,乃已。年八十馀始卒。莲有女,嫁廪生白阳严纪闻。有紫罗囊在女处,乃神所饷,今尚存。

【注释】①广通,明代属云南楚雄府。

柳 林 子 庙

黄寅,字清之,建安人。政和二年试京师,未到六十里,抵小陈留旅舍寓宿。夜将二鼓,观书且读,闻扣户声,其音娇姹。出视之,乃双髻女子,衣服华丽,微笑言曰:"妾西邻之女,少好书史。恨堕女流,父母督以针缕,不遂志愿。今夕,二亲皆赴姻家礼会,因乘间窃步至此。闻君读书声,欢喜无限,能许我从容乎?"寅留与坐,即检书册玩读,又索饮。具酒款接,微言挑谑,略不羞避,遂就寝。鸡鸣而去,复约再会。

往还几半月,店媪讶其无故久留。其所亲柳仲恭来,拉以同入都。女子已知,倏来告别,携手而泣。寅发箧,出银五两以赠。旦而行,可二十里,地名柳林子,见一庙,神坐傍侍女,宛然是所遇者。

详视之，其色赧赧然若负愧之状。纸裹堕侧，银在其中，初未尝启视也。[1]

【注释】[1]此条采自宋洪迈《夷坚支志丁》卷二"小陈留旅舍女"条。

延　寿　司

姑苏卫人王宗本行贾于汴，抵夜，则有美女入室与狎，询其居止名氏，终不言。久而成疾，疑为妖也。俟来时，以黑油涂其面，女泣去。旦日历观神祠，至城隍庙延寿司捧香合女像，面有黑油。以语庙祝毁之，中有血水流出。

土地庙判官

北门桥朱某妻顾氏，每夜有巨人来共寝，日渐嬴惫。家人语妇曰："取其佩戴之物，斯知何怪矣。"妇俟与交时，拔其头上一件，藏于席。明视之，乃纱帽展翅也。朱验至土地庙中判官，正失此翅。具报兵马司，转申刑部，问判官杖罪一百。成招，拽像至中衢，杖而碎之，中有血水流出。顾氏得无恙。此嘉靖己亥年事，陆俨卒业南雍，亲见之。[1]

【注释】[1]此条采自明陆粲《说听》卷下。

北阴天王子 以下杂神

建康酒库专知官雍璋妻女，以上巳日游真武庙。焚香毕，循东廊观画壁。逢少年子，著淡黄衫，系红勒帛，仪状华楚，不知谁氏子，立女旁凝目注视。母怪[1]，亟趋西廊。俄而亦随至。母诮之曰："良家处女，郎君安得如是？"乃从后门出，少年亦随不舍。远行杂眘，始不见。是夜女就寝，揭帐，少年已先在床，笑曰："汝美好如此，不幸生胥吏家，不过嫁一市贾尔。吾乃贵家儿郎，与汝偶，真可为汝贺，毋疑我。"遂握手留宿。至旦而母知之，绝以为忧。

经旬日，谓女曰："我既为门婿，当拜丈人丈母。"于是正衣冠出拜，举止叙述如士人。他日又言："吾当有所补助汝家，遇给米付厨时，当谛视。"明日视之，米中得北珠数颗。自是每日皆然，转盼成富人，建第宅，且别起楼与女居。凡有所需，如言辄至。若会宴亲戚，则椅桌杯盘悉如有人持携从胡梯而下。

荏苒数岁，或谓雍生曰："一女如此，而甘心付之邪鬼乎？且所得财物，未必皆真，久必将为祸。"雍生心固不乐，即呼道士行法逐治，甫入门，已倒悬于梁。又呼僧诵秽迹咒，正跌坐击磬，不觉身悬空，行室中数十匝，惧而趋出。少年盖自若，时时自称秉灵王招饮，或言嘉应侯招饮，归必大醉。

人又教雍生，使嫁女以绝之。得一将官子，既纳采，少年谓女曰："知汝将适人，固难阻拒，当为汝办资装。成礼时，却施小戏术，聊奉一笑。"于是缣帛器皿致于前。及婿登床，若为人舁于地。婿窃怪之，洒濯整齐，复登焉，旋复坠地，巫奔去。雍氏自此不敢复言禳袪事。少年待女如初，但言："汝父母本无谊，吾将加以殃祸。不过三年，必使衰替。汝命本不永，然念汝无过，已为祷冥司，延一纪矣。"

久之，有道人杨高尚者，法力甚著。雍氏厚仪延请，少年已前知之，顰蹙顾女云："此却是真法师，非吾所能抗，将远引且避之耳。亦缘分有限，知复奈何？"命酌酒话别，徘徊间杨已至，少年举足欲窜，杨曰："吾已设通天网罩汝，岂容越佚！"家人皆见少年立笼中，杨厉色责数之曰："人神路殊，汝安得故违天律？今尽法治汝，又惧为尊公累。苟为不然，上奏天曹，令汝获谴，入无间狱矣。"少年泣拜谢过。乃与之约，携手出而纵之。

雍生询为何神，杨曰："北阴天王之子也。"自是绝不至。女在家,亦无人敢议亲。父母继亡,独当垆卖酒。每忆畴昔少年之乐,潜然陨涕。建康南门外十里有阴山,其上乃北阴天王庙,盖其神云。

【注释】①"怪"字下原本有"怒"字,据本条出处宋洪迈《夷坚志补》卷十五"雍氏女"条删。此条讹误较多,后径改不出校。

南部将军女

汝阴男子姓许,少孤。为人白皙,有姿调。好鲜衣良马,游骋无度。尝牵黄犬,逐兽荒涧中,倦息大树下。树高百馀尺,大数十围,高柯旁挺,垂阴连数亩。仰视枝间悬一五色彩囊①,以为误有遗者,乃取归,而结不可解。甚爱异之,置巾箱中。向暮,化成一女子,手把名纸直前云:"王女郎令相闻致名。"遂去。

有顷,异香满室,渐闻车马之声。许出户望,见列烛成行,有一少年乘公马,从十馀骑在前,直来诣许曰:"小妹窃慕盛德,欲托良缘于君子。"许以其神,不敢苦辞。少年即命左右洒扫净室。须臾女车至,光香满路,侍女乘马数十人皆有美色,持步障,拥女郎下车。延入别室,帏帐茵席毕具。家人大惊,视之皆见。少年促许沐浴,进新衣,侍女扶入女室。女郎年十六七,艳丽无双,著青袿襦,珠翠璀错,下阶答拜。共行礼讫,少年乃去。房中施云母屏风,芙蓉翠帐,以鹿瑞锦幛映四壁。大设珍肴,诸多异果,甘美鲜香,非人间食。器有七子螺、九枝盘、红螺杯、菓叶碗,皆黄金隐起,错以瑰碧,金罍贮车师菊酒,芬馨酷烈。座上置连心蜡烛,悉以紫玉为盘,光明如昼。

许素轻薄无检,又为物色夸炫,意甚悦之。坐定问曰:"鄙夫固陋,蓬室湫隘,不意乃能见顾之深。欢惧交并,未知所措。"女答曰:"大人为中乐南部将军,不以儿之幽贱,欲使托身君子。躬奉砥砺,幸遇良会,欣愿诚深。"又问:"南部将军,今何官也?"曰:"是嵩君别部所治,若古之四镇将军也。"酒酣,援筝作《飞鸿》、《别鹤》之曲,宛颈而歌,为许送酒,清声哀畅,容态荡越,殆不自持。许不胜其情,遽前拥之。女令撤筵,去烛就帐,恣其欢狎,丰肌弱骨,柔滑如饴。明日,遍召家人,大申妇礼,赐与甚厚。

积三日,前少年又来,曰:"大人感愧良甚,愿得相见,使某奉迎。"乃与俱去。至前猎处,无复大树矣,但见朱门素壁,若今大官府中。左右列兵卫,皆迎拜。少年引入,见府君冠平天帻,绛纱衣,坐高殿上。庭中排戟设虡。许拜谒,府君为起,揖之升阶,劳慰曰:"少女幼失所恃,幸得托奉高明,感庆无量。然此亦冥期神契,非至情相感,何能及此?"许谢,乃与入内。门宇严邃,环廊曲阁,连亘相通。中堂高会,酣宴正欢。因命设乐,丝竹繁错,曲度新奇。歌妓数十人,皆妍冶上色。既罢,乃以金帛厚遗之,并资仆马,家遂赡给,仍为起大宅于里中。女郎雅善玄素养生之术,许体力精爽,倍于常矣。以此知其审神人也。后时一归,府君辄馈送甚厚。数十年,有子五人,而姿色无损。后许卒,乃携子俱去,不知所在。

【注释】①"枝间",原本作"间枝",据本条出处《太平广记》卷三百零一"汝阴人"条引《广异记》改。后径改,不复出校。

苦 竹 郎 君

潭州善化县苦竹村,所事神曰苦竹郎君。里中余生妻唐氏,微有姿。乾道二年,邀邻妇郊行,至小溪茅店饮酒,店旁则庙也。酒罢,众妇人皆入观。唐氏素淫冶,见土偶素衣美容,悦慕之,瞻玩不能已,众已出,犹恋恋迟留。还家数日,思念不少置,因如厕,望一好少年张青盖而来,绝类庙中像,径相就语,即与归房共寝,久乃去。自是数日一至,家人无知者。遂有娠,过期不产。夫怪之,召巫祝治禳不效。唐氏浸苦腹胀,楚痛不可忍,始自述本末,疾益困,腹裂而死,出黄水数斗。①

【注释】①此条采自宋洪迈《夷坚志补》卷第九"苦竹郎君"条。

五　郎　君 计五条

河中市人刘庠,娶郑氏女,以色称。庠不能治生,贫悴落魄,唯日从其侣饮酒。郑饥寒寂寞,日夕恣怨。忽病肌热,昏冥不知人。后虽少愈,但独处一室,默坐不语,遇庠辄切齿折辱。庠郁郁无聊,委而远去。郑掩关洁身,而常常若与人私语。家众穴隙潜窥,无所睹。久之,庠归舍,入房见金帛钱绮盈室,问所从得,郑曰:"数月以来,每至更深,必有一少年来,自称五郎君,与我寝处,诸物皆其所贶①,不敢隐也。"庠意虽愤悁,然久困于穷,冀以小康,亦不之责。一日白昼此客至,值庠在焉,翻戒庠无得与妻共处。庠惧,徙于外馆,一听所为,且铸金为其像,晨夕瞻事。俄为庠别娶妇。庠无子,祷客求之,遂窃西元帅第九子与为嗣。元帅赏募寻索。邻人胡生之妻因到庠家,见锦绷婴儿,疑非市井间所育者,具以告。帅捕庠及郑,械系讯掠而籍其赀。狱未决,神召会鬼物,辟重门,直入狱劫取,凡同时诸囚悉逸去。帅大怒,明日复执庠夫妇,箠楚苛酷。是夜,神又夺以归,而纵火焚府治,楼观草场一空,瓦砾砖石如雨而下,救火者无一人能前。帅无可奈何,许敬祀神,不复治两人罪。五郎君竟据郑氏焉。

【注释】①"贶",原本作"况",据本条出处宋洪迈《夷坚支志甲》卷一"五郎君"条改。后径改不出校。

又

万历间,有彭城士人某,寓居苏州葑门。尝因无子,祷于宝林周宣灵王庙,签诀中有"一朵金莲蓦地开"之句,不晓所谓,意欲寻访人家,或有婢名相合者可娶为妾,后为其妇颇妒,不谐茂陵之聘。妇年三十许人,微有姿色。辛亥岁,忽为五郎神所冯,意虑失常,梦魂恍惚,常与神遇。神亦时时降于其家,衣锦袍,乘白马,或挟弹弓,若贵介公子状,骑从繁多。又或御车飞盖自檐端下诣密室。一日,士人倚窗肄业,偶见房门扃钥甚固,有两女嬛年可十四五,覆发被肩,容姿妍冶,著凤云绣半臂,夹侍于门外,讯其名,一嬛答曰金莲,俄而遂失所在。士人大惊。有顷,神见形如人,出坐堂中,召士人谕之曰:"君妇前生与我伉俪,今冥数又合为妻,可速妆梳,相携而去。"士人叩恳,举家哀祈,乃许诺云:"且暂谐匹偶,却后五年,当来迎矣。"后信宿辄来,每至,则屏张茵褥、珍怪之食,陈设炳焕,皆非人间所有。妇便欠伸呵嚏,起入帷中,侍者窃闻狎昵欢笑之声,逾于人间夫妇。既展绸缪,良久方去。士人惧祸,又利其赠遗之隆,竟不敢与妇同寝处矣。

其家每日供具饮食,悉是神为致之。神或不至,时有异味相饷,从空而下,举家不测所从来也。本户有官逋五金无办,县骓督迫,忽案上铿然有声,视之则银一锭,恰秤得五金有奇,适符其所逋之数,遂输长洲库中。妇闻邻近丁孝廉家岁有入闽之使,常携鲜荔枝而还,得善藏法,启瓮如新。时方五月,辄向神前索之。神云:"甚易耳。少待三日,须遣人觅至也。"如期,妇晨起临妆,已有一朱红合子置妆台上矣。开视之,果得轻红十五双,劈啖,如从树头摘下者,合子盖犹带露痕。如是凡所需索,无不立应。家渐丰饶,邻人贫者闻而艳焉。

侧近有五龙堂,前一家夫为府书佐,妇亦喜淫,藉此神以肥家,至今数年往来不绝。虞山有衣缨之孙[1],不斥其名,尝绘神像于后楼,举家事之,以禳没头冤鬼,后遂诲淫,数数见形往来,日费狗血数升,备为厌术,终不能遣。[2]

又

长洲县隶人顾孝，住醋坊巷。万历壬寅年，为长郎娶妇。妇自幼与五郎情好，俗谓之"服圣"。其夜花烛初陈，室中焰起灵风，吹灯灭烛，持兵仗与长郎暗中格斗。侍卫无数，反阖其扉，父母亲戚并莫能入。明日，迎道流过张王府基，忽有两胡雏，形貌丑怪，径前谓曰："君莫往与人间事，顾家新妇实先许配寒门，何故见夺？"言讫不见。须臾，其女在帐中，望见道流至，面赤发怒，向壁而寝，少时暴亡。①

又

苏州仓桥头酿家沈承传，生女观奴，自幼端洁。万历戊午年，十九岁矣，忽遇五郎出金彩为聘，赠遗甚厚，其夜便留欢狎，所欲无弗致者。尔后观奴闲坐，常有蝴蝶为使，往来帐前，俄顷车骑威仪至矣。其家以此为候。①

又

高邮李甲之妇，年未三十而寡，止一子，乳名毛保，方十五岁。妇有美色，遂为五郎神所据。无计驱遣，数移居以避之。其神踪迹而来，昼夜现形，恣其亵狎。心有所欲，空中下之。因妇有服，遂致素缯练绢，一切帏茵寝玩之具。送钱动以万计，他物称是。一日，妇欲得金步摇、金爵钗，向神索取，神曰："往见苏州太守舍中，有家姬所戴首饰颇极华美，往可窃而得也。"三日后，神还，足跛矣。问之,曰:"已得首饰,过堂西小阁子下,遇一黑面长须人,手持铁简击某,被伤左股,楚甚。后又遇两金甲神,长数丈,某惧,便投所窃物于井中而出,为汝几丧躯命矣。"毛保方抱《凯风》之恨①,适于壁间闻言,欲验五郎所惧者何神也,遂趁船下苏州,投入府署,谒一掾史,具述其故。掾史曰:"果有之。"止毛保于家,入白太守。舍中遣人捞井,果得步摇爵钗之属。推验黑面长须人,乃壁上所帖锺馗,而两金甲神,疑即府门所绘神也。太守召毛保,厚赐而还,下令欲毁其庙,左右切谏乃止。毛保遂买大匹纸三幅,从画工图写一锺馗、两金甲神,雄毅非常,到家揭之于门。五郎见之凛然,遂不敢入,召妇于门外谓曰:"向击我及我所遇于太守舍中者,正此辈也。卿儿为戏,一何虐耶!"与妇呜咽而别,自此杳然。②

杭人最信五通神,亦曰五圣,姓氏源委俱无可考。相传其神好矮屋,高广不逾三四尺,而五神共处之,或配以五妇。凡委巷若空园及大树下③,多建祀之,而西泠桥尤盛。或云其神能奸淫妇女,输运财帛,力能祸福,见形人间,争相崇奉,至不敢启齿。谈及神号,凛凛乎有摇手触禁之忧。此杭俗之大可笑者也。《武林闻见录》载:"宋嘉泰中,大理寺断一大辟,处决数日矣。狱吏在家,暮忽有叩门者,出视之,即向所决囚也。惊问曰:'尔为何得至此?'囚曰:'某死已无憾,但有一事相浼。泰和楼五通神皆某等辈,近有一他适,见虚其位,某欲充之,因无执凭,求一差檄,如寻常行移,但明言差充某位神,得此为据可矣。'吏不得已,许之。又曰:'烦制花帽袍带之属。'出银一笏曰:'以此相酬。'言讫而去。吏不敢泄其事,乃为书牒一道,及制靴帽袍带,候中夜焚之。次日,梦有骑从若王者下车,郑重致谢而退。经数月,邂逅东库专知官,因言东库中楼上五通神日夜喧闹,如争竞状,知库人不得安息,酒客亦不敢登饮,例课甚亏,无可奈何。吏遂以向日所遇密告之,各大骇异。有识者曰:'此必前所云他适鬼已归耳。'乃相与增塑一神于内,是日即安妥如初。"观此,五通非正神明矣。非五通神之不正也,假之者众也。

【注释】①《诗·邶风》有《凯风》之篇,《诗序》言:美孝子也。卫之淫风流行,虽母有七子,犹不能安其室。而七子能尽其孝道,以慰其母心。②此条采自明钱希言《狯园》卷十二"五郎神"条。 ③"园",原本作"围",据《说郛续》卷四十六引明田汝成《幽怪录》改。

厕 神

贞元中,吴郡进士李赤者,与赵敏之同游闽。行及衢之信安,去县三十里,宿于馆厅。宵分,忽有一妇人入庭中,赤于睡中蹶起,下阶,与之揖让。良久,即上厅开箧取纸笔,作书与其亲云:"某为郭氏所选为婿。"词旨重叠,封于箧中,复下庭,妇人抽其巾缢之。敏之走出大叫,妇人乃收巾而走。及视其书,赤如梦中所为。明日又偕行,次建中驿,白昼又失赤。敏之即遽往厕,见赤坐于床,大怒敏之,曰:"方当礼谢,为尔所惊。"浃日至闽,属僚有与赤游旧者设燕。饮次,又失赤。敏之疾索于厕,见赤僵仆于地,气已绝矣。①

【注释】①此条采自《太平广记》卷三百四十一引《独异志》"李赤"条。

情史氏曰:修行家谓想多情少为利根,想少情多为钝器,岂非以虚景不系,实相难灭乎?虽然,无情乌有想,凡想皆情使也。况实者一化即虚,而虚者不散,庸讵知不反为实耶?佛之慈悲,仙之设度,神祇之功德济物,无适非情,又何疑焉?惟至男女之际则疑矣,何也?以稗官所志,皆非情之正也。夫天地絪缊,气原无象;女牛邂逅,语复何稽,又况以淫垢之事贻清净之秽者乎!黄金锁子骨,菩萨现妓女身而为说法①;回道人九九丹成，乃欲与白牡丹角采战之术[2]，其诬蔑仙释已甚矣。黄陵二女，讹为舜妃[3]，而李群玉复有辟阳之谑[4]。杜拾遗嫁为伍髭须相公[5]。夫人事之讹谬，何可胜言！益以邪魅淫妖，肆其假托，谁使正之？第以宇宙之广，何所不有，身非瞽史，口无百舌，吾所以不敢抹其情，而终不敢不存其疑也。

【注释】①唐李复言《续玄怪录》卷五"延州妇人"：昔延州有妇，白晳颇有姿貌，年可二十四五。孤行城市，年少之子悉与之游，狎昵荐枕，一无所却。数年而殁，州人葬焉。大历中，有胡僧自西域来，见墓敬礼焚香，围绕赞叹。人谓："此一淫纵女子，人尽夫也，和尚何敬耶？"僧曰："非檀越所知，斯乃大圣，慈悲喜舍，世俗之欲，无不徇焉。此即锁骨菩萨，顺缘已尽，圣者云耳。不信即启以验之。"众人即开墓，视遍身之骨，钩结皆如锁状，果如僧言。州人异之，为设大斋，起塔焉。　②回道人即吕洞宾，与白牡丹采战事，见《四游记·东游记》"洞宾调戏白牡丹"一节。　③韩愈《黄陵庙碑》曰："湘旁有庙曰黄陵，自前古立，以祠尧之二女、舜二妃者。"沈括《梦溪笔谈》亦云："旧传黄陵二女，尧子舜妃。"　④言李群玉死后为二妃之男宠。见《唐才子传》：李群玉归湘中，题诗二妃庙，是夜梦见二女子来，自称娥皇、女英，曰："承君佳句，徽佩将游于汗漫，愿相从也。"群玉自是郁郁，岁馀而卒。⑤宋高文虎《蓼花洲闲录》云：温州有土地杜十姨，无夫；五髭须相公，无妇。州人遂迎杜十姨以配五髭须，合为一庙。杜十姨者，杜拾遗甫也；而五髭须者，伍子胥也。

卷二十　情鬼类

西　　施 以下宫闱名鬼

刘导,字仁成,沛国人,好学笃志,专勤经籍。慕晋关康之曾隐京口①,与同志李士炯同宴②。于时春江初霁,共叹金陵,皆伤兴废。俄闻松下有数女子笑声,乃见一青衣女童立导之前,曰:"馆娃宫归路经此,闻君志道高闲,欲冀少留,愿从顾盼。"语讫,二女至,容质甚异,皆如仙者。衣红紫绢縠,馨香袭人,俱年二十馀。导与士炯不觉起拜,谓曰:"人间下俗,何降神仙?"二女相视而笑,曰:"住尔轻言,愿从容以陈幽抱。"导揖就席,谓曰:"尘浊酒不可以进。"二女笑曰:"既来叙会,敢不同觞?"衣红绢者,西施也,谓导曰:"适自广陵渡江而至,殆不能堪,深愿思饮。"衣素绢者,夷光也,谓导曰:"同宫姊妹,久旷深幽,与妾此行,盖为君子。"导谓夷光曰:"夫人之姊,固为导匹。"乃指士炯曰:"此夫人之偶也。"夷光大笑而熟视之。西施曰:"李郎风仪,亦足闲畅。"夷光曰:"阿妇夫容貌岂得动人?"合座喧笑,俱起就寝。

临晓请去,尚未天明,西施谓导曰:"妾本浣纱之女,吴王之姬,君固知之矣。为越所迁,妾落他人之手。吴王殁后,复居故国。今吴王已耄,不任妾等。夷光是越王之姬,越昔贡吴王者。妾与夷光相爱,坐则同席,出则同车。今者之行,实因缘会。"言讫惘然。导与士炯深相感恨,闻京口晓钟,各执手曰:"后会无期。"西施以宝钿一只留与导,夷光亦拆裙珠一双赠士炯。言讫,共乘宝车,去如风雨,音犹在耳,顷刻无迹。时梁武帝天监十一年七月也。出《穷怪录》。

唐人小说载,王轩游西小江,泊舟苎萝川,感国色埋尘,怆然题诗于西施石曰:"岭上千峰秀,江边细草春。今逢浣纱石,不见浣纱人。"俄见一女子,振璙珰,扶石笋,低徊而谢曰:"妾自吴宫还越国[3],素衣千载无人识。当时心比金石坚,今日与君坚不得。"遂与轩嬿好,复有恨别之辞。后萧山郭凝素闻而慕之,亦往浣纱溪口,题诗于石,夜宿其旁,以伺灵会。既寐,则众鬼掷瓦砾,素惊而起。闻者莫不嗤笑。进士朱泽作诗嘲之云:"三春桃李本无言,苦被伤残鸟雀喧。借问东邻效西子,何如郭素学王轩。"或言王轩乃吴王后身也,则安知刘导又非王轩之后身乎[4]?

又《艳异编》载莲塘美姬事,玩其歌词,亦似西子。此则邪鬼假托,未必真也。政和改元,七月之望,士人杨彦采、陆升之载酒出游莲塘,舟回日夕,夜泊横桥下。月色明霁,酒各半醒。闻邻船有琵琶声,意其歌姬舟也,蹑而窥之。见灯下一姬,自弄弦索。二人径往见之,询其所隶。答曰:"妾大都乐籍供奉女也。从人来游江南,值彼往云间收布,妾独处此候之,尚未回也。"二人命取舟中馂馀肴核[5],就灯下同酌。姬举止闲雅,姿色媚丽。二人情动于中,稍挑谑之,姬亦不以为嫌。求其歌以侑觞,则曰:"妾近夕冒风,喉咽失音,不能奉命。"二人强之,乃曰:"近日游访西子陈迹,得古歌数首,敢奉清尘,不讶为荷。"凡一歌,侑饮一觞。歌曰:"风动荷花水殿香,姑苏台上宴吴王。西施醉舞娇无力,笑倚东窗白玉床。"再歌曰:"吴王旧国水烟空,香径无人兰叶红。春色似怜歌舞地,年年先发馆娃宫。"又曰:"馆娃宫外似苏台,郁郁芊芊草不开。无风自偃君知否,西子裙裾拂过来。"又曰:"半夜娃宫作战场,血腥犹杂宴时香。西施不及烧残蜡,犹为君王泣数行。"又曰:"春入长洲草又生,鸱鸪飞起少人行。年深不辨娃宫处,夜夜苏台空月明。"又曰:"几多云树倚青冥,越焰烧来一片平。此地最应沾恨血,至今青草不匀生。"又曰:"旧苑荒台杨柳新,菱歌清唱不胜春。只今惟有西江月,曾照吴王宫里人。"彦采曰:"歌韵悠柔,含悲耸怆,固云美矣。第西施乃亡人家国,妖艳之流,不足道也。愿更他曲,以涤尘抱,何幸如之。"姬更歌曰:"家国兴亡来有以,吴人何苦怨西施?西施若解亡吴国,越国亡来又是谁?"彦采曰:"此言固是,然皆古人陈言,素所厌闻者。大都才人,四山五岳精灵间气之所聚会,有何新声,倾耳一听。"又歌曰:"家是红罗亭上仙,谪来尘世已多年。君心既逐东流水,错把无缘当有缘。"歌竟,掀篷揽衣跃入水中。彦采大惊,汗背而觉,一梦境也。寻升之共话,醉眠脚后,不能寝也。翌日,事传吴下。

【注释】①"关康之",原本作"关康",据《南史·隐逸传》补。关康之,宋明帝太始初与平原明僧绍俱征,辞以疾。　　②"炯",原本作"烟",据本条出处《太平广记》卷三百二十六"刘导"条引《穷怪录》改。此篇缺讹较多,凡影响文义者,俱据《广记》改,不复出校。　　③"自",原本作"是",据本条出处唐范摅《云溪友议》卷上改。　　④"又非",原本作"非又",据文意改。　　⑤馂馀,用剩下的食品。

昭　君 再见

牛僧孺《周秦行记》云:余贞元中举进士落第,归宛叶间。至伊阙南道鸣皋山下①,将宿大安民舍。会暮,不能至。更十馀里,行一道甚易②。夜月始出。忽闻有异香气,因趋进行,不知近远,见火明,意谓庄家。更前驱,至一大宅,门庭若富豪家。有黄衣阍人曰:"郎君何至?"余答曰:"僧孺,姓牛。应进士落第往家,本往大安民舍,误道来此。"黄衣入告,少时出曰:"请郎君入。"余问谁氏宅,黄衣曰："第进，无须问。"

入十馀门，至大殿，蔽以珠帘，有朱衣紫衣人百数，立阶陛间，左右唱拜。帘中语曰："妾汉文帝母薄太后③。此是庙，郎不当来，何辱至此？"余曰："臣家宛下，将归失道，恐死豺虎，敢乞托命。"太后遣轴帘，避席曰："妾故汉室老母，君唐朝名士，不相君臣，幸希简敬，便上殿来见。"太后著练衣，状貌瑰伟，不甚年高。劳余曰："行役无苦乎？"召坐。食顷间，殿内有笑声。太后曰："今夜风月甚佳，偶有二女伴相寻，况又遇嘉宾，不可不成一会。"呼左右："屈两娘子出见秀才。"良久，有女二人从中至，从者数百。前立者一人，狭腰长面，多发不妆，衣青衣，仅可二十馀。太后曰："高祖戚夫人④。"余下拜，夫人亦拜。更一人，柔肌稳身，貌舒态逸，光彩射远近，多服花绣，年低于太后。后曰："此元帝王嫱⑤。"余拜如戚夫人，王嫱复拜，各就坐。

坐定，太后使紫衣中贵人曰："迎杨家、潘家来。"久之，空中见五色云下，闻笑语声寖近。太后曰："杨、潘至矣。"忽车音马迹相杂，罗绮焕耀，旁视不给。有二女子从云中下，余起立于侧。见前一人纤腰修眸，容甚丽，衣黄衣，冠玉冠，年三十许。太后曰："此是唐朝太真妃子。"余即伏谒，拜如臣礼。太真曰："妾得罪先帝⑥，皇朝不置妾在后妃数中，设此礼岂不虚乎？"不敢受，却答拜。更一人，厚肌敏视，小质洁白，齿极卑⑦，被宽博衣。太后曰："齐潘淑妃。"余拜之如妃子。既而太后命进馔。少时馔至，芳洁万端，皆不得名字，但欲充腹，不能足食。已，更具酒，其器用尽如王者。太后语太真曰："何久不来相看？"太真谨容对曰："三郎数幸华清宫，扈从不得至⑧。"太后又谓潘妃曰："子亦不来，何也？"潘妃匿笑不禁，不成对。太真视潘妃而对曰："潘妃向玉奴太真名说，懊恼东昏侯疏狂，终日出猎，故不得时谒耳。"

太后问余："今天子为谁？"余对曰："今皇帝先帝长子。"太真笑曰："沈婆儿作天子也⑨，大奇！"太后曰："何如主？"余对曰："小臣不足以知君德。"太后曰:"然无嫌,但言之。"余曰:"民间传圣武。"太后首肯三四。

太后命进酒加乐,乐妓皆年少女子。酒环行数周,乐亦随辍。太后请戚夫人鼓琴,夫人约指以玉环,光照于座,引琴而鼓,声甚怨。太后曰:"牛秀才邂逅逆旅到此,诸娘子又偶相访,今无以尽平生欢。牛秀才固才士,盍各赋诗言志,不亦善乎?"遂各授与笺笔,逡巡诗成。薄后诗曰:"月寝花宫得奉君,至今犹愧管夫人。汉家旧是笙歌处,烟草几经秋复春。"王嫱诗曰:"雪里穹庐不见春,汉衣虽旧泪痕新。如今最恨毛延寿,爱把丹青错画人。"戚夫人诗曰:"自别汉宫休楚舞,不能妆粉恨君王。无金岂得迎商叟,吕氏何曾畏木强⑩?"太真诗曰:"金钗堕地别君王,红泪流珠满御床。云雨马嵬分散后,骊宫不复舞霓裳。"潘妃诗曰:"秋月春风几度归,江山犹是汉宫非。东昏旧作莲花地,空想曾披金缕衣。"再三邀余作诗,余不得辞,遂应命作诗曰:"香风引到大罗天,月地云阶拜洞仙。尽道人间惆怅事,不知今夕是何年。"

别有善笛女子,短发丽服,貌甚美而且多媚,潘妃偕来,太后以接坐居之⑪。时令吹笛,往往亦及酒。太后顾而问曰:"识此否?石家绿珠也。潘妃养作妹,故潘妃与俱来。"太后因曰:"绿珠岂能无诗乎?"绿珠乃谢而作诗曰:"此日人非昔日人,笛声空怨赵王伦。红残翠碎花楼下,金谷千年更不春。"辞毕,酒既止。太后曰:"牛秀才远来,今夕谁人为伴?"戚夫人先起,辞曰:"如意长成,固不可,且不宜如此。"潘妃辞曰:"东昏以玉儿身死国除,玉儿不拟负他。"绿珠辞曰:"石卫尉性严忌,今有死,不可及乱。"太后曰:"太真今朝先帝贵妃,不可言其他。"乃顾谓王嫱曰:"昭君始嫁呼韩单于,复为殊索若单于妇⑫,固自困,且苦寒地胡鬼何能为?昭君幸无辞。"昭君不对,低眉羞恨。

俄各归休,余为左右送入昭君院。会将旦,侍人告起,昭君垂泣持别。忽闻外有太后命,遂出见太后。太后曰:"此非郎君久留地,宜亟还。"更索酒,酒再行已,戚夫人、潘妃、绿珠皆泣下,竟辞去。太后使朱衣人送往大安,抵西道,旋失使人所在,时始明矣。余就大安里问其里人,里人云:"去此十馀里,有薄后庙。"余却回望庙,荒毁不可入,非向者所见矣。余衣上香经十馀日不歇。

相传是书本李赞皇门人韦瓘所撰⑬,而嫁其名于牛相。赞皇又著论一篇,极词丑诋,曰:"太牢以身与帝王后妃冥遇⑭,欲证其身非人臣相也。"又曰:"太牢以姓应谶文,屡有异志。"又曰:"太牢贬而复用,岂王者不死乎?"其意欲置之族灭。吁!朋党之偏,一至是乎?文宗览之,笑曰:"此必假名僧孺者。僧孺贞元中进士,岂敢呼德宗为沈婆儿?"其事遂寝。文宗之明,何减汉昭也⑮!

【注释】①宛叶,宛丘、叶县一带,意为自东都洛阳往南方行。伊阙在洛阳南,鸣皋山在伊阙南。　②"行"字原本缺,据《太平广记》卷四百八十九《周秦行记》补。此后有阙误影响文义者,径改不复出校。　③薄太后,汉高祖姬,生子刘恒,封代王。惠帝死,吕后擅政,封诸吕。及大臣诛诸吕,迎代王入继大统,为汉文帝,薄姬遂为皇太后。　④戚夫人,见本书卷十四"戚夫人"条。　⑤王嫱,即昭君,汉元帝宫女。见卷十三"昭君"条。⑥先帝,指唐肃宗。贞元为德宗年号,肃宗为德宗之祖父,故称先帝。⑦齿卑,年少。　⑧三郎,唐玄宗李隆基行三。扈从,此即陪驾意。⑨沈婆,指代宗皇后、德宗之母沈氏。沈氏本为广平王(后为代宗)妃,生德宗,天宝之乱,沈氏流落民间。代宗立德宗为太子,寻访沈氏多年,终不能得。杨贵妃以此用民间妇人之称呼为沈婆。　⑩商叟,指商山四皓,吕后用张良计,请四皓出山为太子之师。木强,指高帝大臣周昌,高帝欲废太子,周昌坚执以为不可。　⑪接坐,于席末加座,因绿珠地位低也。　⑫昭君嫁呼韩邪单于,后嫁复株累若鞮单于。　⑬李德裕,河北赞皇人。⑭祭祀中以牛为太牢,故以太牢代称牛僧孺。　⑮汉昭帝初立,燕王旦谋反,而上官桀忌霍光,因与旦通谋,诈令人为旦上书,诬霍光擅调校尉,意图不轨。昭帝以为调校尉尚未十日,燕王在数千里之外,何以知之?此定有诈。时帝年十四，而上书者果然消失。

张贵妃 孔贵嫔计二条

会昌中[①]，进士颜濬下第[②]，游广陵，遂之建业[③]，赁小舟抵白沙。同载有青衣，年二十许，服饰古朴，言词清洒。濬揖之，问其姓氏，对曰："幼芳，姓赵。"问其所适，曰："亦之建业。"濬甚喜，每维舟，即买酒果，与之宴饮。多说陈隋间事，濬颇异之。或谐谑，即正色敛衽不对。抵白沙，各迁舟航。青衣乃谢濬曰："数日承君深顾，某陋拙，不足奉欢笑。然亦有一事，可以奉酬，中元必游瓦官阁，此时当为君会一神仙中人。况君风仪才调，亦甚相称，望不渝此约。至时某候于彼。"言讫，各登舟而去。

濬志其言。中元日，来游瓦官阁。士女阗咽。及登阁，果有美人从二女仆，皆双鬟而有媚态。美人倚阑独语，悲叹久之。濬注视不易，美人亦讶之[④]，又曰："幼芳之言不谬矣。"使双鬟传语曰："西廊有惠览阇梨院，则某旧门徒，君可至是。幼芳亦在彼。"濬喜甚，蹑其踪而去。果见同舟青衣出而微笑，濬逆与美人叙寒暄，言话竟日。僧进茶果。至暮，谓濬曰："今日偶此登览，为惜高阁。痛兹用功[⑤]，不久毁除，故来一别，幸接欢笑。某家在清溪，颇多松月。室无他人，今夕必相过。某前往，可与幼芳后来。"濬然之。遂乘轩而去。

及夜，幼芳引濬前行，可数里而至。有青衣数辈秉烛迎之，遂延入内室，与幼芳环坐。曰："孔家娘子相邻，使邀之，曰'今夕偶有佳宾相访，愿因倾觞，以解烦愤'。"少顷而至。遂延入，亦多说陈朝故事。濬因起白曰："不审夫人复何姓第，颇贮疑讶。"答曰："某即陈朝张贵妃，彼即孔贵嫔。居世之时，谬当后主采顾，宠幸之礼，有过嫔妃。不幸国亡，为杨广所杀[⑥]。然此贼不仁何甚乎！刘禅、孙皓岂无嫔御？独有斯人行此冤暴。且一种亡国，我后主实即风流，诗酒追欢、琴尊取乐而已。不似杨广西筑长城，东征辽海，使天下男冤女旷，父寡子孤。途穷广陵，死于匹夫之手，亦上天降鉴，为我报仇耳。"孔贵嫔曰："莫出此言，在座有人不欲闻。"美人大笑曰："浑忘却。"潴曰："何人不欲闻斯言耶？"幼芳曰："某本江令公家婢者，后为贵妃侍儿。国亡之后为隋宫御女，炀帝江都，为侍汤膳者。及兵乱入，某以身蔽帝，遂为所害。萧后怜某尽忠于主，因使殉葬，后改葬于雷塘侧⑦，不得从焉，时至此谒贵妃耳。"孔贵嫔曰："前说尽是闲事，不如命酒，略延曩日之欢耳。"遂命双鬟持乐器，洽饮久之。贵妃题诗一章曰："秋草荒台响夜螯，白杨凋尽减悲风。彩笺曾擘欺江总，绮阁尘清玉树空。"孔贵嫔曰："宝阁排云称望仙，五云高艳拥朝天。清溪犹有当时月，夜照琼花绽绮筵。"幼芳曰："皓魄初圆恨翠蛾，繁华浓艳竟如何。两朝惟有长江水，依旧行人逝作波。"潴亦和曰："箫管清吟怨丽华，秋江寒月绮窗斜。惭非后主题诗客，得见临春阁上花。"

俄闻扣门曰："江修容、何婕妤、袁昭仪来谒。"贵妃曰："窃闻今夕佳宾幽会，不免辄窥盛筵。"俱艳其衣裾，明其珰珮而入坐。及见四篇，捧而泣曰："今夕不意再逢三阁之会⑧，又与新狎客题诗也。"顷之，闻鸡鸣，孔贵嫔等俱起，各辞去。

潴与贵妃就寝，欲曙而起。贵妃赠辟尘犀簪一枚，曰："异日睹物思人。昨宵值客多，未尽欢情，别日更当一小会，然须谛祈幽府。"呜咽而别，潴翌日愫然若有所失。信宿，更寻曩日地，则近清溪，松桧丘墟。询之于人，乃陈朝宫人墓。潴惨恻而返。数月，阁因寺废而毁。后至广陵，访得吴公台炀帝旧陵，果有宫人赵幼芳墓，因以酒奠之。

别载云：张贵妃死后，葬路傍。有人夜行，闻吟诗声云："独卧经秋堕鬓蝉，白杨风起不成眠。追思昔日椒房宠，泪湿衣衫损旧颜。"⑨次日阅之，乃一古冢。询访古老，始知为丽华墓也。丽华之不能忘情于地下也久矣！

【注释】①会昌，唐武宗年号（841—846）。　　②此进士相当于后世之举人，进士而及第，方是常说之进士。下第，言落榜未及第也。　　③建业即今之南京，隋唐时称江宁。　　④讶，相迎。　　⑤“痛”，原本作“病”，据李剑国《唐宋传奇集》裴铏《颜濬传》校改。　　⑥此与史不符。隋平陈后，杨广欲纳张丽华，高颎以武王灭商斩妲己为辞，斩丽华。杨广甚不悦。⑦“塘”，原本作“唐”，据《颜濬传》改。　　⑧陈后主于光照殿前起临春、结绮、望仙三阁，参见本书卷五“陈后主叔宝”条。　　⑨据《全唐诗》卷八百六十六，此诗乃五代后蜀孟昶妃张太华死后现形所作诗。

又

绍兴七年上元夜，建康士人江渭元亮偕一友出观，游历巷陌。迨于更阑，车马稍阒。见两美人各跨小驷，侍妾五六辈肩随，夹道提绛纱笼，全如内家妆束①。频目江。江追蹑到闲坊，一妾来言：“仙子知君雅志，果欲相亲，便过杜家园中。临溪有楼阁，足可款晤。”江喜往，而不旋踵至彼。两鬟持灯毬出迎。二士皆入，四人偶坐，展叙寒温。仙顾笑曰：“袭我至此，勿问有缘无缘，且饮酒可也。”于是命设席，杯觞肴馔，一一整洁。仙满酌劝，客酬之，皆引满。至于三行，宾主意惬。一侍女曰：“天上月圆，人间月半。人心似月，正在今宵。与其笑语留连，何似交欢罗帐？”两仙大悦，曰：“小姬解人意。”即起，同诣一阁，对设两榻，香烟如云，各就寝。使妾掩帐，妾曰：“灭烛乎？”一曰“好”，一曰“留”。

久之，闻鸡声，妾报曰：“东方且明，宜亟起。”仓皇著衣，就榻盥醮。相对恋恋，授以丹两丸，曰：“服之可以辟谷延年，别卜再会②。”江与友遽趋出。一鬟曰：“未晓，且徐徐行可也。”仙送至门，凄怆而别。

二士自此不茹烟火，惟湌水果，殊喜为得际上仙。三月，往茅山，与道士刘法师语，自诧奇遇。刘曰：“以吾观之，二君精神索莫，

大染妖气。若遇真仙,当不如此。我能为君去之。"始犹不可,刘开
谕以死生之异,涣然而寤曰:"惟先生命是听。"刘命具香案,择童子
三四人立于傍,结印嘘呵。令童视案面,曰:"一圆光影如日月。"
曰:"是已。"令细窥光内,有吏兵。刘敕吏追土地至,遣擒元夕杜家
园祟物。才食顷,童云:"两妇人脱去冠帔,伏地待罪。又有数婢侧
立。"刘敕通姓名,一云张丽华,一云孔贵嫔,尽述向者之本末。刘
曰:"本合科罪,念其尝列妃嫒,生时遭刑。而于二君亦不致深害,
只责状而释之足矣。"二士拜谢而去,复能饮馔如初。

【注释】①内家,指皇家宫内。　　②"卜",原本作"不",据本条出处宋
洪迈《夷坚支志庚》卷八"江渭逢二仙"条改。

卫　芳　华

延祐初,永嘉滕生名穆,年二十六。美风调,善吟咏,为众所推
重。素闻临安山水之胜,思一游焉。甲寅岁科举之诏兴①,遂以乡
书赴荐。至则侨居涌金门外,无日不往来于南北两山及湖上诸刹,
灵隐、天竺、净慈、宝石之类,以至玉泉、虎跑、天龙、灵鹫、石屋之
洞,冷泉之亭,幽涧深林,悬崖绝壁,足迹殆将遍焉。

七月之望,于曲院赏莲,因而宿湖,泊舟雷峰塔下。是夜月色
如昼,荷香满身,时闻大鱼跳掷于波间,宿鸟飞鸣于崖际。生已大
醉,寝不能寐,披衣而起,延堤观望。行至聚景园,信步而入。时宋
亡已四十年,园中台馆如会芳殿、清辉阁、翠光亭,皆已颓毁,惟瑶
津西轩岿然独存。生至轩下,凭阑少憩。

俄见一美人先行,一侍女随之,自外而入,风鬟云鬓,绰约多
姿,望之殆若神仙。生于轩下屏息,以观其所为。美人言曰:"湖山
如故,风景不殊。但时移世换,令人有《黍离》之悲尔。"行至园北太
湖石畔,遂咏诗曰:"湖上园亭好,重来忆旧游。征歌调《玉树》,阅

舞按《梁州》。径狭花迎辇，池深柳拂舟。昔人皆已没，谁与话风流？"生放逸者，初见其貌，已不能定情，及闻此作，技痒不可复禁，即于轩下续吟曰："湖上园亭好，相逢绝代人。姮娥辞月殿，织女下天津。未会心中意，浑疑梦里身。愿吹邹子律，幽谷发阳春。"吟已，趋出赴之。美人亦不惊讶，但徐言曰："固知郎君在此，特来寻访耳。"生问其姓名，美人曰："妾弃人间已久，欲自陈叙，诚恐惊动郎君。"生闻此言，审其为鬼，亦无所惧。因问之，乃曰："芳华，姓卫。故宋理宗朝宫人，年二十四而殁，殡此园之侧。今晚因往演福堂访贾贵妃，蒙延坐久，不觉归迟，致令郎君于此久待。"即命侍女曰："翘翘可于舍中取裀席酒果来，今夜月色如此，郎君又至，不可虚度，可便于此赏月也。"翘翘应命而去。

须臾，携紫氍毹铺于中庭，设白玉碾花樽、碧琉璃盏，醪醴馨香，非世所有。与生谈谑笑咏，词旨清婉，复命翘翘歌以侑酒。翘翘请歌柳耆卿《望海潮》辞，美人曰："对新人不宜歌旧曲。"即于座上自制《木兰花慢》一阕，命翘翘歌之。曰："记前朝旧事，曾此地，会神仙。向月地云阶，重携翠袖，来拾花钿。繁华总随流水，叹一场春梦杳难圆。废港芙蕖润露，断堤杨柳摇烟。　　两峰南北只依然，辇路草芊芊。怅别馆离宫，烟销凤盖，波没龙船。平日银屏金屋，对残灯无焰夜如年。落日牛羊陇上，西风燕雀林边。"歌毕，美人潸然垂泪。生以言慰解，仍微词挑之，即起谢曰："姐谢之人，久为尘土。幸得奉事巾栉，虽死不朽。且郎君适间诗句，固已许之矣。愿吹邹子之律，而一发幽谷之春也。"生曰："向者之诗，率口而出，实本无意，岂料便成谶语。"良久，月翳西垣，河倾东镇，即命翘翘撤席。美人曰："敝居僻陋，非郎君之所处。只此西轩可也。"遂携手而入，假寐轩下。交会之际，无异于人。将旦，挥涕而别。

至昼，往访于园侧，果有宋宫人卫芳华之墓。墓左一小丘，即翘翘所瘗也。生感叹逾时。迨暮，又赴西轩，则美人已先至矣，迎谓生曰："日间感君相访，然而妾止卜其夜，未卜其昼，故不敢奉见。

数日之后,当得无间尔。"自是则无夕不会。经旬之后,白昼亦见,生遂携归所寓安焉。

已而生下第东归,美人愿随之去。生问:"翘翘何以不从?"曰:"妾既奉侍君子,旧宅无人,留其看守尔。"生与之同归。乡里见视,姑诘之曰:"娶于杭郡之良家。"众见其举止温柔,言词慧利,信且悦之。美人处生之室,奉长上以礼,待婢仆以恩,左右邻里俱得其欢心。且又勤于治家,洁于守己,虽中门之外,未尝轻出。众咸贺生得内助。

荏苒三岁,当丁巳年之初秋,生又治装赴浙省乡试,行有日矣。美人请于生曰:"临安,妾乡也。从君至此,已阅三秋,今愿侍偕行,以顾视翘翘。"生许诺。遂赁舟同载,直抵钱塘,僦屋以居。至之明日,适值七月之望。美人谓生曰:"三年前曾于此夕与君相会,斯适当今日之期,欲与君同赴聚景,再续旧游,可乎?"生如其言,载酒而往。至晚,月上东垣,莲开南浦,露柳烟篁,动摇堤岸,宛然昔时之景。行至园前,则翘翘迎拜于路首,曰:"娘子陪侍郎君,邀游城郭,首尾数年,已极人间之欢,独不记念旧居乎?"三人入园,又至西轩而坐,美人忽垂泪告生曰:"感君不弃,得侍房帏,未遂深欢,又当永别。"生曰:"何故?"对曰:"妾本幽阴之质,久践阳明之世,甚非所宜。特以与君有宿世之缘,故冒犯律条,以相从尔。今而缘尽,自当奉辞。"生惊问曰:"然则何时?"对曰:"止在今夕尔。"生凄惋不已。美人曰:"妾非不欲终事君子,永奉欢娱,然而程命有限,不可逾越。若顾迟留,须当获戾,非止有损于妾,亦将不利于君。岂不见越娘之事乎[②]?"生意稍悟,然亦悲伤感怆,彻晓不寐。及山寺钟鸣,水村鸡唱,急起与生为别,解所御玉指环系于生之衣带,曰:"异日见此,无忘旧情。"遂分袂而去。然犹频频回顾,良久始灭。生大恸而返。翼日,具肴醴、焚楮锭于墓下,生作文以吊之,从此遂绝矣。生独居旅邸,如丧配偶,试期既迫,亦无心入院,惆怅而归。亲党问其故,始具述之,众咸叹异。生自是终身不娶,入雁荡山采药,遂不复还,不知所终。

【注释】①"诏",原本作"绍",据本条出处明瞿佑《剪灯新话》卷二"滕穆醉游聚景园记"改。　②宋刘斧《青琐高议·别集》卷三有钱易《越娘记》,言宋时书生杨舜俞偶遇唐时战乱而死的女鬼越娘。杨生掘出越娘枯骨,以礼下葬。越娘之鬼前来拜谢,二人欢好,但越娘警告不宜多聚,恐伤身体。杨生不听,以致卧病,几不起。越娘为侍汤药,及生病愈,越娘不复出现。

花　丽　春

天顺间,邹生师孟,字宗鲁,庆元县人。年二十一,丰姿韶令,长于吟咏。素闻杭州山水之胜,遂令仆携囊以往。凡遇胜迹名山,琳宫梵宇,无不登临。又闻会稽天下奇观,策马往游,爱其秀丽,下马步行,进不知止。顷间,斜阳归岭,飞鸟争巢,天色将晡,退不及还。正踟蹰间,忽睹丛林中灯光外射,生意为庄农所居,疾趋至彼,则嵬然巨室也。街衢整洁,松竹郁茂。

俄一青衣童子自内而出,邹生前揖之,因假宿焉。青衣入报,出致主母命,延入。遥望中堂,有少年美人,盛妆危坐,颜色如花。见生,降榻祇迎。相见之后,毕茶,酒继至。美人叩生乡贯姓名,毕,生亦叩之。美人颦蹙曰:"妾本姓花,名丽春,临安人也,侨居此二百馀年。先夫赵禥,表字咸淳,娶妾十年而卒。妾今寡居,曾设誓有人能咏四季宫词称妾意者,不论门户,即与成婚。杳无其人,不知先生能之乎?"生曰:"但恐拙笔有污清听。"遂濡笔吟四绝云:"花开禁院日初晴,深锁长门白昼清。侧倚银屏春睡醒,绿杨枝上一声莺。""锁窗倦倚鬓云斜,粉汗凝香湿绛纱。宫禁日长人不到,笑将金剪剪榴花。""桂吐清香满凤楼,细腰消瘦不禁愁。朱门深闭金环冷,独步瑶阶看女牛。""金炉添炭烛摇红,碎剪琼瑶乱舞风。紫禁孤眠长夜冷,自将锦被傍薰笼。"美人览毕,夸其敏妙,因曰:

"妾不违誓,愿托终身,君亦不可异心。"生起致谢。已而夜静酒阑,入室就寝。自是情好日密。每旦,令生居于宅内,不容出外。

将及一年,忽语生曰:"本期与君偕老,不料上天降罚,祸起萧墙。尽此一宵,明当永别。君宜速避,不然祸且及君。"生固问之,美人终不肯言,但悲咽流涕而已。生以温言抚慰,复相欢狎。美人长叹,吟一律云:"倚玉偎香甫一年,团圆却又不团圆。怎消此夜将离恨,难续前生未了缘。艳质馨成兰蕙土,风流尽化绮罗烟。谁知大数明朝尽,人定如何可胜天!"

次日黎明,美人急促生行,生再三留意,不胜悲怆。行未数里,忽然玄云蔽空,若失白昼。生急避林中。少顷,雷雨交作,霹雳一声,火光遍天。已而云散雨收,生复往其处视之,无复华屋,但见道傍古墓为雷所震,骸骼震碎,中流鲜血。生大恐惧,急寻旧路回至寓所,询问乡人,曰:"此处闻有花丽春者,乃宋度宗妃嫔。其墓在此山之侧。"生因忆其言,所谓姓赵名禥,即度宗之讳,而咸淳乃其纪年。又况宋之陵寝,俱在此山。自宋咸淳至我朝天顺,实二百馀年,其怪即此无疑矣。急治装具,回至庆元县,备以前事白之于人,众皆惊异。生感其情,不复再娶。后修炼出家,入天台山不返。[1]

【注释】[1]此条采自明王世贞《续艳异编》卷十三"游会稽山记"。

郑　婉　娥

洪武初,吴江沈韶,年弱冠,美姿容。诗学萨天锡,字学边伯京,皆为时辈所称许。尝和天锡《过嘉兴诗》韵,题《吴中怀古》。天锡诗云:"七泽三江通甫里,杨柳芙蓉映湖水。阊门过去是盘门,半卷珠帘画楼里。""蘼芜生遍鸳鸯沙,东风落尽棠梨花。馆娃香径走麋鹿,清夜鬼灯笼绛纱。""三高祠下东流续,真娘墓上风吹竹。西施去后屧廊倾,岁岁春深烧痕绿。"韶和云:"东南形胜繁华里,一片笙箫沸江水。小姬白苎制春衫,桂楫兰桡镜光里。”“舞台歌榭临鸥沙,粉墙半出樱桃花。采香蝴蝶飞不去,扑落轻盈团扇纱。”“美歌《子夜》凭谁续,柳阴吹散柯亭竹。范蠡扁舟去不回,惟有春波照人绿。”他诗皆类此。

　　然以家富,不欲仕。人知其然,复利其贿,或欲举为孝廉,或欲保为生员,旁午纷纭①,殊无宁日。韶虽不吝于财,实厌其挠,乃谋于妻兄张氏,欲远游以避之。乃拉中表陈生、梁生,乘峨舸②,载重赀,遨游襄汉。次九江府,爱匡庐之秀,览彭蠡之清,留连郡郭,吊古寻幽。众稍讥之,韶不恤也。因叹曰:“吾侪幸家富年少,粗知文墨,兹行盖避人耳,岂能效王戎辈执牙筹屑屑计刀锥之利哉③!”游益数。

　　偶秋雨新霁,水天一色。韶偕梁、陈二生同访琵琶亭④,吟白司马“芦花枫叶”之篇,想京城女“银瓶铁骑”之韵,引睇四望,徘徊久之。于时月明风细,人静夜深,方取酒共酌,闻月下仿佛有歌声,乍远乍近,或高或低。三人相顾错愕。梁生戏曰:“得非商妇解事乎?”韶曰:“尔时乐天尚须‘千呼万唤’,今日岂得容易呈身哉?”陈生曰:“老大蛾眉,琵琶哀怨,纵使尊前轻笼慢撚,适足以增天涯沦落之感,岂能醉而成欢耶?”韶曰:“且静听之。”良久而寂。酒罢回船,竟莫知其何故。

　　独韶迭宕,好事多情,翼日往究其实。踌躇之间,了无所见。兴阑体倦,方欲言还,忽奇香馥郁,缥缈而来。韶异之,延伫以俟。茶顷,一丽人宫妆艳饰,貌类天仙。二小姬前导,一持黄金吊炉,一抱紫罗绣褥,冉冉登阶。意必贵家宅眷临赏于此,隐壁后避之。小姬铺褥庭心,丽人席地而坐。顾姬曰:“何得有生人气,无乃昨夕狂客在是乎?”韶惧其搜索,趋出拜见,且谢唐突。丽人曰:“朝代不同,又无名分,何唐突之有? 但诸郎夜来谈笑,以长安娟女、浮梁商妇见目,无亦太过乎?”韶仓卒莫知所对。丽人呼使同裀,辞让再四,固命之,乃就席。因问姓氏,丽人曰:“欲陈本末,惧骇君听。然吾非祸于人者,幸勿见讶。妾伪汉陈主婕好郑婉娥也[5],年二十而死,殡于近亭。二侍女一名钿蝉,一名金雁,亦当时之殉葬者。"韶素有胆气,兼重风情,不以为怪也。丽人曰:"妾沉郁独居,无以适意,每于此吟弄,聊遣幽怀。讵意昨宵为诸郎所据,败兴,浩歌而返。今幸对此良宵,复遇佳客,足以偿矣。"使钿蝉归取酒肴,饮于亭上。自歌其词,曰:"郎忆之乎?即昨日所讴之《念奴娇》也。"词曰:"离离禾黍,叹江山似旧,英雄尘土。石马铜驼荆棘里,阅遍几番寒暑。剑戟灰飞,旌旗乌散,底处寻楼艒?喑呜叱咤,只今犹说西楚。 憔悴玉帐虞兮,灯前掩面,泪交飞红雨。风辇羊车行不返,九曲愁肠慢苦。梅瓣凝妆,杨花翻曲,回首成终古。翠螺青黛,绛仙慵画眉妩。"

歌竟,劝韶尽饮。数杯后,韶豪态逸发,议论风生,与丽人谈元末群雄起灭事,历历如目睹。且询陈主行事之详,丽人凄然,泣数行下。泣已,收泪曰:"且谈风月,不必深言,徒令人怀抱作恶耳。"因口占一诗曰:"凤舰龙舟事已空,银屏金屋梦魂中。黄芦晚日空残垒,碧草寒烟锁故宫。隧道鱼灯油欲尽,妆台鸾镜匣长封。凭君莫话兴亡事,泪湿胭脂损旧容。"诵毕索和。韶即依韵赓以酬之,曰:"结绮临春万户空,几番挥泪夕阳中。唐环不见新留袜,汉燕犹馀旧守宫。别苑秋深黄叶坠,寝园春尽碧苔封。自惭不是牛僧孺,也向云阶拜玉容。"丽人喈喈曰[6]:"可谓知音!"于是促席畅饮,共宿于庭,相与媾欢,一如人世。

少焉,天上乌啼[7],城头鼓歇,两人扶携而起,曰:"今夕当归舍中,谋为久计,不宜风眠露宿,贻俗子辈嗤笑。"韶颔之,亟返逆旅,则陈、梁二生紧候开舟。乃诒曰:"昨得家书,促回甚急,必有他故,不得同行矣。"二生信之,执手而别。韶是晚再去,金雁已先在矣,遂导过亭北竹阴中,半里馀,见朱门素壁,灯烛交辉。才及重堂,丽人迎笑,出紫玉杯饮韶,曰:"此吾主所御,今以劝郎,意亦不薄矣。"

宿留月馀,不啻胶漆。一夕,丽人语韶曰:"妾死时,伪汉方盛,主宠复深,故玉匣珠襦,殡送极一时之富贵,幽宫神道,坟茔备一品之威仪。是故五体依然,三魂不昧。向者庐君爱女、南极夫人偶此嬉游⑧,授妾以太阴炼形之术。为之既久,不异生人。夜出昼藏,逍遥自在。君宜就市求青羊乳半杯,勤勤滴妾目中,乳尽眼开,百日可起。"韶如言求乳,以滴其两眦。屈指三旬,欻然能步。或同携素手,游衍隧中;或并倚香肩,笑歌亭上。韶迷恋情深,乡间念浅。春来秋去,四载于兹。

是年冬初,丽人无故忽潸然泪下,悲不自胜。怪而问之,初则隐忍弗言,继则举声大恸。韶慰解万方,乃一启齿,曰:"与郎冥契,尽在来朝,故不觉悲伤至此耳。"韶闻言凄惶感怆,欲自缢于隧间。丽人不可,曰:"郎阳寿未终,妾阴质未化。倘沉溺世缘,致君非命,冥司必加重谴。兼之定数,举莫能逃,纵曰舍生,亦为徒死。"韶乃止。金雁、钿蝉辈亦依依不忍舍,咸设饮食,与韶送程。既晓,丽人奉赤金条脱一双,明珠步摇一对,付生曰:"表诚寓意,睹物思人,再会无期,愿郎珍重。"亲送至大门之外,掩袂障面而还。韶犹悲不自已,残泪盈眸。顾盼之间,失其所在。乃重寻原店,收拾归家。

数月,梁生至自襄阳,陈生客死房县,方咎韶负约,韶密以告,弗信也。出条脱、步摇示之,乃惊曰:"此非尘土间物,奇宝也,诚子之遇仙矣。"知此事者,惟梁生一人,故生有《琵琶佳遇诗》,并附于此。诗云:"忆昔少年日,加冠礼初成。春衣紫罗带,白马红繁缨。吴中自昔称繁华,回环十里皆荷花。窥红问绿谢游冶,与余共泛星河槎。星槎留连盆浦边,空亭醉访琵琶弦。银篦击节不堪问,锦袜生尘殊可怜。庐山月下犹未去,娉婷玉貌湖边遇。追随钿雁双娇娆,直入金屏最深处。春风东来绽牡丹,洞房香雾瀜椒兰。含情惯作云雨梦,鸳枕生愁清夜阑。前朝佳丽夸环燕,图出千人万人羡。太真颜色赵姬肤,绣帐悬灯几回见。情缘忽断两分飞,归来如梦还如痴。缥囊留得万金赠,凄凉忍看徒伤悲。徒伤悲,难再得。当初若悟有分离,此生何用逢倾国?"

韶从此不复再娶，投礼道士周玄初为师，授五雷斩勘之法，往来两浙间，驱邪治病，祷雨祈晴，多有应验。后失所在。近有人于终南及嵩山诸处见之，疑其得道云。

伪吴张士诚，其故宫，今苏郡王府基是也。城破时，士诚驱后宫美人登齐云楼，纵火焚之。百馀年内，经此地者，往往见楼阁参差，美人成队，笑咏其中，多有被其迷惑者。今久已寂然，而风雨之夜，人犹畏之。

【注释】①旁午，杂乱扰攘。　②"舸"，原本作"轲"，据本条出处明李昌祺《剪灯馀话》卷二"秋夕访琵琶亭记"改。　③王戎，魏晋间人。幼而颖悟，神彩秀彻。而性好兴利，积实聚钱，不知纪极，每自执牙筹，昼夜算计，恒若不足。虽为竹林七贤，而为后人所鄙。　④琵琶亭，在今江西九江。因白居易《琵琶行》一诗而造，自唐即有。　⑤伪汉陈主，即陈友谅。⑥啧啧，赞叹之声。　⑦"乌啼"，原本作"啼乌"，据出处改。　⑧庐君，即庐山君，庐山之神。南极夫人，女仙，有说为王母之女者。

越　王　女 <small>以下才鬼</small>

汉时，王朗为会稽太守①，子肃随之郡，住东斋。中夜有女子从地出，称越王女，与肃语②。别，赠墨一丸。肃方欲注《周易》，因此便觉才思开悟。见稗史。

【注释】①王朗，汉末、曹魏大臣。其子王肃为经学大师。　②"语"，原本作"晚"，据本条出处《太平御览》卷六百零五引顾野王《舆地志》改。

李　阳　冰　女

唐李阳冰知缙云日①，有女英华。死，遂葬县后山中。地灵，至宋能为祟，与邑人陈生为夫妇，引之游鼎湖②，唱和之诗号《英华集》。人欲害之者辄得祸。后一知县掘其墓，得尸如生，焚之而绝。

【注释】①李阳冰，唐玄宗时人，官至国子监丞。篆书为后世称为李斯之后第一人。　②鼎湖，传说为黄帝升天之处，一说在今广东肇庆，一说在河南灵宝，皆附会也。

薛　涛

五羊田洙①，字孟沂。洪武十七年甲子四月，随父百禄赴蜀成都教官。洙清雅有标致，书画琴棋，靡所不晓。诸生日与嬉游，爱之过于同气②。凡远近名山胜境，吟赏迨遍。尝曰："吾平生懒事声利，但常得好处登临足矣。"明年秋，百禄将遣回，洙母不忍舍，乃曰："儿来未久，奈何便去？且官清毡冷，路费艰难，公宜三思。"百禄乃谋于诸生之亲厚者，使开馆于民间③。一则自可读书进学，一则藉俸金为归计。诸生深幸洙留，遂荐于负郭大姓张氏④。次岁丙寅正月十八日，设帐庠序，朋好群送以往。张大喜开宴，待为上宾，且媚百禄曰："令嗣晚间免回，可令就宿舍下。"百禄许之。

至二月花晨，洙鲜衣归省。偶经一所，境甚幽偏，山下皆桃树，花方盛开。洙爱之，伫立徘徊。忽见桃林中一美人延伫花下，洙不敢顾而去。后复经从，美人必在门首。一日洙过，偶遗所得俸金，美人命婢拾以还洙。洙感激，明日诣谢。至门，丫鬟入报曰："前遗金郎来矣。"请入内厅，美人出相见，笑问曰："君非张运使宅西宾乎？"洙曰："然。"且谢还金事。美人曰："张氏一家亲戚，彼西宾即我西宾，奚谢为？"洙起揖曰："敢问夫人名阀为谁？与敝东何亲？"美人曰："夫为平姓，成都故族也。姜文孝坊薛氏女，嫁平幼子康，不幸早卒，妾独孀居。"坐久，茶至再，洙辞出。美人留之曰："今夕且宿寒舍，若盛东知君在此，而妾不能为一款曲，惶愧殊甚。"即陈酒馔，设二席，与洙耦坐。坐中劝酬极至，语杂谐谑。洙以其张氏姻娅，不敢少纵。美人曰："闻君倜傥俊才，雅能赋咏，何至作儒生酸乎？妾虽不敏，亦颇解吟事。今既遇赏音，高山流水，何惜一奏？"因尽出其家所藏唐贤遗墨示洙，其中元稹、杜牧、高骈诗词手翰尤多，皆真迹，炳然如新，洙玩之不忍释手。

美人麾婢撤去旧俎，再出佳肴，中多异味，不能识。取玻璃杯酌洙，洙口占一诗曰："路入桃源小洞天，乱红飞处遇婵娟。襄王误作高唐梦，不是阳台云雨仙。"美人曰："佳则佳矣，然短章寂寥，不足以尽兴。用'落花'为题，共联一首，何如？"洙曰："谨如教。"美人首唱，曰："韶艳应难挽，芳华信易凋薛。缀阶红尚媚田，委地白仍娇薛。坠速如辞树田，飞迟似恋条薛。薄铺新蹙绣田，草叠巧裁绡薛。丽质愁先殒田，香魂痛莫招薛。燕衔归故里田，蝶逐过危桥薛。粘帙将晞露田，冲帘已起飚薛。遇晴犹有态田，经雨倍无聊薛。蜂趁低兼絮田，鱼吞细杂藻薛。轻盈珠履践田，零乱翠钿飘薛。鸟过生愁触田，儿嬉最怕摇薛。褪英浮雨涧田，残蕊漾风潮薛。积径教童扫田，沿流倩水漂薛。媚人沾锦瑟田，瀹茗入诗瓢薛。玉貌楼前堕田，冰容梦里消薛。芳茵曾藉坐田，长路或追辕薛。罗扇姬盛瓣田，筠篱仆护苗薛。折来随手尽田，带处近鬟焦薛。泥浣犹凄惨田，瓶空更寂寥薛。叶浓阴自厚田，蒂密子偏饶薛。岂必分茵席田，宁思上研硝薛。香馀何吝窃田，珮解不烦邀薛。冶态宜宫额田，痴情妒舞腰薛。妆台休浪拂田，留伴可怜宵薛。"联成，美人出小笺写之。写讫，夜已二鼓。延入寝室，自荐枕席，鱼水欢谐，极其缱绻。枕边切切叮咛洙曰："慎勿轻言。若贤东知之，彼此名节丧尽矣！"次日，以卧狮玉镇纸一枚赠洙，送至门外，曰："无事宜来，勿效薄幸也。"

洙遂诒馆东曰："老母相念之深，必令归家宿歇，不敢留此。"馆东信之。洙繇是常宿美人所，逾半年，人无知者。惟赏花玩月，举白弄琴，曲尽人间之乐。一夕与洙论诗，曰："唐人喜作回文，近时罕见。"洙曰："惟夫人柔情幽思，谈笑为之。若予荒钝，无复措辞。"美人笑曰："请试命题，以求教益。"洙遽曰："四时词也。"美人即赋诗曰:"花朵几枝柔傍砌,柳丝千缕细摇风。霞明半岭西斜日,月上孤村一树松。""凉回翠簟冰人冷,幽沁清泉夏井寒。香篆袅风青缕缕,纸窗明月白团团。""芦雪覆汀秋水白,柳风凋树晚山苍。孤灯客梦惊空馆,独雁征书寄远乡。""天冻雨寒朝闭户,雪飞风冷夜关城。鲜红炭火围炉暖⑤,浅碧茶瓯注茗清。"

洙听罢,叹其妙敏。将濡毫属和,美人曰:"正所谓木桃、琼瑶,敢望报乎!"洙答曰:"真乃是《白雪》、《阳春》,难为和耳。"亦赓四韵曰:"芳树吐花红过雨,入帘飞絮白惊风。黄添晚色青舒柳,粉落晴香雪覆松。""瓜浮瓮水凉消暑,藕浸盘冰翠嚼寒。斜石近阶穿笋密,小池舒叶出荷团。""残日绚红霜叶赤,薄烟笼树晚林苍。鸾书寄恨羞封泪,蝶梦惊愁怕念乡。""风卷云篷寒罢钓,月辉霜柝冷敲城。浓香酒泛霞杯满,淡影梅横纸帐清。"美人且读且笑,曰:"绝妙好词,但两韵俱和则善矣。"洙曰:"君子不欲多上人⑥,且输一筹耳。"

洙因曰:"蜀中山水奇胜,自昔以来,多产佳丽。若昭君、文君、薛涛辈,以夫人方之,迨亦有优劣乎?"美人曰:"昭君远嫁胡沙,卓氏当垆可耻,貌美命薄,俱受苦辛。使子遇薛涛,亦不啻如今日也。繇是言之,固为优矣。"洙曰:"涛,妓女,何敢上拟夫人? 但其容貌亦可谓难得者。余尝读秦再思《纪异录》云:高千里镇蜀,尝开宴,改一字令曰:'口,有似没量斗。'涛曰:'川,有似三条椽。'高曰:'奈何一条曲?'涛曰:'相公尚使没量斗,穷酒佐三条椽有一条曲⑦,又何足怪?'妇人敏捷诚未易比。"美人曰:"子知其然而不知其所以然,此特戏笑之语尔。若其'水国蒹葭夜有霜,月寒山色共苍苍。谁云万里自今夕,离梦杳如关塞长'之作,可以伯仲杜牧。而尤善制小笺,至今蜀人号'薛涛笺'。而子以妓女薄之,非知涛者也。"后洙馈以北珠耳珰一副,美人谢曰:"谨当佩服,永以为好。"

久之,洙以母病,遂辍讲,归侍汤药。如此三月馀,方愈。美人讶其久不来,恐有他遇,乃作《折齿曲》怨之。会洙母疾愈,复入斋⑧。是夕即造美人所，美人迎谓曰：“何别久也？”洙以实告，美人曰：“三月不违人⑨，今违人三月矣。”洙戏之曰：“三月不知肉味⑩，知肉味在今夕矣。”谈谑间，出前曲示洙。曲曰：“黑铅铸剑难为锋，碧茇制衣宁御风。饮漆阿胶忽纷解，清尘浊水何繇逢？”“请看绿草南园蝶，并宿花房花亦悦。鸳鸯头白不相离，那学秋胡便长别？”“东邻美女红玉梭，雪缕凤机成素罗。雨意云情肯轻许，纵然折齿将如何。”“深深永巷闲风月，锦帐兰缸泪如血。血点年深久尚红，至今洒在同心结。”

　　洙爱其才色，眷恋愈深。美人亦重洙文采，倾竭不吝。谓洙曰：“向时联句，未尽高情。今夕当轻弹谩舞，浅酌微吟，再成一首，庶见吾二人勍敌也。”乃以睡鸭炉香，红虬脯荐酒，钩帘望月，并坐前楹。洙曰：“昔韩昌黎与孟郊有《城南联句》、《斗鸡》、《石鼎》、《秋雨》等作，宏词险韵，脍炙人口。今兹之赋，宜命作《月夜联句》，以五十韵为率。夫人然之否乎？”美人曰：“吾意也。”洙乃请美人先赋，曰：“庭月如铺练薛，池星似撒棋田。天空河影澹薛，时换斗梢移田。梨枣低垂树薛，藤萝密护篱田。草纷萤火乱薛，干偃鸟巢欹田。怪石形疑魅薛，芳花色胜姬田。髹盆凉沁水薛，纨扇净摇飔田。双陆收骰局薛，琵琶上练丝田。砌蛩声远近薛，檐马响参差田。银作弹筝甲薛，鼍为冒鼓皮田。秋筠斜织簟薛，暑葛薄裁絺田。宿雁栖还起薛，飞禽下复疑田。地幽尘阒静薛，城远漏透迟田。窈窕来红拂薛，雍容识紫芝田。缘深天作合薛，誓重鬼难欺田。幸矣逢良夕薛，艰哉遇少时田。殷勤酬契阔薛，倾倒极淋漓田。莲实瑶琴轸薛，荷筒碧酒卮田。鲙呼能婢斫薛，瓶唤小鬟持田。壳破开螃蟹薛，虿腥啖蛤蜊田。菱烦纤手剥薛，肉拔利刀批田。令急觥行速薛，讴清曲度迟田。劝酬兼尔汝薛，讲论杂乎而田。冷脆尝瓜果薛，咸酸啜醯醢田。艳杯浮琥珀薛，异器捧玻璃田。熊掌停犀箸薛，酥汤进蜜脾田。渴来思茗好薛，酣后忆冰宜田。妙句联将就薛，狂心生已驰田。歌筵浑可罢薛，卧具早教施田。不用寻桃叶薛，那须听竹枝田。媚人莺语滑薛，恼醉蝶情痴田。咳处珠旋唾薛，颦时黛蹙眉田。钗横金溜鬓薛，钏冷粟生肌田。小小真能谴薛，盼盼最解诗田。风流云雨梦薛，宛转艳阳词田。步缓腰肢袅薛，鬟低耳语私田。夜香防窃听薛，午浴避潜窥田。绣履含羞脱薛，银灯带笑吹田。素罗床畔解薛，粉汗枕前滋田。暖玉绡笼笋薛，春葱指露锥田。云偏松绿发薛，浪飐动青帏田。狎态堪归画薛，娇颜可疗饥田。袜尘新舞浣薛，鬓腻宿油脂田。荀鹤高文誉薛，崔莺艳世姿田。未夸连蒂好薛，只羡并头奇田。何处空题叶薛，谁家谩结褵田。漆胶当自固薛，衽席只余知田。慎勿萌嫌隙薛，毋令惜别离田。芝兰同臭味薛，松柏共襟期田。永奉闺房乐薛，长陪楮墨嬉田。泰山如作砺薛，此志莫教亏田。"

他日，洙馆东偶过泮宫①，因劝百禄曰："令嗣每日一归，不胜匍匐。俾之仍宿寒舍，岂不便益？"百禄曰："从开馆之后，一向只寓公家。前者因其母病，暂辍一季耳。后并不曾回，何言之谬也？"张大骇，不敢尽其辞而出。是晚，洙亦告归，张潜使人视其所往，及途半，不复见矣。走报，张急遣人入城问百禄，无有也。意其少年放逸，必宿花柳。然思此处又无妓馆，大以为怪。明旦洙来，张问曰："昨宵宿于何处？"曰："家间耳。"张曰："非也，某已令人踪迹先生，莫测所诣，学中亦不见。"洙诳曰："因过一朋友处，谈话良久，抵家暮矣。"张知其诈，呼追洙仆使面证之。洙叱曰："汝到吾家，随即出城，比吾归，汝已去矣。何得妄言？"仆曰："我昨夜宿先生家，今日早饭罢方回。老广文亦甚惊讶②，要自来相寻。"洙窘甚，颜色陡变。张曰："先生如有私眷，当以实告，勿隐也。"洙弗能讳，乃具道本末，且愧谢曰："此令亲见留，非贱子辄敢无礼。"张曰："吾家何尝有亲戚在此？况诸房姊妹亦无平姓者，必祟也！今当自爱，不宜复往。"洙唯唯而已。私诣美人道此意，比至，美人已知，曰："郎勿怨，盖冥数尽于此也。"与洙宿，且叙欢情。戒晓，美人谓洙曰："从此一别，后会难期，无以将意。"乃出墨玉笔管一枝为贶，云："此旧物也，郎慎藏之。"遂饮泣而别。

张料洙是夕必复去,觇之,果不在馆。因入谓其妻曰:"西宾此事,不可不使其父母知之。"乃以洙所为备告百禄。百禄大怒,呼归,杖之。洙遂吐实,且出所得玉镇纸、玉笔管及联句诸诗,百禄取视,管上刻"渤海高氏文房清玩"。乃谓张曰:"物既珍奇,诗又俊逸,必非寻常作也。"呼洙同往穷之。将近,遥指曰:"在此。"至则漫非前景。屋宇俱无,但水碧山青,桃株依旧。张谓百禄曰:"是矣。此地相传唐妓薛涛所葬,后人因郑谷《蜀中诗》有'小桃花绕薛涛坟'之句,遂树桃百株,为春时游赏之所。贤郎佳遇,必涛也。且所谓'平幼子康'者,乃'平康巷'也。'文孝坊'者,城中亦无此额。而'文'与'孝'合,为'教'字,谓'教坊',唐妓女所居。涛为蜀乐妓,故居教坊也。况管上字刻'高氏清玩',则唐西川节度使高骈千里所赠。当骈镇蜀,涛于诸妓中最蒙宠侍,笔与镇纸皆骈所赐,其为涛之灵无疑,而物出于骈者审矣。"百禄甚以为然。然恐其终为所惑,急遣还广中。宝藏数物,常以示人。后二年,洙亦入学为生员,中洪武甲戌进士,授山东曹县知县,竟亦无他焉。

　　按:薛涛,字洪度。本长安良家女。父郧,因官寓蜀而卒,母养涛及笄,以诗闻。侨止百花潭。涛八九岁知声律,其父一日坐亭中,指井梧示之曰:"庭际一梧桐,耸干入云中。"令涛续之,应声曰:"枝迎南北鸟,叶送往来风。"父愀然。及韦皋镇蜀,召令侍酒赋诗,因入乐籍。与元微之最善,事高千里最久。涛殁时年七十馀矣,岂为鬼而反稚耶? 进士杨蕴中得罪,下成都府狱,夜梦一妇人,虽形貌不扬,而言词甚秀,曰:"吾薛涛也,顷幽死此室。"乃赠蕴中诗曰:"玉漏深长灯耿耿,东墙西墙时见影。月明窗外子规啼,忍使孤魂愁夜永。"涛老年佞佛,不闻有幽死事。此不可解。

【注释】①五羊,广州别称。　　②同气,兄弟姐妹。　　③开馆,开设学馆,即私塾。　　④负郭,邻近城郭之乡。　　⑤"围炉",原本作"炉围"，据本条出处明李昌祺《剪灯馀话》卷二"田洙遇薛涛联句记"改。
⑥上人，陵驾于人之上。"君子不欲多上人"，出自《左传》桓公五年。
⑦穷酒佐，薛涛自称。　　⑧入斋，进入学堂。　　⑨《公羊传》定公十年：
"孔子行乎季孙，三月不违。"　　⑩《论语·述而》："子在齐，闻《韶》，三月
不知肉味。"　　⑪馆东，学堂的东家。　　⑫广文，即广文先生，府县各级
学官都可称广文。此指田洙之父。

刘 府 君 妻 以下冢墓之鬼

　　长白山西有夫人墓①。魏孝昭之世②，搜扬天下才俊③，清河崔
罗什，弱冠有令望，被征诣州，道经于此。忽见朱门粉壁，楼台相
望。俄有一青衣出，语什曰："女郎愿见崔郎。"什恍然下马，入两重
门，内有一青衣通问引前。什曰："行李之中，忽蒙厚命，素既不叙，
无宜深入。"青衣曰："女郎乃平陵刘府君之妻，侍中吴质之女④。府
君先行⑤，故欲相见。"什遂前，入就床坐。

　　其女在户东立，与什叙温凉。室内三婢秉烛，女呼一婢，令以
玉夹膝置什前⑥。什素有才藻，颇善讽咏，虽疑其非人，亦惬心好
也。女曰："比见崔郎息驾庭树，喜君吟啸，故求一叙玉颜。"什遂问
曰："魏帝与尊公书，称尊公为元城令⑦，然否也？"女曰："家君元城
之日，妾生之岁。"什仍与论汉魏时事，悉与魏史符合，言多不能备
载。什曰："贵夫刘氏，愿告其名。"女曰："狂夫刘孔才之第二子，名
瑶，字仲璋，比有罪被摄，乃去不返⑧。"什下床辞出。女曰："从此十
年，当更相奉。"什遂以玳瑁留之，女以指上玉环赠什。什上马，行
数十步，回顾，乃见一大冢。

　　什届历下，以为不祥，遂请僧为斋，以环布施。天统末，什为王
事所牵，筑河堤于桓家冢，遂于幕下语斯事于济南奚叔布，因下泣
曰："今岁乃是十年，如何也作罢？"什在园中食杏，忽见一人，唯云：
"报女郎信。"俄即去，食一杏未尽而卒。什二为郡功曹，为州里推

重,及死,莫不伤叹。

【注释】①长白山,在山东邹平西南。　　②孝昭帝为北齐高演,"魏"字应误。　　③"才俊"二字原本缺,据本条出处唐段成式《酉阳杂俎·前集》卷十三补。本条讹漏较多,下径改不出校。　　④吴质,汉末时任元城令,为曹丕密友,入魏官至侍中。　　⑤先行,指去世。　　⑥夹膝,伏几之具,便于书写。多为竹制。　　⑦曹丕为魏王世子时,即与吴质交厚。曹丕《与吴质书》为书札名篇。　　⑧刘劭,字孔才,魏文帝时为散骑侍郎,明帝时为陈留太守。《全唐文》卷一百七十二有"户部侍郎韦珍奏"一条,中有"刘孔才矫制征兵,促黎元之残丧"语,似刘劭生时即有罪犯,然史书未载。另,《太平广记》卷三百一十九"苏韶"条引王隐《晋书》:"刘孔才为太山公,欲反,擅取人以为徒众。北帝知孔才如此,今已诛灭矣。"则又似刘劭死后为冥神太山公,欲反于冥界,而取生人之魂以为徒众,遂为冥界主神北帝所诛灭。本文所言应指冥界之事。

吕使君娘子

淳熙初,殿前司牧马于吴郡平望,归途次临平。众已止宿,后军副将贺忠与四卒独在后三里,至蒋湾迷失道。询于田父,曰:"可从左边大路行。"方及半里,遇柏林中一大第,系马数匹,皆驵骏可爱。问阍者曰:"此谁居之?"曰:"前邕州吕使君,今已亡,但娘子守寡。"又问:"马欲卖乎?"曰:"正访主分付。"于是微赂之,使入报。良久,娘子者出,澹装素裳,翛翛然有林下风致,年将四十,侍妾十数人,延坐瀹茗。扣所欲,以马对。笑曰:"细事也。"俄而置酒张筵,歌舞杂奏。既罢,邀入房,将与寝昵。贺自以武夫朴野,非当与丽人偶,固辞。娘子叹曰:"吾嫠居十年,又无子弟,只同群婢苟活。今夕不期而会,岂非天乎?宜勿以为虑。"遂留馆。凡三夕始别,赆以五花骢及白金百两,四卒各沾万钱之贶。又云:"家姐在净慈寺西畔住,倩寄一书。"握手眷眷而退。

贺还日，违军期，且获罪，窘怖无计，奉马献之主帅，托以暴得疾，故迟归。帅见马，喜而不问，仍升为正将。越数日，持书至湖上，果于净慈西松径中至姊宅，相见如姻亲，仍约明日再集。亦留与乱。金珠币帛，捆载以归。自是每三四日一往，贺妻以获财之故，一切弗问。

尝往欢洽迫暮，外报吕令人来。姊失色，然无以拒。既至，三人共坐。令人者招贺入小阁，峻责之。贺拜而谢过，哀恳再三，乃释。经半岁，贺妻亡，窆窀之费，皆出于吕氏。乃凭媒妁纳币娶为继室。

逾三年，贺亦亡。先有三子，一居廛市，二从军。令人诣府投牒，分橐装遗之，而乞身去姊家同处。明年寒食，贺子上父冢，因访姊家。姊云："妹已归临平矣。"又明年，复诣其处，宅舍俱不知所在，唯松林内有两古坟。贺子悲异，瞻敬而去。[1]

【注释】[1]此条采自宋洪迈《夷坚支志甲》卷三"吕使君宅"条。

钱　履　道

钱履道，字嘉贞，京兆咸阳人。北虏皇统中[1]，游学商、虢。过鄠县，贪程不止，独一仆相随。天曛黑，不复辨路，信马行到一大宅，扣门将托宿。遇小妾从内出，惊语之曰："此地近多狼虎，岂宜夜涉？"钱曰："适不意迷涂，敢求栖寓一席之地，但不知为何大官宅第？"妾曰："是河中府尹张相公之居。相公薨，惟夫人在，须禀命乃可。"遂入白之。

少顷，延客相见。高堂峻屋，明烛盈前，已罗列杯盘。夫人容色端妍，冠服华盛，便与同宴。侍儿歌舞之妙，目所未睹。钱自谓奇遇，若游清都，情思荡摇，莫知身世之所在，拱手敬坐，不轻交一谈。诸人以为野鬟，相视笑侮。罢席就枕。俄而烛至，夫人者复来,众拥之登床。钱趋下辞避,强之再三,于是共寝。明旦,留之饭。钱本漂泊旅人,既称惬怀抱,累日不言去。

一夕,正欢饮间,闻户外传呼声,忽报云:"相公且至。"夫人遽起,诸妾皆奔忙而散。钱窜伏暗室,不敢喘息,因假寐②。久之,狐噪鸦噪,东方既明,人屋俱亡,但卧于棘丛古冢耳③。狼狈而出,逢耕夫,始得官道。衣上馀香芬馥,经月乃歇。

【注释】①皇统,金熙宗年号(1141—1149),时当南宋高宗。　②"寐",原本作"宿",据本条出处宋洪迈《夷坚支志甲》卷一"张相公夫人"条改。③"棘",原本作"疏",据出处改。

玉 姨 女 甥

博陵崔书生,住长安永乐里。先有旧业在渭南,贞元中,尝因清明节归渭南,行至昭应北墟陇之间,日已晚,歇马于古道左①。北百馀步,见一女人靓妆华服,穿越榛莽,似失路于松柏间。崔闲步蹰逼②,渐近,乃以袖掩面,而足趾跌蹶,屡欲仆地。崔使小童逼而觇之,乃二八绝代之姝也。遂令小童诘之曰:"日暮何无俦侣,而凄惶于墟间耶?"默不对。又令一童将所乘马逐之,更以仆马奉送。美人回顾,意似微纳。崔潜尾其后,以观其近远。

美人上马,一仆控之而前。才数百步,忽见女奴三数人,哆口坌息③,跟跄而谓女郎曰:"何处来?数处求之不得④。"拥马行十馀步,则长年青衣驻立以俟以候⑤。崔渐近,乃拜谢崔曰:"郎君愍小娘子失路,脱骖仆以济之。今日色已暮,邀郎君至庄可乎?"崔曰:"小娘子何忽独步凄惶如此?"青衣曰:"因被酒兴酣致此。"

取北行一二里,复到一树林,室屋甚盛,桃李甚芳,又有青衣七八人,迎女郎而入。少顷,一青衣出,传主母命曰:"小外甥因避醉逃席失路,赖遇君子,恤以马仆。不然,日暮或值恶狼狐媚,何所不加? 阖室感佩。且憩,即当奉邀。"青衣出入候问,如亲戚之密。顷之，邀崔入宅。既见，乃命具酒。酒至，从容叙言："某王氏外甥女，丽艳精巧，人间无双，欲侍君子巾栉，何如？"崔迈逸者，因酒拜谢于坐侧。俄命外甥出，实神仙也。一住三日，宴游欢洽，无不酬畅。

王氏称其姨曰玉姨，好与崔赌。玉爱崔口脂合子，玉姨输玉环相酬。崔输且多，先于长安买得合子六七枚，都输玉姨。崔亦赢玉指环二枚。

忽一日，一家大惊曰："有贼至。"其妻推崔生于后门出。才出，妻已不见，但身卧于一穴中。惟见莞花半落，松风晚清，黄葶紫英，草露沾衣而已。其赢玉指环，犹在衣带，却省初见美人之路而行，见童仆以锹锸发掘一墓穴，已至榇中⑥。见铭记曰："后周赵王女玉姨之墓。平生怜重王氏外甥，外甥先殁，后令与外甥同葬。"棺椁俨然，开榇中，各有一合，合内有玉环六七枚，崔比其赌者，略无异矣。又一合中，有口脂合子数枚，乃崔生输者也。先问仆人，但见郎君入柏林，寻觅不得，方寻掘此穴，果不误也。玉姨呼崔生奴仆为贼耳。生感之，即为掩瘗仍旧云。

【注释】①"左"，原本作"方"，据本条出处《太平广记》卷三百三十九"崔书生"条改。　②"劇"，原本作"戏"，据出处改。劇逼，逼近。　③哆口奎息，张嘴喘息。　④"来数处"三字原本缺，据出处补。　⑤"驻立以俟"，原本作"驻数求立"，据出处改。　⑥"榇"，原本作"阑"，据出处改。

长 孙 绍 祖

长孙绍祖常行陈蔡间，日暮路侧有一人家，呼宿。房内闻弹箜篌声，窃于窗中窥之，见一少女，容态闲婉，明烛独处。绍祖微调之，女抚弦不辍，笑而歌曰："宿昔相思苦，今宵良会稀。欲持留客被，一愿拂君衣。"绍祖直前抚玩，女亦欣然曰："何处公子，横来相干？"因与会合。又谓绍祖曰："昨夜好梦，今果有征。"屏风衾枕，率皆华整。左右有婢，仍命馔，颇有珍羞，而悉无味，又谦曰："卒值上客,不暇更营佳酝。"才饮数杯,女复歌曰:"星汉从复斜,风霜凄以切。聊陈君不御,愁怀如百结。"因前拥绍祖,呼婢撤烛共寝,仍以小婢配其苍头。将晓,女挥泪与别,赠以金缕小合子曰:"无复后期,时可相念。"绍祖乘马出门,百馀步,顾视,乃一小坟也。怆然而去。其所赠合子,尘埃积中,非生人所用物也。①

【注释】①此条采自《太平广记》卷三百二十六"长孙绍祖"条引《志怪录》。

皇尚书女

商人郑绍者,丧妻后方欲再娶,行经华阴,止于逆旅。因悦华山秀峭,乃自店南行,可数里,忽见青衣谓绍曰:"有人令传意,欲暂邀君。"绍曰:"何人也?"青衣曰:"南宅皇尚书女也。适于宅内登台望见君,遂令致意。"绍曰:"女未适人耶? 何以止于此?"青衣曰:"女郎方自求佳婿①,故止此。"绍诣之。俄及一大宅,又有侍婢数人出,命绍入,延过于馆舍。逡巡,有一女子出,容甚丽,年可初笄,从婢十馀,并衣锦绣。既相见,即谓绍曰:"既遂披觌,当去形迹②,冀稍从容。"绍唯唯随之。复入一门,见珠箔银屏,焕烂相照。闺阃之内,块然无侣③。绍乃问女:"是何皇尚书家? 何得孤居如是? 尊亲焉在? 嘉偶为谁? 虽荷宠招,幸祛疑抱。"女曰:"妾是故皇公之幼女也。少丧二亲,久离城郭,故止于此。方求自适,不意良人惠然辱顾,既惬所愿,何乐如之。"女乃命绍升榻坐定,具酒肴,出妓乐,不觉向夕。女引一金罍献绍曰:"妾求佳婿已三年矣。今既遇君子,宁无自得。妾虽惭不称,敢以金罍合卺,愿求奉箕帚,可乎?"绍曰:"予一商耳,多游南北,惟利是求,岂敢与簪缨家为戚属也? 然遭逢顾遇,谨以为荣,但恐异日为门下之辱。"女乃再献金罍,自弹筝以送之。绍闻曲音凄楚,感动于心,乃饮之。交献④,誓为伉俪。

女笑而起,时已夜久,左右侍婢以红烛前导,成礼。

至曙,女复于前阁备芳醪美馔,与绍欢醉。经月馀,绍曰:"我当暂出,以缉理南北货财。"女泣曰:"鸳鸯匹对,未闻经月离也。"绍不忍,复经月馀,绍又言曰:"我商也,从江湖,涉道途,盖是常分。虽深诚见挽,若不出行,亦心有所不乐,愿勿以此为嫌,当如期而至。"女以绍言切,方许之。遂于家园张祖席以送绍⑤,乃囊货就路。至明年春,绍复至此,但见红花翠竹,流水青山,杳无人迹。绍号恸经日而返。

【注释】①"自求佳婿",原本作"自往求婿",据本条出处《太平广记》卷三百四十五"郑绍"条引《潇湘录》改。　②"去",原本作"出",据出处改。　③块然,孤独状。　④交献,男女交替献酒,为婚姻仪式。⑤祖席,送别之宴。

赵　通　判　女

乐平明溪宁居院,为人家设水陆斋,招五十里外杉田院宁行者写文疏①,馆之寝堂小室,村刹寥落,无他人伴处。时暮春末,将近黄昏,觉有妇女立窗下,意其比邻淫奔,夙与僧辈私狎者。出视之,一女子顶鱼魫冠,语音儇利,仪貌不似田家人,相视喜笑曰:"我只在下面百步内住,寻常每到此,一寺上下无不稔熟者。"宁居乡瞳,平生梦想,无此境像②,惟恐不得当,曲意延接,遂同入房,闭户张灯。

寺童以酒一罂来馈,宁启纳之,女避伏床下。宁谓童曰:"文书甚多,过半夜始可了得,吾至此时方敢饮。"乃留之而去,复闭户。女出坐对酌,胸次挂小镜,宁取观之③,问何用,曰:"素爱此物,常以随身。"所著衣皆素洁,而襞褶处不熨帖,峥峥露现。宁曰:"衣裳有土气,何也?"曰:"久置箱箧,失于晒曝,故作蒸浥气耳。"已而就枕,月色照烛如昼,女色态益妍,缱绻欢洽。宁终夕展转不成寐,女熟睡鼾齁。将晓出门，宁送之，又指示其处曰："此吾居也，汝若未行，当复来。"

才别，而主僧相问讯，骇曰："师哥灯下写文字，但费眼力，何得辞气困惫如此？"宁唯唯，未以实告。僧顾壁间插玫瑰花一枝，大惊曰："寺后旧有赵通判女坟，其前种玫瑰花一枝④，花开时，人过而折枝者，必与女遇，或致祸，其来已久。今尔所见，是其鬼也，宜急归勿留。"宁愧惧而反，然犹卧病累月。后还俗为书生，今在淮南。

【注释】①以上二院为僧院。行者，指僧人。　　②"想无"二字，原本作"如"，据本条出处宋洪迈《夷坚支志甲》卷八"宁行者"条改。　　③"取"，原本作"廉"，据出处改。　　④"枝"字原本缺，据出处补。

邵　太　尉　女

保义郎解俊者，故荆南统制孙也。乾道七年为南安军指使①，有过客且至，郡守将往宝积寺迎之，俊主其供张②。日暮，客不至，因留宿。夜方初更，烛未灭，一女子忽来，进趋娴冶，貌甚华艳。俊半醉，出微词挑之。欣然笑曰："我所以来，正欲结绸缪之好耳。"遂升榻。问其姓氏居止，曰："勿多言，只在寺后住。汝明夕尚能抵此否？"俊尤喜曰："谨奉戒。"

自是无日不来，仍从寺僧借一室，为久寓计。经月馀，僧弗以为疑，外人固无知者。时以金银钗珥为赠，俊既获丽质，又得美财，欢惬过望，谓之曰："吾未曾授室，欲凭媒妁往汝家，以礼币娶汝，何如？"曰："吾父官颇崇，安肯以汝为婿？但如是相从足矣。"俊信为诚，然而气干日尪瘵。

初，货药人刘大用与之游居③，亦讶之。俊不以告。尝两人同出郭，遇遮道卖符水者，引刘耳语曰："彼官人何得挟殇亡鬼自随④？不过三月死矣。"刘语俊。俊初尚抵讳，既而惊悟曰⑤："彼何繇知？

必有异。"便拉刘访之旅邸。其人笑曰:"官员肯寻我耶？不然几坏性命。"留使同邸,并乞刘为伴。燃纸符十馀道,使俊吞之。刘密窥之,见其作法麾诃之状⑥。一更后,闻门外女子哭声,三更乃寂。明旦,俊辞去,戒令勿复往寺中。

诸僧后知其事,曰:"寺之左右,素无妖魅之属。惟昔年邵宏渊太尉谪官时,丧一笄女,葬于后墙之外,必此也。"自是遂常出为僧患,僧甚苦之,遣仆谐武陵白邵,请改葬。邵许之,乃瘗于北门外五里田侧。复出扰居者,又徙于深山,其鬼始绝。

【注释】①乾道,南宋孝宗年号(1165—1173)。　②供张,请客人的宴席。　③"居",原本作"善",据本条出处宋洪迈《夷坚支志戊》卷八"解俊保义"条改。　④"殇",原本作"伤"。殇亡,未成年而死。　⑤"既",原本作"比",据出处改。　⑥麾诃为作法术时的举止,驱赶呵斥。

桃 园 女 鬼 以下欑瘗之鬼

严州东门外有桃园,丛葬处也。园中种桃,四缭周墉①。弘治中,有少年元夕观灯而归,行经园傍,偶举首,见一少女倚墙头,露半体,容色绝美,俯视少年,略不隐避。少年略一顾,亦不为意,舍之行。前遇一人偕行,少年乃卫兵馀丁,其人亦同辈也,且行且纵话。其人问:"少年婚乎？"曰:"未。"曰:"今几岁？"曰:"十九矣。"又告以时日八字。久之,至歧路,同辈别而他之。

少年独行,夜渐深,行人亦稀,稍闻后有步履声,回视,即墙头女也,正相逐而来。少年惊问之,女言:"我平日政自识尔,尔自忘之。今日见尔独归,故特相从,且将同归尔家,谋一宵之欢尔,何以惊为？"少年曰:"汝何自知吾？"女因道其小名生诞,家事之详,皆不谬。盖适尾其同辈行②,得之其口。少年闻之信,便已迷惑,偕行至家。其家有翁妪居一室,子独寝一房。始出时,自钥其户,逮归,不唤翁妪,自启其寝,则女已在室中坐矣,亦不晓其何以先在也。灯下谛玩之，殊倍媚嫣，新妆浓艳，衣饰亦极鲜华，皆绮罗盛服也。

翁姬已寝，子将往爨室取饮食，女言："无须往，我已挈之来矣。"即从案上取一盒子，启之，中有熟鸡鱼肉之类，及温酒，取共饮食，其肴皾犹热也。啖已就寝。女解衣，内外皆斩然新制③。乃与之合，犹处子尔。将黎明，自去，少年固不知其何人也。迨夜复至，与之饮食寝合如昨。既而无夕不至，久而愈密。

邻闻其女笑声，潜窥见之，语翁姬云："而子必诱致良家子与居，事倘露，祸及二老，奈何？"翁姬因夜往觇，果见女在，以爱子甚，且不惊之。明日，呼而戒谕曰："吾不忍闻于官，令汝获罪。汝宜速绝，不然，与其惜汝而累吾二老人，当忍情执以闻矣。"子不敢讳，备述前因。然虽心欲绝之，而牵恋不忍。且彼亦径自至，无繇可断。

女虽知亲责，殊不畏避。翁姬无如之何，复谋之于邻，首诸官，展转达于郡守李君。守召子来，不伺讯鞫，即自承伏云云，然不知其姓属居址也。守思之，殆是妖祟，非人也。不下刑箠，教其子，令以长线缀其衣，明日验之。子受教归，比夜入室，女已先知，迎谓曰："汝何忽欲缀吾衣邪？袖中针线速与我。"子不能夺，即付之。

翼日，复于守。守曰："今夕当以剪刀断其裙。"予之剪归。女复迎接，怒曰："奈何又欲剪吾衣裙？速付剪来，吾姑贷汝。"子亟予之。又复于守，守怒，立命民兵数人往擒之。兵将近其家，女已在室，知之。时方晴皎，忽大雨作，众不可前，乃返命于守。守益怒，命一健邑丞帅兵数十，往以取之。女亦在室，丞兵将至，忽大雷电，雨翻盆而下，雷火轰掣，殊不能进，亦回返以告。守曰："然则任之。"

呼子问曰："女之姿貌果何似？衣裳何彩色？"子具言如是如是。其外内裳袂，一一皆是纻丝，悉新裁制也。每寝解衣，堆积甚多，而前后只此，终未尝更易一件。其间一青比甲④，密著其体，不甚解脱。即脱之，与一柳黄裤同置衾畔，不暂舍也。守曰："尔去，此后第接之如常时，吾自有处。"子去。

时通判某在座。守顾判曰："吾有一语,欲语公,恐公怒耳。"判曰："何如?"守沉吟久之,曰："此人所遇之女,殆是公亡过令爱。"判大怒曰："公何见侮之甚! 吾纵不肖,公同寅也。吾家有此等事耶?"守但笑谓曰："公试归,问诸夫人。"判愈怒,遽起归衙,急呼妻,骂守"言吾为老畜所辱,乃敢道此语"云云。妻扣其详,判言："老畜闻女容貌衣饰如此,乃顾谓我云尔。"妻惊曰："君姑勿怒,或者果是吾家大姐乎?"盖判有长女,未笄而殒,攒诸桃园中⑤,其容色衣饰良是也。判意少解,出语守："吾妻云云,其当是吾女耶?"守曰："固有之⑥,且幽明异途,公何以怒为? 第愿公勿恤之,任吾裁治可耳。"判亦姑应之。

既而无所施设,女来如故。又久之,有巡盐御史按部,事竣而去。郡集弓兵二百辈护行,守与群僚皆送之野。御史去,守返,兵当散去。守命:"勿散,从吾行。"且迁道从东门以归。至桃园,守驻车,麾兵悉入园,即令发判女冢。视之,女棺之前,有一窍如指大,四围莹滑,若有物久出入者。即斫棺,视女貌如生,因举而焚之。盖守知女鬼已能神,故寝其事,乘其不知而忽举,鬼果不能御也。守恐鬼气侵子深,或复来缠疭,召入郡中。令守郡帑⑦,与同役者直宿,三月无恙,乃释之,其怪遂绝。后子亦竟无他。事在弘治中也。

【注释】①四缭周墉,四面围以墙垣。　②尾,尾随。　③斩然,崭新。　④比甲,贴身的无袖内衣。　⑤攒,此指丛葬。古时未成年而夭死者多入丛葬。　⑥"固",原本作"因",据本条出处明祝允明《语怪》"桃园女鬼"条改。　⑦郡帑,府之财帛之库。

翠　薇

嘉靖初,清河丘任,青年未偶,才貌逸群,然疏狂落魄,为继母不容,托迹江湖,客于吴楚。一日,舟泊江陵僻岸。是夕星月联辉,水天一色。生抚景自适,命侯童焚香,鼓琴于篷窗之下。俄闻岸畔喁喁人语,推篷见一女,姿容雅淡,丰韵轻飏,一婢秉绛纱灯后随。生神思飘摇,相望长揖。女曰:"聆君琴奏,信步来此。"生振衣登岸,前询姓氏。女曰:"妾乃两淮盐运使何公之侧室也,小字翠薇,缘主妇妒,置妾于书亭。此地名花缭绕,曲水环旋,亦一胜境,君能一枉顾乎?"生曰:"奈司阍者觉何?"女曰:"庄妪也,何足虑。"生忻然偕行。

果见幽亭一所,朱户半扃,银缸欲灭,图书满室,兰麝熏人。生坐谈久,因微讽之,女无言俯首。生会意,挽就枕,极尽绸缪。女曰:"妾身已委于君,君幸毋忘今夕可也。"生曰:"猥蒙仙姬错爱,狂生当铭刻心骨,何敢忘?"乃作《忆秦娥》词以寄意曰:"香篆袅,罗帏锦帐风光好。风光好,金钗斜瞸,凤颠鸾倒。　恍疑身在蓬莱岛,邂逅相逢缘不小。缘不小,最关情处,蛾眉淡扫。"女亦和曰:"杨枝袅,恩情无限天将晓。天将晓,漏穷鸡唤,教人烦恼。　邮亭一夜风流少,匆匆后会应难保。应难保,最伤情处,残云风扫。"生览之,羡曰:"睹卿佳制,较鄙句奚啻瑊玞之与美玉。卿诚女中子建也。第继自今夕,佳期尚可再否?"女泣曰:"妾不能尽诉此衷,但有罗巾题字,君归途中宜密观,毋俾妾惭赤也。"生唯唯,挥涕而别。

抵舟启视,巾上题一绝曰:"不断尘缘露本真,翠薇花下绕香魂。如今了却风流愿,一任东风啼鸟声。"生惊怅久之。明日复访故处,惟见空亭幽寂,景物萧然,杳无人迹。就询庄妪,云:"此我主人何公书亭也。主人有妾名翠薇,工画琴,善诗赋,我主甚嬖之,为主妇妒而鸩死。主人恸惜,瘗此亭左,环植薇花以志之。君昨遇者,毋乃此乎?"生悲叹,因赓其韵曰:"精爽依稀逼太真,何缘月下觌芳魂。清风一阵浑无迹,惟听流泉呜咽声。"复奠其冢而返。

某枢密使女

湖州郡学倪昇，成化丁酉①，假读一僧舍。壁间忽辟双扉，昇讶之曰："人耶？鬼耶？"叩之，漠无人踪。谛视之，一女子态貌整秀，衣饰黯淡，真神仙中人也。昇不能制，窃谓曰："仆素无红叶之约，而乃有绿绮之奔②，竟不识有是缘乎？"女闻之，怫然曰："尔谓红叶之约可也，谓绿绮之奔，妾岂文君比哉？"昇谢罪。是夕，遂款一宿。女嘱曰："以君文学之士，千金之躯，一旦丧于今夕。慎勿泄露，终当为箕帚妾耳。"乃赋诗二律云："窗掩蝉纱怯晚风，碧梧垂影路西东。自怜寒谷无春到，谁信蓝桥有路通。良玉杯擎鹦鹉绿，精金带束荔枝红。鸳央帐里空惊起，羞对青铜两鬓蓬。"又云："梦断行云会晤难，翠壶银剪漏初残。鸳鸯倦绣香犹在，雀扇题书墨未干。满院落花春事晚，绕庭芳草雨声寒。掌中几字回文锦，安得郎君一笑看。"

自是日夕相与，经旬不返。父窃窥之，见其子或语或笑，或起或拜不一，始知其为妖眩也③。速请招庆禅师名觉初者，夜方仗剑，危坐其室。见一女子哀祈曰："氏本宋末某枢密使之女，缘私忿而殁，魂魄未散，是成祟尔。愿冀宥之。"师即挥剑，坠至一地没。旦启土丈馀，一棺中女子面色如生，其额有泚。亟投诸火，秽气入人脏腑，竟不可近。见《志怪录》④。

【注释】①成化，明宪宗年号（1465—1487）。　②红叶，见本书卷十二"于祐"条。绿绮，琴也，言文君听琴而私奔相如事。　③眩，迷惑。④此条采自明王世贞《艳异编》卷四十"法僧遣祟"。

林　知　县　女

浙江陈生，随父官泉州。出行，见一女子哭于麓，问："何人？"

曰："我姓白，随父之官，为盗掠杀一家，吾仅免。无归，是以伤痛。"生艳其美，遂置之密室。父母使人窥之，乃见一白鹇，至门化为女子而入。父母语生："早加斥绝。"生谓女曰："卿是白鹇精，何为误我?"谢曰："我非妖精，乃前任林知县之女。无罪，为父逼死，藁葬城外，故托白鹇以见。君他日前程远大，位至御史。能念旧者，为葬朽尸，且恤吾母，则终天之感，永切泉壤矣。"生许之，女因谢去。后生果贵，任至御史，巡按广东道。出泉州，求女尸葬之吉壤，以千金周其母。

符　丽　卿<small>以下旅榇之鬼</small>

　　方氏之据浙东也[1]，每岁元夕，于明州张灯五夜[2]，倾城士女皆得纵观。至正庚子之岁[3]，有乔生者，居镇明岭下，初丧其偶，鳏居亡聊，不复出游，但倚门伫立而已。十五夜三更尽，游人渐稀，见一丫鬟，挑双头牡丹灯前导，一美人随后，约年十七八，红裙翠袖，迤逦投西而去。生于月下视之，韶颜稚齿，真国色也。神魂飘荡，不能自持，乃尾之而去，或先之，或后之。行数十步，女忽回顾而微哂曰："初无桑中之期，乃有月下之遇，事非偶然也。"生即趋前揖之曰："敝居咫尺，佳人可能回顾否?"女无难意，即呼丫鬟曰："金莲，可挑灯同往也。"于是金莲复回。

　　生与女携手至家，极其欢昵，自以为巫山洛浦之遇不是过也。生问其姓名居址，女曰："姓符，丽卿其字，淑芳其名，故奉化州判女也。先人既没，家事零替，既无兄弟，仍鲜族党，止妾一身，遂与金莲侨居湖西尔。"生留之宿，态度妖妍[4]，词气婉媚，低帏昵枕，甚极欢爱。天明，辞别而去，及暮则又至。

　　如是者将半月，邻翁疑焉。穴壁窥之，则见一粉妆髑髅与生并坐于灯下，大骇。明旦诘之，秘不肯言。邻翁曰："嘻，子祸矣。人乃至盛之纯阳，鬼乃幽阴之邪秽。今子与幽阴之魅同处而不知，邪秽之物共宿而不悟,一日真元耗尽,灾眚来临,惜乎以青春之年而遽为黄壤之客也,可不悲夫!"生始惊惧,备述厥繇。邻翁曰:"彼言侨居湖西,当往访问之,则可知矣。"

生如其教,径投月湖之西,往来于长堤之上,高桥之下,访于居人,询于过客,并言无有。日将夕矣,乃入湖心寺少憩。行遍东廊,复转西廊,廊尽处得一暗室,则有旅榇,白纸题其上曰"故奉化符州判女丽卿之枢"。枢前悬一双头牡丹灯,灯下立一盟器女子⑤,背上有二字曰"金莲"。生见之,毛发尽竖,寒栗遍身,奔走出寺,不敢回顾。是夜借宿邻翁之家,忧怖之色可掬。邻翁曰:"玄妙观魏法师,故开府王真人弟子,符箓为当今第一,汝宜急往求焉。"

明日,生谒观内。法师望见其至,惊曰:"妖气甚浓,何为来此?"生拜于座下,具述其事。法师以朱书符二道授之,令其一置于门,一悬于榻,仍戒不得再往湖心寺。生受符而归,如法安顿。自此果绝来矣。

一月有馀,不觉又往袁绣桥访友,留饮至醉,却忘法师之戒,径取湖心寺路以回。将及寺门,复见金莲迎拜于前曰:"娘子久待,何一向薄情如是?"遂与生俱入内廊,直抵室中。女子宛然在坐,数之曰:"妾与君素非相识,偶于灯下一见,感君之意,遂以全体事君,暮往朝来,于君不薄。奈何信妖道士之言,遽生疑惑,便欲永绝?薄幸如是,妾恨之深矣。今幸得见,岂能相舍?"即握生手,至于枢前。枢忽自开,拥之同入,随即闭矣,遂死于枢中。

邻翁怪其不归,远近寻问。及至寺中停枢之室,见生之衣裾微露于枢外⑥,请于寺僧而发之,死已久矣,与女子之尸俯仰卧于枢内,女貌如生焉。寺中僧众叹曰:"此奉化州判符君之女也,死时年十有七,权厝于此,举家还去,竟绝音耗,至今十有三年矣。不意作怪如是!"遂以尸枢及生殡于西门之外。

是后云际之昼,月黑之宵,往往见生与女子携手同行,一丫鬟挑双头牡丹灯前导。遇之者辄得重疾,寒热交作,荐以功德,祭以牢醴，庶获可痊，否则不起矣。居人大惧，竞往玄妙观谒魏法师而诉焉。法师曰："吾之符箓，止能治其未然，今祟成矣，非吾所知也。闻有铁冠道人者，见居四明山顶，考劾鬼神，法术灵验，汝辈宜往求之。"

众遂至山，攀缘藤葛，蓦越溪涧，其上绝顶果有草庵一所，道人凭几而坐，方看道童调鹤。众罗拜庵下，告以来故。道人曰："山林隐士，旦暮且死，乌有奇术？君辈过听矣。"拒之甚坚。众曰："某本不知，盖玄妙观魏法师所指教尔。"道人曰："吾老矣，不复下山已六十馀年，小子饶舌，烦吾一行。"即与童子下山。步履轻捷，径至西门外，结方丈之坛，踞席端坐，书符焚之。忽见符吏数辈，黄巾帛袄，金甲雕戈，长皆丈馀，屹立坛下，鞠躬请命，貌甚虔肃。道人曰："此间有邪祟为祸，惊扰生民，汝辈岂不知邪？宜疾驱之至。"受命即往。不移时，以枷锁押女子与生并金莲，俱到坛所，鞭捶挥扑，流血淋漓。道人诃责良久，令其供状，将吏遂以纸笔授之，俱各供数百言，今录其略于此。

乔生供曰："伏念某丧室鳏居，倚门独立，犯在色之戒，动多欲之求，不能效孙叔见两头蛇而决断[⑦]，乃致如郑子逢九尾狐而爱怜[⑧]。事既莫追，悔将奚及！"

符女供曰："伏念某青年弃世，白昼无邻，六魄虽离，一灵未泯。灯前月下，逢五百年欢喜冤家；世上民间，作千万人风流话本。迷不知返，罪安可逃！"

金莲供曰："伏念某杀青为骨[⑨]，染素成胎。坟陇埋藏，是谁作俑而用；面目机发，比人具体而微。既有名字之称，可乏精灵之异，因而得计，岂敢为妖！"

供毕，将吏取呈道人，以巨笔判曰："盖闻大禹铸鼎，而神奸鬼秘[⑩]，莫得逃其形。温峤燃犀，而水府龙宫，俱得见其状[⑪]。惟幽明之异趣，乃诡怪之多端。物既不祥，遭之有害。故大厉入门而晋景殁[⑫]，妖豕啼野而齐襄殂[⑬]。降祸为妖，兴灾作孽，是以九天设斩邪之所,十地分罚恶之司⑭,使魑魅魍魉无以容其奸,夜叉罗刹不得肆其暴。矧此清平之世,坦荡之时,而乃变幻形躯,依附草木,天阴雨湿之夜,月落参横之辰,啸于梁而有声⑮,窥其室而无睹。蝇营狗苟,羊狠狼贪,疾如飘风,烈若猛火。乔家子生犹不悟,死何恤焉;符氏女死尚贪淫,生可知矣。况金莲之怪诞,假盟器以成形,惑世诬民,违条犯法,狐绥绥而有荡,鹑奔奔而无良。恶贯已盈,罪名不宥。陷人坑从今填满,迷魂阵自此打开。烧毁双明之灯,押赴九幽之狱。沉沦阴翳,永无出期。判词已具,主者奉行。急急如律令。"即见此三鬼悲啼踯躅,为将吏驱捽而去。道人拂袖入山。

明日众姓往谢之,不复可见,止有草庵存焉。急往玄妙观访魏法师而审问其故,其法师则已病喑痖,不能言矣。

【注释】①方国珍,元末起兵,据有浙江宁波、台州、温州数郡。　②明州,即今浙江宁波。　③至正,元顺帝年号,庚子为二十年(1360)。④"妖妍",原本作"精妍",据本条出处明瞿佑《剪灯新话》卷二"牡丹灯记"改。　⑤盟器,即明器,此指用以殉葬之偶人。　⑥"裙",原本作"裙",据出处改。　⑦孙叔敖,春秋时楚相。年幼时见双头蛇,思人见蛇双头者辄死,遂杀之。　⑧出唐传奇沈既济《任氏传》,详见本书卷二十一"狐精"第二条。　⑨杀青,竹也。此偶人以竹为骨架。　⑩"奸",原本作"妍",据出处改。　⑪晋温峤至牛渚矶,传言下多怪物,乃燃犀角而照之,洞见龙宫水族,奇形异状。　⑫大厉,厉鬼也。《左传》:晋景公梦大厉,披发及地,搏膺而踊,责公枉杀其子孙,公遂死于厕。　⑬齐襄公使公子彭生杀鲁桓公于车,又杀彭生以灭口。后数年,襄公猎于贝丘,见大豕人立而啼,从者皆曰是彭生。公惧,坠于车,伤足而死。　⑭此十地指冥府之十殿阎罗。　⑮"啸",原本作"渊",据出处改。

任　氏　妻

高密王玄之,少美丰仪,为蕲春丞,秩满归乡里。家在郭西。

尝日晚,徙倚门外,见一妇人从西来,将入郭,姿色殊绝可喜,年十八九。明日出门,又见之。如此数四,日暮辄来。王戏问之曰:"家在何处,暮暮来此?"女笑曰:"儿家近在南冈,有事须至郭。"王试挑之,女遂欣然,因留宿,甚相亲昵。

明旦辞去,数夜辄一来,后乃夜夜来宿。王情爱甚至,试谓曰:"家既近,许相过否?"答曰:"家甚狭陋,不堪延客。且与亡兄遗女同居,不能无嫌疑耳。"王遂信之,宠念转密。于女工特妙,王之衣服皆女裁制,见者莫不叹赏之。左右一婢,亦有美色,常以之随。其后虽在昼日,亦不复去。王问曰:"兄女得无相望乎?"答曰:"何须强预他家事!"

如此积一年后,一夜忽来,色甚不悦,啼泣而已。王问之,曰:"过蒙爱接,方复离异,奈何?"因呜咽不能止。王惊问故,女曰:"得无相难乎! 儿本前高密令女,嫁为任氏妻。任无行见薄,父母怜念,呼令归。后乃遇疾卒,殡于此。今家迎丧,明日当去。"王既爱念,不复嫌忌,乃便悲愀。问:"明日将至何时?"曰:"日中耳。"一夜叙别不眠。明日临别,女以金镂玉杯及玉环一双留赠,王以绣衣一箱答之。各握手挥涕而别。

明日至期,王于南冈视之,果有家人迎丧,发椟,女颜色不变,粉黛如故。见绣衣一箱在棺中,而失其所送金杯及玉环。家人方觉有异,王乃前具陈之,兼示之玉杯与环,皆捧之悲泣。因问曰:"兄女是谁?"曰:"家中二郎女,十岁病死,亦殡其旁。"婢亦帐中木人也,其貌正与从者相似。王乃临枢悲泣而别,左右皆感伤。后念之切,遂恍惚成疾,数日方愈,然每思辄忘寝食也。①

【注释】①此条采自《太平广记》卷三百三十四"王玄之"条引唐戴孚《广异记》。

县　尉　妻

　　新繁县令妻亡,唤女工作凶服。中有妇人婉丽殊绝,县令悦而留之,甚见宠爱。后数月,一旦惨悴,言辞顿咽。令怪而问之,曰:"本夫将至,身方远适,所以悲耳。"令曰:"我在此,谁如我何? 第自饮食,无苦也。"后数日,求去。止之不可,留银杯一枚为别,谓令曰:"幸甚相思,以此为念。"令赠罗十匹。去后恒思之,持银杯不舍手,每至公衙,即放案上。

　　县尉已罢职还里,其妻之枢尚在新繁,远来移归。投刺谒令,令待甚厚。尉见银杯,数窃视之。令问其故,对云:"此是亡妻枢中物,不知何得至此?"令叹良久,因具言始末,兼论妇人形状音声,及留杯赠罗之事。尉愤怒终日,后方开棺,见妇人抱罗而卧。尉怒甚,积薪焚之。①

　　【注释】①此条采自《太平广记》卷三百三十五"新繁县令"条引唐戴孚《广异记》。

刘　照　妇

　　刘照,建安中为河间太守。妇亡,埋棺于府园中。遭黄巾贼,照委郡走①。后太守至,夜梦见一妇人,往就之,后又遗一双锁。太守不能名,妇曰:"此蒌蕤锁也,以金缕相连,屈申在人,实珍物。吾方当去,故以相别,慎无告人。"后二十日,照遣儿迎丧,守乃悟其去也。儿见锁,悲戚不已。②

　　姑苏雍熙寺,每月夜向半,常有妇人往来廊庑间,歌小词,且哭且叹,闻者就之,辄不见。其词云:"满目江山忆旧游,汀花汀草弄春柔,长亭舣住木兰舟。　　好梦易随流水去,芳心空逐晓云愁，行人莫上望东楼。"好事者录藏之。士子慕容岩卿见之，惊曰："此余亡妻所为，外人无知者，君何从得之？"客告之故，岩卿悲叹曰："此寺盖其旅榇所在也。"此则旅鬼之贞者。

【注释】①委郡走，弃城而逃。　　②此条采自《太平广记》卷三百一十六"刘照"条引东晋佚名《录异传》。

张氏子遇女

扬州盐商张某，陕西人，挈少子居旅邸。某暂还乡，丁宁老仆"善调护而郎君"①。既经时，仆见其貌殊瘦，询其随身童子，云："每夜深，有美女从窗而入，未明即去。"仆谓童子："盍取伊物件为验？"童俟女就寝，窃一紫罗凤鞋与仆。仆遍访无所遇，而张生病矣。

后因缝人某甲至，示之以鞋。甲愕然曰："若从何得此？"仆语之故而问焉，云："去年在巨族某氏，为其次女作嫁时服。一日，忽有女子立屏间，招我度量身材，便睹记其鞋。已而主翁怪衣裳短狭，减工价，谓余诬其女出闺阃，莫能辨也。今据此究之。"即引仆诣其家，传鞋于内，托言为样求售。翁见而惊曰："此敛吾长女之具，必盗墓得之！"欲执两人闻官，始吐实。翁未信，往叩张生，生道其姿容服饰，真翁亡女也。遂发墓，见棺前有巨窍，若有物出入者。启视，则面色如生，一足无鞋矣。翁怒而焚之。张生从是病愈。②

【注释】①而，你。　　②此条采自明陆粲《说听》卷上。

崔 少 府 女 以下幽婚

卢充，范阳人。家西三十里，有崔少府墓。充年二十。先冬至一日，出宅西猎，射獐，中之。獐倒而复起，充逐之，不觉远去。见道北一里许高门瓦屋，四周有如府舍，不复见獐。门中一铃下唱客前①，有一人投一襆新衣②，曰："府君以遗郎③。"充着讫，进见。少府语充曰："尊府君不以仆门鄙陋④，近得书，为郎君索少女为婚，故相迎耳。"便以书示。充父亡时虽小，然已识父手迹，即歔欷无复辞免。便敕内："卢郎已来，便可使女妆严，既就东廊。"及至黄昏，内白："女郎妆竟。"崔语充："君可至东廊。"既至，妇已下车，立席头，即共拜。时为三日，给食。三日毕，崔谓充曰："君可归。女生男，当以相还，无相疑。生女，当留养。"敕内严车送客。充便出，崔氏送至中门，执手涕零。

出门，见一犊车，驾青牛。又见本所着衣及弓箭故在门外。寻追传教，将一人投一襆衣与充，相问曰："姻缘始尔，别甚怅恨。今故致衣一袭，被褥一副。"充上车，去如电逝，须臾至家。母问其故，充悉以状对。

别后四年，三月，充临水戏，忽见傍有犊车，乍沉乍浮，既而上岸，同坐皆见。而充往开其车后户，见崔氏女与三岁男共载，女抱儿以还充，又与金碗，并赠诗曰："煌煌灵芝质，光丽何猗猗。华艳当时显，嘉异表神奇。含英未及秀，中夏罹霜萎。荣耀长幽灭，世路未亡施。不悟阴阳运，哲人忽来仪。"充取儿、碗及诗，忽然不见。

充后乘车入市卖碗，冀有识者。有一婢识此，还白大家曰："市中见一人乘车卖崔氏女郎棺中碗。"大家，即崔氏亲姨母也。遣儿视之，果如婢言。乃上车叙姓名，语充曰："昔我姨姊，少府女，未嫁而亡。家亲痛之，赠一金碗著棺中。可说得碗本末？"充以事对，此儿亦为悲咽。赍还白母，母即令诣充家，迎儿还。诸亲悉集。儿有崔氏之状，又复似充貌。儿、碗俱验，姨母曰："我外甥也。"即字温休。温休者，是幽婚也。遂成令器，历郡守，子孙冠盖相承至今。其后生植，字干，有名天下。

【注释】①铃下，守门者。唱，大声呼。　　②襆，包袱。　　③"遗"，原本作"系"，据本条出处晋干宝《搜神记》卷十六改。　　④"陋"，原本作

"近"，据出处改。

崔　女　郎

　　荥阳郑德楙，常独乘马，逢一婢，姿色甚美，马前拜云："崔夫人奉迎郑郎。"郑愕然曰："素不识崔夫人，我未有婚，何故相迎？"婢曰："夫人小女颇有容质。且以清门令族，宜相匹敌。"郑知非人，欲拒之。即有黄衣苍头十馀人至，曰："夫人趣郎进。"辄控马，其行甚疾，耳中但闻风鸣。奄至一处，崇垣高门，外皆列植楸桐。

　　郑立于门外，婢先入。须臾，命引郑郎入。进历数门，馆宇甚盛。夫人着素罗裙，年可四十许[①]，姿容可爱，立于东阶下。侍婢八九，皆鲜整。郑趋谒再拜。夫人曰："无怪相屈，以郑郎清族美才，愿托姻好。小女无堪，幸能垂意。"郑见逼，不知所对，但唯唯而已。夫人乃上堂，命引郑郎自西阶升，堂上悉以花罽荐地，左右施局脚床[②]、七宝屏风、黄金屈膝，门垂碧箔，银钩珠络。长筵列馔，皆极丰洁。乃命坐。夫人善清谈，叙置轻重，世难与比。食毕令酒，以银尊贮之，可三斗馀，琥珀色，酌以金镂杯。侍婢行酒，味极甘香。

　　向暮，一婢前白："女郎已严妆讫。"乃命引郑郎出就外间，浴以香汤，左右进衣冠履袜。并美婢十人扶入，恣为调谑。自堂及门，步致花烛，乃延就帐。女年十四五，姿色甚艳，目所未睹。被服灿丽，冠绝当时。郑遂欣然。其夜成礼。

　　明日，夫人命女舆就宿于东堂[③]。堂中置红罗绣帐，衾帱裀席，悉皆精绝。女善弹箜篌，曲词新异。郑问："前乘来马[④]，今在何处？"曰："已令返矣。"如此百馀日，郑虽情爱颇重，而心稍嫌忌，因谓女曰："可得同归乎？"女惨然曰："幸托契会，得事巾栉。然幽冥理隔，不遂如何？"因涕泣交下。郑审其怪异，乃白夫人曰："家中相失，颇有疑怪，乞赐还也。"夫人曰："过蒙见顾，良深感慕。然幽冥殊途，理当暂隔。分离之际，能不泫然！"郑亦泣下。

乃大宴会,与别曰:"后三年当相迎也。"郑因拜辞。妇出门,挥泪握手曰:"虽有后期,尚延年岁。欢会尚浅,乖离苦长,努力自爱!"郑亦悲惋。妇以衬体红衫及金钗一双赠别,曰:"若未相忘,以此为念。"乃分而去。夫人敕送郑郎,乃前青骢也,鞍带甚精④。

郑乘马出门,倏忽复至其家。奴遽云:"家中已失一年矣。"视其所赠,皆真物也。家人语云:"郎君出行后,其马自归,不见有人送到。"郑始寻其故处,惟见大坟,旁有小冢。茔前列树,皆已枯矣,而前所见悉华茂。询之左右人家,传此崔夫人及女郎墓也。郑尤异之。自度三年之期,必当死矣。后至期,果见前使婢乘车来迎,郑曰:"生死固有定命,苟得乐处,吾复何忧?"乃悉分判家事,预为终期。明日乃卒。

【注释】①"年可",原本作"可年",据文意改。　②局脚,四脚内屈。③"明日夫人命女舆就"八字原本缺,据本条出处《太平广记》卷三百三十四"郑德楙"条引《宣室志》补。　④"来马",原本作"马来",据出处改。⑤"鞍",原本作"被",据出处改。鞍,马具。

田　夫　人

贞元中,有崔炜者,故监察向之子。向有诗名,知于人间,终于南海从事。炜居南海,意豁如也,不事家产,多友豪侠。不数年,财业殚尽,多栖止佛舍。

时中元日,番禺人多陈设珍异于佛庙,集百戏于开元寺。炜因闲玩,见乞食老妪,因蹶而破他人之酒瓮,当垆者殴之。计其直,仅一缗。炜怜之,为脱衣偿其所直。妪不谢而去。异日又来,乃告炜曰:"谢子脱其难,吾善灸赘疣,今有越井冈艾少许奉子,每赘疣,灸一炷,当即愈。不独愈疾,且兼获美艳。"炜笑而受之,妪倏亦不见。

后数日,因游海光寺,遇一老僧,赘生于耳。炜出艾试灸之,应手而落。其僧感之,谓炜曰:"贫道无以奉酬,但转经以资郎君之福祐耳。此山下有一任翁者，藏镪巨万，亦有斯疾。君子能疗之，当有厚报。请为书达焉。"炜曰："然。"

任翁一闻喜跃，礼请甚谨。炜因出艾，一熟而愈。任翁告炜曰："谢君子痊我所苦，无以厚酬，有钱千万奉子。幸且从容，无草草而去。"因被留款。炜素善丝竹，能造其妙，闻主人堂中琴声，乃诘家童。曰："主人之爱女也。"因请琴弹之。女潜听而有意焉。时任翁家事鬼，曰毒神，每三岁必杀一人飨之。期已逼矣，求人不获。任翁与其子私计之，曰："门下客既无血属，可以为飨。尝闻大恩尚不报，况愈小疾乎。"遂令具神馔，俟夜半，拟杀炜，已潜扃炜所处之室，而炜不之悟。是女密知之，潜持刀于窗隙间，告炜曰："吾家事鬼，今夜当杀汝而祭之。汝可以此破窗遁去。不然，少顷死矣。此刀亦望将去，无相累也。"炜闻，恐悸流汗，以刀断窗棂，携艾跃出，拔键而走。任翁俄觉，率家僮十馀人，持刀秉炬逐之六七里，几及之。炜因迷道失足，坠于大枯井中。追者失踪而返。

炜虽坠井，为槁叶所藉，幸而不伤。及晓视之，乃一巨穴，深百馀丈，无计得出。四旁嵌空，宛转可容千人，中有一白蛇盘屈，可长数丈，光照穴中。前有石臼，岩上有物滴下臼中，如饴蜜，蛇就饮之。炜察蛇有异，乃诣蛇，稽颡谓之曰："龙王，某不幸堕此，愿王悯之而不为害。"因饮其馀，遂不饥渴。细视蛇之唇吻，亦有疣焉。炜感蛇见悯，欲为灸之，而恨无火。须臾，忽有飘火入穴，炜乃燃艾，启蛇而灸，则疣应手堕地。蛇之饮食，久已妨碍，及去，颇以为适，遂吐径寸珠酬炜。炜不受而启曰："龙王能施云雨，阴阳莫测，行藏在己，必能拯拔沉沦。倘赐挈维，得还人世，则死生感激。但遂归心，不愿怀宝。"蛇遂吞珠，蜿蜒将有所适。炜即再拜，跨蛇而出。

去不繇穴口，只于洞中行，约数十里，其中幽暗若漆，但蛇之光烛两壁，时见绘画古丈夫，咸有冠带。最后触一石门，门有金兽啮环，洞然明朗。蛇抵此不进，而卸下炜。炜将谓已达人世矣。入户，但见一室，穴阔可百馀步。穴之四壁，皆镌为房室。当中有锦绣数间，垂金泥紫帏，更饰以珠玉，炫晃如明星之缀。帐前有金炉，炉上有蛇龙鸾凤，龟蛇燕雀，皆开口喷出香烟，芳芬蓊郁。傍有小池，砌以金壁，贮以水银，凫鹥之类皆琢琼瑶而泛之。四壁有床，咸饰以犀象，上有琴瑟笙簧，鼗磬柷敔，不可胜记。炜细视，手泽尚新，乃恍然莫测是何洞府也。

良久，取琴试弹，四壁户牖皆启，有小青衣出而笑曰："玉京子已送崔家郎至矣。"遂却走入。须臾，有四女，皆古环髻，曳霓裳之衣。谓炜曰："何崔子擅入皇帝玄宫邪？"炜乃舍琴再拜。女亦酬拜。炜曰："既是皇帝玄宫，皇帝何在？"曰："暂赴祝融宴尔。"遂命炜就榻鼓琴。炜弹《胡笳》，女曰："何曲也？"曰："《胡笳》也。"曰："何谓《胡笳》？"炜曰："汉中郎蔡邕之女文姬被虏，没于胡中。及归，感胡中故事，因抚琴而成斯弄，象胡中吹笳哀咽之韵。"女皆恬然曰："大是新曲。"遂命酌醴传觞。炜乃叩首求归，词旨颇切。女曰："崔子既来，皆是宿分，何必匆遽？幸且驻淹，羊城使者少顷当来，可以随往。"谓崔子曰："皇帝已许田夫人奉箕帚①，便可相见。"崔子莫测所繇，未敢应荷。已命侍女召田夫人，田夫人不肯至，曰："未奉皇帝诏，不敢见崔家郎君。"再命不至。女谓炜曰："田夫人淑德美丽，世无俦匹，愿君子善待之，亦宿业耳。夫人即齐王女也。"崔子曰："齐王何人也？"女曰："王讳横。昔汉初国亡，而居海岛者②。"

逡巡，有日影入照座中。炜因举首，上见一穴，隐隐然睹人间天汉耳。四女曰："羊城使者至矣。"遂有一白羊冉冉自空而下，须臾至座间。背有一丈夫，衣冠俨然，执大笔，兼封一青竹简，上有篆字，进于香几上，四女命侍女读之，曰："广州刺史徐绅死，安南都护赵昌充替。"女酌醴饮使者，使者唱喏，谓炜曰："他日须与使者易服葺宇，以相酬劳。"炜但唯唯。四女曰："皇帝有敕令，与郎君国宝阳燧珠，将往至彼，当有胡人具十万缗而易之。"遂命侍女开玉函，取珠授炜。炜再拜而捧之，谓四女曰："炜不曾朝谒皇帝，又非亲族，何见遗如是?"女曰:"郎君先人有诗,帝愧之,亦有诗继和。赏珠之意,已露诗中,不假仆说。郎君岂不晓耶?"炜曰:"敢遂请皇帝诗。"女命侍女书题于羊城使者笔管上,云:"千岁荒台隳路隅,一章太守重椒涂。感君拂拭意何极,报尔佳人与明珠。"炜曰:"皇帝元何姓字?"女曰:"已后当自知尔。"女又谓炜曰:"中元日须具美酒丰馔于广州蒲涧寺静室,吾辈当送田夫人往。"炜遂再拜告去,欲蹑羊背。女曰:"知有鲍姑艾,可留少许。"炜但留艾,不知鲍姑是何人也,遂留之。瞬息而出穴,履于平地③,遂失使者与羊所在。望其星汉,时及五更矣。俄闻蒲涧寺钟声,遂抵寺。僧人以早糜见饷,遂归广州④。

崔子先有舍税居⑤,至日往主人舍询之,已三年矣。主人谓炜曰:"子何所适而三秋不返?"炜不实告。开其户,尘榻俨然,颇怀凄怆。问刺史徐绅,果已死,而赵昌替矣。乃抵波斯店,潜鬻是珠。有老胡人一见,遂匍匐礼拜曰:"郎君的入南越王赵佗墓中来,不然不合得斯宝。"盖赵佗以珠为殉故也。崔子乃具实告,方知皇帝是赵佗也,佗亦曾称南越武帝耳。遂具十万缗而易之。崔子诘胡人曰:"何以辨之?"曰:"我大食国宝阳燧珠也,昔汉初赵佗使异人梯山航海,盗归番禺,仅千载矣。我国有能玄象者,言来岁国宝当归,故我王召我具大舶之资,抵番禺而搜索,今日果有所获矣。"遂出玉液而洗之,光鉴一室。胡人遽泛舶归大食去。

炜得金,遂具家产。然羊城使者竟无影响。忽有事于城隍庙,见神像有类使者,又睹神笔上有细字,乃侍女所题也。方具酒醑而奠之,兼重粉绘,及广其宇。是知羊城即广州,城隍庙有五羊焉。

又征任翁之室,则村老云:"南越尉任嚣之墓耳。"又登越王殿台,睹先人诗云:"越井冈头松柏老,越王台上生秋草。古墓千年无子孙,野人踏践成官道。"兼睹越王继和诗,踪迹颇异,乃询其主者。主者曰:"徐大夫绅,因登此台,感崔侍御诗,故有粉饰,台殿所以焕赫耳。"后将及中元日,遂丰洁香馔甘醴,届于蒲涧寺之僧室。夜半,果四女伴田夫人至,容仪艳逸,言旨澹雅。四女与崔生会饮谐谑,将晓告去。崔子遂再拜讫,致书达于越王,卑辞厚礼,敬荷而已。

　　遂与夫人归室,因诘夫人曰:"既是齐王女,何以远配于南越?"夫人曰:"某国破家亡,遭越王所虏,以为嫔御。王薨,因以为殉,乃今不知几时也,看烹郦生如昨日耳⑥。每忆故事,不觉潸然。"炜问曰:"彼四女何人也?"曰:"其二东瓯王摇所献,其二闽越王无诸所献也,俱为殉耳。"又问曰:"昔四女云鲍姑何人也?"曰:"鲍靓女⑦,葛洪妻也,多行灸道于南海耳。"炜叹曰:"乃昔乞丐之老妪焉。"又曰:"四女呼蛇为'玉京子',何也?"曰:"安期生常跨斯龙而朝玉京⑧,故号之'玉京子'耳。"炜因在穴饮龙之馀,肌肤少嫩,筋骨轻捷。后居南海十馀载,遂散金破产,栖心道门,挈室往罗浮,访其鲍姑。后竟不知所适。

　　　　田横强死,其魂壮烈,又有五百义士相从,宜为神矣。不省任嚣、赵佗诸公何以富贵如故?岂所谓取精多、用物宏者耶⑨?羊城使者尚获粉绘之报,而任女活命之恩全无照应。一段良姻,反为田夫人所占,吾甚不平。

【注释】①"许",原本作"配",据《太平广记》卷三十四"崔炜"条引裴铏《传奇》改。"夫人"后原本有"而"字,据删。　　②田横,原为六国时齐王族,秦末起兵,据有齐地。及刘邦称帝,率五百壮士逃于海岛。高祖召之,遂行,至洛阳三十里,自杀。岛上五百壮士闻之,亦皆自杀。　　③"履",原本作"复",据出处改。　　④"州",原本作"平",据出处改。　　⑤"有",原本作"第",据出处改。此言崔炜此前曾赁居有屋。　　⑥楚汉相争时,郦食其为汉王使者说齐田广,以所据七十城归汉。田广从之。而韩信又率兵攻齐,齐王以为郦生欺己,遂烹之。　　⑦"靓",原本作"静"。鲍靓,晋时为南海太守,遇仙人阴长生,得道诀而成道。葛洪师事鲍靓,遂以女妻洪。女即鲍姑,与葛洪相继成仙。据改。　　⑧安期生,秦汉间方士,传说成仙,与李少君同至罗浮山(在今广东惠州),为仙人至粤最早者。　　⑨春秋时,郑国子产论鬼魂,以为富贵之人生时用物多而精,则其魂魄强,死后其魂魄能够存在较久。但子产也只是认为能比普通人长久一些,最终还是要魂消魄散的。

窦　玉

进士王胜、盖夷,元和中求荐于同州。时宾馆填溢,假郡功曹王翯第以俟试①。既而他室皆有客,惟正堂以草绳系门。自牖而窥其室,独床上有褐衾,床北有破笼,此外更无有。问其邻,曰:"处士窦三郎玉居也。"二客以西厢为窄,思与同居,甚喜其无姬仆也。及暮,窦处士者一驴一仆,乘醉而来。夷、胜前谒,且曰:"胜求解于郡,以宾馆喧,故寓于此。所得西廊亦甚窄,君子既无姬仆,又是方外之人,愿略同此堂,以俟郡试。"玉固辞,接对之色甚傲。

夜深将寝,忽闻异香。惊起寻之,则见堂中垂帘帏,喧然笑语。于是夷、胜突入其堂中。屏帏四合,奇香扑人。雕盘珍膳,不可名状。有一女,年可十八九,娇丽无比,与窦对食。侍婢十馀人,亦皆端妙。银炉煮茗方熟,坐者起,入西厢帷中,侍婢悉入,曰:"是何儿郎,冲突人家?"窦面色如土,端坐不语。夷、胜无以致辞,啜茗而出。既下阶,闻闭户之声,曰:"风狂儿郎,因何共止? 古人卜邻②,岂虚哉!"窦辞以"非己所居,难拒异客,必虑轻侮,岂无他宅",因复欢笑。

及明,往觇之,尽复其旧。窦独偃于褐衾中,拭目方起,夷、胜诘之,不对。夷、胜曰:"君昼为布衣,夜会公族,苟非妖幻,何以致丽人? 不言其实,当即告郡。"窦曰:"此固秘事,言亦无妨。比者玉薄游太原,晚发冷泉,将宿于孝义县。阴晦失道,夜投人庄,问其主,其仆曰:'汾州崔司马庄也。'令人告焉,出曰:'延入。'崔司马年可五十馀,衣绯,仪貌可爱。问窦之先及伯叔昆弟,诘其中外亲族,乃玉旧亲,知其为表丈也。自幼亦尝闻此丈人,但不知官位。慰问殷勤，情意甚优重。因令报其妻曰：'窦秀才乃是右卫将军七兄之子，是吾之重表侄。夫人亦是丈母，可见之。从宦异方，亲戚离阻，不因行李，岂得相逢？请即见。'有顷，一青衣曰：'屈三郎入。'其中堂陈设之盛，若王侯之居。盘馔珍奇，味穷海陆。既食，丈人曰：'君今此游，将何所求？'曰：'求举资耳。'曰：'家在何郡？'曰：'海内无家。'丈人曰：'君生涯如此，身事落然。蓬游无抵，徒劳往复。丈人有女，年近长成，今便令奉事。衣食之给，不求于人。可乎？'玉起拜谢。夫人喜曰：'今夕甚佳，又有牢馔，亲戚中配属，何必广召宾客？吉礼既具，便取今夕。'谢讫复坐，又进食。食毕，揖玉憩于西厅。具沐浴讫，授衣巾，引相者三人来③，皆聪明之士。一姓王，称郡法曹；一姓裴，称户曹；一姓韦，称郡督邮，相让而坐。俄而礼舆香车皆具，花烛前引，自厅西至中门，展亲御之礼。因又绕庄一周，自南门入中堂，堂中帷帐已满。成礼讫。初三更，妻告玉曰：'此非人间，乃神道也。所言汾州，阴道汾州，非人间也。相者数子，无非冥官。妾与君宿缘，合为夫妇，故得相遇。人神路殊，不可久住，君宜即去。'玉曰：'人神既殊，安得配属？已为夫妻，便合相从。何为一夕而别也？'妻曰：'妾身奉君，固无远近。但君生人，不合久居于此。君速命驾。常令君箧中有绢百匹，用尽复满。所到必求静室独居，少以存想，随念即至。十年之外，可以同行，今且昼别宵会耳。'玉乃入辞。崔曰：'明晦虽殊，人神无二。小女子得奉巾栉，盖是宿缘。勿谓异类，遂猜薄之，亦不可言于人。公法讯问④，言亦无妨。'言讫，得绢百匹而别。自夜独宿，思之则来，供帐馔具，悉其携也。若此者五年矣。"

夷、胜开其箧，果有绢百匹。因各赠三十匹，求其秘言之。言讫遁去，不知所在。⑤

【注释】①言借住于王蕭之闲屋。　②卜邻，择良邻而居。　③相，即傧相，婚礼时负责唱赞行礼及接引宾客者。　④公法，指官府。　⑤此条采自唐李复言《续玄怪录》卷三"窦玉妻"。

秦 女 大 圣

陇西辛道度者,游学至雍州城四五里,比见一大宅,有青衣女子在门。度诣门下求飡,女子入告,奉女郎命,召入阁中。女郎于西榻坐。度称姓名,叙起居,既毕,命坐东榻,即治饮馔。食讫,女谓度曰[①]:"我秦闵王女,出聘曹国,不幸无夫而亡,亡来已二十三年,独居此宅。今日君来,愿为夫妇。"

经三宿后,女郎自言曰:"君是生人,我鬼也。共君宿契,此会可三宵,不可久居。然兹信宿,未悉绸缪,既已分飞,将何表信?"即命取床后盒子开之,以金枕一枚与度为信,乃分袂泣别,即遣青衣送出门外。未逾数步,不见舍宇,惟有一冢。

度当时慌忙出走,视其金枕在怀,乃无变异。寻至秦国,以枕于市货之。恰遇秦妃东游,亲见度卖金枕,疑而索看,诘度何处得来。度具以告。妃闻,悲泣不能自胜。乃遣人发冢,起柩视之,原葬悉在,唯不见枕。解体看之,交情宛若,秦妃始信之,叹曰:"我女大圣死经二十三年,犹能与生人交往,此是我真女婿也。"遂封度为驸马都尉,赐金帛车马,令还本国。因此以来,后人名女婿为驸马。见《搜神记》。

【注释】①"度",原本作"庆",据本条出处晋干宝《搜神记》卷十六改。

隋 县 主

唐贞元中,河南独孤穆者,客淮南,夜投大仪县宿[①]。未至十里馀,见一青衣乘马,颜色颇丽。穆微以词调之,青衣对答甚有风格。俄有车辖北下,导者引之而去。穆遽谓曰:"向者粗承颜色,谓可以周旋终接,何乃顿相舍乎?"青衣笑曰:"愧耻之意,诚亦不足。但娘子少年独居,性甚严整,难以相许耳。"穆因问娘子姓氏及中外亲族。青衣曰:"姓杨,第六。"不答其他。

既而不觉行数里,俄至一处,门馆甚肃。青衣下马入,久之乃出,延客就馆,秉烛陈榻,衾褥毕具。有顷,谓穆曰:"君非隋将独孤盛之后乎?"穆乃自陈是盛八代孙。青衣曰:"果如是,娘子与郎君乃有旧。"穆讯其故。青衣曰:"某贱人也,不知其繇。娘子即当自出申达。"须臾设食,水陆毕备。食讫,青衣数十人前导,曰:"县主至。"见一女,年可十三四,姿色绝代。拜跪讫,就坐,谓穆曰:"庄居寂寞,久绝宾客,不意君子惠顾。然而与君有旧,不敢使婢仆言之,幸勿为笑。"穆曰:"羁旅之人,馆谷是惠②,岂意特赐相见,兼许叙旧。且穆平生未离京洛,是以江淮亲故多不之识,幸尽言也。"县主曰:"欲自陈叙,窃恐惊动长者。妾离人间已二百年矣,君亦何从面识?"穆初闻其姓杨,及自称县主,意已疑之。及闻此言,乃知是鬼,亦无所惧。县主曰:"以君独孤将军之贵裔,世禀忠烈,故欲奉托,勿以幽冥见疑。"穆曰:"穆之先祖为隋室忠臣,县主必以穆忝有祖风,故欲相托,乃平生之乐闻也,有何疑焉?"县主曰:"欲自宣泄,实增悲感。妾父齐王,隋帝第二子③。隋室倾覆,妾之君父同时遇害。大臣宿将,无不从逆,唯君先将军力拒逆党④。妾时年幼,尚在左右,具见始末。及乱兵入宫,贼党有欲相逼者,妾因骂辱之,遂为所害。"因悲不自胜。穆因问其当时人物及大业末事,大约多同隋史。

久之,命酒对饮,言多悲咽,为诗以赠穆曰:"江都昔丧乱,阙下多构兵。豺虎恐吞噬,干戈日纵横。逆徒自外至,半夜开重城。膏血浸宫殿,刀枪倚檐楹。今知从逆者,乃是公与卿。白刃污黄屋,邦家遂因倾。疾风表劲草,世乱识忠臣。哀哀独孤公,临死乃结缨⑤。天地既板荡,云雷时未亨。今者二百载,幽怀犹未平。山河风月古,陵寝露烟青。君子乘祖德⑥,方垂忠烈名。华轩一惠顾,土室以为荣。丈夫立志操,存没感其情。求义若可托,谁能抱幽贞?"

穆深嗟叹,以为班婕妤所不及也⑦。因问其平生制作,对曰:
"妾本无才,但好读古集。尝见谢家姊妹及鲍氏诸女⑧,皆善属文,
私怀景慕。帝亦雅好文学,时时被命⑨。当时薛道衡名高海内⑩,妾
每见其文,心颇鄙之。向者情发于中,但直叙事耳,何足称赞?"穆
曰:"县主才自天授,乃邺中七子之流⑪,道衡安足比拟?"穆遂赋诗
以答之,曰:"皇天昔降祸,隋室如缀旒。患难在双阙,干戈连九州。
出门皆凶竖,所向多逆谋。白日忽然暮,颓波不可收。望夷既结
衅⑫,宗社亦贻羞。温室兵始合⑬,宫闱血已流。悯哉吹箫子,悲啼
下凤楼。霜刃徒见逼,玉笄不可求。罗襦遗侍者,粉黛成仇雠。邦
国已沦覆,馀生誓不留。英英将军祖,独以社稷忧。丹血溅黼扆,
丰肌染戈矛。今来见禾黍,尽日悲宗周。玉树深寂寞,泉台千万
秋。感兹一顾重,愿以死节酬。幽显倘不昧,终焉契绸缪。"

县主吟讽数回,悲不自胜者久之。逡巡,青衣人皆将乐器,而
有一人前白县主曰:"言及旧事,但恐使人悲感。且独孤郎新至,岂
可终夜啼泣相对乎?某请充使,召来家娘子相伴。"县主许之。既
而谓穆曰:"此大将军来护儿歌人⑭,亦当时遇害,近在于此。"俄顷
即至,甚有姿色。因作乐,纵饮甚欢。来氏歌数曲,穆唯记其一云:
"平阳县中树,久作广陵尘。不意何郎至,黄泉重见春。"良久,曰:
"妾与县主居此二百馀年,岂期今日忽有嘉礼。"县主曰:"本以独孤
公忠烈之家,愿一相见,欲豁幽愤耳。岂可以尘土之质厚诬君子?"
穆因吟县主诗落句云:"求义若可托,谁能抱幽贞?"县主微笑曰:
"亦大强记。"穆因以歌讽之曰:"金闺久无主,罗袂坐生尘。愿作吹
箫伴,同为骑凤人。"县主亦以歌答曰:"朱轩下长路,青草启孤坟。
犹胜阳台上,空看朝暮云。"来氏曰:"曩者萧皇后欲以县主配后兄
子,正见江都之乱,其事遂寝。独孤冠冕盛族,忠烈之家,今日相
对,正为嘉偶。"穆问县主所封何邑,县主曰:"儿以仁寿四年生于京
师⑮,时驾幸仁寿宫,因名寿儿。明年,太子即位,封清河县主。上
幸江都宫,徙封临安县主。特为皇后所爱,常在宫内。"来曰:"夜已

深矣，独孤郎宜早成礼。某当奉候于东阁，俟晓拜贺。"于是群婢戏谑，皆若人间之仪。既入卧内，但其气奄然，其身颇冷。顷之，泣谓穆曰："殂谢之人，久为尘灰，幸得奉事巾栉，死且不朽。"

于是复召来氏，饮宴如初。因问穆曰："闻君今适江都，何日当回？有以奉托，可乎？"穆曰："死且不顾，何有不可？"县主曰："帝既改葬，妾独居此。今为恶王墓所扰，欲聘妾为姬，妾以帝王之家，义不为凶鬼所辱。本愿相见，正为此耳。君将适江南，路出其墓下，以妾之故，必为所困。道士王善交书符于淮南市，能制鬼神。君若求之，即免矣。"又曰："妾居此亦终不安。君江南回日，能挈我俱去，置我洛阳北坂上，得与君相近，永有依托，生成之惠也。"穆皆许诺，曰："迁葬之礼，乃穆家事矣。"

酒酣，倚穆而歌曰："露草芊芊，颓茔未迁。自我居此，于今几年。与君先祖，畴昔恩波。死生契阔，忽此相过。谁谓佳期，寻当别离。俟君之北，携手同归。"因下泪沾襟，来氏亦泣，语穆曰："独孤郎勿负县主厚意！"穆因以歌答曰："伊彼维阳，在天一方。驱马悠悠，忽来异乡。情通幽显，获此相见。义感畴昔，言存缱绻。清江桂舟，可以遨游。惟子之故，不遑淹留。"县主泣谢。穆曰："一辱佳贶，永以为好。"须臾，天将明。县主涕泣，穆亦相对而泣。凡在坐者，皆与辞诀。

既出门，回顾无所见。地平坦，亦无坟墓之迹。穆意恍惚，良久乃定，因徙柳树一株以志之。家人索穆颇急。后数日，穆乃入淮南市，果遇王善交于市，遂求一符。既至恶王墓下，为旋风所扑三四，穆因出符示之，乃止。先是，穆颇不信鬼神之事，及此乃深叹讶，亦私为所亲者言之。次年正月，自江南回，发其地数尺，得骸骨一具，以衣衾敛之。穆以其死时草草，葬必有阙。既至洛阳，大具威仪，亲为祝文以祭之，葬于安喜门外。其后独宿于村野，县主复至。谓穆曰："迁葬之德，万古不忘。幽滞之人，分不及此者久矣。幸君惠存旧好，使我永得安宅。"穆睹其车舆导从，悉光赫于当时。

县主谢曰:"此皆君子赐也。岁至己卯,当遂相见。"其夕,因宿穆所,至明乃去。

穆既为数千里迁葬,复昌言其事,凡穆之故旧亲戚无不毕知。贞元十五年,岁在己卯。穆晨起将出,忽见数人至其家,谓穆曰:"县主有命。"穆曰:"岂相见之期至耶?"其夕暴亡。遂合葬于杨氏。

【注释】①"仪",原本作"义",据《太平广记》卷三百四十二"独孤穆"条引《异闻录》改。　②馆谷,有食有宿。　③隋炀帝有三子,次子为齐王暕。　④宇文化及作乱,裴虔通引兵至成象殿,宿卫者皆释仗而走。虔通谓独孤盛曰:"事势已然,不预将军事。将军慎无动。"盛大骂曰:"老贼是何物语!"不及被甲,与左右十馀人逆拒之,为乱兵所杀。　⑤春秋时,卫乱,子路缨断,曰:"君子死,冠不免。"结缨而死。　⑥"乘祖德",原本作"秉恒德",据出处改。　⑦班婕妤,汉成帝妃,善诗赋。传世有《团扇歌》及赋二首。　⑧"妹",原本作"母",据出处改。谢氏才女以东晋谢道蕴最著;鲍氏女,指鲍照之女鲍令晖,但均未闻其姊妹中有能文者。　⑨被命,受炀帝之命而作诗。　⑩薛道衡,隋朝诗人成就最高者。炀帝忌其才,借故杀之。　⑪邺中七子即孔融、陈琳等建安七子。　⑫赵高杀秦二世于望夷宫。　⑬隋炀帝被杀于温室。　⑭来护儿,隋大将,为炀帝所信委,官至左翊卫大将军,进位开府仪同三司。江都之难,为宇文化及所害。　⑮仁寿,隋文帝年号(601—604)。

张　云　容

薛昭者,唐元和末为平陆尉,以气义自喜,常慕郭代公、李北海之为人①。因夜直宿,因有为母复仇杀人者,与金而逸之②。县闻于廉使,廉使奏之,坐谪为民于海康。敕下之日,不问家产,但荷银铛而去③。

有客田山叟者,或云数百岁人,平日与昭契洽,乃赍酒阑道而饮饯之。谓昭曰:"君义士也,脱人之祸而自当之,真荆、聂之俦也④。吾请从子。"昭不许。固请,乃许之。至三乡夜,山叟脱衣易酒,大醉其左右,谓昭曰:"可遁矣。"与之携手出东郊,赠药一粒,曰:"非唯去疾,兼能去食。"又约曰:"此去但遇道北有林薮繁翳处,可且匿。不独逃难,当获美姝。"

昭辞行,遇兰昌宫,古木修竹,四合其所。昭逾垣而入,追者但东西奔走,莫能知踪矣。昭潜于古殿之西间,及夜,风清月朗,见阶间有三美女笑语而至,揖让升于花裀,以犀杯酌酒而进之。居首女子酹之曰:"吉利吉利,好人相逢,恶人相避。"其次曰:"良宵宴会,虽有好人,岂易逢耶?"昭居窗隙间闻之,又志田山叟之言,遂跃出曰:"适闻夫人云'好人岂易逢耶',昭虽不才,愿备好人之数。"三女愕然良久,曰:"君是何人,而匿于此?"昭具以实对,乃设座于裀之南。昭询其姓字,长曰:"云容,张氏。"次曰:"凤台,萧氏。"次曰:"兰翘,刘氏。"饮将酣,兰翘命骰子,谓二女曰:"今夜嘉宾相逢,须有匹偶。请掷骰子,遇采强者,得荐枕席。"遍掷,云容采胜。兰翘遂命"薛郎近云容姊坐",又持双杯而献曰:"真所谓合卺矣。"

昭拜谢之,遂问:"夫人何许人? 何以至此?"答曰:"某乃开元中杨贵妃之侍儿也,妃甚爱惜,尝令独舞《霓裳》于绣岭宫。妃赠我诗曰:'罗袖动香香不已,红蕖袅袅秋烟里。轻云岭上乍摇风,嫩柳池边初拂水。'诗成,皇帝吟讽久之,亦有继和,但不记耳。遂赐双金扼臂,因兹宠幸愈于群辈。此时多遇帝与申天师谭道,余独与贵妃得窃听,亦数侍天师茶药,颇获天师悯之。因间处叩头乞药,师云:'吾不惜。但汝无分,不久处世⑤,如何?'我曰:'朝闻道,夕死可矣。'天师乃与绛雪丹一粒,曰:'汝但服之,虽死不坏。但能大其棺,广其穴,含以真玉,疏而有风,使魂不荡空,魄不沉寂,有物拘制,陶出阴阳,后百年得遇生人交精之气,或再生,便为地仙耳。'我没兰昌之时⑥,同辈具以白,贵妃怜之,命中贵人陈玄造受其事,送终之器,皆荷如约,今已百年矣。仙师之兆,莫非今宵良会乎? 此乃宿分,非偶然耳。"

昭因诘申天师之貌,乃田山叟之魁梧也。昭大惊曰:"山叟即天师明矣!不然,何以委曲使余符囊日之事哉?"又问兰、凤二子,容曰:"亦当时宫人有容者,为九仙媛所忌⑦,毒而死之,藏吾穴之侧。与之交游,非一朝一夕矣。"

凤台请击席而歌,送昭、容酒,歌曰:"脸花不绽几含幽,今夕阳春独换秋。我守孤灯无白日,寒云垄上更添愁。"兰翘和曰:"幽谷啼莺整羽翰,犀沉玉冷自长欢。月华不忍扃泉户,露滴松枝一夜寒。"云容和曰:"韶光不见分成尘,曾饵金丹忽有神。不意薛生携旧律,独开幽谷一枝春。"昭亦和曰:"误入宫墙漏网人,月华清洗玉阶尘。自疑飞到蓬莱顶,琼艳三枝半夜春。"

诗毕,旋闻鸡鸣。三人曰:"可归室矣。"昭持其衣,超然而去。初觉门户至微,及经阃⑧,亦无所妨。兰凤亦告辞而他往矣,但灯烛荧荧,侍婢凝立,帐幄绮绣,如贵戚家焉,遂同寝处。昭甚慰喜。如此觉数夕,但不知昏旦。容曰:"吾体已苏矣。但衣服破故,更得新衣,则可起矣。今有金扼臂,君可持往近县易衣服。"昭惧不敢去,曰:"恐为州县所执。"容曰:"无惮,可将我白绢去。有急即蒙首,人无能见矣。"昭如言,遂出三乡货之,市其衣服,夜至穴侧,容已迎门而笑,引入曰:"但启椟,当自起矣。"昭启之,果见容体已生。及回顾帷帐,惟一大穴,多冥器服玩金玉,惟取宝器而出。遂与容同归金陵幽栖,至今见在。容鬓不衰,岂非俱饵天师之灵药乎?申师,名元之⑨。

【注释】①郭震,字元振,年十八举进士,任侠使气,不拘小节,历任朔方大总管、兵部尚书,封代国公。李邕,玄宗时官至北海太守,世称李北海。②与囚金钱而纵之逃走。　　③"铟",原本作"银",据本条出处《太平广记》卷六十九引裴铏《传奇》改。铟铛,枷锁。　　④荆、聂,荆轲、聂政,战国时有名的刺客,此处举其侠义。　　⑤不久处世,不能久处于世间。　　⑥"兰昌",原本作"昌兰",据出处改。兰昌,即前文所云之兰昌宫。　　⑦九仙媛,即睿宗之女九公主,有说即玉真公主者。　　⑧阃,门槛。　　⑨"师",原本作"生";"之",原本作"也",据出处改。

李　　陶_{以下无名鬼}

天宝中,陇西李陶寓居新郑。常寝其室,睡中有人摇之,陶惊起,见一婢抱被①,容色甚美。陶问:"那忽得至此?"婢云:"郑女郎欲相诣。"顷之,异香芬馥,有美女从西北陬壁中出,至床所再拜。陶知是鬼,初不交语,妇人惭怍却退。婢慢骂数四云:"田舍郎,待人故如是耶? 令我女郎愧耻亡量。"陶悦其美色,亦心讶之,因诒云:"女郎何在? 吾本未见,可更呼之。"婢云:"女郎重君旧缘,且将复至,勿复如初,可以殷勤待之也。"及至,陶下床致敬,延之偶坐。须臾相近,女郎貌既绝代,陶深悦之,留连十馀日。陶母躬自窥觇,累使左右呼之,陶恐阻己志,亦终不出。妇云:"大家召君②,何以不往? 得无生罪于我。"陶乃诣母。母流涕谓曰:"汝承人昭穆③,乃有鬼妇乎?"陶言其故。自尔半载,留连不去。

其后陶参选,之上都,留妇在房。陶后遇疾笃,鬼妇在房,谓其婢云:"李郎今疾亟,奈何? 当相与往省问。"至潼关,为鬼关司所遏④,不得过。会陶堂兄亦赴选入关,鬼妇得随过。夕至陶所,相见忻悦。陶问:"何得至此?"云:"知卿疾甚,故此相视。"素所持药,因和以饮陶,陶疾寻愈。其年选得临津尉,与妇同众至舍。数日,当之官,鬼辞不行。问其故,云:"相与缘尽,不得复去。"言别凄怆,自此遂绝。

【注释】①"抱被",原本作"袍袴",据《太平广记》卷三百三十三引《广异记》改。　　②"大",原本作"夫",据出处改。大家,姑也。　　③承人昭穆,即有延续宗族之责。　　④鬼关司,中国民间信仰,以为桥梁关隘皆有冥官司禁鬼魂之出入,如要出入,须有冥府关文方可。

南　楼　美　人

　　蔷溪刘天麒[①]，少尝中秋夕独卧小楼，窗忽自启。视之，一美人靓妆缟服，肌体娇腻，真绝色也。天麒恍惚[②]，不敢为语。已而揽其袪，乃莞尔纳之。天麒曰：“敢请姓氏，终当倩媒以求聘耳。”美人曰：“妾上失姑嫜，终鲜兄弟，何聘乎？汝知今夕南楼故事，只呼‘南楼美人’便已。”天曙，嘱曰：“君勿轻泄，妾当终夕至。”语讫，越邻家台榭而去。自是每夜翩翩而至，相爱殊切。

　　一日，天麒露其事于酒馀，人曰：“此妖也，君获祸深矣。”迨夕，美人让曰：“妾见君青年无偶，故犯律失身，奈何泄漏，致人有祸君之说？”遂悻悻而去，将岁杳然。天麒深忿前言，但临衾拭泪而已。

　　至明岁秋夕，尝忆前事，楼中朗吟苏子瞻《前赤壁赋》云：“桂棹兮兰桨，击空明兮溯流光。渺渺兮予怀，望美人兮天一方。”歌未罢，忽美人仍越台榭而至，曰：“妾见君朝夕忧忆，又为冯妇[③]。”相与至夜半，美人潸然泣曰：“风情有限，世事难遗，闻君新婚在迩，今将永别，不然，不直分爱于贤配[④]，抑将不利于吾君。”天麒稍悟，犹豫间，美人不见矣。天麒婚后，更无他异。

　　【注释】①蔷溪，苏州地名。　　②“恍”，原本作“惋”，据本条出处明王世贞《艳异编》卷四十“南楼美人”条改。　　③又为冯妇，即再做冯妇，典出《孟子·尽心下》，此指破誓而重拾旧好。　　④不直，不仅。

城　西　处　子

　　宋时有吴生者，寓宿城西兰若[①]。夜半，闻扣扉者，启视之，乃一处子，容服雅淡。问其从来，以比邻答之，谓生曰：“吾旦见子过门，心私悦焉，欲谐伉俪，有此私奔。恐家人觉之，姑暂归矣。”生意淫荡,强留入室,遂止宿焉。自庆以为巫山之遇不是过也。亥至寅去,往复为常。

居数月,寺僧视生容止,稍疑之,因语之。初不肯言,诘问百端,乃以实告。僧惊叹曰:"昨一官员有女,才色艳丽,选充内庭,病卒,权殡西廊三年矣。曩尝出蛊行客,汝遇得非是乎?且吾邻并无处女。若是者,不亟去祸且及矣。"生惑于爱,犹未忍。至夜,于窗间得一诗云:"西湖著眼事应非,倚槛临流吊落晖。昔日燕莺曾共语,今宵鸾凤叹孤飞。死生有分愁侵骨,聚散无缘泪湿衣。寄与吴郎休负我,为君消瘦十分肌。"墨色惨淡,不类人书。生始惧,翼日遂行。②

【注释】①兰若,佛教寺庙。　　②此条采自明田汝成《西湖游览志馀》卷二十六。

韩　宗　武

韩宗武文若,侍父庄敏公之官于蜀①。舍郡宇书室中,僻在一隅,去使宅稍远,丛竹果树,前有大池,芰荷甚盛。孟秋初三日,风月清爽,闲步砌下,闻池中荷叶窸窣,声如急风至,视月影中一青衣从一女行池上,其衣皆绡縠鲜丽,隔衣见肌肤莹白如玉。韩问曰:"不识子为何神,辄此临顾,愿闻所来。"女曰:"予非神,亦非鬼,乃仙也。籍中与君有缘,特来相见,幸无怖。"语言清丽,颜色艳美,服饰香洁,非尘间所常睹。韩曰:"既言有缘,当为夫妇耶?"笑曰:"然。当有日,不可遽。"韩请期,曰:"后五日,会之七夕,可设珍果,焚香相待,仍屏左右。"遂去。复闻荷叶声,乃不见。

及期而至,容服益华美于前,见酒果,怒曰:"何不精若此?"韩惭曰:"大人性严,不敢广求,极力止此耳。"女令青衣取于其家,顷刻即至,若只此池畔取之。所赍果实,虽市廛中物,俱极精,犹疑之,每食留其核,置砚匣内。夜分同寝,率如常人,但不肯言姓氏,云:"我有父母,迨晓告去。"久而狎熟,极惑之。女戒曰:"切勿轻泄,使我受祸。"家人讶韩病瘁,终不以告。会庄敏移官陕右,女曰:"我所不能以逐君去者,盖道途修阻,弱质弗堪。相别之后,幸无念我,且得罪。"韩惨然曰:"岂能无念哉?"遂别。

韩思之,忘寝与食。既到陕,以夏夜偕兄弟坐庭下,忽瞥然而起[2]。俄复来,意色欣欣,若有所感,白纱衫袖上有血污迹甚多。众惊异,共白父母,庄敏公杖之,使尽言,始具实以对。女继至,曰:"为尔念我,蒙二亲诟责,然从此可以数来,我在中路,为石损腹胁,其血故在。"韩喜拊其腹,因污衣。自是每留心焉。旬日,韩又娶妇,礼迎之夕,妇入罗帏中,见一美女据床叱曰:"我正在此,汝那敢来?"女大骇退避。他夜伺其去,乃克成婚。异时女来,则迁妇别室,女相处自如,无可奈何。[3]

【注释】①韩缜,字玉汝,谥庄敏。为政严酷,地方有"宁逢暴虎,莫逢韩玉汝"之谣。哲宗时曾官宰相。　②瞥然而起,快速地起身离开。　③此条采自明王世贞《艳异编》卷三十八"韩宗武"条。

小　水　人

安城彭姓者,筑庵山中,命奴守之。暮有女子,自称小水人,径入卧室。奴拒之,妇云:"只见船泊岸,那见岸泊船,何无情如此?"因近奴身,自解下体,奴疑为怪,遂各榻而寝。夜中,又登奴榻。奴举而掷之,轻如一叶。奴惧,起取佛经执之。女笑曰:"经从佛出,佛岂在经耶?汝谓畏佛,诚畏经耶?"天将晓,起击庵钟。女云:"莫打莫打,打得人心碎。"取髻上梳掠鬓而去。奴出观所向,忽入松林不见①,壁上有诗云:"妾住小水边,君住青山下。青山不可再,日月坐成夜。""只见船泊岸,不见岸泊船。岂能源谷里,风雨误芳年。""薄情君抛弃,咫尺万里远。一夜月空明,芭蕉心不展。""解下绿罗

裙,无情对有情。那知妾意重,只道妾身轻。""经从佛口出,佛不在
经里。郎在妾心头,郎身隔万里。""月色照罗衣,永夜不得寐。莫
打五更钟,打得人心碎。"

【注释】①此条采自《湖海新闻夷坚续志·后集》卷二,题为"芭蕉精",
此处有数句为本条所节略:"入松林间,因忽不见。盖林中芭蕉丛生故也。
奴归,见壁有五言诗,意妇人芭蕉精也。"

情史氏曰:自昔忠孝节烈之士,其精英百代如生,人尸而
祝之不厌。而狞恶之雄,亦强能为厉于人间。盖善恶之气,积
而不散,于是凭人心之敬且惧而久焉。惟情不然,墓不能封,
椁不能固,门户不能隔,世代不能老。鬼尽然耶? 情使之耳。
人情鬼情,相投而入,如狂如梦,不识不知,幸而男如窦玉,女
如云容,伉俪相得,风月无恙,此与仙家逍遥奚让! 不幸而鬼
有焚灭之惨,人有夭折之患,其人鬼之数,亦自有尽时耳,情曷
故哉? 麻叔谋、杨连真伽掘毁帝王坟墓①,暴骸如山;渊之贤焉
而夭,乌之颖焉而夭,获之力焉而夭,统之智焉而夭②,人鬼之
厄,岂必在情哉? 道家呼女子为"粉骷髅",而悠悠忽忽之人,
亦等于行尸走肉,又安在人之不为鬼也?

【注释】①麻叔谋,隋时开运河,掘毁坟墓无数,其中不乏帝王将相。杨
连真伽,元初西僧,尽掘南宋诸帝陵寝。 ②渊为颜渊,获为乌获,统为庞
统,乌则不知为谁。

卷二十一　情妖类

潘　　妪 人妖

三原县南有店,曰张大夫店。贞元末,彭城刘颇自渭北入城,止于店,见一妪只可六十许[1],衣黄绸大裘,乌帻,跨门而坐,与左卫官李士广语。问广何官,广具答之,妪曰:"此四卫耳[2],大好官!"广曰:"何以知之?"妪曰:"吾姓孟,年二十六嫁张督为妻,督为人多力善骑射,郭汾阳之总朔方[3],督为汾阳所任,常在左右。督死,汾阳伤之。吾貌酷类督,遂伪衣丈夫衣冠,投名为督弟请事汾阳。汾阳大喜,令替阙,如此又寡居十五年。自汾阳之薨,吾已年七十二,军中累奏兼御史大夫。忽思茕独,遂嫁此店潘老为妇。后诞二子,曰滔,曰渠。滔年五十有四,渠年五十二矣。"计此妪盖百馀岁人也。

武曌妇而帝,老而淫,亦人妖也,已入"情秽类"矣。吁!曌之雄略,百倍男子,乃至求仅为妖而不可得,夫妖犹未秽也乎?

【注释】①"只",原本作"见",据本条出处《太平广记》卷三百六十七"孟妪"条引《乾馔子》改。　　②唐制守卫京城共十二卫,称诸卫。四卫为左、右卫和左、右金吾卫,责在守备禁中、皇城和京城,以及维护京城治安,为诸卫中最重要者。　　③郭子仪,以功封汾阳郡王。其任朔方节度使,正安史之乱开始时。

焦 土 妇 人 以下异域

泉州僧本称言:其表兄为海贾,欲往三佛齐[1]。法当南行二日而东,否则值焦土②,船必糜碎。此人行时,遇风迅,船驶既二日半,意其当转而东,即回柂,然已无及,遂落焦土。一舟尽溺,此人独得一木,浮水三日,漂至一岛畔,度其必死。舍水登岸,行数十步,得一小径,路甚光洁,若常有人行者。久之,有妇人至,举体无片缕,言语啁吥不可解。见外人甚喜,携手归石室中。至夜与共寝,天明举大石室其外。妇人独出,至日晡将归,必赍异果至,味珍甚,皆世所无者。留稍久,始听自便。如是七八年,生三子。一日,纵步至海际,适有舟抵岸,亦泉人以风误至者,乃旧相识,急登之。妇人奔走,号呼恋恋,度不可回,即归取三子,对此人裂杀之。其岛甚大,然但有此一妇人耳。③

　　一岛止此一妇人,世间果有独民国乎? 留三子,用胡法可传种成部落④,裂杀何为?

【注释】①三佛齐,其国在今南洋之苏门答腊。　　②此焦土,指乱礁。③此条采自宋洪迈《夷坚甲志》卷七"岛上妇人"。　　④所谓"胡法",意即匈奴夫死后,妻即嫁其子。此说不确,见卷十三"昭君"条及注。

海　王　三

　　山阳有海王三者,始其父贾于泉南,航巨浸,为风涛败舟。同载数十人已溺,王得一板自托,任其簸荡到一岛屿傍。遂陟岸,行山间,幽花异木,珍禽怪兽,多中土所未识。而风气和柔,不类蛮峤①,所至空旷,更无居人。王憩于大木下,莫知所届。忽见一女子至,问曰:"汝是甚处人? 如何到此?"王以舟行遭溺告。女曰:"然则随我去。"女容貌颇秀美,发长委地,不梳掠,语言可通晓,举体无丝缕,朴樕蔽形②。王不能测其为人耶? 为异物耶? 默念:"业已堕他境,一身无归,亦将毕命豺虎,死可立待,不若姑听之。"乃从而下山,抵一洞,深杳洁邃,晃耀常如正昼,盖其所处,但不设庖爨。女留与同居,朝暮饲以果实,戒使勿妄出。王虽无衣食可换,幸其地不甚觉寒暑。度岁馀,生一子。迨及周晬③,女采果未还。

王信步往水涯,适有客舟避风于岸隩,认其人,皆旧识也。急入洞,抱儿至,径登舟。女继来,度不可及,呼王姓名骂之,极口悲啼,扑地,气几绝。王从篷底举手谢之,亦为掩啼。此舟已张帆,乃得归楚。儿既长,楚人目为海王三。绍兴间犹存。④

【注释】①蛮峤,蛮荒的海岛。　　②朴樕,此指草木之叶。　　③周晬,婴儿周岁。　　④此条采自宋洪迈《夷坚支志甲》卷十"海王三"。

汝州村人女 野叉

汝州傍县有村人,失女数岁,忽自归,言:初被物寐中牵去,倏至一处,及明,乃在古塔中。见美丈夫语曰:"我天人,分合得汝为妻,自有年限,勿生疑惧。"且戒其不窥外也。日两返,下取食,有时炙饵犹热。经年,女伺其去,窃窥之,见其腾空如飞,火发蓝肤,磔磔耳如驴焉,至地乃复人矣。惊怖汗浃。其物返,觉曰:"尔固窥我。我实野叉,与尔有缘,终不害汝。"女素慧,谢曰:"既为君妻,岂有恶乎?君既灵异,何不居人间,使我时见父母?"其物言:"我辈罪业,或与人杂处,则疫疠作。今形迹已露,任尔纵观,不久送尔归也。"其塔去人居止甚近,女常下视,其物在空中不能化形,至地方与人混。或有白衣尘中者①,其物敛手侧避,或见拂其头②、唾其面者,行人悉皆不见。及归,女问之:"向见君街中有敬之者,有戏之者,何也?"物笑曰:"世有吃牛肉者,予得而欺之,或遇忠直孝养,释道守戒律、法箓者,吾误犯之,当为天戮。"又经年,忽悲泣语女:"缘法已尽,候风雨当送归。"授一青石,大如鸡卵,言:"至家,可磨此服之,能下毒气。"后一夕风雷,其物遽持女曰:"可去矣。"如释氏言屈伸臂,顷已至其家,坠之庭中。其母因磨石饮之,下物如青泥斗许。

出段成式《诺皋记》。

【注释】①白衣，平民。尘中，步行。言其人地位低。　②"拂"，原本作"撮"，据唐段成式《酉阳杂俎》卷十四"诺皋记上"改。

马　　化 _{以下兽属}

蜀中西南高山之上，有物与猴相类，长七尺，能作人行，善走，逐人，名曰猳国，一名马化，或曰玃猨。伺道行妇女，有美者辄盗取将去，人不得知。若有行人经过其傍，皆以长绳相引，犹故不免。此物能别男女气臭，故取女，男不取也。若取得人女，则为家室；其无子者，终身不得还。十年之后，形皆类之，意亦迷惑，不复思归；若有子者，辄抱送还其家。产子皆如人形，有不养者，其母辄死，故惧怕之，无敢不养。及长，与人不异，皆以杨为姓。故今蜀中西南多诸杨，率皆是猳国、马化之子孙也。出《搜神记》。

猩　　猩

金陵商客富小二，以绍兴间泛海①，至大洋，遇暴风，舟溺。富生漂荡抵绝岸，行数十步，满目皆山峦，全无居室。饥困之甚，值一林，桃李累累垂食②，采食之。俄有披发而人形者接踵而至③，遍身生毛，略以木叶自蔽。逢人皆喜挟以归，言语极啁吼，微可晓解。每日只啖生果。环岛百千穴，悉一种类。虽在岩谷，亦秩秩有伦，各为匹偶，不相杂揉。众共择一少艾女子以配富，旋生一男。富夙闻诸舶上老人④，知为猩猩国。生儿全肖父，俱微有长毫如毛。时虑富窜伏，才出，辄运巨石窒其窦，或倩他人守视。既诞此男，乃听其自如。凡三岁，因携男独纵步，望林杪高桅，趋而下，得客舟，求附行。许之，即抱男以登。无来追者，遂得归。男既长大，父启茶肆于市,使之主持。赋性极驯。傍人目之为猩猩八郎。

【注释】①"以绍兴间"四字原本缺,据本条出处宋洪迈《夷坚志补》卷二十一"猩猩八郎"补。绍兴,南宋高宗年号(1131—1162)。　　②"垂",原本作"果",据出处改。　　③"接",原本作"援",据出处改。　　④"凤",原本作"风",据出处改。凤,以往。

狸　精

黄州市民李十六,开茶肆于观风桥下。淳熙八年春夜,已扃户,其仆崔三未寝,闻外人扣门。问:"为谁?"曰:"我也。"崔意为主人,急启关,乃一少年女子,容质甚美。骇曰:"娘子何自来? 此是李家茶店耳,岂非错认乎?"曰:"我只是左侧孙家新妇,因取怒阿姑,被逐出,终夜无所归,愿寄一宵。"崔曰:"我受佣于人,安敢自擅?"女以死哀请,立不肯去。崔不得已,引至肆傍一隅①,授以席,使之寝。久之,起就崔榻,密语曰:"我不惯孤眠,汝有意否?"崔喜出望外,即留共宿,鸡鸣而去。继此时时一来。

崔以人奴获好妇,惬适所愿,不复询究本末。一夕女曰:"汝月得雇直不过千钱,当不足给用。"袖出官券十千与之。其后屡致薄助,崔又益喜。兄崔二者,素习弋猎,常出游他州,忽诣弟处相问讯,寄寓旬馀,女杳不至。崔思恋笃切,殆见梦寐,乃吐情实告兄。兄曰:"此地多鬼魅,虑害汝命,速为之图。"崔曰:"弟与之相从半年,且赖渠拯恤,义均伉俪,难诬以鬼也。"兄曰:"然则知我至则绝迹,何耶?"崔曰:"正以兄弟妨嫌,于礼不可。"兄曰:"彼每至,从何处出入?"曰:"入自外门,縠楼梯而下。"兄是晚舍去,取猎具卷网数枚,散布之。抵暮,伏于隐所。三更后,戛然有声,急篝火照视,得一斑狸,长三尺,死焉。兄曰:"是物盖惑吾弟者也。"剥其皮而烹其肉。崔惨沮凄泪,不能胜情。

异日独处室中,觉异香馥烈,女已立灯下,大骂曰:"我与汝恩义如此，又数济汝窘乏，何为轻信狂兄之言？幸我是时未离家，仅杀我一婢，坏衫子一领而已。"崔逊谢。女笑曰："固知非汝所为，吾不恨汝。"遂驻留如初。至今犹在。

【注释】①"肆"，原本作"四"，据本条出处宋洪迈《夷坚支志乙》卷二"茶仆崔三"改。

白　面　狐　狸

　　隆兴府樵舍镇富人周生，颇能捐赀财以歌酒自娱。绍兴四年六月，有老父经过，自言是王七公，挟一女曰千一姐来展谒。女容色美丽，善琴棋，书大字①，画梅竹。命之歌词，妙合音律。周悦其色艺，语老者云："我自有妻室，能降意为侧室乎？"对曰："女子年二十二岁，更无他眷属，如君家欲得备使令，老身之幸也！"周谢其听许，议酬以官券千缗。老父曰："本不较此，但得吾女有所归，足矣！"呼牙侩立契，即留女而受券去，明日告别。

　　女为妾逾五年，八月，有行客如道人状，过门，言："是家有怪气，吾当除之。"阍入以告，周遽出，遗以百钱，不受，与之酒，亦不饮。问曰："君家有若干人口？无论老少男女，尽教来前，为相何人合贵②。"周一门二十七口，悉至厅上。道人熟视此女，掐诀吹气，喝曰："速降！"俄雷火从袖出，霹雳震响，烟气蔽面，顷之豁然。千一姐化为白面狐狸，已仆地而陨。道人不见矣。

【注释】①"书"字原本缺，据本条出处宋洪迈《夷坚志补》卷二十二"王千一姐"补。　②合贵，合当有富贵之命。

猿　　精　凡二条

　　梁大同末①，遣平南将军蔺钦南征，至桂林，破李师古、陈彻。

别将欧阳纥略地至长乐，悉平诸洞，深入险阻。纥妻纤白甚美。其部人曰："将军何为挈丽人经此地？有人善窃少女，而美者尤所难免，宜谨护之。"纥甚疑惧，夜勒兵环其庐，匿妇密室中，谨闭甚固，而以女奴十馀伺守之。是夕，阴雨晦黑。至五更，寂然无闻。守者怠而假寐，忽若有物惊寤者，即已失妻矣。门扃如故，莫知所出。出门，山险，咫尺迷闷，不可寻。遂迨明，绝无其迹。纥大愤痛，誓不徒还。因辞疾，驻其军，日往四邀，即深凌险以索之。

既逾月，忽于百里之外丛筱上得其妻绣履一只，虽雨浸濡，犹可辨识。纥尤凄悼，求之益坚。选壮士三十人，持兵负粮，岩栖野食。又旬馀，远所舍约二百里，南望一山葱秀迥出，至其下，有深溪环之，乃编木以渡。绝岩翠竹之间，时见红彩，闻笑语音。扪萝引絙而陟其上，则嘉树列植②，间以名花。其下绿芜丰软如毯，清迥岑寂③，杳然殊境。有东向石门，妇人数十，被服鲜泽，嬉游歌笑，出入其中，见人皆谩视迟立。至则问曰："何因来此？"纥具以对。相视叹曰："贤妻至此月馀矣，今病在床，宜遣视之。"入其门，以木为扉，中宽辟若堂者三。四壁设床，悉施锦荐。其妻卧石榻上，重茵累席，珍食盈前。纥就视之，回眸一睇，即疾挥手令去。诸妇人曰："我等与公之妻，比来久者十年。此神物所居，力能杀人，虽百夫操兵，不能制也。幸其未返，宜速避之。但求美酒两斛，食犬十头，麻数十斤，当相与谋杀之。其来必以正午后，慎勿太早。"以十日为期，因促之去。

纥亦遽退，遂求醇醪与麻、犬，如期而往。妇人曰："彼好酒，往往致醉，醉必骋力，俾我等以彩练缚手足于床，一踊皆断；尝纫三幅，则力尽不解。今麻隐帛中束之④，度不能矣。遍体皆如铁，唯脐下数寸常护蔽之，此必不能御兵刃。"指其旁一岩曰："此其食廪，当隐于是，静而伺之，酒置花下，犬散林中。待吾计成，招之即出。"如其言，屏气以俟。

日晡，有物如匹练，自他山下，透至若飞，径入洞中。少选，有美丈夫，长六尺馀，白衣曳杖，拥诸妇人而出。见犬惊视，腾身执之，披裂吮咀，食之至饱。妇人竞以玉杯进酒，谐笑甚欢。既饮数斗，则扶之而去。又闻嬉笑之音，良久，妇人出招之，乃持兵而入，见大白猿缚四足于床，头顾人蹙缩，求脱不得，目光如电。竞兵之，如中铁石。刺其脐下，即饮刃，血射如注，乃大叹咤曰："此天杀我，岂尔之能！然尔妇已孕，勿杀其子，将逢圣帝，必大其宗。"言绝乃死。搜其藏，宝器丰积，珍羞盈品，罗列几枕。凡人世所珍，靡不充备。名香数斛，宝剑一双。妇人三十辈，皆绝色，久者至十年。云："色衰必被提去，莫知所置。又捕采唯止其身，更无党类。且盥洗著帽，加白袷，被素罗衣⑤，不知寒暑。遍身白毛，长数寸。所居常读木简，字若符篆，了不可识，已则置石磴下。晴昼或舞双剑，环身电飞，光圆若月。其饮食无常，喜啖果栗，尤嗜犬，咀而饮其血。日始逾午，即飘然而逝。半昼往返数千里，及晚必归，此其常也。所须无不立得。夜就诸床嬲戏，一夕皆周，未尝寐。然其状即猨玃类也。今岁木落之初，忽怆然曰：'吾为山神所诉，将得死罪，亦求护之于众灵，庶几可免。'前此月生魄⑥，石磴生火⑦，焚其简书，怅然自失，曰：'吾已千岁而无子，今有子，死期至矣。'因顾诸女，汍澜者久之⑧。且曰：'此山峻绝，未尝有人至者。非天假之，何耶？'"

　　纥取宝玉珍丽及诸妇人皆以归，犹有知其家者。纥妻周岁生一子，厥状肖焉。后纥为陈武帝所诛⑨。素与江总善⑩，爱其聪寤绝人，常留养之，故免于难。及长，果文学善书，知名于时。

　　　纥子欧阳询面似猴，长孙无忌嘲之曰："谁于麟阁上画此一猕猴？"同时因戏作此传以实之，非实录也。

【注释】①大同，梁武帝晚年年号（535—547）。　　②"植"，原本作"值"，据本条出处《太平广记》卷四百四十四"欧阳纥"条引《续江氏传》改。③"岑寂"二字原本缺，据出处补。　　④"柬"，原本作"求"，据出处改。⑤"素"，原本作"表"，据出处改。　　⑥月生魄，圆月生缺。　　⑦"生"字原本缺，据出处补。　　⑧沈澜，泪下如雨状。　　⑨诛欧阳纥者为陈宣帝。陈宣帝性猜忌，逼反时任广州刺史欧阳纥。纥兵败被俘，被斩于建康。⑩江总，萧梁时官尚书殿中郎，入陈官中书侍郎，后主时任宰相，不理政事，陈亡后入隋。才华横溢，为江南文学大家。

又

《大唐奇事》云：长安有贫僧买一小猿，会人言，堪驰使。虢国夫人欲之，问其繇。僧曰："本住西蜀，居山二十馀年。偶群猿过，遗此小猿，怜而养之。才半载，识人意，会人言语指顾，实不异一弟子。今至成都，资用乏绝，故鬻之。"夫人偿以彩帛，僧谢而去。

此猿旦夕在妇人侧，甚怜爱之。他日，贵妃遗夫人芝草，小猿看玩良久，倒地立化为一小儿，状貌端妍，可十四五。夫人怪而问之。小儿曰："本姓袁，随父入蜀山采药，居林下三年。父尝以药苗唊我，忽一日，不觉变身为猿。父惧，弃我去，幸此僧收养，得至夫人宅中。口虽不能言，心中之事略不遗忘。每至深夜，惟自泣下。今不期还复人身也。"夫人奇之，遂衣以锦衣，使侍从，常秘密。又二年，容貌转美。夫人恐人见夺，因不令出，安于别室，以一婢供饲药食，从所嗜也。一日，小儿与此婢俱化为猿。惧而射杀之，其小儿乃木人耳。①

猿化小儿，与《潇湘记》所载马化女子事同。益州刺史张某者，有骏马，甚宝惜之，每令二人晓夕专饲。忽一日，化为一妇人，美丽奇绝，立于厩中。左右遽白，张亲至察视。妇人前拜言曰："妾本家燕中，因僻好骏马，每睹之，必叹美其骏逸。如此数年，忽自醉倒，俄化为马，遂奔跃出门，随意南走。将千里，被人收取，入于君厩。今偶自追恨，泪下入地，地神上奏于帝，遂有命再还旧身。追思往事，如梦觉耳。"张大惊异，安存于家。经数载，妇人忽坚求还乡，张公尚未允，妇人号泣，仰天自扑，忽复化为马，奔突而出，不知所之。

【注释】①此条见《太平广记》卷三百六十八"虢国夫人"条引《大唐奇事》。

猴　精

天台市吴医有女，年及笄，方择婿，忽于中庭见故嫂，恍惚间忘其死，与叙间阔。嫂曰："当春光潋荡，莺花可人，景物如此，姑独无念乎？"女不答。又曰："必待媒妁之言，不过得一书生，或一小吏，或富室，或豪子，如是极矣。有侯将军者，富贵名族，仕御马院，蒙天子眷宠，得大官，风态标度，魁梧异常，姑如有意，当为平章耳①。"女曰："惟父母命，我安得专？"嫂曰："汝谓之可即可，何待二亲？"言毕而没。

女自是精爽迷罔，顿如痴人，正昼昏睡，暮则华装艳饰，伺夜若有所之。殆一年许，形质枯悴，其家莫测。巫师禳解，万端不效。忽语曰："我将军明日当至，宜延接，不然将降大祸。"父母不敢拒，强为设盛馔，呼倡乐，罗陈于堂。

至期，闻外传呼甚雄，已而高牙大纛，驺从戈戟，绛烛前列，后骑歌吹，轩盖陆续而来。十馀辈衣巾各殊，或被戎服，或绛绡而冠，或赭黄而帽，大抵皆美丈夫也。吴叟拜之，皆答拜。揖逊就席，觞行酬劝，谑浪尽欢。竟酒，与吴同载而出。继此时一来，吴氏不胜其扰。

郡人言："此地有宁先生②，道法通神。"吴即日持牒往告。宁书符箓使置门首，妖见之曰："吾非鬼，何畏此哉？"笑而出。宁闻之大怒，亟访吴，建坛置狱，皆见腾龙骧虎，神物乱杂，环绕其居。妖正在女室，颇窘惧，呼卒索马，欲趋小楼而上，既出复入者数四。明日，宁语吴氏曰："但见物如飞鸟者，急击勿失。"吴伏壮仆，持梃候门。夜有黄雀入，急击之，应手化为莺；再击之，已如鹰；少选，大如车轮，见者怖走。宁敕神将擒扑，始仆地死③，乃巨猴也，两翅如蝙蝠。凡三夕，获三物，其一首若熊。后画地为牢，命力士搜捕妖党，得狐狸、蛇虺、木石、鸟兽之属不可计，皆辇致铁臼内杵碎之。诘其嫂导诱之状，即引伏，以亲故不治。焚猴尸，扬灰江上，窜其魄于海陬，女遂如初。

【注释】①平章，商酌。　　②"地"、"宁"二字原本缺，据本条出处宋洪迈《夷坚志补》卷二十二"侯将军"补。　　③"死"字原本缺，据出处补。

狐　　精 凡六条

唐兖州李参军，拜职赴土。途次新郑逆旅，遇老人读《汉书》。李因与交言，便及姻事。老人问先婚何家，李辞未婚。老人曰："君名家子，当选婚好。今闻陶贞益为彼州都督，若逼以女妻君，君何以辞之？陶、李为婚，深骇物听①。仆虽庸劣，窃为足下羞之。今去此数里，有萧公，是吏部璿之族，门第亦高。见有数女，容色殊丽。"李闻而悦之，因求老人绍介于萧氏。

其人便去，久之方还，言："萧公甚欢，谨以待客。"李与仆御偕行②。既至，门馆清肃，甲第显焕，高槐修竹，蔓延连亘。初，二黄门持金椅床延坐，少时萧出，著紫蜀衫，策鸠杖③，雪髯神鉴，举动可观。李望敬之，再三陈谢。萧云："老叟悬车之所④，久绝人事，何期君子迂道见过。"延李入厅，寻荐珍膳，海陆交错，多有未名之物。食毕觞宴，老人乃云："李参军向欲论亲，已蒙许诺。"萧便叙数十句，语深有士风⑤。作书与县官，请卜人克日⑥。须臾，卜人至，云："卜吉正在此宵。"萧又作书与县官，借头花、钗绢兼手力等。寻而皆至。

其夕，亦有县官来作傧相，欢乐之事，与世不殊。至入青庐⑦，妇人又姝美，李生愈悦。暨明，萧公乃言："李郎赴上有期，不可久住。"便遣女子随去。宝钿犊车五乘，奴婢人马三十匹，其他服玩不可胜数。见者谓是王妃公主之流，莫不称羡。

李至任，积二年，奉使入洛，留妇在舍。婢等并妖媚蛊冶，眩惑丈夫，往来者多失志焉。异日，参军王颙曳狗将猎，李氏群婢见狗甚骇，多骋而入门。颙素疑其妖媚，尔日心动，径牵狗入其宅。合家拒堂门，不敢喘息，狗亦掣挛号吠。李氏妇门中大诟曰："婢等顷为犬咋，今尚惶惧。王颙何事牵犬入人家？同官为僚，独不为李参军地乎？"颙意是狐，乃决意排窗放犬，咋杀群狐，唯妻死身是人，而其尾不变。颙往白贞益，贞益往取验覆，见诸死狐，嗟叹久之。时天寒，乃埋一处。

经十馀日，萧使君遂至。入门号哭，莫不惊骇。数日来诣，陶闻诉，言辞确实，容服高贵，陶甚敬待。因收王颙下狱。王固执是狐，取前犬令咋萧。时萧陶对食，犬至，萧引犬头膝上，以手抚之，然后与食，犬无搏噬之意。后数日，李生亦还，号哭累日，欻然发狂，啮王通身尽肿。萧谓李曰："奴辈皆言死者悉是野狐，何其苦痛！当日即欲开瘗，恐李郎被眩惑，不见信，今宜开视，以明奸妄也。"命开视，悉是人形。李愈悲泣。贞益以颙罪重，锢身推勘。颙私白云："已令持十万于东都，取咋狐犬，往来可十馀日。"贞益又以公钱百千益之。

其犬既至，所繇谒萧对事[8]，陶于正厅立待。萧入府，颜色沮丧，举动惶忧，有异于常。俄犬自外入，萧作老狐，下阶走数步，为犬咋死。贞益使验死者，悉是野狐，颙遂免难。[9]

　　　人之相害，种种不一。狐虽异类，若不为人害，胜人类多矣，何与他人事？而颙必欲穷之，恐李参军未必德而反以为怨也。

【注释】①陶李二姓不宜通婚，或因隋唐之际有"桃李子"之谣，云："桃李子，鸿鹄绕阳山，宛转花林里。"此谣或是李密所造，认为李氏将代隋为天子。为了应谶，至有李仲文娶陶氏为妻，以求生"桃李子"者。至李渊称帝，便称李氏为陶唐氏（帝尧）之后,既标榜了自己的贵族血统,又应了"桃李子"之谶。但从此陶、李成为一姓,而同姓不通婚姻,故有此"陶、李为婚,深骇物听"之说。　②仆御,仆人和马夫。　③鸠杖,杖头刻有鸠形者。唐玄宗宴京师侍老于含元殿,赐九十以上几、杖,八十以上鸠杖。策鸠杖,以示此人已经年过八十。　④官员悬车不用,故为致仕之代称。　⑤士风,士君子之风度。　⑥卜人克日,由卜占者选择良辰吉日以为婚期。⑦青庐,以青布搭成的帐篷,新妇至,先入成交拜礼。　⑧所隶,即经办该事之官吏。　⑨此条采自《太平广记》卷四百四十八"李参军"条引《广异记》。

又

韦使君者,名鉴,第九,少落拓,嗜酒。其从父妹婿曰郑六,不语其名,早习武艺,亦好酒色。贫无家,托身于妻族。与鉴相得,游处不间。

天宝九年夏六月,鉴与郑子偕行于长安陌上,将会饮于新昌里。至宣平之南,郑子辞有故,请间去,继至饮所。鉴乘白马而东。郑子乘驴而南,入升平之北门①。偶值三妇人行于道中,中有白衣者容色殊丽。郑子见之惊悦,策其驴忽先之,忽后之,将挑而未敢。白衣时时盼睐,意有所授。郑子戏之曰:"美艳若此而徒行,何也?"白衣笑曰:"有乘不解相假,不徒行何为?"郑子曰:"劣乘不足以代佳人之步,今辄以相奉,某当步从足矣。"相视大笑,同行者更相眩诱,稍已狎昵。

郑子随之东,至乐游园,已昏黑矣。见一宅,土垣车门,室宇甚严。白衣将入,顾曰:"愿少踟蹰而入②。"女奴从者一人,留于门屏间,问其姓第。郑子既告,亦问之。对曰:"姓任氏,第二十。"少顷延入。郑萦驴于门,置帽于鞍。始见妇人年三十馀,与之承迎,即任氏姊也。列烛置膳,举酒数觞。任氏更妆而出,酣饮极欢,夜久而寝。其妍姿美质,歌笑态度,举措皆艳,殆非人世所有。将晓,任氏曰："可去矣。某兄弟名系教坊,职属南衙。晨兴将出,不可淹留。"乃约后期而去。

既行及里门,门扃未发。门旁有胡人鬻饼之舍,方张灯炽炉,郑子憩其帘下,坐以候鼓。因问曰:"自此东转有门者,谁氏之宅?"主人曰:"此隤墉弃地③,无第宅也。"郑子曰:"适过之,曷以云无?"与之固争,主人适悟,乃曰:"吁,我知之矣。此中有一狐,多诱男子偶宿,尝三见矣。今子亦遇乎?"郑子赧而隐曰:"无。"质明复视其所,见土垣车门如故,窥其中,皆蓁荒及废圃耳。既归见崟。崟责以失期,郑子不泄,以他事对。然想其艳冶,愿复一见之,心尝存之不忘。

经十许日,郑子游入西市衣肆,瞥然见之,曩女奴从。郑子遽呼之,任氏侧身周旋于稠人中以避焉。郑子连呼前迫,方背立,以扇障其面,曰:"公知之,何相近焉?"郑子曰:"虽知之,何患?"对曰:"事可愧耻,难施面目。"郑子曰:"勤想如是,忍相弃乎?"对曰:"安敢弃也,惧公见恶耳。"郑子发誓,词旨益切。任氏乃回眸去扇,光彩艳丽如初,谓郑子曰:"人间如某之比者非一,公自不识耳,无独怪也。凡某之流,为人恶忌者,无他,为其伤人耳。某则不然。若公未见恶,愿终奉巾栉。"

郑子许之,与谋栖止。任氏曰:"从此而东,大树出于栋间者,门巷幽静,可税以居。前时自宣平之南乘白马而东者,非君妻之昆弟乎?其家多什器,可以假用。"是时,崟伯叔皆从役于四方,三院什器,皆贮藏之。郑子如言,访其舍,而诣崟假什器。问其所用,郑子曰:"新获一丽人,已税得其舍,假具以备用。"崟笑曰:"观子之貌,必获诡陋,何丽之有?"崟乃悉假帷帐榻席之具,使家僮之慧黠者随以觇之。

俄而奔走返命,气吁汗洽。崟迎问之:"其容若何?"曰:"奇怪也,天下未尝见之矣。"崟姻族广茂,且夙从逸游,多识美丽,乃问曰:"孰若某美?"僮曰:"非其伦也。"崟遍摘其佳者四五人,皆曰"非其伦"。是时吴王之女有第六者,则鉴之内妹,称艳如神仙,中表素推第一。鉴问曰:"孰与吴王家第六女美?"又曰:"非其伦也。"鉴抚手大骇曰:"天下岂有斯人乎!"遽命汲水澡颈,巾首整衣而往。

　　既至,郑子适出。鉴入门,见小僮拥篲方扫,有一女奴在其门,他无可见。征于小僮,小僮笑曰:"无之。"鉴周视室内,见红裳出于户下,迫而察焉,见任氏戢身匿于扇间④。鉴引出,就明而观之,殆过于所传矣。鉴爱之发狂,乃拥而凌之,不服;鉴以力制之,方急,则曰:"服矣。请少回旋。"既释,则捍御如初。如是者数四。鉴乃悉力急持之,任氏力竭,汗若濡雨,自度不免,乃纵体不复拒抗,而神色惨变。鉴问曰:"何色之不悦?"任氏长叹息曰:"郑六之可哀也。"鉴曰:"何谓?"对曰:"郑生有六尺之躯,而不能庇一妇人,岂丈夫哉!且公少豪侈,多获佳丽,遇某之比者众矣。而郑生穷贱耳,所称惬者,唯某而已,忍以有馀之心而夺人之不足乎?哀其穷馁,不能自立,衣公之衣,食公之食,故为公所系耳。若糠糗可给,不当至是。"鉴豪俊有义烈,闻其言,遽置之,敛衽而谢曰:"不敢。"俄而郑子至,与鉴相视咍乐。

　　自是,凡任氏之薪粒牲饩,皆鉴给焉。任氏时有经过出入,或车马舆步,不常所止。鉴日与之游甚欢,每相狎昵,无所不至,唯不及乱而已。是以鉴爱之重之,无所吝惜,一食一饮,未尝忘焉。任氏知其爱己,因以言谢曰:"愧公之见爱甚矣,顾以陋质不足答厚恩,且不能负郑生,故不得遂公欢。某秦人也,生长秦城,家本伶伦⑤,中表姻族多为人宠媵,以是长安狎邪悉与之通。或有殊丽悦而不得者,为公致之可矣。愿持此以报德。"鉴曰:"幸甚。"

　　鄽中有鬻衣之妇⑥,曰张十五娘者,肌体凝洁,鉴常悦之,因问任氏:"识之乎?"对曰:"是某表姊妹,致之易耳。"旬馀,果致之⑦。数月厌罢。任氏曰:"市人易致,不足以展效⑧。或有幽绝之难谋者,试言之,愿得尽智力焉。"鉴曰:"昨者寒食,与二三子游于千福寺,见刁将军缅张乐于殿堂。有善吹笙者,年二八,双鬟垂耳,娇姿艳绝,当识之乎?"任氏曰:"此宠奴也,其母即妾之内姊,求之可也。"鉴顿首席下,任氏许之。乃出入刁家月馀。鉴促问其计,任氏愿得双缣以为赂,鉴依给焉。

后二日,任氏与鉴方食,而缅使苍头控青骊以迓任氏。任氏闻召,笑谓鉴曰:"谐矣。"初,任氏加宠奴以病,针饵莫减,其母与缅忧之方甚,将征诸巫,任氏密赂巫者,指其所居,使言徙就为吉。及视疾,巫曰:"不利在家,宜出居东南某所,以取生气。"缅与其母详其地,则任氏之第在焉。缅遂请居,任氏谬辞以逼狭,勤请而后许。乃辇服玩,并其母皆送于任氏,至则疾愈。未数日,任氏密引鉴通之,经月乃孕。其母惧,遽归以就缅,繇是遂绝。

他日,任氏谓郑子曰:"公能致钱五六千乎? 将为谋利。"郑子曰:"可。"遂假求于人,获钱六千。任氏曰:"鬻马于市者,马之股有疵,可买而居之。"郑子如市,果见一人牵马求售者,疵在左股。郑子买以归,其妻昆弟皆嗤之,曰:"是弃物也,买将何为?"无何,任氏曰:"马可鬻矣,当获三万。"郑子乃卖之,有酬二万,郑子不与,一市尽曰:"彼何苦而贵买? 此何爱而不鬻?"郑子乘之以归,买者随至其门,累增其估,至二万五千,犹不与,曰:"非三万不鬻。"遂卖登三万。既而密伺买者,征其繇,乃昭应县之御马疵股者死三岁矣。斯吏不时除籍,官征其估计钱六万,设其以半买之,所获尚多矣。若有马以备数,则三年刍粟之估皆吏得之,且所偿盖寡,是以买耳。

任氏又以衣服故敝,乞衣于鉴。鉴将全彩与之,任氏不欲,曰:"愿得成制者。"鉴召市人张大为买之[9],使见任氏,问所欲。张大见之,惊谓鉴曰:"此必天人贵戚,为郎所窃,且非人间所宜有者。愿速归之,无及于祸。"其容色之动人也如此。竟买衣之成者[10],而不自纫缝也,不晓其意。

后岁馀,郑子武调[11],授槐里府果毅尉。在金城县时,郑子方有妻室,虽昼游于外,而夜寝于内,多恨不得专其夕⑫。将之官,邀与任氏俱去。任氏不欲往,曰:"旬月同行,不足以为欢。请计给粮饩,端居以迟归。"郑子恳请,任氏愈不可。郑子乃求崟资助,崟与更劝勉,且诘其故。任氏良久曰:"有巫者言某是岁不利西行,故不欲耳。"郑子甚惑之,不思其他,与崟大笑曰:"明智若此,而为妖惑,何哉?"固请之。任氏曰:"傥巫者言可征,徒为公死,何益?"二子曰:"岂有斯理乎?"恳请如初,任氏不得已遂行。崟以马借之,出祖于临皋⑬,挥袂别去。

信宿至马嵬,任氏乘马居其前,郑子乘驴居其后,女奴别乘,又在其后。是时,西门圉人教猎狗于洛川,已旬日矣。适值于道,苍犬出腾于草间,郑子见任氏欻然坠地,复本形而南驰,苍犬逐之,郑子随走叫呼不能止。里馀,为犬所获,郑子衔涕。出囊中钱赎以瘗之,削木为记,回睹其马,啮草于路隅。衣服悉委于鞍上,履袜犹县镫间,若蝉蜕然。唯首饰坠地⑭,馀无所见,女奴亦逝矣。

旬馀。郑子还城,崟见之。喜迎问曰:"任子无恙乎?"郑子泫然对曰:"殁矣。"崟闻之亦恸。徐问疾故,答曰:"为犬所害。"崟曰:"犬虽猛,安能害人?"答曰:"非人。"崟骇曰:"非人何者?"郑子方述本末,崟惊讶叹息不能已。明日,命驾与郑子俱适马嵬。发瘗视之,长恸而归。追思前事,唯衣不自制,与人颇异焉。

　　语云:"古者兽面人心,今者人面兽心。"若任氏,可谓人面人心矣。美逾西子,节比共姜,古今人类中何可多得?苍犬无知,作此大杀风景事。思之欲恸,岂特韦、郑二君已哉!

【注释】①"平",原本作"于",据本条出处《太平广记》卷四百五十二沈既济"任氏"条改。　②踟蹰,等待。　③隤墉,倒塌的墙垣。　④扇间,门扇之后。　⑤伶伦,传说为黄帝乐官,此即代指从事乐妓之业者。⑥"鄽",原本作"郫",据出处改。鄽市,商业聚集之区。　⑦"致",原本作"置",据出处改。　⑧展效,显示能力。　⑨"为"字原本缺,据出处补。　　⑩衣之成者,即成衣,而不是量身定制的。　　⑪武调,调官任武职。⑫专夕,不能整夜与任氏在一起。　　⑬祖,祖道,送别。　　⑭“首”字原本缺,据出处补。

又

东平尉李鹿,初得官,自东京之任,夜投故城。店中有卖胡饼者,其妻姓郑,色美,李目而悦之,因宿其舍。留连数日,乃以十五千转索此妇。既到东平,宠遇甚至。性婉约,多媚黠,女工之事,罔不心了①,于音声特究其妙。在东平三岁,有子一人。

其后李充租纲入京②,与郑同还。至故城,大会乡里饮宴,累十馀日。李催发数四,郑固称疾不起,李亦怜而从之。又十馀日,不获已。事理须去,行至郭门,忽言腹痛,下马便走,势疾如风。李与其仆数人极骋,追不能及。便入故城,转入易水村,足力少息。李不能舍,复逐之。垂及,因入小穴。极声呼之,寂无所应。恋结凄怆,言发泪下。会日暮,将草塞穴口,还店止宿。及明,又往呼之,无所见,乃以火熏。久之,村人为掘深数丈,见牝狐死穴中,衣服脱卸如蜕,脚上著锦袜。李叹息良久,方埋之。归店,取猎犬噬其子,子略不惊怕。便将入都,寄亲人家养之。

输纳毕,复还东京。婚于萧氏,萧氏常呼李为“野狐婿”,李初无以答。一日晚,李与萧在房狎戏,复言其事,忽闻堂前有人声。李问:“阿谁夜来?”答曰:“君岂不识郑四娘耶?”李素所锺念者,闻其言,遽欣然跃起,问:“鬼乎?人乎?”答云:“身即鬼也。人神道殊,贤夫人何至数相谩骂?且所生之子远寄人家,其人皆言狐生,不给衣食。岂不念乎?宜早为抚育,九泉无恨。若夫人相侮,又小儿不收,必将为君之患。”言毕不见。萧遂不复敢说其事。唐天宝末,子年十馀,无恙。③

【注释】①心了,心中了了。　　②租纲,押送租税入京城之货队。③本条采自《太平广记》卷四百五十一“李鹿”条引戴孚《广异记》。

又

襄阳宜城刘三客，本富室，知书。以庆元三年八月往西蜀作商，所赍财货数千缗。抵关下五里间，喜其山林气粹，疑为神仙洞府。虽身作贾客，而好尚清虚之意甚切。欲深入游眺，置囊装于外，挟五仆偕往。约行十里，前望似有石碑，视之，但刻二十字，曰："十口尚无声，莫下土非轻。反犬肩瓜走，那知米畔青①。"其指意明白易晓。正惶惑间，逢樵夫执斧负薪讴歌而至，异而揖之。樵曰："彼中非善地，不可久住。"刘曰："何谓也？"樵曰："曾读碑记乎？缘向来鬼魅纵横，虑伤人性命，遂立石示人，其暗包四字，合成'古墓狐精'，君当了然，何不速反？"言毕不见，刘恍若迷蒙，犹不肯信。

又进步里许，与十七八岁女子遇，服布素之衣，颜容娴雅，诵一绝句，音声悲切，云："昨宵虚过了，俄尔是今朝。空有青春貌，谁能伴阿娇？"刘默念："此女必亡夫婿，在彼醮祭，怨词可伤。"从而问故，至于再三，皆不答。刘曰："料必良家女子，既能吟咏，想深通文墨。"随和一诗挑之云："夜夜栖寒枕，朝朝拂冷衾。眼前风景好，谁肯话同心？"女郎即大笑曰："上客高姓？"答以："姓刘名辉，字子昭。"女曰："是我个中人也②。"遂邀转山背，得大宅，梁栋宏伟，帘幕华洁，婢妾佳丽成行。置酒对饮，命引五仆于别舍，馔具亦腆盛。

数酌之后，天色敛昏。女曰："鸳衾久寂，凤枕长虚，今宵得侍刘郎，真为天幸，请缔一夕夫妇之好，可乎？"刘谢曰："正所愿也。"于是携手入室，欢洽极意。酒醒，迟明，乃卧一墓上草丛内。仆踡伏右畔小穴中。方知正堕狐祟，幸性命不遭伤害耳。

【注释】①"畔"，原本作"伴"，据本条出处宋洪迈《夷坚三志辛》卷二"宜城客"改。　②个中人，一类中人。

又

周府后山狐精①，与宫女小三儿通。弘治间，出嫁汴人居富乐。狐随之，谓三儿曰："吾能前知，兼善医术，汝若供我，使汝多财。"三儿语其夫，夫即听之。扫一室，中挂红幔，幔内设坐。狐至，不现形，但响唱呼三儿，三儿立幔外，诸问卜求医者跪于前，狐在内断其吉凶，无不灵验，所获浸饶。时某参政之妻患血崩，医莫疗，参政不得已，使问之。狐曰："候往东岳查其寿数。"去少选，复啸至，曰："命未绝。"出药一丸云："井水送下，夜半血当止。"果然，又服二丸全愈。参政乃来称谢以察之。狐空中与参政剧谈宋元事，至唐末五代，则朦胧矣。参政叹服，听民起神堂。正德初，镇守廖太监之弟鹏，召富乐索千金。富乐言所得财货随手费尽。鹏怒，下之狱。狐自是不复至。

【注释】①周府，周王府。初封地在开封，王府即故宋宫地，故其狐能多知宋元间事。

又蛇妖附

建昌新城县人姜五，居邑五里外。淳熙四年中秋夜，在书室玩月，遥闻妇人悲泣，穴窗窥之，素衣女挈衣包，正叩其户。姜问："何人？"曰："军城董二娘，随夫作商他处，不幸夫死，又无父母兄弟可依。今将还乡乞食，赶路不上，望许寄留一宿。"姜纳之，使别榻而卧。明日，不肯去，愿充妾御，姜复从之。遂荏苒两月。

方夜讴室中，又有女子至，云："县市典库户赵家婢进奴，为主公见私，被娘子箠打，信步逃窜，亦丐少留。"其人容貌端秀，自言善弹琴弈棋，仍能画。姜甚喜。两女同处无间。董氏嗜鸡，进奴密告姜云："彼乃野狐精，积久非便。他说丧夫，事尽伪也。"姜深以为疑，董妇已觉，愠曰："五郎今日不喜，莫是听进奴妄谈否？我知渠是蛇妖，勿堕其计。"姜曰："何以验其真相？"曰："但买雄黄、香白芷各一两，捣成末，兼用九塌草、神离草各一把，生大蜈蚣一条，共修治为饼，以半作丸与服，并焚于书院，渠必头痛，更将半药置鼻上，可立见矣。"家有大雄鸡报晓者，董欲烹之，进奴使姜诒称出外，潜于暗壁守视。果见董变狐身，攫鸡而食，即取刀刺杀。是夕进奴服药亦死，尸化蛇矣。①

　　二妖相妒，两败俱伤。吁，相妒未有不俱伤者，岂独二妖哉！

【注释】①此条采自宋洪迈《夷坚志补》卷二十二"姜五郎二女子"。

虎　精

　　申屠澄者，贞元九年，自黄衣调补汉州什邡尉①。之官，至贞符县东十里许，遇风雪大寒，马不能进。见路傍有茅舍，中有烟火甚温，乃往就之。有老父、妪及处女环火而坐，女年方十四五，虽蓬发垢衣，而雪肤花脸，举止妍媚。父妪见澄来，遽起曰："客冲雪寒甚②，请前就火。"澄欣谢之。坐良久，天色已暝，风雪不止。澄曰："西去县尚远，请宿于此可乎？"父妪曰："但蓬室为陋耳，敢不承命。"澄随解鞍，施食秣马。

　　其女方修华靓饰，自帷箔间复出③，而闲丽之态尤过向时。有顷，妪自外挈酒壶，至于火前暖饮，谓澄曰："以君冒寒，且进一杯，以御凝冽。"澄因曰："坐上尚欠小娘子。"父妪皆笑曰："田舍家所育，岂可备宾主？"女即回眸斜睨曰："酒岂足贵，谓人不宜预饮也。"母即牵裙使坐于侧，澄欲举令，以观女意，执盏曰："请征书语，属目前事。"乃曰："厌厌夜饮，不醉无归。"女低鬟微笑曰："天色如此，归亦何往哉？"俄巡至女，哂曰："风雨如晦，鸡鸣不已。"澄愕然叹曰："小娘子明慧若此，某幸未婚，敢请媒如何？"翁曰："是虽寒贱，亦常娇保之。顷有过客以金帛为问，某惜别未许。不期贵客又欲援拾，岂是分耶？愿以为托。"澄随修子婿礼。祛囊以遗之，妪悉无所取，曰："但不弃寒贱，何事资货？"明日，又谓澄曰："此孤远无邻，又复湫隘，不足久留。女既事人，便可行矣。"又一日，从容为别。澄乃以所乘马载女而行。

　　既至官，俸禄甚薄，妻力赞成家，交结宾客。旬月之内，大获名誉。而夫妻情义益洽，至于厚亲族，抚甥侄泊僮仆厮养，无不欢心。后秩满将归，已生一男一女，亦甚明慧。澄尤加敬焉。常作赠内诗曰："一尉惭梅福，三年愧孟光。此情何所喻，川上有鸳鸯。"其妻终日吟讽，似默有和者，然未尝出口。每谓澄曰："为妇之道，不可不知书。傥更作诗，反似姬妾耳。"澄罢官，即馨室归秦。过利州，至嘉陵江畔，临泉石，藉草憩息。其妻忽怅然谓澄曰："前日见赠一篇，寻即有和。初不拟奉示，今遇此景物，不能终默。"乃吟曰："琴瑟情虽重，山林志自深。常忧时节变，辜负百年心。"吟罢，潸然良久，若有慕焉。澄曰："诗则丽矣，然山林非弱质所思。傥忆贤尊，今则至矣，何忽悲泣乎？"

　　后二十馀日，复过妻家，草舍依然，俱不复有人矣。澄与妻俱止其舍。妻思慕之深，尽日涕泣。忽于壁角故衣之下，见一虎皮，尘埃尽满。妻见之，忽大笑曰："不知此物尚在耶！"披之，即化为虎，哮吼拏攫，突门而去。澄惊走避之。携二子寻其路，望林大哭数日，竟不知所之。出《河东记》。

　　【注释】①"黄"，《太平广记》卷四百二十九"申屠澄"条作"布"，据李剑国《唐五代传奇集》校语，黄衣、黄冠均指道士，从之。　②"冲雪寒甚"，原本作"甚冲寒雪"，据出处改。　③"箬"，原本作"泊"，据出处改。

马　精

　　湖广承天府宝乡市镇有孀妇，姿容颇美，年才二十馀，独处一室，邻人罕睹其面。又每日旁午，趋入帏中卧，午后复起，才向瞑，便闭门。室中不容婢女出入，人谓冰玉之操不是过矣。

如是者十五年,所生子亦渐长大,娶妻成立。其子以母独寝无伴,送一婢服役,坚拒再四,强致之室。是夜,有美少年从帏中出,就其婢淫焉。阳道伟岸,婢莫能当,卒为所强。顷之灭迹,婢奔告子妇。子妇大骇,然莫能迹也。未几,媪妇复产儿,宛然人形,而容貌则如马。其子固请杀之,少年遂见形来骂,问:"何故杀弟,惧长割而产耶?吾必讼之官。"其子亦无如何。

事渐露,群从昆弟辈咸知之,合谋驱逐。会媪生辰,伪相庆贺,计伺其便。当日渐午,媪妇急趋入室,诸子侄尾其后。妇既下键,以石拒之。众破扉而入,即命设宴于房。妇遽蔽身于帏,子侄相次逼床而坐,帏中忽溅出马溺数斗,浸淫面目,沾污衣履,杯盘狼藉,臊臭异常,各各狼狈而散。或言马属午,故交接恒于日午及午夜。《狯园》云①。

【注释】①此条见明钱希言《狯园》卷十四。

猪　　精　凡二条

黄严,祝氏子,未娶。尝邀紫姑,暇则焚香致请,有蓬瀛真人下降。妄请留宿,真人不拒。自是每夕必来,已半年矣。其母第见子形减神耗,扣之不已,始得其情。乃曰:"此必怪也,焉有仙而始终皂衣不能一更者乎?既与人处而反令人受损者乎?已经半载而不能一白昼相接者乎?子盍欲诣其居,以观其应子否也?"子以告真人,真人许之。携手同行,穿荆棘半里许,乃其宅也。虽不华敞,而短垣周匝,护以曲阑。命童置饮,曰:"暮夜无品,只得豆羹浊醴耳。"及陈器具,不甚丰备。观其役使,仅小童八九而已。

子归以白母,母使遍索无踪。或曰:"吾闻物久则妖,君畜牝猪已过十年,其豚现在八九,况皂其本色也。"母然之,议鬻诸屠肆。

是夕，真人与子诀曰："相从有几，冥缘遂绝。劝子自爱，无似我思。"言讫，涕泣而去。

又

吴中有一人，于曲阿见塘上有一女子，貌端正，呼之即来，便留宿，乃解金铃系其臂。至明日，更求女，却无人，忽过猪牢边，见母猪臂上有金铃。见陆勋《志怪录》①。

【注释】①又见《太平广记》卷四百三十九"吴郡士人"条，云出自《搜神记》。

鼠　狼附鼠及守宫

大业中，王度得宝镜，名曰紫珍，持之能辟百邪。度弟勣，弃官远游，求镜自随。至汴，汴主人张琦家有女子，每入夜，哀痛之声不堪。勣问其故，病来已经年岁。勣停一宿，及闻女子声，遂开镜照之。痛者曰："戴冠郎被杀。"其病者床下有大雄鸡，死矣，乃主家七八岁老鸡也。

丰城县尉赵丹，与勣有旧，勣因过之。丹言仓督李敬慎家有三女同遭魅病，人莫能识疗。勣因请寓李家，问之，李告曰："三女同居堂内阁子，每至日晚，即靓妆炫服。黄昏后归阁，灭灯烛，听之，窃与人言笑声。迨晓昏睡，非唤不觉。日渐羸瘠，不能下咽。禁之不令妆梳，即欲自缢投井。无可奈何。"

勣令引示阁子处。其阁东有窗，恐其门闭难启，昼日先刻断窗棂四条，却以物支柱之如旧。至日暮，李报勣曰："妆梳入阁矣。"至一更，听其言笑。勣拔窗棂子，持镜照之，三女叫云："杀我婿也。"初不见一物，悬镜至明，有一鼠狼，首尾长一尺三四寸，身无毛齿。有一鼠，亦无毛齿，其肥大可重五斤。又有守宫，大如人手，身披鳞甲,焕烂五色,头上有两角,长可半寸,尾长五寸以上,尾头一寸色白,并于壁孔前死矣。从此疾愈。[1]

【注释】①此条采自《太平广记》卷二百三十"王度"条引《异闻集》。

鼠　精

徽州婺源民张四,以负担为业。其妻年少,在辈流中稍光泽[1]。张受佣出千里外,一白衣客过其家,语言佻捷,视四傍无人,谑妻欲与私,袖出白金数两为赂,妻悦而就之。荏苒颇久。张归,密闻之,诈语妻曰:"我又将往他州,旬日始回。"妻益喜,以为适我愿。逼暮,张潜返室,持短矛伏户侧。夜且二鼓,见白衣从窗槛越入[2],迎刺以矛,其人呦呦作声而去。视矛刃有血及细白毛数十茎,张念:"人安得有毛,此必怪也。"又复穷诘妻[3],妻始肯言所见。即具一牒,述首末如供状式,诣道士混元法师董中甫自诉。董依科作法[4],至张舍发符,鹄立以俟。少选,有大鹰盘空,可五六尺许,旋绕屋上。观者阗溢。俄飞落古沟中,径搏巨白鼠,衔掷于前。董命沸油烹之,怪乃绝。

【注释】①"流"字原本缺,据本条出处宋洪迈《夷坚支志乙》卷一"张四妻"补。　②"从"字原本缺,据出处补。　③"又",原本作"不",据出处改。　④"法"上原本有"罩"字,据出处删。

獭　妖　计二条

宋永兴县吏锺道,得重病初差,情欲倍常。先乐白鹤墟中女子,至是犹存想焉。忽见此女振衣而来,即与燕好。是后数至,道曰:"吾甚欲鸡舌香。"女曰:"何难。"乃掬香满手以授道。道邀女同含咀之,女曰:"我气素芳,不假此。"女子出户,狗忽见,随咋杀之,乃是老獭。口香即獭粪[1],顿觉臭秽。

【注释】①"口"，原本作"巳"，据本条出处刘宋刘义庆《幽明录》改。

又

隆庆戊辰，维扬宝应一女子，及笄，临河盥濯，有獭自水中出，注目窥女，遭回不已。女惧还家。是夜，秋月正朗，忽见美少年，潜入淫女，女昏复苏。如是经岁，其家始知之，禁不得。闻某方士善符咒，邀以禁治。果一少年至，伏阶下，索楮墨题云："有来终有去，情易复情难。勿断腹中子，明月秋江寒。"又曰："不与我女，当存我子，再不犯君矣。"忽化獭走出。已，女果生一獭，其家欲刃之。众曰："彼妖也而信，我人也而妄乎？"遂弃獭入邗水。而老獭适至，抱拥而去。①

【注释】①此条采自《太平广记》卷四百七十"薛二娘"条引《通幽记》，文字多有不同。

鸳鸯　白鸥以下羽族

陶必行，江湖之逸士也。一日放舟洞庭，泊于群山之下。是夜月色皎洁，必行豁然，吟一绝曰："一湖烟水绿于罗，蘋藻凉风起白波。是处扁舟归去晚，满篷豪兴月明多。"吟间，闻岸上笑语声，视之，乃二女子，容色绝美，衣裳甚腴，相与吟诗于沙渚。一锦衣者吟曰："采采珍禽世罕俦，天生匹偶对风流。丹心不改常同旧，翠羽相辉每共游。齐瓦对眠金殿晚，点沙双蹲玉田秋。此生莫遣轻离别，交颈成双到白头。"一素衣者吟曰："同盟三五共优游，镇日清闲得自繇。片雪晴飞红蓼晚，玉衣寒映碧波秋。相亲相近来还去，无束无拘没又浮。岁暮江湖谁是侣，忘机长伴钓渔舟。"必行登岸趋之，二女亦不骇走。乃徐言曰："先生遨游江湖，曾识妾二人否？"必行曰："不识。"锦衣者曰："妾杨氏，此素衣妹欧氏也。"必行曰："然则何以夜行？"女曰："妾辈生长于斯，就此玩月博笑耳。"必行挑曰：

"子舟中无人,肯过访否?"女欣然从之。乃携手登舟,酌于篷下,极其欢谑。已而就寝,两情甚浓。必行喜而吟曰:"倚翠偎红情最奇,巫山黯黯雨云迷。"二女同声和曰:"风流好似偷香蝶,才过东来又向西。"天将曙,二女急起跃舟,涉波而去,必行但见一鸳鸯、一白鸥也。①

【注释】①本条出自明王世贞《续艳异编》卷十一"陶必行"条。

乌　　怪

乌君山者,建安之名山也。在县西一百里,有道士徐仲山者,贫居苦节,年久弥励。尝山行,遇暴雨风雷,迷失道,忽于电光中见一舍宅,有类府州,因投避雨。至门,见一锦衣人顾仲山,乃称"北乡道士徐仲山",拜,其锦衣人称"监门使者萧衡",亦拜。因叙风雨之故,深相延引。

仲山问曰:"自有乡,无此府舍。"监门曰:"此神仙所处,仆即监门官也。"俄有一女郎,梳绾双鬟,衣绛赭裙,青文罗衫,左手执金柄麈尾幢旄,传呼曰:"使者外与人交通而不报,何也?"答云:"北乡道士徐仲山。"须臾,又传呼云:"仙官召徐仲山入。"向所见女郎引仲山自廊进,至堂南小庭,见一丈夫,年可五十馀,肤体须发尽白,戴纱搭脑冠、白罗银镂帔,而谓仲山曰:"知卿精修多年,超越凡俗。吾有小女颇闲道教,以其夙业,合与卿为妻。今当吉辰耳。"仲山逊谢。丈夫曰:"吾丧偶已七年。吾有九子,三男六女,为卿妻者,最小女也。"乃命后堂备吉礼。既而陈酒殽,与仲山对食讫,渐夜,闻环珮之声,异香芬郁,荧煌灯烛。引去别室。

礼毕三日,仲山悦其所居,巡行屋室。西向厂舍,见衣竿上悬皮羽,十四枚是翠碧皮,馀悉乌皮耳。乌皮之中有一枚是白乌皮。又至西南,有一厂舍,衣竿之上,见皮羽四十九枚,皆䴔鹈。仲山私怪之，却至室中，其妻问曰："子适游行，有何所见，乃沈悴至此。"仲山未之应，其妻曰："夫神仙轻举，皆假羽翼，不尔，何以倏忽而万里乎？"因问曰："乌皮羽为谁？"曰："此大人之衣也。"又问曰："翠碧皮羽为谁？"曰："此常使通引婢之衣也。""又馀乌皮羽为谁？"曰："新妇兄弟姊妹之衣也。"问："鹇鹳皮羽为谁？"曰："司更巡夜者衣，即监门萧衡之伦也。"语未毕，忽然举宅惊惧。问其故，妻谓之曰："村人将猎，纵火烧山。"须臾皆云："竟未与徐郎造得衣，今日之别，可谓邂逅矣。"乃悉取皮羽，随方飞去。即向所见舍屋，一无其处。因号其地为乌君山。①

【注释】①此条采自《太平广记》卷四百六十二"乌君山"条引《建安记》。

鸡　　精凡二条

苏州娄门陈元善，情度潇洒，尤好奉道，尝学请仙召将诸术。自称洞真，往来嘉定诸大家。尝寓谈氏。谈氏有一鸡，畜十八年矣。一日，元善与主人语，鸡自庭中飞至其前，舒翅伸颈，遂死于地。夜睡书房中，有女子款门笑而入，自称主人之女，"慕君旷达，故来相就"。元善视之，姿色妍丽，问其年，曰："十八矣。"遂留与狎。自是晨往暮来。尝自言属鸡，随元善所至，女辄随之。每来，元善遂觉昏沉如梦，去则洒然。

如是岁馀，元善亦疑之，访之谈氏，并无此女。乃述其事，主人曰："是必祟也。彼且云年十八而属鸡，以今岁计之，生肖不合。独吾家所畜鸡自死者，其年恰十八，得无是乎？"乃用法水符咒以辟之。女来如故。密藏符于怀袖，女辄怒曰："尔乃疑我？"手反覆扑之，俟符坠地，则夺去。或教以《周易》置裹肚中，女至，扑之再三，终不坠，乃去。

一夕与数友同宿,数友相戒无睡,以觇其来。忽闻元善梦中有声,视之,见有物凭床,如交合者。讯元善,则遗精矣。众乃大噪逐之,见帐顶一黑团作鸡声飞去。元善乃结坛,召术士遣之。女来谢曰:"无逐我,我数日将往无锡托生矣。汝送我,不可至井亭,惧为井神所收,当送我于野地耳。"如其言,以符水祭物送城外数里荒僻处。自是遂绝。①

【注释】①此条采自明陆粲《庚巳编》卷四"鸡精"条。

又

京师有民家女,为阴鬼所侵,夕昏朝爽,恒若酗讟①。父母延医巫治之,经年不除,乃召朝天宫道士建醮。其女出礼神,道士问女:"见此鬼作何形?"女曰:"戴赤冠,衣白衣,而腰有赤带,足着褐皮靴。每来作叩齿声,且去如飞。问其家所在,但笑而不答。"女退。道士相与论究。俄而群鸡出于庭中,一白而雄者,腰毛赤色,昂昂独立,约重七八斤,盖其女之过关鸡也②。道士想像其形,指之而笑曰:"夜与处女为欢者非汝也耶?"鸡正立凝视,若嗔其言。众告主人曰:"必此物耳。"主人亦悟曰:"此鸡已十二年矣。因其每日上屋不食,至暮乃下,又不入垙,心窃怪焉。今其然乎?"遂呼童烹之以祭。其夕,女见此怪浴血而至曰:"我已为汝父害,永不复欢好矣。"洒泪言别,女为惨然。明起神爽复旧。③

【注释】①酗讟,醉熏熏的。　②旧时北方民间有说,生儿女属鸡者,为防灾病,须养一雄鸡,喂以好谷,不可宰杀,养至下一鸡年,则算过了灾厄。不知是否即此"过关鸡"。　③此条采自明王世贞《续艳异编》卷十一"京师女"。

鹅　怪

昔太元中①,章安郡史悝有驳雄鹅善鸣,悝女常养之,鹅非女不食。荀金苦求得之②，鹅辄不食，乃以还悝。又数日，晨起，失女及鹅。邻家闻鹅向西。追至一水，惟见女衣及鹅毛在水边。今名此水为鹅女溪。出《广古今五行记》。

【注释】①"元"，原本作"原"，据本条出处《太平广记》卷四百六十二"史悝"条引《广古今五行记》改。太元，东晋孝武帝年号（376—396）。②"金"，原本作"佥"，据出处改。

蟒　精 以下鳞族

乾道间，历阳芮不疑从父扫墓，路遇青衣小鬟持简邀之。顷引至一宅，金碧璀璨，赫然华屋也。内一美丽妇人出迎，分庭抗礼，若素识相欢。坐定谛观容貌服饰，真神仙也。芮为之心动。少焉，张宴奏乐，丽人捧觥曰："累劫同修，冥数未合，今夕获奉从容为寿。"宴罢登榻，绣衾甲帐目所未识，遂讲衽席之好。未旦，芮求归，丽人曰："郎何来之晚，何去之速？陋巷草舍，固不容车马，愿以十日为期。"芮曰："大人刚严，不得不辞去耳。"丽人乃挥涕送之，曰："来日当于书阁修谒①。"

至期，未二鼓，丽人先遣仆妾施床帐，具酒殽。俄拥一香车，丽人下与芮接。从此每夕辄至，商确古今，咏嘲风月，虽文人才士，无有及者。但戒芮曰："我非凡品，得侍巾栉，夙昔使然。若泄天机，必受大累。"芮尪瘵，岁馀，父母扣之，不言也。母使人密窥之，而密谓之曰："我知汝有奇遇，但虑所饮膳者恐或幻化，食之疾矣。试辍一味示我。"芮即明达丽人，丽人令遗母蒸羊一棵。母尝之，非伪也。

适值屈道人来，自称精于天心法。父备白其故，屈曰："岛洞列仙为淫佚之行，吾能治之，况于他乎？"遂索线十丈，以针贯小符于杪，藏诸合中。祝芮曰："君甘妖惑，有死而已，如未甘死，俟彼去时，将此符粘于衣裾，任其带线而去。彼若正神，明无妨也，聊资一笑之适。"芮如之。明日,屈先生遍访野外,有一巨蟒死焉,尸横百尺,其符在鳞甲可见也。芮始醒焉如醉。

【注释】①"书阁修谒",原本作"修阁致谒",据本条出处宋洪迈《夷坚三志辛》卷五"历阳丽人"改。

白　蛇　精

苏州府学前居民小奚,以栉发折枝为业。其妇容姿绝美。娶近两年,忽有一白皙少年,身著素练衣,甚鲜洁,每伺小奚出,辄至其妇寝室,往来诱狎,遗以酒食金缯无算。奚妇悦之,私相结好,备极绸缪。

忽一日,有戴胡帽髯奴款门,报王者至,少年急随之去。有顷,闻前呵声,奚妇闭户,窥于帘隙,见仪卫导引甚盛。其官人著金冠,衣朱衮,巨目虬须,貌颇狰狞,后骑从百馀人,皆介金附鞬,则少年与焉。妇大怖恐。

明日,少年复来,妇问:"昨所过者何官?状貌真可畏也。"少年曰:"非阳世官也,是震泽龙王,昨夜过尊经阁中造水府册子,某亦以此淹留,与卿谐露水之欢耳。然勿语于外也。"妇曰:"苏城亦有人乎?"曰:"远近州县死数甚多,本城合死者不满百人。记未真也。"忽小奚自外入,乃见此少年与妇同席饮酌,笑语喧然,大怒,屏气以伺。有顷,见其携手入帏,半身悉是蛇鳞,遂惊讶,拾砖击之,空过无碍。少年化为白气一道,其光如电,穿牖而出,迹亦遂绝。

是时龙门凤池两旁人家,连夜望见尊经阁上灯光烛天。后数日,胥江飓风骤起,舟船覆溺,死及七八十人,半是送南仓桥褚氏殡而归者,其他处沉没不计数。考其日,乃支干家所称龙会日也。因知少年为白蛇之精矣。里人陈綮亲说甚详。①

【注释】①此条采自明钱希言《狯园》卷十一"龙神二"。

赤　蛇　精

马定宇,山东人,巡盐两浙。至衢州,宿察院中。天晓开帐,见踏床傍有一小红鞋,心疑之。意门子所遗而不可深求①,袖之,潜投于厕,以灭其迹。抵暮,令门子卧堂中,自扃户就寝。天明起视,前鞋宛然在故处。公复投之厕。至夜不寐,秉烛静坐伺焉。

将二鼓,闻床后窣窣然,似有人行声,茬苒至几前,拜伏于地,乃一丽人,容色绝代,上下皆衣红。公大惊,询其来意。对曰:"吾神女也,与君有宿缘,特来相就,前两遗鞋以试公耳,幸毋讶。"公初不纳,后见丰姿艳冶,宛转依人,不能定情,遂与共枕。鸡鸣别去,倏然无迹。迨夜阑人静,则又至。公巡历他府,女随往如初,人无知者,公亦信以为神。第觉体中昏倦,渐致猜疑,欲绝之不能也。

及使事告竣,登舟返舍,女送至淮,泣谢曰:"妾不能复事左右矣,请俟他年再续旧好。"公亦伤感而别。至家,大病几危,意女为祟,幸而得痊,出补广东巡按。方渡淮,则女复至舟中,虽欢好有加,而意则愈疑。将抵广信,密致书龙虎山张真人,详述颠末,求为驱逐。张发缄,笑谓使曰:"乃此业畜耶?人遭之,鲜获全者。尔主有后福,幸无恙。然久必有害,当善遣之。并告尔主,后若宦游,毋更涉其境也。"乃朱书数符,令贴于床帐,佩于髻中。如教行之,怪觉而告公曰:"我非祸君者,胡一旦绝我?真薄情哉!"遂愤然而去。公按粤完,迂道而归,不敢繇浙矣。真人后露其事,或诘女何怪,云:"赤蛇精也,其服红者以此。"

【注释】①门子,官府中贴身的仆役。

长　蛇

乐平螺坑市织纱卢匠,娶程山人女。屋后有林麓,薄晚出游,逢一士人,风流醞藉,辄相戏狎,随至其室,逼与同寝。家人有觇见者,就视之,乃为长蛇,缴绕数匝,时吐舌于女唇吻中①。卢大惊,拊几呼谕之。女笑曰:"尔何言之谬,此乃好士大夫,爱怜我,故相拥持,岂役贱愚工匠之比,奈何反谤以为妖类?"卢出外,思其策。里中江巫言能治,即被发跣足,跳梁而前,鸣鼓吹角,以张其势。蛇睢睢自若②。江命煎油大锅,通夕作诀愈力。女怒告曰:"无聒我恩人。"举衾覆之,蛇亦缩首衾下。江度其无能为,用绳串竹筒套其颈,使侣伴绯衣高冠十辈,分东西立,杂击铜铁器,五人拽女向东,五人拽蛇而西。如此者五,方得解女身之缠缚。遂与众砍碎蛇,投之油锅内。程氏救之无及,洒泪移时,欲与俱死。于是使吞符以正其心神,饵药以涤其肠胃,逾月始平。

【注释】①"时",原本作"特",据本条出处宋洪迈《夷坚三志辛》卷五"程山人女"条改。　　②睢睢,目仰视貌。

白　鱼　怪

吴少帝五凤元年四月①,会稽馀姚县百姓王素,有室女,年十四,貌美,邻里少年求娶者颇众,父母惜而不嫁。尝一日,有少年姿貌玉洁,年二十馀,自称江郎,愿婚此女。父母爱其容质,遂许之。问其家族,云:"居会稽。"后数日,领三四妇人,或老或少者,及二少年俱至,因纳聘财,遂成婚媾。

已而经年,其女有孕。至十二月,生下一物,如绢囊,大如升,在地不动。母甚怪异,以刀剖之,悉皆鱼子。素因问江郎:"所生皆鱼子,不知何故?"江郎曰:"吾不幸,故产此异物。"其母心独疑江郎非人,因以告素。素密令家人,候江郎解衣就寝,收其所著衣视之,皆有鳞甲之状。素见之大骇,命以巨石镇之。及晓,闻江郎求衣服不得,异常诟骂。寻闻有物偃踏,声震于外。家人急开户视之,见床下有白鱼，长六七尺，未死，在地拨剌。素砍断之，投江中。女后别嫁。②

【注释】①吴少帝，即废为会稽王之孙亮。孙权之子。　②此条采自《太平广记》卷四百六十八"王素"条引《三吴记》。

鼍　精 以下介属

永初中①，张春为武昌太守。时人有嫁女者，未及升车，女忽然作怪，出外殴击人，乃自云已不乐嫁俗人。巫云是邪魅，将女至江际，遂击鼓，以术咒疗。春以为欺惑百姓，刻期须得妖魅。翼日，有一青蛇来到坐所，即以大钉钉其头。至日中时，复见大龟从江来，伏于巫前。巫以朱书龟背，更遣入江。至暮，有大白鼍从江中出，乍沉乍浮，龟随后推逼。鼍自分死，冒来②，先入幔，与女辞诀。女遂恸哭③，云失其姻好，于是渐差。或问巫曰："魅者归于一物，今安得有三？"巫云："蛇是传通，龟是媒人，鼍是其对。"所获三物，悉以示春。春始信灵验，皆杀之。出《异苑》。

【注释】①永初，南朝宋武帝年号（420—422）。　②冒来，冒死而来。③"恸"，原本作"动心"，据本条出处南朝宋刘敬叔《异苑》卷八改。

鳖　精

舒信道中丞宅在明州①，负城濒湖，绕屋皆古木茂竹，萧森如山麓间。其中便坐曰懒堂，背有大池，子弟群处讲习，外客不得至。方盛秋，佳月一，舒呼灯读书，忽见女子揭帘入，素衣淡妆，举动妩媚，而微有悲涕容，缓步而前曰："窃慕君子少年高志，欲冥行相奔，愿容驻片时，使奉款曲。"舒迷蒙恍恍，不疑为异物，即与语。扣其姓氏所居，曰："妾本丘氏，父作商贾，死于湖南，但与继母居茆茨小屋,相去只一二里。母残忍猛暴,不能见存,又不使媒妁议姻,无故捶击,以刀相赫,急走逃命,势难复归。倘得畜为婢子,固所大愿。"舒曰:"留汝甚善,奈事泄何?"女曰:"姑置此虑,续为之图。"

俄一小青衣携酒肴来,即促膝共饮,三行,女敛袂曰:"奴虽小家女,颇能缀词。"辄作一阕,叙兹夕邂逅相遇之意。顾青衣举手代拍而歌曰:"绿净湖光,浅寒先到芙蓉岛。谢池幽梦属才郎,几度生春草。尘世多情易老。更那堪,秋风袅袅。晓来羞对,香芷汀洲,枯荷池沼。 银锁横波,远山浅黛无心扫。湘江人去叹无依,此意从谁表?喜趁良宵月姣。况难逢,人间两好。莫辞人醉,醉入屏山,只愁天晓。"盖寓声《烛影摇红》也。舒愈爱惑。女令青衣归,遂留共寝,宛然处子耳。将晓别去,一夕复来,珍果异馔,亦时时致前,及怀缣帛之属,亲为舒造衣,工制敏妙。

相从月馀日,守宿僮仆闻其与人言,谓必挟娼优淫昵,他日且累己,密以告老姨媪。转展漏泄,家人悉知之,掩其不备,遣弟妹乘夜佯为问讯,排户直前,女奔忙斜窜,投室傍空轿中。秉烛索之,转入他轿,垂手于外,洁白如玉。度事急,穿竹跃赴,杳然而没。舒怅然掩泣,谓无复再会期。众散门扃。女蓬首喘战,举体淋漓,足无履袜,奄至室中,言:"堕处得孤屿,且水不甚深,践汀而出,免葬鱼腹,亦云天幸。"舒益怜之,自为燃汤洗濯,夜分始就枕。自是情好甚密,而意绪常恍忽如痴,或对食不举箸。

家人验其妖怪,潜举状请符于小溪朱彦诚法师。朱读状大骇曰:"是鳞介之精耶?毒入肝脾里,病深矣,非符水可疗,当躬往治之。"朱未及门,女惨戚嗟唷,为惘惘可怜之色。舒问之,不对,久乃云:"朱法师明日来,坏我好事矣。"于是呜咽告去,力挽不肯留。

且而朱至,舒父母再拜炷香,求救子命。朱曰:"请假僧寺一巨镬,煎油二十斤,吾当施法,摄其祟,令君阖族见之。"乃即池边,焚符檄数道召将吏,弹诀噀水,叱曰:"速驱来!"俄顷,水面喷涌一物,露背突兀如蓑衣,浮游中央,闯首四顾,乃大白鳖也。若为物所钩致②，趑曳至庭下，顿足呀口，犹若向人作乞命态。镬油正沸，自匍匐投其中，糜溃而死。观者骇惧流汗。舒子独号呼追惜曰："烹我丽人！"朱戒其家，俟油冷，以斧破鳖，剖骨并肉，暴日中，须极干，入人参、茯苓、龙骨末成丸，托为补药，命病者晨夕饵之，勿令知，知则不肯服矣。如其言，药尽而病愈。后遇阴雨，于沮洳间闻哭声云："杀了我大姐，苦事，苦事！"盖尚遗种类云。

【注释】①舒信道，北宋时人，此条所言为其少年时事。　②"钩"，原本作"鑐"，据本条出处宋洪迈《夷坚志补》卷二十二"懒堂女子"改。

虾　怪

大足初①，有士人随新罗使，风吹至一处，人皆长须，语与唐言通，号长须国。人物茂盛，栋宇衣冠稍异中国，地曰扶桑洲。其署官品有正长、戢波、日没、岛逻等号。士人历谒数处，其国皆敬之。忽一日，有车马数十，言："大王召客。"行两日，方至一大城，甲士守门焉②。使者导士人入，伏谒，殿宇高敞，仪卫如王者。乃拜士人为司风长，兼驸马。其主甚美，有须数十根。士人威势烜赫，富有珠玉，然每归见其妻则不悦。其王于月满夜则大会。后遇会，士人见嫔姬悉有须，因赋诗曰："花无叶不妍，女有须亦丑。"王大笑曰："驸马竟未能忘情于小女颐颔间乎？"经十馀年，士人有一儿二女。

忽一日，其君臣忧蹙。士人怪问之，王泣曰："吾国有难，祸在旦夕，非驸马不能救。"士人惊曰："苟难可弭，性命不敢辞也。"王乃令具舟，谓士人曰："烦驸马一谒海龙王，但言东海第三汊第七岛长须国有难求救。我国绝微，须再三言之。"因涕泣执手而别。

士人登舟，瞬息至岸。岸沙悉七宝，人皆衣冠长大。士人乃前，求谒龙王。龙宫状如佛寺所图天宫，光明迭激，目不能视。龙王降阶迎士人，齐级升殿，访其来意。士人具说，龙王即命速勘。

良久，一人自外白："境内并无此国。"士人复哀祈，具言长须国在东海第三汊第七岛。龙王复叱使者细寻勘速报。经食顷，使者返曰："此岛虾合供大王此月食料，前日已追到。"龙王笑曰："客固为虾所魅耳。吾虽为王，所食皆禀天符，不得妄食。今为客减食。"乃令引客视之，见铁镬数十如屋，满中是虾。有五六头色赤，大如臂，见客跳跃，似求救状。引者曰："此虾王也。"士人不觉悲泣，龙王命放虾王一镬，令二使送客归中国。一夕至登州，顾二使，乃巨龙也。

【注释】①"大足"，原本作"唐大定"，据本条出处唐段成式《酉阳杂俎·前集》卷十四改。大足为武则天年号，仅一年(701)。　②"守"字原本缺，据出处补。

蜂　　异 以下昆虫属

桃源女子吴寸趾，夜恒梦与一书生合。问其姓氏，曰："仆瘦腰郎君也。"女意其为休文、昭略入梦耳①。久之，若真焉。一日昼寝，书生忽见形入女帐，既合而去。出户渐小，化作蜂，飞入花丛中，女取养之。自后恒引蜂至女家甚众，其家竟以作蜜，富甲里中。寸趾以足小得名，天宝中事也。见《诚斋杂志》。

【注释】①沈约字休文，梁武帝时官至宰相，博学能文。其腰甚瘦，后人常以"沈腰"喻纤瘦者。昭略，即沈昭略，与沈约无关，亦未闻有腰瘦事。《说郛》本元林坤《诚斋杂记》亦有"昭略"二字，清《佩文韵府》引此则删去之。

蚱　　蜢

徐邈，晋孝武帝时为中书侍郎，在省直，左右人恒觉邈独在帐内似与人共语。有旧门生一夕伺之，无所见。天将旦，始开窗户，瞥观一物从屏风里飞出，直入前铁镬中。仍逐视之，无馀物，唯见镶中聚菖蒲根，下有大蚱蜢。虽疑此为魅，而古来未闻，但摘除其两翼。至夜，遂入邈梦云："为君门生所困，往来道绝。相去虽近，有若山河。"邈得梦甚凄惨。门生知其意，乃微发其端。邈初不即道，顷之曰："我始来直，便见一青衣女子，作两髻，姿色甚美，聊试挑谑，即来就己，不知其从何而至也。"兼告梦。门生因具以状白，亦不复追杀蚱蜢。①

【注释】①此条采自《太平广记》卷四百七十三"蚱蜢"条引《续异记》。

蟾 蜍

沈庆校书言①，境中有一吏人家，女病邪，饮食无恒，或歌或哭，裸形奔驰，抓毁面目。遂召巫者治之，结坛场，鸣鼓吹。禁咒之次，有一乘航船者，偶驻泊门首，枕舷而卧。忽见阴沟中一蟾蜍，大如碗，朱眼毛足，随鼓声作舞。异之，将篙拨得，缚于篣板下②。闻其女叫云："何故缚我婿？"船者乃叩门语其主云："能疗此疾。"主深喜，问其所欲，云："只希数千文，别无所求。"主曰："某惟此女，偏爱之，前后医疗已数百缗，如得愈，何惜数千文乎？愿倍酬之。"船者乃将此蟾以油熬之，女翌日愈。见唐陆勋《志怪录》。

【注释】①校书，官名，掌管校理书籍。　②篣，即榜，船桨。

蚯 蚓

文帝元嘉初，益州王双忽不欲见明，常取水沃地，以菰蒋覆上①，眠息饮食悉入其中，云："恒有一女子著青裙白襦，来就其寝。"母听闻荐下有声历历，发视，见一青色白缨蚯蚓②，长二尺许。又云："此女常以奁香见遗，甚清芬。"奁乃螺壳，香则菖蒲根。于时咸谓双暂同阜螽矣③。

【注释】①菇蒋,即菇,茎为茭白,实为菇米,根生水中。　②"缨",原本作"瘿",据本条出处刘宋刘敬叔《异苑》卷八改。　③"蟊",原本作"虫",据出处改。阜蟊,即蝗虫。

柳　妖_{以下草木属}

熙宁间①,福人陶象以令至秀州②,携子希侃游学。希侃美丰姿,尚诙谑。长吟独咏,慨然有周流山水之志,功名事不足挂齿也。

一日道经会稽,泊舟山下。时微风栖林,淡月漾水,希侃不能成寝。起未数步,而山钟野笛又飘然交送于耳。正欲拈韵赋诗,而香气已忽忽入息矣。凝盼间,一娉婷参前③。陶生惊谓曰:"梦耶?祟耶?"妖曰:"羡君高怀,特伴幽独。"生问其居址远近,妖答曰:"门崖壁石,顾在咫尺。青山我主人,茭葑我邻比也。"生曰:"独居荒寂,得无至此一遭乎?"妖曰:"非也。送月迎风,何居之独?啼莺语燕,何荒之寂?日飘摇于烟水之乡,无所郁也,又何假于一遭乎?"陶因微笑,牵妖袖并坐月中。引身私之,妖亦不拒。

因问生曰:"操帆徒涉,碌碌何之,使得久留,当坚永约。"生曰:"此衷愿耳,奈家尊赴宦,固难舍也。"妖怃然歔欷,曰:"君犹未知乎?青苗梗法,荆棘当途,政殆者有投林之想矣④!君乃欲为风中之树耶?"生曰:"拙哉子言,将使我埋光丘壑乎?"妖曰:"徙木南门者,孰与种梅孤山之为逸⑤?看花长安者,何如摘菊篱下之为高⑥?孰谓丘壑非贤者事哉?"生曰:"是固然,但君子疾泯泯耳⑦。"妖笑曰:"王庭三槐,窦家五桂⑧,不可谓不芬馥也,今未几而雨露凄凉,凋残相继。甚者将军之大树⑨,斧斤及之矣,何赫赫足云?"生曰:"苟能遗芳,是亦可也,何必较身后之遇?"妖曰:"不然也,顾所处何如耳。茹芝四老子,采薇二饿夫⑩,自身已后,其来不知几许时矣,而商山、首阳之秀号,至今与霜松雪竹同清,未闻荣前而悴后者,何耶?"

生又曰："圣于清者⑪，不足论矣。若中人已上，而身无一遇，如虚生何？"妖曰："此又不可强也，试以吾辈言之，有步生莲花者，有妆飞梅萼者，宠爱何其殷也⑫？有蒸梨见逐者，有啖枣求去者⑬，疏斥何其甚也？谓是其色弗若欤？非然也。夫妇女且尔，而况丈夫乎？故天苟遇我，则庙栋堂梁⑭；天不我遇，则涂樗泥枅⑮。遇不遇，命也。君谓縗人乎哉？不然，渭之钓叟，傅之筑佣⑯，苟非商、周拔茅而物色，则一竿一版朽烂滨岩之下，老死无闻矣。故曰遇又不可强也。"生勃然曰："信如子言，甘与庸庸者伍，何以自别欤？"妖曰："岂有异哉？杏园一宴，桃李春官，虽与臣草莽、友蓬蒿者不若。及其南柯梦后，衰草荒榛，寒烟暮雨，同一丘耳。孰分梧槚之与樲棘乎？"

生曰："世之急功名者何限，而子独以忤众者愿我，何也？"妖曰："妾非愿君，欲悟君耳，正以此辈为可鄙也。垂涎富贵者不啻望梅之渴，妄想功名者孰无梦松之思？攘攘营营，争枝匝树，虽忙逐槐尘而不惜，祸甘桃实而莫知。彼将谓可根深蒂固也，岂知桑榆之景易穷，草头之露易涸，华茂未几，枯槁随至，方将宴笑堂中，而长夜之室人已为我筑矣！悲思此景，愿将何属乎？"

生曰："人孰无死也，必欲高洁以逃之，不几于固耶？"妖曰："死固难免，但当值此死耳。苟徒朝求井上之李，暮拔园中之葵，劳苦迎合，驱驰世途，忧愤迭兴，惊疑靡一，遑遑然无俄顷之舒眉坦腹，人而至此，纵庙柏成龙，雷阳感竹，终无益也，而况未必得此者乎？若夫托赤松以遨游，隐橘中以行乐，餐菊英，纫兰佩，逍遥于坞之北、溪之南，与木石通情，猿鹤同梦，虽片月浮云不足以喻其闲，飞花流水莫能以状其适，天地至乐，斯人久享历焉，诚所谓时可当日而日可犹年者，亦将与恒人论岁月乎？以此评死，果孰值而孰负耶？"

生喜曰："不期一话足开心胸，子殆非山家者流欤？何其典达也！"妖复低容促膝，曰："章台霸桥，旧裔日微，汉禁隋堤，风光非昔。行行种种，无非攀愁送恨之情，故特侨寓以避此耳。"生叹曰："然。才容兼妙，无怪乎不屑事人也。"妖又太息曰："张君一别，腰紧眉粗，眠卧舍情，春秋虚度。连理之乐，殆不可复望于今矣。"生曰："然则有兄弟否？"妖曰："紫荆伐后，其豆相煎者多也，念本连枝者谁欤？"生曰："既尔孤独，曷求一友乎？"妖曰："金兰契绝，势利成风；负荆人遥，青松落色。当今之世而欲所求乎友，非卖则挤矣。"生曰："若然，则人可绝乎？吾恐不如是之甚也。"妖曰："殆有甚焉。朝廷鲜胜任之良干，郡县乏敷惠之甘棠。赵家乔木，为庸材辈蠹蚀也数矣。颠仆之祸，行将切于本根，一木岂能支哉！"

生曰："子诚熟识世故者。然今兹之处，乐耶忧耶？"妖曰："方其凄风寒雨，杏褪桃残，山路萧条，愁云十里，苔荒藓败，情飔魂销，不可谓无忧也。及其芳洲晴暖，一簇翠烟，画舫玉骢，酒旗摇映。又或送夕阳，挂新月，暮蝉数咽，野鸟一鸣，万缕春光，心怡意适，殆不知造物之有尽也。夫谁曰不乐乎？"生笑曰："乐则乐矣。第少一知心也，奈何？"妖亦笑曰："安排青眼，窥人多矣，无如郎君。是以不辞李下私嫌，竟赴桑间密约，且惓惓为君道也。"生挽其手，曰："咀嚼卿言，不觉俗心顿破，但不能置此身耳。"妖曰："是不难。即当潜名涧壑，俯结松萝，寄迹云霞，永联丝木。襟披杨柳之风，步缓梧桐之月。山樵泉饮，快一尘于无惊；鹤伴鸥宾，洗星淄于不染。上纵莘野之孤犁，春田清霭；下续桐江之一线，秋水寒潭。拄杖穿花，一无留念；携壶藉草，百不关情。惟梦绕乎松杉，据弄床头之笛；且心飞于兰桂，移弹石上之琴。诚可谓神仙中人，不特与竹林而较胜；风尘外物，直将与桃源而争芳者也。何必喘慕紫薇之台阁，肩挨黄棘之门墙，缰锁情怀，桎梏手足，以自取辱哉！"

生见其言词流发，博洽多闻，意必仙种，感慕益切。复取舟中行褥，铺松阴之下，欲求再会。交接间，极尽情事。起与生别，鸡三唱矣，生因请其姓，妖答曰："不必牵衣问阿娇，幽情久已属长条。禹王山上无人处，几度临风夜舞腰。"生溺于欲，竟不详其意而散。

明日,象欲发泊,生意逗延不进。夜果复来,生乃匿之舟中,欲与之任。妖艴然不许,曰:"妾奉蒲姿于君者,实欲与君开绿野之堂,结白莲之社,采武安之药,种邵平之瓜,冷澹岩云湖水中也。顾可自蹈危机,为人振落,剪拂甚哉,妾所不愿也。"生情不能舍,哀哀恳乞。约以送至家尊,即当与俱此山。请之再四,乃从。

及抵秀年馀,希侃忽遭异疾,不可救疗。会元净法师过秀,令象亟诣告之。师乃除地为坛,设观音像,取杨柳洒水咒之,结跏趺坐,引妖问曰:"汝居何地而来至此?"妖答曰:"会稽之东,汴山之阳,是我之宅,古木苍苍。"师曰:"噫,儿盖柳也。吾尝闻是儿返性矣,不道其复为幻也。"妖乃辗然笑曰:"陶君有缘,儿将教以不死之术,非祟也。"师不能窘,为宣楞严秘密神咒,令痛自悔恨,毋为物邪所转。于是号泣请去,复谓陶生曰:"久与子游,何忍遽舍?愿觞为别。"即相对引满,作诗泣曰:"仲冬二七是良时,江上多缘与子期。今日临歧一杯酒,共君千里还相思。"遂去,不复见。生疾亦寻愈,方知其妖柳也。故所论议皆花木之事,然凿凿造理者也。因悟其言,改名希靖,不求仕进,归家享年寿云。

【注释】①熙宁,宋神宗年号(1068—1077),是时王安石当国,实行新法。　②以令至秀州,即至秀州为嘉兴县令。按此条采自明周绍濂《妖柳传》,而《妖柳传》以《夷坚丙志》卷十六"陶象子"故事为由头。"陶象子"开头一句即云"嘉兴令陶象"。　③婷婷,女子姿态美好貌,此处代指美女。④青苗,王安石之青苗法,此指新法既行,破坏了祖宗法度,故谓"梗法"。荆棘,此指奸邪之人。政殆者,仕宦不如意者。投林,弃职而归林下。　⑤徙木南门,指商鞅欲在秦推行新政而以徙木南门取信。种梅孤山,指宋林和靖隐于湖上孤山,梅妻鹤子。　⑥看花长安,指功名得意者,唐孟郊初登第,有"春风得意马蹄疾,一日看尽长安花"之句。摘菊篱下,指陶渊明归隐,有"采菊东篱下,悠然见南山"诗。　⑦泯泯,言功名不立,泯没无闻于世间。《论语·卫灵公》:孔子曰:"君子疾没世而名不称焉。"　⑧周时王庭树三槐,三公每朝,辄立槐下。后以三槐代称三公。五代末,窦禹钧五子相继登科第,古人以折桂称登科,故称"五桂"。　　⑨汉光武帝起事之初,有冯异为将军,每所止舍,诸将并坐论功,冯异独屏树下,军中号曰"大树将军"。　　⑩茹芝,指汉初之商山四隐士,因有四皓成仙传说,故称"茹芝"。采薇,指伯夷、叔齐兄弟不食周粟,采薇于首阳山事。　　⑪《孟子·万章下》:孟子曰:"伯夷,圣之清者也;伊尹,圣之任者也;柳下惠,圣之和者也;孔子,圣之时者也。"　　⑫齐废帝(东昏侯)宠潘妃,凿金为莲花以贴地,令潘妃行其上,曰"此步步生莲花"。北魏寿阳公主在含章殿,梅花飘着其额,因模仿之以为妆样。　　⑬蒸梨,曾参后母遇之无恩。曾参妻蒸梨不熟,出之。人曰:"此非七出之罪。"答曰:"蒸梨小物,不用吾命为大事。"遂遣之。啖枣,事不详。　　⑭庙栋堂梁,言为朝廷之大臣。　　⑮涂樗,涂,道途之涂。《庄子·逍遥游》:惠子曰:樗树其大本拥肿而不中绳墨,其小枝卷曲而不中规矩。立之涂,匠者不顾。泥栎,《庄子·人间世》:匠石见栎社树。其大蔽数千牛,观者如市,匠伯不顾,遂行不辍。曰:"散木也。以为舟则沉,以为棺椁则速腐,以为器则速毁,以为门户则液瞒,以为柱则蠹。是不材之木也,无所可用,故能若是之寿。"按,《妖柳传》似以"涂"为"泥涂"之涂,故下文对以"泥樗"。　　⑯姜尚垂钓于渭水而遇周文王,傅说版筑于傅岩而遇商高宗。

桂　　妖

　　仁和狄明善之海盐,舟至瞰浦六七里,天色已暝,野无人居。遥见前村灯明,疾趋赴,则一酒肆也。明善径入肆门,惟见一女,甚美。问曰:"郎君为饮而来耶?"明善然之。女遂引明善至肆后小轩,扁曰"天香毓秀"。女又问曰:"郎君何姓?"明善曰:"仆姓狄,名明善,杭之仁和人也。敢问芳卿尊姓?"女曰:"姓桂,名淑芳。严君早世,族属凋零,故侨居于此,以货酒为生耳。"遂设席与狄对酌,明善半醉,乃咏桂一律以挑之。诗曰:"玉宇无尘风露凉,连云老翠吐新黄。种分蟾窟根因异,名自燕山秀出常。缀树妆成金粟子,逼人清喷水沉香。今宵欲把高枝折,分付姮娥自主张。"女闻而笑,曰:

"君之诗,其御沟之红叶乎?"乃相与就寝,极其缱绻。越明日辞去,女泣曰:"君此去难期,倘因事至此处,不吝一见,妾之愿也。"明善亦歔欷而别。明年秋复往访之,第见丰草乔林,杳无酒肆,惟一老桂夹道而花耳。①

【注释】①此条采自明王世贞《续艳异编》卷十九"狄明善"条。

白 莲 花

中和中①,有士人苏昌远,居苏州,属邑有小庄,去官道十里。吴中水乡,率多荷芰。忽一日,见一女郎,素衣红脸,容质艳丽,阅其色,恍若神仙中人。自是与之相狎,以庄为幽会之所。苏生惑之既甚,尝以玉环赠之,结系殷勤。或一日,见槛前白莲花开敷殊异,俯而玩之,见花房中有物,细视,乃所赠玉环也。因折之,其妖遂绝。②

【注释】①中和,唐僖宗年号(881—885)。 ②此条采自五代孙光宪《北梦琐言》卷九。

菊 异

和州之含山别墅,四望寥廓,草木蕃盛,春花秋鸟,自度岁华,人亦罕到之者。洪熙间,有士人戴君恩者,适他所,路迷,偶过其地,叠叠朱门,重重绮阁,烟云缥缈,望之若画图然。君恩为惊讶,谓不当有此华屋也。伫立久之,忽见门内出二美人。一衣黄,一衣素,笑迎于君恩前,曰:"郎君才人也,请垂一顾,可乎?"君恩悦其人,从之。于是美人前导,君恩后随,历重门,登崇阶,乃至中堂。叙礼延坐,罗以佳果,饮以醇醪,情意颇浓。而君恩时半酣,乃散步于中堂四壁。见壁间挂黄、白菊二幅,花蕊清丽,笔端秋色盈盈。

君恩大悦,既顾谓美人曰:"壁间画菊甚工,不可不赠以句,当各吟短律,何如?"于是,黄衣美人先吟黄菊曰:"芳丛烨烨殿秋光,娇倚西风学道妆。一自义熙人采后[1],冷烟疏雨几重阳。"君恩吟曰:"平生霜露最能禁,彭泽陶潜旧赏音。蝴蝶不知秋已暮,尚穿篱落恋残金。"白衣美人吟白菊曰:"嫩寒篱落数株开,露粉吹香入酒杯。却笑陶家狂老子,良花错认白衣来。"君恩吟曰:"冷香庭院晓霜浓,粉蝶飞来不见踪。寂寞有谁知晚节,秋风江上玉芙蓉。"三人吟毕,抚掌大笑,彼此俱忘情矣。是夕,二美人共荐枕席。

翌日,君恩辞归,美人泣曰:"衾枕未温,安忍弃去?"君恩曰:"固不忍舍,其如家人之属目悬切何? 去而复来,庶几可也。"于是黄衣美人出金掩鬓,白衣美人出银凤钗二股以赠别,金曰:"愿郎睹物思人。"黄衣美人泣吟曰:"山自青青水自流,临歧话别不胜愁。含阳门外千条柳,难系檀郎欲去舟。"白衣美人亦泣吟曰:"为道郎君赴远行,匆匆不尽别离情。眼前落叶红如许,总是愁人泪染成。"君恩欷歔,不及成韵慰答,三人各含泪而别。

君恩归第,时切眷注。迨明年,复有故他往,道经别墅,君恩谓可再见美人。访之则不知所在。君恩惊以为神,急取掩鬓、凤钗视之,皆菊之黄白瓣也。[2]

【注释】①义熙,东晋安帝年号(405—418)。安帝被权臣刘裕杀死后,东晋实已灭亡。入宋后陶渊明仍以晋人遗民自居,此"义熙人"指陶渊明。②此条采自明王世贞《续艳异编》卷十九。

芭　蕉

潘昌简,绍熙三年知鄂州蒲圻县,携婺士陈致明为馆客。邑小无民事,潘每出书院与陈款饮。庭前芭蕉甚盛,常捧杯属客曰:"只令蕉小娘子佐尊。"如是一岁,陈遂有所感。一女子绿衣媚容,入与之狎,寝则同衾。涉历百许日[1],憔悴龙锺,了无人色。潘初不悟其然,以为抱病,招医疗拯,略不能成效。迨疾棘^②,问其所致,乃云:"蕉小娘子也。"潘即令芟除,已无及矣。

【注释】①"百许",原本作"许百",据本条出处宋洪迈《夷坚支志庚》卷六"蕉小娘子"改。　②疾棘,即疾革,病已垂死。

火　　怪 以下无情之物

　　进士杨祯家于渭桥,以居处繁杂,颇妨肄业,乃诣昭应县^①,长借石瓮寺文殊院。居旬馀,有红裳既夕而至,容色殊丽,姿华动人,祯常悦者皆所不及。徐步于帘外,歌曰:"凉风暮起骊山空,长生殿锁霜叶红。朝来试入华清宫,分明忆得开元中。"祯曰:"歌者谁耶,何清苦若是?"红裳又歌曰:"金殿不胜秋,月斜石楼冷。谁是相顾人,褰帷吊孤影。"祯拜迎于门。既即席,问祯之姓氏,祯具告。祯祖、父、母、叔、兄弟、中外亲族,曾游石瓮寺者,无不熟识。

　　祯异之,曰:"非鬼物乎?"对曰:"吾闻魂气升于天,形魄归于地,是无质矣,何鬼之有?"曰:"又非狐狸乎?"对曰:"狐狸媚物,动为人祸,某世有功德于民,殆非其比。"祯曰:"可闻姓氏否?"对曰:"某燧人氏之苗裔也。始祖统丙丁^②,镇南方,复以德王神农、陶唐氏,后又王于西汉,因食采于宋,远祖无忌,以威猛暴耗,人不可亲,遂为白泽氏所执^③。今樵童牧竖,得以知名。汉明帝时,佛法东流,摩腾、竺法兰二罗汉奏请某十四代祖,令显扬释教,遂封为长明公。魏武季年灭佛法^④,诛道士,而长明公幽死。魏文嗣位,佛法重兴,复以长明世子袭之。至开元初,玄宗治骊山,起造华清宫,作朝元阁,立长生殿,以馀财因修此寺。群像既立,遂设东幢。帝与妃子自汤殿宴罢,微行佛庙,礼陁伽境。妃子谓帝曰:'当于飞之秋^⑤,不当令东幢岿然无偶。'帝即命立西幢,遂封某为西明夫人,因设珊瑚帐,固予形貌,于是选生及蛾不复强暴矣^⑥。"祯曰:"歌舞丝竹,四者孰妙?"曰:"非不能也,盖承先祖之明德,禀炎上之烈性,动即煨山岳而烬原野,静则烛幽暗而破昏蒙。然则抚朱弦,吹玉管,骋纤腰,矜皓齿,皆冶容之末事,是不为也。昨闻足下有幽隐之志,愿一款颜,非敢自献,然宵清月朗,喜觌良人,桑中之讥,亦不能耻。倘运与时会,少承周旋,必无累于盛德。"祯拜而纳之。

　　自是晨去暮还,唯霾晦不复至,常遇风雨,祯欲止之。答曰:"公违晨夕之养,就岩壑而居,得非求理静业乎?奈何欲使采过之人⑦,称君违亲而就偶,非但损公盛名,亦当速某之生命耳。"后半年,家童归告祯乳母。母乃潜伏佛榻以观之,果自隙而出,入西幢,澄澄一灯耳。因扑灭之,后遂绝红裳者。

　　【注释】①唐昭应县在骊山下。　　②以五行配十干,丙丁为火。③宋无忌,本秦汉时方士,后传说为火精。干宝《搜神记》言有小儿初生即能跑,非能自跑,是宋无忌之妖将其入灶也。白泽氏即白泽兽,传说能识世间一切鬼怪,有《白泽图》,尽载制怪之法。　　④魏武,北魏太武帝拓拔焘,曾宣布佛教非法,诛杀都城及外邑沙门,焚毁经像。　　⑤于飞,喻夫妇恩爱。　　⑥"选生及蛾",原本作"巽生",据本条出处《太平广记》卷三百七十三"杨祯"条引《纂异记》改。选生,准备参加科举考试的书生。　　⑦采过之人,好窥伺指责别人过错者。

石　　妖二条

　　武林有诸子结社读书山中,墙侧有捣衣石一片,洁净润腻,人常坐之。暑月乘凉,则士子皆裸裎其上为常,如是几岁。同舍中有张生者,失其名,为人颇荡。一夕,忽见青衣女子来就之偶,绸缪累日,时或仿佛见之。生初秘而不言,后稍稍泄于同舍,同舍咸以为妖。夜伺其至,衣飒飒有声。群拥入室共持抱之,取绳缚急,因用剑砍,欻然不见,所缚者张生衣角耳。明日,都无所迹,惟捣衣石上剑痕在焉。便共劚掘,其根入地已三四尺矣。击碎,取火焚之,血出如濡。①

【注释】①本条出自明钱希言《狯园》卷十四"石妖一"。下条及按语见同书"石妖二"。

又

先年武林有少年结伴看春,至按察司前,久立稠众之中。其下偶停一空担,担中有一白石子,腻泽可爱,疑是压秤物也,少年不觉摩娑入袖。夜归,取纳床头。忽见一碧衣女子,映月而至,就之求合。扪其体如冰,固叩无语,少年惧是鬼物,急取火视之,忽不见矣。明夕复至,拒之如初。众咸谓此石为祟,乃移至他室,遂绝。后遇玉工出示,剖之,得白璧焉。质色非常,因获厚锱。出《狯园》。

尝见一书载:阳羡小吏吴龛,于溪中见五色彩石,取纳床头,至夜化成女子,则妇人为石,石为妇人,无不有矣。

泥　　孩 以下器物之属

宋时临安风俗,嬉游湖上者竞买泥孩、莺哥等物,回家分送邻里,名曰湖上土宜象①。院西一民家女买得压被孩儿归,置于床屏彩桥之上,玩弄爱惜不厌。一日午睡,忽闻有人歌诗云:"绣被长年劳展转,香帏还许暂相偎。"及觉,不见有人。是夜将半,复闻歌声。时月影朦胧,见一少年,渐近帐前。女子惊起,少年进而抚之曰:"毋恐,我所居去此不远,慕子姿色,神魂到此,人无知者。"女亦爱其丰采,遂与合焉。因遗女金环,女密置箱箧中。明日启视之,乃土造者。女大惊,忽见压被孩儿左臂上金环不存,知此为怪,遂碎而投于江,其怪遂绝。出《夷坚续志》。

【注释】①此条采自《湖海新闻夷坚续志·后集》卷二"泥孩儿怪"条,此句作"临安风俗,嬉游湖上者相尚多买平江泥孩儿,仍与邻家,谓之土宜像"。无"莺哥"字。

石　　狮

　　金华县郭外三十里间陈秀才,有女,美容质。择婿欲嫁,而为妖祟所惑,不复知人。其家颇富赡,不惜金币,招迎师巫,以十数道士斋醮符法。凡可以禳治者,靡不至,经年弗瘥。其邻张生,亦士人也,夜闻女歌呼笑语,密往窥之,门外一石狮子,高而且大,乃蹑其背而立。女忽怒,言曰:"元不干张秀才事,何为苦我!"张生愕然,知必此物为怪,将以明日告陈。而陈氏谓张有道术,清旦,邀致入视。张不言昨夕事,但诵"乾元亨利贞",曰:"吾用圣人之经以临邪孽,如将汤沃残雪耳。"因语陈曰:"吾见君家石兽,形模狞恶,此妖所缘兴也,宜亟去之。"陈即呼匠凿碎,辇而投诸水。女遂平安。[①]

　　【注释】①此条采自宋洪迈《夷坚支志庚》卷三"陈秀才女"条。

石　砧　杵

　　黎阳儒生姓纪名纲,字廷肃,少负大志,稍长嗜学,因葺旧庐为书舍。前则疏渠引泉,清流见底;后则高峰入云,两岸石壁。五色交辉,青林翠竹,四时具备。晓雾将歇,猿鸟和鸣;夕日欲颓,沉鳞竞跃。纪生日读书其间。一日,至夜分,觉微寒,披衣独坐,忽有扣门声。启视之,乃见一美女子笑谓纲曰:"妾邻家女也,闻君高韵,乃尔唐突,意在请益耳。"纲见之大悦,与之携手而入,并肩而坐。女曰:"愿献一诗。"纲曰:"善。"女诵诗曰:"霜冷秋高白帝城,闺中力尽恨难平。西风庭院叮当响,晓夜楼台断续声。捣碎乡心愁欲结,惊回客枕梦难成。惟应不入笙歌耳,空恼玉关无限情。"纲称赞,将犯之。女始佯拒,已而从焉。女复吟曰:"君住竹棚口,妾家桃花津。来往不相识,青山应笑人。"纲因问女何里何氏,女曰:"妾姓石,名占娘,家坐午向^①,树木为记,与君为同里人。君果不弃,明当访之。"乃闻鸡唱,女遽起披衣,谓纲曰:"郎君珍重,明当重来,不待请矣。"纲执意留之,曰:"只此自匿,奚必去耶?"女怒曰:"家有父母,倘事败露,罪将安归?"纲不从,女力奔。纲以被裹而抱之,久之不动,及启视,则一砧杵也。^②

【注释】①午向,南向。　②此条采自明王世贞《续艳异编》卷九。

牛　骨　等　物

淮人刘还,以事系泗州狱。有王翁者,亦坐词牒至^①,周旋拔挈出狱^②,共诣酒家话别。忽有一人问翁姓名,即下拜。翁不识,其人曰:"家有一女,为邪魅所挠,祛之不动。昨忽云:'只畏泗州王某耳。'一路访公行止,特此恳告,勿惮百里之远,救女生全,当不靳千金之报。"翁曰:"我实无他伎俩,岂堪治怪?"其人请不已。翁曰:"向年自凤阳还泗,乘一驴,复挈一空驴行,见一道人襆被而步,惫且喘,吾问之,答云:'乏钱。'吾以空驴借之。道人感荷,以一卷书授我,曰:'依此而行,可断百怪,然勿受人酬谢也,受则不验。'吾漫置书于笥,亦未省视。尔家怪所畏见者,其即此耶?"乃归觅书,令其人先还,曰:"具瓮一口,方砖一块,血狗皮一张,炽炭以待,且戒勿泄。"其人喜而去。

次日,翁乃赍符剑以往。入门,怪即言于室曰:"果请王法师来,吾当敛避。"方欲出而王翁已入,大叱曰:"死老魅何之?"怪躅踯谓女曰^③:"何处可逃?"女指瓮曰:"此中可。"怪即跃入。翁以狗皮封之,而令主人以砖覆焉,外加重符,举置炽炭上。初极口骂翁,瓮热,乃哀乞曰:"法师舍我,我有妻妹可怜。"翁问:"尔何妖?"答曰:"丑氏。"翁曰:"何物?"曰:"牛骨也。"牛而曰丑者,讳之也。促令供状,乃曰:"供状人牛天锡,字邦本,系多年牛骨,在城隍庙后苑。某年庚申日,某人踢伤脚趾,以血拭邦本身上,因而变幻成形,不合扰害某家小姐云云。妻红砖儿,妹绣鞋儿,见在某处,得相见,死不复恨。"乃停火作法,召将搜捕,得两女子于屋栋上,别以瓮覆之,齐呼牛骨,相与叙泣。翁问二物:"何以作妖?何为与天锡连亲?"答曰:"某等一是赵千户家刺梅花下古砖,以庚申日,其小女采花伤手,滴血吾身,因而得气。一是王郎中妻绣鞋,庚申日沾月水,弃于小院,亦得变化,与牛郎本假合妻妹,实非一体。法师能恕我三人,当远迹市城,永不敢更近人世矣。"翁大笑,竟发火炙杀之。哀声震瓮,良久寂然。启其封,有一牛骨长尺许④,女鞋、古砖皆焦灼云。

> 庚申日见水生之日。天一生水,水生万物。生生之数,在于庚申,沾人生气,遂能为怪。

【注释】①词牒,投诉状文。　②周旋,辗转。拔挈,救援。　③踯躅,即踯躅,焦燥不安状。　④"有一",原本作"一有",据本条出处明王世贞《续艳异编》卷九"牛邦本"改。

琴　瑟　琵琶

静江有阮文雄者,家积饶裕,性恢廓,耽嗜山水。绍定己丑秋,庄舍当租课时①,阮生乘机图游赏之乐。乃携一二苍头,棹小航②,沿水滨而轻棹。时则白蘋红蓼,败芰残荷,晴岚耸翠笼云,远树含青挂日。听鸣禽,观跃鲤,凡景属意会,罔不收赏。

至七里湾,不觉已暝,四顾寂无人居。俄而前有楼阁岿然,移舟近之。忽闻楼上哑然有声,窃视,乃三美人倚栏颦笑。生一见不能定情,遂于舟中朗声吟曰:"愁倚溪楼望,还因见月明。月明如有约,偏照别离情。"美人楼上亦酬吟曰:"细草春来绿,闲花雨后红。思君不能见,惆怅画楼东。"生愈添悒怏,惜不能效冯虚之御风也③。

已而美人以红绒绳坠于舟中，生乃攀援而上。美人笑曰："郎君将为梁上君子乎?"生笑曰："逾墙已成，折齿唯命④。"遂谐衾枕欢笑，周而复始，情觉倍浓。

一美人曰："今日之乐，可无诗乎?"金谓诺诺。美人乃先吟曰："峄阳自古重南金⑤，制作阴阳用意深。灵籁一天孤鹤唳，寒涛千顷老龙吟。奏扬淳厚羲农俗，荡涤邪淫郑卫音。慨想子期归去后，无人能识伯牙心。"一美人吟曰："云和一曲古今留，五十弦中逸思稠。流水清泠湘浦晚，悲风萧瑟洞庭秋。惊闻瑞鹤冲霄舞，静听嘉鱼出涧游。曾记湘灵佳句在，数峰江上步高秋⑥。"末后一美人吟曰："龙首云头巧制成，螳螂为样抱轻清。玉纤忽缀一声响，银汉惊传万籁鸣。似诉昭君来虏塞，如言都尉忆神京。征人归思罂闻处，暗恨幽愁郁郁生。"

未几天晓，美人急扶生起，曰："郎君速行，毋令外人觉也。"生仓皇归舟，命仆整顿装束，思为久留计。忽回首一望，楼阁美人杳无存矣。生大惊异。乃即其处访之，但见一古冢累然。傍有穴隙，为狐兔门户，见内有琴、瑟、琵琶。取归而货之，得重价。⑦

【注释】①绍定，南宋理宗年号（1228—1233）。租课，即收租。　②小航，即小船。　③冯虚，同"凭虚"。张衡《西京赋》设为凭虚公子与安处先生问答，凭虚者，无此人也。但凭虚也有不假他物、乘空而行的意思。御风，驾御天风。　④逾墙，用《孟子》"逾墙而搂处子"典。折齿，晋谢鲲邻家有女，尝往挑之。女方织，以梭投之，折其两齿。　⑤《书·禹贡》有"峄阳孤桐"句，遂以峄阳为桐木之代称。桐木宜制琴。南金，本指南方之铜，此指贵重之物。　⑥唐钱起《湘灵鼓瑟》诗，落句为"曲终人不见，江上数峰青"。　⑦本条出自明王世贞《艳异续编》卷九"阮文雄"条。

琴　精二条

邓州人金生，名鹤云。美风调，乐琴书，为时辈所称许。宋嘉熙间①，薄游秀州，馆一富家。其卧室贴近招提寺，夜闻隔墙有歌声。乍远乍近，或高或低。初虽疑之，自后无夜不闻，遂不为意。

一夕月明风细，人静更深，不觉歌声起自窗外。窥之，则一女子约年十七八，风鬟露鬓，绰约多姿。料是主家妾媵夜出私奔，不敢启户，侧耳听其歌曰："音音音，你负心。你真负心，孤负我到如今。记得当时，低低唱，浅浅斟，一曲值千金。如今寂寞古墙阴，秋风荒草白云深，断桥流水何处寻。凄凄切切，冷冷清清，教奴怎禁？"

女子歌竟，敲户言曰："闻君倜傥，故冒禁相亲。今闭户不纳，欲效鲁男子行耶？"鹤云闻言，不能自抑。遂启户，女子拥至榻前矣。鹤云曰："如此良会，奈烛灭，竟不能为一款曲，如何？"女子曰："期在岁月，何必今宵，况醉翁之意不在酒乎！"乃解衣共寝，曲尽缱绻之乐。将晓，女子揽衣而起，鹤云嘱之再至。女子曰："弗多言，管不教郎独宿。"遂悄然而去。

次夜，鹤云具酒肴以待，女子果来。相与并坐酣畅，女子仍歌昨夕之词。鹤云曰："对新人不宜歌旧曲，逢乐地讵可道忧情？"因赓前韵而歌之，曰："音音音，知有心。知伊有心，勾引我到如今。最堪斯夕，灯前耦，花下斟，一笑胜千金。俄然云雨弄春阴，玉山齐倒绛帷深，须知此乐更何寻。来径月白②，去会风清，兴益难禁。"女子闻歌，起而谢曰："君之斯咏，可谓转旧为新、翻忧就乐也。"自是无夕不会。荏苒半载，鲜有知者。

忽一夕，女子至而泣下。鹤云怪问。始则隐忍，既则大恸。鹤云慰之良久，乃收泪言曰："妾本曹刺史之女，幸得仙术，优游洞天。但凡心未除，遭此谪降。感君夙契，久奉欢娱，讵料数尽今宵。君前程远大，金陵之会，夹山之从，殆有日耳。幸惟善保始终。"云亦不胜凄怆。至四鼓，赠女子以金，别去。未几，大雨翻盆，霹雳一声，窗外古墙悉震倾矣。鹤云神魂飘荡，明日遂不复留此。

二年后，富家筑墙，于基下掘一石匣，获琴与金，竟莫晓其故。

时闻鹤云宰金陵,念其好琴,使人携献。鹤云见琴,光彩夺目,知非凡材,欣然受之,置于石床。远而望之,则前女子;就而抚之,则依然琴也。方悟女子为琴精,且惊且喜。适有峡州之迁③,鹤云得重疾。临死,乃命家人以琴送葬。琴精之言胥验之矣。

【注释】①嘉熙,南宋理宗年号(1237—1240)。　②"径",原本作"经",据本条出处明周绍濂《鸳渚志馀雪窗谈异》卷上"招提琴精记"改。③"迁",原本作"游",据出处改。

又

刘过①,字改之,襄阳人。虽为书生,而赀产赡足。得一妾,爱之甚。淳熙甲午,预秋荐,将赴省试。临歧眷恋不忍行,在道赋《水仙子》一词,每夜饮旅舍,辄令随直小仆歌之。其词曰:"别酒醺醺容易醉,回过头来三十里。马儿不住去如飞。行一会,牵一会,断送杀人山共水。　是则功名真可喜,不道恩情抛得未。梅村雪店酒旗斜。住底是,去底是,烦恼我来烦恼你②。"

到建昌,游麻姑山。薄暮独酌,屡歌此词,思想之极,至于堕泪。二更后,一美女忽来前,执拍板曰:"愿唱一曲劝酒。"即歌曰:"别酒方斟心已醉,忍听《阳关》辞故里。扬鞭勒马奔皇都。时也会,运也会,稳跳龙门三级水。　天意令吾先送喜,耳畔佳音君醒未。蔡邕博识爨桐声。君背负,只此是,酒满金杯来劝你。"盖赓和元韵。刘以"龙门"之句喜甚,即令再诵,书之于纸。与欢接,但不晓"蔡邕"、"背负"之意。因留伴寝,始问为何人,曰:"我本麻姑上仙之妹,缘度王方平、蔡经不切③,谪居此山,久不得回玉京。恰闻君新制雅丽,勉趁韵自媒,从此愿陪后乘。"刘犹以辞却之,然素深于情,长涂远客,不能自制,遂与之偕东。而令乘小轿,相望于百步间。迨入都城,俶委巷密室同处。

果擢第,调金门教授以归。过临江,因游阁皂山。道士熊若水修谒,谓之曰:"欲有所言,得乎?"刘曰:"何不可者?"熊曰:"吾善符篆,窃疑随车娘子恐非人也,不审于何地得之?"刘具以告,曰:"是矣,是矣,俟兹夕与并枕时,吾于门外作法行持。教授紧抱同衾人,切勿令窜逸。"刘如所戒。唤仆乘烛排闼入,见拥一琴,顿悟昔日蔡邕之语。坚缚置于傍④。及旦,亲自挈持,眠食不舍。及经麻姑⑤,访诸道流,乃云:"顷赵知军携古琴过此,宝惜甚至。因抟抚之际,误触堕砌下石上,损破不可治,乃埋之官厅西偏,斯其物也。"遽发瘗视之,匣空矣。刘举琴置匣,命道众焚香诵经咒,泣而焚之。

《齐谐记》载:王彦伯尝至吴邮亭,维舟理琴。见一女子披帷而进,取琴调之,声甚哀。彦伯问何曲,答曰:"此曲所谓《楚光明》也。惟嵇叔夜能为此声,自此以外传者数十而已。"彦伯请受之。女曰:"此非艳俗所宜,惟岩栖谷隐可自娱耳。"鼓琴且歌,歌毕,止于东榻,迟明辞去。疑彦伯所遇亦琴精也。

【注释】①刘过,南宋著名辛派词人。　②此词与《全宋词》所录《天仙子·初赴省别妾》字句有所不同。　③麻姑等人均为神仙。据葛洪《神仙传》,初,王方平度蔡经时,曾招麻姑来,是麻姑与王方平共度蔡经,而非麻姑度王方平也。不切,即不当。王方平谓蔡经:"汝生命应得度世,然少不知道,气少肉多,不得上天,当为尸解,如从狗窦中过耳。"不切或指此。④"傍",原本作"榜",据本条出处宋洪迈《夷坚支志丁》卷六"刘改之教授"条改。　⑤麻姑,此指麻姑山。

箸　斛概

嘉定月浦镇人苏还,妻张氏,颇有姿容。一日乘船送其女甥之嫁,舟泊某港柳树下。一男子蓬首黑面,顾张而笑。问之旁人,不见也。及归,则见向男子至曰:"吾与汝当为夫妇。"时妇有孕不就,既产乃来,遂与交接。妇昏瞑如寐,有顷而苏。自是无夕不至。夫登榻,则为束缚于地。其所衣不过一裈,而时时扱之①,仅掩其阴,殆类市井丐乞。白昼径出入其家,家人畏而不敢犯。夫甚爱其妻,百方祈祷,屡延术士镇治之,数年弗效。后一羽士召将王灵官至附箕②,直入井中,捞得红漆箸一双,及斛概一事,碎之,灰以饮妇,遂愈。盖二物为祟也③。

【注释】①裈,短裤。扱,提起。　②王灵官又称王元帅,在二十六天将中居第一位。道观内多塑王灵官像,手执钢鞭,据云有不恭者则鞭之。此言道士扶乩,招王灵官附箕,然后按箕仙所示行事。下文言"入井"者,乃羽士也。　③此条采自明王世贞《续艳异编》卷九"苏还妻"条。

笤帚精

　　洪武间,本觉寺有一少年僧,名湛然,房颇僻寂。一夕方暑,独坐庭中,见一美女,瘦腰长裙,行步便捷,丰姿绰约,而妆不多饰。僧欲进问,忽不见矣。明夜登厕,又过其前,湛然急走就之,则又隐矣。自是惶惑殊深,淫情交引,苦思不置。越两日,又徐步于侧,僧急牵其衣,女复佯为惭怯之态,再三恳之,方与入室。及叙坐,渐相调谑,竟成云雨。问其居址姓字,女曰:"妾乃寺邻之家,父母锺爱,嫁妾之晚,今有私于人,故数数潜出,不料经此又移情于汝。然当缄密其事则交可久,不然,彼此玷矣。"僧喜,唯唯从命。于是旦去暮来,无夕不会。

　　僧体枯瘦,气息恹然,渐无生意,虽救治,百端罔效。一老僧谓曰:"察汝病脉,劳瘵兼攻,阴邪甚盛,必有所致。苟不明言,事无济矣。"湛然骇惧,勉述往事。众曰:"是矣。然此祟不除,则汝恙不愈。今若复来,汝伺其往而踪迹之,则治术可施也。"是夕女至,僧仍与合,将行,欲起随送,女固止之。翌日告众。众曰:"明夜彼来,当待之如常,密以一物置其身,吾辈避于房外,俟临别时击门为约,吾辈协力追尾,必得所止,则祟可破矣。"湛然一一领记。

　　后二夕,湛然觉神思恍惚,方倚床独卧,女果推门复入。僧与私亵,益加款曲。鸡鸣时,女辞去,僧潜以一绒花插女鬓上,又戏击其门者三。众僧闻击声,俱起追察,但见一女冉冉而去。众乃鸣铃诵咒,执锡持兵,相与赶逐,直至方丈后一小室中,乃灭。此室传言三代祖定化之处,一年一开奉祭,馀时封闭而已。众僧知女隐迹,即踊跃破窗而入,一无所见,但西北佛厨后烁烁微光。急往烛之,则竖一敝帚耳。竹质润滑,枝束鲜莹,盖已数十年外物也。众方疑惑,而绒花在柄,因共信之。乃持至堂前,抽折一筊①,则水流滴地。众僧骇异,明灯细视,筊中非水,实精也。湛然见之,悔惧不已。②

【注释】①筊,竹帚所束之竹枝也。　　②此条采自明周绍濂《鸳渚志馀雪窗谈异》卷上"弊帚惑僧传"。

生　王　二以下无名怪

生王二,陇州人。其居在黑松林跑谷,世以畋猎射生为业,用是得名。因与众逐鹿,至深崖,迷失道。正彷徨次,遇女子度水来,年少貌美,而身无衣袿,视王而笑。王平生山行野宿,习见怪物,虽知为非人,殊无惧色。咄之曰:"汝鬼耶? 怪耶?"女又笑而不答。良久,乃问王曰:"尔何人?"王始稍敬异,揖而言:"本山下猎徒,今日逐鹿失踪,致堕兹处。生死之分,只在顷刻,愿娘子哀之。"女曰:"随我来,当示尔归路。"遂从以行。登绝高巉岩之峰,涉回环过膝之水,涂径荦确,足力不能给。女不穿履,步武如飞。到一洞,有大石室,境趣邃寂,如幽人居。不闻烟火气,寝室尤洁雅。王顾旁无他人,戏言挑之,欣然相就。夜则共榻,昼则出采果实以啖之。

居月馀,王念母之供养,以情泣告女曰:"我欲暂归,徐当复相寻。"女许诺,送出官道乃别。王感其意爱,他日再访焉。试与之语,邀同归。略不嫌拒,携手抵家。王妻赵氏已有三男女矣,此女又生两子。与赵共处甚雍睦,逢外客至,必惊讶敛避。或独步入山,经月不返,终不火食,王亦任其去留。后二十年犹存。①

【注释】①此条采自宋洪迈《夷坚支志甲》卷一"生王二"条。

王　上　舍

建康王上舍,以政和六年元夕,与友同出府治观灯。三友登山棚玩优戏①,王独在棚下,不肯前,邀之弗听,盖意有所属。见一姬缓步,一女仆随之,衣不华,妆不艳,而淡靓可喜②。顾王微羞,整冠饰,若欲偷避。王逼而窥之,始撤幕首巾,回面而笑。王将与之语,为友所牵,莫能遂。于是偕入委巷,行人绝稀,姬复在焉,而友无所睹。

王托如厕,抽身相蹑,情思飞扬,因就与姬语。姬曰:"我知君雅意,但以寡居一第,无男无女,只小妾同居,萧索之情,不言可知。君果有心,冀愿垂顾。"王曰:"吾方寸已乱,何暇迁延!"携手将与绸缪,四顾巷陌,灯烛车马,略无可驻之地。念市桥下甃石处差可偷期,乃野合而别。道其所居某坊。

明日往诣,姬出迎,奖其有信,留止通宵,买酒款适。王暂还学宫,无日不往。倘有故失期,则饮膳俱废。浸以癯瘁。向之三友因诘其曩游,具以告。曰:"此为妖异,不言而知。勿复沉迷,以全性命可矣。"王如醉而醒,强自抑遏。姬忽夜造其所,责之曰:"我不幸失身于子,奈何中道相弃?"王他词谢姬,留欢如初。王觉气体不支,思与之绝,乃从友寄寝,又梦其来,竟病风淫而卒③。

【注释】①山棚,古时于节庆时所搭戏棚。玩优戏,似言游人可登之串戏或杂艺。　②"靓",原本作"静",据本条出处宋洪迈《夷坚支志庚》卷八"王上舍"条改。　③"淫",原本作"癃",据出处改。

孤 山 女 妖

万历壬寅,明州闻庄简公之来孙某①,弱冠,美风调,携其侄才十五岁,同诣杭州。路遇姚江秀才吕生,倾盖相契,遂同寓西湖孤山寺傍一古馆中。前即张氏梅花屿及水仙祠,有短垣隔之,宋人诗"一盏寒泉荐秋菊"处也。

时值秋夜,暖月朦胧,邻钟响断。两生颇工吟咏,徘徊于庭,忽闻垣西有妇人笑语声,俄而履迹渐近,灵香袭衣。启扉视之,遥见三女郎自树影中来。一著冠,年稍长。其二则绾肉髻,垂鬟如鸦,皆丽色也。褰帷而入,直抵寝所,就床坐,与闻、吕温凉,各择其偶,愿谐伉俪。著冠者笑曰:"汝两人已作鸳鸯配对,而我独无。"因指闻生之侄谓曰:"终不然留此黄口儿为我伴乎? 我安用此? 当往寻水月上人矣。"言讫,即先辞去。

二女郎相顾笑曰:"阿姊意不美满而去,我辈且为乐也。"两生惊喜,陈设薄具,谈笑欢娱,灭烛解衣,双栖婉恋。四更后别去。问其居止姓氏,不答,但执手依依曰:"非久相期,慎勿泄于人也。"下阶数步,如雾濛花,行于残月中无影,心窃怪之。既去,欻尔而灭。阴云四垂,凄风飒至,月色既隐,景物惨人。不觉窗户轧然,两生股栗,方异其鬼妖也。然亦颇惬于心,精授魂与,宛转不寐。

明日起视,但见树深云乱,水流花开,杳无行迹。邂逅水月上人,自灵芝寺掠湖而至。因言夜来梦见一丽人求偶,某不肯从,绝与两生所见年长者无异,语及大怪,共为欷歔。旬月之内,三人相继病卒。水月者,故楚中少年僧也,豫知亡期,嘱备后事。中秋夜,忽谓其同衣曰:"前生冤业至矣。"辞别亲友,自题神主而逝。

【注释】①闻渊,弘治十八年进士,官至尚书。谥庄简。"来"字原本缺,据本条出处明钱希言《狯园》卷十三"孤山女妖"补。来孙,玄孙之子也。

曹 世 荣

扬州府学生曹世荣,嘉靖元年出行,得一纸裹于途。启之,有白金五钱,纸内书云:"不矜细行,终累大德。"又云:"拾得有祸。"世荣怀归,以汗巾裹置衣架上。抵暮,张烛坐,见一美人之室,笑呼:"曹君,可还我银。"世荣云:"无之。"美人乃固求,荣指示之。美人解巾微笑,一顾而去,曰:"书生真是贪财。"翼夕复至,云:"与君有缘,猥相得从。"遂留宿,好合倍常。其妻在榻,憒腾不知觉,黎明告去。荏苒三旬,至昼相对,了不惧人。父母知而戒之,不能却,乃告其妻父应佐。

佐,太学生,有学行,责之曰:"子心邪,所以召邪。"作《辨怪文》悬于榻。是夕,美人读之,有惭色,曰:"此应公讥我耳,吾碎之。"亦不敢举手。良久云:"此书诮我,我不可留。"即去。明以告佐,佐命移贴房门,而美人不至。

他日出郊,遇诸涂,问:"娘子何久不相顾?"美人曰:"应公言大有理,我所畏见。"又曰:"某日来与子别,毋相忘。"至日,其父延佐同酌,命世荣立侍其旁。良久,世荣因视阶下而笑,佐叱之曰:"故态作耶!"有顷,举扇障面,与阶下切切私语不休。佐夺其扇焚之。世荣称小解,下阶。佐俟之,久不至,起挽之,问何为,曰:"美人适来告别,云因缘遽断,亦是天分,此行永不复见郎君矣。所惜者,水里来火里去耳。"繇此遂绝。世荣求诗文以谢妇翁。而水火之说,则不可晓云。世荣今尚无恙。

戴 詧

临川郡南城县令戴詧,初买宅于馆娃坊。暇日,与弟闲坐厅,忽闻妇人聚笑声,或近或远,詧颇异之。笑声渐近,忽见妇人数十,散在厅前,须臾不见。如此累日,詧不知所为。厅阶前枯梨树,大合抱,意其为祟,因伐之。有石露如块,掘之转阔,势如鏊形,乃火上沃醴①,凿深五六尺,不透。忽见妇人绕坑抵掌大笑,有顷,共牵詧入坑,投于石上。一家惊惧之际,妇人复还,大笑,詧亦随出。詧才出又失其弟，家人恸哭，瞽独不哭，曰："他亦甚快活，何用哭也。"
瞽至死不肯言其情状。②

【注释】①凿石时用火烧石，浇以醋，则石易碎。　②此条采自唐段
成式《酉阳杂俎·前集》卷十五。

庞　女

庞寅孙待制，一女，有容色，适毗陵胡道修，甚雍睦。数年后，
道修每夜即有一妇人来同寝。庞或闻其语言，数诘之，道修笑而不
答。一夜胡先就枕，庞牵幔欲入，其人自帐中出，姿容妍丽，庞自顾
己不若，然尔不惧。胡曰："子见否？不必怒，我与尔同往访之。"庞
恍惚与胡同至一处，如王侯第，帘幕华焕，廊庑间悬琉璃灯，光彩夺
目。胡与庞方携手而行，至一堂，有一人自屏后来，乃向帐中所出
之人也。胡舍庞走从之，相挽而去，已而对饮堂上。庞愤之，亟欲
走归，顾门宇悉关锁，仓皇至一处，见有断垣，乃大呼，逾之而出。
明日，胡曰："昨宵尔胡不少留，乃怒而遁？"自是无可奈何。

时寅孙任发运使，乃具舟楫迎其女并婿至真州就医。召一道
士，能使物治病。道士以一木板、一钉付庞①，俾令伺胡咳声，即以
钉钉其板。如其言钉之，胡大叫曰："是甚道理？"亟来夺之。庞惧
为所得，掷板于河中。时寅孙有馆客在后舟，见之，即以手招之，其
板遂流至船边。馆客取之，拔去钉，胡大笑。道士怅惋而去，卒不
可疗。乃复归毗陵，不复为怪也。

一日，胡谓庞曰："来日有人携一女子来售，汝可为我得之，慎
勿靳直。"明日，果有一老媪携一村女来②，丑陋可骇。胡见之喜曰：
"是矣。"乃以数千金得之。胡自是嬖惑此婢，甚欢。盖怪附婢体，
而胡见之乃向之人耳。庞竟离归。胡与婢生男女数人，亦无他怪，
待制之犹子温孺言之。后问之胡氏，信然。

【注释】①"道士以一木板、一钉付庞"十字原本缺,据本条出处宋张邦基《墨庄漫录》卷五补。　②"有一老媪携",原本作"有人携老媪",据出处改。

郑 彦 荣 婢

郑彦荣买得一婢,年十五六,容色不舒,常頮然①,郑诘之,不对,但低头而已。忽尔火光满屋,砖瓦乱掷,床榻俱震。郑甚惧,犹未疑其婢。自后或食馔秽污,或财帛潜失,日见鼠人立,夜有物歌吟。召行道法者书符厌劾,终不能胜。婢自云:"但可驱使,无有他事。"即日平静。问其所从,曰:"常有一男子夜来同处,性颇刚戾,如别有顾,即见嗔怒。"郑遂不敢留,乃贱售云②。见唐陆勋《志怪录》。

【注释】①頮然,面色怒而赤。　②唐陆勋《志怪录》此下尚有一句:"其年郑遇害。"

郭 长 生

元嘉中,太山巢氏先为相县令①,居晋陵。家婢采薪,忽有一人追之,如相问讯,遂共通情。随婢还家,仍住不复去。巢恐为祸,夜辄出婢。闻与婢讴歌言语,大小悉闻,不使人见,见者唯婢而已。恒得钱物酒食,日以充足。每与饮,吹笛而歌,歌云:"闲夜寂已清,长笛亮且鸣。若欲知我者,姓郭字长生。"出《幽明录》。

【注释】①元嘉,南朝宋文帝年号(424—453)。"相",原本作"湘",据《太平御览》卷五百八十引《幽明录》改。

孟　氏

维扬万贞者,大商也,多在外贸易财宝。其妻孟氏,先寿春之妓人也,美容质,能歌舞,薄知书,稍有词藻。春日独游家园,四望而吟曰:"可惜春时节,依前独自游。无端两行泪,长只对花流。"吟罢,泣下数行。忽有少年,容貌甚美,逾垣而入,笑曰:"何吟之苦耶?"孟氏大惊曰:"君谁家子?何得遂至于此,而复轻言也?"少年曰:"吾性落拓不拘,惟爱高饮大醉。适闻吟咏,不觉喜动于心,所以逾垣而至。苟能容我花下一接良谈,我亦可以强攀清调也。"孟氏曰:"欲吟诗耶?"少年曰:"浮生如寄,少年时犹繁花正妍,黄叶又继,枉惹人间之恨,愁绪千端,何如且偷顷刻之欢也。"孟氏曰:"妾有良人,去家数载,所恨当兹丽景,远在他乡,岂惟惋叹芳菲,固是伤嗟契阔,所以自吟拙句,略叙幽怀耳。不虞君之涉吾地,而见侮如此。宜速去,勿自取辱。"少年曰:"我向闻雅咏,今见丽容,苟蒙见纳,虽死且不惜,况责言何害乎?"

孟氏命笺,续赋诗曰:"谁家少年儿,心中暗自欺。不道终不可,可即恐郎知。"少年得诗,喜不自胜,乃答之曰:"神女配张硕,文君遇长卿。逢时两相得,聊足慰多情。"自是孟遂私之,挈归己舍。少年貌既妖艳,又善玄素[1],绸缪好会,乐可知也。逾年夫归,孟氏忧惧且泣。少年曰:"勿恐,吾固知其不久也。"言讫,腾身而去,阒无所见,不知其何怪也。[2]

【注释】①玄素,玄女、素女,此指房中术。　②此条采自《太平广记》卷三百四十五"孟氏"条引《潇湘录》。

常　熟　女

常熟一中人之女,已有家,适归宁父母,步行衢中,既而复归夫家。道遇一绿衣少年,尾之行甚久,稍渐近,窥其女,因肆目挑。女微睨之,亦心动。既而转比密,遂呼女相期为私。女诺之。少年言:"汝入门勿见舅姑与夫,可托暴疾,遽入房,吾当随以入。"女又诺之。既入门,声言疾痛,径趋内寝,少年已蹑踵而入矣。随闭户,裸衣而交。交既,少年即去不见,女亦不省何从而出也。乃起妆束出房,犹诳瞒之,而外已窥其所为矣。扣之,始讳①,既而少年屡到,女不能拒,亦不能复讳。家人审知为妖,无以却之。试令需索货物,无不应手而得。如此往还数岁,踪迹渐稀,女竟无他,今犹安好,年四十五矣。时弘治末所闻,见祝子《语怪录》②。

【注释】①讳,不言其实。　②祝子,祝允明。

　　情史氏曰:妖字从女从夭,故女之少好者,谓之妖娆。禽兽草木、五行百物之怪,往往托少女以魅人,其托于男子者,十之一耳。呜呼! 禽兽草木、五行百物之妖,一托于人形,而人不能辨之。人不待托,妖又将如何哉? 武为媚狐,赵为祸水,郗为毒蟒①,人之反常,又何尝不化而为禽兽草木、五行百物怪也?

【注释】①武,武则天。赵,赵飞燕姊妹。郗,梁武帝郗后,极妒,死后化为毒蟒,或云化为毒龙。

卷二十二　情外类

丁　仙　期①情贞

丁仙期婉嬺有容采,桓玄宠嬖之②。朝贤论事,宾客聚集,恒在背后。坐食毕,便回盘与之。期虽被宠,而谨约不敢为非。玄临命之日,期乃以身捍刃③。

【注释】①"丁仙期",原本作"丁期",按《晋书·桓玄传》,玄所嬖者为丁仙期,据改。正文同。本条采自《艺文类聚》卷三十三引《俗说》,即误作"丁期"。　②桓玄,桓温之庶子。常负其才地,以雄豪自处。为江州刺史,败杨佺期、殷仲堪,把持朝政。后废晋安帝,自称帝。刘裕等在京口起兵,桓玄败死。　③桓玄既败,欲入蜀,于江陵城西遇毛祐之等。祐之攻玄,箭矢如雨,玄嬖宠丁仙期、万盖等为桓玄挡箭而死。

俞　大　夫以下情私。再见

吴中俞大夫①,有好外癖②。尝拟作疏奏上帝,欲使童子后庭诞育,可废妇人。其为孝廉时,悦一豪贵家歌儿,与其主无生平,不欲令知。每侵晨,匿一厕中,俟其出。后主人稍宽,乃邀欢焉,为留三日。主人曰:"不谓倾盖之欢,竟成如兰之臭。"俞笑曰:"恨如兰之臭从厕中来耳!"

子犹云:余友俞进士③,于妓中爱周小二,于优童爱小徐。尝言:"得一小二,天下可废郎童。得一小徐,天下可废女子。"

语本大夫家教来。

【注释】①俞大夫琬纶，字斐明，号华麓，明苏州长洲人。万历进士，曾任西安知县。性简傲，不乐仕宦。　②好外，喜男风也。　③俞进士君宣，俞华麓之子。

王　确

王僧达为吴郡太守，族子确少美姿容，僧达与之私款甚昵。确叔父休，永嘉太守，当将确之郡，僧达欲逼留之。确知其意，避不往。僧达潜于所住后作大坑，欲诱确来别，杀埋之。从弟僧虔知其谋，禁诃乃止。①

【注释】①此条采自《南史·王僧达传》。

向　魋以下情爱

向魋①，宋大夫，有宠于桓公，公以为司马。时公子地有白马四②，魋欲之。公取而朱其尾鬣以与之③。公子怒，使从者夺之。魋惧欲走④，公闭门而泣之，目尽肿。

【注释】①向魋即桓魋，即孔子说"天生德于予，桓魋其如予何"者。春秋时宋国司马。　②"地"，原本作"佗"，据本条出处《左传》定公十年改。③以马与桓魋也。　④桓魋欲逃离宋都城。

龙　阳　君

魏王与龙阳君共船而钓，龙阳君涕下。王曰："何为泣？"曰："为臣之所得鱼也。"王曰："何谓也？"对曰："臣之所得鱼也，臣甚喜。后得又益大，臣欲弃前得鱼矣。今以臣之凶恶，而得为王拂枕席。今四海之内,美人亦甚多矣,闻臣之得幸于王也,必搴裳趋王。臣亦曩之所得鱼也,亦将弃矣。臣安能无涕出乎?"魏王于是布令于四海之内,曰:"敢言美人者,族!"①

【注释】①此条采自《战国策·魏四》。

安　陵　君

江乙说安陵君坛曰①:"君无咫尺之功,骨肉之亲,处尊位,受厚禄,一国之众,见君莫不敛衽而拜,抚委而服②,何以也?"曰:"过举以色③。不然,无以至此。"江乙曰:"以财交者,财尽而交绝;以色交者,华落而爱渝。是以嬖色不敝席,宠臣不避轩④。今君擅楚国之势,而无以自结于王,窃为君危之。"安陵君曰:"然则奈何?"曰:"愿君必请从死,以身为殉,如是必长得重于楚国。"曰:"谨受命。"

三年⑤,楚王游于云梦,结驷千乘,旌旗蔽天。野火之起也若云霓,兕虎之声若雷霆。有狂兕䍐车依轮而至⑥,王亲引弓而射,一发而殪。王抽旃旄而抑兕首,仰天而笑曰:"乐矣,今日之游也!寡人万岁千秋之后,谁与乐此矣?"安陵君泣数行下,进曰:"臣入则编席,出则陪乘。大王万岁千秋之后,愿得以身试黄泉、蓐蝼蚁,又何如得此乐而乐之?"王大悦,封坛为安陵君。

> 魏阮籍诗曰:"昔日繁华子,安陵与龙阳。夭夭桃李华,灼灼有辉光。悦泽若九春,磬折似秋霜。流盼发姿媚,言笑吐芬芳。携手等欢爱,宿昔同衾裳。"

【注释】①"坛",原本作"缠",此条采自《战国策·楚策》,今本作"坛",据改。　②抚,伛身。委,曲也。　③以色而得重用。　④嬖贱而幸者,坐席不及敝而爱弛;宠臣则不待车弊而已斥退。　⑤三年,三年之后。　⑥䍐,趋行。"依",原本作"衣",据出处改。

藉孺　闳孺

《汉书》曰："汉兴,佞幸宠臣,高祖时则有藉孺,孝惠时则有闳孺。此两人非有才能,但以婉媚贵幸,与上同卧起,公卿皆因关说。故孝惠时,郎、侍中皆冠鵕鸃,贝带①,傅脂粉,皆闳、藉之属也。"

　　按《通鉴》:高帝有疾,卧禁中,诏户者无得入群臣,绛、灌等莫敢入②。十馀日,樊哙排闼直入③,大臣随之。上独枕一宦者卧。哙等见上,流涕曰:"始陛下与臣起丰沛,定天下,何其壮也!今天下已定,又何惫也!且陛下独不见赵高之事乎?"上笑而起。高帝宠幸,盖不止一藉孺矣。

【注释】①以鵕鸃毛羽饰冠,海贝饰带。　②绛侯周勃,颍阴侯灌婴,皆开国功臣。　③樊哙,开国功臣,其妻为吕后之妹。

孔　挂

　　孔挂性便妍,晓博弈、蹹鞠,魏祖爱之①,在左右,出入随从。挂察太祖意欢乐,因言次,曲有所陈,事多见从。数得赏赐,又多馈遗。挂因此侯服王食。太祖既爱挂,五官将及诸侯亦皆亲之②。见《魏志》③。

【注释】①魏祖,曹操。魏文帝时追尊为魏太祖,谥武帝。　②五官将,曹丕,时为五官中郎将。　③此条采自《艺文类聚》卷三十三引《魏志》。《三国志·魏志·明帝纪》注引《魏略》有此一段,文字多不同。

曹　肇

　　曹肇有殊色①,魏明帝宠爱之,寝止恒同。尝与帝戏,赌衣物,

有不获,辄入御帐服之径出。其见亲宠类如此。^②

【注释】①曹肇,魏明帝时官至屯骑校尉。　②此条采自《艺文类聚》卷三十三引《魏志》。

周　小　史

晋张翰《周小史》诗曰:"翩翩周生,婉娈幼童。年十有五^①,如日在东。香肤柔泽,素质参红。团辅圆颐,菡萏芙蓉。尔形既淑,尔服亦鲜。轻车随风,飞雾流烟。转侧绮靡,顾盼便媚。和颜善笑,美口善言。"^②

梁刘遵《繁华诗》云^③:"可怜周小童,微笑摘兰丛。鲜肤胜粉白,慢脸若桃红^④。挟弹雕陵下,垂钩莲叶东。腕动飘香麝,衣轻任好风。幸承拂枕选,侍奉华堂中。金屏障翠被,蓝帕覆薰笼^⑤。本知伤轻薄,含词羞自通。剪袖恩虽重,残桃爱未终。蛾眉讵须疾,新妆近入宫。"

所谓周小童者,意即周小史,古有其人,擅美名如子都、宋朝者^⑥,而诗人竞咏之耳。

【注释】①"年十有五",原本作"年有十五",据张诗改。　②张翰,字季鹰,西晋时吴郡人。有清才,纵任不拘,知世将乱,辞任归。　③刘遵,字孝陵。清雅有学行,工属文。　④"慢",原本作"腾",据《玉台新咏》卷八改。　⑤"金屏"句原本缺,据《玉台新咏》卷八补。　⑥子都,古美男子名,《诗·郑风·山有扶苏》:"不见子都,乃见狂且。"毛传:"子都,世之美好者也。"宋朝,见本卷下"宋朝"条。

王　承　休

蜀后主王衍时,宦官王承休以优笑狎昵见宠。有美色,恒侍少主寝息，久而专房。承休多以邪僻奸秽之事媚其主，主愈宠之。承休娶妻严氏，亦嬖于后主。与韩昭为刎颈交①，所谋皆互相表里。承休一日请从诸军拣选骁勇数千，号龙武军，自为统帅，特加衣粮。因乞秦州节度使，且云：“愿与陛下于秦州采掇美丽。”后主从之，以此决幸秦之计。中外切谏，不从。

及车驾至汉州，而唐兵已围凤州②。羽书飞报，少主犹谓臣下设计沮其东行，曰：“朕恰要亲看相杀。”已闻诸将弃城走，乃仓皇遁还。王承休拥麾下之师，及妇女孩幼万馀口、金银缯币，于西番买路归蜀。沿路被掠，迨至蜀，存者百馀人。魏王破蜀③，斩之。

【注释】①韩昭，性便佞，善窥迎人意。为后主狎客，昭与诸近臣日夜侍后主酣饮，男女杂坐，亵慢无所不至。后为王宗弼所斩。 ②“唐”，原本作“魏”，据文义改。时后唐军攻蜀，主帅为魏王李继岌，但不可称魏兵。③“王”，原本作“主”，据文义改。

车　　梁

陕西车御史梁，按部某州，见拽轿小童，爱之。至州，令易门子，吏目以无应①。车曰：“如途中拽轿小童亦可。”吏目又以小童乃递运所夫。驿丞喻其意，进言曰：“小童曾供役上官。”竟以易之。强景明戏作《拽轿行》云：“拽轿，拽轿，彼狡童兮大人要。”末云：“可惜吏目却不晓，好个驿丞到知道。”

【注释】①吏目，此指掌官府内部事务之吏。

梁　　生

梁生，东粤小吏也。所嬖狡童，为皁长俞姓者所夺。俞每出，童乘马随之。梁愤甚，乃挟利刃俟童于路折①，胁之使下，遂挟以西窜。俞抵衙，问童何在，左右以马不进对。久之，徒马耳。俞怒甚，左右亦惊异。询诸途人，言梁生也。而梁生家云生实未归。有司承俞旨索之，不获。乃梏其父，而悬重赏购生。生居西粤岁馀，闻俞迁去乃归。有司以俞渔猎外色已甚，颇不直之。以故释生父，而纵生不问，生与童相好如初。

【注释】①路折，衢路之拐角处。

万　　生

龙子犹《万生传》云：万生者，楚黄之诸生也①。所善郑生曰孟哥。始遇郑于观优处，垂髫也。未同而言应，进以雪梨，不却。万喜甚，期来日更会于此，将深挑之，而郑不果来。访其耗，则已奉父命从学中州矣。惘然者久之。凡岁馀，复遇诸途，则风霜盈面，殊不似故吾②。万心怜乃更甚，数从周旋，遂缔密好。

邑少年以为是鬼子者而亦狡童耶？欲相与谪郑以耻万生。万不顾也，匿郑他所饮食焉。久之，郑色泽如故，稍行都市中，前邑少年更相与夸郑生美，争调之。郑亦不顾。盖万与郑出入比目者数年，而郑齿长矣。万固贫士，而郑尤贫。万乃为郑择婚，且分割其舍三之一舍之，而迎其父母养焉。万行则郑从，若爱弟。行远，则郑为经理家事若干仆，病则侍汤药若孝子。斋中设别榻，十日而五宿。两家之人皆以为固然，不之讶。叩其门，登其堂，亦复忘其为两家者也。

子犹曰：天下之久于情，有如万、郑二生者乎？或言郑生庸庸耳，非有安陵、龙阳之资，而承绣被金丸之璧③，万生误。虽然，使安陵、龙阳而后嬖，是以色升耳，乌乎情？且夫颜如桃李，亦安能久而不萎者哉？万惑日者言，法当客死，乃预属其内戚田公子及其友杨也："万一如日者言，二君为政，必令我与郑同穴。"吁！情痴若此，

虽有美百倍,吾知万生亦不与易矣。郑生恂恂寡言,绝与浮薄子不
类,而躯殊渺小,或称之,才得六十斤,亦异人也。

【注释】①楚黄,湖广之黄州府。　　②故吾,往昔之我。此延伸理解
成往昔我所见者。　　③绣被,见本卷下"襄城君"条。金丸,《西京杂
记》:汉时韩嫣以佞幸窃富贵,作金弹射飞鸟。长安人常逐之,曰"家饥
寒,逐弹丸"。

郑　樱　桃 以下情痴

郑樱桃者,襄国优童也[1]。艳而善淫。石虎为将军[2],绝嬖之。
以樱桃谮,杀其妻某氏。后娶某氏,复以樱桃谮杀之[3]。唐李颀有
《郑樱桃歌》,误以为妇人。

【注释】①襄国,今河北邢台。十六国后赵石勒以为都城。　　②石
虎,字季龙,石勒之从子,时为征虏将军。后为赵国主。　　③此事见《晋
书·石季龙传》。

董　　贤

董贤,字圣卿,云阳人也。父恭,为御史,任贤为太子舍人。哀
帝立,贤随太子官为郎[1]。二岁馀,传漏在殿下[2]。为人美丽自喜,
哀帝望见,说其仪貌,识而问之,曰:"是舍人董贤邪?"因引上与语,
拜为黄门郎,繇是始幸。问及其父,即日征为霸陵令,迁光禄大夫。

贤宠爱日甚,为驸马都尉侍中,出则参乘,入御左右。旬月间
赏赐累钜万,贵震朝廷。常与上卧起。又尝昼寝,偏籍上袖[3],上欲
起,贤未觉,不欲动贤,乃断袖而起。贤自是轻衣小袖,不用奢带修
裙,故使便易。宫人皆效其断袖。贤性柔和便辟,善为媚以自固。
每赐洗沐,不肯出,常留中视医药。上以贤难归,诏令贤妻得以引

籍殿中,止贤庐,若吏妻子居官寺舍。又召贤女弟以为昭仪,位次皇后,更名其舍为椒风,以配椒房云。昭仪及贤与妻,且夕上下,并侍左右。赏赐昭仪及贤妻亦各千万数。

迁贤父为少府,赐爵关内侯,食邑。复徙为卫尉。又以贤妻父为将作大匠。弟为执金吾。诏将作大匠为贤起大第北阙下,重五殿,洞六门,土木之功,穷极技巧,柱槛衣以绨锦。下至贤家僮仆,皆受上赐。及武库禁兵,上方珍玩,尽在董氏,而乘舆所服乃其副也④。及至东园秘器,珠襦玉柙,豫以赐贤,无不备具。又令将作为贤起冢茔义陵旁,内为便房⑤,刚柏题凑,外为徼道,周垣数里,门阙罘罳甚盛。

上欲侯贤而未有缘,会待诏孙宠、息夫躬等告东平王云后谒祠祭咒诅⑥,下有司治,伏其辜。上于是令躬、宠为因贤告东平事者,乃以其功下诏封贤为高安侯,躬宜陵侯,食邑各千户。顷之,复益封贤二千户。丞相王嘉内疑东平事冤,甚恶躬等,数谏争,以贤为乱国制度,嘉竟坐言事下狱。

上初即位,祖母傅太后、母丁太后皆在,两家先贵。傅太后从弟喜,先为大司马辅政,数谏,失太后指,免官。上舅丁明代为大司马,亦任职,颇害贤宠。及丞相王嘉死,明甚怜之。上寖重贤,欲极其位,而恨明不附,遂册免明,以贤代之。册曰:"朕承天序,惟稽古建尔于公,以为汉辅。往悉尔心,统辟元戎,折冲绥远,匡正庶事,允执其中。天下之众,受制于朕,以将为命,以兵为威,可不慎欤!"是时贤年二十二,虽为三公,常给事中,领尚书,百官因贤奏事。以父恭不宜在卿位,徙为光禄大夫,秩中二千石。弟宽信代贤为驸马都尉。董氏亲属皆侍中诸曹奉朝请,宠在丁、傅之右矣⑦。

明年,匈奴单于来朝,怪贤年少,以问译。上令译报曰:"大司马年少,以大贤居位。"单于乃起拜,贺汉朝得贤臣。

初,丞相孔光为御史大夫,时贤父恭为御史,事光。及贤为大司马,与光并为三公,上故令贤私过光。光雅恭谨,知上欲尊宠贤,及闻贤当来也，光警戒衣冠出门待望，见贤车乃却入。贤至中门，光入阁。既下车，乃出拜谒。送迎甚谨，不敢以宾客钧敌之礼。贤归，上闻之喜，拜光两兄子为大夫、常侍。贤繇是权与人主侔矣。

是时成帝外家王氏衰废⑧，唯平阿侯谭子去疾，哀帝为太子时为庶子得幸，及即位，为侍中骑都尉。上以王氏亡在位者，遂用旧恩亲近去疾。复进其弟闳为中常侍。闳妻父萧咸，前将军望之子也，久为郡守，病免，为中郎将。兄弟并列。贤父恭慕之，欲与结婚姻。闳为贤弟驸马都尉宽信求咸女为妇，咸惶恐不敢当，私谓闳曰："董公为大司马，册文言'允执其中'，此乃尧禅舜之文，非三公故事。长老见者，莫不心惧。此岂家人子所能堪邪！"闳性有知略，闻咸言，心亦悟。乃还报恭，深达咸自谦薄之意。恭叹曰："我家何用负天下，而为人所畏如是！"意不说。

后上置酒麒麟殿，贤父子亲属宴饮，王闳兄弟侍中、中常侍皆在侧。上有酒所⑨，因从容视贤笑，曰："吾欲法尧禅舜，何如？"闳进曰："天下乃高皇帝天下，非陛下之有也。陛下承宗庙，当传子孙于无穷，统业至重，天子无戏言。"上默然不说，左右皆恐。于是遣闳出，后不得复侍宴。

贤第新成，功坚，其外大门无故自坏，贤心恶之。后数月，哀帝崩。太皇太后召大司马贤⑩，引见东厢，问以丧事调度。贤内忧，不能对，免冠谢。太后曰："新都侯莽，前以大司马奉送先帝大行，晓习故事⑪，吾令莽佐君。"贤顿首幸甚。太后遣使者召莽。既至，以太后指使尚书劾贤帝病不亲医药，禁止贤不得入出宫殿司马中⑫。贤不知所为，诣阙免冠徒跣谢。莽使谒者以太后诏即阙下册贤曰："间者以来，阴阳不调，灾害并臻，元元蒙辜。夫三公，鼎足之辅也，高安侯贤未更事理，为大司马不合众心，非所以折冲绥远也。其收大司马印绶⑬，罢归第。"即日贤与妻皆自杀，家惶恐夜葬。莽疑其诈，有司奏请发贤棺，至狱诊视。莽复讽大司徒光奏"贤质性巧佞，翼奸以获封侯。父子专朝，兄弟并宠，多受赐，治第宅，造冢圹，放效无极，不异王制，费以万万计，国家为空虚。父子骄蹇，至不为使者礼，受赐不拜，罪恶暴著。贤自杀伏辜，死后父恭等不悔过，乃复以沙画棺四时之色，左苍龙，右白虎，上著金银日月，玉衣珠璧以棺⑭，至尊无以加。恭等幸免于诛，不宜在中土。臣请收没入财物县官，诸以贤为官者皆免。父恭、弟宽信与家属徙合浦，母别归故郡"。县官斥卖董氏财，凡四十三万万。贤既见发，裸诊其尸⑯，因埋狱中。贤所厚吏沛朱诩自劾，去大司马府，买棺、衣服收贤尸葬之。王莽闻之大怒，以他罪击杀诩。诩子浮，建武中贵显，至大司马、司空，封侯。

【注释】①太子舍人为东宫官属，太子即位，随例而迁官。　②传漏，报时辰。　③侧身卧而压住哀帝衣袖。　④"所"字原本缺，据本条出处《汉书·佞幸传》补。　⑤"内"，原本作"因"，据出处改。　⑥"后谒"二字原本缺，据出处补。此事为东平王之王后行咒诅，非东平王。谒，王后名。　⑦"丁"字原本缺，据出处补。　⑧汉成帝之母为皇太后王政君，政君兄弟子侄在成帝时权倾中外。成帝无嗣，太后与帝遂以定陶共王之子为太子，继成帝后。及成帝死，太子立，是为哀帝。哀帝祖母傅氏，毁弃哀帝为成帝继嗣之成议，尊定陶共王为帝，于是傅氏为太皇太后，而哀帝母为皇太后，把王政君的太皇太后权力剥夺，从此王氏家族也被排挤出朝廷。　⑨"所"字原本缺，据出处补。有酒所，酒在体中，言有醉意。　⑩太皇太后，王政君也。此时傅太后、丁太后皆已去世。　⑪"习"字原本缺，据出处补。　⑫"出"字原本缺，据出处补。　⑬"大"字原本缺，据出处补。⑭"以棺"二字原本缺，据出处补。　⑮"诊"，原本作"殄"，据出处改。裸诊，裸体而验其尸。

张　浪　狗

唐僖宗宠内园小儿张浪狗①。一日以无马告，因密与百金，俾自买之。浪狗求得马，置宣徽南院中。帝因独行往观，绕马左右，连称好马。其马未调,忽尔腾跃,踏帝左胁,遂昏倒。浪狗惊惶,以银盂注尿灌之,良久方苏。伪称气疾,竟以大渐②。

《谭概》评云:其密予百金也,如窃簪珥婢;其独行观马也,如顽童背师;其倒地灌尿也,如无赖吃打。全然不似皇帝矣。

唐僖之痴害己,石虎之痴害人,汉哀欲法尧禅舜,其痴也几于害天下。

【注释】①内园小儿,供宫廷内苑使唤的未成年杂役,不净身,与小黄门有异。此张浪狗年才十六七。　　②大渐,病至垂危。此条采自王坤《僖宗幸蜀记》。

襄　城　君情感

楚襄城君始封,衣翠衣,带玉钩,履缟舄,立乎水上。大夫庄辛见而说曰:"愿把君手,可乎?"襄城君作色不言。辛迁延进曰:"君不闻鄂君乎?乘青翰之舟,张翠盖,会钟鼓之音。越人拥楫而歌曰:'今夕何夕兮搴洲中流,今日何日兮得与王子同舟。蒙羞被好兮不訾诟耻,心几烦而不绝兮得知王子。山有木兮木有枝,心悦君兮君不知。'于是鄂君举绣被而覆之。"襄城君乃奉手进辛。①

【注释】①此条采自汉刘向《说苑》卷十一。

潘　　章情化

潘章少有美容仪,时人竞慕之。楚国王仲先闻其名,来求为友,因愿同学。一见相爱,情若夫妇,便同衾枕,交好无已。后同死,而家人哀之,因合葬于罗浮山。冢上忽生一树,柯条枝叶,无不相抱。时人异之,号为共枕树。①

【注释】①此条采自《太平广记》卷三百八十九"潘章"条。

申　　侯 以下情憾

申侯有宠于楚文王。文王将死，与之璧使行，曰："唯我知汝。汝专利而不厌，予取予求，不汝疵瑕也①。后之人将求多于汝②，汝必不免。我死汝必速行，无适小国，将不汝容焉。"既葬，出奔郑，又有宠于厉公。及文公之世，以请城其赐邑，被谮见杀。③

【注释】①言我不以汝之贪为瑕疵。　②后之人，言新王也。新王对汝将有更多更严格的要求。　③此条采自《左传》僖公六年。

邓　　通

邓通，蜀郡南安人也，以濯船为黄头郎①。文帝尝梦欲上天，不能，有一黄头郎推上天。顾见其衣尻带后穿②。觉而之渐台，以梦中阴目求推者郎，见邓通，其衣后穿，梦中所见也。召问其名姓，姓邓，名通。邓犹登也，文帝甚说，尊幸之，日日异。通亦愿谨，不好外交，虽赐洗沐③，不欲出。于是文帝赏赐通以千万数，官至上大夫。

文帝时间如通家游戏。然通无他技能，不能有所荐达，独自谨身以媚上而已。上使善相人者相通，曰："当贫饿死。"上曰："能富通者，我也。"于是赐通蜀严道铜山，得自铸钱。邓氏钱布天下。

文帝尝病痈，邓通常为上嗽吮之。上不乐，从容问曰："天下谁最爱我者乎？"通曰："宜莫若太子。"太子入问疾，上使太子齰痈④，太子齰而色难之。已而闻通尝为上齰之，太子惭，繇是心恨通。及文帝崩，景帝立，邓通免家居。居亡何，人有告通盗出徼外铸钱⑤，下吏验问，颇有，遂竟案，尽没入之。通家尚负责数钜万⑥。长公主赐邓通，吏辄没入之，一簪不得着身。于是长公主乃令假衣食，竟不得名一钱,寄死人家。⑦

　　按《史记》:文帝所幸尚有宦者赵同、北宫伯子。北宫伯子
以爱人长者,而赵同以星气幸⑧,常为参乘。景帝时,惟有郎中
令周仁。当时君臣相悦,往往出此道,可笑。

【注释】①濯船,即以竿撑船。黄头郎,宫中以黄巾裹头之船工。
②尻带后,谓其衣之尻上带下之处。穿,有破洞。　③赐洗沐,即放假。
④齰,吮吸。齰痈,吸出其中脓血。　⑤徼外,边塞之外。蜀严道在大西
南。　⑥责,即"债"字。　⑦此条采自《汉书·佞幸传》。　⑧星
气,望星象、气象以占卜吉凶。

韩　嫣

　　韩嫣字王孙,弓高侯颓当之孙也。武帝为胶东王时,嫣与上学
书,相爱。及上为太子,愈益亲焉。嫣善骑射,聪慧。上即位,欲事
伐胡,而嫣先习兵,以故益尊贵,官至上大夫,赏赐拟邓通。

　　始时,常与上共卧起。江都王入朝①,从上猎上林中。天子车
驾未行,先使嫣乘副车,从数十百骑驰视兽。江都王望见,以为天
子,群从者伏谒道旁,嫣驱不见。既过,江都王怒,为皇太后泣②,请
归国入宿卫,比韩嫣。太后縣此衔嫣。

　　嫣侍,出入永巷不禁③,以奸闻皇太后,怒,使使赐嫣死。上为
谢,终不得,嫣遂死。嫣弟说,亦爱幸,以军功封案道侯。巫蛊时,
为戾太子所杀。④

　　韩嫣好弹,常以金为丸,所失者日有十馀。长安为之语曰:"若
饥寒,逐金丸。"京师儿童每闻嫣出弹,辄随之,望丸之所落。

【注释】①江都王,刘非,武帝异母兄,好勇而骄奢。　②此皇太后指武
帝的祖母窦太后。也是江都王祖母,故往泣之。　③永巷,皇帝后宫中长
巷,多置失宠宫人,故韩嫣出入而有奸情。　④此条采自《汉书·佞幸传》。

张　放

富平侯张放者,大司马安世曾孙也^①。母敬武公主。鸿嘉中^②,成帝欲尊武帝故事,与近臣游宴。放以公主子,少年殊丽,性开敏,得幸上。放取皇后弟平恩侯许嘉女。上为放供张,赐甲第,充以乘舆服饰,号为"天子取妇,皇后嫁女"。大官、私官并供其第^③,两宫使者冠盖不绝,赏赐以千万数。放为侍中中郎将,监平乐屯兵,置幕府,仪比将军。与上卧起,宠爱殊绝。常从为微行出游,北至甘泉,南至长扬、五莋,斗鸡走马长安中,积数年。

是时,上诸舅皆害其宠^④,白太后。太后以上春秋富,动作不节,甚以咎放。于是丞相宣、御史大夫方进^⑤,以灾异奏放骄蹇纵恣,奢淫不制,请免归国。上不得已,左迁放为北地都尉。数月复征入侍中。太后以放为言,出为天水属国都尉。永始、元延间,比年日蚀,故久不还放^⑥,玺书劳问不绝。居岁馀,征放归第,视母公主疾。数月,主有瘳,出放为河东都尉。上虽爱放,然上迫太后,下用大臣,故常涕泣而遣之。后复征为侍中光禄大夫,秩中二千石。岁馀,丞相方进复奏放,上不得已免放,赐钱五百万,遣就国。数月,成帝崩,放思慕哭泣而死。

【注释】①张安世,武帝时御史大夫张汤之子,宣帝时封富平侯。张放世袭其爵。　②"嘉",原本作"喜",据本条出处《汉书·张汤传》改。鸿嘉,汉成帝年号(前20—前17)。　③大官即太官,皇帝宫廷之官;私官则指皇后之宫官。　④诸舅,指太后王政君诸兄弟王凤等,时皆任朝廷要职。害其宠,以其受宠为害。　⑤薛宣、翟方进。　⑥还,允其归都城。

弄　儿

金日磾子二人^①,皆爱幸,为武帝弄儿。常在旁,弄儿或自后拥上项，日磾在前见而目之。弄儿走且啼曰："翁怒。"上谓日磾："何怒吾儿！"为其后。弄儿壮大不谨，自殿下与宫人戏，日磾适见之，恶其淫乱，遂杀弄儿。弄儿即日磾长子也。上闻之大怒，日磾顿首谢，具言所以杀弄儿状。上甚哀，为之泣。已而心敬日磾，遂膺托孤之任[2]。

> 按《汉书》：日磾二子赏、建，俱侍中，与昭帝略同年，共卧起。赏为奉车都尉，建为驸马都尉。及赏嗣侯，佩两绶，上谓霍光曰："金氏兄弟两人，不可使俱两绶耶？"光不可，乃止。疑日磾有三子，所杀弄儿乃长子，而赏与建其次耳。各书俱云日磾子二人，似未详。

【注释】①金日磾，本匈奴休屠王太子。昆邪王被杀，日磾没入宫养马。以谨慎尽职，官至侍中、驸马都尉、光禄大夫。　　②武帝临终，以霍光、金日磾、上官桀受遗诏辅政。此条采自《汉书·金日磾传》。

弥　子　瑕[1] _{以下薄幸}

弥子名瑕，卫之嬖大夫也。弥子有宠于卫君[1]。卫国法：窃驾君车，罪刖[2]。弥子之母病，其人有夜告弥子之矫驾君车以出，灵公闻而贤之曰："孝哉！为母之故犯刖罪。"异日，与灵公游于果园，食桃而甘，以其馀献灵公。灵公曰："爱我忘其口，啖寡人。"及弥子色衰而爱弛，得罪于君。君曰："是尝矫驾吾车，又尝食我以馀桃者！"

【注释】①"弥"，原本作"祢"，据本条出处《韩非子·说难》改，正文同。②"君"字原本缺，据出处补。卫君，卫灵公。　　③刖，断足之刑。

王　　韶

王韶，字德茂，少美丽，善姿首。初袭父封都乡侯，为太子舍人,累迁郢州刺史①。韶昔为幼童,庾开府信爱之,有断袖之欢。衣食所资,皆信所给。遇客,韶亦为信侍酒。后为郢州,信西上江陵,途经江夏②,韶接信甚薄,坐青油幕下,引信入宴,坐信别榻,有自矜色。信稍不堪,因酒酣,乃径上韶床③,践榻肴馔,直视韶面,谓曰:"官今日形容,大异畴昔。"宾客满座,韶甚惭耻。④

【注释】①郢州,治在江夏,今武昌。　　②庾信,字子山。父庾肩吾为梁中书令。侯景之乱,庾信依萧绎(元帝)于江陵。使西魏,留居北方。入北周,迁骠骑大将军、开府仪同三司,世称"庾开府"。为南朝文坛巨擘。③床,此指食案。　　④此条采自《南史·王韶传》。

兵　　子 以下情仇

一市儿色慕兵子,而无地与狎。兵子夜司直通州仓。凡司直,出入门者必籍记之,甚严。市儿因代未到者名①,入与狎。其夜月明,复有一美者玩月。市儿语兵子曰:"吾姑往调之。"兵子曰:"可往。"而美者大怒,盖百夫长胤子也②。语斗不已,市儿遂殴美者死,弃尸井中。兵子曰:"君为我至,义不可忘,我当代君死,君可应我名出矣。但图圄中愿相顾也。"市儿遂出。而兵子自称杀人,坐死。兵子囚图圄二年,食皆自市儿所馈。后忽不继,为私期招之,又不至。恚恨久之,诉于司刑者,司刑者出兵子、入市儿。逾年行刑,兵子复曰:"渠虽负义,非我初心。我终不令渠死我独生耳。"亦触木死尸傍。事见《耳谈》。

【注释】①冒将代值班而未到者之名。　　②胤子,承嗣之子。

任　怀　仁

晋升平元年,任怀仁年十三,为台书佐。乡里有王祖,为令史,恒宠之。怀仁已十五六矣，颇有异意。祖衔恨，至嘉兴，杀怀仁，以棺殡埋于徐祚家田头。

祚后宿息田上，忽见有鬼至，朝、中、暮三时食，辄分以祭之，呼云："田头鬼来就我食。"至瞑眠时，亦云："来伴我宿。"如此积时，后夜忽见形云："我家明当除服作祭，祭甚丰厚，君明随去。"祚云："我生人，不当相见。"鬼云："我自隐君形。"祚便随鬼去。

计行食顷，便到其家。家大有客，鬼将祚上灵座大食，食尽，合家号泣，不能自胜，谓其儿还。见王祖来，便曰："此是杀我人。"犹畏之，便走出。祚即形露，家中大惊，具问祚。因叙本末，随祚迎丧，即去，鬼便断绝。[①]

【注释】①此条采自《太平广记》卷三百二十"任怀仁"条引《幽明录》。

李　延　年 以下姊弟并宠不终

李延年，中山人，身及父母兄弟皆故倡也。延年坐法腐刑，给事狗监中[①]。善歌，为新变声。是时上方兴天地诸祠[②]，令司马相如等作诗颂，延年辄承意弦歌所造诗，为之新声曲[③]。而女弟李夫人得幸，产昌邑王。延年繇是贵，为协律都尉，佩二千石印绶，而与上卧起，其爱幸埒韩嫣。久之，延年弟季与中人乱。及李夫人卒后，其爱弛，上遂诛延年兄弟宗族。是后宠臣大底外戚之家也。卫青、霍去病皆爱幸，然亦以功能自进。

【注释】①狗监，掌天子之狗，延年供事其中。　②"上"字原本缺，据本条出处《汉书·佞幸传》补。　③"新"字原本缺，据出处补。

慕　容　冲

初，秦主苻坚之灭燕[①]，冲姊为清河公主[②]，年十四，有殊色。坚纳之，宠后庭。冲年十二，亦有龙阳之姿，坚又幸之。姊弟专宠，宫人莫进。长安歌之曰："一雌复一雄，双飞入紫宫。"咸惧为乱。王猛切谏③，坚乃出冲。长安又谣曰："凤皇凤皇止阿房。"坚以为凤皇非梧桐不栖，非竹实不食，乃植桐竹数十万于阿房城以待之。

　　冲后为寇④，止阿房军焉。坚使使遗冲锦袍一领，称诏曰："古者兵交，使在其间。卿远来草创，得无劳乎？今送一袍，以明本怀。朕于卿恩分如何，而于一朝忽为此变。"冲命詹事答之，亦称："皇太弟有令⑤，孤今心在天下，岂顾一袍小惠？苟能知命，君臣束手，早送皇帝，自当宽贷苻氏，以酬曩好，终不使既往之施独美于前。"坚大怒曰："吾不用王景略、阳平公之言，使白虏敢至于此⑥！"

【注释】①十六国时，前秦苻坚灭前燕慕容暐。　　②慕容冲，前燕景昭帝慕容儁之子。后为西燕之帝。　　③王猛，前秦大臣。隐居华阴山中，应苻坚招，与苻坚相契如诸葛亮之与刘备。苻坚即位，王猛为中书侍郎，一岁五迁，权倾中外。　　④淝水之战后，前秦大乱。次年慕容泓据华阴起兵，旋被杀，慕容冲据有其众，自称皇太弟，进逼长安。　　⑤"弟"，原本作"后"，据本条出处《晋书·苻坚载记》改。　　⑥王猛字景略。阳平公，苻坚之弟苻融。白虏，鲜卑人皮肤白，故称。

张　幼　文情报

　　张幼文与张千仞俱世家子。幼文美如好女，弱不胜衣，而尤善修饰，经坐处，如荀令之留香也①。千仞与之交甚密，出入比目。及院试发案，二人连名，人咸异之。既娶，欢好无倦。而妇人之不端者，见幼文无不狂惑失志，百计求合，幼文竟以是犯血症。千仞日侍汤药，衣不解带。疾革，目视千仞不能言。千仞曰："吾当终身无外交，以此报汝。如违誓，亦效汝死法。"幼文点头含泪而逝，时年未二十也。千仞哀毁过于伉俪。

　　久之，千仞复与朱生者为密约，半载亦犯血症。千仞之伯父伯起先生[2]，卧园中，夜半，忽梦承尘豁开[3]，幼文立于上。伯起招之使下，幼文答曰："吾不下矣，只待八大来同行耳。"千仞八房居长，故小名八大也。又曰："欲得《金刚经》，烦楷书见慰。"语毕忽不见，而叩门声甚急。伯起惊觉，则千仞家报凶信者也。誓亦灵矣哉！伯起为作小传，并写《金刚经》数部焚之。

伯起先生亦好外，闻有美少年，必多方招至，抚摩周恤，无所不至。年八十馀犹健。或问："先生多外事，何得不少损精神？"先生笑曰："吾于此道，心经费得多，肾经费得少，故不致病。"有倪生者，尤先生所欢，亲教之歌，使演所自编诸剧。及冠，为之娶妻，而倪容骤减。先生为吴语谑之云："个样新郎忒煞婼，看看面上肉无多。思量家公真难做，不如依旧做家婆。"时传以为笑。

【注释】①《襄阳记》：刘季和曰："荀令君至人家，坐席三日香。"荀令君，东汉末荀彧，官至中书令。　②张凤翼，字伯起，长洲人。嘉靖举人。与弟燕翼、献翼并有才名，时人号为"三张"。　③承尘，天花板。

宋　　朝 以下情秽

宋朝，宋公子，名朝。有美色。仕卫为大夫，有宠于卫灵公，遂烝灵公嫡母襄夫人宣姜。已，又烝公之夫人南子。朝惧，遂与齐豹、北宫喜、褚师圃作乱，逐灵公如死鸟。灵公既入卫，与北宫喜盟于彭水之上，公子朝出奔晋。既自晋归宋，灵公以夫人南子念之，故复召朝[1]。太子蒯聩献孟于齐，过宋野，野人歌之曰："既定尔娄猪，盍归我艾豭[2]？"太子羞之。

【注释】①"灵公以夫人南子念之，故复召朝"，原本作"灵公以夫人念南子之故，复召朝"，据文义改。　②宋野人歌以娄猪（小母猪）喻南子，以艾豭（老公猪）喻宋朝，意谓拴住你们那头小母猪，把我们的老公猪放回来吧。

秦　宫

秦宫者，汉大将军梁冀之嬖奴也①。宫年少，而兼有龙阳、文信之资②，冀与妻孙寿争幸之。

李长吉为诗云："越罗衫袂迎春风，玉刻麒麟腰带红。楼头曲宴仙人语，帐底吹笙香雾浓。人间酒暖春茫茫，花枝入帘白日长。飞窗复道传筹饮，午夜铜盘腻烛黄。秃衿小袖调鹦鹉，紫绣麻鞡踏哮虎③。折桂销金待晓筵，白鹿青苏半夜煮。桐英永巷骑新马，内屋凉屏生色画。开门烂用水衡钱，卷起黄河向身泻。皇天厄运犹缯裂，秦宫一生花底活。鸾篦夺得不还人，醉睡氍毹满堂月。"

按冀妻孙寿，以冀恩封襄城君，兼食阳翟租，岁入五千万。加赐赤绂，比长公主。寿色美而善为妖态，作愁眉、啼妆、堕马髻、折腰步、龋齿笑，以为媚惑。寿性钳忌，能制御冀，冀甚宠惮之。

初，父商献美人友通期于顺帝④。通期有微过，帝以归商，商不敢留而出嫁之。冀即遣客盗还通期。会商薨，冀行服，于城西私与之居。寿伺冀出，多从苍头，篡取通期归，截发刮面，笞掠之，欲上书告其事。冀大恐，顿首请于寿母，寿亦不得已而止。

冀嬖爱监奴秦宫，官至太仓令，得出入寿所。寿见宫辄屏御者，托以言事，因与私焉。宫内外兼宠，威权大震，刺史、二千石皆谒拜之。冀大起第舍，而寿亦对街为宅，殚极土木，互相夸竞，时人谓之木妖。

【注释】①梁冀，汉顺帝皇后梁氏之兄。继其父梁商为大将军辅政，威行内外，朝野侧目。　②龙阳君，为魏王之男宠。文信君吕不韦，则为秦始皇母之男宠。　③"鞡"，原本作"霞"，据《李长吉歌诗编年笺注》改。④"友"，原本作"支"，据本条出处《后汉书·梁冀传》改。

冯　子　都

大将军霍光监奴冯子都^①，有殊色，光爱幸之。常与计事，颇挟权，倾都邑。后人为语曰："昔有霍家奴，姓冯名子都。依倚将军势，调笑酒家胡。"光卒，显寡居^②，与子都乱。显广治第室，作乘舆辇^③，加画绣絪冯，黄金涂，韦絮荐轮。侍婢以五采丝挽显及子都^④，游戏第中。

谚云："堂中无俊仆，必是好人家。"信然。或言子孟不学无术^⑤，此其一征。然则孔光号为名儒，何以献媚董贤也^⑥？

【注释】①霍光，受汉武帝顾命，为大司马大将军辅昭帝，权势倾一时。监奴，谓监理家务之奴。　　②显，霍光妻。　　③乘舆辇，皇帝所乘之辇。④"及子都"三字，本条所出之《汉书·霍光传》无。　　⑤子孟，霍光字。"不学无术"，为《汉书》班氏《赞》语。　　⑥孔光谄事董贤事，见本卷"董贤"条。

陈　子　高^①

陈子高，会稽山阴人也。世微贱，业织履为生。侯景乱，子高从父寓都下。是时子高年十六，尚总角，容貌艳丽，纤妍洁白如美妇人。鬒首膏发，自然蛾眉，见者靡不啧啧。即乱卒挥白刃纵挥间，噤不忍下，更引而出之数矣。陈司空霸先时平景乱，其从子蒨以将军出镇吴兴^②，子高于淮渚附部伍寄载求还乡。蒨见而大惊，问曰："若不欲富贵乎，盍从我？"子高许诺。子高本名蛮子，蒨嫌其俗，改名之。蒨颇伟于器，既乍幸，子高不胜，啮被，被尽裂。蒨欲且止，曰："得无创巨汝邪？"子高曰："身是公身也，死耳，亦安敢爱？"蒨愈益爱怜之。

子高肤理色泽，柔靡都曼，而猿臂善骑射，上下若风。性恭谨，恒执佩身刀及侍酒炙。蒨性急，有所恚，目若虓虎，焰焰欲唋人，见子高则立解。子高亦曲意傅会，得其欢。蒨常为诗赠之曰："昔闻周小史，今歌明下童。玉麈手不别，羊车市若空。谁愁两雄并，金貂应让侬。"且曰："人言吾有帝王相。审尔，当册汝为后，但恐同姓致嫌耳。"子高叩头曰："古有女主，当亦有男后。明公果垂异恩，奴亦何辞作吴孟子耶③！"蒨大笑。日与狎，未尝离左右。既渐长，子高之具尤伟。蒨尝抚而笑曰："吾为大将，君副之，天下女子兵不足平也。"子高对曰："政虑粉阵饶孙、吴。非奴铁缠矟，王江州不免落坑堑耳④。"其善酬接若此。蒨梦骑马登山，路危欲堕，子高推捧而升。将任用之，亦愿为将，乃配以宝刀，备心腹。

王大司马僧辩下京师，功为天下第一。陈司空次之。僧辩留守石头城，命司空守京口，推以赤心，结廉蔺之分⑤，且为第三子頠约娶司空女。頠有才貌，尝入谢司空，女从隙窗窥之，感想形于梦寐，谓其侍婢曰："世宁有胜王郎子者乎？"婢曰："昨见吴兴东阁日直陈某，且数倍王郎子。"盖是时蒨解郡，佐司空在镇。女果见而悦之，唤欲与通。子高初惧罪，谢不可，不得已，遂私焉。女绝爱子高，尝盗其母阁中珠宝与之，价直万计。又书一诗《白团扇》，画比翼鸟其上，以遗子高，曰："人道团扇如圆月，侬道圆月不长圆。愿得炎州无霜色，出入欢袖百千年。"

事渐泄，所不知者司空而已。会王僧辩有母丧，未及为頠礼娶。子高尝恃宠凌其侣，因为窃团扇与頠，且告之故。頠忿恨，以语僧辩，用他事停司空女婚。司空怒，且谓僧辩之见图也，遂发兵袭僧辩并其子，缢杀之，蒨率子高实为军锋焉。自是子高引避不敢入。蒨知之，仍领子高之镇。女以念极，结气死。

司空为武帝，崩后，蒨以犹子入嗣大统，子高为右卫将军散骑常侍，称功封文招县子。废帝时，坐诬谋反诛。人以为隐报焉。

【注释】①《陈书》、《南史》无陈子高，有韩子高，其身世与此条所载全同。按此条采自明王世贞《艳异编》卷三十一，中间情节多小说家言，且有改正为韩子高则不可理解处，故仍保留原名。　②陈蒨，陈霸先（即陈武帝）之侄，后即位为陈文帝。此时正为吴兴太守。　③鲁昭公娶于吴。鲁、吴为同姓，按礼法不应通婚姻，故讳而称夫人为"吴孟子"（例应称"吴姬"）。陈子高既与陈蒨同姓，而愿为"男后"，故有不辞为吴孟子之言。④稍，长矛。以铁裹之，故称铁缠稍。王江州即王僧辩，平灭侯景后任江州刺史。　⑤廉颇、蔺相如有刎颈之交。

王　祭　酒 以下情累

相传南京旧有王祭酒，尝私一监生①。其人忽梦鳣出胯下，以语人。人因为谑语曰："其人一梦甚跷蹊，黄鳣钻臀事可疑。想是翰林王学士，夜深来访旧相知。"见《耳谈》。

【注释】①"监生"，本条出处明王同轨《耳谈类增》卷三十七作"童子"。

朱　凌　谿

宝应朱凌谿，为陕西提学时，较文至泾阳①，与一士有龙阳之好。濒归，朱赠以诗云："欲发不发花满枝，欲行不行有所思。我之所思在泾渚，春风隔树飞黄鹂。"

又，吾乡一先达讳其名督学闽中。闽尚男色，少年俱修泽自喜。此公阅名时，视少俊者暗记之，不论文艺，悉加作养。以此得谤，罢官之时，送者日数百人，皆髫年美俊，如一班玉笋，相随数日，依依不舍。归乡，不咎失官，而举此姱人，以为千古盛事。

【注释】①较文，指主持科考，评比文章。

全氏子　张氏子邪神

《狯园》载：苏州山塘全大用，为象山尉。有赘婿江汉，年弱冠，风仪俊雅①，遂与五郎神遇②，绸缪嬿婉，情甚伉俪，其室人竟不敢与夫同宿。江郎病瘠日甚，全氏设茶筵禳之，终不能绝。后遇异人飞篆禳除，乃已。万历丙午年事。

又，苏城查家桥店人张二子，年十六，白皙，美风仪。一日遇五郎见形其家，诱与为欢。大设珍殽，多诸异味。白昼命手力置烧鳗数器，酣饮欢呼，倏忽往来，略无嫌忌。后忽欲召为小胥，限甚促，父母乞哀不许，寻而其子死焉。

【注释】①"俊雅"，原本作"不下"，据本条出处明钱希言《狯园》卷十二"五郎神十三"改。　②五郎神，见本书卷十九"五郎君"条。

吕子敬秀才灵鬼

吉安吕子敬秀才，嬖一美男韦国秀。国秀死，吕哭之恸，遂至迷罔，浪游弃业。先是，宁藩废宫有百花台①。吕游其地，见一人美益甚，非韦可及，因泣下沾襟。是人问故，曰："对倾国伤我故人耳。"是人曰："君倘不弃陋劣，以故情亲新，人新即故耳。"吕喜过望，遂与相狎。问其里族，久之始曰："君无讶，我非人也，我即世所称'善歌汪度'。始家北门，不意为宁殿下所嬖，专席倾宫。亡何，为娄妃以妒鸩杀②，埋尸百花台下，幽灵不昧，得游人间。见子多情，故不嫌自荐。君之所思韦郎，我亦知之，今在浦城县南仙霞岭五通神庙中。五通所畏者天师，倘得符摄之，便可相见。"吕以求天师，治以符祝，三日，韦果来，曰："五通以我有貌，强夺我去。我思君未忘，但无繇得脱耳。今幸重欢，又得汪郎与偕，皆天缘所假。"

吕遂买舟,挟二男,弃家游江以南,数岁不归。后人常见之,或见或隐,犹是三人,疑其化去。然其里人至今请仙问疑,有吕子敬秀才云。见《耳谈》。

【注释】①宁藩,宁王,此指朱宸濠,正德间反,旋为王守仁平灭。②"杀"字下原本有"我"字,据本条出处《耳谈类增》卷四十四"吕子敬秀才"条删。

　　情史氏曰:饮食男女,人之大欲。破舌破老①,戒于二美。内宠外宠,辛伯谂之②。男女并称,所繇来矣。其偏嗜者,亦交讥而未见胜也。闻之俞大夫云③:"女以生子,男以取乐。天下之色,皆男胜女。羽族自凤皇、孔雀以及鸡雉之属,文彩并属于雄。犬马之毛泽亦然。男若生育,女自可废。"呜呼! 世固有癖好若此者,情岂独在内哉? 而《孔丛子》载:"子上见卫君,卫君之幸臣美须眉,立于君侧。卫君谓子上曰:'使须眉可假,寡人固不惜此于先生也。'"夫至以须眉为幸臣,吾不知其情之所底矣。

【注释】①《战国策·秦一》:荀息引《周书》曰"美女破舌,美男破老"。②《左传》闵公二年:狐突曰:"昔辛伯谂周桓公云:'内宠并后,外宠二政,嬖子配適,大都耦国,乱之本也。'"谂,规谏。　　③俞华麓曾官县令,拟古称以大夫。

卷二十三　情通类

凤_{以下飞禽}

南方有比翼凤，飞止饮啄，不相分离。雄曰野君，雌曰观谛^①，总名曰常离^②，言常想离著也。此鸟能通宿命，死而复生，必在一处。纣时集于长桐之上，人以为双头鸟不祥。及文、武兴，始悟曰：此并兴之瑞也。出《琅嬛记》。

【注释】①"谛"，原本作"讳"，据本条出处《琅嬛记》改。　②"常"，原本作"长"，据出处改。

又

西方卫罗国王有女，字曰配瑛，与凤共处。于是，灵凤常以羽翼扇女面。后十年中，女忽有胎。王意怪之，因斩凤头，埋著长林丘中。后生女，名曰皇妃。王女思灵凤之游好，驾而临之长林丘中，歌曰："杳杳灵凤，绵绵长归。悠悠我思，永与愿违。万劫无期，何时来飞？"是凤郁然而生，抱女俱飞，径入云中。出《洞玄本行经》。

鸾

罽宾国王买得一鸾^①，欲其鸣，不可致。饰金繁，飨珍羞，对之愈戚，三年不鸣。夫人曰："尝闻鸾见其类则鸣，何不悬镜照之？"王从之。鸾睹影悲鸣,冲霄一奋而绝。见《异苑》。

【注释】①罽宾国,中国古代西域国名,在今中亚。

鹤二条

湘东王修竹林堂[1],新阳太守郑哀送雄鹤于堂[2],其雌者尚在哀宅。霜天夜月,无日不鸣。商旅江津,闻者堕泪。时有野鹤飞赴堂中,驱之不去,即哀之雌也。交颈颉颃抚翼,闻奏钟磬,翻然共舞,婉转低昂,妙契弦节。

【注释】①湘东王,梁萧绎也。梁武帝第七子。　②"阳",原本作"杨",据本条出处唐余知古《渚宫旧事补遗》改。新阳属竟陵郡。

晁采畜一白鹤,名素素。一日雨中,忽忆其夫,试谓鹤曰:"昔王母青鸾,绍兰燕子[1],皆能寄书达远,汝独不能乎?"鹤延颈向采,若受命状。采即援笔直书三绝,系于其足,竟致其夫,寻即归。[2]

【注释】①见本卷"燕"条之第四事。　②此条采自元陶宗仪《说郛》卷三十一下《内观日疏》。

石　　鹤

挥使有女病瘵,尪然待尽,出叩蓬头[1]。蓬头曰:"与我寝处一宵,尚何病哉!"挥使大怒,欲掴其面。细君屏后趋出止之[2],谓挥使曰:"神仙救人,终不以淫欲为事。倘能起病,何惜其躯?"遂许诺。其夜,蓬头命选壮健妇女四人,抱病者而寝,自运真阳,逼热病体,众见痨虫无数飞出,用扇扑去。黎明,辅以汤药饮食,痼疾顿除,一家惊喜愧谢。遂还西川鹤鸣观,乘石鹤而去。

先是,观前旧有两石鹤,不知何代物也。蓬头乘其雄者上升,其雌者中夜悲啼。土人惊怪，争来击落其喙，至今无喙石鹤一只存焉。③

【注释】①尹蓬头，仙人。相传是明初人。与张三丰同时游行天下，人言久见之，亦莫测其年寿。至正德、嘉靖年间尚在。　②细君，妻也。③此条采自明钱希言《狯园》卷一"尹蓬头"条。

秦　吉　了

天后时，左卫兵曹刘景阳使岭南，得秦吉了二只①，能解人语，至都进之。留其雌者，雄烦怨不食。则天问曰："何乃无聊也？"鸟曰："其配为使者所得，颇思之。"乃呼景阳曰："卿何故藏一鸟不进？"景阳叩头谢罪，乃进之。则天不罪也。②

【注释】①秦吉了，如鹦鹆，能人言，比鹦鹉尤慧。　②此条采自唐张鷟《朝野佥载》卷四。

鸳　鸯二事

元魏显宗延兴三年①，因田，鹰攫一鸳鸯，其偶悲鸣，上下不去。帝乃惕然问左右曰："此飞鸣者，为雌为雄？"左右对曰："臣以为雌。"帝曰："何以知之？"对曰："阳性刚，阴性柔，以刚柔推之，必是雌矣。"帝乃慨然而叹曰："虽人鸟事别，至于资识性情，竟何异哉！"于是下诏禁断鸷鸟②，不得畜焉。③

【注释】①显宗即魏孝文帝。自此拓拔氏改为元氏，故称元魏。　②鸷鸟，鹰鹘之类凶禽也。　③此条采自《魏书·释老志》。

刘世用尝在高邮湖，见渔者获一鸳鸯，其一飞鸣逐舟不去。舟人杀获者而烹之。将熟，揭釜，其一亦即飞入，投汤而死。

鹣

《尔雅》云："南方有比翼鸟焉，不比不飞，其名谓之鹣。"词家以鹣鹣喻夫妇。

雁 四事

元好问字裕之，金人赴试并州，道逢捕雁者，捕得二雁，一死，一脱网去。其脱网者空中盘旋，哀鸣良久，亦投地死。元遂以金赎得二雁，瘗汾水傍，垒石为识，号曰"雁丘"。因赋《摸鱼儿》词云："问世间、情是何物，直教生死相许。天南地北双飞客，老翅几回寒暑。欢乐趣，离别苦，就中更有痴儿女。君应有语，渺万里层云，千山暮雪①，只影向谁去？　　横汾路，寂寞当年箫鼓，荒烟依旧平楚。招魂楚些何嗟及，山鬼暗啼风雨。天地妒，未信与、莺儿燕子俱黄土。千秋万古，为留待骚人，狂歌痛饮，来访雁丘处。"栾城李仁卿冶和云："雁双双、正分汾水，回头生死殊路。天长地久相思债，何似眼前俱去？摧劲羽，倘万一，幽冥却有重逢处。诗翁感遇，把江北江南，风嘹月唳，并付一丘土。　　仍为汝，小草幽兰丽句，声声字字酸楚。拍江秋影今何在②，草木欲迷堤树。露魂苦，算犹胜、王嫱青冢真娘墓。凭谁说与？对鸟道长空，龙艘古渡，马耳泪如雨。"

按《舆地志》：雁丘在今太原府阳曲县。

【注释】①"暮"，原本作"墓"，据《全元词》所收元词改。　　②"拍"，原本作"相"，据《全元词》所收李词改。

王天雨云：家后有张姓者，曾获一雁，置于中亭。明年，有雁自天鸣，亭雁和之。久而天雁遂下，彼此以颈绞死于楼前。后因名楼曰"双雁楼"。

　　王荫伯教谕铜陵时，有民舍除夜缭烟，被除不祥。一雁偶为烟触而下，其家直以为不祥也，烹之。明日，一雁飞鸣屋顶，数日亦坠而死。

　　弘治间，河南虞人获一雌雁①，缚其羽，蓄诸场圃，以媒他雁。至次年来宾时②，其雄者与群雁飞鸣而过。雌认其声，仰空号鸣。雄亦认其声，遂飞落圃中。交颈悲号，其声呜呜若相哀诉者。良久，其雄飞起半空，欲去徘徊，视其雌不能飞，复飞落地上，旋转叫号，声益悲恻。如此者三四次，知终不能飞去，乃共啮颈蹂躏，遂相愤触而死。呜呼！雁为禽类，而且有恩义，人之夫妇相抛弃而不顾者，何独无人心哉！

　　【注释】①虞人，本古时掌山之官，此处指捕猎禽兽者。　　②来宾，《逸周书·时训》："寒露之日，鸿雁来宾。"此处"来宾"指鸿雁之来，未必即秋时也。

燕 四事

　　襄阳卫敬瑜早丧。其妻，霸陵王整妹也，年十六。父母舅姑咸欲嫁之。誓而不许，截耳置盘中为誓，乃止。户有燕巢，常双来去。后忽孤飞，女感之，谓曰："能如我乎？"因以缕志其足。明年复来，孤飞如故，犹带前缕。女作诗曰："昔年无偶去，今春犹独归。故人恩既重，不忍复双飞。"自尔春来秋去，凡六七年。后复来，女已死。燕绕舍哀鸣。人告之葬处，即飞就墓，哀鸣不食而死。人因瘗之于旁，号曰"燕冢"。事见《南史》。唐李公佐有《燕女坟记》①。

　　一说，姚玉京嫁襄州小吏卫敬瑜。卫溺死，玉京守志。常有双燕巢梁间，为鸷鸟所获。其一孤飞悲鸣，徘徊至秋，翔集玉京之臂，如告别然。玉京以红缕系其足，曰："新春复来为吾侣也。"明年果至，玉京为诗云云。后玉京卒，燕复来，周回悲鸣。家人语曰："玉京死矣，坟在南郭。"燕至坟所亦死。每风清月皎，或见玉京与燕同游灞水之上焉。或云：玉京即王氏乳名；加姚者，从母姓也。

【注释】①唐李公佐《燕女坟记》云：宋末娼家女姚玉京，嫁襄州小吏卫敬瑜云云，与下按文同。

元元贞二年，双燕巢于燕人柳汤佐之宅。一夕，家人举灯照蝎，其雄惊坠，为猫所食。雌傍徨悲鸣不已，朝夕守巢，哺诸雏成翼而去。明年，雌独来，复巢其处。人视巢有二卵，疑其更偶，徐伺之，则抱雏之壳耳。自是春来秋去，但见其孤飞焉。

夏氏子见梁间双燕，戏弹之，其雄死，雌者悲鸣，逾时自投于河，亦死。时人作《烈燕歌》云："燕燕于飞春欲暮，终日呢喃语如诉。但闻寄泪来潇湘，不闻有义如烈妇。夏氏狂儿好畋猎，弹射飞禽类几绝。梁间双燕衔泥至，飞镞伤雄当儿戏。雌燕视之或如痴，不能人言人不知。门前陂水清且泚，一飞竟溺澄澜底。伤哉痛恨应未休，安得化作吕氏女，手刃断头报夫仇！"

长安豪民郭行先，有女子绍兰，适巨商任宗。宗为贾于湘，数年不归，音信不达。绍兰睹双燕戏于梁间，长吁语曰："我闻燕子自海东来，往复必经湘中。我婿离家不归，数岁蔑有音耗，生死存亡未可知。欲凭尔附书，投于我婿。"言讫泪下。燕子飞鸣上下，似有所诺。兰复问曰："尔若相允，当泊我怀中。"燕遂飞于膝上。兰遂吟诗一首云："我婿去重湖，临窗泣血书。殷勤凭燕翼，寄与薄情夫。"兰遂小书其字，系于燕足上，遂飞鸣而去。任宗时在荆州，忽见一燕飞鸣头上，讶视之，遂泊其肩。见有一小缄系足，宗解而视之，乃妻所寄之诗，宗感而泣下。燕复飞鸣而去。宗次年归，首出诗示兰。宰相张说叙其事而传之。

鹳

高邮有鹳双栖于南楼之上。或弋其雄，雌独孤栖。旬馀，有鹳一班，偕一雄与共巢，若媒诱之者，然竟日弗偶，遂皆飞去。孤者哀鸣不已，忽钻嘴入巢隙悬足而死。时游者群客见之，无不嗟呀，称为烈鹳，而竞为诗歌吊之。复有"烈鹳碑"。

鸽

江浙平章嶙嶙家养二鸽，其雄毙于狸奴。家人以他雄配之，遂斗而死。谢子兰作《义鸽》诗以吊之，云："翩翩双飞奴，其羽白如雪。乌员忽相残，雄死雌躄躄。绝食累数日，悲鸣声不歇。苍头配他偶，捍拒项流血。血流气亦愤，血尽气乃绝。嗟尔非鸳鸯，失配不再结。嗟尔非雎鸠，所性殊有别。于人拟庄姜，之死同一辙。夫何宫壶内，往往少贞烈。夏姬更九夫，河间不堪说。聊为义鸽行，以激夫妇节。"①

【注释】①此条采自元谢应芳《龟巢稿》卷二，原诗第七句至十六句作"苍头配他偶，捍斗项流血。血流气犹愤，血尽气力绝。嗟尔非鸳鸯，失偶不再结。嗟尔非雎鸠，所性殊有别。于人拟共姜，之死同一辙"，最末一句作"永激妇女节"。相比之下，《情史》辞胜原作，应是有意改动。

金　鹅

义熙中[①]，羌主姚略坏洛阳沟取砖，得一双雄鹅，并金色，交颈长鸣，声闻九皋，养之此沟。出《幽明录》。

【注释】①义熙，东晋安帝年号（405—418）。时当姚氏后秦。

象以下兽属

日南贡四象[①]，各有雌雄，其一雌死于九贡[②]。至南海百有馀日，其雄泥土著身，独不饮酒食肉，长史问其所以，辄流涕焉。

【注释】①此条采自明陈耀文《天中记》卷六十引晋张华《博物志》。而《初学记》卷二十九、《艺文类聚》卷九十五所引均未言是日南所贡。《初学记》所引作："南海四象，各有雌雄。其一雌死，百有馀日，其雄泥土着身，独不饮酒食肉。长吏问其所以，辄流涕若有哀状。"　②《周礼》太宰掌九贡之法，如祀贡、嫔贡、器贡、币贡、材贡等。此处以九贡指进贡途中。

玉象　金象

李德裕好饵雄黄。有道士自云李终南，住罗浮山，笑曰："相公久服丹砂，是世间凡火，只促寿耳。"怀中出一玉象子，如拳许，曰："此可求勾漏莹彻者[①]，燃香置象鼻下，勿令妇人鸡犬见之，三五日，象自服之，即复吐出，乃可服。此火玉，太阳之精凝结，已三万年。以相公好道，因以奉借。唯忠孝是念，无自贻咎。"又出一金象，云："此是雌者，与玉为偶，不尔玉象飞去。"德裕一一验之无差，服之，颜面愈少，须鬓如漆。乃求采姝异[②]，至数百人。象不复吐砂。其后南迁于鬼门关，逢道士，怒索二象，曰："不志吾言，固当如此。"公亀俛不与③。至鳄鱼潭，风雨晦冥，玉象自船飞去，光焰烛天，金象从而入水。公至朱崖④，饮恨而卒。见《洛中纪异》。

【注释】①勾漏，地名，出丹砂。此处代指丹砂。　②姝异，美女。③亀俛，极力。　④朱崖，今海南之海口。按本条出处宋秦再思《洛中纪异录》末云："象者，南方火兽；勾漏者，朱崖之宝；罗浮者，海滨之山；李终南者，赞皇不返也。"

马

蚕女者，当高辛帝时①，蜀地未立君长，无所统摄，其父为邻所掠去，已逾年，唯所乘之马犹在。女念父隔绝，或废饮食。其母慰抚之，因誓于众曰："有得父还者，以此女嫁之。"部下之人唯闻其誓，无能致父归者。马闻其言，惊跃振迅，绝其拘绊而去。数日，父乃乘马归。自此马嘶鸣不已。父问其故，母以誓众之言白之。父曰："誓于人，不誓于马，安有人而偶非类乎？"但厚其刍养。马不肯食，每见女出入，辄怒目奋击，如此不一。父怒，射杀之，曝其皮于庭。女行过其侧，马皮蹶然而起，卷女飞去。

旬日，得皮于大树之上，女化为蚕，食叶，吐丝成茧，以衣被于人间，因名其树曰桑。桑者，丧也。父母悔恨，念之不已，忽见蚕女乘流云，驾此马，侍卫数十人，自天而下，谓父母曰："太上以我孝能致身，心不忘义，授以九宫仙嫔之任，长生于天矣，无复忆念也。"乃冲虚而去。

今家在什邡、绵竹、德阳三县界②，每岁祈蚕者四方云集，皆获灵应。宫观诸化塑女子之像，披马皮，谓之马头娘，以祈蚕桑焉。③

《搜神记》云：按《天官》"辰为马星"，《蚕书》曰"月当大火，则浴其种"，是蚕与马同气也。《周礼·校人》职掌"禁原蚕者"注云："物莫能两大。禁原蚕者，为其伤马也。"汉礼，皇后亲采桑,祀蚕神,曰菀窳妇人,先蚕者也。故今世或谓蚕为女儿者,是古之遗言也。

【注释】①高辛,即帝喾,黄帝之曾孙,继颛顼而王天下,为五帝之一。②三地皆在今四川成都北部。　③此条采自《太平广记》卷四百七十九"蚕女"引《原化传拾遗》。

虎二条

弘治初年,荆溪有甲乙二人,龀丱交好。甲妻甚艳,乙乃设谋,谓:"若困甚,盍图济乎?"甲告不能。乙曰:"固知也。某山家丰于贿①,乏主计史②,觅之久矣。若解书数,正堪此耳。若欲,吾为若策之。"甲感谢。乙助其舟费,并载艳者以行。抵山,又谓:"吾固未尝夙语彼,彼突见若夫妇,得无少忤乎?留而内守舟,吾与若先往。"甲从之。乙乃宛转引行险恶溪林中,至极寂处,乃蹴窭仆地,出腰镰斫之。甲殒绝,乙谓已死矣,伪哭而下山,谓妇曰:"若夫啗于虎,试同往检觅。"妇惊悝无计,勉从之。乙又宛转引行别险寂处,拥妇求欢,未遂,忽虎出丛柯间,咆哮奋前,啗乙以去。妇骇走,心会:"彼习行且尔③,吾夫果在虎腹中矣。"且悲且惧,盘旋山径,求归路未得。忽见一人离披而来④,头面俱血,逼视之,乃其夫也。妇喜曰:"汝已脱虎口乎?"夫亦讶问:"汝何为至此?"各道其故,共相诧叹,以为天道不远。乃扶持还舟,竟无恙。时人作《义虎传》。

> 传义虎者曰:视贼始谋,亦何义哉!已乃以巧败,受不义之诛于虎。虎亦巧矣!非虎也,天也。使妇不遇虎,得理于人而报贼,且未必遂;即遂,未若此快也。故巧不足以尽虎,以义表焉可也。

【注释】①贿,财也。　②主计史,管理财物者,即会计。　③习行且尔,熟悉此路者尚且如此。　④离披,言其貌颓败。

正德间，木工丘高，奉化人，附东吴主人李七船造番夷①。至海傍，渡舟山，遘厉且死，众弃之山麓而去。数日不死。忽一虎来，视眈眈，声呴哮，敛齿而不咥②，若悯其垂死者。高始怖甚，既见其不咥，沾沾可亲，因指口求食。虎去，以兔豕来，不可食。虎，雌虎也，故相依坐身畔，饲以乳。高赖虎乳得活。数日起行，因敲石取火，掇朽枝煨食，日益强健。与虎相习，渐有牝牡之事。后有雄虎来求配，虎怒相搏，高倚虎持竿逐之，去远且已。

久之，虎遂有娠，生一孩，居然人也。高谓虎曰：“虎妻，虎妻，吾逗此荒山，虽生犹死。远望有舟山可居，恨无舟楫。汝识水性否？”虎帖耳听受，便跃入海，如履地，尾如樯，已而登岸。高左挟子，右持斧锯，骑虎渡海，尾后风生，俄顷已到舟山。众皆惊避，高止之曰：“无伤也。”高伐木结茆屋，嘱虎曰：“汝勿昼出。”虎听其语，夜拖兽鹿，高昼则鬻之。人呼为丘虎肉。生子名虎孙，性猛暴，虎项，独骨臂，年十二，力举数百斤。或荐于浙省督府胡公③，捧檄招来。破倭成功，授上赏。后高死，与虎合葬，成冢曰“虎冢”。至今海上谈者，谓猛虎可亲，必指虎冢云。④

《虎荟》载此事，为萧山木匠丘大本。

【注释】①番夷，指海上外国。　②咥，咬啮。　③胡公，指胡宗宪，时正统兵抗倭。　④此条采自明王同轨《耳谈类增》卷二十一“虎冢”，观陈继儒《虎荟》卷六。

猴

弘治间，洛阳民妇阿周山行，遇群猴，执妇洞中。一老猴妻之，群猴惊不敢犯。日采山果为粮，或盗得米粟，周敲石取火炊食之。岁馀生一子，人身猴面，微有毛。恒为老猴守视，不得脱。一旦老猴病目,周拾药敷而盲之,乘群猴出,遂携其子逃归夫家。苏郡民妇邵氏,乳史太守儿,后随至洛,亲见阿周母子。见陆延枝《说听》。①

【注释】①此条见明陆粲《说听》卷上。

鱼 二条,以下鱼虫

昔宗羡思桑娣不见,候月徘徊于川上,见一大鱼浮于水面,戏嘱曰:"汝能为某通一问于桑氏乎?"鱼遂仰首奋鳞,开口作人语曰:"诺。"宗羡出袖中诗一首,纳其口中。鱼若吞状,即跃去。是夜,桑娣闻叩阆声,从门隙视之,见一小龙据其户,惊而入,不寝达旦。开户视之,惟见地上彤霞笺一幅,诗曰:"飘飘云中鹤,遥遥慕其俦。萧萧独处客,惙惙思何述。愁心何当已,愁病何当瘳。谁谓数武地,化作万里修。谁谓长河水,化作纤纤流。谁谓比翼鸟,化作各飞鸥。悲伤出门望,川广无方舟。无繇谒余款,驰想托云浮。"出《玄散堂诗话》。

谢长裾住观鱼洞天,每念琼卿,辄命一鱼寄讯。鱼飞入青天,轻于片纸,往来甚速。一日飞至桂海,与龙隐岩龙斗,失其书,恐长裾责之,立化于西山之后为石焉,即今立鱼峰是也。见《居录续卷》。

蚕

蚕最巧作茧,往往遇物成形。有寡女独宿,倚枕不寐,私傍壁孔中视邻家蚕离箔。明日茧都类之,虽眉目不甚悉,而望去隐然似愁女。蔡邕见之,厚价市归,缲丝制弦,弹之有忧愁哀怨之声。问琰①,琰曰:"此寡女丝也。"闻者莫不堕泪。见《贾子说林》。

【注释】①琰,蔡邕之女,即蔡文姬也。

红　蝙　蝠

红蝙蝠出泷州①,皆深红色,唯翼脉浅黑。多双伏红蕉花间,采者若获其一,则一不去。南人收为媚药。王子年《拾遗》云有五色蝙蝠②。《异物志》:鼍虱因风入空木,而化为蝙蝠。

《灵芝图说》曰:蝙蝠之寿万岁,此最长久夫妻也。又媚药载嗽金乌、辟寒金龙子、布谷脚胫骨、鹊脑砂、稜蓎草、茍草、左行草,独未见录红蝙蝠处,岂缺载乎?

【注释】①泷州,今广东省罗定市。　②王子年,即王嘉,有《拾遗记》。

红　飞　鼠

岭南有红飞鼠,出入必双,人获其一,必双得之。

蝯

周索《孝子传》曰:蝯,蜗属①,或黄或黑,通臂轻巢,善缘,能于空中转轮,好吟,雌为人所得,终不徒生。

【注释】①《初学记》卷二十九引《孝子传》作“蝯,寓属”,实即猿也。

砂　俘

陈藏器《本草》云:“砂俘,即倒行蚼子也,蜀人号曰俘郁。旋穴干土为孔,常睡不动,取致枕中,令夫妻相悦。”媚药中多用之。

候 日 虫

汉元封五年[1]，勒毕国贡细鸟，以方尺之玉笼盛数百头，形如大蝇，状似鹦鹉，声闻数里，如黄鹄之音。国人常以此鸟候时，亦名候日虫。帝置于宫内，旬日而飞尽。帝惜，求之不复得。明年，忽见细鸟自集帷幕，或入衣袖，因名蝉。宫内嫔妃皆悦之。有鸟集其衣者，辄蒙爱幸。武帝末，稍稍自死，人犹爱其皮。服其皮者多为丈夫所媚。[2]

【注释】[1]元封，汉武帝年号（前110—前105）。　　[2]此条采自汉郭宪《洞冥记》卷二。

蛤 蚧

蛤蚧，偶虫也。雄曰蛤，雌曰蚧，自呼其名，相随不舍。遇其交合捕之，虽死牢抱不开。人多采之以为媚药。

梨 以下草木

九仙殿银井有梨树二株，枝叶交结，宫中呼为雌雄树。见《金銮密记》。

杏

扬州太守圃中有杏花数十亩。每至烂熳，张大宴，一株命一娼倚其旁，立馆曰争春。开元年，宴罢夜阑，或闻花有叹惜声。[1]

【注释】[1]此条采自元陶宗仪《说郛》卷三十一下引《获楼杂抄》。

竹

广东有相思竹,两两生笋。

相　思　草

秦赵间有相思草,状如石竹而节节相续,一名断肠草,又名愁妇草,亦名孀妇草。人呼"寡妇莎",盖相思之流也。出《述异记》。

鹤　草　蔓

鹤草蔓,当夏开花,形如飞鹤,嘴翅尾足,无所不备。出南海,云是媚草。上有虫,老蜕为蝶,赤黄色,女子藏之,谓之媚蝶,能致其夫怜爱。见《草木状》[1]。

【注释】①即晋嵇含《南方草木状》。

鸳　鸯　草

宋祁曰:鸳鸯草,春叶晚生,其稚花在叶中,两两相向,如飞鸟对翔。赞曰:翠花对生,甚似匹鸟,逼而视之,势若偕矫。[1]

【注释】①此条采自宋宋祁《益部方物略记》。

怀　梦　草

有梦草似蒲,色红,昼缩入地,夜则出。帝思李夫人之容不可得,东方朔乃献一枝。帝怀之,夜果梦夫人,因改曰怀梦草。出《洞冥记》。

有情树

逊顿国有淫树,昼开夜合,名曰"夜合",亦云"有情树"。若各自种,则无花也。[1]

> 中国有合欢树,未知即此否。合欢一名青裳,一名合昏,一名夜合,即今之乌赖树,俗名乌秋,唐诗所云"夜合花开香满庭"者是也。或以百合当夜合,误矣。其叶色如今之醮晕绿,至夜则合。其花半白半红,散垂如丝。枝叶交结,风来自解,不相牵缀。晋华林园合欢四株。崔豹《古今注》云:"欲蠲人之忿,则赠以青裳。"故嵇康种之舍前,盖取欢字之义。又,魏明帝时,苑囿及民家花树皆生连理,有合欢草,状如蓍,一株百茎,昼则众条扶疏,夜则合为一茎,万不遗一,谓之神草。宋朝东京第宅山池间无不种之。然则草亦有合欢,不独树也。

【注释】①此条采自明王象晋《群芳谱》。

夫妇花

薛蕅,河东人,幼时于窗棂内窥见一女子,素服珠履,独步中庭,叹曰:"良人负笈游学,艰于会面,对此风景,能无怅惋!"因吟曰:"夜深独宿使人愁,不见檀郎暗泪流。明月将舒三五候,向来别恨更悠悠。"又袖中出一画兰卷子,对之微笑,复泪下,吟曰:"独自开箱觅素纨,聊将彩笔写芳兰。与郎图作湘江卷,藏取斋中当卧观。"其音甚细而亮。闻有人声,遂隐于水仙花中。

忽一男子从丛兰中出曰:"娘子久离,必应相念。阻于跬步,不啻万里。"亦歌诗曰:"相期逾半载,要约不我践。居无乡县隔,邈若山川限。神交惟梦中,中夜得相见。延我入兰帷,羽帐光璀璨。珊然皆宝袜,转态皆婉娈。欢娱非一状,共协平生愿。奈何庭中乌,迎旦当窗唤。缱绻犹未毕,使我梦魂散。于物愿无乌,于时愿无旦。与子如一身,此外岂足羡!"歌已,仍入丛兰中。蕖苦心强记,惊讶久之。自此文藻异常,盖花神启之也。一时传诵,谓二花为夫妇花。①

　　唐人赏牡丹后,夜闻花有叹息声。又胡麻必夫妇同种方茂盛,下芫荽种须说秽语。孰谓草木无情无识也?

【注释】①此条采自明王世贞《续艳异编》卷十九。

相　思　子

　　豆有圆而红,其首乌者,名曰相思子,即红豆之异名也。生于树,其木斜,斫之有文,可为博局及琵琶槽。其花与皂荚不殊。

　　子犹曰:因古人有血泪事,因呼泪为红豆。相思则流泪,故又名红豆为相思子。

相　思　石

　　海上有碎石片,如杏仁瓣。取一双后,先投酪中,浮而不沉,相偎成偶。人故离之,须臾复作合矣,名曰相思石。钱简栖山人云:"黄翁曾出以赠之。"①

【注释】①此条采自钱希言《狯园》卷十六。简栖山人,即钱之号。

　　情史氏曰:万物生于情,死于情,人于万物中处一焉。特以能言,能衣冠揖让,遂为之长,其实觉性与物无异。是以羊跪乳为孝,鹿断肠为慈,蜂立君臣,雁喻朋友,犬马报主,鸡知时,鹊知风,蚁知水,啄木能符篆,其精灵有胜于人者,情之不相让可知也。微独禽鱼,即草木无知,而分天地之情以生,亦往往泄露其象。何则? 生在而情在焉。故人而无情,虽曰生人,吾直谓之死矣。

卷二十四　情迹类

情　尽　桥 _{以下诗话}

折柳桥在简县,初名情尽桥。雍陶典雅州日[①],送客至其地,问左右,曰:"送迎之地止此,故名。"陶命笔题其柱曰"折柳",因赋诗曰:"从来只说情难尽,何事教名情尽桥。自此改名为折柳,任教离恨一条条。"自后送别,必吟是诗。[②]

【注释】①雍陶,唐宣宗大中八年(854),自国子博士出为简州刺史。《唐才子传》卷五有传。简州,今四川简阳。雅州,今四川雅安。　②此条采自明蒋一葵《尧山堂外纪》卷三十四。

杂　忆　诗

炀帝幸月观,中夜独与萧妃起临前轩。帝凭妃肩,说东宫时事。适有小黄门映蔷薇丛调宫婢,衣带为蔷薇罥结,笑声吃吃不止。帝望腰肢纤弱,意为袁宝儿有私,披单衣亟往擒之,乃雅娘也。萧妃哂然不止。帝曰:"往年幸安娘时,情态正如此,曾效刘孝绰为《杂忆》诗,尝念与妃,妃记否?"萧妃即念云:"忆睡时,待来刚不来。卸妆仍索伴,解佩更相催。博山思结梦,沉水未成灰。""忆起时,投签初报晓。被惹香黛残,枕隐金钗袅。笑动上林中,除却司晨鸟。"帝听之咨嗟,云:"日月遒迈,今已九年事矣。"[①]

【注释】①此条采自唐颜师古《大业拾遗记》。

元　载　妻

王忠嗣镇北京①，以女韫秀归元载。岁久见轻②，韫秀劝之游学。元乃游秦③，为诗别韫秀曰："年来谁不厌龙锺，虽在侯门似不容。看取海山寒翠树，苦遭霜霰到秦封。"韫秀请偕行，赋诗曰："路扫饥寒迹，天哀志气人。休零离别泪，携手入西秦。"载为相专横，既被诛，上令王氏入宫④。叹曰："二十年太原节度使女，十六年宰相妻。谁能书长信、昭阳之事⑤，死亦幸矣。"京兆笞死⑥。

【注释】①王忠嗣，玄宗时历任河西、陇右、朔方、河东四镇节度使，后被李林甫所陷，贬汉阳太守。　②元载居于岳父家，日久为王氏亲属所轻慢。　③游秦，游于长安。但语义双关，苏秦游秦，有谋取功名意。④据本条出处唐范摅《云溪友议》卷下，是欲令王韫秀入宫备彤管箴规之任。时王氏已经五十馀岁。　⑤长信、昭阳，俱汉代宫名，为太后、皇后所居。　⑥据《旧唐书》，王韫秀素以凶戾闻，恣其子伯和等为虐。元载败后，其三子皆被诛。王氏为京兆尹笞死，非尽由连坐也。

裴　羽　仙

唐裴羽仙者，裴悦之妻也。悦征匈奴不归，妻思慕悲切，为诗寄征衣云："深闺乍冷开香匣，玉箸微微湿红颊。一阵金风杀柳条，浓烟半夜成黄叶。重重白练如霜雪，独下寒阶转凄切。只知抱杵捣秋砧，不觉高楼已无月。时闻寒鸦相呼唤，纱窗只有灯相伴。几转齐纨又懒裁，离肠空逐金刀断。细想仪形执刀尺，回刀剪破澄江色。愁捻金针信手缝，惆怅无人试宽窄。时时举袖匀残泪，红笺谩有千行字。书中不尽心中事，一半殷勤托边使。"

陈　玉　兰

唐陈玉兰,王驾之妻也。驾戍边,玉兰制衣,并诗寄之云:"夫在边关妾在吴,西风吹妾妾忧夫。一行书寄千行泪,寒到君边衣到无?"

洞 庭 刘 氏

洞庭刘氏[①],其夫叶正甫,久客都门。因寄衣而侑以诗云:"情同牛女隔天河,又喜秋来得一过。岁岁寄郎身上服,丝丝是妾手中梭。剪声自觉和肠断,线脚那能抵泪多。长短只依先去样,不知肥瘦近如何。"

【注释】①此条采自元陶宗仪《辍耕录》卷二十九,刘氏应是宋元时人。

崔　毯　妻

崔毯久居太学,梦归,见其妻秉烛写诗相寄。后得来诗,即梦中之句。梦之夕,乃妻作诗时也。诗云:"数日相望极,须知志气迷。梦魂不怕险,飞过大江西。"

江 宁 刘 氏

江宁刘氏,章文虎妻也。文虎客游,刘为诗寄云:"碧纱窗外一声蝉,牵惹愁肠懒昼眠。千里才郎归未得,无言空拨玉炉烟。""画扇停挥白日长,清风细细袭衣裳。女童来报新刍酒,安得良人共一觞?"

吴 伯 固 女

　　元时,昭武吴伯固女貌美聪慧。其夫诣阙上书,称旨,送太学,三年不回。吴氏作诗寄之,略云:"昔君曾奏三千牍,凛凛文风谁敢触。乡老荐贤亲献书,邦侯劝驾勤推毂。马头三空登长途[1],谓君此去离场屋。整顿罗裳出送君,珠泪盈盈垂两目。枕前一一向君言,临行犹自叮咛嘱。青衫寸禄早荣归,莫遣妾心成局促。秋天冬暮风雪寒,对镜懒把金蝉簇。梦魂夜夜到君边,觉来寂寞鸳鸯独。此时行坐闲窗纱,忍泪含情眉黛蹙。古人惜别日三秋,不知君去几多宿。山高水阔三千里,名利使人复尔尔。昔年曾拨伯牙弦,未遇知音莫怨天。去年又奏相如赋,汉殿依前还不遇。朝朝暮暮望君归,日在东隅月在西。碧落翩翩飞雁过,青山切切子规啼。望尽一月复一月,不见音容寸肠结。又闻君自河东来,夜夜不教红烛灭。鸡鸣犬吠侧耳听,寂寂不闻车马音。自此知君无定止,一片情怀冷如水。既无黄耳寄家书,也合随时寄雁鱼。日月逡巡又一年,何事归期竟杳然。堂上双亲发垂白,费尽倚门多少力。孟郊曾赋游子行,陟岵如何不见情。室中儿女亦双双,频问如何客异乡。低头含泪告儿女,游必有方况得所。八月凉风满道途,好整征鞍寻旧路。圣朝飞诏下来春,青毡早早慰双亲。飞龙公道取科第,男儿事业公卿志。秋林有声秋夜长,愿君莫把斯文弃。"

　　【注释】①"空",原本作"控",据《全元诗》改。诗中错讹较多,后径改不出校。

杨 状 元 妻

　　黄氏,四川遂宁人,尚书黄珂女,为状元杨慎妻。慎以大礼事谪金齿，黄作诗寄云："雁飞曾不到衡阳，锦字何繇寄永昌。三春花柳妾薄命，六诏风烟君断肠。曰归曰归愁岁暮，其雨其雨怨朝阳。相闻空有刀环约，何日金鸡下夜郎？"

宜山邓氏　窦举

邓氏，宜山人，颇能诗，嫁为同邑吴某妻。吴以罪被逮赴省，邓以衣寄之，而侑以一绝云："欲寄寒衣上帝都，连宵裁剪眼模糊。可怜宽窄无人识，泪逐西风洒去途。"又题画菊云："良工妙手恁安排，笔底移来纸上栽。叶绿花黄长自媚，等闲不许蝶蜂来。"

窦举新入谏院，喜内子至，题一绝云："一旦悲欢见孟光，十年辛苦伴沧浪。不知笔研缘封事，犹问佣书日几行。"

桃　　叶

桃叶，王献之妾也。献之歌曰："桃叶复桃叶，渡江不用楫。但渡无所苦，我自来迎接。"桃叶答《团扇歌》三首云："七宝画团扇，灿烂明月光。与郎却暄暑，相忆莫相忘。""青青林中竹，可作白团扇。动摇郎玉手，因风托方便。""团扇复团扇，许持自障面。憔悴无复理，羞与郎相见。"

永　丰　柳

白尚书姬人樊素善歌[①]，妓人小蛮善舞，尝为诗曰："樱桃樊素口，杨柳小蛮腰。"年既高迈，而小蛮方丰艳，因为杨柳之词以托意："一树春风万万枝，嫩于金色软于丝。永丰坊里东南角，尽日无人属阿谁？"

及宣宗朝,国乐唱是词。上问:"谁词?永丰在何处?"左右具以对之。遂因东使,命取永丰柳两枝植于禁中。白感上知其名,且好尚风雅,又为诗一章,其末句云:"定知此后天文里,柳宿光中添两枝。"②

【注释】①白尚书,白居易晚年以刑部尚书致仕,居洛阳。　②此条采自唐孟棨《本事诗》。

绛　桃

韩退之愈有二侍妾,曰绛桃、柳枝,皆善歌舞。退之使王庭凑①,至寿阳驿,寄诗云:"风光欲动别长安,春半边城特地寒。不见园桃并巷柳,马头惟有月团团。"后使还,柳枝已逾墙遁去,为家人所获,惟绛桃在。乃作诗云:"别来杨柳街头树,摆乱春风只欲飞。惟有小桃园里在,留花不发待郎归②。"自是专宠之。

昌黎公晚年颇亲脂粉,故事服食③,用硫黄末搅粥饭。啖雄鸡,不使交千日,烹庖,名火灵库,健阳。公间日进一只焉,始亦见功,终致陨命。柳枝逾墙,反是爱公以德。

【注释】①长庆元年(821),成德军衙内兵马使王庭凑袭杀魏博节度使田弘正,自称节度留后。朝廷不能讨,遂令兵部侍郎韩愈前往宣慰,授成德节度使。　②"郎",原本作"春",据本条所出宋蔡正孙《诗林广记·前集》卷五改。　③韩愈因多近女色,故从事服食之方以壮阳。

张　祜

张祜客淮南,幕中赴宴。杜牧同坐,有所属意索骰子赌酒①。牧微吟曰:"骰子逡巡裹手拈,无因得见玉纤纤。"祜应声曰:"但须报道金钗落,仿佛还因露指尖。"②

【注释】①所属意,指为杜牧所中意之陪酒女子。 ②此条采自五代王定保《唐摭言》卷十三。

卢　　肇

牛奇章僧孺,字思黯,封奇章公纳妓曰真珠,有殊色。卢肇初计偕至襄阳①,奇章重其文,延于中寝。会真珠沐发,方以手捧其髻,插钗于两鬓间,丞相曰:"何妨一咏?"肇即赋云:"神女初离碧玉阶,彤云犹拥牡丹鞋。知道相公怜玉腕,故将纤手整金钗。"②

【注释】①卢肇,袁州人,官充集贤院直学士,后出知歙州。 ②此条采自明陈耀文《天中记》卷十九引《吟窗叙录》,但卢诗仅引后二句。

张　文　潜

张文潜耒初官通许①,喜营妓刘淑女,为作诗曰:"可是相逢意便深,为郎巧笑不须金。门前一尺春风髻,窗外三更夜雨衾。别燕从教灯见泪,孤舟惟有月知心。东西芳草皆相似,欲望高楼何处寻。"②

【注释】①张耒,字文潜,为"苏门四学士"之一。通许,县名,在河南开封东南。 ②此条采自宋赵德麟《侯鲭录》卷一。

钱　鹤　滩

状元钱鹤滩福已归田①,有客言江都张妓动人,公速治装访之。既至,已属盐贾矣。公即日往叩,贾重其才名,留饮。公就酒语求见,贾出妓,衣裳缟素,皎若秋月。复令妓出白绫帕请题新句,公即题云:"淡罗衫子淡罗裙,淡扫蛾眉淡点唇。可惜一身都是淡,如何嫁了卖盐人。"

【注释】①钱福，明弘治三年（1490）进士第一名。归田，即辞官回乡，时钱福仅三十馀岁。

贞　娘　墓

唐名妓贞娘墓，在虎丘之西。往来游士，多著篇咏。有举子谭彦良题一绝云①："虎丘山下冢累累，是处松楸尽可悲。何事世人偏重色，贞娘墓上独题诗。"后人辄是阁笔。

王元之《题贞娘墓》诗云："女命在乎色，士命在乎才。无色无才者，未死如尘灰。虎丘贞娘墓，止是空土堆。香魂与腻骨，消散如黄埃。何事千百年，一名长在哉。吴越多妇人，死即藏山隈。无色固无名，丘冢空崔嵬。惟有贞娘墓，客到情徘徊。我是好名者，尔尔倾一杯。我非好色者，后人无相咍。"噫！元之非好色，何为倾此一杯？舍曰"好名"，名从何来？此自讳其情而不能者也。

【注释】①"谭"，原本作"任"，此条及下王元之诗俱见元高德基《平江记事》，据改。明蒋一葵《尧山堂外纪》卷四十三载此，亦作"谭"。

试　莺

宋迁《寄试莺》诗有云："誓成乌鲗墨，人似楚山云。"人多不解乌鲗义，《南越志》云："乌鲗怀墨，江东人取为书契，以绐人物，逾年墨消，空纸耳。"今亦名乌贼鱼。

薛 书 记 诗①

元微之在浙东时，宾府有薛书记，饮酒醉，因争令，以酒器击伤微之，繇此遂去幕，乃作《十离诗》为献。诗云："驯扰朱门四五年，毛香足净有人怜。无端咬着亲情脚，不得红丝毡上眠。"《犬离家》"越管宣毫始称情，红笺纸上撒花琼。都缘用久锋头尽，不得羲之手内擎。"《笔离手》"云耳红毛浅碧蹄，追风曾到日东西。为惊玉面郎君坠，不得华轩更一嘶。"《马离厩》"陇西独自一孤身，飞去飞来上锦茵。都缘出语无方便，不得笼中更唤人。"《鹦鹉离笼》"出入朱门未忍抛，有人常是语交交。衔泥秽污珊瑚树，不得梁间更累巢。"《燕离巢》"皎洁圆明内外通，清光似照水晶宫。都缘一点瑕相污，不得终宵在掌中。"《珠离掌》"戏跃莲池四五秋，常摇朱尾弄纶钩。无端摆断芙蓉朵，不得清泉更一游。"《鱼离池》"爪利如锋眼似铃，平原捉兔趁高情。无端窜向青云外，不得而今手上擎。"《鹰离韝》"蓊郁新栽四五行，常将正节负秋霜。为缘青笋钻墙出，不得垂阴覆玉堂。"《竹离亭》"铸泻黄金鉴始开，初生三五月徘徊。为遭无限尘蒙污，不得华堂上玉台。"《鉴离台》元公诗曰："马上同携今日杯，湖边还拂去年梅。年年只是人空老，处处何曾花不开。歌咏每添诗酒兴，醉酣还命管弦来。尊前百事皆依旧，点检唯无薛秀才。"

【注释】①此条采自宋阮阅《诗话总龟》卷三十七。《唐诗纪事》言成都妓薛涛为连帅韦皋所知，因事获怒而远之，作《五离诗》以献韦皋，遂复喜焉。此薛书记《十离诗》中有五首与薛涛所作同。薛涛人称"薛校书"，或为后人演义为"薛书记"也未可知。

刘　采　春

刘采春，浙中名妓也。尝作《啰唝曲》云："不喜秦淮水，生憎江上船。载儿夫婿去，经岁又经年。""借问东园柳，枯来得几年。自无枝叶分，莫怨太阳偏。""莫作商人妇，金钗尝卜钱。朝朝江上望，错认几人船。""那年离别日，只道在桐庐。桐庐人不见，今得广州书。""昨日胜今日，今年老去年。黄河清有日，白发黑无缘。"

元稹廉问浙东时,别薛涛逾十载,方拟驰使往蜀取涛,适采春自淮甸来,篇韵虽不及涛,而容华绝胜。元赠诗云:"新妆巧样画双蛾,慢裹常州透额罗。正面偷晴光滑笫,缓行踏月皱纹波。言词雅措风流足,举止低回秀媚多。更有恼人肠断处,选词能唱《望夫歌》。"《望夫歌》即《罗唝曲》也。元因与狎,遂留。在浙河七年①,因醉题东武亭,诗末云:"因循归未得,不是恋鲈鱼。"卢侍郎简求戏曰:"丞相虽不为鲈鱼,为好镜湖春耳。"谓采春也。②

【注释】①此言元稹在浙七年。　②本条出自唐范摅《云溪友议》卷下。

孟 淑 卿

孟淑卿,姑苏训导澄之女,有才辨,工诗,自以配不得志,号曰荆山居士。其诗零落已多,最传者数篇,其《悼亡》云:"斑斑罗袖湿啼痕,深恨无香使返魂。豆蔻花开人不见,一帘明月伴黄昏。"又《春归》云:"落尽棠梨水拍堤,凄凄芳草望中迷。无情最是枝头鸟,不管人愁只管啼。"

孙 巨 源 以下词话

李端愿宫保①,和文长子②,治园池,迎宾客,不替父风③。每休沐,必置酒高会,延侍从馆阁,卒以为例。至夜各寝阁,什物供帐,皆不移而具。元丰中会佳客,坐中忽召学士,将锁院④。孙巨源适当制⑤,颇怏怏不欲去。李饰侍妾取罗巾,求长短句。巨源援笔欲书,从者告以将掩禁门矣,草草作数语云:"城头尚有三鼞鼓,何须抵死催人去。上马去匆匆,琵琶曲未终。　回头肠断处,那更帘纤雨。谩道玉为堂,玉堂今夜长。"

【注释】①"愿"，原本作"硕"，据本条出处元陶宗仪《说郛》卷五十下引曾纡《南游记旧》改。李端愿，字公谨，历仕宋仁宗、英宗、神宗三朝。②"和文"，原本及《说郛》俱作"文和"，按《宋史》，端愿父李遵勖，谥和文。据改。　　③替，衰减。　　④锁院，将锁翰林院，催当值学士即刻回院。⑤孙洙，字巨源。年十九举进士，神宗时为翰林学士。当制，当值草诏制。

南唐李煜

南唐后主李煜归宋后，每怀江国，且念嫔妾散落，郁郁不自聊，作《浪淘沙》词云："帘外雨潺潺，春意阑珊。罗衾不暖五更寒。梦里不知身是客，一饷贪欢。　　独自莫凭栏，无限江山。别时容易见时难。流水落花春去也，天上人间。"

程正伯

眉山程正伯，号书舟，东坡中表兄弟也。与锦江妓某眷恋甚笃，别时作《酷相思》词云："月挂霜林寒欲坠。正门外，催人起。奈别离，如今真个是。欲住也，留无计。欲去也，来无计。　　马上离情衣上泪。各自个①，俱憔悴。问江路，梅花开也未。春到也，须频寄。人到也，须频寄。"

【注释】①"各自个"，原本作"冬月"，据本条出处明曹学佺《蜀中广记》卷一百零四及《全宋词》程词改。

秦少游二条

秦少游观在蔡州，与营妓楼婉字东玉者甚密，赠《水龙吟》词云①："小楼连苑横空，下窥绣毂雕鞍骤。疏帘半卷，单衣初试，清明时候。破暖轻风，弄晴微雨，欲无还有。卖花声过尽，垂杨院落，红成阵,飞鸳甃。　　　玉佩丁东别后,怅佳期参差难又。名缰利锁,天还知道,和天也瘦。花下重门,柳边深巷,不堪回首。念多情但有,当时皓月,照人依旧。"起语及换头隐"楼东玉"三字。又赠妓陶心儿《南歌子》词云:"玉漏迢迢尽,银潢淡淡横。梦回宿酒未全醒,已被邻鸡催起,到天明。　　　臂上妆犹在,襟间泪尚盈。水边灯火渐人行,天外一钩残月,带三星。"末句隐"心"字。

【注释】①"水"下,原本有"调"字,据《全宋词》秦词删。

程公辟守会稽,秦少游客焉,馆之蓬莱阁。一日席上有所悦,自尔眷眷不能忘情,因赋《满庭芳》词云:"山抹微云,天连衰草,画角声断谯门。暂停征棹,聊共引离樽。多少蓬莱旧事,空回首,烟霭纷纷。斜阳外,寒鸦数点,流水绕孤村。　　　销魂,当此际,香囊暗解,罗带轻分。谩赢得,秦楼薄幸名存。此去何时见也? 襟袖上空染啼痕。伤情处,高城望断,灯火已黄昏。"①

【注释】①此条采自宋胡仔《苕溪渔隐丛话·后集》卷三十三。

毛　泽　民

毛泽民与钱塘妓狎①,临别,赠以《惜分飞》词云:"泪湿阑干花着露,愁到眉峰碧聚。此恨平分取,更无言语,空相觑。　　　断雨残云无意绪,寂寞朝朝暮暮。今夜山深处,断魂分付潮回去。"

【注释】①毛泽民,东坡守杭时为法曹掾,词为东坡所赏。

卢　疏　斋

杜妙隆,金陵佳丽人也。卢疏斋欲见之①,行李匆匆,不果所愿,因题《踏莎行》于壁云:"雪暗山明,溪深花早。行人马上诗成了。归来闻说妙隆歌，金陵却比蓬莱渺。　　　　宝镜慵窥，玉容空好。梁尘不动歌声悄。无人知我此时情，春风一枕松窗晓。"[2]

【注释】①卢挚，号疏斋。元人。　　　②此条采自元黄雪蓑《青楼集》。

碧　玉　歌

宋汝南王有爱妾，名碧玉。《乐录》有《碧玉歌》，其词曰："碧玉小家女，不敢攀贵德。感郎千金意，惭无倾城色。碧玉破瓜时，郎为情颠倒。感君不羞赧，回身向郎抱。"此曲亦名《千金意》[1]。

【注释】①《碧玉歌》，通常以为晋孙绰所作，而《乐府诗集》云宋汝南王作。

孙　夫　人

孙夫人，秀州郑文妻也。郑为太学上舍，久寓行都。孙寄以《忆秦娥》云："花深深，一钩罗袜行花阴。行花阴，闲将柳带，试结同心。　　　　耳边消息空沉沉，画眉楼上愁登临。愁登临，海棠开后，望到如今。"此词为同舍所见，传扬酒楼，一时妓馆无不歌之。

王之涣辈酒楼争胜[1]，反不如此词得价。

【注释】①"王之涣"，原本作"王涣之"，酒楼争胜为王之涣事，据改。按唐薛用弱《集异记》，开元中，王昌龄、高适、王之涣齐名。一日天寒微雪，三人共诣旗亭，贳酒小饮。忽有梨园伶官十数人，登楼会宴。有妙妓四辈，寻续而至。昌龄等私相约曰："我辈各擅诗名，每不自定其甲乙，今者可以密观诸伶所讴，若诗入歌词之多者，则为优矣。"诸妓之中最佳者所唱为之涣"黄河远上白云间"，三人因大笑。

魏　夫　人

魏夫人，曾子宣内子[1]，与朱淑真为词友。有《春恨·江神子》

寄夫云:"别郎容易见郎难。几多般,懒临鸾。憔悴容仪,陡觉缕衣宽。门外红梅将谢也,谁信道,不曾看。　　晓妆楼上望长安。怯轻寒,莫凭栏。嫌怕东风,吹恨上眉端。为报归期须及早,休误妾,一春闲。"

【注释】①曾布,字子宣,宋徽宗时为宰相。

刘 鼎 臣 妻

婺州刘鼎臣,僦省试于行都。濒行,其妻制彩花一枝赠之,侑以《鹧鸪天》词云:"金屋无人夜剪缯,宝钗翻过齿痕轻。临行执手殷勤送,衬取萧郎两鬓青①。　　听嘱咐,好看承。千金不抵此时情。明年宴罢琼林晚,酒面微红相映明。"

又有居上庠者,其妻以诗寄鞋袜云:"细袜宫鞋巧样新,殷勤寄与读书人。好将稳步青云上,莫向平康谩惹尘。"宋时妇女多能诗,其才情可想见一斑。

【注释】①"取",原本作"与",据此条出处元李有《古杭杂记》改。

易 彦 章 妻

易祓,字彦章,潭州人。以优等为前廊①,久不归。其妻作《一剪梅》寄云:"染泪修书寄彦章。贪却前廊,忘却回廊。功名成遂不还乡②,石作心肠,铁作心肠。　　红日三竿懒画妆。虚度韶光,瘦损容光。不知何日得成双?羞对鸳鸯,懒对鸳鸯。"

【注释】①前廊,指在朝任要职者。　　②"功名成遂",原本作"功成名就",据本条出处元李有《古杭杂记》改。

朱　希　真

　　朱希真，小字秋娘，建康府朱将仕女也。年十六，适同邑商人徐必用。徐颇解文义，商久不归，希真作闺怨词，调寄《鹧鸪天》，云："梅妆晨妆雪妆轻，远山依约与眉青。尊前无复歌《金缕》，梦觉空馀月满林。　　鱼与雁，两浮沉。浅颦微笑总关心。相思恰似江南柳，一夜东风一夜深。"又《满路花》调，云："帘烘泪雨干，酒压愁城破。冰壶防饮渴，培残火①。朱消粉褪，绝胜新妆裹。不是寒宵短，日上三竿，孏人犹要高卧。　　如今多病，寂寞章台左。黄昏风弄雪，门深锁。兰房密爱，万种思量过。也须知有我。着甚情悰，你但忘了人呵。"

　　　　按希真后有《风情·念奴娇》一调云："别离情绪，奈一番好景，一番愁戚。燕语莺啼人乍远，还是他乡寒食。桃李无言，不堪攀折，总是风流客。东君也自，怪人冷淡踪迹②。
　　花艳草芳春事，每随花意薄，疏狂狼籍。除却清风并皓月，脉脉此情谁识？料得文君，重帘不卷，只等闲消息。不如归去，受他真个怜惜。"观此词，则希真有外心矣。

　　【注释】①"培"字原本残缺。按《全宋词》周邦彦下有此作，为"培"字，据补。　　②"踪迹"二字原本缺。按《全宋词》朱敦儒下有此作，据补。

蜀　娟　词

　　蜀娟能文，盖薛涛之遗风也。昔有客自蜀挟一妓归，蓄之别室，率数日一往。偶以病少疏，妓颇疑之。客作词自解，妓即韵答之云："说盟说誓，说情说意，动便春愁满纸。多应念得脱空经，是那个先生教的？　　不茶不饭，不言不语，一味供他憔悴。相思已是不曾闲,又那得工夫咒你?"

又一妓述送行词云:"欲寄意浑无所有,折尽市桥官柳,看君着上征衫,又相将放船楚江口。　后会不知何日,又是男儿,休要镇长相守。苟富贵,毋相忘,若相忘,有如此酒。"①

【注释】①此条采自宋周密《齐东野语》卷十一"蜀娼词"条。

刘　燕　哥

刘燕哥,善歌舞。齐参议还山东,刘赋《太常引》以饯云:"故人别我出阳关,无计锁雕鞍。今古别离难。兀谁画,蛾眉远山。一尊别酒,一声杜宇,寂寞又春残。明月小楼间。第一夜,相思泪弹。"至今脍炙人口。①

【注释】①此条采自元黄雪蓑《青楼集》。

钓　竿　歌

《钓竿》,伯常子妻所作也。伯常子避仇河滨,为渔父,其妻思之,每至河侧,作《钓竿》之歌。后司马相如作《钓竿》之诗,今传为古曲。①

【注释】①此条采自晋崔豹《古今注》卷中。

大　郎　神

天后朝,一士人陷冤狱。其妻配入掖庭,善吹觱栗,撰此曲以寄哀情。始名《大郎神》,盖取良人行第也①。畏人知,遂三易其名:《悲切子》、《离别难》,终号《怨回鹘》②。

【注释】①"良人",原本作"大郎",据此条出处《太平御览》卷五百六十八引《乐府杂录》改。　②按"三易其名"，原本作"易名"；"离别难"，原本缺，据出处补。

羊　车二条。以下杂事

晋泰始九年，武帝多检良家子女以充内职，自择其美者，以绛纱系臂。胡奋之女名芳，既入选，下殿号泣。左右止之曰："陛下闻声！"芳曰："死且不畏，何畏陛下！"帝遣洛阳令司马肇册拜芳为贵嫔。帝每有顾问，不饰言辞，率尔而答，进退方雅。

时帝多内宠，平吴之后，复纳孙皓宫人数千，自此掖庭殆将万人，而并宠者甚众。帝莫知所适，常乘羊车，恣其所之，至便宴寝。宫人乃取竹叶插户，以盐汁洒地而引帝车。然芳最蒙爱幸，殆有专房之宠焉。侍御服饰，亚于皇后。帝尝与之樗蒲，争矢，遂伤上指。帝怒曰："此固将种也。"芳对曰："北伐公孙，西距诸葛，非将种而何①？"帝甚有惭色。②

【注释】①司马氏本士族高门，而魏明帝时，晋武帝祖父司马懿曾北平辽东公孙渊，南抗蜀汉诸葛亮之侵，故胡氏以此讥帝亦为将种。　②此条采自《晋书·后妃传》。

又

宋文帝潘淑妃者，本以貌进，始未见赏。帝好乘羊车经诸房，淑妃每庄饰褰帷以俟①，密令左右以盐水洒地。帝每至户，羊辄舐地不去。帝曰："羊乃为汝徘徊，况人乎？"于是爱倾后宫。②

【注释】①褰帷，撩起帘帷。　②本条出自《南史·后妃传》。

开　元　遗　事六条

开元中，明皇每至春时，旦暮宴于宫中。使嫔妃辈争插艳花①，帝亲捉粉蝶放之。随蝶所止幸之,谓之"蝶幸"。又为彩局儿,集宫嫔用骰子掷,最胜一人乃得专夜。宦珰私号骰子为"刬角媒人"。又或投金钱赌侍帝寝。自贵妃入,遂罢此戏。

【注释】①"争",原本作"每",据本条出处五代王仁裕《开元天宝遗事》卷上改。此条诸事多采自《开元天宝遗事》,间杂以《清异录》等书。而诸事以天宝时事为多,小题"开元遗事"不妥。

安禄山尝进上"助情花香"百粒①,大小如粳米,而色红。每当寝,含香一粒,筋力不倦。上秘之,曰:"此亦汉之'慎恤胶'也。"

禄山得爱于太真以此。

安禄山受帝眷爱,常与妃子同食,无所不至。帝恐外人以酒毒之,遂赐金牌子系于臂上。每有王公召宴,欲沃以巨觥,禄山即以牌示之,云"准敕断酒"。

【注释】①"香"字原本缺,据《开元天宝遗事》卷上补。

明皇与贵妃每至酒酣,使妃子统宫妓百馀,上统小中贵亦百馀,排两阵,张锦被为旗帜,攻击相斗,败者罚之。

此渔阳鼙鼓之兆。

上尝与贵妃采戏,将北,惟重四可转败为胜,连叱之,骰子宛转而成重四,遂命高力士赐绯。骰子四用朱染,始此。

贵妃微有肌,至夏苦热,渴时游后苑,吸花上露以润肺。又每日含玉鱼一枚,藉其凉津。衣轻绡,使侍儿交扇鼓风,犹不解热,每汗出,红腻而香,或拭之巾帕,色如桃花。

风　流　箭

宝历中①，帝造纸箭，竹皮与纸间密贮龙、麝、末香②。每宫嫔群聚，帝射之，中，有浓香触体，了无楚害，宫中名"风流箭"，为之语曰："风流箭，中的人人愿。"

【注释】①宝历，唐敬宗年号，仅二年（825—826）。敬宗十六岁即位，十八岁为宦官刘克明等所弑。　②"末香"，原本作"香末"，据本条出处宋陶毂《清异录》卷下改。龙，龙脑香；麝，麝香；末，末状檀香，是为三种名贵香料。

诨　衣

唐穆宗以玄绡白书、素纱墨书为衣服，赐承幸宫人。皆淫鄙之词，时号"诨衣"①。

【注释】①诨，鄙俗戏弄之语。此条采自唐冯贽《云仙杂记》卷七。

元　事　四条

顺帝为英英起采芳馆于琼华岛，内设唐人满花之席，重楼金线之衾，浮香细鳞之帐，六角雕羽之屏。唐人，高丽岛名，产满花草，性柔，折屈不损，光泽可佳，土人编之为席。重楼金线，花名也，出长白山，花心抽丝如金，长至四五尺，每尺寸缚结如楼形，山中人取以织之成幅。大德间，尾洒夷于清源洞得一物，如龙皮，薄可相照，鳞鳞攒簇，玉色可爱，又间成花卉之形，或红或绿，暑月对之，凉气自生。遣人进贡，时无识者。有一胡僧言曰："此斑花玉虮壳也。"

九引堂台，七夕乞巧之所。至夕，宫女登台，以五彩丝穿九尾针，先完者为得巧，迟完者谓之输巧，各出资以赠得巧者焉。

至大中，洪妃宠于后宫。七夕，诸嫔妃不得登台。台上结彩为楼，妃独与宫官数人升焉。剪彩散台下，令宫嫔拾之，以色艳淡为胜负。次日设宴大会，谓之斗巧宴，负巧者罚一席。

熊嫔性耐寒，尝于月下游梨花亭，露袒坐紫斑石，元帝见其身与梨花一色，因名其亭曰联缟亭。①

【注释】①此四条皆采自元陶宗仪《元氏掖庭记》。

舞　金　莲

李后主宫嫔窅娘善舞，后主作金莲，高六尺，令窅娘以帛缠足，令纤小屈上，作新月状，素袜舞其中。①

　　按：此与潘妃事同，今人但知东昏②，不知后主，犹撤御前金莲烛送归院，但知坡公③，不知令狐绹也④。

【注释】①此条采自明彭大翼《山堂肆考》卷四十引宋人《道山新闻》。②见本书卷五"东昏侯"条。　　③《宋史·苏轼传》：元祐初，宣仁太后与哲宗召见苏轼，命坐赐茶，撤御前金莲烛送归翰林院。　　④令狐绹，唐宣宗初即位时为吴兴太守，召入知制诰，旋为翰林学士。夜对禁中，烛尽，帝以乘舆、金莲华炬送还，院吏望见，以为天子来。及绹至，皆惊。大中四年为宰相，终宣宗世。

狂　烛

宁王好声色，有人献烛百炬，似腊而腻，似脂而硬，不知何物所造。每卜夜,宾妓间坐,酒酣作狂,其烛则昏昏然如物所掩,罢则复明。莫测其怪①。

　　可名如意烛,亦呼烛媒。

【注释】①"测",原本作"恻",据本条出处五代王仁裕《开元天宝遗事》卷上"妖烛"条改。

醉　舆　妓　围

　　申王每醉①,即使宫妓将锦彩结一兜子,令宫妓异归寝室,本宫呼曰"醉舆"。又每至冬月风雪之夜,使宫妓密围于坐侧,以御寒气,自呼为"妓围"。②

【注释】①申王李成义,玄宗之弟。开元初为司徒。　　②此条采自五代王仁裕《开元天宝遗事》卷上。

笞　妓

　　吕士隆知宣州,好笞官妓。会杭州一妓到,喜留之。一日,郡妓犯小过,欲笞之。妓曰:"妾不敢辞罪,但恐杭妓不能安。"吕乃舍之。①

【注释】①此条采自宋胡仔《苕溪渔隐丛话·前集》卷三十一。

谢　豹

　　昔有人饮于锦城谢家①,其女窥而悦之。其人闻子规啼,心动,即谢去。女恨甚,后闻子规啼,则怔忡若豹鸣也,使侍女以竹枝驱之曰:"豹,汝尚敢至此啼乎?"故名子规为谢豹。出《成都旧事》。

《酉阳杂俎》以"杜鹃始阳相催而鸣[2]，先鸣者吐血死。初鸣时，先听者主离别"，盖不祥之鸟也。

【注释】①成都古有锦官城，简称锦城，后遂以为成都别称。　②"始阳相催"，原本作"知阳相推"，据《酉阳杂俎·前集》卷十六改。

选　婿　窗

李林甫有女六人，各有姿色。雨露之家求之[1]，不允。林甫于厅事壁间开一横窗，饰以杂宝，缦以绛纱。常日使六女戏于窗下，每有贵族子弟入谒，林甫即使女于窗中自选，可意者事之。[2]

男女相悦为昏，此良法也。

【注释】①雨露之家，指蒙皇上恩宠而骤起之家。　②此条采自五代王仁裕《开元天宝遗事》卷上"选婿窗"。

郭　元　振

郭元振少时，美风姿，有才艺，宰相张嘉贞欲纳为婿，谓之曰："吾女各有姿色，即不知谁是匹耦。吾令五女各持一丝幔前，子自牵之，得者为婿。"元振欣然从命，遂牵一红丝线，得第三女，大有姿色。[1]

【注释】①此条采自五代王仁裕《开元天宝遗事》卷上"牵红丝娶妇"。

待阙鸳鸯社

朱子春未昏，先开房室，帷帐甚丽，以待其事，时人谓之"待阙鸳鸯社"。见《妆楼记》。[1]

【注释】①此条采自后唐冯贽《云仙散录》引《妆楼记》。

田田　钱钱

辛稼轩名弃疾，字幼安有二妾，曰田田，曰钱钱，皆因其姓而名之，并善笔札，尝代辛答尺牍①。

【注释】①按《词林纪事》卷十一云：考稼轩词，但有钱钱，并无田田。

情史氏曰：鸟之鸣春，虫之鸣秋，情也。迫于时而不自已，时往而情亦遁矣。人则不然，韵之为诗，协之为词，一日之讴吟叹咏，垂之千百世而不废。其事之关情者，则又传为美谈，笔之小牍。后世诵其诗，歌其词，述其事，而想见其情，当日之是非邪正，亦因是而有所考也。人以情传，情则何负于人矣？情以人蔽，奈何自负其情耶？